La Boiteuse

Marthe Gagnon-Thibaudeau

La Boiteuse

À la douce mémoire de Philippe et de Benoît,
ces amoureux des grands espaces boisés,
de l'immensité de la voûte céleste,
dans leur réunion ultime
à Saint-Pierre-de-Montmagny.

Chapitre 1

Raymond avait plié et replié une feuille de papier, en avait fait un aéroplane qu'il tenait au bout de son bras. Il imitait le son d'un avion. Du haut de l'escalier, il lança l'appareil qui voltigea un instant avant d'aller choir dans quelque recoin de la cuisine. Sa sœur, un petit bout de chou, était assise dans la grande berceuse et s'amusait avec une ficelle.

Arthur, son père, était penché sur le journal du matin alors que Lucette, sa mère, lavait la vaisselle du déjeuner. Raymond grimpa les marches, s'arrêta, descendit un peu, se pencha au-dessus de la rampe et cria:

— Maman, ma tante pleure là-haut.

— Zut! Je l'ai encore oubliée, celle-là! C'est correct, mon trésor, je m'en occupe.

La petite Gervaise, qui avait tout entendu, fit un mouvement pour descendre de sa chaise.

— Toi, Gervaise, reste là, tu m'entends!

Boudeuse, l'enfant inclina la tête et reprit son jeu avec la corde.

Arthur, impatient, plia le journal qu'il lança sur la table. Il sortit précipitamment de la maison. «Ça ne peut pas durer, cette histoire-là! Pourquoi le bon Dieu ne vient-il pas la chercher?» Il se dirigea vers l'écurie, attela le cheval: il irait tracer les sillons du potager.

— Raymond, trésor, c'est l'heure de te rendre à l'école. N'oublie pas ta boîte à lunch.

— Oui, maman. Minotte, je te donne mon avion.

Celle-ci remercia par un grand sourire. Lucette embrassa son fils qui s'en alla en sifflant. La mère le regardait aller, les yeux débordants de tendresse. Elle revint vers la table, prit le plateau qui contenait le repas qu'elle porta à sa belle-sœur en maugréant. Revenue dans la cuisine, elle dit sèchement à la bambine:

– Va jouer dehors, il fait beau.

Non, fit Gervaise de la tête. Sa mère savait bien ce qu'elle mijotait: l'enfant voulait aller s'amuser sur le lit de la malade.

– Je t'interdis de monter là, tu m'as bien comprise?

– Oui, répondit Gervaise, sans conviction.

– Je t'ai à l'œil, ma petite bougresse. Je sors aider ton père. Ne joue pas avec les portes, pour ne pas faire entrer les mouches!

Gervaise avait le cœur gros. Elle adorait grimper sur le lit de sa tante; elle éprouvait un plaisir fou à brosser ses longs cheveux noirs, ce que la malade aimait tant! Mais l'interdiction formelle, qu'elle ne savait s'expliquer, lui avait valu plus d'une fois une fessée pour avoir désobéi. L'avion ne l'amusait plus. Elle n'avait qu'une idée: se rendre auprès de tante Marie.

Là-haut, une fille qui n'avait même pas vingt ans s'étiolait lentement. Seul son jeune âge expliquait sa résistance au mal. Ses poumons étaient rongés par la bactérie de la tuberculose, ce qui en faisait une pestiférée, la maladie infectieuse étant contagieuse. Le contact du bacille suffisait à transmettre le mal. Chaque jour, elle déclinait un peu plus.

Depuis des siècles on cherchait le moyen de contrer cette maladie dont on ne comptait plus les victimes. En plus d'être fatale, la tuberculose était une calamité; elle était aussi une source de honte. On évitait de côtoyer, non seulement les gens qui en étaient atteints, mais aussi les membres de leur famille. C'est pourquoi la pauvre Marie restait enfermée dans cette chambre obscure dont elle ne sortirait que les pieds devant.

Lucette s'était opposée à ce que sa belle-sœur fût placée dans un sanatorium. Il ne serait pas dit que ses enfants appartenaient à une famille frappée par la consomption! Marie finirait par mourir; ce n'était qu'une question de temps. Le sacrifice de l'avoir gardée et cachée sous leur toit finirait bien par trouver sa récompense. Jamais, au grand jamais, une Lamoureux ne serait cataloguée morte de tuberculose!

Au début de son mariage, Lucette pestait: elle trouvait les voisins éloignés et se sentait bien seule dans ce rang, en périphérie de la paroisse. Aujourd'hui, elle s'en réjouissait, le terrible secret était mieux gardé.

Raymond, son fils aîné, était sa raison de vivre, surtout que ses deux autres garçons étaient décédés avant l'âge de trois ans. La naissance de Gervaise était venue compléter cette famille. La mère aurait préféré un fils, beau et fort comme son Raymond.

— Dieu ne l'a pas permis. Il a sans doute ses vues. Peut-être que Lui, Il les aime également ses enfants, lui avait dit Arthur sur un ton badin.

— Pas moi, avait riposté la mère d'une voix tranchante.

Arthur était attristé par l'attitude inexplicable de sa femme. Aussi témoignait-il plus de tendresse à sa mignonne petite fille.

Tout en dirigeant le cheval, Arthur continua de ruminer l'incident du matin. «Elle finira par la laisser mourir de faim! C'est pas Dieu possible, il me faudra faire quelque chose avant qu'il ne soit trop tard. On dirait, ma foi, qu'elle le fait exprès! Pourtant, elle a du cœur à l'ouvrage; elle n'est pas méchante.»

La herse se dandinait dans le sol, formant de beaux sillons droits. Bientôt, il devrait semer.

Lucette, à l'aide de la bêche, formait des rectangles en élargissant les travées du sol que son mari venait de remuer. De temps à autre, elle jetait un coup d'œil vers la maison. Se pouvait-il que Gervaise soit restée immobile sur sa chaise tout ce temps? Et si elle était montée à l'étage?

La bêche heurta une roche résistante, Lucette se servit du manche de son outil pour l'extirper du sol. Le manche se cassa. Elle chercha Arthur des yeux. Il était tout à fait à l'autre bout du champ.

Le hasard fait mal les choses: la femme relevant le pan de sa robe pour essuyer son visage trempé de sueur vit le rideau de la fenêtre du passage du deuxième étage qui bougeait. «Ainsi, Gervaise est là, ça ne peut être qu'elle, car il y a belle lurette que la belle-sœur ne se lève plus.»

Lucette entra dans une colère noire. La bêche cassée à la main, elle courut vers la maison, grimpa l'escalier et se dirigea vers le lieu maudit. Gervaise était assise sur le lit de sa tante, une brosse à cheveux à la main. Furieuse, Lucette saisit l'enfant, et la roua de coups. La pauvre petite, sidérée, subit la colère de sa mère et ne fit aucun mouvement pour tenter de se protéger. Et Lucette frappa, frappa, frappa encore.

— Arrête, Lucette, arrête, tu vas la tuer! hurla la malade.

Mais Lucette n'entendit pas. La fillette, clouée au sol, criait à rendre l'âme. Marie, effrayée, se leva avec peine, s'empêtra dans sa longue robe de nuit et tomba de tout son long sur l'enfant qu'elle chercha à protéger.

L'effort fut trop grand: aux hémoptysies succéda l'hémorragie foudroyante: le sang jaillit, souilla tout, éclaboussa Lucette qui se mit à hurler comme une déchaînée.

Arthur, parvenu au bout du sillon, entendit le cri perçant. «Lucette, c'est la voix de Lucette. Elle n'est plus dans le jardin.» Il laissa tomber les rênes, courut vers la maison, grimpa les marches quatre à quatre, entra dans la chambre et constata l'horreur du drame. Sa sœur, inerte, gisait là, étendue sur Gervaise, immobile. Il retourna le corps de sa sœur et souleva sa fille dans ses bras, puis la transporta dans la salle de bains et lava son visage. Les larmes de l'homme se mêlèrent à l'eau qu'il voulait régénératrice. Il n'eut de repos que lorsque l'enfant ouvrit les yeux. Doucement, il alla la déposer sur son lit. Ensuite, il revint dans la chambre. Sa sœur reposait toujours sur le plancher. Assise sur le sol, sa femme tenait encore son outil à la main. Son regard était fixe, elle ne criait plus.

— Lucette! hurla l'homme.

Lucette ne réagit pas. Arthur la releva. «Lucette!» cria-t-il encore. Du revers de la main, il la frappa en plein visage. Elle sursauta, et se remit à hurler.

Arthur attira sa femme hors de la pièce, la secoua pour l'obliger à se calmer. Il la dirigea vers sa chambre, l'aida à s'étendre sur son lit et ferma la porte.

Il s'approcha de sa sœur, tâta le pouls; il n'y avait pas de doute: ses souffrances étaient finies. Il revint vers Gervaise qui s'était endormie; un instant, il cajola son front, prit une couverture et, avec douceur, couvrit l'enfant.

C'est à ce moment qu'il saisit la gravité de la situation. Adossé au mur, il resta immobile de longues minutes, incapable du moindre mouvement. «J'ai été fou, j'ai été fou de ne pas avoir prévu ce drame. Tout ça est de ma faute! J'ai été fou.»

Il fallait prendre une décision; il ne savait pas laquelle. «Le docteur? C'est trop tard. Le curé, oui, le curé.» Il descendit à la cuisine d'où il téléphona au presbytère. Il pria le prêtre d'apporter les huiles saintes. Puis, il pensa à Gervaise qui lui semblait plutôt mal en point. Il téléphona aussi au médecin.

L'un et l'autre arrivèrent dans la même automobile, amenant avec eux l'espoir. Ces deux êtres étaient les seuls à connaître le grand secret caché derrière les murs de cette demeure. Une rumeur circulait déjà au village: on croyait que la grabataire, qu'on ne voyait plus jamais, était mentalement dérangée.

Pendant qu'Arthur assistait en silence aux prières du prêtre, le médecin signa l'acte de décès. «Pour cause d'hémorragie», disait le document.

— Que s'est-il passé, Arthur?

— Je ne sais pas. J'étais au champ avec Lucette, dit-il, d'une voix basse. Tout à coup j'ai entendu crier, je suis monté et j'ai trouvé ma sœur étendue de tout son long sur ma fille. Il y avait du sang partout.

— Quelle triste histoire!

— Venez voir ma fille, docteur, elle n'est pas bien.

— Je vous suis.

Arthur n'aurait pu le jurer, mais il crut voir se refermer la porte de la chambre derrière laquelle se trouvait sa femme. Ainsi, elle aurait écouté et entendu sa version des faits, quelque peu déformés. Il serra le poing.

Le docteur examina l'enfant. Les contusions semblaient nombreuses. Il demanda à être seul avec elle. Arthur et le prêtre sortirent. La demi-heure qui suivit sembla une éternité pour le père désespéré.

— Ta femme, Arthur, comment prend-elle la chose?

— Il m'a fallu la secouer, et même la frapper pour qu'elle reprenne ses sens. Elle était figée.

— Quelle triste histoire! Dure épreuve, bien dure épreuve que le Ciel t'envoie là.

Arthur assena un coup de poing sur la table en jurant:

— Si quelque chose arrive à ma fille, je ne réponds plus de moi!

— Tu blasphèmes, Arthur! Ressaisis-toi, mon fils. La colère n'a jamais guéri la douleur.

L'homme baissa la tête. Outre sa souffrance profonde, les remords l'assaillaient.

La vérité était si laide, si monstrueuse qu'il n'avait osé la dévoiler. Toute sa vie serait hantée par cet odieux mensonge. Mais un mari a-t-il le droit de trahir sa femme? Gervaise était petite; oublierait-elle ce terrible événement? Pourquoi le docteur restait-il aussi longtemps au chevet de l'enfant?

Arthur regarda l'horloge. Son inquiétude croissait au même rythme que son impatience. Et voilà. Enfin, il put entendre le martèlement des pas du praticien qui empruntait l'escalier. Ce dernier vint les rejoindre dans la cuisine. Le père de famille le fixa d'un regard interrogateur, il voulait connaître le diagnostic.

— Rien de trop grave, sauf...

— Sauf?

Arthur, tendu par la peur, était debout devant le médecin.

— Elle devra être examinée plus à fond. Seuls les rayons X nous donneront une réponse sûre.

— Quelle réponse?

— Je crois qu'il y a un problème au niveau de la hanche droite.

— Un problème?

— Je le crains.

— C'est sérieux? Le problème, il est sérieux?

— C'est trop tôt, je ne peux pas me prononcer. Il faudra des examens plus poussés.

— Elle n'est pas en danger?

— Non, rassure-toi. Elle va même très bien, compte tenu des faits.

— Vous lui avez parlé? demanda Arthur en gardant les yeux baissés, embarrassé.

— Oui, bien sûr. Maintenant, Arthur, il nous faut prendre des dispositions en ce qui a trait à ta sœur. Veux-tu que je m'en occupe?

— Ce serait un effet de votre bonté.

— Bon. Pour ce qui est du reste, je pense que tu sais ce qu'il faut faire. Tu dois brûler tout ce qui se trouve dans cette chambre: le lit, le prélart, le linge, tout. Puis enduis les murs, le plafond et le plancher d'une solution de chaux aussi pure que possible. La pièce doit rester fermée pendant au moins une année complète; ne l'utilisez pas. Oh! j'oubliais le principal: ni ta femme ni tes enfants ne doivent mettre le nez là. Tu m'as bien compris? Demain matin, je vais venir chercher ta fille pour la conduire à l'hôpital de Sainte-Anne.

— Je peux faire ça, j'ai un bon cheval.

— Mais ta fille ne pourrait pas subir les soubresauts de la route raboteuse. L'automobile est plus indiquée.

— Je vous en cause des désagréments!

— Tu rempliras ma cave de légumes frais à l'automne... Demain, pas de déjeuner pour l'enfant. Je lui ferai passer un examen du sang en même temps. Elle ne doit pas se lever ni essayer de marcher. Ça pourrait envenimer le mal. L'immobilité la plus complète, et pas d'émotions vives, du calme dans la maison...

Arthur sentit le poids de l'accusation. Le curé toussota pour cacher son embarras.

— Bon courage, mon vieux!

Le médecin sortit. Le curé s'attarda un instant; dès qu'ils furent seuls, il se pencha et dit à l'oreille d'Arthur:

— Quand tu auras une minute, viens donc faire une bonne confession, c'est la seule médecine que j'ai à t'offrir. Et c'est aussi la meilleure. Bon courage!

Arthur, dès que la porte se referma, se laissa tomber sur une chaise et se mit à pleurer comme un enfant. Il se sentait complètement vidé, sa vie lui semblait perturbée à tout jamais. Aujourd'hui, il venait de perdre confiance, confiance en la vie, confiance en lui-même.

Lorsque, enfin, sa souffrance se calma, il retourna à la chambre où sa sœur avait tant souffert. Il ouvrit la porte. À sa grande surprise, le cadavre avait été déplacé et reposait sur le lit, recouvert d'un drap. Ce geste humain qu'avait fait le médecin le bouleversa. Il descendit à la cuisine et revint avec un seau d'eau tiède dans laquelle il avait ajouté de la javel. Il nettoya les dégâts, tout ce sang qui avait jailli, auquel se mêlaient maintenant ses larmes. Ensuite, il se dévêtit, laissa ses vêtements dans un coin de la pièce et prit un bain. Il alla dans sa chambre pour prendre du linge propre.

— Arthur...

La voix de Lucette se faisait humble, suppliante. L'homme ne répondit pas. Il ouvrit la garde-robe, y prit le nécessaire.

— Arthur, insista Lucette.

Il sortit sans un regard en arrière. Après s'être vêtu, il se dirigea vers la chambre de Gervaise. L'enfant dormait. Ses joues étaient rosies par la fièvre. Sur le bureau, il y avait un petit gobelet et une bouteille de remède. Il en conclut que le médecin les avait laissés là, mais qu'il avait oublié de le prévenir. Il lui téléphonerait pour se renseigner. Longtemps, il regarda son bébé dormir. Parfois, elle s'agitait, comme si elle souffrait, même dans son sommeil.

Soudain, il pensa à son cheval qu'il avait abandonné à son sort. Il sortit et vit l'animal qui broutait l'herbe en bordure de la clôture. Il se surprit à envier cette bête qui n'avait pas à vivre de tels tourments. Jamais ce fermier, amant de la terre, ne pourrait bannir de sa mémoire ce jour qui s'était levé ensoleillé et plein de promesses.

Il ignorait pourtant les conséquences qu'aurait ce drame sur la vie de sa fillette dorénavant marquée par le destin. S'il avait pu prévoir les suites néfastes de cet événement de malheur sur sa propre destinée et celle des siens, il aurait sombré dans le désespoir le plus noir. Mais son âme était simple: l'âme du paysan voit la nature évoluer avec les saisons, dans un ordre parfait. Il venait de vivre une tempête, elle s'apaiserait.

Il ramena Piton à l'écurie, lui servit une bonne

fourchée de foin et une grande ration d'eau. Il le caressa un instant, puis ferma la porte.

Il appela les vaches qui, surprises, levèrent la tête: c'était trop tôt pour la traite! Arthur réitéra son appel: «Qué-vache-qué». Une à une, elles répondirent en venant vers l'étable, de leurs pas lents. À elles aussi, il servit une généreuse ration de foin. Quand viendrait l'heure de les traire, elles seraient déjà là, réunies. Ainsi, il pourrait passer plus de temps auprès de sa fille, si elle se réveillait.

Tout à coup, une pensée terrible l'assaillit. Lucette, ce regard fixe, son air bébête, cette crise de folie furieuse, constituait-elle un danger? Il courait maintenant en direction de la maison. Il n'avait pas encore pensé à elle. Il ne s'était pas attardé à comprendre ni à analyser les faits; il ne les avait que subis! Il monta sur la galerie, ouvrit la porte. Elle était là, debout, face au poêle.

— C'est toi, Raymond?

Elle se retourna:

— Ah! c'est toi, Arthur. Je préparais le souper pour Raymond.

Rassuré, l'homme soupira. «Non, elle n'est pas folle, pas plus qu'avant.» Le bruit d'un moteur attira son attention. Il sortit sur la galerie. C'était le croque-mort qui venait quérir la dépouille de sa sœur. «Ce cauchemar ne finira jamais.» Une seule pensée le réconfortait: Gervaise dormait profondément; elle ne verrait pas le corps rigide de sa tante qui les quittait pour toujours.

Dès que le fourgon eut quitté la cour, Arthur remonta à l'étage et vida la chambre de son mobilier. Il y prit également tous les vêtements et empila le tout au milieu du champ. Le lendemain, au lever du jour, il y mettrait le feu. Il prépara la solution de chaux qu'il utilisait habituellement pour désinfecter les bâtiments et vint chauler la chambre contaminée. Il jeta ses hardes sur le tas d'ordures et revint vers la maison. Il était mentalement exténué. L'horloge sonnait quatre heures. Il se laissa tomber dans la berceuse et s'endormit. C'est dans cette position que le trouva Raymond lorsqu'il rentra de l'école.

— Qu'est-ce qu'il a, papa? demanda l'enfant à sa mère.

— Viens, mon petit, viens. Maman a à te parler.

— Où est Gervaise?

— Elle dort.

— Mon avion est là, près de la chaise. Elle ne l'a même pas brisé. Pourquoi papa et Gervaise dorment-ils? Pourquoi?

— Laisse-moi parler.

— Papa, papa, où est Gervaise? cria le garçon.

— Laisse-moi parler, mon Raymond, insista la mère.

Arthur sursauta, regarda autour de lui, hébété. Il lui fallut une bonne minute pour se ressaisir.

— Écoute-moi, mon Raymond. Laisse-moi te parler, répétait la mère.

— Toi, tu la fermes, Lucette! Tu m'as entendu? Tu la fermes, et bien dur! tonna Arthur.

Oui, elle avait compris. Jamais encore son mari ne lui avait parlé sur ce ton. Elle recula lentement, effrayée.

— Où est Gervaise? demanda l'enfant.

— Couchée, un peu malade.

— Toi aussi? C'est pour ça que tu dors en plein jour?

— Non, on a eu de grosses émotions.

Il se tut un instant, chercha ses mots.

— Ma sœur est... morte. Ta tante est décédée. Un accident. Il faudra prier pour le repos de son âme.

Les mots ne sortaient plus. L'angoisse le prit à la gorge; les larmes lui montèrent aux yeux. Une fois encore, il avait tu la vérité, l'avait adaptée aux circonstances. Raymond cherchait à comprendre, tout ça lui semblait bien confus.

— Je peux voir Minotte?

— Va, mais ne la réveille pas, et redescends tout de suite.

— Oui, papa.

L'enfant monta les marches sur la pointe des pieds. Il revint. En silence, il alla s'asseoir près de son père. L'étendue du drame lui échappa. Seulement la maladie de sa jeune sœur l'inquiétait.

— Elle dort? s'enquit le père.

— Oui, murmura le garçon.

— Fais tes devoirs, bonhomme. Je vais aux bâtiments. Si tu as besoin de moi, appelle. Je dois faire mon train.

Aussitôt Arthur sorti, Lucette offrit un goûter à son fils. Elle déposa devant lui un verre de lait et une assiette de ses croquignoles préférées.

— J'ai pas faim, maman.

— Mange, tu ne dois pas tomber malade, toi aussi.

— J'ai pas faim.

Raymond sortit son sac d'école, étala livres et cahiers sur la table. De sa poche, il sortit un canif et tailla la mine de son crayon. Lucette l'observait, ce qui l'agaça. Il entreprit sa lecture à voix haute, Lucette écoutait, émerveillée. Tout ce que faisait son fils l'épatait.

Dans la grange, Arthur s'affairait: il fallait traire les vaches, renfermer les poules dans le poulailler, donner à boire à ses bêtes. Il procéda, comme un automate, par habitude. Sa pensée était ailleurs. Quelque part, sa sœur gisait sur les planches tandis que sa fille reposait en haut, sur son grabat. Il avait le cœur noué; sa douleur était cuisante. Arthur ramassait les œufs, les déposait dans un panier. Il se dirigea vers la maison. Seule la contre-porte était fermée, ce qui lui permettait d'entendre ce qui se passait à l'intérieur.

— Maman, demanda Raymond, combien y a-t-il de pieds carrés dans une verge carrée?

Lucette ne répondit pas; l'enfant répéta sa question, croyant que sa mère n'avait pas entendu.

Arthur attendit un instant, puis entra. Sur un ton très calme, il demanda:

— Le sais-tu, Lucette?

— ...

— Réponds à ton fils quand il te parle. Sinon il pourrait, lui aussi, se lasser de tes bouderies et bientôt plus personne ne t'adressera la parole! lança Arthur d'un ton sec.

— Il y en a neuf!

— Merci, maman.

Raymond continua de faire son devoir de géométrie. Lorsqu'il eut terminé, il empila ses cahiers et retourna en haut. Gervaise dormait encore. Il la regarda intensément. S'inquiétant de la voir immobile, il se pencha sur elle; la fillette fit un mouvement et gémit.

Plus tard, dans la soirée, Arthur demanda à son fils:

— Tu as toujours ce sac de couchage que tu utilises quand tu fais des randonnées avec les scouts?

— Oui.

— Je peux te l'emprunter pour ce soir?

— Oui, bien sûr, papa. Pourquoi?

— Je vais dormir dans la chambre de Gervaise. Toi, Lucette, prépare un bouillon chaud pour quand elle se réveillera: le docteur l'a conseillé. Demain, elle devra rester à jeun.

— Pourquoi? demanda Raymond.

— Demain, fiston, ta sœur ira passer des examens à l'hôpital.

— À l'hôpital?

— Oui, fiston, à l'hôpital.

— Je veux aller avec elle.

— Tu iras à l'école. Elle fera le voyage en automobile avec le docteur. Il n'y a pas de danger.

Il rassura l'enfant, même s'il n'était sûr de rien. Il

craignait le pire. Il ignorait tout de la médecine, sauf ce qui était relatif aux soins des animaux. Ça lui suffisait: une bête jeune se tirait habituellement d'affaire. Pourquoi Gervaise ne réagissait-elle pas? Elle ne bougeait pas; ça lui semblait anormal. «Peut-être à cause des remèdes.»

***

Arthur dormit peu, il rêva que les microbes ravageaient sa terre. Le jour pointait à peine quand il se leva. Il alla vers la remise, prit le contenant de gaz et en aspergea les objets à brûler. La flamme ne tarda pas à grimper vers le ciel. Appuyé sur la clôture, il refoulait ses larmes, fixait le spectacle sans le voir.

Raymond, encore en pyjama, arriva en courant et dit à son père:

— Viens vite, papa, le docteur a besoin de toi.

— Il est déjà là!

Avec mille précautions, Gervaise fut descendue sur un brancard et installée sur la banquette arrière de l'automobile.

— Je vous accompagne, docteur.

— Pas nécessaire, une religieuse infirmière fera le voyage avec nous.

— Vous me donnerez des nouvelles au plus vite, hein, docteur?

— Oui, mon vieux.

Et d'une voix basse, il souffla à l'oreille d'Arthur: «Garde un œil sur ta femme.»

La voiture partit, soulevant derrière elle un nuage de poussière.

Jamais il n'oublierait le regard de sa petite fille adorée. Elle, habituellement si gaie et primesautière, demeurait impassible. Seul un éclair de surprise avait lui dans ses yeux quand elle avait vu la flamme qui crépitait et s'étirait dans le ciel.

Arthur s'éloigna de la maison, courut vers le champ, se jeta sur le sol à plat ventre et laissa éclater sa peine. De ses ongles, il labourait le sol. Des sons rauques s'échappaient de sa poitrine. Il se roulait sur cette terre qui les avait nourris, lui, les siens et ses parents. Épuisé, il s'endormit.

Lorsqu'il ouvrit les yeux, son regard fut attiré par les deux bottines qu'il portait au moment de s'étendre là. Une couverture avait été jetée sur lui. Il leva la tête, surpris. À faible distance se tenait Raymond, assis par terre, qui l'observait. Celui-ci était encore revêtu de son vêtement de nuit.

— Je t'ai désobéi, papa.

— Hein? demanda l'homme en se redressant.

— Je t'ai désobéi. Je ne suis pas allé à l'école, dit l'enfant d'une voix piteuse.

Arthur ouvrit ses bras, Raymond vint s'y réfugier. Ils communiaient à une seule et même peine, cela dans le mutisme le plus complet. Raymond s'interrogeait mais il respectait la souffrance de son père, en qui il avait toute confiance.

***

— Quelle heure est-il, fiston?

— Peut-être midi.

— Il faut atteler.

— Je vais t'aider. Où vas-tu?

— Tu m'accompagnes, nous irons au village payer nos respects à ta tante.

Toutes les questions que l'enfant avait formulées dans sa tête pendant que son père dormait moururent sur ses lèvres. Plus unis que jamais, ils parcoururent ensemble la route poussiéreuse qui menait au village. Pour la première fois, le garçon prenait contact avec la mort qui venait de faucher un membre de sa famille.

Une messe basse, un détour au cimetière; les glas résonnaient encore que Raymond, intimidé, entrait en compagnie de son père dans le bureau du médecin.

Plus tôt, celui-ci avait téléphoné à Arthur pour lui apprendre que sa fille séjournerait quelque temps à l'hôpital. Lorsqu'il avait raccroché le combiné, il s'était consolé à l'idée que là-bas, il en était assuré, elle recevrait de bons soins. Il ne lui restait plus qu'à espérer.

— Docteur, vous me pardonnerez, j'ai oublié, dans mon malheur, de vous payer vos frais. J'ai l'argent qu'il faut, ne soyez pas inquiet. Vous avez été plus qu'un père pour moi.

— On verra tout ça plus tard. Prends une chaise.

Le médecin regarda Raymond.

— Vous pouvez parler devant lui, docteur, il est devenu un homme.

— Ta fille est dans une salle avec cinq enfants de son âge. Ainsi, elle sera moins seule, et c'est moins coûteux qu'une chambre privée.

— Et sa hanche?

— Pas beau. Mais attendons les autres résultats. Ne désespère pas: on a de bons chirurgiens et la médecine fait tous les jours des progrès. Les antibiotiques ont contré l'inflammation, c'est déjà ça de gagné.

— Un chirurgien, ça opère? demanda l'homme.

— Oui.

Arthur baissa la tête tandis que Raymond sortit précipitamment du cabinet de consultation.

— C'est l'enfer, docteur!

— Ta femme, comment se comporte-t-elle?

— Elle, qu'elle crève!

— Tu blasphèmes!

— S'il y a un bon Dieu dans le ciel, Il me comprend et Il me pardonne.

Le voyage de retour se fit, cette fois encore, en silence.

Quand les hommes arrivèrent à la maison, Lucette se berçait dans la cuisine. Arthur monta à sa chambre, prit ses vêtements de travail qu'il alla déposer dans la chambre de Gervaise. Puis, revenant sur ses pas, il ouvrit le deuxième tiroir de sa commode. Il tira sur une enveloppe retenue à l'arrière du tiroir par quatre punaises.

Installé sur le lit de sa fille, il déchira le papier, étala le contenu sur la couche. C'était là toute sa richesse: sept cent quatre-vingt-dix belles piastres. Il les avait économisées dans le but de réaliser le rêve de sa vie: posséder un beau tracteur Massey-Ferguson qui accomplirait la grosse et pénible besogne sur la terre. Ainsi, ses revenus augmenteraient, et il pourrait ajouter une bergerie à la ferme. L'élevage des moutons était un rêve que caressait cet homme qui espérait voir Raymond prendre la relève sur leur domaine, un de ces jours.

Le tracteur! Que de soirées passées à étudier les dépliants publicitaires, à analyser chaque pièce de machinerie, torturé par la crainte de mal choisir!

Le bien de la famille était maintenant menacé. Le contenu du bas de laine de l'habitant servirait à payer l'embaumeur, le bedeau qui avait sonné les cloches, le curé, et pis encore, l'hôpital, les fioles de remèdes, et le chirurgien qui trancherait dans la chair de son enfant.

Les dettes contractées envers le curé et le docteur sont des dettes d'honneur pour tout bon Canadien: les honoraires du curé, afin que Dieu soit bien honoré, permettent de construire de nombreuses et riches églises, et de grands et confortables presbytères. Ceux du docteur, lui permettent de bien servir son pays, sa nation. De cette façon, gloire serait à jamais rendue à Dieu, l'Être suprême, le Père des hommes. C'est ce qu'Arthur avait entendu répéter maintes fois par son père, confirmant ainsi ce qu'il avait appris aux leçons de catéchisme.

La maudite consomption ne se contentait pas de tuer, elle amenait des drames, dont le sien et celui de tous ceux qu'il aimait, pour qui il trimait si durement. Lucette et sa fierté: elle s'était opposée à l'idée du sanatorium, et ça lui trottait dans la tête. «J'ai été mou, mou comme une guenille! Ah, si seulement c'était à refaire!»

Il n'était pas pieux, Arthur, mais il était droit, franc et honnête. Peu à peu, il faisait la part des choses, reconnaissait ses faiblesses, ses erreurs: Lucette n'était pas entièrement responsable de tout ce drame. Il avait manqué à ses obligations de bon père de famille. Et Gervaise écopait!

Il ramassa et empila les billets de banque. Les œufs étaient vingt cents la douzaine. Les poules auraient besoin de pondre dru, s'il voulait ramasser la somme qu'il devrait bientôt débourser!

Il dissimula l'argent sous le matelas. L'idée de ne pas changer de chambre l'effleura un instant, mais il avait besoin de mettre de l'ordre dans sa tête. Pour le moment, il n'avait pas sa femme en odeur de sainteté; il voulait réfléchir et il avait besoin de solitude. Plus tard il aviserait.

La philosophie du terrien est faite de simplicité et de logique. Elle s'explique par l'exigence des saisons: tu sèmeras au printemps si tu veux cultiver à l'automne; par l'exigence du bétail: tu le nourriras si tu veux qu'il te nourrisse. L'homme et la nature ne font qu'un. À mesure que la forêt régresse, faisant place à des champs propres à la culture, le fermier se raffermit dans ses théories. Son univers est bien spécifique: sa terre et le cœur de celle-ci: sa famille. Le silence de l'homme qui œuvre dans le pré, les grands espaces isolés, n'engendrent pas chez lui la solitude; le travail exigeant n'engendre pas de regrets: la patience et sa sagesse sont ses vertus. Mais que survienne un événement fortuit, il réagira spontanément, avec toute la logique dont il est capable. Ce n'est qu'une fois tout rentré dans l'ordre qu'il s'attardera aux faits pour en approfondir la portée.

Pour le moment, Arthur pensait à sa sœur qui reposait auprès de ses parents et de ses enfants morts en bas âge. À ces derniers, il adressa une prière: «Veillez sur votre sœur Gervaise.»

Il marcha vers les bâtiments. Sa première visite fut pour Toutoune, la grosse truie au ventre plein. Elle était si grosse qu'elle avait peine à se déplacer. «On dirait que sa panse va éclater.» Pour lui donner plus de liberté de mouvements, il mena le verrat dans une soue improvisée.

Arthur prenait tout son temps pour accomplir sa tâche, car la maison lui puait au nez. Pourtant, il lui faudrait reprendre son équilibre, car la vie devait continuer.

***

Un soir, Arthur s'attabla auprès de son fils qui faisait ses devoirs. Il alignait des colonnes de chiffres et calculait: il faut au moins cent trente-cinq bottes de foin pour nourrir chaque vache; jusqu'à deux cents pour le cheval. «Pas question de sacrifier les bêtes. J'aurai peut-être besoin d'engager de l'aide; les journaliers ne manquent pas!»

Il fit la liste de provisions nécessaires: les graines pour les semences, le grain, l'avoine et le bois plané pour les réparations. Toutes ces opérations sont pénibles pour lui qui sait à peine écrire. Aussi son fils irait-il à l'école le plus longtemps possible, de même que sa fille.

Les occupations qu'il s'imposait pour distraire ses pensées ne réussissaient pas à faire oublier au fermier ses inquiétudes profondes.

Lucette se berçait, distante, effacée, silencieuse. La vie sous ce toit serait, Arthur le sentait, à jamais perturbée. Il leva la tête et, sur un ton qu'il voulait neutre, s'adressa à son épouse:

— Va dormir, Lucette. Va te reposer.

À sa grande surprise, elle se leva, s'arrêta un instant devant la table et regarda son fils. Puis, posant la main sur la rampe, elle monta lentement, péniblement, semblait-il à son mari qui l'observait du coin de l'œil.

«Pilou, le taureau, va bien chercher dans les quinze cents livres, il faudra le remplacer. Le sacripant s'est si fortement lié d'amitié avec la vache Rousse qu'il dédaigne les autres vaches du troupeau! Les génisses, si je n'y vois pas, menacent de rester vierges, ne se reproduiront pas, et ne fourniront pas de lait!» Ses réflexions le firent sourire. «Sacré Pilou, il a plus de cœur que bien des humains!» La fidélité de l'animal pour Rousse l'attendrit un instant.

Devrait-il vendre le bœuf vivant? «Il doit peser dans les mille cinq cents livres au-dessus. Une moitié me donnerait une réserve de viande pour l'année. Avec ce que me rapporterait la carcasse et la vente de l'autre moitié de la bête, j'encaisserais assez pour me procurer un jeune bœuf, de bonne race, propre à la reproduction. Le taureau et le coq ont aussi des amours préférentielles qui me coûtent cher.» Cette surprenante réalité de la vie sur la ferme lui avait été enseignée par son père; il avait, à l'époque, à peine seize ans. Encore aujourd'hui, il se souvient de la gêne que lui avait causée cette confidence, laquelle lui avait été faite ici même, dans cette cuisine, près de cette table. Seuls le prélart et les rideaux avaient été remplacés. Mordillant le bout de son crayon à mine, Arthur promenait les yeux sur le décor familier, comme s'il le voyait pour la première fois.

Non, il ne vendrait pas Pilou; il ne l'échangerait pas contre le taureau d'un autre fermier, comme ça se faisait occasionnellement. Il ferait boucherie... Sur sa liste, il écrivit: «voir pour jeune taureau». Quant au coq, il deviendrait un bouillon de soupe et un ragoût qui donnerait des forces à sa fille quand celle-ci reviendrait bientôt de l'hôpital. Et il écrivit: «acheter un coq». Levant la tête, il dit tout haut:

— Fiston, il faut aller dormir. Dimanche, nous irons visiter ta sœur à l'hôpital. Vois-y en conséquence, pour te libérer tôt de tes devoirs et de tes leçons.

L'enfant regarda son père, eut un grand sourire, fit «oui» de la tête et s'écria: Youpi!

— Hein? questionna le père.

— Je cherchais dans ma tête ce qui ferait plaisir à Minotte, je viens de le trouver.

— Tu veux me le dire?

— Le docteur a dit qu'elle est dans une salle avec d'autres enfants. Je vais leur faire des avions de papier qu'ils pourront se lancer d'un lit à l'autre. Ça va les amuser et les distraire.

— Tu es un bon garçon, Raymond.

Embarrassé, l'enfant baissa les yeux. Ses devoirs ne l'intéressaient subitement plus. Il pensait à sa poupée de sœur qu'il avait surnommée Minotte.

Ce matin-là, ils partirent à cheval, bien endimanchés, le bout du nez luisant, les cheveux bien lissés. Dans un sac Raymond avait délicatement entassé une dizaine d'avions faits de papier soigneusement plié. Il faisait encore brun lorsqu'ils traversèrent le village. Piton semblait priser sa randonnée. Le vieux cheval de trait trouvait la charge de la voiture bien légère à tirer.

Le village suivant était plus important: l'église était énorme, avec ses deux clochers pointés vers le firmament et une population plus dense. Il y avait mouvement de foule: on se rendait soit à l'église, soit chez des parents à visiter. Raymond, enchanté, pivotait sur son siège. Ses seules sorties consistaient en des rencontres entre scouts, dans les environs. Jamais encore n'avait-il poussé aussi loin la balade. Tout l'émerveillait. Le chemin de macadam s'arrêtait. On roulait maintenant sur une route toute noire et solide, sur laquelle leur carrosse semblait glisser.

— Hein, qu'est-ce que t'en penses, fiston, est-ce assez doux à ton goût? Finie la poussière!

— C'est chouette! C'est loin, l'hôpital?

— Une couple de milles encore.

— C'est chouette.

À nouveau, le silence tomba. L'émerveillement du garçon ne cessait de croître. Les arbres jetaient occasionnellement de l'ombre sur leur passage. Les maisons étaient entourées de verdure, rase et douce. Raymond n'avait jamais rien vu d'aussi beau.

— C'est comme dans les livres d'images.

Arthur sourit. Il se surprit à espérer que leur retour soit aussi gai. Son fils tapait maintenant du pied en *turlutant*.

— Chante plus fort!

— On me prendrait pour un fou! Dis, papa, ça doit rouler bien vite une auto sur une pareille surface lisse?

Le père sourit. La question suivante figea cependant son visage.

— La grande ville, papa, c'est beau comme ça?

— Je ne le sais pas, fiston. Je n'y suis jamais allé. Le bien paternel est, dans mon idée à moi, le plus beau coin du monde...

L'aveu lourd de sens, et cachant sans doute une interrogation, ne trouva pas écho dans l'âme du jeune garçon. Aujourd'hui, celui-ci pensait avec ses yeux, à travers les images qui défilaient de chaque côté de la route. Il y avait tant à voir! Dans sa mémoire, il tentait de tout enregistrer.

— Regarde à ta droite, sur le fond, à l'horizon. Cette tache grise, c'est l'hôpital.

— Cette grosse bâtisse-là est pleine de malades?

Arthur ne répondit pas. Il serra plus fortement les *cordeaux* qui commandaient le cheval. Piton ralentit, la bête suait, la longue trotte l'avait assoiffée.

Contournant l'hôpital, Arthur regarda la position du soleil: il cherchait de l'ombre pour que l'animal puisse se reposer. Il fixa les guides à un arbre, puis il marcha en direction de l'arrière de la voiture. Il rapporta une ration de foin à son vieil ami et le caressa un peu. De sa poche, il sortit une pomme. Piton la renâcla et la saisit dans sa gueule gourmande. Puis, il plaça sur le sol le récipient d'eau fraîche qu'il avait puisée à cette fin, avant le départ de la maison.

— Ça, fiston, c'est pour nous.

De sous la banquette, il sortit un sac de papier brun qui contenait un quignon de pain, une bonne ration de fromage et quelques croquignoles.

— Chouette: tout ça, c'est chouette!

Ils mangèrent en silence; un silence qu'Arthur aurait aimé ne pas rompre, surtout pas avec les paroles qu'il allait prononcer. S'empiffrant, les yeux pleins d'étoiles, son gars avait l'air d'un pacha, hautement perché sur le banc du boghei.

— Fiston...

— Oui, papa?

— Là-haut, il faudra freiner tes émotions, quoi que tu voies ou entendes. Gervaise n'est pas guérie. Elle va pleurer, surtout quand sera venue l'heure de partir. Ce n'est pas tout... Elle a mal, beaucoup. Il ne faudra pas jouer avec elle pour ne pas aggraver sa blessure.

— Sa blessure? l'interrompit Raymond.

— Je te raconterai tout ça plus tard. Gervaise... ne doit pas se lever de son lit, ni marcher.

— O.K., papa.

— Tiens, remets-lui ça.

Arthur sortit un petit sac dans lequel il avait glissé quelques pommes et des gâteries.

L'ascenseur grimpait les étages. À travers le grillage de la porte métallique, l'on pouvait apercevoir des malades, des infirmières coiffées et vêtues de blanc. Le tout impressionnait fortement l'enfant, si bien qu'il sentit une boule se former au fond de sa gorge.

— Ça va, fiston?

Le corridor leur parut interminable. Le numéro quatre cent dix parut enfin. Ils s'arrêtèrent un instant pour reprendre une contenance assurée. La porte, très lourde, s'ouvrit lentement. À l'intérieur, on riait, puis on se tut. Raymond serrait très fort les sacs qu'il tenait, un dans chaque main. Les yeux des visiteurs faisaient le tour des lits.

— Papa! Raymond! Papa! Raymond!

Les hommes coururent vers Gervaise, les bras tendus. On s'embrassa.

— Minotte, bonjour, Minotte!

Arthur ne parvenait pas à desserrer les mâchoires. Quand il embrassa sa fille, il craqua. Il se laissa tomber sur la chaise devant lui, et inonda de ses larmes le lit blanc.

— Hum! Hum! Papa doit être bien fatigué, blagua Raymond. Ça va bien, Minotte?

— Oui, fit de la tête la fillette émue.

— Tu as mal?

— Oui, quand on me donne des piqûres.

— Des piqûres?

— Oui, des remèdes pour me guérir.

— Pas d'autres bobos?

— Non, dit-elle, bravement.

— Regarde, j'ai une belle surprise.

Il sortit un avion de son sac, s'éloigna et le lança vers elle. Les autres petites malades s'exclamèrent. Raymond, ravi, en lança un à chacune. Et le concours commença! Arthur retrouva enfin son calme. Le rire des enfants lui fit chaud au cœur. La fête se prolongea. Une infirmière se présenta, un aéronef lui passa près de la tête qu'elle inclina.

— Bon, ne vous fatiguez pas trop. Serrez vos aéroplanes et reposez-vous. Je présume que vous êtes monsieur Lamoureux, le père de Gervaise.

— Oui, Madame.

— Nous aimerions vous voir avant votre départ. Arrêtez au poste situé au milieu du passage. Je serai là.

— Bien, Madame.

La dame en blanc pinça affectueusement les orteils de Gervaise et quitta la chambre.

— Elle est gentille, dit Raymond. Tiens, prends ceci, c'est pour toi.

— Raymond...

— Quoi, Minotte?

— Je ne peux plus marcher.

— Ah non? Pourquoi?

— J'ai brisé mon ange.

— Ton ange?

Arthur, qui avait compris, crut qu'il allait défaillir.

— Mais, ça se répare, ce machin-là?

— Oui, un docteur va venir la souder pour la guérir.

— Il faudra être patiente.

— Je m'ennuie de vous autres.

— Quand tu rentreras, je vais te gâter, te promener sur mon dos; tu n'auras pas à marcher.

— Mais avant, tu vas revenir?

— Oui, promis.

— Je serai très sage, et je guérirai très vite.

— Ça, c'est ma Minotte qui parle!

Arthur se leva, se dirigea vers la fenêtre, remonta les épaules, les mains enfouies tout au fond de ses poches. Il écouta le discours de ses enfants, le cœur brisé. N'en pouvant plus, il décida de s'éloigner pour cacher son désespoir.

— Je vais au poste, je reviens.

Il devait sortir, sans quoi il aurait étouffé. Dans le corridor, il s'arrêta. Il fit un effort surhumain pour surmonter son chagrin. On lui demanda sa signature pour autoriser l'intervention chirurgicale. Sa main tremblait. Les yeux suppliants, il osa la question:

— Marchera-t-elle un jour?

— Le docteur le croit. S'il était ici, je lui demanderais de vous recevoir. Malheureusement, il est absent aujourd'hui.

— Vous semblez bonne. Soyez-le pour ma fille, je vous en supplie.

— Ayez confiance, priez. Le Maître veille sur les enfants. Gervaise est un petit bout de chou adorable. Elle est douce et docile. Vous voyez, vous avez de la chance. Nous ferons tout ce qui est humainement possible pour vous la rendre en santé.

— Ce... sera long?

— J'en ai bien peur: les os ont besoin de beaucoup de temps pour se souder.

Il le savait, ses bêtes lui avaient fait connaître l'expérience.

— Je retourne la voir.

— Ne vous attardez pas, elle a besoin de beaucoup de repos. Chaque minute est précieuse dans son cas.

— Merci, Madame!

Arthur revint dans la chambre, s'approcha de sa fille, caressa ses cheveux.

— Tu es déjà mieux, beaucoup mieux. Guéris vite. Je t'aime, mon chou.

— Moi aussi, papa.

— Nous devons partir, mais nous allons revenir. Mange bien, dors beaucoup.

Gervaise fit la moue, elle allait pleurer; Arthur ne voulait pas voir ça, il s'éloigna.

— Je descends m'occuper de Piton; ne tarde pas, Raymond, je t'attends dehors.

Il disparut derrière la grande porte sur laquelle le regard de l'enfant resta un moment fixé.

— Quand on va revenir, je vais t'apporter des oranges, comme à Noël, tu veux? Fais-moi un beau grand sourire que je vais garder dans mon cœur.

Le sourire ressemblait à une grimace. L'enfant luttait contre sa peine. Raymond embrassa sa sœur sur les joues et se mit à rigoler:

— Fais-moi un beau bec à pincettes.

Gervaise pinça de ses doigts les joues de son frère et l'embrassa sur le nez. Les fillettes se mirent à rire. Raymond leur dit bonjour de la main en les regardant une à une. Il sortit après un dernier regard en direction de Gervaise. Il arpenta le passage, se sentit perdu. Il se dirigea vers une infirmière et lui demanda où était l'escalier.

Il descendit les étages, l'endroit était désert. Il avait besoin de ces minutes de solitude: il lui fallait se composer un visage, l'émotion lui faisait mal. Des mots résonnèrent dans sa tête: «Je ne peux plus marcher.»

Piton était toujours là, près de l'arbre. Mais son père n'était nulle part. Raymond s'inquiétait, il scruta les alentours. Il le vit, assis sur un banc, la tête cachée dans les mains.

Jusque-là, il avait compris la colère de son père, mais sans en connaître la raison. Voilà que le chagrin de l'homme lui apparaissait dans toute sa nudité, ce qui émoussa davantage sa curiosité. La veille, avant de s'endormir, il s'était juré de questionner son père sur le chemin du retour. Il n'en aurait pas le courage, il le sentait.

— Papa, papa!

L'homme sursauta.

— Il faut partir, papa.

— Oui, bien sûr.

On aurait dit que la tempête avait balayé le décor, la route lisse et douce, la belle verdure. Chacun de son côté, ces deux êtres étaient aux prises avec leur tourment intérieur et n'avaient plus d'yeux pour ce monde cruel. Seul Piton s'y donnait à cœur joie. Il grugeait la chaussée de ses sabots bien ferrés. Arthur n'utilisait pas les rênes, aussi l'animal allait-il à son propre rythme.

La maison était en vue, Arthur ralentit l'allure de sa monture. Tout semblait calme. Il en profita pour guider Piton vers l'écurie. Tout à coup, il entend un vacarme inhabituel venant de la grange. Il saute en bas du boghei et se précipite à l'intérieur.

— Viens, Raymond, crie-t-il tout en courant.

La pénombre le déroute un instant, il écarquille les yeux.

— C'est Toutoune, la truie.

L'homme est secoué d'un rire nerveux.

— Regarde-moi ça! C'est pas possible! Pauvre bête! Regarde-moi ça!

Arthur va vers la porte, laisse tomber ses culottes du dimanche et enfile sa salopette. Ses bottes ne sont pas là, tant pis: il ôte ses souliers, il ira pieds nus.

— Ma pauvre vieille, tu as fait ça toute seule comme une grande fille! Compte les petits, mon gars. Je n'ai jamais encore vu pareille portée!

— Il y en a huit, papa.

— Es-tu certain?

— Ils bougent trop, c'est difficile de les compter.

De fait, les cochonnets se chamaillent pour atteindre les mamelles gonflées de lait.

— Ça, mon gars, c'est le miracle de la vie! Regarde-moi ça gigoter, et ça vient à peine de venir au monde!

Raymond n'écoute pas. Soudain, il s'exclame:

— Onze, papa. Onze bébés cochons. Il y en a onze!

Arthur passe un chiffon mouillé sur la bête qui semble épuisée.

— Elle a soif.

— Il faut attendre un peu avant de lui donner à boire; l'eau froide n'est pas indiquée, elle a eu trop chaud, il faut penser à la pneumonie!

Les grognements des jeunes pourceaux résonnaient à l'oreille de l'homme, telle une musique douce. Il continuait d'éponger la truie qui semblait rassurée par sa présence. Dès que la traite des vaches serait faite, il lui servirait un plein bac de lait tout chaud.

Oui, il nourrirait quelques-uns de ses cochonnets avec le petit lait qui se dépose au fond du centrifuge quand il fait le beurre. À l'hiver, il pourrait servir du bon cochon de lait à sa Gervaise. Cette pensée le ramena au sens pratique: il compta les goinfres qui piétinaient la panse de leur mère truie qui, ce matin encore, les nourrissait à même son sang à elle.

— Tu as raison, mon gars, il y en a onze.

— C'est chouette!

— Le bon Dieu a des manières bien à Lui de se faire pardonner les épreuves qu'Il nous envoie.

Raymond regarda son père. Il eut l'impression que celui-ci avait exprimé tout haut sa pensée, qu'il se parlait à lui-même. Cette phrase, Raymond la répéterait souvent au cours de sa vie.

— Va, mon gars, va apprendre la bonne nouvelle à ta mère. Change de vêtements, puis nettoie tes souliers, ils sont tout crottés. Moi, je dois rester ici et faire le train.

— Veux-tu tes bottes, papa?

— Oui, fais ça pour moi. Je les ai laissées dans la remise.

Arthur se lava les pieds avec le boyau d'arrosage. Puis, il grimpa au fenil et, à l'aide d'une fourche, lança du foin en bas. Une belle grosse ration. «Les bêtes se gaveront ce soir, elles l'ont bien mérité.»

Il dételа le cheval, tira le boghei dans la grange. Il pensa à l'hôpital et à Gervaise. «Le docteur va la réparer, il le faut *à tout drette*! Ma fille va marcher!»

Arthur se dirigea vers la maison. Soudainement, il s'immobilisa: «Mon Dieu, je vous fais un serment: si ma fille marche à nouveau, je passe l'éponge, je pardonne à Lucette, j'oublie tout, et jusqu'au jour de ma mort, je serai un bon chrétien».

Ce soir-là, il dormirait encore dans la chambre de Gervaise... Et son devoir d'époux? Avec Dieu, il avait fait un pacte: il Lui appartenait de respecter Sa part de la convention.

Chapitre 2

Les jours passaient, longs et monotones. Lucette négligeait de plus en plus les soins du ménage de la maison. Le choc du tragique accident, ajouté à la froideur de son mari et de son fils, continuait de la bouleverser et de la traumatiser. Elle passait des heures à ruminer sa peine. La mort de sa belle-sœur ne lui avait pas apporté le soulagement escompté. Le sort de Gervaise ne la préoccupait pas outre mesure.

La peine qui inondait l'âme d'Arthur, bouleversé à outrance, l'empêchait de s'arrêter à l'étrange conduite de sa femme. Seul Raymond s'en inquiétait, et il s'efforçait de pallier aux lacunes de sa mère en faisant la vaisselle, en rangeant la maison.

Gervaise était toujours hospitalisée là-bas et les résultats se faisaient attendre.

Les semences étaient finies. L'homme accomplissait les travaux de la ferme pendant que la terre poursuivait son œuvre en faisant germer le grain jeté en son sol.

Il chaulait la crèche des animaux qui, eux, se prélassaient dans le pré. La chaleur, ce jour-là, était accablante. Grimpé sur l'escabeau, il faisait ses gestes de façon mécanique, car le fait d'enduire de chaux les murs pour les désinfecter lui rappelait la chambre maudite, condamnée, là-haut, dans sa maison. Il repensait au drame qui y était rattaché. Soudain, il suspendit son geste: une pensée terrible lui traversait l'esprit. Une pensée si terrible qu'il en échappa l'énorme pinceau enduit du liquide laiteux. Figé de stupeur, il restait là, le regard perdu dans le vide. Une frayeur terrible venait de l'envahir.

Arthur descendit de son perchoir, laissa tomber la

salopette qui couvrait ses vêtements, harnacha le cheval et partit en trombe vers le village. À Piton, il imposa le galop, priant Dieu pour que le docteur soit à son bureau.

En effet, celui-ci s'y trouvait, mais il était en consultation. Assis dans l'antichambre, le fermier craignait de suffoquer; l'attente devenait interminable.

Lorsque, enfin, la porte se referma derrière lui, il se planta debout devant le pupitre du praticien et l'interrogea:

— Vous avez dit que les microbes tuent.

— Pas tous.

— Mais ceux de ma sœur, ceux de son sang.

— Tu t'inquiètes pour Gervaise?

— Je ne parle pas de ça.

— Alors explique-toi; je ne sais pas très bien où tu veux en venir.

— Les microbes de ma sœur pouvaient tuer; même après sa mort, ils vivent encore... sauf si on les brûle.

— Et alors?

Arthur serra le vieux chapeau de feutre qu'il tenait à la main, l'abominable question brûlait au fond de sa gorge.

— Et alors? répéta le médecin.

La réponse tardait à venir.

— Mes gars, docteur?

— Tes gars?

— Oui, mes gars morts jeunes... Mes fils!

Arthur ne put poursuivre, mais le médecin avait compris. Alors il expliqua. «Parfois les microbes sont combattus, parfois ils sont fatals, selon la constitution de celui avec qui ils entrent en contact. Ainsi, ta fille Gervaise, elle a combattu. Aucune mauvaise trace sur ses poumons ni dans les sécrétions. Je peux même affirmer qu'elle n'est pas contagieuse, et sans doute immunisée contre le mal.»

Le long exposé, qui traitait de génétique et du

système immunitaire, se poursuivit. Cependant, Arthur n'écoutait plus. Ainsi, à cause de l'orgueil et de l'intérêt, de Lucette et de son étourderie, ses enfants, ses gars étaient morts en bas âge. Ils avaient été contaminés par des microbes invisibles mais mortels.

Il rentra chez lui, abattu, vidé. Les mots entendus tournaient dans sa pauvre tête qui faisait mal. Il se raccrochait à la pensée que Raymond était sain, bien vivant et que Gervaise lui reviendrait malgré tout, même si elle ne devait plus jamais marcher.

À l'apaisement procuré par ces pensées réconfortantes, succéda une colère sourde. L'hiver précédent, il avait taillé en pointe des troncs de cèdre pour en faire des pieux afin de réparer une clôture marquée par le temps. Aujourd'hui, il calmerait ses nerfs en les plantant. Chaque coup porté expulsait de son thorax un son rauque. Han! Han! Han! La roche qui nuisait à la manœuvre était saisie et lancée au loin avec une rage peu commune. Arthur avait mal. Le soleil baissait. Arthur œuvrait, inconscient de l'heure, lié à ses sentiments oppressants.

Raymond, revenu de l'école, avait fait ses devoirs et s'inquiétait: pourquoi son père n'entrait-il pas? Les bidons qu'il utilisait habituellement pour transvider le lait de la traite des vaches se trouvaient là, près de la porte. Ils étaient encore vides. Il décida d'aller voir ce qui se passait aux bâtiments. Il n'y trouva pas son père. Il sortit et scruta les alentours. Le bruit de la masse qui martelait attira son attention. Raymond marcha dans cette direction. Il vit son père, s'en approcha et l'interpella. Arthur n'entendait pas. Chose étrange, le fermier n'avait pas enfilé sa salopette. Il n'en fallait pas plus: Raymond prit peur, les nouvelles de l'hôpital étaient mauvaises.

— Papa! hurla le gamin en touchant le bras de son père qui sursauta.

— Tiens, c'est toi, Raymond.

Le regard de l'homme effraya l'enfant. Les sueurs qui perlaient sur son visage, ses traits défaits confirmaient ses craintes.

Arthur déposa la masse, sortit son mouchoir bleu à carreaux et épongea son front.

— Dis-moi tout, papa. Tu as eu de mauvaises nouvelles de Minotte?

— Non! Grand Dieu, non! Qu'est-ce qui te fait penser ça?

— J'ai cru ça...

— Pourquoi, fiston?

— ...

— Dis-moi le fond de ta pensée.

— C'est ma faute.

— Quoi? Qu'est-ce qui est ta faute?

Raymond hésitait. La tête inclinée, rouge de honte, il n'osait regarder son père. D'une voix à peine audible, il murmura: «J'ai honte».

— Tu as honte? De quoi?

— J'y pense tout le temps, depuis que Gervaise est à l'hôpital.

— Tu penses à quoi, mon gars?

— C'est ma faute si ma tante est morte. J'encourageais Gervaise à aller jouer avec ma tante qui me faisait pitié. Je surveillais la porte quand elle y allait pour la prévenir au cas où maman viendrait.

— C'est-y Dieu possible!

Arthur attira à lui l'enfant, le prit dans ses bras, le serra sur son cœur. Le coupable, pétrifié, tremblait de tous ses membres.

— Mon pauvre petit! Pourquoi, bougre, ne m'as-tu pas rien dit plus tôt? Tu avais ces remords à endurer, là, dans la tête... à part tout le reste! Mon pauvre petit gars, arrête de penser à ça. Tu ne pouvais pas savoir ni prévoir.

— Je voulais te parler, j'osais pas, j'avais peur.

— Viens, assieds-toi près de moi. On va jaser à cœur ouvert.

Assis l'un près de l'autre sur les pieux empilés, le père et l'enfant se turent un instant. Puis, l'homme rassura son fils avec des mots simples. Il lui relata la conversation qu'il avait eue avec le médecin, plus tôt dans la journée. Il tut ses craintes au sujet de ses jeunes frères décédés, mettant de l'emphase sur la nature forte et combative de Gervaise. «Elle marchera», le rassura-t-il, pour compléter son exposé.

Il y eut un long silence. Puis, Raymond enchaîna:

— Papa, il y a autre chose.

— Dis, fiston.

La voix affectueuse de son père faisait chaud au cœur de l'enfant.

— Papa, c'est la fin de l'année scolaire. Demain commencent les examens en vue de mon certificat. Après, je vais quitter l'école et rester sur la ferme pour t'aider.

— Jamais!

— Écoute, papa...

— Jamais! Qu'on n'en parle plus.

— Mais, papa!

— Jamais, tu m'as bien compris. Allons souper, ta mère doit nous attendre.

Raymond voulait aussi parler de sa mère, informer son père de ce qui, la concernant, l'inquiétait. Mais il n'osa pas. Il se leva et emboîta le pas à son père qui se dirigeait vers la grange pour y déposer la masse.

— Les vaches, j'ai oublié! Fais entrer les poules, sers la *bouette* aux cochons et remplis bien l'auge.

Arthur avait l'âme remuée par la conversation qu'il venait d'avoir avec son fils: «Que de misères, grand Dieu, mijotent dans le cœur des humains!»

Ensemble, ils revinrent vers la maison. L'un tenait la chaudière pleine de lait chaud et mousseux et l'autre, le panier de broche rempli d'œufs.

***

Ce dimanche-là, ils visitèrent Gervaise. De sa bouche, ils apprirent qu'elle n'aurait pas besoin d'être opérée, le docteur le lui avait dit.

— Tu marcheras, Minotte? demanda Raymond.

— Oui, fit-elle de la tête, avec un grand sourire.

— Tu as essayé?

— Dans quelques jours, répondit une religieuse qui venait d'entrer discrètement. Dans quelques jours, Gervaise tentera de faire ses premiers pas; l'exercice et les traitements se poursuivent.

— Merci, merci, ma sœur, balbutia Arthur.

— Ça c'est chouette! s'exclama Raymond.

— Tu as dit à ton père? demanda la dame en blanc.

— Non, pas encore.

— Fais-le!

La bonne sœur fit un clin d'œil à Gervaise et s'éloigna. Celle-ci sortit une ardoise dissimulée sous son oreiller. Les lettres de l'alphabet y étaient alignées. En bas, on pouvait lire: Raymond, Gervaise, papa, maman.

— Tu peux écrire tout ça? demanda Raymond.

— Ton nom est le plus difficile à cause du «Y», mais le reste se ressemble. Sœur Saint-Jean m'a montré le truc. Moi aussi je pourrai lire le journal, comme papa!

***

Raymond fouilla dans ses livres. Soudain, il s'exclama: «Vincent Massey, c'est bon!»

— Qu'est-ce que tu racontes?

— C'est le nom du premier Canadien de naissance à avoir accédé au poste de gouverneur général du Canada. Terre-Neuve, la dernière province à joindre la Confédération canadienne, chouette! Champlain, le père de la Nouvelle-France, céda Québec aux frères Kirke en 1629.

Raymond continuait de feuilleter son livre, le toupet en désordre, surexcité. Arthur souriait; les connaissances de son fils l'épataient. «Calixa Lavallée a écrit la musique et Adolphe-Basile Routhier, la chanson de l'Ô Canada. Chouette, papa, je vais avoir cent pour cent à mon examen d'histoire du Canada!»

— Bravo, mon fils, bravo!

Ce disant, Arthur regarda en direction de Lucette.

— Tu as entendu ça, sa mère?

Non, Lucette n'avait rien entendu. Assise bien droite, elle regardait le mur devant elle.

— Lucette!

— Hein?

Raymond venait de perdre toute raison d'être joyeux. Il ferma ses livres qu'il fourra dans son sac d'école et monta dans sa chambre sans dire bonsoir.

«Il faudra que je parle à Raymond, Lucette semble bien affectée par l'indifférence que le petit lui témoigne depuis le jour maudit entre tous.»

Ce trente et un juillet, un dimanche ensoleillé, Arthur avait enfoui dans sa poche le contenu de son bas de laine. Pour sa dernière randonnée à l'hôpital Sainte-Anne, il avait paré la banquette du boghei d'un oreiller et glissé une couverture sous le siège. Malheureusement, l'espace dans le cabriolet ne permettait pas à Raymond d'être du voyage, car Gervaise sortait aujourd'hui de l'hôpital pour enfin rentrer à la maison.

Aussi, le grand frère ne finissait plus de faire des recommandations à son père: pas de vitesse, éviter les pierres sur le chemin, transporter Gervaise dans ses bras... Arthur souriait, se réjouissait de tant de délicates pensées.

Le cœur en fête, il atteignit enfin l'hôpital. Il se dirigea vers le bureau de la comptabilité, comme on l'avait prié de le faire lors de sa dernière visite. La religieuse, derrière le guichet vitré, lui remit une note. Arthur mit la main sur son magot qu'il donna à la bonne sœur, la priant de prendre la somme nécessaire pour payer la dette. Une grosse moitié de ce qui restait des économies fut placée dans un tiroir, et un papier marqué du sceau «payé» fut signé et remis au brave homme avec un merci bien articulé.

La porte du quatre cent dix fut poussée. Gervaise, assise sur la chaise près de son lit, avait les yeux rivés sur la porte.

— Papa! cria l'enfant.

L'homme la prit dans ses bras, la serra sur son cœur. L'émotion était grande, l'instant très doux. Les fillettes regardaient l'effusion avec tristesse; elles perdaient leur compagne. Arthur la posa doucement sur sa chaise.

— Tes bagages sont là? demanda l'homme pour faire les frais de la conversation.

— Oui, papa.

Gervaise se leva. Se tenant contre le lit, elle marchait lentement en direction de la sonnette. L'infirmière se présenta et fit ses recommandations au père, qui écoutait, buvant chaque mot énoncé. Il était question d'exercices, de patience, de douceur. Les marches étaient interdites: ni monter ni descendre les escaliers pour quelque temps encore.

C'est dans les bras de son père qu'elle atteignit la voiture qui la ramènerait chez elle.

— Raymond n'est pas avec toi?

— Il n'y avait pas assez de place, mais il t'attend sur la galerie, j'en suis certain. Veux-tu coucher ta tête sur moi?

— Non, je veux voir dehors.

— Tu peux le faire maintenant; sur le chemin asphalté, c'est plus doux, moins cahoteux, mais quand nous atteindrons la route de gravier, il serait bon que tu t'étendes.

De fait, Raymond était là, à l'entrée de la cour, surveillant la route. Il trottina aux côtés du cheval, criant la bienvenue à sa cadette.

Ému, Arthur laissa son fils soulever la petite et la conduire dans la maison. Pour eux, il ouvrit toute grande la porte d'entrée.

— C'est toi, Raymond? demande Lucette.

— Oui, maman. Gervaise est là.

— Tu veux des croquignoles, mon Raymond?

— Bonjour, maman, dit la fillette en baissant les yeux.

— Bonjour, Mademoiselle. Voulez-vous des biscuits?

Le ton était sans malice. Raymond regarda son père. Arthur se mordit les lèvres. Que se passait-il dans la tête de Lucette? Jouait-elle la comédie? Était-il possible que le souvenir de Gervaise se soit estompé de la mémoire de sa femme?

— Maman, répéta Gervaise.

— Oui, Mademoiselle?

Se tournant vers Raymond, Gervaise demanda:

— Pourquoi maman m'appelle-t-elle mademoiselle?

— Tu es partie depuis longtemps, Minotte. Maman t'a peut-être oubliée... Ça va revenir. Dis, tu peux marcher?

— Regarde.

Gervaise se leva avec précaution, comme on le lui avait enseigné. Elle se rendit à la table et revint vers sa chaise.

— Tu as faim?

— Non, mais j'ai soif.

— Un grand verre de lait avec une croquignole, ça te tente?

Arthur, assis sur la berceuse, gardait les mains crispées sur les bras de la chaise. Sa fille marchait, oui, elle marchait, mais avec peine et elle boitait. Sa fille Gervaise boitait. Elle traînait une jambe, manquait d'équilibre; ça lui demandait un effort considérable pour se déplacer. Elle devait souffrir!

Mais elle marchait. Et puisqu'il en était ainsi, il réintégrerait la couche nuptiale. Pas par amour, que non! mais pour avoir Lucette à l'œil après ce qu'il avait vu et entendu ce soir-là... parce qu'il savait maintenant de quoi elle était capable. Et surtout parce qu'il l'avait promis à Dieu!

Au moment de se dévêtir, il sortit l'enveloppe de sa poche et la jeta machinalement dans le tiroir de la commode. Le beau et désirable tracteur avait perdu toute importance.

Au réveil, il installerait une targette à leur porte au cas où sa femme se lèverait la nuit et ferait des ravages. Ce soir-là, il veillerait. Il pria Raymond de garder la porte de sa chambre ouverte au cas où Gervaise aurait besoin de lui.

Il fit sa prière du soir, dit merci à Dieu. Son oraison n'avait cependant pas la ferveur qu'il anticipait. Un autre problème avait surgi, un problème qui le laissait perplexe. Le docteur lui avait fait une mise en garde qu'il n'avait pas comprise: «Garde un œil sur ta femme.» Avait-il donc prévu ce qui se passerait?

***

— Raymond, as-tu toujours ta voiturette?

— Oui, elle est dans la grange pourquoi?

— Je vais amener Gervaise au champ, ça la distraira et lui fera prendre l'air.

— Mais je peux marcher, papa.

— Je sais, ma fille. J'ai vu, et je suis fier de toi. Mais c'est difficile de marcher sur les roches et les mottes de terre. Tu dois être prudente: les os, tu sais, ça prend du temps à se souder.

Et la voiturette fut nettoyée, huilée. Minotte aimait ce moyen de transport qui la menait partout, tirée par son père qui imitait, en riant, le trot du cheval ou par Raymond qui la baladait dans tous les coins et recoins. Jamais auparavant elle n'était allée aussi loin sur la ferme.

Les légumes seraient bientôt cueillis: le blé d'Inde était dodu, l'herbe était haute sur pied. D'ici peu, il faudrait la faucher pour la sécher puis la fourcher et l'assembler en meules à grimper sur le fenil pour servir au bétail pendant la saison froide.

Les cochonnets étaient dodus, les deux poules couveuses dressaient leurs poussins jaunes qui ravissaient Gervaise. Un jour, elle éclata d'un grand rire sonore.

— Regarde, papa, la poule se dandine comme moi quand elle marche.

Arthur ravala; la petite était consciente de son infirmité.

***

Les jours raccourcissaient, les légumes s'entassaient dans le caveau. Arthur et Raymond trimaient dur. Gervaise, bonne élève, apprenait ses chiffres que Raymond lui enseignait sur son ardoise. Elle progressait aussi au niveau de ses déplacements, en traînant toujours sa jambe, mais avec moins de souffrance.

Elle faisait patiemment ses exercices, encouragée par son père. Lucette, par contre, se comportait de façon de plus en plus étrange. Elle semblait partie, dans un autre monde.

Un dimanche matin, la fillette et son frère s'amusaient avec un jeu de blocs sur la table de la cuisine. Lucette vint se placer devant eux et les regarda fixement. À la main, elle tenait une lime, laquelle servait à affûter les couteaux.

— Maman, dit Raymond.

La mère ne réagissait pas, se contentant de les fixer. Raymond prit peur et se mit à crier. Arthur, réveillé par le hurlement, dégringola l'escalier. Ce qu'il vit l'effraya. Il prit la lime des mains de sa femme; celle-ci ne s'opposa pas.

— Lucette, dit-il doucement, Lucette.

Elle obéit lorsqu'il la dirigea vers la berçante. Il l'aida à s'asseoir. Elle demeura là, passive, indifférente.

C'était le début d'un autre long et violent cauchemar.

Le médecin recommanda l'internement: Lucette avait un urgent besoin de soins psychiatriques. Pour sa sécurité et celle de sa famille, il fallait prendre cette mesure extrême.

— La police s'occupe habituellement du transport du patient jusqu'à l'hôpital, assure le docteur.

— La police? Pourquoi la police? Ma Lucette n'est pas une criminelle, elle est malade. Et je ne suis pas un nécessiteux: ma femme a besoin de soins, elle les aura!

Arthur laissa sa fille sous la surveillance de Raymond et prit le train qui les conduirait à Lévis. Une fois là, il aviserait des décisions à prendre.

Sa peine était atténuée par le fait que Lucette semblait ignorer complètement ce qui se passait. Arthur prit place près d'une fenêtre et tenta, mais en vain, d'attirer l'attention de sa femme sur le décor qui se déroulait sous leurs yeux. Elle demeurait impassible. L'homme hochait la tête, il ne comprenait pas. C'était ainsi depuis de longs mois. «Peut-être que le choc fut trop violent pour sa tête», pensait-il avec désespoir.

La vue de la religieuse qui les accueillit le réconforta; Lucette aurait l'attention nécessaire. Le gros bâtiment faisait peur avec ses fenêtres sécurisées, mais une fois à l'intérieur, tout était d'une propreté impeccable et d'un calme absolu.

Les longs traitements qu'avait reçus Gervaise rassuraient Arthur; sa femme était entre bonnes mains. Il avait la certitude que les soins et services prodigués par les bonnes sœurs seraient appropriés.

Le trajet du retour fut plus pénible, car il gardait en son cœur l'image d'une Lucette tout à fait absente mentalement. Au moment de son départ, il l'avait embrassée et serrée contre son cœur, elle n'avait pas réagi. Lorsqu'il avait traversé le hall d'entrée, les granules du plancher en *terrazzo* avaient dansé devant ses yeux embués de larmes. «Le gouvernement se charge des frais hospitaliers et des traitements, mais les douceurs sont aux frais de la famille...»

— Rendez-moi ma femme comme elle était avant ce mal; les douceurs, elle les aura, ah! oui, les douceurs, elle les aura! avait-il dit.

Les routes bordées de maisons cordées les unes contre les autres, se touchant presque, ces rues encombrées d'automobiles, ces panneaux-réclame, ce tumulte constant, ces gens pressés, les visages fatigués des citadins, tout lui paraissait laid, très laid.

Ce n'est que dans le train, qui filait enfin en campagne, dans les champs de verdure, qu'il se sentit réconforté. Il retournait en Gaspésie, retrouverait son village natal, le seul endroit où la vie avait un sens réel.

Son absence lui avait paru une éternité; son bas de laine avait maigri , son courage fondu.

Arthur, brisé par les épreuves qui n'en finissaient plus de lui tomber dessus, devint taciturne.

Tout ce qu'il avait mis tant d'années et d'efforts à construire s'effritait, le laissant désarmé. Plus cruellement encore, il était atteint dans sa chair: d'abord la longue et pénible maladie de sa sœur Marie, le décès prématuré de ses fils, puis sa fille Gervaise à tout jamais marquée, et maintenant sa femme.

Arthur ruminait ses malheurs, devenait avare de parole, préférait se réfugier dans le silence. La vie devenait intenable. Raymond avait aidé son père aux travaux de la ferme, mais l'entrain n'y était plus. Seule Gervaise servait de point de liaison entre le père et le fils qui vouaient à la fillette un amour partagé. Ensemble ils s'épataient de ses efforts, de ses progrès. Ils faisaient tout pour l'égayer et lui témoigner leurs sentiments profonds.

***

À plusieurs reprises, Arthur dut se rendre à l'hôpital Sainte-Anne, où Gervaise était examinée par le médecin qui l'avait traitée. On lui apprit que l'infirmité devait être acceptée, car l'opération ne réussirait probablement pas à améliorer la situation.

Au désarroi s'ajouta l'humiliation. Pour parvenir à payer ses dettes, Arthur dut s'astreindre à vendre une partie de sa terre à un voisin qui convoitait ce lopin depuis longtemps. Pas la terre cultivable, bien sûr, mais la section la plus importante pour la sécurité d'un habitant: des hectares de sa belle forêt, en partie des érables et d'autres types de bois franc.

Arthur crut qu'il mourrait de honte. Il se devait d'oublier le taureau, le coq et bien d'autres éléments de la liste de ses rêves. Pourquoi le sort voulait-il qu'il s'esquinte ainsi? Le soir venu, derrière la porte de sa chambre bien fermée, il demandait pardon à Dieu pour son manque de confiance. Mais le lendemain, son désespoir refaisait surface.

Raymond, que l'étude de la géographie avait inspiré, se remit à rêver d'évasion. Gervaise devenait de plus en plus autonome: elle montait et descendait l'escalier, grimpait sur une chaise pour laver la vaisselle. Septembre était venu, puis passé, suivi d'octobre. Pourtant, pas une fois le père n'avait fait allusion au fait que son fils n'était pas retourné à l'école.

La vie était devenue d'une tristesse incroyable. Le fermier avait fait la récolte, sauvé la moisson du gel. Il avait dû renoncer à son beau projet d'offrir aux siens le luxe de cochons engraissés au lait: il avait besoin de tout le capital que la terre pouvait rapporter. Il fit boucherie, mais sacrifia trop de bêtes; il lui fallait augmenter ses revenus et diminuer ses dépenses. Il n'osait plus penser au futur. D'après les rapports médicaux qu'il recevait de temps à autre, la condition mentale de sa femme ne semblait pas s'améliorer.

L'hiver était là, avec son cortège de tempêtes à surmonter. Le fermier se levait avant le soleil pour soigner ses bêtes et déblayer les environs de la maison. Il était tellement occupé par ses lourdes tâches qu'il ne se présenta pas à l'église une seule fois.

Quand sa peine se faisait trop amère, il allait se réfugier dans ses bâtiments; là il racontait ses souffrances à ses animaux entassés à l'intérieur pour échapper aux intempéries.

Un jour, il lui vint à l'idée de mettre sa fille Gervaise en pension dans une famille où elle trouverait une mère qui lui prodiguerait les soins nécessaires. Il rumina sa pensée et en parla à Raymond. Celui-ci tempêta: jamais, non jamais Minotte ne partirait!

— Ne crie pas si fort, elle va t'entendre.

— Alors? tu avoues donc que si elle entend, elle souffrira.

— Sois raisonnable, elle a plus de huit ans, elle doit aller à l'école. Avec sa... son... avec sa difficulté à marcher, elle ne pourrait pas parcourir une telle distance, l'école est trop loin d'ici.

Raymond se leva de sa chaise avec une telle précipitation qu'il la renversa sur le sol. Il ne se retourna même pas. Il courut vers l'escalier, grimpa les marches quatre à quatre et claqua la porte de sa chambre.

Arthur se prit la tête entre les mains, mais ne pleura pas: il n'avait plus de larmes. Il éteignit et monta dormir.

Dans son lit, les yeux ouverts dans le noir, Raymond décida qu'il partirait le premier.

Derrière la muraille, Arthur pensait tristement: «J'ai dû morceler ma terre; il me faudra maintenant diviser mes enfants, après avoir perdu ma femme.»

Chapitre 3

Le printemps se pointa enfin. «J'ai cru quelque temps que le soleil nous avait quittés pour aller éclairer une autre planète», soupira Arthur.

Elle était revenue, la saison des semences. Les mois qui suivraient seraient, pour Gervaise, les plus doux qu'elle connaîtrait. Son père et son frère ne négligeaient rien qui put lui faire plaisir. Ils s'évertuaient à trouver des moyens de donner de la joie à la fillette, sans doute par acquit de conscience, puisqu'elle devrait partir...

Un de ces plus beaux moments, qui ne cesserait d'enchanter la fillette, se produisit un dimanche matin. Son père, assis à califourchon sur le cheval, s'approcha de la galerie où elle se trouvait.

— Tu veux te balader avec moi?

Gervaise sauta sur ses pieds et tapa des mains, folle de joie. Son père l'installa devant lui sur le cheval. Il la pria de s'étendre sur la bête et de bien se tenir à sa crinière. «Empoigne bien son crin, mais ne touche jamais ses oreilles. Les chevaux n'aiment pas qu'on touche leurs oreilles.» Et la promenade commença. Arthur, rassuré par la contenance de l'enfant, qui n'était ni effrayée ni nerveuse, pressa la monture à trotter de plus en plus vite.

Gervaise riait aux larmes. Elle serrait les jambes contre le corps chaud de la bête, les mains fortement agrippées aux cheveux de Piton qui semblait, lui aussi, priser la balade.

Lorsque son père la redescendit sur terre, ses yeux brillaient de joie. Elle s'élança vers Raymond pour lui raconter l'exploit merveilleux.

Cette randonnée hanta longtemps le sommeil de la fillette, qui rêvait de courses folles sur un grand cheval ailé.

Fin août, ils eurent la visite du curé qui faisait sa tournée paroissiale. Celui-ci s'émerveilla de la condition de la petite, autrefois si mal en point. Il s'informa de Lucette, et se dit désagréablement surpris que Raymond ne retourne pas à l'école.

La visite terminée, le prêtre bénit les membres de la famille présents. Comme il allait partir, Arthur pria les enfants de sortir pour s'entretenir en tête-à-tête avec le visiteur.

Raymond devina: on allait discuter du sort de Gervaise. Si elle partait, il partirait aussi!

Montant dans sa chambre, il décida mentalement des choses qu'il prendrait avec lui et ébaucha son plan d'action. Il sortit son livre de géographie et étudia la carte du Québec. De son doigt, il suivait la rive sud du fleuve Saint-Laurent qui serait son guide. La ville de Québec l'attirait, mais elle se trouvait sur l'autre rive, ce qui l'embarrassait. Son père lui en avait dit tellement de vilaines choses quand il était revenu de voyage... Oui, il irait ailleurs, plus loin. Beaucoup plus loin. Ainsi, il ne serait pas tenté de revenir. Il prit un crayon et traça une ligne qui le rendit songeur.

Raymond épiait son père, l'observait. Parfois, il surprenait son regard posé sur Gervaise, le visage angoissé, sans doute torturé à l'idée de devoir bientôt se séparer d'elle.

Arthur avait beau tourner et retourner le problème dans sa pauvre tête, il ne trouvait pas d'autres solutions. Auprès de ses animaux, il se sentait fort aise: il connaissait leurs besoins, leurs attentes. Mais une fillette, toute menue et si vulnérable, le déboussolait. C'eût été facile, plus facile si l'enfant avait été de sexe masculin.

Un dimanche, en revenant de faire son *train*, il avait

empli la cuve d'eau tiède et prié Gervaise de prendre son bain. L'enfant s'amusait dans l'eau, éclaboussant le plancher.

— Papa, tu peux réchauffer mon eau? C'est froid.

Le père prit la bouilloire qui chantait sur le poêle et vint ajouter de l'eau chaude dans la baignoire improvisée. La fillette se leva d'un mouvement brusque, sans doute effrayée par le jet d'eau bouillante.

— Aïe! cria Gervaise en grimaçant.

Arthur déposa la bouilloire sur le sol, jeta la serviette sur les épaules de l'enfant et la sortit du bac.

— Tu as mal? lui demanda-t-il, la serrant sur son cœur.

— Non, riposta bravement l'enfant.

Arthur la berça doucement tout en lui fredonnant l'air d'une chanson que Lucette *turlutait* autrefois.

Gervaise s'endormit, tenant bien serré dans sa menotte le pouce de son papa. «Elle pèse une plume et est déjà marquée pour la vie», songea le père.

Le même soir, le téléphone sonna. Raymond se hâta d'aller répondre.

— C'est monsieur le curé, papa. Il veut te parler.

Arthur écoutait. Raymond sentait le désespoir l'envahir.

— Vous avez bien dit jeudi en huit? Tout sera prêt... Vous êtes bien sûr? Non, j'irai là-bas, je verrai par moi-même... Bon, si vous voulez... Jeudi en huit.

Raymond, furieux, monta à sa chambre. Sous son lit, il entassa pêle-mêle ses hardes et sortit le sac à dos qu'il utilisait dans ses randonnées. Ses biens se résumaient à peu de chose. Il promena son regard sur les meubles de sa chambre, sur le papier défraîchi qui ornait les murs, sur le chemin tracé sur le prélart par l'usage, qui allait de la porte au lit. Il s'attarda à la fenêtre; il plissait les yeux pour discerner l'immensité qui s'offrait à lui, caressée par les reflets de la lune qui projetait des ombres, rendant le décor encore plus mystérieux.

Qu'allait-il dire à Gervaise? Là se résumait tout son problème. «Jeudi en huit!» et Raymond laissa éclater sa colère en martelant le matelas de ses poings rageurs.

***

Les jours passaient. Arthur restait à la maison plus qu'à l'accoutumée, voulant profiter pleinement de la présence de sa fille.

— Papa, amène-moi encore à cheval.

Elle n'avait pas oublié la joyeuse balade, ce qui réjouit Arthur. Ainsi, sa petite fille aurait toujours dans son cœur des souvenirs de sa tendre enfance. Ils chevauchèrent lentement, faisant le tour de la ferme, s'arrêtant ici et là, dans le sous-bois, au bord de l'étang que formait la rivière de laquelle provenait l'eau froide du puits qui desservait la maison.

— Écoute les criquets qui font entendre leur chant aigu. Il fera beau demain.

— Papa, pourquoi le feu?

— Quel feu? De quoi parles-tu, ma fille?

— Du feu, là-bas, dans le champ, près de la remise, tu sais bien?

— Ah! ça... Tu l'as vu?

— Oui, tous les soirs, dans mon sommeil. J'avais bien peur que la remise brûle, mais elle est encore là.

— Je brûlais des vieilleries. Parfois il vaut mieux les détruire.

«Qu'elle se taise, bon sang; si elle me parle de sa tante, je vais crever.»

Mais l'attention de l'enfant fut distraite à la vue de Piton qui s'était avancé et s'abreuvait dans la mare.

— Tu es prête pour le retour, fillette? Crois-tu pouvoir te tenir assez bien pour garder ton équilibre si Piton va au galop?

— Ah oui, papa!

— Penche-toi plus vers l'avant, empoigne bien la crinière, comme ça.

— Qu'est-ce que Piton ferait si je touchais ses oreilles?

— Piton n'est pas mauvais, mais on dit que certains chevaux deviennent furieux et peuvent aller jusqu'à mordre leur maître.

— Je suis prête, papa.

— Alors, on y va!

De ses jambes, Arthur stimula la bête qui ne se fit pas prier. Gervaise riait aux éclats. Arrivé à la hauteur de la galerie, le cheval s'immobilisa. Arthur sauta à terre et souleva sa fille, rouge de plaisir, grisée par la promenade.

À l'instant où Arthur la posa sur le sol, elle porta la main à la hanche et pâlit: «Aïe!»

— Tu as mal? Tu as des bobos?

— Non, juste un peu.

Alors le père empoigna sa fille, la leva de terre et entra la déposer dans la berceuse.

— Tu as trop été secouée, c'est ma faute. Veux-tu t'étendre?

Le cher bout de chou secoua la tête et s'exclama: «Je veux qu'on aille encore!»

Ce soir-là, au moment d'atteindre le palier supérieur, alors qu'il allait se coucher, Arthur s'en souviendrait plus tard, il vit son fils qui sortait de sa chambre en frôlant les murs et se dirigeait vers la sienne.

***

Le lendemain matin, en arrivant dans la grange, quelle ne fut pas la surprise d'Arthur lorsqu'il aperçut Raymond qui l'avait devancé et s'affairait déjà à faire le *train* matinal!

— Hé! mon gars, qu'est-ce qui t'arrive?

— Je ne dormais pas, son père, j'ai pensé que...

Le reste de la phrase se perdit dans le bruit. Arthur ne retenait que les mots «son père». Jamais encore son fils ne l'avait interpellé ainsi. «Il grandit, il devient un homme.»

Plus tard, il vit son fils qui retournait à la maison d'un pas rapide et déterminé. Il hocha la tête: «Sacrées *bedaines*, ils causent bien des emmerdements, mais ils sont notre seule raison de vivre.»

Rentré chez lui, Raymond prépara le déjeuner de Gervaise: du pain cassé dans du lait, aromatisé de cassonade; ce que préférait son père, comme dessert, après l'assiette de fèves au lard. Le cœur serré, il faisait chacun de ses gestes avec amour, gestes autrefois sans importance car machinaux.

Gervaise parut dans la cage de l'escalier et cria: «Coucou!»

— Viens manger, Minotte.

Il la regardait venir. Elle prit place à table; il s'installa près d'elle.

— Où est papa?

— Comme d'habitude, au champ avec Piton.

— T'es tout drôle, pourquoi es-tu tout drôle?

— J'ai un secret à te confier. Écoute-moi bien. Je vais... sortir, aller... au village pendant quelque temps. Mais ne dis pas à papa que je vais rester longtemps. Tu me promets?

— Oui, fit la fillette en s'empiffrant.

— J'ai un cadeau pour toi. Je te donne mon syllabaire et tous mes livres qui sont sur mon bureau. Tu pourras les lire plus tard. Ils sont pleins d'images, des belles images. Un jour, tu iras à l'école et...

— Mais tu seras revenu, tu vas me reconduire à l'école, je veux y aller avec toi. Dis, Raymond? J'ai peur, Raymond! Oh! Raymond, j'ai peur.

L'enfant repoussa son assiette, elle n'avait plus faim.

— Parle-moi, Raymond.

— Je vais revenir, je te le promets!

— Dur?

— Dur, comme du fer.

— Fais une croix sur ton cœur! Fais serment!

Après avoir serré la fillette dans ses bras, Raymond grimpa précipitamment à sa chambre. Il revint avec ses bagages, passa près de la fillette en criant:

— Salut, Minotte!

Gervaise courut à la fenêtre tandis que Raymond fuyait à grands pas. Elle sentait des larmes chaudes qui coulaient sur ses joues. Elle était là, qui saluait de la main. Raymond atteignit la courbe dans laquelle il disparut. Il se retourna, vit Minotte qui lui envoyait la main. Il hésita un instant, puis poursuivit sa route. «C'est mieux ainsi, je n'aurais pas le courage d'être là quand elle partira.» Son père, il le savait, ne changerait pas d'idée. Le garçon ne s'enterrerait pas vivant dans ce coin perdu, à subir en silence les fléaux qui ne cessaient de leur tomber sur la tête. Il voulait vivre, voir du pays. Il en avait marre des beaux petits cochons roses et des poussins jaunes qui finissaient dans la poêle à frire, après avoir beuglé leur souffrance au moment de la boucherie. Ah! ces cris prolongés et puissants qui ne cessaient de retentir à ses oreilles pendant des jours!

Ti-coune surtout, son petit cochon préféré, celui qui le suivait partout et cherchait ses caresses; il avait fini comme les autres... Saigné d'abord, avec les tripes qui devinrent des saucisses tandis que ses fesses furent suspendues à un clou dans le fumoir; elles en sortiraient sous forme de jambon. Du jambon qu'il avait refusé, car il n'aurait pu l'avaler.

La terre, les maringouins, les semences et les récoltes; la pitance gagnée à force de sueur, jamais d'argent liquide en poche. Séparer, chauler, grimper et descendre les échelles. Et l'hiver, la neige que rien ne vient salir et qui les garde séparés du reste du genre humain pendant des mois. Non! ce n'était pas pour lui. Pas plus que sa mère, il n'avait pu s'adapter à cette manière de vivre. Plus il réfléchissait, plus il hâtait le pas pendant que là-bas, Minotte continuait de scruter la route déserte.

***

— Raymond est-il venu dîner, fillette?

— Non.

— Tu l'as vu?

— Oui.

— Quand?

— Au déjeuner.

— Où est-il?

Gervaise, de plus en plus mal à l'aise, se leva promptement de sa chaise et s'élança vers son père en pleurant. Étonné, Arthur assit l'enfant sur ses genoux.

— Pourquoi ce gros chagrin?

— Rien, papa.

— Tu pleures parce que Raymond n'est pas là ou parce que tu as des bobos?

— Pour Raymond.

— Il t'a dit où il allait?

— Au village.

— Au village, et alors? Il va revenir. Il ne faut pas pleurer ainsi.

L'homme mit un doigt sous le menton de sa fille, l'obligea à relever la tête. Il bafouilla, cherchant les mots appropriés.

— Toi aussi, tu vas partir, aller quelque part. Pour quelque temps. Je vais t'expliquer: maman est malade; l'école est très loin. J'ai parlé avec monsieur le curé: il connaît une famille qui a une petite fille de ton âge. Ils habitent près de l'école et pourront prendre bien soin de toi. Tu auras une vraie maman. Tu seras heureuse là-bas.

À l'aide de son mouchoir à carreaux, il essuya les larmes qui coulaient sur les joues dodues.

— Papa a bien pensé à tout ça. Je veux ton bonheur. Tu dois apprendre à lire, à écrire, comme Raymond. C'est très important, tu sais.

— Il m'a donné...

Un gros chagrin empêcha Minotte de poursuivre.

— Qui t'a donné?

— Raymond.

— Qu'est-ce qu'il t'a donné?

— Son syllabaire et tous ses livres.

— Tous ses livres?

— Oui.

— Tous ses livres?

— Oui, et son syllabaire.

Arthur s'inquiéta; voilà qui semblait anormal. Il réfléchissait: que lui avait-il dit ce matin? Tout, sauf peut-être... le «son père», lui semblait régulier.

— Il t'a dit qu'il allait revenir pour souper?

Gervaise se mura dans le silence le plus complet. Ce mutisme effrayait le père, car il cachait sûrement un mystère. «Elle a sans doute promis de ne rien dire. Il n'a pas d'argent, il reviendra vite.»

La soirée s'étira. Les pleurs refoulés de Gervaise, montée à sa chambre, parvinrent jusqu'au père. Celui-ci regardait l'horloge et voyait la noirceur succéder au jour. Non, il le savait maintenant, Raymond ne rentrerait pas. Il éteignit et monta à son tour chercher le repos qui tarderait à venir.

«Ma vie est une faillite totale! Le mauvais sort s'acharne sur moi; le courage va finir par me manquer! Que pense Gervaise? Elle n'a pas desserré les lèvres. A-t-elle bien compris ce que je lui ai dit?» Il se retournait sur son grabat, incapable de trouver le sommeil. Les événements le dépassaient. Tout à coup, il se sentit las, très las.

***

Arriva jeudi. Arthur s'était levé tôt. Il avait fait son *train*, préparé une omelette et tartiné du pain, puis avait placé sur la table un pot de confiture de fraises sauvages dont sa fille était friande.

On avait pris entente: Arthur serait devant l'église après la messe de huit heures et de là, en automobile, ils se rendraient ensemble à Saint-Claud où le prêtre avait à faire. Ce dernier déposerait Gervaise et son père chez ces gens qui les attendaient.

Fernand Lamont était journalier, il n'avait pas de métier et était sans travail. Aussi, le prix de la pension que verserait Arthur aiderait grandement le ménage; leur seule assistance provenait de la Saint-Vincent-de-Paul, et c'était très peu.

La veille, Arthur avait aidé sa fille à rassembler son linge et les choses qu'elle voulait apporter. Parmi ses trésors, se trouvaient son ardoise et le syllabaire. Plus tard, son père le lui avait promis, elle reviendrait chercher les livres de Raymond qu'elle avait rangés sur son bureau. À la dernière minute, elle avait enfoui dans le sac la géographie aux images merveilleuses. Ultérieurement, elle y découvrirait la ligne de crayon, tracée par Raymond sur la rive du Saint-Laurent, ce qui lui ferait comprendre que Raymond était parti loin, très loin!

Gervaise s'était montrée brave: elle avait refoulé ses larmes et n'avait fait aucun commentaire. Si bien que le pauvre père souffrait davantage, car sa fille évitait jusqu'à son regard.

— Il faut descendre manger, Gervaise.

L'enfant, assise sur son lit, sursauta. Elle était là depuis longtemps, perdue dans ses tristes pensées. Trop jeune pour comprendre, une fois de plus, elle subissait. Elle se leva, marcha en direction de la porte qu'elle ferma délicatement après un dernier regard sur sa chambre, son univers. Elle avait pris soin de bien tirer les couvertures et de baisser le store, espérant tout retrouver intact à son retour.

Sur la route, Arthur faisait seul les frais de la conversation. Gervaise regardait le mouvement de la croupe du cheval et pensait tristement à ses belles randonnées dans les champs. Comment Raymond avait-il pu marcher si loin?

Après avoir fixé les rênes à un pieu de la clôture, derrière le presbytère, Arthur prit la main de la fillette et tous deux entrèrent dans le temple désert. Là, il faisait frais; tout était si paisible, si beau, si coloré. Un frisson parcourut Gervaise. Arthur, agenouillé, priait.

Le curé entra et toussota. Arthur fit humblement la génuflexion, se signa, reprit la main de sa fille et ensemble, ils traversèrent la nef.

— Bonjour, Gervaise; bonjour, Arthur. Je pensais que tu assisterais à la messe...

Et on prit la route pour Saint-Claud.

Sur la banquette arrière, Gervaise, recroquevillée, s'inquiétait, se demandait si Raymond allait revenir en leur absence. Elle ferma les yeux, des sentiments confus la tourmentaient.

— C'est généreux, Monsieur le curé, ce que vous faites. Vous êtes sûr de ces gens, là-bas?

— Tu jugeras par toi-même. Si ça ne convient pas, nous reviendrons tous ensemble. Ça te donnera deux bonnes heures pour voir de près, je dois rencontrer le maire.

Et l'on parla moisson. De temps à autre, Arthur regardait la fillette qui se tenait immobile, dans un coin de la voiture. Elle ne se déridait pas.

Pas une seule fois il ne fut question de Raymond. La

pudeur du père l'empêchait d'avouer ce nouveau malheur qui s'ajoutait à tant d'autres!

***

— Vois, petite, c'est là que se trouve l'école de Saint-Claud.

Elle se dressait sur le bord de la route, semblable à toutes les écoles de campagne. Elle avait dû être blanche autrefois. Voisinant l'église et le presbytère, elle avait une cour où les enfants usaient leurs semelles. Là, ils étaient alphabétisés et apprenaient à vivre en bons chrétiens.

Saint-Claud était un village de trois cents âmes éparpillées çà et là, sur des terrains plus ou moins exigus. La maison des Lamont se trouvait un peu loin au goût d'Arthur qui songeait à l'infirmité de sa fille.

L'arrivée de l'automobile attira les occupants de la maisonnette qui aurait besoin, tout comme l'école, d'une couche de peinture!

Madame Lamont sortit sur la galerie, tenant sa fillette par la main. Lamont, père, arriva à son tour. Arthur le toisa du haut de sa grandeur. «Il a le nez rouge», constata Arthur.

— Ma fille Gervaise, dit Arthur.

— Ma fille Julie, répondit la dame.

Les fillettes, intimidées, se dévisageaient, mais n'osaient se parler.

— Viens, Gervaise, invita madame Lamont.

Le curé s'excusa: il devait partir. Les affaires de Gervaise furent placées sur la galerie. Tous entrèrent.

— Tu as faim, Gervaise?

— Non merci, Madame.

— Elle est gentille, dit la dame en s'adressant à Arthur. Nous deviendrons de bonnes amies.

L'intérieur était propre, l'ordre régnait, les vitres

brillaient. Arthur laissa errer son regard dans tous les coins.

— Venez voir la chambre des enfants. Malheureusement, nous n'en avons qu'une, qu'elles devront partager; de même que le lit, mais il est grand.

— J'aime mieux ça, ma fille se sentira moins seule.

— J'ai préparé de l'espace pour ranger son linge.

Gervaise jouait machinalement avec le pan de sa robe, signe évident de sa nervosité.

— Va jouer avec Julie, suggéra Arthur.

— Viens voir ma poupée, Gervaise.

Lamont, toujours dans la cuisine, écoutait Arthur et sa femme discourir. Décidément, cette dame plaisait à Arthur. Elle paraissait très douce, et la maison était impeccable.

— Ah! j'ai oublié.

— Vous plaît-il? demanda madame Lamont.

Arthur ne comprit pas le sens de la question et le lui dit. Elle se mit à rire.

— Vous n'êtes pas le seul, c'est une expression de mon village qui veut dire... comment expliquer? qui veut dire que je n'ai pas compris ce que vous veniez de me dire.

— Je vous disais que j'ai oublié de prendre des produits de la ferme que j'ai apportés pour vous autres, ils sont dans le coffre de l'auto.

— C'est trop de bonté!

— On n'est pas riche, répliqua Lamont, mais on pourra nourrir votre fille.

On discuta du prix de la pension. Pendant ce temps, les deux fillettes se tenaient bien droites devant un miroir, épaule à épaule, afin de juger laquelle était la plus grande.

— Attends.

Gervaise se retourna, offrant l'épaule gauche.

— Tu es plus grande d'un côté? demanda Julie.

— Oui, je suis infirme.

Arthur ravala. Ainsi Gervaise, qui ne l'avait encore jamais mentionné, était consciente de son handicap et elle en parlait sans gêne et sans amertume. Il en était suffoqué.

— Bon, ben alors, nous sommes pareilles. Quel âge as-tu?

Madame Lamont remplissait les tasses. Elle dit, avec un grand sourire qui la rendait presque belle:

— Vous voyez ça, ces deux-là se comprennent!

Arthur tenta de sonder le cœur de monsieur Lamont qui n'était pas très communicatif. «La gêne, sans doute», pensa Arthur.

Mettant la main dans sa poche, il prit des billets, hésita un instant, puis les remit à la femme.

— C'est bien le compte, pour deux semaines de pension? Vous serez régulièrement payés.

La femme prit les vingt dollars, les enroula, se retourna et les plaça entre ses deux seins, ramenant le collet, comme pour protéger sa fortune.

La vue de la manne sembla délier la langue du mari: il avait toujours rêvé d'être propriétaire d'une grande et belle ferme.

C'est à peine si Arthur écoutait. Il pensait au retour éventuel du prêtre et aux adieux déchirants qui précéderaient son départ.

Le ronronnement de la Chrysler qui gravissait l'allée menant à la maison sema l'embarras dans la cuisine. Gervaise se raidit.

— Venez m'aider, Lamont, dit Arthur pour meubler le lourd silence.

L'homme se leva. Pommes de terre, choux, oignons, blé d'Inde ainsi qu'une énorme citrouille, un grand contenant de crème et du beurre fraîchement baratté, en plus d'œufs frais s'étalaient maintenant sur la table de la cuisine. La maîtresse de maison était émerveillée:

elle n'avait jamais pu s'offrir une telle variété de produits frais. Elle n'en finissait plus de remercier.

Arthur prit les bagages de sa fille, les rentra et alla les déposer dans la chambre des fillettes.

Gervaise, appuyée au mur, regardait de tous ses yeux, mais ne disait rien.

– Attends, dit Arthur.

Il ouvrit la portière et sortit un sac qui contenait six bocaux de confiture de fraises.

– Elle adore ça, crut-il bon d'expliquer.

Le prêtre bénit cette famille, fit une prière. On échangea des poignées de main. Lorsque Arthur se pencha pour embrasser sa fille, celle-ci lui sauta au cou, colla sa bouche sur son oreille et demanda:

– Quand viendras-tu me chercher?

Il la serra contre lui, très fort, incapable d'articuler un seul mot.

– Tu vas me téléphoner, dis, papa?

– Nous n'avons pas le téléphone, répondit madame Lamont, mais je vais arranger ça avec la voisine. Le dimanche, ça vous va?

Un instant réconfortée, Gervaise dénoua les bras, baissa la tête, s'appuya contre le mur.

Tout comme le jour où Raymond était parti, elle resta là jusqu'à ce que la voiture eut disparu de son champ visuel.

***

Une nouvelle vie, qui menaçait de ne pas être toujours rose, commençait.

Dès que les visiteurs eurent quitté, Lamont appela sa femme dans la chambre où il y eut échange de gros mots. Puis, l'homme sortit de la maison en claquant la porte.

Juliette Lamont, aidée des fillettes, plaça les provisions dans le placard avec un soin presque religieux.

Réunies autour de la table, la mère et les fillettes coupèrent des légumes pour faire une grande chaudronnée de soupe. Le souper serait un banquet! Lamont ne serait pas présent, il avait réussi à soutirer à sa femme une coupure de dix dollars; soit une semaine de pension. Puis il avait filé rencontrer ses comparses; il rentrerait saoul!

***

Pendant ce temps, Arthur se taisait; silence que le prêtre respecta. Lorsque le véhicule fut stationné à côté de la voiture du fermier, aux abords du presbytère, il posa la main sur le bras de l'homme.

— Tu n'es pas reparu à l'église, sauf ce matin. Et cette confession, mon fils? N'abandonne pas Dieu, si tu ne veux pas qu'Il t'abandonne.

— Lui et moi, on ne se comprend plus.

— Peut-être ne parles-tu pas assez fort...

— Sans doute qu'Il est devenu sourd.

— Écoute, Arthur...

— Je vous en prie, Monsieur le curé, gardez vos sermons pour la chaire, surtout aujourd'hui, où je viens de perdre mon dernier rayon de soleil! Un rayon de soleil infirme! Sacrement! Infirme aujourd'hui, infirme toujours, infirme jusque dans l'éternité. Le diable m'emporte!

— Ton chagrin t'égare, mon fils. Tu ne connais pas les vues de Dieu.

— Non, Monsieur le curé. Pour le moment, je me fie à la mienne, ma vue. Et ce que je vois n'a rien de réjouissant, rien qui invite à l'action de grâces.

Arthur défit le nœud qui retenait son cheval, sauta dans son boghei et cria:

— Hue! Piton.

Le ton? Le geste? Le cheval s'ébroua et partit au galop.

— Va, va, Piton!

Les roues du cabriolet craquaient, la course folle jeta du baume sur le cœur lacéré de l'homme. Rendu chez lui, il nourrit ses bêtes. Ensuite, il rentra à la maison, grimpa l'escalier, se jeta sur son lit et laissa sa peine déborder.

Il se leva à l'heure où Lamont entrait chez lui, à quatre pattes.

Ce soir-là, Arthur compta l'argent qui lui restait. Il se reprit à trois fois, regarda dans l'enveloppe. Il s'y trouvait une note bien pliée.

Il ouvrit et lut: «Je t'ai pris dix dollars, papa. Je te rendrai ça au plus tôt. Je t'aime, papa.» C'était signé: Raymond.

Alors Arthur se souvint. Le soir où il l'avait aperçu, rasant le mur... c'était donc ça!

Chapitre 4

Fernand Lamont est né de parents alcooliques. Son enfance fut un enfer. Il grandit dans la misère au sein d'une famille de huit enfants auxquels Dieu avait fait un don qu'ils utilisaient mal: ils étaient colosses, forts comme des taureaux.

Leur force devint vite une légende. On les citait dans le bourg où ils étaient nés, et leur réputation de batailleurs hors pair alimentait les conversations à des milles à la ronde. L'aîné, chef de la bande, avait, outre des nerfs d'acier, un cœur d'or et un physique impressionnant. Partout où il se trouvait, il dépassait la foule de deux têtes. Jos était son nom.

Il organisait des combats de lutte, et ses frères s'affrontaient dans l'arène, luttant l'un contre l'autre, sans pitié. Toutefois, lorsqu'ils étaient séparés, ils devenaient peureux. Aussi les avait-on surnommés «les loups».

Leurs exhibitions spectaculaires rapportaient de gros revenus. Jos contrôlait assez bien sa meute. Les gaillards connaissaient enfin un semblant de bonheur.

La guerre était venue. Les fils Lamont furent appelés sous les drapeaux pour servir le pays. Quatre d'entre eux périrent sous les armes, là-bas, dans les vieux pays.

Le père et la mère noyèrent leur chagrin dans l'alcool. Le seul survivant mâle de cette famille, Fernand, devint leur héros. On l'adulait à outrance. Jos n'y étant plus pour tempérer les élans impulsifs de son jeune frère, ce dernier devint bientôt un indésirable que l'on fuyait. Fiston ne trouva rien de mieux à faire que de se réfugier auprès de papa, maman et la bouteille.

Fernand acceptait mal de se sentir détesté. Lui qui

avait connu l'adulation à travers la gloire des arènes devint morose et maussade. Ce n'est que dans l'alcool qu'il trouvait oubli et réconfort.

La prime qu'il toucha du gouvernement fédéral pour avoir servi la patrie retomba dans les goussets du gouvernement provincial par le truchement de la Commission des liqueurs.

***

L'occasion de trouver le bonheur s'ouvrit toute grande pour Fernand lorsqu'il rencontra la belle Juliette, fille rangée, propre et fière. Elle était dotée d'un diplôme académique et venait, par surcroît, d'hériter, en tant que fille unique, d'une jolie maison située dans le charmant village de Saint-Claud.

Pas un château, bien sûr, mais un cottage solide et propret, avec dans le salon un pick-up et des disques de Tino Rossi, Maurice Chevalier, Caruso et la Bolduc, un tapis de Turquie et une lampe torchère.

Fernand abandonna momentanément la bouteille et entreprit la conquête de la perle rare. Ce fut le grand amour, suivi du «oui» conventionnel et d'une lune de miel vécue dans la sobriété.

Mais là s'arrêtèrent les bonnes résolutions. Fernand, toujours sans travail, pigea dans les biens de sa belle et les quelques bijoux de famille furent d'abord liquidés. Juliette pardonna, Fernand récidiva. Un à un, les objets disparurent. Juliette, dans l'attente d'un enfant, fermait les yeux avec courage et résignation. Le bébé vint, une jolie fillette, rouquine comme sa maman; ce qui discréditait la famille Lamont qui avait toujours incarné la race supérieure.

Fernand ne pardonna jamais à l'enfant de ne pas être du sexe fort et surtout de ne pas lui ressembler. Il commença par détester l'entendre pleurer. Et quand

Juliette ajoutait ses pleurs à ceux du bébé, le papa s'exaspérait et tempêtait.

Alors la maman planifia sa vie et celle de Julie de façon à ce que l'enfant dorme quand papa était au foyer.

Il fut question de vendre la maison. Pour la première fois, Juliette tint tête à son époux: «Tu cherches à la vendre, et je la brûle. Elle est à moi, rien qu'à moi. Si ça ne te convient pas, va-t'en!»

Pour la première fois aussi, Juliette apprit ce que signifiait le mot brutalité. Cette fois encore, elle pardonna.

L'enfant grandissait, craintive et effacée. Taloche et raclée furent les premiers mots dont elle comprit le sens.

Juliette continuait de montrer un visage calme, ne se plaignait jamais; elle devint casanière. C'est dans ces conditions que vivait la famille quand un membre de la société Saint-Vincent-de-Paul proposa à Fernand de prendre un enfant de l'âge de sa fille en pension.

Juliette refusa, Fernand tempêta. Alors il jura: «Plus de crise, plus de drame, plus de colère.» Dans le secret de son âme, la mère espérait, car une compagne du même âge que sa fille ne pourrait qu'égayer celle-ci.

— Si jamais tu touchais à cette enfant, tu le regretterais sûrement, elle a un père. De plus, on perdrait l'argent de la pension et Dieu sait si on en a besoin!

— Par tous les saints du ciel, tu me crois idiot!

Aussi, Fernand jeta un œil scrutateur à Arthur lorsque celui-ci se présenta chez lui. La vue de la Chrysler avait fini de l'impressionner. Décidément, il avait affaire à un gaillard large d'épaules, au thorax épais, sans doute gardé en forme par les durs travaux de la ferme. Tout ce qui l'empêchait de changer d'idée au sujet de ce service de pension était la chance qui lui était donnée de voir entrer un peu d'argent comptant à la maison. De fait, il n'avait ouvert la bouche que pour proclamer son honorabilité. Ce qui, d'ailleurs, avait plu au père de l'enfant.

La grosse voiture et la présence d'un curé, c'était plus que suffisant pour inspirer de l'inquiétude à Lamont; oui, sa Juliette avait raison: il devait se montrer gentil avec la fillette. Ce soir-là, pendant qu'il sirotait son frelaté, il ne put s'empêcher de penser: «Je serai doux comme un agneau avec la boiteuse maigrichonne.»

Julie et Gervaise s'entendaient à merveille. Surtout que l'arrivée de la fillette semblait avoir une incidence sur son père: il chicanait moins. «Sans doute à cause de la présence de mon amie chez nous», pensait-elle.

Gervaise avait remarqué le malaise de Julie en présence de son paternel. Lorsqu'il était là, elle cessait d'être rieuse, avait le regard évasif, des mouvements nerveux et souvent maladroits. «Comme maman, quand il était question de ma tante.» Se pouvait-il qu'un papa puisse ne pas aimer sa fille? Elle ne le croyait pas. Alors pourquoi n'échangeaient-ils pas de caresses, de mots tendres? La mère également était plus enjouée quand le maître de la maison n'était pas là.

Avant la naissance de Julie, la mère avait décidé de cesser de tolérer la présence de boisson dans la maison. Un jour, elle tenta de persuader son mari qu'il devait se le tenir pour dit: elle cassa, sur le perron, les six grosses Molson dont elle avait découvert la cachette. Elle fut payée en retour pour son sacrilège: il la gratifia de coups bien administrés, qui lui valurent autant d'ecchymoses l'obligeant à rester cachée quelques semaines.

Pour la narguer et lui bien démontrer qu'il était le chef du logis, il remit sa provision de bière à la même place. Et Juliette, cette fois encore, cassa les bouteilles à l'exception d'une seule, au goulot de laquelle elle enroula une note: «Tue-moi si tu le veux, maintenant, avant la naissance de notre enfant. Mais jamais tu ne parviendras à me faire accepter de la boisson chez nous. Jamais. Tu ne trouveras jamais lieu secret assez bon pour la dissimuler. Va boire ailleurs.» Et elle avait signé son nom, écrit la date, puis remit la bouteille là où elle l'avait prise. À côté du perron, les bouteilles cassées, bien en vue, gisaient dans l'écume blonde.

Fernand vit le désastre en arrivant chez lui. Il grimpa sur la galerie, la rage au cœur. Il ouvrit la porte avec grand fracas. Oh! surprise: Juliette était là, debout, qui lui faisait face, un couteau à la main. Lamont recula, sortit et disparut pour ne revenir que trois jours plus tard. Juliette croyait avoir gagné la partie. Certes, il ne buvait plus à la maison, mais entrait souvent ivre; et lorsqu'il était en état d'ébriété, il lui arrivait de rudoyer sa fille.

Quand il reprenait ses esprits, il manifestait des regrets sincères, faisait des promesses, lesquelles n'étaient tenues... qu'entre deux verres.

Et voilà que l'arrivée de Gervaise semblait humaniser Fernand. Depuis qu'elle était là, il ne s'acharnait plus contre sa femme ni sa fille. «Est-ce l'argent versé pour la pension qui l'amadoue ainsi?» se demandait Juliette, heureuse et réjouie de cette accalmie. Cependant, Julie n'avait pas oublié, et en présence de son père, elle devenait distante et parfois taciturne.

Fernand avait bien réfléchi avant d'accepter une enfant étrangère sous son toit. Sa femme ne lui faisait pas la vie facile, mais elle était vaillante et capable. Il savait qu'elle pouvait les nourrir tous avec seulement la moitié du revenu; c'était ça de pris. Elle cesserait peut-être de lui rabattre les oreilles avec cette histoire «d'obligation du père à devoir travailler pour faire vivre sa famille». Oui, il amadouerait sa femme, obtiendrait qu'elle lui remette un peu plus d'argent sonnant, ce qui lui donnerait le loisir de se joindre à ses amis et de faire la noce.

Les semaines passaient dans une paix relative. Juliette remettait quelques piastres à Fernand chaque samedi, et ça la torturait. «Le prix d'une bouteille de bière équivaut à celui d'une douzaine d'œufs et d'un pain», lui répétait-elle, horrifiée.

Les craintes latentes de Juliette finirent par éclater: Fernand était rentré au petit matin, il avait la gueule de bois. Tous étaient à table. Julie eut la maladresse de renverser son verre de lait; Fernand la frappa en plein visage. Gervaise se leva comme un ressort, se colla contre le mur et laissa échapper un cri perçant: «papa». Elle restait là, les deux bras pendants, et tremblait comme une feuille. Effrayée, elle ferma les yeux. Gervaise revivait la colère noire de sa mère, ce jour maudit; la peur se glissa jusqu'au plus profond de son être.

Lamont s'inquiéta: «Mange, Gervaise, ne t'occupe pas d'elle, c'est une braillarde, allez, mange.» La voix était mielleuse, le geste de la main suppliant. Gervaise ne bougeait toujours pas.

«Elle va tout raconter au vieux... Le maudit téléphone!» Il plongea les doigts dans ses cheveux, désemparé. Il lui fallait réfléchir; aussi sortit-il faire le tour du pâté de maisons. Juliette s'approcha de l'enfant sidérée et la prit dans ses bras.

— N'aie pas peur, Gervaise, il est impatient et impulsif, mais pas méchant. N'aie pas peur, je suis là pour vous protéger.

Gervaise s'échappa des bras de la femme et vint se blottir en silence contre Julie qui refoulait bravement ses larmes.

— Viens.

Gervaise prit la main de son amie, l'obligea à se lever et la dirigea vers leur chambre. Elle ferma la porte, après avoir jeté un regard de désapprobation en direction de Juliette.

— Viens, Julie.

Et les deux fillettes, couchées l'une près de l'autre, essayaient de comprendre. À travers ses larmes, Julie jeta:

— Toi, tu as un bon papa.

Gervaise ouvrit la bouche pour dire «alors que maman...», mais elle se tut.

— Vous êtes riches: vous avez un téléphone, une auto, des jardins pleins de manger.

Il n'y avait rien à redire, tout cela coïncidait avec la réalité. Elle fit seulement remarquer que l'auto appartenait à monsieur le curé, que son père avait seulement un cheval. Mais dans sa tête, elle revoyait Piton, les vaches, les cochons, les veaux, les rangées de légumes qui couraient dans le potager et le fourrage vert qui sentait si bon quand on le fauchait.

— À quoi penses-tu, Gervaise?

Celle-ci n'entendit pas la question, trop profondément perdue dans ses souvenirs. Julie s'endormit.

C'est alors que la porte s'ouvrit lentement. Fernand vit les fillettes enlacées.

— Gervaise, dit-il.

— Chut!

La fillette se leva doucement et sortit de la chambre. Elle se planta debout devant Fernand, surpris par la hardiesse de l'enfant. Elle leva la tête et le regarda droit dans les yeux, sans parler, sans broncher; elle attendait.

Juliette, à l'écart, observait. Et le beau discours commença.

— Tu n'as pas ta maman; ton papa est dans l'embarras, il t'a confié à moi. Je te promets de ne jamais te toucher. Parfois, je me fâche après Julie: elle renverse tout, boude tout le temps. Il faut que je l'élève, elle est ma fille, tu me comprends?

Gervaise restait plantée là, immobile, sans ciller, dévisageant l'homme, attendant la fin de son exposé. L'autre poursuivait:

— Si tu *placottes* ça à ton père, il va perdre confiance, et venir te chercher. Tu perdrais ton amie Julie qui t'aime bien gros...

Gervaise ne bronchait toujours pas.

— Hein! petite, tu me promets de ne rien *bavasser*?

— Vous avez fini, Monsieur?

Soucieux et nerveux, Fernand lissait ses cheveux.

Gervaise attendit un instant puis, lentement, à reculons, regardant toujours fixement la brute, elle retourna dans sa chambre et en ferma délicatement la porte. Juliette ne pouvait réprimer son sourire.

— Maudite guenille! ne put-elle s'empêcher de s'exclamer.

Fernand leva la main, mais n'osa poursuivre son geste. La colère grondait en lui, il sortit précipitamment.

— Ouf! Qu'il doit avoir soif! songea Juliette. Il va revenir rond comme un œuf!

Elle souriait: le courage de Gervaise l'émerveillait. Elle se prit à espérer que sa Julie développe, en sa compagnie, la même assurance, le même esprit déterminé.

Était-ce par esprit de conservation? À partir de ce jour-là, Gervaise attirait Julie dans leur chambre chaque fois que Fernand entrait dans la maison, sauf à l'heure des repas que les filles prenaient vite et en silence.

Juliette se réjouissait intérieurement, mais s'efforçait de n'en rien laisser paraître.

Le dimanche suivant, comme à chaque semaine, Gervaise téléphona à son père qui attendait son appel avec impatience. Tant et aussi longtemps qu'il n'avait pas parlé à sa fille, il ne quittait pas la maison.

Enfin, la sonnerie se fit entendre.

— Bonjour, Gervaise.

— Bonjour, papa.

— Ça va bien, ma fille?

— Oui, oui, papa, ça va très bien.

Arthur comprit tout de suite, au timbre de la voix

d'abord, puis à l'insistance de Gervaise à le rassurer, que quelque chose s'était passé.

— Allons, fillette, dis-moi tout.

— Julie commence à bien savoir ses lettres...

— Parle-moi de toi...

Il y eut un silence.

— Je m'ennuie de toi, papa, de toi, de Piton, de tout.

Elle ne mentait pas. Depuis sa conversation avec Julie au sujet de sa vie sur la ferme, elle avait pris conscience de tout ce qui lui manquait maintenant. Mais, aussi adroites que furent les questions de son père, elle n'avoua rien de la sale histoire.

— Tu es le plus merveilleux des papas au monde, dit Gervaise à la fin de la conversation.

Arthur resta là, un instant, pensif et perplexe. Elle lui avait affirmé, et il la croyait sincère, qu'elle n'avait pas mal et «aucun bobo».

— Il faudra que j'aille là-bas. Dès que Rousse, ma meilleure vache, aura mis bas, j'irai.

Quant à Gervaise, elle revint chez les Lamont et fila droit vers sa chambre. Fernand observa la petite qui passa devant lui sans le regarder. Il ne savait plus s'il devait s'inquiéter ou se sentir rassuré. Le visage de l'enfant, impassible, ne laissa rien percer de ses pensées. L'homme bougonna.

— Maudit que c'est *plate icitte*!

— Retourne dans ton village.

— Toé, ta gueule. Pense pas que tu vas me monter sur la tête. Cesse de m'écœurer avec tes manières de dame patronnesse.

Et, la tirant par le bras, il la poussa sur la chaise berçante, menaçant:

— Tu la fermes?

Fernand leva la tête; la porte de la chambre des fillettes était entrouverte: les yeux de Gervaise étaient braqués sur lui. Elle la referma lentement. Dans la cuisine, le silence se fit.

— Tu n'as pas peur? demanda Julie à voix basse.

— Non, c'est lui qui a peur... de mon père!

— Tu lui as tout raconté, à ton papa?

— Non, mon papa a trop de problèmes avec maman qui n'est pas là, Raymond qui est parti et tous les animaux à soigner.

Ainsi, Fernand avait touché juste et réussi à inquiéter l'enfant au point de lui imposer le silence.

***

— Tu as hâte de commencer l'école, Julie?

— Ah! oui. On va bien s'amuser là-bas. Tu crois qu'on va me donner une ardoise et des craies, à moi aussi?

— Bien sûr! Ça coûte cinq sous. Demande-les à ta mère.

— Cinq sous, qui te l'a dit?

— C'est Raymond, mon grand frère. Tu auras un syllabaire aussi. Tous les enfants en ont un pour apprendre à lire.

— Tu es chanceuse, toi.

Le ton triste de Julie incita Gervaise à se taire. Inconsciemment, cette dernière apprenait peu à peu à se façonner un caractère, à se forger une personnalité bien à elle, à travers ses expériences et les comportements de son entourage. Elle devenait sensible aux sons, aux timbres de voix, à l'expression de ses interlocuteurs, développant prématurément une âme hypersensible et une maturation de jugement peu commune.

Elle était très jeune, trop pure et spontanée pour être hypocrite ou de mauvaise foi. Ses élans étaient naturels, son cœur limpide; là résidait cette force qui l'empêchait de perdre courage.

***

Le jour tant attendu arriva: la rentrée des classes. Les fillettes enfilèrent leur plus jolie robe, firent bien droite la raie de leurs cheveux; leur nez brillait de propreté. Elles furent là bien avant l'heure, anxieuses et émerveillées.

Trente-six élèves, du cours préparatoire à la septième année, trois classes, deux institutrices: une pour les plus petits, l'autre pour les plus grands.

Les aînés jouaient les fanfarons, agaçant les plus jeunes. Julie et Gervaise, main dans la main, étaient assises sur le perron.

La cloche sonna et on se précipita. Un garçon, malencontreusement, heurta Gervaise qui tomba de tout son long sur le sol. Julie cria et aida sa compagne à se relever.

— Aïe! fit-elle.

Reprenant son souffle, elle porta une main à sa hanche et suivit le groupe.

Une voix émanant du groupe des plus grands annonça tout haut, de façon à être bien entendue:

— Hein! on a une boiteuse à l'école.

Et on pouffa de rire. Gervaise prit place à un pupitre près de celui de Julie. Elle ne riposta pas, garda un visage neutre.

— Qui est le grand drôle? demanda l'institutrice. Que ça ne se reproduise plus!

Gervaise se leva, et s'adressant à la maîtresse, elle déclara: «Oui, je suis infirme, mais je sais mes chiffres et mes lettres.» Et elle se rassit. Le ton était sans amertume.

— Bravo, fillette. Quel est ton nom?

— Gervaise Lamoureux.

— Viens ici, prends la baguette et dis-moi les lettres que tu connais en les désignant.

D'une voix claire, Gervaise énonça chaque lettre de l'alphabet sans se tromper d'un iota.

— Magnifique. Et les chiffres maintenant.

Gervaise s'arrêta au chiffre cent. L'enseignante passa la main sur l'épaule de l'enfant, serrant très fort pour lui souligner sa complicité et dit, en s'adressant aux élèves:

— Vous voyez, on peut être infirme et savoir lire et écrire.

Gervaise ressentit une très grande fierté.

— Dis, Gervaise, tu sais lire un peu?

Ce disant, elle lui présenta le syllabaire. L'enfant sourit: elle en connaissait, de mémoire, les sept premières pages. Elle aurait pu réciter la leçon sans consulter le livre!

— Va à la page deux, et lis tout haut. (Après lecture.) Bien, très bien! Tu n'es jamais allée à l'école avant aujourd'hui?

Julie regardait son amie, ravie.

— Tu passeras tout de suite en première année, tu n'as pas besoin du cours préparatoire.

Au retour à la maison, on raconta les événements de la journée à madame Lamont, omettant l'incident de la chute. Et au téléphone, le dimanche suivant, Gervaise annonça la bonne nouvelle à son père, émerveillé. L'enthousiasme de sa fille, cette fois, était réel.

«Cette petite est née avec le discernement dans la tête. Dommage que Raymond n'ait pas sa bonne nature!»

Raymond! Le sans-cœur: il n'avait pas donné signe de vie, jamais retourné les dix dollars. Mais Arthur ne lui en gardait pas rancune. Il l'admettait volontiers, la vie qu'il avait à offrir à ses enfants n'était pas de tout repos! Il lui semblait que Gervaise avait tout avantage à se trouver dans cette famille, auprès d'une maman et d'une compagne de son âge. Seul Fernand le préoccupait, ce grand flanc mou au nez rouge, trop lâche pour travailler, qui quêtait la Saint-Vincent-de-Paul et vivait du secours direct. Une honte!

Chapitre 5

Septembre tirait à sa fin. Le temps était maussade. Pendant les jours d'humidité, Gervaise ressentait de grandes douleurs au niveau de la hanche. Elle avait pris l'habitude de prédire la température; son propre corps lui servait de baromètre. Alors elle pressait Julie de partir tôt, car elle le savait par expérience, son pas serait plus lent à cause de l'élancement.

Juliette attendait également le moment de leur départ. Dès que les fillettes eurent tourné le coin, elle quitta à son tour. Aujourd'hui était le jour du versement de la pension de Gervaise et Arthur n'accusait jamais de retard. Il lui fallait arriver la première au bureau de poste, sinon Fernand empocherait et dilapiderait la somme d'argent. Le bruit que fit la porte réveilla ce dernier. L'absence de sa femme l'intrigua. Tout à coup, il comprit. Aussi fila-t-il au village.

Cette semaine surtout, Juliette avait besoin de quelques dollars pour les dépenses superflues qu'occasionnerait la venue de la saison froide. Elle achèterait un bon tissu de laine croisée dans lequel elle taillerait un manteau d'hiver à sa fille, son premier manteau neuf.

Près de la porte d'entrée de la poste se trouvait une énorme boîte aux lettres rouge où s'inscrivaient les mots *Royal Mail of Canada*. Juliette l'aperçut de loin, c'était son point de repère. Elle hâta le pas. On lui remit l'enveloppe qu'elle glissa dans sa poche. Elle sortit précipitamment, mais le malheur voulut qu'elle se retrouvât nez à nez avec son mari qui entrait justement.

— Donne-moi ça tout de suite. T'as compris, Juliette Lamont?

Tout en lui parlant, il la poussait vers la boîte aux lettres contre laquelle elle se trouva coincée.

— Donne-moi ça. Ne m'oblige pas à faire un scandale.

De ses deux mains, il tenait solidement les revers de son manteau.

— Comment le pourrais-je, je ne peux pas bouger!

Il posa un pied sur celui de sa femme en pesant très fort.

— Tu me fais mal.

Il pesa davantage.

— N'essaye pas de me filer entre les pattes.

— Recule-toi.

— Tu auras été prévenue.

Non, il ne badinait pas; demain, ce serait samedi, et le samedi, ça se fête. Juliette sortit l'enveloppe, prit un billet de cinq dollars qu'elle laissa délibérément tomber sur le sol. Au moment où il se pencha, elle s'esquiva à toute vitesse. Elle irait de ce pas au magasin général. Courant presque, elle ne reprit haleine qu'une fois à l'intérieur, lorsque tinta la clochette au-dessus de la porte indiquant qu'on venait d'entrer.

— Bonjour, madame Lamont, qu'est-ce qui vous amène de si bon matin? Vous semblez manquer de souffle, êtes-vous malade?

— Non, c'est froid, je me suis hâtée.

Le propriétaire énumérait: «une verge et cinq huit de *matériel*, deux fuseaux de fil mercerisé numéro trente, deux verges de doublure de rayonne et trois boutons».

— Ça va, j'ai tout ce qu'il faut. Ça coûte combien tout ça?

— C'est du bon *matériel*, il est en spécial.

Il ficela le paquet après l'avoir emballé dans du papier brun, coupa la corde à l'aide de ses dents. Il ajusta ses lunettes.

— Trois piastres et soixante cents, disons trois piastres et demie pour faire un chiffre rond.

Juliette cacha les deux pièces de vingt-cinq sous dans la poche de sa robe et mit le dollar dans celle de son manteau. Elle en avait assez pour payer le syllabaire, l'ardoise et les craies. Le cœur joyeux, elle reprit le chemin de la maison. Elle n'en doutait pas, Fernand attendait l'ouverture de la taverne. Il n'entrerait pas de la journée.

À sa grande surprise, il était assis dans la cuisine et il semblait l'attendre.

— L'autre cinq piastres?

— Le voilà.

Elle lança son paquet sur la table.

— La fille de Juliette Lamont n'ira pas à l'école en queue de chemise, ça, c'est pas vrai!

— Tu es bête à manger du foin!

— Libère la table, j'ai un manteau à tailler.

Il était sobre, elle avait moins peur, affichait un air brave.

— Ça a coûté cinq piastres, ça!

— Laisse-moi ruminer mon foin.

— Espèce de grande jument!

Elle tenait les ciseaux qu'elle leva. Il sortit. Juliette pouffa de rire. Elle oublia bientôt Fernand et s'appliqua à faire le tracé sur le tissu à l'aide d'un savon aminci par l'usage.

Soudain, la porte s'ouvrit avec fracas: les fillettes étaient de retour, tenant leur sac à lunch à la main.

— Et l'école?

— C'est congé pour le reste de l'après-midi. Qu'est-ce que tu fais, maman?

— Devine.

— Je ne sais pas.

— Un beau manteau.

— Pour qui?

— Pour toi.

— Pour moi! Pour moi! Un manteau, pour moi!

— Oui, tu es sage et brave, tu travailles bien à l'école, c'est une récompense.

— T'as compris ça, Gervaise? Youpi! Je vais avoir un manteau neuf!

— Puisque tu es là, je vais vérifier tes mesures.

Juliette tenait des épingles entre ses dents, un galon à la main. La porte s'ouvrit et Fernand entra. Il plaça un paquet dans le haut de l'armoire derrière la porte et, sans un mot, sortit.

Surprise, la femme faillit avaler ses épingles: incroyable, il n'avait pas bu!

— Lève ton bras, Julie. Il me semblait aussi, c'est un pouce trop court. Va, retourne t'amuser. Si c'est nécessaire, je t'appellerai.

Juliette s'appliquait. Il serait beau, ce manteau. Jamais encore elle n'avait eu la joie d'acheter du linge neuf à sa fille. Elle devait se contenter du vieux linge que distribuait la Saint-Vincent-de-Paul aux nécessiteux. Le manteau serait un peu grand, un peu trop long pour cette année, mais les enfants grandissent tellement vite!

Cet après-midi de congé marquerait ces deux enfants pour la vie. L'une y connaîtrait une première grande joie qui serait suivie d'une énorme tristesse, l'autre verrait changer le cours de son existence.

De la chambre, la gaieté des enfants parvenait à la mère qui se réjouissait. L'entrain que démontrait sa fillette faisait plaisir à voir. Les heures qui suivirent furent douces, très douces. Juliette regarda l'heure; il fallait souper. Fernand ne rentrerait pas, elle en était presque sûre. Sur la table, le manteau en pièces détachées était prêt à être assemblé, ce qui donna une idée à la mère.

Elle prépara des sandwiches au beurre d'arachide. Il lui prit la fantaisie d'y ajouter de la confiture de fraises sauvages qu'avait apportée le père de sa pensionnaire. Elle déposa le tout dans une grande assiette qu'elle porta au salon. Au jus de la confiture, elle ajouta de l'eau qu'elle versa dans un pot de verre: une limonade improvisée, une boisson maison.

— Souper, le souper est prêt, Mesdemoiselles.

On se faisait attendre. Juliette se berçait et réfléchissait à la façon dont elle ornerait le manteau.

Les fillettes arrivèrent enfin, gloussant. Elles s'arrêtèrent pile: le couvert n'était pas dressé...

— On mange quoi? demanda Julie.

— Ton manteau, répondit Gervaise.

Et les rires de fuser.

— Passez au salon, Mesdemoiselles.

— Au salon?

Elles se bousculèrent, s'élancèrent. Juliette sourit.

— Ah! maman, que tu es fine!

— Un vrai pique-nique! s'exclama Gervaise.

— Allez-y doucement, il n'y a qu'un mets: le principal, mais qui comprend aussi le dessert...

— C'est bon, c'est pas possible comme c'est bon!

Juliette feignit de ne pas avoir faim; leur appétit, stimulé sans doute par l'ambiance, était féroce. Elle, la mère, mangerait plus tard, quand elles seraient au lit. Ainsi le plaisir se prolongerait. La joie des petites compensait sa faim.

À un moment donné, Gervaise devint distante. Elle semblait perdue dans ses pensées. Julie mit sa main sur son avant-bras et demanda doucement:

— À quoi penses-tu, Gervaise? Tu es loin!

— À maman, répondit-elle laconiquement.

— Ne sois pas triste, on s'amuse si bien.

— Moi je retourne dans la cuisine, je veux terminer au plus tôt ce chaud vêtement.

— Je pourrai l'étrenner lundi, maman?

— Peut-être, peut-être.

Non, le manteau serait prêt, mais Julie ne l'étrennerait pas lundi!

— C'est l'heure d'aller dormir, Mesdemoiselles. Rangez bien votre chambre et offrez votre cœur au bon Dieu.

Le va-et-vient se poursuivait; la désobéissance, ce soir, était permise.

— Couchez-vous, les filles.

— Dis, maman, on peut parler encore? Gervaise va me faire apprendre une autre page du syllabaire.

— Oui, mais au lit.

Julie vint vers sa mère, sauta à son coup, l'embrassa avec effusion. Jamais encore sa fille ne lui avait témoigné tant de tendresse, avec autant de spontanéité. Juliette ressentait une joie indescriptible. L'élan du geste surprit également Gervaise qui s'éloigna, à la fois gênée et embarrassée. Les effusions ne faisaient pas nécessairement partie des mœurs de cette famille, ce qui rendait ce moment encore plus attendrissant.

Julie se dirigea vers l'armoire, l'ouvrit et tira sur la courroie de son sac d'école sur lequel, précisément, Fernand avait déposé son colis. Et vlan! le paquet tomba. Il lui frôla l'épaule, la ratant de justesse. Julie sursauta, recula de deux pas, regarda à ses pieds.

Juliette se prit la tête à deux mains et laissa échapper un «doux Jésus!».

Gervaise était dans l'embrasure de la porte de sa chambre; le bruit avait piqué sa curiosité.

Juliette, effrayée, se mit à craindre le pire. Si son mari allait rentrer! Il lui fallait nettoyer les dégâts au plus vite.

— Je vais t'aider, maman, murmura Julie qui, elle aussi, avait peur.

— Non, tu es pieds nus, tu pourrais te blesser. Va te coucher.

Julie tenait toujours la courroie. Elle regardait l'étendue du dégât. Il y avait de la bière partout; le mur en était éclaboussé, sa robe de nuit aussi.

— Va te coucher, répéta Juliette d'un ton qu'elle voulait neutre, et pousse le verrou.

Julie entra dans sa chambre, les jambes flageolantes.

Gervaise lui murmura: «Couche à ma place, au fond du lit.»

Julie laissa tomber son sac et alla se réfugier sous les couvertures.

La mère épongea le blond liquide, le liquide de tous ses malheurs. Des larmes se mêlèrent à l'eau de rinçage.

Elle ramassa les tessons verts qu'elle enfouit dans un sac. Il ne devait pas rester de trace... Son estomac se noua, elle essaya de penser à contrer le drame qui ne manquerait pas d'éclater.

«Sainte Vierge du bon Dieu, conseille-moi!» Elle se remit à sa couture, ses mains tremblaient. Elle sortit la vieille machine à coudre que lui avait léguée sa mère. Avec peine, elle parvint à enfiler l'aiguille. La colère se mêlait à son inquiétude. Elle eut froid, oublia qu'elle n'avait pas mangé. Ses gestes étaient machinaux, sa pensée ailleurs. La soirée passa, les heures s'étiraient. Juliette s'inquiéta, quelque chose lui dit qu'elle devrait être debout quand entrerait son mari; aussi continua-t-elle d'assembler le manteau.

Soudain, une automobile dont la radio jouait à tue-tête s'arrêta devant la maison, Fernand arrivait. Juliette leva les yeux vers l'horloge qui indiquait trois heures trente. Elle serra les dents, espérant qu'il ait oublié la présence de cette bouteille dans l'armoire.

Hélas! L'aurait-il oubliée que son nez d'ivrogne la lui rememorera.

— Ça sent la bière ici dedans.

— Pis, quoi?

— Comment, pis quoi! Qui a touché à ça?

— Tu l'avais mise sur le sac d'école de Julie. Elle a tiré sur la courroie et elle est tombée. Pouvait-elle prévoir?

— Saint cataplasme! Ma bière, ma bière; je ne suis même plus chez nous *icitte* moé, on va *ben* voir!

Fernand s'attaqua à la porte de la chambre qui était verrouillée, ce qui quintupla sa colère.

Vrang! D'un coup d'épaule, il fit tout sauter, y compris le cadrage. Il alluma: il vit Julie au fond du lit, elle était blanche de peur. Il la tira par son vêtement et la lança de toutes ses forces contre la lessiveuse qui était dans un coin de la pièce, il la releva, et une fois de plus, la lança contre la *Beaty*. Juliette hurlait; il n'était pas au bout de sa colère, il continuait de frapper.

— Arrête, Fernand, tu vas la tuer!

Gervaise, effrayée, portait la main à sa bouche, répétant oh! oh! à chaque coup. D'entendre les mots criés par Juliette lui rappela l'autre nuit affreuse, la sienne. Elle se mit à crier, debout sur le lit, les yeux exorbités.

Le hurlement de Gervaise était si effrayant, son intervention si inattendue que Fernand s'arrêta de frapper. Il regarda autour de lui, comme aux jours où il se réveillait *knock-out* dans l'arène. Il secoua la tête en tous sens, enjamba sa fille qui gisait à ses pieds. Subitement dégrisé, il sortit de la chambre et disparut dans la nuit.

Juliette se précipita vers son enfant, la prit dans ses bras, la berça sur son cœur. Julie hoquetait, mais était consciente. Son pauvre visage était tuméfié, ses bras et ses jambes contusionnés.

Sa mère la dévêtit, puis l'examina. L'enfant ne réagissait pas, mais son gémissement durait.

— Mon pauvre chou, il t'a bien malmenée. Mon pauvre petit chou.

Gervaise, le nez caché dans l'oreiller, pleurait à chaudes larmes.

Juliette vint déposer sa fille sur son lit.

— Laisse-lui la place, pria la mère, doucement.

Gervaise se colla contre le mur. Lorsqu'elle vit son amie ainsi amochée par la cruauté de Fernand, les traits de son visage se durcirent. Assise au fond de la couche, le dos appuyé contre la cloison, les genoux remontés sous le menton, elle observait Julie.

— Tu as eu très peur, Gervaise? demanda la mère.

L'enfant ne répondit pas. Au nom de Gervaise, Julie ouvrit les yeux et regarda en direction de son amie.

— Ne pleure pas, ne pleure pas, insistait doucement Gervaise. Sois brave, ne pleure pas!

Pourtant, Julie ne pleurait pas. Certaines souffrances sont si profondes, si douloureuses que rien, sauf le baume de l'amour, ne peut les apaiser. Gervaise savait, pour avoir vécu cette horrible expérience, que la peur précédant le mal est beaucoup plus terrorisante que toutes les douleurs physiques.

Oui, Gervaise savait, Gervaise n'avait plus peur. Elle se cabrait devant la douleur intérieure, mais les coups ne l'effrayaient plus; seules les peines du cœur, celles qui touchent l'âme, font vraiment mal. Telle celle qu'elle connut quand Raymond, son grand frère adoré, l'avait quittée, une peine qui dura de longs jours pendant lesquels elle demeura assise devant la fenêtre, à guetter la route, à espérer son retour, mais en vain.

Oui, Gervaise comprenait. Lorsque enfin Julie s'apaisa et sombra dans le sommeil, Gervaise se glissa sous les couvertures et ferma les yeux. Juliette resta là quelque temps, pleurant doucement. Après que la mère eût éteint la lumière, puis quitté la pièce, Gervaise se redressa, passa la main sous son oreiller pour y prendre son ardoise. L'objet y était, oui, mais cassé en miettes! Le plus doucement possible, la fillette rampa vers le pied du lit, en descendit et, retenant son souffle de peur d'être entendue, elle sortit de la maison. Elle se dirigea vers la route qu'elle emprunta et courut jusqu'à l'essoufflement. La nuit était opaque, toute la petite ville semblait endormie. Elle traversa Saint-Claud et se dirigea vers l'est. C'était dans cette direction, bien loin, que se trouvait la maison de son père. Elle marchait dans le noir, vêtue de sa longue robe de nuit blanche, le visage inondé de chaudes larmes. Ses pieds lui faisaient mal, son cœur encore plus.

***

Pendant ce temps, là-bas, sur la ferme, Arthur luttait auprès de sa vache Rousse qui était en difficulté. Le veau se présentait mal; la pauvre bête gémissait, menaçait de tourner de l'œil. Le fermier semblait dépassé, rien de tel n'était jamais arrivé! «Il n'y a pas de vétérinaire dans la région.» Il n'y comprenait rien: «Les docteurs des animaux vivent en ville! C'est pourtant en campagne qu'on a besoin d'eux. Mais! et le docteur, pourquoi pas?»

Le fermier courut vers la maison. Il demanda à la téléphoniste de le mettre en communication avec le médecin. «C'est urgent, cria-t-il.» Le docteur, mal réveillé, décrocha enfin.

— C'est Lamoureux, docteur. Emmenez vos piqûres, une lame bien tranchante et votre fil à coudre.

Il raccrocha et retourna à l'étable. Sa vache frissonnait comme si des milliers de mouches l'avaient piquée. «Tiens le coup, ma belle Rousse, tiens le coup. Le docteur s'en vient, il va te délivrer. Sois courageuse.» Il flattait l'animal. Jamais face de bête ne lui avait paru aussi triste! «Il faut sauver ce veau-là *à tout drette*. Qu'est-ce qu'il fait, le docteur? Le monde a le temps de mourir... Il a pourtant une bonne voiture pour se déplacer!»

Le médecin stationna son automobile devant le perron. Parce que la porte de la maison n'était pas fermée, il entra. De la lumière brillait à l'intérieur, pourtant personne ne répondait à son appel. Il sortit, vit que l'étable était illuminée. Craignant un accident, il se hâta.

— Arthur, vous êtes là?

— Vite, docteur, vite. Il faut sauver le veau.

— Hein?

Arthur répéta, en criant: «IL FAUT SAUVER LE VEAU!»

— Mais je ne connais rien aux animaux!

— Les animaux, c'est comme le monde: ça vient au monde pareil, ça se soigne pareil! Sortez vos piqûres!

La vache se plaignait, le docteur ne surmontait pas son étonnement et Arthur gueulait. Le docteur enleva son veston et pouffa de rire. «Je ne vais pas lui demander de l'eau bouillante pour me désinfecter les mains, tout de même!»

— Son cœur va flancher, docteur, hâtez-vous.

— À faire quoi?

— Ce que les professeurs enseignent aux toubibs!

— Mais c'est une vache, pas une femme! Je ne sais pas par quoi commencer.

— Et le cœur de cette vache va flancher! Et vos piqûres, docteur?

Le diagnostic pouvait être bon, le praticien fouilla dans sa trousse, prit sa plus grosse aiguille et l'enfonça dans la fesse de la bête. Celle-ci sursauta et, de sa patte, manqua de projeter le fils d'Esculape dans le merdier. Arthur dit des mots tendres à sa vache, il la plaignit de toute son âme.

Deux heures plus tard, un veau, maigrichon, à grandes pattes fines, cause de tant de problèmes, sortit enfin du sein maternel, suivi d'un torrent de déchets organiques.

Le docteur, éclaboussé, se recommanda à tous les saints. Arthur s'esclaffa, de la reconnaissance plein l'âme. «Vous voyez, c'est comme du monde, les animaux, les bonnes manières en moins!» parvint à articuler Arthur à travers sa crise de rire. «Et mon veau est là, bien en vie: regardez-le. Et ma chère vache ne gémit plus; vous voyez bien, docteur!» Et se retournant: «Je vous garantis, docteur, que d'ici vingt minutes, ce beau bébé sera debout et cherchera à téter. S'il ne vous intéresse pas d'assister à ce miracle, rendez-vous à la maison pour vous nettoyer. Je serai bientôt là et je vous servirai une bonne tasse de thé... à défaut de champagne!»

Arthur s'avança vers l'animal et lui dit doucement: «T'as un beau rejeton, ma belle, tu peux être fière, dis merci au docteur.»

Le médecin sortit en hochant la tête. Il s'arrêta un instant, aspira une bouffée d'air pur et ne put s'empêcher de ressentir de l'admiration pour cet homme simple et confiant, dont les sentiments étaient si naturels. «Il ne faudrait pas que cette histoire s'ébruite, je deviendrais vite le frère André des habitants!»

Chapitre 6

Une fois arrivée sur la grande route, Gervaise prit ses jambes à son cou: elle courut aussi vite que son infirmité le lui permettait. Elle se tenait sur le côté nord de la route comme on le lui avait enseigné. Lorsqu'elle eut la certitude de se trouver loin du village, elle ralentit le pas.

À quelques reprises, elle avait vu briller des phares d'automobile; alors, elle se pelotonnait dans l'herbe haute en bordure du chemin. Elle ne sortait de sa cachette qu'une fois passé le danger d'être repérée.

Pour rien au monde, elle ne retournerait dans ce lieu de malheur! Elle ne verrait plus souffrir Julie comme ce soir. À elle seule, cette pensée suffisait à la stimuler à fuir loin, toujours plus loin. Il ne fallait pas qu'elle s'endorme avant le jour. Alors seulement, elle se reposerait, tapie dans un champ. «Peut-être trouverai-je là des framboises.»

Peu à peu, l'enfant ralentissait sa marche; l'épuisement se faisait sentir. Elle trébuchait, se relevait et, avec courage, poursuivait son chemin.

Son pas devenu traînant à cause de la fatigue accablante, Gervaise commença à ressentir le mordant de la nuit d'automne. Elle n'avait plus la force de lutter; le froid l'engourdissait. Ses pieds endoloris avaient raison de son courage: elle s'affaissa en bordure de la route et, recroquevillée sur elle-même, elle sombra dans le sommeil.

Six milles séparaient Saint-Claud de Saint-Florant, là où Gervaise s'était affalée.

***

La nuit n'avait pas laissé place au jour que le bon vieux curé Labrie, accompagné de deux enfants de chœur, s'apprêtait à aller porter le bon Dieu aux malades.

Fidèle à la tradition, la voiture roulait lentement pendant qu'un des assistants du ministre du culte agitait une clochette, afin que quiconque se trouvant dans les alentours s'inclinât et se signât pour rendre hommage à Dieu, présent dans le saint viatique.

— Monsieur le curé, dit le garçonnet à mi-voix, regardez.

Et le gamin pointa une forme blanche recroquevillée sur le bord de la chaussée.

— Regardez, Monsieur le curé, répéta-t-il pour attirer l'attention du prêtre.

Celui-ci ouvrit grands les yeux et aperçut ce qu'il devina être une forme humaine.

— Ferdinand, arrêtez un instant, commanda le curé au bedeau.

L'enfant de chœur, vêtu de sa soutane noire et du surplis de dentelle, sauta en bas de la voiture et cria: «C'est une fille!»

Le bedeau s'approcha, se pencha sur la fillette dont les cheveux recouvraient le visage et confirma: «C'est une enfant, c'est une toute petite fille.»

L'aube était bleue. À l'horizon, une première lueur du jour diffusait sa lumière encore sans vigueur. Tout dans la nature était d'un calme plat.

— Portez l'enfant dans la voiture.

— Grand Dieu, s'exclama l'homme, regardez ses pieds endoloris.

Le prêtre souleva les paupières, tâta le pouls de Gervaise.

— Elle est vivante. Faisons demi-tour, retournons au presbytère.

Par respect pour les saintes espèces, on parlait à

voix très basse. Le prêtre était troublé: «Qu'est-ce que tout ça cache?» Jamais depuis qu'il exerçait son sacerdoce, il n'avait été confronté avec une pareille situation. Des adolescents fuguaient parfois, bien sûr; des enfants se plaignaient, au confessionnal, d'avoir été rudoyés, battus, mais qu'une fillette de cet âge ait fui, en pleine nuit, une nuit aussi froide, sans souliers, ça dépassait son entendement! La situation était délicate.

Gervaise fut transportée dans une chambre propre et déposée entre des draps bien blancs.

— Simone, veillez sur cette enfant. Placez une bouillotte sous ses couvertures.

Et le médecin fut appelé au chevet de l'enfant. Son diagnostic s'avéra plutôt rassurant.

— Elle est épuisée par ce qui semble être une très longue marche. Le repos viendra à bout de cette lassitude. La fillette est saine et sauve; elle ne porte pas de traces de coups ni d'abus sexuels. De prime abord, elle ne souffre pas de malnutrition.

— Alors quoi? s'exclama le prêtre.

— Qui sait!

— Êtes-vous de mon avis? Ne vaut-il pas mieux se taire et attendre afin de découvrir ce qui se cache là-dessous... La disparition d'une enfant de cet âge ne peut passer inaperçue. On finira bien par avoir vent de quelque chose.

Gervaise cilla et se rendormit, ce qui était rassurant.

Après avoir longuement discuté, les deux hommes en vinrent à la même conclusion.

À Simone, on incomba le rôle de surveillante. Aussi, le médecin fit ses recommandations à la vieille demoiselle, ravie d'avoir une enfant à dorloter.

Le soleil était déjà haut dans le ciel quand le curé fit sa visite aux malades. Comme chaque mois, la tournée se termina chez Anita Labrèche, fille de feu le notaire Labrèche, où on lui servait à déjeuner. Ce jour-là, le prêtre faillit décliner l'invitation, mais le docteur avait été positif: «l'enfant dormirait de longues heures». Il pouvait donc s'attarder. Soudain, une idée lui vint: garder une fillette au presbytère n'était pas ce qu'il y avait de plus convenable, mais ici... chez mademoiselle Anita...

— Vous semblez préoccupé, Monsieur le curé. Votre retard m'a beaucoup inquiétée; rien de trop grave, j'espère? Vous, habituellement si ponctuel!

— Je réfléchis justement à tout ça, Anita. Et en cette minute même, je me demande si ce serait abuser de votre bonté que de vous impliquer dans toute cette affaire.

— Vous m'intriguez. Admettez avec moi que la vie est devenue si monotone qu'un peu de distraction ne me déplairait pas.

— C'est très délicat.

— D'autant plus passionnant! Vous aiguisez ma curiosité.

Le prêtre narra, dans le détail, l'incident du matin, ne négligeant pas de répéter la conversation échangée avec le docteur ainsi que le fruit de ses propres déductions.

— Que pensez-vous de cette histoire?

Mademoiselle Anita se taisait. Le prêtre l'observait: elle semblait plongée dans une profonde méditation. L'expression de son visage laissait paraître de vives émotions. L'idée faisait son chemin dans son esprit. Le prêtre comprit qu'elle se ferait son alliée. Voilà qui réglerait le problème immédiat.

Mademoiselle Anita ne termina pas son repas, elle réfléchissait. Puis, elle ouvrit la bouche pour dire d'un ton neutre:

— Si nous passions au salon prendre le café.

«Voilà, pensa le serviteur de Dieu, elle élabore mentalement un plan.»

Le curé revint vers sa grande résidence, le cœur allégé. Sa seule préoccupation consistait dans le fait qu'il n'avait pas l'intention de prévenir tout de suite la justice, ce qui pouvait porter à conséquences. Mais il avait confiance. N'incarnait-il pas l'autorité religieuse? La loi divine n'est-elle pas la loi suprême? Qui est cette petite fille? Où a-t-elle trouvé le courage de fuir ainsi, seule dans la nuit? Comment, à cet âge, peut-elle avoir autant de détermination? Que cachait cet exploit? Vers qui et où courait-elle ainsi?

Dès son retour, il questionna Simone. Sa protégée dormait toujours, d'un sommeil relativement paisible.

– Ayez un bouillon chaud de prêt, elle se réveillera affamée.

– J'ai nettoyé ses pieds, désinfecté les plaies avec le remède indiqué par le docteur. Je ne m'y connais pas trop, mais il me semble qu'il y a là une irrégularité.

– Ah?

– Une jambe semble plus *maganée* que l'autre.

– Ah! Selon vous, est-ce dû à sa longue marche?

– Je ne sais pas, Monsieur le curé.

Le prêtre s'inquiéta. Voilà qui pourrait amener des complications. Simone passa les heures suivantes dans la chambre de la jeune demoiselle, installée dans une chaise berçante, et elle garda les yeux rivés sur Gervaise jusqu'à ce que ses paupières se ferment.

***

Arthur se rendit à l'étable, histoire de vérifier si Rousse surmontait bien la rude épreuve. Rassuré, il se hâta de revenir sur ses pas. Il regarda l'horloge; le téléphone avait-il sonné pendant sa courte absence? Non, c'était encore trop tôt.

L'ennui pesait. Le silence qui régnait dans la maison devenue trop grande lui rappelait de bien mauvais souvenirs. Mais Gervaise fréquentait l'école, réussissait bien, avait une amie de son âge avec qui partager joies et peines. Il ne la priverait pas de tout ça par égoïsme. Le bonheur de sa fille était sa seule joie. De Raymond, il était sans nouvelles, tandis que sa femme continuait de s'étioler. Et l'hiver qui serait là sous peu. Les mois seraient bien longs! La récolte avait été abondante; il avait rendu grâce à Dieu. Une plus grande quantité des produits de la ferme avait pu être vendue, car il n'avait plus de bouches à nourrir. Il était rassuré: l'argent suffirait à payer les soins de sa femme et la pension de sa fille.

Arthur avait pris soin de mettre en réserve, dans le caveau, une grande quantité de légumes qu'il offrirait aux Lamont lors de sa prochaine visite. «Gervaise a besoin d'une bonne nourriture solide.»

Bientôt, il ferait boucherie. Un quartier de bœuf s'ajouterait aux poches de légumes frais que la famille d'accueil apprécierait sûrement, car «ils n'ont pas l'air très fortunés». Arthur laissait errer ses pensées tout en se berçant; il attendait la sonnerie du téléphone, laquelle ne se faisait toujours pas entendre. «Je devrais être à la grange... pourvu que Gervaise ne s'inquiète pas trop!» songea l'homme.

***

Gervaise dormit de longues heures. Lorsqu'elle ouvrit les yeux, elle regarda autour d'elle, le regard affolé. Simone s'approcha, se fit réconfortante.

— Mademoiselle, vous avez beaucoup dormi.

Gervaise se cala dans son oreiller.

— Vous avez faim? J'ai un bouillon de poule à vous servir. Attendez-moi.

Et Simone descendit à la cuisine pour remonter presque aussitôt. Sur un plateau, elle avait posé le plat fumant et deux tartines généreusement beurrées. Elle plaça le cabaret près de l'enfant qui hésita un instant pour ensuite manger avec avidité. Simone, attendrie, l'observait, la larme à l'œil.

Le bruit de pas dans l'escalier attira l'attention de Gervaise, ce qui la ramena sur terre. Le curé entra et s'approcha. La vue de la soutane rassura l'enfant.

— Quel est votre nom, Mademoiselle?

— ...

— Qui dois-je informer de votre présence ici?

— ...

— Vous ne voulez rien me dire?

— Peut-être est-elle muette, souffla doucement Simone.

— Parlez, mon enfant, nous ne vous voulons pas de mal. Confiez-vous.

Gervaise, immobile, gardait les yeux baissés.

— Vous ne voulez rien me dire? répéta le prêtre. Reprenez le plateau, Simone, mettez le verre de lait sur le bureau et laissez-nous seuls.

Et le prêtre questionna:

— Où alliez-vous la nuit dernière? Qui avez-vous fui?

— ...

— Peut-être me direz-vous pourquoi?

La voix était douce, sans reproche; Gervaise le sentait, mais elle ne voulait rien dire parce qu'elle craignait pour Julie.

— Dites-moi, mon enfant, vous souffrez?

Gervaise fit non de la tête. Le curé eut un soupir de soulagement. Il décida de ne pas poursuivre son enquête; il donnerait à l'enfant le temps de s'acclimater, de se sentir en confiance. Qu'elle soit effrayée, craintive, c'était bien normal.

— Vos pieds ne vous font pas trop souffrir?

Cette fois encore, Gervaise fit un mouvement négatif. «Elle n'est pas entêtée, peut-être tout simplement prudente. Il n'y a pas à en douter: elle ne veut pas retourner d'où elle vient!» pensa le prêtre. Alors il parla:

— Quand vous voudrez tout me dire, je vous écouterai. En attendant, vous resterez ici, auprès de Simone et moi. Je suis le curé de Saint-Florant; vous êtes au presbytère. Vous étiez tombée au bord de la route et nous vous avons amenée ici. Le médecin vous a examinée: vous êtes en bonne santé, mais très fatiguée. Il faudra manger et dormir, dormir beaucoup. Vous me semblez une brave fille, je vous fais confiance. Si vous désirez quelque chose, vous demanderez à Simone. Nous garderons notre secret.

Gervaise leva les yeux et regarda le prêtre de son beau regard franc et loyal. Le curé en se levant ajouta:

— Il me faut vous quitter; je dois aller célébrer les vêpres, car c'est dimanche.

Dimanche, c'était dimanche. Gervaise sursauta: son père! Elle devait téléphoner à son père! Elle entendait les pas du prêtre qui s'éloignait, descendait l'escalier, mais elle n'avait pas le courage de le rappeler.

Elle rabattit ses couvertures sur sa tête et se mit à pleurer. Les sanglots attirèrent Simone qui vint s'asseoir sur le bord du lit.

— Mon pauvre petit lapin rose!

«À papa, et seulement à papa» elle dirait tout. Pour le moment, toute la peine accumulée dans son cœur meurtri s'échappait à travers ses larmes. Simone, tout à fait désemparée, ne savait que faire. Elle borda la fillette avec une infinie tendresse, approcha la chaise près du lit et posa une main sur le petit être terrorisé. Peu à peu, le calme revint et Gervaise s'apaisa.

— Bois ton lait, chaton. Tu dois ménager tes forces si tu veux grandir.

Alors Gervaise se retourna vers Simone et, d'une voix suppliante, dit:

— Je veux parler à Monsieur le curé.

— Il est à l'église, c'est l'heure des vêpres. Dès qu'il rentrera, il va venir, je te le promets. Tu pourras lui dire tous tes secrets, il est bon comme le bon Dieu.

Gervaise, couchée sur le dos, fixait le plafond. Elle mettait de l'ordre dans son esprit, cherchait les mots qu'elle utiliserait pour tout raconter à son père; lui seul comprendrait.

Le curé revint, et à la demande de Simone, il se rendit au chevet de l'enfant. Il s'attendait à entendre un long et pénible récit. Quelle ne fut pas sa surprise lorsque Gervaise lui posa une simple question:

— Avez-vous le téléphone, Monsieur le curé?

— Pouvez-vous marcher, mon petit?

— Bien oui!

— Suivez-moi, nous irons dans mon bureau.

Gervaise se leva et esquissa un pâle sourire. On lui avait retiré sa robe de nuit et elle était affublée d'une blouse prêtée par Simone.

La servante prit son châle de laine et en couvrit les épaules de l'enfant.

— Merci, Madame le curé, jeta-t-elle.

Le prêtre sourit, Simone rougit. Arrivée dans le bureau, Gervaise ouvrit grand les yeux: le téléphone n'était pas au mur, mais sur la table; de plus, il n'était pas fait pareil, ce qui la déconcerta.

— Tu sais te servir de l'appareil?

— Oui, mais pas comme celui-là.

Le prêtre lui remit le récepteur: «parle là». Et il mémorisa le numéro que Gervaise avait demandé. La fillette trembla légèrement.

Là-bas, Arthur sursauta et courut vers l'appareil. Les deux coups brefs suivis d'un long lui indiquaient que l'appel était pour lui.

— Allô, Gervaise?

Le son de la voix de son père enleva à l'enfant le

courage nécessaire; elle ne parvint pas à parler, elle était sidérée.

— Gervaise, Minotte! cria le père, désespéré. C'est toi? Gervaise!

Alors le curé s'approcha et prit le récepteur des mains de la fillette.

— Allô, ici le curé de Saint-Florant. À qui ai-je l'honneur de parler?

— Sainte misère, Monsieur le curé, vous devez penser que je suis fou, je croyais que c'était ma fille.

— C'est en effet de votre fille qu'il est question.

— Ben, alors? Je ne comprends pas, qu'est-ce qu'elle fait à Saint-Florant?

— C'est une bien longue histoire, mais soyez rassuré, votre fille est bien et hors de danger.

— Hors de danger?

— Oui, elle est ici, au presbytère. Elle est très bien.

— Hors de danger, avez-vous dit?

— C'est une longue histoire dont je ne connais pas tous les détails, et j'ai de bonnes raisons de croire que votre fille ne se confiera qu'à vous seul. Pouvez-vous venir?

— Oui, Monsieur le curé, aussi vite que mon cheval peut galoper!

Arthur avait raccroché.

— Papa s'en vient, fillette, va laver le bout de ton nez.

***

Le curé se promenait de long en large tout en lisant son bréviaire. Déposant son livre de prières, il téléphona à Anita Labrèche avec qui il eut une sérieuse conversation concernant Gervaise. Connaissant un peu mieux la fillette, il pouvait répondre de ses bonnes manières et de ses qualités d'esprit.

Mademoiselle Labrèche, enchantée par tant d'éloges, réitéra sa demande. Elle désirait faire de l'enfant sa pupille, «si vous jugez la chose possible, vous qui connaissez bien ma situation et ma condition de santé», avait-elle ajouté sur un ton triste. «Fiez-vous à moi, avait répondu le prêtre, Dieu veille sur nous tous.»

Arthur ne se souviendrait pas d'avoir attelé le cheval ni de l'avoir lancé dans une course folle. Sa tête allait éclater, sa Gervaise était en danger. Comme il regrettait de n'avoir pas plus questionné le curé! Que s'était-il passé?

«Votre fille est hors de danger» avait dit le prêtre. Donc, il y avait eu danger. Il avait la tête en feu.

Enfin le presbytère était en vue, Arthur avait tellement pressé Piton que la pauvre bête eut peine à s'arrêter; les essieux de la voiture grinchaient, les cailloux de l'allée voletaient sous les sabots du cheval. Arthur sauta précipitamment en bas du boghei et s'élança vers la porte d'entrée. Dans son énervement, il tourna la sonnette à deux reprises. Simone ouvrit.

— Le curé est là?

— Oui, Monsieur. Entrez, le pasteur vous attend.

Au moment où Arthur allait mettre le pied sur le beau parquet doré et scintillant comme un sou neuf, il prit conscience de sa tenue vestimentaire. «On ne se présente pas chez le prêtre en salopette et en bottes crottées.» Il revenait de l'étable quand le téléphone avait sonné, et il n'avait pas pensé à se changer.

Il s'adossa au mur et se pencha pour délacer ses bottines. Sur ces entrefaites, le curé arriva.

— Pardon, Monsieur l'abbé, je ne suis pas bien de mise!

Le curé sourit: il avait affaire à un bon bougre, un fidèle travailleur, respectueux et sans doute bon chrétien.

— Suivez-moi à mon bureau.

— Et ma fille?

— Elle fait un brin de toilette; elle sera là, ne vous en faites pas. Tenez, retournez-vous...

Gervaise entrait, un tantinet gênée. Simone avait ramassé ses cheveux qui étaient retenus par une grosse boucle de ruban.

— Gervaise, ma grande!

Arthur ouvrit les bras. Sa fille hésita, puis se précipita vers son père. C'est alors que l'attention du curé fut attirée par l'infirmité de la fillette.

Le père et l'enfant se taisaient. Leur émotion était touchante.

— Je peux?

— Allez!

Arthur tira une chaise et prit sa fille sur ses genoux.

— Alors, raconte.

Gervaise refoula les larmes qui lui montaient aux yeux. Elle jeta un coup d'œil en direction du curé qui avait pris place dans son imposant fauteuil de cuir noir capitonné.

— Raconte, chaton, dis-moi tout. Pourquoi es-tu ici?

— C'est à cause de Julie.

— Julie, ta compagne que tu aimais tant?

— Oui. On ne doit pas savoir... (Et de nouveau, elle regarda le prêtre.)

— Gervaise, ma fille, tu peux tout dire devant Monsieur le curé. Il garde les secrets, ne les répète jamais.

— Ce que dit ton papa est vrai, Gervaise.

Alors l'enfant raconta tout, depuis le début. Les colères de Fernand Lamont, sa manie de frapper sa femme et sa fille; la rage de ce dernier provoquée par l'histoire de la bouteille de bière cassée et la raclée qu'il avait administrée à Julie. Elle parla aussi de sa peur et tenta d'exprimer ses peines. Enfin, elle fit un bref parallèle entre cette nuit-là et le jour où était morte sa tante. Les explications de la fillette étaient entrecoupées de pleurs que son père calmait par des caresses.

— Tu es partie comme ça, seule dans la nuit?

— Oui, papa... et j'ai perdu mon syllabaire!

Les larmes de l'enfant semblaient intarissables, maintenant qu'elle s'était vidé le cœur.

— Le salaud! Le lâche! Un batteur de femmes et d'enfants! La crapule, le fainéant! Je vais lui casser la gueule!

— Papa! hurla Gervaise, tu ne comprends pas? Il va tuer Julie!

Le curé intervint:

— Il vaudrait peut-être mieux que je m'occupe moimême de cette affaire. J'irai à Saint-Claud; je parlerai aux autorités là-bas... Julie sera protégée, aie confiance, Gervaise.

— Et ta hanche? demanda Arthur.

— Ça va, papa.

— Tu vas revenir à la maison, tant pis pour l'école.

— Hum! intervint à nouveau le curé Labrie. Il y a peut-être une autre solution... solution que je crois détenir afin de résoudre le problème de pension.

Arthur regarda le prêtre. Gervaise se tut, mais comme elle aurait aimé retourner à la maison! Et la maison, c'était celle de papa!

— Si nous remettions la suite de cette conversation à demain, Monsieur? Je ne sais pas votre nom...

— Pardon, Monsieur le curé. Arthur Lamoureux. Pardonnez mes manières. J'étais si viré à l'envers que j'en ai perdu la tête. Demain, oui.

Arthur comprit que peut-être le prêtre voulait s'entretenir avec lui en tête-à-tête.

— Gervaise restera avec nous ce soir: le docteur doit la revoir demain, pour plus de prudence. Ah! si elle a quelques vêtements à la maison...

La nuit serait bientôt là. Arthur, gêné, demanda au prêtre: «Vous auriez un fanal à me prêter? J'ai ...» et le reste de la phrase se perdit en un balbutiement.

Gervaise dormit d'un sommeil profond et sans rêve; son âme avait trouvé la paix. Seule Julie l'inquiétait encore.

***

Anita Labrèche était la fille unique du notaire Ernest Labrèche. Sa mère, tuberculeuse, était décédée trois mois après la naissance de leur seule fille. Le père ne s'était jamais consolé de cette cruelle perte; aussi avait-il vécu et travaillé pour sa fille qu'il adorait.

Anita avait fréquenté les meilleures écoles. Elle avait fait des études poussées au célèbre et distingué couvent de Sillery, chez les sœurs de Jésus-Marie. Situé en banlieue de Québec, ce premier collège d'enseignement classique formait les jeunes filles de la province. Elle s'y était distinguée par ses succès.

Ernest Labrèche rêvait d'un gendre à la hauteur des qualités de sa fille. Malheureusement, pendant sa dernière année d'études, un examen de routine avait mis à jour une caverne de dimension importante dans un de ses poumons.

Ernest avait refusé de se séparer de sa fille, il avait embauché une infirmière pour la soigner à domicile. Il avait aussi pris résidence à Saint-Florant en nourrissant l'espoir que l'air pur de la campagne lui soit salutaire. Les meilleurs pneumologues avaient été consultés; même le traitement par le pneumothorax s'était avéré inefficace, le mal continuant à progresser.

Anita avait fini par accepter sa condition de recluse. Seuls quelques rares amis venaient la visiter occasionnellement dans le petit village où elle vivait avec son père, une infirmière et la fidèle gouvernante qui avait vu mourir sa mère.

Une lueur d'espoir était venue un bon jour alléger la peine du notaire: on parlait alors d'un puissant antibiotique qui promettait d'enrayer le bacille de la tuberculose. Le remède miracle avait fait son apparition dans les annales médicales d'abord, après la première phase expérimentale.

Anita avait été hospitalisée au sanatorium de Mont-Joli pour quelques mois afin qu'on lui administrât le fameux traitement, la streptomycine. Le puissant antibiotique semblait empêcher le mal de s'aggraver. Enfin un peu d'espoir était permis.

À l'automne de la même année, son père était mort d'une attaque cardiaque; Anita était rentrée chez elle, inconsolable. Son mal avait connu une recrudescence qui avait failli lui coûter la vie.

Et les mois s'étaient écoulés. Sans doute grâce aux nouveaux médicaments, aux bons soins et à l'air pur de la campagne, la maladie semblait stationnaire. C'est à ce moment que le curé lui avait parlé de la petite fille trouvée sur la route par un morne matin.

C'est à ce sujet que le curé voulait s'entretenir seul à seul avec Arthur.

***

Arthur arriva à Saint-Florant pour l'heure de la messe. Il pria avec toute l'ardeur dont son âme était capable, suppliant Dieu de l'aider à prendre une décision.

Bien endimanché, il se présenta à la cuisine du presbytère afin de remettre à la bonne le fanal emprunté et le paquet contenant le linge de Gervaise. Mettant la main dans sa poche, il en sortit un billet de dix dollars.

— Elle n'avait pas d'autres souliers; seriez-vous assez bonne pour faire le nécessaire? Pourriez-vous, aussi, lui trouver un manteau?

— Vous voulez une tasse de thé, Monsieur?

— Merci, ma bonne dame.

Les yeux de Gervaise brillaient. Enfin, il retrouvait sa petite fille des beaux jours!

— Papa... Raymond, il est revenu?

— Pas encore, il a dû aller très loin.

— Oui, je sais.

— Tu sais?

— J'ai vu dans son livre; il a fait une grande ligne de crayon le long du fleuve.

— Ah!

Le prêtre ne tarda pas à arriver. Il invita Arthur à le suivre dans son bureau.

Simone posa un papier sur le sol et y traça le pourtour du pied de l'enfant.

— Reste ici, bien sage, je vais revenir avec de beaux souliers. Tu peux ouvrir le paquet qu'a apporté ton père. Si tu mets une robe, à mon retour, nous irons ensemble choisir un chaud manteau.

Le mot manteau réveilla le souvenir de Julie, extasiée à la pensée d'en posséder un neuf.

***

— Hier, commença le curé, je n'ai rien voulu dire devant l'enfant.

Et il parla du projet élaboré avec Anita Labrèche.

— Votre fille grandirait dans un milieu plus que favorable: celui du grand monde. Elle habiterait une jolie maison entourée de jardins. Elle recevrait là une éducation supérieure, apprendrait les bonnes manières et cultiverait son esprit.

Arthur, embarrassé, gardait la tête baissée. Tout ça semblait très beau, mais il avait peur.

— Qu'est-ce que vous en dites, Arthur?

— Vous ne craignez pas que tout ce chichi lui monte à la tête? Je ne veux pas perdre ma fille dans l'orgueil, lui faire connaître des choses que je ne pourrai jamais lui payer! Et surtout, je n'ai pas les moyens de verser une pension élevée!

— De pension il n'est pas question. De plus, qui sait? Mademoiselle Labrèche est seule au monde; elle a une certaine fortune; peut-être qu'un jour...

— Tout ça c'est du *miroitage*, de la rêvasserie.

— Non, Arthur, pas tout à fait; même que c'est là le hic!

— Un hic?

— Oui. Voyez-vous, Arthur, cette jeune fille est condamnée à... ne pas vivre bien longtemps. Elle souffre d'un mal qui la mine, le mal qui a emporté sa mère. Mais soyez assuré que les précautions, toutes les précautions, seraient prises...

Arthur ne put s'empêcher de penser à sa sœur... le mal maudit! Il baissa la tête et murmura:

— La consomption, la maudite consomption qui tue à petit feu!

«Ainsi, pensa le curé, il n'échappe pas au commun des mortels. Toutes les familles ont eu leur victime de la tuberculose.»

Arthur s'était adossé. Les yeux fermés, il serrait les poings.

— Peut-être craignez-vous que votre fille ne puisse pas combattre ce mal, même si elle me paraît très robuste...

— Non, trancha Arthur, là n'est pas ma peur. Le docteur m'a dit que Gervaise était protégée contre ce mal-là; elle l'a combattu et elle est immu... immo...

— Vous voulez dire immunisée?

— Ouais, c'est ça.

— Qu'est-ce que vous en diriez, si nous allions faire une visite à cette dame?

— Aujourd'hui?

— Pourquoi pas, c'est à cinq minutes en automobile.

— Avec Gervaise, car c'est elle qui décidera. Elle seule!

Le curé téléphona à la bienfaitrice et prit rendez-vous. Anita paraissait ravie.

***

Le cœur plein d'espoir, Anita Labrèche ne pouvait que s'inquiéter à la pensée du mal infectieux dont elle souffrait. Devait-elle prévenir le père de la fillette? Ne s'illusionnait-elle pas de croire qu'on lui confierait une enfant?

Pour cette fille que la vie avait choyée, la solitude pesait lourd et la faisait plus souffrir que ce mal qui la minait lentement, sournoisement, un mal hypocrite, difficile à accepter!

Anita enfila une robe rose cendré ornée d'un large collet de dentelle écrue, mit une bague à son doigt et épingla une fleur de soie dans son chignon. Pour la première fois, elle laissa tomber sa tenue de deuil. L'image que lui rendait le miroir lui fit plaisir. La joie rosissait son visage, habituellement si pâle. Anxieuse, elle allait d'une fenêtre à l'autre. Se dirigeant vers le salon, elle eut le goût subit de jouer du piano, chose qu'elle n'avait pas faite depuis le décès de son père.

Elle plaça les doigts sur les notes, fit des gammes pour assouplir ses phalanges. Au rythme de *La Polonaise* de Chopin, elle laissa errer ses pensées et vibrer son cœur. Jamais la musique ne lui avait semblé plus douce, plus enveloppante; la maison tout entière semblait vibrer.

Dans la cuisine, Annette souriait: enfin, sa maîtresse démontrait un peu d'entrain!

***

Arthur repassait mentalement les arguments du curé: «De quoi rendre la proposition alléchante.» Il lui avait déjà fallu vendre une partie de sa terre, sacrifier quelques animaux, diminuer la culture; l'avenir l'inquiétait. Mais il ne devait pas laisser cette vulgaire raison d'argent entrer en ligne de compte dans son jugement. Seul le bonheur de sa fille importait. Devrait-il tout sacrifier? Il le ferait car sa femme et sa fille comptaient plus que tout...

Gervaise se tenait tapie contre son père.

— Tu sais, toi, papa, où nous allons?

— Chez une grande amie de Monsieur le curé. Il veut que tu la rencontres. Elle habite tout près d'ici.

— Pourquoi, papa?

Arthur prit la menotte de sa fille et la serra très fort.

Là, devant eux, sur une butte, au milieu d'une île de verdure, trônait une maison toute blanche. Elle était parée de volets verts et ceinturée d'une galerie immense.

L'auto du curé emprunta l'allée qui menait à l'entrée principale. Annette vint ouvrir et guida les visiteurs vers le salon.

Anita jouait toujours, le regard perdu au loin. Gervaise se tenait très près de son père. Elle était charmée à la vue du piano qui, sous les doigts magiques de la musicienne, emplissait la pièce d'un air merveilleux.

Lorsque la dernière note s'envola, Anita resta là, tête inclinée, immobile. Alors le curé applaudit, Gervaise l'imita.

— Toujours virtuose, à ce que je vois.

— Merci, mon père. Je ne vous ai pas entendus arriver. Venez vous asseoir.

Après les présentations d'usage et les propos mondains, il y eut un silence. On se jaugeait mutuellement.

— Arthur, suivez-moi, je veux vous faire voir quelque chose qui va vous intéresser.

— Venez, Gervaise, invita la jeune fille, asseyez-vous dans ce fauteuil douillet.

— C'est très beau, très, très beau, votre maison. Vous avez beaucoup de livres.

— Tu vois, là, sur le rayon du bas? Ce sont des contes de fées. Tu sais lire, Gervaise?

— Un peu, dans le syllabaire, mais je connais toutes mes lettres, même les deux i, le i grec. Et je sais mes chiffres jusqu'à cent.

La fierté illuminait le visage de l'enfant.

— Tu aimes la musique?

— La radio, oui.

— Tu peux écrire tes lettres?

— J'ai cassé mon ardoise, soupira Gervaise.

Pendant que l'on faisait plus ample connaissance, le prêtre et Arthur se prélassaient dans la serre.

— On dit que dans cinquante ans, tous les légumes seront ainsi cultivés.

— Bah! s'exclama Arthur. Les boutures peut-être, mais je ne vois pas les choux et des tonnes de patates se contenter de pousser dans une cabane de verre. Les méthodes du bon Dieu sont meilleures.

— Tu as sans doute raison; ici tout est à l'abandon. Si tu avais vu cette serre dans toute sa splendeur, du temps du notaire... Regarde, là, les géraniums survivent, ils ont la vie tenace.

— Selon vous, que se passe-t-il, là-haut?

Arthur en revenait à sa préoccupation première; le prêtre sourit.

— Je ne serai jamais capable de payer un prix convenable pour les frais de pension, soupira le père inquiet.

— Il n'est pas question de ça!

— Alors vous parlez de charité? N'y pensez pas!

— Qui parle de charité? Tu n'as pas bien compris, Lamoureux. Cette fille crève d'ennui: elle se sait vouée à une mort imminente. La présence de Gervaise auprès d'elle serait un cadeau du ciel. Qui crois-tu serait le créancier dans tout ça?

Arthur se retourna pour cacher son embarras. «La fierté du pauvre», pensa le prêtre. Annette arrivait. Elle invita ces messieurs à passer au salon, le thé y serait servi.

Les petits fours semblaient délicieux, le thé fumant aussi.

— Vous n'aimez pas le thé, monsieur Lamoureux?

— Ouais, j'aime bien le thé, mais...

— Quoi, papa? Tu aimes le thé!

— Auriez-vous une tasse mieux faite que ça? Je ne pourrai pas mettre mon doigt dans cette anse-là, et je risquerais de tout renverser... Moi, vous savez, les tasses à talons hauts!

Et sur cette entrée en matière, faite de franchise et de simplicité, la conversation se poursuivit. Les objections furent soulevées, les pour et les contre analysés. L'hôtesse parla du mal qui la minait et tenta de faire comprendre à Gervaise que certaines précautions s'imposeraient.

— Je sais, Mademoiselle, tu as le même bobo que...

Elle se tut, hésita un instant, puis ajouta:

— Vous aimez qu'on brosse vos cheveux?

Arthur regarda Gervaise avec une telle insistance que l'enfant leva les yeux vers lui.

— Elle aimait ça, tu sais, papa, elle aimait ça, ma tante.

Une grosse larme s'échappa du coin de l'œil d'Arthur et se perdit lentement le long de sa joue. Le curé et l'hôtesse se taisaient, conscients des émotions qui tenaillaient le fermier au physique pourtant imposant.

«Ces deux-là s'adorent», pensait Anita.

Ce soir-là, Gervaise dormit dans la chambre la plus ensoleillée de la maison qui devenait son chez-soi. Le père promit de venir souvent, le prêtre aussi.

Le lendemain, Annette eut comme mission de se rendre au village et de ramener une montagne de vêtements que Gervaise prit un plaisir fou à essayer.

Anita Labrèche, agenouillée sur son prie-Dieu, remerciait le ciel et suppliait Dieu de lui donner le temps nécessaire pour parfaire l'éducation de cette enfant.

Chapitre 7

Gervaise s'habitua très vite au bonheur. Les consignes, données d'un ton ferme, mais affectueux, ne lui semblaient jamais sévères. D'un caractère souple, la fillette s'adapta rapidement à ce mode de vie et à la discipline que lui imposait sa protectrice.

«Tu ne dois jamais retourner dans cette chambre», l'interdiction d'autrefois, se traduisait aujourd'hui en «tu dois te tenir à distance, ne jamais t'aventurer plus près que de la chaise bleue». Les raisons profondes à tant de précautions échappaient à l'enfant. Que pouvait-elle comprendre dans toute cette histoire de bacilles qui véhiculent la maladie mortelle?

Peur, non. Elle n'avait pas peur; le mot ne fut jamais prononcé. On ne lui avait pas inspiré la crainte, seulement la prudence.

Une des plus grandes joies de Gervaise fut causée par ce qui se trouva suspendu au mur du salon, un certain matin. Après le déjeuner, Anita invita la fillette à voir par elle-même la surprise réservée. Elle se leva de table en courant et un cri de joie retentit. Deux tableaux noirs, un près de son fauteuil et l'autre, près de celui de mademoiselle. Et sur la chaise bleue, un beau syllabaire tout neuf!

Anita souriait. Gervaise revint vers la salle à manger en courant, puis freina. Elle aurait voulu embrasser la jeune femme, mais il fallait respecter la consigne. L'enfant apprenait à modérer ses élans, à se dominer. Seuls ses yeux lançaient des regards pleins d'une tendre émotion.

À la lecture, à l'écriture et à l'arithmétique se greffèrent l'enseignement des bonnes manières, celui du tricot et un tas de connaissances usuelles.

— Elle absorbe tout comme du papier buvard, s'extasiait Anita lors d'une conversation avec le curé. Elle est d'une intelligence supérieure à la moyenne.

— Savez-vous ce que m'a dit son père au retour de notre visite chez vous? Je l'observais; il ne disait rien, je croyais qu'il priait. Tout à coup, il a laissé tomber cette phrase des plus étonnantes: «Le bon Dieu a de ces manières de se faire pardonner les épreuves qu'Il nous envoie!» J'ai su alors que l'homme se réjouissait de vous avoir fait confiance. Vous admettrez avec moi que ce sont là des mots profonds; la petite a de qui retenir...

Le bonheur de la malade était si grand que son médecin nota une accalmie de son état. Cependant, Anita dut lui promettre de se reposer davantage afin de ne pas provoquer l'aggravation du mal.

De temps à autre, Arthur Lamoureux venait visiter sa fille. Ils passaient de longues heures à discourir; Gervaise ne tarissait pas.

Pour éviter le danger de contamination, mademoiselle Anita évitait tout contact avec Gervaise. Par contre, Annette, la gouvernante, lui prodiguait son affection sans réserve. Chaque jour, elles faisaient ensemble de longues promenades, et de sa fenêtre, mademoiselle Anita les enviait.

Vint le printemps, la saison pénible pour les tuberculeux. Anita Labrèche resta alitée pendant quelques semaines durant lesquelles Gervaise s'évertua à étudier afin de surprendre agréablement sa bienfaitrice.

Gervaise se forgeait une âme; elle apprenait à comprendre, à discerner, à aimer. Elle grandissait, s'épanouissait dans la paix.

Elle fut confirmée, suivit les leçons de catéchisme de la paroisse et fit sa communion solennelle. Ce matin de mai où elle se rendit à l'église, accompagnée de son père, mademoiselle Anita pleura.

Le spectacle qui s'offrait à elle était digne d'un

conte du siècle dernier: Arthur saisit sa fille par la taille, la leva de terre et, avec délicatesse, la déposa sur la banquette du boghei. La fillette s'accrocha à son cou et lui donna un baiser sur le front. Gervaise, vêtue d'une longue robe blanche ornée de falbalas, avait la tête couverte d'un nuage de voile blanc retenu par une couronne de muguet. Elle tenait à son bras des fleurs d'une blancheur immaculée, comme son âme, et se tenait bien droite à côté d'un père rayonnant. Ce dernier dirigeait son carrosse tiré par un cheval dont le poil luisait pour avoir été longuement étrillé. L'animal se cabra et partit. Un prince fuyait, enlevant sa princesse!

Ils descendirent l'allée qui menait à la route, disparurent un instant derrière le feuillu d'un chêne, réapparurent, puis s'évanouirent dans le lointain.

Au retour, une atmosphère de fête accueillit l'héroïne du jour. On festoya, on chanta et on pria dans la joie.

***

Quelques années s'écoulèrent, mais pas un jour ne se passa sans que Gervaise ne pense à Julie et ne s'inquiète de son sort. Julie, Raymond, sa tante, tous ces êtres qu'elle avait aimés et qui lui avaient rendu cet amour, demeuraient présents dans son esprit. Toujours elle se souviendrait; son cœur était ainsi fait.

Toutes ces belles choses qui l'entouraient lui plaisaient, bien sûr, mais son plus beau souvenir demeurait cette chevauchée cramponnée à la crinière de Piton qui galopait dans le vent, la hissant dans l'espace. Ce moment avait contribué à lui donner un élan de confiance, d'espoir.

Gervaise qui émergeait d'une suite d'épreuves avait, lors de cette course folle, appris à regarder droit devant elle et à croire en des jours meilleurs. Elle n'aurait pu dire avec des mots ce qu'elle avait ressenti, mais le miracle s'était produit à la minute même où son âme de petite fille ployait sous le poids de la souffrance et avait un besoin urgent d'être réconfortée.

Plus tard, lorsqu'elle y repenserait, elle s'émerveillerait, car la vie se chargerait de lui prouver qu'elle avait eu raison de croire.

***

Arthur arriva de bon matin. Il contourna la maison et se présenta à la cuisine: il lui fallait parler à sa fille au plus tôt.

Annette présagea un malheur. Elle vint informer sa maîtresse qui transmit le message à Gervaise.

— Papa est là? Si tôt?

Elle courut vers lui, se précipita dans ses bras. Arthur la retint un instant, la couvrant de baisers.

— Gervaise, mon ange, ta maman est décédée la nuit dernière.

— Maman!

L'enfant cacha son visage dans le creux de l'épaule de son père. L'homme lui parla doucement:

— Au village... il y aura des funérailles. Tu comprends, jamais un des nôtres ne fut enseveli en terre lointaine. Il n'y aura que toi et moi pour suivre sa dépouille au cimetière...

— J'irai, papa. Avec toi, j'irai.

— Fais-le aussi pour elle.

Elle baissa la tête. Il plaça son doigt sous son menton, l'obligeant à le regarder.

— C'était ta maman.

— Je pars avec toi. Donne-moi quelques minutes. Tiens, papa, prends cette pomme, je suis sûre que tu n'as pas mangé.

Père et fille passèrent deux jours ensemble. Leurs conversations étaient entrecoupées de longs silences. L'aile de la mort planait sur eux. L'absence de Raymond se faisait sentir, plus pénible que jamais.

Gervaise avait l'impression que son père aurait aimé lui faire des confidences, car il entamait un sujet, puis laissait tomber. Il lui semblait très las.

Gervaise mit de l'ordre dans la maison. Elle se rendit aussi à l'étable où tout lui semblait changé. L'absence des bêtes autrefois nombreuses et bruyantes, qui donnaient une raison d'être à ces grands bâtiments maintenant désertés, leur conférait un air de désolation. Son père avait subi tout ça, seul, sans jamais se plaindre. «Je dois revenir m'occuper de lui, je ne suis qu'une égoïste!»

Lorsqu'elle revint vers la maison, elle le surprit assis sur les marches du perron, la tête cachée entre ses mains.

— Papa, dit-elle doucement.

Il leva la tête; il avait pleuré. Gervaise prit place à ses côtés et attendit qu'il parle.

— Je suis allé au presbytère, prendre des arrangements, et chez le croque-mort.

Gervaise frissonna. Elle n'aimait pas ce mot pour le moins lugubre. Elle attendait que son père élabore, mais il n'en fit rien.

— Va dormir, papa, tu sembles épuisé. Demain, nous parlerons.

Arthur entra, le dos courbé. Gervaise voyait, pour la première fois, cet homme fort et indestructible ployer sous le poids de la souffrance. Ses tempes étaient garnies de fils d'argent; ses mouvements, devenus lents.

La jeune fille resta là, pensive. Et, comme si le temps reculait, elle vit dans le champ, là, devant elle, ces flammes terribles qui grimpaient dans le ciel ce jour où on l'avait transportée à l'hôpital. Un frisson d'horreur la secoua. Elle entra précipitamment et claqua la porte comme pour se rassurer.

La pensée de sa mère gisant quelque part finit par la bouleverser. Elle se raidit, ferma les yeux et serra les poings. «C'est le passé. On ne peut forcer les gens à nous aimer. Il est tout à fait inutile de chercher à forcer le destin.»

Et elle monta dormir. Rien dans sa chambre n'avait été déplacé. Les livres que Raymond lui avait donnés étaient là, sur sa commode. Rien n'avait bougé, la vie semblait avoir suspendu son cours. Gervaise promenait les yeux sur ce décor qui avait été le sien sans aucune émotion; quelque chose en elle venait de se briser. Son père ne lui parlait plus de sa mère, voilà qu'elle était décédée. Une fois encore elle faisait face à un fait déterminé qu'il lui fallait accepter sans comprendre.

Elle se coucha, laissa errer ses pensées. En dehors du chagrin ressenti par son père, elle n'éprouvait aucune peine.

Le lendemain, après les funérailles, Arthur et Gervaise se retrouvèrent assis l'un en face de l'autre.

— Papa, je vais revenir habiter avec vous.

— Ce n'est pas possible.

— Mais oui, c'est possible.

— Plus maintenant.

— Pourquoi?

— ...

— Pourquoi, papa?

— La terre ne m'appartient plus.

— Je ne comprends pas.

— J'ai donné ma parole. Hier, j'ai vendu ma terre.

— Mais pourquoi? Pourquoi, papa? J'aurais pu...

L'homme assena un coup de poing sur la table et cria presque.

— Nom d'un chien, on n'enterre pas sa femme à crédit!

— Je travaillerai. Je trouverai du travail et je m'occuperai de toi.

— Non plus.

— Je suis capable, crois-moi.

— Ce ne sera pas nécessaire.

— Pourquoi?

— J'ai mis une clause au contrat de vente. J'habiterai ici tant et aussi longtemps que je vivrai. Je me ferai un coin, dans un des bâtiments, un coin bien à moi. Et si un jour Raymond revenait, il me trouverait là.

— Papa!

— Et toi, tu retourneras chez cet ange gardien qui t'aime comme tu le mérites. Nous nous verrons plus souvent. Tout s'arrangera, tu verras.

Devant la détermination de son père, la logique de ses pensées, Gervaise se sentit tout à fait désemparée. «Si un jour Raymond revenait..»

Il avait tout donné, tout sacrifié! Il attendait encore le retour de son fils!

— Et Piton, tu y as pensé?

— Tant que sa santé tiendra le coup, je le garderai. S'il flanche, je l'abattrai.

— Oh!

— Ça fait mal, hein, ma grande fille? Ce sont les cruelles réalités de la vie. Il faut savoir y faire face, comme tu as fait quand tu as fui ce truand, ce monstre.

Il se leva, se dirigea vers l'escalier, se retourna et ajouta:

— Demain, je vais te ramener là-bas. Sois prête. Bonsoir, ma fille.

Gervaise ne parvint pas à ouvrir la bouche pour lui souhaiter bonne nuit. Le mot lui sembla tout à coup de très mauvais goût.

«C'était donc ça, ses silences embarrassés depuis que je suis ici. Je croyais qu'il revivait le passé, alors que le drame le plus cruel qu'il avait vécu se jouait. Sa terre:

sa fierté! De père en fils... Si un jour Raymond revenait...»

Ses pensées allaient aussi vers sa mère, cette mère qu'elle avait si peu connue. Comment et de quoi était-elle décédée? Gervaise aurait aimé savoir mais elle n'osait interroger son père afin de ne pas remuer son chagrin. Elle attendrait que sa peine se soit atténuée.

Chapitre 8

Gervaise vivait dans le plus grand des conforts. Sa protectrice la chérissait de tout son cœur et ne ménageait rien pour assurer son bonheur et lui donner une bonne éducation.

Mais l'enfant, devenue adolescente, vivait dans un vase clos. Il lui manquait le voisinage des jeunes de son âge. Aussi mûrissait-elle trop vite, n'ayant pas l'occasion de gravir les étapes une à une. Son apprentissage s'était surtout fait à travers des épreuves et des peines qui, habituellement, ne sont pas le lot de la jeunesse.

Depuis qu'elle s'était absentée pour assister aux funérailles de sa mère, Gervaise n'affichait plus la même désinvolture; elle avait perdu sa constante gaieté. Quelques jours à peine avaient suffi à marquer son âme. Mademoiselle Labrèche s'inquiétait pour sa protégée. Il ne lui venait cependant pas à l'esprit que leur vie de recluses n'était pas des plus salutaires.

Elle fit part de ses inquiétudes au curé de la paroisse, qui venait la visiter régulièrement. Le prêtre en conclut que la fillette avait besoin d'un changement de milieu pour continuer à s'épanouir.

— Serait-elle mieux servie là-bas, sur la ferme isolée où vit son père? Surtout que sa mère est décédée, permettez-moi d'en douter, avait protesté mademoiselle Anita.

Le prêtre comprit que Gervaise n'avait rien confié à sa protectrice de ses déboires et de sa vie passée. Cela ne faisait que confirmer le besoin qu'avait l'adolescente d'échanger avec une amie de son âge, une confidente qu'elle-même choisirait.

On discuta à fond du problème. Anita promit de réfléchir. Son confesseur insistait: «Il faut éloigner

Gervaise quelque temps.» Le monde des adultes dans lequel elle évoluait depuis si longtemps pourrait s'avérer néfaste pour son avenir.

Mademoiselle Labrèche cherchait une solution, mais en vain. Elle ne pouvait pas se faire à l'idée de devoir se priver de cette merveilleuse présence.

L'école du village ne répondait plus aux besoins de Gervaise. Le pensionnat était-il la seule réponse au dilemme? Elle-même s'y était tellement ennuyée autrefois!

Les jours et les semaines passèrent. Anita mettait les bouchées doubles: elle accaparait Gervaise qui aimait lire, fouiller dans ces beaux livres qui emplissaient les rayons de la bibliothèque.

«Tu y trouveras matière à te régaler et à parfaire tes connaissances plus tard. Pour le moment, tu dois bien apprendre.» Ces mots étaient restés gravés dans la mémoire de Gervaise, qui regardait les volumes avec un désir croissant depuis le jour où les tableaux noirs avaient été mis à leur disposition: un de ceux-ci lui était destiné, l'autre était utilisé par Anita qui ne s'approchait jamais de l'enfant.

***

Au déjeuner, mademoiselle Anita affichait un air joyeux et avait l'œil moqueur. Gervaise comprit quand elle vit, inscrit en lettres majuscules, lesquelles prenaient plus de la moitié du tableau, un seul mot: CONGÉ.

— En quel honneur? demanda Gervaise.

— Nous sommes devenues trop sérieuses; il faut faire quelque chose de différent. Par exemple, il y a bien longtemps que tu ne m'as pas fait la lecture.

Ravie, Gervaise se dirigea vers la bibliothèque et laissa errer ses yeux sur les titres qui dansaient devant elle.

La vérité, pour expliquer cette halte, était différente de celle énoncée par Anita. Celle-ci avait passé une très mauvaise nuit: elle avait fait une hémorragie qui, bien que relativement faible, pourrait avoir des conséquences graves sur sa condition pulmonaire. Elle était demeurée immobile comme on le lui avait recommandé; les yeux rivés sur les aiguilles de son réveille-matin, elle avait attendu le lever du jour, suppliant Dieu de l'épargner. Après s'être levée avec peine, elle s'était dirigée vers le salon et c'est alors que cette idée lui était venue. Ainsi, pendant la lecture elle pourrait s'adosser dans son fauteuil, calme et silencieuse, sans éveiller de soupçons.

Gervaise lisait à voix haute, soucieuse de bien articuler pour faire plaisir à sa chère auditrice. Celle-ci, la tête appuyée, les yeux fermés, se sentait très lasse. Elle refusa de dîner et retourna à sa chambre, priant Gervaise de l'excuser, car elle «souffrait d'un mal de tête fou».

— Vous me résumerez la suite de ce récit, Gervaise.

Jamais Gervaise n'oublierait cette histoire. C'était celle d'un Canadien qui s'expatria, à la fin des années trente, pour trouver du travail. Il échoua en Virginie, sur une ferme où l'on cultivait le tabac. Il s'y fit l'allié de la cause des Noirs. L'homme se mérita l'amitié de ses maîtres et devint le propriétaire de la plantation. Le roman, des plus émouvants, la bouleversa longtemps. «Comme si cette lecture avait préparé mon âme à accepter la souffrance atroce qui m'attendait», écrivit-elle plus tard dans son journal intime.

***

Gervaise se réveilla, se leva, enfila sa robe de chambre. On frappait discrètement à sa porte. Surprise, elle ouvrit. Annette était là, un verre de lait chaud à la main.

— Prenez ceci, Mademoiselle Gervaise. Ce lait est aromatisé de miel. Retournez dormir, il fait un temps maussade.

Gervaise fut bien tentée; elle avait lu très tard, la veille.

— Mademoiselle Anita est levée?

— Non.

— Alors je suis votre conseil; je ferai la grasse matinée. N'hésitez pas à me prévenir si mademoiselle Anita descend déjeuner.

Gervaise se glissa entre ses draps par trop douillets et aussitôt elle retourna dans la vallée des songes.

Au premier étage, il y eut le branle-bas: Annette désirant s'informer de la santé de sa patronne s'était présentée à sa chambre. Elle avait frappé, sans toutefois obtenir de réponse. Une heure avait passé. Inquiète, cette fois, elle avait ouvert la porte et retenu un cri. Madame Anita était au plus mal: son oreiller était souillé de sang.

Le médecin et ce bon curé Labrie, en qui la malade avait une confiance illimitée, furent appelés à son chevet. La solution était le sanatorium, sans tarder. L'ambulance était là. On transporta Anita au visage blafard.

— Gervaise...

— Pas un mot! ordonna le docteur. Pas d'émotions inutiles.

Et Annette avait pris l'initiative de retenir Gervaise là-haut pour éviter qu'elle ne soit témoin du désolant spectacle et pour épargner des peines à sa maîtresse.

Lorsque enfin Gervaise descendit, elle eut la surprise de voir le curé qui, assis au salon, lisait son bréviaire.

— Vous ici, Monsieur le curé, à une heure aussi matinale!

— Bonjour, mon enfant.

— Quelle paresse! J'ai honte! Mademoiselle Anita n'est pas là? Hier elle s'est plainte...

Le prêtre leva la main pour lui imposer le silence. Elle comprit. Un drame, un drame de plus; elle le sentait, là, flottant autour d'elle. La présence du serviteur de Dieu confirmait ses soupçons. Elle pensait au pire.

— Madame Anita, n'est-ce pas? Il s'agit bien d'elle. Ou bien de papa? jeta-t-elle dans un souffle. Mais parlez, parlez donc!

— Il ne s'agit pas de votre père.

Gervaise se laissa tomber dans un fauteuil et murmura: «Merci, merci mon Dieu.»

— Mademoiselle Anita n'est pas décédée, n'est-ce pas? Dites-moi qu'elle n'est pas décédée.

Le prêtre hocha la tête négativement.

— Alors, est-elle en danger?

Le prêtre expliqua. L'évolution du mal ne laissait pas beaucoup d'espoir pour une guérison, même lointaine. Les médicaments ne réagissaient pas comme...

Gervaise n'écoutait plus. Tout ça, elle le savait. On lui parlait avec ménagement, pourtant elle se sentait perdue sur une longue route brumeuse, cherchant la direction à prendre. Cette porte-ci se fermait; elle serait transplantée ailleurs, aurait à s'adapter de nouveau. Une fois de plus, elle laisserait derrière elle un être aimé qu'elle ne pouvait secourir, mais pour qui elle ne cesserait de s'inquiéter.

— Le sanatorium est l'endroit par excellence dans sa condition.

Gervaise regarda le prêtre et se reprocha intérieurement son égoïsme. Elle pensait à elle-même, s'apitoyait sur son propre sort, alors que sa bienfaitrice luttait peut-être contre la mort.

— On aurait dit qu'elle présageait cette rechute. Récemment, nous nous sommes entretenus de votre avenir. Tant que vous ne serez pas majeure, l'âge de la majorité étant de vingt et un ans, ce qui n'est pas pour demain, vous devrez être sous bonne garde. Puisque mademoiselle Labrèche reconnaissait votre intelligence et vos excellentes dispositions, nous avons pensé que le couvent serait la meilleure solution. Qu'en dites-vous?

Gervaise pensa à son père. Ce serait alourdir sa souffrance et lui souligner sa misère que d'aller se réfugier auprès de lui.

— Vous devez continuer d'étudier.

— Non, puisque j'ai plus de quatorze ans. N'est-ce pas ce que la loi dit?

— Ainsi, mademoiselle Anita a poussé jusqu'à vous renseigner sur des points de loi! C'est bien elle: d'une dévotion illimitée... Aussi, elle a dû savoir vous convaincre: les talents que Dieu vous a donnés doivent être exploités au maximum!

Gervaise se taisait, elle semblait accablée. Le pasteur enchaîna:

— J'ai une cousine qui dirige une communauté religieuse, pas très loin d'ici, à Saint-André-de-Kamouraska. Il ne s'agit pas d'un orphelinat, mais d'une maison d'enseignement. Vous seriez, là-bas, en compagnie de filles de votre âge, ce qui est souhaitable. Je suis entré en communication avec ma cousine. Moyennant certains frais et pour services rendus, vous bénéficieriez de tous les avantages. On vous donnerait le gîte et le couvert, pour ne pas mentionner l'occasion toute trouvée de parfaire vos études sous la direction des Sœurs de la Charité. Leur réputation comme enseignantes émérites n'est plus à faire. Pensez et priez, mon enfant. J'attendrai votre réponse; qui sait, peut-être que Dieu...

Le prêtre se leva, posa sa main sur la tête de Gervaise qui s'agenouilla pour recevoir la bénédiction. Une fois seule, l'adolescente resta là, fixant le tableau noir sur lequel figurait le mot «congé», écrit en lettres majuscules.

Gervaise erra à travers la grande maison où elle

avait vécu des heures si merveilleuses; là où s'étaient manifestées, pour elle seule, des occasions uniques qui enrichissaient sa vie de jeune fille. C'est là qu'elle était parvenue à oublier qu'elle était une enfant pauvre et boiteuse. Elle y avait aussi appris à s'épanouir et à savoir faire la part des choses.

Elle vivait sous ce toit depuis tant d'années, mais jamais elle n'y avait connu de peines autres que celles émergeant de son passé. Jamais on n'avait fait allusion à son infirmité. Sans compter que son père s'adressait à elle comme on s'adresse à une adulte. Monsieur le curé, parfois, lui parlait avec trop de condescendance, mais ça, elle le comprenait.

À chacune de ses visites, son père lui donnait un peu d'argent qu'elle refusait toujours, jusqu'au jour où elle constata qu'il avait plus de joie à le lui offrir qu'elle en avait à le recevoir.

Cet argent ne lui était d'aucune utilité: madame Anita devançait toujours ses désirs et comblait ses besoins. Aussi, pensait-elle, cette somme suffirait à défrayer le coût de ses études si elle retournait auprès de son père. Qui sait, madame Anita pourrait revenir bientôt, et tout continuerait comme avant.

Annette s'efforçait de distraire Gervaise. Madame l'avait priée de montrer à tailler et à coudre à sa protégée; elle lui avait remis des vêtements qu'elle ne portait plus en la priant de les nettoyer et de les remodeler. Maintenant que sa maîtresse n'était plus là, elle avait beaucoup de temps libre.

Gervaise apprit à défaire les coutures à l'aide du tranchant d'une lame, à se servir de l'envers des habits pour en faire des vêtements neufs. De longues heures passaient ainsi, brisant la monotonie.

— Que ferais-je ici, sans vous? s'exclama Annette.

— Madame Anita reviendra bientôt.

— Dieu vous entende!

— Dites-moi, Annette, ce matin-là, le verre de lait?

— À la requête de madame Anita, j'ai dû trouver un moyen de vous retenir à votre chambre. Elle ne voulait pas vous imposer sa misère. C'est une sainte, cette demoiselle. Une sainte, comme l'étaient sa mère et son père.

— À part espérer son retour, que puis-je faire?

— Monsieur le curé ne vous laissera pas tomber, fiez-vous à lui. Et vous avez votre père, vous n'êtes pas seule dans ce bas monde. Alors que moi, elle partie...

— Vous êtes depuis longtemps au service de cette famille?

— Depuis toujours! Je suis née dans le quartier des serviteurs de la famille, bien avant madame Anita. Mes parents étaient au service du paternel de monsieur Ernest le notaire. Je n'ai jamais connu une autre demeure. Je les ai suivis partout.

Une vie de totale abnégation et de dévouement inlassable, pensa Gervaise, troublée. Pouvait-elle se plaindre? Pouvait-elle vraiment gémir, aujourd'hui, que tout lui échappait? Avait-elle le droit d'être amère? Toute cette bonté dont elle avait été entourée, n'était-ce pas un cadeau du ciel? Elle quitterait cette maison enrichie d'un bagage dont elle n'aurait jamais pu rêver.

Au couvent, elle recevrait l'enseignement nécessaire à parfaire son éducation. Le prêtre avait affirmé qu'elle devrait travailler pour défrayer le coût de sa pension; voilà qui allégerait son père d'une obligation pécuniaire. Mais ça voulait aussi dire qu'il lui fallait recommencer ailleurs, s'adapter à un nouvel entourage, à un décor différent. Qu'est-ce que la vie de couvent?

À l'hôpital Sainte-Anne, les anges de douceur qu'incarnaient les religieuses lui avaient laissé un souvenir bien doux. Peut-être pourrait-elle devenir religieuse? Alors elle se dévouerait au soin des enfants, de tous les enfants qui souffrent.

Ces livres qu'elle avait lus lui paraissaient aujourd'hui

bien menteurs. Jusqu'à maintenant, dans son esprit, tout se passait ailleurs, sous un ciel différent ou lointain, irréel, tenant du mythe. Rien dans tous ces livres ne ressemblait à la vraie vie. En effet, les dénouements ne manquaient jamais d'être heureux, tandis que dans la réalité, le malheur lui semblait persistant... même si, de temps à autre, certaines haltes permettaient de reprendre haleine, histoire de trouver le courage de poursuivre.

Une fois de plus, elle en était là. Il lui fallait foncer, à nouveau, dans cet inconnu qui l'avait si souvent terrorisée. «Priez, avait dit le prêtre, mais pourquoi? Dieu avait sûrement mieux à faire que de se préoccuper des Gervaise qui courent le monde à la recherche du bonheur!»

Et le bonheur, se demandait-elle, qu'est-ce que c'est? À quoi se mesure-t-il? Le saurait-elle un jour? S'il est une chose, une seule chose qu'elle demanderait à son Dieu, ce serait qu'Il lui donne l'espérance afin qu'elle puisse poursuivre sa vie parsemée d'épreuves.

Certains jours, plus pénibles, elle manquait de confiance, accablée par le poids de sa peine. Le souvenir de sa tante lui revenait en mémoire. Sa tante et mademoiselle Anita; jeunes et belles toutes les deux, amantes de la vie et pourtant vouées au même calvaire... à redouter constamment un mal qui les immobilisait dans l'attente d'une mort lente; avoir à lutter pour ce simple et naturel réflexe qui est de respirer: leur vie dépendait d'un souffle. Quoi de plus banal que de respirer? Pourtant, elles avaient accepté l'épreuve pendant d'interminables années, confrontées à ce mal impitoyable qui les minait inlassablement.

Et elle, Gervaise, elle oubliait de dire merci à son Dieu qui avait opéré un miracle en lui permettant de marcher!

Elle pleurait. Ses pensées, un instant égarées sous la profondeur de sa peine, la ramenaient lentement à la réalité. Sa réalité, celle qu'elle avait quelque temps oubliée parce que, ici, dans cette maison, on ne lui avait jamais souligné son infirmité. Non, pas une fois on n'avait fait allusion à son handicap; elle n'avait plus entendu le mot boiteuse.

Mieux encore, on avait su respecter son intimité; on ne l'avait jamais questionnée. Oui, Gervaise devait l'admettre: ici, elle n'avait pas trouvé qu'un toit, du pain et de l'affection; elle avait goûté à la délicatesse de l'âme.

Gervaise alla s'asseoir dans la bibliothèque et écrivit une longue lettre à mademoiselle Anita dans laquelle il était question de confiance, d'amour et de gratitude. Elle terminait en relatant la conversation qu'elle avait eue avec le prêtre et lui fit part de sa décision d'accepter la proposition d'aller au couvent. Là-bas, elle serait plus près de Dieu, à qui elle confierait la santé de sa chère protectrice.

C'est le cœur allégé d'un grand poids que ce soir-là elle s'endormit. À travers la méditation, elle avait trouvé la paix intérieure.

***

Une semaine s'écoula. Chaque jour, Gervaise espérait recevoir un mot écrit de la main de sa chère bienfaitrice, mais en vain.

Ce fut par l'intermédiaire du prêtre qu'elle eut des nouvelles de mademoiselle Anita qui se disait ravie par la décision de sa protégée. Elle la priait de garder tout ce qui lui avait été offert lors de son séjour chez elle, et poussa la bonté jusqu'à lui faire parvenir une somme d'argent pour défrayer le voyage.

«Je vous conduirai directement au couvent, Gervaise, j'en profiterai pour visiter ma cousine, l'occasion est toute désignée. Nous ferons le voyage ensemble», avait dit le curé Labrie.

Et il vint, ce jour redouté. Annette pleura beaucoup. Gervaise gardait les yeux secs; sa souffrance était intérieure, cuisante.

Le curé s'était présenté tôt, après avoir célébré le saint sacrifice de la messe.

Assise sur la banquette arrière de l'automobile, silencieuse, Gervaise regardait défiler le paysage. C'était la première fois qu'elle s'éloignait de sa Gaspésie natale. Elle suivait la route qu'avait probablement empruntée Raymond. Les nombreux villages et les petites villes l'impressionnaient. Elle surveillait les panneaux indicateurs et essayait de mémoriser ces noms aux consonances parfois étonnantes. Mont-Joli. Son cœur se serra: là se trouvait mademoiselle Anita. Rimouski la charma par ses maisons se touchant presque; une, de style canadien, toute rose se grava dans sa mémoire. Puis la cathédrale au clocher gothique et argenté, qui miroitait sous le soleil, et la série de spacieuses résidences en pierre, lesquelles délimitaient la ville et regardaient le Saint-Laurent.

De temps à autre, elle surprenait le regard du prêtre qui l'observait dans le rétroviseur. Elle lui souriait et il levait la main pour la saluer.

La marée était basse; la rive laissait voir des rochers aux aspérités nombreuses, lesquelles disparaîtraient quand la mer viendrait les cacher. «Quelle belle image de la vie!» ne put-elle s'empêcher de penser.

On frôla presque l'église de Trois-Pistoles dont les cloches, dissimulées sous les clochers, appelaient à la prière. Cette fois encore, comme à l'approche de tout temple du Seigneur qui se trouvait dans chaque village, dans chaque hameau, le prêtre soulevait son chapeau, sans doute par respect pour les saintes espèces présentes dans autant de tabernacles.

La jeune fille s'émouvait devant ces horizons nouveaux. Les livres ne lui en avaient pas présenté d'aussi intrigants, ceux-ci constituaient son voisinage. Elle ne pouvait pas s'empêcher de songer que derrière chaque fenêtre, quelqu'un luttait quotidiennement pour avoir droit à sa parcelle de vie. Combien de Julie ont peur? Combien d'Anita s'étiolent? Combien de générations s'y succèdent?

Non, elle ne rêvait pas: le fleuve perdait de plus en plus de son immensité. Ici, on pouvait percevoir l'autre rive. Une chaîne de montagnes donnait l'impression d'une fresque sur l'horizon bleu. «Le Saint-Laurent prend sa source dans les grands lacs et va se jeter dans l'océan.» La géographie ne mentait pas. Alors pourquoi disait-on «descendre à Saint-André», alors que l'on remontait le courant? Elle se promettait d'éclaircir la question...

Le prêtre qui n'avait encore rien dit depuis leur départ s'exclama:

– Là, en face, sur l'autre rive, se trouve l'estuaire du Saguenay.

«Tiens, pensa Gervaise, il doit avoir des sentiments bien particuliers pour cet endroit; c'est la première fois qu'il exprime tout haut sa pensée.»

– Nous arriverons bientôt.

– Je bois le paysage, rien ne presse...

Gervaise, inconsciemment, venait de dévoiler son état d'âme. Ses propres mots la ramenèrent à la réalité. Elle allait vers l'inconnu. Le décor y perdit en charmes...

Saint-André-de-Kamouraska. Oui, elle avait bien lu. Un village semblable à Saint-Claud: un magasin général, un bureau de poste; une église? Non, pas encore. Mais, Dieu merci, le couvent étant situé face au fleuve, elle verrait l'onde et la fresque bleutée.

Il était là, tout en hauteur. Sa tôle galvanisée lui donnait une allure sécurisante. Une grande galerie juchée au deuxième étage ainsi qu'un escalier, long et large, rendaient le couvent imposant.

L'automobile s'arrêta à droite, sur une allée de gravier. Juste à côté se promenaient des jeunes filles vêtues d'un uniforme noir au collet raide, des filles calmes et posées. Quel âge pouvaient-elles avoir?

— Le noviciat, expliqua le prêtre. Ces jeunes filles sont des candidates à la vie religieuse, de laquelle elles font ici l'apprentissage.

— Ah! fit Gervaise.

Le curé, déçu, s'était attendu à plus d'émotion; tout au moins, à un peu d'intérêt ou de curiosité.

— Là derrière, s'étend la ferme qui fournit le couvent en légumes. Vous serez gâtée.

— Je n'ai pas vu l'église.

— Elle se trouve un peu plus loin, passé le noviciat.

— Monsieur le curé, je suis consciente de ne pas avoir été une agréable compagne de voyage, je vous prie de m'excuser. Tout était si nouveau; j'ai tant de choses en tête. Je tiens à vous remercier.

— Tut! Tut! Nous reparlerons de tout ça. Soyez heureuse, ici, mon enfant.

Ils gravirent l'escalier et sonnèrent à la porte du parloir qui s'ouvrit.

— Ce cher Raoul! Depuis si longtemps!

Ce fut l'accolade. La Mère supérieure, rouge de plaisir, recula de deux pas. Elle regarda son cousin de haut en bas, puis de bas en haut.

— Tu n'as pas changé!

— Mais toi, oui: trente livres en plus!

— Méchant!

Et se tournant vers Gervaise:

— Ainsi, vous êtes Germaine.

— Gervaise, rectifia la jeune fille en tendant la main.

— J'ai cette manie, je ne retiens pas les noms! Soyez la bienvenue.

— Merci, ma sœur.

— Ici, on dit Mère à toutes les religieuses.

Et elle entraîna Raoul dans une grande pièce où s'alignaient des chaises appuyées contre chacun des murs. Toutefois, on n'avait pas obstrué la fenêtre, elle était ornée d'une toute petite table à longues pattes surmontée d'une énorme fougère. La plante était la seule décoration des lieux, à part les photos jaunies de curés à bedons imposants. Gervaise remarqua que ces derniers regardaient tous dans la même direction.

Les deux religieux jasaient allégrement. Pour se donner une contenance, Gervaise se mit à examiner les cadres avec attention. Nom, date de l'exercice de leur sacerdoce, titres. Il y avait là des vicaires, curés, prélats, chanoines, évêques, Monseigneurs et en fin de ligne, Sa Sainteté le pape Pie XII. «Ce devrait être l'inverse, pensa-t-elle, le pape d'abord!»

Pendant les années qui suivraient, la jeune fille s'adonnerait souvent à cet exercice mental qui consistait à taire ses observations et ses commentaires personnels. Elle venait de faire son entrée dans la maison des grands silences, comme elle ne tarderait pas à la désigner.

La supérieure savourait chaque minute de la présence de cette visite rare. De temps à autre, elle jetait un regard en direction de Gervaise, apparemment satisfaite de son observation. Tout à coup, elle se raidit puis se pencha; à l'oreille de son cousin elle chuchota: «Tu ne m'avais pas dit que c'était une boiteuse! Ça change tout!»

Perplexe, le prêtre regarda la jeune fille. Peut-être n'avait-il pas jugé nécessaire de souligner cette infirmité? Gervaise s'éloigna, blessée dans sa fierté; le ton dédaigneux l'avait touchée. Elle resta le regard rivé sur la mer, le dos tourné à ceux qui s'entretenaient, à voix basse.

— Je dois partir, mes bonnes œuvres m'attendent.

— Dieu te garde. Reviens plus souvent.

— Et toi, prends bien soin de ma protégée.

Il avait appuyé sur chacune des syllabes composant le mot «protégée».

La porte se referma sur le prêtre, laissant Gervaise un peu plus triste. Et ce fut la litanie des recommandations.

— Suivez-moi, nous vous avons réservé une chambre près de la chapelle.

Gervaise crut déceler du regret dans la voix.

— Prenons l'ascenseur. En temps habituel, il est réservé aux malades et aux infirmes.

Le dernier mot se perdit dans le bruit métallique que fit la porte. Cela ne manqua pas de ramener l'adolescente des années en arrière, là-bas, à l'hôpital Sainte-Anne.

La chambre, pas plus grande qu'une cellule, avait une fenêtre intérieure, aux vitres givrées, qui donnait sur le passage. Un lit aux montants de fer, une table de chevet, une chaise et un chiffonnier: ce serait là tout son univers!

Les bagages avaient été déposés là; ils occupaient presque toute la surface découverte.

— C'est beaucoup, beaucoup trop de choses. Je vais vous demander de ne garder que l'essentiel. Rangez ce qui est superflu dans vos malles. Nous entreposerons le tout au *rangement*.

Les heures du lever, des messes, des repas, du coucher lui furent indiquées. Celle à laquelle elle devait éteindre la lumière aussi!

— Vous avez donc une heure pour vous reposer avant le repas. Ce soir, vous serez libre.

— Merci, ma sœur.

— Mère!

— Pardonnez-moi.

Ouf! La porte s'était enfin refermée. «Seule, enfin seule.»

Gervaise se laissa tomber sur son lit. «Mais c'est l'enfer! Et l'heure des classes? Elle n'a pas mentionné l'heure des cours!»

Elle attendrait le soir pour se séparer de ses trésors. Pour le moment, elle ne voulait penser à rien. Il ne restait que trente minutes avant d'affronter le quotidien qui deviendrait son nouveau mode de vie. Elle se leva, brossa ses cheveux. Elle s'inquiétait un peu, car elle se demandait comment elle se retrouverait dans ce labyrinthe que constituait le couvent. Tout ce qu'elle savait, c'est que sa chambre était près de la chapelle.

Sa première erreur la mena dans un endroit qui s'avéra une révélation: la porte qu'elle ouvrait doucement conduisait au jubé de la chapelle. Bien que minuscule, celle-ci invitait à la prière. La lampe du sanctuaire brûlait: Dieu était là. Elle s'agenouilla et une grande paix se glissa dans son âme. Elle cacha son visage dans ses mains et se perdit en réflexions. Dans la nef, une religieuse quitta son banc, fit la génuflexion et se dirigea vers la sortie. Sœur Saint-Herménégilde vit cette fille, là-haut, qui semblait perdue dans sa méditation. Elle s'arrêta et la regarda avec insistance, puis sortit doucement. Elle avait compris qu'il s'agissait là de la nouvelle arrivée. Elle monta à l'étage, se dirigea vers le jubé où elle croisa une consœur.

— L'arrivante n'est pas à sa chambre! Ses bagages ne sont pas défaits. Où serait-elle bien passée?

— Elle prie, agenouillée, là.

Gervaise fut rappelée à la réalité. Elle fut dirigée dans un immense réfectoire où étaient attablées des personnes âgées. À son entrée, un grand silence se fit. Gervaise sourit à la ronde. On la regarda, mais c'était le mutisme le plus complet. C'est à peine si Gervaise pouvait avaler; son estomac se révoltait.

Le repas terminé, une jolie religieuse, jeune et enjouée, se présenta à Gervaise.

— Je suis sœur Pauline.

— Bonsoir, sœur Pauline. Gervaise Lamoureux. Dites-moi, quelle attitude dois-je adopter? Vous tendre la main? Je n'ai aucune idée du protocole à suivre.

— Vous me plaisez, vous!

Gervaise sursauta, cette réponse l'étonnait.

— Lorsqu'on vous présente, une légère inclinaison de la tête suffit. Jamais de familiarité avec les membres des ordres; il faut éviter de les toucher... On m'a priée de vous faire les honneurs des lieux.

L'œil était narquois; la voix, cristalline. Le ton se fit subitement plus sobre, car la Supérieure arrivait derrière Gervaise d'un pas si silencieux que cette dernière poussa un léger cri de surprise.

— Vous étiez en retard au souper, à ce que l'on m'apprend.

— J'étais à la chapelle.

— Et que demandiez-vous à Dieu?

— Pardon, Révérende Mère, mais ça, c'est entre Lui et moi.

Sœur Pauline, amusée, porta la main à sa bouche.

— Passe pour cette fois.

La supérieure allait quitter; elle s'arrêta, corrigea:

— À propos, on ne dit pas «entre Lui et moi», mais «entre Dieu et moi!».

Puis elle s'éloigna, le bec pincé.

Sœur Pauline fit un clin d'œil à Gervaise qui devait se retenir pour ne pas pouffer de rire.

— Vous me plaisez aussi... sœur Pauline.

— Je l'espère bien!

— Est-elle toujours aussi chipie?

— Chut! Quelle vilaine expression! Mais, ma chère Gervaise, elle incarne l'autorité...

— Figurez-vous que j'avais deviné!

— Il a été question de vous au moment du dessert ce soir.

— Et?

— Sœur Herménégilde vous aime bien, elle aussi.

— Je ne la connais pas.

— Vous aurez cet honneur. Elle vous a entrevue à la chapelle et a été touchée par votre dévotion. Vous êtes pieuse, n'est-ce pas? Vous ne répondez pas, c'est que vous êtes humble. Écoutez, ma petite, sœur Herménégilde est une personne extraordinaire: elle est pleine de bon sens, a l'âme délicate. Sachez vous en faire une alliée. Il y en a peu ici qui répondent à ces qualifications...

— Pourquoi me dites-vous toutes ces choses?

— Comme vous êtes impulsive! Ça vous perdra.

— Moi qui croyais que toutes les religieuses étaient des anges de charité!

— Mais, ma chère Gervaise, vous aviez mille fois raison.

Et une pointe de moquerie brilla au fond de ses yeux. Le dialogue se poursuivait. Sœur Pauline donnait des explications sur les différents locaux. On ne pouvait pas les visiter tous, car certains étaient interdits aux profanes. Sans que Gervaise ne sache comment, elles se retrouvèrent devant la porte de sa chambre.

— Essayer de tout mémoriser, ce n'est pas malin. Demain, vous recevrez des directives concernant les autres sujets. Dormez bien.

Gervaise remercia et entra dans le seul endroit de la maison où elle avait droit à quelque intimité. «Quel phénomène! Se moquait-elle de moi? Était-elle sincère?»

Elle se coucha et s'endormit.

***

Le couvent, bien sûr, était un établissement pour les femmes. On y croisait peu d'hommes en dehors de l'aumônier, du bedeau, du commissionnaire qui était aussi l'homme à tout faire et des mâles qui travaillaient sur la ferme, mais que l'on voyait rarement.

Un étage complet était réservé aux dames âgées qui, moyennant une somme minime, y vivaient à titre de pensionnaires. Elles avaient à leur disposition un réfectoire, où on se berçait entre les repas, et deux dortoirs. Hors les offices religieux, ces dames avaient droit à des visites à la chapelle, mais à certaines heures seulement. L'été, le balcon longeant le réfectoire, à l'arrière de la bâtisse, leur était réservé.

C'est dans cette salle à manger commune que Gervaise prendrait ses repas. Là se trouvaient deux longues tables flanquées de bancs pour les moins âgées et de chaises pour les autres. Le quatrième étage abritait le dortoir des jeunes filles pensionnaires et les quartiers réservés aux religieuses, et le deuxième les classes, la chapelle, les appartements de l'aumônier, alors qu'à l'entresol étaient situés le réfectoire des filles pensionnaires et les cuisines.

Partout, les parquets étaient d'une propreté impeccable, cirés et polis, comme des miroirs. «La propreté est le seul luxe des lieux», songea Gervaise.

À son réveil, elle s'efforça de mettre de l'ordre dans sa tête en tentant de reconstituer les espaces visités, les escaliers, les corridors, les locaux, et par qui ils étaient occupés.

Chez mademoiselle Anita, chaque jour, elle faisait de longues promenades autour de la maison, «car l'exercice est nécessaire». Ici, parcourir ces énormes passages, arpenter quotidiennement ce capharnaüm avait de quoi faire passer le goût de la marche.

Gervaise vida une malle sur son lit. Dans celle-ci, elle déposerait ce qui lui serait inutile ici. Elle y emmagasina donc sa robe et son voile de communiante, ses beaux souliers blancs devenus trop petits, de toute façon. Elle hésita, puis décida de se séparer de son précieux syllabaire. Chaque objet destiné à aller choir aux oubliettes lui rappelait des souvenirs; c'est pourquoi son choix était difficile. Elle ne pourrait même pas s'entourer de ces choses aimées qui lui rappelaient son passé!

«Si l'on croit que je vais attendre ici que sonne l'heure qui marquera mes vingt et un ans, on se trompe.» Cette révolte intérieure l'apaisa.

***

Après avoir sérieusement réfléchi, Gervaise avait pris la ferme résolution de s'informer au sujet de ses études. C'est ce qui avait, d'abord et avant tout, influencé sa décision de venir vivre ici. Maintenant, elle n'était plus sûre de rien; avait-elle seulement eu le choix entre accepter et refuser?

Au déjeuner, elle s'étonna quand elle vit une religieuse vêtue différemment des autres. Sa cornette blanche plutôt que grise cachait presque son visage; son attitude était très humble. Gervaise s'en approcha.

— Bonjour, Mère.

— Ma sœur, reprit cette dernière; bonjour, Mademoiselle.

«C'est à devenir fou! pensa Gervaise. Qui pourra m'expliquer la différence entre une Mère et une sœur?»

— Dites-moi, ma sœur, où dois-je m'adresser pour voir la Supérieure?

— Notre Mère supérieure a un bureau situé au deuxième étage.

— Merci, ma sœur.

La religieuse l'avait à peine regardée, mais son attitude n'avait pas été arrogante ni impatiente. Tout ça intriguait Gervaise, qui avait développé la manie d'observer les gens de son entourage quand elle changeait de milieu.

Elle méditait sur tout ça lorsqu'une des dames pensionnaires s'approcha et lui souffla à l'oreille:

— Voyez plutôt Mère directrice, elle est plus humaine.

Gervaise regarda la dame et lui sourit. L'autre s'éloignait déjà, faisant mine de rien.

«Tiens, pensa Gervaise, il y a ici des clans. Cette dame appartient à celui de sœur Pauline.»

Elle descendait l'escalier, l'allure décidée. Malgré les conseils reçus, elle se rendait chez la Supérieure: il lui fallait asseoir ses positions, une fois pour toutes. Voilà que sœur Pauline montait; elles se croisèrent.

— Dites-moi, quelle différence y a-t-il entre une Mère et une sœur?

— L'une a un utérus utile et l'autre un utérus en attente!

— Hein?

Sœur Pauline continuait à descendre. La pénombre n'avait pas permis à Gervaise de voir le visage moqueur de celle qui semblait spécialiste dans l'art de donner des réponses-chocs. Ce trait d'esprit amusa Gervaise qui se présenta au bureau de la Supérieure.

— Vous voilà d'humeur joyeuse. Puis-je conclure que votre séjour chez nous vous plaît?

— Mère, je me présente devant vous dans un but bien précis. Il a été entendu que je pourrais poursuivre ici mes études en vue de l'obtention d'un diplôme...

— Je sais, je sais, trancha la Supérieure. On a préparé votre horaire. Chaque chose en son temps et lieu. Vous arrivez à peine! Soyez donc moins impatiente! Quand on m'a parlé de vous, j'ai fait de grands rêves à votre sujet: je misais beaucoup sur vous.

— Vous misiez? Et maintenant?

— C'est différent. L'avenir dépendra de vous. En attendant, voici la liste des travaux à exécuter, ce qui couvrira les frais de votre pension.

L'entrevue était terminée, c'était évident, car la sainte personne gardait les yeux baissés et s'affairait à ranger sa paperasse. Gervaise balbutia un merci du bout des lèvres et sortit. La colère grondait tellement en elle qu'elle fila vers la chapelle. Là, elle aurait la paix et pourrait ruminer tout ça. Qu'avait-elle pu faire de si répréhensible depuis son arrivée qui aurait ainsi modifié les attentes de la religieuse? Le ton était dédaigneux, voire méprisant! «Qu'est-ce qui a pu faire pencher la balance contre moi à ce point?»

La question demeurait sans réponse. Gervaise déplia la feuille de l'horaire; il s'y trouvait l'énumération des travaux qu'elle devait accomplir. Le début de la liste était dactylographié avec soin. En bas, on avait complété au crayon: «avant... et après...». «Ça alors, c'est sérieux! En perdant la confiance qu'elle avait mise en moi, j'ai, du coup, perdu toute considération. Cherche-t-elle à me punir? Mais de quoi? Mon Dieu, répondez-moi!... Voilà que l'on va faire de moi une fille pieuse.» Cette dernière pensée la dérida un instant.

La réalité était pourtant très simple: on n'avait pas prévenu la Supérieure que Gervaise était infirme. Là résidait le problème.

N'eût-elle pas été boiteuse, Gervaise aurait été un sujet parfait pour la communauté. Après ce qu'on lui avait dit au sujet de la jeune fille, la Supérieure s'était juré d'en faire une adepte. Elle avait rêvé pouvoir l'ajouter au noyau des novices.

Hélas! Gervaise était boiteuse, et n'avait pas de dote. Le plus qu'elle pouvait espérer était de devenir une sœur converse: être la servante des religieuses de rang supérieur, se vouer au service de l'entretien du couvent, garder les yeux baissés et demeurer dans l'ombre. Voilà ce que serait son lot. Pour remplir ces fonctions, il faut beaucoup d'humilité, un énorme esprit de dévouement et une âme plus que généreuse.

Les occasions d'être humiliée ne manqueraient sûrement pas!

La Mère supérieure jaugerait cette fille, sonderait ses reins et son cœur afin de pouvoir l'évaluer. Aussi avait-elle ajouté des travaux à la liste initiale, qu'elle avait mis bien du temps à préparer. Elle avait voulu être équitable, sans pour autant décourager la bonne volonté de cette jeune fille qu'elle saurait gagner à sa cause; pour le moment il fallait éprouver son caractère.

Au moment de se lever, Gervaise, restée agenouillée très longtemps, ressentit une douleur vive à sa hanche droite. «Ah! cette hanche! Je ne pourrais jamais devenir une sœur contemplative, songea-t-elle. Le cloître et la prière... Voilà!» Là résidait la réponse, elle comprenait enfin! Là se trouvait le nœud de l'intrigue: son infirmité. Infirme, donc indigne de porter le voile, indigne de la communauté, indigne, point! Eh! bien, on verrait!

***

Gervaise adorait les heures passées en classe. La maîtresse s'émerveillait des résultats de cette fille sans prétention qui semblait tout savoir. Son talent et sa soif d'apprendre l'épataient. Pour cettte raison, Gervaise bénéficierait des bonnes grâces de la religieuse enseignante.

Les travaux d'entretien enchantaient moins Gervaise, mais elle s'y prêtait résolument. Un jour, elle lavait les vitres à l'aide d'un tampon trempé dans de l'eau additionnée de vinaigre. Sœur Pauline s'avança et susurra:

— La sœur est vêtue de blanc et se dévoue au service de la Mère, qui elle, est vêtue de gris... Voilà, Gervaise, la différence entre une mère et une sœur.

— Mais, le vôtre, votre utérus? riposta Gervaise, l'œil amusé.

— Votre question m'étonne, mais puisque ça vous intéresse, je vous dirai qu'il est fiévreux et en attente...

— Oh! Sœur Pauline!

Celle-ci lui sourit et ajouta:

— Je crois avoir trouvé en vous une alliée.

— Disons plutôt une amie. Venez salir vos mains blanches, aidez-moi.

— Pourquoi pas?

Sœur Pauline releva ses manches et se mit au boulot.

— On vous appelle sœur Pauline, et pourtant...

— Mes vœux ne sont pas prononcés, pas encore. C'est celui de chasteté qui me cause le plus de soucis...

Gervaise n'en croyait pas ses oreilles! Était-ce bien une religieuse qui lui tenait tel langage?

— Vous voilà tout à fait déculottée!

Gervaise jeta un coup d'œil à la ronde.

— Si on vous entendait?

— Allez tout raconter à Mère supérieure.

— Non merci. À Mère directrice, peut-être. Elle est plus humaine.

— Tiens, tiens, vous êtes dans le secret. On vous fait confiance à tous les niveaux de la hiérarchie!

— Allez, laissez tomber cette sale besogne.

— Il n'y a pas de sale besogne, c'est une bonne motivation qui vous fait défaut; vous œuvrez par dépit.

— Seriez-vous psychanalyste? demanda Gervaise avec humour.

— Non, psychologue clinicienne.

Et elle s'éloigna. Gervaise, croyant qu'elle badinait encore, sourit.

***

Ce soir-là, elle écrivit à son père et à mademoiselle Anita. Elle leur parla de son asile sacré: la chapelle.

Pour ne pas inquiéter les absents, elle s'en tint à des sujets simples et impersonnels.

Malgré les propos tempérés de sa fille, Arthur, inquiet, ne parvenait pas à s'endormir. Il sentait que Gervaise ne lui disait pas tout. Pourtant, le curé de Saint-Florant avait su le rassurer: un couvent, des religieuses; les épouses du bon Dieu!

La réponse d'Arthur ne tarda pas à venir. Une enveloppe affranchie d'un timbre-poste orange, d'une valeur de quatre sous, fit sourire Gervaise: il portait l'effigie du roi George VI, alors qu'Élisabeth II était souveraine régnante depuis 1952. «Papa n'est pas un fervent de la plume!» C'est alors que Gervaise constata que, horreur, l'enveloppe avait été ouverte, ce qui la fit fulminer; elle se sentait lésée jusque dans sa plus stricte intimité.

L'écriture de son père était à peine lisible. Il savait lire puisqu'il lisait son journal, mais il écrivait au son. «Pauvre papa! Voilà pourquoi il insistait tant pour que Raymond fasse ses études.»

Gervaise remit la lettre dans l'enveloppe et se rendit au bureau de la Supérieure. Elle plaça la missive sur la table de la Révérende Mère, chercha son regard et dit:

— Mère supérieure, il ne faudrait plus que ceci se reproduise! Je n'ai pas à être espionnée et vous n'avez pas autorité sur ma correspondance.

— Ce processus est automatique. Toutes les lettres adressées ici sont censurées; c'est le règlement.

— Ce qui vous permet de vous glisser dans la vie privée des gens, de découvrir leurs secrets. Je ne suis pas religieuse, moi!

Et après un silence, elle ajouta:

— Tout au moins, pas encore! Je ne suis ni mère ni sœur!

Le ton était ferme mais poli. Gervaise se leva et, sans plus attendre, sortit sans se retourner. «De deux choses l'une: je vais gagner son respect ou m'attirer sa haine!»

***

Mère Herménégilde souffrait de boulimie. «La mie est en dedans et les boules tout autour», dirait d'elle un jour sœur Pauline.

Accueillante, aimable, trouvant toujours le mot pour réconforter, elle avait su conquérir le cœur de Gervaise dès leur première rencontre.

En plus de s'occuper de la lingerie, elle enseignait la dactylographie, avait la responsabilité de la procure et consacrait son temps libre à la bibliothèque. Constatant que la jeune fille était de plus en plus mélancolique, elle s'ingénia à trouver un moyen d'occuper son esprit. Au mot «lecture», les yeux de Gervaise s'illuminèrent.

— Je ne vous conseille pas la vie des saints; c'est une lecture que l'on fait lorsqu'on est devenue grand-mère, dit-elle d'un ton indulgent.

Les semaines passèrent. Gervaise renouvelait sans cesse sa réserve de livres.

— Trop vite; je soupçonne que vous n'éteigniez pas à l'heure convenue.

— C'est l'avantage d'avoir ma chambre près de la chapelle: l'endroit est désert le soir... J'ai vite fait de constater que la lumière diffuse que répand la lampe du sanctuaire pourrait se confondre avantageusement avec celle qui s'échappe de mes fenêtres givrées.

— Attention à vos yeux, jeune fille.

Le ton laissait percer clairement la désapprobation voilée mais ferme. Cependant, jamais elle ne lui refusait un volume. Elles passaient beaucoup de temps à causer littérature tout en accomplissant leurs tâches.

— Je vous dois beaucoup, Mère. Je ne sais pas si j'aurais pu traverser seule ces longues heures de solitude.

— Si vous saviez comme je vous comprends. Ma famille est à plus de mille milles.

— On vous visite parfois?

— Non, les miens sont trop pauvres pour se le permettre.

Gervaise posa sa main sur celles qui avaient tant œuvré.

— Ne vous méprenez pas, ma petite. Je suis heureuse, très heureuse d'être l'épouse du Seigneur. Le monde n'aurait pu m'apporter plus grand bonheur. Bientôt, il y aura fête. Ce sera un grand jour pour toutes les sœurs de la congrégation. Nous nous aimons, nous nous réconfortons les unes les autres; nous formons une grande famille.

Gervaise baissa la tête, elle ne pouvait pas comprendre. Pour elle, une famille, c'était autre chose.

***

Il sembla à Gervaise que la Supérieure avait quelque peu relâché sa surveillance. Elle ne la voyait plus flâner autour de sa chambre à toute heure du jour.

Le jubé était devenu son endroit de prédilection. Elle adorait voir le soleil jouer dans les vitraux, les faisant refléter de mille feux. Elle aimait ce calme enveloppant et méditait sur la puissance et l'envoûtement que le divin a sur l'homme.

Un après-midi, lors d'une promenade, elle s'aventura plus loin, là où les champs prenaient le nom de jardin à cause des légumes qui y poussaient. Elle humait la terre qui exhalait des odeurs, lui rappelant sa Gaspésie. La nostalgie causée par l'éloignement se glissa en elle. Une lettre de son père lui avait souligné à quel point ils se connaissaient peu (ou mal); les lacunes glissées dans leur relation étaient nombreuses et, avec le recul, elle le comprenait.

Tout à coup, elle s'immobilisa: elle venait d'entendre rigoler. Une voix de femme lui parvenait puis, plus rien. «C'est le vent, sans doute, qui charrie des sons.» Sur la droite, elle remarqua une butte de roc et de sable. C'est alors qu'elle vit nulle autre que sœur Pauline, adossée au monticule avec un homme, un fermier sans doute. À quoi jouaient-ils?

Gervaise, craignant d'être aperçue, se recroquevilla et recula lentement. On roucoulait là-bas, il ne s'agissait sûrement pas de prières! Et Gervaise qui s'était reproché ses paroles irrévérencieuses lorsqu'elle s'était informée de la condition de son utérus!

«Je reste en bordure du champ. Si quelqu'un allait venir, je saurai le retenir. Non, eh! de quoi je me mêle?» Et Gervaise restait là, amusée. «Elle est un vrai gibier de potence en jupon! Oh! si Mère supérieure savait! Oh! là là!»

— Coucou!

Gervaise sursauta. Tournant la tête, elle vit venir sœur Pauline, du sourire plein les yeux.

— Ainsi, vous empruntez mon sentier! Le sentier des émotions!

Désirant faire dévier la conversation, tout en s'inquiétant de l'allure de complicité de sœur Pauline, elle jeta:

— Il fait une de ces chaleurs!...

— J'ai aussi ce problème! Je suis si chaude que je dois dormir par-dessus les couvertures. Ce soir, je serai paisible... je dormirai comme un ange. Dites-moi, le nôm de Gervaise figure-t-il sur la liste des saints?

La désinvolture et le ton léger de la jeune religieuse laissaient la jeune fille déconcertée.

— Sinon, vous comblerez cette lacune le jour de votre mort.

Gervaise, n'en pouvant plus, pouffa.

— Ce n'est pas trop tôt: enfin, une réaction normale et saine! Voyez-vous, Gervaise, le péché est une transgression de la loi divine. Or Dieu a institué la loi de l'amour. Donc, l'amour n'est pas un péché!

Gervaise éclata de rire.

– Vous n'avez pas peur que votre supérieure découvre...

– J'ai sa bénédiction!

– Quoi?

– C'est moi qui suis, ici, l'exorciste. Je choisis les moyens; cette autorité m'est confirmée par mon degré universitaire.

– Tout de même... le fermier!

– Comment, le fermier? C'était l'aumônier, ma chère.

La silhouette du saint homme se dressa devant Gervaise, pâmée de rire. L'aumônier: mince comme une échalote, gris comme un tison éteint, avec une tonsure épousant tout son crâne et de grands yeux illuminés par la flamme intérieure...

– Vous comprenez, parvint à articuler sœur Pauline, il faut que j'empêche le sang de se figer dans ses veines!

– Taisez-vous! De grâce, taisez-vous. Je...

– Continuez... Vous alliez dire: «Je vais faire pipi dans ma culotte!» Je n'ai pas ce problème-là, je n'en porte pas: moins chaud, plus pratique!

De ses deux mains, Gervaise battait l'air; elle riait trop, elle avait mal.

– C'est bien, dilatez-vous la rate. Ça aussi, c'est sain.

Et sœur Pauline, reprenant son sérieux, marcha vers le couvent.

– Que vais-je dire pour justifier mon retard? demanda Gervaise.

– Que vous étiez en ma compagnie, cria l'autre.

***

Dimanche. On célébrait la fête de la vénérable Marguerite d'Youville, fondatrice de la communauté des Sœurs de la Charité, les Sœurs grises, celles qui œuvraient au couvent. La prière, surtout, marquerait ce grand jour. Le chœur de chant avait pratiqué toute la semaine.

Gervaise avait mis un soin tout spécial à faire reluire les planchers du parloir: on attendait de nombreux visiteurs. Elle avait aussi prêté main-forte aux sœurs converses qui avaient préparé petits fours et limonade.

Les petites vieilles endimanchées avaient sorti leurs corsages démodés, lavé leurs cheveux blancs. Elles affichaient des mines réjouies.

La Mère supérieure n'avait jamais marché aussi vite, fait autant de remarques amères: le commandement ne se fait pas avec le sourire.

«Ah! si le cousin Raoul la voyait aujourd'hui, pensa Gervaise, sa chère et bonne cousine, celle à qui il m'avait confiée en toute tranquillité d'esprit!»

Mère Herménégilde souriait; un sourire condescendant, celui d'une personne qui en a vu d'autres. L'euphorie collective l'amusait.

Gervaise entra au jubé. Tous les sièges étaient occupés par le chœur de chant. Elle retourna à sa chambre, prit son unique chaise et revint se placer contre le mur.

L'orgue chantait l'allégresse. Mademoiselle Desjardins, vague parente d'Alphonse, le vénéré qui a fondé le mouvement des Caisses populaires, touchait le clavier, les yeux à demi fermés, en digne virtuose. Les élèves, le bec en u ou en o, articulaient les prières chantées.

Derrière l'orgue, le bedeau se désâmait à pomper l'air qui permettait à l'instrument d'émettre le son. Il manœuvrait le levier avec un art consommé, car il était conscient de l'importance de son travail.

Sœur Pauline était là; elle regardait le pompiste et

lui souriait; il rougit. Gervaise, qui avait tout vu, croyait se tromper. Sœur Pauline recula lentement, lentement. Elle se glissa furtivement jusqu'à côté de l'homme. Cette fois, Gervaise n'en doutait plus... Le pauvre diable, embarrassé, était cramoisi. Mais il pompait toujours, comme si sa vie dépendait de ses mouvements. La coquine chantait, le regard tourné vers le sanctuaire; rien dans l'expression ne laissait paraître ce qu'elle manigançait... Gervaise s'attendait au pire! La préface, le sanctus qui est un moment solennel, l'élévation, le silence, la clochette qui tinte, quelques quintes de toux. Sœur Pauline était là, le touchait presque. Il avait la tête inclinée, se tenait un genou en terre. Il était rouge jusqu'aux oreilles. Sœur Pauline toussotait, la tête franchement tournée vers lui. Les veines du front et du cou de celui-ci se gonflaient, il allait éclater!

Les voix du chœur de chant reprenant, Gervaise respira d'aise. Elle oubliait de prier; la manœuvre de sœur Pauline occupait ses pensées tout entières. Le bedeau réussissait à gonfler les poumons métalliques de l'instrument, sœur Pauline joignait sa voix à celles du groupe.

On entonna le Pater Noster. Sœur Pauline était maintenant derrière le bedeau. «Pardonnez-nous nos offenses», elle échappa son livre de prières... «Comme nous pardonnons à ceux qui nous ont offensés», elle se pencha: «Ne nous in...dui...sez... pas en ten-en-ta-tion...» C'est à ce moment précis que sœur Pauline porta un grand coup: en faisant un mouvement pour ramasser son missel, elle glissa d'abord sa main entre les cuisses du pompiste, et tâta furtivement... L'orgue manqua d'air, s'essouffla et le chœur de chant se mit à dérailler.

Sœur Pauline se colla prestement le dos au mur, ouvrit de grands yeux étonnés, toutes les têtes tournèrent vers le jubé. Mademoiselle Desjardins s'était exclamée, les fillettes s'étaient esclaffées, les officiants, un instant immobilisés. Gervaise, elle, s'était caché le visage dans son mouchoir pour étouffer son hilarité. Oh! miracle! Une voix vibrante et passionnée, une voix pure et belle, celle de sœur Pauline, reprit le verset: «Ne nous induisez pas en tentation, mais délivrez-nous du mal.»

Le bedeau se ressaisit, recommença à pomper, l'orgue respira, et le répons s'était élevé droit vers le ciel. «Amen.»

Dans la chapelle, au silence de la surprise avait succédé le fou rire; un fou rire bientôt devenu collectif. Mère supérieure s'était levée, s'était tournée vers l'assistance, avait promené son regard froid sur ces impies qui avaient figé. Elle avait ensuite levé les yeux vers le jubé, repéré sœur Pauline dont elle avait reconnu la voix. Elle lui avait fait un discret signe de tête pour la féliciter et lui témoigner publiquement sa reconnaissance.

On bougea un instant pour enfin retrouver son sérieux, et le saint office se termina dans l'ordre et le respect. Gervaise, incapable de se contenir, sortit de la chapelle et alla se jeter sur son lit où elle se pâma de rire. «Ce n'est pas le diable en jupon, c'est le diable en personne!» Et son hilarité la reprit.

Vint le moment de vanter les mérites de la vénérable Marguerite d'Youville. Après le banquet d'usage, l'aumônier rendit grâce au Seigneur pour avoir permis à ses ouailles de célébrer si glorieusement l'héroïne dans la gaieté. «Vous avez tous et toutes manifesté la pureté de vos âmes, comme des enfants, c'est-à-dire dans la joie. Le Seigneur Lui-même aurait permis cette difficulté technique pour vous permettre de vous égayer. Mais la chapelle est un endroit de prière, sœur Pauline l'a compris, et de sa voix d'ange elle nous a ramenés sur terre. «Ne nous induisez pas en tentation.» Dieu n'aurait-Il pas Lui-même choisi le moment propice, celui où l'on chantait cette strophe, pour permettre l'essoufflement d'un simple instrument de musique afin de nous rappeler que la tentation...»

Gervaise dut se lever, car à travers son envolée oratoire, le célébrant avait oublié la vénérée Marguerite et chantait les louanges de sœur Pauline. Cela dépassait sa capacité d'endurance. Elle regarda furtivement sœur Pauline qui gardait pudiquement les yeux baissés, dans une attitude des plus humbles. Si elle ne sortait pas de cette salle, elle allait pouffer.

Mère supérieure lança à Gervaise un regard meurtrier. Sœur Pauline baissa la tête; elle aussi craignait d'éclater de rire.

Gervaise ne quitta sa chambre qu'à l'heure du salut du saint-sacrement. L'atmosphère pieuse invitait à la prière. Sœur Pauline avait pris place à côté de la Mère supérieure; son attitude était des plus recueillies. Gervaise se surprit à remercier Dieu d'avoir placé ce phénomène sur sa route, ce qui adoucissait sa retraite dans ce lieu austère.

Elle rejoignit les dames pensionnaires pour le repas du soir. Elle se reput des commentaires qui ne manquaient pas de lui paraître plus fantaisistes les uns que les autres. Toutes étaient unanimes à vanter hautement les mérites de sœur Pauline: celle-ci avait réussi tout un exploit, celui d'avoir tout à fait éclipsé la vénérable fondatrice du tableau et d'avoir accaparé ses mérites. «Après tout, pensa Gervaise, peut-être bien qu'un jour, elle passera à l'histoire... si elle parvient à mater son appétit sexuel pour se conformer aux exigences de la vie moniale!» Mais elle en doutait fort.

***

Le lendemain aurait fort bien pu changer le cours de la vie de Gervaise. L'épreuve fut pénible; il fallut beaucoup de courage à la jeune fille pour la surmonter. Parce qu'elle était convoquée au bureau de l'autorité suprême, elle se hâta d'accomplir ses œuvres serviles, comme elle désignait les travaux d'entretien. Il lui tardait de retourner à ses bouquins et d'étudier.

Assise devant la Supérieure, elle dut attendre que celle-ci termine une lecture qui semblait occuper son esprit. Elle plia le papier précautionneusement, le rangea dans un tiroir qu'elle ferma à clé, laquelle clé elle déposa dans la besace dissimulée sous les plis de sa longue jupe.

Gervaise l'observait. Ses traits durs, ses gestes brusques et son air buté cadraient bien avec son intransigeance. «Peut-être a-t-elle beaucoup souffert», pensait Gervaise. Elle remarqua aussi qu'elle seule ne portait jamais cet éternel tablier bleu rayé de blanc qui recouvrait le saint habit; sans doute par souci d'économie.

— Que faites-vous qui demande tant de concentration? avait-elle demandé un jour à sœur Herménégilde.

— Je déteste cette corvée, car je hais la couture; mais de temps à autre, il faut changer de place les plis de notre jupe pour qu'elle dure plus longtemps, avait-elle répondu.

Gervaise comprit alors que ces grosses bâtisses, ces immenses propriétés, ces grands domaines, biens temporels des institutions religieuses, avaient été amassés à coups de sacrifices et d'abnégation par les membres actifs des communautés. Rien n'appartenait à personne, mais le tout à tous. Ainsi, le vœu de pauvreté s'expliquait. Que de générosité: le don de soi, de sa vie... pour la gloire de Dieu.

Non, l'autorité ne devait pas être facile à exercer. Gervaise devinait les conflits, les égratignures qui font mal, l'incompréhension, la rivalité aussi, causées par les divergences de caractère.

La Supérieure déposa son crayon, s'adossa puis, enfin, daigna regarder Gervaise.

— Vous m'avez fait honte hier. Une honte qui rejaillit sur nous toutes. Vous n'êtes pas ici en pension privée, libre de vos allées et venues, selon votre bon gré. Vous êtes une pauvre fille et une fille pauvre qui doit besogner pour payer gîte et couvert! Vous avez les sens en effervescence, ce qui vous perdra. Vous êtes effrontée et orgueilleuse, et pis encore, sarcastique. Vos rires refoulés, hier, votre sortie intempestive au beau milieu du discours d'un ecclésiastique démontrent bien les lacunes de votre éducation, vos manières cavalières et votre manque de raffinement. Tout ça doit cesser. Vous vous confesserez, demanderez pardon à Dieu pour cette effronterie dédaigneuse qui a terni notre jour de fête. Une telle conduite ne saurait s'excuser et passer inaperçue. Vous vous présenterez à l'atelier de couture et donnerez de votre temps; que vos jeunes yeux servent à une bonne cause! L'application que vous devrez apporter pour accomplir cette tâche demandant minutie et doigté occupera votre esprit rêveur et accaparera vos regards par trop langoureux.

Sidérée, Gervaise restait là, à écouter, incapable de réagir. Elle fixait la religieuse qui s'empourprait à mesure qu'elle crachait son venin.

— Baissez les yeux, effrontée, et sortez!

Comme un automate, la jeune fille se leva et sortit. Elle marchait dans le sombre passage, en somnambule.

Sœur Herménégilde venait en sens inverse. Elle salua Gervaise qui ne l'entendit pas, ce qui surprit sa protectrice. Elle prit son bras, l'attira vers la lingerie et ferma la porte derrière elles.

— Qu'avez-vous, mon enfant?

— ...

— Que vous est-il arrivé? Allons, mon petit, je suis votre amie.

Gervaise se précipita dans les bras de la nonne et éclata en sanglots.

— Tout doux! Tout doux, ma petite.

Gervaise se sentait honteuse, sale, indigne. Elle versa des larmes amères, les larmes de la souffrance de l'âme. Comme elle avait mal!

— Quand se sera tari ce déluge, je vous promets, Gervaise, de panser votre peine d'un baume qui va vite cicatriser l'écornure qui vous a tant blessée. J'aurais aimé attendre pour vous confier ce secret, mais vous avez besoin de l'entendre.

Les paroles prononcées avec tant de douceur incitèrent Gervaise à refouler sa douleur. La religieuse partageait sa grande peine. Peut-être souffrait-elle aussi? Ça, elle ne le méritait pas!

— Reprenez-vous, mon enfant. Retrouvez votre belle sérénité, ne laissez pas la méchanceté vous atteindre. Pardonnez à qui vous menace du glaive, votre âme ne pourra que grandir.

— Si vous saviez!

— Je sais... j'ai goûté l'amertume de ce calice.

Les mots avaient été prononcés dans un seul souffle.

— Allez vous reposer, mon enfant. Vous semblez exténuée. Demain, nous reparlerons; demain matin, après la messe. Et souvenez-vous, j'ai des choses merveilleuses à vous dire. Bientôt, sur votre tête se posera le diadème de l'honneur. Je vais prier pour vous.

Gervaise se rendit à sa chambre, se laissa tomber sur son lit. L'engourdissement la gagna peu à peu. Elle était blessée au plus profond de son être, mais sa conscience ne lui reprochait rien. Cette pensée la réconforta. Elle s'endormit.

Lorsqu'elle se réveilla, il faisait encore nuit. Elle se rendit au jubé et s'assit sur un banc de la première rangée. Le regard fixé sur la lampe qui jetait sa faible lumière, elle se perdit dans ses pensées.

«Pourquoi? Je ne mérite pas ça; alors pourquoi? Parce que j'ai quitté la salle? Ça, ce n'est pas la raison, c'est l'excuse, une pauvre excuse! Pourquoi cette avalanche de mots cinglants, d'insultes de toutes sortes? Pourquoi avoir souligné aussi méchamment ma misère? Pourquoi me hait-elle? Le savez-vous, mon Dieu? Alors aidez-moi à comprendre, éclairez-moi, dites-moi quelle attitude prendre. Je ne veux pas, je ne peux pas m'exposer encore à tant de haine!»

La pensée de la douceur de mademoiselle Anita vint la réconforter un instant. Pensée qu'elle chassa.

«Il n'est pas question de m'apitoyer sur mon propre sort. Ce sont des décisions que je dois prendre sans délai. Vers qui devrais-je me tourner? L'aumônier? Ce serait mettre mon âme à nu, en vain. Cette fois, elle n'a pas fait allusion à mon infirmité. Sans doute a-t-elle compris qu'elle ne m'atteindrait pas ainsi, et a cherché à me blesser dans mon intimité la plus profonde. Dieu qu'elle a réussi! Si elle savait comme elle m'a fait mal. Elle m'a prise en aversion, comme maman autrefois...

«J'étais alors trop petite pour comprendre; je subissais, sans appui. Parfois, j'allais chercher refuge auprès de ma tante quand ma peine était trop grande. Je ne pouvais m'expliquer cette peine, mais l'affection que me témoignait ma tante, aussi impuissante que moi, servait de compensation à mon besoin d'amour. Raymond m'aimait, il était gentil. Moi, je l'admirais: il était si fort, si beau! Et il m'a abandonné; il est parti. Papa m'a manifesté de l'affection; il avait sans doute pitié de moi! J'étais si petite, comment aurais-je pu lui exprimer ce que je ressentais?

«Tout ce que je sais, je l'ai appris à travers la souffrance! Comme Julie, sans doute. Le calme et le bonheur trouvés auprès de madame Anita m'ont aidée à me situer dans ma peine. Mon séjour auprès d'elle fut une révélation: le bonheur est possible. Oui, le bonheur et la paix sont quelque part, mais où? Où trouver ces rares oasis; où se cache le bonheur?

«Je dois surmonter ma peine. Je ne veux pas glisser vers le désespoir ou la révolte. Aidez-moi, mon Dieu. Je vous en supplie, aidez-moi! Je ne veux pas devenir méchante et amère; aidez-moi, mon Dieu!

«Je n'ai jamais questionné papa. À l'occasion des funérailles de maman, j'ai tenté d'en savoir plus au sujet de cette terrible colère qui a marqué mon enfance, mais sa tristesse m'en a empêchée. «Ta mère était très malade», m'avait-il dit un jour d'une voix brisée. Tout se cache peut-être derrière cette simple phrase.

«Et maintenant, c'est la Mère supérieure qui me harcèle: des petits coups d'épingle à tout propos, une constante désapprobation, des regards dédaigneux. Elle exige sans cesse plus, elle n'est jamais satisfaite...

«Dois-je tout subir en silence? Plier l'échine et accepter les coups, comme Julie le faisait? C'est inadmissible.

«Je refuse l'idée de devoir vivre dans la crainte. Je ne veux pas devenir amère ou acariâtre; je ne veux pas vivre dans la haine! Elle ne semble pas pouvoir m'aimer, tant pis! Mais je ne dois pas la haïr, ce serait jouer son jeu, un jeu très vilain. Je vais l'oublier, oublier ses mesquineries; je ne lui prêterai plus attention.

«Madame Anita, Julie et sa mère, sans oublier papa et Raymond, sont la preuve qu'on peut m'aimer, pour moi-même, pour ce que je suis, telle que je suis. J'ai autour de moi des compagnes de classe aimables, incapables de comprendre, car protégées par leur famille et leur vie douillette. J'ai aussi sœur Herménégilde, sœur Pauline, sœur Saint-Louis Adélard et sœur Clara. Je dois cesser de m'inquiéter; j'éviterai la Supérieure, je dois m'affermir. Aidez-moi, mon Dieu.»

Gervaise ouvrit les yeux. Elle se sentait plus forte, rassérénée. Le soleil jouait avec les vitraux qui s'éclairaient, l'aurore était là. Elle tenait toujours à la main ce chapelet qu'elle avait oublié de réciter.

***

Le règlement de la congrégation veut que chacun de ses membres se soumette à une règle commune: le soir, les religieuses se réunissent et confessent publiquement leurs erreurs du jour. Il appartient à la Supérieure de trancher les dilemmes et, parfois, d'aller jusqu'à imposer des sanctions. Cette façon de pratiquer la vertu d'humilité leur permet de se sentir membre actif et vivant de ce groupe homogène qui doit sacrifier sa personnalité au service de la communauté et de Dieu. Les liens qui les unissent en sont d'autant plus resserrés; ce qui sert bien la cause et aide à atteindre le but ultime: l'amour de Dieu et du prochain.

Ce soir-là, la Mère supérieure n'était pas très fière de sa conduite. Sa cruauté à l'endroit de Gervaise la laissait penaude. Elle s'était laissé emporter par ses frustrations peut-être... Elle était taciturne.

Sœur Herménégilde le devina et comprit. Gervaise avait subi un assaut de la part de la direction, comme elle, autrefois. S'agissait-il d'une façon de mettre l'âme d'une jeune religieuse à l'épreuve? C'est ce qu'elle avait pensé alors. Mais Gervaise, pourquoi la faire tant souffrir? Dans quel but?

Quand vint son tour de se confesser ouvertement, la religieuse fit un aveu qui troubla la Mère supérieure:

— Aujourd'hui, j'ai vu souffrir une âme pure et belle. Ma conscience m'a dicté de lui apporter support et consolation. Je dois ajouter que j'ai très mal jugé la personne responsable d'une telle douleur. Pardonnez-moi, bonne Mère.

Les religieuses retenaient leur souffle. Qu'allait-il se passer? La Supérieure passa la main sur la tête de sœur Herménégilde agenouillée devant elle, et lui répondit simplement:

— Les jugements ne sont pas du ressort de l'humain,

ils relèvent de l'autorité divine; vous vous confessez au prêtre d'abord, puis à Dieu!

Sœur Pauline serra les poings. Elle devina qu'il était question de Gervaise; elle avait surpris le regard noir que la Supérieure avait lancé à la jeune fille lors de sa sortie de la salle, le jour du banquet. Elle se sentait la grande responsable et craignait de perdre Gervaise qu'elle aimait beaucoup.

La Sœur supérieure poursuivait son interminable harangue: «L'amour et la gloire de Dieu doivent être nos seules préoccupations, car nous sommes ses épouses. Ne perdons pas de vue cette maxime. Que Dieu nous pardonne si nous succombons parfois à nos faiblesses humaines! Celles-ci font partie intégrante de notre nature de chair, conséquence du péché originel. Je vous bénis, mes filles. Que Dieu soit avec nous toutes.»

Une à une, les religieuses passèrent devant la Révérende Mère avec déférence et se dirigèrent vers leurs cellules pour y chercher le repos requis par ce corps exigeant, ce responsable des erreurs et des faiblesses.

Les sœurs supérieure et directrice sont les deux seules religieuses à bénéficier d'une cellule tout à fait privée et séparée; les autres religieuses occupent des cellules adjacentes, entourées par des murs qui n'atteignent pas le plafond. Elles sont isolées par un rideau leur servant de porte; pas de fenêtre, pas de luxe, pas d'espace perdu. Un simple matelas de laine posé sur un sommier, une table de nuit, une chaise, une veilleuse et un prie-Dieu constituent le mobilier: c'est respecter l'engagement du vœu solennel de pauvreté.

Ce soir-là, pendant que Gervaise goûtait l'amertume de son épreuve, des âmes pieuses qui avaient voué leur vie à Dieu pensaient à elle, s'inquiétaient pour elle, priaient pour elle.

***

Gervaise dormait. On frappa délicatement à sa porte. Elle sauta du lit et ouvrit.

— Sœur Sainte-Monique, notre directrice, vous prie de vous rendre à son bureau.

Gervaise était bouleversée. Elle ne s'était pas présentée à la messe, n'avait pas déjeuné.

«Une fois de plus, je vais me faire passer un sapin, comme disait mon père, mais mérité cette fois.»

Elle partit en trombe, croisa sœur Pauline, la salua. Celle-ci s'arrêta et l'interpella.

— Dites-moi, où courez-vous, Gervaise?

— Chez Mère directrice. Dites-moi, que signifient les mots «avoir les sens en effervescence»?

— Ah! Je vois. Et bien, ma chère, c'est ce mal dont je souffre, vous savez?

Et elle lui fit un clin d'œil. Gervaise se contenta de s'exclamer:

— Décidément, c'est une idée fixe!

Elle poursuivit sa course, un instant égayée par la fanfaronnade de cette vive-la-joie originale et farfelue qui, une fois de plus, l'avait distraite de son chagrin.

— Bonjour, Gervaise. Venez vous asseoir.

«Enfin, pensa la jeune fille, elle utilise mon prénom, je ne suis pas «son enfant».»

— Je serai brève. Certaine choses se doivent d'être dites, si pénibles soient-elles.

— Je...

La religieuse leva la main.

— Ne dites rien, écoutez-moi, plutôt. La vie en communauté, Gervaise, est semée d'opprobres comme partout ailleurs, et parfois d'injustices. Il faut savoir être indulgente, apprendre à pardonner puis, ce qui est plus généreux encore, à oublier. Selon nos règles, chacune de nous trouve, chez une compagne, le réconfort et l'appui nécessaires à la réalisation des épreuves qui mènent à la sanctification, car l'épreuve fait grandir celui qui la subit.

Elle fit une pause et reprit doucement:

— Sœur Herménégilde est celle toute désignée pour remplir ce rôle auprès de vous: elle vous aime beaucoup. Ouvrez-vous à elle, à elle et à Dieu. Ce cher bon Dieu, Il doit avoir bien souvent les oreilles rabattues par toutes nos petites mesquineries!

Gervaise baissa la tête et sourit.

— Vous êtes un être exceptionnel, Gervaise. Vous serez heureuse, je vous le prédis.

Le visage de mademoiselle Anita vint à l'esprit de la jeune fille: elle avait prononcé les mêmes mots.

— Allez vers votre ange gardien, il vous dévoilera un secret dont je l'ai relevé. Vous comprendrez à quel point le Seigneur a ses vues sur chacune de nous, sans qu'on le comprenne toujours. Allez, charmante jeune fille, allez.

Gervaise se leva, le cœur léger. Avant de sortir, elle regarda la religieuse, mais l'émotion l'empêcha de remercier.

— Vos yeux expriment votre reconnaissance, ma fille! Filez.

Elle s'éloigna et se dirigea vers le bureau de Mère Saint-Herménégilde qui l'accueillit tendrement.

— Je vous attendais, entrez. D'abord le sermon, dit en souriant la religieuse. Je vois sur votre visage que vous êtes sereine et en paix avec vous-même. Voilà l'importance d'avoir une conscience pure. Je crois que vous n'êtes pas un futur sujet religieux; le monde a aussi besoin de femmes fortes, fortes et éclairées. Les valeurs véhiculées ici et les épreuves vécues entre ces murs vous suivront partout et toujours, feront de vous un être d'élite. Aujourd'hui, vous en doutez, mais un jour, vous l'admettrez. Votre détresse, hier, vous honorait. Elle démontrait votre innocence. Vous avez souffert sans chercher à vous justifier, car vous n'aviez rien à vous reprocher. Votre âme est droite et forte, Dieu veille sur vous. Et maintenant, la bonne nouvelle. Promettez-moi de ne pas en tirer trop de vanité...

— Vous m'intriguez, sœur Herménégilde.

— Et pour cause! Gervaise, j'ai l'insigne honneur de vous apprendre que vous vous êtes classée première aux examens de fin d'année. Vous vous êtes mérité la médaille du lieutenant-gouverneur de la province de Québec. C'est là la plus haute distinction qu'on puisse obtenir. Vous savez ce que cela représente? Grâce à vos talents intellectuels, à votre assiduité au travail, à votre discipline personnelle, vous avez pu obtenir un tel résultat, vous qui n'aviez jamais fréquenté l'école; c'était inespéré! Je suis heureuse d'être la première à vous féliciter. Nous sommes fières de vous. Cet honneur rejaillit sur nous toutes et sur notre communauté.

Gervaise s'était levée, approchée de la religieuse pour l'embrasser tendrement sur les deux joues.

— C'est grâce à vous, grâce à votre affabilité, à votre douceur, à vos encouragements; et à Mère Saint-Louis Adélard qui s'est montrée si patiente en acceptant toujours de m'expliquer, de m'aider à comprendre.

— Eh! dites donc, et Gervaise, dans tout ça? Allez, c'est de la fausse humilité! Sachez accepter les honneurs qui vous échoient. Ça aussi, ça fait partie d'une bonne formation et du devoir d'état: les joies doivent être savourées.

— Je peux en parler à sœur Pauline?

— Elle sera enchantée. De toute façon, ce n'est plus un secret!

Ce soir-là, à la chapelle, ce furent des prières d'actions de grâce qui s'élevèrent vers le ciel, mêlées aux larmes de joie d'une Gervaise grisée par le bonheur; un bonheur auquel il lui faudrait repenser afin de mettre un peu d'ordre dans ses idées. «Même l'allégresse peut être désarmante», songeait-elle.

Joies et peines s'entremêlaient. Gervaise faisait l'apprentissage de la vie qui est ainsi faite.

Chapitre 9

La jeune fille, après avoir mûrement réfléchi, décida de se rendre à l'atelier de couture. Ce serait une bonne façon de démontrer à la Mère supérieure toute sa bonne volonté. Elle se soumettait, délibérément, à un ordre qui lui avait été donné sous la forme d'une punition.

Sœur Clara était en charge de la cuisine. Chaque jour, pendant quelques heures, Gervaise l'aidait, avant l'heure des repas. Cette religieuse ne manquait jamais d'exprimer sa gratitude à la jeune fille pour l'assistance qu'elle lui apportait.

Sous ses directives, elle apprenait le tissage invisible. «Un art, pensez donc: les aveugles le réussissent par le truchement du toucher uniquement, mais hélas! un art en voie de disparition.» Il s'agissait de faire le reprisage grâce au fil repéré dans les rebords du tissu.

Auprès de sœur Clara, tout était simple. Elle était peu communicative et n'entamait jamais la conversation. Aussi, en sa présence, Gervaise goûtait la paix. L'atelier de couture était, sans contredit, l'endroit le plus calme de tout le couvent. Dans cette atmosphère, on pouvait travailler tout en laissant errer ses pensées.

L'atelier était situé en avant du couvent, là où la lumière est grande et la vue sur le Saint-Laurent magnifique. Un soir, Gervaise dut y revenir pour avoir oublié ses clés sur la table de travail, ce qui lui permit de voir un superbe coucher de soleil. Le ciel semblait en feu et se mirait dans l'eau calme, ce qui lui inspira une prière: «Derrière tant de beauté se cache ta maison, mon Dieu; ce doit être grandiose chez toi.»

***

Gervaise, sous l'œil attentif de sœur Clara, apprenait à faire les boutonnières françaises.

— Bientôt, je n'aurai plus rien à vous apprendre.

— Je le regretterai, il est si bon de se trouver près de vous!

— Il y aura toujours la cuisine...

— Je ne crois pas qu'on vous ait permis de m'initier aux secrets de la couture uniquement dans le but d'ajouter à mes connaissances... le boulot ne manque pas! Et vos loisirs, sœur Clara, à quoi les occupez-vous?

— J'en ai très peu. Mais j'aime bien broder les vêtements sacerdotaux, faire les dentelles qui ornent les saintes nappes ou tout autre objet de culte.

— Vous n'avez jamais pensé à l'enseignement? Ce doit être passionnant!

Sœur Clara demeura un instant silencieuse puis elle avoua, avec regret semblait-il, que la vie en avait décidé autrement. C'est alors seulement que Gervaise remarqua qu'elle portait le costume des sœurs converses qui différait de celui des autres religieuses. «Elle n'est pourtant pas infirme», ne put-elle s'empêcher de penser.

— Aimeriez-vous que je vous enseigne le travail à l'aiguille?

— J'ai déjà quelques notions; une bienfaitrice m'y a initiée, hélas! trop peu de temps, mais elle avait des doigts de fée: elle réalisait de vrais chefs-d'œuvre.

La conversation fut brusquement interrompue; on priait Gervaise de se rendre au parloir.

Celle-ci se leva, déposa son travail sur sa chaise et s'éloigna, inquiète; sans doute que la Mère supérieure avait à lui parler. «Mais pourquoi me convoquer au parloir plutôt qu'à son bureau? Saurait-elle, par hasard, qu'elle et sœur Clara étaient bonnes amies? Chercherait-elle à briser cette amitié?»

Elle s'approcha jusqu'au parloir des religieuses dont la porte était fermée. On l'interpella. Son père, nul autre que son père était là, dans le parloir des élèves.

— Papa! Oh! papa!

Elle se pendit à son cou, folle de joie. L'homme refoulait son émotion.

— Laisse-moi te regarder, papa. Tes cheveux sont blancs comme une première neige, tes yeux semblent plus foncés. Il y a bien longtemps!

— Trop longtemps, ma fille, trop longtemps. Toi, tu as grandi; tu es devenue un beau brin de fille. Tu es heureuse? Dis-moi que tu es heureuse, ici, dans la maison du bon Dieu.

— Oui, papa, je suis heureuse. Et tu seras fier de savoir que je me suis classée première aux examens de fin d'année. J'ai gagné une médaille.

— C'était difficile, le concours?

— Plutôt, oui, mais j'avais bien travaillé.

— Alors tu es très savante maintenant.

— Savante? Non, peut-être pas.

— Parle-moi de toi, de ce que tu fais.

— Dis, papa...

— Je t'écoute, ma fille.

— Raymond, est-il revenu?

— Pas encore.

— Il ne t'écrit pas?

Le père hocha la tête négativement.

— L'ingrat!

— Chut, ne le juge pas. Il a sûrement de bonnes raisons, qui sait? Je ne désespère pas.

— Et toi, papa, que fais-tu?

— Je travaille comme homme engagé sur la ferme.

— Ta ferme!

— Oui, ma ferme. Mais tu devrais voir comme tout a changé. Il les a, lui, les beaux tracteurs dont j'ai tant rêvé. Et la terre rapporte bien. Les travaux finis, j'en ai profité pour sauter dans le train et venir te faire un brin de jasette. Je m'ennuyais tant de ma belle grande fille!

Il se tut un instant, l'air un peu embarrassé.

— Gervaise, j'ai touché un montant d'argent; j'ai presque fini d'éponger mes dettes. Je veux te gâter un peu, toi, qui ne demandes jamais rien. As-tu besoin de quelque chose? Tes souliers sont usés, viens, nous irons au magasin.

— Je dois demander la permission.

— Tu vis comme une nonne alors?

— Presque.

— Penses-tu à la vie religieuse?

— Non, papa!

— Voilà qui me semble bien déterminé comme réponse! Dis, tu ne me caches rien, n'est-ce pas?

— Mais non, que vas-tu chercher là?

L'homme regardait sa fille, cherchant à comprendre ce que cette réponse, trop catégorique, signifiait. Gervaise, toujours si douce, ne lui avait jamais parlé sur un ton aussi vindicatif. Il s'inquiétait. Dès qu'elle fut sortie du parloir afin de prévenir de son absence, il se mit à réfléchir. Lorsqu'elle revint, il ne manqua pas de remarquer ses mains rugueuses, ses traits tirés. Il ne dit rien, mais était fort préoccupé.

L'un près de l'autre, ils traversèrent le village et se rendirent au magasin général. Arthur insista pour qu'elle choisisse deux paires de souliers. Gervaise n'en revenait pas: des souliers noirs et des souliers bruns, quel luxe!

— Une jolie robe, ça te ferait plaisir? Une fille de ton âge a besoin d'une sacoche. Allez, choisis sur l'étalage.

Arthur prit un mouchoir de toile, orné de dentelle, et le lui remit.

— Je le garderai toujours, papa, en souvenir de ce beau jour, mais tu sais, ce n'est pas indispensable.

Il posa sa main sur sa tête et ébouriffa ses cheveux. Elle riait comme une petite fille. Ensemble, ils revinrent au couvent, bras dessus, bras dessous.

— Tu crois que ça fâcherait les sœurs si je venais plus souvent?

— Mais non, voyons, papa!

— As-tu des projets d'avenir?

— Parfois, je pense retourner dans notre village où je pourrais enseigner aux enfants.

— Ma fille deviendrait une enseignante! Pensez donc: ma fille, maîtresse d'école! Ma fille, maîtresse d'école!

Il en était tout remué.

— Ta tête, Gervaise, est aussi solide que ton cœur!

C'est dans la joie que se termina cette visite que Gervaise avait cessé d'espérer.

— Il faut que je parte; je ne peux rater le train de retour. Tu vois ça? Ton vieux père ne pourrait dormir chez les sœurs, sauf peut-être dans la chambre de l'aumônier...

Il riait de sa boutade. Gervaise, encore plus, car elle venait de penser à sœur Pauline...

— C'est bon de te voir rire ainsi! Tu es restée belle intérieurement.

— Tu crois? Tu crois?

Et Gervaise, à cause de sa pensée grivoise, éclata encore de rire. Son père se leva.

— Je m'en vais très vite, sinon je ne pourrai pas! Bonjour, ma grande; je pense à toi tous les jours. Quand tu parles au bon Dieu, dis-Lui de ne pas m'oublier.

Et il s'éloigna à grands pas. Gervaise ne fit pas un seul geste, ne l'accompagna pas à la porte. Elle restait là, à l'observer. Son dos était voûté; il n'était plus l'homme qui sautait les clôtures, bûchait et fendait le bois d'une main. Les années, le travail et le chagrin l'avaient miné.

Gervaise quitta le parloir, gravit l'escalier et se rendit au jubé pour méditer.

Dès qu'il fut dehors, Arthur s'inquiéta. «Ses mains,

pourquoi une fille si jeune a-t-elle les mains aussi maganées? Trop de labeur? Des ouvrages durs, ça ne peut pas être autre chose.» Il s'arrêta, s'appuya contre une clôture et continua de ruminer la question. «Ça n'a pas de bon sens. Je veux en avoir le cœur net.» D'un pas décidé, il revint vers le couvent. «Si je manque le train, tant pis, je passerai la nuit sur un banc à la gare!»

Cette fois, ce fut la Mère supérieure qui vint se présenter devant lui. Il gardait la tête baissée, très impressionné par la femme autoritaire qui se tenait là, l'œil sévère. Le beau discours qu'il avait préparé, les questions et les reproches qu'il voulait formuler, tout s'était volatilisé; il ne trouvait plus ses mots.

— Madame, hasarda-t-il.

— Ma Mère, appelez-moi Mère.

— Ma Mère, j'ai vu ma fille Gervaise.

— Je sais. Ne soyez pas inquiet, elle est soumise...

— Pardon? Je n'ai pas à me questionner ni à vous questionner à ce sujet; je connais ma fille. Serait mal venu qui en dirait du mal. Mais...

— Mais?

La Supérieure, offusquée, n'avait pas prisé la mise au point: elle se raidit.

— Mais voilà: je ne veux pas que ma fille soit une servante. Je ne suis pas riche, mais à ma mort, elle touchera des sommes. Le coût de sa pension vous sera versé. Je vais voir le curé Raoul à ce sujet. Un parent à vous, si je ne m'abuse? Un ami et confident pour moi.

La religieuse changea de ton, du tout au tout.

— Je vois, je vois, dit-elle, adoucie. Je vais étudier la situation. Vous comprenez...

— Point n'est besoin de m'expliquer, puisque vous allez étudier la situation. Votre parole me suffit. Pas un mot à ma fille, elle me croit déjà en route.

— Vous êtes un brave homme.

— Oh! Vous savez! Le salut, Madame ma mère.

Arthur sortit. Il s'arrêta sur le perron, regarda en direction du large, aspira profondément et descendit le grand escalier.

«Le diable m'emporte d'avoir ainsi menti à une sainte femme. Qu'est-ce qui m'a pris? C'est l'air constipé de la sainte nitouche qui a dû me pousser à agir comme ça! Elle ne doit pas être facile avec son air prétentieux, mais j'ai visé juste: le curé Raoul et l'argent... la sainteté et le vice! Ce qui compte, c'est que ma Gervaise connaisse un peu de répit.»

Une autre pensée germa dans son esprit. Il réfléchit un instant et retourna au magasin général. À la dame qui l'avait servi plus tôt, il demanda de choisir pour sa fille des vêtements de dessous, «tout ce qu'une femme a dans ses tiroirs. Et des bas de soie, avec, vous savez, les machins pour les tenir. Ça me gênait en sa présence, vous comprenez? J'ai pas l'habitude des créatures. Avez-vous idée pour d'autres fanfreluches dont elle pourrait avoir besoin? C'est ma fille, elle se prépare à devenir maîtresse d'école».

Il regardait s'empiler les jolies choses et essayait de s'imaginer la surprise qu'aurait sa fille en ouvrant le paquet. Il paya la note; il lui restait deux dollars en poche. Arthur avait maintenant la certitude qu'il passerait la nuit à dormir sur un banc, le ventre creux, mais le cœur si léger!

Le lendemain, Gervaise fut convoquée chez la Mère directrice. Là, elle apprit qu'on la dispensait dorénavant des travaux pénibles à la cuisine et de l'entretien des parquets. Par contre, elle serait appelée à servir les repas les jours de fête, à dresser les tables et devrait continuer de veiller sur la lingerie... Elle écoutait mais n'entendait pas. Son étonnement allait en grandissant. Une seule visite de son père aurait produit un tel effet? Elle aurait enfin plus d'heures de liberté; elle aurait le loisir de lire à son goût! Tout cela tenait du miracle!

– Vous remercierez notre Mère supérieure; ces décisions sont d'elle. Elle vous aime bien, vous savez... même si parfois elle doit se montrer sévère. L'autorité n'est hélas! pas toujours facile à assumer. Un jour, vous en conviendrez. Ce jour-là, vous vous souviendrez de mes paroles.

Gervaise remercia en peu de mots. Elle prisait de moins en moins les sermons qui ne rimaient à rien, qui allaient toujours dans le même sens: excuses et explications. Ça lui semblait du tout cuit, du remâché; ça manquait de spontanéité. L'amour de Mère supérieure, elle n'y tenait plus tant que ça. Elle préférait celui de sœur Herménégilde, plus humain, plus sincère.

La brève visite de son père l'avait réjouie. Des mots simples, prononcés avec bonté, sans le désir d'éblouir ou d'épater; des mots venant du cœur, voilà ce qu'elle aimait entendre.

Elle n'irait pas au bureau de la Mère supérieure. Elle la remercierait à la prochaine occasion, lorsqu'elles se croiseraient par hasard.

***

Revenue à sa chambre, avant l'heure du souper, Gervaise eut la surprise de trouver un paquet sur son lit.

Intriguée, elle l'ouvrit. Toutes ces belles choses, chatoyantes et luxueuses, étaient-elles pour elle? Ces bas diaphanes, si légers, si doux, était-ce un rêve? Et ces dessous de grand luxe, comme madame Anita seule en possédait et qu'Annette lavait à la main, dans la cuvette, avec mille précautions! Gervaise, incrédule, regardait, touchait, caressait. Tout ça lui semblait irréel.

Au fond du paquet se trouvait une facture sur laquelle figurait la liste des articles, son nom, ainsi que l'adresse du couvent, où devait être livrée la marchandise. Ainsi, son père était retourné là-bas. Elle pleura de joie: jamais encore il ne l'avait autant gâtée.

Ce soir-là, elle se détourna de la lecture et écrivit à son père une longue lettre débordante d'affection et de reconnaissance. Au moment de cacheter l'enveloppe, elle se remémora le vœu qu'elle avait formulé spontanément en présence de son père: enseigner aux enfants de son village. Voilà un objectif louable à atteindre qui, par surcroît, semblait avoir charmé le visiteur. «Pourquoi n'y ai-je pas pensé plus tôt? Serait-ce cette conversation avec sœur Clara qui m'aurait inspiré cette idée?»

Et Gervaise rêva, les yeux grands ouverts dans la pénombre. Elle pourrait ainsi s'occuper de son père, le gâter un peu. En somme, malgré toutes les épreuves qu'elle avait traversées, la vie lui avait quand même permis de surmonter de grands obstacles et d'acquérir expérience et connaissances dont elle tirerait profit. «Je dois cheminer seule, prendre mes responsabilités, ne compter que sur moi-même, aller de l'avant.» Elle avait maintenant un but à atteindre, un objectif précis.

À partir de ce jour, Gervaise oublia l'ennui. Une grande quiétude s'était glissée en elle. Tout lui paraissait plus simple. Elle savait que le bonheur est accessible à qui le veut vraiment. Il s'agissait de savoir le saisir. Elle reprenait confiance, sûre que la vie lui donnerait l'occasion d'être heureuse. Elle canaliserait son énergie, établirait ses priorités et cheminerait, envers et contre tous. C'est au fond d'elle-même qu'elle puiserait les éléments nécessaires.

Et sa vie changea. Elle se raffermissait, dénotant toujours plus de détermination. Sa personnalité s'épanouissait avec le temps qui fuyait.

***

Un jour, on pria Gervaise de bien vouloir céder

temporairement sa chambre afin d'accommoder un prêtre âgé venu en convalescence à ce couvent de campagne. Son état de santé exigeait qu'il soit au repos le plus complet. La proximité de la chapelle finissait d'expliquer cette requête.

Gervaise accepta de bonne grâce, même s'il lui en coûtait beaucoup de devoir ainsi sacrifier les heures de lecture supplémentaires que lui permettait son isolement.

Elle dormirait dans une cellule laissée libre par une religieuse qui faisait un séjour à la maison mère de la communauté, sise à Québec. Le fait de devoir quitter son sanctuaire éveilla en elle une inquiétude qui s'était depuis peu estompée: elle n'avait jamais aimé les changements, car ils sont souvent synonymes d'inconnu et d'incertitude.

Elle aménagea dans son réduit. Le rideau qui servait de porte se souleva, et sœur Pauline passa la tête:

— Coucou, voisine!

Gervaise sursauta.

— Ouf! vous m'avez fait une de ces peurs!

— Vous grimpez vite dans la hiérarchie, ma chère! Ce doit être à cause de vos vertus émérites, je ne vois pas d'autres raisons. Vous ne portez pas encore l'uniforme que vous êtes déjà hissée dans les hautes sphères.

— Venez vous asseoir, et jasons.

— Sur votre lit? Vous n'y pensez pas, j'y mettrais le feu!

— Vous ne serez jamais sérieuse! s'exclama Gervaise en riant.

— Ne vous en plaignez pas; les occasions de s'amuser sont plutôt rares ici! La gaieté ne serait-elle pas une vertu au même titre que la chasteté?

— Ah! sœur Pauline, au moins, baissez la voix!

— Hypocrisie et complicité sont des vices, des vices de la pire espèce!

Sœur Pauline prit un air outré, pinça le bec et s'éloigna.

«Quel numéro!» pensa Gervaise qui avait appris à ne plus se scandaliser devant les réparties souvent grivoises de la jeune religieuse qu'elle aimait bien.

***

L'habitude acquise de s'endormir après avoir lu pendant quelques heures lui manquait, Gervaise trouvait difficilement le sommeil. Elle restait là, à rêvasser, s'efforçant d'être immobile, car le vieux sommier grinçait au moindre geste.

Un soir, son attention fut attirée par des murmures. À peine audibles d'abord, ils s'intensifiaient. Gervaise prêta l'oreille, puis s'inquiéta: ça ressemblait de plus en plus à un gémissement. Que devait-elle faire? Avait-on besoin d'être secouru? Et s'il s'agissait de sœur Pauline? La jeune fille se leva aussi silencieusement qu'elle le put et grimpa sur le pied du lit en métal dans l'espoir de pouvoir repérer la provenance de ces plaintes inarticulées.

Une fois là-haut, elle pencha la tête au-dessus de la cloison et vit sœur Cunégonde, la directrice des postulantes, qui venait dans cette direction. Elle ralentissait un instant et écoutait. Elle ressemblait à un fantôme avec sa capuche, sa longue robe de nuit et ses pieds nus. D'hésitants, ses pas devinrent saccadés. Elle entra dans la cellule de sœur Pauline et alluma la veilleuse après avoir laissé tomber le rideau.

Gervaise porta la main à sa bouche pour retenir le cri qu'elle allait lâcher.

Sœur Pauline, dans toute sa nudité, bien allongée, les yeux fermés, soulevait les reins; elle labourait un sein d'une main et, de l'autre, un point sensible de son anatomie.

Sœur Cunégonde s'exclama en secouant sa compagne.

— Sœur Pauline, devenez-vous folle?

— Hein! Quoi? Ah! c'est vous, ma sœur... Grand Dieu, c'est vous, merci! Je rêvais au diable... il voulait prendre mon âme...

— Vous dormiez? Vraiment?

— Oui, oui, je dormais. Et le diable était là, d'où ma peur en vous voyant: je vous confondais, je... je...

Et sautant en bas de sa couchette, sœur Pauline tomba à genoux, fit le signe de la croix et baisa les pieds de sœur Cunégonde.

— Vous venez de me sortir des griffes de Satan. Merci, merci!

— Revêtez-vous vite, vous allez prendre froid.

— Je suis contrite, j'ai honte! Je vous suis reconnaissante pour votre grande bonté, votre compréhension. Je ne comprends pas, je...

— Vous n'allez pas pleurer? Mettez-vous au lit; endormez-vous en récitant votre chapelet. Dieu ne refuse jamais sa grâce à qui la Lui demande. Dormez en paix. Allez, allez, mon enfant.

Et la bonne mère de border avec affection cette âme pure convoitée par le démon, cet ange déchu qui pousse la ruse jusqu'à hanter le sommeil des âmes vertueuses!

Sœur Cunégonde plongea les doigts dans le bénitier qui se trouvait à l'entrée de la cellule, se signa et s'éloigna lentement, la tête inclinée, marmottant sans doute une prière.

Là-haut perchée, Gervaise était prise avec le fou rire. Comme elle aimerait être tout près de sœur Pauline et voir son air railleur! «Celle-ci doit être en train de se marrer, les yeux étincelants de malice...»

Elle descendit doucement de son perchoir, se glissa sous les couvertures, enfouit la tête sous l'oreiller. Mais une fois le choc de l'étonnement passé, elle devint perplexe et intriguée...

***

Ce dimanche-là, les piliers de la petite chapelle entendirent tonner. L'aumônier s'emporta et pesta contre Belzébuth, le prince des démons et ceux ou celles qui, ici-bas, se permettaient des agissements contre la grâce. «Les flammes de l'enfer lécheront éternellement les corps de ceux qui s'adonnent à la vile concupiscence! Le d-i-a-b-l-e», lançait-il, furieux...

Gervaise, ne pouvant résister, regarda en direction de sœur Pauline. Sur le visage pudique de celle-ci, elle pouvait déceler un rire malicieux. Par contre, sœur Cunégonde, congestionnée et rouge comme une crête de coq, gardait la tête baissée, au point qu'on aurait pu croire que c'était elle la coupable.

Le lendemain, après le déjeuner, Gervaise croisa sœur Pauline. Elle jeta un coup d'œil dans le long corridor désert et lui dit:

— Je croyais que vous aviez la tête rasée!

— Je vous avoue que je ne comprends pas.

— Je croyais, répéta Gervaise lentement et sans ciller, que vous aviez la tête rasée.

Il fallut un bon moment à sœur Pauline pour comprendre à quoi Gervaise faisait allusion. Celle-ci, moqueuse, tourna les yeux vers le mur et laissa son regard suivre la paroi, de bas en haut.

Sœur Pauline, pince-sans-rire, fit la moue, baissa les paupières et poursuivit sa marche.

Gervaise pouffa, elle s'approcha de la porte du long passage, regarda aller sœur Pauline qui se trémoussait en rigolant. Parvenue à l'escalier, elle se retourna et son rire vint faire écho à celui de Gervaise.

Ce même soir, Gervaise eut la surprise de voir choir sur son lot un papier chiffonné en boule. Celui-ci lui avait été lancé par-delà le mur. Elle l'ouvrit et lut: «Attention, incube rôde.»

Gervaise, roucoulant, déchira la note en mille miettes et éteignit sa lumière. Quelqu'un toussota, sans doute pour inciter au silence.

Elle se souviendrait, plus tard, qu'à partir de ce jour, sœur Pauline changea du tout au tout son attitude à son égard.

La vie de Gervaise prendrait bientôt un autre tournant.

Chapitre 10

Tout avait commencé au confessionnal. Gervaise avait reçu l'absolution et récité l'acte de contrition. Elle s'apprêtait à quitter lorsque le confesseur la retint, utilisant la pointe de l'étole comme un écran pour assourdir sa voix. Il penchait la tête en direction de la pénitente, mais ne la regardait pas. Il lui vantait la grandeur et la beauté de la vie de couple, lui parlait de la nudité d'Ève. Gervaise écoutait, perplexe. Elle sortit du confessionnal complètement bouleversée. Après réflexion, elle en conclut que le saint homme s'était mépris sur la personne, que ce discours ne lui était pas destiné.

Mais quand des propos semblables se retrouvèrent dans la bouche de sœur Herménégilde, Gervaise, éberluée, en eut le souffle coupé. «L'enfantement est l'œuvre de Dieu. La qualité primordiale de l'épouse est la soumission. Vous avez les qualités requises pour devenir une bonne épouse, une sainte maman: Dieu a aussi besoin de mamans. Il faut s'en remettre à la volonté divine. La pureté doit avoir la transparence du cristal.» Et le sermon n'en finissait plus. Gervaise, embarrassée, se trouvait debout contre la porte, tenant dans les mains un roman d'époque. Elle ne savait pas quelle contenance prendre; elle était gênée, son étonnement allait grandissant. Sœur Herménégilde lui tournait maintenant le dos; sans doute était-elle aussi mal à l'aise que son interlocutrice. Cette fois, il ne pouvait y avoir d'erreur, on s'adressait bien à elle!

Quand enfin cessa le monologue, Gervaise quitta le bureau de la religieuse sans un mot. Que pouvait bien signifier tout ce verbiage qu'elle n'avait sûrement pas mérité? Les propos de l'aumônier n'avaient rien à voir avec sa confession. Peut-être que les communautés ont une semaine consacrée à l'innocence, conclut-elle, incapable de trouver une autre explication. Cette pensée amusante fit naître en elle l'idée saugrenue de croiser le fer avec sœur Pauline. «Un duel à ce sujet ne manquerait pas d'être intéressant.» Elle entendit tout à coup une voix qui l'interpellait:

— Mademoiselle Gervaise, mademoiselle Gervaise, je vous cherchais partout! Venez vite, on vous demande au téléphone.

— Au téléphone?

— Oui, au bureau de Mère directrice.

— Au téléphone! répéta Gervaise, soudainement pétrifiée à la pensée de ce que cet appel lui apprendrait. Elle pensa à son père, à mademoiselle Anita et à Raymond qui, peut-être, était revenu.

La religieuse attendait Gervaise. La voyant venir, elle la regarda droit dans les yeux et lui dit:

— Ayez du courage, ma fille.

Elle sortit en fermant la porte derrière elle.

— Mademoiselle Lamoureux, ici votre curé...

— Mademoiselle Anita! trancha Gervaise.

— Non, mademoiselle Anita va assez bien.

Gervaise comprit: il s'agissait de son père. Il lui fallait faire un effort surhumain pour écouter le reste de l'entretien. Un accident ce matin, peu après l'aube: un arbre, une mort rapide, sans douleur; certains des mots prononcés faisaient image dans le cerveau de Gervaise, elle voyait, ressentait; d'autres lui parvenaient aigus, cuisants, amers: arrangements funéraires, regrets, sympathies, enveloppés de périphrases qui se voulaient réconfortantes, voire même conciliantes. Gervaise écoutait, enregistrait, les yeux secs, la tête haute, tous les nerfs de son être tendus. Après un long silence, elle laissa tomber:

— Je serai là-bas au plus tôt, Monsieur le curé.

Gervaise prononça ces mots d'un ton neutre. Elle ne pleurait pas, ne souffrait pas: la nouvelle l'avait gelée.

Lorsque la directrice revint, elle regarda Gervaise qui gardait toujours la main sur l'appareil.

— Il y a des souffrances que les mots ne sauraient apaiser, dit-elle simplement.

— Connaîtriez-vous, par hasard, l'horaire des trains?

— Dans quelle direction?

— Vers l'est.

— Allez vous préparer pour votre départ, ma fille, je vais faire le nécessaire pour qu'on vous reconduise à la gare.

— Merci.

Gervaise se rendit à sa chambre. Elle grelottait. Elle choisit ses vêtements les plus sombres, regretta de ne pas avoir de chapeau; la mantille noire qu'elle portait à la chapelle devrait lui suffire. Du fond de son tiroir, elle tira l'enveloppe dans laquelle elle plaçait l'argent qu'elle possédait. Voilà que la générosité de son père s'avérerait utile: elle lui permettrait de se rendre à ses funérailles!

Gervaise ne voulait pas penser. Sa peine ne se diluerait pas, elle serait toujours là, en elle, vivante, cuisante. Elle aurait tout le temps voulu pour s'y laisser aller. Il lui fallait être stoïque, s'occuper du présent.

Lorsqu'elle traversa le couloir séparant les deux parloirs et qui menait à la sortie, elle revoyait son père qui l'avait quittée à cet endroit, sans avoir pu lui faire d'adieux, le courage manquant.

La voiture du couvent la conduisit à la gare. Elle ne vit rien du paysage, renfermée qu'elle était avec son chagrin.

— Allez, Mademoiselle, vers l'avant, les wagons sont ici occupés. Pressez, pressez.

Gervaise monta le marchepied et se blottit sur la

première banquette libre qu'elle trouva. Elle prenait le train pour la première fois, mais elle ne garderait pas de souvenirs de cette randonnée à part le fait que tout était bruyant. La tête tournée vers la fenêtre, elle ne voyait pas la campagne qui se déroulait sous ses yeux. Jamais jusqu'ici elle n'avait pensé aussi ardemment à son frère Raymond; comme si son désir pouvait permettre le miracle de sa présence là-bas.

Dans sa mémoire, le village était immense. Toutes ces années plus tard, il lui paraissait petit; la route du rang n'était toujours pas pavée... Gervaise avait prié le taxi de faire un détour afin de revoir la maison paternelle. Ensuite, elle irait vers son père qui ne l'attendait plus...

— Vous m'indiquerez où arrêter, mam'zelle.

Des champs cultivés, des îlots de forêt, des maisonnettes grises ou blanches, un silence incroyable, non, rien n'avait changé. Mais ici, juste après la fourche du chemin, n'était-ce pas là que se trouvait notre maison?

— Ralentissez, je vous en prie.

Non, ce n'était pas leur maison; pourtant... Gervaise se pencha, regarda vers l'arrière. De grands bâtiments peints en rouge avec, au milieu, un énorme silo tout rond, rouge aussi, tout cela lui était inconnu. Se serait-elle trompée de rang?

— Vous savez qui habite ici?

— Les Tranchemontagne. Ils ont acheté la terre de Lamoureux, mort pas plus tard qu'hier dans un accident bête.

— Ici, sur cette terre?

— Oui, mam'zelle! Serait-il un de vos parents par hasard?

— Conduisez-moi chez ces gens.

— À vot' goût.

Gervaise descendit de la voiture, posa son bagage sur la galerie et appuya sur la sonnette de la porte.

Une jeune fille l'invita à entrer et appela sa mère. Madame Tranchemontagne s'avança, les bras tendus:

— Vous êtes mademoiselle Lamoureux, je présume. Entrez, venez vous asseoir.

— Parlez-moi de cet accident, je vous en prie.

— Rien de plus imprévisible; sans doute un câble qui a lâché. L'arbre n'est pas tombé où il se devait et votre père... se trouvait là.

— Il était seul?

— Mon mari fut témoin de tout.

— Il n'était pas seul, Dieu merci!

— Il... a prononcé le nom de Gervaise. Mon mari pourra vous raconter plus en détail. Moi, ces choses tristes, je ne trouve pas les mots pour les exprimer comme il se devrait.

— Et la maison, Madame?

— La maison, laquelle?

— Celle où j'ai grandi, celle qui se trouvait à l'emplacement de celle-ci?

— Ah! vous ne saviez pas?

— Qu'il a dû vendre sa terre, oui, mais la maison?

— Ce n'est pas récent, tout ça... La maison n'existait plus quand nous avons acheté. Je crois même que c'est la raison pour laquelle votre père s'est décidé à vendre la ferme.

— Mais, la maison?

— Un autre mauvais coup du destin, le tonnerre l'a brûlée. Par miracle, votre père était dans l'étable quand l'incendie a éclaté. Ce fut la pire tempête électrique qu'on ait connue dans la région.

Gervaise ferma les yeux. Son père ne lui avait rien dit, sans doute pour lui épargner des tourments inutiles. Ça expliquerait peut-être aussi qu'il ne soit pas venu la visiter plus souvent au couvent. Elle relirait ses lettres, tâcherait de lire entre les lignes. Il lui restait bien peu de son passé; elle devrait apprendre à vivre avec ses souvenirs.

— Tenez, buvez cette boisson chaude, ça vous remontera.

— Merci, madame. Je vous impose...

— Vous ne m'imposez rien, même que vous resterez ici, avec nous, tout le temps que le cœur vous en dira. Considérez cette maison comme la vôtre. Buvez votre café, je fais un brin de toilette et je vous reconduis au village.

Au moment de sortir, la dame remit une note à Gervaise:

— Voici mon numéro de téléphone. Appelez-moi quand vous serez prête à revenir; un de nous viendra vous chercher. Autre chose: votre père avait... grand Dieu, que c'est difficile à dire ces choses-là, j'aurais préféré que mon mari soit là...

— Dites-moi tout, je vous en prie, madame Tranchemontagne, tout ce qui touche papa; pour moi, c'est très important.

— Il avait fabriqué son cercueil; je n'avais jamais vu ni entendu chose pareille. Ça m'a énormément bouleversée. Votre père était un être exceptionnel, toujours prêt à aider, à rendre service.

— Était-il triste?

— Non, tout au moins, il ne le laissait pas voir. Votre père était juste, foncièrement honnête. Nous le regretterons longtemps.

Madame Tranchemontagne s'éloigna lentement. Gervaise s'avança vers le cercueil; la peine l'accablait.

— Papa, murmura-t-elle avec douceur, papa.

Elle posa sa main sur son front, le regarda intensément, puis passa ses doigts sur le bois blond et lisse de la bière. Ce bois qu'il avait poli après avoir abattu l'arbre, lequel avait puisé la sève à même le sol de sa terre, de son patelin. Un érable blond qui, peut-être, voisinait celui qui lui avait coûté la vie. Elle ferma les yeux, sortit son chapelet et, méditant sur les mystères douloureux, elle invoqua le ciel. Il était déjà là-haut, dans la maison du bon Dieu, elle en était certaine. Ses bébés et sa femme devaient se tenir tout près de lui. Cette pensée réconfortante allégeait son chagrin. Les heures passaient, elle ne bougeait pas.

Voyant l'heure tardive, madame Tranchemontagne revint au village et se rendit près de la jeune fille, attira son attention.

— Il faut partir. Venez, mademoiselle Lamoureux.

Gervaise se laissa conduire. La nuit enrobait le village. Son père sommeillait maintenant, goûtant un repos éternel bien mérité.

— Vous allez prendre une bonne collation et un bon bain chaud, vous devez être épuisée. Vous aurez une bien longue journée demain.

Gervaise grignota du bout des dents; elle n'avait pas le courage de parler: sa douleur était trop vive. Elle en vint presque à se réjouir du fait que cette maison lui soit étrangère; l'autre aurait évoqué trop de souvenirs pénibles.

Elle sombra dans un sommeil lourd pour ne se réveiller que le lendemain, tout à fait dépaysée. Le réveille-matin indiquait dix heures.

Léo Tranchemontagne était là, il l'attendait.

— Venez, lui dit-il en lui désignant le salon. Je voudrais vous causer.

Et il offrit à Gervaise de défrayer les funérailles.

— Après tout, il est décédé à mon service; c'est le moins que je puisse faire. Aussi, il y a le curé qui veut vous entretenir, je crois que c'est au sujet de votre mariage.

— Pardon, qu'avez-vous dit?

— Je crois que c'est au sujet de ce mariage... Votre père m'en a glissé un mot.

— Mon mariage? Mon père?...

— Oui, d'abord, il me racontait que vous seriez maîtresse d'école; puis un bon jour, il m'a parlé de votre mariage. Le curé, sans doute, saura mieux vous informer que moi.

L'homme semblait si embarrassé que Gervaise ressentit une profonde gêne. Les propos de l'aumônier et de sœur Herménégilde lui revinrent à l'esprit. Ainsi, son père avait été consulté. Et les religieuses, là-bas, le savaient. Mais elle, la principale intéressée, ignorait tout de ce projet.

– Vous m'avez tantôt offert de vous occuper des frais funéraires, je n'osais accepter, mais après ce que vous venez de me confier, j'accepte avec empressement et reconnaissance, ça m'évitera d'avoir à rencontrer le prêtre. Faites-le pour moi, je vous rembourserai. Mais il n'est pas question que je discute de ma vie privée et de mon avenir avec monsieur le curé. Comprenez-moi: je ne veux pas me montrer rebelle ou insoumise, c'est là un sujet très personnel.

– Et je vous donne raison: c'est raide, c'est raide!

– Merci de m'avoir prévenue. Soyez assuré que je ne soufflerai mot de notre entretien à âme qui vive.

– Ce sera notre secret, répondit l'homme en lui faisant un clin d'œil. Pour en revenir à votre père, il avait aménagé un coin pour son utilité personnelle dans un des bâtiments. Ses choses sont restées là, telles qu'il les a laissées. Ce sera douloureux pour vous... Si vous voulez un conseil, attendez après les funérailles pour aller fureter là. Pour le moment, notre maison vous est ouverte. Vous me semblez être de la même trempe que vot' père: franche, droite et déterminée. Allez déjeuner, moi j'ai à trimer. Bon courage, Mademoiselle.

***

À l'église se trouvaient la famille Tranchemontagne, des voisins, le maire, les marguilliers et quelques personnes dévotes. Chaque tintement de glas résonnait dans le cœur de Gervaise tel un coup de matraque. Comme elle avait mal! Le terrain au cimetière avait été remué: il attendait le corps d'Arthur Lamoureux qui reposerait près de celui de sa femme et de ses petits. Là dormaient aussi les aïeux.

Madame Tranchemontagne avait coupé des fleurs champêtres qu'elle plaça dans les bras de Gervaise. Celle-ci s'avança et les fit tomber une à une sur la tombe que l'on descendait à l'aide de câbles. Une brise très douce soufflait de la vallée; tout n'était que douceur au milieu du grand chagrin de Gervaise.

Elle s'éloigna, digne, le cœur brisé, mais la tête fière, les yeux secs.

Une autre page venait de se tourner dans le livre de sa vie.

À quelques reprises, elle sentit le regard du curé qui pesait sur elle; elle n'y prêta pas attention. Revenue à la chambre qu'elle occupait, elle se jeta sur son lit et pleura.

Lorsqu'elle descendit, un couvert était dressé sur la table. Dans l'assiette se trouvait une note: «Ouvrez le four, votre repas est prêt.»

Gervaise mangea, lava le peu de vaisselle salie et sortit. Ses yeux erraient; chaque coin lui rappelait un souvenir. «Piton, pensa-t-elle, qu'en est-il advenu?» Toutes ces années, toutes ces années! Chose étrange, elle ne se sentait pas déboussolée ni désespérée. La peine finissait de la mûrir.

Elle se dirigea vers les bâtiments, erra ici et là. Les tracteurs dont son père lui avait parlé ronronnaient dans les champs. Le bétail était imposant, abondant. Les clôtures couraient en tous sens; des libellules et des papillons voletaient, les oiseaux chantaient. La vie se riait de la peine de Gervaise.

Un rideau de dentelle blanche dans une fenêtre attira son attention. Ça ne pouvait être que le quartier qu'occupait son père. Elle s'y rendit.

La première chose qui la frappa fut une photographie où elle figurait, vêtue de sa robe et de son voile de communiante. Rognée, brisée sur les bords, la photo avait dû séjourner longtemps dans son portefeuille; ce qui expliquerait qu'elle ait échappé à l'incendie. Le mobilier était artisanal et le lit, une simple paillasse, tout ce qu'il y avait de plus rudimentaire.

Ses vêtements de travail étaient suspendus à des clous. Un peu de vaisselle s'entassait sur une tablette. La seule fantaisie était ce rideau; sans doute une délicatesse de madame Tranchemontagne.

Gervaise s'assit dans la berçante où son père avait sûrement dû ruminer bien souvent. D'où elle se trouvait, elle vit une caisse de bois placée sous la table. Elle la tira et l'ouvrit: un coffre de trésors. Toutes les lettres qu'elle lui avait écrites se trouvaient là, et dans un autre paquet, celles qu'il lui avait écrites mais jamais postées. Gervaise comprit qu'il s'était abstenu de lui faire parvenir les lettres qu'il avait écrites dans les moments d'épreuves, tels l'incendie de leur demeure et la vente forcée de la ménagerie, en somme tout ce qui aurait été de nature à l'attrister. Il avait ressenti le besoin de lui ouvrir son cœur en lui confiant ses peines, mais aussi avait-il su lui démontrer la délicatesse et la profondeur de son amour en lui évitant d'avoir à partager ses problèmes.

Çà et là des taches d'encre diluées, sans doute par les larmes, finirent de troubler Gervaise. Le dernier de ses messages n'était pas complété; la date récente laissait deviner que la vie ne lui avait pas laissé le temps de le faire. Elle lut et relut. Son père lui parlait de mariage, du bonheur à deux, d'une conversation qu'il avait eue avec le curé qui avait un prétendant en vue pour elle. «Si c'est ce que toi...»

«Si c'est ce que toi.» Ces quelques mots ne cessaient d'obséder Gervaise qui continuait de fouiller dans le coffret. Certains objets ne lui rappelaient rien, car elle en ignorait l'usage; sans doute étaient-ils utilisés sur la ferme. Les outils lui seraient inutiles, elle les donnerait au nouveau propriétaire. Mais elle prit le rideau, le plia avec affection, prit aussi le vieux chapeau de feutre sur le ruban duquel courait un cerne incrusté par la sueur du vaillant fermier.

Tout au fond du tiroir de la table, elle dénicha une enveloppe couverte de papier brun; une corde nouait le tout. Gervaise défit la boucle et les nœuds. Là se trouvaient l'acte de vente des biens, de vieux papiers de famille, et au grand étonnement de la jeune fille, une quittance pour une hypothèque que son père avait contractée sur sa terre alors qu'elle n'avait que sept ans. «À cause de moi... pour défrayer le coût de mes traitements», pensa Gervaise.

La fierté du terrien qui proclame hautement posséder un bien non hypothéqué lui avait donc aussi fait défaut; une autre épreuve qu'il avait vaillamment traversée.

Les grandes lignes de l'histoire de sa vie se résumaient à ces documents, certains jaunis par le temps; d'autres plus récents lui soulignaient ce que son père avait subi d'épreuves et les sacrifices qu'il avait dû s'imposer. Ses pensées profondes, ses états d'âme, ses souffrances, ses motivations, jamais plus l'occasion ne se présenterait de les connaître. Gervaise avait laissé passer les occasions de le questionner, ses secrets l'avaient suivi dans le tombeau. Comme elle le regrettait! La bonté de son père lui apparaissait plus évidente que jamais; il s'était oublié, n'avait vécu que pour les siens.

Une enveloppe non scellée se trouvait sous la liasse de papiers. Elle l'ouvrit: de nombreux billets de banque, dont le plus gros était de vingt dollars, étaient là, entassés avec un testament olographe. Elle lut: «Tout ce que je possède, même si c'est peu à cause des redevances, doit être remis à ma fille Gervaise Lamoureux.» Suivait l'adresse du couvent de Saint-André. La date, elle l'apprendrait plus tard, coïncidait avec celle de l'incendie qui avait détruit la maison.

Une autre peine lui était révélée: l'acte de décès de sa mère lui apprenait que celle-ci avait trouvé la mort dans un accident, à la suite d'une chute fatale. Son père seul en connaissait les détails; elle se réjouissait maintenant de ne pas l'avoir questionné lors des funérailles. Il était si accablé qu'elle n'avait pas osé remuer son chagrin. «Cher papa! Cette fois encore tu n'as rien dit, sûrement pour m'épargner de grandes souffrances. Tu as tout enduré seul, dans une abnégation totale! Papa, mon cher papa, comme je t'aime!» Les larmes inondaient son visage, elle referma le paquet, le déposa sur la table et, brisée par le chagrin, elle se laissa tomber sur le paillasson, où elle sombra dans le sommeil.

Les Tranchemontagne, inquiets de son absence prolongée, s'étaient amenés à la retraite d'Arthur. La vue de Gervaise endormie et l'accumulation sur le sol de tous ces objets disparates leur expliquaient la peine de la jeune fille. Ils s'éloignèrent, la laissant dormir.

— Elle récupérera vite, ne t'en fais pas: c'est une fille forte et volontaire, souligna l'époux à sa femme.

— Que feras-tu de ce local?

— Un homme à gages serait bien content d'être ainsi logé. En plus, il est prudent que quelqu'un dorme là, c'est le meilleur gardiennage auquel on puisse rêver.

— Elle t'a parlé à cœur ouvert?

— Qui, Gervaise?

— Oui, Gervaise.

— Non, rien de personnel. Elle ne semble pas très communicative et se morfond toujours en excuses et en remerciements.

— Le couvent, sans doute. Peut-être aussi l'insécurité. Elle doit être drôlement désemparée.

— Elle est bien instruite, à ce qu'il semble.

— À quoi ça sert si tu n'as pas l'occasion de te servir de ton savoir pour être heureux!

— Arthur doit avoir un peu d'argent: il ne dépensait rien, était logé, nourri; ses gages étaient *clairs*. Un jour, pourtant, il m'a dit qu'il était bien endetté à cause de la maladie de sa fille. Les docteurs lui avaient coûté une fortune, et il avait d'autres obligations. Tu vois, aujourd'hui, je regrette de ne pas l'avoir mieux écouté; il jasait parfois, comme ça, en travaillant. J'étais distrait. Mais en dehors de l'ouvrage, jamais il ne disait un mot. C'est dur pour un homme de vivre séparé de sa famille.

— Il n'avait que Gervaise?

— Il ne m'a jamais parlé d'autres enfants. Les années ont été dures pour les habitants; la terre ne fait que commencer à rapporter, mais ça ne fait pas bien longtemps! Et Lamoureux, lui, a tout perdu sans avoir joui des fruits de son labeur!

Gervaise revint vers le couvent avec une idée bien ancrée dans la tête: elle quitterait cet endroit au plus tôt. «En tant que mineure, je ne peux pas disposer du montant que papa m'a laissé, mais personne ne le sait; désobéir à la loi ne peut être un crime. Je n'ai pas besoin de tutelle. Dorénavant, je jugerai moi-même de ce qui me convient. On n'a pas le droit de disposer de mon avenir. On n'est plus au Moyen Âge pour marier les filles sans leur assentiment!»

«Si c'est ce que toi...» Son père n'avait pas exprimé toute sa pensée, mais ce qu'il avait écrit signifiait bien qu'il souhaitait qu'elle décide elle-même. Eût-il désapprouvé ou approuvé le projet, il aurait formulé sa pensée autrement.

Gervaise gravit le long escalier, tenant dans ses deux mains son héritage qui était tout ce qu'elle possédait. C'était très peu, mais sa fortune réelle, celle qu'on ne pouvait lui ravir, se logeait dans sa tête et dans son âme. Elle était dotée d'un bagage intellectuel extraordinaire. La souffrance avait ciselé son caractère, épuré sa conscience. Il lui faudrait maintenant faire fructifier ses talents.

Elle accepta avec simplicité et dignité les témoignages de sympathie des religieuses. On lui remit des offrandes de messes, des bouquets spirituels. Gervaise chercha sœur Clara du regard, mais celle-ci n'était pas là. Dès qu'elle se libéra, elle descendit à la cuisine.

Sœur Clara prit les mains de Gervaise, les serra et les porta contre sa joue en un geste affectueux.

— Chère mademoiselle Gervaise! Comme j'ai pensé à vous! Je veux vous remettre ceci; je l'ai brodé pour vous. C'est un *Agnus Dei*. Gardez-le toujours sur vous, il sera votre porte-bonheur, votre protecteur.

— C'est un chef-d'œuvre! S'il a autant de pouvoirs que de grâce, je serai bénie.

— Croyez-le de toute votre âme. Il y a peu de temps encore, je vous enviais d'avoir un père; je sais ce que vous devez ressentir. Remettez-vous-en à la grandeur divine.

— Dites-moi, sœur Clara, m'aimez-vous un peu? Au-delà de mon âme et des sentiments religieux, m'aimez-vous un peu, moi, Gervaise, la femme, l'être humain que je suis?

Gervaise avait des trémolos dans la voix. Elle avait un besoin fou d'amour désintéressé, exprimé. Sœur Clara recula de deux pas, ouvrit de grands yeux, puis tendit les bras. Gervaise alla se blottir contre la religieuse. Cette dernière caressait délicatement les cheveux de la jeune fille atterrée par la peine.

— Comme vous souffrez! lui jeta-t-elle dans un souffle. Comme vous souffrez!

Gervaise se dégagea de l'étreinte et murmura:

— Ici, dans cette grande maison, vous êtes ma seule amie véritable. Merci de tout cœur, je vous dis merci.

— Et si nous nous penchions sur nos casseroles?

Elles se sourirent et vaquèrent à leurs occupations respectives, en silence. Gervaise avait retrouvé une paix relative.

Ce soir-là, elle se rendit à la chapelle et repassa dans sa tête les événements des derniers jours. Sa plus grande consolation était de savoir que son père n'avait pas eu le temps de souffrir. «L'agonie, ce doit être terrible! Papa a sans doute vécu la sienne lors du sacrifice du bien paternel. C'est comme si le Ciel l'avait dépouillé de ce dernier lien, lequel lui rappelait ses parents, sa femme et ses enfants, qu'il gardait unis dans son cœur, dans ses souvenirs. Il exigea de lui l'abnégation la plus totale, le dénuement le plus complet!»

Toutes les pensées de Gervaise convergeaient vers ce papa qu'elle avait tendrement aimé. Elle comprenait à quel point il avait souffert seul; sans personne à qui se confier. «Il se faisait sans doute violence en me laissant ici alors que ma présence lui aurait été si douce. Comme l'être humain est vulnérable! Je croyais papa bien au-dessus des coups d'épingle quotidiens. Je le voyais protégé par une cuirasse, doté d'une force extraordinaire. Pourtant, ces lettres non terminées, ces ébauches de confidences, ces silences dans l'épreuve me font comprendre qu'il n'était pas, lui non plus, à l'abri du chagrin, qu'il se taisait sans doute autant par pudeur que par bonté.»

En bas, sur les dalles du transept, des bruits de pas se faisaient entendre. Les lumières s'éteignirent une à une. Seule, la lampe du sanctuaire continuait de brûler pour tenir compagnie au Christ dans le tabernacle. Gervaise frissonna.

***

Gervaise déjeunait au réfectoire des dames.

L'attitude contrite de celles-ci démontrait qu'elles compatissaient à son deuil. On mangeait en silence. Gervaise trouvait fort triste cette barrière érigée entre les gens, ne laissant pas place au dialogue, à la communication. «Des esprits matés par la haute direction!»

À sa grande surprise, sœur Pauline vint vers elle, se pencha et lui dit à l'oreille de retourner à sa chambre, son repas terminé: elle voulait s'entretenir avec elle. «Elle est d'un sérieux désarmant; est-ce à cause de la présence de tierces personnes ou de mon deuil récent?»

Gervaise se rendit au rendez-vous. Sœur Pauline l'attendait près de la porte. Sans préambule, elle lui dit:

— Si mes informations sont exactes, vous n'avez, hélas! pas eu le loisir de parler avec votre père, n'est-ce pas?

— Non, sœur Pauline.

— C'est regrettable.

Tout de suite Gervaise comprit l'allusion: on avait sans doute confié à sœur Pauline la tâche de l'informer de ce projet de mariage.

— Parlez-moi de votre relation père-enfant.

— Simple et normale.

— Était-il autoritaire ou papa gâteau? Vous me comprenez?

— Oui, je vous comprends très bien. Disons qu'il était juste, droit, équitable, travaillant, bon, très près de la nature, pas tellement communicatif, mais très réceptif et attentif.

— Vous étiez une petite fille quand vous êtes arrivée chez nous...

Gervaise saisit le sous-entendu; ce serait son tour de se montrer grivoise.

— Je suis toujours une petite fille. Si vous voulez parler de mon innocence, je suis vierge...

Sœur Pauline rougit. Gervaise pinça le bec. Trop, c'était trop. Elle ne jouerait pas à ce jeu, surtout pas avec sœur Pauline.

— Est-ce que mon franc parler choque votre oreille de clinicienne?

— Je vous en prie, Gervaise, cette mission m'est déjà très pénible.

— Parce qu'il y a mission? Alors évitons le verbiage et posez directement vos questions. Je vous aime bien, mais je déteste la sournoiserie.

— En somme, vous êtes de la même étoffe que votre père: franche et directe.

— Ne le saviez-vous pas? Après tant d'années! Ou bien faut-il que les choses soient compliquées et tortueuses pour mériter une certaine attention? Parfois, j'ai l'impression qu'on déteste la vérité toute nue; que pour plaire, il faille dire «peut-être» plutôt que «oui» ou «non» afin de laisser de la latitude à l'interlocuteur. Jouer à ce jeu me paraît dangereux, ça rend la conscience élastique.

— Dommage!

— Que?

— Que vous ne fassiez pas partie de notre congrégation: on a besoin de personnes de votre trempe.

Gervaise rougit; elle pensait que sœur Pauline faisait allusion à son infirmité.

— Je n'en suis pas digne, n'est-ce pas?

— Oh! si, ma chère. Hélas!...

— Continuez votre phrase: hélas! vous êtes infirme!

— Qu'est-ce qui vous prend? Vous n'avez pas le droit de me prêter des intentions que je n'ai pas ni d'interpréter mes paroles à votre guise. Je veux bien admettre que vous êtes honnête, mais cette vertu ne vous a pas été octroyée en exclusivité. Donnez aux autres le bénéfice du doute!

Gervaise avait bondi, horrifiée. Puis, l'exposé lui parut de plus en plus justifié, sœur Pauline semblait sincère! Gervaise se calma et répliqua doucement:

— Enfin, nous nous rejoignons. Sœur Pauline, ne

me parlez pas comme on parle à une enfant; la psychologie renversée n'est pas mon fort. «Les peut-être bien que», comme disait mademoiselle Labrèche, sortent toujours de la bouche de gens à qui il ne faut pas faire confiance.

— Bravo, Gervaise, bravo. Vous êtes forte.

— À votre tour de l'être: pourquoi ne pourrais-je pas joindre les rangs de la congrégation?

— Parce que vous êtes une passionnée, une femme du monde. Vous avez besoin d'un homme, à la mesure de votre père, que vous saurez rendre fou de bonheur. Voilà!

Sœur Pauline sortit sa montre de dessous sa collerette, y jeta un coup d'œil et se leva.

— La clinicienne vous dit bonjour, Gervaise.

Et elle sortit. Gervaise resta là, éberluée. «Je souhaitais croiser le fer avec sœur Pauline; j'y ai goûté! Elle est sortie victorieuse de ce duel! Elle n'a pas prononcé le mot mariage, pas une seule fois. Papa a dû mal interpréter les paroles du prêtre. (Et Gervaise se surprit à rire.) Le fameux vœu de chasteté qui inquiète sœur Pauline et met sa sanctification en veilleuse... Je serais atteinte du même syndrome? Oh! Oh! Et cette histoire de sens en effervescence, de sainteté dans le mariage, du bon Dieu qui a aussi besoin de mamans, zut! C'est à croire que la passion se lit sur mon visage... au point que tout un chacun s'inquiète! On en discute, peut-être?»

***

Deux semaines s'étaient écoulées. La vie avait repris son cours normal. La routine de tous les jours permettait à Gervaise de mettre de l'ordre dans ses pensées. Peu à peu, son grand chagrin s'estompait, laissant place à la réflexion.

Elle regrettait l'échauffourée survenue entre elle et

sœur Pauline: la gaieté de celle-ci lui manquait. Les heures passées auprès de sœur Clara s'avéraient les plus douces.

La vie étant ce qu'elle est, l'accalmie ne pouvait durer: Gervaise fut convoquée chez la Mère supérieure. Instinctivement, elle se sentit sur la défensive. Elle s'efforçait de calmer ses appréhensions. Elle prit la résolution de rester calme coûte que coûte, mais la méfiance grondait en elle. «Je vais lui faire part de mes intentions de partir.»

D'une nature hautaine, la Révérende Mère fit à Gervaise un accueil plutôt froid. «Elle ne m'aime pas et je le lui rends bien», pensa la jeune fille qui sentait fondre ses bonnes résolutions.

— Vous êtes fille de paysan, n'est-ce pas, Gervaise?

— Oui, ma Mère.

— Vous aimez le travail de la ferme?

— Je n'y connais absolument rien. La première fois que j'ai quitté le foyer, j'avais à peine six ans, puis de façon définitive, neuf ans.

— Vous m'en voyez navrée. Dieu devait...

— Permettez-moi de vous interrompre, ma Mère, mais si vous le voulez bien, laissons Dieu hors de tout ça. Je ne Le crains pas.

— Comme vous êtes orgueilleuse! Pourtant, l'humilité...

— Je fais un acte d'humilité à chacun de mes pas...

— Par le geste, mais votre âme ne participe pas.

— Qu'en savez-vous? Vous n'êtes pas infirme. Je présume que vous n'avez jamais été montrée du doigt. Vous cherchez à connaître mes antécédents, ce qu'a été ma vie? Je résume: à cause d'une personne autoritaire comme vous, intolérante et exigeante, que j'appelais aussi mère, je suis devenue celle que vous dédaignez aujourd'hui. À cause de cette même inconscience, mon père a dû hypothéquer sa terre, perdre son fils et vous confier sa fille. Et voilà pour l'acte d'humilité!

La religieuse, embarrassée, se taisait. Elle regardait le sol, comprenant sûrement l'âpre souffrance de cette fille qui venait de mettre son âme à nu. D'une voix qu'elle voulait probablement affable, la religieuse ajouta:

— Entre vous et moi se dresse toujours cet éternel conflit de personnalités. C'est regrettable. Mon intention n'était pas de vous pousser aux confidences, loin de là.

— Je vous en prie, Mère. Je ne suis pas faite pour ces disputes intellectuelles, ces débats oratoires, ces exposés philosophiques: je m'y perds, je m'embourbe et souvent, je dépasse ma pensée.

— Votre simplicité vous honore.

«Ah! non, pensa Gervaise, elle ne va pas continuer à extrapoler! Si elle croit que je vais la remercier pour ce compliment, elle peut toujours attendre!»

La religieuse tapotait avec le coupe-papier; ses mouvements saccadés agaçaient Gervaise.

— Dieu, oh! pardon, je suis incorrigible.

Gervaise ne put s'empêcher de sourire.

— Est-ce si difficile, Mère? Qu'avez-vous de si pénible à me dire pour qu'il vous faille l'aide de Dieu?

— La semaine qui a précédé le décès de votre père, j'ai eu la visite d'une personne qui s'intéressait à vous d'une façon bien particulière... Il s'agit d'un saint homme, un religieux qui fait de l'apostolat social. Vous lui aviez été fortement recommandée par le curé Labrie de Saint-Florant, de même que le curé de votre paroisse natale. Et il a été question...

— De mon mariage, interrompit brusquement Gervaise.

La religieuse se mordit la lèvre inférieure. Gervaise l'observait et attendait. S'ensuivit un long exposé où il était question d'abnégation, d'amour des enfants, du péché d'orgueil, de la femme pure et pieuse. Une phrase lentement et fermement articulée résonnait aux oreilles de

Gervaise: «Souvenez-vous toujours de l'honneur que Télesphore Langevin vous fait de vous accepter comme épouse, malgré votre infirmité.» Une tare, un handicap d'ordre physique troqué contre une vertu aussi physique: la chasteté. L'hymen contre le pied bot! Les mots chasteté et hymen ne furent pas prononcés; il était plus seyant de tout résumer par celui de «pureté», plus facile à énoncer.

Le message transmis, la religieuse revint à la charge; on ne la trahissait pas sans qu'elle sévisse:

— Dites-moi, Gervaise, qui a commis l'indiscrétion? Qui a osé vous informer? C'est sœur Pauline, n'est-ce pas?

— Ah! non, pas de jugement téméraire! Vous commandez trop bien votre troupeau pour qu'une de vos brebis se permette de vous trahir! Je ne sais pas si c'est par amour, par crainte ou par respect, mais vos ouailles vous obéissent au doigt et à l'œil. Eh bien moi, je n'en suis pas une, et vous ne disposerez pas de ma vie comme vous l'entendez! Ce à quoi j'ajouterai simplement: j'en ai assez!

La Révérende se leva, se rassit, se leva encore et, complètement désemparée, se laissa lourdement tomber sur son fauteuil.

Ce fut au tour de Gervaise de se lever.

— Reprenez votre place et taisez-vous deux minutes.

— Bon, deux minutes, pas une de plus.

La bonne sœur ouvrit un tiroir, sortit deux enveloppes. D'un dossier, elle sortit une lettre qu'elle plia et glissa dans une des enveloppes.

— Voilà, cette lettre vous est adressée. Celle-ci est la copie de mon évaluation à votre sujet que j'ai fait parvenir à l'abbé Couillard. Vous la lirez dans le calme de votre chambre; vous jugerez par vous-même de la qualité de mes sentiments à votre égard. Je ne vous retiens plus, Mademoiselle.

Gervaise remercia et s'éloigna. Elle tremblait des

pieds à la tête. Elle n'était pas fière de sa conduite, mais elle était si exaspérée qu'elle n'avait pu se contenir.

Elle se rendit à sa chambre, lança les lettres sur sa table, se jeta sur son lit et pleura à chaudes larmes. «Papa, papa, ne m'abandonne pas; aide-moi, protège-moi, papa!»

***

— Mademoiselle Gervaise, on vous demande au parloir.

— Moi? Au parloir?

Gervaise restait là, incrédule, tenant toujours à la main une pile d'assiettes. Sœur Clara l'en libéra, sourit et dit: «Filez!» Gervaise essuya ses mains sur le rude tablier qu'elle enleva. «S'il s'agit de ce cher cousin Raoul, il va voir le diable!»

Les portes des deux parloirs était fermées; à laquelle frapper? Avait-on perçu sa silhouette à travers le givré de la vitre? Mère supérieure ouvrit de l'intérieur. Elle introduisit Gervaise à un jeune prêtre, salua ce dernier et quitta les lieux.

— Je suis heureux de vous connaître enfin, mademoiselle Lamoureux. On m'a tellement chanté vos louanges que j'étais impatient de vous connaître.

«Trêve de compliments, songea Gervaise, ça continue!»

— Tirons une chose au clair. Dites-moi, pourquoi redoutez-vous le mariage?

— Je ne redoute pas le mariage, pas du tout!

— Non? Alors, qu'est-ce qui vous effraie tant?

— Rien, mais je suis lasse de ces manœuvres secrètes qui se trament dans mon dos. On veut disposer de moi comme d'une marchandise à l'étalage. Et encore, la comparaison est faible. Depuis que cette histoire de mariage a commencé, ma vie est devenue un enfer. Si, par contre, j'avais obtempéré, on m'aurait sans doute reproché mon manque de réserve.

Gervaise, surprise d'avoir ainsi laissé parler son cœur, ne put s'empêcher de sourire.

Le prêtre avait posé son coude sur le dossier de la chaise et son visage reposait sur son poing fermé. Il hocha la tête et, l'œil moqueur, répliqua:

— Pas facile, hein, de plaire aux bonnes sœurs?

Gervaise se prit la tête à deux mains:

— Impossible, Monsieur l'abbé, impossible!

La grande simplicité du prêtre, son franc parler, la confiance qu'il inspirait et sa façon de mener la conversation faisaient fondre les appréhensions de Gervaise.

— Je n'ai jamais joué le rôle d'entremetteur dans les affaires du cœur, badina-t-il. Vous seriez ma première victime par procuration, il faudrait faire un souhait...

Gervaise eut un pâle sourire.

— Vous avez toute latitude; il n'en tient qu'à vous. Votre décision sera la bonne et sera par tous respectée.

— Voilà qui est bizarre... vous utilisez les mêmes mots que mon père dans sa dernière lettre.

— Simple coïncidence, de bon augure, j'espère. Je ne veux pas me faire l'avocat du diable, mais vous savez, Gervaise, le monde en dehors de ces murs est vaste, cruel et exigeant. Cet homme est bon, sa cause est juste; il vous apporterait des enfants à aimer. En ce qui a trait à l'amour, c'est un sentiment qui s'inspire, se mérite et se cultive. Je crois sincèrement que vous sauriez trouver le bonheur. Beaucoup de ces mariages, que l'on appelle maladroitement organisés, réussissent souvent mieux que d'autres, justement parce qu'ils sont assis sur des bases solides. Réfléchissez, ne hâtez rien; consultez votre cœur.

Il fit une pause et demanda:

— Aimeriez-vous que j'organise une rencontre avec

ce monsieur? Le mariage est un gros contrat: plein de joie, mais aussi d'embûches; on ne peut jamais tout prévoir.

– Une question me vient à l'esprit...

– Demandez.

– Boit-il? Je veux dire...

– Non. Je peux vous assurer que c'est un homme sobre.

– Pour le reste, il me faudra découvrir jour après jour ce que j'attends d'un homme. Le souvenir de mon père est mon seul point de référence. Ah! si cet homme ressemblait à mon père, ce serait le paradis sur terre!

L'entretien dura près de deux heures. Lorsque l'abbé Couillard quitta Gervaise, celle-ci avait l'impression de connaître Télesphore, cet homme simple qui désirait une épouse pour remplacer celle que la mort lui avait ravie.

Au moment de la séparation, Gervaise, dans un élan spontané, se blottit dans les bras du prêtre qui la retint un instant près de son cœur. «Cette jeune fille sera heureuse et saura donner du bonheur. Langevin a de la chance!»

***

Gervaise ne ressentait plus cette contrainte qui, depuis tant de mois, la brimait au point d'étouffer sa personnalité et l'incitait à se tenir continuellement sur la défensive, ce qui était contraire à sa nature profonde.

Ce n'est qu'après le départ de l'abbé que Gervaise ouvrit les enveloppes qu'elle avait dédaigneusement mises de côté sans les décacheter.

Sur le coin de l'une d'elles figurait l'adresse des Tranchemontagne. Elle avait longuement écrit dès son retour des funérailles de son père pour remercier cette famille qui l'avait si gentiment accueillie. Cette réponse la remua: on poussait l'amabilité jusqu'à l'inviter «à revenir chez nous où vous serez toujours la bienvenue». À la lettre, on avait joint un chèque de trente-six dollars couvrant les redevances dues à son père. «Que fait-on d'un chèque? se demanda-t-elle. L'abbé Couillard a bien raison: je ne connais rien du monde et des obligations auxquelles il faut devoir faire face.»

Elle lut ensuite la copie de la lettre que la Mère supérieure avait écrite et qui la concernait. Sous une croix tracée en tête du texte, la religieuse avait écrit d'une main ferme ce qu'elle avait qualifié d'«étude de caractère». Gervaise ne cessait de s'étonner: était-ce possible qu'on puisse ainsi se méprendre sur une personne? «Elle ressentait la nécessité de me mater, et moi, de me défendre. Voilà ce qui expliquerait le conflit de personnalités auquel elle avait fait allusion. Nous ne serons jamais sur la même longueur d'ondes, elle et moi. Il me faudra l'éviter. Me croyait-elle vraiment capable de méchanceté délibérée alors que je n'avais que quinze ans? Une femme de sa qualité et de son expérience devrait mieux comprendre la nature des gens: chaque âme diffère!» Et Gervaise reprit sa lecture en s'efforçant d'être objective.

«Cette fille est en tous points louable. Elle s'est façonné un caractère à même la souffrance acceptée, ce qui a fait d'elle une femme forte. Elle sait où elle s'en va; elle a du tempérament, elle est déterminée...

«Longtemps, j'ai cru qu'elle était entêtée et révolutionnaire; aussi voulais-je la casser, la redresser. Mais il me faut admettre que c'était la méconnaître. Les êtres longtemps exposés à la douleur morale et physique deviennent acariâtres s'ils se rebutent devant leur problème; mais dès qu'ils assimilent, comprennent et surmontent l'épreuve, ils sont épurés, s'épanouissent et, souvent, deviennent doués. Elle est une de ceux-là; si jeune et déjà si mûre, c'est remarquable. Je me suis trompée sur son compte; je ne pouvais pas croire en sa nature ouverte. Elle n'a jamais gémi, jamais pleuré sur son sort...

«Lorsqu'elle est revenue des funérailles de son père, je croyais qu'elle serait brisée par la douleur et qu'elle laisserait éclater au grand jour son marasme intérieur. Mais non, elle s'est montrée stoïque.

«Son père dénotait les mêmes traits de caractère. Cette fille est à imiter. J'espère que son séjour ici, que la fréquentation des sacrements et les invitations réitérées à la prière ont aidé à son épanouissement. Puisse-t-elle toujours demeurer un membre actif et loyal au sein de la famille laïque de notre sainte mère l'Église catholique romaine. Dieu seul peut avoir permis un tel cheminement à un si jeune âge. *Deo Gratias*.»

Cette deuxième lecture ne rassurait pas pleinement Gervaise; quelque chose sonnait faux. Elle ne s'expliquait pas la méfiance de la religieuse. Quel crime avait été commis pour engendrer tant de soupçons, nécessiter de tels redressements échelonnés sur des années? La Supérieure n'avait-elle pas abusé du pouvoir que lui conférait l'autorité?

«Avoir été hypocrite, j'aurais sans doute réussi à gagner sa confiance. Elle déteste ma franchise, parce que trop brutale. J'ai mes torts: je me dois d'être plus conciliante et d'apprendre à me taire. Je dois cesser de toujours vouloir avoir raison. Peut-être serais-je plus heureuse si j'étais moins à cheval sur les principes! Ce qui ne signifie pas pour autant que je doive sacrifier mes convictions profondes!

«Comme tout est compliqué! Et ce, depuis le jour où je suis arrivée ici: «Mais elle boite; tu ne m'avais pas dit qu'elle boitait», s'était-elle exclamée.»

Ce souvenir amer la troublait encore, comme au premier jour.

Plus Gervaise réfléchissait, plus elle s'inquiétait à

l'idée que son prétendant en sache beaucoup plus à son sujet, qu'elle sur le sien. Elle arrêta une décision ferme: ce mariage n'aurait pas lieu avant que lui ait été fournie l'occasion de rencontrer cet homme, sans influences extérieures. Elle ne s'engagerait pas pour la vie à l'aveuglette, sans avoir l'assurance qu'elle avait des chances d'être heureuse à ses côtés. «Je veux bien aimer ses enfants, jouer le rôle de mère, mais j'ai aussi droit à ma part de bonheur.»

Elle se glissa entre ses draps, se roula en boule et sombra dans le sommeil. Cette longue journée l'avait épuisée.

***

C'était jour de reprisage, Gervaise s'en réjouissait: l'atelier était, après la chapelle et sa chambre, l'endroit de la maison où elle préférait se trouver. La présence de sœur Clara, le calme ambiant, la vue magnifique sur le fleuve, tout coïncidait avec le besoin de tranquillité qu'elle ressentait.

— Bonjour, sœur Clara.

— Bonjour, mademoiselle Gervaise.

— Quelque chose ne va pas? Vous semblez troublée.

— C'est de vous que je m'inquiète, mais Dieu soit loué, je vous retrouve enfin! Vous me semblez plus détendue aujourd'hui.

— Je prends conscience que j'ai un tempérament de feu; il va me falloir apprendre à contrôler mes émotions. Ça vous fait sourire?

— C'est ainsi que l'on gravit les échelons qui mènent à la sainteté... Êtes-vous sûre que ce sont là vos grandes préoccupations?

— Vous, vous savez quelque chose.

— Chut!

La religieuse se dirigea vers la porte qu'elle ferma et

plaça sa chaise de façon à pouvoir apercevoir toute venue inopportune.

— Vous tournez le dos à la lumière. Et vos yeux?

— Je les garde rivés sur la porte.

— Je ne vous savais pas aussi rusée, sœur Clara, quelle déception!

— Ne changez pas de propos. Oui, je sais quelque chose. Toute la communauté n'a d'yeux que pour vous, vous êtes le sujet de toutes les conversations.

— Que me racontez-vous là?

— Vous n'avez pas remarqué? Surtout au réfectoire des dames, on vous regarde avec envie; oui, oui, vous faites des envieuses! Mademoiselle Gervaise est cause de distraction dans les prières...

— Vous vous payez ma tête!

Sœur Clara, rose d'émotion, cachait son sourire moqueur derrière sa main, ses yeux pétillaient de malice. Elle se pencha vers Gervaise et demanda:

— Avez-vous pris une décision?

— Concernant?

— Coquine! Dissimulatrice! Ce mariage, voyons!

— Non, pas encore.

— Voilà qui est synonyme de oui.

— Vous ne pourriez pas comprendre, c'est trop compliqué: je ne connais pas cet homme, ni lui ni aucun autre; je suis...

— Permettez... Une dame fit un jour cette réponse à Dieu, Il fit d'elle la mère de son fils Jésus.

— Sœur Clara!

— Revenons-en à ce qui vous préoccupe. Si vous le connaissiez, accepteriez-vous? Le mariage est aussi une vocation, vous savez.

— Qui peut sans doute être une grande source de bonheur et de satisfaction.

— Les enfants? Mettre au monde des enfants, ça ne vous effraie pas?

— Je vous avoue ne jamais avoir pensé à ça.

— Je vois. Alors, mariez-le. Épousez Télesphore Langevin.

— Ça alors! Ça alors! Vous savez jusqu'à son nom. Moi, je l'ai appris il y a quelques heures à peine, et vous, sœur Clara, vous le saviez! Ça alors!

— Écoutez-moi pendant que nous sommes seules. Je connais ce monsieur, même très bien... Je suis heureuse à la pensée que je connais la maison où vous habiterez si vous vous engagez dans cette voie.

— Sœur Clara! Très chère sœur Clara!

— Ma fille, Dieu Lui-même eût-Il guidé votre main, Il n'aurait pu vous diriger vers un meilleur parti.

Gervaise se leva brusquement, marcha vers la fenêtre. Les yeux rivés à la mer, elle laissait les larmes inonder son visage. Une phrase de son père lui revint à la mémoire: «Le bon Dieu a le don de se faire pardonner les épreuves qu'il nous envoie.»

Lorsqu'elle se retourna, sœur Clara n'était plus là. Sur la porte, elle avait placé un placard disant «fermé». Gervaise soupira: «Et dire que dans cette maison, je croyais qu'il n'y avait que Dieu de beau et de bon!»

***

Deux semaines s'étaient écoulées sans que Gervaise n'écrive à mademoiselle Anita. Elle ressentait ce soir le besoin de s'épancher: ce que lui avait révélé sœur Clara éveillait en elle une foule de sentiments contradictoires. La plume à la main, elle cherchait les mots pour exprimer ce qu'elle ressentait, mais en vain. Tout était confus, tout ce qu'elle écrirait dans cet état d'esprit ne ferait qu'inquiéter sa bienfaitrice, «à moins qu'elle n'ait déjà été informée par monsieur le curé Labrie».

Gervaise se sentait lésée dans son intimité. Il lui fallait tirer cette situation au clair, et au plus vite! Elle voulait éviter de se soumettre à des désirs vaguement exprimés ou à des ordres savamment camouflés. «J'ai atteint l'âge adulte, je dois faire preuve de maturité; nul autre que moi ne peut répondre de mes besoins affectifs. La frustration ne fait qu'affaiblir ma capacité de réfléchir. Ma réaction a été vive devant les confidences de sœur Clara: un instant, j'ai entrevu la possibilité d'un grand bonheur, celle d'aimer et d'être aimée. Et c'est ce besoin d'affection qui me trouble. Depuis ma plus tendre enfance, j'ai tour à tour trouvé et perdu cet amour dont j'ai toujours soif. Dieu m'a souvent servi de refuge: auprès de lui, je cherchais compensation et consolation. Cette communion intime et spirituelle ne pourrait-elle pas se vivre sur le plan humain, auprès d'un être à aimer? L'amour existe, je le sais; je l'ai souvent senti à travers certains contacts: papa, Raymond, madame Anita, sœur Pauline qui me fuit maintenant, sœur Herménégilde et sœur Clara, chère sœur Clara. Oui, je veux connaître cet homme!»

Elle avait inconsciemment prononcé les derniers mots à haute voix, ce qui la laissa pensive. Sous le coup de l'émotion, elle avait froid. Elle prit un tricot pour s'en couvrir les épaules. Et, d'un trait de plume, elle annonça à madame Anita la possibilité d'un mariage prochain avec un être encore inconnu, mais qui lui offrait une union prometteuse.

Lorsqu'elle relut sa lettre, elle se sentit tout à fait rassurée. Elle adressa l'enveloppe, la laissa traîner sur sa table. Ses priorités avaient changé d'orientation: elle planifierait maintenant sa vie future. En tête de sa liste, était inscrit le nom de Télesphore Langevin.

***

Gervaise empilait la vaisselle, préparait les plateaux; elle attendait le moment propice pour s'entretenir avec sœur Clara. La voyant seule, occupée à remplir les plats destinés aux différents réfectoires, elle s'approcha et lui demanda à brûle-pourpoint:

— Sœur Clara, comment se fait-il que vous sachiez le nom de mon prétendant?

Sœur Clara sourit. D'un ton amusé, elle lui dit:

— Votre prétendant est venu ici, sans doute pour se renseigner à votre sujet. Il s'est d'abord présenté au noviciat, puis une postulante l'a reconduit ici, car il désirait voir notre Mère supérieure. Je l'ai vu, je l'ai reconnu... j'ai conclu!

Gervaise serra les dents: Mère supérieure le connaissait, elle lui avait parlé; elle n'avait sûrement pas manqué de l'informer de son infirmité! Cet aveu de la visite de Télesphore venait de faire fondre le peu de crédibilité à l'égard de la religieuse qu'avait tout récemment suscité la lecture de la lettre de celle-ci. «Sa nature soupçonneuse et sa méfiance insupportable ont donné à cette situation une tournure dramatique qu'elle aurait pu m'éviter!»

Sœur Clara observait Gervaise à la dérobée. Le visage de la jeune fille la chagrinait. Elle s'approcha et lui dit tendrement:

— Je vous ai dévoilé un secret qui ne m'appartenait pas, mais ma conscience m'a dicté ma conduite. Vous savez, Gervaise, tout être humain agit au meilleur de ses connaissances.

Gervaise comprenait que son amie prenait la défense de la Supérieure. Elle savait qu'il s'agissait là d'un écart grave au vœu d'obéissance qui liait la religieuse. Aussi, elle s'efforça de la réconforter:

— Heureusement, sœur Clara, Dieu a permis que certains esprits soient plus souples et plus éclairés que d'autres, ce qui, parfois, permet l'éclosion de Sa gloire et l'accomplissement de Sa volonté.

***

Gervaise se présenta au bureau de la Supérieure qui l'accueillit avec circonspection.

— Veuillez vous asseoir, mon enfant.

— Je serai brève, Mère. Je veux d'abord vous remercier, et vous informer que j'accepte de considérer la proposition de monsieur Langevin.

— Vous avez mûrement réfléchi avant de prendre cette décision, ce qui vous honore. Dites-moi, vous me paraissez préoccupée depuis quelque temps. Cette lettre que vous avez reçue des Tranchemontagne, contenait-elle de mauvaises nouvelles?

— Non, répondit Gervaise, surprise par cette question, bien au contraire! Ils me réitèrent leur chaleureuse invitation à aller habiter avec eux, et m'ont fait parvenir un chèque, une somme due à mon père.

— À propos de redevances, lors de sa dernière visite chez nous, votre père m'avait prié d'alléger votre tâche avec la promesse qu'en retour il acquitterait la différence du prix de votre pension. Hélas! ce tragique accident n'a pas...

— Si je comprends bien, je suis en dette envers vous?

— Envers notre communauté, dois-je préciser.

— À combien s'élève le coût de votre obligeance?

La religieuse ouvrit un tiroir, fouilla un peu et sortit une feuille qu'elle consulta.

— Deux cent dix dollars. Ça paraît énorme, mais le montant s'étale sur...

— Je vais m'acquitter de cette dette dès ce soir, ma Mère.

Gervaise se dirigea vers sa chambre et revint avec le montant exact.

— S'il vous plaît, je voudrais un reçu.

La religieuse sortit un tampon, en estampilla la facture et la remit à Gervaise.

— Merci, je verserai les honoraires d'une messe pour le repos de l'âme de votre père.

Gervaise s'éloigna, la mort dans l'âme. «Elle m'horripile. J'ai une hâte féroce de me libérer de sa domination et de ses stratégies nébuleuses! La chipie!»

Chapitre 11

Une semaine s'écoula. Gervaise revenait à sa chambre. Près de sa porte, on avait déposé ses deux malles qui avaient été entreposées au *rangement* à son arrivée.

Elle comprit: on préparait son départ, comme ça, sans avertissement. Monsieur Langevin avait sûrement été avisé de sa décision.

«C'est aberrant! Je croyais qu'on me permettrait d'aller là-bas, puis de revenir chercher mes choses; c'eût été plus décent! Peut-être est-ce mieux ainsi... Je laisserai mes bagages en consigne; il sera toujours temps de les récupérer. Et si les choses n'étaient pas conformes à mes aspirations, je n'aurais pas à revenir ici. Je trouverai un travail quelconque et gagnerai ma vie, comme le commun des mortels. Tout ce que je sais de cet homme est constitué d'on-dit. Ça ne me satisfait pas, loin de là!»

Elle retrouvait ses effets, dont plusieurs qu'elle avait oubliés après tout ce temps! Comme elle avait grandi! La vue de sa robe de communiante, toute blanche, et le voile immaculé lui remémorèrent de beaux souvenirs. Elle replia le tout et l'empila avec soin. Une fois de plus, peut-être la dernière, sa vie prendrait un autre tournant. Elle se surprit à rêver, assise sur le sol, sa pensée au loin, très loin: à la main, elle tenait son syllabaire...

Elle prit une liseuse de cuir maroquin que mademoiselle Anita lui avait donnée: elle en ferait cadeau à sœur Herménégilde pour la remercier des bonnes heures de lecture qu'elle avait connues grâce à sa gentillesse. À sœur Clara, elle offrirait une statuette de la Vierge reçue en cadeau le jour de sa confirmation. Les objets avaient pour elle une grande valeur sentimentale; en faire le don lui demandait beaucoup de générosité.

Elle caressait la médaille qui avait souligné ses succès de fin d'études. Comme elle regrettait aujourd'hui de ne pas l'avoir offerte à son père lors de sa dernière visite! Perdue dans ses pensées, elle n'entendait pas qu'on frappait à la porte.

Elle sursauta à l'écho de la voix qui la priait de se rendre au bureau de la Mère supérieure qui la réclamait.

Le long corridor, très sombre à cette heure où le jour flirte avec le soir, était désert. Gervaise avait des sentiments confus: les regrets à la pensée de son départ se mêlaient à l'espoir d'une vie plus valorisante. Chaque porte, chaque ombrage, même ce sol qu'elle avait si souvent fait briller, éveillait en son âme des émotions troublantes. Après tant d'années elle quitterait cette demeure où elle avait goûté joies et peines. Elle ralentit sa marche. Bouleversée, elle atteignit enfin le bureau de la Supérieure.

— Vous semblez triste, Gervaise.

— Je le suis, à l'idée de vous quitter, ma Mère.

— C'est gentil ce que vous me dites là.

La voix de la femme s'était faite très douce, ce qui émut Gervaise. La religieuse fit une pause et reprit le ton autoritaire habituel; l'attendrissement serait-il une faiblesse qu'il fallait à tout prix surmonter?

— Gervaise...

— Je vous écoute, Mère.

— D'abord, une mise en garde. Avez-vous réfléchi à la façon dont se passerait votre rencontre avec ce monsieur? J'ai pensé qu'il serait sage de faire intervenir le curé de sa paroisse.

Gervaise leva la main en signe de protestation.

— Surtout pas. Pas d'intervenant, je vous en prie. Je tiens à rencontrer cet homme hors de toute présence.

— Seule à seul, avec lui! Vous n'y pensez pas?
— Que si.
— Mais, ma chère, c'est impensable!
— Comment voulez-vous que j'apprenne à le connaître si je ne peux pas m'entretenir librement avec lui?
— C'est incroyable! Ce ne serait pas de mise, seule avec lui! Vous ne devez pas vous exposer seule avec lui avant la cérémonie du mariage! Vous n'y pensez pas!
— Alors, il serait trop tard pour le juger, ne croyez-vous pas?
— Mais, Gervaise... et votre vertu?
— Ma vertu? Je ne comprends pas.
— Gervaise, cet homme est prêt à oublier votre infirmité parce que vous êtes pure, vous devez protéger cette vertu.
— Et... alors?
— Mais, Gervaise, c'est un homme! C'est...

Elle plaça les mains en forme de cornet autour de sa bouche, tendit le cou vers la jeune fille, plongea son regard dans le sien et, d'une voix hésitante, embarrassée par le scrupule, ajouta:

— C'est un homme, un veuf... qui vit sans femme... depuis des mois! Vous me comprenez? Ma pauvre petite! Allez-vous innocemment et délibérément vous mettre dans l'occasion du péché, du péché grave? C'est un homme, Gervaise!

Gervaise écoutait, ahurie par le ton solennel de la religieuse dont la frayeur se lisait sur le visage. Elle semblait sincère mais Gervaise ne parvenait pas à admettre ce genre de raisonnement. De tels discours auraient dû éveiller en elle la crainte ou le doute, mais elle n'en percevait aucun écho. Les objections affluaient; ce danger, elle ne le connaissait pas, ne le redoutait pas. Devrait-elle s'en inquiéter? La religieuse insistait:

— Vous aurez été prévenue!

Le ton prophétique troubla Gervaise. À son tour

elle était tendue; elle réfléchissait intensément, essayait de découvrir le sens caché de cette assertion troublante, mais sa tête refusait de considérer ces propos qui lui semblaient exagérés.

— Un homme n'est pas un monstre! s'exclama-t-elle enfin.

— Un homme peut... être un monstre!

Gervaise plissa les yeux, réfléchit encore et secoua la tête en signe de dénégation. Non. Elle ne pouvait admettre ces troublants discours. Son intelligence refusait ce genre de jugement à l'emporte-pièce, qui condamne sans discernement, généralise, n'établit pas de distinction. «Un monstre avant le mariage le sera après également! Qui redouter? Télesphore Langevin, l'homme, le veuf?»

La religieuse observait Gervaise. Elle constatait avec satisfaction que la mise en garde portait fruit, qu'enfin elle semblait assimiler le message; elle se réjouissait. Hélas! La conclusion de Gervaise n'était pas celle espérée. La jeune fille savait qu'il y avait des êtres abjects en ce monde, qui ne respectaient rien ni personne (elle pensait au père de Julie), mais elle savait aussi qu'il y en avait d'autres, louables et bons. Refuser de croire, cesser d'espérer, ne plus pouvoir donner sa confiance, c'est fuir dans la nuit, perdre la foi. Elle était trop jeune, trop ardente et avait mûrement réfléchi: elle ne dérogerait pas à sa décision. Elle soupira et, sur un ton qu'elle voulait neutre, elle dit soudain:

— Si cet homme ne sait pas respecter une femme, quelle qu'elle soit, infirme ou pas, pure ou pas, c'est une bête, pas un homme. Mon père a vécu sans sa femme, jusqu'à sa mort, et il est demeuré bon et respectueux. Ma Mère, si celui que vous me proposez est un démon, gardez-le pour vous!

— Grossière! Fille de paysan! Ignorante qui jouez les innocentes! Vous...

Gervaise s'était levée, tremblante de colère.

— Tout ce que vous voulez, ma Mère! Je suis tout ça: boiteuse, pauvre, repoussante, mais sans fausse prétention. Je ne suis pas comme vous un pilier de l'Église en qui l'on met une confiance aveugle, d'accord. Mais, sur le plan de l'ignorance, je crois que je pourrais vous en apprendre dans le domaine du cœur et de l'espérance.

— Taisez-vous, mesquine!

Gervaise fondit en larmes; elle se sentait laide, dégénérée, pitoyable. La Supérieure se taisait. Le silence pesait, lourd. Les paroles de Gervaise avaient dépassé sa pensée. Trop longtemps elle avait fait taire l'aigreur refoulée au plus profond de son être. Elle se moucha bruyamment, oubliant la religieuse qui était là, devant elle. Ses traits étaient crispés, son âme haletante.

La Supérieure gardait la tête inclinée. Elle semblait troublée par les événements; jamais encore elle n'avait eu à affronter pareille révolte. Ses bras enfouis dans ses larges manches, elle semblait désarmée.

Gervaise toussota. D'une voix rauque elle résuma sa pensée:

— J'irai là-bas seule. Je jugerai moi-même cet homme. S'il en est digne, je deviendrai sa compagne, comme il en a exprimé la volonté. Mais, ma Mère, s'il ne répond pas à mes aspirations, moi, Gervaise Lamoureux, et moi seule, déciderai de mon avenir. Si je devais l'épouser devant Dieu et les hommes, je saurai être une bonne épouse et une mère dévouée. Mon infirmité, il n'aura pas à l'accepter, je la lui ferai oublier. Puisque Dieu a permis que vous deveniez l'intermédiaire entre cet homme et moi, comment pouvez-vous prétendre avoir le droit, aujourd'hui, de vous mettre en travers de ses desseins?

La voix de Gervaise n'était plus qu'un murmure. La Supérieure baissa les yeux. Après un long silence, elle dit simplement:

— Je vous ai peut-être sous-estimée, mon enfant.

Allez, Gervaise, allez en paix! Mes pensées vous accompagnent et mes prières aussi.

Gervaise s'éloigna, bouleversée. Le long corridor était maintenant très sombre. Elle rasa le mur, réconfortée par sa présence. C'est au jubé de la chapelle qu'elle passerait les heures de cette dernière nuit, les yeux fixés sur la lampe du sanctuaire. Pour le moment, elle ne parvenait pas à s'expliquer les raisons de sa grande révolte, de la brutalité des mots qui lui avaient échappé. Pourquoi avoir ainsi réagi? Peu à peu, elle en vint à la conclusion qu'au fond de son cœur elle avait peur, une grande peur de ce que serait demain, comme cette nuit où elle avait fui de chez son amie Julie.

Gervaise pensait à tous ces êtres qu'elle quitterait bientôt et qui avaient été ses compagnes. Ressentaient-elles aussi cette immense et écrasante incompréhension qui lui faisait mal en ce moment même? Elle l'avait senti, la Supérieure était profondément offusquée. Ce n'est qu'au moment de la soudaine explosion de sa colère qu'elle s'était enfin humanisée. «Elle et moi: le feu et l'eau. Un affrontement perpétuel! Ça n'aurait pu durer éternellement!»

Elle s'occupait à ranger sa chambre, cherchant à distraire sa pensée, à oublier ce qu'elle venait de vivre. Il lui fallait retomber sur ses deux pieds et passer l'éponge. Bientôt, elle partirait. Elle le ferait avec dignité. Elle ne pouvait se permettre d'être amère avec ses compagnes qui, après tout, n'étaient pas allées la chercher; la vie l'avait menée ici, contre son gré peut-être, mais, elle se l'avouait, elle aurait pu connaître un destin plus tragique.

Très souvent Gervaise se posait des questions sur sœur Pauline, aux idées modernes, qui faisait fi des règlements les plus élémentaires de la communauté et ne respectait en rien les obligations morales rattachées à sa vocation, dont les vœux de chasteté et d'obéissance.

Comment expliquer sa présence en ces lieux? Qui plus est, le fait qu'elle ne semblait jamais mériter la réprobation ni les réprimandes de ses supérieures ne cessait de tracasser Gervaise. La ruse, la dissimulation? Pourtant chaque être présent en ces murs était sans cesse épié, analysé, confronté.

«Elle, qui porte le voile, échappe, semble-t-il, à cette surveillance. Pourquoi? Serait-elle un sujet de choix que l'on épargne maintenant pour la gagner à une cause, quitte à la redresser plus tard, alors qu'elle sera définitivement liée par les vœux perpétuels?»

Gervaise trouvait ambigus et désarmants les critères établis qui accusaient de nettes différences entre les individus; ainsi sœur Clara, douce, vaillante et soumise, qui donnait tant et recevait si peu, devait faire taire ses idées personnelles et se cacher pour communiquer ses pensées profondes.

Elle se rappelait s'être confiée à sœur Herménégilde, s'accusant d'être insoumise, indisciplinée, de provoquer ainsi la Mère supérieure à qui elle ne parvenait pas à plaire et de qui elle s'attirait une constante réprobation. Sœur Herménégilde avait su protester et lui expliquer que l'entêtement dont elle faisait preuve n'était au fond que détermination, force de caractère, ce que la Mère supérieure savait sûrement discerner. Elle devait même s'en réjouir. «Bien sûr, elle n'ira pas jusqu'à vous l'avouer, elle craindrait de mousser en vous les sentiments de vanité ou d'orgueil, qui sont vilains, ce qui lui enlèverait toute emprise sur vous. Croyez-moi, elle ne veut que votre bien. Son rôle est de mater vos caprices pour vous permettre de vous épanouir plus librement, plus intensivement. Un jour, vous le comprendrez, quand, à votre tour, vous aurez charge d'âmes.»

«Moi, avoir charge d'âmes!» s'était exclamée Gervaise. «Votre réaction est limpide comme l'eau vive. Pourtant, Gervaise, c'est une situation que vous connaîtrez peut-être plus tôt que vous ne le croyez. Vous avez un cœur de feu, prêt à s'embraser. Ceux qui vivront dans votre sillon seront privilégiés!»

Gervaise avait longuement médité sur le sens de ces paroles à portée prophétique. Elle s'était endormie, ce soir-là, le cœur léger, plein d'espoir, même si elle n'entrevoyait pas telle éventualité.

Plus tard, beaucoup plus tard, elle apprendrait également, dans des circonstances pour le moins saugrenues, le pourquoi de la présence de sœur Pauline dans ces murs: à la suite d'un engagement formel pris avec ses parents; ceux-ci avaient permis à leur fille unique de faire les études universitaires de son choix, à la condition qu'elle passe trois années de sa vie dans les ordres. Ils voulaient s'assurer qu'elle ne serait pas détournée de sa vocation religieuse par mondanité ou pour toute autre raison superficielle qui l'égarerait du droit sentier de la vertu et de la générosité. «Les occasions de perdre son âme et de s'enliser dans l'incitation au péché sont une menace constante et redoutable pour les jeunes filles, en ce siècle pervers. Surtout que notre fille a une grosse nature...» Elle avait entendu son père qui servait à sa mère ce troublant discours afin que celle-ci cesse de s'objecter à cette idée de réclusion forcée. C'était donc de la bouche même de son paternel qu'elle avait découvert, très tôt, son attirance viscérale pour tout ce qui concernait «ses bas instincts», comme elle les qualifiait.

«Tu ne penses pas que le mariage serait la meilleure solution pour freiner son appétit?» avait osé riposter la mère. La porte d'entrée avait claqué; le papa, n'ayant pu maîtriser sa colère, avait préféré s'éloigner...

Il était décédé, avant même que sa fille n'ait mérité ses lauriers. Dans son testament, une clause avait été insérée pour assurer que sa volonté, bien arrêtée, soit respectée.

Mais tout ça, ce soir, Gervaise ne le savait pas. Elle nageait en pleine incertitude et pourtant, demain, avec le lever du soleil, elle affronterait un monde nouveau, encore inconnu. Si elle en croyait la troublante conversation qu'elle venait d'avoir avec la Supérieure, ce ne serait pas aussi simple qu'elle l'avait tout d'abord cru. Il ne lui restait plus qu'à relever la tête et à foncer.

***

À six heures pile, Gervaise se réveilla. Son dernier jour en ces lieux. Elle devait se rendre au réfectoire préparer les plateaux, avant la messe. Mais, surprise! sœur Clara avait déjà fait le travail.

– Gardez votre temps libre pour préparer votre départ. Allez vous faire belle; c'est un grand jour!

Gervaise offrit la statuette de la Vierge à sœur Clara qui était émue aux larmes.

– Qu'elle veille sur vous, sœur Clara. Qu'elle vous dise tout mon amour et ma reconnaissance. Je saurai vous faire savoir comment se passeront les choses; il s'agira... de lire entre les lignes...

Gervaise fit un clin d'œil à sœur Clara qui pouffa et porta la main à sa bouche pour étouffer son rire; elle avait compris l'insinuation aux lettres censurées.

Elle se regardèrent, intensément. Leur discours muet valait mille mots. Gervaise quitta la cuisine, à regret.

Les tables du déjeuner avaient été ornées de fleurs en son honneur. Les dames pensionnaires offrirent à Gervaise des colifichets, la plupart tricotés au crochet, des garnitures de table surtout. On se réunit ensuite à la salle de musique où on servit des friandises et offrit de menus présents à Gervaise. Celle-ci se sentait troublée par cette fête inattendue. La Mère supérieure se montra tout particulièrement tendre à son égard. Sœur Herménégilde fit l'éloge de cette «fille fort sage et douée». Dans l'œil de sœur Pauline, Gervaise crut détecter un désir fou de partir aussi. «Je vous envie, Gervaise, profitez bien de votre liberté», lui avait-elle glissé à l'oreille.

«J'ai reçu assez d'images saintes pour tapisser toute une maison!» pensa-t-elle en souriant.

Elle eut un pincement au cœur en fermant la porte de sa chambre pour la dernière fois. Du jubé, elle regarda la chapelle tout illuminée, comme aux jours de fête. Elle pria Dieu de la diriger dans ses décisions.

Le bruit que fit la porte en se refermant lui donna l'impression d'une rupture définitive. Elle regarda en direction du fleuve qui était d'argent. Ses sentiments étaient plus confus que jamais. Elle s'arrêta, se retourna et promena son regard sur ces fenêtres, ces ouvertures sur le monde. Un monde dont elle savait si peu de chose et qu'il lui faudrait maintenant affronter.

Elle eut une pensée pour toutes ces jeunes filles au juvénat d'à côté, qui se préparaient à la vie religieuse.

Le chef de gare prit les bagages en consigne et remit un récépissé à Gervaise. Quelques voyageurs attendaient dans la salle des pas perdus, avec la différence qu'ils étaient accompagnés d'un ami ou d'un parent. Elle, elle était seule. Si seule! Elle sortit, arpenta le quai qui longeait le rail, espérant et redoutant à la fois le train qui ne tarda pas à se faire entendre. Elle s'immobilisa et le regarda entrer en gare. Si souvent, par temps calme, elle l'avait entendu siffler dans la nuit et avait rêvé de s'enfuir avec lui. Aujourd'hui, il répondait à son appel, crachant une épaisse fumée blanche qu'il rejetait derrière. Il lui parut énorme, sa locomotive menaçante. Ses roues gémissaient contre le métal du rail. Il toussa, s'essouffla, cria, puis, docile, il s'arrêta, comme à regret.

Un conducteur en uniforme foncé, garni de rouge, sortit un marchepied, invita les passagers à monter puis grimpa à son tour. Touf... touf... Déjà les wagons se précipitaient dans la nature. Gervaise dut se tenir pour ne pas tomber. Clic, clic, clac, clac... le refrain accélérait son rythme à la puissance des chaudières. Aux fenêtres, défilait, à une allure folle, le décor que parfois un rideau de vapeur venait dissimuler.

Le première fois que Gervaise avait emprunté ce moyen de transport, c'était au moment du décès de son père. Sa peine était alors si grande qu'elle s'était laissé conduire sans rien remarquer de ce qui l'entourait. Comme un automate, elle s'était pelotonnée sur la banquette, perdue dans ses pensées. C'était le seul souvenir qu'elle avait gardé.

Gervaise, raidie par l'émotion, se cambra dans la peluche grise de son siège, alors qu'autour d'elle on se mouvait et on jasait le plus naturellement du monde. Que de bruit! Il lui faudrait apprendre, éduquer chacun de ses sens: voir, sentir, comprendre. La vie bien cadrée, où tout était ordonné, était révolue. Elle volerait dorénavant de ses propres ailes.

«Non, pensa-t-elle. Je n'ai pas peur.» Et elle s'appuya contre la fenêtre. C'était l'été, il faisait un temps superbe. La campagne était verte, à perte de vue. «Comme ce serait bon de fuir à travers ces champs, de courir dans les herbes folles, jusqu'à épuisement!»

«C'est un homme!» Que pouvait sous-entendre cette assertion jetée avec tant de hautain mépris? Elle l'avait rencontré, sœur Clara était formelle à ce sujet. Qu'avait-elle détecté de si terrible en lui? S'agissait-il d'un autre de ses jugements à l'emporte-pièce? «Encore quelques heures et je saurai. Saurai-je lui plaire? Il ne sait rien de moi, sauf peut-être que je suis orpheline en plus d'être infirme. Quelle piètre dot! Qu'attend-il de moi? N'aurais-je pas dû décliner tout simplement toute proposition aussi mal formulée? «C'est dans les mœurs et appuyé par le jugement des ministres du culte», m'a dit le prêtre. Mais est-ce là une garantie à toute épreuve? Le père de Julie Lamont fut lui aussi recommandé à mon père par le curé et pourtant...» Gervaise frissonna, ce détail lui avait échappé.

«Et si je ne descendais pas de ce satané train? Il continuera sa route et je pourrais fuir aussi loin que je le veux. Si je savais où est Raymond... si je savais où est Raymond, j'irais jusqu'à lui!»

— Mademoiselle? vous descendez au prochain arrêt.

Le conducteur prit le carton qu'il avait inséré dans un repli du store et s'éloigna.

«Comme c'a été rapide!» songea Gervaise en ravalant sa salive. Elle se pencha vers la fenêtre, espérant apercevoir cet homme, ce Télesphore Langevin qui représentait le bonheur espéré. Le train semblait prendre une embardée; il augmenta de vitesse un instant, ralentit, puis s'immobilisa. Gervaise vit un homme qui, sur ses épaules, tenait une petite fille qui riait.

— Saint-Pierre-de-Montmagny! tonnait le conducteur.

Gervaise se leva et se dirigea vers la sortie.

— Mademoiselle Gervaise?

— Bonjour, monsieur Télesphore.

La bambine ne riait plus. Son père se pencha, elle sauta de son perchoir et regarda la dame.

— Ma fille, dit fièrement l'homme.

— Bonjour, toi!

Intimidée, l'enfant ne répondit pas et se glissa derrière son papa.

— Vous avez fait bon voyage? demanda-t-il en tendant la main.

— Merci, oui.

— Vous avez des bagages en consigne?

— Oui, beaucoup trop!

Ils se dirigèrent vers la gare, l'un près de l'autre,

suivis de la fillette. Sur le chariot, se trouvaient deux grosses malles.

— Vous auriez été la bienvenue sans tous ces trésors, mademoiselle Gervaise. Nous en prendrons une partie et demain, je viendrai quérir le reste.

Télesphore prit les bagages à main, les déposa dans le coffre arrière de sa voiture, ouvrit la portière avant et invita Gervaise à monter.

— Grimpe derrière, fillette.

Et, se penchant, il dit très bas:

— Vous êtes belle, mademoiselle Gervaise.

— Oh!

Gervaise porta la main à sa bouche, elle faillit pouffer de rire. «C'est un homme, ma chère enfant, c'est un homme...» Le souvenir du regard affolé de la Supérieure l'amusait. Gervaise promenait les yeux sur la campagne qui s'étendait sur les deux côtés de la route. Elle regardait mais ne voyait rien; son esprit était ailleurs.

— Monsieur Télesphore, y a-t-il un hôtel ou une auberge où je pourrais... loger?

— Tonnerre! Une dame qui met les pieds sur le sol de Saint-Pierre ne dort pas dans les logements publics! Vous êtes mon hôte, vous dormirez chez nous.

«Un veuf qui vit sans femme...»

— Tout a été organisé, ajouta Télesphore, ne vous tracassez pas. Je vous laisse la maison, la marmaille et toute la rengaine. Demain on reparlera de tout ça. C'est moi, Télesphore, qui découcherai ce soir.

Et il rit de bon cœur.

«Ouf! C'est pas un homme!» se dit Gervaise. Cette fois, elle riait pour de bon. Il crut que sa tirade l'avait amusée; il la regarda et répéta:

— Demain, on reparlera de tout ça.

Gervaise respira profondément. L'inquiétude qui s'était glissée en elle, lors des mises en garde de la Supérieure, avait poussé la jeune fille à adopter, inconsciemment, une attitude distante et rigide: espèce de mécanisme naturel d'autodéfense. Mais voilà qu'à son insu elle avait retrouvé son dynamisme et sa confiance spontanée. «Il n'a rien d'un épouvantail!» se surprit-elle à penser.

Télesphore s'était montré accueillant, réservé et charmeur. Non, elle n'avait aucune raison de craindre cet homme. Il lui semblait à la fois sérieux et taquin.

Il conduisait lentement, les yeux fixés sur la route. Parfois, il ralentissait, à la vue d'un enfant ou d'un chien en liberté.

Désirant meubler le silence, Gervaise se retourna vers la fillette accroupie sur la banquette arrière et lui demanda:

– Quel est ton nom?

– Chut! fit l'enfant en portant l'index à la bouche. On ne parle pas en auto! Puis, en se penchant, elle murmura à l'oreille de la jeune fille: «Je m'appelle Lucille.»

Gervaise regarda Télesphore. Son visage était tout sourire. Ces deux-là s'aimaient bien, c'était visible.

– Voyez, dit Télesphore. Ici commence la terre familiale.

– Chut! imposa Gervaise.

– Quand toute la marmaille est à bord, il faut bien établir des lois rigides pour ne pas perdre sa concentration, expliqua le père.

Bientôt parurent les bâtiments, puis la grande maison de bois blanche aux volets verts. Gervaise ressentit un pincement au cœur. L'émotion l'étreignit quand Télesphore dit, en la regardant:

– Voici notre maison.

Elle soutint un instant son regard, puis ferma les yeux. Pas un traître mot ne lui venait à l'esprit.

– Venez.

Il descendit de la voiture, la contourna et offrit sa main à Gervaise.

— Attention aux *garnottes*.

Lucille courut vers la maison, ouvrit la porte toute grande et cria à tue-tête:

— Elle est arrivée! Elle est arrivée!

— Lucille est un vrai épouvantail à corneilles!

Se penchant vers Gervaise, il ajouta:

— J'avais peur que vous soyez très, très grande... oui, j'avais peur.

— Pourquoi?

— Parce que je suis courtaud.

Gervaise se sentait observée; elle leva la tête. Sur la galerie, les enfant réunis regardaient dans leur direction. Télesphore fit les présentations.

— Réjeanne, Jacqueline, Lucien et ma petite peste, Lucille. Mon aînée, Mariette, est au loin et mon plus vieux, Alphonse, est au collège.

— Et moi, Gervaise! bonjour! répondit-elle en saluant de la main.

— Allez, les enfants! Un peu d'aide pour les bagages!

Tous s'élancèrent à la fois, heureux, sans doute, de se départir de leur attitude figée.

— Montez tout ça là-haut.

— Dans ta chambre, papa? demanda Lucille.

— Oui.

Gervaise se sentit rougir jusqu'aux oreilles. «C'est un homme...»

— Vous m'excusez? Je dois faire le train. Vous autres, les enfants, soyez sages.

Télesphore sortit par la porte arrière. Là, debout, elle parcourait des yeux la grande, l'immense cuisine, toujours si hospitalière dans les maisons campagnardes.

— C'est beau hein? Papa a tout peinturé avant que t'arrives.

— Lucille! Cesse de bavasser.

— Ça sent bon, répondit Gervaise.

— Madame Vadeboncœur a apporté un gros poulet

et de la soupe pour souper, ce soir.

— Arrête de *placotter*, Jacqueline.

— Ben quoi! c'est vrai!

— Elle est gentille, cette dame. À l'avenir, c'est nous qui ferons la soupe, d'accord?

— L'école commencera bientôt, moi je n'aurai pas le temps.

— Si on dressait le couvert? dit Gervaise.

— Dresser le couvert?

— Oui, mettre la table.

Lucien se tenait à l'écart. Il observait les filles et cette étrangère surtout.

— Tu ne nous aides pas, Lucien?

— C'est l'affaire des filles, la table.

Les enfants apportaient des ustensiles et des assiettes. Gervaise disposa le tout comme on le lui avait appris. Les petites avaient des rires étouffés, moqueurs, ce qui les rendait des plus sympathiques.

Gervaise attisa le feu, elle sentait que ce soir elle allait dévorer son repas. Ces dernières semaines n'avaient pas été des plus faciles; elle avait faim.

«Dire que je me suis tant tracassée! J'ai l'impression de déjà connaître tout ce petit monde. Quant au père, comme il le dit si bien, demain on reparlera de tout ça... Pourvu qu'il soit aussi conciliant dans l'intimité qu'il l'est devant les enfants.»

«Un veuf qui vit seul...» Voilà que les mises en garde de la Supérieure revenaient troubler la jeune fille si peu préparée à un tête-à-tête avec un mâle. Un mâle et pas n'importe lequel! Un mâle, un veuf, qui pourrait être son père, qui lui avait dit qu'elle était belle... Ça promettait! «C'était plus simple avec la sœur supérieure; elle m'attaquait de front et je me défendais. Lui, il ne ressemble à personne. Papa était beaucoup moins communicatif et pas du tout enclin à des démonstrations de... de quoi? Qu'est-ce que c'est? Ça me gêne, je ne sais pas pourquoi mais je me sens troublée en sa présence. Sœur Pauline n'en aurait fait qu'une bouchée...»

La réflexion de Gervaise fut détournée par une question que lui posait Réjeanne:

— Qu'est-ce qu'elle a, la fourchette, elle vous fait rire?

Gervaise sursauta, posa l'ustensile sur la table et répondit gaiement:

— Je ne la regardais pas vraiment, mon esprit était ailleurs.

— Tu ne vas pas partir; je t'aime bien, moi.

— Chère petite. Non, Lucille, je ne partirai pas si vous voulez bien m'aimer.

Gervaise releva la tête, Télesphore était là, près de la porte. Il avait sûrement entendu, elle rougit.

— Je meurs de faim, dit-il simplement.

— À table! allez, tous!

Le poulet trônait sur un plat à service, Gervaise avait posé à côté un couteau et une fourchette à dépecer. Elle distribua les assiettes de soupe fumante.

— Qui a mis la table?

— Personne, trancha Lucien, on a pas mis la table, on l'a dressée...

— Coquin!

Gervaise rit en s'assoyant. Elle constata que les enfants mangeaient avec leurs mains. Tiens, Télesphore aussi. Elle hésita puis, avec ses ustensiles, attaqua bravement. Elle venait de décider, mentalement, qu'elle ne ferait rien et ne sacrifierait aucun de ses principes dans le seul but de plaire. La condescendance serait de l'hypocrisie; elle demeurerait elle-même. Si elle devait leur apprendre des choses, ce serait, d'abord et avant tout, par l'exemple.

— Il faudra féliciter madame Vadeboncœur, dit-elle enfin, c'est délicieux.

On opina de la tête mais le silence se prolongea. On

bouffa en vitesse puis, ce fut la ruée vers le lavabo, chacun avec son assiette, que l'on rinçait et déposait.

— Je lave ce soir.

— Non! C'est moi qui lave; tu as lavé hier.

— Congé à tout le monde! lança Gervaise. Ce soir je lave et j'essuie!

— C'est ça, mademoiselle Gervaise, détruisez en une minute ce que j'ai mis des années à imposer.

Le ton n'avait rien de la réprimande; pourtant, Gervaise s'exclama:

— Ah! pardon.

— Comment, pardon? Je ne me plaindrai pas que vous aimiez faire la vaisselle! Ne vous excusez pas! Elles se chamaillent pour la forme, c'est une manie dans la maison. Je crois que c'est bon, ça les unit. Oui, ça les unit. Votre proposition les a calmées, regardez... Avez-vous encore du thé?

Elle essayait de saisir, de comprendre. Tout ça était si inattendu, si nouveau, si différent! La contrainte: c'était ça; ici, il n'y avait pas de contrainte. Chacun était libre, on était soi-même, spontanément. Il lui faudrait se mettre au diapason, cesser de douter, de vouloir se défendre, d'avoir raison. Ici, tous avaient raison. Elle arrivait à peine et déjà elle se repensait...

Télesphore s'était levé, s'était versé du thé et s'était rassis. Gervaise ne s'en était pas rendu compte; elle était perdue dans ses pensées. Tout à coup, elle échappa un gros soupir et s'adossa à sa chaise. De ses épaules, tombait un poids très lourd; elle semblait se libérer. Inconsciemment, elle était sur un pied de guerre et voilà qu'elle constatait qu'il n'y avait pas de combat...

Elle regarda Télesphore, il sirotait bruyamment son thé. C'est étrange, elle ne s'en offusquait pas.

— Quel contraste avec la vie réglementée du couvent!

— Oui, les bonnes sœurs...

Il se taisait, ne livrait pas le fond de sa pensée.

– Donne ta tasse, papa.

Il obéit. L'enfant la prit et retourna à l'évier.

– Vous avez des enfants merveilleux.

– Oui, j'ai cette chance. S'ils pouvaient toujours rester petits!

– Monsieur Télesphore...

L'homme inclinait la tête dans la position de celui qui tend l'oreille pour écouter. Gervaise voulait parler, exprimer sa pensée, mais elle ne trouvait pas les mots. Il attendit, n'osant pas la regarder. Les minutes passèrent. Là-bas, le silence se faisait aussi; la tâche de la vaisselle était terminée. Les enfants s'avancèrent, regardèrent ces adultes qui semblaient fort préoccupés et filèrent vers le salon, sans doute conscients d'être de trop. La télévision répandit son tumulte et garda les enfants sages. Gervaise soupira et dit simplement:

– Je me sens si bien, si bien, monsieur Télesphore.

Il posa sa main, une grande main puissante, sur celle de la jeune fille et la tapota un peu. Il fit basculer légèrement sa chaise et croisa les mains derrière sa tête. Ils se regardaient.

– Bon, moi je m'en vais. J'ai promis d'arriver tôt. Vous pouvez vous arranger avec les petits? Je viendrai déjeuner. Bonsoir, mademoiselle Gervaise.

Télesphore s'était rendu au salon: ce fut un instant la cohue. Il revint, salua Gervaise de la main et sortit par la porte de derrière.

Et voilà! Elle était seule dans la grande cuisine, seule avec ses pensées. Elle était là depuis quelques heures à peine, des heures si redoutées, et elle devait admettre qu'elle n'avait rencontré d'embûches qu'au niveau de ses propres pensées.

«Sœur Clara avait raison: cet homme est d'une grande bonté, d'une grande douceur. S'il cache quelques vices, il le fait habilement. Si le proverbe qui dit que les enfants ne mentent pas a raison, ceux-ci sont désinvoltes et gracieux. Leur bonheur est certain. Rien ne pourrait être plus réconfortant, plus prometteur. La meilleure chose à faire est de s'en remettre à la Providence, en ce qui a trait au futur. Il est impossible de prendre une décision quelconque concernant ma conduite, car je nage en plein mystère. Je suis plongée dans l'inconnu. Rien, dans mon passé, ne ressemble à ce présent. Sauf, peut-être, les jours vécus auprès de mademoiselle Anita, où tout était si simple, si sécurisant! Est-ce que je rêve? M'est-il permis d'espérer que je pourrai enfin goûter une vie heureuse, sans tumulte et sans aigreur? Une vie d'un bonheur tout simple, avec un mari et une famille. Mon mari, ma famille, à moi! Tout à moi! rien qu'à moi! Mon Dieu, si vous permettez ce miracle, je vous promets d'être à jamais une fille de devoir, attentive au bonheur des siens.»

Gervaise, la tête inclinée, les bras posés sur la grande table, était plongée dans une méditation profonde.

«J'ai changé d'environnement et de foyer à quatre reprises. Chaque fois, ce fut la déroute, le désarroi. Ce furent souvent des peines amères. S'il n'en dépend que de moi, cette fois sera la dernière. Je veux être heureuse, je le veux de toute mon âme. Je m'appliquerai à la conquête du bonheur. Je le cultiverai comme on cultive le blé!»

— Tu pleures, Gervaise?

Celle-ci sursauta. Lucille était là, braquée devant elle, le regard mouillé. Son visage exprimait son émotion.

— Non, Lucille, je ne pleure pas. Au contraire, je suis heureuse mais très émue. Je vous aime bien, vous êtes si gentils.

— On a promis à papa!

— Ah! c'est pour cela! Avez-vous promis pour toujours?

— Oui, si tu es fine.

— Je vais l'être; si je me trompais, tu me le diras.

— C'est encore l'heure de se coucher, c'est toujours l'heure de se coucher! Tu es chanceuse, toi, tu es grande.

La marmaille se rendit au réfrigérateur. Gervaise entendit le tintement des verres, puis, le bruit de l'escalier qui menait aux chambres. Elle attendit que cesse le brouhaha et monta dire bonsoir aux marmots.

Elle remarqua qu'une chambre était libre. Il en était une autre dont la porte était fermée. Les trois filles partagaient une même pièce et Lucien occupait la plus petite de toutes. Elle venait de prendre une décision: elle dormirait dans la chambre inoccupée. Elle ne pouvait se faire à l'idée de se glisser entre les draps de Télesphore.

Seule Lucille fit une bise à Gervaise, sous le regard amusé des deux grandes. Gervaise n'insista pas. Elle descendit et s'installa dans la berceuse.

Les heures de solitude qu'elle goûtait présentement seraient sans aucun doute les dernières. Elle ressentait un besoin fou de faire le point avec elle-même.

«Télesphore n'a pas vraiment besoin d'une femme, il se débrouille très bien seul, à ce qu'il me semble. Les enfants sont très bien élevés, la maison ordonnée. Les mots couverts de Mère supérieure résumeraient-ils l'attente de Télesphore? Voilà qui n'est pas très rassurant. Quel est au juste le rôle de la femme-épouse? On en parle peu dans les romans, à part le fait qu'elles sont mères d'enfants.» Elle pensa à la sienne, sa mère, et à Juliette Lamont, deux cas pas très rassurants. Les autres femmes qu'elle avait connues étaient célibataires ou religieuses. «J'aurais dû discuter de tout ça avec sœur Pauline, elle aurait su quoi me dire.»

L'horloge marquait l'heure; elle leva les yeux vers elle, qui, placée très haut sur une tablette de confection artisanale, guidait de ses aiguilles le rythme de vie des occupants de cette grande maison centenaire. Qui avait taillé le cœur qui figurait sur la corniche? Lequel des ancêtres?

Elle regarda le plafond: de larges planches de bois de pin, sans doute taillées dans les forêts de la Colombie-Britannique et amenées jusque-là. Le *B.C. fir*, comme disaient les anciens. Des poutres énormes s'y promenaient. Elle avait remarqué, là-haut, les inclinaisons des pans de mur où se dissimulent habituellement des *ravalements* et où s'entassent les vieilleries, et ces fenêtres en retrait, formant des corniches. Elle soupira, leur maison ancestrale avait brûlé. Celle-ci, plus vieille encore, était accueillante. Se leurrait-elle?

Elle se leva et se rendit au salon. Deux cadres de forme ovale attirèrent son attention. Derrière la vitre bombée de l'un, elle croyait reconnaître Télesphore et sa femme, sans doute. Un pépère à bedaine imposante ornée d'une chaîne de montre semblait la regarder droit dans les yeux. Un Langevin, probablement; il avait la chevelure aussi épaisse que celle de son prétendant, des moustaches pointues – sans doute fixées par du savon – et était trapu, lui aussi.

Les fauteuils étaient d'un velours foncé, dont les fleurs s'étaient fanées. Ils étaient sûrement rembourrés de crin, pour avoir si longtemps tenu le coup. Le bois des parures était patiné par le temps; des taches rougeâtres perçaient, ici et là, dans les bruns. Le prélart était une carpette aux motifs fleuris, qui imitait les tapis de Turquie. Des chemins s'étaient dessinés en surface, aux endroits où l'on passait souvent, comme autour de la table dans la cuisine. Un ancien gramophone trônait à côté d'un appareil de télé qui faisait la joie des enfants.

Gervaise se dirigea vers une porte fermée qu'elle ouvrit. Il y avait là une autre cuisine, sans accessoires autres que la table et les chaises. Un genre de dînette avec des fenêtres tout autour. À côté, un genre de remise, des outils suspendus, des vêtements de travail, un profond lavabo de pierre usé et un établi. Au fond, des tablettes qui allaient du plancher au plafond, remplies à craquer.

La jeune fille revint vers la grande cuisine. Assurément, c'était sa pièce préférée. La table de chêne massif, aux pattes de lion, capable d'accueillir jusqu'à douze personnes, était bien centrée. Autour d'elle, les enfants faisaient leurs devoirs, étudiaient leurs leçons, dînaient avec les parents. Là se faisaient les échanges, se demandaient les permissions.

Seul le poêle à bois inquiétait Gervaise. Le feu l'avait marquée, petite d'abord, alors qu'elle gisait sur une civière et qu'elle l'avait vu s'élancer vers le ciel, et lorsqu'aux funérailles de son père elle avait appris que tous les biens de la famille avaient ainsi péri.

Elle le regardait, il semblait pourtant inoffensif avec sa grosse tête chromée, ses petites pattes croches, sa *morniche* et ses rangées de ronds, dont un à trois grandeurs. Souvent on utilisait le petit, qu'on gardait entrouvert par temps calme, «pour attiser la flamme et aider le tuyau à bien tirer vers la cheminée», disait son père.

Simone, la bonne de mademoiselle Anita, avait la fantaisie de laisser tomber quelques gouttes d'essence de vanille sur la surface chaude, ce qui embaumait toute la maison.

Le gros réfrigérateur Philco faisait tache moderne au milieu de cet ameublement qui évoquait les décennies passées. Gervaise continuait de se promener d'un coin à l'autre, elle écoutait les bruits, se familiarisait avec ce qui l'entourait. Le silence lui plaisait. C'est à regret qu'elle emprunta l'escalier pour aller dormir.

Elle fit une halte, entra dans la chambre de Télesphore, alluma la lumière du plafond. Elle se sentit intimidée, elle n'aurait su dire pourquoi. Elle jeta un coup d'œil furtif au lit à haute tête de bois sculptée, elle prit la valise qui contenait sa robe de nuit, sa brosse à dents et sortit précipitamment, troublée, comme si elle venait de poser un geste incorrect.

«Cette chambre libre, c'est à n'en pas douter celle de la fille aînée qui a quitté la maison. Tout l'indique. Celle dont la porte est fermée doit être la retraite du fils aîné, absent, lui aussi.»

Gervaise alluma la lumière parée d'un abat-jour de soie rose, qui trônait sur une table de toilette. Elle pivota sur ses talons et admira le décor: le couvre-lit était en chenille bleue, une courtepointe pliée était posée dessus, une parure sans doute. Au mur, des photos d'acteurs de cinéma et un vase à fleurs, vide. Les murs de couleur lilas la charmaient. «C'est à ça que ressemble une chambre de jeune fille, c'est merveilleux. Doux et merveilleux. Rien ici n'est austère, tout respire la quiétude, la douceur, invite à la détente.»

Gervaise se dévêtit, enfila sa robe de nuit, se dirigea vers la salle de bains et se brossa les dents. Elle se regarda dans le miroir et sourit: «Qu'est-ce qui m'arrive? Je suis d'un calme plat. Et ma Mère supérieure qui craignait pour ma vertu! Qui sait? Peut-être prie-t-elle pour moi, ce soir...»

Elle plia les serviettes qui gisaient pêle-mêle sur le bord de la baignoire. Elle revint sur ses pas, s'immobilisa un instant, la respiration des enfants endormis lui parvint. «Ils dorment et les portes de leurs chambres sont ouvertes.» Le détail la surprit d'abord, puis l'émerveilla. «Ce doit être bon de savoir que là, à côté, dort quelqu'un qui aime, qui peut protéger et secourir si nécessaire. Je n'ai encore jamais dormi dans une chambre dont la porte soit restée ouverte la nuit... Ce qui ne peut manquer de donner une sensation de sécurité, un sentiment d'unisson. Ce serait ça, la vie de famille unie et heureuse?»

Au moment d'éteindre, Gervaise vit une araignée qui agrandissait la toile qu'elle avait tissée depuis l'abat-jour. L'insecte tendait ses fils élastiques et leur donnait une forme géométrique parfaite. Gervaise sourit. Elle lui laisserait la liberté: elle était trop heureuse pour détruire cette tégénaire active qui semblait, elle aussi, se plaire dans le décor.

Les draps étaient légèrement humides, très frais. Gervaise frissonna puis se recroquevilla pour se réchauffer. Le sommeil ne venait pas, trop de pensées se bousculaient dans sa tête. Elle était émue par le sentiment de grande paix qui l'enveloppait.

«Je devrais ressentir certaines contraintes entre ces murs inconnus, ignorant tout de ce que l'avenir me réserve. Au contraire, je me sens en confiance, nullement inquiète, pourquoi? Je serais ici chez mon père, au sein de ma propre famille, que je ne ressentirais pas plus grand réconfort. Est-ce l'illusion de liberté, de nouveauté? La magie du dépaysement? Il y a quelques heures à peine, je rêvais de fuir et voilà que toute appréhension a fondu, comme par enchantement. Suis-je téméraire?

«Les enfants devaient sans doute redouter mon arrivée, et Télesphore, ne nourrissait-il pas à mon endroit certaines réserves angoissantes! Nous nous sommes regardés, avons échangé une poignée de main et dès cet instant mes craintes se sont envolées. Était-ce la présence de l'enfant et la façon dont il se comportait avec elle?»

Des pas se faisaient entendre: un enfant s'était levé. Instinctivement, Gervaise leva la tête de son oreiller et tendit l'oreille. Le bruit avait rompu sa méditation, l'avait ramenée dans la réalité. La chasse d'eau se fit entendre. Le plancher craqua. L'enfant n'avait pas allumé, pourtant Gervaise savait qu'il retournait à sa chambre; dans son inconscient s'enregistraient les bruits qui indiquaient les distances, les angles. Elle se familiarisait avec cet environnement qui serait le sien. Elle écoutait. À nouveau, le silence de la nuit enveloppa Gervaise qui, émue, tressaillit.

Sa tête retomba sur l'oreiller. Elle pensa à Télesphore qui passait la nuit chez le voisin. «Dort-il?» Elle ferma les yeux et glissa dans le sommeil, un sommeil sans rêves; sa dernière pensée, en ce premier soir, aurait été pour lui.

Chapitre 12

Le coq chanta. Télesphore avait déjà les yeux ouverts mais il n'osait pas bouger; on dormait encore chez les Vadeboncœur. Il n'aimait pas le sentiment de contrainte que lui donnait ce séjour chez son voisin. Bien sûr, on l'avait chaleureusement accueilli; Lucette s'était montrée à la hauteur. Mais de la part de Léo, Télesphore le sentait, il y avait une réserve. «Serait-il jaloux? Tonnerre! Ce serait le restant des écus!»

Il l'avait senti la veille, Léo était nerveux. Aussi Télesphore était-il monté dormir très tôt, prétextant la fatigue. Le sommier grinçait. Le lit, trop mou, le dérangeait. Il avait hâte de regagner sa chambre. Dès qu'il entendit bouger, il se leva, s'habilla et sortit sans bruit. Il se dirigea vers sa maison, la regarda: elle lui paraissait encore plus belle.

«Tiens, le store de ma chambre est levé... et celui de la chambre de Mariette baissé... Mademoiselle Gervaise a dû coucher de ce côté.»

Il entra, se dirigea vers la remise, prit sa salopette et ses bottes et marcha en direction de la grange. C'était l'heure de faire le *train*. Il déjeunerait plus tard. Il en voulait à Vadeboncœur. Il aurait aimé parler un peu de la situation, mais Léo était distrait, réticent; il changeait de sujet. À quelques reprises, il avait surpris le regard de Lucette, qui semblait inconfortable. «J'en aurai le cœur net. Ce soir, je vais lui sonder les reins. Il fut toujours un bon voisin, plein *d'adon*. Oui, ce soir, on va régler ça une fois pour toutes.»

Gervaise se réveilla. Sa première réaction fut l'étonnement. Le décor nouveau la surprenait, puis elle se souvint: elle était à Saint-Pierre, chez Télesphore. À sa grande surprise, on avait fermé sa porte, délicatesse qui la toucha. Elle se leva, alla vers la fenêtre. Le soleil semblait haut dans le ciel; elle avait dormi tard. Un instant, elle entrevit Télesphore qui contournait un bâtiment. «La vie continue», pensa-t-elle. Elle descendit. Les enfants l'acclamèrent en riant.

— Paresseuse, lança Lucille.

— Toi, réprimanda Réjeanne. Sois polie! Je vais le dire à papa!

— Je crois que votre papa sera d'accord. J'ai dormi très tard. Vous avez déjà déjeuné?

— Oui, avec papa.

— Lucien n'est pas là?

— Non, il aide papa.

Gervaise se rendit au poêle. Le café était là, tout chaud. Elle ressentit la faim. Elle pensa au repas du midi qu'il fallait préparer, pour toute la maisonnée. Au réfrigérateur, elle dénicha les restes du poulet de la veille: elle en ferait un pâté.

Un détail lui échappa: deux adultes et quelques enfants n'exigent pas autant de nourriture que les convives du couvent, où les quantités étaient grandes. C'est Réjeanne qui le lui rappela, devant l'énorme boule de pâte prête à être roulée, qui trônait sur la planche enfarinée.

— Qu'est-ce que tu fais? demanda l'enfant.

— Un pâté au poulet.

— Gros comme ça?

Gervaise sourit, la pertinence de la remarque tombait juste. Il lui faudrait dorénavant penser en fonction des besoins actuels, rompre avec les habitudes passées.

— Bon, alors on fera aussi des tartes.

— Oui, des tartes aux pommes.

— Tu sais où sont les pommes?

— Dans le caveau. Je vais en chercher.

L'enfant avait raison: le pâté fait, deux tartes roulées et il restait de la pâte. Gervaise se souvint que sœur

Clara roulait le surplus dans un coton et le gardait au frais pour «usage futur», comme elle disait.

Gervaise, inconsciemment, puisait dans ses expériences passées les connaissances utiles au présent. Elle le ferait souvent, s'efforçant d'éliminer les mauvais souvenirs et accordant beaucoup d'importance aux faits et aux événements positifs, ce qui lui assurerait une vie équilibrée et heureuse.

Le poêle l'inquiétait. Bien sûr, elle avait acquis beaucoup de connaissances à aider, là-bas, dans la cuisine du couvent, mais sœur Clara avait seule charge du contrôle des détails. Gervaise guettait l'aiguille du fourneau qui semblait bien agitée, et qui menaçait de trop cuire ses tartes ou pas assez. «J'aurais dû m'en tenir à une recette qui ne demande pas de cuisson au four, je peux tout rater! Ce serait dommage.»

Elle en était là avec ses pensées quand elle entendit Télesphore s'exclamer:

— Que ça sent bon! Vous vous êtes mise dans les frais de préparer le dîner, mademoiselle Gervaise? Ce n'était pas nécessaire, je venais justement m'en occuper. Je ne m'en plains pas, remarquez, mais...

Il se tut, Gervaise avait rougi, elle baissait la tête.

— Je n'ai pas voulu vous offenser, murmura-t-il enfin.

— J'ai osé, je m'excuse, j'ai fouillé dans vos choses et...

Ils se regardaient, elle gênée, lui abasourdi, ne sachant pas quoi répliquer.

Les enfants se précipitaient. C'était évident: la présence du père motivait leur comportement. Ils dressaient le couvert sans qu'il en ait exprimé le commandement.

— Voulez-vous vérifier le fourneau? Je ne sais pas le contrôler et...

Télesphore n'en revenait pas: Gervaise allait jusqu'à s'inquiéter, après s'être excusée! Il hocha la tête mais ne dit rien; il ne parvenait pas à exprimer ses pensées, alors il se taisait. Il prit la planche qu'il plaça sur la table, y déposa le pâté doré à point; des bouillons de sauce s'échappaient par les entailles en forme de fleurs qui ornaient la croûte.

— Si ce n'est pas ça le plus beau pâté du monde, je ne m'y connais pas en cuisine!

Gervaise, rassurée, se détendit. Pendant un instant, elle avait cru qu'il lui reprochait son zèle alors que, dans sa tête à elle, l'idée de préparer le repas était la chose à faire, même sans y être invitée.

Les enfants faisaient les frais de la conversation. Télesphore parlait peu; Gervaise, encore moins.

— Pourquoi, papa, que tu as l'air fâché?

— Je ne suis pas fâché.

— Tu as l'air malin.

— J'ai eu un problème ce matin. Je vais le régler ce soir.

— C'est pas nous. Nous avons été sages, sauf Lucille.

— Qu'est-ce qu'elle a fait, Lucille?

— Elle a dit une méchanceté à mademoiselle Gervaise.

— Non!

Gervaise rit et expliqua: elle a dormi très tard, Lucille le lui a souligné, plus taquine que méchante.

— Mademoiselle Gervaise arrive de voyage, elle a des choses à décider, mais tout devrait s'arranger... C'est comme l'aiguille du fourneau, en attisant la flamme et en étant attentive...

— Elle va rester avec nous, papa? Et faire d'autres pâtés?

— Je l'espère. Nous, nous l'aimons bien.

Gervaise avait plus deviné les derniers mots qu'elle ne les avait entendus, car Télesphore avait balbutié.

La tarte aux pommes allait sauver la situation. Gervaise se leva, heureuse de tourner le dos à l'homme, aussi embarrassé qu'elle.

— Voilà le dessert.

— Je vais au puits chercher de la crème douce.

Télesphore sortit. Le dîner se termina dans la simplicité et la joie.

***

La marmaille jouait dehors. Gervaise pensait aux heures qu'elle venait de vivre dans ce nouvel environnement. «Les enfants sont charmants, affectueux et me manifestent leur attachement. Les pensées de Télesphore sont plus secrètes, nous nous connaissons à peine. Il témoigne de beaucoup de bonté et de délicatesse envers ses enfants, il est très patient. Il nous faudra dialoguer plus. Il faut que l'on ait un tête-à-tête sérieux; des bribes de conversation ne suffisent pas... même si parfois elles dévoilent plus que les longs discours...» Gervaise retourna dans la cuisine; debout, au centre de la pièce, elle réfléchit.

La porte arrière s'ouvrit, Télesphore entra. À la main, il tenait deux boîtes de conserve qu'il déposa sur la table.

— Voilà qui va solutionner le problème du souper. Elles contiennent l'une du bœuf, l'autre du porc. C'est de l'an dernier, car on ne fait boucherie que tard à l'automne. Les légumes sont dans le caveau, là, derrière la maison. Ne vous gênez pas pour demander l'aide des enfants, ils sont assez grands pour vous prêter main-forte.

Télesphore n'entendit pas la réplique. Il sortit comme il était entré: précipitamment.

Gervaise porta la main à sa bouche, pensive. «Serait-il gêné? Me fuit-il? Il me sait seule, il aurait pu rester un instant à jaser... Il semble embarrassé. Ses enfants ont fait allusion à ça au dîner. Il a parlé d'un problème à régler.» «On ne fait boucherie que tard à l'automne.» Les mots firent écho dans sa tête. Elle s'étonna de penser qu'elle serait là, qu'elle participerait à l'événement.

«Qu'est-ce qui me donne cette certitude? Ne devrais-je pas plutôt m'inquiéter à l'idée de ce que serait ma vie si la présente opportunité m'échappait?» Elle tressaillit: «Je ne veux pas perdre Télesphore!»

«Quoi?» Elle s'était exclamée à haute voix, étonnée de ce que venait de lui révéler son inconscient. Elle arrivait à peine et déjà elle était sous le charme de cet homme. Ça lui semblait improbable, irrationnel. Par contre, au fond de son cœur, elle ressentait cette attirance... Elle chercha à approfondir le sens caché de ses sentiments intimes, ce qui ajouta à sa confusion. Elle arpenta la pièce de long en large, à la recherche de son équilibre mental, comme si les mouvements pouvaient faire taire cette pensée affolante qui la troublait et lui donnait froid. Elle ne voulait pas lui donner un nom... La sœur supérieure avait donc raison? L'occasion de pécher... C'était insensé! C'était tout à fait insensé! Gervaise ressentit le besoin de se cacher. Elle monta vers la chambre où elle avait dormi la veille, passa devant celle de Télesphore, la tête bien haute, s'obligeant à ne pas regarder là, dans cette pièce où il avait vécu des heures d'intimité avec une autre... Comme si les murs menaçaient de lui livrer ces secrets d'alcôve. Le désir. C'était ça. Le désir de la chair! Gervaise était aux prises avec des idées troublantes qui se mêlaient d'empiéter sur son physique. Jamais encore elle n'avait ressenti tant d'émotions à la fois bouleversantes et grisantes.

Elle était horrifiée à l'idée qu'on lui impose un mari, que l'on décide de son avenir, et voilà que ce choix s'imposait à elle de lui-même, sans pressions extérieures, «en moins de vingt-quatre heures» pensa-t-elle, bouleversée, émue jusqu'aux larmes. Ça lui semblait indécent. Elle se recroquevilla sur le lit, s'efforça de calmer cette exubérance excessive qui la troublait.

«Je suis toujours aussi exaltée devant la joie. Je me

souviens du jour où on m'avait accusée d'avoir les sens en effervescence, ça m'avait révoltée... Je dois contrôler mes émotions, être plus rationnelle. Mon avenir est en jeu, celui de Télesphore et des enfants aussi», ne put-elle s'empêcher d'ajouter. Et voilà que l'attendrissement la gagnait à nouveau.

«Comment vais-je réagir en sa présence ce soir?» Gervaise en conclut qu'elle ne devrait en aucun temps se trouver seule avec lui. «Voilà que mes instincts sont plus menaçants que ceux d'un veuf! Si Mère supérieure savait!» Et son rire l'aida à se détendre.

***

De son côté, Télesphore était aussi bouleversé, mais pour d'autres raisons. On lui avait proposé cette fille, une orpheline, qualifiée et honnête, qui ferait une bonne épouse et remplacerait celle que la mort avait fauchée. On l'avait informé de son arrivée, sans plus. Elle était là, bien sûr, mais n'avait encore pas abordé le sujet. Que devait-il comprendre? Il ne voulait pas la brusquer, encore moins lui donner l'impression qu'il était anxieux de précipiter les événements.

En outre, Gervaise ne répondait pas exactement au portrait qu'on lui avait tracé d'elle: autoritaire, déterminée, voire entêtée. Bien au contraire, elle lui semblait douce, conciliante, timide. «De plus, elle est belle, tonnerre! Qu'elle est belle!» Il s'était fait à l'idée d'une fille grande et sèche, qui boitait, ce qui la rendait hargneuse et butée. Mais «honnête et pure» étaient les deux mots qu'il avait retenus. «Les curés n'ont jamais rien compris aux femmes!» Têtue de son vivant, Lucienne l'était, ça ne lui faisait pas peur. Pour avoir la paix, et pour celle des siens, un homme doit savoir se faire conciliant, il y gagne en retour. Mais une belle petite noire comme ça, qui fait à dîner dans une maison encore inconnue, ça c'était troublant! «Je ne suis pas d'un âge à jouer les prétendants, à faire du charme, du baise-main. J'suis un habitant plus familier avec les bêtes qu'avec les femmes! Et Vadeboncœur, le maudit, qui me fait la gueule. Je comptais sur lui pour m'aider à démêler la situation. On ne peut jamais compter sur ses amis! Quelle mouche le pique, celui-là? Je vais en avoir le cœur net. Il va me dire ce qu'il a dans la tête!»

D'une nature simple et franche, Télesphore, pas plus que Gervaise, n'aimait les situations confuses, tendues. Il lui fallait réorganiser sa vie, ça pressait. Le gros de l'ouvrage sur la ferme était à faire, la moisson à rentrer, les bâtiments à préparer pour l'hivernage des bêtes; il faudra entasser le bois pour la saison froide, faire boucherie et quoi encore.

Il le vit bien, elle semblait perdue dans ses pensées quand il était entré à l'improviste. «Elle faisait presque pitié, la pauvre petite, dans la grande cuisine, avec son air de petite fille en pénitence; elle est *croquable*! Bon, bon, Télesphore, calme-toi, mon vieux, ça viendra, ça viendra, tu l'auras, ta Gervaise, prends patience, gagne d'abord son cœur... mais comment?»

Les maladresses de Léo perdirent toute importance. Les pensées de Télesphore étaient monopolisées par cette fille qui l'émoustillait. Ça lui plaisait et l'agaçait à la fois.

— Télesphore.

S'entendant interpellé, l'homme sursauta.

— Tiens, si ce n'est pas Léo.

— T'as le temps de jaser un brin?

— Tout mon temps. Veux-tu qu'on entre à la maison?

— Non, c'est une conversation d'homme à homme qu'il nous faut tenir.

— T'as l'air sérieux!

— Sérieux, oui. Pour toi. C'est au sujet de c'te fille.

— Mademoiselle Gervaise?

— J'veux ben, oui, mademoiselle Gervaise, comme tu l'appelles.

— Alors?

— Prends garde. Tu sais, mon Télesphore, ces filles...

— Eh! ben, ces filles, quoi?

— Ces filles, élevées par des sœurs, c'est pas toujours... correct pour des rustauds comme nous autres.

— Rustauds?

— Oui, comme dit ma vieille, on manque de fini!

— Pas toujours correct? Qu'est-ce que ça veut dire?

— Ben... prenons ça autrement. T'es veuf...

— Oui, je suis veuf, alors?

— Ta femme, Lucienne, c'était du bon monde, elle avait plusieurs sœurs. Tu sais que l'Église permet au veuf de la femme décédée de marier sa belle-sœur: la sœur de sa femme, qui est pas réellement une parente dans le sens de parenté.

— Es-tu à me suggérer de marier une sœur de ma défunte?

— Au moins, tu saurais à quoi t'attendre.

Télesphore pouffa de rire, il riait à s'en tenir les côtes. Léo le regardait, surpris de son hilarité.

— Moi, Télesphore Langevin, je marierais la grande Aline! La maigrichonne aux fesses plates, qui a toujours les nerfs du cou sortis, maigre comme un clou à finir à force d'avoir le caractère rabougri? Jamais! mon vieux. Jamais! Je la laisse à ses saintes images et à ses dévotions à sainte Thérèse d'Avila et les autres. Moi, marier ma belle-sœur Aline? Ma foi, Léo, tu me souhaites des poux!

— J'parle pas nécessairement de celle-là. Lucienne avait plusieurs sœurs.

— Toutes mariées, à part celle-là. Elle a les fesses tellement serrées que je me demande si elle ne porte pas des *bricoles* pour tenir ses petites culottes en place!

C'était au tour de Léo d'éclater de rire. Le cas de la belle-sœur était classé.

— On me la donnerait dotée d'une terre en bois debout que je n'en voudrais pas comme femme.

— Tu connais ton affaire.

— Toi, tu ne dis pas tout. Qu'est-ce que tu as contre mademoiselle Gervaise?

— Rien, je ne la connais même pas. Je ne l'ai même pas entrevue.

— Alors?

— Tu sais, Télesphore, ces filles élevées par des sœurs...

— Continue, Léo.

— Ben, force-moi pas aux confidences, mais crois-moi sur parole, c'est pas toujours drôle... dans la chambre à coucher.

— Ouais! Désolé d'entendre ça, mon vieux, c'est à espérer qu'elles ne sont pas toutes pareilles. Elle t'a donné deux gars, ta Lucette, quand même!

— Y'en a des pas pires filles à Saint-Pierre, pourquoi t'en remettre aux curés? Tu le sais qu'ils prêchent pour leur paroisse.

— Ouais.

Télesphore n'en dit pas plus. Il n'allait pas discuter d'un sujet aussi délicat, surtout avec Léo, qui ne semblait pas en mesure de comprendre son point de vue. Ce n'était pas au sujet de son choix qu'il voulait questionner, mais sur la façon d'aborder Gervaise pour la gagner à sa cause.

— Léo, mon vieux, je te remercie pour ta franchise. Un homme averti en vaut deux. Elle est correcte, mademoiselle Gervaise, bien correcte. Aussi je veux te demander...

— Vas-y, on est voisins, gêne-toi pas.

— Accepterais-tu d'être mon témoin, à l'église? Et Lucette, témoin de Gervaise?

— T'en es pas là? Télesphore, après moins d'une journée...

— Qu'est-ce que tu pensais? Que j'irais coucher chez vous six mois?

— Quand même!

— Ça veut dire que tu refuses?

— Ben non, c't'affaire! On sera vos témoins, mais pense bien dans quoi tu t'embarques, c'est pour longtemps.

— Fais-toi pas de bile, mon vieux. Mademoiselle Gervaise, c'est du bon pain blanc; elle a tourné le restant de votre poulet en pâté doré et savoureux.

— Tu vois, c'est ça, rusées qu'elles sont, on leur enseigne à être rusées. Pour gagner les cœurs, elles se servent de l'estomac. Comme l'enseignait ma mère à mes sœurs: «Le cœur d'un homme, ça se gagne par l'estomac.»

— Dis donc, toi, tu vas remonter jusqu'à la grand-mère Ève si tu continues. Moi, les femmes, mon vieux...

— O.K. J'ai compris. Épargne-moi le sermon.

— Dire qu'hier je te pensais jaloux...

— Jaloux?

— De Lucette, pis de moi...

Les deux hommes marchaient dans la cour. Là-haut, de sa fenêtre, Gervaise les observait. Voilà que Léo s'arrêtait, riait à chaudes larmes:

— Lucette! Saint-Simognaque! Tu penses, toi, que ta belle-sœur a les fesses serrées? La mienne, ma femme, dit son chapelet ou tue des mouches pendant que je lui fais l'amour... Moi, jaloux!

Gervaise s'amusait à les regarder rigoler. Elle aurait bien aimé entendre leur discours joyeux.

«Ce problème dont parlait Télesphore est en train de se régler, ça n'avait sûrement rien d'alarmant.»

***

«Si je déménageais mes pénates dans cette chambre-ci? Ce serait beaucoup plus discret. Que pour une raison ou une autre, Télesphore doive venir dormir ici, ça serait moins embarrassant pour lui. Ensuite, je descendrai préparer le souper.»

En traversant le couloir, elle entendit les enfants qui jasaient dans la cuisine. Il était question d'un verre de lait trop plein. Un instant elle hésita: devrait-elle descendre? Non, ils pouvaient régler leur problème sans elle.

La porte d'entrée se referma bruyamment, la maison fut à nouveau plongée dans le silence, un silence qui invitait à la méditation.

Gervaise alla prendre ses choses, et jeta un coup d'œil plus attentif cette fois sur ce qui l'entourait. La chambre des maîtres était plus grande que les autres. Comme oubliée dans un coin se trouvait une *bassinette*, un genre de couchette d'enfant. Il n'en fallait pas plus pour troubler Gervaise. «Les rideaux auraient besoin d'être rafraîchis.» Cette pensée banale l'étonna. À la place des oreillers se trouvait un traversin, comme elle en avait vu chez mademoiselle Anita. Sur la commode, des photos d'enfants vêtus en communiants, en costumes foncés avec le brassard du confirmé épinglé sur la manche du veston. La tentation était forte de fouiller un peu plus, Gervaise n'osa pas; elle n'était toujours qu'une invitée dans cette maison. La veille, à cette heure-ci, elle arrivait. Quel changement depuis! Gervaise connaissait maintenant ses sentiments, elle espérait de tout cœur qu'ils soient partagés.

Elle descendit à la cuisine. Ouvrir une boîte de conserve n'est pas un drame quand on sait s'y prendre, mais elle ne le savait pas. Elle piqua la pointe de l'ouvre-boîte dans le métal qui résista. Ses mouvements étaient trop saccadés, elle ébrécha le contour. Elle y parvint enfin, elle ferait une fricassée. Ce plat, elle le réussissait bien, pour en avoir tant fait.

Les marmites lui semblaient minuscules. Elle attisa le feu et remplit la bouilloire pour le thé. Tout coordonner lui semblait problématique. Comme dessert, elle prendrait sa pâte à tarte en réserve et ferait des carrés qu'elle enduirait de sucre à la crème. Elle les servirait chauds, avec de la crème douce. «J'aurais dû commencer par ça... je n'ai pas de méthode de travail.»

Elle goûta, le court bouillon semblait à point. Elle ajouta une pincée de sel. Peu à peu, elle prenait confiance, le souper serait prêt à temps. Elle consulta l'horloge: les enfants devraient être là.

Jacqueline arriva la première. C'était son tour de dresser le couvert et de laver la vaisselle. Gervaise ne protesta pas. Elle jeta un dernier regard sur le plat de résistance qui mitonnait sur l'arrière du poêle. Les carrés de sucre étaient dorés à point, elle sortit la tôle à biscuits du four et la déposa sur le *bâleur* qui la garderait chaude sans en continuer la cuisson. Voilà, tout était sous contrôle. «Ce soir, je préparerai une soupe aux légumes. Demain...»

On mangea joyeusement, les discours des enfants et leurs espiègleries amusèrent le père et Gervaise qui se prêtaient volontiers à leurs jeux, bien que l'un et l'autre n'aient, de fait, de pensées que l'un pour l'autre.

Le souper terminé, Télesphore demanda:

— Elle vous plaît? La place que vous occupez à table, je veux dire.

— Oui.

— Pas moi. Votre place est ici, près de moi.

— Bon.

Prenant sa tasse de thé, Gervaise vient s'asseoir près de l'homme.

— J'ai pensé à vous aujourd'hui.

— Ah.

— J'ai demandé à Vadeboncœur et à sa femme de nous servir de témoins à l'église.

— Ah!

Lucille avait entendu, elle courut vers le salon et cria à tue-tête:

— Ils vont se marier! Papa va la marier!

Et voilà que la meute s'approchait en criant.

— C'est vrai, papa?

— Et on va pouvoir t'appeler maman? demanda la bambine.

— Lucille! s'exclama Jacqueline.

— Si toutefois j'accepte, riposta Gervaise.

Télesphore la regarda, fronça les sourcils, inclina un peu plus la tête de côté.

— Allez, ouste! les enfants. Au salon! Et fermez la porte! J'ai à parler à mademoiselle Gervaise.

Les enfants s'éloignèrent en se tiraillant, les yeux moqueurs.

— Ainsi, trancha Gervaise, j'ai appris, par la bouche de votre fille, que je deviendrais votre femme, comme ça, sans avis préalable!

Elle ne riait pas, baissait les yeux pour se contenir. Il semblait si perplexe qu'elle eut peur de pouffer si elle le regardait.

— Depuis quand avez-vous pris cette décision?

— Depuis la minute où vous êtes descendue du train.

— Ah!

— Vous hésitez à me donner votre réponse? Je vous comprends. Je n'ai pas l'habitude des déclarations d'amour, mais d'après ce que je sais de vous, nous deux pourrions être très heureux.

— Je le crois, monsieur Télesphore.

Elle rougit, voilà que le trouble qui l'avait envahie plus tôt dans la journée la tenaillait de plus belle! Et pour comble, Télesphore posa sa grosse main sur la sienne.

— Ah! fit-elle, êtes-vous souffrant?

— Non, pourquoi?

— Votre main est brûlante, vous n'avez pas la fièvre?

— Non, mademoiselle Gervaise, je n'ai pas la fièvre, ma main est brûlante, il faudra vous y habituer.

Elle crut qu'elle allait fondre, de gêne à l'extérieur, par le feu qui la consumait là, au fond de son cœur.

— Alors, c'est oui?

Les mots ne venaient pas, elle se contenta de faire un signe de tête affirmatif.

— Je ne vous ferai pas de beaux grands serments, je vais me contenter de vous aimer. Le reste viendra tout seul. Je vous ai vue agir avec les enfants, vous êtes une bonne personne.

Gervaise était heureuse que la conversation ait bifurqué. Son trouble était si grand! Elle dit simplement:

— J'adore Lucille.

— Les enfants, il faut les aimer également.

— L'amour ne se commande pas, monsieur Télesphore, il se manifeste d'abord puis se développe au fur et à mesure que l'on découvre l'autre.

— Vous parlez bien, vous dites des choses justes. Peut-être que je vais apprendre.

— Demeurez celui que vous êtes, monsieur Télesphore, ne changez pas. Vos enfants vous aiment tel que vous êtes... moi aussi.

— Depuis quand le savez-vous?

— Je ne sais pas. Peut-être que je rêvais à vous sans vous connaître.

— Vous m'avez fait peur, vous savez.

— Sans méchanceté. Je ne croyais pas que vous prendriez mes paroles au sérieux.

— Alors, comme ça, vous et moi...

— Eh! oui. Quand vous voudrez.

— Tonnerre! Que je suis content! Tonnerre!

— Il vous faudra prévenir vos autres enfants.

— Et vous, votre famille.

— Hélas! monsieur Télesphore, je n'ai ni père ni mère; je suis orpheline. J'ai un frère, quelque part, mais je ne sais pas où. Il n'a jamais donné de ses nouvelles depuis son départ de la maison.

— Ne soyez pas triste, pas ce soir.

Sans s'en rendre compte, ils s'étaient éloignés de la

table, ils occupaient les deux grandes chaises berçantes placées l'une près de l'autre. Un instant, ils furent interrompus par les enfants qui venaient embrasser leur papa, ravis qu'on les ait laissés veiller si tard.

Télesphore tira une chaise, grimpa, retourna l'horloge et déplaça la pièce qui bloquait le mécanisme du timbre qui carillonne les heures.

— Le deuil est fini, dans cette maison.

Et Télesphore retourna à la berceuse. Bientôt la sonnerie des heures se fit entendre, Gervaise sentit une grande joie l'envahir.

Un enfant arriva précipitamment, se pencha sur la rampe et demanda:

— Qu'est-ce que c'est, papa?

— L'horloge qui sonne.

Et la fillette remonta, rassurée.

«Ma foi de piquette! Mais je suis amoureuse! Si j'en réfère aux romans lus autrefois, c'est ainsi que ça se passe. Chaque geste qu'il fait me touche, m'impressionne, je suis ensorcelée!»

Télesphore était pensif: quelles seraient les réactions de ses plus vieux en apprenant la nouvelle? Les petits avaient besoin d'une mère. Il était naturel qu'ils en désirent une. Mariette n'était pas des plus conciliantes... Et Alphonse qui étudiait chez les curés... Se sentiraient-ils lésés à l'idée qu'une jeune fille prenne la place de leur mère?

Télesphore s'inquiétait pour ses aînés, Gervaise se préoccupait de la toilette qu'elle porterait à l'occasion de la cérémonie.

Elle tourna la tête. Devant la fenêtre se trouvait une machine à coudre «Singer». Grâce à sœur Clara, elle saurait l'utiliser.

— Monsieur Télesphore.

Il sursauta, sourit, attendit qu'elle parle.

— Je peux utiliser la machine à coudre?

— Et comment! Tout, tout ici. C'est chez vous, c'est à vous, vous devez vous faire à cette idée.

Ces paroles étaient les plus douces qu'il ait encore prononcées. Depuis plus de la moitié de sa jeune vie elle errait d'un foyer à l'autre, n'avait rien à elle sauf quelques hardes, dormait dans le lit des autres, empruntait leurs chaises, à leur table elle mangeait, elle était démunie, totalement démunie. «Ici, c'est chez vous, tout est à vous.» Les mots la remplissaient d'allégresse, son cœur s'émouvait. Gervaise se leva, s'approcha de l'homme. La voix remplie de sanglots, elle murmura «merci» et les larmes vinrent brouiller son regard. Elle posa sa main sur la forte épaule, l'homme tressaillit. L'instant avant ce geste, il s'était senti si remué qu'il avait failli la prendre dans ses bras et la bercer comme on berce un enfant. Mais la main le brûla, l'excita, l'énerva, réveilla ses désirs de mâle amoureux, et il n'osait pas la toucher.

Il toussota pour se donner une contenance, se leva d'un élan et tonna:

— Si je ne m'en vais pas tout de suite, de ce pas... les Vadeboncœur vont avoir verrouillé leur porte.

Télesphore partit. Il fuyait devant cette fille aux grands yeux larmoyants, avec son allure de colombe et ses manières d'aguicheuse qui s'ignore. L'air frais de la nuit l'aida à se ressaisir.

«Ce mariage-là doit se célébrer au plus *drette!*» songea-t-il.

***

Pendant ce temps, chez les Vadeboncœur, le couple discutait de l'affaire sentimentale de leur voisin.

— Il n'y a rien à faire, il est entêté comme une mule. Il ne veut rien comprendre.

— Tu l'as vue, la demoiselle?

– Non, c'est à croire qu'il la cache; j'aurais pensé qu'il m'inviterait à rentrer pour la rencontrer, non. Je te le prédis, ce gars-là va se réveiller avec un méchant mal de tête.

– Peut-être pas.

– Je ne t'ai pas tout dit. Imagine-toi qu'il m'a demandé de lui servir de témoin et toi de témoin à sa femme.

– Hein! Moi, témoin, jamais l'Église ne permettra ça. A-t-on idée? Une femme servir de témoin à l'église! Il n'y a pas si longtemps, on n'avait même pas le droit de vote! Il est tombé sur la tête. Elle n'a donc pas de famille?

– Son fils Phonse ne peut pas lui non plus, il est mineur.

Trois coups discrets furent frappés à la porte qui s'ouvrit et laissa entrer Télesphore. L'œil moqueur, il dit tout haut à l'intention de Léo:

– Pour une fille élevée par les sœurs, elle a la patte chaude!

Ce disant il se dirigea vers l'escalier.

– Tu ne viens pas jaser? se scandalisa Léo.

– J'suis pas en état. Bonsoir, les amis.

– Tu vois, sa vieille, je te l'avais bien dit...

– Attention, il va t'entendre.

– Le diable l'emporte, la tête de mule! Il l'aura voulu.

Tous dormaient, sauf Gervaise. Des sentiments nouveaux l'assaillaient, elle ne savait plus où elle en était sauf que sa tête était en fête et son cœur euphorique. Elle avait l'impression de marcher sur les nuages. Elle pensa à la lampe du sanctuaire qui, là-bas, tenait compagnie au Christ; comme elle aurait aimé se recueillir dans la chapelle ce soir! Ici, tout bouleversait son âme, ce trouble intérieur qu'elle ne savait expliquer l'inquiétait. Gervaise l'ignorait, mais elle vivait déjà sa vie de femme. Le reste, ce qui avait précédé, ne serait bientôt qu'un souvenir.

Elle en oublia son projet de faire une grande marmite de soupe.

***

Gervaise se réveilla tôt. La douce volupté qui l'enveloppait la veille persistait. Elle se sentait légère, divinement heureuse. Elle *turlutait* un air de son enfance. Elle décida d'écrire à mademoiselle Anita pour lui faire part de sa décision. À sa Mère supérieure elle téléphonerait: elle ressentait un besoin fou de partager cette joie trop grande, qui l'étouffait presque. Le visage de Raymond, son frère aîné, s'imposa à sa pensée, le visage d'un garçonnet de quatorze ans qu'elle n'avait jamais oublié. D'un geste de la main elle chercha à effacer l'image troublante, elle ne voulait pas que son bonheur s'assombrisse. Elle caressait la chenille douce du couvre-lit, tout ce qui l'entourait était beau, doux, ouaté comme ses sentiments. Gervaise était heureuse, si heureuse. C'était le miracle de l'amour!

Elle se rendit à la fenêtre: peut-être apercevrait-elle Télesphore? Non, la cour était déserte. L'épouse d'un fermier ne doit-elle pas partager les tâches de la ferme? Elle ignorait tout de cette nouvelle vie, même ses devoirs; comme elle en avait à apprendre, à découvrir, et ça l'enchantait.

La voix des enfants lui parvenait, elle brossa ses cheveux et descendit. À son arrivée, ils se turent.

— Bonjour, lança-t-elle.

Jacqueline ne répondit pas, elle garda les yeux baissés. Réjeanne lui donna un coup de coude. Gervaise hésita, puis osa. Assise en face de la fillette, elle demanda à brûle-pourpoint:

— Tu n'es pas d'accord, hein? Tu ne veux pas que j'épouse ton père.

La fillette hésita, elle jouait avec son couteau. Les

enfants se taisaient, immobiles. L'heure était grave; dans leur petite tête, les interrogations étaient nombreuses, difficiles à formuler. Jacqueline baissa les yeux et murmura:

— Je ne veux pas t'appeler maman.

— Mais c'est ton droit, Jacqueline. Tu peux m'appeler Gervaise, c'est très bien. Dis, tu m'aimes bien un peu?

Jacqueline opina du bonnet. Gervaise respira plus librement.

— Vous avez bien mangé? Lequel d'entre vous veut me gâter? J'aimerais qu'on me serve mon café et une rôtie, comme si j'étais en vacances.

Ils désertèrent la table: tous partirent en même temps en se bousculant. Gervaise sourit: une première victoire remportée!

Jacqueline s'approcha: «La rôtie, sur le poêle ou dans le grille-pain?»

Gervaise ne comprenait pas: une rôtie sur le poêle? Elle risqua:

— Une sur le poêle, l'autre dans le grille-pain.

La cohue reprit, Gervaise rigola. La rôtie sur le poêle était menacée, une odeur de brûlé flottait dans l'air.

— Pas là, pas fine, le rond est trop chaud; ôte-toi, laisse-moi faire.

Gervaise goûta à la rôtie sur laquelle les ronds du poêle avaient laissé des traces.

— Mais c'est bon, ça!

— Tu en as jamais mangé avant?

— Non.

— Papa ne veut pas qu'on en fasse parce que ça salit trop et que ça empeste la maison, mais pour toi, c'est pas pareil.

Que répondre devant tant de spontanéité? Heureusement la porte s'ouvrit et Télesphore parut. Gervaise attaqua de front:

— On a désobéi; j'ai eu droit à une rôtie sur le poêle, monsieur Télesphore.

— Vous nettoierez les dégâts, mademoiselle Gervaise.

Il la regarda avec un sérieux amusé; elle soutint ce regard; ils s'étaient compris.

— Je vous le promets.

— Pour le moment, Monsieur, Mesdames, faites-vous beaux, nous allons au village.

— À cheval, papa?

— Non, en voiture.

— La voiture sans le cheval?

— Bien non, Lucille, avec l'automobile.

— Bravo!

Gervaise s'était précipitée vers l'escalier à la suite des enfants. Elle se doutait bien de la raison de cette sortie. Elle en profiterait pour jeter un coup d'œil aux robes. Depuis la veille, elle se préoccupait de la toilette qu'elle porterait le jour de son mariage. «Bleue», décida-t-elle soudainement. Pour le moment, elle enfilait sa robe grise, ses plus beaux souliers. Elle s'assura que son argent était bien dans son sac à main.

Télesphore ajouta de l'eau dans le radiateur, vérifia l'huile. La Chevrolet Bel-Air avait passé la moitié de sa vie dans la grange, couverte d'une toile. Malgré cela, le temps ne l'avait pas épargnée. Elle toussota un peu mais démarra.

«Tu ne me ferais pas ça un jour comme aujourd'hui, hein, ma cocotte?»

Il s'arrêta près du perron et klaxonna. La meute s'amena, joyeuse.

— Grimpez derrière, eh, la famille Citrouillard, soyez sages!

Elle regardait l'homme qui, du revers de sa manche, essuyait le volant. Elle se carra dans la banquette, pensa à sa dernière randonnée en sens inverse, quelques jours plus tôt. Quel cheminement depuis! Sa vie était bouleversée, changée du tout au tout. Son futur époux, une partie de sa famille, et elle, future madame, se rendaient au magasin choisir une toilette pour une noce, la sienne. Elle allait se marier, convoler comme disent les poètes. Son cœur battait à un rythme fou. Après un temps, elle s'exclama:

— Comme c'est beau, toute cette verdure!

Télesphore leva le bras, d'un geste qui embrassait toute la campagne:

— C'est le plus beau pays du monde.

— Hé, papa, place tes mains à dix heures dix.

— Ouais.

— Qu'est-ce à dire? questionna Gervaise.

— Papa répète toujours à Alphonse de placer ses mains à dix heures et dix sur le volant quand il lui montre à conduire, et lui, il ne le fait pas.

— Tu as raison, Lucien.

Télesphore fit un clin d'œil à Gervaise. Elle lui sourit, elle aimait son beau profil, ses traits mâles, énergiques. Sa manie de garder la tête inclinée lui conférait un air sympathique. Il avait la nuque forte, bien dodue, les épaules larges, le physique puissant de l'homme qui s'était fait des muscles au travail ardu.

Il se sentait observé, il regarda Gervaise dont les yeux brillaient.

— Ça ne peut plus durer bien longtemps comme ça!

Il donna une tape sur le volant. Lucien s'exclama: «Dix heures et dix, papa!»

Gervaise s'inquiétait, que pouvait-il bien vouloir dire? À quoi pensait Télesphore?

Le village était en vue. L'automobile s'arrêta devant le magasin général. Télesphore clama: «Suivez-moi tous chez Philomène.»

— Aidez ces gens à se bien vêtir: une robe et une paire de souliers pour chacune de mes filles, un habit et des souliers pour Lucien, une chemise blanche collet no 17 pour moi et une cravate de votre choix, je paierai ça au retour, dans une demi-heure. Vous, Gervaise, ce que vous voulez, à votre discrétion. Allez, les marmots, conduisez-vous comme des enfants civilisés, sinon vous aurez affaire à moi.

Le ton se voulait plus impératif que sévère, Gervaise le devinait bien. En présence des enfants il cachait toute sentimentalité, affichait des airs tranchants sans doute pour asseoir son autorité paternelle, ce qui ne l'empêchait pas de savoir être affectueux et tendre, de façon détournée, par des gestes doux, des paroles gentilles, des compliments appropriés. Il dialoguait beaucoup avec chacun d'eux, était attentif, s'intéressait à leurs études, les écoutait s'ils exprimaient des peines ou des inquiétudes.

Aujourd'hui il se sentait troublé, il avait pris de sérieuses décisions qui le dérangeaient; il ne savait plus très bien comment réagir, quel geste faire d'abord.

Debout devant le magasin, il regardait en direction de l'église. Juste en face se trouvaient le calvaire et les grilles qui s'ouvraient sur le cimetière. Il avança jusque là, vint s'agenouiller sur le lot de famille où dormaient de leur dernier repos ses parents et sa femme. La quiétude des lieux l'aidait à mettre de l'ordre dans ses pensées.

«Aujourd'hui, Lucienne, c'est moi qui ai besoin de ta compréhension. Mon deuil est récent, mais ai-je le choix? Tu es partie si vite! Mariette nous a laissé tomber, elle nous a quittés. Je me suis retrouvé bien seul avec les jeunes. Il n'était pas question de compter sur l'aide d'Alphonse, sa place est au collège, Monsieur le curé est bien d'accord avec ça. Alors il a proposé de m'envoyer cette fille qui a grandi chez les sœurs; une bonne personne ferait une bonne mère aux petits. J'ai hésité, réfléchi, patienté, les tâches continuaient de s'accumuler, les devoirs, les leçons, tout ça me dépasse. Elle devait être instruite, cette fille, c'est ce qu'il fallait pour te remplacer. Alors je me suis décidé à accepter. Je m'attendais au pire!»

Télesphore sourit, inclina la tête; de sa main, il caressait le sol près de lui; dans un silence recueilli, il pensait à Gervaise. Il soupira et reprit son monologue.

«Elle est arrivée, une perle, une perle que je te dis. Comme toi, elle sait rire, d'un rire joyeux. Et elle est belle! C'est à se demander comment des yeux si noirs peuvent être si limpides! Je veux en faire ma femme, et ça me tarde. Tu le sais, je n'ai jamais voulu m'éloigner de la maison parce que je ne peux pas dormir seul! Voilà que je couche chez Léo, ça ne peut pas durer comme ça! Sac à papier, Lucienne, je dois mettre de l'ordre dans ma vie, et tout de suite!»

Télesphore se leva, secoua la terre qui souillait ses genoux et se dirigea vers l'église, souhaitant que le curé Gagnon s'y trouve. Ce serait plus facile là, dans la maison du bon Dieu, qui appartient à tout le monde, qu'au grand presbytère guindé.

Le curé était dans la sacristie. Télesphore fit une génuflexion devant le maître-autel et alla le rejoindre.

— Bonjour, Monsieur le curé.

— Tiens! Si ce n'est pas ce brave Langevin! J'attendais cette visite. Alors? Elle est là?

— Oui, Monsieur le curé, toute une pouliche que vous m'avez dénichée là.

— Hum!

Le curé se racla la gorge; il savait que l'homme était heureux; comparer une femme à une pouliche n'a rien de péjoratif, ça fait partie du complexe du terrien qui verse facilement dans la fanfaronnade pour traduire les sentiments qu'il ne sait exprimer autrement.

— Et les projets?

— Le mariage, tout de suite.

— Minute, minute, mon garçon. Tu...

— Pas de pis, pas de mais, rien *pantoute,* monsieur

le curé, c'est le mariage tout de suite. Ça fait longtemps que je subis mon deuil, mais là, je suis au bout de mon endurance et j'ai peur de faire des folies.

— Télesphore!

— C'est pas tout. Cette fille est blanche comme la neige du bon Dieu, une neige sans rides, qui vient de tomber; elle a la beauté, un cœur en or, est vaillante à l'ouvrage, instruite, et comprend tout...

— Tu n'oublies rien, tu en es sûr?

— Le reste est à découvrir, je n'ai aucune peur, Monsieur le curé, aucune peur. Mais...

— Mais?

Le curé réprimait un sourire, l'enthousiasme de son paroissien l'amusait. Il savait ce que dirait maintenant le gaillard émoustillé. Il attendait, lui laissait le temps de trouver ses mots, il le voyait s'énerver, s'inquiéter. L'effort intellectuel du paysan l'avait toujours charmé. Il allait bafouiller.

— Heu! Ce serait plus facile au confessionnal.

Pour rien au monde, le curé ne se priverait du spectacle que lui offrait son interlocuteur.

— Prends tout ton temps.

— Monsieur le curé, comment on s'y prend avec une femme qui a l'âge... de sa fille, qui sort à peine du couvent, qui est toute en bondieuseries?

— Tant que ça?

— Non, peut-être, mais je le soupçonne...

— Doucement, tu y vas doucement.

Le prêtre croisa les mains derrière son dos; il arpentait la pièce suivi de Télesphore, qui gardait les yeux rivés sur la pointe des souliers du curé qui déplaçaient le bas de la soutane noire. C'était plus facile ainsi, ils ne se regardaient pas. Télesphore écoutait, docile et attentif, parfois il hochait la tête.

Le curé s'était tu, la marche se continuait: les minutes de l'assimilation au niveau de l'esprit. Le curé savait... il connaissait ses ouailles, comme s'il les avait tricotés. Télesphore s'arrêta enfin.

— Le pire, Monsieur le curé, c'est que ce mariage-là doit se faire tout de suite. Est-ce bien nécessaire, tout le branle-bas de la basse messe, du chœur de chant, des chandelles et des encens?

— Non, sois tranquille. Même moi, je ne suis pas indispensable pour rendre officielle la célébration du mariage.

— Hein? Qu'est-ce que vous dites?

— Les célébrants sont les époux eux-mêmes, lorsqu'ils prononcent le «oui» qui les unit l'un à l'autre.

— Sans témoins?

— Les témoins ne sont là que pour prouver que le mariage a eu lieu et le prêtre pour bénir l'union. Rien de plus.

— Tonnerre! Qui aurait cru ça? Alors, on pourrait se marier tout de suite, comme ça, aujourd'hui?

— Je suppose, oui, mais ça ne s'est jamais fait, pas à ma connaissance. Il y a les bans à publier.

— Les bans, j'avais oublié, ça retarde encore toute l'affaire. Mais je peux payer la dispense. Mon cousin a fait ça, cinq piastres pour un ban; il avait marié une quelconque arrière-cousine.

— La somme à verser pour la dispense de tous les bans est de quinze dollars.

Télesphore mit la main dans sa poche, il était prêt à verser la somme, n'importe laquelle.

— Minute, minute, Télesphore!

— Monsieur le curé, je couche chez le voisin que j'emmerde, ah! pardon, je me lève en sourdine, je cours faire mon train, je mange à une place, je dors à l'autre, mes enfants sont abandonnés pour ainsi dire et j'ai cette fille à la maison qui me rend fou! Il faut que ça cesse.

— Suis-moi.

Ils se dirigèrent vers le presbytère.

Le prêtre téléphona à l'évêque de son diocèse et lui expliqua le cas, rassura Monseigneur sur les sujets en cause: oui, deux bons Canadiens français. Lui, il le connaissait bien; quant à la future, elle avait été recommandée par l'abbé Couillard lui-même.

La permission spéciale fut accordée; Télesphore devait payer pour la dispense des bans, se présenter avec ses témoins en moins d'une heure, «ne pas oublier les gages, ni la fille à marier», avait ajouté le prêtre, moqueur.

Télesphore sortit sans remercier, en courant presque. Le curé hocha la tête, tapota son bedon de l'index; l'ardeur impulsive et enthousiaste du prétendant l'amusait.

La porte fermée s'entrouvrit, Télesphore passa la tête et demanda:

— Votre bedeau, il est disponible?

— Je présume, oui.

— Faites le nécessaire.

Et la porte s'était refermée. Il ne manquait qu'un témoin. Télesphore embarqua dans sa vieille Chevrolet, prit la route et ouvrit l'œil, il lui fallait un autre témoin. «Là, mais c'est Samson, Pierre, c'est bien lui!» Il klaxonna pour attirer son attention.

— Hé, Pierre!

— Bonjour Télesphore, ça va comme tu veux dans le rang deux?

— Et comment! Veux-tu me rendre un grand service?

— Pourquoi pas, si c'est dans le domaine du possible.

— Rends-toi à la sacristie dans trente minutes, le curé t'expliquera.

— Le curé?

— Oui, le curé.

— Ah bon!

Et Télesphore revint vers le magasin général. Il entra en coup de vent. Réjeanne courut se jeter dans ses bras en pleurant. Il se pencha, la prit sur son cœur, la consola. Des yeux, il questionnait Gervaise.

— Une paire de souliers en cuir verni est cause de discorde.

— Tant mieux si ce n'est que ça. Venez, tous. Je reviendrai dans une heure payer la facture, il y a une urgence; suivez-moi, tous, et que ça saute!

— Moi aussi? demanda Gervaise.

— Surtout vous!

Gervaise haussa les épaules, elle n'avait pas eu le temps de choisir la robe désirée. Tout à coup Télesphore se tapa le front, désemparé.

— Écoutez-moi, les enfants, il faut vous rendre à l'église.

— À l'église! s'exclama Gervaise.

— Euh! entrez les enfants, allez, entrez, attendez-nous dans le vestibule.

— Qu'est-ce qui se passe, monsieur Télesphore?

— J'ai, je n'ai pas... j'ai oublié, attendez-moi, je reviens tout de suite.

Il retourna au magasin puis il revint. Il tenait un paquet à la main. Il se dirigea vers son automobile. Il ouvrit le sac, en sortit une boîte de «Craker-Jack» qu'il vida lentement de son contenu. Une petite chose brilla; il la prit, l'exhiba sous l'œil étonné de Gervaise: une bague.

Gervaise aspira profondément. Elle ne comprenait rien à tout ce brouillamini.

— Vous voulez toujours me marier, mademoiselle Gervaise?

— Oui, mais...

— Alors, suivez-moi! À plus tard les «mais».

Gervaise ne parvenait pas à suivre Télesphore qui faisait de longues enjambées. Il s'arrêta sur le perron de l'église, l'attendit; lui tendant la main, il lui sourit, ferma les yeux, fit le signe de la croix. Puis il entraîna Gervaise vers l'intérieur du temple.

Le vestibule était désert.

— Où sont passés les enfants?

— Ne vous en faites pas, suivez-moi.

L'église était également déserte. Le couple remonta l'allée, se rendit à un autel latéral; le curé était là, le bedeau, Samson, les enfants, qui, les yeux écarquillés, étaient assis sur un banc fixé au mur.

Des chandelles étaient allumées. Le prêtre, debout, revêtu de l'aube, attendait.

— J'avais dit dans une heure, Télesphore.

— J'avais oublié les *gages*.

Tous regardaient Gervaise qui commençait à comprendre.

— Pourquoi pas dans la sacristie, Monsieur le curé?

— Silence! Télesphore, ici, tu es dans la maison de Dieu.

Puis le prêtre invita les futurs époux à s'approcher. Gervaise passa sa main dans ses cheveux, sur sa robe grise et triste, pensa à la pauvre bague à deux sous, ce qui faillit lui donner le fou rire.

Pierre Samson était sorti prendre sa marche, la marche des retraités; il errait comme ça, souvent, sans but, des marches souvent banales. Voilà qu'il devenait le témoin d'une vraie pièce de théâtre, digne du folklore québécois, qui avait, de plus, le charme du vrai, du vécu. Il était émerveillé. Le bedeau en avait vu d'autres, il avait l'habitude des rôles secondaires, joués d'urgence dans tant d'occasions. Ça ne l'émouvait pas.

Les fleurs, sur l'autel, étaient-elles déjà là? songea Gervaise. Dieu, en tout cas, était présent, Télesphore aussi, c'était ce qui comptait.

— Télesphore Langevin, prenez-vous pour épouse...

Réjeanne se mit à pleurer, ses sœurs l'imitèrent. Télesphore se tourna, les regarda tout en prononçant le «oui» traditionnel avec tant de force, que les enfants prirent le message pour eux et cessèrent de larmoyer.

— Gervaise Lamoureux, prenez-vous pour époux...

Samson porta la main à sa bouche, le nom de

Lamoureux venait de chatouiller son sens de l'humour, le pince-sans-rire avait les yeux brillants, oui, ça lui plaisait.

Et le bijou sonna faux sur le métal de l'assiette d'argent; sorti de la boîte de «Craker-Jack», venu choir sur le métal précieux, il reçut la bénédiction de l'Église et passa au doigt de Gervaise qui essayait de se concentrer. «Vous pouvez embrasser la mariée...»

Télesphore, grisé, était tout sourire. Gervaise était au comble de l'émotion. Là-haut, l'orgue entonnait un air de circonstance. Madame Latouche, arrivée trop tard pour jouer la marche nuptiale, s'y donnait à cœur joie.

L'orgue grondait un cantique qui inondait le parvis, ravissait les cœurs, réchauffait les âmes et faisait pleurer Gervaise.

À la sortie de l'église, Pierre Samson lança une invitation:

— Tout le monde chez nous, y compris vous, Monsieur le curé! Il faut mouiller ça!

Enfin! le bedeau devenait intéressé.

Pierre Samson sortit les coupes de verre mousseline, comme dans les grandes occasions, y versa un doigt de brandy. Les enfants eurent droit à de l'orange Crush. Madame Samson, émerveillée par ce party-surprise, servit des petits fours, des biscuits Village, du fromage. Le gramophone permit à Tino Rossi et à Charles Trenet de parler d'amour. Gervaise était radieuse. Son mari n'avait d'yeux que pour elle. «Non, se rassura le prêtre, cette fille n'a rien d'une opportuniste, elle est d'une sensibilité! Je comprends le délire de ce costaud!»

Les paroissiens de Saint-Pierre-de-Montmagny entendraient longtemps parler de ce mariage précipité. Les faits se sont passés tels qu'ici relatés, mais ont été souvent modifiés.

Lorsqu'elle en entendit parler, Évangéline Latulipe piqua une de ces colères! La vieille fille avait tant espéré conquérir le cœur du veuf si bien établi. Tout de suite elle nourrit des doutes dans son cœur ulcéré. Elle traça un cercle sur la page du calendrier qui marquait la date des épousailles; elle verrait bien si, dans neuf mois...

On rentra à la maison. Lucien bâilla, décidément ces histoires de grandes personnes étaient ennuyantes à mourir. Réjeanne était déçue; elle rêvait de voir une mariée en longue robe blanche, coiffée d'un voile vaporeux, tenant une gerbe de fleurs dans les bras, comme dans les films. Des noces, c'est fait pour danser, s'amuser. Pouah! Jacqueline ne disait rien, elle ne pensait qu'à ses souliers de cuir verni, tout ça était la faute de Réjeanne qui s'en était mêlée, et Jacqueline en avait marre d'user les souliers de sa grande sœur. Elle parlerait à son père!

Lucille, la bambine, était ravie; le brouhaha lui avait plu, les courses en auto, le va-et-vient, et surtout l'assurance que Gervaise ne les quitterait plus.

— Tu restes avec nous pour toujours, hein, mademoiselle Gervaise?

— Oui, chaton.

— Idiote, c'est maintenant madame Gervaise, corrigea Lucien.

«Madame Gervaise». Ces mots avaient ému la jeune épousée. «Je suis devenue madame Télesphore Langevin! Je suis ici, chez moi; ces enfants sont les miens.»

Télesphore se rendit aux bâtiments, s'occupa de ses bêtes, fit la traite des vaches; la vie ne s'arrêtait pas pour autant. Lorsqu'il revint à la maison, la scène qui s'offrait à lui était attendrissante: les enfants étaient réunis autour de Gervaise, la cadette assise sur ses genoux. Elle répondait à leurs questions au gré de leur curiosité. Où elle habitait, qui était son papa, sa maman? Gervaise leur parlait de sa Gaspésie, de la mer, des grosses vagues, de l'écume, des bateaux des pêcheurs; elle mimait, mettait de l'emphase dans ses propos, en faisait une histoire charmante qui les amusait.

Jacqueline, la plus irascible de tous, avait plaqué ses coudes sur ses genoux, appuyé son menton dans la paume de ses mains et écoutait religieusement. «Au fond, pensa Gervaise, elle est une grande rêveuse.»

Huit heures et la demie avaient sonné depuis longtemps, mais ce soir-là, les enfants le savaient bien, il y avait relâche. Ce jour n'en était pas un comme les autres.

Télesphore s'approcha, il tenait des oranges qui avaient emprunté la tiédeur du caveau.

— Qui en veut?

On s'empiffra autour de la table. Gervaise s'exclama:

— Mais nous avons oublié de souper! Vous avez faim? Vous aimeriez manger un bol de céréales avant d'aller dormir?

Les oranges étaient bien meilleures. Les pelures jonchaient la table. Gervaise en prit une qu'elle alla déposer sur l'arrière du poêle; bientôt une odeur agréable se répandit dans toute la cuisine.

Télesphore souligna que les vacances achevaient, que bientôt il faudrait reprendre le chemin de l'école. Il faudrait peut-être penser à aller dormir. Il se retourna, regarda l'horloge et fit oh!

Les enfants avaient compris. On ramassa l'écorce des fruits que l'on déposa à la poubelle.

On embrassait papa, on hésitait maintenant... Gervaise tendit les bras, elle eut droit à son premier baiser.

— Dormez bien, mes anges.

Ils s'élancèrent tous ensemble, se bousculant dans l'escalier.

— Doucement, les enfants, doucement.

Dès qu'ils eurent disparu, Télesphore demanda à sa femme:

— Pas trop fatiguée?

— Non, mais sûrement très heureuse et... légèrement bouleversée.

— En forme, alors? Assez pour une autre sortie?

— Oui, répondit-elle, intriguée.

— Allons.

Il avait formulé ses questions plus tôt, tout en faisant le train, en éliminant l'utilisation du «tu» et du «vous», une sorte de pudeur qu'il n'aurait su expliquer.

— Et où allons-nous?

— Chez les Vadeboncœur.

— Vous ne verrouillez pas les portes?

— Non, à Saint-Pierre on s'inquiète bien plus des coyotes qui menacent les poules que des intrus.

En silence, il se rendirent chez les Vadeboncœur où ils trouvèrent leurs voisins qui jouaient aux cartes. Ils s'attendaient à voir arriver Télesphore seul, ils se levèrent pour accueillir Gervaise.

— Mademoiselle Gervaise? demanda Lucette.

— Non, répondit le nouvel époux, ma femme, madame Télesphore Langevin.

— Nom d'une pipe! s'exclama Léo. Depuis quand?

— Deux ou trois heures.

— Venez vous asseoir.

Léo regarda Gervaise avec tant d'insistance qu'elle en ressentait de la gêne. Télesphore narra les événements de l'après-midi.

— Comme dans les romans, s'exclama Lucette.

— Sauf pour la bague. Ça prend juste toi, Langevin, pour faire des affaires comme ça.

— Je n'avais pas le temps de me rendre à Montmagny, je me suis débrouillé du mieux que j'ai pu. La grâce du ciel n'a pas d'œil pour ces détails-là.

— Mais ta femme, oui.

— Toi, Léo, pas d'histoires! Tu es déçu parce que tu n'as pas été témoin...

— Bon. Moi, trancha Lucette, je savais que cette noce aurait bientôt lieu, aussi j'ai... attendez.

Elle se leva, se dirigea vers le salon, alluma la lumière.

— Venez voir.

Sur la bahut se trouvait un gâteau à trois étages, tout blanc, garni de minuscules perles argentées et de rubans.

— Vous avez fait ça pour nous?

Gervaise s'approcha de Lucette, prit ses mains dans les siennes, la regarda droit dans les yeux, lui dit «merci» et l'embrassa sur la joue.

— Je vous en serai toujours reconnaissante; merci, en mon nom et en celui de... mon mari. Je n'ai pas encore l'habitude, vous comprenez...

— Et ça n'a pas été piqué dans une boîte de «Craker-Jack», ironisa Léo. Vous voulez qu'on y goûte?

— Non, protesta Lucette, demain soir. Venez souper avec votre famille, alors tous en profiteront.

— Je suis touchée, Lucette.

— Sur ce, on ira dormir, lança Télesphore, c'est assez d'émotions pour une seule journée. Allons, viens, Bourgeon.

Gervaise le regarda, c'était bien à elle qu'il s'adressait pourquoi ce surnom?

La nuit était fraîche. Dans le rang deux, un homme et une femme marchaient, l'un près de l'autre, en silence, se tenant par la main. Ils n'avaient pas besoin de la lune ni des étoiles: dans leur cœur scintillait toute une constellation.

Rendus chez eux, Gervaise s'émut, la cuisine était illuminée. Là-haut, les enfants dormaient. Elle avait le goût de danser la grande farandole.

Télesphore regarda Gervaise droit dans les yeux:

— Tu ne regretteras jamais ça, Bourgeon. Je te le promets.

Gervaise alla se blottir contre lui; il la repoussa doucement.

— Pas ce soir, Bourgeon, pas ce soir. Tu as assez connu d'émotions pour aujourd'hui, va dormir. Pas ce soir.

Elle lui sourit et s'éloigna. Cette délicatesse la touchait. Demain, elle lui dirait ses craintes, les craintes que lui inspirait cette première nuit. Elle y avait tant pensé, depuis qu'il avait été question de ce mariage! Seule, dans sa chambre, elle se surprit à regretter qu'il ne soit pas là. Peut-être précisément parce qu'il n'y était pas...

Elle pensa à Mariette et à Alphonse. Il fallait les informer. À mademoiselle Anita, à Mère supérieure, aux grains de maïs soufflé «Craker-Jack» qui glissaient du sac, aux fleurs sur l'autel, à la musique. Tout se bousculait, se confondait, le gros gâteau blanc, les nuages... les nuages ouatés... l'infini...

***

Avoir vingt ans, le cœur en fête, nager dans ses rêves devenus réalité, aimer et se savoir aimée, que fallait-il encore désirer?

Gervaise s'était réveillée, s'était souvenu, avait refermé les yeux: elle savourait son bonheur. Pas n'importe lequel, le sien, le plus beau. Elle sourit, elle tourna et retourna dans son doigt le faux bijou qui témoignait de l'authenticité des faits.

Ce soir... elle s'étirait, se roulait entre ses draps chauds, ce soir elle voulait être belle. Pour elle-même, pour Télesphore, pour les enfants, pour l'univers entier.

À la réception elle porterait la jolie blouse blanche, cadeau de mademoiselle Anita, qu'elle avait souvent caressée en raison de sa douceur, mais qu'elle n'avait jamais osé porter, par pudeur, à cause du tissu diaphane, du décolleté. La seule jupe décente qu'elle possédait était un peu courte, mais c'était la mode.

Sous la douche, elle chanta, elle chanta l'amour de sa jeunesse. Tout était doux, merveilleux.

«Vous êtes belle...» Télesphore le lui a dit. Elle se regarda dans la glace, aima soudainement son visage: «il a raison». Ce sursaut d'orgueil la fit sourire.

Le jour passa trop vite. Lucille était jolie, avec ses tresses françaises qui ornaient sa tête de gerbes. Jacqueline a accepté que les guenilles proposées par Gervaise cachent ses cheveux avec la promesse qu'ils deviendraient de beaux boudins qui resteraient en place toute la soirée. Réjeanne, à treize ans, avait déjà la pudeur de l'adolescence: elle garderait droits ses long cheveux. Toutes se firent belles, on célébrait le mariage de papa. Gervaise ne s'offusqua pas, la noce de papa et la sienne ne faisaient qu'une, elle le savait, n'avait pas besoin de l'entendre dire.

Télesphore disparut, il partit sans avertir. Gervaise vit la Chevrolet tourner le coin de la maison. Lorsqu'il rentra elle ne posa pas de question: elle se doutait bien un peu des raisons de son absence.

— Et vos aînés, Télesphore?

— Vous et moi, on est mariés... vous êtes ma femme.

— Je sais, Télesphore.

— Alors... laissez tomber le vous, ça me gêne. Les enfants, je vais leur téléphoner.

Gervaise sourit; elle voulait bien laisser tomber le vouvoiement, mais lui-même semblait hésitant à utiliser le «tu».

— Pour téléphoner, encore faut-il avoir le téléphone.

— Il est là, dans le salon, derrière la porte.

— Je ne l'ai pas remarqué.

— Parce qu'il ne sonne pas. Il est là depuis la maladie de Lucienne. J'ai pensé que les enfants l'utiliseraient, Mariette surtout; partie en sauvageonne, elle se contente d'envoyer une carte de Noël.

— Oubliez ça, téléphonez-lui, elle sera sans doute rassurée de ne plus vous savoir seul; elle a sûrement des remords et ressent de la culpabilité.

— Des mots, des mots.

— Vous savez où la rejoindre?

— Oui, c'est certain. Mais elle l'ignore. J'ai de ses

nouvelles assez régulièrement; elle est partie sur un coup de tête avec une amie de son âge qui avait trouvé du travail là-bas. La mère de Catherine me tient au courant de tout. Au début, ça m'a choqué; maintenant ça me rassure. Elle s'est amourachée d'un jeune homme bien, paraît-il, et fait une bonne vie. Les enfants, tu sais, nous causent les tourments de leur âge: petits problèmes d'abord, mais qui grandissent avec eux. Dans mon temps, mon père n'aurait fait ni un ni deux, il aurait mis la police aux trousses de sa fille si elle avait agi comme ça. Aujourd'hui, c'est une autre histoire. Les jeunes ne veulent même plus aller à la messe du dimanche. Ça s'en vient triste.

Télesphore hésitait entre chaque phrase qu'il semblait peser et soupeser avant de l'énoncer. La peine peut-être, ou une certaine gêne? Gervaise le savait malheureux, elle se contentait de l'écouter sans le regarder, pour ne pas ajouter à sa honte qu'il n'osait avouer, mais qui se sentait: Télesphore était blessé dans son amour-propre.

— Il faut lui téléphoner, croyez-moi; si je savais... moi, si je savais où se trouve mon frère, je serais si heureuse que je lui crierais ma joie... malgré tout. Faites-le pendant que nous sommes seuls, allez. N'oubliez pas Alphonse.

Il sortit son portefeuille, y chercha un papier qu'il déplia et consulta. Puis il se dirigea vers le salon. Discrète, Gervaise monta à sa chambre. Elle fit sa toilette tout en pensant à son homme qui lui aussi avait des chagrins enfouis au fond de son cœur. «C'est sans doute le lot de tout être humain.» Ce raisonnement la consola et lui souligna l'importance de savourer pleinement le grand bonheur qui l'inondait présentement et qu'elle voulait protéger jalousement.

Sur le bureau de Mariette il y avait une jolie bouteille portant l'étiquette «Quelques fleurs». Elle l'ouvrit, huma, versa quelques gouttes de parfum sur le bout de ses doigts qu'elle promena sur sa nuque. Elle passa sa main dans ses cheveux, ramena quelques mèches sur son front: une coquetterie qu'elle pouvait enfin se permettre. «Qu'elle est belle, la vie! Que c'est doux, l'amour!»

— Gervaise, Gervaise, viens.

Elle sursauta. Le ton était joyeux, ce qui la rassura. Elle courut, posa sa main sur la rampe, descendit. Il était là, en bas de l'escalier, le visage réjoui.

— Elle est contente, contente! Tu comprends? Elle se dit ravie de me savoir marié. Soulagée, comme tu m'as dit.

Gervaise est près de lui; il la prend dans ses bras, la serre à l'étouffer, fait quelques pas de danse en l'entraînant; il tourne, tourne, laisse exploser sa joie.

— Et Alphonse?

— Comme un curé, comme Léo, il est apeuré. Attends qu'il te connaisse, attends voir.

Tout à coup, il s'immobilise. Il met sa main sous le menton de la jeune femme et l'oblige à lever la tête.

— Tout ça, grâce à toi. Où sont passés les jeunes?

— Lucien est déjà chez Léo et les filles font sécher leurs cheveux au soleil.

Sans crier gare, il la saisit dans ses bras, grimpe l'escalier, la laisse tomber sur le grand lit, l'embrasse passionnément, froisse sa jupe, s'énerve, s'essouffle, se pâme, s'extasie, murmure, ronronne, puis... s'excuse.

— Je suis devenu fou!

Il se lève, tourne le dos, cherche son pantalon, le ramasse, l'enfile et répète:

— Je suis devenu fou!

— Et moi qui avais peur! s'exclame Gervaise.

Il se retourne, fronce les sourcils.

— Peur?

— Oui, peur.

— Peur!

— Du méchant loup...

— Du méchant loup?

Et tous deux rient, comme des enfants. Lui de sa fougue, elle de ses craintes. Il est sorti de la chambre. Derrière lui s'égrène son rire.

Gervaise, les yeux fermés, encore sous le coup de la surprise et de l'émotion, reste là, immobile. Elle n'est pas très certaine de ce qui lui arrive. Tout s'est passé si vite, si spontanément, si simplement, si... naturellement! C'est ça qui l'étonne le plus, l'émerveille et la rassure.

Tout à coup, elle se lève, s'empresse vers la chambre qu'elle occupait encore hier. Elle prend ses affaires, les ramène dans la chambre conjugale, la sienne dorénavant. Elle ouvre le bureau, place tout ce qui s'y trouve dans le tiroir inférieur et empile sa propre lingerie. Plus tard, elle inspecterait les choses qui avaient été laissées là; elle en disposerait comme il se doit. Elle pense à cette femme qui s'est, comme elle aujourd'hui, penchée sur ces tiroirs, mirée dans ce miroir. Cette femme dont elle ne sait que le prénom et le rôle qu'elle a joué, ignorant tout de sa personnalité, son caractère, ses goûts.

Sa blouse s'est un peu fripée, tant pis! Elle recoiffe ses cheveux et descend.

— Tu es belle, Gervaise.

— Toi, Télesphore Langevin, va revêtir ton plus beau costume. Tu es invité, ce soir, à une réception avec ta femme et tes enfants... L'aurais-tu oublié? À propos, je veux que tu me dises: pourquoi m'appelais-tu «Bourgeon», hier?

— J'ai fait ça?

— Oui, tu as fait ça! À plusieurs reprises.

— En te voyant, dès la première minute, insécure, timide, toute menue et sans défense, j'ai pensé à un bourgeon; un bourgeon qui attend la lumière et le soleil pour éclore, qui se gonfle, s'entrouvre, se referme pour enfin éclater.

«Et s'épanouir, songe Gervaise, auprès de ce rustaud qui va dans la nature chercher des comparaisons pour exprimer ses pensées; un homme bon et simple, parfois maladroit, mais si sincère!»

— À quoi penses-tu?

— À toi. Allez, va!

La voix douce, légèrement troublée par l'émotion qui l'étreint, bouleverse Télesphore qui obéit au commandement avec joie. Dès que le dialogue prend ces tournures, il ne sait pas comment réagir... Il n'a pas l'habitude et Gervaise ne cesse de provoquer en lui des sentiments aguichants! «Tonnerre, que cette femme-là m'excite!»

Il ouvre la garde-robe, recule d'un pas: le linge de Gervaise y est suspendu. Il hoche la tête en signe de contentement. Il a deviné: elle vient d'entrer au nid. *«Cré Bourgeon!»*

***

Au moment d'arriver chez les Vadeboncœur, Télesphore sermonne les enfants.

— Vous autres, la famille Citrouillard, conduisez-vous comme du monde, compris?

— Oui, papa.

— Je veux plus que des promesses. Hein, Lucille?

— Oui, papa.

Des fleurs champêtres décorent la maison. Et voilà qu'au salon tous sont réunis: le curé, Pierre Samson, le bedeau, les Vadeboncœur et le gâteau. On applaudit. Télesphore est gêné, et Gervaise, rose de plaisir.

— Si je m'attendais à ça!

Lucette offre des verres remplis de cidre de pomme qu'elle a déposés sur un grand plateau recouvert d'un centre de dentelle écrue. Les enfants y ont droit également, dans des verres plus petits. On trinque, on salue. Les fils Vadeboncœur, Armand et Robert, ont le bout du nez luisant, les cheveux bien lissés vers l'arrière. Lucien se colle à eux. La table est dressée; une grosse soupière de faïence blanche avec la louche trône en plein centre. On tend son assiette qui se remplit.

La soupière est remplacée par la rôtissoire pleine de petit gibier: du siffleux, du lièvre, de la perdrix, du canard sauvage qui ont mijoté dans une sauce brune. La miche de pain, tranchée, est cachée sous une serviette de toile de lin brodée. On en soulève le coin, on se sert.

Vient ensuite le pouding au chômeur dont le caramel empiète sur la pâtisserie qui flotte dans son jus doré.

Gervaise pense au gros gâteau à étages, qu'on n'a pas encore offert.

Le curé, qui a récité le bénédicité, dit les grâces.

Télesphore est nerveux, il fouille dans ses poches. Tous ont la tête inclinée pour la prière. Lucien lève les yeux vers son père, des yeux réprobateurs. «Amen», répond-on en chœur.

Télesphore toussote, recule sa chaise, se lève.

— Monsieur le curé... (Il se *dérhume* encore.) Pardon... Monsieur le curé, je m'excuse de vous demander ça. D'habitude, c'est une fois pour toutes; c'est jusqu'à la mort, comme vous dites, c'est pour toujours, mais là...

Il bafouille, ne s'en sort plus. Il s'embrouille de plus en plus; Gervaise le plaint. Léo éclate de rire et s'exclame:

— Ça y est, Monsieur le curé, notre Télesphore a des remords et veut se *démarier*!

— Ça, jamais! Mais, Monsieur le curé, j'ai un aveu à faire: j'aurais besoin d'une autre bénédiction...

— Pour qui te prends-tu? lance Pierre Samson. T'en as pas assez d'une bénédiction? Il n'en restera plus pour les autres, tu vas ruiner Monsieur le curé!

Les adultes rient, et parce qu'ils rient, les enfants rient aussi. Il n'en faut pas plus pour délier la langue de Télesphore. Celui-ci reprend son discours où on l'a interrompu et raconte l'anecdote de la bague de toc dénichée dans une boîte de maïs soufflé.

— Une boîte de pop-corn! répète Samson, les yeux

exorbités. Il est allé chercher les *gages* dans une boîte de pop-corn. Le diable m'emporte! Maudit Langevin!

Il rit tellement qu'il doit se lever; il se promène plié en deux.

— Des histoires à vous faire faire une indigestion aiguë. Maudit Langevin! Maudit Séraphin Poudrier! Une boîte de pop-corn...

— Le saviez-vous, madame Langevin? demande le pasteur.

— Oui, dit-elle, rouge de plaisir.

— Et vous avez accepté ça?

— Ce n'est qu'un symbole. Le jonc n'a pas à être en platine, c'est le cœur qui compte.

Télesphore ouvre la main; au creux de celle-ci se trouvent un joli jonc et une bague sertie d'un petit diamant.

— Tiens, Bourgeon, admire ça. C'est du quatorze carats. Pensez-vous, Monsieur le curé, que ça se transfère d'une alliance à une autre, la bénédiction?

Lucette s'est levée, elle va au salon et en revient, poussant devant elle une table sur roulettes, couverte d'une nappe d'organdi blanc brodé de fils d'or et sur laquelle était posé le gâteau de noce.

On applaudit. Gervaise prend le couteau. Télesphore pose sa main sur celle de sa femme. Ils se regardent, se sourient et hop! sursautent: un éclair, deux éclairs, Lucette vient de tout éterniser sur pellicule à l'aide d'un appareil-photo.

— Je pense que je vais pleurer, se plaint Lucille qui fond en larmes.

— Viens, mon ange, viens.

Et le curé prend la petite sur ses genoux. «L'âme qui pleure de joie est une âme pure! Pleure, petite.» Le prêtre pose la main sur la tête de l'enfant. Gervaise, à son tour, essuie une larme.

— Des noces comme ça, tranche le bedeau, il devrait y en avoir plus souvent!

— Je vous aide à tout ranger, Lucette, offre Gervaise.

— Jamais de la vie! On ne se marie qu'une fois. J'ai mes hommes pour m'aider.

Les invités sont partis. Les Langevin sont retournés chez eux, main dans la main, parents et enfants: à eux tous, ils occupaient toute la largeur du rang deux.

Les jeunes ont filé vers leurs chambres. Gervaise ne veut pas aller dormir, elle a le goût de jaser.

— Aimerais-tu boire un thé, ou autre chose, Télesphore?

— Non merci, Gervaise.

— Fatigué?

— Un peu, c'est beaucoup d'émotions.

— Viens t'asseoir, il n'est pas si tard.

— Le petit jour pointe vite.

— Une belle journée comme ça ne devrait jamais finir. Je n'oublierai jamais ce que les Vadeboncœur ont fait pour nous.

Gervaise joue avec son alliance, elle tourne l'anneau en tous sens.

— Contente?

— ...

— Contente, Gervaise? Tu pleures, ma foi! Allons! Bourgeon, dis-moi, qu'est-ce qui ne va pas dans ta belle tête?

— Trop de grands bonheurs... trop vite... tout ça en même temps.

— Pleure, ma belle noire, si le cœur t'en dit.

— Je vais m'habituer...

L'émotion l'empêche de poursuivre l'exposé de sa pensée.

— Ah! parce que Madame croit que la noce va durer toujours! taquine Télesphore mal à son aise.

— Comprends-moi, Télesphore, la première fois que j'ai quitté la maison de mon père, j'avais peut-être quatre ans, et je l'ai quittée définitivement à neuf ans.

Depuis, je me promène de village en village, d'une maison à l'autre et d'une pension à l'autre, seule, toute seule. Puis, papa et maman sont décédés, notre maison a brûlé! Tout ça, tout ça et plus. Et tout à coup, toi; toi, les enfants, cette maison... Je suis plus apte à affronter le chagrin que la joie. Je ne suis pas habituée à tout ceci. À toi, je peux parler; de toi, j'attends des réponses. Je ne sais pas comment te le dire, comment l'exprimer. Je ne veux pas me tromper...

— Oui, c'est beaucoup pour une fille de ton âge. Mais c'est fini tout ça. Tu es ma femme, tu peux dorénavant compter sur moi. Je serai ton saint Christophe.

Gervaise rit à travers ses larmes. Son mari, elle le constate une fois de plus, est moins gaillard quand ils sont en tête-à-tête. Sa hardiesse s'estompe. Il devient tendre, attentif, indécis et un tantinet maladroit. Il se sert d'images pour exprimer le fond de sa pensée. Et ça lui plaît.

— Dis, tu le connais, saint Christophe?

Bien sûr qu'elle le connaît, saint Christophe! Son mari, l'œil tendre et moqueur, ajoute:

— Tu sais, celui qui a porté le petit Jésus sur ses épaules! Je l'ai vu sur une image...

— Grand comique!

— Je ne te l'ai pas dit, on va avoir de la visite. Alphonse vient toujours passer la dernière semaine d'août et la première de septembre pour m'aider à rentrer les foins.

Télesphore a fait bifurquer la conversation. Le quotidien reprend sa place dans leur vie de couple: les enfants, la besogne... Le train-train quotidien alimente leur conversation jusque dans la chambre, jusque dans le grand lit et jusqu'au moment où s'éteint la lampe de chevet...

***

Là-haut dans le ciel, les rayons du soleil pointent à peine. Ils chassent la nuit pour laisser place à l'aube. Cette fois, Télesphore a gagné sur le coq: il s'est levé avant lui et regarde sa femme dormir jusqu'au concert matinal. Puis il descend à la cuisine. Il a faim, il mangerait bien un peu avant d'aller faire le *train*. Il est si heureux! La vie est revenue dans la maison, sa femme lui donne le goût de chanter. Il n'a pas connu un tel enchantement depuis si longtemps, il a la sensation d'être redevenu jeune. Comme au temps de sa fougueuse jeunesse, il a la tête pleine de projets, d'idées merveilleuses.

Debout près du comptoir, la table du *sink*, comme disait sa mère, il s'est préparé un goûter composé de pain grossement cassé, arrosé de lait chaud et de cassonade. Il tient le bol fumant à la main et se dirige vers la table. À sa grande surprise, il voit deux pieds nus se pointer dans l'escalier, suivis d'une robe de nuit qui traîne sur les marches: c'est Gervaise. Immobile, craignant de voir disparaître un si joli tableau, il secoue la tête, alors que ses sourcils en broussaille se rapprochent. Elle descend toujours, s'étire, porte une main à la taille, renvoie les épaules en arrière, bâille le poing devant la bouche, a les yeux bouffis par le sommeil: une petite fille au saut du lit. Gervaise secoue la tête, place ses deux mains derrière la nuque, s'étire encore et c'est alors qu'elle aperçoit son mari qui l'observe.

— Tiens, tu es là, bonjour.

Un capitaine de bateau qui surprend une sirène assise sur un rocher au beau milieu de la mer ne doit pas être plus émerveillé! Cette vision l'enchante, son cœur bondit.

— Dis-moi, Télesphore, pourquoi la boîte de pop-corn?

Il s'attendait à tout, mais pas à ça, pas à cette question-là.

— Viens t'asseoir, tu en veux? Le lait est chaud.

Elle fait non d'un mouvement de la tête, elle s'étire encore.

— Tu ne dormais plus?

Elle regarde l'horloge. Brrr... elle a le frisson de celle qui s'est réveillée trop tôt. Gervaise répète en bâillant:

— Pourquoi le pop-corn? Pourquoi pas le bâton de crème?

— Le bâton de crème?

— Oui, tu sais bien, le bâton de bonbon fort. Lui aussi se vend avec une bague.

— Je ne le savais pas.

Et les yeux rieurs, Télesphore raconte:

— Plus jeune, j'allais parfois faire la drave au printemps. C'est là que j'ai connu deux grands drôles: Philippe Lepage, le mari de Georgette - tu vas la rencontrer un jour, mais ne répète jamais ce que je vais te confier - et Gustave Poirier, le grand Gustave! Toujours est-il qu'au retour, ces deux énergumènes, qui avaient conservé toutes les bagues-surprises cachées dans le pop-corn mangé au cours de l'hiver, s'en servaient pour faire des propositions aux filles et leur promettre le mariage. Comme ça, ils se faisaient inviter dans les grosses familles et profitaient des beaux *partys* préparés en leur honneur, pour ensuite retourner au chantier, ni vus ni connus.

— Mais, proteste Gervaise, ils brisaient le cœur de ces filles!

— Pourtant, il n'y a pas si longtemps, ils ont participé à ton bonheur à toi, ma Gervaise...

— Dis donc, toi!

Il rit, gratte le fond de son plat, jette un coup d'œil à l'horloge et s'exclame:

— C'est bien beau tout ça, mais ça ne nourrit pas les poules.

Et le terrien va vaquer à ses obligations quotidiennes, le cœur léger.

Chapitre 13

— Dis-moi, Réjeanne, tu peux m'aider? Il faudrait faire le lavage. Où sont les choses?

— Dans la remise. Viens avec moi.

La fillette indique le moulin à laver, la cuve, une grande cuve galvanisée pour rincer, le *bâleur*, cet autre grand récipient en cuivre qui servira à faire chauffer rapidement l'eau nécessaire, puis à faire bouillir le linge à blanchir, et finalement la chaudière, le seau de métal servant au remplissage.

Gervaise ne sait pas par où commencer; faire chauffer l'eau d'abord, cela va de soi. Elle regarde la lessiveuse d'un air désolé, jamais encore elle ne l'a vue en opération. Peut-être, oui, chez Julie... et les souvenirs affluent, «la nuit affreuse, l'affreuse nuit». Elle ferme les yeux, elle veut oublier. Cette nuit terrifiante lui semble si loin.

Réjeanne avait disparu. La voilà qui revient, traînant dans ses bras un énorme tas de linge sale.

— J'ai tout ramassé, dans les chambres, partout. J'ai les serviettes, les taies d'oreillers, mais il manque les draps. Je reviens.

— Bonté suprême!

Gervaise se laisse tomber sur une chaise et se cache le visage derrière les mains. Que va-t-elle faire? «Heureusement, songe-t-elle, il fait grand soleil et bon vent. Ça va sécher, mais d'abord il faut laver.»

Réjeanne se fait de nouveau entendre, elle a le ton autoritaire de celle qui sait se donner de l'importance.

— Vite, descends, Lucien, viens rentrer du bois, c'est le jour du lavage.

Et vlan! Ces draps ajoutent au désespoir de Gervaise,

qui se sent tout à fait perdue. Heureusement, Jacqueline accourt. Elles ont l'habitude. Le soir, elles aidaient papa, car lui, c'était le soir qu'il faisait le lavage.

Et les fillettes font des tas, séparent les couleurs, les lainages.

Sur le poêle, la bouilloire chante, l'eau du *bâleur* commence à frissonner: elle se dégourdit lentement.

Un miracle se produit, Télesphore arrive, un panier d'œufs à la main. Devant l'expression de désespoir qui se lit sur le visage de sa femme, il éclate de rire.

— Je vois, les joies du mariage qui commencent.

Et Gervaise assiste, les bras ballants, à une démonstration de savoir-faire. Que d'eau! Que de savon! Et la grosse Beatty qui entreprend son refrain: «Flic, flac, flic, flouc.» Puis, l'essoreuse chiffonne ce beau linge et le laisse tomber dans la cuve placée là, derrière. «Flic, flac», ça continue. Et on vide et on recommence. Ensuite, vient le temps de javelliser, de laisser diluer dans l'eau de rinçage, juste assez, pas trop, les carreaux de bleu à laver enveloppés dans un coton, ce qui rend le blanc éclatant. Gervaise n'a jamais su qu'il fallait tant travailler pour se vêtir proprement.

Elle se remémore la lingerie du couvent, des piles de draps à n'en plus finir, les alaises qu'il fallait demander en fin de mois pour couvrir les draps au dortoir des grandes... Et ces autres guenilles qu'elles déposaient dans des récipients à cet usage les jours qui coïncidaient toujours avec les maux de ventre... Qui s'occupait de tout ça, au lavoir? Pas des hommes, c'est certain. Alors? Les sœurs converses, sans doute, comme sœur Clara! Et son cœur se gonfle tout à coup de reconnaissance. Elle avait donc reçu plus qu'elle ne le savait?!

«Flic, flac», le linge se promène le temps qu'on secoue et qu'on empile. Maintenant, vite, vers la corde à linge. Il faut profiter du vent qui fait sa part de repassage.

— Mais tu ne sais pas étendre le linge, s'écrie Jacqueline, scandalisée!

— Ah non?

— Je vais te montrer. Il faut séparer le linge en rang de grandeur, le démêler, le secouer, puis l'épingler par les coins, comme ça!

— Bon, merci ma fille. À l'avenir, je saurai comment.

— Ma fille, répète Jacqueline en plissant le front.

Elle fait la moue et s'éloigne.

Gervaise n'a rien remarqué, prise avec ses mèches de cheveux qui lui collent au front et la sueur chaude qui lui coule dans le dos. Elle s'appuie un instant au rebord de la fenêtre, histoire de se détendre un peu.

— Ne t'en fais pas, Gervaise; tu manques de méthode, ça viendra avec le temps, affirme Télesphore.

— Il le faudra bien. Les enfants ont été épatants, mais il me faudra me débrouiller toute seule quand ils seront à l'école.

— Je t'aiderai, Bourgeon, je t'aiderai. Aujourd'hui, ne te mets pas dans les frais pour les repas. Casse des œufs dans le poêlon, les jeunes adorent ça. Ah! et ne laisse pas les enfants jouer avec le *tordeur*, c'est dangereux.

— Toi, tu aimes les toasts dorées?

— Tout, y compris toi.

Et il est parti, souriant, la tête penchée sur l'épaule droite. Elle le regarde s'éloigner, s'habitue tranquillement à ses allées et venues, heureuse. Le vent gonfle les draps, comme autant de voiles d'un voilier, parfumant l'air, charmant son regard. Ce qui plus tôt l'inquiétait, l'épate maintenant. Elle ressent une grande satisfaction intérieure. Est-ce là le contentement que donne le devoir accompli?

Gervaise revient vers la cuisine, les enfants sont surexcités:

— Regarde, le catalogue d'automne est arrivé.

— Mais il faut laver le plancher, tranche l'impitoyable Jacqueline. La *moppe* est dans la remise.

Gervaise a envie de crier, laver le plancher! Pourtant l'enfant a raison, elle aurait dû y penser. De nouveau elle se laisse tomber sur une chaise. Les enfants se tiraillent: qui aura le catalogue Eaton? Elles veulent voir les souliers de cuir verni; Gervaise n'entend pas, une image lointaine occupe sa pensée. Elle se revoit, là-bas chez les Lamont, assise sur le sol avec Julie, à feuilleter ce gros livre magique, plein d'images, et son père qui la regarde avec une infinie tendresse... Une larme coule sur la joue de Gervaise.

— Tu pleures? demande Lucille qui se sent rejetée du jeu qui occupe ses grandes sœurs.

Les fillettes se retournent et la regardent. Lucille vient se coller contre Gervaise, se fait caressante.

— Pourquoi que tu pleures?

— C'est un souvenir très triste, une vilaine histoire.

— Raconte-nous-la.

— C'est l'histoire d'une petite fille qui s'appelait Julie et que j'aimais beaucoup.

— Et... elle est morte?

— Non.

— Alors quoi?

— Son papa n'était pas gentil du tout avec elle. Alors elle avait beaucoup de peine.

— Et sa maman, elle était morte?

— Non, sa maman était gentille. Elle faisait des galettes de gingembre taillées en bonhomme de neige et en étoiles, grandes comme ça...

Et Gervaise défigure l'histoire, mimant et exagérant ses paroles. Elle s'efforce de ramener le sourire sur le visage des enfants.

Le reste de son énergie, elle le dépense à laver le prélart et à essuyer les dégâts. Il faut se presser, car le linge doit être rentré et plié en attendant le repassage.

Et il faut à nouveau remplir les cordes avec le linge qui attend dans le panier de jonc. «Oui, j'en ai bien peur, les enfants mangeront des œufs au miroir ce soir!»

***

Il n'est plus question que de l'arrivée prochaine d'Alphonse. Lucien est le plus impatient, il a hâte de revoir son frère, le savant futur curé. On le vénère déjà dans la famille.

Gervaise range la maison, lave les vitres des fenêtres, plonge les rideaux de la cuisine dans une eau savonneuse, balaie les galeries et pense à son menu. «Ce fils a bon appétit», assure le père.

Mais aujourd'hui Gervaise garde un peu de son temps libre pour téléphoner à la Sœur supérieure du couvent de Saint-André. Elle a déjà assez tardé, et, pense-t-elle avec un brin de malice, elle se doit de faire taire ses inquiétudes... Elle désire aussi lui annoncer l'heureuse nouvelle.

À son grand étonnement, la Mère supérieure savait déjà! Elle avait été informée de la célébration du mariage, de même que mademoiselle Anita. Gervaise n'en revient pas: tous se souciaient donc d'elle, et sans qu'elle le sache? Mademoiselle Anita lui semble très faible, mais si heureuse de savoir que sa protégée connaît un grand bonheur. Sa voix hésitante semble exiger de grands efforts. Gervaise retient sa respiration pour ne pas perdre un seul des mots qu'elle prononce

Comme ça, à distance, avec le recul du temps, ces personnages semblent différents du souvenir que Gervaise en a gardé. «Le temps a le don de tout modifier? Ou cela se passe-t-il au niveau de la pensée?» Elle ne voudrait surtout pas que son bonheur actuel puisse s'altérer ou se déformer dans son cœur si plein de choses merveilleuses. Son allégresse présente serait-elle un jour classée sous le vocable des souvenirs? Non, elle ne veut rien oublier de ce qui enchante son âme amoureuse: il faut s'efforcer de chasser les peines de sa mémoire, mais peut-on oublier les joies?

Assise sur la galerie, elle rêvasse, laissant errer ses pensées. Et voilà qu'une autre de ces roulottes de camping passe devant la maison. Qui plus est, elle s'arrête. Ces gros cabanons, tirés par une automobile, l'intriguaient depuis son arrivée. «Ces maisons mobiles, aménagées pour la vie quotidienne, servent d'hôtels aux touristes, pour la plupart des Américains qui errent dans les campagnes et se rendent jusqu'au fin fond de la Gaspésie qui les ensorcelle», avait expliqué Télesphore. Ce qui l'avait fait un instant rêver d'une telle randonnée.

«De l'eau? Bien sûr qu'on en a. Des œufs frais? Aussi; six? Bien sûr.» Gervaise en met huit dans le plat tendu. Du pain de ménage? Non, elle n'en fait pas. Mais la crème est délicieuse. Non, ça ne coûte rien, mais elle aimerait bien voir comment est divisé ce *home* ambulant. L'homme a pris quelques photos puis invite Gervaise à entrer.

Elle est charmée par les commodités de cette maison miniature. On la remercie chaleureusement et promet de s'arrêter sur le chemin du retour. Elle regarde s'éloigner ce couple charmant, épatée qu'on ait compris son anglais appris dans les livres du couvent. La plaque d'immatriculation lui apprend que ce couple si gentil vient du Maryland. À partir de ce jour, conquise chaque fois qu'une caravane passera devant la maison, elle saluera de la main: un simple geste, mais qui charme les étrangers de passage dans le pays.

«Télesphore doit avoir terminé de rentrer le blé d'Inde destiné à nourrir le bétail.» L'autre, le sucré, se retrouve sur la table à chaque repas. Les enfants comptent les rangées longitudinales des grains, onze ou treize, mais toujours en nombre impair. Ils se trompent, recommencent, s'obstinent et Télesphore s'amuse.

À ces taquineries sans malice, Gervaise s'habitue lentement. Au début, elle s'inquiétait. Elle avait peur que ces exercices contradictoires finissent par des chicanes graves; mais non, c'était leur façon bien à eux de s'amuser, de se distraire. Et Télesphore prenait un plaisir fou à provoquer les situations qui devaient infailliblement dégénérer en charmantes guerres. Quand les esprits s'échauffaient trop, il jouait le rôle d'arbitre et tranchait les questions épineuses.

Ce matin, il était moins joyeux; pis encore, il semblait attristé. Gervaise ne l'a pas questionné. S'il est contrarié, il le dit; s'il est ennuyé, il en discute; s'il n'est pas d'accord, il tranche la question; mais s'il est triste, il se replie et se tait. Gervaise apprend à redouter davantage le Télesphore silencieux que le taquin ou l'exubérant.

Pas plus tard qu'hier, elle l'a accompagné au poulailler où elle s'est renseignée sur la nourriture à donner aux volailles et en quelle quantité, sur l'eau et les autres soins. Au tout début, elle craignait les poules, ce qui amusait Télesphore. Mais aujourd'hui, sa gaieté n'était pas celle qu'il affichait habituellement. Il appréciait qu'elle veuille bien lui enlever cette tâche qu'elle pouvait remplir et il le lui dit. Mais l'enthousiasme manquait dans le ton. Oui, incontestablement, son mari était en proie à un tumulte intérieur. Le soir venu, lui habituellement si vite endormi, tourne et se retourne dans le lit. Elle s'efforce de ne pas bouger, craignant qu'il lui confie ses inquiétudes. Elle préfère ne rien savoir. Que pourrait-elle lui dire? Si c'est entre cet homme et ses enfants que se situe le dilemme, eux seuls peuvent le régler.

Gervaise ne peut deviner la raison de son grand chagrin. Moins encore pourrait-elle imaginer en être la cause indirecte.

***

Peu de temps après le décès de sa mère, Mariette, sa fille aînée, ne pouvant plus longtemps tolérer de se sentir obligée de la remplacer, ne pouvant supporter l'idée d'avoir à porter la charge exigeante de la maison, avait brusquement décidé de fuir, d'aller faire sa vie ailleurs.

Télesphore avait énormément souffert de cet abandon et surtout de sa façon sournoise d'agir. Aussi il dut marcher sur son orgueil le jour où il lui téléphona pour lui faire part de son mariage. Dans sa tête, ce geste était celui de la réconciliation. Aussi la réaction de sa fille, son approbation tacite, avait ajouté à son grand bonheur.

Mariette, qui s'apprêtait à célébrer l'anniversaire de son compagnon de vie, décida qu'il lui fallait rétablir les liens avec sa famille. Puisque son père s'était remarié, elle ne craignait plus qu'il l'oblige à revenir au bercail. Elle profita d'une occasion tout offerte de descendre à Saint-Pierre, de renouer contact avec les siens.

Craignant de devoir s'expliquer devant cette inconnue et les enfants, elle décida d'aller attendre la venue de son père dans la grange. Elle lui parlerait d'abord. Surtout qu'on lui avait appris que la nouvelle épouse était jeune, ce qui l'avait frustrée. Pourquoi avoir choisi une si jeune femme pour prendre charge de ses frères et sœurs? Une inconnue. N'y avait-il pas dans Saint-Pierre et les environs une personne dont on connaissait les ascendants? Elle voulait des explications. C'est dans cet état d'esprit que se fit la confrontation.

Télesphore entre dans la grange et pompe l'eau pour les bêtes. Il prend ensuite la fourche et grimpe à l'échelle qui mène au fenil. De là, il jette une meule de foin pour le bétail à cornes. Chaque bête en mange cent trente-cinq par année et il le sait. Il fait donc le calcul afin de déterminer combien il pourra en vendre à l'automne. La réserve de l'an dernier a baissé, mais ça n'a pas d'importance, les vaches paissent présentement l'herbe aux champs. Bientôt il faudra sortir la faucheuse...

— Tonnerre! Qu'est-ce que c'est ça?

Il s'approche, l'outil levé. Il aperçoit une chevelure de femme et une mallette posée tout près. Il contourne cette dernière et voit le visage: sa fille, endormie dans la grange, à une heure pareille!

— Pour l'amour, Mariette, qu'est-ce que tu fais couchée là?

Elle s'assoit, des brindilles de paille mêlées à ses cheveux. Elle ouvre très grand les yeux et se situe enfin. Elle remonte les genoux, couvre ses jambes de sa jupe et croise les mains: c'est la Mariette des mauvais jours.

D'un geste irrité, Télesphore plante fermement la fourche dans le foin, puis se tourne vers sa fille et lui reproche:

— Tu n'aurais pas pu venir à la maison?

— Non! Je voulais te voir seul. Et si tu veux tout savoir, je n'avais pas le goût de me trouver en présence de la *pin-up* qui a pris la place de maman.

— D'abord, ma fille, si tu n'avais pas quitté si vite après le décès de ta mère et si tu étais demeurée auprès de nous, qui sait, peut-être que je n'aurais pas pensé à me remarier. C'est facile pour toi, tu fais ta vie, tu es grande, mais les autres? Il leur faut une mère.

— Tu aurais pu marier une femme de ton âge, pas une *pin-up*!

Elle se lève, les traits crispés.

— Qu'est-ce que c'est une *pin-up*? demande Télesphore surpris.

— Une jolie petite catin qui embobine avec ses fesses...

Télesphore lève la main; elle recule et chute. La voilà assise dans le foin.

— Papa!

— Tonnerre de tonnerre, Mariette Langevin, te voilà tombée bien bas pour me parler sur ce ton. Si tu n'as pas autre chose à dire, fiche le camp avant que je t'apprenne à vivre.

— Alors explique ce mariage expéditif en l'absence de tes enfants qui sont d'âge à comprendre! Hein? Télesphore Langevin?

— Ah! c'est ça qui te chicote, c'est ça...

— Si tu n'avais rien eu à cacher, tu aurais agi autrement. Cette histoire de mariage précipité est devenue une farce publique.

— Tiens, tiens, les nouvelles voyagent vite! Mon mariage...

Télesphore s'éclate de rire, ce n'est pas la désapprobation de sa fille qui va le lui faire regretter. L'air tracassé de Mariette le désole pourtant.

— Apprends à la connaître, viens la rencontrer, elle te plaira. C'est une bonne personne, crois-moi. Les petits s'attachent à elle, elle les aime déjà. Je t'en ai voulu, Mariette, à cause de ta fugue, je me suis senti abandonné.

— Tu as mal pris l'épreuve de la mort de maman. Tu étais renfrogné, trouvais toujours à redire, je n'en pouvais plus. Et ces tâches domestiques, toujours à refaire: ce n'est pas ça, la vie!

— Les tâches, les tâches, c'est réservé aux parents, ces éternels fautifs! C'est ça que tu es venue faire ici, m'accabler de reproches?

— Non.

— Alors?

Elle a baissé la tête, il sent qu'elle hésite. Elle le regarde enfin, c'est bien ce père des bons jours, avec sa tête inclinée dont les yeux scrutent jusqu'au fond de l'âme.

— Je voulais savoir, je pensais aux jeunes... Je voulais savoir.

— Alors entrons, viens rencontrer Gervaise.

Il tend une main, elle saute sur ses deux pieds et prend son sac à main. En silence, elle le précède dans l'échelle. Dehors, ses yeux clignent devant le soleil qui darde. Puis elle voit Gervaise qui est là. Elle s'arrête, l'observe. Sa belle-mère a les pieds nus, d'une main elle tient un panier et de l'autre elle lance des graines aux poules en chantonnant: «les poules, les poules, les poules». Celles-ci picorent, courent... Elle lance le grain, recule et avance, cernée par les volailles qui battent des ailes. D'un mouvement sec, elle renverse le panier, comme pour leur indiquer qu'il est vide. Et lentement elle marche vers la maison. Mariette est surprise, Télesphore observe sa fille et il est fier de ce qu'il voit. Tout à coup, Mariette pose une main sur le bras de son père et l'oblige à reculer vers la grange. Il y entre et elle le suit.

— Papa, mais, papa, elle boite. Tu as marié une boiteuse!

— Oui, puis après?

— Une boiteuse, tu as marié une boiteuse, je comprends... et moi qui voulais vous inviter tous les deux, me réconcilier avec toi! Tu penses que je vais la présenter à mon cercle d'amis? Une boiteuse!

Télesphore sent la moutarde lui monter au nez. Mariette poursuit l'exposé de ses propos amers:

— C'est ça, la boiteuse a troqué sa jeunesse pour s'assurer un foyer. Je la comprends, une boiteuse!

Télesphore ferme les yeux et serre les poings:

— Ça suffit, tu t'excuses ou tu t'en vas, et tout de suite.

Mariette sort à grandes enjambées, sans même se retourner, elle court sans que son père tente de la retenir.

Télesphore s'appuie contre le mur, sa tête fait mal, il a peine à contenir sa colère. Sa fille est une sans-cœur et une malapprise! Il reste là, longtemps, meurtri par le chagrin.

— Ah! et puis merde! Si je l'aime, moi, ma boiteuse! Je ne sacrifierai pas mon bonheur pour satisfaire ses caprices de fille égoïste. Tant pis!

Il prend la hache, il ira calmer ses nerfs à bûcher.

Justement, un arbre avait besoin d'être abattu, les *siffleux* l'avaient rongé. S'il ne le coupait pas, il mourrait et ne serait plus utilisable.

Et la hache ronge l'énorme tronc, une éclisse à la fois, soulageant la colère de Télesphore. Un grand bruit sourd résonne lorsque l'arbre se couche sur le sol en gémissant.

Gervaise, habillée et coiffée, déjeune avec la marmaille. On parle de la rentrée scolaire, qui ne tardera pas, et de la visite d'Alphonse.

Tout à coup la porte s'ouvre. Télesphore montre la tête et invite:

— Gervaise, les enfants, venez voir un phénomène assez spécial, surprenant et bien intéressant.

Gervaise se lève et sort, suivie des marmots. L'homme les précède; à la main, il tient une hache. Il leur indique l'arbre qu'il était à ébrancher.

— Regardez ici, c'est incroyable. Ma hache a rencontré un obstacle, une résistance terrible. Je ne pouvais croire qu'il puisse y avoir du métal dans un arbre. Regardez bien, je crois savoir ce que c'est. Dommage que mon père ne soit pas là pour voir ça!

Télesphore taille dans le tronc, contournant la masse dure.

— Voilà!

— Qu'est-ce que c'est, papa?

— J'ai mis du temps à comprendre, puis je me suis souvenu: là se trouvait la poulie de la corde à linge quand j'avais votre âge. L'arbre a grandi et a tout avalé: le crochet et la poulie. Avec le temps, le tout a disparu à l'intérieur du tronc.

Télesphore, accroupi sur ses talons, raconte alors que, dans son enfance, un voisin avait installé une clôture de broche et utilisé un arbre comme dernier poteau pour la fixer. L'arbre avait grandi, et raidi de plus en plus les mailles de métal de la clôture, qui sont devenues aussi tendues que les cordes d'un violon. Les enfants se servaient d'une égoïne comme archet et faisaient de la musique. Ils tiraient de cet instrument improvisé plusieurs sons; dans la région, l'histoire de la clôture musicale avait vite pris la tournure d'une légende.

— La poulie, tu crois qu'elle est intacte?

— Sans doute, c'est de l'aluminium, ça ne s'altère pas. On va bientôt voir.

Les enfants restent là, curieux, médusés par cette histoire qu'ils raconteront peut-être un jour à leurs propres enfants.

Gervaise retourne à ses chaudrons, émue par l'attention de son mari qui vient de mettre tant de joie à partager avec tous sa découverte: «Il est d'un naturel qui enchante, pense-t-elle, il a l'âme délicate. Ce sont ces attentions personnelles, ces anecdotes, ces riens qui, lorsque partagés, prennent de l'importance et tissent les liens au sein de la famille.» Gervaise, que la solitude a tant fait souffrir, le comprend. Mais elle est loin de se douter que, présentement, c'est Télesphore, c'est le père qui recherche le support moral de ses enfants. Le malentendu survenu entre lui et son aînée lui fait très mal; il se reproche son intransigeance et la dureté de ses paroles: il a dépassé sa pensée. Non pas qu'il veuille excuser la conduite de sa fille, mais il s'est montré trop sévère. Il reconnaît avoir été impatient et amer.

Les enfants le regardent déloger la poulie et posent mille questions auxquelles il répond avec tendresse.

— Combien d'années met un arbre à devenir gros, gros, papa?

La notion de temps chez ces petits est bien aléatoire; pour eux, une décennie représente l'éternité. Lucille refuse de croire que son papa a été, comme elle, le bébé de la famille.

Ce jour-là, Télesphore demeure lointain. Il se perd dans la rêverie. Quelque chose de troublant continue de le préoccuper, mais Gervaise juge bon d'attendre qu'il se confie.

***

C'est un après-midi magnifique, Gervaise profite des rayons du soleil qui dardent. Elle est assise, sur le sol, derrière la maison. Son mari passe, s'arrête; ils échangent quelques mots et il poursuit son chemin.

— Ne bouge pas, j'en ai pour deux minutes.

Elle sourit. Quelle belle et grande liberté! Elle se roule dans la verdure, gratte le sol, mâchouille des brins d'herbe, elle est heureuse, heureuse! C'est son coin de terre, son domaine à elle, puisque c'est celui de Télesphore: il le lui a dit: «habituez-vous...»

Elle tourne la tête, il est là, près d'elle; elle sourit. Tout à coup Gervaise s'immobilise: couchée sur le dos, les yeux fermés, elle serre les mâchoires pour ne pas pleurer. Télesphore la regarde, il se penche:

— Tu as mal? Dis, ma Gervaise, tu es blessée?

— Non, fait-elle de la tête.

— Donne ta main, je vais t'aider.

— Non, s'obstine-t-elle.

— Tu as mal!

— Oui, de bonheur!

— Hein?

Il reste là, bouleversé.

— Parle-moi.

— Plus tard, laisse-moi.

Elle ferme les yeux. L'homme se relève, fait quelques pas à reculons, il est inquiet.

Gervaise pleure doucement. Jamais encore elle n'a eu l'occasion de laisser éclater «son fou». Lorsqu'elle voyait des jeunes se tirailler et s'amuser, elle les enviait. Son infirmité, croyait-elle, l'empêchait de connaître cette gaieté excitante. Enfant, elle n'avait jamais foulé l'herbe et pirouetté de cette façon. Bien sûr, occasionnellement son grand frère la transportait dans ses bras ou sur son dos, c'était au temps de la convalescence, après l'horrible accident. Son père aussi, elle s'en souvenait. Mais, comme ça, pour s'amuser, jamais! Gervaise avait été vieille très jeune: à travers des bourrasques d'épreuves, des tempêtes de malheurs, des peines cruciales.

Les larmes chaudes coulent sur ses joues qu'elle n'essuie pas. Lorsqu'elle ouvre enfin les yeux, elle voit Télesphore qui l'observe, pâle comme un linceul. Du bout des doigts, elle lui lance un baiser. Il n'ose intervenir. Il ne comprend plus rien.

Gervaise se relève tout à coup sur ses coudes.

— Viens me chercher.

Il ne bouge pas. Elle sourit. Il s'approche timidement. Dès qu'il est tout près, elle le saisit par une jambe, le fait trébucher, s'agrippe à lui et le renverse. Elle rit à tue-tête, et, sous le ciel du bon Dieu, elle lui donne un long et sensuel baiser. Elle exhibe son bonheur et son amour sans pudeur. Télesphore, impassible, incapable de réaction, bouleversé jusqu'au plus profond de son être, ne sait pas comment interpréter pareille effusion.

— Les voisins t'inquiètent toujours, monsieur mon mari?

— Ma Gervaise! Ma Gervaise! ne fait-il que répéter.

— Tu m'aimes?

— Non, je t'adore.

Elle ne rit plus, pose une main sur son front, lisse ses cheveux vers l'arrière, le regarde droit dans les yeux. Des yeux qu'il ferme sous le coup de l'émotion. Lentement, Gervaise se lève, secoue les brindilles qui adhèrent à sa robe. Télesphore se redressc, enlève celles qui se sont accrochées à ses cheveux. Il le fait doucement avec des gestes respectueux.

Ils sont silencieux, surpris l'un et l'autre, surpris d'eux-mêmes: ils découvrent ensemble leur capacité d'aimer et la profondeur de leur amour qui, de ce jour, sera à jamais cimenté.

Le fermier prend la main de sa femme avec la poigne ferme de l'homme de la terre, ensemble ils se dirigent vers leur *home*. Il ouvre la porte, s'éloigne d'un pas, laisse entrer sa compagne.

Gervaise veut parler, sa voix est enrouée. Elle toussote un instant et parvient à articuler:

— C'est l'heure de préparer le repas des enfants. Je t'ai fait perdre... ton avant-midi de travail.

— En retour, tu m'as aidé à mieux connaître ma femme.

Gervaise se dirige vers les casseroles, ses mains tremblent, elle est brisée par l'émotion. Télesphore s'assied sur la berceuse, appuie la tête et regarde sa femme qui s'affaire. Ni l'un ni l'autre ne ressentent le besoin de parler, chacun savoure son cuisant bonheur.

Le couvert est dressé, ça sent bon la fricassée. Gervaise jette un coup d'œil à l'horloge et trempe la soupe. Télesphore n'a pas bougé. La porte s'ouvre, les enfants arrivent en coup de vent. Ils voient leur père qui est là, fait inusité à cette heure. Ils regardent Gervaise, surpris.

— Bonjour, lance Gervaise.

— Bonjour, répond-on d'une voix basse, presque gênée.

— Vous avez faim? Lavez vos mains et passez à table.

— Dis, papa, tu es malade?

— Non, pourquoi me demandes-tu ça?

— Tu es... tu es... pas comme d'habitude.

— Passe à table, crétin!

Télesphore se lève et poursuit les enfants qu'il prend dans ses bras et embrasse à tour de rôle.

Les enfants étonnés lavent leurs mains, prennent leur place respective et plongent la cuillère dans leur assiette, sans un mot.

Gervaise entame un sujet de conversation qui ne tarde pas à devenir très gai.

Au moment de partir pour l'école, Réjeanne hésite un instant, va vers son père, lui donne un bec sur la joue et sort précipitamment. Télesphore met sa casquette, fait un clin d'œil à Gervaise et retourne à sa besogne.

Ce soir-là, Gervaise plongea son nez dans le cou de son mari et huma l'odeur du foin frais coupé qui s'en échappait.

— Bourgeon, laisse-moi dormir.

— Non.

— Je suis fatigué.

— Tu n'as pas le droit de m'interdire ces caresses.

— C'est mon corps.

— Non.

— Ah! non?

— Le curé l'a dit, nous ne faisons qu'un et je caresse la demie qui est mienne...

— Sapré Bourgeon! C'est ce qu'on va voir!

Il roula sur sa femme, planta ses coudes dans le matelas et grommela!

— Moi, je te veux toute, pas rien qu'une moitié!

Elle se mit à rire, il la musela avec un long et tendre baiser.

***

Télesphore sort de bon matin, il se rend à la gare, son fils aîné arrive enfin. Lucien l'accompagne, il a déjà déjeuné quand son père revient de la grange. Ils partagent la même joie et font des projets pour les jours à venir. Tantôt Alphonse sera là.

Quand le train entre en gare, Télesphore s'émeut à la pensée que Gervaise lui est apparue pour la première fois dans ce même décor. Lucien court le long des wagons jusqu'à ce qu'il découvre son frère derrière une des fenêtres.

Alphonse paraît enfin, plus grand, semble-t-il. Le père tend la main, Lucien ne tient pas en place.

— Bonjour, fiston, tu as fait une bonne randonnée? Tu as énormément de bagages, constate le père.

Alphonse se contente de hocher la tête. Quelque chose échappe à Télesphore, il ne saurait préciser quoi, mais il le pressent.

— Cette année d'études? Et ces vacances, au séminaire?

— Bien, papa, bien.

«Il n'est pas très loquace, songe le père, il est habituellement plus démonstratif. Avec lui, je me montrerai plus compréhensif...»

On jase de tout et de rien, Alphonse est évasif. Télesphore parle de Gervaise en termes élogieux: «Tu l'aimeras, elle est vaillante, a le cœur à l'ouvrage. Elle s'occupe du poulailler: attends de la voir, le matin, en vêtements de nuit et pieds nus, qui lance le grain en chantant. Elle ressemble à un ange sur les images saintes. Les enfants l'adorent. Ce qui t'intéressera surtout est de savoir qu'elle fait une bonne cuisine.» Puis il est question des enfants, des animaux, de la saison qui fut bonne, des champs qui regorgent et de la moisson qui presse.

— Heureusement que tu es là, il y a énormément à faire.

Voilà un sujet qui semble enfin captiver Alphonse. La ferme l'intéresse subitement, comme jamais. Les légumes aoûtés abondent? Le maïs est déjà cassé?

Gervaise attend ses hommes, entourée des fillettes qui font l'éloge du grand frère. Dès que l'automobile s'approche, on quitte la galerie pour aller à la rencontre de l'arrivant: la réunion est touchante.

— On vous attendait impatiemment, Alphonse.

— Bonjour, je ne sais pas comment on doit vous appeler.

— Gervaise, dit-elle en acceptant la main qui s'offre.

— J'espère que mon frère et mes jeunes sœurs, ces petits monstres, ne vous rendent pas l'existence trop pénible.

Gervaise sourit et s'éloigne vers la cuisine, heureuse de ce premier contact. Elle sait que son mari attache beaucoup d'importance à l'opinion de son grand fils. «C'est un beau garçon, un peu boutonneux, pour son âge. La diète du collège n'aide pas, la bonne nourriture de famille va régler tout ça...» pense Gervaise.

Télesphore est ravi. Il redoutait la réaction d'Alphonse, ce fils qui le dépasse d'une tête, est instruit, et sera un jour prêtre... Voilà qu'il s'était montré gentil, accueillant même; son approbation lui faisait chaud au cœur.

Gervaise s'affaire à son fourneau, laissant la famille en tête-à-tête. Lucille, à sa façon, raconte l'anecdote de l'arbre qui a avalé la poulie et de la clôture qui chante. Les rires fusent, Télesphore sourit à Gervaise qui dresse le couvert. Au fond de son cœur, il n'a qu'un regret: que Mariette ne soit pas là, avec eux tous.

Le repas est à peine terminé que déjà on s'attelle à la tâche: la besogne ne manque pas et il faut profiter du temps ensoleillé. On jasera le soir venu, après la tombée du jour.

Dès le réveil, Gervaise se lève et s'habille. Fini le temps où elle se rendait au poulailler en robe de nuit et pieds nus. Alphonse est là et il n'est plus un enfant, sa présence exige une certaine retenue.

Son tablier lui sert de récipient, elle y emmagasine les grains. Le soleil est radieux. Gervaise aspire le grand air frais du matin.

Le coq vient vers elle, il se dandine et s'aide de ses ailes pour arriver plus vite. Le premier jour, elle a cru qu'il ne prisait pas sa présence et qu'il voulait lui faire un mauvais parti. Elle avait échappé la nourriture, crié et couru vers la maison. Maintenant elle sait, il veut picorer le premier, en maître des lieux.

«Les poules! Les poules!» Accompagnant le geste à la parole, Gervaise distribue les graines, mais en réserve une part à la poule couveuse assise sur le nid, bien campée sur ses œufs, les yeux à demi fermés, plongée, semble-t-il, dans une profonde méditation. Elle ajoute l'eau au menu et retourne vers la maison. Là-haut, derrière une fenêtre, elle voit Alphonse qui l'observe, elle le salue de la main et entre préparer le déjeuner.

Télesphore adore trouver son repas prêt quand il entre de faire le *train*: depuis que Gervaise s'est réservé la tâche du soin des volailles, elle se lève plus tôt et elle le gâte, à sa façon. Ils se sont attablés, la cafetière est sur la table et les rôties chaudes sont déjà beurrées.

— Comment aimes-tu tes œufs, Alphonse, tournés?

— Oui, mais dans le sens des aiguilles d'une horloge, c'est-à-dire du poêlon à mon assiette, et que sa saute! J'ai une faim de loup.

«Le pédant», pense-t-elle. Et tout haut:

— Trop tard, Alphonse, ceux-ci sont déjà tournés.

Elle vient vers la table, la spatule à la main. Elle sert les œufs au jaune brillant à son mari, les autres à Alphonse qui fronce les sourcils.

— Demain, dit-elle, je me souviendrai...

Dans les yeux de Télesphore, elle détecte une pointe de malice.

— Cette fête chez les Vadeboncœur, ça tient toujours?

— Oui, les enfants ne tarderont plus à paraître. Il leur en faudra du temps à ces demoiselles pour se faire belles.

— Alphonse, te sens-tu apte à prendre la route avec l'auto?

— Oui, bien sûr, papa. Pourquoi?

— Rends-toi au magasin général avec les enfants, elles veulent des souliers en cuir verni.

— Tu ne peux pas les faire venir avec le catalogue Eaton?

— La fête, mon gars, c'est aujourd'hui.

— Des souliers en cuir verni... c'est du luxe!

— Et?

Alphonse ne répond pas. Télesphore semble surpris des répliques de son fils. Alphonse, dont les études absorbent une bonne partie de ses revenus, oserait-il faire des reproches pour une gâterie faite à ses sœurs? C'est à peine si Réjeanne et Jacqueline ont mangé. Qui aurait faim un jour pareil? Enfin! Des souliers en cuir *patente*.

Lucien prend place à l'avant, près de son frère aîné. Les filles montent derrière. Télesphore, quant à lui, y va de ses recommandations: «n'oublie pas, dix heures dix, et pas de vitesse». On s'esclaffe.

Le couple est là à regarder s'éloigner cette marmaille débordante d'enthousiasme.

Une fois rentré, Télesphore dit tendrement à sa femme:

— Viens par là, Gervaise.

Le ton est doux. Surprise, Gervaise regarde son mari. De la tête, il indique la chambre à coucher. Ce n'est pas l'heure d'aller dormir... Télesphore se dirige vers l'escalier.

— Viens.

Gervaise monte derrière son époux. Ils sont seuls dans la maison. Pourtant, il ferme la porte de la chambre. Elle comprend. Elle est gênée de se dévêtir, comme ça, en plein jour, à la grande lumière du bon Dieu!

— T'as pas besoin de te déshabiller, ôte juste tes...

Il ne dit pas le mot. Elle ne comprend plus, hésite, ôte sa culotte. Il lui tourne le dos, enlève son pantalon.

— Étends-toi.

Gervaise se couche sur le dos, en travers du lit, et ferme les yeux. Lui ne la regarde pas, il se bat avec la jupe qu'elle porte pour parvenir à ses fins. Alors il aime la femme. À chacun de ses mouvements, le collet de sa chemise chatouille le nez de Gervaise qui éternue. Il n'entend pas, son visage est rougi par la passion.

De tout son poids, il écrase la femme. Puis il s'arrête subitement et frémit. Gervaise s'inquiète.

— J'peux pus attendre, Gervaise, dépêche-toi.

«À quoi faire?» pense Gervaise. Le ton de l'homme est doux, sa voix chaude, enveloppante. Grisée, Gervaise soupire.

Télesphore ronronne, il a chaud, il est différent. Jamais encore ça ne s'était passé comme ça! Jamais il n'a prononcé son nom avec autant d'ardeur!

— Vite, Gervaise, j'peux pus attendre.

— Cours, Télesphore, susurre Gervaise.

Télesphore émet un son sourd et reprend son tempo avec un surcroît d'énergie.

Quelque chose d'inouï, de merveilleux se produit, Gervaise se confond avec le mâle qui ne l'écrase plus. Elle ne sent plus le poids de son corps ni ce maudit collet de chemise. Elle gémit, roucoule à l'unisson avec son homme, elle découvre un autre coin du ciel bleu. C'est l'extase.

Et Télesphore choit de tout son long sur sa femme, qui ne parvient pas à tourner la tête afin de respirer tant il est lourd. Il s'abandonne de toute sa pesanteur. Puis il se lève, prend son pantalon et, sans un mot, file vers la salle des toilettes.

Gervaise, abasourdie, reste là, couchée sur le dos. D'instinct, elle baisse sa jupe. Les yeux fermés, elle essaye de comprendre. Que lui est-il arrivé? Elle sent un creux, là, au milieu du ventre. Sa poitrine se soulève, ses seins se sont gonflés. Dans tout son être, elle ressent une grande chaleur, doublée d'une détente bizarre, qui lui donne le goût de ronronner, de se rouler en rond, comme une chatte. Jamais elle ne s'est sentie aussi calme, aussi lucide. Elle flâne. Télesphore est descendu, mais elle n'a pas le goût de se lever. Il le faut pourtant.

Elle s'assoit sur le bord du lit. Elle souhaite que ce bien-être dure, que cet état de béatitude ne s'arrête jamais. «Télesphore, c'est lui qui m'a fait ça, c'est lui qui m'a fait ça!»

Gervaise descend rejoindre «son homme», comme elle le pense pour la première fois.

Elle entre dans la cuisine en replaçant ses cheveux qu'elle n'a pas pris le temps de coiffer. Télesphore est attablé, il s'est versé une tasse de thé. Elle s'arrête près de lui et pose sa main sur sa large épaule.

L'homme lève la tête. Elle lui sourit.

— Ma Gervaise, dit-il très bas.

Gervaise file vers le poêle où elle s'affaire à attiser le feu. Elle ne saurait quoi dire, quels propos tenir.

Télesphore se lève et cale son chapeau sur sa tête.

— Je retourne à la grange. Salut, ma Gervaise.

Il sort précipitamment. Elle est là, debout, bouleversée. «C'est ça, ce serait donc ça le mariage? Ce serait ça le péché de la chair si ça se passe hors du mariage? Eh bien, si c'est ça, je comprends pourquoi c'est si grave! On a bien pu en faire un péché mortel. Ouf!»

Et Gervaise frissonne de la tête aux pieds. «Il a dit: ma Gervaise...»

Tout à coup, elle éclate de rire. Elle rit à s'en tenir les côtes. Elle se laisse tomber sur une chaise et rit aux larmes. Son hilarité n'a pas de borne. Elle se calme un instant pour se moucher et s'essuyer les yeux, puis repart à rire de plus belle.

«Si quelqu'un me voyait, il penserait que je suis folle à lier. Ah! si Télesphore revenait de la grange, s'il m'entendait...!»

Elle se lève, va vers la fenêtre. Non, il n'est pas en vue. Et à nouveau le rire la reprend: elle pense à sœur

Pauline. Sœur Pauline et le bedaud du couvent, sœur Pauline et le jardinier, sœur Pauline et... l'aumônier peut-être... Elle fait le signe de la croix pour se faire pardonner cette dernière pensée amorale. Pas l'aumônier, non, il était d'une sainteté qui ne laissait pas place à l'impureté. Elle comprend maintenant sœur Pauline et ses fredaines: des fredaines qu'elle n'avait jamais pu identifier ou qualifier. Ainsi, l'attrait de sœur Pauline pour les hommes lui aurait donné son allure supérieure, son calme plat, son œil brillant, son petit air condescendant...

«Et sa première femme? La première femme de Télesphore... A-t-il fait ça, comme ça, avec elle aussi?» L'aiguillon de la jalousie la chatouille un instant, elle se trouve ridicule. «Ce serait normal, ils étaient mariés!...»

Les heures passent et Gervaise demeure accrochée à ses pensées langoureuses qui ne cessent de tourner dans sa tête. Puis elle pense à sa mère. À sa tante qui était morte si brutalement, après avoir langui tant d'années dans sa chambre noire, sans amour autre que celui qu'elle, enfant, lui témoignait et qu'elle avait payé du prix de sa vie. Le souvenir lointain de cette femme effrayée qui se détendait sous la caresse de la brosse à cheveux... «Elle fermait alors les yeux et cessait d'avoir peur de maman!» Les larmes coulent maintenant sur les joues de Gervaise qui se souvient et croit enfin comprendre l'importance que la grabataire attachait à ses visites et à ses caresses.

«Papa, soupire Gervaise, pourquoi ne m'as-tu rien dit? J'étais petite, mais j'aurais compris! Et maman qui l'accusait, la pauvre tante, d'avoir tué ses bébés? Pourquoi papa a-t-il hospitalisé maman? Il était si doux, si bon. Pourquoi? Pour chaque personne aimée, faut-il qu'un être souffre? Le bonheur ne pourrait pas être le lot de tous? C'est trop compliqué, je ne peux pas penser à toutes ces choses tristes. J'ai eu ma part de souffrances, je dois vivre le bonheur pendant qu'il passe et ne pas retourner dans ce passé morbide. Télesphore est bon, un excellent père. J'ai de la chance. Mère supérieure avait raison: je dois m'efforcer d'être bonne, de garder mon sourire et d'aimer les enfants. Le bonheur suprême serait qu'à mon tour j'enfante..» Elle s'arrête et fixe le mur devant elle, dans son cœur vient de naître un beau et grand désir: avoir un enfant, un bébé bien à elle, à choyer, à allaiter. Elle porte une main à ses seins. «Deux fontaines de vie, deux sources de vitalité, le don du lait maternel réservé à celle qui est féconde...» Et Gervaise oublie de penser à Dieu pour penser à Télesphore...

Gervaise fait des galettes, de toutes formes, comme au couvent, autrefois, les jours de fête. Elle les laisse refroidir, puis les entasse dans une jolie boîte. Ce sera sa façon à elle de participer au goûter servi à l'occasion de l'anniversaire du petit dernier des Vadeboncœur. Télesphore a donné quelques dollars pour qu'on achète un présent à l'enfant que l'on fête ce soir.

Gervaise sort les guenilles, Jacqueline aimera sans doute qu'elle lui fasse des boudins. Ses gestes sont nonchalants, empreints d'une espèce de langueur qui la surprend. Elle se sent détendue, rêveuse, elle frissonne. Elle aime cette sensation nouvelle qui l'enveloppe. Télesphore... comme elle l'aime!

Le retour des enfants la ramène sur terre. Ils sont bruyants, leur exubérance fait plaisir à voir. Ils partent en claquant la porte.

— Ils vont tout casser! tonne Alphonse.

Télesphore hausse les épaules, sourit. Ce soir, il est si heureux que rien ne peut l'atteindre. Il jase avec son fils, regarde Gervaise à la dérobée. Elle lui semble également grisée, comme lui; cela l'épate.

Le foin est enfin entassé et il sèche. Dès lundi, on commencera à engranger. Alphonse ne parle pas du collège ni de ses études, ce qui étonne Gervaise, mais elle se garde bien d'émettre son opinion.

— Demain, Alphonse, tu iras à la messe de huit heures avec les enfants. Prends l'auto.

— Je pensais dormir tard.

— Tu auras toute la journée pour te reposer, je veux aller à la grand-messe avec Gervaise, j'ai à faire.

Les enfants sont revenus, gavés, les visages rayonnants et fatigués! Tous parlent en même temps. Réjeanne s'approche de son père et, avec un petit air gêné, elle murmure:

— Merci, papa. Ils sont beaux, mes souliers.

— Tu es mieux de les ménager, suggère Alphonse, ils ont coûté cher.

— Non, proteste Lucille, casse-les, je ne veux pas avoir à finir de les user.

Télesphore regarde l'horloge. On a compris.

— Demain, vous irez à la messe de huit heures, en auto, avec Alphonse.

— Bravo!

La lumière de la cuisine s'est éteinte très tôt. Là-haut, sous la porte de la chambre d'Alphonse, un reflet lumineux indique qu'il ne dort pas encore.

Gervaise, étendue sur le dos, continue de rêvasser.

— Dis, Télesphore, une vache, est-ce que ça donne du lait sans être fécondée?

— Non, la génisse ne donne pas de lait. Il faut d'abord qu'elle mette bas. De taure, elle devient vache et, pendant deux ans, elle donne du lait. D'où l'importance d'avoir un bon taureau qu'il faut surveiller, car parfois il s'amourache d'une vache et néglige les autres. C'est la même chose avec les poules: sans coq, elles pondent, mais les œufs ne donnent pas de poulets. Un coq peut «servir» jusqu'à vingt-cinq poules par jour; si on a plus de poules, il faut deux coqs... Les chanceux, tu imagines... vingt-cinq poules pour un coq... c'est à rendre un homme jaloux.

— Tu n'as pas honte?

Il rit de bon cœur.

— Surprends-toi pas si Vadeboncœur se présente un matin pour échanger des œufs contre les tiens.

— Pourquoi?

— Il n'a pas de coq. Il ne veut pas grossir son poulailler, alors lorsqu'une de ses poules s'installe sur un nid pour couver, il remplace les œufs du nid par les miens et...

Télesphore ne poursuit pas, sa phrase reste en suspens. Il s'est endormi.

***

Gervaise entend les enfants, elle ouvre les yeux, surprise de voir que Télesphore est encore couché. Elle fait un mouvement pour se lever, il tend la main et la retient.

— Et les poules...

— Chut! Qu'elles attendent.

— As-tu fait le train?

— Oui. Chut!

Les enfants vont et viennent, ils passent devant la porte ouverte des parents en marchant sur la pointe des pieds pour ne pas les réveiller. Seul Alphonse n'a pas tant de délicatesse. On jase en bas, la porte d'entrée se ferme, la vieille Chevrolet toussote, ils sont partis. Télesphore attire sa femme près de lui.

— Comme ça, avant la messe!

— J'veux juste te dire que je suis heureux comme un roi. Je t'aime, ma Gervaise.

Il se lève et file vers la salle de bains.

Gervaise se vêt de ses plus beaux atours: aller à la grand-messe, c'est une fête.

Ce matin-là, Télesphore se présente au confessionnal.

— Monsieur le curé, c'est moi, Télesphore Langevin

du rang deux. Je ne veux pas me confesser, mais vous dire que j'ai fait comme vous m'aviez conseillé. J'ai pris ma femme à l'heure du dîner, puis j'ai... enfin, j'ai fait comme vous m'aviez dit et Gervaise a réagi, tout s'est passé encore mieux que vous ne me l'aviez prédit. Mais elle a crié. J'ai eu un peu peur, je ne pensais pas que ça faisait mal aux femmes de faire ça, comme ça. C'est probablement parce que ma première haïssait tant ça qu'elle était farouche. Qu'est-ce que vous en dites, Monsieur le curé?

Le saint homme derrière la grille hoche la tête et réprime un sourire. La naïveté et la simplicité de l'homme dépassent son entendement. Il croit devoir expliquer:

— Télesphore, ta femme, la deuxième je devrais dire, elle n'a pas crié parce qu'elle souffrait...

— Ah non? Alors, pourquoi?

— Parce que ça lui plaisait...

— Ah ben, ça alors!

— L'autre, ta première, ne réagissait pas ainsi?

— Non, elle gueulait, ça l'achalait.

— C'est pas toujours pareil, cherche pas à trop comprendre, Télesphore. Accepte ta femme comme Dieu te la donne.

— Mais, il n'y a pas de mal dans tout ça?

— Bien non, Dieu l'a dit: aimez-moi comme mon père m'a aimé. Et Alphonse? Tu as des nouvelles de ton fils au collège?

— Oui, monsieur le curé, il est présentement à la maison.

— Il persiste dans ses bonnes dispositions?

— Que oui, il vous fera un bon curé pour votre Église.

— Que Dieu te récompense, mon fils, et qu'Il te bénisse: Au nom du Père...

Télesphore se signe. Puis, l'âme en paix, il soulève

le rideau et se dirige lentement vers son banc, où Gervaise l'attend. «Son âme doit être en paix, il semble calme. Mais pourquoi est-il resté si longtemps dans le confessionnal? se demande Gervaise. J'espère qu'il n'a pas tout raconté au curé!» Depuis cet instant-là, elle ne cesse d'y repenser. «Peut-être ce soir...»

Gervaise a honte. Avoir de telles pensées dans les lieux saints! Peut-être devrait-elle se confesser? Cette idée la torture. Elle n'ose pas aller vers le prêtre en présence de son mari. Il est assis au bout du banc: elle devra se lever, passer devant lui et aller là-bas... Si le confesseur la retenait aussi longtemps, Télesphore serait peut-être soupçonneux... Et puis, ce ne sont pas des secrets qu'on partage... pas même avec le curé, c'est trop intime, trop... «Même si je le voulais, je ne pourrais pas. Je ne peux pas expliquer au prêtre qu'il m'a chatouillé le nez avec son collet de chemise, que ça m'a énervée, puis que j'ai eu, j'ai eu quoi? Du plaisir? Oui, c'est ça. Du plaisir.»

Gervaise soupire, Télesphore la regarde. Elle rougit jusqu'à la racine des cheveux. Oui, elle doit se confesser. La preuve, elle a honte devant Télesphore qui voit son plaisir écrit sur son visage. Seul le confesseur est qualifié pour juger au nom de Dieu si tout ça est permis, si ce n'est pas le diable qui la poursuit. Un frisson froid lui traverse le dos. Elle doit aller se confesser!

Mais voilà, elle a trop tardé: le curé ouvre la porte, enlève l'étole qu'il baise, et qu'il suspend. Il se dirige ensuite vers la sacristie. Bientôt, il fera son entrée dans le chœur, vêtu de blanc. La nef est remplie, c'est l'heure du saint office.

L'orgue entonne le chant liturgique et l'assemblée se lève. Gervaise suit le mouvement de la foule. Elle a les yeux rivés sur son missel, mais ne le lit pas. Ses pensées vagabondent. Ses plaisirs d'un midi sont loin, bien loin. Sa conscience non éclairée la bouleverse.

Une pensée réconfortante l'envahit un instant: ne serait-ce pas à son mari Télesphore qu'elle devrait s'adresser pour discuter de tout ça? Après tout, c'est son mari. «Vous ne ferez qu'un dans la chair.» Sait-il ce que cela veut dire? Si oui, pourquoi est-il allé, lui, vers le confessionnal? Peut-être ne faut-il le faire qu'une seule fois pour ensuite savoir pour toujours? Non, puisqu'il a déjà été marié!

C'est le sanctus, Gervaise prie de toute son âme. Elle n'ose pas regarder l'hostie, qui devient le corps du Christ, car ses yeux sont impurs. Oui, elle parlera à Télesphore. Avant ce soir. C'est son homme, son mari, c'est lui l'autorité, le chef du foyer. Elle s'en remettra donc à lui car il incarne l'autorité. Si Télesphore juge qu'elle a été infidèle à Dieu, il sera alors temps de parler au prêtre.

Des fidèles s'approchent de la sainte table pour la communion. Le dilemme reprend en son âme et conscience. Habituellement Télesphore sort du banc, s'éloigne d'un pas pour la laisser passer et, ensemble, ils vont recevoir Dieu. Elle rougit. Non, elle ne se sent pas digne. Elle n'ira pas. Ça, elle le sait: seul un état de grâce parfait permet à l'homme de recevoir son Maître.

Télesphore la regarde. Elle lève la main et lui fait signe d'y aller seul.

— Et toi?

— Pas aujourd'hui, murmure-t-elle à son oreille.

Il hésite un instant, puis se lève. «Voilà qui va peut-être occasionner des commérages», pense Télesphore.

De fait, deux bancs derrière, une voisine souffle à son mari:

— La boiteuse doit être enceinte, le mal de cœur l'empêche d'aller à la sainte table avec le veuf.

— Et toi, catin, qu'est-ce qui te retient dans ton banc? demande l'homme.

Gervaise regarde venir Télesphore. Il marche du

talon, toussote pour se donner contenance. «Il est gêné malgré son air fanfaron. Il est beau, bonne sainte! Qu'il est beau!»

Et Gervaise remercie Dieu d'avoir permis ce miracle de l'amour. Elle prie aussi pour les enfants de cet homme qu'elle aime, qui lui sont devenus tellement chers!

Elle se souvient de la nuit terrible où elle avait tant pleuré et tant prié, cette nuit qui suivit le jour où on lui fit part de la décision prise par la chère bonne Mère supérieure du couvent. «Parce que vous êtes une bonne fille, simple et pure, Dieu vous donne une chance d'être heureuse. Vous remplacerez une sainte mère de famille qu'Il a rappelée à Lui. Vous prendrez soin d'un veuf éploré et de ses enfants. Souvenez-vous toujours de l'honneur que Télesphore Langevin vous fait de vous accepter comme épouse malgré votre infirmité. Nous lui avons assuré que vous saurez vous montrer reconnaissante en lui étant fidèle et entièrement dévouée, à lui et à ses enfants. L'orgueil ne semble pas un de vos défauts, ne le laissez pas prendre effet sur vous. Soyez humble et soumise. Souvenez-vous, ma fille, que l'homme, tout humain qu'il soit, aime la femme pure et pieuse. Qui sait? Peut-être serez-vous aussi la mère des enfants que Dieu voudra bien vous permettre de mettre au monde, s'Il vous reconnaît cette dignité...»

La sainte religieuse avait semblé fort embarrassée lorsqu'elle avait prononcé ces derniers mots. Était-elle encore «la femme pure et pieuse»?

«*Ite missa est*», dit le prêtre, après la bénédiction finale. La messe est dite et Gervaise n'a fait que réfléchir, elle a peu prié. Télesphore sort du banc et attend sa femme. Il passe son bras sous le sien. Ils sortent du temple. L'orgue mêle son chant à celui des cloches: c'est pour le couple une de ces minutes d'autant plus goûtées que le cœur est en fête. Gervaise ressent une telle joie que son visage s'irradie. Un instant il y a bousculade, Évangéline Latulipe s'est faufilée délibérément. Elle s'empêtre et sans Télesphore pour retenir solidement sa femme, celle-ci serait sûrement tombée. Les regards des deux femmes se sont croisés, l'un haineux, l'autre malheureux.

— Vous pourriez vous excuser! dit tout haut Télesphore.

La vieille fille rougit. Le ton tranchant de l'homme ne laisse pas place au doute: il sait que le geste était calculé. Évangéline aurait aimé voir la boiteuse s'étendre de tout son long à ses pieds.

Gervaise regarde son mari, elle surprend le clin d'œil d'un homme qui remet son chapeau. Télesphore lui sourit.

— Bonjour, Monsieur Lambert.

— Bonjour, Télesphore.

Dès que le couple se retrouve en tête-à-tête, Gervaise questionne.

— Pourquoi étais-tu aussi furieux, Télesphore?

— Tu fais des jalouses.

— Hein?

— La vieille chipie aurait bien aimé te mettre dans l'embarras. Elle t'en veut.

— Je ne la connais même pas!

— Mais moi, elle me connaît.

— Oui, et alors?

— Tu sais, Gervaise, ton Télesphore était veuf il n'y a pas si longtemps... Les vieilles filles de la paroisse ont caressé un rêve... surtout cette chipie d'Évangéline qui me tournait autour. Même le curé y était allé de ses suggestions.

— Bonne sainte!

Télesphore sourit. Après avoir traversé le village, la Chevrolet prend la courbe du rang qui mène à la maison.

Le curé! La pensée de Gervaise s'accroche à ce

détail. Voilà qui confirmait ses conclusions: ce n'est pas avec le curé qu'elle discuterait, c'est avec Télesphore, son mari!

***

Alphonse retourne au collège. Ses études classiques s'achèvent, il en est à la philosophie. Télesphore s'est arrangé pour quitter la maison plus tôt que nécessaire, il espérait un tête-à-tête avec son fils. Celui-ci s'était montré très évasif pendant son court séjour à la maison.

— Tu n'as rien à me dire, fiston?

— Non, rien de particulier, si c'est ce que vous voulez dire.

— Tu n'as rien oublié?

— Pas à ce que je sache.

— Pourtant, à ton arrivée, tu avais beaucoup plus de bagages que tu n'en rapportes.

— Des livres, oui, certains livres ne m'étaient plus utiles là-bas.

Le silence tombe, augmentant l'inquiétude du père qui a besoin d'être rassuré. Alphonse détourne la tête, garde les yeux rivés du côté de la campagne.

— Dis, Alphonse, ça te plairait que je te reconduise jusqu'au collège?

— Merci, mais j'aime bien prendre le train.

— Comme tu voudras.

«Non, pense Télesphore, il ne me dira rien; ce ne sera pas aujourd'hui, le jour des confidences; mais il trame quelque chose, ça, c'est certain. Que peut-il bien mijoter dans sa tête dure? Décidément Mariette et lui font une belle paire!»

Il appuie sur l'accélérateur, l'automobile fonce. Dès que le quai de la gare est en vue, il dit à son fils:

— Nous sommes arrivés. Bon voyage, Alphonse. N'oublie pas tes affaires.

Télesphore ne descend pas de l'auto, ne tend pas la main à son fils, ne lui fait pas l'accolade, ce qui lui causait toujours une certaine gêne. Dès que la portière arrière s'est refermée, il reprend la route en sens inverse sans même un regard en direction de son fils. Le train n'est pas encore entré en gare!

«Il veut jouer le jeu de sa sœur, tant pis. J'en ai jusque-là de leur maudit orgueil.» Télesphore avait hâte de rentrer chez lui; non, il ne laisserait pas briser son nouveau grand bonheur par des chimères. Il avait eu l'occasion de pardonner dans le passé, il s'était plié à bien des caprices; ainsi il s'était fait à l'idée de la vocation sacerdotale, ce rêve d'enfance de son garçon très dévot. Avec le temps il avait accepté, même si souvent il lui arrivait de souhaiter l'appui de son fils à la ferme.

Les maternités de Lucienne s'étaient succédées, alourdissant encore la tâche. Les études coûtaient beaucoup. Et ce fut la catastrophe: une fausse couche, une pneumonie et le décès de sa femme. Dieu merci! le Ciel comprit sa détresse et Gervaise était là. Son «bourgeon», comme il l'appelait. Ce bonheur, il le protégerait, envers et contre tous.

Elle était assise sur la galerie, si petite dans sa grande chaise berçante. Il klaxonna, elle lui envoya la main; il stationna la Chevrolet et se dirigea vers elle. Rendu à sa hauteur il s'arrêta, posa ses coudes sur le bras de la galerie, y appuya le menton et demanda:

— Tu rêvais?

— Non.

— Tu pensais?

— Oui.

— À qui?

— À toi.

— Tu veux que je devienne un fieffé vaniteux?

— Si ça peut te rendre heureux, oui.

— À quoi pensais-tu, Bourgeon?

Ses sourcils s'étaient rapprochés, le timbre de sa voix était grave. Il offrait l'image d'un enfant en quête d'une caresse. La femme frémit, son cœur se mit à battre très vite, ses joues s'empourprèrent. Elle cilla à quelques reprises, se pencha vers lui et dit doucement: «Toi, mon mari, tu es... l'ordre établi, la grande et reposante sécurité, le socle sur lequel repose l'avenir. Tu m'as permis de plonger à corps perdu dans la joie, une joie progressive, enveloppante. Auprès de toi, je ne crains plus les heurts, les cuisantes déceptions. C'est sans doute ça le miracle de l'amour. Et... qui plus est, tu m'as permis, dans tes bras, de connaître l'extase; l'amour raisonné et sa quiétude est dépassé, tu as éveillé en moi la passion physique, le plaisir des sens dont je ne connaissais rien, ni son existence ni sa possibilité d'envoûtement. T'aimer le jour, te laisser me chérir la nuit, c'est t'aimer toujours. Tu me demandes à quoi je rêve? Je ne rêve pas, je vis le merveilleux au-delà de ce que j'aurais pu souhaiter. Si, après tout ça, il est permis d'espérer plus, alors oui, je formule un désir: que notre amour dure, qu'il s'éternise.»

Ce que Gervaise n'ose avouer tout haut, un reste de pudeur refoulé sans doute, c'est qu'elle rêve aussi d'une maternité.

D'abord Télesphore n'a pas bougé, les veines de son cou s'étaient gonflées, son cœur battait plus vite, il ferma les yeux très fort. Non! Il n'allait pas pleurer sous le coup de l'émotion très vive qui le prenait à la gorge. Puis il tendit ses mains vers Gervaise qui y plaça les siennes. Tendrement, avec douceur, il mordillait les doigts de Bourgeon tout en la regardant, les yeux pétillants d'amour.

Un boum! se fit entendre, le ballon lancé de loin venait de rebondir sur le toit de la vieille Chevrolet; Lucille poussait un cri, Lucien arrivait en courant. Les parents ne bougèrent pas.

— Tu es fâché, papa? demanda le garçonnet.

Ne recevant pas de réponse, il prit le projectile, attira sa jeune sœur et lui dit sur un ton confidentiel: «Il ne faut pas les déranger, ils se racontent des histoires d'amoureux, comme à la télévision.»

La fillette mit sa main sur la bouche et se mit à rigoler tout bas.

Chapitre 14

Une année entière s'était écoulée, rapprochant les êtres qui vivaient sous le même toit; les liens les unissant se cimentaient. Seul Alphonse échappait à la règle. Il se montrait récalcitrant, plus par son attitude que par ses paroles. En présence de son père, il affichait un air pacifique, si bien que Gervaise se crut la responsable de tant d'agressivité. Elle hésitait à confier son inquiétude à son mari, ne voulant pour rien au monde être placée au milieu d'un conflit entre le père et le fils. Alors elle décida d'ignorer le jeune homme, sa hargne et son vilain caractère. Aussi quand il quitta à la fin des moissons elle se réjouit presque. La vie reprit son cours normal. Elle nota que Télesphore lui-même était plus détendu depuis son départ. La tension régnerait donc aussi entre eux, pensa-t-elle. Mais elle ne fit aucun commentaire. Gervaise goûtait son bonheur et la peur de le voir lui échapper s'estompait de plus en plus.

Quelques mois plus tôt, mademoiselle Anita était décédée: c'est de la bouche du curé Labrie que Gervaise l'apprit.

— Vous avez toujours été dans ses pensées, vous avez ensoleillé les dernières années de cette jeune fille pour qui le destin a été si cruel. De là-haut, elle veille sûrement sur votre bonheur.

— Et Annette, sa fidèle gouvernante, que devient-elle?

— La succession du notaire avait pourvu à ses besoins, elle a manifesté le désir de se retirer dans un foyer. Mademoiselle Anita ne vous a pas oubliée...

De fait, des meubles de grande valeur, patinés par les ans, lui furent expédiés. Cette délicate attention la toucha beaucoup, surtout que ceux qui lui furent réservés étaient les pièces qu'elle prisait le plus. Dans sa chambre, elle placerait le prie-Dieu taillé dans l'ébène et la bergère bleue dans laquelle elle avait passé tant d'heures à recevoir les notions de lecture et d'écriture. Au profit de l'Église était légué le reste de ses biens.

— Et son missel, ce livre qu'elle chérissait tant?

— Il a fallu le brûler; les livres, hélas! ne peuvent être conservés... Logés dans les pages, les microbes survivent.

Lorsqu'elle se retrouva seule, Gervaise pria pour cette amie disparue; elle remercia le Ciel pour son grand bonheur. Sa vie lui paraissait belle comme une grande clairière ensoleillée. Elle s'approcha de la fenêtre, vit ses enfants qui couraient en tous sens, se bousculaient, luttaient pour saisir un ballon; un simple ballon était leur centre d'attraction. «La belle naïveté, la belle simplicité des enfants, songeait-elle, des heures douces, sans nuages. Ces plaisirs anodins qui les unissent aujourd'hui deviendront bientôt de doux souvenirs. Si ça ne dépend que de moi, tant d'allégresse sera jalousement protégée.»

La jeune femme arpentait lentement le salon et la cuisine, laissait son regard courir sur ces objets témoins de la vie de tous les jours, tout en laissant errer ses pensées.

Chez les cultivateurs du Québec, la cuisine est sans contredit la pièce principale de la maison, c'est là que l'on apprend à tenir sa cuillère, à marcher, à parler, à aimer.

C'est autour de la table que se déroulent les événements importants: jeune, on y fait ses devoirs, on y reçoit ses premières leçons de politique, on tire au poignet, on discute semailles et récoltes, on apprend à se côtoyer, à s'aimer, à se pardonner. La mère se fait éducatrice, ordonne de ne pas y appuyer les coudes, de se tenir droit, de bien faire ses devoirs.

Oui, la cuisine est l'âme du foyer, gardée chaude par le poêle à bois sur lequel chante la bouilloire, où traîne la théière de granit toujours prête à accueillir le visiteur. Au-dessus du lavabo, se trouve un essuie-main qui se promène sur un rouleau de bois. Sur une tablette taillée dans le bois d'érable par un aïeul, l'horloge égrène les heures, heureuses ou malheureuses, témoin fidèle des premières dents et des deuils.

Si la ferme rapporte bien, le plancher est recouvert d'un prélart dont l'usure contourne la table, va de la porte d'entrée à l'escalier qui mène aux chambres, tel une piste que l'animal dessine dans la forêt pour avoir tant suivi le même parcours.

Le salon est de dimension plus modeste, ne dégage pas la même chaleur, invite presque au recueillement. On y accueille la visite rare, dont le curé lors de sa visite de paroisse annuelle. Les chaises s'alignent le long des murs ornés d'images encadrées, dont celles du Sacré-Cœur et de Notre-Dame-des-sept-douleurs, et bien souvent de la photo de la gracieuse reine Élisabeth, mère. Parfois Maurice «Le Noblet» Duplessis figure encore pour y avoir été oublié: il fut le *cheuf* si longtemps. Peut-être la nouvelle génération confondra-t-elle ses traits avec ceux de quelque saint dont on ne connaît pas le nom!

Sur une table, on retrouve presque toujours l'album de photos de la famille: les premières communions, les confirmations et les mariages rappellent à chacun qu'il a été jeune. Le temps les a jaunies, elles n'en deviennent que plus précieuses. Les grands-pères à moustaches, dont la pointe fut roulée sous le jeu des doigts enduits de savon détrempé, sont bien cambrés dans le fauteuil de peluche fleurie prêté par le photographe. Debout, à leurs côtés, se tiennent les épouses aux cheveux tirés, au visage rigide, à la taille moulée dans le corset à baleines, le plus souvent un Spencer ou un

Rose-Marie. La robe noire dissimule les seins pleins et, des jambes, on distingue à peine les bottines à œillets.

Il fait sombre au salon; il ne sera pas dit que le soleil mangera les meubles et le tapis; aussi on baisse les toiles. Une fois l'an, on fera l'aération de la pièce.

Gervaise se souvenait qu'à son arrivée un détail l'avait choquée: la table de la cuisine était recouverte d'un tapis ciré ornementé de grandes fleurs multicolores. Elle ne parvenait pas à détacher son regard de cette chose qui lui déplaisait sans qu'elle sache pourquoi. Elle promenait les yeux, cherchait à comprendre pourquoi le centre avait perdu son lustre. Les coups de couteaux tranchants avaient meurtri la fausse nappe qui laissait voir sa trame brune. Tout comme aujourd'hui, elle avait fouillé dans ses souvenirs: «Où ai-je vu ce genre de tapis ciré? Sûrement pas au couvent ni chez mademoiselle Anita. Chez Julie, peut-être...» Sa mémoire était infidèle. Peut-être était-ce mieux ainsi?

Elle s'attarda près de la grande table maintenant ornée d'un centre crocheté, reçu en cadeau lors de son départ du couvent. Elle caressa la vieille soupière aux marbrures d'argent fanées. Comme tout était beau! Comme elle était heureuse! Son chez-soi et l'amour des siens l'occupaient tout entière.

***

La saison froide laissait une certaine latitude aux fermiers. Ils accomplissaient des ouvrages différents, œuvraient dans les bâtiments, s'attardaient à vérifier les réparations nécessaires à la bonne marche de leurs instruments aratoires. Mais le soir venu on se voisinait, on organisait des parties de cartes, on jasait au coin du feu, racontant des histoires qui faisaient rire et parfois frissonner d'horreur. Gervaise apprenait des tas de choses qu'elle ignorait pour avoir vécu si longtemps recluse. Jamais elle n'évoquait son passé, ce qui étonnait les Vadeboncœur. Mais avec le temps ils oublièrent ce détail et l'affection mutuelle ne fit que grandir.

Lucette connaissait le désir le plus cher de Gervaise, celui d'avoir un enfant; celle-ci lui ayant un jour confié sa peine, elle sut la réconforter et lui conseilla de prier et d'espérer.

Il avait été question d'Alphonse et de sa noble vocation. Lucette fit une remarque à son mari:

— Tu embarrasses Télesphore, ne t'en rends-tu pas compte, Léo?

— Ça m'a déjà effleuré l'esprit. Alors toi aussi tu as remarqué qu'il est moins enthousiaste qu'il l'était sur le sujet? Sa femme doit se retourner dans sa tombe si elle voit ça! Mais ça me surprendrait que le jeune change d'idée, il est bien studieux, plus sérieux au travail en tout cas.

Lucette ne dit rien, elle rangeait les chaises autour de la table, rinçait les tasses de thé. «Sûrement que Gervaise sait quelque chose, mais elle ne m'en parle pas, elle est très renfermée, ne fait pas facilement de confidences», pensait la femme qui aurait aimé plus de spontanéité de la part de cette voisine qu'elle considérait comme une grande amie.

Sur le chemin du retour, Télesphore avait passé son bras autour de la taille de sa femme, dans l'autre main il tenait un fanal qui jetait un peu de lumière sur la route.

— Tu t'es bien amusée, Bourgeon?

— Ils sont si sympathiques, comment ne pas les aimer?

— Sauf que Léo me rabat sans cesse les oreilles avec la vocation d'Alphonse...

Une décharge électrique d'une terrible densité vrombit, le ciel s'illumina une fraction de seconde, un autre éclair dessina une ligne qui se brisa en zigzags. Il semblait qu'elle s'étirait jusqu'au sol qu'elle éclairait de sa lumière céleste. Elle atteignit un arbre énorme en bordure de la route, le coupa en deux, s'enfouit dans ses entrailles; le feu jaillit, un roulement sourd, terrifiant se fit entendre et une pluie torrentielle se mit à tomber.

Léo et Lucette avaient tout vu de la fenêtre, au premier coup de tonnerre ils s'étaient approchés, inquiétés à l'idée que les Langevin aient été surpris sur la route. Et voilà que Gervaise et Télesphore, blottis l'un près de l'autre, leur apparurent faisant tache sombre dans la lumière du ciel déchaîné.

Télesphore avait laissé tomber le fanal et enlacé sa femme de ses bras. La pluie tombait, abondante et froide, mais rassurante.

— N'aie pas peur, Bourgeon.

— Je n'ai pas peur, tiens-moi bien fort.

Léo accourut, inquiet, les escorta jusqu'à la maison.

— Entre reprendre ton souffle, Léo.

— Non, ma vieille doit avoir une peur noire. Tu as déjà vu ça, toi, une tempête des mois chauds d'été en plein printemps? L'orme y a goûté!

— Que cette maison est accueillante! lança Gervaise.

— Va enlever ce linge mouillé, je vais attiser le poêle.

Mais Télesphore ne bougea pas, il ferma les yeux. Il faisait un lien entre les mots qu'il prononçait au moment du déchaînement de la nature et la colère de celle-ci. Abasourdi, il essayait de mettre de l'ordre dans ses pensées. «Je suis fou, je deviens dingue.» Il s'appuya au lavabo et regarda par la fenêtre qui se trouvait là. La nuit, redevenue opaque, n'avait plus rien à offrir. À la pointe du jour, il irait vérifier l'arbre massacré pour s'assurer qu'il n'avait pas rêvé ce cauchemar.

— Télesphore, appelait Gervaise, Télesphore...

Il ne l'entendait pas, les yeux toujours rivés sur la fenêtre. Les enfants le regardaient, apeurés. Le tonnerre les avait réveillés et tous s'étaient précipités vers la chambre de leurs parents où Gervaise les trouva. Lucille se détacha du groupe et courut vers son père:

— Papa! Oh! papa!

Il s'inclina, prit la fillette dans ses bras. Gervaise attisa le feu, déposa une bûche d'érable sur la flamme et prépara du lait chaud à l'intention des siens.

Les enfants y allaient de leurs remarques, les éclairs étaient entrés dans leurs chambres à travers les épais rideaux. Télesphore ne rectifia rien, il les écoutait à peine, sa pensée était ailleurs, mais il ne revint jamais sur le sujet. Ses inquiétudes demeurèrent enfouies au plus profond de lui-même.

Chapitre 15

Plus d'une semaine s'était écoulée depuis l'arrivée d'Alphonse. La tâche était lourde et contraignante. Heureusement, on n'avait pas eu de problèmes mécaniques; les tracteurs, la faucheuse, la plieuse: en somme, la machinerie aratoire tenait le coup.

Les conversations tournaient toutes autour du même sujet: la ferme et ses exigences, les soins à apporter et les besoins des bêtes.

Les jours passaient vite, très vite. Le soleil se levait tôt et se couchait tard. C'est également le lot du fermier qui n'a que quelques mois pour labourer sa terre, l'ensemencer, la biner, la sarcler et l'arroser parfois, si Dieu néglige de le faire. Il doit aussi s'occuper du potager, des animaux qui paissent aux champs, des vaches à traire, du cheval à étriller. Les animaux de la ferme constituent une deuxième famille pour le cultivateur amoureux de son métier. Il connaît chacune de ses bêtes; parfois, il leur donne même un nom. Il peut les reconnaître seulement en les entendant venir. Comme les enfants, ils ont parfois des caprices *achalants*, mais que l'habitant respecte. Il n'y a que Belly, le gros coq qui se lève plus tôt que le sacristain et chante tout l'avant-midi, qui ennuie vraiment Télesphore. Mais c'est un bon coq sans malice qui est là depuis trois ans, et n'a jamais préféré une poule au détriment des autres. Il fait bien son devoir de chef du poulailler.

«Peut-être que son père était maître chantre dans une cathédrale», lui avait dit Gervaise, un jour qu'il se plaignait du chant perçant de la volaille. Télesphore s'était éclaté de rire: «Tu prends parti pour tous et chacun, même les bêtes! T'as un cœur d'or.»

Télesphore marche à travers les rangées de blé d'Inde, se penche occasionnellement pour observer les plants afin de s'assurer qu'ils sont sains. «La saison va être bonne, il m'arrive déjà à la hauteur de la taille. Oui, la saison va être bonne. Le foin sera abondant. Si seulement la pluie tombe raisonnablement, ce sera une très bonne année.»

Télesphore s'arrête, se découvre et fait le signe de la croix: c'est sa façon de remercier Dieu. Puis il remet son vieux chapeau et poursuit sa marche jusqu'au champ d'orge.

Ce soir, au souper, il fera un compte-rendu oral de son tour du domaine:

— Les choux sont fermes, les plants de patates vigoureux, les concombres courent partout et les courges aussi. À l'automne, le fenil et la cave seront remplis à craquer!

Il se tait un instant, baisse de ton, car à tous s'adressait son discours rempli de fierté et d'orgueil. Maintenant, il s'adresse à Gervaise:

— Tu m'as rendu un fier service en prenant en charge le poulailler et la bergerie. Ça m'a beaucoup libéré le matin, alors qu'il y a tant à faire!

— Dis-moi, le coq chantait-il autant avant que je m'occupe de lui?

Télesphore ne saisit pas tout de suite le sens de la question de Gervaise. Mais voilà qu'il s'esclaffe, il a compris l'allusion.

Tout le temps que dure le repas, son visage affiche le sourire. On mange avec appétit, Gervaise transmet sa bonne humeur, sa joie est communicative. Seul Alphonse ne se déride pas. «Mais, ne peut s'empêcher de penser Gervaise avec satisfaction, il contrôle de plus en plus son rire nerveux et agaçant.»

— À propos, aimez-vous le gruau?

— Moi, pas! s'exclame Alphonse. On en mange suffisamment au collège.

— L'hiver, toutefois, ça constitue un bon déjeuner chaud, fait remarquer le père. Pourquoi demandes-tu ça, Gervaise? Le menu que tu choisis est celui que l'on accepte. Les préférences de chacun sont servies tour à tour.

— J'ai trouvé trois boîtes pleines de cette céréale dans une armoire.

Alphonse s'éclate de rire, les enfants rigolent.

— Et tu as conclu que nous aimions le gruau.

— Quoi d'autre aurais-je pu croire?

— C'est que tu ne sais pas que dans chaque boîte de gruau se trouve un morceau de vaisselle en semi-porcelaine. Regarde dans le vaisselier et compte les pièces; tu sauras alors combien de boîtes de gruau Robin Hood nous avons mangé. Parles-en à Vadeboncœur, du gruau. Il le donnait en cachette aux cochons. Lucette a un *set* de dix couverts.

— Une surprise ce soir, à l'intention d'Alphonse cette fois: des chaussons aux pommes avec crème fouettée.

— Comment savez-vous que c'est mon dessert préféré?

— J'observe, mon cher, j'observe...

Alphonse rougit. Ainsi Gervaise l'avait vu, ce soir-là, fouiller dans la dépense et voler les chaussons qu'il avait refusés à table, par orgueil, peu après leur dispute.

Télesphore regarde sa femme, puis son fils: vont-ils encore avoir une prise de bec?

— Ça m'a fait plaisir, mon grand, de te voir en bouffer trois, un à la suite de l'autre. C'est le plus beau compliment qu'on puisse faire à une cuisinière.

— Tout est permis aux grands, soupire Lucien.

— Et aux petits qui adorent les croquignoles.

Lucien baisse la tête et pouffe de rire:

— Papa, tu as marié une police!

— Qui t'adore, bout d'chou, et qui va te demander d'aider Alphonse à remplir la boîte à bois, car demain j'ai à cuisiner, la réserve de gâteries est à son plus bas. Et ce, avant la noirceur, souligne Gervaise qui surprend un mouvement d'impatience chez l'aîné.

Mais elle n'y prête pas attention. Avec l'aide de Réjeanne, elle range la vaisselle tout en poursuivant son exposé.

— Papa a beaucoup de travail et c'est lui qui nous permet de nous régaler en nous approvisionnant. Il mérite bien, maintenant que ses enfants sont grands, d'avoir de l'aide. C'est le plus beau moyen de lui exprimer votre reconnaissance.

Télesphore, gêné, se cache derrière son journal. Son cœur de gaillard est ému. Décidément, sa Gervaise!...

Lucille tournait en rond autour de son père, celui-ci feignait de l'ignorer.

— Papa...

— Hein?

— Papa, je veux la permission d'aller danser de la corde avec Germaine.

— Demande à Gervaise.

— C'est elle qui m'a dit de te le demander!

— Ah, oui! Eh ben! Moi je suis d'accord.

La petite traverse la cuisine en coup de vent et se dirige vers la sortie.

— Hey! Hey! Hey! lance Gervaise. On ne remercie pas son père?

— Euh. Merci, papa.

— Va, donne-lui un gros bec.

L'enfant hésite, puis s'élance vers Télesphore. Elle lui donne un baiser sur la joue, pivote sur ses talons, puis file vers la porte qu'elle ouvre et ferme avec force: ce qui fait un fracas terrible. Et voilà que la porte s'ouvre de nouveau:

— Merci, maman, lance la fillette.

Gervaise hoche la tête et sourit.

— Qu'est-ce que tu es en train de faire à ma famille, ma Gervaise?

— De quoi te plains-tu, Télesphore?

— Ça me gêne, moi, ces histoires de becs. Je n'ai pas l'habitude.

— Ah! C'est donc ça. Tu n'as rien remarqué en dehors de ce bécot?

— Ça m'a un peu surpris. C'est délicat des fillettes de cet âge; elle est un peu grande pour ce genre de démonstrations.

— Mais, Télesphore, elle a réagi innocemment et spontanément. Rien n'est plus naturel. Les élans du cœur, il ne faut pas les freiner. Ils contribuent à l'épanouissement de l'enfant.

— C'est compliqué...

— Et très attendrissant. Tu es un bon père, tu mérites bien qu'on te démontre parfois amour et tendresse. Aussi, elle a dit: «MAMAN». Ce mot est prononcé ici pour la première fois depuis que je suis là; j'en suis bouleversée.

— C'est vrai, j'ai entendu, mais je...

Télesphore s'approche de son épouse, se penche vers elle et lui sourit.

— Tu attendais cette réaction de la part des enfants... Moi aussi. Et voilà, c'est venu, et je n'ai pas réagi, car c'est normal. Je suis certain qu'un jour ou l'autre ils vont tous en faire autant, y compris Alphonse. Lui, habituellement si réservé, semble... Je ne sais comment le dire... Tu te souviens cette histoire d'œufs tournés? Il ne s'est pas fâché.

— Fâché?

— Autrefois, il aurait piqué une crise. Il vieillit, il est plus sage.

— Il atteint la maturité.

***

Gervaise a vidé le caveau de son contenu. Grâce à l'enseignement de sœur Clara, elle a su mettre en conserve les fruits et légumes de surplus. Avec les autres, les moins beaux, elle a fait du ketchup vert, des cornichons variés et des betteraves marinées. Aidée des fillettes, elle a cueilli les trésors dont débordait le potager. On se gave de légumes frais et de feuilles de laitue tendre arrosées de crème sure.

Avec ses bocaux stérilisés, ses épices variées et ses mannes attendant d'être vidées de leur contenu avant de retourner aux champs pour y être remplies de nouveau, la cuisine n'est plus qu'un immense laboratoire. On étiquette, on classe, puis c'est le moment de blanchir les légumes après les avoir plongés dans le bain bouillant, ce qui en assure la conservation et la couleur.

Au pré, le bétail continue de se gaver des bienfaits de la terre, ce qui épargne le fourrage vert. Les bestiaux prennent du poids avant que ne vienne la saison de faire boucherie.

Pour le moment, il faut profiter de chaque heure de soleil. On oublie sa fatigue. On se couche tôt et on reprend la corvée au petit jour, chacun à sa mesure et à l'unisson. Dame nature se fait conciliante, le soleil est radieux.

Gervaise ressent une grande joie lorsqu'elle entend Alphonse lui dire combien sa présence auprès de son père est rassurante. Télesphore a cillé, heureux de ce témoignage.

— Tu as entendu ce qu'a dit Alphonse, Gervaise?

— Oui. Ça t'a bien fait plaisir, hein, Télesphore?

— Je veux qu'il se sente heureux. Il est parti si jeune pour le collège. Et ces grandes études, ce n'est pas aisé. Ils apprennent là-bas des langues mortes que les religieux doivent connaître. J'aurais jamais pu, moi. À propos, Gervaise, les fruits aoûtés, qu'est-ce que c'est?

— Ce sont les fruits qui mûrissent en août.

— Ah! Comme les pommes alors.

— Certaines variétés, oui.

— Tu dois être fatiguée, tu as trimé dur ces temps-ci.

— Nous aurons tout l'hiver pour nous reposer.

— Alors qu'Alphonse, lui, n'aura pas cette chance-là. On voit qu'il est devenu un homme, un vrai. Je ne l'ai jamais vu aussi vaillant, aussi sérieux.

— Tu es heureux à la pensée qu'il deviendra prêtre, n'est-ce pas, Télesphore?

— Heureux? Tu me le demandes! C'est la plus grande joie qu'un gars puisse faire à ses parents. C'est presque de l'orgueil: un Langevin curé, monsieur l'abbé Alphonse Langevin, penses-y, Gervaise! Il va donner toute sa vie au bon Dieu. Au bout de ça, c'est le ciel, ça, c'est certain! Ça vaut tous les sacrifices. Viendra un jour où Lucien sera assez grand pour le remplacer. J'ai eu de la chance d'avoir deux garçons. Il n'y a jamais assez de bras pour abattre l'ouvrage sur une ferme.

L'horloge sonne la demie de sept heures, Télesphore sourit:

— Tu l'entends, je reconnais son pas.

Gervaise se dirige vers le poêle, fait griller le pain et verse le café. Alphonse descend l'escalier bruyamment et très vite: habitude prise au collège.

— Ça va, mon gars? Tu as bien dormi?

Gervaise ne peut manquer de remarquer avec quelle douceur il s'adresse à ce fils, dont il est si fier. Elle s'attarde à la cuisine pour respecter leur intimité.

— Tu parles peu du collège cette année. Ça va, fiston, les études?

— Oui, papa. Il y a une chose...

— Tu as un problème? Il faut en parler. Tout ce que je peux, tu le sais, je vais le faire. Ta vocation est une priorité.

— Ma vocation...

— Dis, quel problème as-tu? Tu manques d'argent?

— Pour une part, oui...

— Je vais y voir, oublie-ça, concentre-toi sur le savoir. Les sous, c'est mon affaire, mon obligation. Et tu les as gagnés; la saison a été bonne. N'hésite jamais à me parler de tes soucis. Je serai toujours ton père, mon fils, même quand tu seras ordonné prêtre.

L'arrivée des enfants met fin à l'entretien et, au moment de quitter la table, Télesphore pose sa main sur l'épaule d'Alphonse:

— Ne te presse pas, prends tout ton temps.

Le geste affectueux n'échappe pas aux enfants.

— Il t'aime papa, hein, Alphonse? dit Réjeanne.

— C'est normal, c'est le plus vieux, répond Lucien.

— Non, c'est Mariette le plus vieux, corrige Lucille.

— Mariette n'est pas le plus vieux, elle est la plus vieille!

— Plus vieux, plus vieille, c'est pareil. Moi, je ne suis que le bébé.

Gervaise essuie les bocaux qui ont refroidi avant de les ranger à leur place, dans la réserve. Les discours puérils l'amusent. Soudain, une idée germe dans son esprit: Télesphore aura besoin d'un supplément d'argent pour défrayer les études de son aîné. N'a-t-elle pas un moyen à la portée de la main qui pourrait l'aider à arrondir la somme? Elle rumine son projet, pèse le pour et le contre et décide de passer à l'action: elle profiterait du passage des vacanciers.

En bordure de la route, bien en vue, sur le pieu de la clôture, elle placarde une affiche sur laquelle elle a inscrit à l'encre de Chine: *«For sale: fresh eggs, cream, butter and vegetables».*

Gervaise ne manque pas d'offrir des conserves de sa réserve aux touristes qui s'arrêtent et ne cessent de réclamer du pain de ménage. Elle promet que l'an prochain, il y en aura.

À la fin de septembre, elle sera très fière de son initiative, car elle aura accumulé la forte somme de deux cent dix-huit dollars à ajouter aux économies de Télesphore.

Alphonse exprime sa reconnaissance. Il ne manque plus une occasion de louanger Gervaise en présence de Télesphore. Ce qui suscite chez elle une vague inquiétude qu'elle n'arrive pas à cerner.

***

— Bonjour! Il y a quelqu'un? Madame Langevin...

Gervaise sort une tôle à biscuit du fourneau, elle la dépose sur une grille et répond:

— Je suis là.

Et s'approchant du visiteur, elle demande:

— Que puis-je pour vous?

— Euh! Madame Langevin est absente?

Le vendeur itinérant a déposé sa lourde valise sur la table et en a sorti des produits de toutes sortes. En apercevant Gervaise, il s'immobilise. Celle-ci lui explique la situation. Il lui tend la main et se présente:

— Bellavance, les produits Rawleigh et Jito, qui font la joie des ménagères, dont ces préparations pour tartes au citron et au chocolat que l'ex-madame Langevin achetait chaque année... et dont la famille raffole.

Il vante l'essence de vanille, l'extrait de fraises pour les bébés qui ont la diarrhée, la cuillerée de soufre mêlé à de la mélasse qui sert de vermifuge aux enfants, le sirop brun pour la grippe, la graine de lin et, finalement, l'huile de foie de morue pour aider à passer l'hiver sans grippe. Il ne tarissait pas. Gervaise souriait. «C'est à croire que le genre humain est sous la protection de Bellavance qui possède le monopole du bien-être», pense-t-elle.

Elle opte pour les préparations à tartes. Il termine son discours et promet de revenir l'an prochain.

Cette visite est suivie de celle du représentant, plus

agressif, des brosses Fuller. Elle choisit un balai à cinq cordes: «Le seul qui vaut la peine d'être acheté.»

Quelques jours plus tard, Gervaise fait les tartes tant aimées. Bellavance avait bougrement raison, le dessert a un effet du tonnerre. Les enfants n'en finissent plus de ressasser le passé. Jamais encore ils n'avaient tant parlé de leur mère et de ses grandes qualités.

Alphonse ne manque pas de souligner le charme et la beauté des plates-bandes de fleurs diaprées qui entouraient alors le perron et le tour des clôtures.

— Maman passait des heures penchée sur les bosquets. Je l'admirais pour sa patience.

— Elle avait une peur bleue des poules et ne s'approchait jamais des moutons qui l'effrayaient, glisse Télesphore.

Gervaise lui sourit, elle comprend qu'il cherche ainsi à la rassurer. Seul Alphonse saisit le sens de l'intervention de son père.

Le soir, au lit, Télesphore demande à sa femme:

— Qu'est-ce que c'est, Gervaise, des fleurs diaprées?

— Diapré veut dire de plusieurs couleurs.

— Ah!

— Je suis bien contente que les enfants se soient aussi librement exprimés, sans fausse gêne, avec spontanéité. C'est bien qu'ils aient de si beaux souvenirs de leur mère.

— Tu es du bon monde, Gervaise. Tu comprends les enfants, tu comprends tout...

— Les jeunes ont l'âme fragile, il faut savoir les respecter. La souffrance me l'a appris.

— Tu n'as jamais de rancune!

— Mon passé et mes peines m'aident. C'est là mon bagage de connaissances dont je me sers pour vivre le présent et bâtir l'avenir. L'amertume est un mauvais sentiment qui décourage.

— Parle avec Alphonse, Gervaise.

— Pourquoi me demandes-tu cela?

— Quand il était petit, il rêvait de devenir missionnaire en Afrique. Ça me faisait très peur. Je préférerais qu'il devienne un curé, qu'il reste près de nous. Maintenant, il ne me parle plus de sa vocation et ça m'inquiète. Je le sens se détacher de moi.

— C'est de son âge, il devient un homme.

— Parfois je me dis que ce serait si simple s'il restait ici, sur la ferme, sur le bien des ancêtres.

— Lucien grandit très vite et tu as toutes ces filles. Qui dit qu'un jour l'une d'elles n'épousera pas un amoureux de la terre, qui serait heureux de prendre la relève ici?

Cette fois encore, Télesphore avait parlé de son fils avec vénération. Gervaise comprenait sa peine anticipée que lui causait ce futur départ, le définitif. Cependant, jamais il ne parlait de Mariette, ce qui l'étonnait, mais elle n'osait pas attaquer ce sujet par délicatesse, pour ne pas chagriner le père.

L'occasion de le faire ne pourrait pas manquer de se présenter. Ce jour-là, elle saurait le comprendre et l'écouter.

Gervaise se hâte à préparer le repas du soir, elle s'est attardée à préparer les vêtements des plus jeunes qui prendront bientôt le chemin de l'école.

Lucille entre en courant.

— Un monsieur veut parler à papa.

— Préviens-le, chérie, il est dans la remise.

Gervaise s'approche de la fenêtre et soulève le rideau. En bordure de la route, un camion est stationné. Son chauffeur essuie les vitres de la cabine. Télesphore s'avance. Ils échangent quelques mots et l'inconnu lui tend la main. Télesphore la retient un moment, puis il tapote l'épaule du visiteur.

— Ainsi, c'est toi, l'oiseau rare, qui as fait perdre la tête à ma fille. Que me vaut l'honneur de ta visite?

— Elle m'a parlé de votre dernière rencontre, Monsieur Langevin. Mariette n'est pas fière de sa conduite. Quand je lui ai dit que je descendais dans le Bas, elle m'a demandé de venir vous visiter. Je ne sais pas ce qui l'a fait fuir autrefois. Elle parle peu de tout ça, mais elle vous aime bien et sa famille lui manque, ça, je peux vous l'assurer.

Les deux hommes se taisent, embarrassés.

— Tu viens dîner avec nous?

— Je ne peux absolument pas. Celui qui devait faire cette livraison a eu un empêchement majeur; j'ai pris sa place à la toute dernière minute et je suis déjà en retard pour livrer le chargement.

— Sur le chemin du retour, alors?

— Mieux encore, Mariette m'a prié de vous faire promettre de venir à la maison le samedi 15 octobre; c'est ma fête... elle organise une soirée à laquelle elle veut que vous assistiez.

— Je vais en parler à ma femme, on y pensera.

Télesphore demande à Lucille, qui se tient à ses côtés, d'aller dire à Gervaise de venir un instant.

Là-haut, appuyé derrière une fenêtre, Alphonse observe la scène. Gervaise s'approche. L'inconnu lui tend la main. Elle le regarde, le scrute. Télesphore présente le visiteur: «Mon gendre; mon épouse, Gervaise».

— J'ai connu, autrefois, un brin de fillette qui, comme vous, s'appelait Gervaise. Je l'aimais beaucoup.

Gervaise baisse les yeux, ses mains tremblent. L'intonation de cette voix, ce regard, ces cheveux rebelles... Ça ne lui semble pas possible. C'est de l'irréel, elle rêve! Se peut-il que ce soit Raymond, ce frère perdu depuis si longtemps qu'elle en a presque oublié jusqu'aux traits de son visage, que le temps a fluidifiés? Et pourtant! Elle n'ose pas le regarder. Elle entend à peine la voix de Télesphore qui lui semble lointaine, voilée. Et ce cri déchirant qui perce tout à coup, comme à travers un brouillard.

C'est Réjeanne qui accourt, essoufflée.

— Papa! Viens vite, papa, la clôture s'est ouverte, les vaches sont sur la route...

Télesphore tend la main:

— Tu m'excuses... À propos, je ne sais même pas ton prénom...

— Raymond. Merci, Monsieur Langevin, à bientôt j'espère.

Gervaise croit qu'elle va défaillir. Elle s'appuie sur le camion, sidérée.

L'homme est embarrassé, s'excuse, parle de partir, car...

Gervaise n'entend pas, son cœur bat la chamade. Raymond tend la main. Elle le regarde, et d'un élan se jette dans ses bras, se serre contre lui. Surpris, il desserre l'étreinte. Elle le retient un instant, puis tend une main que Raymond accepte. Et l'homme remonte dans son lourd véhicule.

Gervaise, immobile, regarde s'éloigner celui qui, en un instant, a fait revivre son passé, ce passé qu'elle croyait englouti à tout jamais. Raymond! Elle l'a revu, bien vivant. Il était là, devant elle, et elle n'a rien fait pour le retenir. Il est parti. «Mon gendre», avait dit Télesphore. Ces mots s'étaient gravés dans son inconscient. Quant au reste de la conversation, il lui avait échappé, tant elle était préoccupée par cette ressemblance. Ce prénom, Raymond, que dans son désarroi elle a si souvent répété. Il s'est échappé de sa bouche, venant confirmer ses doutes. Elle l'a senti, là. Elle s'est appuyée contre le cœur de son frère. Gervaise s'appuie contre un arbre. Sa tête tourne. Les larmes inondent son visage et de longs sanglots la secouent. Sa peine éclate, la trouble et l'envahit. Recroquevillée sur elle-même, elle s'y abandonne.

Là-haut, Alphonse a reculé de quelques pas, mais il

continue d'observer. Il fronce les sourcils et s'interroge. «Que cache tout ceci? Quelle est la raison de cette crise de larmes qui ressemble presque à du désespoir? Pourquoi s'est-elle ainsi précipitée dans les bras de cet inconnu? Que sait-elle de lui? Qui est-il? N'est-elle pas suspecte, cette réaction inexplicable? Dès que papa se fut éloigné, elle s'est élancée contre lui...»

Et Alphonse affiche un sourire des plus équivoques: «Voilà qui servira bien ma cause.»

Lucille s'avance vers Gervaise. Cette dernière essuie ses larmes avec son tablier.

— J'ai faim, je vais chercher une pomme.

— Oui, mon chou, va.

Gervaise, bouleversée, s'efforce de se composer un visage pour affronter les siens.

Là-haut, Alphonse, qui mijote un plan d'attaque, met de l'ordre dans ses idées. Quant à Gervaise, elle retourne à sa cuisine et fait des efforts surhumains pour surmonter son désarroi et refouler son désespoir.

Tous sont attablés. Télesphore semble soucieux et Alphonse s'en rend compte. Son père a sa tête des mauvais jours.

— On a eu de la visite, lance Lucille, joyeuse.

— Ah! et qui c'était? s'enquiert Alphonse.

— L'amoureux de Mariette.

— Hein? Qu'est-ce que tu as dit?

— Bien oui, papa, c'est l'amoureux de Mariette, car elle n'est pas mariée.

— Où as-tu appris ce mot? tonne le père.

— Tu es vieux jeu, papa: des amoureux, il y en a partout...

Narquois, Alphonse regarde Gervaise qui n'a aucune réaction. «Ou elle joue bien son rôle ou elle est trop prise par ses préoccupations intimes et elle n'a rien entendu», pense-t-il.

— Lucille, qui t'a enseigné ces choses-là?

— La télévision, papa. On a un mari ou un amoureux.

— Ce qu'il faut entendre! La télévision! Mange ta soupe.

— Vous êtes fatiguée, Gervaise? Vous semblez souffrante, souligne Alphonse.

Télesphore regarde son fils, puis Gervaise.

— Il a raison: ça ne va pas?

— Rien de sérieux, ça passera.

— Eh! oui, tout passe, lance Alphonse.

— Tu l'as vu, toi, Réjeanne, l'amoureux de Mariette?

— Oui, il est beau comme un cœur.

— Pourquoi est-il venu ici? demande Jacqueline. Elle aurait pu venir, elle aussi.

— Raymond était de passage, il avait un travail urgent à accomplir. Mariette nous invite chez elle.

— Tiens... nous tous, comme ça? Elle fuit, ne donne plus de ses nouvelles, puis envoie son amoureux en éclaireur pour nous inviter. C'est pathétique! J'espère, papa, que tu ne t'impliqueras pas dans cette fourberie. Il en a du culot, se présenter ici, chez nous, un parfait inconnu, un amant de ma sœur, saloperie!

— Tais-toi, Alphonse, tu ne sais pas de quoi tu parles.

— Et toi, papa, tu te ranges de son côté? Tu me surprends!

— Suffit, Alphonse. La charité chrétienne, ça se pratique d'abord chez soi.

Gervaise, silencieuse, sert le thé à son mari et à l'aîné; à chaque enfant, elle verse un verre de lait et sa main tremble. Alphonse l'observe à la dérobée, son mutisme l'intrigue au plus haut point.

La dernière bouchée avalée, Télesphore sort. Il va se réfugier dans la grange pour y cacher sa peine. Après Mariette, c'est Alphonse qui se montre amer... «Pourquoi ne restent-ils pas toujours petits, nos enfants?»

Alphonse est monté dans sa chambre. Lucien questionne ses sœurs qui roucoulent et ont des rires entendus. L'histoire d'amour de leur grande sœur les fait rêver.

Gervaise s'attarde devant l'évier, heureuse d'être enfin seule. Il lui faut clarifier ses pensées, surmonter son chagrin. «Raymond n'a rien deviné. Il ne m'a pas oubliée, mais ne sait pas me reconnaître. Alphonse, quant à lui, n'a fait qu'ajouter à la peine de Télesphore. Devrais-je lui faire part de mes doutes qui s'estompent de plus en plus et laissent place à une certitude? Mais encore faudrait-il que cet espoir me soit confirmé. Télesphore détiendrait-il la clé de cette énigme? Je lui parlerai, pas plus tard que ce soir; il me comprendra.»

Peu à peu le calme se fait dans l'esprit de Gervaise qui s'accuse de sentimentalisme: pour avoir tant souhaité retrouver son frère, n'aurait-elle pas été victime de son imagination? Une simple ressemblance, un prénom assez répandu, quelques analogies et elle aurait versé dans l'illusion, justement à cause de perceptions faussées?

Télesphore n'est pas encore rentré. Les enfants sont allés dormir. Gervaise se remet à sa couture: elle l'attend. Mais lorsqu'elle le voit revenir, les traits brisés et les épaules voûtées, elle n'ose pas attaquer le sujet qui lui tenait à cœur. Il refuse la tasse de thé qu'elle lui offre et se retranche derrière son mutisme.

— Va dormir, Télesphore, tu sembles accablé. Va, je te rejoins bientôt.

Elle classe les vêtements, met un peu d'ordre, puis monte l'escalier qui mène à sa chambre. Télesphore est déjà au lit.

— Elle se glisse sous la couverture et l'oblige à tendre son bras sur l'oreiller. Elle se blottit tout contre lui et cache sa tête dans le creux de son épaule. Il resserre son étreinte.

— Gervaise...

— Chut! Fais dodo.

— Ah! Gervaise.

Peu à peu la respiration de l'homme se fait régulière: il s'est endormi. Elle reste là sans bouger. Réconfortée de sa seule présence, elle goûte pleinement la chaleur qui émane de son corps et se transmet au sien.

Elle rêve de Raymond, ce garçonnet qui était parti. Elle revoit dans son songe cette fenêtre derrière laquelle elle l'avait tant attendu.

Elle se réveille, bouleversée. Télesphore est déjà parti. Son rêve lui revient en mémoire: «Tiens, se dit-elle, c'est la première fois que je fais ce genre de rêve depuis que je vis ici, sous ce toit. Pourtant, autrefois, ce genre de cauchemar hantait souvent mes nuits.»

Cette pensée lui souligne l'importance qu'elle doit accorder à la protection de son bonheur, de son amour pour son mari et ses enfants. Cette famille est sienne. Si la vie s'était chargée d'opérer ce croisement de leur destin, il lui appartenait de clarifier la situation de façon à ce qu'aucun d'entre eux n'en sorte traumatisé ou lésé.

Elle sort et le froid de ce matin de septembre lui paraît glacial. Belly, le coq, vient vers elle, suivi des poules. Mais Gervaise ne chante pas aujourd'hui, le cœur n'y est pas. Elle se penche sur la couveuse et entrevoit les poussins tout jaunes qui s'ébattent sous la poulette grise. Ce spectacle la réjouit.

Au moment de se relever, elle a un étourdissement suivi de nausées. «Zut! Je suis d'une sensibilité...» Elle n'a pas le loisir de poursuivre sa pensée, les haut-le-cœur l'obligent à courir. Elle s'appuie contre la grange et vomit. «Ça alors! Je dois contrôler mes émotions, elles me jouent de vilains tours!»

Rentrant à la maison, elle prépare le déjeuner. Télesphore ne tardera pas. Son malaise persiste, elle n'a pas faim. Elle décide donc de retourner au lit.

— Bonjour, Télesphore, j'ai préparé ton repas. Je crois que je vais retourner dormir.

— Tu es allée au poulailler?

— Bien sûr, les poussins sont très agités, je crois qu'ils se montreront bientôt.

— Gervaise, tu sembles fatiguée. Tu te surmènes. Tu as raison, monte te reposer.

Télesphore a laissé l'omelette glisser dans l'assiette et a beurré ses rôties. La vue des aliments oblige Gervaise à s'éloigner. Pour la première fois, Télesphore déjeunera seul. Gervaise ressent une grande peine à laquelle s'ajoute un sentiment de vague culpabilité. Ce tête-à-tête matinal lui tient tellement à cœur! Ces minutes d'intimité lui sont précieuses. Gervaise se laisse tomber sur son lit et s'endort.

***

La porte se referme avec fracas. Le départ des enfants ne manque jamais d'être bruyant. On se bouscule et on s'interpelle. Qui a perdu un soulier? Qui a oublié son sac d'école? Gervaise qualifie ces minutes de grande tension des plus vivantes de la journée.

À sa grande surprise, Lucien reparaît tout à coup.

— Tu n'es pas parti? Tu seras en retard. Mais, on dirait que tu boudes. Quelque chose ne va pas?

L'enfant ne répond pas, il met un temps fou à enfiler son manteau.

— Les jeunes Vadeboncœur seront déjà loin si tu ne te hâtes pas de les rejoindre.

Il maugrée, mais Gervaise n'entend pas son marmonnement. Surprise, elle le regarde sortir. Il jette un coup d'œil en direction de la maison des voisins et s'éloigne lentement.

«Tiens, il est sur un pied de guerre avec ses copains.»

***

Il est quatre heures trente. Gervaise, debout à la

fenêtre, regarde distraitement dehors. Armand et Robert, les enfants Vadeboncœur, passent devant la maison des Langevin; voilà que le jeune Robert se met à boiter à qui mieux mieux, ce qui provoque l'hilarité chez son frère et leurs compagnons. Gervaise a compris. C'est la première fois depuis qu'elle est là qu'on lui rappelle son infirmité qu'elle avait presque oubliée. Son cœur se serre: c'est ainsi que la brouille de Lucien avec ses amis s'expliquerait? Elle se mord les lèvres et se demande quelle attitude adopter vis-à-vis de son fils.

Tout en préparant la collation, elle réfléchit au dilemme. Lucien a refusé le verre de lait et se dirige vers sa chambre. Le malaise de l'enfant semble très grand. Gervaise décide de jouer les ignorantes. Elle fera mine de ne rien savoir et attendra la suite des événements.

Le lendemain matin, elle reprend son poste d'observation: la scène se répète. «Il faut que ça cesse au plus tôt, sinon les fillettes subiront l'humiliation qui gêne Lucien.» Elle ressasse le problème; en parler à Léo et Lucette ne serait pas la bonne solution. Les chicanes de voisins sont à éviter. Télesphore tient à cette amitié.

Une idée germe dans son esprit, elle en pèse le pour et le contre. Oui, elle tentera sa chance. Ce sera bientôt l'heure du retour des enfants, elle sort et attend que les garçons s'amènent. Lucien n'est pas du groupe, voilà ses soupçons confirmés. Elle marche lentement, permettant ainsi aux jeunes de la rejoindre. Elle s'arrête et fait volte-face, car le rire des garçons lui fait comprendre que Robert, une fois de plus, mime sa démarche. Étonné, Robert continue son manège. Ses amis arrêtent leur rire convulsif et rougissent. Gervaise court vers Robert et s'exclame:

— Ah! Pauvre petit, tu t'es blessé à un pied.

Avant qu'il ait le temps de riposter, elle lui saisit un bras, se retourne, se baisse et le hisse sur son dos, tout en lui tenant fermement les mains.

— Je vais t'aider, Robert. Vite, Armand, passe devant et ouvre la porte, ton frère est très lourd.

Les copains du malheureux s'esclaffent et partent en courant pendant que Gervaise grimpe l'escalier, portant son fardeau. En entrant, elle crie:

— Lucette, venez vite.

Elle lui fait un clin d'œil au moment de s'approcher de la table et d'y déposer Robert, blanc de peur:

— Tu t'es blessé à un pied, mon ange? Dis-nous lequel! Les pieds, tu sais, sont très importants dans la vie. Il faut te soigner, vite et bien.

Ce disant, avec un sérieux royal, Gervaise enlève les souliers de l'enfant et lui tourne les pieds en tous sens.

— Ça, ça fait mal? Et ça?

Armand, son frère, crève de rire.

— Hey, toi, c'est sérieux; je sais, moi, j'ai eu un accident et vois ce qui m'arrive. Lucette, il faudra voir le docteur et faire un plâtre pour protéger ce pied malade. Ça veut peut-être dire un mois sans aller à l'école et sans marcher, mais il le faut. C'est urgent. Lucette, avez-vous de l'Absorbine qu'on utilise pour frotter les pattes endolories des chevaux? Ça pue, mais c'est très efficace et ça aiderait le pied de Robert.

Gervaise baisse la tête pour ne pas rire, tant l'enfant est déconfit par le long discours et les exercices de gymnastique imposés. N'en pouvant plus, le môme éclate en larmes.

— Ah! pauvre petit!

Gervaise le prend contre son cœur et le serre bien fort.

— N'aie pas peur, peut-être qu'il n'y a rien de sérieux. Descends de là et fais quelques pas, que l'on voie si le problème est grave.

Lucette, abasourdie, n'a pas eu le temps de placer un mot. Gervaise la regarde de temps à autre avec, dans les yeux, un message qui invite à la complicité.

— Mais, Robert, c'est très bien! Peut-être le massage et l'exercice ont-ils guéri l'entorse. Il n'y a pas d'enflure et ta cheville semble en bon état. Il s'agit sans doute d'une simple contorsion due à un faux mouvement. Viens, grimpe, je vais te masser encore.

Robert se précipite dans les bras de Gervaise, il pleure à chaudes larmes.

— Va, petit, monte à ta chambre te reposer. Demain, tu viendras chercher Lucien pour aller à l'école, il s'ennuie de toi et de ton frère. Va, Robert, va!

Dès qu'elles se retrouvent seules, Lucette demande:

— Que s'est-il passé? Pour l'amour!

— Rien de sérieux, il mimait ma démarche et je ne voulais pas que ça tourne au drame vis-à-vis des enfants. Je crois qu'il a compris. Ne lui dites rien. Il aura à surmonter l'humiliation, ça lui suffira comme punition.

— Mais il lui faudra faire des excuses, s'exclame la mère.

— C'est déjà fait, croyez-moi. N'en parlons plus. C'est une affaire classée, vous verrez.

— Vous êtes admirable! S'il fallait que Léo apprenne ça, ça ne serait pas beau!

— Alors, ne dites rien. Faites mine de tout ignorer. L'Absorbine et le plâtre ont eu raison de sa crânerie.

Quelques jours plus tard, Télesphore demande à Gervaise:

— Qu'as-tu dit à Lucette? Léo n'en revient pas, elle te cite en exemple et te dit extraordinaire.

— Il ne t'a rien appris à mon sujet que tu ne savais déjà, n'est-ce pas?

— Tiens, des secrets entre femmes... Je me méfie de ça.

— Méfie-toi, mon cher, méfie-toi. Un jour je te raconterai, quand la tempête sera calmée.

Dans son cœur de boiteuse, Gervaise remercie le ciel de lui avoir aidé à comprendre que l'amour est l'antidote de la haine et du mépris.

Quelques jours s'écoulèrent. Gervaise sentait peser sur elle un regard que Lucien détournait dès qu'elle levait les yeux.

Un soir, elle repassait les chemises, Lucien faisait ses devoirs. Tout à coup, il posa bruyamment son crayon sur la table et s'exclama:

— Ce n'était pas vrai!

— Qu'est-ce qui n'était pas vrai?

— Robert n'avait pas mal au pied. C'était une comédie, c'est un menteur. Armand m'a tout raconté. Tu l'as soigné. Je voulais lui casser la gueule. Je ne me moque pas de sa mère, moi. Il n'a pas le droit de se moquer de la mienne!

Gervaise ferme les yeux. Ces mots prononcés avec fermeté viennent tout droit de son cœur d'enfant. Elle pose le fer sur l'arrière du poêle et vient s'asseoir près du garçonnet.

— Je savais, oui, Lucien, je savais qu'il se moquait de moi. Mais il n'a pas menti. Il n'a rien nié, n'a rien dit. J'ai usé d'un stratagème pour lui donner une leçon.

— C'est quoi, un stratagème?

— C'est... une ruse habile, une façon de contourner un problème. Je ne voulais pas qu'il y ait de chicane entre vous à cause de moi. Il est intelligent et il a compris. Il a agi sans réfléchir. Maintenant, il le sait. Ne lui dis pas que je connaissais la vérité, il serait trop malheureux et ses parents aussi. Ce sera notre secret. Tu veux bien?

Lucien opine du bonnet, heureux et soulagé. Dans son cœur d'enfant, il avait pris parti pour Gervaise et accepté de perdre son plus grand ami. Gervaise avait agi ainsi pour protéger leur amitié. Lucien était rassuré.

Gervaise connaît l'importance qu'un bambin accorde à tout ce qui lui semble un bien gros drame.

— Quand on aime quelqu'un, Lucien, quand ce quelqu'un est un ami, il faut savoir pardonner et oublier.

— Je pense que...

Gervaise attend. L'enfant réfléchit, il cherche à asseoir son jugement sur ce qu'il vient d'entendre. Son silence se prolonge. Gervaise se lève et retourne à la planche à repasser.

Lucien prend une feuille et y écrit quelques mots avant de fermer ses cahiers. Il vient déposer le papier à la vue de Gervaise, puis sort en vitesse de la cuisine. Gervaise lit et ses yeux se remplissent de larmes. Il a écrit: «Je t'aime, maman.»

Le message est celui d'un enfant réconforté qui a repris confiance et retrouvé la paix du cœur.

Un à un, les enfants de Télesphore apprennent à reconnaître en elle une mère et à l'appeler: «maman».

Elle a gagné leur amour.

***

Bientôt Alphonse retournera au collège. Gervaise fait la révision du linge qu'il prendra avec lui. Elle lave, presse, reprise. Un accroc à un veston lui rappelle sœur Clara et la salle de couture du couvent. Mais déjà les pensées de Gervaise reviennent vers le présent, s'imprégnant de ce quotidien, allant d'un enfant à l'autre, puis vers Télesphore. La joie des siens la préoccupe tout entière, leurs besoins, leurs caprices, la personnalité de chacun d'eux: elle analyse, s'attarde aux détails, cherche à tout saisir, à tout comprendre. La joie de sa famille est le baromètre de son état d'âme: elle ne vit plus que pour elle.

Lucien a renoué d'amitié avec les enfants Vadeboncœur; l'anecdote la fait sourire. Un ombrage, toutefois, se glisse parfois dans le tableau: Alphonse l'inquiète, elle ne saurait dire pourquoi: son attitude lui semble bizarre. Ses sautes d'humeur, sans raison apparente, sa brusquerie, son air buté, le ton sec avec lequel il répond parfois à son père, tout chez lui porte à croire qu'il est aux prises avec des problèmes intérieurs qui le troublent. Elle souhaiterait qu'il s'ouvre, qu'il se confie. Peut-être pourrait-elle l'aider? Parfois, il s'est montré affectueux, lui a témoigné un certain attachement, puis, subitement, il changeait d'attitude et devenait arrogant. Il retournerait au collège avec ses frustrations. Ce qui inquiète le plus Gervaise est la raison profonde de ce désarroi; sa vocation religieuse serait-elle remise en question? Voilà qui assombrirait le bonheur de Télesphore.

Pour le moment, Alphonse est en haut, dans sa chambre d'où il n'est sorti que pour les repas; son pas résonne parfois sur le plancher de bois. Le seul souhait qu'il a exprimé concernait la somme d'argent nécessaire à défrayer ses études; le problème d'ordre matériel a été solutionné, ce qui pousse Gervaise à croire que ses troubles sont d'ordre moral.

Sur la planche à repasser s'étalent les piles de vêtements, il n'aura qu'à tout placer dans la grande malle. Elle l'entend venir; devrait-elle tenter un tête-à-tête afin de l'inciter à se confier?

Il est là, regarde le linge, sourit.

— Ça va, sauf que ce veston n'est plus portable. Je veux bien user mon linge à la corde, mais je ne porterai pas de guenilles.

— Qu'est-ce que tu lui reproches, à ton veston?

— Il est déchiré, près de la poche.

— Montre-moi ça, Alphonse.

Gervaise met en pratique la leçon du reprisage invisible apprise au couvent. Elle rend le vêtement au garçon qui le déplie, regarde d'un côté, de l'autre, le tourne en tous sens.

— Et? demande Gervaise, cet accroc?

— Ça, par exemple!

— Satisfait?

Il serre les dents, plisse les yeux.

— Vous en avez, vous, du doigté, quand il s'agit d'épater...

Gervaise ne sait comment interpréter les mots prononcés d'un ton tranchant. Elle se contente de sourire et lui répond doucement:

— Tout se répare, Alphonse, sauf les cœurs brisés.

— Vous en sauriez quelque chose?

Cette fois, Gervaise est mystifiée. Elle se contente de hausser les épaules.

— Que cherches-tu, Alphonse, la pagaille? Pourquoi es-tu aussi cinglant et amer?

La porte de la cuisine s'ouvre: Télesphore paraît, souriant.

— Tiens, tu as préparé le linge pour le collège. Tu as l'œil à tout, Gervaise!

— Elle fait même des miracles, ajoute Alphonse, d'une voix subitement radoucie.

Gervaise regarde fixement Alphonse qui baisse les yeux.

— Nous reprendrons cette conversation, Alphonse. Pour le moment, je dois préparer mon souper. Libère-nous de la planche à repasser.

— As-tu remercié, Alphonse?

— Est-ce nécessaire de le lui demander, Télesphore? Ton fils n'est plus un enfant. L'eau est bouillante, je prépare le thé. As-tu faim?

Gervaise s'efforce d'oublier Alphonse; celui-ci flâne, il fait et refait ses piles de linge. Redoute-t-il que son père questionne sa femme? Heureusement Télesphore s'entretient avec Gervaise d'un sujet qui semble leur tenir à cœur; Alphonse les entend rire et discuter. Il ne doit pas se mettre son père à dos, surtout pas maintenant!

Quelques jours ont passé; Alphonse a mis un soin fou à éviter Gervaise; il s'est tenu auprès de son père, l'a secondé dans ses travaux. À table, il taquine les enfants, fait du charme. Gervaise l'ignore. S'il ne vient pas vers elle, elle ne prendra aucune initiative.

La veille de son départ, il provoque une scène qu'il n'oublierait pas de sitôt. Gervaise était occupée près du poêle quand éclata une discussion entre les enfants; elle n'entendit pas la raison de l'accrochage mais elle se trouvait là quand Alphonse, mièvrement, dit à Lucille, de sa voix dédaigneuse:

— Toi, la petite fille pas de poil, tais-toi. Tu ne...

Bang! Télesphore de sa main ouverte assena un coup terrible sur la table.

— Quoi? hurla-t-il.

Lucille éclata en larmes.

— Qu'est-ce que tu as dit, mon grand fainéant?

Alphonse blanchit.

— Répète, tonna le père.

— Il m'a traité de petite fille, gémit Lucille à travers ses larmes; ce n'est pas de ma faute, moi, si je n'ai pas de poil.

Télesphore s'est levé, dans son énervement il a renversé sa chaise, a contourné le coin de la table, saisi Alphonse par un bras, l'a forcé à s'agenouiller près de l'enfant, effrayée.

— Excuse-toi, mon gars. Excuse-toi! Et vite.

— Excuse, Lucille.

Vlan! le père a frappé son fils en plein visage, avec une telle force que celui-ci a vacillé, et l'empreinte des doigts a laissé des traces rouges sur la joue giflée.

— Écoute-moi bien, garçon: si c'est l'instruction qui te monte à la tête et te rend fou, tu vas lâcher ça là, le collège. Je vais t'apprendre, moi, à être poli et respectueux avec les filles, les filles et tout le monde, tes sœurs surtout. Tu te conduis comme un vaurien, un sacripant. Et ça parle de devenir curé! Efface-toi, monte dans ta chambre! Disparais de ma vue.

Les enfants pleurent, on a peur; jamais Télesphore n'a ainsi crié et jamais, au grand jamais, il n'a levé la main sur un de ses enfants. Ils sont consternés.

Télesphore a remis sa chaise sur ses pattes et s'est assis bruyamment. La colère gronde encore en lui. Gervaise s'est dirigée vers le poêle, a ouvert le fourneau et est venue déposer sur la table une tarte aux pommes fumante. Avec le couteau elle sépare les pointes: six seulement, au lieu de sept: elle a exclu la portion qu'aurait eue Alphonse. On mange en silence, sans enthousiasme.

— À propos, Gervaise, les poussins ont sauté en bas du nid, ils picorent déjà; leur mère les suit.

— Elle les aime tant! souligne Gervaise.

Télesphore la remercie du regard.

***

Alphonse n'est reparu qu'à l'heure de son départ. Cette fois les enfants ne l'ont pas entouré, ne lui ont pas témoigné les regrets habituels en la circonstance. Ils se sont tous rangés derrière le père, lui démontrant ainsi leur approbation.

— Bon voyage, dit Lucien.

— Bon voyage, Alphonse, répétèrent les filles.

Gervaise lui tendit la main. Il n'osa pas la regarder.

— Tu n'as rien oublié? s'enquit-elle.

— Non, merci.

La porte s'est fermée derrière le père et son aîné. Dans la cuisine, après quelques minutes de silence, le tintamarre reprit, la gaieté était revenue.

Télesphore revint de sa randonnée; il ne mentionna rien concernant le départ de son fils; son trouble intérieur persistait, c'était évident. Les enfants étaient sages, jetaient, à la dérobée, des coups d'œil à leur père. Gervaise tentait de combler le manque de spontanéité qui les animait habituellement. Peu à peu, tout entra dans l'ordre; de nouveau, le nom d'Alphonse fut mentionné sans que l'on fasse allusion à la raclée ni à la semonce reçue.

Il était l'heure de monter dormir. Gervaise savait pertinemment bien que son mari était profondément chagriné chaque fois que son fils quittait. Aussi avait-elle attendu ce jour-là pour lui confier ses espoirs et aussi ses inquiétudes, ses doutes.

À quelques reprises, elle avait eu la nausée, il n'en fallait pas plus pour lui faire espérer une maternité tant souhaitée. Elle lui parlerait de Raymond, des troubles qu'avait éveillés en elle cette rencontre aussi inattendue que troublante. Était-elle victime de son imagination? Elle en était encore bouleversée, n'osait croire à une telle coïncidence. Télesphore l'aiderait sûrement à mettre de l'ordre dans ses idées.

Télesphore était revenu de sa randonnée, troublé. Il avait le regard triste, gardait la tête droite, redressait les épaules, était silencieux. Départi de son calme habituel, il n'avait plus son air débonnaire et conciliant: il souffrait.

Gervaise l'avait observé, ne savait pas quelle attitude prendre. Elle respecterait son état d'âme, comme l'avaient fait les enfants, qui, par leur conduite envers leur grand frère, s'étaient rangés du côté de leur père. Elle attendrait un moment plus propice pour lui faire part de ses problèmes personnels.

La jeune femme s'attardait aux soins de sa toilette. Son mari était déjà au lit.

— Gervaise, tu es là?

La voix avait retrouvé toute sa douceur. Gervaise vint vers la chambre.

— Tu n'es pas inquiète, Bourgeon?

Elle se laissa tomber près de lui, souriante.

— Lève ton bras, laisse-moi cacher ma tête dans le creux de ton épaule.

— Tu ne veux ni m'embrasser ni me regarder, tu es inquiète et c'est ma faute.

— Non, Télesphore, je ne suis pas inquiète, rien

n'est de ta faute. Tu as sévi, ce soir, et ce fut difficile pour toi, je le sais. Mais je t'approuve, il le faut parfois. Tu as agi en bon père de famille. Alphonse méritait la réprimande et la correction: certaines erreurs doivent être soulignées, dont l'indélicatesse et la grossièreté. De plus, Télesphore, Lucille avait besoin que tu la protèges, elle a sûrement ressenti beaucoup de sécurité et de réconfort.

— Tu crois?

— Et comment! Tous, même Alphonse probablement, ont compris la justesse de ton intervention: tu as assis les bases du respect mutuel et leur as implanté de bons principes.

— J'ai l'impression d'être allé trop loin...

— Parfois les demi-mesures sont plus néfastes qu'une autorité vigoureuse.

Télesphore entoura sa femme de ses deux bras et la serra très fort contre lui:

— Que je t'aime, Gervaise! Que je t'aime, ma femme!

Il le lui témoigna avec un surcroît de tendresse; il ne cessait de lui répéter des mots affectueux et doux. Télesphore était heureux et communiquait son bonheur à Gervaise, qui ne se rassasiait pas de ses caresses. Elle oublia tout! Même Raymond.

Gervaise se réveilla tôt, le coq chanta. Elle regardait dormir son mari, attendrie aux larmes. C'était la première fois, depuis leur mariage, que Télesphore ne répondait pas à l'appel du chant matinal. Elle n'osait pas bouger, ils s'étaient endormis enlacés.

***

Le lendemain Gervaise se rendit à la chambre de l'absent, changea la literie, balaya, fit de l'époussetage. Elle vida la corbeille à papier. Sur une feuille figurait l'écriture fine et serrée d'Alphonse.

Gervaise y jeta les yeux; son cœur se serra.

Gervaise se demandait si elle devait faire lire ces lignes à Télesphore. Serait-ce trahir son fils? Que c'était difficile! Peut-être valait-il mieux que le père sache ce qui semblait troubler son enfant. Elle plia la feuille et la glissa dans sa poche. Il serait toujours temps de lui révéler ce secret qu'elle avait involontairement découvert.

Tout à coup, elle se redressa, une sombre pensée venait de l'envahir: serait-ce là l'explication de ses sautes d'humeur, de sa brusquerie à son égard? Il lui tiendrait rancune parce qu'elle, Gervaise, avait pris la place de sa mère? Une larme s'échappa de ses yeux; elle l'essuya, bouleversée, inquiète. Peut-être me hait-il? Mon Dieu!

Voilà que son bonheur s'assombrissait. Toute la journée elle rumina des pensées moroses.

Le départ d'Alphonse coïncidait avec le retour à l'école, et dans l'esprit des enfants, l'étape suivante c'étaient les vacances de Noël. Le sujet fut abordé au repas du soir.

— Tu verras, maman, comme on s'amuse, disait Réjeanne. Toutes les tantes et les oncles viennent. On chante, on rit, on a de beaux cadeaux.

— On mange tout le temps, renchérit Lucien, la maison est crottée, il y a du papier partout sur les planchers, on mange des gâteaux autant qu'on veut. Et le sapin! C'est le plus gros de tout Saint-Pierre! Tu vas nous aider, Gervaise?

— Papa, intervient Jacqueline, Mariette viendra-t-elle fêter avec nous?

L'émerveillement s'efface sur le visage de Télesphore. Celui-ci s'agite sur sa chaise.

— Mes enfants, cette année il faudra faire le sacrifice de la grande réunion de famille. Nous fêterons Noël entre nous.

— Tu avais promis, papa, d'inviter les oncles et les tantes quand le grand deuil serait terminé.

— C'est vrai, protestaient les jeunes.

— Pourquoi? demanda Lucien.

— D'abord parce... Laissez-moi réfléchir, il y a du temps, on en reparlera.

Les enfants se taisaient maintenant et inclinaient la tête. Le silence pesait, lourd. Télesphore, d'une voix tendre, ajouta:

— Une chose est certaine: ce serait bien triste si nous ne célébrions pas la plus belle fête des chrétiens. Nous le ferons sûrement entre nous. Invitez vos amis si vous le voulez. L'an prochain, les tantes et les oncles viendront tous, je vous le promets. Nous aurons un beau sapin, comme par le passé. N'oubliez pas de préparer la liste de cadeaux que vous voulez et de me la remettre. Toi aussi, Gervaise...

— Dis, papa, répéta Jacqueline, Mariette sera là?

Télesphore aspira profondément, rejeta les épaules en arrière et murmura:

— Je ne sais pas, chaton.

— Mais on aura droit au sapin et au cipaille?

— Bien sûr!

Les enfants retrouvèrent subitement leur gaieté. Ils énuméraient tous en même temps une série de désirs plus fantaisistes les uns que les autres. Et ce fut la ruade vers le catalogue; couchés à plat ventre sur le plancher, les plus jeunes feuilletaient les pages prometteuses.

Télesphore promenait son regard sur la joyeuse marmaille, il était content d'avoir eu l'occasion de faire cette mise au point concernant la fameuse réunion de Noël, devenue tradition depuis son premier mariage à l'aînée d'une grande famille. Gervaise lui sourit. D'un air entendu elle lui faisait comprendre qu'elle admirait sa façon d'avoir su leur faire accepter ce sacrifice. Il lui expliqua que cette rencontre ne l'enthousiasmait pas plus qu'il ne fallait.

Gervaise se leva de table et, d'un geste affectueux, elle posa sa main sur l'épaule de son mari.

Chapitre 16

— As-tu un peu de temps libre, Télesphore? J'aimerais te parler, pendant que nous sommes seuls.

— Tout le temps que tu voudras, Bourgeon.

Gervaise déposa sur la table la théière, deux tasses propres et une assiette de beignets.

— D'abord, j'ai choisi mon cadeau de Noël: j'aimerais avoir l'Encyclopédie de la Jeunesse, ce qui ne manquerait pas d'intérêt pour toute la famille.

— Tu ne penses donc jamais à toi?

Télesphore souriait, la tête inclinée, l'oreille tendue.

— Le reste est plus compliqué à expliquer. J'aurais besoin de ta compréhension et de ton appui, ajouta Gervaise.

Télesphore versa le thé; l'œil interrogateur, il regardait sa femme. Elle lui rappela la visite de son gendre et lui fit part de ses soupçons concernant l'identité de celui-ci, sa ressemblance avec son frère, les émotions ressenties à sa vue.

— Pourquoi n'as-tu rien dit?

— Je ne sais pas, je me sentais idiote, je me croyais victime de mon imagination. Encore aujourd'hui, je ne suis sûre de rien, ça me semble invraisemblable. Ça n'arrive que dans les livres, ces histoires-là!

— Ceux qui écrivent des livres n'inventent pas toujours; la vie est pleine de choses incroyables: pense à ta bague de mariée, tu as là un exemple.

Ils rigolèrent, un instant ramenés à ces doux souvenirs. Puis, Télesphore reprit son sérieux.

— Quant à l'identité de ton frère, c'est bien simple, je vais téléphoner à Mariette tout de suite, on saura.

— Non, protesta Gervaise, attends. Posant une main sur la sienne, elle ajouta: j'ai autre chose à te dire.

Gervaise hésitait, il l'observait.

— Que je t'aime! murmura-t-il très bas.

Elle sortit de sa poche le papier qui lui brûlait les doigts chaque fois qu'elle le touchait, et qui hantait ses pensées.

— Cette fois c'est d'Alphonse qu'il sera question. Je crois qu'il a de sérieux problèmes, ce qui expliquerait ses humeurs. Tiens, lis ceci et dis-moi ce que tu en penses.

L'homme s'adossa, déplia la feuille, lut et relut, puis plongea dans une profonde réflexion. Il plissait le front, fronçait les sourcils, relisait, passait l'index sur les mots tracés là. Puis il s'immobilisa, regarda au loin. Alphonse avait tracé les mots: «Je t'aime, maman; pourquoi nous avoir quittés? Je cherche ton visage, tu n'es plus là. Maman, j'ai besoin de toi; reviens, maman.» Une éternité plus tard il demanda:

— Quand as-tu trouvé ça?

— Le lendemain de son départ.

— Où?

— Dans la corbeille à papier de sa chambre.

— Pas sur sa table?

— Non.

— Bon!

— Pourquoi? Est-ce important?

— Peut-être... Il pourrait s'agir d'une comédie car il n'a pas l'âme ouverte ni la franchise de mes autres enfants. Il est difficile à comprendre. J'ai trop attendu pour le mater. Je n'osais pas parce qu'il est sous la direction des prêtres, à préparer sa vocation; je me fiais à eux pour ce genre de chose...

— Personne ne peut remplacer un père et l'éducation prise au sein de la famille...

— Toi, tu n'as pas été choyée de ce côté-là, et pourtant! Dis-moi, Gervaise.

Il se tut, retourna à sa méditation, et soudainement demanda:

— Gervaise, penses-tu qu'il aurait choisi la prêtrise pour faire plaisir à sa mère qui n'avait que ça en tête, en faire un curé?

— Ça m'a parfois effleuré l'esprit, mais je croyais qu'il le faisait pour toi.

— Il aimait sa mère, d'un amour incroyable. Elle et lui passaient des heures à jaser, surtout le matin. Parfois j'allais jusqu'à faire le train sans déjeuner pour les laisser en tête-à-tête; ils s'entendaient à merveille, ça me réjouissait.

Gervaise prit la théière et retourna vers le poêle; elle réchaufferait le breuvage. Télesphore était perdu dans ses pensées; tout à coup il trancha:

— Je vais lui laisser terminer son année sans intervenir. À l'été, j'aviserai. Tu as bien fait de me confier ce papier, ça va m'aider à mettre de l'ordre dans mes idées.

— Tu ne crois pas... qu'il me déteste pour avoir pris la place de sa mère?

— Hein? Bougre d'un nom! Te détester, toi, un ange? Si mon gars te hait, c'est qu'il n'a pas de cœur! Je ne me suis pas mêlé de ça, mais j'ai souvent remarqué qu'il était impatient parfois, en ta présence. Je l'avais à l'œil, mais j'avais confiance que tu le charmerais comme tu as su gagner le cœur des plus jeunes. Le mien, mon cœur, tu ne l'as pas gagné... tu me l'as volé, ma Gervaise.

— Dommage, comme c'est dommage!

— Hein?

— Tu en auras bientôt besoin, de ton cœur.

— Ça veut dire quoi?

— Que je pense pouvoir te faire un beau cadeau de Noël.

— Bah! un cadeau, qu'est-ce que c'est un cadeau de Noël comparé au bonheur que tu me donnes?

— Ça dépend, ça dépend, Télesphore, il faudrait aller à Montmagny.

— À Montmagny?

— Voir un docteur qui me dira si oui ou non je peux t'offrir mon cadeau de Noël.

— Un docteur?

Gervaise sourit, prit les mains de son mari entre les siennes, le regarda droit dans les yeux et répondit:

— Des bébés, filles ou garçons, parfois les deux...

— Tu...

Les mots meurent sur ses lèvres, il baisse la tête, libère ses mains de l'emprise de Gervaise, met les coudes sur la table et, derrière ses grosses mains, il cache son visage, relève les épaules, laisse échapper un profond soupir.

Gervaise se lève, s'approche de l'homme; doucement elle glisse les doigts dans l'épaisse chevelure, caresse sa grosse tête ébouriffée. Télesphore se retourne brusquement, se cache la face dans le corsage de sa femme, du bout du nez il fouille dans le décolleté; de baisers, il couvre les seins de cette épouse qui vient de lui donner une si grande joie! Mais il ne parvient pas à formuler les mots qui affluent dans sa tête. La femme ferme les yeux, grisée d'amour, envahie par un bonheur qui la laisse frémissante. Les gestes amoureux de son homme lui valent le plus beau des discours.

Brusquement il s'est levé et s'est dirigé vers la sortie: la porte s'est fermée, puis ouverte.

— Toi, Gervaise Langevin, je te défends de penser à peinturer, la peinture est mortelle pour les organes d'une femme.

De son index menaçant pointé vers elle, il scande son discours. Étonnée, Gervaise le regarde. Déjà il est reparti.

— Qu'a-t-il voulu dire? Moi, peinturer?

Elle éclate de rire. «Ah! ah! Ça promet! Le papa va veiller sur sa progéniture et me garder à l'œil.»

Elle pose la main sur ses seins devenus volumineux,

son rêve d'être mère se réalise. Télesphore n'a rien dit, ne lui a pas fait part de ses impressions avec des mots mais a su lui témoigner sa joie. Le bonheur de son homme s'ajoute à celui que lui donne cette maternité tant espérée.

***

Télesphore s'est rendu à l'étable, il s'est assis sur le petit banc à trois pattes qu'il utilise au moment de la traite des vaches. Les coudes plantés sur les genoux, le menton appuyé dans la paume des mains, il a repensé aux instants troublants qu'il venait de vivre. Des larmes de bonheur inondaient son visage. La pudeur l'avait forcé à s'éloigner, les émotions trop vives lui enlevaient tout moyen de contrôle: peines ou joies le troublaient étrangement. Il prendrait un moment pour se ressaisir. Gervaise était enceinte, sa jeune femme lui donnerait une deuxième famille à aimer! Il avait grandi seul, aucun de ses frères et sœurs n'avait atteint l'âge de trois mois, et il s'inquiétait. Sa mère, on le lui avait répété souvent, avait la manie de peinturer pendant sa grossesse. «Chaque fois qu'elle prenait un pinceau en main, je devinais qu'elle était pleine», lui avait confié son père, et elle se gavait de cornichons.

«Papa serait heureux si la terre des anciens restait dans la famille. Ils étaient là, de père en fils, depuis le temps des seigneuries au même titre que les Langevin et les Couillard, les descendants du capitaine qui a défendu cette partie du sol contre les Américains venus d'outre-frontière dans les années 1756; près de la rivière du Sud, où un bébé avait péri lors d'un éboulis, puis, en 1914, alors que deux des Chouinard, le père et le fils avaient perdu la vie là, de la même façon.»

Il relaterait ces anecdotes à Gervaise. Vu sa jeunesse, elle aurait tout le loisir de les transmettre à leurs descendants. Télesphore souriait: le passé et le présent s'étaient confondus au niveau de ses pensées. Que pourrait-il faire pour lui donner une joie équivalente à celle qu'il ressentait? «Des livres pour la famille», avait-elle suggéré.

Il se leva, il retournerait auprès de sa femme et lui crierait sa joie. Télesphore s'arrêta pile: il pensa à Raymond. Et si c'était son frère? C'était ça: à sa Gervaise il rendrait ce frère qu'elle veut tant retrouver, le seul membre de sa famille qui lui restait. Si c'était Raymond, ce Raymond, celui à qui il pensait comme à un gendre? Il en aurait le cœur net, tout de suite. Comme il redoutait une désillusion possible, il décida d'aller utiliser le téléphone de son ami Léo plutôt que le sien.

Lucette, discrète, a fermé la porte derrière laquelle Télesphore a disparu. Mariette, au bout du fil, reconnaît la voix de son père; elle est gênée et bafouille:

— Tu n'as pas de mauvaise nouvelle à nous apprendre, j'espère, papa?

— Non, ma fille. Tout va pour le mieux. Et toi, ça va à ton goût?

— Oui, bien sûr.

— Et Raymond? Sa visite m'a bien fait plaisir, il m'a semblé être un bon bougre. À propos, quel est son nom de famille?

— Lamoureux.

— Raymond Lamoureux, alors. Il a de la parenté, en Gaspésie?

— Oui, mais je ne les connais pas.

— Le party, ça tient toujours? Veux-tu me rappeler la date?

— Le 15 octobre. Tu vas venir, dis papa? C'est l'anniversaire de Raymond.

— Si je peux, oui, j'irai. Sinon ma femme sera là.

— Ah!

— Écoute-moi bien, Mariette. Ma femme et moi,

nous ne faisons qu'un. Il ne faudrait pas que tu continues sur le ton que tu as pris ici à ta dernière visite. Promets-moi que si ma femme va chez toi, tu vas te conduire en être civilisé, c'est compris?

— Oui, papa. Mais je compte sur ta présence.

— Bon, on te laissera savoir.

— Viens, papa. Ce sera une belle fête.

Il se fit un silence. On s'était tout dit. Sa fille n'avait qu'une idée fixe en tête, son party. Télesphore ressentit un pincement au cœur. Il ajouta:

— Tes frères et sœurs vont très bien, si ça t'intéresse. Bonjour, ma fille. Dieu te protège!

Et sur ces mots il raccrocha. Il revint vers la cuisine.

— Quand vous aurez la facture, faites-moi savoir, je vous payerai ça.

— Rien de grave chez vous, Télesphore?

— Non, Lucette, un petit secret, une surprise à faire.

Ce disant, il lui fit un clin d'œil avec un air entendu. Il sortit, le grand air lui fit du bien, il aspira profondément.

«Décidément, mes plus vieux sont des drôles de pistolets: égoïstes, toqués comme des mules! Par contre il y a bien des chances que Raymond soit son frère. Des Raymond Lamoureux originaires de la Gaspésie, il ne doit pas y en avoir des tonnes qui seraient nés un 15 octobre!»

***

Télesphore entra à la maison, Gervaise roulait des tartes sur la planche à pâtisserie enfarinée. Elle avait de la farine sur le bout du nez et sur le toupet. Il s'approcha de sa femme, l'attira vers le miroir:

— Regarde-toi.

Prenant du sucre avec une cuillère, il le lui versa sur

la tête, la prit dans ses bras et se dirigea vers le fourneau qu'il ouvrit.

— À quel degré doit être le four pour faire cuire les galettes sucrées? demanda-t-elle avec un sérieux papal.

Gervaise se débattait, riait aux éclats; de ses mains crottées de pâte et de farine, elle lui badigeonnait le visage.

La porte s'était ouverte sans qu'ils s'en aperçoivent, les jeunes revenaient de l'école. Ils étaient là, debout au milieu de la place, et observaient ces grandes personnes qui s'amusaient comme des enfants. Jacqueline réagit la première: mademoiselle était offusquée par ce manque de retenue de la part de son père.

— Je ne peux pas m'amuser et rire, moi aussi?

— Jeux de mains, jeux de vilains! jeta-t-elle d'un ton sec.

— Jeux de papa, jeux de maman... finissent par un berceau d'enfant, clama Réjeanne en riant de tout cœur et en courant vers l'escalier.

Lucien pouffe de rire, Télesphore cligne de l'œil en direction de Gervaise, qui pince le bec, amusée.

— Encore des histoires de grandes personnes que je ne comprends pas, s'exclame Lucille!

Le soir, au lit, Télesphore roucoula des mots doux à sa belle. «N'oublie pas de préparer la liste de choses nécessaires pour ce bébé; nous irons chez Philomène, acheter le nécessaire.» La phrase se termina dans un grand soupir. Télesphore s'était endormi; sa grosse main, posée sur le ventre de sa femme, s'alourdissait.

Gervaise s'attendait à plus d'effusion de la part de son mari; il n'avait fait allusion à sa grossesse qu'à deux reprises, sans grand éclat. Elle croyait bien le connaître, ses goûts, ses manies, ses caprices, ses tics, ses silences, ses façons d'approuver ou de désapprouver. Rien ne lui échappait: à tous il portait la même grande attention. Le travail ne le rebutait pas, il savait être tenace.

Parfois buté, il regrettait cependant ses gestes impatients: c'est devant la peine qu'il devenait agressif, intolérant. Pourquoi n'abordait-il pas le sujet?

Aurait-elle pu soupçonner qu'il avait peur, très peur? Sa mère n'avait pu réchapper ses enfants en bas âge. Les Langevin de la lignée mouraient très jeunes. De plus, Lucienne était, elle aussi, décédée à la suite d'une fausse couche. À Gervaise, il tenait plus que tout au monde. La première grande joie passée, ses craintes sont venues le terroriser. Alors il se taisait. Espérait-il ainsi conjurer le mauvais sort?

Après leur déjeuner en tête-à-tête, le soir après le coucher des enfants, le mari et la femme jasaient de tout ce qui concernait leur vie commune, que ce soient les enfants ou les récoltes; tout les unissait.

Pour se donner une contenance, pour meubler les conversations, il parlait de la ferme, de la vie sur une terre: «La terre demande beaucoup et est exigeante: tu dois semer si tu veux récolter. Elle est un constant défi; le fermier se doit d'être attentif, de se soumettre aux lois de la nature car elle ne pardonne pas de retard. Les navets doivent être plantés à la fête de Saint-Pierre, le 29 juin, et cueillis après la première gelée pour qu'ils soient sucrés et digestibles. Si les patates ne sont pas bien renchaussées, elles verront la lumière et auront une couleur verte. Le cycle de la lune a aussi un rôle à jouer: ce qui pousse sous terre a avantage à être semé en son absence; le reste, dont le blé d'Inde, quand elle brille dans le firmament.»

Gervaise écoutait discourir son mari, buvait ses paroles. Jamais encore on ne lui avait témoigné tant d'attention; la solitude n'était plus qu'un mauvais souvenir. Télesphore appréciait la voir si réceptive. À quelques reprises, il s'était exclamé: «Qu'il est bon de jaser avec toi! Tout t'intéresse, tu as soif d'apprendre.»

L'habitude qu'il avait de laisser mijoter ses pensées

avant de les énoncer ne la surprenait plus. Aussi devinait-elle qu'il reviendrait bientôt sur les sujets discutés et qu'à ce moment seulement elle connaîtrait entièrement ses pensées. Elle attendrait.

Doucement elle déplaça la main de l'homme; il grommela, se retourna, serra sa femme contre lui et se rendormit. C'est en pensant layette et rubans bleus qu'à son tour Gervaise sombra dans le sommeil.

Chapitre 17

Normalement, Télesphore devrait être là pour le déjeuner; les enfants sont déjà partis pour l'école. Gervaise ramène la cafetière sur le feu, tranche le pain, prépare un coin de table.

Elle devine que son mari a fini de ruminer, qu'il passera aux confidences et lui livrera le fond de son cœur.

Il est entré, les yeux brillants, les cheveux en broussaille, s'est assis à sa place, a trempé les lèvres dans le café que Gervaise lui a apporté.

— Bonjour, lui dit-elle, tu te fais attendre, ou désirer?

— J'ai faim, confie-t-il, souriant.

Il étend le beurre sur les rôties, en casse un coin qu'il trempe dans le jaune de l'œuf et grignote, le sourire aux lèvres.

— Sacripant! s'exclame Gervaise.

— Vieille belette!

Gervaise se lève, prend l'assiette de l'homme au moment où il porte la fourchette à sa bouche.

— Voilà! tu parleras quand tu auras vraiment faim.

Télesphore dépose l'ustensile, se lève, s'approche de sa femme, la saisit dans ses bras, grogne comme un ours mécontent. «Je vais te manger, mon enfant!» Gervaise rit, se débat, gesticule. L'homme transporte son fardeau vers le salon, la femme simule la peur; elle est là, étendue sur le divan; le visage caché de ses mains, elle crie: «À l'aide, Télesphore, un méchant loup veut me croquer.»

Il se tait, la regarde, ému. Le silence la surprend, elle déplace les doigts, un œil paraît: elle le voit, debout, penché sur elle; il l'observe, le visage sérieux et trouble. Alors elle ouvre les bras.

Télesphore s'agenouille; de ses gros doigts il replace

les cheveux de la femme, mèche par mèche, avec une douceur infinie. Elle ferme les yeux et murmure:

— Comme je t'aime! Télesphore Langevin. Comme je t'aime!

— Ai-je droit à mon déjeuner refroidi?

— À la terre entière, Télesphore.

Il lui tend une main; elle lui résiste, se fait lourde. Elle aime jouer.

— Petite fille!

— La maman de ton fils.

— De mon fils!

Télesphore la serre contre son cœur. Main dans la main, ils reviennent vers la table.

Gervaise casse des œufs frais, beurre les rôties; ils sont attablés.

— Gervaise, concernant la fête de Noël, j'ai changé d'idée. Tu attends mon enfant, tu as pris racine dans la famille, la joie est grande et doit se partager. Ce jour-là, on apprendra la nouvelle à tous, et aux enfants lors du retour d'Alphonse. Qu'en dis-tu? Je vais téléphoner à Jeannine, lui en parler; si elle est d'accord, la réception aura lieu ici. L'an dernier elle a reçu ses frères et sœurs. C'est elle, maintenant, l'aînée, car elle suit ma femme. Je veux que tu les connaisses, ils t'aimeront. Ce n'est pas trop te demander? Ils sont du bon monde, tu sais.

Les œufs ont été avalés, permettant à Télesphore de faire des temps d'arrêt pendant ce long discours. Il a autre chose à dire, Gervaise le sent bien, aussi réchauffe-t-elle le café dans les tasses.

— Pas trop de café, c'est pas bon pour le petit... Et les poules, je m'occuperai des poules; flâne au lit, le matin. Prends bien soin de vous deux.

Il a la tête inclinée, regarde Gervaise. Le plus difficile reste à dire; il hésite encore, ses yeux brillent.

— Le 15 octobre, ça te dit quelque chose?

Gervaise ne comprend pas, elle réfléchit.

— Ton frère serait-il né un 15 octobre?

— Oui, tu as raison, qui te l'a dit?

— Bourgeon: ton frère, c'est mon gendre... Tu vois bien que nous sommes depuis longtemps étroitement liés par le destin!

— Comment as-tu découvert ces détails, Télesphore?

Elle pleure, comme une petite fille, la face cachée dans les mains; des larmes apaisantes. Son émotion est grande.

— Tut! Tut! et mon fils, dans tout ça? Gervaise, tu oublies notre fils.

— Il pleure de joie lui aussi, parvient-elle à dire à travers ses pleurs.

— Tu iras là-bas, à cette réception qui sera donnée en son honneur.

— Et toi?

— Je resterai ici, avec la marmaille. C'est mieux ainsi; vous aurez besoin de vous retrouver seuls, de jaser.

— Ta fille, le sait-elle?

— Non, j'ai pensé qu'il t'appartenait de trancher la question. J'ai parlé à Mariette seulement au sujet de l'invitation. C'est Raymond qui m'avait dit que la fête était donnée à l'occasion de son anniversaire. Mariette m'a confirmé que son nom de famille est Lamoureux. Alors j'ai pensé que tu devrais lui téléphoner.

Ce disant, Télesphore se lève, embrasse sa femme, s'éloigne de quelques pas, lui sourit:

— Le téléphone est là, voici le numéro où les rejoindre.

Télesphore, discret, s'est éloigné. Gervaise baisse les yeux: elle aurait retrouvé son frère! Était-ce possible? Elle regarde l'horloge; à cette heure il est probablement au travail. Elle attendrait l'heure du repas pour appeler, car elle redoute d'avoir à s'expliquer avec Mariette. Les enfants mangent à l'école. Elle avait le temps de surmonter sa nervosité, de penser aux mots à choisir pour meubler leur conversation... Oui, elle souhaite que ce soit lui, Raymond, qui réponde au téléphone. Elle en sait si peu sur Mariette. Télesphore n'en parle jamais; il lui est difficile de croire que leur relation, entre père et fille, soit des meilleures.

L'avant-midi lui a paru bien long, les mots qu'elle cherche pour alimenter leur première conversation lui semblent pauvres, très pauvres. Elle a vaqué à ses occupations de façon distraite, le passé refoule dans son esprit.

Elle s'est décidée à faire cet appel, les chiffres dansent devant ses yeux brouillés. Son désarroi est tel qu'elle réussit avec peine à se faire comprendre. «C'est cet anniversaire, cette réception, dit-elle d'une voix brisée.» Mais très vite elle se reprend, avec sa franchise habituelle elle expose les faits tels qu'ils sont. Raymond, sceptique, lui pose des questions qui justifieraient ses dires. Alors elle lui parle de son père, de leurs courses à cheval, évoque ce passé qu'ils connaissaient pour l'avoir vécu ensemble. Et Gervaise apprit à son frère le décès de ses père et mère; elle le fit avec ménagement; sans blâme, sans reproche.

— Ainsi, cette jeune femme que m'a introduite Langevin, c'était toi?

— Oui, Raymond.

— Toi, Minotte?

— Si tu savais comme j'étais troublée! Je me croyais victime de mon imagination, je ne pouvais le croire, peut-être à cause de ce rêve fou que je caressais depuis si longtemps, le rêve de te retrouver. Tu étais là, devant moi, je ne pouvais le croire! Après mûres réflexions je me suis confiée à mon mari qui a parlé à Mariette. C'est la date de ta naissance qui a fini de me convaincre qu'il ne s'agissait pas d'une simple coïncidence.

De longues minutes de silence se glissaient dans leur entretien: la joie, la surprise, l'étonnement? Lorsqu'elle raccrocha, Gervaise restait là, bouleversée.

Chose étrange, elle ne ressentait pas l'allégresse qui prévalait dans ses rêves. La séparation avait-elle trop duré? Bien sûr, elle était heureuse, mais pas à la mesure de ses attentes. «Peut-être que mon bonheur actuel est si grand que mon passé s'estompe peu à peu... Je me suis accrochée si longtemps à ce désir fou de retrouver mon frère que je n'ose croire en la réalité. Les cauchemars de mon enfance s'estompent un à un; voilà que mon frère revient dans ma vie, par le truchement de la fille de Télesphore, mon mari que j'aime, qui m'a fait un enfant. S'agit-il de coïncidences heureuses ou d'une volonté qui guide nos destinées? Serait-ce ceux qui nous ont quittés qui veillent sur nous et nous protègent? Papa avait raison: Dieu distribue équitablement joies et peines; il suffit de ne jamais perdre espoir.»

Elle s'étonnait encore de ces retrouvailles et des circonstances qui les avaient entourées.

Gervaise assimilait lentement cette vérité qui l'avait un instant inquiétée: elle avait retrouvé Raymond. Non, son passé ne s'effaçait pas, elle avait un frère bien vivant, qu'elle aimait toujours. Son cœur débordait d'un bonheur qu'elle voulait partager avec son mari. Elle courut vers la grange où une autre surprise l'attendait. Près de la porte, elle vit une voiture de bébé, un *carrosse* de jonc, très ancien, que Télesphore avait nettoyé, reverni.

— C'est le même qui m'a promené, autrefois, poussé par ma mère.

— Oh! Télesphore!

Elle se précipita dans ses bras; il noua les mains autour de sa taille.

— Je t'aime, mon mari, comme je t'aime! Je suis si heureuse auprès de toi. Depuis que tu es entré dans ma vie je ne connais que des joies. Aujourd'hui tu m'as rendu un frère que je croyais perdu à jamais. C'est trop de bonheur!

— Savoure ton plaisir, ma Gervaise, partage-le avec l'enfant que tu portes et tous ceux qui composent notre famille; une maman, tu sais, c'est le cœur du foyer.

Gervaise glissa sa main dans celle de l'homme. Tous deux communiaient par les pensées. Sa future maternité lui faisait prendre racine dans la famille, comme l'avait affirmé son mari.

— Parle-moi de ta mère...

Elle avait fait sa demande sur un ton respectueux. Dans sa tête, il lui semblait voir une jeune femme poussant ce landau, souriant à son bébé avec amour, comme elle le ferait, elle aussi, dans un futur pas très éloigné.

Télesphore lui en traça un portrait tel qu'il en avait gardé le souvenir: douce, pondérée, vaillante, mais très autoritaire. C'était sa façon de compenser sa faible condition de santé. Elle ne pardonnait pas la stupidité ni l'arrogance et son mari l'appuyait.

— Étais-tu un enfant docile?

— Jeune, oui, maman m'appelait son ange; mais plus tard, à l'adolescence... ouf! Le père m'a vite mis au pas, crois-moi. Si tu lui avais vu l'épaisseur de la main, tu aurais obéi, toi aussi.

— Un bébé n'est pas longtemps dans son landau.

— Landau.

— Ça, le *carrosse*.

— Oui, la vie est courte. C'est pourquoi, s'il n'en dépendait que de moi, les enfants n'iraient pas à l'école; ils prennent de mauvais plis, subissent des mauvaises influences...

— Mais aussi, là on leur apprend à se défendre, à se protéger, on leur donne des armes qu'ils utiliseront toute la vie.

— La terre, Gervaise, la ferme, est la meilleure des armes; elle n'a qu'une seule requête: qu'on l'aime.

Et elle nous met à l'abri de toutes les misères.

Gervaise comprit que Télesphore pensait à son fils Alphonse, mais elle ne dit rien.

***

Gervaise cuisinait; elle partirait bientôt, irait vers son frère. Un certain malaise persistait, elle redoutait cette rencontre. Surtout que Mariette et son mari ne semblaient pas étroitement liés. Elle serait sur ses gardes.

Ce soir-là, Jacqueline était bourrue, impatiente, elle refusait de laver la vaisselle.

– Tu as une raison sérieuse? demanda son père.

– Regarde.

Elle releva sa manche: sur l'avant-bras, elle avait un abcès de la grosseur d'un jaune d'œuf. Gervaise, inquiète, parlait de se rendre chez le médecin. Télesphore examina et trancha:

– Demain matin, avant d'aller à l'école, Lucien, tu iras chez le maréchal-ferrant. Ta mère va te donner un bocal. Demande au père Garon de le remplir d'eau ferrée et rapporte-le-moi ici. En attendant, Jacqueline, je vais te faire un cataplasme qui va vider ce bobo-là.

Se rendant à la cuisine, il revint avec du coton fromage, de la mie de pain qu'il trempa dans du lait et il en couvrit l'endroit infesté.

– Aïe! C'est froid!

– Pas pour longtemps, pas pour longtemps. Ça a l'effet d'une ventouse: ça va tirer le mal. Demain, l'eau ramenée de chez le forgeron fera le reste.

– Comment? demanda Gervaise; qu'est-ce qu'elle a, cette eau?

– Elle provient du récipient dans lequel on plonge le fer rougi par le feu avant de le battre sur l'enclume. Elle guérit ces maux. C'est comme pour les verrues: il suffit de les tremper dans de l'eau dans laquelle on a laissé rouiller des clous.

Faisant un clin d'œil à Gervaise, il ajouta:

— Le lait maternel guérit les orgelets...

Tout en parlant, Télesphore observait Jacqueline. Elle semblait paisible et rassurée, mais bientôt elle se mit à grimacer.

— Ça tiraille, papa.

— Parfait! Le remède fait son œuvre.

— Que j'en ai à apprendre! soupira Gervaise.

— L'école du père! répondit Télesphore, l'œil taquin.

Il fallait voir les enfants agenouillés sur les chaises, les fesses en l'air, les bras posés sur la table, qui observaient leur papa de leurs yeux interrogatifs, avec un sérieux impressionnant. Jacqueline, l'espiègle, celle qui n'était jamais d'accord avec les autres, semblait ravie d'être le centre d'attraction, jusqu'au moment où son visage se contracta:

— Ça fait mal.

— Bon, Gervaise, du lait et du pain, s'il te plaît.

On refit la compresse. L'autre avait attendri la chair, l'effet bénéfique était certain.

— Ouf! Pauvre Jacqueline, plaignit Lucille, que la vue des bobos apeurait.

On eut la permission de veiller un peu plus tard. Lorsque le sommeil gagna Jacqueline, son père, la souleva délicatement, la transporta dans sa chambre. Tout le monde les suivit pour aller dormir. Ce soir, au père et à la mère échouait la corvée de la vaisselle.

***

Elle posa sa tête sur son épaule. Il referma le bras, en fit un cerceau dont il l'entoura, et Gervaise se pressa contre son homme.

— Que je suis bien! Je ne pourrais plus dormir sans mon oreiller poilu.

Ce disant, elle promenait le nez sur la poitrine bombée et velue de l'homme qui souriait à ses manies de femme-enfant.

— C'est un homme... et elle pouffa de rire.

— Que dis-tu?

— Rien, je dis que tu es un homme.

Mais la pudeur l'empêcha d'expliquer ou de répéter les inquiétudes que la Sœur supérieure lui avait un jour inspirées. Elle préféra parler d'eux, de ce qui les concernait.

— Ce soir, Télesphore, je te regardais soigner ta fille et ça me rappelait un très lointain souvenir. Je revenais de l'hôpital, je marchais avec peine, je m'ennuyais de ne pouvoir courir. Un jour, mon père m'a prise avec lui. Me retenant sur le cheval, il m'a priée de bien me tenir et ensemble nous avons fait une randonnée folle dans la campagne. J'en rêve encore: dans mes songes le cheval est tout blanc et court sur des nuages, blancs eux aussi. Jamais auparavant je ne m'étais autant amusée. Et jamais depuis... sauf maintenant, avec toi. Je dois t'ennuyer, mais j'ai un besoin fou de te dire toutes ces choses qui sont en moi, tout ce grand bonheur qui m'inonde. Ce soir, alors que tu t'inquiétais pour Jacqueline, je pensais à ma chance et à celle de l'enfant qui grandit en mon sein.

Il dénoua l'étreinte, se libéra, la retourna, et les jambes de l'homme devinrent le cerceau qui les maintenait fermement l'un à l'autre, dans une course effrénée vers l'ivresse... Cette fois encore Gervaise s'éclata.

***

Gervaise partait, le cœur gros. Télesphore la reconduisait à la gare, lui faisant mille recommandations.

— Promets-moi de téléphoner à Mariette pour la prévenir que j'arrive seule. Je ne tarderai pas. Sois prudent, surveille bien les enfants.

— Et fais ta prière du soir, ajouta Télesphore à la litanie de sa femme.

— Tu ris de moi.

— Non, avec toi.

— À propos, quelle prière disais-tu quand tu étais petite?

— Attends: Mon Dieu je vous donne mon cœur, gardez-le s'il vous plaît, mon bon Jésus, afin que jamais une autre créature ne puisse le posséder... que vous seul, mon bon Jésus.

Télesphore s'esclaffa.

— Quoi? Et moi, alors, la créature, qu'est-ce que je deviens? Hein! Une chance que le bon Jésus ne t'a pas écoutée, qu'Il ne t'a pas gardée pour Lui seul!

Gervaise riait, saisissant tout à coup le sens de la teneur de cette oraison qu'elle répétait, tel un perroquet, les yeux fermés au point d'avoir toute la face en grimace, comme elle venait sans doute de le faire à cause de l'effort fait pour s'en souvenir.

Ils étaient arrivés à la gare. Avant de descendre de l'auto, Télesphore mit la main dans sa poche, en sortit un billet de dix dollars plié et replié et le remit à Gervaise.

— Tiens, confie ça à tes seins; c'est par prudence, en cas d'urgence.

— Confier ça à mes saints, je ne connais que saint Christophe.

— Grande comique, pas ces saints-là, ceux-là.

Et du menton il indiqua la poitrine de sa femme. Elle rit, s'exclama:

— Ce n'est pas un tronc d'église!

— Sois sérieuse, cache ça là, en cas de besoin. Les bandits courent les grands chemins, tu sais. Sois prudente.

Gervaise prit le billet, le baisa, et le déposa lentement, très lentement, dans son corsage, les yeux rivés à ceux de Télesphore. Tout dans le geste, l'attitude, le regard était langoureux, lascif, et émoustillait Télesphore. Ce qui, sur le chemin du retour vers la maison, le fit sourire: «Ah! ces filles éduquées par les religieuses! Si Léo savait!»

À l'instant précis où Gervaise allait monter dans le train, Télesphore lui avait dit à l'oreille: «Récite-la cette prière, je te promets de la dire aussi, en ton absence.» Elle avait pouffé; il s'était éloigné de quelques pas et l'avait regardée disparaître derrière les fenêtres.

C'était ici même, sur le quai de cette gare, qu'il avait trouvé un si grand bonheur. Il en remercia le ciel et lui confia son épouse et son enfant à naître.

***

Le voyage parut très long à Gervaise; habituée à se mouvoir sans cesse, l'immobilité la rendait inconfortable. Depuis Montréal elle se rendit à Joliette où habitaient son frère et sa belle-fille. Jamais elle n'avait vu autant de monde, de circulation, d'automobiles, de maisons en rang d'oignons, des deux côtés du chemin s'il vous plaît! Et du béton partout. La randonnée en autobus lui plut toutefois. Les arbres aux faîtes colorés ressemblaient aux tableaux de petits-points que mademoiselle Anita brodait sur des canevas. Elle s'épatait de la variété des tons chauds, de l'ampleur du décor qui s'étendait à perte de vue. La campagne était belle, si belle. On quitta l'autoroute. Les chemins secondaires allaient, tortueux, fonçaient dans la campagne aux vastes champs qui ressemblaient à des terrains bien entretenus. Saint-Janvier, La Plaine, des maisons coquettes, aux cheminées fumantes, symboles de vies présentes et actives. Gervaise se gavait de ces décors changeants au caprice des routes empruntées.

Un taxi la conduisit à l'adresse de son frère. Gervaise reprit conscience du but de son voyage. Son manteau lui semblait trop ajusté, ses souliers étaient poussiéreux. Elle sonna à cette porte qui la séparait des surprises qui l'attendaient.

Mariette ouvrit. Elle ne ressemblait pas à son père; elle était grande, svelte. Gervaise tendit la main.

— Bonjour, Mariette.

La réponse se fit décevante.

— Le voyage a dû vous fatiguer?

— Pas plus qu'il faut, je me sens bien.

— Peut-être aimez-vous mieux aller dormir plutôt que de veiller avec nous?

— Raymond serait offensé. Merci, Mariette, mais ça ira. Je n'aurai qu'à me retirer si je me sens lasse. Que pourrais-je faire pour vous aider? La maison brille comme un sou neuf, c'est beau chez vous.

— Ça ne ferait pas tort de passer une petite eau sur le plancher de la cuisine.

— Ça, ce n'est pas possible, je n'ai pas apporté de robe pour faire des travaux comme ça!

— Voulez-vous dire que c'est cette toilette que vous porterez ce soir?

— Elle ne vous plaît pas, ma robe?

— Elle est très pâle, à votre âge... et un peu courte. Vous auriez avantage à porter des robes plus longues pour dissimuler...

— Je n'ai rien à cacher!

— Venez, suivez-moi.

Arrivée dans sa chambre, Mariette ouvrit sa garde-robe.

— Ah! Que de belles choses! Que de beaux costumes! Et tous ces souliers; vous ne portez jamais de talons hauts?

— Votre frère a oublié de grandir. Je ne veux pas briser l'apparence de notre couple.

Gervaise ne put réprimer un sourire qui se figea vite sur ses lèvres, car Mariette poursuivait:

— Choisissez un de ces tailleurs: le marine vous ira; ce serait plus de mise, vu votre âge...

— Mon âge!

— Je devrais plutôt dire à cause de votre rang. N'êtes-vous pas l'épouse d'un homme beaucoup plus âgé que vous?

— Mariette! Vous parlez de votre père!

— De grâce! Cessez de vous formaliser. Ah! Et puis, vous me faites perdre un temps précieux.

Gervaise ferma la porte, remercia et s'éloigna. Elle préféra taire la riposte cinglante qui lui venait à l'esprit. Mariette lui emboîta le pas et reprit:

— En tout cas, j'espère que ce soir vous resterez assise... Vous êtes pour ainsi dire ma belle-mère et en même temps ma belle-sœur. Il serait convenable que vous ne vous leviez pas, vu... Je parle, je parle et j'ai des tas de choses à faire!

— Vous servez un goûter?

— Le traiteur viendra tantôt. Tout est prêt, il n'y a qu'à dresser la table dans la salle à manger.

— Si on s'y mettait?

Mariette observait Gervaise du coin de l'œil. Elle espérait qu'elle avait bien compris et qu'elle ne lui ferait pas honte. Mais elle avait encore quelque chose d'important à dire, et le temps passait, les invités arriveraient bientôt! Mariette était nerveuse, commettait gaffe par-dessus gaffe.

— La femme du patron de mon mari...

— Raymond, mon frère...

— Oui, la femme du patron de mon mari sera là. C'est une très grande dame, élégante, distinguée, qui a des degrés universitaires en psychologie. Je ne sais pas si je dois vous présenter comme belle-mère ou belle-sœur, ça me tracasse.

— Pourquoi pas comme belle-sœur?

— Ce qui laisserait supposer que dans la famille de Raymond...

— J'ai compris, ne vous en faites pas; vous n'avez pas à vous répéter, Mariette. Je ne dirai, ni ne ferai rien qui soit de nature à vous humilier!

— Vous parlez bien, il faut l'admettre. Où avez-vous appris ça?

— À l'école de la vie, répondit Gervaise qui se sentait de plus en plus exaspérée.

— Je ne sais rien de vous. Raymond refuse de m'informer à votre sujet, comme s'il y avait une période de votre vie qu'il y aurait avantage à taire.

Gervaise ferma le tiroir du buffet avec tant de force que les verres posés sur la table tintèrent en se touchant. Heureusement, le carillon de la porte créa diversion et Mariette s'empressa d'aller ouvrir: le traiteur était là.

Tout fut empilé sur la table de la cuisine; on ouvrait les contenants, disposait les bouchées et hors-d'œuvre sur des plateaux. Le centre de table, un saumon bien décoré, une véritable pièce montée, fut placé avec précaution sur l'évier.

Mariette critiqua puis s'épata. Gervaise plaçait les assiettes au frigidaire.

— Et le saumon? demanda Gervaise.

— Laissez-le là où il se trouve. Je vais le couvrir. Allez vous coiffer, j'aurai besoin de la salle de bains dans cinq minutes.

Gervaise s'éloigna, trop heureuse d'être enfin seule. «Ça promet! Aucun mot de bienvenue, pas même une poignée de main, et elle veut que je lave son plancher de cuisine! De plus, elle a honte de moi! Quelle fieffée chipie! Qu'est-ce que je fais ici, alors que je suis si heureuse chez moi! Comment mon frère peut-il vivre avec une femme aussi acariâtre? C'est incroyable. Pas étonnant que Télesphore ne parle jamais d'elle. J'ai eu l'impression qu'elle connaissait mon infirmité, pourtant elle ne me connaît pas. Raymond lui aurait-il parlé de moi? De plus, Madame n'aime pas ma toilette! Zut! Eh! ma chère, qu'à cela ne tienne, j'y suis, j'y reste. Je le fais pour Télesphore, il mérite bien ça. Des robes plus longues pour dissimuler... Elle a dû m'observer par la fenêtre et remarquer que je boite. Mon séjour ici ne s'éternisera pas. Tant pis pour Raymond.»

Mariette était occupée dans la salle à manger. Nanette, la chatte, en profita pour grimper sur l'évier. L'odeur du poisson l'y invitait. Elle grignota à pleines dents la chair tendre et rose. Tout à coup, Gervaise entendit hurler: un cri terrible se répercuta jusqu'à l'autre bout de la maison. Un remue-ménage s'ensuivit.

Raymond arrivait au même moment; il se précipita à la cuisine, où Gervaise accourut. Mariette poursuivait Nanette en hurlant; la pauvre chatte s'échappa. Raymond ouvrit la porte et Nanette fila dehors avant même qu'on ait eu le temps de le lui ordonner. Mariette, énervée, se mit à pleurer. Gervaise regardait le dégât.

— Si vous me le permettez, Mariette, je vais vous faire une suggestion.

— Qui va réparer les dégâts, je suppose!

— Exactement.

— Comme si c'était possible!

— En somme, c'est une pièce décorative; un chat, ce n'est pas sale. Si vous voulez, je vais enlever les morceaux touchés et préparer une sauce tartare avec laquelle on comblera ce qui manque de poisson. Vous avez tellement de bonnes choses à offrir, il ne serait pas étonnant que personne ne songe à manger du saumon.

— Toi, Raymond, file sous la douche!

— Laisse-moi tout de même embrasser ma sœur.

Gervaise reçut l'accolade, eut droit à un pâle baiser. Mariette les observait, l'œil mauvais.

— Va, Raymond, vous aurez tout votre temps.

Gervaise pria Mariette de lui donner ce qu'il fallait pour passer à l'action.

— Occupez-vous de votre toilette, laissez-moi le soin du reste.

Gervaise prépara la sauce miracle, camoufla les dégâts le plus adroitement possible.

Le saumon y avait gagné en couleur. Gervaise le plaça au réfrigérateur et retourna au salon pour tout vérifier.

Elle trouvait de mauvais goût les nappes trop colorées. Il aurait fallu choisir, pour l'occasion, une nappe de toile aux ourlets ornés d'une fine dentelle crochetée, comme on en utilisait au couvent lors des visites de l'évêque et des notables. «Je vais en confectionner une et la leur offrirai au prochain Noël, en cadeau.» Mentalement, elle prit note des dimensions de la table.

Les invités arrivaient. Mariette s'exclama: elle n'était pas prête. Gervaise les accueillit et les fit passer au salon. Raymond ne tarda pas à paraître et présenta Gervaise comme la seconde épouse du père de sa femme. «Voilà, pensa Gervaise, le pourquoi du retard de Mariette; il y a eu engueulade...»

Gervaise se sentit figer. Il n'aurait pu lui faire plus mal. Elle dut faire un effort terrible pour ne pas éclater en larmes. Il le comprit, il passa son bras autour de sa taille et la serra contre lui. Les discours tenus plus tôt par Mariette lui revenaient à l'esprit. C'était elle, sans doute, qui lui avait dicté ce choix; alors Gervaise pardonna et retrouva son sourire.

Mariette parut enfin, se morfondant en excuses. Et ce fut l'arrivée spectaculaire de monsieur et madame Rosaire Clément. Comme ça, un peu en retard, juste assez pour que tous soient présents afin de produire tout l'effet voulu. On reconnaissait de loin sa voix grasseyante, toujours une note plus haute que celle de son entourage. Il se fit un silence: la femme du patron était là.

La scène plutôt cocasse divertissait Gervaise, qui réprimait difficilement un sourire amusé. Elle se tourna à demi sur sa chaise pour voir l'énergumène dont l'intonation lui rappelait certains souvenirs.

— Ah! fit-elle en portant la main à son visage. Elle venait de reconnaître sœur Pauline.

La dame faisait son entrée triomphale, juchée sur ses hauts talons, une taille de guêpe moulée dans une robe de taffetas bruissant, effrontément courte, ses cheveux dorés encadrant son beau visage outrageusement fardé, les ongles effilés, colorés d'un rouge emprunté au drapeau britannique. Madame Clément rayonnait.

Décidément, elle faisait contraste au milieu de ces dames plus simples et impressionnées par sa seule présence. Elle planait, laissait errer son regard sur ses admiratrices; dédaignant tendre la main aux mâles, elle serrait d'abord celle des dames. Lorsqu'elle en vint à Gervaise, elle s'arrêta.

— J'ai l'impression de vous connaître... Madame?

Gervaise se cramponna au bras de la chaise qu'elle serrait si fort que ses phalanges blanchissaient. Elle retenait son fou rire, un fou rire qui la secouait.

— Madame Langevin, dit Raymond, gêné, sans oser regarder sa sœur.

— Ainsi, demanda Gervaise en s'adressant à Rosaire Clément, vous êtes dans l'industrie du tabac.

— Vous connaissez?

— Passionnant. Dites-moi, faite-vous toujours manuellement la délicate cueillette à l'aide du pouce? Ou si ce travail peut maintenant se faire par des méthodes mécaniques? Vu notre saison d'été très courte, vous faut-il préparer les pousses dans les serres afin que le plant puisse grandir de façon suffisante en terre pleine? Les feuilles que vous récoltez atteignent-elles les dimensions nécessaires qui vous permettront d'en fabriquer des robes de cigares? Et vos séchoirs sont-ils encore alimentés de bois?...

Le clan était maintenant divisé: Gervaise était entourée des hommes qui répondaient à ses questions qui ne tarissaient plus. Gervaise avait un plaisir fou. Elle jetait un regard moqueur à la jolie poupée qui, affaissée dans son fauteuil, semblait se creuser les méninges pour mettre un nom sur le visage de cette emmerdeuse qui lui volait la vedette.

Mariette en avait le souffle coupé. La boiteuse, sa belle-mère et belle-sœur, avait, suspendue à ses lèvres, toute la gent masculine. Si son père Télesphore savait! Raymond était estomaqué. Sainte tirelire! Sa petite sœur, enfant timide, qui figure dans un salon, avait le verbe haut!

De sa vie, Gervaise ne s'était jamais autant amusée. Et pour cause! Tout en parlant tabac, elle revivait en pensée les exploits de la dame aux froufrous qui dans le moment se morfondait. Dès qu'elle avait vu le joli minois, elle avait reconnu cette sainte femme, nulle autre que sœur Pauline. Sœur Pauline couchée dans le talus avec le jardinier, sœur Pauline flirtant avec le pompiste de l'orgue du couvent, sœur Pauline qui avait laissé tomber la rude bure pour se rouler dans le taffetas, aussi ajusté qu'une robe de cigare, pensa-t-elle. Et cette fois, elle éclata de rire.

Ses épaules sautent, les larmes coulent, comme ce midi-là, où Télesphore avait... Gervaise rit de plus belle. Le rire se communique, les hommes rigolent, veulent savoir. Les dames rient aussi, toutes sauf Mariette qui a drôlement honte.

Gervaise se lève, tente de s'excuser, mais n'y parvient pas; elle sort du salon. En la voyant déambuler, sœur Pauline la reconnaît à son pas de boiteuse. Et voilà qu'à son tour, sœur Pauline se met à rire.

Mariette, furieuse, quitte la pièce et va déposer les

plateaux dans la salle à manger. Elle rage. Pourtant, au salon, la belle humeur règne. Le vin et le cognac aidant, le rire est contagieux. La soirée promet d'être réussie. Madame Clément sait que Gervaise l'a reconnue; elles riaient ainsi, autrefois. Mais elle n'a rien dit, alors elle ne trahirait pas son secret, comme autrefois. Madame Clément fait maintenant des jeux d'esprit, ramène à elle les yeux et les oreilles. Tout rentre dans l'ordre... temporairement.

Dans la salle de bains, Gervaise se lave le visage, fait des exercices respiratoires pour se calmer. Dès qu'elle a repris son sérieux, elle revient et prête main-forte à Mariette. Les deux femmes s'observent, mais pas un mot n'est prononcé.

Mariette tient en main le saumon retouché, comme le pense Gervaise, avec humour. Il prend sa place au centre des couverts. Mariette se garde bien de lever les yeux vers Gervaise, de peur qu'elle se mette à rire.

On passe à table. Chacun se sert. L'ambiance est dégagée, joyeuse; le saumon reçoit tous les compliments, la sauce tartare est prisée.

La soirée se termine. On félicite l'hôtesse, on ne s'était pas si bien amusé depuis fort longtemps. Tout était délicieux, y compris le saumon et la belle-maman.

— Oh! échappe Gervaise.

Elle veut bien être la belle-mère de Raymond, la femme de Télesphore, mais pas la mère de Mariette! Elle ne rit plus.

La porte se referme sur le dernier visiteur. Raymond est sur la galerie et appelle Nanette. Nanette ne revient pas. Alors il prend une lampe de poche et sort, fait le tour de la maison en appelant la chatte.

Tout à coup, il la voit, sous le perron arrière de la maison. Elle gît là, raide morte. Il la soulève et la rentre à l'intérieur. Consternation!

— Mais, s'exclame Gervaise, elle est morte empoisonnée!

— Comment le sais-tu?

— L'écume, la bave autour de...

— Hein! s'exclame Raymond. Empoisonnée... Mais, et alors? Ce qui veut dire que... Eh, Mariette, as-tu mangé de ce saumon, toi? Et toi, Gervaise? Et les autres alors? Tous les autres en ont mangé. Il va falloir les prévenir, ils peuvent tous crever! Comme la chatte.

— Non, mais tu es fou? Qu'est-ce que tu racontes?

Mariette se lamente à tous les saints.

— Tu as raison, dit Gervaise, tous doivent être prévenus et voir le médecin tout de suite.

Mariette, prise d'une colère noire, se met à lancer la vaisselle dans toutes les directions. Raymond se laisse tomber sur une chaise, abasourdi. Gervaise se colle contre le mur pour éviter d'être atteinte des projectiles et attend que la tempête finisse. Mariette, épuisée, se lasse finalement et reprend ses esprits.

— Ne comptez pas sur moi pour faire cette sale besogne. Toi et ta maudite sauce tartare.

— Toi et ton saumon à la portée d'une chatte, riposte Gervaise, que tu as refusé de remiser au frigo.

— Et vous deux et douze morts si on ne bouge pas. Donne-moi le calepin où tu gardes les numéros de téléphone de ces gens, lance Raymond.

On réveille ceux qui dorment. À tous on confesse l'horrible situation et le sort de la pauvre Nanette qui a de l'écume à la gueule.

À trois heures du matin, à l'urgence de l'hôpital le plus proche, les invités de monsieur et madame Raymond Lamoureux, les hôtes et la maman Gervaise sont réunis. «Car, comme l'a affirmé Gervaise, si nous n'y allons pas, on va croire que l'on savait, qu'il y a quelque chose de louche dans cette affaire.»

À la demande de l'infirmière de service, on a apporté un morceau du poisson qui serait analysé en laboratoire.

On ne riait plus. Sœur Pauline hoquetait et avait la nausée. Mariette était pâle comme un suaire, mais pour d'autres raisons. Quand à Raymond, il se demandait si Nanette n'était pas la plus fortunée de tous.

Après deux heures d'examens et d'attente dans un parfait silence, les invités furent informés qu'ils pouvaient regagner leur foyer, les tests du laboratoire s'étant révélés négatifs, au grand soulagement de chacun. Le contremaître ne trouvait pas la farce très drôle. On l'avait surpris au lit. Il était appuyé, dos au mur, en pyjama.

— Dis donc, toi, que faisais-tu quand le téléphone a sonné pour te prévenir de venir ici?

— Pourquoi me demandes-tu ça?

— Regarde-toi, mon vieux. Le haut de ton pyjama est tout fripé... mais le pantalon bien repassé...

L'homme pencha la tête et regarda son vêtement. Il rougit, comprit l'insinuation. La boutade dérida tout le monde.

Quelques jours plus tard Raymond apprit, par accident, qu'un voisin avait utilisé du poison pour détruire un nid de rats niché sous son hangar... que Nanette avait sans doute visité après avoir été chassée de la maison.

***

On finissait à peine de déjeuner, le téléphone sonna. Madame Clément voulait parler à Gervaise. Mariette, qui avait tout fait pour éviter le tête-à-tête entre Raymond et sa sœur, était abasourdie par cet appel.

— J'aimerais la promener un peu, lui montrer la région, enfin, vous me comprenez, vous devez avoir un travail fou pour avoir à tout remettre dans l'ordre, après un tel party, un party si réussi! Entre nous, qui n'aimerait pas se débarrasser de sa belle-mère... badina madame Clément.

Pour comble, Gervaise accepta le rendez-vous. Peu de temps après, madame Clément, au volant de la voiture de son mari stationnée devant la porte d'entrée, klaxonnait.

Gervaise sortit, avec dans l'œil un brin de malice qui n'échappa pas à Mariette. Celle-ci, derrière la fenêtre, observait. C'était le comble! Voilà que madame Rosaire Clément attirait à elle sa belle-mère et lui faisait un tendre accueil. «Sainte misère du bon Dieu!» s'écria-t-elle. Raymond accourut.

— Que se passe-t-il encore?

— Regarde-moi ça. Ta salope de sœur! Attends qu'elle rentre, je vais lui chanter une poignée de bêtises!

— Parce que des bêtises, ça se chante? Moi, je m'en vais marcher.

Et il s'éclipsa par la porte arrière qu'il referma avec un fracas épouvantable.

Mariette sursauta. «Ça ne se passera pas comme ça!» Elle téléphona à son père.

— Veux-tu bien me dire, papa, où tu as pris ce pistolet-là?

— De quoi parles-tu? Mariette, de grâce, calme-toi!

— Me calmer, tu me dis de me calmer. Peut-être ne sais-tu pas à qui tu es marié? Je vais te l'apprendre. D'abord, pour ton information, ta belle ne m'a pas encore parlé, ni à moi ni à Raymond. Elle est présentement partie se balader en automobile. Madame visite les environs. Veux-tu entendre mieux? Hier soir, au party, madame a tenu le haut du pavé, elle avait à ses genoux tous les invités mâles qui se trouvaient ici. Six, pour être plus précise. Six hommes qui l'écoutaient et répondaient à ses questions sottes de robes de cigares. Je n'ai jamais eu autant honte. C'est avilissant!

— Mariette, bonté suprême, cesse de hurler, tu me défonces le tympan et je n'entends rien.

— Tu n'as jamais rien entendu! Tu es mieux de te réveiller avant qu'il soit trop tard. Elle a réussi à mettre

Raymond en colère contre moi et il est parti en claquant la porte. Tout ça en moins de vingt-quatre heures. Où l'as-tu dénichée? Dans quel bordel? Peut-être, après tout, que tu excelles dans l'art d'être cocu; tu t'y connais, non? Avant son décès, maman m'a raconté, je...

Télesphore déposa le combiné avec une telle rage qu'il arracha presque l'appareil du mur. Il dut s'appuyer, son front était moite, ses mains tremblaient. Son intraitable fille venait de réveiller en lui des soupçons depuis si longtemps refoulés! Lucienne l'avait plus d'une fois intrigué, au début de leur union, mais rien de précis ne s'était passé qui avait pu confirmer ses doutes.

La phrase de son père lui revenait à la mémoire: un accouchement prématuré, avait-il dit... Ces mots s'accrochaient à ceux de Mariette: «Maman m'a raconté...» Mariette? Alphonse? Jacqueline? Des tempéraments qui se ressemblent!

Il courut vers la grange, plongea les mains dans l'auge des animaux et en aspergea son visage inondé de larmes. Lucienne, et maintenant Gervaise! Non, ça non. Il ne pouvait le croire! Malgré tout, l'aiguillon du doute ne cessait de le darder. «Ces deux femmes n'ont rien en commun. Lucienne n'était pas tellement heureuse, elle riait beaucoup mais trop souvent, ça sonnait faux, alors que Bourgeon est amoureuse, pleine d'affection. Lucienne le fut, pourtant, au début, alors que mon Bourgeon l'est devenue... avec le temps.» Un autre souvenir venait de l'assaillir: c'était Lucienne qui l'avait demandé en mariage... elle était pressée de se marier... accouchement prématuré...

«La froideur de mon père envers sa bru après la naissance de Mariette... Juste ciel! Ça expliquerait la différence marquée des caractères de mes aînés... Je deviens fou ou quoi? Cette fille est un monstre! Si je ne parviens pas à éclaircir cette situation, ma vie et celles de mes enfants seront à jamais empoisonnées. Pourquoi n'a-t-elle pas raconté toutes ces histoires? Pourquoi cette confidence aujourd'hui? Elle veut se faire pardonner son départ? Me faire haïr Gervaise? Quel but vise-t-elle? Que lui a raconté Lucienne pour qu'elle se montre aussi cruelle? Elle aurait pu se taire! C'était sa mère; elle la trahit sans scrupules! Si elle croit que je vais jouer son jeu et m'abaisser jusqu'à la questionner pour en savoir plus, elle se trompe. Que Lucienne repose en paix!» Il pense à Gervaise. Le venin échappé par Mariette fait lentement son effet: «C'est à peine si elle nous a parlé, six hommes à ses genoux, partie se balader... Non! hurle Télesphore, non! Pas ma Gervaise, pas mon Bourgeon, pas la mère de mon enfant! Non! mon Dieu! Non! Je l'aime tant! Je ne veux pas perdre ce bonheur auquel j'ai goûté. De grâce, mon Dieu, épargnez-moi l'enfer sur terre.»

Pendant ce temps, Gervaise et sœur Pauline échangent des confidences. L'une parle de son bonheur auprès de cet être exceptionnel qu'est Télesphore. Elle tait toutefois sa condition de mère en puissance; ce secret est entre elle et son mari; il sera jalousement gardé.

Sœur Pauline exposa les raisons de sa sortie du couvent; elles se remémorèrent le passé et rirent de bon cœur, comme des couventines qui se retrouvent après les vacances d'été.

On parla de ce fameux saumon. Gervaise fit jurer à son amie de ne jamais répéter ce qu'elle allait lui raconter et qui ne manquerait pas de bien les égayer. Elle lui expliqua la mort du chat.

***

Pendant ce temps, Mariette se ronge les ongles. La réaction de son père la laisse penaude. «J'ai peut-être exagéré! Mais chose certaine, cette catin va partir d'ici, au plus tôt. Je ne lui laisserai pas le loisir de briser notre vie de couple.»

Gervaise est revenue peu avant le retour de Raymond. Mariette est d'une froideur à faire pâlir la lune. Le souper est servi à la hâte, sans délicatesse aucune, préparé des restants de la soirée de la veille. Gervaise n'est pas dupe, elle n'est pas la bienvenue dans cette maison. Alors elle retournera chez elle, bien au chaud, auprès de son mari.

Après une heure à regarder une émission de télévision pour elle sans intérêt, Gervaise s'excuse et parle d'aller dormir.

— Dis, Raymond, demain, tu veux bien venir me reconduire au train? Je dois rentrer, Télesphore a sûrement besoin de moi.

Mariette ne dit rien, elle se lève de table et se dirige vers la cuisine. Gervaise sent bien qu'elle est de trop. Ces brisures, elle les a connues; aujourd'hui elles la font moins souffrir. Au fond, elle se réjouit que Télesphore n'ait pas été là. C'est mauvais pour le bonheur, ces situations tendues; elles peuvent tout détruire, tout briser, car elles sont malsaines.

Ils sont sur la route, Raymond ne sait quoi dire, ni quels mots employer. Il est malheureux, inquiet. «Il veut se taire, tant pis. Je ne romprai pas ce silence.»

— Dis donc, dit-il tout à coup, ça t'arrive souvent ces crises de rires nerveux?

Il a pris un détour, il veut savoir laquelle des deux a raison, de Mariette ou de Gervaise.

— Parfois, oui, quand j'ai des raisons de rire.

— Hier, tu pensais au saumon?

— Non.

— À quoi alors?

— À madame ta patronne.

— Qu'est-ce qu'elle a de si drôle?

— Elle ressemble, tu ne trouves pas, à un cigare étroitement enrobé de taffetas?

— Et c'est ça qui a provoqué ta crise d'hystérie?

— Dis donc, toi! C'est tout ce que tu trouves à me dire?

— Je veux savoir ce que tu avais à rire ainsi.

— Rien.

— Avoue-le, tu pensais au saumon. Ça aurait pu finir en tragédie, cette farce plate.

— Bah! Dans six mois, vous en rirez tous ensemble. En tout cas, ils vont se souvenir de leur soirée. Toi, elle va te coûter cher, ouf! Que de verres cassés, j'en avais le cœur chaviré.

— C'est matériel, ça se remplace.

— Oui, bien sûr.

— J'étais gêné.

— Quand ça?

— Quand tu riais sottement.

— Tiens, tiens, tu es snob en plus!

— Snob, moi!

Et le silence tomba. Gervaise regardait défiler le paysage mais ne le voyait pas.

— Tu n'as rien à me dire avant de partir, Gervaise?

— Qu'aimerais-tu entendre?

— Ton séjour, chez nous?

— Quoi, mon séjour chez toi?

— Ça t'a plu?

— Tu veux la vérité? Non. Mariette, passe, elle est capricieuse, maladroite, a une cervelle d'oiseau, mais c'est une bonne personne. Toi, cependant, mon grand frère, tu es lâche et traître.

— Hein?

— Tu veux que je répète? Tu es lâche et traître. Quand tu t'es présenté chez nous, je t'ai reconnu. Quand tu m'as dit «J'ai connu un brin de fillette, autrefois, qui s'appelait Gervaise», je t'avais déjà reconnu, mais je n'osais le croire. Si je n'ai pu rien te dire, c'est parce que j'avais la douloureuse impression que tu m'avais oubliée, que tu ne te souvenais même pas de mon existence tant ton abandon fut total et cruel. Mais quand je me suis collée contre ton cœur pour l'entendre battre, pour moi toute seule après toutes ces horribles années, j'étais au comble du bonheur. Mon grand frère que je croyais perdu à jamais était là, devant moi. Mieux encore, il aimait la fille aînée de mon mari, Télesphore, qui est la bonté même. J'ai cru que je crèverais de bonheur. Mon homme a tout appris, il a insisté pour que je vienne chez vous. Il savait que nous aurions des tas de choses à nous dire... Je suis partie, partagée entre la peine de le laisser seul, et la joie d'être auprès de toi. Mais voilà, tu m'as trahie: «L'épouse du père de ma femme», as-tu dit. Ta belle-mère par alliance, pas ta sœur par la naissance! Ce n'est pas être lâche, ça? Ce n'est pas être traître? Ma sœur, une boiteuse, non! Mais la deuxième femme du veuf qui a marié une boiteuse pour continuer l'œuvre de sa femme morte, ça, oui, ça tu l'acceptais.

— Gervaise!

— Tais-toi! Télesphore l'aime, sa boiteuse, Télesphore la respecte, ses enfants aussi. Plus que toi, grand benêt. Je te le répète, tu es lâche et traître. Joue le snob, si ça t'amuse, mais avec moi, ces manières-là, ça ne prend pas. Mille fois j'ai crié ton nom dans ma longue agonie, mille fois pour toi j'ai offert mes souffrances à Dieu, dans mon corps et dans mon âme. Ces souffrances terribles m'ont altérée, minée, mais j'ai réussi à les surmonter. Je me les imposais pour apprendre à me tenir debout, à marcher. Elles m'ont déchiré les entrailles devant l'abandon des miens; la haine que maman me vouait parce que je ne mourais pas alors que ses deux fils étaient décédés du mal qui minait la famille... Elle aurait voulu que je crève, moi, afin qu'eux vivent. Elle ne me l'a pas pardonné, comme si j'étais la responsable de tout. Ah! J'ai pris du temps à comprendre: quand on est petit on subit; plus tard, beaucoup plus tard on réalise. Souviens-toi, Raymond, du jour où elle m'a punie à cause d'un fauteuil souillé; ce n'est que quand tu l'as vue si en colère, que tu as eu le courage de lui avouer que c'était toi le coupable, que sa rage est tombée comme par enchantement. Moi, je ressentais le mal de la courroie qui m'avait lacéré les jambes, mais mon cœur était content que tu aies avoué. Te souviens-tu, un jour nous marchions dans le rang et elle me pinçait le bras en criant: marche droit, traîne pas ta jambe molle? Je pleurais. Tu t'étais révolté et tu lui avais dit que ce n'était pas ma faute. Ce jour-là, je t'aimais, Raymond. Mon cœur rempli de grosses peines t'aimait, tout plein! Puis tu es parti. Et ce fut la fin de tout. Papa ne s'en est jamais remis. Je t'ai appelé, Raymond, toutes les nuits, tous les jours! Je guettais à la fenêtre. Puis la fenêtre a changé pour d'autres: des inconnues, des indifférentes; des fenêtres à travers lesquelles je regardais sans voir, sans attendre. Les fenêtres des autres, celles des étrangers, loin, toujours plus loin. Toujours d'autres fenêtres, qui passent, comme celles d'un train en marche, jusqu'au jour où l'un d'eux s'est arrêté en face de la maison de Télesphore. J'y suis rentrée sans savoir ce que serait le décor derrière cette fenêtre. On m'a dit: «Un veuf accepte d'oublier votre infirmité à condition que vous soyez pure et bonne.»

Gervaise ne s'en était pas rendu compte, Raymond avait stationné la voiture en bordure du chemin. Les bras croisés sur le volant de la voiture, sa tête couchée dessus, il sanglotait. Gervaise, appuyée au dossier, les yeux fermés, vidait son cœur; les larmes mouillaient son manteau.

Leur vie brisée venait de défiler devant eux; un drame, un seul: le manque d'amour! «Le manque d'amour, Raymond, car si la souffrance repose sur un seul brin d'amour, elle devient supportable; le cœur humain est ainsi fait.»

— As-tu un mouchoir, Raymond?

L'homme ouvre le coffre à gants et en sort des tissus. D'une voix brisée, Gervaise reprend:

— Raymond, tu aimes l'aînée de mon mari. Elle est sa fille. Rends-la heureuse, Raymond. Toi et moi devrons garder la tête froide et ne pas laisser le passé ternir le présent ni le futur. Nous avons eu nos différends, nos difficultés, mais nous devons laisser tout ça derrière nous. Il faut aller de l'avant, sans tourner la tête. Le pardon, l'oubli du passé, c'est le seul moyen de ne pas entacher le présent afin de s'épanouir pleinement dans un avenir heureux.

Gervaise se mouche, tend la main vers son frère, la pose sur son épaule et lui dit doucement:

— Pour te prouver que je te pardonne, je vais te confier le plus beau secret de la terre. Personne ne sait, sauf Télesphore: Raymond, j'attends un enfant: Dieu a entendu ma supplique.

Raymond attire sa sœur vers lui, la serre dans ses bras.

— Pardonne-moi, Minotte.

En entendant ce surnom qu'il utilisait dans leur enfance pour la faire rire, Gervaise recommence à pleurer.

— Je vois bien que tu ne m'avais pas oubliée.

— Non, Minotte, je ne t'ai jamais oubliée. Tu as un cœur d'or. Tu es forte, tu as du cran. Tu as raison, j'ai agi comme un goujat. Tu me pardonnes?

— Bien sûr, grand fou. À propos, crois-tu que ce serait normal que Mariette, l'aînée de Télesphore, et que Raymond, mon frère, soient parrains de cet enfant à naître?

— Ah! Minotte! Minotte!

— En attendant, Raymond, mène-moi là-bas, sinon Minotte va rater le train.

Le reste du voyage se fit en silence.

Elle descend de la voiture, prend son pauvre bagage, et elle insiste: elle ira seule. Il la regarde aller de son pas hésitant, si menue, si frêle, tirant sa jambe molle. Malgré son pas de boiteuse, elle est fière et belle; elle a l'âme pure, les yeux brillants, le cœur en fête. En elle une autre vie prend forme. Ce bébé-là aurait de l'amour à revendre! Avant de disparaître dans la foule, elle s'est arrêtée, a pivoté sur son pied solide, fait un bonjour de la main.

Ce n'était plus Minotte, c'était Gervaise qui retournait vers le bonheur.

***

Raymond rentre chez lui, bouleversé jusque dans l'âme. Il s'assoit devant la fenêtre et laisse son regard errer à l'infini. À deux reprises, Mariette l'interpelle; il n'entend pas. Alors elle s'approche.

— Mais, qu'est-ce que tu as, Raymond?

— ...

— Qu'est-ce qu'elle a bien pu te dire, ta névrosée de sœur, pour que tu..

Raymond a bondi, il est en colère. Il allait frapper sa compagne. Il se retint juste à temps.

— Si jamais... si jamais tu dis un mot, un seul, contre ma sœur, ce sera la fin de tout entre nous. Tu m'as compris, Mariette? Ne prononce jamais plus le mot de boiteuse, d'hystérique ou de névrosée en parlant de Gervaise.

— Bon, j'ai compris. Calme-toi, viens souper.

— Je n'ai pas faim et je veux être seul.

— Elle aurait réussi...

— Assez! Tais-toi, Mariette. Je t'ai dit que je veux être seul. Va-t-il falloir que je m'en aille à la taverne pour avoir la paix?

— Bon, bon.

Les phrases entrecoupées de Gervaise revenaient à l'esprit de Raymond, comme des morceaux d'une courtepointe qui ont besoin d'être assemblés pour faire un tout. Il tentait d'agencer les pièces, mais que de grands vides, que de zones grises, que de brisures dans tout ce grand drame! La tante, quel rôle avait-elle joué dans tout ça? Elle était là depuis toujours, lui semblait-il, innocente et douce. Depuis la porte ouverte, parfois, il la regardait. Elle était blanche, comme la cire de la chandelle; ses yeux, noirs, ses cheveux aussi, très longs. Il ne l'avait jamais vue debout, avait-elle des jambes?

Ses frères morts! Que voulait dire Gervaise? Le mal de la famille. Le mal? Et si le bébé de Minotte... Raymond frissonne. Le mal de la famille? Et son père qui n'est plus là... Il n'avait pas vu les choses sous cet angle, il n'avait pas fui tant d'horreurs; il avait fui l'ennui, le silence lourd et écrasant de cette maison où le malaise planait. Minotte était petite et vulnérable, elle dut subir longtemps cette lourde et écrasante misère. Papa allait de moins en moins aux champs, il vendit les animaux puis la terre par lopins, un à la fois, pour payer le docteur qui faisait crier Minotte. Le souvenir de la tante lui revenait: cette chambre sans fenêtre, qui ne voyait la clarté qu'à cause du carreau d'une autre chambre, on l'avait nettoyée à la chaux, «pour tuer le mal», disait papa. «On a tout brûlé: le matelas, le lit, le linge. Je tournais en rond autour du feu, au fond de la cour, on tuait le mal, le mal qui a pris mes frères? Je me souviens de l'un d'eux, dans un ber de jonc, oui, dans un ber de jonc: un bébé. «Un ange», disait maman en pleurant. Tout se confond dans sa tête, le temps, les événements, son père endormi sur le sol...

Minotte n'est pas venue danser autour du feu. Pourquoi? Où était-elle?

— Où était Minotte? hurle Raymond.

Mariette accourt. Raymond est debout devant la fenêtre. De ses mains, il s'appuie au cadre; de son pied, il frappe la plinthe et répète:

— Où était Minotte?

— Raymond, dit doucement Mariette. Raymond, j'ai peur.

L'homme se retourne, regarde sa compagne; ses yeux sont remplis de larmes. Mariette court vers lui, l'attire contre elle. Comme un enfant, il se laisse cajoler. Et il entend la voix de Minotte: «Avec un peu d'amour...»

Il est là, debout. Il pleure sur l'épaule de Mariette, sa tête éclate. Dans son esprit, comme dans un kaléidoscope, tournent, s'entremêlent, se confondent et s'entrechoquent des images, des clichés, un drame qui se bouscule sans trêve.

Mariette ne comprend rien à ce qui se passe. Raymond est habituellement d'un calme plat, parle peu, n'extériorise pas ses émotions, il est serein, mange, dort, travaille, est toujours d'humeur égale. «Qu'a-t-elle bien pu lui dire pour qu'il soit aussi bouleversé? Ils n'ont pas été en tête-à-tête plus de deux heures. Il est tout chaviré, bouleversé, autant qu'au temps de notre rencontre! Va-t-il recommencer à faire des cauchemars? Pourtant... ici, pendant ces quelques jours, ils ne se parlaient pas de choses intimes, semblaient même n'avoir rien à partager après une si longue séparation! Il faudra que je l'aie à l'œil, la boiteuse, elle ne viendra pas briser notre vie et bouleverser nos habitudes.»

Raymond lui tournait le dos, il était retourné à la fenêtre, visiblement accablé. Il pensait sûrement à elle. «Qu'est-ce qui se cache derrière tout ça? J'ai tenté de la faire parler mais elle semblait indifférente à tout. C'est à peine si elle a exprimé ses idées, ou fait des commentaires. Elle aurait pu nous féliciter pour notre jolie maison, je ne sais pas. On dirait qu'elle est irréelle, présente et absente, renfermée, oui, c'est ça: elle est repliée sur elle même. Et sa robe! Comment papa a-t-il pu lui permettre de s'attifer comme ça? Des manches courtes par-dessus le marché! Mauvais goût. Une pauvresse! Heureusement que personne ne sait qu'elle est ma belle-sœur... Et papa, la voit-il telle qu'elle est? J'espère que la marâtre ne fera pas souffrir les enfants à la maison!»

Raymond continuait de réfléchir. Gervaise avait raison, mais elle ne savait pas ce que la vie avait été pour lui: «Il me faudra reprendre la conversation là où on l'a laissée. Minotte doit savoir que je ne l'ai pas trahie, que j'ai souffert, moi aussi, du froid, de la faim. Elle doit savoir ce que Mariette fut pour moi afin qu'elle apprenne à l'aimer...»

Et, se tournant vers sa femme, Raymond demanda:

— Dis-moi, Mariette, as-tu parlé de mon travail à la plantation avec Gervaise?

— Bien non, qu'est-ce que j'aurais pu lui dire? Je ne sais rien de ce qui se passe là-bas. Je lui ai dit que tu travaillais dans le tabac, rien de plus.

— C'est bizarre, elle savait tout, elle se servait même de termes très techniques. Où a-t-elle été chercher tout ça? Clément, le patron, n'en revient pas.

— Il t'en a parlé?

— Oui, ce matin.

— A-t-il été question du saumon?

— Oui.

— Qu'a-t-il dit?

— Rien de spécial; il sait bien que ce que le chat avait touché avait été enlevé et jeté.

— Il n'est pas horrifié?

— Non.

— Et sa femme?

— Je ne l'ai pas revue mais, à l'hôpital, elle semblait tout à fait à l'aise avec Gervaise. Ça va tourner à rien cette histoire-là.

— Tant mieux. J'ai eu tellement honte!

***

Le train file. Sa locomotive crache une vapeur qui va se perdre dans le ciel. Le wagon se dandine sur les rails de métal, chante son éternel refrain. Il va, traînant dans son ventre des êtres qui fuient ou reviennent, au rythme de la vie.

Gervaise est assise sur la banquette de peluche fanée, la tête appuyée, les yeux fermés. À son côté, se trouve son pauvre vieux bagage de toile, compagnon de ses nombreuses chevauchées. Cette fois, elle ne ressent pas le besoin de regarder défiler le paysage pour se situer. Elle sait. Elle sait où elle va: chez elle. On l'attend dans son *home* bien chaud. C'est fini, l'inconnu. Là-bas, au bout du chemin se trouve sa maison, son mari, une marmaille de plus en plus sienne, de la chaleur, de quoi manger. Et surtout, de l'amour, beaucoup d'amour. En ce moment, son cœur déborde. Une paix qu'elle n'a jamais connue l'inonde. En laissant échapper, à l'aide de mots, la détresse morale longtemps refoulée qui sommeillait en elle, Gervaise avait épuré sa pensée, extirpé ses peines, ses angoisses, ses peurs. Elle se sentait allégée. Elle s'étirait, souriait: sa paix intérieure était si grande qu'elle la faisait tressaillir de bonheur. La pensée de l'épaule accueillante de son mari la fit un instant frémir. Oui, Gervaise allait vers son homme, le cœur vibrant. Tout son être tendait vers lui. «Dors, petit bébé, dans ta bulle de lumière et de vie; fais-toi beau, sois heureux. Tu auras la plus amoureuse des mamans, le meilleur des papas, une kyrielle de frères et sœurs et, en prime, un parrain qui ne te laissera jamais tomber, maintenant j'en ai la certitude... Ta marraine, bof! on l'humanisera, on l'amadouera, on la gagnera à ta cause. Elle n'aura pas le choix: tu seras si bon, si beau, si tendre! Dors, poupon rose, dors.»

La nuit était presque tombée. Le train continuait sa course vers l'est, chevauchant à travers la campagne endormie. Une lumière isolée et blafarde perçait l'opacité.

Gervaise accrochait son regard au point lumineux qui éveillait des images dans sa tête. «Une présence humaine s'agite, là, derrière une fenêtre éclairée. La femme d'un fermier qui berce un enfant ou qui reprise? Dans sa cuisine? Ma cuisine, ma cuisine à moi, où je me meus, vais et viens à mon propre rythme, où j'attise le feu qui cuit nos aliments et réchauffe notre maison! Ma cuisine, avoir ma cuisine! C'est là un rêve que je n'ai jamais caressé, car je n'en espérais pas tant! J'aimais déjà celle contiguë au réfectoire des religieuses, avec ses longs comptoirs de tôle que je polissais pour les faire briller, et ses armoires remplies de vaisselle: des piles et des piles qu'il fallait laver après chaque repas... Bien sûr, je n'ai pas ce luxe, cet espace et cet amas de casseroles. Ma famille est petite, l'espace restreint, mais pour moi, ce coin de l'univers constitue un empire.»

Gervaise sourit: le jour de son arrivée chez Télesphore, elle avait épluché assez de pommes de terre pour nourrir un régiment. Il lui avait fallu s'ajuster aux besoins des siens. «Faire six tartes, c'est un jeu d'enfant! Au couvent, on en faisait des douzaines! Comme la vie est simple et belle!»

Qui l'eût observée en ce moment aurait cru qu'elle faisait un beau rêve, tant son visage était serein et son sourire épanoui. Gervaise savourait son bonheur, son grand bonheur. Chaque tour de roue la rapprochait de son royaume. Seul l'avenir comptait; le passé était définitivement classé. Elle ne ressentait aucune rancœur, tout était pardonné. L'inquiétude, le doute, la morosité qui parfois venaient envenimer ses pensées étaient à jamais dissipés.

***

— Prochain arrêt: Saint-Pierre-de-Montmagny. Descendez à l'arrière.

Gervaise trottinait derrière le conducteur; le train s'immobilisa enfin, après quelques toussotements. Télesphore était sur le quai de la gare. Il la regardait venir, le cœur serré. C'était bien elle, il ne pouvait en douter, il connaissait sa démarche, son allure toujours empressée. Plus elle s'approchait, plus son bonheur l'étreignait. Elle allait le dépasser sans le voir.

— Hum! Hum!

Elle ralentit, s'arrêta, se retourna.

— Télesphore!

Il ouvrit les bras, et elle vint se blottir sur sa poitrine. Il resserra son étreinte.

— Oh! Télesphore, Télesphore. Tu es là. Comment savais-tu que je revenais ce soir?

— Raymond a téléphoné.

Quelque chose dans la voix, à peine perceptible, suffit pour alerter Gervaise et la fit s'inquiéter.

— Quelque chose ne va pas? Les enfants? Toi, alors, tu n'es pas malade?

— Non, je t'assure.

— Oh! Télesphore, comme tu m'as manqué.

Elle prit sa main, la posa sur sa poitrine:

— Vois comme mon cœur bat. C'est la joie de te revoir. Câline, elle ajouta: va, prends l'argent dans le tronc de saint Télesphore.

Le train avait quitté, ils étaient seuls sur le quai désert.

— Viens, rentrons chez nous! Parle-moi de toi, des enfants; vous vous en êtes bien tirés sans moi? Vous n'avez manqué de rien?

— Gervaise, tu n'es partie que deux jours!

— Jamais plus je ne partirai, jamais plus sans toi.

— Parle-moi de ce voyage.

— Un désastre. Rien de moins qu'un désastre. Jamais plus, je te le répète. Je comprends maintenant ton amour de la terre, la beauté et la sécurité de la vie du fermier. J'ai ressenti l'incertitude et la solitude des grandes foules qui se côtoient sans se connaître. Montréal, c'est suffocant. Que de monde! Je suis allée de la Gare centrale au terminus d'autobus; le taxi a été gentil, m'a tout expliqué. Heureusement, Raymond m'a évité des problèmes: il m'a ramené jusqu'à la gare.

Télesphore écoutait ce coq-à-l'âne. De nouveau le doute s'implantait dans son esprit, les accusations de Mariette prenaient de l'importance.

— Et ma fille, Gervaise, parle-moi de Mariette.

— Mariette, on dirait une petite fille qui joue à la madame.

— Que veux-tu dire?

— Elle est primesautière, impulsive, un grand bébé.

— Qu'as-tu dit avant grand bébé? Je ne comprends pas.

— Disons que Mariette agit spontanément, sans réfléchir; un peu comme Alphonse. Elle pique une colère puis le regrette. Tu aurais dû être là, quand cette histoire de chat empoisonné est survenue...

— Un chat?

— Oui, à cause du saumon.

— Du saumon!

— Oui, du saumon, à l'hôpital...

— Hein? L'hôpital, tu y étais?

— Bien sûr.

Gervaise riait aux larmes. Vue de loin, la situation devenait cocasse. Plus elle parlait, moins Télesphore comprenait. Décidément, quelque chose de louche s'était passé. Mais Gervaise, tout à sa joie, ne se rendait pas compte de ses propos décousus.

— Et ton frère, Raymond.

— Ah! celui-là, celui-là! Ce n'est pas le Raymond que j'avais gardé dans mon cœur, le garçon doux et bon de mon enfance. Te dire comme il m'a déçue. Mais il l'a su. Je n'ai fait que trois colères dans ma vie: une vers l'âge de huit ans, quand j'ai affronté un ivrogne qui battait son enfant; plus tard, au couvent, à cause de la Révérende Sœur supérieure qui ne cessait de me harasser, et hier... À propos de sœur, tu ne peux imaginer qui j'ai rencontré! Sœur Pauline. Elle est mariée au patron de...

— Hein? Gervaise, tu divagues. Sœur Pauline mariée...

Gervaise rit. Télesphore pas. Tout à coup la jeune femme s'exclama:

— Qu'est-ce qu'on fait ici, dans l'auto stationnée dans la cour! Entrons.

Elle se saisit de son sac à main, de son baluchon et courut vers la maison.

— Ma belle grande cuisine! Et ça sent le bon café. Se tournant vers son mari, elle déclare: Télesphore, j'ai faim.

— Tu n'as pas mangé?

— Si peu.

— Comment, si peu!

— Des amuse-gueules, des canapés.

— Des canapés, tu as mangé des canapés! Décidément...

— Ce n'est pas ce que tu penses. Des canapés, ce sont des croûtons garnis de fromage ou de confitures, des petits biscuits, des olives, du céleri fourré de fromage. Je pensais à nos bouillis, à nos rôtis de bœuf braisé, à mes bonnes tartes... Des hors-d'œuvre, pouah!

— Et c'est tout ce qu'on t'a servi?

— Les restants du party de la veille.

— Décidément, le monde s'en vient fou. À se nourrir comme ça, on aura une future génération de cerveaux ramollis, une génération de guenilles!

— On est pressé de faire de l'argent...

Gervaise cassa du pain dans un plat, l'arrosa de crème, enduisit le tout de sirop d'érable.

— Tu en veux?
— Non. Mange, toi.
Gervaise y allait, à grandes cuillerées.
— Pas si vite, Bourgeon, pas si vite.
— C'est trop bon.
— Raison de plus, prolonge ton plaisir.

À la regarder manger gloutonnement, les yeux brillants, le bec souillé, désinvolte, naïve comme une enfant, Télesphore se laissa un instant attendrir. Non, Gervaise n'était pas la dévergondée que lui avait dépeinte sa fille. C'était impossible. Que savait-il d'elle? Il ignorait beaucoup, c'était vrai, mais ce qu'il voyait présentement ne trompe pas.

— Cette religieuse? s'enquit Télesphore. Drôle de monde: on mange des canapés et les religieuses se marient.

Il ne lui en fallait pas plus pour rigoler. Elle était si heureuse!

— Les sœurs, Télesphore, ne prononcent pas leurs vœux perpétuels au moment de leur entrée au couvent. Elles ne prononcent alors que des vœux annuels, pendant une période de cinq ans. Alors seulement elles sont liées.

— Est-ce ainsi pour les curés?

— Non, le sacerdoce lie pour la vie celui qui choisit cette voie. Pour être relevé de ses vœux, l'ecclésiastique doit obtenir l'approbation du Saint-Siège, de Sa Sainteté le pape lui-même.

— Que tout est compliqué! J'aime mieux mon train-train de vie, plus simple, moins tortueux. Le seul défi à relever est celui de la nature.

Déjà le calme était revenu dans l'âme de Télesphore, qui se surprit à désirer très fort ce petit bout de femme.

— Bourgeon, tu viens dormir?
— Ah non! ne compte pas sur moi.
— Tiens, et pourquoi?

— Je vais garder mes yeux ouverts et te regarder, bien collée contre toi: je vais compter les poils qui couvrent ton thorax sexé.

Elle avait les yeux plissés, le bec pointé, la voix grave et menaçante.

— Tu n'as jamais été aussi belle, Bourgeon. La femme qui porte un enfant est toujours très belle; pourquoi?

— C'est l'amour, Télesphore, l'amour! Il épanouit, grise, enchante et ça se reflète extérieurement, je suppose.

— Viens, Bourgeon.

Elle mit sa main dans celle que lui tendait son mari, et ils se dirigèrent vers la chambre nuptiale. Il ferma la porte, la força à pivoter sur ses talons; il plongea le doigt entre ses seins, prit le billet, le lança sur le bureau, et lentement il la dévêtit. Elle fut surprise, un instant gênée.

— Tu es belle comme une poupée de porcelaine, murmura-t-il très bas.

Ce soir-là, elle s'endormit la première...

À quelques jours de là, Gervaise brodait des nœuds d'amour sur la robe que porterait son enfant le jour du baptême. Dans le calme de la grande cuisine, elle laissait errer ses pensées. «Moi aussi, je serai belle.» Elle pensa à sa robe grise, que Mariette avait tant décriée; elle était défraîchie, c'est vrai, pourtant elle avait été témoin de ses plus grands bonheurs. Bientôt il faudrait la remplacer, sa taille l'y forcerait. Elle fouillerait dans les tissus qu'elle possédait; n'avait-elle pas admiré une pièce de soie ambre parmi les trésors de mademoiselle Anita? Il n'y avait pas assez de tissu, tant pis: elle en ferait une jolie robe de toilette, pour les grandes sorties. Elle se mit à l'œuvre; elle l'étrennerait dès qu'elle serait prête, irait acheter ce qu'il faut pour confectionner une robe de maternité: blanche à pois rouges. «Ce serait gai, n'est-ce pas, bébé?»

Aujourd'hui elle étrennerait sa nouvelle toilette.

Elle sortait de la baignoire, le miroir lui reflétait son image: «Je ressemble à une étudiante avec mes longs cheveux; ce n'est plus de mise, surtout que j'ai des enfants qui ont presque mon âge et que bientôt je serai maman.» Elle prit les ciseaux, hésita, puis se décida enfin, inquiète du résultat.

Après s'être vêtue, en veine de coquetterie, Gervaise mit le collier de jade qui faisait également partie de l'héritage reçu. Debout devant la glace, elle admirait l'effet donné. Les couleurs se mariaient agréablement.

Gervaise descendit à la cuisine et elle prépara le thé; bientôt son mari viendrait goûter. Elle vit Lucette, sa voisine, qui passait devant la maison. Elle l'interpella.

— Comment me trouvez-vous, ainsi?

— Belle à ravir, vous êtes belle à ravir!

— Vous croyez que ça plaira à mon mari?

— Ça, j'en suis certaine. Attendez-moi, il manque quelque chose... je reviens vite.

Lucette tenait à la main un minuscule flacon de vernis à ongle, ses yeux pétillaient.

— On va compléter, je vais colorer vos ongles.

— Vous n'êtes pas sérieuse! Je n'ai jamais fait ça.

— Laissez-moi faire; si ça vous déplaît, on n'aura qu'à l'enlever.

Gervaise s'horrifiait puis s'épatait. Elles riaient de bon cœur.

— Seule, je n'aurais jamais osé...

— Ça va bien avec vos cheveux coupés à la moderne et votre robe neuve, vous ne trouvez pas?

— Que va dire mon mari?

— Vous n'aurez qu'à vous pavaner devant lui, vous le saurez bien vite.

— Je me sens... je ne sais pas, je me sens mondaine, moi une future maman!

Gervaise se mirait, rejetait la tête en arrière. Jamais elle ne s'était sentie aussi femme.

Lucette souriait, charmée de sa complicité. Des pas se firent entendre, Télesphore entrerait. Lucette se leva. Elle allait sortir quand Gervaise s'exclama:

— Ouf! Que va-t-il penser de ma nouvelle coiffure, de la frange qui cache mon front?

— Vous n'étiez tout de même pas pour vous lisser les cheveux en chignon!

Lucette ferma la porte pendant que Gervaise allait se réfugier dans le fond de sa cuisine.

— Tu es là, ma femme?

— Oui, le thé est prêt.

Gervaise s'approcha avec l'air timide qu'ont les enfants qui ont fait un mauvais coup. Il la regarda, fronça les sourcils.

— Alors, qu'en dis-tu, Télesphore?

— Que tu es belle! Divinement belle.

— Mes cheveux...

— Adorables! Tes yeux sont plus sombres, plus lumineux. Tu ressembles à une étoile de cinéma.

— Il me faudrait aller au magasin, j'ai besoin d'une robe de maternité; tout ce que j'ai est trop ajusté. Tu pourrais m'amener au village?

— Oui, tout de suite. Je veux que tout le village te voie. Bourgeon, que tu es belle! Allons, suis-moi.

— Tu ne t'arrêtes pas chez Philomène?

— Non.

— Alors?

— J'ai négligé autre chose, le temps est venu de réparer ma gaffe.

— De quoi parles-tu?

Ils se rendirent à Montmagny, chez le photographe. «Je veux un beau fond de portrait, quelque chose de gai. Pas de rideau, pas de draperie.» L'artiste proposa alors de passer dans sa maison, près du foyer de son salon; ce serait un décor parfait.

Gervaise posa, seule d'abord, puis avec Télesphore.

— Il ne sera pas dit que nous n'avions pas notre photo de mariage dans l'album de famille.

— Il était grand temps d'y penser, bientôt nous n'aurons pas besoin de preuve pour publier notre union.

— Si le photographe avait su, il aurait triplé son prix, badina Télesphore. Nous voilà immortalisés, tu ne pourras jamais être plus belle. Si tu avais vu tes yeux briller sous ces grosses lumières: deux lampions d'église!

Chapitre 18

Les jours ont passé. De temps à autre, le microbe qu'a semé Mariette dans le cœur de son père menace de faire des ravages. Il chasse les idées tristes mais une inquiétude persiste, cuisante. Alors il évite son regard. Elle ne parle plus de ce voyage; il n'ose la questionner, il a peur. Aujourd'hui c'est un de ces mauvais jours, il flâne aux bâtiments. Gervaise s'inquiète. Lui, toujours ponctuel, a tendance à se laisser attendre!

— ...Passez à table, les enfants, papa est sans doute beaucoup occupé et Lucille a très faim.

— Je vais aller voir.

Lucien est sorti en courant. Il a vu son père appuyé contre la clôture qui regardait au loin.

— Papa, maman t'attend, Lucille veut manger.

— Viens, fiston.

L'enfant glisse sa menotte dans la main de son père.

— Ça ne va pas, papa?

— Non, j'ai flâné un peu.

Il allait répondre oui, la manière facile de couper court aux explications, mais il ne mentirait pas à son fils, ça, non!

— J'avais besoin de réfléchir, j'ai mal choisi mon heure. Chut! C'est entre hommes, promis? Allons maintenant.

Lucien acquiesce en hochant la tête. Gervaise servait la soupe, elle les interpelle.

— À table, Monsieur; si vous voulez avoir droit au dessert, il faut manger sa soupe d'abord.

Les inquiétudes qui le tourmentaient plus tôt se dissipent une fois de plus.

— Alors, Lucille, tu as une grosse faim?

— Tu es toujours en retard; c'est maman qui nous laisse seuls et va en voyage, puis toi qui flânes.

— Sois rassurée, Lucille, je ne partirai plus.

— Tu ne verras plus Mariette?

— Elle viendra sans doute un jour ou l'autre.

— Et ton frère, alors?

— Lui aussi viendra, j'espère.

— En tout cas, Alphonse, lui, revient toujours. Dis, elle est belle la maison de Mariette?

Gervaise raconte l'histoire du saumon, du chat, adoucissant l'anecdote, ne mentionnant pas le poison. Télesphore écoute. Tout semble se tenir.

— Il était gros, le gâteau?

— Il n'y avait pas de gâteau, que des amuse-gueules.

— Pouah! Une fête sans gâteau! C'est pas une fête, ça!

Télesphore se redresse, s'adosse, ferme les yeux, tout pâle.

— Tu ne te sens pas bien, Télesphore?

Il plisse le front, ses sourcils se rapprochent, il remonte les épaules, puis les secoue comme pour se débarrasser d'un lourd fardeau. Son regard croise celui de Lucien:

— J'ai trouvé la réponse, fiston.

Gervaise les regarde, tour à tour, intriguée.

— J'avais un gros problème, j'ai trouvé la solution. Aurai-je droit quand même au dessert?

Réjeanne tasse son assiette vers son père.

— Tiens, papa, prends le mien, j'attendrai.

— Merci, ma fille.

Et le père pique la fourchette dans la pointe de tarte juteuse. Gervaise a apporté les deux tasses de thé; c'est la fin du repas, les jeunes peuvent sortir de table.

— Mes enfants, dit Télesphore, restez un instant. Je voulais attendre le retour de votre grand frère pour vous apprendre la grande nouvelle, mais je vais l'en informer par téléphone. La fête de Noël aura lieu ici.

Les hourras fusent. Il doit les interrompre.

— Ce n'est pas tout.

L'homme recule sa chaise et se lève. Il a un air solennel. Gervaise devine... elle va pleurer.

— Mes enfants... vous aurez un bébé bien vivant à aimer.

— Quoi?

— Votre mère attend un enfant.

— Zut! s'écrie Lucille. Je vais perdre ma place!

On rit. Télesphore se rassoit.

— Donnons-nous la main, remercions le Seigneur.

Voilà qu'autour de la table se forme une chaîne humaine: on se donne la main, unis l'un à l'autre, dans une même joie; ils inclinent respectueusement la tête. Télesphore toussote pour s'éclaircir la voix: il fait une prière.

— Il faudra être gentils avec la maman et l'aider du mieux que l'on peut.

— Encore plus de vaisselle à laver! tonne Jacqueline.

— Ce sera moi qui laverai la vaisselle, réplique Lucille. Je ne serai plus le bébé de la maison.

— Congé ce soir, votre père et moi ferons le boulot.

Ils sont disparus comme par enchantement, laissant les parents seuls, qui sirotent en silence leur tasse de thé, troublés.

Lucille est revenue, a demandé:

— Quand il va arriver, ce bébé?

— Le docteur a dit le 7 juin.

— Juin! mais c'est loin, ça! Et elle est repartie en courant.

— Dire qu'ils ont hâte de grandir, jette laconiquement Gervaise.

Télesphore ne dit rien.

— Tu crois que c'est une bonne idée de prévenir Alphonse? Maintenant, il est en pleine saison d'études; pourquoi ne pas attendre qu'il vienne en vacances?

— Tu as sans doute raison.

— J'ai un aveu à te faire. Quand j'ai eu cette dispute terrible avec mon frère, je me suis échappée, je lui ai parlé de ton amour véritable et sincère, et dans le feu de mon excitation, je lui ai dit que j'attendais un enfant. Après notre réconciliation, je lui ai demandé d'être le parrain et Mariette la marraine.

— Tu as fait ça?

— Tu me pardonnes?

— Il n'y a rien à pardonner.

— Tu voulais garder le secret.

— Ton frère, c'est la famille, au même titre que nous tous.

— Je lui ai demandé de ne rien dire. Il t'appartient de prévenir Mariette.

Il ferma les yeux, sembla se recueillir.

— Oublie cette colère, pense à ton fils.

— Je lui ai déjà parlé de tout ça.

— À ton fils?

— Oui, à mon fils. Je lui ai dit de ne pas tenir compte de ma stupidité... Je crois qu'il a compris.

— Je suis trop heureux! J'ai peur.

— Superstition, pure superstition; le bonheur ne se paye pas, pas plus que le malheur se mérite ou punit. Un chrétien ne doit pas parler comme ça.

— Tu es une perle rare, ma Gervaise.

***

Le temps s'est gâté, les jours sont plus courts; la vie se passe à l'intérieur, ce qui favorise le dialogue. Les enfants se chamaillent parfois, la fameuse télévision les attire; aussi le père a tranché: une heure après souper, pour ceux qui ont fait leçons et devoirs, et durant la fin de semaine. On a un peu riposté, puis on s'est ajusté aux décisions du papa. La maternité de Gervaise ne saurait demeurer discrète. Elle est fascinée par les changements qui s'opèrent dans son corps. Son bonheur n'en finit plus de grandir. Elle tient le crochet, cette nappe sera prête à temps pour Noël; malgré tout, elle sera heureuse de l'offrir à Mariette.

Gervaise prépare son menu pour la période des fêtes. Les beignes sont déjà prêts; on emmagasine tout dans la glacière du bon Dieu, du côté de la remise. La pile de tartes grimpe, les viandes mijotent, on n'aura qu'à en terminer la cuisson, selon les besoins. Vingt-quatre personnes à table, ça promet. Rien ne doit être oublié.

Les enfants se préparent en cachette, ils chuchotent; les parents font mine de ne rien entendre. Télesphore ajoute des sous aux allocations hebdomadaires des enfants. Le catalogue Simpsons mange de durs coups, on le consulte sans cesse. Rubans et papiers colorés passent parfois, dissimulés derrière le dos d'un enfant qui cache mal ce qu'il transporte, le regard bien fixé sur celui qui ne doit rien voir du précieux butin. On joue le jeu. On prétend ne rien entendre de leurs chuchotements.

Décembre est enfin là. Comme on l'a attendu! Sur le calendrier, on marque d'une croix le jour qui se termine. La fête de Noël viendra, elle approche. On a réussi à réunir vingt-quatre chaises, pas toutes solides; peu à peu les chambres se déparent, la maison est sens dessus dessous. Gervaise est lasse mais heureuse, si heureuse! D'un bonheur qu'elle ne croyait pas possible.

Elle a dressé une liste des choses à faire, à l'exemple de sœur Clara. Elle biffe ce qui est fait, vérifie, ajoute. Télesphore a lancé les invitations; il a passé une soirée au téléphone. Tous ont accepté avec joie et empressement. À Mariette, il n'a pu parler; elle était absente, au grand soulagement de Télesphore. Raymond a assuré qu'ils seraient là. Gervaise est doublement heureuse. Oui, ce jour de Noël promet beaucoup!

Parfois une inquiétude vient assombrir son bonheur: ces oncles, ces tantes sauront-ils l'aimer, elle? Mais son mari sera là, tout près; elle reprend confiance.

La nourriture demeure son grand souci. «Il faut compter plus de vingt personnes et ne pas oublier la possibilité d'une tempête qui retiendrait tout ce beau monde», a dit Télesphore.

Les pâtés à la viande, les beignes saupoudrés de sucre à glacer, des tartes variées, le pouding au chômeur, une dinde farcie, dorée à point, un plein seau de pommes de terre pelées et conservées dans l'eau froide en attendant la cuisson: tout est classé dans le garde-manger.

Gervaise a fait cuire et refroidir deux pommes de terre qu'elle pile maintenant pour en faire des bonbons. Le sucre en poudre, le beurre d'arachide, le rouleau à pâte sont là, en retrait, et attendent de servir. Les fillettes incrédules regardent Gervaise qui leur promet des bonbons... faits avec des patates! Elles observent ses gestes et doutent du résultat.

— Ensuite, nous ferons du sucre d'orge et du toffee.

— Du sucre et de l'orge?

— Heuh, vous verrez.

— Et l'autre bonbon?

— Fait de mélasse et de soda à pâte.

— Pouah!

Gervaise s'amuse bien. Les bonbons se doivent d'être roses et satinés, d'après les enfants.

— Ce seront de vrais régals, croyez-moi.

Les fillettes se donnent des coups de coude, pas trop confiantes.

— Allez, étendez le beurre d'arachide que je puisse rouler ce bonbon.

— Ça ressemble à de la pâte à tarte!

— Et ça goûte le ciel, renchérit Gervaise.

— Il faut le cuire?

— Non, c'est presque prêt.

— Cru!

— Je peux goûter?

— Non, ce soir, au dessert, car c'est l'Avent.

On s'amusait ferme, bien que les commentaires eussent pu décourager Gervaise, pourtant assurée des résultats. Les religieuses avaient cette fantaisie de confectionner elles-mêmes les sucreries dont elle, Gervaise, raffolait.

Elle déposa les bouchées dans des boîtes et passa aux autres recettes sous l'œil soupçonneux des cuisinières en herbe.

Au salon se trouvait un énorme sapin enguirlandé, paré de boules multicolores qui scintillaient sous le feu des jeux de lumières. La décoration de la crèche de l'Enfant-Dieu avec ses moutons, chèvres, bœuf et âne, était la résultante de l'initiative des enfants à qui la jeune femme avait confié la délicate tâche. Cela ne s'était pas fait de façon très calme, car elles en étaient à leur première réalisation.

«Je t'admire, Gervaise, tu as une patience d'ange avec les enfants», avait dit Télesphore, émerveillé de voir sa femme partager avec eux les préparatifs.

— Il faut bien qu'ils apprennent; un jour ce sera nous qui apprécierons ces mêmes gâteries, mais venant d'eux.

Elle leva la tête, saisit le regard chaud qui pesait sur elle et sourit. «Gervaise!» murmura-t-il, simplement. La jeune femme sentit un long frisson la parcourir; elle ferma les yeux.

L'homme se leva, planta ses mains au fond de ses poches pour cacher son trouble; il tourna le dos et s'éloigna.

Gervaise sentit le désir germer en elle sous l'effet caressant de la passion de Télesphore.

***

Les vitres brillaient derrière les rideaux lavés de frais, l'ordre régnait partout dans la grande maison prête à recevoir la visite du temps des fêtes. On viendrait d'aussi loin que Chicoutimi et Rimouski.

L'entrée avait été déneigée depuis la route jusqu'à la grange, afin de faire de la place pour les véhicules des visiteurs. Les enfants priaient pour que la tempête ne les empêche pas de parvenir jusqu'à eux, mais survienne juste à temps pour les retenir, une fois qu'ils seraient là!

Gervaise répétait ces propos cristallins à son mari, le soir venu, dans l'intimité de leur chambre; immanquablement les effusions amoureuses suivaient ces conversations qui favorisaient leur rapprochement. Aussi Gervaise confia-t-elle à son mari ses inquiétudes quant à la réaction qu'aurait sa belle-famille en sa présence: ne ferait-elle pas figure d'intruse dans ce noyau intime? Télesphore rassura sa femme en lui expliquant l'importance qu'il avait toujours attachée aux liens étroits entre cette famille et ses enfants.

«Je suis le seul de ma lignée, maman ne menait pas toujours ses grossesses à terme. La famille de ma femme est devenue la mienne, par affection, bien sûr, mais aussi pour que mes enfants aient des proches à aimer, car rien ne remplace les liens de la famille. Depuis qu'Alphonse a exprimé le désir de devenir prêtre, il n'y avait plus que Lucien sur qui je pouvais compter pour prendre la relève. Puis... tu es venue, toi, et j'ai repris espoir... Tu me comprends?»

Il s'était tu, embarrassé. Puis il fit bifurquer la conversation.

— Tu les aimeras, il y en a de tous les genres, elles sont toutes charmantes et bonnes mères de famille, c'est du bien bon monde.

— Tu dis elles, donc elles n'ont pas de frères?

— Oui, deux, qui se confondent avec les beaux-frères, au nombre des oncles. Ne t'inquiète pas, tu sauras les amadouer, ne serait-ce que par ta bonne cuisine. Ça mange! Et ça mange gros!

La joie exubérante des enfants et leur joie collective finissent de rassurer Gervaise qui met tout son cœur à préparer le grand jour. Elle a sorti le gros chaudron de fer, l'a lavé, enduit d'huile et placé sur la table où des morceaux de viande s'alignaient, coupés à même les cuisseaux de veau, de porc, de bœuf et d'agneau. Elle a ajouté un poulet dépecé. Venait ensuite la bête des bois, dont le cuisseau d'orignal, cadeau de Vadeboncœur, bon chasseur. On le conservait gelé, pour cet usage bien spécifique. Deux perdrix, un lièvre et une outarde: le petit gibier assure un goût plus raffiné au cipaille. Télesphore s'en est chargé.

Gervaise consulte de nouveau la recette, mêle les cubes de viandes, les assaisonne. La pâte prête à être utilisée a gonflé dans un grand plat, recouverte d'un linge de toile. Le gros du travail est fait.

Elle superpose les ingrédients séparés par une pâte percée en son centre: un rang de viande, un rang de pâte, un rang de viande, un rang de pâte, jusqu'au rebord du chaudron. En surface elle remplace le trou rond habituel, qui sert de cheminée: dans la pâte elle taille la face souriante d'un bonhomme.

Gervaise se recule, passe ses mains souillées sur son tablier. Elle admire son œuvre qui serait digne de mention honorable, elle n'en doute pas. Elle relit la recette. Non, elle n'a rien oublié. Tout au bas des instructions, il est indiqué qu'en ajoutant des patates coupées en dés, on obtient la tourtière du Lac-Saint-Jean. Elle avait préféré s'abstenir afin d'avoir plus de grosse nourriture à offrir, étant donné le nombre d'invités attendus. Les pommes de terre, elle les cuirait à part.

Il faut maintenant tout nettoyer. Des entailles, elle fera une gibelotte, des os, un bon potage. Elle parle tout haut, sans s'en rendre compte, tout en déposant les restants dans des casseroles différentes. Une voix, derrière la sienne, répète ses paroles. Elle se retourne. Télesphore, debout à la porte, la regarde en souriant. Gervaise prend vite le couvert et vient le poser sur le chaudron afin d'en dissimuler le contenu pour l'effet de surprise.

— Cachottière.

— À mettre au frais, monsieur mon mari. Le tout doit macérer afin de lui assurer le maximum de saveur.

Gervaise a soulevé le lourd contenant. Télesphore s'est exclamé:

— Ne soulève pas ça! C'est trop lourd. Tu te donnes déjà assez de peine comme ça, trop!

— Non, jamais trop, j'aime faire plaisir.

— Je sais, tu y trouves contentement, il faudrait toutefois que tu penses aussi à toi. Il ne faut pas te laisser envahir par les désirs de tout le monde au point de t'oublier toi-même. Les gens sont ingrats, tu sais: plus ils en reçoivent, plus ils en veulent. Tout leur est dû.

— J'aime mieux donner que recevoir.

— C'est bien, mais dès que tu as affaire à un être sans-cœur qui ne pense qu'à lui, et peut abuser de toi, il te faut le reconnaître et prendre garde de ne pas devenir la victime des exigences. L'ingratitude, ça fait mal, très mal, et ça blesse, parfois profondément.

— Je sais, j'ai connu la souffrance, Télesphore, j'ai souvent réfléchi sur le sujet. J'en ai conclu que la blessure du corps se cicatrise puis s'oublie, que la blessure du cœur attriste puis s'estompe, que la blessure de l'âme s'incruste et demeure, mais que toutes nous aident à grandir.

Gervaise avait continué de nettoyer la table tout en parlant. Il se fit un silence. Télesphore s'approcha, posa une main sur celle de sa femme, chercha son regard et lui murmura doucement:

— Chérie, que tu parles bien! Tu dis des choses si vraies, des choses si belles, que je pense aussi mais que je ne sais pas exprimer. C'est pareil quand tu me fais l'amour, je me sens tout tourné à l'envers, tu me fais fondre! Si notre gars est aussi sensible que toi, tu ne seras jamais seule, il t'adorera, te protégera toujours.

— Télesphore!

— Lave tes mains, laisse là tout le gâchis, montons à la chambre continuer notre conversation, ce sera plus...

— Plus?

Télesphore lui fait une grimace, saisit le chaudron et va le déposer au froid. Gervaise place en vitesse les plats de matières périssables au réfrigérateur; elle court, grimpe les marches deux à deux, rejoint Télesphore, qui la prend dans ses bras, la transporte dans la chambre. Dès qu'il a franchi la porte, il ferme celle-ci de son pied. Doucement il dépose sa femme sur le grand lit, se penche vers elle; ses yeux sont fermés, ses lèvres entrouvertes.

— Si tu n'étais pas déjà comme ça, ma Gervaise, je sens qu'aujourd'hui j'aurais la capacité de te faire des jumeaux!

Chapitre 19

Les enfants sont d'une impatience fébrile. Du ciel tombe une neige légère qui tourbillonne avant d'atteindre le sol.

— Le temps va s'éclaircir, il fera beau, assure Télesphore en regardant le ciel. Le bon Dieu étend un beau tapis blanc sur la cour, pour accueillir nos invités.

Jacqueline trouve à redire:

— Il n'a donc rien d'autre à faire?

— C'est aussi la fête de son fils, il veut que tout soit très propre et très beau.

Gervaise attire à elle l'enfant qui se raidit; elle fait mine de ne rien remarquer, se penche, enserre sa taille de son bras.

— C'est un bon papa, comme le tien, qui aime tous les enfants de la terre.

— Alors pourquoi...

— Va, pose-la, ta question.

— ...est-Il venu chercher maman?

— Pour faire d'elle un ange, sans doute. Ferme les yeux, Jacqueline, essaye de t'imaginer comme elle est heureuse et belle, dans sa longue robe de soie blanche qui se soulève et se gonfle lorsque ta maman marche sur les gros nuages blancs.

La fillette s'est détendue; elle reste blottie contre Gervaise, et lorsqu'elle lève la tête, ses yeux sont pleins de larmes.

— Tu crois?

— J'en suis sûre.

Alors les pleurs se sont répandus sur le beau visage qui s'efforçait de sourire.

En retrait, Télesphore assistait au spectacle. Il s'approche, se penche vers l'enfant et demande d'une voix douce:

— Fifille, tu viens avec papa, je vais chercher Alphonse à la gare.

— Non, je reste avec... maman.

Gervaise la serre dans ses bras. Télesphore s'éloigne, bouleversé.

***

Alphonse a tendu la main à son père, a déposé sa valise sur la banquette arrière, et pris place à l'avant.

— Tu n'as rien à me dire?

— Non, papa, rien de spécial.

— Moi, si.

Le silence retombe, plus lourd encore.

— Je t'écoute, papa.

— Il vaut mieux, oui, il vaut mieux que tu m'écoutes, et que tu enregistres bien ce que je vais te dire. Ma femme, Gervaise, a besoin de tendresse et d'attention dans le moment.

— Elle est malade?

— Non, elle attend un enfant.

Alphonse a marmonné, son père n'a pu saisir les sons inintelligibles qu'il a émis.

Irrité et nerveux, il s'est mis à bouger sans arrêt, la tête tournée vers l'extérieur. Télesphore, étonné, ne comprend rien à son attitude. Tous les deux se taisent maintenant.

Lorsque l'automobile entra dans la cour, Télesphore retint son fils qui s'empressait de descendre.

— Écoute-moi bien, bonhomme. Tu peux me haïr, la condamner, tout ce que tu veux. Mais moi je te préviens, ferme ta gueule et sois poli avec ma femme, sinon tu le regretteras toute ta vie. Tu m'as entendu, Alphonse Langevin? Toute ta vie!

Télesphore sauta en bas et ferma la portière avec fracas.

Il se dirigea vers la grange d'un pas rapide et exaspéré. Il lui fallait reprendre son calme. Alphonse parut seul à la maison. Gervaise l'accueillit, bientôt les enfants entourèrent ce grand frère tant aimé.

Lorsque Télesphore revint, Gervaise comprit à son air bourru que quelque chose de pénible s'était passé entre eux. Heureusement, les premiers invités arrivaient: la cadette, Céline, avec son mari Jacques, son fils du même nom et leur petite Catherine entraient en secouant les pieds.

Télesphore leur présenta fièrement son épouse. Les enfants disparurent aussitôt vers le salon.

— Vous avez sûrement des choses de dernière minute à faire, Gervaise, laissez-moi vous aider.

— Rien pour le moment, Céline. Reposez-vous du voyage, je retiens votre offre.

Et ce fut un feu roulant. Le beau-frère était un pince-sans-rire qui aimait amuser tout le monde. Assis devant la fenêtre, il passait des remarques sur les arrivants.

— Tiens, regardez-moi ça! Si c'est pas Jeannine, la *fièrepette*! La marte autour du cou, les boucles d'oreille en or, les gants de *kid*, des fleurs de gui plein les bras pour souligner la fête de Noël. Elle tient son Maurice d'une main, sa Monique de l'autre.

— Eh! Monique, s'écrie Lucille!

La porte s'ouvre, Jacques s'écrie:

— Mais tu as engraissé, Jeannine. Ah! Abraham, que tu as engraissé! Ça ne fait rien, t'es pas *let* avec tes *bibittes* autour du cou.

— Jacques! tonne Céline.

Télesphore est tout sourire. Gervaise fait des efforts pour mémoriser tous ces noms, tous ces visages nouveaux.

— Dis donc, Maurice, de quelles nouvelles vitamines vas-tu nous parler cette année? La vitamine F?

— Jacques!

— Ah, pardon, je vous demande pardon, à tous.

Télesphore riait aux larmes, rien ne lui plaisait plus que ces reparties drôles. La soirée ne faisait que commencer.

Les manteaux s'entassaient sur un lit; les bottes des enfants, tuques et mitaines, dans la remise. Le va-et-vient n'en finissait plus, l'unique salle de bains était sans cesse occupée.

Quand toute la famille fut arrivée, Télesphore sortit la cruche de vin 999, du cidre de pomme et de l'orange Crush pour les enfants.

À quelques reprises, Gervaise surprit le regard de son mari peser sur son fils Alphonse.

Les verres distribués, Télesphore prit la parole, remercia les visiteurs d'être là, et d'une voix trouble, il annonça la future maternité de sa femme.

— Ah! Abraham, tonna Jacques, ça recommence!

On pouffa de rire, d'un rire qui se communiquait. Gervaise ressentit un pincement au cœur: Mariette et Raymond n'étaient pas là; elle avait tant souhaité leur présence. Se dirigeant vers la cuisine, elle s'arrêta devant Jeannine, l'aînée, et l'invita à la suivre.

— Dites-moi: la table ne sera jamais assez grande. Devrait-on faire manger les enfants d'abord?

— Vous n'y pensez pas! Vous n'arriveriez jamais à servir tant de personnes; plaçons le tout sur la table et attendez de voir comment le problème va se régler; chacun saura se débrouiller.

Monique et Céline vinrent prêter main-forte.

— Ça sent bon, Gervaise, jusque sur la route.

Les piles d'assiettes passaient, la coutellerie fut déposée sur un plateau; comme par miracle, la table se trouva couverte de bons plats. Le gros chaudron de fer avait la place d'honneur, bien au centre. Gervaise souleva le couvercle. Maurice ne put résister et mit sa cigarette allumée dans la bouche souriante de la croûte.

— Ah! Abraham, s'exclama Jacques, vitamine C.

Des calembours de toutes sortes fusaient. Gervaise regrettait d'être aussi occupée. Elle en échappait des bribes, mais les rires de ses invités valaient toute la peine qu'elle s'était donnée.

— Jean et sa bedaine de Monseigneur.

— Pas une bedaine, pas un ventre, une panse!

Jean, le pansu, riait aux larmes, le nez plissé par ses éclats; plutôt réservé et timide, la taquinerie ne lui déplaisait pas, mais ce qu'il bouffait!

Gervaise ne saisissait pas toujours le sens des expressions employées. Plus tard, elle demanderait à Télesphore ce que signifiait *blême comme une vesse de loup*, un *baise-la-piastre*, *prendre goût de tinette*; elle en oublierait! Les enfants étendus sur le plancher, l'assiette posée sur le sol devant eux, écoutaient les adultes tout en se gavant. C'était bien un Noël comme ceux d'autrefois, bien rigolo.

Gervaise vit Télesphore aller vers la cuisine, revenir avec un bol vide qu'il remplit de cipaille qu'il alla sans doute cacher quelque part. Ce geste l'intriguait.

— Si je meurs, disait un beau-frère, je ne veux pas de boutons à ma chemise.

— Pourquoi? Quelle différence ça ferait, tu serais mort!

— J'ai décidé de me faire incinérer; la chaleur réchaufferait les boutons et ça me brûlerait.

Il y eut un instant de silence et tous pouffèrent de rire. On taquinait Aline, la seule célibataire du groupe; quand les histoires étaient un peu salées, elle pinçait le bec et n'osait pas rire.

— Sais-tu, Aline, pourquoi les hommes ne portent pas de robes alors que les femmes portent le pantalon?

— Non, mais je crois, Jacques, que tu vas me le dire.

— Parce qu'on aurait froid aux fesses: on ne veut

pas se geler le zizi, car on n'a pas de manteau de fourrure, nous, les hommes.

Du tac au tac, Aline répliqua:

— Es-tu en train de nous dire, Jacques, que tu n'as pas de poil aux couilles?

Venant d'elle, la repartie n'en était que plus drôle. Télesphore faillit s'étouffer tant il riait.

— Aline, sainte misère, c'est la meilleure!

Et le bal continua. Des histoires se succédaient, dont celle du chat mal noyé qui était sorti de la poche et était venu se venger. Dès que les rires s'apaisaient un peu, on entendait Jacques tonner «Ah! Abraham!» et on s'esclaffait de plus belle.

Les tartes et les gâteaux succédèrent aux plats chauds; devant l'évier on ne fournissait plus à laver les assiettes.

— Comment avez-vous pu tant en faire, ma pauvre Gervaise?

— Un peu chaque jour, pendant trois semaines! Mais ça valait le coup. Télesphore est si content.

— Il mérite bien ce qui lui arrive, c'est un si bon garçon.

— Bon, dites-vous, bon? Il a un cœur d'or.

— Votre maison brille comme un sou neuf; seulement une femme heureuse réussit un tel tour de force; car il y a aussi les enfants qui accaparent.

— Des soies!

— La soie, je crois que c'est vous. Je suis heureuse, très heureuse de vous avoir connue, Gervaise.

— Merci, Jeannine. Ce que vous me dites me touche beaucoup.

— Jeannine parle pour nous tous, Gervaise, j'en suis sûre, ajouta Céline.

Aline vint s'enquérir de ce qu'on attendait d'elle.

— Le café, Aline, suggéra Céline, comme tu le fais toujours.

— Il est prêt, vous n'avez qu'à le verser, je l'ai préparé et la bouilloire en est pleine, dit Gervaise

— Ça, par exemple, c'est intelligent! Quelle ingénieuse idée!

— Ah! Abraham! s'exclama Jeannine, moqueuse.

La vaisselle reprenait lentement sa place sur les tablettes des armoires. Les gendres venaient à tour de rôle porter les plats souillés sur l'évier. On lavait, on essuyait, les linges à vaisselle se remplaçaient par de plus secs.

— Vous devez être épuisée, Gervaise.

— Pas du tout! Je suis trop heureuse pour ressentir la fatigue.

— Ce sera demain que vous vous en ressentirez. Il faut vous ménager un peu.

Ceux qui habitaient assez près quittèrent à cause des enfants. Les autres, qui venaient de loin, dormiraient là.

— Revenez déjeuner, invita Gervaise.

Tel que Télesphore l'avait prédit, le temps était doux et la neige avait cessé de tomber. Les enfants furent priés d'aller dormir. Ce soir-là, on coucherait en travers des lits, ça donnait plus de place. Gervaise s'empressa auprès d'eux. Lucille insista pour dormir avec Catherine, Julie auprès de Réjeanne, Jacqueline avec Michelle. Lucien partagea la chambre avec Alphonse qui sacrifia la sienne à ses cousins mâles, Emmanuel et Philippe.

Gervaise, discrètement, se retira aussi, pour aller dormir. Elle glissa entre les draps, heureuse, satisfaite. Elle posa les mains sur son bedon et dit doucement: «N'est-ce pas, petit, qu'ils sont gentils les oncles et les tantes...» Elle dormait déjà.

En bas, on jouait aux cartes, au poker avec une mise de cinq sous. La cruche de vin 999 fut vidée; oncle Jacques ne cessa pas ses boutades. Quant à Pierre, il raclait le tapis et emplissait sa boîte à tabac de ses gains.

Télesphore se coucha, prenant des précautions infinies pour ne pas réveiller sa femme. Il écouta sa respiration régulière qui prouvait la profondeur de son sommeil.

«Demain on fera de la musique, on dansera.» Télesphore s'endormit en pensant au coq qui, lui, n'avait pas festoyé; il ne manquerait pas de lui rappeler l'heure d'aller *faire le train*.

***

Oui, le coq a chanté, mais Télesphore ne l'a pas entendu. Alphonse s'est réveillé à son heure habituelle, à l'heure de la messe. Il est descendu. Rien ni personne ne bougeait. Il est allé vers l'étable, a nourri les bêtes, les volailles. Cette besogne lui pesait, mais il voulait retrouver les bonnes grâces de son père qu'il savait très choqué.

Lorsqu'il revint à la maison, il trouva les enfants qui entouraient la table, jasaient à voix basse; les plus grands servaient les petits. On ne s'était pas gêné: tartes, biscuits, grands verres de lait; on se régalait, sans que les adultes n'interviennent et les ennuient par des réprimandes ou les rappels aux soins de leurs dents.

Gervaise se réveilla, surprise de voir son mari au lit; en passant devant la fenêtre elle vit Alphonse sortir du poulailler. «Tiens, tiens», pensa-t-elle. Elle se vêtit, quitta la chambre, ferma la porte derrière elle.

— Bonjour, maman. Chut! il ne faut pas parler fort, tout le monde dort.

Gervaise s'arrêta au beau milieu des marches et regarda le spectacle à la fois désolant et admirable qui s'offrait à sa vue. Bébé Jacques était crotté, du toupet au bout des orteils. Gervaise l'installa dans le lavabo de la cuisine et le lava à grande eau. Il riait aux éclats, heureux comme un roi. Jacqueline vint le prendre, le sécha gentiment avec une grande serviette, ce qui émut Gervaise.

— Venez, les jeunes, à la file indienne, venez que je vous débarbouille.

On avançait, relevait la tête, fermait les yeux. Gervaise

nettoyait les frimousses, les mains collées, tout en leur tenant des discours amusants. Penchée sur les petits, elle ne manqua pas de voir en fin de ligne les deux pieds de son mari qui s'était ajouté au groupe. Elle fit mine de rien; lorsque vint son tour elle enduisit la débarbouillette d'une épaisse couche de savon, et sans hésiter la lui plaqua au visage en frottant de toutes ses forces. Les enfants se mirent à applaudir, Télesphore à gémir.

— Oh! Salomon, s'exclama Gervaise. Excuse-moi.

— C'est pas Salomon, ma tante, c'est Abraham!

Le tintamarre éveilla les adultes qui descendaient l'escalier en bâillant. Réjeanne, comme une maman, commandait aux enfants: on nettoya la table et lava la vaisselle.

Raymond arriva pendant qu'on déjeunait. Il était seul. Télesphore présenta son beau-frère, mais ne fit pas allusion à Mariette.

Le cœur de Gervaise battait très vite.

— Viens, place-toi près de moi, invita-t-elle. Tu resteras avec nous quelques jours, dis, Raymond!

— Si tu veux, oui, je suis en vacances jusqu'à lundi.

— Ça nous fera tant plaisir!

Les taquineries de la veille se poursuivaient.

— Vous souvenez-vous le jour où Henri était entré en criant: vite, mon oncle, venez dehors, les vaches mangent la pelouse? Le pauvre petit à qui l'on interdisait de marcher sur le gazon qui entourait leur maison de ville était horrifié.

Gervaise se pencha vers son frère et lui chuchota à l'oreille: «Voilà ma famille. Pense au bonheur qu'aura mon fils, à être si bien entouré, à avoir tant de beau monde à aimer.»

La table fut tassée près du mur, on sortit l'accordéon et on dansa des rigodons. Dans un coin, Henri grattait la guitare qui devenait de plus en plus populaire grâce aux Beatles et à Elvis Presley.

— Dis, Henri, t'es pop ou t'es rock?

Le cousin se leva, posa un pied sur sa chaise et, taquinant les cordes de l'instrument en se déhanchant, chanta d'une voix éraillée: «Suis-je pop, suis-je rock?» Jamais ses cousines ne l'avaient trouvé aussi beau!

Lorsque la porte d'entrée se referma sur les derniers visiteurs, Télesphore commanda à Gervaise d'aller se coucher.

— Pas de mais, va dormir. La vaisselle sale ne s'envolera pas, rien n'est plus fidèle et patient. Va, ma grande.

De la tête, il invita Raymond à le suivre.

***

Télesphore avait allumé le fanal; oh! pas pour lui, bien sûr, il le connaissait, le chemin qui menait aux bâtiments. C'était sombre, les jours étaient à leur plus court.

— Suis ma trace, Raymond. Il va encore falloir déneiger. Viens t'asseoir par là. Alors, ma têtue de fille a refusé de venir?

— Oui, je regrette, monsieur Langevin.

— Laisse tomber le monsieur Langevin: après tout, je suis ton beau-frère. Qu'est-ce qui se passe avec Mariette, qu'est-ce qu'elle a dans la tête?

— Je pensais que vous veniez faire le train, je veux bien vous aider.

«Ainsi, pensait Télesphore, il ne veut rien me dire.» Alors il entreprit de nourrir les bêtes. À sa grande surprise, Raymond s'installa à la traite des vaches.

— Dis donc! Mais tu t'y connais! Attention à la grosse, là, elle a la fantaisie de renverser la chaudière avec sa patte; on dirait qu'elle le fait exprès, elle attend toujours que le seau soit plein. Dis-moi, jeune homme, comment as-tu trouvé Gervaise?

— Belle comme jamais. Elle a du bonheur plein les yeux. Il faudrait me donner la recette, c'est difficile de rendre une femme heureuse.

— Oh! Je pensais que Mariette et toi...

— Il y a des choses embêtantes à raconter à un père.

— Alors raconte ça à ton beau-frère: d'homme à homme, entre quatre-z-yeux.

— Pendant une couple d'années, ça allait sur des roulettes, puis soudain, la sauce s'est gâtée.

— Et... ça ne va plus.

— Ça va, oui, mais... le cœur n'y est plus. Le cœur est parti.

— Tiens? Elle regarde ailleurs? C'est ça que tu n'oses pas me dire?

— À peu près, oui.

— Ça dure depuis longtemps, cette histoire-là?

— Je m'en suis rendu compte par des soupçons d'abord, auxquels je n'ai pas voulu croire; puis un jour, par accident... je suis entré dans la maison, mais j'en suis sorti à reculons. J'ai oublié le perron, donc j'ai fichu le camp en bas. J'ai failli me casser le cou, j'ai filé derrière la maison d'un voisin. Pataud croyait que je voulais jouer, il m'a renversé et s'est mis à me lécher la face. Je ris aujourd'hui, mais ce soir-là, j'étais en furie.

— Est-ce qu'elle sait que tu sais?

— Non. Je n'ai encore rien dit. Peut-être que ce n'est rien de sérieux.

— Ce qui se passe dans ton lit, jeune homme, c'est toujours sérieux.

— Dire qu'on parlait de mariage...

— Non, jeune homme, pas dans ces conditions-là. Je vous en voulais, à Mariette et à toi, de vivre en concubinage. Ce n'est pas dans nos mœurs. Jeune, j'ai appris à me méfier des femmes aux cheveux courts, alors tu comprends! Votre manière de vivre me choquait: je crains pour le bonheur de la famille! Je me demande où on s'en va. Les religieuses désertent le couvent, les filles se pavanent en culottes! Pour revenir à ce que tu me racontes, Raymond, penses-y bien. Quand il n'y a pas de franchise, la bassesse prend vite le dessus. C'est ma fille, je regrette de te parler comme ça, mais il faut qu'elle se branche. Je n'ai pas été assez sévère avec mes plus vieux.

— Je l'aime, monsieur Langevin, je l'aime.

— C'est bien, c'est bien. Elle a de la chance, mais parle-lui ouvertement. Surtout, n'accepte pas le mariage dans ces conditions-là.

— Je ne sais pas ce qui se passe, c'est partout pareil. La famille, l'amitié, rien ne compte plus.

— Il ne faut pas dramatiser, il y aura toujours du bon monde. Mariette a besoin de réfléchir un peu. Sa mère l'a bien gâtée. Parle-moi donc du saumon, Raymond.

— Le saumon! Gervaise vous en a parlé? Quelle histoire!

— Elle m'en a glissé deux mots, rien dans le détail.

Et Raymond raconta. L'histoire, plutôt cocasse, égaya la conversation. Il fut aussi question de la façon habile avec laquelle sa sœur avait su tenir les contremaîtres et le patron en haleine lors d'une conversation touchant au travail.

— Il fallait l'entendre utiliser les termes techniques avec une précision surprenante. Vous auriez dû voir l'étonnement de Rosaire Clément, le boss, quand elle s'est informée de la méthode moderne de mettre le tabac en manoques.

— En manoques?

— Il s'agit de cinquante feuilles de tabac de même catégorie, mises en botte après le séchage. On aurait pu croire qu'elle... avait grandi sur une plantation de tabac. Moi, j'étais bien fier. Mariette moins. C'est plus tard que j'ai compris pourquoi...

Télesphore avait enfin une explication à la crise que sa fille lui avait faite au téléphone. Il baissa la tête, en proie à de profondes pensées.

— Retourne à la maison, Raymond. J'ai assez abusé de ton temps. Prends le fanal, je connais le chemin. Je vais te rejoindre, j'en ai pour cinq minutes. Attise le poêle si ce n'est pas trop te demander, on va se faire un bon café chaud.

Raymond parti, Télesphore se laissa tomber sur la grosse *canisse* de lait vide, cacha sa tête dans ses mains, et donna libre cours à sa peine. «On ne peut jamais être heureux? Il y a toujours des ombrages au tableau! Je suis bête: je l'ai crue, elle aurait pu briser mon ménage. Ma fille n'a pas de cervelle. Elle n'a aucun sens des mesures, aucun discernement. Elle a trouvé le tour de gâter notre jour de Noël, elle est bourrée de rancune et d'amertume. Au printemps, je vais y aller et elle va voir le diable, je vais la descendre de son piédestal celle-là!»

Télesphore retourna à la maison; le froid lui fouettait le visage, ce qui l'aidait à calmer sa colère, à surmonter sa peine.

Lorsqu'il ouvrit la porte, l'odeur du café vint lui caresser les narines. Il veilla avec son beau-frère. Il ne fut plus question de Mariette. Une phrase lui fit plaisir, grand plaisir: «Gervaise adorait papa, vous me faites beaucoup penser à lui. Je comprends ma sœur de tant vous aimer. Je pensais qu'elle exagérait...» Et on parla de la ferme, des animaux.

— Le tabac ou les légumes, Raymond: la culture, c'est la culture. On trouve tout dans la nature. En somme, tu n'as pas changé de métier, c'est le produit de la récolte qui diffère. C'est du pareil au même.

***

Pendant que Gervaise se reposait après des heures de grande fatigue et de grand bonheur, là-bas, dans la chapelle du couvent de Saint-André-de-Kamouraska, sœur Clara priait. À Noël, elle avait reçu la lettre qui lui avait appris la grossesse de Gervaise. Elle confiait le bonheur de ceux qu'elle aimait à Jésus de Nazareth.

Chapitre 20

Raymond, que l'on apprit à mieux connaître et à aimer, partit à son tour. Les traces de la grande tornade s'effaçaient tranquillement: la maison retrouvait l'ordre, et la vie ses habitudes normales. Il ne restait que de beaux souvenirs qui alimenteraient les conversations.

Une autre grande peine attendait Télesphore.

Les jeunes revenaient de chez les Vadeboncœur où ils avaient fêté le jour de l'An.

— Léo a tellement aimé ton cipaille, Gervaise, il n'en revient pas.

— Comment ça?

— Après y avoir goûté, je ne pus m'empêcher d'en cacher pour qu'il juge par lui-même.

— Ah! c'était ça. Je t'ai vu faire et j'ai oublié de te demander pourquoi tu en avais mis de côté.

— Il a toujours prétendu que seule sa mère savait réussir cette recette. Il a dû admettre que la petite fille élevée par les sœurs...

Alphonse arriva en bâillant. Il enchaîna, complétant la phrase de son père: «se prend pour un préfet de discipline».

— Qu'est-ce qui te prend, Alphonse, quelle mouche t'a piqué? Tu vises quelqu'un en particulier?

Télesphore remontait les épaules, fronçait les sourcils: Gervaise s'inquiéta. Aussi elle se leva, offrit du café. D'une voix ferme elle déclara:

— Les enfants sont très fatigués, ce sont leurs seules vacances avant le printemps, ils ont droit au repos. Si vous avez le désir d'un tête-à-tête dans lequel je ne suis sûrement pas impliquée, passez au salon. Les cages d'escalier ont cette vertu de laisser porter la voix.

Lentement, elle s'éloigna. Télesphore se radoucit. Il laissa tomber:

– Tu n'as donc aucun respect? Pas même pour l'enfant qu'elle porte?

– Ce camionneur, celui qui s'est arrêté ici, à l'automne, qui était-ce?

– Raymond, pourquoi?

– Rien.

– Où veux-tu en venir?

– D'abord maman, je pense à maman, toujours en couches, elle en est morte. C'est son tour? Et tu parles de respect!

Télesphore ouvrit les yeux, éberlué. Il n'en croyait pas ses oreilles.

– Hé, dis donc, fiston, de quoi tu te mêles? T'es pas encore curé pour me faire la morale. Garde tes sermons pour la chaire.

– C'est à ça que je veux en venir, justement à ça. J'ai changé d'idée.

– Tu as... quoi?

– Les curés se mêlent trop de politique...

– Assez! Tu en as assez dit. Tu as changé d'idée, O.K., mais ne descends pas l'Église pour excuser ton revirement de capot! Tu sais, mon gars, c'est très bien de dire ce que l'on pense, mais encore faut-il penser à ce que l'on dit!

Télesphore repousse sa chaise, se lève et se met à arpenter la pièce de long en large. Il ne veut pas éclater, ne veut pas fuir pour cacher sa peine ou sa colère; il ne sait plus très bien ce qui lui fait si mal, là, en dedans. Son gars! C'est de son gars qu'il est question. Il en est, lui, le père. Quoi dire? Et surtout comment le dire? L'heure est grave, l'instant solennel. Il craint de mal choisir ses mots. Il est face au mur, il s'arrête, pose ses deux mains sur la cloison, pousse de toutes ses forces, la tête inclinée.

— Papa...

— Tais-toi! Tais-toi et écoute-moi: pas un mot à personne de ce que tu viens de me dire. À personne! Tu vas retourner au collège, finir ton année, travailler fort, réfléchir et prier. Oui, prier. Et réfléchir! On reprendra cette conversation aux vacances d'été. Je n'ai pas fini. On ne fait pas un curé pour faire plaisir à son père ou à sa mère. Tu n'es pas lié par aucun vœu. Je ne sais pas ce que tu as dans le ciboulot, mais je sais une chose: ça fait des années que je prive les autres pour payer tes études. Espère pas que je vais continuer à jouer ton jeu. Je t'ai fait confiance, j'ai été patient avec toi. Trop souvent, tu as eu besoin d'être retroussé; j'aurais dû t'asseoir; j'ai tempéré, je t'ai laissé de la corde, tu en as abusé. Je te pensais différent des autres, avec une destinée spéciale, une capacité supérieure. De la merde!

Télesphore donna un coup de poing dans le mur, se retourna et, faisant face à son fils, articula sur un ton déterminé:

— Ton année finie, ne compte plus sur moi, tu gagneras ton argent à la sueur de ton front, comme tout le monde. Fini le papa gâteau. Finies les gâteries. Finies aussi tes remarques amères et tes indélicatesses. Tu vas respecter Gervaise, le petit qui s'en vient, ton frère et tes sœurs, la maison paternelle, les animaux dans la grange et l'Église. T'as compris, mon gars? T'as compris?

Télesphore revint vers sa chaise, s'y laissa tomber.

— Monte te coucher, je t'ai assez vu pour ce soir. Disparais.

— Tu me hais.

— Non, non, mon gars. Tu n'as rien compris! Ce n'est pas ta décision, ce n'est pas ma déception, ce n'est pas de ça que je te parle. Non, mon gars, je ne te hais pas; je hais ton manque de loyauté, tes cachotteries, ton manque d'esprit de famille. Il est grand temps de te repenser, de faire un homme de toi. Sinon, où que tu ailles, quoi que tu fasses, tu ne seras jamais heureux, ni toi ni ton entourage.

— Papa...

— J'écoute.

— Papa... c'est toi qui aurais dû devenir curé.

— Écoute-toi donc! Non, mais écoute-toi donc raisonner! Es-tu encore en train de m'amadouer? Penses-tu qu'il n'y a que des idiots qui deviennent pères de famille?

— Tu me comprends mal.

— J'espère! Restons-en là. Laisse-moi seul. J'ai besoin de réfléchir. Va, va! Merde, mais va-t'en donc!

Télesphore se leva et se dirigea vers la sortie arrière; il irait se réfugier dans la grange. Alphonse s'arrêta devant la porte de la chambre derrière laquelle Gervaise se trouvait sûrement; il frappa.

— S'il vous plaît, Gervaise, descendez. Papa aurait besoin de vous.

Gervaise entendit mais ne répondit pas.

Elle prit le papier et la plume qu'elle tenait à la main, et descendit à la cuisine. Décidément, elle n'avait pas le cœur à la correspondance. Assise près de la table, elle griffonna tout ce qui lui traversait l'esprit, sans doute sous le coup des émotions qui l'étreignaient:

La rancune: voile opaque qui dissimule le bonheur.

La rancœur: ver qui ronge le cœur.

Les reproches: détournement d'erreurs.

Le dédain: mesquineries mièvres.

La fierté: bonne selon son objet.

L'orgueil: espoir du failli.

La célébrité: échelon qui mène au succès.

La compétition: doit se pratiquer avec soi-même.

La franchise: vérité exagérée.

Elle regarda l'horloge, Télesphore ne revenait pas. Elle dessina un voilier sur une mer houleuse, ajouta des nuages, des oiseaux en vol. Suivait une liste de vêtements qui constituent une layette. «Mon bébé, notre bébé, le bébé de Télesphore et de Gervaise, le bébé Langevin, le bébé désiré. François? Éric? Camille? Michel?»

Télesphore venait, elle l'entendait secouer ses pieds enneigés; elle tassa les feuilles griffonnées, se leva, alla avancer la bouilloire pour infuser le thé.

— Coucou, Télesphore, je suis dans la cuisine.

Il parut dans la porte, le visage défait; une veine de sa tempe droite sautait.

— Tu as faim?

— Non, Bourgeon. Je n'ai faim que de paix et de ton amour.

— Un thé?

— Si tu veux.

— Ne sois pas triste, laisse le temps remédier à ta peine. Au fond, tout est relatif et dépend souvent de la tournure que prennent les événements. Parfois, on prend pour des malheurs ce qui, en réalité, n'est que des contraintes!

— La peine, ça va, je suis capable de la prendre, d'y faire face. Mais quand on rate un but visé, qu'on a une déception profonde et amère à avaler, ça c'est dur!

— Tu parles de frustrations. C'est difficile, hein? de tout concilier: espoirs, joies, peines. La vie est ainsi faite.

— Tu es là, à me réconforter; j'ai ma tête des mauvais jours alors que tu as surtout besoin de joie.

Posant la main sur son ventre, Gervaise, souriante, s'exclama:

— J'en ai tout plein: de la joie, de l'amour, de l'espoir, de la vie.

— Mon Bourgeon, mon Bourgeon!

— Viens, Télesphore, montons dormir.

Gervaise éteignit et donna la main à Télesphore.

Sur la table, elle avait oublié ses écrits. Alphonse,

levé tôt, jeta les yeux sur les feuilles, lut et relut. Il plia les papiers qu'il déposa au fond de sa poche. Ce qui était tracé là le plongea dans une profonde réflexion: «Où a-t-elle bien pu aller chercher ça?»

***

Petit Noël. Gervaise posa sur la table le gâteau qui contenait une fève et un pois: Lucien fut couronné roi, Réjeanne, reine. Alphonse, paisible, du moins en apparence, faisait de l'humour, les amusait par ses traits d'esprit. Il répétait des sornettes entendues au collège, ce qui faisait rire les plus jeunes: «Lette comme qu'à lé, chapeau comme qu'a l'a, qu'à rise donc d'elle, avant qu'a rise des autres.» On voulait l'apprendre, la mémoriser, Alphonse s'embourbait, déplaçait les mots, on riait aux larmes. Télesphore retrouvait les siens, unis dans la bonne humeur. Il regardait Gervaise, qui, dans ses yeux, lisait son contentement et l'expression de son amour.

Lucille et Jacqueline firent les frais de la vaisselle: un roi et une reine ne travaillent pas, surtout un jour de couronnement. Les élus se parlaient à mi-voix, faisant un paravent de leurs mains. Ensemble, d'un commun accord, ils vinrent se placer devant Gervaise et Télesphore et déposèrent leur couronne sur la tête de leurs parents.

Alphonse entonna: «C'est le roi Dagobert, qui a mis sa culotte à l'envers»; il se forma une ronde; pour la deuxième fois, Gervaise et Télesphore dansaient ensemble.

Dans l'intimité de leur chambre à coucher, Télesphore parut détendu et joyeux. La journée l'avait réjoui.

«Tu avais raison, Bourgeon, le temps raccommode tout!» Puis il s'était endormi. Gervaise restait là, le nez caché dans le creux de son épaule; d'une main elle caressait ce thorax poilu qui contenait un cœur gros comme le monde.

Le lendemain, Alphonse fit ses adieux; il retournait au collège. À Gervaise, il dit avec un grand sourire: «Sans rancœur et sans rancune...» Gervaise ne sut pas comment interpréter son regard soutenu alors qu'il prononça ces deux mots. Elle s'étonna toutefois du baiser qu'il lui déposa sur le front.

Télesphore et son fils sortirent. Dans la grande cuisine pesa, un instant, le lourd silence qui suivait toujours le départ du grand frère. Ce départ serait à jamais mémorable!

Chapitre 21

La saison d'hiver s'étirait; les jours, très courts, étaient partagés entre les travaux d'entretien des instruments aratoires, les devoirs et les leçons, les projets pour la belle saison, et surtout ceux qui concernaient l'attente du bébé.

Télesphore peintura le berceau en bleu. Pas un instant il ne douta du sexe de l'enfant à naître. En cachette, Gervaise prépara un moïse, se servant du panier en osier qu'on utilisait pour étendre le linge. Elle faillit le garnir de rose, histoire de taquiner Télesphore; Dieu que la tentation était forte! Elle n'osa pas.

Lorsqu'elle reconnaissait le pas de son mari, en vitesse elle dissimulait le berceau sous la dernière tablette du garde-manger. Quelle ne fut pas sa surprise, un jour, d'y trouver une note ainsi rédigée: «Peines inutiles, il n'y a pas un Langevin qui dormirait dans un si petit cocon!»

«Le vlimeux!» s'exclama Gervaise, à haute voix. Un instant, elle demeura perplexe: la pensée de son père venait de lui traverser l'esprit avec une telle netteté qu'elle en fut ébranlée. Depuis longtemps elle n'avait pas pensé à son père, et voilà qu'il venait de surgir de si loin, s'était imposé à elle, de façon cuisante.

Télesphore, debout dans la porte, l'observait, sourire aux lèvres. Elle lui tournait le dos, tenait la note à la main; la tête inclinée, elle regardait fixement le moïse à ses pieds.

— Déçue?

Gervaise sursauta, se tourna, se précipita dans les bras de son mari et se mit à sangloter.

— Tout doux, tout doux, ma fille. Je n'ai pas voulu te chagriner.

Gervaise pleurait, intarissable!

— Quelque chose ne va pas? Tu n'es pas malade, tu n'as pas de mal?

Non, non, faisait-elle de la tête, incapable de parler. Il la dirigea jusqu'à une chaise où il l'obligea à s'asseoir.

— Dis, Bourgeon, qu'est-ce qui t'arrive?

— Une simple crise nerveuse, réussit-elle enfin à expliquer.

— Sans raison?

— Non.

— Tu as trop travaillé! C'est ma faute.

— Tais-toi, Télesphore Langevin. Tais-toi. Pas un jour, pas une heure, pas une minute, pas un geste posé, pas une phrase dite, pas une pensée exprimée, rien, ne regrette rien. Tu ne m'as donné que du bonheur, toi; tes enfants aussi. Tout est là, dans mon cœur, débordant d'amour. Je ne veux rien oublier, jamais. Ni ta bague «Craker-Jack» ni ton collet de chemise qui m'a chatouillé le nez...

— Hein?

Assis en face d'elle, lui tenant les deux mains, il l'écoutait lui confier ses secrets intimes de jeune épouse, ses appréhensions, les recommandations et les inquiétudes de la Mère supérieure avant son départ du couvent. Elle parla de Mariette, de sa colère vis-à-vis de Raymond à cause de ses fanfaronnades.

Ému, il la regardait, petite fille-femme, si bouillonnante, si douce et généreuse, en même temps qu'autoritaire et déterminée.

— Si ce futur fils te ressemble, Bourgeon...

— Chut! c'est à toi qu'il ressemblera. Je le veux.

— Alors donne-lui ton grand cœur.

— Ainsi, il sera parfait!

— Et un tantinet vaniteux.

En montant l'escalier pour aller dormir, Gervaise s'arrêta, se retourna et demanda:

— Qu'est-ce que tu aurais dit si j'avais choisi d'orner le berceau en rose plutôt qu'en bleu?

— Alors, là, il faudrait ajuster notre choix: une fille devrait avoir ta beauté et mon intelligence.

***

En février, on célébra deux anniversaires de naissance. Le douze d'abord, fête de Lucille. Puis le vingt-deux, fête de Télesphore.

Au moment de se mettre au lit, Gervaise échappa un cri: «Télesphore!» Il avait failli se casser le cou: il n'avait pas fini d'enlever son pantalon et avait pris une élan pour s'élancer vers Gervaise; conséquemment, il avait piqué du nez et s'était allongé sur le plancher, aux pieds de sa femme, qui riait aux larmes.

— Non, mais!

— Regarde-toi donc, a-t-on idée! Relève-toi, vite, viens.

— Non, mais!

— Viens, que je te dis. Vite. Là, mets ta main ici. C'est ton fils. Il a attendu ce jour pour se manifester et te dire bonne fête. Tiens, encore, là, il bouge. Télesphore, notre fils bouge.

Elle pleurait maintenant, assise sur le bord du lit.

— Si tu veux savoir pourquoi je pleure, c'est de joie. Hop! encore. C'est inouï.

Télesphore la renversa sur la couche et la couvrit de baisers.

— Profites-en, chérie, bientôt tu auras une longue période d'abstinence totale, pendant au moins quarante jours.

— On verra bien lequel de nous deux saura le mieux surmonter cette terrible épreuve, monsieur Langevin. Moi, j'aurai mon fils à cajoler, ses lèvres gloutonnes s'abreuveront à mes seins dodus sous ton œil jaloux. Ah! Quelle joie, rien qu'à y penser!

— Ah! Abraham! Celui-là! Brrr.

Comme le feraient des enfants, Gervaise et Télesphore se taquinaient sur le grand carré de leur couche nuptiale.

Un rêve troublant hanta le sommeil de Gervaise: elle se tenait fermement à la crinière du grand cheval blanc, ailé cette fois, retenue par son père qui la protégeait. La chevauchée endiablée les soulevait de terre. Dans le flou du décor émergeait le visage de Télesphore qui répétait inlassablement: «Sois prudente, Gervaise, sois prudente; pense à notre enfant.»

Elle se réveilla en sursaut. Elle était assise, le visage en sueur. Un instant effrayée, elle regarda autour d'elle, cherchant à reprendre ses esprits. Le coq chanta; son chant étouffé et lointain, à cause de la réclusion imposée par la saison froide, vint réconforter la jeune femme. Télesphore bougea, se retourna, toujours endormi. Gervaise se colla contre lui et murmura: «Reste là, encore un peu.» Auprès de son homme, elle puisait la chaleur et le réconfort dont elle avait tant besoin.

Son père, une fois de plus, venait de se manifester.

***

Mars et ses promesses étaient là, le soleil dardait sur la neige, la faisait miroiter avant de la faire fondre.

Le fermier s'attardait souvent à la fenêtre, observait la nature, cherchait à la saisir afin d'en contourner les caprices et de se préparer à la vaincre.

«La neige est en croûte, encore deux jours ensoleillés et la percée va se faire: le printemps tarde. Il y aura encore un gel. Ce sera bon pour le sirop.»

Rien ne faisait plus plaisir à Gervaise que d'entendre son mari exprimer à voix haute ce qu'il pensait. Ça lui donnait le sentiment bien net de participer à ses réflexions, ce qui lui valait, en outre, une foule de renseignements, d'informations diverses: il lui communiquait ainsi les fruits des ses expériences. Une semaine s'écoula, sans histoire.

Gervaise, après avoir vidé deux de ses tiroirs de bureau, y avait classé les minuscules vêtements que porterait son enfant, son fils. Elle avait l'impression qu'elle recevrait, pour la première fois de sa vie, le cadeau d'une poupée, sa première poupée, vivante, avec de vrais yeux, de vrais cheveux, qui pleurerait réellement! Elle caressait les langes, son cœur s'exaltait.

***

Chapitre 22

Un bon matin, Télesphore est entré en secouant les pieds.

— Le temps est doux, la neige collante. Hier on gelait; ce sera une bonne saison pour les sucres.

— Ton déjeuner est prêt. Viens t'asseoir, je t'ai attendu, nous mangerons ensemble.

Télesphore sourit, il regarda sa femme qui s'empressait de verser le café. L'assiette chaude, bien garnie; les rôties comme il les aime, bien beurrées, l'attendaient.

— Qu'en dirais-tu si nous partions à l'aventure demain matin?

— Où irions-nous?

— À la limite de ma terre; j'ai là une érablière où je n'ai pas mis les pieds depuis longtemps. Ça te plairait, un voyage en carriole?

— Oui, ce serait amusant.

— Il faudra quelques heures pour tout mettre en ordre à la cabane. Nous y retournerons avec les enfants en fin de semaine. Ils adorent les parties de sucre.

— Et Lucille? On ne peut la laisser seule ici, elle a une grosse grippe.

— On la confiera à la femme de Léo qui se fera un plaisir de la garder, crois-moi.

— Que dois-je préparer?

— Un bon repas, soutenant: le grand air aiguise l'appétit.

— Et comme vêtements? À ce temps-ci, c'est encore très froid!

— Attends, j'ai une idée.

Télesphore disparut dans l'escalier, revint et étala sur le coin de la table des caleçons longs, des bottes fourrées, une canadienne, une tuque et des mitaines.

— Pour l'amour! Où as-tu pris tout ça?

— Dans la garde-robe d'Alphonse. Ça devrait t'aller. Ne ris pas, le grand vent transperce les vêtements, ce ne sera pas un luxe.

— Je ressemblerai à un père Noël en chômage.

— Jolie, la tuque, non? Le gros pompon me permettra de te repérer dans les bancs de neige.

— *Les bancs de neige*, quelle expression colorée!

— Nous partirons tôt. Je soignerai les poules, c'est le cheval qui va être content d'avoir l'occasion de prendre ses ébats dans la nature. Gervaise, je te laisse le plaisir d'annoncer la bonne nouvelle aux enfants. Ils adorent aller à la cabane.

Gervaise plia les vêtements qu'elle monta à sa chambre. À l'heure du souper, elle s'attifa des hardes d'Alphonse et vint s'offrir en spectacle aux enfants qui pouffèrent de rire.

— Le Bonhomme Sept-heures doit ressembler à ça!

Et on fit des projets pour la fin de semaine qui s'annonçait prometteuse... en aventures savoureuses!

***

Le cheval attendait près du perron. Il trépignait, avait hâte de partir.

La nourriture, les outils nécessaires, tout le bagage fut placé sur le traîneau. Télesphore disparut et revint avec des oreillers «pour amortir les chocs». Il les disposa sur le siège de sa femme.

— Allez, monte, épouvantail à corbeaux.

Télesphore souleva Gervaise de ses bras puissants pour la déposer dans la voiture, puis il couvrit ses genoux d'une pelleterie. Il se dirigea ensuite vers le cheval et jeta, sur le dos de ce dernier, un drap de laine à carreaux qu'il fixa à l'aide de courroies, depuis le poitrail jusqu'à la croupe.

— Cesse de piaffer, ma beauté, ce ne sera pas aussi facile que tu le crois.

Après une caresse à l'animal, il vint rejoindre Gervaise et se glissa sous la peau de castor, attirant sa femme contre lui.

— Hue! commanda Télesphore en tirant sur les rênes. Se penchant vers Gervaise: Ça va là-dessous, t'es confortable?

— Je te suivrais au bout du monde.

— Tu n'as pas peur des renards?

— Pas si tu es là.

Télesphore attira Gervaise près de lui et ils restèrent ainsi, l'un près de l'autre, en silence. Gervaise regardait les cimes des arbres qui défilaient dans le ciel, de plus en plus lumineux à mesure que le soleil montait. De place en place, la neige fondue laissait le sol à découvert, si bien que les patins du traîneau grinçaient sur les cailloux. La bête ralentissait quand on traversait des champs ombrés encore enneigés. Bientôt, ceux-ci recevraient la caresse du soc de la charrue. Au-delà de la prairie, pointait l'horizon muré de la dense forêt. Parce que le tapis de neige s'épaississait, le cheval changea de pas, laissant sa trace derrière. Parfois, les sabots de l'animal projetaient des mottes de neige qui éclaboussaient les passagers silencieux et attendris.

Gervaise et Télesphore en étaient à leur première balade amoureuse, seule à seul, perdus dans l'immensité de la nature toute blanche.

— Télesphore, j'ai souvent rêvé d'être un enfant qui jouerait sur les nuages. Ici, c'est encore plus merveilleux, car tu es là! Je suis au ciel!

Il tapota son épaule, ramena la fourrure qui avait glissé. Gervaise fermait les yeux, humait l'air froid. Plus on s'approchait de la forêt, plus la neige était durcie. Elle formait une plaque qui éclatait et en se fendant, émettait un bruit sec et franc sous le poids de la bête à qui Télesphore commanda de s'arrêter.

— Chut! Là...

Télesphore pointa en direction d'un chevreuil, immobile, qui regardait dans leur direction.

— Oh! fit Gervaise.

Télesphore lui dit à l'oreille:

— À ce temps-ci de l'année, les animaux sauvages ont faim; ils sortent de la forêt en quête de nourriture. Pauvre petit, il est tout maigre! C'est un *ravage* de chevreuils, ils empruntent toujours le même sentier pour taper la neige. Le bon chasseur les connaît bien ces sentiers.

Le cheval hennit, le chevreuil se retourna et, prestement, il se perdit dans le fourré dénudé.

— C'est la bête la plus élégante qui soit! s'exclama Télesphore. Elle a l'œil vif, l'ouïe fine. Je vais tendre quelques collets, qui sait, peut-être aurai-je de la chance.

— Qu'est-ce que c'est, un collet?

— Un genre de piège pour prendre le lièvre. Rien de tel pour rehausser la saveur du ragoût, c'est délicieux.

Télesphore était maintenant debout; on entrait en pleine forêt. Il guidait patiemment la bête qui rencontrait des difficultés, car la piste s'était, par endroits, presque refermée. Le fermier dut descendre pour déplacer des branches tombées en travers du sentier.

— Fais attention, Télesphore!

— Ben oui, ben oui, n'aie pas peur, Gervaise. On sera bientôt là, au prochain *croche*.

Et de fait, au milieu des arbres se dessinait une modeste cabane en bois rond.

Télesphore, retenant la bride du cheval, le dirigea vers l'éclaircie, du côté de la cabane exposé au soleil. Il lui donna une ration de fourrage vert qu'il avait eu soin d'apporter à son intention.

— Va, mon vieux Picot, bouffe un peu de cette

belle neige blanche pour te désaltérer. Toi, Gervaise, ne bouge pas, je reviens.

Tout en parlant, il l'emmitoufla. Il entra dans la cabane, prit le vieux balai fait de branchages noués, délogea les toiles d'araignée et balaya le dessus de la vieille *truie* avant d'y allumer un feu. Une fumée blanche s'éleva bientôt dans le ciel. Gervaise sourit et entra rejoindre Télesphore.

Le plancher était encombré de chaudières entassées les unes sur les autres. Des chalumeaux, des palettes de bois, des pincettes attendaient dans un grand bac à trois compartiments.

— Et ça, qu'est-ce que c'est?

— Ah! ça, c'est la clé de toute l'affaire. On y fait bouillir le sirop par étapes.

Gervaise, debout près de la *truie*, se frottait les mains et questionnait. Une chaleur douce remplissait peu à peu la cabane.

— Le silence est impressionnant, il nous donne le sentiment que nous sommes seuls au monde.

— La terre s'est reposée. Maintenant, les arbres vont y chercher l'eau qui deviendra leur sève avant de se parer de leur feuilles. Sais-tu, Gervaise, qu'un gros arbre peut boire jusqu'à quarante gallons d'eau par jour?

— Ça ne semble pas possible; où trouve-t-il tout ça?

— Ses racines font trois fois sa hauteur, c'est ce qui fait que l'arbre est solidement rivé au sol. Elles courent en tous sens et vont s'approvisionner très loin.

— C'est ce qui expliquerait comment se forme l'eau d'érable?

— Oui, je vais entailler, tu verras. Il faut vérifier le côté où se rencontrent le plus de branches, car c'est là que l'eau abonde.

— Un érable donne-t-il beaucoup de cette eau?

— Jusqu'à trente-cinq gallons. C'est beaucoup de travail: la saison est courte, elle se termine à la mi-avril, au plus tard. Une neige légère fait couler l'érable d'abondance. Par contre, il faut aussi du temps doux. La nature a ses caprices, mais elle est toujours fidèle.

— Tout ça semble tenir du miracle.

— Comprends-tu pourquoi j'aime la terre? La trahir, c'est se mentir; l'abandonner, c'est quitter un royaume, le seul où l'humain soit vraiment roi. Elle lui fournit tout: nourriture, eau, matériaux pour construire un toit; de grands horizons et même du sirop d'érable, ajouta-t-il en riant.

— Qui a eu l'idée d'entailler les érables pour en faire du sirop?

— On dit que des tribus utilisaient son eau pour laver leurs vêtements. Un jour, on en fit chauffer et, l'ayant par mégarde oubliée sur le feu, on eut la surprise de la trouver tournée en sucre. Est-ce vrai? Est-ce une légende? Saura-t-on jamais!

Tout en jasant, Télesphore faisait l'inventaire des accessoires et les classait par catégorie.

— Tu as apporté une casserole?

— Oui, elle est dans le panier.

— Je vais aller chercher de l'eau.

— De l'eau? Tout est gelé.

— Non, pas tout. Il y a une source à deux pas.

— Elle sera gelée aussi!

— Ben non! L'eau sort de la terre sous pression, à une température de quarante degrés, été comme hiver; donc, elle ne gèle pas. En été, si son eau nous semble glaciale c'est à cause de sa basse température.

Il revint, tenant en main une *chaudière* d'eau, et il en versa dans la marmite qu'il posa sur le feu.

— Voilà pour les patates. Goûte à cette eau, un délice riche en minéraux, surtout en fer.

— Tu en sais des choses, toi, Télesphore. Si tu savais à quel point j'aime t'entendre m'expliquer, tout partager avec moi, que tu prennes le temps...

Gervaïse enlevait son manteau, ses bottes fourrées et sa tuque, le feu de branchailles ayant vite fait de réchauffer les lieux.

Télesphore nettoyait chalumeaux et chaudières, qu'il plaça sur un toboggan, enfila ses raquettes. Avant de sortir pour entailler, il se tourna vers Gervaise et dit:

— C'est drôle que tu me dises ça. Souvent je pense à toi pas comme à ma femme, pas comme à une femme, mais comme à une amie, avec qui il fait bon jaser. Tu sais écouter, tu comprends tout; quand tu n'es pas d'accord, tu le dis. Ah! ma Gervaise!

Et il s'éloigna. Gervaise s'approcha de la fenêtre, essuya les vitres et regarda son mari qui allait d'un arbre à l'autre, perforait les érables à l'aide du vilebrequin. Il introduisait le chalumeau dans l'orifice et suspendait la chaudière qui recevrait le précieux nectar.

«Il rentrera affamé!» Les pommes de terre cuisaient. Sur la vieille caisse de bois, Gervaise étala les victuailles qu'elle avait apportées: d'épaisses tranches de jambon, des tomates en conserve, une salade de haricots, une miche de pain et une motte de beurre maison.

La chaleur devenait incommodante: elle entrouvrit la fenêtre. Dehors, l'absence de tout bruit prenait une allure mystérieuse dès que le cheval bougeait ou quand une branche craquait. La paix ambiante invitait au recueillement. Gervaise pensait à son bonheur auprès de son époux et de sa famille. Leur amour vivifiant avait fermé la porte à un passé troublant, éliminé toutes inquiétudes, changé complètement sa vie. «Certaines décisions, certains choix que l'on fait dans la vie prennent une telle importance sur notre avenir qu'il faut toujours être en alerte, garder l'esprit éveillé. Le bonheur peut-il être stable? Je veux protéger le mien; est-ce par égoïsme, par peur, par faiblesse?»

Elle pensait à Télesphore, au sentiment de sécurité qu'elle ressentait à ses côtés, à la chaleur de sa tendresse, à la douceur de ses mains caressantes. Elle frissonna à la pensée d'être dans ses bras, ici, maintenant. Elle jeta un regard autour d'elle. Là, dans un coin, un amas formé de branches de sapin qui s'empilent: branches qu'on utilise pour allumer le feu. Ses yeux brillent, une pensée la fait sourire.

Elle alla vers la carriole, prit la fourrure, la posa sur les branchages; ce serait un lit de fortune où ils prendraient leurs ébats au retour de son homme.

Gervaise secoua la couverture à longs poils, rentra dans la cabane et l'étendit. Horreur! une nuée de mulots qui se terraient là sortirent du repaire, courant en tous sens. Surprise et effarée, Gervaise se mit à hurler. Elle sortit précipitamment de la cabane, grimpa dans le traîneau et se blottit sur le banc. Ses cris étaient déchirants, stridents telle la fausse note produite par un archet lorsqu'il touche une corde de violon trop tendue.

Télesphore entendit; il laissa tomber le vilebrequin. Abandonnant son attirail, il fit volte-face et prit le chemin du retour en toute hâte. Jambes écartées, genoux pliés, la tête penchée et les bras battant l'air, il filait aussi rapidement que le lui permettait le port des raquettes labourant la neige épaisse.

Le silence qui suivit effraya davantage Télesphore. Il mit les mains en cornet autour de la bouche et cria: «GER - VAI - SE». Elle se redressa: «Mon Dieu! Qu'ai-je fait!»

— Hou! hou! répondit-elle, hou! hou! Télesphore.

Honteuse, elle mit son manteau sur ses épaules et, s'appuyant contre le mur de la cabane, elle continua son message sécurisant. Télesphore, rassuré, fit une halte puis continua sa *trotte*. Il la trouva là, honteuse, la tuque calée jusqu'aux sourcils.

— Juste ciel! Que t'est-il arrivé pour que tu hurles ainsi?

— Heu!

— Quoi, ma Gervaise? Quoi?

Du doigt, elle désigna l'intérieur de la cabane. Télesphore entra mais ne vit rien d'anormal.

— Allons! Viens ici, tu vas prendre froid.

Lorsqu'il apprit enfin la raison de son désarroi, il se mit à rire.

— Tu as eu peur des mulots?

Gervaise, embarrassée, fondit en larmes et se précipita dans ses bras.

— Excuse-moi... mais il y en avait des milliers!

— Des milliers! dit Télesphore, l'œil moqueur.

Sur le sol battu de la cabane, devant la *truie* qui n'avait plus de bois à consumer, se trouvait une paire de raquettes enneigées. Au-dessus, pêle-mêle, tuques, manteaux, gilets, mitaines et caleçons longs avaient été lancés sur le tas. Sur une couche de peaux de castors, deux amoureux échangaient caresses et serments.

Le feu s'était éteint. Ils s'endormirent, blottis l'un contre l'autre.

Le soleil descendait lentement se cacher derrière les érables qui, goutte à goutte, livraient leur sucre liquide.

Télesphore se réveilla le premier. Il couvrit Gervaise, attisa le feu, alluma le fanal Aladin. Les pochettes brûlèrent un instant et, sous l'effet de l'oxygène insufflé dans le globe, la lumière se fit tout à coup, brillante.

Il n'en fallait pas plus: Gervaise ouvrit les yeux. Un instant, elle fut surprise par le décor. Télesphore, souriant, la regardait.

— Tu as rêvé aux mulots?

Elle s'étira, sourit:

— Je leur dois des minutes de grand bonheur...

Avant de quitter, Télesphore prit la précaution de vider l'eau que contenaient les récipients.

— Pourquoi jettes-tu ce nectar?

— C'est ainsi. L'utiliser donnerait ce que l'on appelle du sirop de bourgeon, c'est trop amer. La prochaine cueillette aura bon goût.

***

Ce samedi-là, toute la famille œuvra pour aider le père. On utilisa le grand traîneau cette fois. Le baril fut déposé dessus, on y vidait les pleurs des érables pour ensuite les chauffer jusqu'à ébullition. Le suc bouillant, versé en filet sur la neige, donnait la meilleure des tires. On embouteilla aussi de ce sirop blond et pur, un cadeau du bon Dieu.

Télesphore parlait des mulots, Gervaise rougissait... Les enfants n'auraient pu se faire une idée de ce qui traversait l'esprit de ces êtres qui se parlaient d'amour dans un langage imagé, compris d'eux seuls; heureuse complicité.

Pendant que dehors les jeunes, le bec sucré, gavés comme des oies, prenaient leurs ébats et se lancaient des boules de neige, Télesphore, affectueusement, volait des baisers à sa douce.

— Comment oses-tu avec les enfants dans le décor? C'est indécent!

— D'autant plus agréable!

— Télesphore!

— Attention, regarde derrière toi, des mulots...

Gervaise sauta de côté, vint se blottir contre son mari. Télesphore, amusé, prit une mine scandalisée:

— Tu n'as pas honte? Un peu de tenue, Gervaise! Les enfants...

Ce soir-là, le traîneau ramena à la maison des enfants silencieux, entassés les uns contre les autres, épuisés d'avoir tant joué. Dans l'esprit de Gervaise, la ferme de Télesphore prenait la dimension d'une oasis où se cultivait le bonheur, peu importe la saison.

***

Les érables coulèrent d'abondance jusqu'au 10 avril, au grand bonheur de Télesphore qui retourna souvent à la cabane, seul ou accompagné de Léo. Les gallons de sirop doré revenaient à la maison à chacune des randonnées, avec des cornets de sucre, coulé directement dans l'écorce de bouleau retenue par une allumette de bois. Sur la fin de la saison, on fit des pains de sucre du pays qui ajoutaient à la tire et au sucre crémeux, «si bon étendu sur une rôtie chaude!».

Télesphore poussa la fantaisie jusqu'à se servir de moules en forme de cœur: ce sucre-là serait moins cuit, se briserait sous la dent, serait plus mou, plus blond. Les gros pains de sucre constitueraient la réserve pour l'hiver. Il faudrait les écorcher d'une lame bien affûtée afin de les détacher de la brique. Ce sucre-là était le meilleur de tous, «râpé dans de la crème épaisse, sur une généreuse tranche de pain de ménage».

Gervaise gémissait: «J'engraisse trop, c'est terrible!» À quoi Télesphore répliquait: «Les gâteries du bon Dieu ne font pas de mal à l'enfant.» Il s'absenta et revint: «Tiens, sa mère, cache ça pour le jour du baptême.» Il lui remit un cœur énorme et un autre plus petit, qu'il avait enveloppé de papier ciré.

— Télesphore! C'est délicat de ta part! Merci.

— Une autre surprise t'attend. La cabane est fermée, j'ai un peu de liberté. Vadeboncœur va venir faire le train en notre absence.

— Notre absence?

— Oui, nous partons, vingt-quatre heures, en amoureux.

— Les enfants...

— C'est au tour de Vadeboncœur de venir coucher ici. Après tout, on a droit au voyage de noces avant de commencer à élever notre deuxième famille.

— Où allons-nous?

— À Saint-Michel-de-Bellechasse. J'ai là-bas un cousin de vieille souche, Alcide Lanctot, du bon monde, bien accueillant, qui se fera un plaisir de te connaître et de nous accueillir.

— Comme ça, sans raison?

— Oh! ça, c'est autre chose. Tu le sauras assez vite. Mets tes bigoudis.

Alcide et Gemma accueillirent le couple: «Pas de raison qu'ils aillent coucher ailleurs que chez nous!» Les hommes jasaient, assis en retrait.

— Dis-moi, Alcide, sais-tu où je pourrais trouver de l'aide pour ma femme? La tâche est lourde, elle est si petite et beaucoup trop vaillante. L'aide domestique est rare à Saint-Pierre. Les jeunes désertent la campagne.

— Rends-toi à Saint-François. Il y a là une ferme facile à reconnaître, les bâtiments sont tous peints en rouge. Les filles du père Claveau s'engagent pour l'aider à gagner. Elles ont l'expérience, ce sont de bonnes filles. Je pense que tu ne pourrais pas trouver mieux.

Pendant ce temps, Gervaise en profitait pour se renseigner sur l'accouchement et les surprises qui l'attendaient. Gemma, compréhensive, devinait les inquiétudes de la future maman. Ce tête-à-tête chaleureux rassura Gervaise. Bien sûr, sa voisine répondait à ses questions, mais pas avec la même spontanéité; la gêne, peut-être? Ou une forte dose de pudeur, ou tout simplement par scrupule.

— Merci, Gemma, vous m'avez parlé comme l'aurait fait une mère. Tout ça est à la fois si merveilleux et si nouveau!

Tout à coup, sur le chemin du retour, Télesphore quitta la grande route. Gervaise parlait tellement qu'elle ne s'en rendit pas compte.

La voiture s'est arrêtée devant une toute petite maison chaulée, éloignée du chemin; derrière se trouvaient la grange et l'étable d'un rouge vif qui tranchait sur la verdure.

— Attends-moi cinq minutes.

Il revint, un paquet à la main; à ses côtés se tenait une jeune fille, grassette et blonde, un peu gênée, «comme je devais me sentir autrefois», pensa Gervaise.

— Gervaise, Angéline Claveau. Angéline va venir rester avec nous pour quelques mois, tu auras besoin d'aide.

Gervaise, fâchée, faillit laisser éclater sa colère. La présence de la jeune fille l'en empêchait. Son mari avait l'œil moqueur, comme à chaque fois qu'il se payait sa tête.

Il fit les frais de la conversation; il parlait à la jeune fille de ses enfants, de celui à venir. «Vous aurez votre chambre.» Il s'inquiétait pour sa femme, pour l'enfant à naître. «Je suis resté fils unique, les bébés de maman n'atteignaient pas...» Du vivant de sa première femme, il avait agi de la même façon: une fille engagée venait prêter main-forte pour alléger la tâche pendant l'allaitement, la période que le mari redoutait.

— Tu as fini de prendre ton visage renfrogné, de me faire honte en présence d'une jeune fille? lui demanda-t-il ce soir-là. Tu n'es pas très jolie, tu sais, quand tu te rebelles ainsi, taquina Télesphore.

— Permets-tu à ta vieille ratatinée de se rabougrir dans tes bras? lui répondit-elle, du tac au tac.

***

— Ce soir, Mesdemoiselles, vous changerez de chambre.

— Pourquoi?

— Vous déménagerez dans celle de Mariette qui est plus grande, vous aurez plus d'espace; Angéline prendra la vôtre.

— Dis, on va garder le couvre-lit en chenille?

— Bien sûr.

Gervaise regarda en direction de Télesphore; elle ne l'avait pas consulté avant de prendre cette décision qui, cependant, lui semblait logique: «On ne peut être éternellement absent et continuer d'avoir des exigences», avait approuvé son mari. «Si Mariette revenait, on aviserait», renchérit Gervaise.

***

Gervaise appréciait la présence d'Angéline qui, en plus de son aide précieuse, l'égayait de ses reparties colorées.

— J'ai parfois des *brûlements* d'estomac, je ne sais pas pourquoi.

— Vous aurez un bébé aux cheveux frisés.

— Vous croyez?

— C'est ce que maman disait. Regardez-moi! De la vraie laine d'un mouton qui attrape la pluie après avoir passé l'hiver dans la bergerie.

Angéline parlait de la ferme avec le même enthousiasme que son mari. «Selon mon père, la terre et la foi font une paire inséparable; si on déserte la terre, on désertera aussi l'Église.»

— Cette fille, Gervaise, elle te plaît? s'enquit Télesphore.

— Beaucoup. Elle est vaillante et très délicate. Elle sait se rendre utile et a des idées toutes faites.

— Vis-à-vis des enfants, ça va aussi?

— Oui, on voit qu'elle a l'habitude de la grande famille.

— Tant mieux, tant mieux. L'heure de la délivrance approche, repose-toi le plus possible.

— Plus que trente-huit jours. Je suppose qu'au dixième, j'aurai moins hâte.

— Le petit dernier, c'est toujours le petit dernier. On ne s'habitue pas, chaque bébé est une grande joie. Je t'avoue que j'ai hâte d'être pépère...

Il se tut, sans doute venait-il de penser à Mariette.

— Télesphore, ne dors pas, parle-moi encore un peu, j'ai besoin de tendresse.

— Petite fille gâtée.

— Je te fais perdre beaucoup de repos mérité, n'est-ce pas?

— Par contre, Bourgeon, tu m'as sûrement donné cent récoltes de bonheur depuis que tu es là.

Il s'endormit, se retourna en marmonnant. Elle resta là, les yeux ouverts, heureuse, mais avide de tendresse. «Qu'est-ce qui me rend aussi langoureuse? Je m'émeus d'un rien, j'ai la sensibilité à fleur de peau!» Gervaise pouffa de rire, elle ramena la couverture pour étouffer ses éclats. La phrase de la Mère supérieure qui l'avait tant fait *jongler* lui était revenue à l'esprit: «Vous avez les sens en effervescence.»

«Étais-je donc alors toujours en proie à de vilaines agitations? Ce surplus d'amour, je te le donnerai, petit bébé, comme j'ai hâte de te langer, de te caresser, de te serrer dans mes bras!»

***

Le printemps s'était laissé désirer, puis, un beau jour, sans crier gare, il ne mit que quelques heures à dévêtir la terre de son manteau blanc.

Un vent chaud venait du sud, les rayons du soleil plombaient; ce que la nature avait pris des mois à patiemment agencer se métamorphosait par magie. L'eau formait partout des rigoles, la rivière du sud menaçait de sortir de son lit; seuls les sous-bois gardaient, de place en place, les traces de l'hiver.

— Le printemps nous prend par surprise, s'exclama Télesphore. Il faudra se mettre au pas.

— Encore faudra-t-il que le sol dégèle avant de penser de le remuer.

— Tiens, tiens! Madame pense et parle en femme de fermier, le métier rentre tranquillement.

— Explique-moi quelque chose, Télesphore: comment toute cette neige fondue en si peu de temps ne provoque-t-elle pas d'inondations plus soudaines?

— Ça arrive parfois, mais l'absorption par le sol...

Assis l'un près de l'autre, sur les chaises berçantes tournées vers la fenêtre ouverte sur l'horizon, ils échangeaient des idées, comparaient leurs points de vue, tiraient des conclusions. Le réveil de la nature leur permettait cette halte, à l'instar de la mer qui devient étale, entre deux marées. Bientôt il faudrait se mettre à l'œuvre.

— Aux vacances d'été, je vais initier Lucien à la traite des vaches. Il est assez grand pour aider, le poulailler sera sa responsabilité. J'ai fait une erreur avec Alphonse, une erreur que je ne répèterai pas. Un fils d'habitant se doit d'être habitant d'abord.

Le ton était mordant; Gervaise devinait qu'il pensait à la querelle survenue avec Alphonse; elle connaissait le respect de cet homme pour les siens, il ne lui confierait rien avant la fin de la tempête, mais elle le savait blessé au plus profond de son âme. Elle fit bifurquer la conversation pour lui épargner cette douleur; elle parla de leur enfant, de ce bébé qu'elle avait hâte de déposer dans ses bras.

— Gervaise, j'ai pensé que tu serais plus confortable si tu dormais seule d'ici la naissance...

— Jamais, jamais Télesphore Langevin... jamais. Je me ferai petite, je ne bougerai pas, mais je ne veux pas dormir sans toi à mes côtés. Jamais!

Elle frappait de ses poings sur les *manchons* de la chaise. Il se leva, se tourna vers elle, immobilisa ses mains, se pencha au point que leurs visages se touchaient presque et tonna:

— Saint sirop de calmant, Gervaise Lamoureux, que je t'aime!

— Alors, pourquoi? demanda-t-elle, le regard noyé de larmes.

— Parce que je pensais que c'était de même... j'attendais que tu me le demandes... J'ai peur de te faire mal en bougeant, ou avec mon bras, ou... Saint sirop de calmant, Bourgeon, que tu me fais plaisir! Tu n'es pas une femme ordinaire, tu n'es pas comme les autres...

— T'as besoin de te faire à l'idée, Télesphore, que je suis dans ton lit pour y rester. Je veux bien me priver du creux de ton épaule pour un temps, je le fais pour le petit, pas pour toi. Et organise tes flûtes pour être là, tout près, le 5, le 6 et le 7 juin, tu as compris?

— Oh! oui, j'ai compris. Je suis sûr que tout le village a compris, jusqu'à la ville d'à côté!

De ses mains il ébouriffait les cheveux de sa femme.

— Embrasse-moi.

— Comme ça, devant la fenêtre?

Gervaise posa ses mains sur son gros ventre rebondi, releva la tête, offrit ses lèvres. De tendre, le baiser devint passionné; la berceuse prit mal la chose, elle bascula, menaça de les renverser; Télesphore reprit son calme juste à temps pour leur épargner une pirouette sur le sol.

— Tu vois, tu vois, les folies que tu me fais faire! s'exclama-t-il, les deux mains serrées sur les bras de sa chaise.

— Ce bébé sera beau, murmura-t-elle. On dit que les enfants de l'amour sont toujours très beaux.

Les yeux de la maman étaient fermés, elle n'avait pas craint le danger, n'écoutait pas son mari; elle savourait sa jouissance. Télesphore hochait la tête, la regardait intensément, s'émouvait à la vue de l'ivresse qui inondait son visage amoureux. D'une main, il lissait ses cheveux; de l'autre, il retenait la berçante; de ses lèvres il caressait son front, ses joues, ses yeux.

L'arrivée des enfants mit un terme à leurs effusions. La soirée fut très gaie: Télesphore y allait de ses tirades ironiques à l'endroit de sa femme tout en lui lançant des regard moqueurs.

— Attends, toi, je me vengerai, après le 7 juin, attends, Monsieur mon mari!

— Plutôt que de penser à te venger, tu devrais t'efforcer de ménager tes forces. Tu en auras besoin.

— Je suis offusquée, se plaignit-elle sur un ton boudeur. Tu es là, à m'exciter avec tes caresses, tu me provoques et puis vlan! tu me laisses là, suspendue entre ciel et terre, tu me tournes le dos et tu t'endors, en ronflant comme une vieille locomotive.

— Quoi, je ronfle! jeta-t-il, époustouflé. Je ronfle, moi?

— Non, non. Je badinais. Tu maugrées, tu grinces des dents, mais tu ne ronfles pas. Et pour le reste, quelle excuse as-tu? Pourquoi me prives-tu d'amour?

— Ça, ce gros bedon, où loge déjà un Langevin. Un à la fois, Madame. Un seul Langevin à la fois...

«Ainsi, pensa Gervaise, je ne me trompais pas, il se faisait tendre mais avare de caresses dans l'intimité de notre chambre. Tout ça par délicatesse, pour son fils et pour moi.»

Non convaincue qu'il soit déjà endormi, elle dit tout haut:

— Je t'aime, Télesphore Langevin. Je t'aime, en tant que femme, en tant qu'épouse, en tant que maman.

Télesphore ne put réprimer un mouvement. Il tira la couverture et s'en couvrit la tête. Gervaise éteignit la lampe de chevet en riant. Télesphore ralluma, se releva sur ses coudes, se pencha sur le visage de sa femme et demanda:

— Dis-moi, ma jolie, à ta descente du train, le jour de ton arrivée, comment aurais-tu réagi si, à la place du bel homme que je suis, tu t'étais trouvée en présence d'un monstre à bedon, chauve, avec une gueule de chameau? M'aurais-tu aimé?

— Oui, mais il m'aurait fallu plus de temps. Ce n'est pas de ta beauté physique ni de tes charmes que je suis amoureuse, mais de ta beauté intérieure, de ton âme. Les choses étant ce qu'elles étaient, ç'a été le coup de foudre. Tu m'as *enfirouapée* en criant ciseau. La chipie de Sœur supérieure l'avait sans doute prévu, d'où son inquiétude et ses mises en garde. Ma chance, dans tout ça, fut que sœur Pauline ne t'ait pas entrevu; c'eût été le drame de ma vie.

Pince-sans-rire, Gervaise avait débité sa tirade d'un seul trait, sans aucune émotivité.

— Toi! Toi! Tu ne perds rien pour attendre! Il n'est pas encore né, celui-là, qu'il m'impose déjà sa présence!

Télesphore pointait du doigt le ventre de sa gemme. Celle-ci riposta du tac au tac:

— Ton papa, mon chou, avait besoin de s'entendre dire des choses tendres pour trouver le sommeil. Ne te laisse pas impressionner, mon ange; il t'aime, lui aussi.

— C'est ça, liez-vous contre moi.

— Cherchez le coupable...

Télesphore éteignit, réintégra sa cachette sous le drap. Gervaise sourit.

«Mon bonheur est parfait, songeait Télesphore. Si seulement Mariette était moins sotte, ce serait le paradis. Elle et ses histoires à dormir debout! Gervaise est en confiance; même si je me trouvais absent au moment de ses douleurs, la fille Claveau serait là pour venir me prévenir. J'ai vu juste.»

Tout à coup il se raidit; il se remémorait un détail enfoui dans sa mémoire, une phrase entendue, chez les Claveau précisément. Lorsqu'il s'était présenté à la mère au sujet des conditions de travail d'Angéline, elle n'avait pas prêté trop d'intérêt à ses dires; elle s'était contentée de jeter sèchement: «Damas vous doit bien ça.» Elle lui avait tourné le dos et, s'adressant à Angéline, lui avait dit simplement: «Prends tes affaires et suis cet homme, sache te tenir, ne me fais pas honte.»

«Damas... Damas... Elle a bien dit Damas... Damas, ce cri, ces rêves de Lucienne, cet aveu de Mariette!... Serait-ce possible? Pourrait-il être question du même personnage... celui que Lucienne appelait...?»

Chapitre 23

Gervaise se réveilla. Télesphore reposait toujours, tourné vers le mur. Elle se leva et descendit avec l'intention de préparer le déjeuner. Angéline était là, les enfants partis pour l'école.

— Monsieur n'est pas descendu, Madame. Alors je suis allée soigner les poules.

— Quelle heure est-il donc?

— Plus de huit heures.

— Quoi? J'ai dormi si tard! Je dois réveiller mon mari.

— Laissez-le se reposer, j'irai moi-même aux vaches.

— Vous savez quoi faire?

— Bien sûr. Vous, pas?

— Jamais je ne m'approcherais de bêtes de cette grosseur.

— Elles sont pourtant inoffensives.

Angéline monta l'escalier et revint vêtue d'une épaisse vareuse de toile bleue et d'un chapeau qui avait dû connaître plusieurs pluies. Elle sortit par la porte arrière.

Inconfortable en raison de l'initiative qu'avait prise la domestique, Gervaise décida de monter réveiller Télesphore.

Debout, au pied de la couche, elle l'interpella doucement. Peine perdue. Alors elle lui secoua les orteils, rien. Seulement alors, elle prit peur. Elle se faufila entre le lit et le mur et ce qu'elle vit lui fit pousser un cri d'horreur.

«Télesphore! Télesphore!» Elle hurlait, le secouait, le suppliait.

— Télesphore, toi qui aimes tant la vie, accroche-toi, accroche-toi, Télesphore!

Gervaise dut se rendre à l'évidence, l'âme de son

mari avait quitté cette vallée de larmes. Elle s'appuya contre le mur, ferma les yeux, serra les dents: elle redoutait que le plancher s'ouvrît sous ses pieds. De ses deux mains, elle serrait son ventre. «Un seul Langevin à la fois»...ce furent là ses dernières paroles. «Mon fils, mon petit!»

Gervaise couvrit la dépouille de son mari, marcha vers la fenêtre qu'elle ouvrit. Le panneau de mousseline blanche s'échappa et dans le vent frais de cette matinée il battait des ailes ainsi que le ferait un papillon qui veut s'envoler.

Gervaise laissa son regard se perdre sur l'infini, adressa une prière à Dieu.

Son cœur battait à se rompre, ses mains tremblaient; elle s'appuya contre le mur, s'efforçant de calmer sa nervosité. «Je dois réagir!»

Elle s'avança doucement en direction de l'escalier, ses jambes la supportaient avec peine. Posant fermement la main sur la rampe, elle ferma les yeux et descendit chaque marche avec lenteur et précaution; ses efforts l'exténuaient. Elle atteignit enfin le salon et téléphona au médecin, celui-là même qui la suivait depuis le début de sa grossesse, puis au curé. Ses craintes étaient confirmées, Télesphore n'était plus. Le diagnostic, l'invitation à la résignation, les prières du prêtre, tous les savants discours ne lui parvenaient que par bribes:

«Anévrisme... imprévisible... fatal... sans souffrance...»

Comme un automate elle descendit à la cuisine, tourna en rond, les yeux secs, le cœur brisé.

Un bruit, des pas, Gervaise se retourna. Angéline entrait, tenant deux seaux pleins de lait dans les mains. Elle vit le prêtre, le médecin. Elle resta là, plantée devant eux, tenant toujours les récipients.

Tous se turent, il n'y avait rien à dire.

— Prenez ce cachet, murmura le docteur.

Gervaise refusa d'un geste de la main. Dès qu'elle

fut seule, elle se dirigea vers le téléphone et informa les Vadeboncœur du décès de son mari. Leur étonnement fut tel qu'ils ne surent pas trouver les mots que la jeune femme avait besoin d'entendre.

Il lui fallait avertir Mariette, l'appel resta sans réponse. Et Alphonse. Gervaise se sentait troublée, inconfortable; voilà un devoir qu'elle détestait remplir. Quels mots utiliser pour apprendre une si triste nouvelle sans trop faire mal?

Elle composa le numéro du collège; suivit une période d'attente puis des bruits de pas retentirent sur les dalles.

— Allô! Ici Alphonse Langevin.

— Alphonse...

— J'écoute.

— Alphonse... il s'agit de votre père.

— Qu'est-ce qu'il me veut? Il ne pourrait pas me téléphoner lui-même?

— Non.

— On m'a pourtant dit qu'il s'agissait d'une urgence.

— Oui, au sens crucial du mot.

— Les devinettes, la philosophie, à dix heures du matin...

— Taisez-vous, Alphonse. Taisez-vous! Votre père n'est plus. Il nous a quittés, dans son sommeil.

— Lui?

— Oui, Alphonse, lui, votre père.

— ...

— Alphonse?

— ...Vous ne faites pas de farce plate?

— ...

— J'arrive.

Il raccrocha. Gervaise monta à sa chambre, s'assit sur ce coin du lit d'où elle l'avait si souvent regardé dormir. Elle voyait cette forme, dissimulée sous les draps, elle connaissait ces courbes, ces galbes, la forme et les traits de ce visage, elle savait que le deuxième orteil était plus long que le premier, elle repensait à ce thorax poilu, ces mains cajoleuses et douces, ces mains larges et fortes, vaillantes. Elle ne pleurait pas, elle lui parlait, lui disait sa peine; comme il le faisait souvent à son intention, elle pensa tout haut: «Aide-moi, supporte-moi, surtout au moment où je devrai annoncer ton départ aux enfants. Sois auprès de nous le jour de la naissance de notre bébé, tu me l'as promis... Oui, j'aimerai ce fils, il me rappellera tout de toi, mon mari. Je serai forte, je saurai prendre la relève. Au moment des semences, j'engagerai un journalier, je vais apprendre, me débrouiller. Notre terre vivra. Oui, Télesphore, je sauverai notre ferme.»

Ils vinrent, Angéline leur indiqua la chambre; ils étaient trois. Elle avait compris, ils venaient chercher la dépouille mortelle de Télesphore Langevin.

Lentement, à regret, elle détourna son regard, sortit en refermant la porte derrière elle.

Angéline insistait: «Vous devez boire ce lait chaud, additionné de miel.» Elle obéit. Assise près de la table, elle gardait les yeux rivés sur l'escalier.

Elle se leva pendant la descente, inclina la tête, avec respect. La porte d'entrée se referma. L'horloge martelait les heures.

Gervaise grimpa sur une chaise, retourna l'horloge, déclencha le système sonore, comme il l'avait fait, lui, au décès de sa première épouse.

«Mon petit, nous sommes seuls, maintenant. Grandis très vite, puise en moi toute la sève dont tu auras besoin pour devenir très fort.»

Vadeboncœur vint. Timidement, il s'approcha de Gervaise, lui tendit une enveloppe.

— C'est pour vous.

— Je ne comprends pas.

— Son testament... C'est le testament de Télesphore.

— Mais, Léo, ce n'est pas là son écriture.

— Non, la mienne. Il m'a laissé le sien en soins et a gardé le mien de son côté. Par précaution, vous comprenez? C'est lui qui a décidé de ça. Après, après qu'il a appris que vous attendiez un enfant. «S'il m'arrivait quelque chose...», qu'il m'a dit. Le *snoreau*, on aurait dit qu'il sentait venir ça. «En cas d'un accident.» Quand vous trouverez l'autre enveloppe, pareille à celle-ci, vous me la remettrez. À moi ou à ma femme... Selon la convenance. Rien ne presse.

Il avait prononcé les derniers mots de façon à peine audible, pour conjurer le sort peut-être. Gervaise prit le document et le plaça machinalement dans l'album des portraits de famille qui était sur la table du salon.

— Merci, Léo. Vous êtes un très fidèle ami.

— Entre voisins...

La porte s'était ouverte précipitamment. Les enfants Langevin arrivèrent, les yeux gonflés de larmes. Gervaise se leva, alla au centre de la pièce, ouvrit les bras. Ils se précipitèrent; elle les tint tous, accrochés à elle comme à une bouée. Ils pleuraient, elle se taisait, caressait ces petits, apeurés, effrayés.

— Où il est papa? demanda Lucille en hoquetant.

Gervaise, lentement, en choisissant ses mots qu'elle voulait le plus vrais possible, le plus près de la réalité des choses, expliqua. Elle ne faussa rien, n'emprunta pas au mythe; elle parla de la mort, cette fin ultime, qui est le lot de tous, aujourd'hui celle de leur papa qui, lui, avait terminé son pèlerinage terrestre, sans souffrir, dans un sommeil paisible, comme il avait toujours vécu: sans bruit, sans se plaindre.

— Montez vous reposer, pensez à toutes ces choses, parlez-lui de votre amour, de vos espoirs. Ayez confiance, je suis là.

— Tu ne partiras pas, dis Gervaise, tu ne nous abandonneras pas? gémit Réjeanne.

— Non, non, mes enfants. Jamais!

D'une voix très douce, elle ajouta:

— Bientôt, vous aurez un petit frère à aimer, il vous aimera. Nous l'aimerons tous. Et...

Sa voix s'enroua soudain, les têtes s'étaient relevées, des yeux larmoyants la regardaient intensément.

— Et, reprit-elle enfin, ce bébé, ce petit frère, on va lui donner le nom de votre père: il sera baptisé sous le prénom de Télesphore. Il y aura un autre Télesphore Langevin, auprès de nous, pour nous aimer.

Une larme ronde, chaude, la première, coulait des yeux de Gervaise.

— Je t'aime, maman, dit Jacqueline.

— Angéline, vous avez encore du lait chaud?

***

Le silence pesait, lourd. Les enfants s'étaient réfugiés dans leur chambre. Gervaise devait rejoindre Mariette. Elle composa le numéro une autre fois, Raymond répondit.

— Raymond... Mariette est à la maison?

— Qu'est-ce qu'il y a, ma petite sœur? Ta voix est brisée.

— C'est Télesphore...

— Télesphore...

— Oui. Il n'est plus!

— Quoi? Veux-tu dire que...

— Oui, très tôt, ce matin. Je dois prévenir Mariette.

— Elle n'est pas ici.

— Tu peux la rejoindre?

— J'ai bien peur que non, Gervaise.

— Comment ça?

— Elle m'a quitté, il y a une quinzaine... avec un copain de travail. Elle est quelque part à Montréal.

— Ah! non! Crois-tu pouvoir la dénicher, par des amis, le bureau, je ne sais pas. Parle à ton patron.

— Je vais faire tout ce qui est possible, sois-en assurée. Je me libère et je descends, aussitôt que possible. Et toi, Gervaise, et l'enfant?

— Ça va, ça va. Je serais heureuse de t'avoir près de nous quelques jours.

— Minotte, chère Minotte.

Elle déposa le combiné, resta là, un instant, essayant de mettre de l'ordre dans ses pensées. Lorsqu'elle sortit du salon, elle vit Angéline qui allait vers la remise, tenant dans ses bras la literie souillée de la chambre, ces draps qui avaient été témoins de leurs derniers ébats. Cette délicate attention de la part de la jeune fille l'émut beaucoup.

— Merci, Angéline.

— Monsieur Vadeboncœur a fait le train, madame. Et monsieur Alphonse est là-haut.

— Il est arrivé?

— Oui, il était dans la chambre de monsieur, quand je suis montée.

— Ce n'est pas l'heure du train.

— Il est venu sur le pouce, à ce qu'il m'a dit.

Gervaise ne savait pas quelle attitude adopter à son endroit. «J'attendrai qu'il vienne vers moi, dorénavant je représente l'autorité. Je devrai être ferme, d'une fermeté circonspecte, surtout que j'ignore tout de son escarmouche lors de sa dernière conversation avec son père. Il va ruser, c'est certain.»

Le téléphone se fit entendre. Gervaise s'empressa d'aller répondre. C'était sa voisine, qui offrait son support et son aide: «Mon mari ira dormir chez vous; ce serait moins pénible pour vous tous, un homme sur les lieux.» Gervaise remercia, refusa et expliqua: «Alphonse est là.»

— Nous prierons pour vous. Si Lucien le veut, il pourrait venir dormir ici: les enfants, entre eux, trouvent à dire les mots qu'ils ont besoin d'entendre... Qu'avez-vous décidé pour l'exposition du...

Gervaise comprit, elle répondit simplement: «Le salon funéraire».

— Vous avez raison, la famille est si grande! Si vous avez besoin de lits supplémentaires, ces jours-là, on saura se tasser.

Gervaise sursauta. Elle n'avait pensé qu'à la famille immédiate, avait oublié les autres, tous les autres: beaux-frères, belles-sœurs, le cousin Alcide. Dans le portefeuille elle fouilla. Vingt fois elle redit sa peine. Au prône du dimanche, du haut de la chaire, Télesphore serait recommandé aux prières! «Télesphore, devenu immatériel, erre dans un autre monde avec lequel il se familiarise. Le coq chantera-t-il ses réveils?» ne put-elle s'empêcher de penser.

Elle revint à la cuisine. Alphonse était là, debout, blême. Ils se regardèrent.

— Il faut vider le salon.

— Pourquoi, Alphonse?

— Pour y exposer le corps.

Gervaise s'empourpra.

— Le quoi?

— Le corps de papa.

— Malgré tout le latin, le grec et la philosophie qu'on t'a enseignés, tu n'as pas appris terme plus respectueux? La dépouille mortelle de ton père sera exposée au salon funéraire.

— Jamais!

— Ce serait aussi sa dernière volonté...

— Vous mentez!

— Et la mienne, ma volonté. Je pense à ce petit, cet enfant qu'il m'a donné, qu'il a conçu en mon sein.

— Mon père vous aurait dit de l'exposer ailleurs, comme ça, avant de mourir? C'est louche, vous ne trouvez pas?

Gervaise s'approcha, le regarda dans les yeux; elle dut lever la tête pour rejoindre ce regard froid et dur. Elle, si petite, si frêle, elle affrontait ce gaillard mesquin et égoïste.

– Si tu n'étais pas déjà un homme, je te grifferais.

Il porta la main à son visage et enchaîna:

– C'est nous, ses enfants. Ses vrais enfants. Vous n'aurez pas son testament.

– Tiens, tiens! Voilà. Ton cœur te dicte tes paroles! Ta souffrance se mesure à tes bas instincts. Alphonse, mon petit, on ne descend pas les rapides d'une rivière sans respecter les sens du courant. Tu appartiens à cette famille, dorénavant je serai le capitaine du navire, un navire qu'il faut mener à bon port. Je compte sur toi, comme tu as compté sur lui.

Ne voulant pas laisser éclater sa colère, elle avait choisi de lui tenir un langage imagé; il venait de perdre son père, peut-être ses paroles avaient-elles dépassé ses pensées. Il serait toujours temps de faire des mises au point, de sévir, si nécessaire.

Ressentant la fatigue, elle rentra au salon, s'étendit sur le divan, ferma les yeux. Alphonse se leva, alla vers la porte avant; on avait frappé.

– Bonjour, Monsieur le curé.

– Bonjour, Alphonse. Tu es seul?

– Oui, tous se reposent, y compris maman.

– Oh! fit Gervaise, en portant la main à sa bouche.

Léo Vadeboncœur qui revenait de la grange entra, secouant les pieds.

– Tiens, Léo, fit le curé. Tu prêtes main-forte, à ce que je vois.

– N'est-ce pas là le devoir de tout bon chrétien? dit-il en souriant. Alphonse connaît bien le principe, c'est certain. Sa présence sera requise ici, on aura besoin de bras, aux côtés des jeunes et de cette femme *pleine*: c'est ce qu'aurait souhaité Télesphore. Sans toi, mon gars, cette jeune femme...

Alphonse ouvrit la bouche en pensant: «Elle fera comme lui, elle se remariera»; mais Gervaise s'avança et trancha:

— Alphonse ne sacrifiera pas sa vocation à cause de nous. C'est ce que Télesphore désirerait. Je saurai me débrouiller, faites-moi confiance.

— Sauf vot' respect, madame Gervaise, répliqua Léo, la vocation, le bon Dieu, c'est bien beau tout ça. Mais les enfants doivent manger, et ça, ça ne se fait pas avec des prières.

Le pasteur se redressa, toussota, prit la voix autoritaire de meneur du troupeau et suggéra:

— S'il faut quelque temps, pour parer au plus pressé, je suis sûr que Dieu...

— Écoutez, Monsieur le curé, c'est à moi de décider de mon sort. J'en ai parlé avec mon père aux vacances des fêtes, il m'a compris. Je ne deviendrai pas prêtre. Ni prêtre ni habitant. Je hais la terre, comme maman la haïssait avant moi. Ma place est ailleurs.

— Alphonse!

— J'ai dit ce que j'avais à dire, Monsieur le curé.

— Que Dieu te pardonne, mon enfant!

Gervaise ferma les yeux; elle avait mal, très mal. Elle essayait de se souvenir; ce soir-là, elle s'était éloignée pour les laisser seuls. Son mari n'était jamais revenu sur le sujet. Alphonse mentait-il?

— Mon père m'a dit, alors, de ne plus compter sur ses deniers pour payer l'université. Je respecte ça. Ici, j'aiderai tant que je pourrai.

— La terre de tes ancêtres...

— Monsieur le curé, le jour est mal choisi. Restons-en là.

— Pardon, Madame. J'ignorais tout de ce revirement, j'étais venu en passant pour réconforter ce jeune homme.

Léo, horrifié, avait filé sans qu'on s'en rende compte. «Dire, la pauvre, qu'elle s'en remettait à lui!»

On mangea à peine. Gervaise garda auprès d'elle la jeune Lucille pour la préparer un peu à ce qui l'attendait. À l'aîné elle confia les plus jeunes, ensemble ils se rendraient auprès de leur père. La jeune femme n'irait pas; elle n'en avait, ce soir, ni le courage ni la force.

Elle veilla Lucille, lui parla des anges, de la maison du bon Jésus, des retrouvailles de son papa et de sa maman, là-haut, dans le ciel. La fillette s'assoupit, quittant momentanément cette terre ingrate, errant, elle aussi, sur les nuages. Gervaise s'endormit à ses côtés.

***

— Votre frère est là, Madame. Il est aux bâtiments. Il demande que vous l'attendiez, il veut vous parler.

Gervaise prit son châle, s'en couvrit les épaules et alla à la rencontre de Raymond. Celui-ci avait enfilé les larges salopettes de Télesphore. Il allait d'une bête à l'autre, distribuait eau et pitance. Appuyée contre le chambranle de la porte, Gervaise l'observait. Il la vit, lui sourit. Elle vint se blottir contre sa poitrine.

Elle parla la première:

— Tu as réussi à rejoindre Mariette, dis, Raymond?

— Non, Minotte. Personne ne sait où ils sont passés.

— Que c'est tragique!

— Toutes mes démarches ont été inutiles.

— Tu dois avoir du chagrin?

— Je l'aime, tu comprends.

— Oh! oui. Je te comprends.

— Parle-moi de toi. Tu dois être exténuée.

— Je suis fourbue.

— Pense surtout à ton bébé.

— Qui n'a plus de père! Orphelin avant de naître! Télesphore a tant désiré et aimé cet enfant, il n'aura pas eu la joie de le voir, de le tenir dans ses bras.

— Tu compenseras par un surplus d'amour.

— Merci, Raymond, merci d'être là. Je me sens moins seule, plus courageuse.

Ils s'entretenaient, à voix basse, sans doute parce

que ces lieux leur rappelaient la constante présence de l'absent. Tout ici était sa chose, son œuvre, le fruit de son travail.

— Je n'ai jamais tant pensé à papa, dit Raymond.

— Moi, à maman. Comme j'aurais besoin de la présence d'une mère, en ces jours surtout, ces jours qui, un à un, me rapprochent de ce sept juin.

— Gervaise...

— Oui, Raymond?

— Je serai là. Je resterai auprès de toi, je ne te laisserai pas seule.

— J'ai ta parole?

Il l'attira, la retint près de lui, et jura.

— Je t'ai déjà assez fait de mal, autrefois, je saurai me faire pardonner.

— Oublions tout ça, pensons à l'avenir.

— Tu parles de tout, Minotte, sauf de toi, de ta peine, de ton deuil.

— Le deuil! J'attends un bébé, la vie germe en moi, il n'y a pas de place pour le deuil. J'aurai tout le temps de pleurer, de m'ennuyer. Pour l'instant, je pense à mon enfant, aux besoins des autres qui sont déjà là et ont besoin de ma présence. Viens, tu n'as pas déjeuné.

Elle sortit, s'arrêta, huma une grande bouffée d'air frais, sa peine s'était quelque peu allégée.

Raymond la suivait, à courte distance. Ses pas se faisaient hésitants, sa jambe faible traînait un peu plus qu'à l'accoutumée. Gervaise, si petite mais aussi si grande, allait, vaillamment. Il se réjouissait d'avoir su la réconforter. Les mots n'étaient pas son fort. À l'image de son père il exprimait ses sentiments par des gestes, souvent simples, mais combien significatifs.

Gervaise prenait son premier repas; Angéline le lui fit remarquer.

— Vous aurez besoin de toutes vos forces.

Lucille vint se coller contre sa maman.

— Nous irons voir papa, maman? Tu m'as promis.

— Oui, chaton, nous irons.

— J'irai aussi, dit Raymond.

***

— Nous te laisserons au salon, Gervaise, nous irons au magasin général. As-tu besoin de quelque chose?

— Non, merci.

Elle s'avança, monta quelques marches, heureuse d'être seule en ces premières minutes.

Il gisait là, au milieu de fleurs vivantes, «plus vivantes que toi», pensa Gervaise. «Qu'as-tu fait? Toi, si fort, si robuste! Tu nous as faussé compagnie. A-t-on idée! Juste au moment où j'allais enfin mettre dans tes bras ce beau cadeau de Noël que je t'avais promis. Le bon Dieu t'a gentiment accueilli, j'espère?»

Debout, bien près de son cercueil, la tête légèrement inclinée, elle le regardait. «Tu es très beau, j'ai oublié de te le dire, quand j'y pensais, tu venais me clore le bec avec tes baisers... tu me faisais perdre la tête! Ce n'est pas un reproche, Télesphore, au contraire. De toi, je me souviendrai toujours, avec attendrissement. Tu te souviens? Les mulots, là-bas, à la cabane. Ton fils grandit, il n'est pas sage, me donne des coups de pied. Sans doute est-il pressé. Je lui parlerai de toi, de tes prouesses. Il te ressemblera, aura ton grand cœur.»

Raymond signala sa présence, Gervaise se redressa, Lucille vint se réfugier contre sa jupe. La mère posa une main sur son épaule.

— Vois, papa se repose.

— Il ne va pas se réveiller?

— Non, Lucille, pas en ce monde.

— Pas en ce monde?

— Non, pas en ce monde, mais dans l'autre.

— Pourquoi toutes ces fleurs?

— Des symboles d'amour envers ton papa qui avait beaucoup d'amis.

— On dirait qu'il dort.

Les visiteurs défilaient maintenant. Gervaise tendait la main, acceptait les témoignages, sereine et calme. On admirait cette femme jeune, qui portait un orphelin en son sein et savait, malgré tout, garder la tête haute, refouler son chagrin. L'atmosphère se détendait peu à peu. On parlait de Télesphore, on répétait ses expressions colorées, les mauvais tours qu'il aimait jouer.

Rien n'aurait pu faire autant plaisir à Gervaise. Le souvenir que Télesphore lui laissait était partagé. Il se fit un grand silence quand Alphonse parut, accompagné de Réjeanne, Jacqueline et Lucien qui s'approchaient du cercueil de leur père. «Quelle belle famille!» La phrase perça, claire, entendue de tous. Gervaise sentit une boule se nouer dans sa gorge. Elle se rendit auprès d'Alphonse et lui dit tout bas: «Tu ramèneras les enfants, remplace-moi auprès des arrivants.»

Elle tendit la main à Lucille qui y cacha sa menotte. Gervaise s'arrêta un instant près de son mari, posa ses lèvres sur son front, et lentement, à reculons, s'éloigna. Raymond les ramena à la maison, elle et sa fille. On ne ressentait pas le besoin de parler.

Le lendemain, Gervaise refit le pèlerinage. Les visiteurs affluaient, de plus en plus nombreux à mesure que la nouvelle du décès de Télesphore se communiquait.

Alphonse réussit à se faire oublier par sa conduite exemplaire. Gervaise l'observait à la dérobée, redoutant ses éclats. Les nombreux hommages respectueux rendus à son père le touchaient profondément; l'estime qu'on lui vouait soulignait bien la grandeur de ses vertus. Plusieurs saluaient Alphonse avec la déférence que l'on porte à un futur prêtre. Tous étaient informés qu'il poursuivait ses études au séminaire de Sainte-Anne-de-la-Pocatière, là où éclosent tant de vocations religieuses.

Lucien et ses sœurs se tenaient auprès de lui, y trouvant réconfort; Gervaise espérait que la tendresse qu'ils lui manifestaient saurait atteindre son cœur. Elle n'était pas sans avoir remarqué qu'il évitait de se trouver seul avec elle; que pouvait-il craindre d'un tête-à-tête? N'avait-elle pas plaidé en sa faveur en la présence du curé? Préoccupée par tant de choses, en plus de sa grande peine à surmonter, elle passa outre à ce détail.

Les visiteurs ne cessaient d'affluer, ils venaient de partout; après une visite au salon mortuaire, les plus intimes se rendaient parfois à la maison témoigner leur sympathie à l'épouse.

Gervaise éviterait la foule, Télesphore était dans son cœur, à jamais; ici, ou là-bas, il était présent. À son enfant elle devait attention et soins. Gervaise détestait l'extravagance, l'exubérance déplacée. Son chagrin, si profond qu'il pouvait être, se traduisait avec douceur et dans la simplicité. Les secrets de son âme n'avaient pas à être étalés au grand jour. Ils étaient trop intimes pour être partagés. Aussi taisait-elle sa peine.

Les enfants, sans le savoir, avaient d'emblée adopté son attitude, ce qui leur méritait le respect qu'il avait lui-même su inspirer.

Gervaise ne porterait pas le deuil traditionnel; il serait, lui aussi, caché dans les replis de son cœur.

Vint ce matin fatal, celui du dernier départ. Gervaise se présenta au salon mortuaire. Avant l'heure des visites, elle s'agenouilla près de son mari, le regarda intensément. Elle gravait dans sa mémoire chaque pli de son visage, chaque détail de ses mains qui avaient su être si douces, si caressantes.

Lorsqu'elle se releva, elle partit, comme elle était venue, placide.

Raymond l'accompagna à la maison. Silencieuse, le regard triste, elle gardait ses mains ouvertes sur son ventre rebondi, en communion étroite avec son enfant.

Raymond respecta son silence. Il lui donna le bras pour l'aider à gravir les marches et au moment où elle entrait, lui dit à l'oreille:

— Je t'admire, petite sœur.

Et il retourna là-bas, pour assister à la célébration de l'office divin.

***

Gervaise avait tourné sa chaise berçante de façon à regarder dehors. Elle se couvrit les épaules de son châle; elle avait froid. Pourtant la bûche crépitait dans l'âtre, la bouilloire ronronnait.

Elle vit une voiture qui remontait le rang, brisant la monotonie du paysage désert. On s'arrêtait devant sa porte. Angéline s'approcha de sa maîtresse:

— Madame, madame.

Elle tourna la tête: Pierre Samson était là.

— Venez...

Il tendit une main. Elle le regarda, le suivit: il se dirigea vers l'église. Samson la tenait étroitement serrée contre lui; des yeux, il lui indiqua le jubé. Elle gravit lentement les marches; il l'aida, l'invita à s'asseoir.

Gervaise baissa la tête. «Une petite fille qu'on a oublié de prévenir des tristesses de la vie», pensa l'homme. En bas, on récitait des prières. Le temple était rempli; tous les sièges étaient occupés.

Le prêtre s'avança, se recueillit. Il parla de Télesphore Langevin, de sa grande piété, de sa simplicité, de son amour de la terre.

De là où il se trouvait, le prêtre voyait Gervaise. Il connaissait sa douleur; il n'en parla pas; mais, à l'intention de cette femme, il prononça des mots doux, très doux. «Surtout, dit-il, surtout il savait aimer.»

Samson prit son grand mouchoir qu'il roula en boule et le tendit à Gervaise. Elle le prit et mordit dedans pour étouffer l'éclat de sa peine. Pierre la saisit par la taille, la serra contre lui. D'instinct elle cacha son visage dans son épaule.

Pour la deuxième fois en moins de trois ans, à l'intention de Télesphore Langevin, l'orgue lançait un hymne vers le ciel; la première fois, c'était le jour de leur union, dans la gaieté et la spontanéité, et aujourd'hui, dans le deuil de la séparation.

Le catafalque descendait l'allée centrale de la nef. Télesphore sortait de l'église, suivi de ses enfants. Le remue-ménage fit relever la tête à Gervaise. Elle vit les siens qui s'éloignaient, Alphonse en tête. Elle hoqueta. Samson posa sa main sur sa nuque, la forçant à se détourner du tragique spectacle.

Les cloches pleuraient ce décès, de leurs voix rauques et mesurées.

Un bruit sec fendit l'air, se percuta sous la voûte, revint en écho effleurer l'âme de Gervaise: les grandes portes de la petite église, sise sur le flanc du rocher, s'étaient refermées; un de ses enfants venait de terminer son pèlerinage terrestre.

Gervaise serra les poings. Bientôt un enfant naîtrait, le sien, le leur, qui emprunterait ces mêmes portes, les forçant à s'ouvrir de nouveau, avec tout ce que ça comporte de foi et d'espérance.

Gervaise releva la tête, eut un pâle sourire à l'endroit de Samson. Il comprit; la jeune femme contrôlerait maintenant sa grande douleur.

Voilà le but qu'il avait recherché: il se souvenait de sa mère qui ne sut jamais rompre avec le passé; toute sa vie elle avait attendu le retour de son mari, car elle n'avait pas eu la force d'être présente à ses funérailles. Il voulait éviter ce tourment à la femme de Télesphore, son plus grand ami malgré leur différence d'âge: «Un gars sur qui on pouvait toujours compter, un gars solide, un gars bien de chez nous, un gars qu'on respectait et qu'on aimait.»

Gervaise tendit la main et remercia. Bravement, elle gravit le perron qui menait à sa maison. Elle se laissa tomber sur la berceuse et ferma les yeux. Télesphore, en présence de ses enfants, descendait au plus profond de cette terre qu'il chérissait et respectait tant! Elle le cacherait dans ses entrailles.

«Angéline, faites du café, beaucoup.»

— J'ai préparé des sandwichs, vous en voulez?

— Je n'ai pas faim. Merci.

— Allez vous reposer.

— En temps et lieu.

Les sœurs de Lucienne, Jeannine et Céline, prirent charge de la restauration des voyageurs venus de loin. Gervaise leur témoigna sa gratitude. Un à un, les visiteurs s'éloignaient.

— Vous accoucherez à l'hôpital, n'est-ce pas, Gervaise?

— Bien sûr, Jeannine.

— Angéline est très dévouée. Gardez-la près de vous. Tout au moins jusqu'à ce que vos quarante jours soient faits.

Gervaise frémit!

— Mes quarante jours seront éternels, soupira la jeune femme.

Jeannine baissa les yeux, touchée par la tristesse de la voix.

Lorsque le silence plana de nouveau sur la grande demeure, Gervaise se rendit auprès de chacun des enfants, les embrassa, les borda.

Alphonse lisait; elle lui fit une caresse, lui sourit et se dirigea vers sa chambre.

Ce soir-là, comme tous les autres qui suivraient, elle choisit de dormir de l'autre côté du lit, celui qu'il occupait...

Chapitre 24

Stoïque, Gervaise s'efforçait de vivre chaque jour, chaque heure avec bravoure. En présence des enfants, elle gardait le sourire. Quand le mot «papa» était prononcé, elle ressentait, en dedans d'elle, une déchirure qui lui faisait mal. Elle fermait les yeux: «Télesphore aurait voulu que son fils naisse dans la joie.» Elle reprenait courage, pour lui, pour eux.

Alphonse était retourné au collège; il donnait de plus en plus l'impression d'être imperturbable. Gervaise essayait de ne pas être trop sévère dans son jugement. Ce fils était si différent de son père; de caractère il ressemblait à Mariette. Étant à peine plus âgée qu'eux, elle ne pouvait comprendre, car leur vie, leur enfance, leur formation et leur orientation ne ressemblaient aucunement à ce qu'elle avait vécu. «Ils ont eu une jeunesse douce, sécurisante, beaucoup d'amour, ça ne semble pas suffire!» L'épithète «égoïste» lui effleurait l'esprit, mais elle se le reprochait aussitôt, car trop sévère. «Crises de l'adolescence, ça passera.» Elle trouverait le moyen, elle saurait garder cette famille unie. Elle devait bien ça à son époux en témoignage de reconnaissance, lui qui l'avait tant choyée, tant aimée. Le petit, cet enfant qui naîtrait bientôt, se fondra, se mêlera, s'assimilera aux Langevin. Elle veillerait sur la ferme des ancêtres, oui, elle sauverait la terre.

Dès que le bébé serait né, elle s'attacherait à la tâche, se priverait de l'aide d'Angéline et embaucherait un employé qui ferait le travail de la terre.

Dans le lit déserté, elle puisait la force nécessaire, revivait ses souvenirs et s'endormait en formulant le vœu de rêver à Télesphore. Chose étrange, il ne se manifestait pas.

Sa taille ne cessait de prendre de l'ampleur. «Hé, bébé, je ne te demande pas d'atteindre la maturité avant de naître, tu deviens de plus en plus lourd à porter, pense un peu à moi.»

— Pourquoi souris-tu, maman?

— Je disais à mon petit bébé d'être sage.

— Il ne l'est pas?

— Tu veux savoir, viens. Pose là ta main et attends un peu, il va donner des coups de pied.

Lucille posait la main avec beaucoup de délicatesse. C'est à peine si elle effleurait le ventre de sa mère. Ses grands yeux exprimaient le doute, la curiosité, peut-être aussi la gêne.

— Oh! oh! oh! Maman! Il te fait mal, le méchant bébé, oh! oh!

Gervaise se mit à rire. La surprise, l'étonnement de l'enfant faisait plaisir à voir.

— Il n'est pas méchant, il bouge, il fait des exercices. Et ça ne fait pas bobo. Au contraire, c'est la preuve qu'il est en bonne santé.

— À l'avenir, quand on me reprochera de trop m'exciter, je crois savoir quoi répondre: je suis vivante et en bonne santé.

— Cher grand bout de chou!

— Avant, tu me disais «cher petit bout de chou».

— Comparée à celui-ci, tu es grande. Toi qui as si hâte de grandir, de tout comprendre!

— Ouais, c'est logique. Mais, maman, le bébé, quand va-t-il sortir de là-dedans? On va couper ton ventre? Ouf!

Gervaise chercha ses mots, tenta d'expliquer simplement. Alors elle parla de la chatte, laquelle avait mis au monde trois beaux chatons sous leurs yeux éblouis.

— Comme les poules, alors? suggéra Lucille.

Gervaise surprit le sourire moqueur d'Angéline.

— Vous savez toutes ces choses, hein, Angéline?

— Ah! oui. Et comment!

Le repas du soir fut très gai. Lucille exposa publiquement ses connaissances. On se moqua; on ajoutait des explications différentes, souvent erronées. Gervaise refusa de servir d'arbitre. On se tourna vers Raymond:

— T'en as pas fait à Mariette, toi, des bébés?

Angéline plissa le bec, pinça son nez, se retint pour ne pas rire. Raymond rougit.

— Tu es son amoureux!

— Un amoureux, c'est pas un mari, protesta Angéline pour secourir l'homme embarrassé.

Ces derniers jours, Angéline s'éloignait peu de la maison. Elle gardait un œil attentif sur sa patronne; à son avis, le moment de l'accouchement ne saurait tarder. Une première naissance comporte parfois des problèmes inattendus. Gervaise, cependant, attachait beaucoup d'importance à la date qu'avait fixée le médecin, ce qui lui laissait un peu de répit.

La jeune fille se préparait à sa façon afin de parer à toute éventualité: un drap et des serviettes étaient dissimulés dans la cuisine, prêts à être chauffés au four, le réservoir d'eau chaude était rempli à ras bord de même que la grande bouilloire. Ces précautions, elle les avait apprises très jeune, dès qu'elle fut «grande fille», soit vers l'âge de treize ans. Sa grand-mère avait jugé bon qu'il était temps d'initier la jeune fille à son futur rôle.

Angéline se souvenait encore des conseils reçus et des changements survenus dans sa vie au moment de ses premières menstruations, qui avaient fait d'elle une adulte, ce qui lui permettait de partager les secrets les mieux gardés. Les obligations n'avaient guère tardé à se greffer à son nouveau savoir. D'abord elle avait assisté à la mise bas d'un veau. Elle était sortie de cette expérience bouleversée et larmoyante. Puis était arrivé le jour où elle dut seconder sa grand-mère au chevet de sa mère; la tempête qui sévissait était telle que le docteur n'avait pu arriver à temps pour l'accouchement. C'est alors qu'elle avait vu le miracle de la vie se produire sous ses yeux. «Tu as le sang-froid et le doigté pour devenir une superbe accoucheuse», lui avait dit la sage-femme tout en procédant à la toilette du nouveau-né. Angéline avait écouté, plus morte que vive, les jambes tremblantes, le cœur en morceaux. Dieu qu'elle avait eu peur!

Depuis ses craintes s'étaient calmées à travers ses nombreuses expériences. Elle riait parfois de ses souvenirs angoissants.

Aujourd'hui, toutefois, la situation différait; madame Langevin n'était ni une parente ni une amie, plutôt sa patronne et la sœur de l'homme qu'elle chérissait; de plus, celui qu'elle aimait était le seul adulte de la maison sur lequel elle pourrait compter en cas d'urgence. Sans doute ignorait-il tout de la conduite à tenir dans de telles circonstances...

Aussi Angéline observait-elle les faits et gestes de Gervaise: «Toutes les émotions qu'elle a encaissées récemment jouent en sa défaveur.» Que de responsabilités pesaient sur ses jeunes épaules!

***

Léo entra. Comme tous les matins, il était venu prêter main-forte à Raymond, après quoi il venait déjeuner avant de retourner chez lui. C'était une façon discrète de se rendre utile tout en vérifiant si tout était sous contrôle chez ses voisins.

— Tu lui as suggéré d'embaucher quelqu'un? demanda sa femme Lucette.

— Non, j'ai pas osé. Avec ce gosse au ventre, tant qu'il ne sera pas né, j'oserai pas. Je pense qu'il faut lui faire confiance. Tout va finir par se tasser; j'ai l'impression qu'elle sait où elle s'en va.

— Il ne faudrait pas qu'ils perdent une récolte.

— Avec la neige qu'on a eue, le sol est favorable à la bonne pousse. Qui aurait dit ça, hein, Lucette? Un pareil gaillard.

— Beau, à part ça.

— Hein? Qu'est-ce que tu dis? Ça parle au maudit! Toi, Lucette Vadeboncœur, tu avais un ***kik*** sur Télesphore! Toi, la fille vertueuse! Qu'est-ce qu'il avait, ce gars-là, pour tourner la tête des femmes à l'envers?

— Tu exagères.

— Ça parle au maudit! Toi, Lucette.

— Arrête tes niaiseries, Léo. Sois sérieux. As-tu parlé à sa veuve pour tes papiers?

— C'est pas le temps de se mêler de ça. La pauvre petite...

— La pauvre petite... écoutez-moi ça.

Ensemble, ils s'éclatèrent de rire.

— Il y a pire, Lucette... Tu sais, les papiers, je ne voulais pas t'en parler, mais il se passe des choses pas trop catholiques.

— Explique-toi.

— Tu me promets de ne rien dire.

Elle haussait les épaules. Il hésita, puis avoua:

— Alphonse, le plus vieux... il m'a téléphoné. Je ne sais pas comment, mais il a mon testament en main.

— Hein! Comment?

— Je ne sais pas, c'est ça qui est embêtant.

— Parle à Gervaise, tout de suite.

— Tu penses? Alors que Télesphore est encore chaud.

— Attends que sa veuve soit dans les troubles par-dessus la tête, ce sera alors le temps!

— Télesphore prétendait que ça ne fait pas mourir de faire son testament. D'un autre côté, s'il ne l'avait pas fait, à l'heure qu'il est, ce serait trop tard. Il voulait probablement protéger la veuve, contre sa Mariette et son Alphonse; c'est pas du bois de calvaire, ces deux-là! Oui, j'irai parler à Gervaise.

Le lendemain matin, il se leva, fit son *train* tout en cherchant les mots à utiliser pour prévenir la jeune femme. Ce ne serait pas facile! Mais c'était son devoir de le faire, son devoir de chrétien et de bon citoyen. Grand Dieu! Qu'il n'aimait pas se mêler des affaires des autres! Il entra chez les Langevin qui s'étaient attablés.

Mais les choses ne se présentèrent pas aussi simplement qu'il l'avait souhaité. Gervaise refusait de déjeuner, elle semblait être dans *ses douleurs*; Léo avait vu sa femme faire les mêmes grimaces, se contracter ainsi le visage et échapper de grands soupirs. Il avala son café, s'excusa, et prétextant un travail urgent à faire, il partit, presque soulagé de n'avoir pas à attaquer l'épineux sujet.

— Il était bizarre, aujourd'hui, Léo, fit remarquer Raymond.

— Télesphore était son meilleur ami. Il doit lui manquer.

— Sais-tu, Gervaise, même les bêtes me flairent, moi, un inconnu, c'est à croire que le maître leur manque.

Gervaise ferma les yeux. Elle sourit, regarda Raymond; d'une voix chaude elle s'exclama:

— C'est merveilleux de penser que dans dix jours je tiendrai mon bébé dans mes bras.

— Euh! Madame, dix jours, dites-vous? Je ne crois pas.

— Non? Pourquoi, Angéline.

— Je ne sais pas, mais à votre démarche, à votre manière de vous tenir, à voir comment le bébé se déplace, dix jours, non. Puisqu'on est sur le sujet, avez-vous le numéro de téléphone du docteur? Ce serait bon qu'on l'ait à portée de la main. Vous ne pensez pas, Madame?

— Ce serait prudent, Gervaise, donne-le à Angéline, dit Raymond.

— Mettez-le plutôt à côté du téléphone.

— Vous êtes sérieuse, Angéline?

— Si j'étais vous, je me reposerais et penserais aux choses à apporter à l'hôpital.

— C'est vrai que je me sens lourde...

— Avec des tiraillements dans les reins...

— Comment savez-vous ça?

— Quand on a vu sa mère et ses sœurs accoucher, on sait. L'apprentissage se fait jeune, dans une grande famille.

— Vous avez peut-être raison, je vais monter préparer mes choses.

Elle se lève, marche vers l'escalier, s'arrête, s'appuie contre la rampe, tente de se redresser. Lentement elle monte, en s'arrêtant quelquefois. Angéline regarde Raymond, hoche la tête et dit d'une voix basse: «Elle ne se rendra pas au 7 juin. Les docteurs, vous savez...»

Un cri leur parvient, puis le silence. Un autre cri, un peu plus sourd cette fois. Angéline s'élance vers l'escalier après avoir pris la bouilloire qui chantonne sur le poêle.

— Ça y est, monsieur Raymond, ça y est! Trouvez Lucille qui joue dehors, allez la reconduire chez les Vadeboncœur et revenez en vitesse.

Tout en parlant, elle grimpe l'escalier, court vers la fenêtre ouverte qu'elle ferme.

— Pourquoi fermez-vous le châssis? J'ai si chaud, s'exclame Gervaise.

— La première chose que l'on apprend quand on aide les bêtes à mettre bas, c'est d'éviter les causes de pleurésie.

Gervaise s'éclate de rire, un rire qui dégénère en grimaces suivies d'un cri perçant.

— Priez saint Gérard Magella, pendant que vous en avez encore la force...

Gervaise rit encore et Angéline fait de l'humour:

— Continuez ainsi, accoucher dans la gaieté: c'est mieux que dans la douleur.

Angéline a défait le lit, replié les draps; elle prépare

la couche car elle sait que l'enfant naîtra bientôt. Gervaise la regarde faire, assise sur le bord d'une chaise. Elle goûte les répits que lui laissent les tranchées de plus en plus nombreuses et rapprochées. Ses cheveux se mouillent, elle est en sueur. Elle s'est laissé guider par Angéline, elle ne parvient pas à se mouvoir.

Gervaise ne rit plus, elle s'exclame: «Oh! Qu'est-ce que c'est ça? Qu'est-ce qui m'arrive?» Elle pousse un autre cri, aigu, qui n'a rien d'une plainte. Elle souffre. Raymond, qui vient d'entrer, a entendu. Il grimpe les marches quatre à quatre.

— Vous avez ce numéro de téléphone? demande-t-il.

— En bas, allez vite, près du téléphone.

Il descend, revient près de la cage de l'escalier:

— Où est le téléphone?

— Dans le salon.

Il court, revient: «Il n'y a pas de téléphone dans le salon.»

— Derrière la porte, grouillez-vous, grand Dieu!

Raymond gémit: «Je vais devenir fou!» Une femme répond à l'appel. Raymond hurle: «Vite, le docteur, c'est la veuve de Télesphore Langevin de Saint-Pierre-de-Montmagny.» Il raccroche, revient vers la chambre. Gervaise est étendue sur le dos, les jambes relevées, les genoux retenus par un drap replié en longueur, dont elle tient les extrémités qui entourent ses poignets.

— Eh! Raymond, descends, monte-moi encore de l'eau bouillante, le plat à vaisselle, attise le feu, fais bouillir encore de l'eau. Que ça saute! T'as compris?

Raymond pivote sur ses talons, s'embourbe dans la descente de lit, vient près de tomber, se redresse et disparaît finalement, les yeux exorbités. Angéline, la douce, hurle ses commandements.

— Toi, la petite mère, pousse, mais pousse donc! Allez, respirez, poussez.

— Eh! Là-haut, où est le plat à vaisselle?

— Sous l'évier, andouille. Ah! les hommes, à quoi c'est bon à part faire des enfants. Allez, la petite mère, pousse. Crie tant que tu veux mais pousse surtout. Encore, encore. Bon, reposez-vous une minute. Toi, Raymond, prends ça, essuie son pauvre visage en sueur.

Angéline sort, revient avec des draps qu'elle place sous les fesses de la maman.

— Bonne sainte Anne, je le vois, il est presque là. Allez, houp! Poussez, poussez, mais pousse donc, sainte *peanut*. Accrochez-vous, à deux mains, à la tête du lit et poussez! Comme ça, encore, encore, je le vois, poussez, poussez... Bingo!

Raymond est collé au mur, blême comme une vesse de loup.

— Doucement, mon chou, doucement, comme ça, comme ça, viens voir tante Angéline, dis bonjour à ta maman. De ce que t'es beau! tout rose, pas *chiffonné pantoute*. C'est un gars, un beau gros gars, lance-t-elle, victorieuse.

Gervaise pleure. Raymond s'accroupit sur ses genoux; il s'est laissé glisser le long du mur; ses jambes flageolent.

— Reposez-vous, Madame, le pire est fait. Laissez-vous aller.

L'enfant lance son premier cri.

— Tiens, regardez-moi ça! Un beau jeune poulain, je vous le donne dans deux minutes. D'abord dans l'eau de rinçage; allez, petit, dans le plat de vaisselle. Houp! houp! olé!

L'eau éclabousse Angéline qui rit d'un rire saccadé.

— Mon beau petit poulain! T'es beau comme un cœur.

— C'est pas un Poulain, Angéline, c'est pas un Poulain, c'est un Langevin, proteste Gervaise, mêlant les larmes au rire.

— Regardez-moi ça, regardez les mains de cet enfant-là. Elles sont marquées de fossettes tant il est gras; fossette au menton, fossettes aux jointures, fossettes aux coudes, dix doigts, dix orteils, bien du poil sur la tête. Cré petit ange du Seigneur!

Avec une infinie douceur, Angéline lange le bébé et le place dans les bras de sa mère.

Gervaise regarde son fils, le touche, le caresse, rit; ses larmes mouillent l'enfant qui s'étire, bouge les doigts. La maman lève un bras, y loge son poupon, sourit et s'endort, en union spirituelle avec son fils.

Raymond est sorti, il s'est assis sur la première marche de l'escalier, épuisé.

– C'est pas tout! gronde Angéline. Revenez ici. Mais l'homme n'entend plus, ne voit plus, ne sent plus. Il tremble comme le feuillage d'un jeune bouleau brassé par le vent.

– À votre tour, courageuse maman, de vous faire pomponner...

Trop tard, Gervaise dort profondément. C'est à ce moment que le médecin arrive, tenant à la main son petit sac noir dans lequel, on le prétendait autrefois, les docteurs transportaient les bébés pendant l'hiver, car les cigognes fuyaient le froid.

La conscience professionnelle obligeant, le praticien examina l'enfant. «Dix livres et douze onces, s'exclame-t-il, le plus gros bébé de ma carrière.»

– Eh! vous! Je vous demande pardon. Votre carrière, dites-vous? Que vient faire votre carrière là-dedans? C'est moi, moi toute seule qui ai tout fait.

– Si jamais j'ai une femme qui accouche, je l'entrerai à l'hôpital quinze jours à l'avance, s'exclame Raymond, à qui l'arrivée du médecin a redonné du courage.

Angéline a nettoyé, roulé le linge souillé, l'a confié à Raymond. Elle a baissé le store, allumé la lampe de chevet qui jetait à peine de la lumière car le soleil était haut.

Il était une heure dix, un vingt-neuf de mai...

***

— Monsieur Raymond, voulez-vous aller chez les Vadeboncœur leur annoncer la bonne nouvelle et prévenir Lucille qu'elle peut revenir. Je garde un œil sur madame et le poupon.

Raymond ne s'est pas fait prier deux fois. Il est sorti en coup de vent, a marché en aspirant profondément l'air encore frisquet. Tout ça semblait bien mystérieux, il avait eu très peur. Ces cris, cette souffrance, tous ces tourments qui accompagnent une naissance et que Gervaise avait eu à traverser, elle si jeune, si inexpérimentée, qui venait de perdre l'homme qu'elle aimait! La vie lui semblait bien cruelle.

— Angéline, je peux voir maman et le bébé?

— Laisse-les se reposer, attends un peu.

— Je veux être la première à la voir!

— Bon, c'est promis.

— Mon oncle est disparu.

— Oui, il est fourbu, mon oncle.

— C'est quoi, fourbu?

— Fatigué.

— Pourquoi?

— Je l'ai fait courir dans les escaliers.

Lucille s'installa dans la berceuse, regarda l'horloge. Elle avait hâte que ses sœurs reviennent de l'école.

— Il faut téléphoner à Alphonse, lui dire la bonne nouvelle.

— Monsieur Raymond le fera ce soir.

— Pas maman?

— Non, elle doit dormir.

— Tu m'as dit qu'elle n'est pas malade.

— Non, mais elle a besoin de repos.

— Écoute!

Lucille partit en trombe, grimpa les marches en criant:

— Il pleure, j'entends le bébé, il pleure.

Gervaise se réveilla, entendit le poupon, ah! ce premier pleur que l'on aime tant!

— On a oublié ses dents, s'exclame Lucille.

Un brouhaha s'ensuivit. Les enfants, à peine entrés, avaient entendu et se précipitaient eux aussi dans l'escalier.

Autour de Gervaise et de son fils, se formait une couronne: des enfants, éblouis, silencieux, réjouis.

— Qu'est-ce qu'il a à pleurer et à grimacer?

— Il a faim, affirme Angéline. Si on ne veut pas qu'il mange son poing, on devra le nourrir. Vous allez me laisser seule avec votre maman un instant. Attendez dans le passage.

Angéline, avec des tampons d'ouate enduits d'alcool, prépare le sein maternel.

— Vous êtes sûre de ce que vous faites?

— Oui. Les femmes blondes utilisent de l'huile, les brunes, de l'alcool. Ça évite les gerçures. Attendez que les enfants voient vos biberons!

— Les enfants?

— Bien sûr, vous n'allez pas vous cacher pendant six mois derrière une porte.

— Devant les enfants? Nourrir devant les enfants!

— Et comment! On n'est plus dans l'ancien temps avec des histoires de choux et de Bonhomme Sept-heures! Il vaut mieux apprendre de sa mère.

— Je ne vous ai pas encore remerciée, Angéline.

— Attendez, on aura tout le temps. Parce que votre frère, vous savez...

— Quoi, qu'est-ce qu'il a, mon frère?

— Votre frère, il a les deux pieds dans la même bottine...

Angéline plaça une serviette sur la poitrine de Gervaise, découvrit le mamelon et déposa le bébé sur le bras de sa mère. La nature fit le reste: les lèvres gloutonnes ont saisi le sein au passage, les enfants ont reculé, ouvert de grands yeux, et observé le touchant spectacle dans un silence gentil. Une larme s'est échappée des yeux de Gervaise et est venue se mêler au trop-plein qui dégoulinait. Angéline a pris un coin de la serviette protectrice et a essuyé l'épanchement.

Raymond, surpris par le silence ambiant, venait de monter l'escalier; il arriva devant la porte, à cet instant précis. Délicatement il recula et marcha vers sa chambre.

Gervaise ne parvenait pas à détacher les yeux de ce trésor, chaud, vivant, si petit sans être délicat ou frêle comme elle l'avait craint parfois.

— Il est beau, costaud comme son papa.

— Comme moi! s'exclama Lucien, en se martelant le thorax de ses poings fermés.

— Viens, Réjeanne, de ce côté, et toi, Jacqueline, venez. Glissez doucement votre petit doigt dans sa menotte. Vous allez vous rendre compte qu'il est déjà très fort.

— Qu'il est doux! Comme de la peau d'ange! s'exclama Jacqueline, elle habituellement critiqueuse.

— Et moi, alors, protesta Lucille. Je ne peux pas le toucher?

— Tu auras toutes tes journées, quand nous serons seules, promit Gervaise.

Lucien continuait de crâner:

— Lui et moi allons boxer ensemble.

— Il est bien trop petit...

***

Le soir, Angéline prit Raymond à part: «Monsieur Raymond, auriez-vous une pièce de cinquante sous bien propre? Vous comprenez, ce serait pour le nombril du bébé.»

— Deux pièces de vingt-cinq sous, ça ferait l'affaire?

Elle pouffa de rire; la fatigue accumulée aidant, Angéline avait peine à reprendre son sérieux. Elle hochait la tête, ses éclats fusaient. Chaque fois qu'elle le regardait elle pouffait, l'air ahuri du jeune homme stimulait son hilarité.

— Deux vingt-cinq cents! Ah les hommes!

Puis regardant l'heure, elle ajouta: «Il faudrait prévenir monsieur Alphonse, monsieur Raymond: il est le seul à ne pas connaître la grande nouvelle.»

— Vous pensez vraiment à tout, Angéline.

Celle-ci baissa la tête, gênée.

— Le téléphone, demanda-t-il, il est toujours derrière la porte du salon?

Ce fut son tour de rire.

Épinglée au mur se trouvait encore la feuille où figuraient des numéros, dont le sien. Raymond hésita, puis composa: «Si Mariette était revenue!» Il n'obtint pas de réponse. Alors il téléphona au collège de Sainte-Anne. Il dut attendre qu'on prévienne l'étudiant, qui à cette heure se trouvait à la salle d'études.

— Allô!

— Alphonse?

— Oui.

— C'est Raymond.

— Raymond? Raymond! Mais oui, mon oncle Raymond, mon oncle maternel... Dites donc, que me vaut cet honneur?

— Vous avez un jeune frère, né à une heure dix; il pèse plus de dix livres.

— Dix livres et douze onces, pour être précis.

— Vous le saviez?

— Écoute, mon Raymond, si tu profites de l'occasion pour t'implanter chez nous et te faire vivre, tu peux chercher ailleurs. C'est moi, l'aîné de cette famille; Mariette n'est qu'une fille, qui a déserté. Tu n'es plus le beau-frère en perspective, oublie pas ça. De plus, on a une employée à la maison, elle aurait pu me téléphoner. Réjeanne a plus de jugeote que vous tous...

Alphonse continuait de cracher son venin, mais Raymond avait raccroché. Il restait là, éberlué.

— C'est un fou! C'est un malade ou quoi? Pauvre

Gervaise, qu'est-ce qui l'attend? Non, mais il est craqué, le futur curé!

Il revint vers la cuisine et se laissa tomber dans la berçante.

— Alors? questionna Angéline.

— Il savait déjà... Réjeanne lui a parlé.

— Ces chers enfants! s'exclama la bonne.

«Je lui casserais la gueule: le blanc-bec!» pensa Raymond, toujours sous l'effet du choc.

— Que diriez-vous d'une assiettée de blanquette aux œufs?

— Ce ne serait pas de refus.

Dans sa tête, les insultes continuaient de gronder, cuisantes, amères. Il mangea en silence, trop fâché pour raisonner. Il se gava de pain, tranche après tranche, sans même s'en rendre compte.

— Ça met en appétit, hein, les accouchements? Vous ne préféreriez pas du pouding au chômeur avec de la crème fraîche?

— Non, merci.

Angéline comprit qu'il valait mieux le laisser en paix. Il n'avait décidément pas le goût de la taquinerie. Elle lui apporta une tasse de thé, desservit la table en silence.

Raymond décida de ne rien raconter à Gervaise, du moins pas pour le moment. Il la laisserait tout à sa joie, elle l'avait méritée.

***

Gervaise tourna la tête vers la *bassinette* où reposait son fils caché dans ses langes. Elle attendait impatiemment l'heure de la tétée, ces minutes précieuses où il faisait si bon d'être en contact étroit avec la chair de sa chair, ce miracle de la vie possible par le truchement de l'amour.

Angéline apporta un plateau garni: «Bien se nourrir pour bien allaiter. Je veux vous prêter ceci: c'est une clochette; si vous voulez quelque chose, vous sonnerez. Ça, c'est le réveille-matin de monsieur Alphonse. J'ai pris la liberté de l'emprunter. Il ne faut pas brouiller les habitudes de boire du bébé. Et vous, ne vous levez pas! Il faut récupérer avant.»

— C'est un bijou, cette clochette. Elle est en argent massif.

— Je ne sais pas en quoi elle est faite, mais elle est dans la famille depuis trente-sept ans et a toute une histoire.

— Racontez-moi ça.

— Euh! C'est assez embarrassant. Imaginez-vous que mon père l'a volée... dans la sacristie, le jour de son mariage. Maman était tellement fâchée! Elle disait que c'était un sacrilège, punissable par les peines de l'enfer. Alors papa avait peur. Il s'en est confessé toute sa vie. Chaque fois le curé lui imposait la même pénitence: un baril de pommes à apporter au presbytère à la récolte d'automne. Mon père nous a juré qu'il a dû transporter trois fois le contenu de son verger en tant d'années.

— Ne me faites pas rire, je vais réveiller le bébé!

— Et après? Vous pensez que c'est mauvais pour le petit d'entendre rire? Croyez-moi, un bébé a besoin de bruits et du son des voix, il s'adapte à ce qui l'entoure, ça l'aide à se développer; plus ils sont petits, mieux c'est. À ce propos, je pourrais vous raconter une autre histoire.

Gervaise croisa les bras derrière la tête et regarda Angéline.

— Ma sœur, Ursule, a toujours été différente des autres. Elle n'a jamais voulu aider sur la terre. La ferme ça ne lui plaisait pas, Madame. Elle passe son temps dans les livres, elle s'éduque. Vous entendez ça? Elle s'éduque et barbe les autres. Deux enfants, c'était assez, selon elle. Son premier a grandi selon la recette idéale d'un docteur américain; le livre du spécialiste sur la table de la cuisine, ou sur celle du salon: consulté tout le temps. Conséquence?

À part les chicanes avec maman et son mari, le petit, qui avait droit à tous ses caprices, est devenu impossible. Il avait cinq ans quand le deuxième est né. Un an plus tard elle est arrivée à la maison en larmes. Son Raoul n'était pas du monde, elle n'en venait plus à bout. Ce cher ange qu'il ne fallait pas réprimander était après la faire mourir. J'entends encore maman. «Amène-le-moi, mais à une condition: je ne veux pas te voir ici avant quinze jours. Compris? Promis?» Pauvre Raoul! Il criait, piochait, tempêtait, maman n'entendait rien. Je l'ai vu casser trois assiettes pour attirer l'attention. *Motte!* maman ne bougeait pas. Si par contre il était gentil elle le récompensait. Ça a pris trois mois de ce régime pour le redresser. C'est ça, un enfant gâté. Ça ne sait plus ce que ça veut, ni pourquoi. Bon, bon, je prêche mais regardez l'heure!

Gervaise, souriante, se souleva sur ses oreillers et tendit les bras pour accueillir son bébé rose.

— Et le docteur américain, Angéline?

— On n'en a plus jamais entendu parler! Rien ne remplace l'amour d'une maman attentive. Ce petit a de la chance.

***

Le matin du 7 juin, Gervaise ouvrit les yeux à l'heure où Télesphore venait habituellement déjeuner en sa compagnie.

Malgré la défense formelle d'Angéline, elle se leva, marcha jusqu'au berceau de l'enfant, et le regarda dormir. Ses yeux s'embuaient de larmes. «Je ne dois pas manquer de courage, je dois surmonter ma peine. Tu es déjà là. Dans tes caresses et ta tendresse je trouverai la force.» Elle souleva le bébé, le serra sur son cœur.

«C'est le premier nourrisson que je tiens dans mes bras, et c'est le mien!» Cette pensée la réconforta. «J'ai sept enfants à aimer, grande doit être ma joie.»

Elle marcha vers la fenêtre, leva le store, regarda la campagne encore endormie.

«Ce matin, nous en avions rêvé, ton père serait resté près de moi, aurait tenu ma main, dans l'attente de ta venue. La vie ne l'a pas permis. Elle a voulu compenser, sans doute, en te délivrant huit jours plus tôt, huit jours heureux. Elle m'a aussi rendu un frère que je croyais perdu à tout jamais. Tiens, il est là, il dirige les animaux vers le pré. Tu vois, je ne suis pas seule, je dois sourire et espérer.»

Le poupon s'étira, bâilla, grimaça. «Tu as faim, c'est ton heure de manger. Pas de rôties, pas de pain doré: Lucille l'a dit, on a oublié tes dents. Je changerai d'abord ta couche mouillée.»

Mais ce n'était pas aussi facile qu'elle le croyait. Pourtant elle avait bien observé Angéline qui, elle, le faisait en un tournemain. Les épingles l'effrayaient, si bien qu'elle finit par n'en pas mettre. Elle pliait et repliait le carré de finette, et y mit tant de temps que le bébé, sans crier gare, inonda tout ce qui l'entourait. Elle éclata de rire. «Quel enfant terrible tu es!»

À la porte, Angéline observait.

— Voilà ce qui arrive quand on désobéit. Maintenant c'est tout ce grand lit qu'il faudra changer. Ne restez pas debout, buvez ce verre de lait chaud, je l'ai aromatisé de miel.

Angéline alla chercher des draps et, se penchant sur la rampe de l'escalier, elle cria:

— Monsieur Raymond, venez.

— Qu'est-ce qu'il y a?

— Montez une chaise berçante.

— Vous n'allez pas me garder prisonnière en haut bien longtemps, Angéline?

— Le temps qu'il faudra. Quand on ne sait pas mettre une couche à un bébé, on n'est pas mûre pour le reste.

Gervaise assista au bain du poupon qui disparut dans

un nuage de poudre; elle apprit à le langer. C'est dans la berceuse, ce matin-là, que le bébé prit son petit déjeuner.

Gervaise était au comble du bonheur. La vie continuait son cours avec son bagage de joies qui font le soleil de la vie.

Chapitre 25

— Dis-moi, Raymond, Léo ne vient plus t'aider?
— Non, il a trop à faire; maintenant je connais les airs.
— Je vois. Tu as été magnifique.
— Magnifique, hein!
— Mais l'heure est venue de prendre des décisions. Je ne peux ainsi abuser de ta générosité. J'ai pensé engager quelqu'un à qui tu pourrais...
— Gervaise, ce quelqu'un, est-ce que ça pourrait être moi? On ne s'ennuie pas chez toi. Je me suis attaché aux enfants, je m'y connais un peu; crois-tu...
— Raymond! Ça, je ne l'ai jamais espéré. Tu resterais...

Bang! Un bruit de vaisselle cassée. Angéline, rouge comme une pivoine, se morfond en excuses.

— Pourquoi pas? Télesphore m'a dit un jour que tabac ou légumes, la culture c'est la culture. Il avait bien raison. J'y ai repensé souvent, à cette phrase-là, depuis que je suis ici.

Gervaise baissa la tête, incapable de répondre tant son émotion était grande.

— Penses-y, Minotte, tu n'as pas à te presser pour me répondre.

— Raymond, les gages ne seraient peut-être pas les mêmes?

— Logé, nourri, heureux en plus! Le salaire, on en reparlera, après la récolte; qu'est-ce que tu en dis?

— Télesphore, et nous tous, te remercions, Raymond.

Gervaise détourna son regard noyé de larmes, tant sa joie était grande.

Un lourd poids venait de tomber de ses épaules. Peu à peu les choses se classaient. Son mari lui manquait, bien sûr, mais il lui avait laissé tout un monde à aimer!

***

Gervaise s'était très vite remise de son accouchement. Le bébé était en parfaite santé.

Une fois encore, mais en vain, on avait tenté de rejoindre Mariette. Gervaise décida que Réjeanne serait marraine, et Raymond, le parrain. Madame Vadeboncœur accepta avec empressement d'être porteuse de l'enfant sur les fonts baptismaux.

Par respect pour le père, il n'y eut qu'une très simple cérémonie; Angéline servit des fruits et des liqueurs douces. «Si ces quarante jours peuvent finir», se plaignait Gervaise, fatiguée d'être surveillée et traitée comme une impotente.

Raymond prit arrangement avec Léo pour qu'il vienne le remplacer: «Le temps d'aller à Joliette et de revenir.» Il casserait maison, reviendrait avec armes et bagages. Son absence coïncida avec le retour d'Alphonse.

Il arriva en taxi. Sur le perron il empilait les choses rapportées. Les enfants s'empressèrent de l'aider à tout entrer. La procession allait de la porte vers l'escalier.

— Mon oncle n'est pas là? demanda-t-il avec un rire sarcastique qui n'échappa pas à Gervaise.

Elle fit mine de n'avoir rien entendu.

— Tu sais, Alphonse, je suis la marraine.

— De qui?

— Mais de mon frère, Télesphore.

— Et le parrain?

— Oncle Raymond.

— Répète, j'ai mal compris.

— Viens le voir, Alphonse, il est beau comme un ange.

— Fous-moi la paix. Je veux des explications. Si c'est le fils de mon père, je suis l'oncle qu'il faut choisir comme parrain. C'est ça, la tradition. La marraine, je m'en contrefiche.

«Si c'est le fils de mon père.» Gervaise blanchit. Elle vint se placer devant ce grand garçon qu'elle essayait d'aimer, mit ses poings sur les hanches, s'avança jusqu'à le toucher. Elle ouvrit la bouche, pas un son ne sortit. Elle avança encore, il dut reculer. Pas à pas, elle l'accula jusqu'au mur. De ses grands yeux noirs s'échappait tant de colère qu'il ne savait plus quelle contenance prendre.

Les enfants, effrayés, regardaient sans trop comprendre. Réjeanne se mit à pleurer. Lucille vint s'accrocher à la jupe de Gervaise.

Léo entra sur ces entrefaites. Il devina un drame. Il déposa les canisses de lait pleines à rebord et tonna:

— Qu'est-ce qui se passe ici, madame Gervaise?

Gervaise recula lentement, tenant toujours sous son regard froid un Alphonse devenu piteux. À grandes enjambées, il se dirigea vers l'escalier.

— Une colère d'adolescent, rien de plus, Léo.

Elle avait parlé assez fort pour être entendue d'Alphonse.

— Faut pas vous laisser impressionner, madame Gervaise, j'ai en main de bons arguments à vous donner, ajouta-t-il en levant la tête, pour s'assurer que l'autre entendait.

— Tout va se tasser, ne vous en faites pas. Vous avez le temps de prendre une tasse de thé?

— C'est pas de refus. Vous avez des nouvelles de Raymond?

— Non, mais ça ne devrait plus tarder.

— Si vous avez des problèmes, n'hésitez pas à me téléphoner. Prenez bien soin de vous, sinon votre lait va se tarir.

La phrase magique! Gervaise vint s'asseoir près de la table. Elle sentait ses jambes se dérober sous elle.

— Évitez aussi les escaliers.

— C'est ce qu'Angéline me répète.

— Les quarante jours, c'est pas des inventions de bonnes femmes, vous savez, Gervaise. Assez jasé, il y a encore du boulot à faire.

Léo salua, s'éloigna. Les enfants, penauds, n'osaient bouger.

— Le souper est prêt, Angéline? demanda Gervaise.

— Oui, madame.

— Tant mieux, j'ai faim. Allez, Mesdemoiselles, aidez à dresser le couvert. Lucien, monte dire à ton frère de venir souper.

— Maman, demanda Réjeanne, c'est ma faute, mais je ne sais pas ce que j'ai fait de mal.

— Rien, ma fille. Tu n'as rien fait de mal. Tu n'es pas responsable des colères de ton frère, ni de personne. Il ne faut pas se laisser effrayer par les gens colériques ni assumer leurs crises.

Se tournant vers Alphonse qui arrivait, Gervaise ajouta:

— Alphonse, prends la place que ton père a laissée vide...

Elle fit une pause puis enchaîna:

— À l'avenir, tu agiras en homme. Si tu as quelque chose à dire, adresse-toi à ceux qui sont en mesure de donner une réponse aux questions que tu aurais à formuler. Tiens-toi-le pour dit.

Les enfants se mirent à table, mal à leur aise. Gervaise, pour la première fois depuis le décès de son mari, ouvrit la radio, histoire de mettre un peu de gaieté dans la maison.

— Le deuil est fini? demanda Lucille.

— Non, chaton. Le deuil est dans le cœur de chacun; le reste, ce qui se voit, ce ne sont que des convenances.

— Ah! du poulet, donne-moi de la poule mouillée, Angéline.

— De la poule mouillée? Qu'est-ce que c'est?

— Le plat préféré de Mademoiselle: du brun de poulet recouvert de sauce.

Alphonse savait que les flèches s'adressaient à lui seul. Il était dans sa nature d'attaquer, de se montrer fendant et arrogant, surtout avec ceux qui, il le savait, lui pardonneraient. Devant l'étranger, devant plus fort que lui, il devenait condescendant, doucereux. Il se faisait les dents en persécutant ceux qu'au fond il aimait.

On mangeait en silence. Gervaise, pour se donner une contenance, aidait Angéline à faire le service. L'atmosphère, lourde, n'était pas très saine. Gervaise ruminait, son regard brûlait.

***

Réjeanne ne manquait jamais une occasion de dorloter bébé Télesphore. Son titre de marraine lui seyait à merveille. Gervaise encourageait l'éclosion de cet amour merveilleux.

— Appuie-le bien contre toi, tiens sa tête de ton autre main. Un bébé sait, il sent l'amour que tu as pour lui. Vois comme il semble content et détendu.

— Tu crois qu'il m'aime?

— Bien sûr. Très tôt, il te le prouvera par son sourire, son gazouillis. Il grandira très vite. Profite du temps qu'il est si petit et témoigne-lui bien tout ton amour.

Gervaise couvrait un coin de la table d'un édredon, remplissait le bassin d'eau tiède dont elle vérifiait la chaleur en y trempant le coude. Des langes propres, la couche, la poudre et l'huile douce, la serviette et la débarbouillette réservées à ses soins, tout était en place: bébé jouirait de sa toilette matinale.

— Va, dépose-le ici.

Les fillettes entouraient la table, assistaient au cérémonial des ablutions. En retrait se tenait Lucien, un peu gêné, car il était à l'âge où les questions de ses sœurettes au sujet de cette petite chose qui fait la différence des sexes, le mettaient bien mal à son aise. Gervaise se faisait affectueuse et tendre avec le nourrisson. Elle poudrait les fesses roses, les aisselles, les pattes dodues. De la brosse de soie elle soulevait les cheveux qu'elle disposait en «coq» roulé sur ses doigts. C'étaient des minutes d'infinie tendresse, des minutes qui appartiennent de droit au petit et qui joueront en sa faveur toute sa vie. De cette première enfance jaillissent les dispositions futures de l'enfant. Bébé Télesphore ne manquait pas d'amour.

— Il n'est pas fragile? Il est si petit!

— Petit, oui; fragile, non. Au contraire, il est solide et bien constitué. Cependant il faut être prudent et éviter les accidents. Très vite il saura courir. Déjà il sourit, ses yeux traduisent ses émotions intérieures. Regardez-le, il aime se faire cajoler.

— Il me fait beaucoup penser à papa.

— Et il sera fort comme lui. Lucien devait lui ressembler à son âge: ce sont de beaux hommes, costauds, comme l'était le papa.

Lucien, ravi, sourit.

La jeune marraine prenait son rôle au sérieux. Déjà son instinct maternel se développait. La poupée était bel et bien vivante, buvait le lait, riait, battait l'air de ses pieds. Gervaise se réjouissait que ce soit elle, la marraine; elle était là, si présente, soucieuse du bonheur du petit qui recevait ainsi de grandes doses d'amour et était bien protégé. Le père manquait à la tête de sa famille, aussi Gervaise se sentait-elle responsable de l'épanouissement de chacun; elle cherchait par tous les moyens à leur donner une enfance sécurisante.

La présence de Raymond au milieu d'eux donnait un certain équilibre à leur vie, les travaux sur la ferme étaient exécutés, donc rentables, ce qui assurait le pain de chaque jour.

Gervaise oubliait sa peine, l'amour de sa famille servait de tampon à sa solitude. Parfois il lui suffisait de fermer les yeux pour voir surgir Télesphore avec ses tics, ses raisonnements, son pouvoir réconfortant; ça l'aidait à prendre ses décisions, à parer aux coups. La vie ne l'avait pas gâtée; son enfance pénible de fille mal aimée par sa mère, son infirmité, l'insécurité des foyers nourriciers, la sévérité de l'éducation reçue au couvent s'avéraient pourtant autant de pierres angulaires qui servaient maintenant de base aux lourdes responsabilités qui lui échouaient.

De l'amour elle n'avait connu que des bribes clairsemées, mais suffisantes pour lui avoir fait comprendre la valeur des choses du cœur. Son père, le Raymond de son enfance, madame Anita, Julie, sœur Agnès, plus tard, et surtout Télesphore et son ardente flamme amoureuse, ces êtres chers lui avaient permis de garder son équilibre, de s'enrichir, de s'épanouir.

Il lui appartenait maintenant de donner au centuple. Elle savait se faire violence, elle savait aimer: au bonheur des siens elle consacrerait sa vie.

Elle s'était endormie en pensant à toutes ces étapes de sa vie. À ses côtés, le bébé qu'elle déposait habituellement dans son ber lorsque le sommeil le gagnait, reposait auprès d'elle, à poings fermés. Accompagnée de Jacqueline, comme tous les matins, sa marraine vint se pencher sur le lit du marmot. Surprise de ne pas l'y trouver, elle se retourna et le vit près de sa maman. Avec d'infinies précautions elle s'approcha et, le prenant dans ses bras, elle s'éloigna sur la pointe des pieds.

— Ferme doucement la porte, Jacqueline, ne réveille pas maman.

— Pourquoi ne le laisses-tu pas près de maman?

— C'est son heure de manger.

— Alors il faut réveiller maman.

— Non, je vais lui préparer une bouteille.

— Mais, où va-t-on le mettre? Pas sur la table! Il pourrait rouler en bas!

— J'ai une idée. Videz le grand tiroir de la commode, ça va lui faire un bon lit.

— Dans le tiroir?

— Oui, mettez-le sur deux chaises. Tourne celle-là, comme ça.

— C'est en bois, c'est dur là-dedans! Attends, je vais aller chercher mon oreiller.

Gervaise retrouva son fils sous une accumulation de hochets, chapeaux, avions de papier, et aux orteils, les bagues de ses sœurs «car ses doigts sont si petits». Les yeux lumineux de l'enfant disaient sa joie. La mère, émue, souligna son émotion en serrant dans ses bras ses fillettes si délicates, si attentives. Le déjeuner fut des plus joyeux. De ce jour, le tiroir fut gardé vide et servit occasionnellement de lit secondaire à bébé Télesphore.

«Dommage que le père ne soit pas là pour voir de ses yeux l'encadrement merveilleux qui entoure son dernier-né, dit Raymond quand on lui relata les faits; qui ne saurait s'attendrir devant tel spectacle?» Angéline rougit; cette fois encore, Gervaise le constata.

Gervaise, qui a grandi à l'école de la soumission, à qui l'on a enseigné à se résigner, à absorber les coups, s'est forgé une âme franche, sans mesquinerie.

Elle a appris à cerner les injustices, à discerner le vrai du faux. Elle en est venue à haïr la traîtrise, et s'est nantie de moyens de défense pour protéger sa vulnérabilité.

La vie, aux côtés de Télesphore, lui fut bien douce: il appartenait à la même école de pensée. Son âme était droite, son esprit de justice à toute épreuve. Près de son mari elle avait affermi ses convictions profondes, enrichi sa personnalité.

Elle ne s'abandonnait jamais à ce genre de crises psychologiques qui ébranlent, troublent, perturbent, font souffrir inutilement. Elle savait réprimer ses sautes d'humeur.

Les propos tenus par Alphonse la médusaient: «Si c'est le fils de mon père», avait-il dit. Le «si» comme une massue avait heurté l'âme pure de Gervaise. Le doute émis pour appuyer ses reproches amers, le dédain témoigné à l'endroit de Mariette et de Réjeanne, son égoïsme féroce, sa méchanceté accablante, même le ton employé l'avait révoltée.

«Qu'aurait fait Thélesphore devant telle situation? Comment aurait-il réagi? Il n'a pas l'excuse de l'ignorance, de la misère physique ou morale. Il a un vilain caractère, lui seul peut se prendre en main. Moi, je ne peux que l'écouter, l'aimer et occasionnellement lui souligner ses égarements. Où trouverai-je la force morale nécessaire pour ne pas m'emporter? Il a de ces façons de me déboussoler! Je me dois de protéger la sensibilité des enfants, ils lui vouent un grand sentiment de respect, d'amour. La situation est délicate.

«Léo... il m'a semblé exaspéré! Pourquoi a-t-il eu cette vive réaction? Réjeanne est forte, elle développera ses propres moyens d'autodéfense; c'est ça, la vie de famille: apport mutuel, confrontations, réactions. Les hauts et les bas créent l'harmonie, comme en musique; c'est le dosage qui compte, la mesure. Elle sourit: «Me voilà devenue chef d'orchestre!»

«Il aura ta beauté... mais avait hérité de la sienne. Il a été taillé dans le même bois dur que son père, a la même carrure, aura sans doute les mêmes passions... Oh! oui, cet enfant la porte, la marque de son père! C'est du Langevin haut de gamme. Ça sauterait aux yeux, même d'un aveugle tel qu'Alphonse!»

Elle prit sa place habituelle, à côté de l'aîné.

— Alors, Alphonse, l'année s'est terminée en beauté?

— Ouais! jeta-t-il avec ironie.

— Tu veux dire oui?

— Alors, demain tu vas être curé? lança Jacqueline.

— Non. Ni demain ni jamais.

— Quoi!

Lucien avait sursauté. Il était debout, les yeux démesurément écarquillés.

— Tu dis que tu ne seras jamais curé?

— Non, j'ai changé d'orientation.

— Dis-moi pas qu'elle ne vous l'a pas dit?

— Qui ça, elle?

— Elle, c'est moi, c'est de moi, Lucien, que ton frère parle, dit Gervaise.

— Tu le savais, maman?

— C'était le secret de ton frère. Il ne m'appartenait pas de le dévoiler. Ton grand frère est un homme maintenant, il doit décider de sa vie.

— Tu as décidé, Alphonse.

— Assieds-toi, Lucien, Alphonse va tout vous dire.

Gervaise avait parlé avec douceur. Tous les yeux convergeaient vers le grand frère.

— J'ai changé d'orientation.

— Ce qui signifie, intervint Gervaise, que votre grand frère a changé de choix en ce qui a trait à son avenir.

— Vous voulez parler à ma place?

— Non, je veux qu'on vous comprenne bien: vous pouvez sûrement lire, sur leurs visages, l'intérêt qu'ils vous portent.

— Je vais devenir docteur.

— Ah! oui. Quand? demain?

— Non, je dois étudier d'abord. À l'université.

— Encore!

— Oui, Lucille, encore. Plusieurs années.

— Tu vas mettre des bébés au monde!

— Non, faire des inter... des opérations.

— Hein! Tu vas couper le monde, avec un couteau, toi!

Alphonse rit, s'appuya contre le dossier de sa chaise, prit un air supérieur.

— Tu seras bien contente, Réjeanne, si un jour je dois opérer une jambe de ton filleul, pour ne pas qu'il reste boiteux le reste de sa vie.

Il jeta un regard méchant en direction de Gervaise.

Réjeanne se leva, se mit les poings sur les hanches et hurla:

— Toi, toi, Alphonse Langevin, jamais! Tu ne toucheras jamais à mon filleul; tu es trop nerveux, trop haïssable.

Elle se rassit et fondit en larmes. Arrogant, Alphonse poursuivit:

— Alors, ma fille, je lui ferai prendre son lait de magnésie.

— Viens près de moi, Réjeanne, dit Gervaise. Vous, Monsieur le docteur, apprenez à mouiller les l, dans filleul et l'n, dans magnésie. À part cette remarque sur la qualité de votre langage, je vais vous demander d'être au salon, ce soir, à neuf heures trente. Nous aurons une conversation entre quatre yeux. Réjeanne, veux-tu monter chercher ton filleul, c'est l'heure de la tétée.

— Quoi! Ça ne se fera pas devant les enfants, j'espère.

— Docteur ou curé, il faut choisir! Les devoirs sont faits, les enfants?

La voix était calme, le ton décidé.

Gervaise, assise dans la berceuse, attendit l'arrivée du poupon; elle ouvrit son corsage et lui offrit le sein. Alphonse rougit. Les enfants, qui ne se scandalisaient plus du spectacle, s'installèrent autour de la table et plongèrent le nez dans leurs livres. Alphonse pivota sur ses talons et disparut dans l'escalier.

«Le Gros-Jean comme devant baisse vite pavillon», pensa Gervaise. Elle saurait le mater. «Il n'est pas question de chercher à circonvenir ce garçon, il doit apprendre à respecter son entourage.»

Les enfants étaient au lit, le bébé dormait déjà comme un ange. Angéline était montée dormir sans même ouvrir le poste de télévision comme elle le faisait chaque soir. Gervaise se berçait, un livre à la main, mais l'esprit ailleurs.

Lorsque parut Alphonse, elle leva les yeux vers l'horloge, son regard s'arrêta sur un petit paquet qu'elle avait placé là des semaines plus tôt.

— Ah! fit-elle, en se remémorant le contenu de la boîte. J'avais totalement oublié! Oh, mais, totalement!

— Qu'est-ce que vous avez oublié?

— Remets-moi le paquet qui est là, sur la tablette de l'horloge, veux-tu?

Elle avait parlé doucement, un trémolo dans la voix.

Alphonse le prit et le lui remit.

— Votre père m'a remis ces choses en me demandant de les servir au baptême de notre enfant. Après tout ce que nous avons eu d'émotions, j'ai oublié.

Assise, les yeux baissés, refoulant sa peine, Gervaise regarda Alphonse.

— Tu as eu de dures épreuves, comme nous tous, récemment. C'est arrivé à une période où tu aurais eu besoin d'un confident, d'un père. Je suis heureuse que tu en aies parlé avec Télesphore, aux vacances de Noël. Tu es bouleversé et sans doute inquiet. Mais tu as atteint l'âge où un homme peut décider de lui-même. Tout être humain, Alphonse, a la capacité d'être heureux. Il suffit de canaliser ses énergies et d'être franc avec soi-même. Il y a plus. J'ai ici charge d'âme. Ton frère et tes sœurs ont aussi droit au bonheur. Nous formons une famille que tu quitteras bientôt pour en créer une autre, la tienne. Oh! ne proteste pas. Ne brise pas ce qui est, respecte les enfants, ne cherche pas à miner mon autorité. Ça, je ne te le permettrai pas. Je ne te demande pas de m'aimer, tu peux te rebeller, c'est ton droit. Mais les mesquineries et les injustices envers les enfants, je te les interdis!

— Vous avez fini?

— Encore deux mots. Trouve-toi du travail, tu garderas tout ce que tu gagnes; tu seras toujours le bienvenu dans cette maison, qui est aussi la tienne. Mais il faudra te souvenir que c'est aussi celle des petits. D'eux je suis responsable. Voilà, Alphonse, j'ai fini.

Il hésita un instant, semblait vouloir riposter, mais ne le fit pas. Il se dirigea vers l'escalier.

— Bonsoir, Alphonse.

— Bonsoir! jeta-t-il. Puis, se retournant vers Gervaise, il ajouta: Je vais partir.

Elle ne répondit pas, ce qui sembla le désarmer. Elle ferma les yeux et pria: «J'espère, Télesphore, que je ne me suis pas trompée; grâce sans doute à ces deux cœurs en sucre, j'ai su me contrôler».

***

Alphonse demanda à Angéline, tout en descendant l'escalier:

— Où sont les clés de la Chevrolet ?

— Je ne sais pas. Demandez à votre mère.

Gervaise, qu'il n'avait pas vue, sortit du salon et répondit:

— On ne peut l'utiliser.

— Je dois aller au village.

— Attelle le cheval, ça lui fera du bien de faire de l'exercice.

— Pourquoi ne peut-on pas utiliser l'auto?

— À cause de certaines procédures, elle est toujours enregistrée au nom de ton père. Il y a aussi la raison des assurances.

— Décidément, dans cette maison...

Voilà qu'une automobile entrait dans la cour. Raymond revenait; une remorque contenant ses bagages suivait.

— Non! Mais le voilà, l'homme engagé qui prendra la relève; c'est du joli! De plus il traîne ses pénates!

Bang! Angéline venait de fermer un panneau de l'armoire avec rage.

— On se fait servir, aux champs, à la cuisine. Race de monde! tonna Alphonse.

Raymond entra, marcha vers Gervaise, lui déposa un baiser sur le front.

— Ça va, Minotte?

— Bien contente de vous voir de retour, monsieur Raymond, s'exclama Angéline.

— Je vais à la grange et je reviens.

— Tu as faim?

— Un café, dans une petite demi-heure.

Après le départ de son frère, Gervaise s'adressa à Alphonse.

— Tu aurais pu emprunter la voiture de Raymond, Alphonse, mais je te préviens, vas-y poliment; ce n'est pas un Langevin, c'est un Lamoureux.

Alphonse sortit par la porte avant, rageur.

***

La demi-heure passa, Raymond ne revenait pas. «Je vais aller voir ce qui se passe». Angéline sortit et revint aussitôt: «Monsieur Léo parle avec monsieur Raymond. Ça semble sérieux, très sérieux même.»

Raymond, appuyé contre la porte de la grange, écoutait Léo. Il lui parlait de l'échange des testaments qu'ils avaient fait, lui et Télesphore.

— Le plus maudit, dans tout ça, ce que je ne comprends pas, c'est que cette peste d'Alphonse, le faux curé, m'a téléphoné. Imagine-toi qu'il a mon testament en main. Il m'a tenu des propos bizarres, une sorte de chantage, comme s'il était au courant de l'affaire.

— Vous en avez parlé à Gervaise ?

— Pense donc, j'suis pas fou. Je ne veux pas me mêler à vos histoires de famille. Surtout que le petit verrat, il se mêle de faire de la misère à votre sœur. Mais je pense qu'il sait que je l'ai à l'œil, je le lui ai fait sentir. Je suis bien content que tu sois là, ça me rassure.

— Je suis arrivé pour de bon... alors c'est ça qu'a voulu dire, Angéline... J'ai bien vu que ça n'allait pas. C'est délicat, cette histoire.

— Tu restes, c'est une bonne nouvelle, la veuve a déjà eu sa grosse part de problèmes. Il va falloir mettre la patte sur les papiers pour régler la succession avant que le flanc mou s'en mêle. Allez donc voir le curé pour démêler tout ça. Allez-y avec votre sœur. Il la connaît. Si ça ne marche pas, on verra Pierre Samson, un ami de votre défunt beau-frère.

— D'abord, je vais parler à Gervaise.

— Arrangez-vous pour le faire dans le privé. Les murs ont des oreilles.

— Merci, Léo. Merci. Je te tiendrai au courant; au sujet de ton document, je vais voir ce que je peux faire.

***

Pendant ce temps, Alphonse, furieux, marchait vers le village. Un voisin le reconnut, l'interpella.

— Vous allez au village?

Il sursauta tant il était perdu dans ses pensées amères.

— Vous voulez embarquer?

— C'est gentil de votre part, monsieur Beaumont.

— C'est pénible, ce décès de votre père. Il n'a même pas eu le plaisir de connaître son gars. Mais il a marié une bien bonne personne. Les enfants savent se tenir et réussissent à l'école. Ma femme enseigne, vous savez. Et vous, vous allez devenir curé! C'est beau, votre père doit être fier, là où il est. L'Église, c'est la force du pays!

Alphonse jugea bon de se taire. Il avait besoin de l'appui de tous, ça l'aiderait à faire valoir ses droits et déjouerait les manigances des Lamoureux, Gervaise et compagnie!

— Du souci, hein? La vie, c'est du souci, la mort c'est du souci.

— Merci, monsieur Beaumont, je vais descendre ici. Merci encore.

— Salut, mon jeune. Mes respects à chez vous.

«C'est beau pareil, un gars qui devient un curé; dire que Télesphore ne verra pas ça non plus!»

***

Raymond entra, chercha sa sœur du regard.

– Votre café est prêt, monsieur Raymond.

– Où est Gervaise?

– En haut, avec le bébé, c'est l'heure de son boire.

– Angéline, il y a eu du grabuge en mon absence?

– C'est une question?

– Oui, c'est une question.

– Alors, posez-la à madame.

– Vous ne niez pas?

– Voilà votre café, fort et chaud, comme vous l'aimez.

– Je ne saurai rien de vous, Angéline, je le vois. Vous êtes une fille fidèle. C'est beau.

Elle rougit jusqu'aux oreilles.

«Ça a l'air grave!» pensa Raymond, qui ne pouvait imaginer que c'était sous l'effet du compliment que son visage s'était empourpré.

– Alphonse est-il ici?

– Non, il est parti au village.

– Tiens!

Raymond avala son café et monta à la chambre de Gervaise. Il ferma la porte.

– Minotte...

– Oui, Raymond.

– On va trancher au plus court pendant que nous sommes seuls. On discutera plus tard.

– C'est sérieux?

– C'est sérieux! Où est le testament de Télesphore?

– Le testament? Ah oui, le testament.

– Où est-il?

– C'est ce que j'essaye de me rappeler.

Et Raymond lui expliqua qu'Alphonse avait en main

celui de Léo. Ahurie, Gervaise se laissa tomber sur le bord de son lit.

— Qu'est-ce que tu racontes?

— Léo m'a prévenu. Souviens-toi, où as-tu serré le testament? C'est ça le plus pressé. Ce document-là aurait déjà dû être remis aux autorités pour régler la succession de ton mari.

— Au notaire, bien sûr!

— Au notaire?

— Bien oui. C'est à lui de faire ce travail-là.

— Souviens-toi, Minotte, où l'as-tu mis?

Elle s'était relevée, marchait de long en large, cherchait. Elle essayait de se remémorer la scène, le jour du décès, la visite de Léo, ce qui s'était dit. Une longue enveloppe, portant un nom; elle se trouvait alors dans le salon... «Oui, dans le salon.»

Raymond descendit, ne trouva rien. Il remonta.

— Alphonse l'aurait trouvé, dit-elle enfin. Pourtant... oh! mais, je me souviens: je l'ai surpris à fouiller notre chambre; peu de temps après, si ce n'est pas le même jour, il m'a dit «Vous n'aurez pas le testament.»

— Voilà! voilà la réponse. Il a pris celui de Léo en croyant qu'il s'agissait de celui de son père. Ce qui signifie qu'il n'a pas l'autre. C'est pour ça qu'il a fait du chantage à Léo, il désirait faire l'échange...

— Ça expliquerait tout, même sa visite au village aujourd'hui.

— Il ne pourra rien faire sans les papiers; ça, je le sais!

— Est-il assez mécréant pour vouloir s'emparer de tout à ton détriment et à celui des enfants?

— C'est un fieffé égoïste, inexpérimenté et vaniteux.

— Comme sa sœur Mariette; des petits génies qui se prennent pour des têtes à Papineau. Allons, Gervaise, souviens-toi!

— Je ne suis pas allée en haut, j'étais souffrante... Il est dans le salon.

— Viens, descendons. Peut-être qu'une fois sur les lieux tu te souviendras.

Elle regardait autour d'elle, des souvenirs pénibles lui revenaient en mémoire.

— Derrière les cadres, peut-être, suggéra Raymond.

— Non! Je sais, là, dans l'album de photos, là, sur la table.

Raymond ouvrit l'album, l'enveloppe s'y trouvait.

— Voilà! Ne t'en fais plus, l'affaire est réglée. Demain nous irons chez le notaire. Veux-tu le lire, Gervaise?

— Non. L'enveloppe sera ouverte en présence de l'homme de loi. Tu m'accompagneras. Je ne suis pas inquiète, Télesphore était bon et sage. Il ne nous a pas abandonnés, le petit et moi.

Tout à coup, sans raison apparente, Gervaise rentre dans une colère noire. Elle part en courant, grimpe l'escalier; elle tempête, gesticule, s'énerve. Elle entre dans la chambre d'Alphonse et vide le contenu de ses tiroirs sur le plancher, regarde sous le matelas, dans sa penderie, ouvre sa malle, et voilà que, triomphante, elle trouve le testament de Léo, qui avait été chiffonné, puis étiré et replié. Il l'avait placé dans un livre, sans doute pour le défriper.

Raymond a tenté à quelques reprises de calmer la jeune femme, en vain. Elle irait au bout de sa recherche. Triomphante, elle le cacha dans son soutien-gorge.

— Qu'il vienne le chercher là! s'exclama-t-elle, encore sous le coup de son mécontentement.

Angéline s'était assise sur la galerie et surveillait la route. Elle en avait assez vu et entendu pour savoir qu'Alphonse se trouvait au cœur de l'affaire. Elle le vit venir, elle entra en trombe, et du bas de l'escalier cria:

— Monsieur Alphonse revient, vite, madame.

— Allons, Raymond. Descendons.

— Je peux le retenir, si tu veux tenter de ...

— Je ne tenterai rien. Descendons. Il ne m'effraie pas du tout.

— Toi, alors!

Alphonse entra, avec son visage de bon enfant qui n'a rien à se reprocher. Il avait perdu la partie, il lui fallait maintenant ruser pour gagner du temps, se faire des alliés, mettre son nouveau projet à exécution.

— Vous avez fait bon voyage, Raymond.

— Oui, merci.

— Et tout ce bric-à-brac?

— Mon bagage, vous voulez dire? Je reste, imaginez-vous. Ma sœur m'a embauché pour un certain temps.

— Ce qui règle mon cas: je chercherai ailleurs.

— Pas nécessairement, Alphonse. Il y a du boulot pour deux, en saison. Votre mère est assez bien nantie; les gages ne sont pas élevés, mais si on considère le gîte et la nourriture... Nous ne serions pas trop de quatre bras; nous n'avons, ni l'un ni l'autre, l'expérience de votre père.

— Je monte me changer et je descends.

Raymond regarda Gervaise et fronça les sourcils.

— Merci, mon grand. Tu as été superbe. Je crois que je vais boire un café pour fêter ça.

— Le bébé, Madame...

Les mots d'Angéline se perdaient dans un tintamarre terrible. Là-haut la rage de ne pas retrouver le testament de Léo venait de gagner Alphonse. On l'avait déjoué, on avait fouillé dans ses affaires, on avait violé sa chambre. Il lançait des livres, brisa un miroir, retournait les tiroirs et les jetait avec force sur le sol.

Alphonse était si furieux qu'il avait complètement perdu la tête. «Léo, le mon-oncle, la boiteuse, les jeunes, le curé, je les ai tous sur le dos. Ça ne restera pas là, rira bien qui aura le dernier mot!»

Raymond pestait, Angéline tremblait, Gervaise souriait.

— Chacun son tour, jeune homme, marmonna-t-elle.

— Tu crois qu'il va demander des explications? demanda Raymond à voix basse lorsque le calme fut revenu.

– Non, c'est un nono, mais un nono intelligent. Il sait ce qui s'est passé.

Le silence semblait vouloir confirmer le raisonnement de Gervaise. Alphonse ne parut pas au repas du soir. Le lendemain, il sortit très tôt, un bagage à la main. À sa grande surprise, Gervaise, assise sur la berceuse, un châle couvrant ses épaules, l'attendait. Elle lui remit une enveloppe qui contenait cent dix dollars, tout ce qu'elle avait à la maison.

– Tiens, fiston, prends ceci. Reviens-nous vite.

Elle le regardait s'éloigner, comme elle avait fait, autrefois, le jour du départ de Raymond... Des larmes brûlantes roulaient sur ses joues et tombaient sur son corsage, sans qu'elle les retienne, ni ne les essuie.

Elle ne rentra qu'au moment où la silhouette du jeune homme se confondit avec l'horizon.

Chapitre 26

Télesphore avait légué tous ses biens à sa femme, sans aucune condition, sans aucune restriction. Elle pouvait disposer de tout à sa guise. En tant qu'épouse, elle toucherait une prime d'assurance-vie de huit mille dollars.

Télesphore avait sécurisé l'avenir de ceux qu'il avait laissés derrière. Ce n'était pas la fortune, loin de là, mais avec détermination et bonne volonté, on tirerait du sol le pain quotidien.

Les jours ensoleillés, Gervaise couchait son bébé dans le *carrosse* de jonc, le promenait sur le bord de cette route qui l'avait conduite au bonheur. Elle se souvenait de cette nuit où elle était revenue de chez les Vadeboncœur, tenant les enfants par la main, aux côtés d'un Télesphore joyeux et enjoué.

Ces heures de grande paix trouvaient écho dans son cœur. Auprès de son mari, elle avait goûté ce grand bonheur; ensemble ils partageaient, se soutenaient, se comprenaient; leur entente était sécurisante, consolidait leur amour.

Les Vadeboncœur étaient de bons amis. Toutefois il n'y avait pas, entre eux, l'affinité nécessaire qui permettait les épanchements de l'âme. Gervaise sentait un besoin fou de vider son cœur, de parler de son grand et vibrant amour. Elle pensa à sœur Clara. Seule sœur Clara, qui avait connu son mari autrefois, pourrait lui parler de ce qu'il était alors. Elle seule saurait l'écouter. Oui, elle voulait une oreille attentive à qui elle pourrait se confier.

Angéline partirait bientôt, elle avait déjà trop prolongé le séjour de la jeune fille, la tâche retomberait sur ses seules épaules. Les enfants aussi auraient besoin de sa présence. Comment tout concilier? Elle réfléchissait, cherchait une solution.

Gervaise, assise dans la berceuse, attendait que son fils se réveille avant de rentrer.

Voilà que lui parvenait la voix de Raymond qui suppliait:

— Voulez-vous m'enlever ça, Angéline?

Raymond présentait un doigt endolori. La jeune fille le regarda, eut un éclat de rire, un rire cristallin qui, un instant refoulé, éclatait à nouveau.

— Non, mais! Voulez-vous bien me dire, pour l'amour du bon Dieu, où vous vous êtes fourré la tête! A-t-on idée, ce n'est pas croyable! Par tous les saints, monsieur Raymond, qu'est-ce que c'est ça?

Angéline s'exclama: «Il va falloir vous raser la tête!»

— Vous pensez-vous bien drôle?

— Excusez-moi, mais vous devriez vous voir l'allure! Où avez-vous pris toutes ces *toques*?

— Je suis monté sur le fenil, le barreau de l'échelle a cassé, j'ai foutu le camp, tête la première, entre le petit hangar et la grange. C'est farci de chardons dans cet espace-là.

— Vous avez des *toques* partout, plein les sourcils, plein les cheveux, vous avez l'air d'un porc-épic. C'est trop drôle.

— Enlevez-moi l'épine que j'ai sous l'ongle et je saurai bien me défaire de ces trucs-là!

— C'est ce que vous pensez! Ce ne sera pas facile. Venez à la lumière, que j'examine ça. Il faut d'abord la dénicher; à l'aide d'une aiguille je devrais pouvoir la déloger.

Les voilà sur le perron. Gervaise pouffe à son tour.

— Qu'est-ce que c'est que cette mascarade?

— Dites donc, vous deux!

Raymond entre, se regarde dans le miroir.

— Un conseil, Raymond, si tu entres bouder, ne va

pas te coucher la tête sur l'oreiller avec tes frisettes, tu vas danser.

Les deux femmes armées de ciseaux et de pinces à épiler commencent l'opération en se faisant des clins d'œil à chaque cri de douleur. «On coupe des touffes de poil, Raymond, ce qui te donne maintenant l'allure d'un hérisson. La bête change de poil à mesure qu'elle change de nom!» Angéline enchaîna:

— Ça me rappelle l'histoire de la vieille qui, n'ayant pas de ventouse, avait utilisé le pot à eau; ne pouvant plus l'enlever, il a fallu le casser pour récupérer la bedaine du vieux!

— Vous êtes deux chipies, je suis à la merci de deux chipies.

Gervaise et Angéline riaient comme des enfants. Raymond, docile, attendait la fin de son martyre, ne réussissant pas toujours à réprimer son rire.

— Que ça fait du bien de rire ainsi! s'exclama Gervaise.

***

Réjeanne ramena un mauvais bulletin de l'école. Gervaise ne s'inquiéta pas outre mesure. Habituellement enjouée et aimante, la fillette devenait parfois distraite et facilement irritable. Les jours passaient sans que la situation ne s'améliore. Gervaise, qui avait cru à une mauvaise passe, s'était montrée tolérante, mais ça devenait de plus en plus évident que le problème était profond.

D'abord elle cessa de se pencher sur son filleul, de le caresser; elle qui autrefois ne perdait pas une occasion de le prendre dans ses bras, elle se désintéressait de l'enfant et à plusieurs reprises Gervaise la vit observer le bébé à distance. «Que peut-il bien se passer dans son esprit? Pourquoi ce subit revirement?»

Jacqueline se plaignait du caractère bourru de sa sœur qui chicanait à tout propos. Elle n'obéissait plus sans trépigner, et allait jusqu'à répondre impoliment. Gervaise ne savait pas comment réagir. Plus elle réfléchissait, moins elle comprenait.

Un soir, les enfants étaient au lit, Angéline faisait son jeu de patience au bout de la table et Raymond lisait le journal. Gervaise ruminait le problème qui la préoccupait.

— À quoi penses-tu, sœurette, tu es triste? Est-ce à cause du départ d'Alphonse? Ne t'en fais pas, tu n'y es pour rien. Il n'est pas le premier à avoir utilisé le prétexte de la vocation religieuse pour échapper à son milieu et se faire instruire à coût modique. Les missionnaires qui prêchent les neuvaines dans les écoles de garçons donnent eux-mêmes la recette sans, bien sûr, aller jusqu'à suggérer la désertion.

— Qu'est-ce que tu racontes?

— Tu as sûrement subi le même lavage de cerveau de la part des sœurs, quand tu étais au couvent. Les sœurs et les prêtres, ça ne pousse pas dans les arbres, il faut des adeptes.

— Sauf que moi, je n'étais pas un bon sujet...

Elle s'arrêta, ferma les yeux.

— Toi...? demanda Raymond, en se tournant vers elle.

— Grand Dieu!

— Qu'est-ce que tu as, Gervaise? Tu es toute pâle! Tu te sens mal?

— Non, non, non. Ça va. Je viens de comprendre! Ce serait ça!

À nouveau elle replongea dans ses réflexions. «Réjeanne a peur. Elle a une peur terrible que bébé Télesphore soit infirme. Alphonse aurait réveillé en elle une profonde inquiétude!» Elle se souvint tout à coup des coups d'œil furtifs que lui jetait parfois Réjeanne. «Grand Dieu! Réjeanne croit, parce que je suis boiteuse, que mon fils boitera aussi. Ça ne peut être que ça, elle est effrayée.»

— Angéline, est-ce que vous vous êtes aperçue que Réjeanne n'est plus la même avec le bébé?

Celle-ci ne répondit pas. Elle battit les cartes, les réunit et jeta:

— Je vais monter dormir.

— Angéline! Ma question vous embarrasse, ça se voit. Pourquoi ne me répondez-vous pas?

— J'ai appris qu'il ne faut pas trahir la confiance qu'un enfant met en nous.

— Elle vous a fait des confidences!

— Je vais dormir.

— Elle a peur que son filleul ne marche pas; c'est ça, n'est-ce pas?

— Que voulez-vous que je vous dise? Et à elle?

— Voyons, Gervaise, qu'est-ce que tu chantes là? s'exclama Raymond.

Des larmes s'arrêtaient un instant aux cils de Gervaise pour ensuite rouler sur son visage. Abasourdi, Raymond promenait son regard sur les deux femmes.

— Merci, Angéline, pour votre franchise. Ne vous inquiétez pas, le problème va se solutionner très vite. J'ai tant cherché à découvrir ce qui troublait Réjeanne; merci, Angéline.

Gervaise se leva, marcha vers la berceuse. Subitement elle avait froid, très froid. Elle couvrit ses épaules de son châle et se fit toute petite, tassée dans un coin de la grande chaise où Télesphore se reposait autrefois.

Son infirmité qu'elle avait presque oubliée refaisait surface. Comme certains souvenirs amers, dont le jour maudit entre tous qui avait marqué ses trois ans. Elle en avait souffert, maintenant c'était sa fille qui en souffrait. Elle avait pardonné, même si elle n'avait pu oublier. «La profondeur de ma misère a peut-être permis que je comprenne enfin la douleur de ma fille, alors elle n'aura pas été vaine.»

Elle appuya sa tête; elle redonnerait foi et confiance à Réjeanne, renouerait les sentiments très forts qui l'unissaient au bébé!

— Excusez-moi, Madame Gervaise. J'aurais dû me taire.

Gervaise ouvrit les yeux.

— Vous n'y êtes pour rien. Je me réjouis à l'idée que les enfants vous font confiance; vous êtes une bonne, une très bonne amie pour nous tous, Angéline. Merci.

La jeune fille prit ses cartes et monta à sa chambre.

— Tu veux parler, Gervaise?

— Non, Raymond. J'ai surtout besoin de réfléchir. Ne t'en fais pas, tout va rentrer dans l'ordre.

— Je t'avoue que je ne comprends pas.

— Je te raconterai tout, après...

— Tu es si triste! Je peux rester près de toi.

— Va dormir, tu fais de bien longues journées de travail. Mais avant, embrasse-moi, mon grand frère.

— Tu t'ennuies, hein?

— De Télesphore, oh oui! oh oui!

Elle s'avança sur le bord de la chaise, leva la tête, ferma les yeux, et de l'index elle pointa une joue, puis l'autre. Raymond se pencha et déposa deux baisers.

Le lendemain Gervaise s'attarda au lit. Elle voulait éviter de troubler Angéline en présence de Réjeanne. Mais quand celle-ci rentra de l'école, Gervaise la pria de monter dans sa chambre.

— Je veux te parler, ma grande.

Réjeanne lança son sac sur le plancher avec force. Gervaise la suivit dans l'escalier, ne pouvant s'empêcher de frémir: «Elle me tient responsable, elle m'en veut!»

Le bébé gazouillait dans son ber. La fillette lorgna dans sa direction et d'un air maussade se laissa tomber sur le lit de sa mère.

Celle-ci prit l'enfant et le posa sur la couche, près de sa fille.

— Regarde comme il est beau, c'est le plus beau bébé du monde. Et il est sain, comme nous tous, sauf moi. Je veux te confier un grand secret. Tu sais que je suis boiteuse, mais mon fils ne le sera pas.

— Ta mère, elle boitait?

— Non, ni mon père ni mon frère Raymond. Seulement moi, mais quand j'étais très petite, comme ton filleul, je ne boitais pas non plus.

— Je pensais...

— Que pensais-tu?

— Que les maladies sont héritaires, je l'ai entendu.

— Tu veux sans doute dire héréditaires. Dans certains cas, oui, des tares sont transmises d'une génération à l'autre. Ce n'est pas le cas ici.

— Tu es certaine, bien certaine?

— Oui, Réjeanne, je suis certaine. Voilà pourquoi. Je t'ai dit qu'étant petite je ne boitais pas. J'avais trois ans quand un accident s'est produit et que ma hanche a été fracturée. Le docteur croyait que je ne marcherais plus jamais. Comprends-tu maintenant pourquoi je peux t'affirmer que ton frère n'aura pas cet handicap?

Réjeanne pencha la tête, puis se recroquevilla sur le lit de sa mère, perdue dans ses pensées. Gervaise respectait ce moment de profondes réflexions. Elle se taisait, attendait que la fillette tire elle-même ses conclusions. Elle avait mal, très mal au fond de son cœur. Avait-elle su convaincre l'enfant? Avait-elle usé des bons mots pour l'aider à comprendre? Il lui fallait la réconforter: les mots cruels prononcés par Alphonse pesaient lourd dans la tête de l'enfant, elle le savait; elle aurait dû le comprendre plus tôt! Celle-ci jouait nerveusement avec le lacet de son soulier. Tout à coup, elle se leva, d'un bond elle sauta du lit et se rendit près du bébé. Elle le regardait, puis bougeait ses pieds en tous sens. Tout à coup elle se retourna et s'exclama:

— Alphonse sait-il tout ça?

— Non, mais ton papa le savait et Raymond le sait.

— Maman!

Blottie dans les bras de sa mère, elle pleurait doucement.

— J'ai eu si peur! Je pensais...

— Tu avais des raisons de t'inquiéter; c'est parce que tu aimes beaucoup Télesphore qui, lui aussi, t'aime tellement! Je regrette que tu aies eu autant de chagrin, si j'avais pu deviner je t'aurais dit ça beaucoup plus tôt.

— C'est pas ta faute, à toi. Ça fait mal, ta hanche?

Gervaise sourit.

— Non, Réjeanne, plus maintenant, sauf parfois. Mais ton papa m'a aidée à oublier ce problème.

— Papa! Il t'aimait beaucoup.

— Il nous aime toujours, tous, et il nous protège.

— J'étais fâchée...

— Tu ne l'es plus, c'est ça qui compte. Oublions tout ça.

— Alphonse ne savait pas...

— Il sera un bon médecin, il aidera ceux qui auront besoin de lui.

— Mais pas lui.

Et elle désigna son filleul.

— Peut-être, qui sait? Tous un jour ou l'autre, ont besoin du docteur. Les médecins se dévouent beaucoup, crois-moi. Pour en revenir à Télesphore, bientôt il marchera, grimpera l'escalier, jouera dans la cour. Il grandit très vite.

Se saisissant du bébé, la fillette partit en trombe et descendit à la cuisine. Gervaise resta là, réconfortée. En bas Réjeanne alla confier à l'oreille d'Angéline que «le bébé ne boitera pas, jamais», qu'elle savait pourquoi.

L'atmosphère changea du tout au tout; le bonheur était revenu, la jeune marraine avait retrouvé son entrain. Ce qui souligna une fois de plus à Gervaise que tous ses enfants étaient vulnérables et que d'elle dépendait leur sérénité.

L'amitié que vouait Raymond à Angéline devenait de plus en plus évidente. L'histoire de sa chute dans les *toques* avait éveillé l'attention de Gervaise. Les cheveux de l'homme poussaient par touffes.

— On ne peut pas se vanter d'avoir fait un travail parfait, Raymond, mais des cheveux, ça repousse, il faudra encore les couper.

— Ça suffit, Mesdames, au déjeuner les enfants se sont payé ma tête. Une fois par jour, c'est assez!

— Tu aurais pu te casser le cou, tu sais.

— Tu aurais eu de la peine, Gervaise? Et vous, Angéline?

La jeune fille s'éloigna sans répondre.

— Dis-moi, Raymond, sais-tu où se trouve Saint-André-de-Kamouraska?

— Bien sûr, c'est à l'est, passé L'Islet dans le bout de Saint-Jean-Port-Joli, avant Rivière-du-Loup. Pourquoi?

— J'aimerais y aller.

— C'est bien simple. Dis-moi quand, nous irons.

— Tu viendrais avec moi?

— Bien sûr, c'est à côté; l'auto est là pour servir.

— Je pourrais emmener le petit, ça réglerait tous les problèmes. Il faudra le faire avant le départ d'Angéline.

— Le départ d'Angéline...

Raymond se tourna, regarda en direction de la jeune fille; il se surprenait à la pensée qu'elle pourrait partir... Quelque chose se nouait, là, dans son estomac.

— Tu ne me réponds pas, Raymond?

— Que disais-tu?

— Dimanche, ça t'irait?

— Dimanche, oui. Si tu veux.

— Ma foi, tu es distrait.

— Oui, oui, nous irons dimanche. Je voulais te dire: j'ai placé ce que j'avais de meubles dans un coin de l'étable où sont rangés les vieux harnais et la *sleigh* d'hiver. Ça ne dérange pas?

— Non, voyons.

Au souper Raymond était encore distrait. Angéline, pour sa part, était silencieuse. C'est Jacqueline qui en passa la remarque. Gervaise crut comprendre... Leurs sentiments étaient donc partagés.

***

— Le train est fait, je serai de retour pour la traite des vaches. J'ai prévenu Léo de notre absence. Les enfants m'ont promis d'être sages. Nous serons revenus avant la noirceur.

— Merci, Raymond.

Gervaise descendit bientôt, elle tenait son bébé et tout l'attirail que nécessite une jeune maman.

— Je vous confie la maison, Angéline.

— Faites un beau voyage, Madame Gervaise, ne soyez pas inquiète.

— Ça ne te dérange pas, Raymond, que je donne le sein au petit maintenant? Ce sera plus simple comme ça. Tu comprends, je vais au couvent.

— Quand vas-tu le mettre aux patates? Il grossit à vue d'œil.

— Hein, c'est un costaud, un vrai Langevin, mon fils.

— Papa n'avait rien d'un manchot, lui non plus.

— C'est la première fois que tu me parles de lui. Tu as bien raison; maintenant que tu l'as souligné, je dois admettre qu'il tient aussi de notre famille. Cette bosse, derrière la tête, tu l'as également.

— La bosse de l'arithmétique, disait papa.

— J'étais si jeune, tu l'as connu mieux que moi.

— Il parlait peu, mais il t'adorait.

Raymond avait onze ans de plus que Gervaise, ce

qui faisait que leurs souvenirs respectifs du passé différaient de beaucoup. Maintenant réunis sous le même toit, ils apprenaient à se découvrir: ce n'était pas sans retenue qu'ils évoquaient leur enfance, dont ils gardaient des souvenirs amers et confus.

Raymond fit bifurquer la conversation. Une question le hantait depuis longtemps; il hasarda:

— Dis-moi, Gervaise, comment as-tu pu entretenir toute une conversation sur la culture du tabac avec Rosaire Clément, le soir de ce fameux party?

— Hein! Tu en avais le souffle coupé, j'ai bien vu ça!

Gervaise parla de ce roman qu'elle avait lu chez sa bienfaitrice et qui l'avait tant émue.

— Tu l'as, ce livre?

— Non, il a été brûlé. Imagine! Toute une pièce remplie de beaux livres reliés ont été jetés dans le feu pour éviter la contagion par les microbes.

Le feu: Raymond venait de comprendre le désespoir de son père, couché dans le champ, qui pleurait pendant que les flammes s'élançaient vers le ciel, réduisant en cendres le contenu de la chambre de sa sœur!

Gervaise s'enthousiasmait, aujourd'hui encore le paysage environnant la charmait. Ses mots parvenaient jusqu'à Raymond, s'entremêlaient à ses tristes pensées: le fleuve, cette belle rivière pleine de noblesse qui chante la gloire du Canada. La route 132 qui serpentait dans les villages, se faisait tout à coup très droite puis serpentait encore, autour des églises, près des vieux cimetières qui taisent l'histoire de chacun tout en racontant le début du pays, le Bas-Canada où le Canadien a pris racine... Puis elle s'exclama:

— Voilà l'église, tiens, le noviciat. C'est ici.

— Installe le petit sur la banquette, parvint-il à dire, je vais le surveiller. Prends tout ton temps. Il va dormir.

— Merci, Raymond, mais je veux le présenter à une amie.

— Je suis tout de même le parrain de cet enfant et je ne suis pas une andouille.

Gervaise sourit, descendit de voiture, regarda le couvent. Il lui semblait plus petit. Seul le grand escalier avait gardé son allure imposante. Elle le gravit, doucement. C'était hier... les souvenirs affluaient. Elle leva la tête, regarda la fenêtre de la salle de couture, devenue, elle aussi, plus petite.

On prévenait sœur Clara: elle avait une visite. Gervaise revivait certaines choses: son père, là, sur une de ces chaises, les mêmes cadres, aux mêmes murs. Rien n'avait changé. Pourtant, son mari n'était plus!

Sœur Clara trouva Gervaise le regard perdu dans le lointain.

— Ma chère enfant!

— Vous savez?

— Oui. On m'a appris la triste nouvelle.

— Je souffre, sœur Clara, je souffre. Je croyais avoir connu les bas-fonds de la souffrance. Je ne me résigne pas à la pensée qu'à vingt ans à peine on doive renoncer au bonheur, à son bonheur intime et se satisfaire de ses devoirs à remplir. C'est un peu... comme la vie de l'infirme qui doit vivre avec sa souffrance, à regarder les autres rire, s'amuser, danser. C'est à peine si nous avons effleuré les joies de notre union. Il m'a donné un fils, sans doute pour se faire pardonner ce départ si brutal.

— Parlez-moi de ses derniers moments.

Gervaise fixa un instant le mur devant elle, eut un pâle sourire...

— Il est parti dans son sommeil.

— Et vous avez pleuré!

— Si peu, si peu, après ses funérailles. Si peu...

Gervaise se laissa tomber dans les bras de sœur Clara, tremblante.

— Je crois que je vais éclater.

— Pleurez, ma fille, pleurez. Dieu connaît votre souffrance.

— Je ne voulais que parler de lui, je...

Les mots s'étranglèrent dans sa gorge, elle cacha sa tête dans ses mains, et couchée sur le cœur de la religieuse, elle laissa déborder le trop-plein de sa souffrance; les sanglots la secouaient, elle hoquetait. Elle se releva, chercha son sac à main, en sortit son mouchoir, y enfouit son visage.

Pleine de compassion, sœur Clara la conduisit jusqu'au récamier de velours sombre qui parait le dortoir des religieuses. Elle l'invita à s'y étendre près du bébé.

— Je reviens dans deux minutes.

La religieuse s'éloigna et revint peu de temps après, tenant à la main un mouchoir, une serviette humide et une couverture.

Elle croisa la Mère supérieure qui venait en sens inverse.

— Où allez-vous, avec tant d'empressement, sœur Clara?

— Vers la détresse, répondit-elle, sans s'arrêter.

— Sœur Clara!

Celle-ci poursuivit sa marche vers le parloir. Gervaise pleurait toujours. Avec la délicatesse et la tendresse d'une mère, sœur Clara restait là, à la dorloter.

— Votre bonheur a été éphémère, Gervaise, mais comme il a dû être intense pour vous inspirer un tel chagrin. Un si grand amour! Qui en retour n'accepterait pas la peine pour le connaître, le goûter? Et un fils, un fils à aimer, pour la vie: le fruit de votre union, et ces autres, ces petits enfants du bon Dieu! Toute une famille à chérir. Comptez vos bénédictions, ma chère enfant.

— Il fut un mari, un père, un frère. Il m'a appris à rire, à comprendre, m'a expliqué les exigences de la terre, à aimer la nature, la forêt, les bêtes qui y vivent. Auprès de lui j'ai connu des joies dont j'ignorais jusqu'à l'existence. Il a fait de moi une femme, dans toute la plénitude du mot.

Sœur Clara ferma les yeux. La détresse de la jeune femme se devinait à travers ses propos décousus, elle parlait, parlait, très vite. Tout à coup, elle sembla tout vouloir résumer:

— Un bonheur sans nuages, murmura-t-elle enfin.

— Un bonheur sans nuages, comme vous le dites si bien. Pourtant je perçois un certain regret dans votre voix.

— Disons qu'il y a un ombrage au tableau.

— Si vous voulez libérer votre cœur, mon enfant, je saurai respecter vos confidences.

— Vous aviez vu si juste, de façon si précise, si conforme à la vérité, vous êtes la seule personne auprès de laquelle je peux vraiment m'épancher. Comment saviez-vous tout ça, sœur Clara?

— Je l'ai connu autrefois, nous avions à peu près le même âge.

Sœur Clara n'ajouta pas: «Moi aussi, je l'ai aimé.» Elle fit bifurquer la conversation: «Ce nuage au tableau?»

— Mariette et Alphonse, les aînés: ils sont si différents, si rebelles, on dirait qu'ils ne sont pas ses enfants.

Sœur Clara se leva, marcha vers la fenêtre.

— Pourquoi et comment vous causent-ils autant de soucis?

Gervaise parla de la fugue de Mariette qui ignorait jusqu'au décès de son père, du caractère vindicatif d'Alphonse, mais sans les dénigrer. Elle conclut en disant s'inquiéter de leurs méfaits.

Sœur Clara hésita, elle passait ses mains sur son tablier, gardait la tête inclinée. Le silence devenait lourd.

— Je ne peux sûrement pas sacrifier les plus petits aux plus grands!

— Non! protesta énergiquement sœur Clara. Surtout pas. Votre mari, a-t-il eu l'occasion de croiser le fer avec eux?

— Que voulez-vous dire?

— Y avait-il sujets de mésentente qui les divisaient, lors de son vivant?

— Oui, mais il était très discret à ce sujet.

— Si vous me permettez de vous donner mon opinion... Adoptez la façon de voir de votre mari, agissez comme il le faisait ou l'aurait fait, selon les circonstances. Surtout, ne vous culpabilisez pas.

Sœur Clara venait d'enlever une grande source d'inquiétude à Gervaise. Elle avait besoin de cet appui moral. Sa nature franche, foncièrement droite, ne lui permettait pas de soupçonner que sœur Clara taisait un grand secret.

On parla du couvent et des souvenirs.

— Sœur Pauline a abandonné le voile.

— Je sais, imaginez-vous que je l'ai rencontrée dans le monde. Elle est mariée.

— Mariée! Il fallait s'y attendre.

Gervaise aurait aimé lui raconter l'anecdote du saumon, histoire d'amuser sœur Clara, mais sœur Herménégilde se joignit à elles et la conversation devint moins personnelle.

La bonne Sœur supérieure était on ne peut plus affable. Bébé Télesphore fut présenté aux saintes femmes, ce qui lui vaudrait sans doute suppliques et prières.

— Venez à la chapelle, l'offrir à Dieu.

— Non, oh non! Je ne pourrais pas. Dieu a déjà pris son père; celui-ci, je le garde. Dieu est en dette avec cet enfant et moi, la mère, et les autres, qui sont aussi ses enfants. Il me les a confiés.

— Cet acte de foi vous honore, Gervaise.

— J'espère que mon fils aimera la terre, comme son papa. Il a tout de lui, la carrure, les grosses mains fortes, son toupet, ses beaux yeux.

— Vous en parlez comme d'une idole.

— C'est mon idole!

«Une idole qui fait pipi, oh!» Gervaise dut quitter très vite, pour ne pas horrifier ces saintes femmes, qui ignorent sans doute qu'un bébé mouille sa couche...

Cette pensée avait égayé son regard. Raymond le lui fit remarquer:

— Tu es rayonnante.

Une page venait de se tourner sur le passé. C'est heureuse qu'elle prit le chemin du retour vers le foyer où, dorénavant, plus rien ne pourrait la dénicher ni la troubler.

Elle regardait défiler le paysage sans le voir, elle serrait contre elle cet enfant chéri, la source de son grand bonheur, la raison de sa force morale.

Tout à coup Raymond demanda:

— Gervaise...

— Oui, mon grand?

— Tu la payes combien, Angéline?

— Douze piastres par semaine.

— Heu... on pourrait prendre arrangement...

— Je ne comprends pas.

— Si je payais la moitié de son salaire, accepterais-tu de la garder encore quelque temps?

— J'ai repris mes forces, je n'en vois pas la nécessité.

— Disons... quelques semaines.

— Le temps de voir clair, n'est-ce pas? Le temps de te faire une idée...

— Que veux-tu dire?

— Ah rien, je disais ça, comme ça, pour parler, rien que pour parler!

La maison était en vue, au grand soulagement de Raymond, embarrassé; ainsi Gervaise avait deviné avant lui. Était-ce possible?

***

Les enfants se sont retirés pour dormir. Angéline et

Raymond *placottent*, assis près de la table. Gervaise se couvre de son châle, elle sort dans la nuit étoilée. Lentement elle marche, foule le sol qui porte encore les traces de son mari. Elle laisse errer ses pensées.

La mort est une réalité si soudaine, si pleine de mystères, de contrariétés; il faut du temps, beaucoup de temps pour s'y apprivoiser.

Gervaise se berçait dans la grosse chaise de galerie, cette vieille berceuse où, avant elle, deux générations de Langevin avaient fait le même geste. L'usure de ses *berceaux* était telle que, pour la faire osciller, il fallait lui donner un élan du pied et renverser la tête vers l'arrière.

Gervaise s'était couvert les épaules de son châle dont les pointes ramenées à l'avant couvraient ses bras croisés. Elle fermait les yeux, perdue dans ses pensées. Raymond s'approcha, à la main il tenait une tasse de thé fumant. Comme Gervaise ne bougeait pas, il s'assit sur la marche supérieure.

Le mouvement régulier de la *berçante* continuait d'émettre un son geignard; une abeille surgit tout à coup, ajoutant son bourdonnement au refrain monotone. Elle frôla Gervaise qui sursauta et la chassa de la main. C'est alors qu'elle vit son frère.

— Tu es là depuis longtemps?

— Assez pour deviner que tu étais plongée dans de profondes réflexions.

— Ce sont les minutes les plus douces de la journée. Enfin! l'heure du repos. Le bébé est endormi, les enfants en sécurité dans la maison, la vaisselle faite. En un mot, j'ai la sensation du devoir d'état bien accompli.

— Tu t'ennuies, n'est-ce pas? Tu penses à Télesphore.

— Et toi, mon grand frère, tu ne parles jamais de toi: ne t'ennuies-tu pas?

— Ça peut te paraître étrange mais non, je ne m'ennuie pas.

— Tu n'as pas encore mentionné le nom de Mariette ni parlé du désarroi qu'a dû te causer sa désertion.

— Justement, Gervaise, cette désertion me réconforte...

— Je ne comprends pas.

— Aux premiers jours, j'ai senti la colère puis la révolte gronder en moi. Ensuite, je t'ai regardée vivre, évoluer au milieu de tes enfants, je t'ai écoutée parler avec eux, faire l'éloge de ton mari, j'ai réfléchi aux mots que tu choisissais pour évoquer la mémoire de cet homme que tu as vraiment su aimer. J'ai longuement médité sur le sujet. Vois-tu, Gervaise, Mariette était la première femme dans ma vie. Maman, je l'ai mal connue. Entre elle et moi il y avait un malaise constant. En réalité, j'étais plus près de mon père. Toi, tu n'étais qu'une enfant. Nous avions une tante; un mur, qu'il nous était interdit de franchir, nous en séparait. Puis Mariette, une bonne fille, mais si... centrée sur elle-même que rien ni personne ne comptait. Pas même moi, ni son père! Tôt ou tard, j'aurais eu à le comprendre; notre union n'était qu'accidentelle, si je peux m'exprimer ainsi. Nous avons réuni nos solitudes, il n'y avait pas d'amour entre nous. Je l'ai compris ici, auprès de vous tous. Une présence ne suffit pas, il faut plus: il faut de la tendresse, de la chaleur, de la compréhension.

Gervaise ferma les yeux, appuya la tête au dossier de la chaise.

— Et il est parti. Télesphore aussi nous a quittés.

— Laissant derrière lui des souvenirs merveilleux! Gervaise, Télesphore ne vous a pas quittés, il n'a pas eu à choisir: là est toute la différence. Sa vie était venue à son terme, contre sa volonté. Mariette serait-elle décédée que je l'aurais pleurée.

— Là où je cesse de gémir, c'est quand je pense qu'il est parti sans souffrance.

— Sans souffrance, c'est vrai. Il est passé de vie à

trépas, doucement, en vrai voleur de ciel. Je n'avais jamais réfléchi sur la mort. Partir vers l'au-delà; quitter ce monde et les ambiguïtés terrestres, aller vers le repos, la quiétude, la béatitude céleste... Tout cela est providentiel. Imagine un instant ce que serait devenue cette famille si tu n'étais pas entrée dans sa vie. Y as-tu songé? Tu as connu l'amour, le bonheur; il t'a doté d'une famille, t'a laissé ses biens; c'est qu'il avait reconnu en toi une femme forte et digne. Et ça, ma petite sœur, c'est une réalité bien douce. Tu es à la hauteur. Je t'admire, j'admire ta façon de voir, de juger, d'agir.

— Pourtant...

— Pourtant?

— Alphonse...

— Ah! Celui-là! Ce n'est qu'un sombre nuage qui s'estompera, tôt ou tard.

— Tu crois? Je n'ai pas été trop sévère?

— Tu n'avais pas le choix: si tu l'avais approuvé, il aurait brimé ton autorité auprès des plus jeunes.

— C'est parfois difficile de tout concilier.

— J'ai confiance en ton jugement. Tu es très aguerrie pour une fille de ton âge. Parfois je me demande où et comment tu as pu atteindre une telle maturité.

Gervaise s'appuya, ferma les yeux. Après quelques minutes, elle ajouta:

— Merci, Raymond. Merci. Cette conversation m'a fait un bien immense. Bien que je te trouve trop élogieux à mon endroit... Je ne suis pas aussi qualifiée que tu sembles le croire. Si tu savais comme souvent je m'inquiète et me trouble, suis indécise, voire même effrayée!

— Je suis là, Gervaise, appuie-toi sur moi. Ouvre-moi ton cœur. Laisse-moi t'aider.

— Tout de même! La vie est bizarre. C'est Mariette qui a permis qu'on se retrouve ainsi, toi et moi. Je n'avais jamais, jamais cessé d'espérer, toutes ces longues années! Pourtant sans elle, tu ne serais pas auprès de nous.

— Dis, Minotte, je suis pardonné pour ma fugue?

— Oui, vilain garnement. Mais ne recommence plus!

— En attendant, je monte dormir. Léo m'a demandé de lui donner un coup de main, tôt demain; la journée promet d'être longue.

Raymond parti, Gervaise se surprit à repenser à leur conversation. Elle frissonna, tira sur son châle; elle blâmait la fraîcheur de la soirée pour ce saisissement subit causé par l'émotion. La pensée de son mari ne cessait de la troubler.

Là-haut, dans la tiédeur des draps, Raymond vit un visage se substituer à celui de Mariette; c'est à Angéline qu'il pensait. Angéline, une fille simple, joyeuse et dévouée. Il se souvenait de l'accouchement de Gervaise ce jour-là; elle avait su se montrer autoritaire, déterminée et forte. Elle ferait une bonne mère pour ses enfants... Il s'endormit, le sourire aux lèvres.

***

Chapitre 27

— Dis-moi, Raymond, qu'est-ce que c'est un bagel? Sans aucun doute, je prononce mal le mot.

— C'est un genre de beignet, fait de pâte à pain, le plus souvent aromatisé de graines de sésame. Pourquoi tu me demandes ça?

Gervaise n'a pas entendu la question, elle est replongée dans sa lecture. Raymond lève les yeux et la regarde. L'image est belle à ravir: la mère berce son enfant endormi; d'un pied elle donne l'élan à la chaise, l'autre effleure à peine le sol. Un rayon de soleil plonge à travers les vitres de la fenêtre, l'enrobe, satine ses cheveux. Le tableau en est un de paix, de sérénité.

Le soir, au souper, Gervaise insiste pour qu'on ne gaspille pas le pain, la nourriture du bon Dieu. À ses enfants, elle raconte l'histoire lue plus tôt. Un enfant juif, prisonnier dans un camp de concentration, a faim, très faim; il n'a de pensée que pour un bagel, le beau souvenir des dîners que préparait sa mère, mais surtout du bagel qu'elle leur donnait en récompense ou à la collation. Il a peur, il doit survivre à la torture de la faim, à l'incarcération, afin de s'assurer que la recette et la tradition du bagel ne tombe pas dans l'oubli. Cette pensée le garderait vivant. Aujourd'hui, plus de quarante ans plus tard, ce jeune juif a ses fourneaux à Montréal et on trouve à son comptoir des bagels savoureux. Ce goût du bon pain l'aura gardé vivant.

Les enfants levaient vers elle des yeux brillants; ils ont écouté la légende, apprenant le respect à travers un récit humain.

— Qui t'a raconté cette histoire, maman?

— Je l'ai lue, aujourd'hui, dans une revue.

— Qu'est-ce que c'est, un camp de concentration? demande Lucille.

Le dialogue se prolonge, des liens se tissent, l'histoire s'apprend. Pendant que les fillettes font la vaisselle, c'est Raymond qui s'informe.

— Tu aimes lire, Gervaise?

— Si tu savais! Parfois je rêve à cette bibliothèque de mademoiselle Anita dont les rayons étaient remplis de volumes magnifiques, plus invitants les uns que les autres. J'étais petite, on ne me permettait pas de fureter à mon goût et...

Raymond écoutait, il prit une décision qui ne manquerait pas de réjouir sa sœur.

***

Dès que l'occasion le lui permit, Raymond invita Gervaise à l'accompagner pour une balade. Il la conduisit à la bibliothèque municipale de la ville de Montmagny, où une Gervaise ravie oublia le temps. Elle en ressortit avec sa carte de membre et plusieurs livres qu'elle désirait lire.

— Merci, Raymond. Tu viens de donner à ma vie une nouvelle orientation. Je pourrai enfin meubler ma solitude, combler les silences qui me font tant souffrir. Je pense à Télesphore et à la merveilleuse habitude qu'il avait de m'informer de tant de choses, sur les sujets les plus disparates qui faisaient partie de ses expériences et de ses connaissances. Peut-être que la lecture meublera ces silences et qu'il me manquera moins. Merci, mon grand frère.

— Tu l'aimais ton Télesphore, hein! ma Gervaise.

Elle inclina la tête, ferma les yeux.

— Je l'aimais tant! Je l'aime toujours. Il occupe mes pensées; j'ai souvent l'impression qu'il va revenir, qu'il ne s'est qu'absenté. Parfois... lorsque je suis seule, je me surprends à lui parler à voix haute, comme s'il pouvait m'entendre; je lui raconte des choses, ce qui m'aide à prendre des décisions difficiles.

— Le temps t'aidera à oublier.

— Oublier? Moi, oublier Télesphore, jamais! Je ne veux pas l'oublier, au contraire. Je veux me souvenir de tout, de ce qu'il était, de ce qu'il m'a appris, de ce qu'il m'a aidé à comprendre, du bonheur qu'il m'a donné, de son amour ardent.

Elle se tut, tourna la tête vers le paysage qu'elle ne voyait pas. Raymond se remémorait le jour où il l'avait reconduite au terminus d'autobus, le jour où elle lui apprit qu'elle attendait un enfant. Il se souvenait de sa fierté, de sa joie, de ses yeux qui brillaient à travers ses larmes. Il n'oubliait pas non plus ses remontrances et cette mise au point en ce qui les concernait tous les deux. Cette conversation avait été un point tournant dans sa vie, il avait compris ses erreurs passées et celles qu'il était en train de commettre. Gervaise l'avait réveillé, secoué. Sa vie auprès de Mariette ne répondait pas à ses aspirations profondes. La jeune fille avait un amour fou de la vie, une vie qu'elle voulait trépidante, pleine d'émotions fortes. Mariette ne voulait pas de responsabilités, pas d'enfants, tolérait mal les contrariétés; son égoïsme primait sur tout. À partir de là, leur amour, par trop artificiel, s'était vite effrité. Puis, elle était partie, elle avait fui avec un copain. Étrangement, pensait-il aujourd'hui, il n'avait pas trop souffert de sa désertion.

— Tu es très loin, Raymond. À quoi penses-tu?

— Euh! Sans doute suis-je touché, impressionné; l'aveu de l'amour qui te consume est de nature à faire réfléchir; je te jalouse, aussi. Minotte, tu en as de la chance d'avoir connu un tel bonheur, d'avoir su le goûter.

— Voilà pourquoi je veux le garder bien vivant dans mon cœur et dans mon esprit.

— Dans tous ces livres qui sont là, tu ne trouveras peut-être pas romance plus douce.

— Oh! ça, je le sais!

— Pourquoi n'as-tu pas emprunté à la réserve de livres d'Alphonse, puisque tu aimes tant la lecture?

— J'y ai pensé; la pudeur m'en a empêché. Son univers me semblait trop sacré pour que je me permette d'y pénétrer.

— Quelle fille tu es!

Raymond hocha la tête. Gervaise caressait les bouquins placés bien précieusement sur la banquette, près d'elle.

Raymond ralentit; ils longeaient maintenant la route qui menait à la maison.

— Tiens, remarqua Raymond, la clôture a besoin d'être redressée ici.

Gervaise sourit. C'était le genre de réflexion que Télesphore aurait faite tout haut. Au souper, ce soir-là, Gervaise surprit Raymond à retenir un instant la main d'Angéline qui lui servait son assiette. La jeune fille rougit, pivota sur ses talons et disparut au fond de la cuisine. Gervaise réprima un sourire. Tiens, tiens, voilà que son grand frère devenait sentimental. «Il restera auprès de nous», ne put-elle s'empêcher de penser avec un grand soupir de satisfaction.

Elle comprit pourquoi il avait insisté pour qu'on la retienne auprès d'eux, pourquoi il avait fermé maison, rapporté ses meubles. «C'est peut-être de l'égoïsme pur et simple, mais grand Dieu que ce serait merveilleux si...»

***

Petit bébé devenait grand. Il avait atteint l'âge où ces petits monstres savent faire tous les dégâts, souiller la maison avec désinvolture et un sans-gêne qui va jusqu'à leur inspirer l'art de plaire et de tout se faire pardonner.

Gervaise épongeait le verre de lait répandu, nettoyait

les céréales mêlées aux cheveux, ramassait pour la nième fois la cuillère tombée sur le sol. Il était assis dans sa chaise haute, retenu par une cravate qui avait appartenu à son père; Angéline avait insisté: toujours le river à la chaise car il pourrait tomber et se blesser pour la vie.

— Pourquoi avec une cravate?

— Elles sont taillées sur le biais et sont extensibles, ce qui permet une meilleure liberté des mouvements de l'enfant tout en étant sécuritaires.

Voilà que ces sages paroles avaient du vrai: le jeune Télesphore tambourinait sur son plat et sur sa table. Maintenant repu, il était plus calme, le sommeil le gagnait lentement.

Gervaise le regardait, les yeux remplis d'amour.

— Comme tu ressembles à papa, mon chou!

Il inclina la tête, la regarda, lui sourit et répéta: «Papa chou.»

Gervaise, émue, porta la main à sa bouche.

— Tu as entendu, maman, s'exclama Réjeanne, tu as entendu? Télesphore a parlé.

Et s'approchant du bébé elle dit:

— Papa chou.

L'enfant reprit: «Papa chou».

«Je n'ai pas rêvé, pensa Gervaise. Il l'a bien dit. Ainsi le premier mot qu'il a prononcé est papa!»

Des larmes perlaient à ses cils. Le cœur débordant d'amour, elle regardait son enfant, beau à croquer; il semblait comprendre les sentiments qui bouleversaient sa mère. Il souriait, gazouillait.

La cuillère battait le rythme et, avec sa sœur, il répétait: «Papa chou.»

— Mon trésor! Mon cher trésor!

Gervaise dénoua la cravate, saisit son fils, le serra contre son cœur. Les enfants regardaient le spectacle. Lucille alla se coller contre son frère Lucien, un instant gêné, de cette gêne inspirée par la pudeur à l'adolescence.

Gervaise ressentait une telle joie que son cœur battait plus vite. Elle se sentait attirée dans un grand remous d'amour et de bonheur.

Raymond entra sur les entrefaites. Devant l'attitude presque recueillie de tous ces êtres attendris, il questionna:

– Que s'est-il passé?

– Le petit a parlé, il a prononcé ses premiers mots.

– Oui, s'exclama Réjeanne, il a dit papa chou, j'ai entendu.

– C'est pas merveilleux, ça! s'exclama Angéline.

– Tu vas en faire, toi aussi, des bébés, Angéline?

– Oui, douze, répondit-elle, rougissante.

– Seulement des garçons, suggéra Lucien. C'est moins détestable que des filles.

Gervaise n'entendait pas. La tête appuyée, les yeux fermés, son bébé endormi dans ses bras, elle le berçait doucement, en communion d'esprit avec son mari qu'elle aimait tant! Aujourd'hui les liens de leur bel amour étaient si étroits qu'elle souffrait moins de son absence.

***

Depuis le départ d'Alphonse, Raymond s'était efforcé de distraire sa sœur. Il venait à la maison sous de faux prétextes, inquiété qu'il était par la conduite de ce jeune homme buté. Il craignait de le voir revenir avec de mauvaises intentions. Il avait prié Angéline de le prévenir tout de suite si Alphonse revenait ou même s'il téléphonait. Peu à peu il dut admettre s'être trompé. Comment aurait-il pu imaginer jusqu'où pouvait aller la duplicité de ce garçon, et la haine qu'il nourrissait en son âme troublée?

Alphonse, impulsif et orgueilleux, n'avait pas réfléchi. Ses plans déjoués, ses ruses dévoilées, son orgueil blessé, il avait laissé sa colère le guider.

Après avoir emballé ses hardes et choisi au hasard quelques livres, il était parti, aveuglé par la rage. Pour lui, cette garce avait pris la place de sa mère, envoûté son père, et voilà qu'elle mettait la main sur le bien familial. N'était-il pas l'aîné? Tout cela ne lui revenait-il pas de droit? Son père l'avait trahi! Le soir de son décès, il n'avait pas dormi. Il avait ruminé le sort de cette boiteuse. S'il pouvait prendre les rênes de la maison! Il la remettrait à sa place, vendrait la ferme, placerait les enfants. Mieux encore, il forcerait Mariette à les élever. Mais le notaire lui avait bien fait comprendre qu'il n'y avait rien à faire contre les dernières volontés du testateur.

Le piètre état dans lequel il avait retrouvé sa chambre n'avait d'égal que son état d'âme. Que tout cela était dégoûtant! On l'avait traité comme un goujat! Eh bien! il verrait à avoir le dernier mot.

***

«Si elle pense qu'elle a apaisé ma conscience en me faisant la charité au moment de mon départ, elle se trompe.»

Il marchait d'un pas rapide. Il savait qu'elle l'observait. Il ne se retournait pas. Il ralentit quand il eut la certitude de n'être plus dans son champ visuel. C'est alors qu'il vit leur voisin, un vieux détestable, qui avait donné bien du fil à retordre à son père et dont l'épouse était morte à cause de son avarice, disait-on au village. Ses enfants l'avaient déserté tant il était vil. Il était là, près de sa haute clôture derrière laquelle il se terrait. Une idée diabolique germa dans son cerveau. Il s'approcha du bonhomme Jolicœur, le sourire aux lèvres.

— Bonjour, père Jolicœur.

— Tiens, si c'est pas l'abbé Alphonse, le gars de ce bon Télesphore. On dirait que vous déménagez, l'abbé?

— Oui, pour un temps, oui. Et vous, ça va la ferme?

— Comme vous voyez, ça va.

Alphonse déposa ses bagages sur le bord du chemin.

— Toujours seul dans votre grande maison?

— Bien seul, ouais.

— C'est bien dur, bien dur de vivre seul!

— Pas pour un curé, à ce qu'il semble.

— Je ne pensais pas à moi...

— Comment va le petit du dernier lit? Pas de père, le pauvre! Monsieur votre père ne l'aura pas même vu! Votre mère, elle prend courage?

— Ma mère, elle est décédée, vous savez bien.

— Je parlais de l'autre.

— L'autre... elle est bien seule, oui, bien seule.

Jolicœur ouvrit de grands yeux, passa le revers de sa main sous son nez, toussota, les yeux soudainement brillants.

— Sûrement une bonne créature pour avoir accepté un veuf et sa maisonnée...

— N'oubliez pas qu'elle est attachée aux biens du père par testament.

— Ouais, ouais.

— Et elle est bien seule, c'est trop jeune pour se retrouver seule comme ça!

— Cré gueux, que je vous comprends. Y a une autre créature, chez vous, une belle blonde, grassette, rieuse comme toute! J'la vois des fois avec votre homme engagé, elle rit tout le temps.

— Ah! elle, c'est la servante. C'est pour aider un bout de temps.

— Ouais...

Le vieux fripon s'essuyait le nez, relevait son chapeau d'un coup de pouce et se grattait le front. Son imagination trottait. Il regarda Alphonse puis baissa les yeux, inquiet à l'idée qu'un curé sache lire les pensées qui se trouvent dans la tête des gens. Alphonse jouissait, il voyait qu'il avait misé juste. Le père Jolicœur se dandinait sur un pied puis sur l'autre.

— Assez pris de votre temps, monsieur Jolicœur. Je dois poursuivre ma route.

— Si c'est pas fin de votre part, monsieur l'abbé, de m'avoir fait cette visite!

— Entre voisins... Gardez un œil sur eux autres, pendant que je serai absent.

— Oh! ben là, monsieur Alphonse, vous parlez bien. Vous pouvez compter sur moi. Ouais, monsieur, ouais! Comptez sur moi.

— Le salut, le père. Dieu vous protège.

Jolicœur se signa. Encore un peu et il se serait agenouillé.

— Amen, murmura-t-il, troublé jusque dans l'âme.

Alphonse se pencha pour cacher son fou rire. Jamais il n'aurait espéré pouvoir si bien improviser et réussir tel coup de maître. Il s'éloignait en sifflant un air joyeux. Soudainement il s'immobilisa. Une autre pensée, encore plus cruelle, lui traversait l'esprit. «Ça, ce serait le clou», et son idée machiavélique prenait de plus en plus forme.

Pendant ce temps, Jolicœur restait planté là, réfléchissant à ce qu'il venait d'entendre. Il en était tout étourdi. Était-ce possible? L'abbé lui-même l'exhortait à visiter la veuve éplorée, à la consoler, à combler sa solitude, à veiller sur elle... Bien sûr, il aimerait mieux la jeune blonde, mais c'est l'autre qui avait hérité. Elle boitait, tant pis. Il n'était pas si beau lui-même... Il baissa les yeux, regarda ses vieux *overalls* percés, ses bottes crasseuses. Il lui fallait de suite mettre ordre à tout ça. Et hop! Il se mit à danser et à fredonner, comme dans son jeune temps. Il ôta son chapeau qu'il lança en l'air, celui-ci resta suspendu à une branche d'arbre. Jolicœur se mit à rire comme un fou:

— Reste là, vieux couvre-chef, reste pendu là, et

guette-moi bien de là-haut. Je t'enverrai le salut quand la riche héritière passera près de toi, accrochée à mon bras, hi! hi! hi!

Et Jolicœur entra chez lui. Il se laissa tomber sur une chaise après l'avoir débarrassée de son encombrement et, les coudes posés sur la table, il se mit à penser tout haut: «D'abord, décrotter ma soue, une bonne fois pour toutes. Ce sera elle qui aura la job après. À moins que je déménage chez elle... Ouais, il y a la marmaille, c'est à considérer.

«Dans le temps comme dans le temps. Il y a plus pressé, je ne dois pas perdre ma chance au profit d'un autre. Dire que j'ai eu la bénédiction de l'abbé! La vie est belle! La vie n'a jamais été aussi belle!...

«Je vais sortir mon habit de la boule à mites, je ne l'ai pas porté depuis la mort de ma défunte. Mes souliers, ouais, au pire, je peux m'en acheter... ouais. Ça va bien prendre au moins des lacets neufs...

«Une femelle dans la maison! J'ai arrêté de rêver à ça depuis longtemps. Cré abbé! Il a réveillé le diable en moi. Rien qu'à y penser, je bande, hey! regarde-moi ça! J'te croyais morte, toi, sacré gueux! Tu vas percer ma salopette, couche-toi! T'en as pas pour longtemps à attendre, ma belle, je vais te planter dans une belle petite boîte à bijoux doublée de velours rose... doux... chaud... mielleux, ouais, ouais.»

Le bonhomme debout sur ses vieilles jambes arquées admire sa jeunesse soudainement ressuscitée. Il avance, ouvre la porte, sort sur la galerie et s'adresse à son chapeau: «Regarde-moi ça! regarde-moi ça! C'est pas beau, ça? Tu pourrais t'accrocher là-dessus plus solidement que sur ta branche. C'est dur, mon vieux, dur comme du fer. Ahohah! Cré gueux!!!» Et du bout du pied il essuya la galerie souillée. Les pattes ramollies, il rentra chez lui à reculons, se laissa tomber sur sa chaise, ébahi, les yeux écarquillés, ravi de ce sursaut de jeunesse.

Ce soir-là il s'est étendu sur son grabat et s'était endormi dans sa crasse, sans même se dévêtir. Il ronfla sa jouissance bien longtemps après que le coq eut fini de chanter le réveil.

À ses animaux il s'excusa pour son retard. «J'ai fait la noce, mes vieux, hier. Cré gueux, les gars, que j'ai eu du fun!»

Plus tard, assis à sa table, avec les quelques dents qu'il lui restait, il mastiquait son pain trempé dans des œufs battus. Il avait une faim de loup. De sa fenêtre il pouvait voir le chapeau qui semblait lui sourire.

— Salut, toi. T'as vu ça, un homme, hein? Pas pire, hein? Pas pire, le vieux.

Tout en mâchouillant, il élaborait des plans pour faire la conquête de Gervaise...

***

Alphonse s'était rendu au presbytère. Il parlerait à son curé. Tout avait été pesé et soupesé: chaque soupir, chaque silence, chaque mot. Il parlerait avec circonspection.

— Je veux que vous m'entendiez en confession.

L'effet fut immédiat: le prêtre laissa percevoir son inquiétude. Derrière la grille du confessionnal, le prétendu pénitent avoua d'une voix troublée:

— J'ai péché... Une femme trop jeune et trop belle, même quand elle se penche pour soigner les poules ou nourrir les pourceaux... qui va au poulailler pieds nus et en robe de nuit... son homme qui la frôle... Rouge d'émotions et gonflée par la satisfaction quand elle verse le café le matin après sa nuit de... plaisir qui traverse les cloisons... qui allaite son enfant sans pudeur et sans gêne sous nos yeux... qui ignore sans doute tout de la concupiscence et des tiraillements de la chair, qui affiche un air de martyre et s'étiole seule dans son lit... à qui la solitude donne une voix suave... Troublé et confus, me trouvant devant une croix horrible à porter, j'ai préféré fuir pour calmer ma misère et ma peur de succomber... Pardon et miséricorde.

La tête baissée, Alphonse observe les tics nerveux du curé qui se tord les mains de désespoir.

Non, Alphonse ne veut pas de conseils, ni qu'on lui offre l'hospitalité. Il a réfléchi, mûrement réfléchi: il partira, ira vers l'inconnu. Il lui faut s'éloigner de l'occasion maudite, fuir le démon. Il se fait petit, humble mais entêté dans son désir d'aller loin, très loin pour se recueillir et méditer, loin de ce lieu pervers.

Le maître spirituel a supplié, béni puis absous le pécheur repentant. Il l'a vu quitter les lieux courbé sous le joug de sa misère morale.

Ce dimanche-là, à la grand-messe, le curé fit une sortie terrible à propos des coupables du scandale et de la punition réservée à ceux par qui il arrive. Tout son être vibrait de dégoût, les veines de son front étaient gonflées par la colère; il quitta la chaire en sueur. On avait écouté cette sortie fracassante, non sans s'inquiéter. Qui avait bien pu susciter telle rage chez ce pasteur habituellement si doux? Quelle confession avait-il entendue? De quel drame l'avait-on informé?

Gervaise, troublée par la harangue du prêtre, avait prié pour que ses enfants soient épargnés de cette misère morale qu'est la corruption. Elle était loin de se douter que tant de fiel avait été vomi à cause de sa soi-disant inconduite.

L'occasion lui serait donnée d'en discuter avec le prêtre, qui viendrait la visiter dans le courant de la même semaine.

Mais ce fut d'abord un autre visiteur tout à fait inattendu qui frappa à sa porte. Vladimir Jolicœur, impatient de faire la conquête de sa voisine, décida de cesser de réfléchir et de passer à l'action. L'«abbé»

Alphonse avait été précis: la jeune veuve s'ennuyait. Lui aussi. Alors pourquoi retarder l'échéance? Surtout que cette dame avait touché un héritage. Pourquoi perdrait-il une si belle occasion? Au fur et à mesure qu'il s'approchait de la maison, son intérêt allait croissant: tous ces beaux grands champs à perte de vue, du bon sol arable qui rapportait bien, le bétail, la cabane à sucre qu'il avait toujours enviée, là-bas, au bout de la ferme... Il marchait de plus en plus vite, de plus en plus confiant. Son élan ralentit au moment de frapper à la porte. Au fond de sa poche, il serrait son mouchoir à carreaux, sa main était moite à cause de l'émotion qui l'étranglait. Le vieil ermite, sorti de sa tanière, avait des sentiments vifs qui le fouettaient.

Le rideau bougea: elle était là, derrière. Il releva la tête, la minute lui semblait longue. Enfin la porte s'ouvrit. Il entra en se présentant.

— Vladimir Jolicœur, votre voisin.

Gervaise tendit la main.

— Vous connaissez Léo Vadeboncœur?

«Tiens, songea-t-elle, quelle coïncidence: Jolicœur d'un côté, Vadeboncœur de l'autre et moi une Lamoureux au centre». Cette pensée loufoque la mit d'excellente humeur. Vladimir, déconcerté à la vue de Léo, fut presque soulagé de s'entendre apostropher par l'intrus.

— Tiens, tiens, si ce n'est pas ce misérable Jolicœur, l'indésirable, s'exclama Léo. Qu'est-ce qui t'amène jusqu'ici?

— J'ai à parler à cette dame. De quoi te mêles-tu?

— Tu vas retourner d'où tu es venu et vite!

Les deux grands yeux noirs de Gervaise se promenaient dans leur orbite, allant d'un homme à l'autre.

«Voilà qui est intéressant: quelque chose de nouveau, un prétendant et un défenseur de la femme. Autrefois ces escarmouches se terminaient par un duel en bonne et due forme, au fil de l'épée!» Elle sourit. Jolicœur, voyant ce sourire, s'enhardit, le cœur plein d'un espoir renouvelé.

— Si tu calmais tes nerfs et laissais parler la dame, espèce de grand mufle. Nous deux, on est des veufs, on se comprend, on a le droit de se parler et on peut se comprendre. Toi, le grand Léo, tu as toujours une femme dans ton lit!

Il fit deux pas, avança vers Gervaise. D'instinct, celle-ci recula; elle n'avait rien entendu, aux prises qu'elle était avec ses idées personnelles. «Il n'y a pas que les femmes qui se déchirent entre elles par des mots cinglants, des mesquineries, s'égratignent avec les aiguillons de la jalousie...» Puis elle pensa aux scènes entre Télesphore et Alphonse. «Et s'ils en venaient aux poings, ces deux-là?» Cette pensée la ramena à la réalité.

— Hein? Que disiez-vous, monsieur Jolicœur?

— Je disais: entre veufs... Ce que vous êtes belle, quand vous souriez!

Cette fois, Gervaise pouffa de rire, un rire franc, juvénile.

— Qu'est-ce que le veuvage a à faire...?

— Tu vois bien que la dame ne comprend rien à ton jargon de vieux cochon, interrompit Léo.

— Léo! s'exclama Gervaise.

— Oubliez cet escogriffe, bonne dame. Lui, il est déjà marié et père en puissance. Moi, je suis libre, prêt à vous servir.

Il baissa les yeux et ajouta d'une voix basse, «...À vous aimer, à vous faire oublier votre défunt... Votre solitude, m'a dit monsieur Alphonse...»

Gervaise sursauta, elle faillit bondir. Elle fit un effort pour surmonter son indignation. Pour camoufler son dégoût, elle choisit de crâner.

— Nous ne nous connaissons pas, vous et moi. J'ai lourde tâche, un jeune bébé, plusieurs enfants en bas âge, je n'ai pas le droit de penser à moi. Ce serait les trahir, trahir la mémoire de mon cher mari. Vous me comprenez? Dites que vous me comprenez.

Léo l'écoutait, époustouflé. Elle parlait d'une voix douce, les yeux timidement baissés. L'autre l'écoutait, radouci, presque religieusement. Entre ses vieux doigts croches, il tournait et retournait son chapeau défraîchi. Les mots qu'il aurait aimé prononcer mouraient dans sa gorge. Lentement il reculait vers la porte, posait sa main sur la poignée; il avait oublié Léo, sa déconfiture, son rêve. La petite femme aux grands yeux vifs et noirs l'avait médusé. Il se sentait petit, honteux.

— C'est trop vite... c'est trop vite... Si jamais... murmura-t-il...

Il ouvrit la porte, s'*enfargea* sur le seuil, faillit tomber; il regarda Gervaise, lui fit un sourire qui ressemblait à une grimace et fila.

Gervaise ferma la porte, s'y appuya et se mit à rire.

— Merci, Léo. Je pense que si j'avais dû affronter seule la situation, je n'aurais su garder mon sang-froid.

— Tout ça, c'était de la comédie, dites-le-moi? Le vieux crapaud! Non, mais vous ne l'avez pas vu? Il n'a que deux dents, qu'il suce sans arrêt, il est crotté, sournois, avare, emmerdeur. Vous n'allez pas...

— Léo, Léo! Ne prenez pas ça au sérieux!

— Oui, Gervaise, il le faut. C'est un homme, Gervaise!

Cette fois, Gervaise ne jouait plus. «C'est un homme, c'est un veuf, qui vit sans femme...» Les mots de la Sœur supérieure étaient repris par son voisin... la même mise en garde, la menace du péché... Elle riait aux larmes.

— Je dois avoir un certain talent... avec les hommes...

— Gervaise! Vous!

— Vous ne sauriez comprendre, Léo. Faites-moi confiance.

— Je vous croyais limpide comme les eaux de la rivière!

— J'ai failli me fâcher, mais je me suis souvenue qu'il est un voisin. Il vaut mieux être en bons termes.

— Un voisin?... Est-ce une raison pour...

— Chut! Vous, Léo, c'est une autre chose. Vous êtes surtout un ami, un ami sincère.

— Télesphore ne vous a jamais rien dit à son sujet?

— Il n'en voyait peut-être pas la nécessité. J'ignorais jusqu'à son existence. Vous l'avez entendu supposer qu'il pourrait m'aider à oublier Télesphore? Alors que justement je ne veux pas l'oublier, sa mémoire est mon plus grand soutien, ma force.

— Là, je vous reconnais enfin. Ouf! Je veux bien croire qu'une femme a le droit de refaire sa vie mais...

— Léo! Ma vie n'est pas à refaire, comme vous le dites, elle continue. Télesphore n'est plus, soit, mais j'ai mon fils et tous ces enfants à aimer. La présence d'un autre homme me serait intolérable dans les circonstances. Personne ne pourrait remplacer mon homme.

Dès qu'elle se retrouva seule, Gervaise laissa tomber le masque de la fierté. Sa solitude lui parut cuisante. Elle avait mal. Elle comprenait ce vieil homme qui vivait seul. Ses nuits amoureuses lui manquaient, les bras enveloppants de Télesphore, ses caresses, les paroles douces qu'il murmurait, les désirs subits qu'elle lui inspirait, tout lui revenait en mémoire. Elle était jeune, «un bourgeon plein de sève» disait son mari. Elle ferma les yeux. Jolicœur avait éveillé tout ça, ce à quoi elle s'efforçait tant de ne pas penser, afin de ne pas trop souffrir.

«Votre solitude, m'a dit monsieur Alphonse...» Que voulait-il insinuer? Quand et pourquoi Alphonse lui aurait-il tenu de tels propos? Était-ce possible? De quelle solitude avait-il été question? «De la mienne ou de la sienne? Je suppose que je ne le saurai jamais.»

Gervaise regarda l'horloge. Les enfants allaient rentrer. Elle pensa à préparer le repas du soir. Dans l'esprit de la jeune femme, l'incident était classé.

***

Le pasteur avait décidé de se rendre chez les Lamoureux à l'heure du repas. Ainsi il serait en mesure de juger plus adéquatement ce qui s'y passait et qui s'y trouvait. Il n'était pas sans avoir remarqué la présence de Raymond à l'église, ainsi que celle d'Angéline, la blonde, grassette et rieuse qui accompagnait parfois Gervaise. Pourtant ni l'un ni l'autre ne s'étaient encore présentés au confessionnal! Le temple était de plus en plus déserté, le curé en souffrait. Il lui semblait que ses ouailles perdaient le goût de la prière et du sacrifice. «On s'habitue peu à peu à vivre dans le péché! On dédaigne les sacrements!» Aujourd'hui, cependant, le problème était plus grave. S'il se fiait aux dires de ce cher Alphonse, une vocation certaine s'était perdue à cause du scandale. À la mort de Télesphore, il avait déjà craint la révolte d'Alphonse, il n'avait pas compris ses raisons alors. Mais depuis cette récente confession, il savait tout.

Le prêtre frappa à la porte. Gervaise, occupée à préparer le repas de son bébé, leva les yeux vers l'horloge. Qui pouvait bien venir à cette heure?

— Vous voulez bien faire entrer, Angéline.

Tous étaient attablés. À la vue du curé, Gervaise déposa la cuillère et se leva.

— Que nous vaut cet honneur? Bienvenue chez nous, Monsieur le curé.

De la main, Gervaise ordonna aux enfants de se lever.

— Monsieur le curé, voici mon frère, Raymond. Et Angéline qui travaille ici depuis quelque temps déjà. Et voilà le jeune Télesphore devenu chrétien par la grâce de votre main. Vous voyez comme il est grand déjà. Mais je parle, parle. Angéline, dressez un couvert pour Monsieur le curé. Non, pas de protestation, venez vous joindre à nous.

Les enfants retournèrent à leur repas en silence, impressionnés par la présence du visiteur.

— Monsieur le curé, puisque vous êtes là, je vais vous demander de bénir notre nourriture, comme le faisait autrefois mon mari.

Le prêtre se leva, les enfants l'imitèrent. On parla moisson, culture. Gervaise devinait bien que ce n'était pas là le but de sa visite. Elle était bien intriguée. Lucien demanda la permission de se lever de table.

— Oui, mes enfants, vous êtes excusés. Lavez vos mains et brossez vos dents. Lucille... essuie ton bec, ma fille, il y a des graines tout autour.

Gervaise avait parlé d'une voix douce et basse. Lucille porta la main à son visage. Le prêtre sourit.

— Si vous permettez une observation, il y a beaucoup d'harmonie chez vous, Madame. C'est attendrissant.

— J'aime ces enfants, ils sont devenus ma vie. Je n'ai qu'eux à aimer.

— Après Dieu, l'amour des enfants est le plus louable.

Raymond s'excusa à son tour, il lui fallait finir le *train*.

— Angéline, je vous confie la toilette du bébé. Monsieur le curé, je vous offre une autre tasse de thé, nous irons au salon.

Une fois seuls, la conversation tomba; le prêtre semblait embarrassé. Gervaise ne disait rien, elle attendait.

— Votre solitude, madame Lamoureux, comment la vivez-vous? N'oubliez pas que vous parlez à votre pasteur. Vous pouvez m'ouvrir votre cœur.

Gervaise sourit, elle pensa à la visite de Jolicœur: «Ils ont donc tous la manie de s'inquiéter de mes sentiments intimes», ne put-elle s'empêcher de penser.

Tout haut, elle dit simplement:

— C'est vous, Monsieur le curé, qui me posez une telle question! Vous savez pourtant ce qu'elle représente d'abnégation et d'esprit de sacrifice.

— Hum! fit-il. La confession est là...

— C'est surtout avec Dieu que je discute de ces choses.

Le prêtre ne dit rien; il fixait le tapis et le bout de ses souliers. «Voilà, pensa Gervaise, nous y sommes...»

— Dites-moi, Madame... et il se tut.

— Je vous écoute.

— Vous étiez à la messe, dimanche...

— Bien sûr.

— Dites-moi, Madame... ce sermon, quelle impression a-t-il eue sur vous?

— Votre sermon? Il m'a troublée. L'enfer, le feu, la punition, la crainte de Dieu, mais le Jésus tout amour, qu'advient-il de Lui? En toute humilité, je ne crois pas que la peur puisse propager la foi.

— Et?

— Je ne connais qu'une vérité. Ma vérité est brutale. Vous voulez vraiment connaître le fond de ma pensée?

— Oui.

— Si j'avais cru un seul instant que ces propos me concernaient, si j'avais été la personne qui méritait telle semonce, j'aurais quitté le temple et je n'y aurais plus jamais remis les pieds. Ça m'a rappelé la lapidation et cette parole du Christ: «Que celui qui est sans péché, jette la première pierre.» Seule la Vierge Marie aurait pu le faire; l'aurait-elle fait que son fils n'aurait pas manqué de lui dire: «Maman, tu exagères...».

Le brin d'humour ajouté au texte biblique fit sourire le prêtre et jeta un peu de détente sur le jugement sévère de Gervaise.

— Vous auriez quitté le temple?

— Oui, Monsieur le curé. Tout comme je n'utiliserais le confessionnal que dans des circonstances nécessaires et importantes. La religion n'est pas une chose à traiter à la légère. Certaines personnes croient qu'il suffit d'invoquer Dieu pour qu'Il exauce leurs requêtes, avant même d'avoir fait les efforts nécessaires. Le ciel leur doit tout.

— Votre foi est louable, Madame. Je suis touché.

— Peut-être ai-je été trop sévère... Merci pour la confiance que vous m'accordez, en me demandant mon opinion sur un sujet aussi épineux. Je ne sais pas flatter ni mentir...

— Puissiez-vous demeurer aussi bonne chrétienne toute votre vie! Je vous remercie, madame Lamoureux, pour votre franchise brutale comme vous le dites si bien. Vous êtes une femme très forte. Merci pour le bon dîner.

— Monsieur le curé, je sais que mon bébé est un ange, mais j'aimerais que vous veniez le bénir dans son berceau.

Une fois à l'étage, le prêtre se pencha sur l'enfant endormi. Puis il s'approcha de la fenêtre.

— Quelle belle vue vous avez d'ici! Tous ces champs qui s'étendent, la vue sur les bâtiments... Où est le poulailler?

— Là, sur votre gauche. C'est à peine si on le voit de la maison.

— Oh! Vous avez plusieurs chambres, à ce que je vois.

— C'est que la famille est grande.

— Laquelle occupait Alphonse?

— Là, au fond du couloir, avec vue directe sur la route et oblique sur le champ de maïs. Je vous inviterais bien à la visiter, mais il l'a laissée dans un tel désordre!...

— Oh! mais je suis là, j'abuse de votre temps...

— Monsieur le curé, merci pour cette visite surprise. C'est un grand honneur pour nous tous. Revenez dîner avec nous parfois. J'ai gardé un bon souvenir de ces années vécues auprès des religieuses qui m'ont tant appris et ont éclairé ma conscience.

Le prêtre promit de revenir. Il sortit, fit quelques pas, se retourna et regarda la maison, promenant les yeux sur l'étage supérieur. Gervaise l'observait. Il monta dans sa puissante Chrysler et resta là, quelques minutes avant de mettre le contact; il semblait réfléchir.

Si Gervaise avait pu deviner! Le pasteur venait de comprendre que tout ce que lui avait dit Alphonse n'était que baratin, invention pure. S'il avait vu cette femme se promener en tenue légère, il avait choisi de le faire; non plus il n'avait pu entendre ses parents prendre leurs ébats amoureux, sa chambre était située trop loin de la leur. Alors? Pourquoi ces mensonges effrontés? Pourquoi? Que voulait-il accomplir en venant ainsi démolir la réputation de cette femme qui venait de lui prouver sa droiture et sa grande bonté? Pourquoi? Ce garçon avait-il vraiment la vocation? Quel jeu avait-il joué pendant toutes ces années?

Pendant ce temps, Gervaise se posait aussi des questions. Rien dans la conversation tenue ne lui donnait la réponse à ce qui l'intriguait beaucoup: le but de cette visite. «Ma solitude l'inquiéterait vraiment? Jolicœur lui aurait-il fait part de ses ambitions? (Elle pouffa de rire.) Si tel était le cas, le révérend n'a pas osé en parler.»

Ce soir-là, elle discuta de tout ça avec Raymond: ils rigolèrent. Les exclamations du prêtre ne cessaient d'intriguer Gervaise. Elle regrettait la franchise cruelle avec laquelle elle avait osé exposer son jugement sur le sermon. Puis elle oublia l'incident.

Chapitre 28

Raymond, accompagné d'Angéline et des enfants, était parti au village faire des emplettes. Gervaise faisait la toilette de son bébé, elle l'amusait longuement, le faisait rire. Après le bain, elle enduisit ses fesses de fécule de maïs afin de prévenir les gerçures que cause le pipi des couches mouillées. Couché sur le dos, le jeune Télesphore gazouillait, heureux comme un pinson. La maman aspira profondément, puis expira brusquement, la bouche appuyée sur la bedaine de l'enfant qui riait aux larmes. «Tu es chatouilleux, comme ton papa, mon beau trésor, tu es beau comme lui. Que je t'aime!» Elle mouilla ses doigts, enroula ses cheveux. «Voilà, tu as un beau coq; souris à ta maman.» Elle finit de le vêtir et, le tenant dans ses bras, elle se mit à tourbillonner dans la grande cuisine en chantant à tue-tête. La valse fut interrompue par un visiteur qui frappait à la porte. Gervaise ouvrit; il lui fallut quelques minutes pour reconnaître l'arrivant. Là, devant le perron, se trouvait stationnée la roulotte du New Hampshire qu'elle avait visitée lors de leur arrêt dans le passé. De ses occupants elle avait gardé un vague souvenir.

— Votre femme vous accompagne?

— Oui, elle se repose présentement. Vous avez des œufs et de la crème?

— Oui, je peux aussi vous offrir du pain de ménage.

Gervaise déposa son fils sur le sol. Celui-ci se retourna brusquement et se mit à se traîner à quatre pattes.

Gervaise emplit d'œufs le plat qu'on lui présentait. Elle mesura la crème, sortit le pain, l'emballa.

— Que diriez-vous d'une tourtière fraîchement faite? Ça constitue un bon repas et c'est soutenant.

L'homme versa la somme de six dollars cinquante, Gervaise plaça l'argent sur la table.

— Attendez, je vais vous aider avec tout ça.

Prenant une chaise, elle la renversa et la plaça au bas de l'escalier par crainte que son fils s'y aventure.

— Maman revient tout de suite, fiston.

Elle ferma la porte derrière elle et suivit l'homme qui l'invita à entrer afin qu'elle dépose les victuailles qu'elle transportait. Gervaise monta les deux marches et, se retournant, elle s'exclama:

— Mais, votre femme n'est pas ici!

— Sans doute est-elle aux toilettes.

Gervaise n'eut pas le temps de faire un seul mouvement, l'homme sauta en bas, replia le marchepied vers l'intérieur, ferma la porte et la verrouilla.

Abasourdie, Gervaise restait là, debout, décontenancée. Elle ne savait plus quoi penser. Voilà que le bolide partait en trombe. Elle tomba à la renverse, se frappa la tête et resta étendue, n'osant bouger.

Le dernier regard de l'homme la troublait: dans la maison tout s'était passé simplement, mais après qu'il eut déposé le plat d'œufs dans le lavabo et sauté dehors, il s'était tourné vers elle et l'avait regardée fixement. Tout s'était passé si vite. Pourquoi avait-il menti au sujet de sa femme? Cette question l'inquiétait, mais moins que la pensée de son enfant resté seul dans la maison. Gervaise se releva avec peine car la remorque allait bon train. Elle frappa dans la vitre avant, puis se mit à crier. Avec les minutes qui passaient, elle prenait de plus en plus conscience du fait qu'elle était prisonnière. Par une petite fenêtre, elle voyait le paysage qui défilait sous ses yeux: on s'éloignait toujours. Gervaise parvint aux toilettes, personne ne s'y trouvait. Elle continuait de ramper sur le plancher, de peur de se blesser en tombant. N'en pouvant plus, elle se roula en boule et resta là, immobile, effrayée. «Grand Dieu, protégez mon petit, faites que rien ne lui arrive, faites que Raymond revienne très vite! Je ne suis jamais seule à la maison. Pourquoi fallait-il qu'aujourd'hui, précisément, ça arrive? Peut-être est-il ivre? Où peut bien être sa femme? Qu'est-ce qu'il a en tête?» Et Gervaise fondit en larmes. Il lui semblait maintenant que la route était plus douce, moins cahotante; si on roulait sur l'asphalte c'est qu'on était sur la grande route, qu'on s'éloignait du village.

Il lui faudrait bien s'arrêter à un moment donné. Il lui donnerait alors des explications. Il lui était venu à l'idée qu'il s'agissait d'une mauvaise farce. Une pensée morbide l'effleura: «Si j'était victime d'un rapt?» Quelle heure pouvait-il être? Raymond était sans doute revenu. Son fils n'était plus seul! Surtout, que rien n'arrive à son enfant! Elle se réjouissait d'avoir placé la chaise en travers de l'escalier pourvu qu'il ne s'y soit pas agrippé ni ne l'ait fait basculer! La terreur l'envahissait, elle pleurait puis hurlait, jusqu'à épuisement. Et les voisins, se demandait-elle. Peut-être l'un d'eux avait-il vu passer la roulotte: l'épouse de Léo, ou même Jolicœur. Cette pensée l'aidait à espérer; peu à peu elle finit par s'endormir.

N'entendant plus Gervaise crier, l'homme s'arrêta à un poste d'essence et fit le plein, puis il conduisit sa roulotte sur un chemin secondaire et boisé. C'est couché sur la banquette de son automobile qu'il passa la nuit.

Gervaise se réveilla au petit jour. Endolorie et frissonnante, elle regardait autour d'elle, dépaysée. Et elle se souvint tout à coup de la pénible réalité. L'immobilité la surprit; elle se leva, se rendit à la fenêtre; encore grise et paisible, la nuit s'estompait à peine. Des branches de sapin s'appuyaient contre la vitre. Le silence l'inquiéta autant que cet isolement et l'absence de l'homme. À quel jeu jouait-il? Où se terrait-il? Elle se rendit aux toilettes, son dos faisait mal, elle frissonnait.

Dans le lavabo se trouvaient le pâté et les œufs. Des larmes lui montaient aux yeux. Le silence, ah! le silence! Elle cassa la miche de pain, en mangea pour tromper sa faim criante.

Assise sur une chaise, elle regardait autour d'elle, réalisant son impuissance. Elle était à la merci de cet homme qui avait eu ce regard inquiétant qu'elle ne savait interpréter. Elle fermait les yeux, essayait de réfléchir. Telle situation lui semblait aberrante, sans issue. La nervosité la gagnait et de nouveau elle se mit à crier, à hurler.

L'homme se réveilla en sursaut, descendit de l'auto et s'approcha de la fenêtre; il se mit à frapper sur la paroi pour attirer l'attention de Gervaise.

— Écoute-moi bien, Betsy, écoute-moi.

Gervaise se tut, l'homme était là, il la regardait.

— Betsy, si tu continues de crier comme ça je te laisse ici où tu pourras moisir lentement. Je ne veux plus t'entendre hurler. Calme-toi. Nous pourrons faire un beau voyage si tu sais être raisonnable. Je ne peux pas souffrir de t'entendre crier. Si tu le fais encore, je te laisse crever, tu m'entends? Allez, réponds-moi. Allez, Betsy!

— Oui, oui, j'ai compris.

— Bon, nous allons déjeuner gentiment.

L'étonnement de Gervaise ne cessait de croître: pourquoi l'appelait-il Betsy? Cet homme semblait pourtant normal quand il s'était présenté à la maison, alors que maintenant, il lui fallait l'admettre, il avait la conduite d'un être dérangé. Ses mains tremblaient, des frissons la parcouraient. Elle regardait autour d'elle, aux prises avec des sentiments contradictoires, ne savait plus quelle attitude prendre. Une chose était certaine: elle ne devait pas le contredire, il s'était fait menaçant et si elle le poussait à bout, il pourrait être dangereux.

— Betsy...

Elle sursauta. Il était derrière elle.

— Pourquoi me regardes-tu comme ça? Es-tu malade?

— Non, j'ai... j'ai mal dormi.

— Tu es toute tremblante, aurais-tu froid?

— Oui, un peu.

— Attends, tiens, prends ton gilet.

Il avait ouvert un tiroir, en avait sorti un tricot qu'il l'obligeait à enfiler.

— Ça va mieux, Betsy?

— Oui, merci.

— Mangeons ces œufs frais; tu te souviens, lors de notre dernier voyage, le festin que nous avions fait? Je vais t'aider.

Et il s'empressa de préparer le café. Gervaise le regardait faire; il agissait naturellement, comme si rien d'anormal ne s'était passé. Elle ignorait jusqu'à son nom. Elle fouillait dans ses souvenirs, tout se confondait dans son esprit: autant le visage de cet homme que celui des autres qui s'étaient arrêtés chez elle acheter des produits de la ferme.

— Tu es distraite, Betsy. Donne-moi les assiettes: tes œufs sont prêts, comme tu les aimes. Non, non, c'est Frank qui fait le service. Toi, tu te laisses gâter; tu reprendras ton rôle à la maison; c'est ton tour, en vacances, de te faire chouchouter. Tu le mérites bien.

— Merci.

— Viens t'asseoir, allez! Bon appétit, Betsy.

Voilà qu'il se faisait prévenant, presque tendre. Il plaça le sel et le poivre devant elle et attendit qu'elle se serve des assaisonnements avant de les utiliser.

— Ah! J'ai oublié les serviettes de table.

De la paume de sa main il se frappait le front.

— Mange bien, nous avons une longue distance à parcourir pour atteindre notre objectif. Et tu n'as pas à avoir peur, j'ai changé les tuyaux à gaz, la fuite n'existe plus.

Ce disant, il se leva et fit la vaisselle. Il continuait de bavarder mais Gervaise ne l'écoutait plus. Elle s'efforçait de rester calme et de réfléchir. Elle n'avait plus qu'une idée en tête: s'enfuir. Il lui fallait être patiente et alerte. Elle regardait autour d'elle, enregistrait mentalement les plus petits détails de tout ce qui les environnait.

— Betsy, tu ne me réponds pas, tu es distraite.

— Excuse-moi, j'avais les idées ailleurs.

— Tu peux venir t'asseoir dans l'auto, si tu me promets d'être sage. C'est plus confortable qu'ici et il fait si beau! Tu aimeras le paysage.

— J'aimerais dormir: ça te dérangerait que je dorme quelques heures?

— Mais non, chérie. Surtout ne va pas plonger le nez dans un bouquin. Allez, repose-toi.

— Pourquoi?

— Tu me le demandes? Tu perds tes nuits à lire et ensuite tu es fatiguée.

— Tu as bien raison.

— Là! Je reconnais enfin ma Betsy des bons jours.

— Je t'aide à faire la vaisselle si tu veux partir au plus tôt.

— Non, tiens: feuillette cette revue en attendant.

Il avait ouvert un compartiment près du plafond et du petit placard, avait sorti un magazine qu'il remit à Gervaise.

Celle-ci le prit et remarqua aussitôt qu'une étiquette posée là indiquait le nom et l'adresse des abonnés: Concard au New Hampshire. Elle ferma les yeux, le nom de cet État américain lui rappelait de vagues souvenirs: un couple gentil... la visite de la maison ambulante, la spontanéité de ces gens... puis le brouillard. Elle regarda le collant, mémorisa le nom et l'adresse. Elle tournait les pages, machinalement; ses pensées étaient ailleurs.

— Voilà, j'ai terminé. Si tu veux dormir, tire les rideaux. Je n'irai pas vite, installe-toi confortablement.

— Je crois que j'ai changé d'idée, Frank. Après hésitation, elle ajouta: je dormirai ce soir.

— Tu as bien raison, il vaut mieux se coucher tôt, profiter du soleil et des paysages. La route 132 traverse les villages, est très panoramique. Allons, viens. Prends ton gilet. Allez.

L'homme lui tendit la main, elle le suivit.

— Où sommes-nous, Frank?

— Près de Trois-Pistoles. Je me suis arrêté ici, hier, car je me suis souvenu de ton ébahissement quand nous avons découvert pour la première fois la beauté des îles du Bic.

«Nous roulons vers l'est, si je me souviens bien. Les numéros des routes en chiffres pairs vont de l'est à l'ouest ou vice versa. S'il roulait en sens inverse, nous serions près de Québec. Nous avons passé plusieurs villages...»

— Pourquoi criais-tu si fort, hier, Betsy?

Gervaise n'ayant pas entendu, il répéta la question; il venait de poser sa main sur son bras; elle sursauta.

— Allez, Betsy, dis-moi ce qui ne va pas?

— J'ai... j'ai peur.

— De quoi? Je t'ai expliqué que tout a été réparé, le danger est passé, tu dois me faire confiance! Je suis là pour te protéger. Allez, courage.

«Décidément cet homme est déséquilibré. Que dois-je faire? Il est doux, sans malice; je ne dois pas le contrarier, ce qui réveillerait son agressivité. D'abord je dois tenter de m'en faire un ami...»

Gervaise regardait la route qui n'en finissait plus de s'allonger devant elle, l'éloignant toujours davantage de son foyer. Elle pensait à son bébé, à tous les enfants, à l'inquiétude de son frère; elle se réjouissait à l'idée qu'Angéline soit là: elle serait attentive aux besoins des petits. Elle couvrit ses épaules du tricot, l'émotion l'étreignait. Elle gardait les yeux fixés sur le paysage qu'elle ne voyait pas, ce qui lui permettait de cacher ses larmes au conducteur.

— Si mon souvenir est bon, encore une côte à descendre et tu auras, étalé devant toi, un des coins les plus pittoresques de ce continent nord-américain: un véritable oasis de beauté, ce patelin et ses îles magnifiques. Betsy, ferme les yeux... nous y sommes presque. Voilà! Regarde.

L'homme avait ralenti. Gervaise regarda droit devant elle, s'exclama:

— Ces îles! Mais oui, je les connais, ces îles...

— Elles sont belles, n'est-ce pas? À marée montante, elles sont encore plus impressionnantes.

Il la regarda.

— Mais tu pleures, Betsy, pourquoi?

— L'émotion, sans doute.

— Je savais, je savais que ça te ferait plaisir, écoute...

Mais Gervaise n'écoutait plus: par quelque puissant mécanisme de la mémoire elle revit un instant une situation presque analogue survenue dans son enfance. Elle se revoyait assise dans la voiture qui la conduisait au couvent de Saint-André; ce jour-là, on lui avait vanté ces mêmes îles, avec des mots semblables... Cette fois, elle pleura franchement, les sanglots la secouaient. Le conducteur s'arrêta sur un terre-plein, en bordure de la route, passa son bras autour de ses épaules et l'attira à lui; il lui parlait d'une voix douce, cherchant à la consoler.

Sous le coup de l'impulsion, Gervaise tenta d'ouvrir la portière. Frank lui saisit un bras, elle fit un mouvement pour se libérer de l'étreinte. Il cria: «Betsy!» Il la ramena à lui, verrouilla la porte.

— Betsy! Tu es folle, tu vas te blesser, il y a un profond fossé à cet endroit! Tu n'es pas prudente, ma fille!

Il remit la voiture en marche et reprit la route, fort contrarié. Il ne parlait plus, elle s'inquiétait.

— Excuse-moi!

— Tu mets ta vie en danger et tu t'excuses? C'est de l'enfantillage. J'avais pensé te faire une surprise, mais tu n'es pas raisonnable!

— Quelle surprise, Frank? Dis-moi. Ne sois pas fâché parce que j'ai voulu sortir marcher dehors.

— Et si tu t'étais cassé une jambe?

— Je ne suis pas une enfant!

Le mot qu'elle venait de prononcer la fit frémir et la rendit encore plus consciente de la conduite à tenir. Elle se devait de le garder de bonne humeur. Elle pensa aux colères d'Alphonse! Par ricochet à Télesphore. «Aide-moi, dis-moi quelle attitude prendre, et surtout, surtout, protège la maisonnée.»

— À quoi penses-tu?

— Je priais.

Il lui sourit.

— Tu te reconnais, ici? Ce pont? Un si beau souvenir...

Un tableau posé en bordure de la route indiquait «Rimouski».

— Tu te souviens?

— Du nom de la ville, oui.

— Et autre chose, de plus spécifique?

— Non.

— Voyons, «Papa-la-pipe». Si tu veux, nous irons le visiter; il t'avait bien fait rire.

— Donne-moi plus de détails.

— Cet homme à gros bedon, en culotte d'étoffe, qui a braqué sa cabane sur le quai du fédéral où il vend du poisson... Nous irons en acheter et nous le ferons cuire pour souper. Ça t'avait bien amusé quand il te vantait le crabe des neiges que les gens de la région ne prisaient pas parce qu'ils ne le connaissaient pas; il le faisait cuire lui-même et le distribuait pour le faire apprécier. Tu t'étais presque rendue malade à en manger. Pour trente-cinq cents, tu avais rempli le plat du frigidaire et n'as rien mangé d'autre pendant deux jours.

Il riait de bon cœur. «C'est enfantin, cette histoire,» ne put s'empêcher de penser Gervaise. «Cet homme n'a pas de malice. Alors pourquoi se conduit-il ainsi avec moi?»

Pendant ce temps, la ville défilait sous le regard de Gervaise. La rue était étroite, le conducteur se taisait, attentif, concentré sur la circulation. Elle enviait ces gens qui déambulaient, non conscients de leur grande liberté. Soudainement, elle eut une idée à laquelle elle s'accrocha: elle mémoriserait le numéro de la plaque d'immatriculation et écrirait un message qu'elle pourrait remettre en cachette à quelque personne, le «papa-la-pipe» étant une occasion idéale; oui, la chose pourrait s'avérer possible. Tout au long de la route, il avait dû faire plusieurs connaissances.

Le quai était là, on avançait sur le pavement de planches raboteuses; il fallut d'abord se rendre jusqu'au bout pour tourner le véhicule. Gervaise regardait les bateaux amarrés, la mer calme, le ciel si bleu; de tout ça, elle était lésée.

L'homme ralentit puis arrêta.

— Tu viens, Betsy? Allez, suis-moi.

Malheureusement, Papa-la-pipe était en mer, à la pêche: il était parti avec son fils, tôt le matin, et ne rentrerait que très tard. Frank acheta du poisson et reprit la route.

— Ne sois pas déçue, Betsy, nous nous arrêterons au retour, il sera là. Ah! j'avais oublié, la photo.

— La photo?

— Oui, je t'ai photographiée avec Papa-la-pipe et tu lui avais promis de revenir lui offrir un double.

— Tu les as, ici?

— Bien sûr, regarde dans le coffre à gants.

Gervaise sortit une enveloppe qui contenait une dizaine de photographies. Elle les regarda et, tout à coup, elle échappa un cri. Elle venait de se reconnaître, debout près d'une autre femme: Betsy, sans doute.

— Qui est cette dame?

— Elle, c'est la dame où nous nous sommes arrêtés pour demander de l'eau; tu te souviens, elle nous avait vendu ces bons œufs et de la crème!

— Tu l'as revue, depuis?

— Non, j'ai essayé, je n'ai pu me souvenir où c'était. Dommage, elle était sympathique, elle boitait, tu te souviens? Depuis tu n'as pas cessé de comparer les œufs à ceux-là, frais du matin.

L'homme s'essuya le front: «J'ai oublié où c'était, j'ai tourné en rond, j'ai oublié. Allez, ne parlons plus de choses tristes.»

Gervaise regardait l'image de cette femme que l'homme confondait avec la sienne. Que se passait-il dans son esprit? Serait-il dans un état de choc, sous le coup d'une émotion forte, à la suite d'un traumatisme? Elle le regarda, des sueurs perlaient sur son front. La vue des photos y serait-elle pour quelque chose? Elle les replaça dans l'enveloppe. Elle les regarderait plus attentivement quand il ne serait pas là à l'observer. Peut-être devrait-elle lui arracher des confidences; non, il ne faudrait pas. Il était présentement agité; il valait mieux ne pas ressasser son passé; elle devait gagner du temps. Peu à peu la nature combative de Gervaise refaisait surface, sa nervosité se tassait, elle devenait plus alerte mentalement. Elle ne devait surtout pas éveiller les raisons, quelles qu'elles soient, des choses ou des éléments qui auraient causé sa déroute. Elle soupçonnait maintenant que sa femme Betsy y était pour quelque chose.

— Je n'en peux plus!

Il s'était exclamé, d'une voix frémissante qui évoquait la frayeur.

— Tu es très fatigué, Frank, il faudrait te reposer. Arrêtons-nous au prochain village, tu dois dormir. Ça te fera du bien. Nous poursuivrons notre route plus tard.

— Mais nous sommes loin de notre but, objecta-t-il.

— Quelle différence? Nous ne sommes pas pressés. La mer est belle et calme, je vais marcher en bordure de l'eau pendant que tu dormiras.

— Jamais!

Il avait hurlé. Gervaise s'effraya.

— Tu ne resteras pas seule, tu connais le danger!

— Bon, si tu préfères, je resterai près de toi. Allons à l'intérieur, si tu aimes mieux, ou dors ici, sur la banquette arrière.

— Veux-tu conduire, Betsy?

— Non, surtout pas.

— Il le faudra bien, parfois.

Gervaise se désespérait. La situation devenait intolérable. Elle ne savait pas conduire et ne pouvait pas le lui avouer. Heureusement, l'homme se calmait peu à peu. Gervaise s'efforçait de retenir son attention en faisant des commentaires sur l'état de la route, le paysage, enfin tout ce qui pouvait le distraire. Pour la première fois, elle sentait l'inquiétude l'envahir, une inquiétude qui, cette fois, allait au-delà des événements: oui, elle avait peur. De quoi était-il capable? Jusqu'où allait son inconscience? Il agissait normalement, conduisait prudemment, se comportait en être sensé, mais au niveau de la cohérence mentale, il semblait fortement perturbé.

Les jours passaient sans que la surveillance de l'homme ne se relâche; il talonnait Gervaise, observait chacun de ses gestes, la questionnait sans cesse; elle avait le sentiment vif qu'il voulait la protéger contre un danger sans doute imaginaire.

Il voulait constamment sa présence à ses côté, l'interrogeait dès qu'elle se montrait distraite ou pensive. Gervaise n'avait plus qu'un espoir: qu'un événement fortuit se produise pour qu'elle ait une occasion de lui échapper. Elle attendait cette minute avec un désir croissant. La seule chose qui la réconfortait était que l'humeur de son ravisseur était à peu près égale quand il n'était pas frustré.

Il insistait pour qu'elle change de vêtements, lui imposait ceux de sa femme Betsy, la félicitait pour son bon goût. Gervaise jouait le jeu, alors il se faisait presque tendre.

— Ta santé semble meilleure, Betsy: peut-être accepteras-tu de faire l'amour, maintenant?

Gervaise frémit. Elle se mit à parler d'autre chose, tenait des propos légers, joyeux même, histoire d'endormir cette idée nouvelle avant qu'il ne s'y arrête lui-même. Ce jour-là, elle insista pour qu'ils fassent plus longue route. La fatigue le distrairait sans doute. Astucieuse, Gervaise se plaignit d'un mal de tête fou.

— Je vais masser ta nuque, ça passera. Allez, tourne-toi.

Il avait immobilisé le véhicule; du bout des doigts, il pétrissait les muscles de son cou, de ses épaules.

— Tu as la peau satinée.

Ce disant, il posa les lèvres à la base de ses cheveux. Elle se raidit:

— Merci, tu avais raison, le massage m'a soulagée.

Ce soir-là, ils stationnèrent dans un endroit où se trouvaient plusieurs autres maisons motorisées. Il fit certains travaux à l'extérieur, mais avait d'abord remonté le marchepied et fermé la porte de la maisonnette.

Chapitre 29

À Saint-Pierre, on nageait en plein mystère. Le jour de la disparition de Gervaise, on ne s'était pas tout de suite inquiété; tout portait à croire qu'elle ne venait que de s'absenter. Le bébé dormait, couché à plat ventre sur le sol; il ne semblait pas avoir pleuré. Là, sur la table, se trouvait l'eau qui avait servi à faire sa toilette et ses vêtements sales étaient empilés. Le biberon était dans un contenant dont l'eau avait tiédi, les serviettes traînaient sur l'évier. Angéline fit le tour des chambres; n'y trouvant pas sa maîtresse, elle descendit et pria Raymond de se rendre aux bâtiments. Peut-être s'y trouvait-elle.

— Elle ne peut s'être éloignée d'ici, sinon elle aurait mis le bébé au lit. Toi, Lucien, va chez monsieur Vadeboncœur, informe-toi; demande-leur s'ils ont vu ta mère. Reviens tout de suite.

Lucille se mit à pleurer: «Où est maman? J'avais si hâte de lui montrer les belles choses que nous avons achetées!»

Angéline gardait ses impressions pour elle-même. La chaise au bas des marches avait été placée pour protéger l'enfant, donc Gervaise était sortie pour une raison précise, mais laquelle et pourquoi?

Raymond revint, demanda si on avait quelque indice et retourna à la grange. Cette fois, il inspecta chaque coin et recoin; peut-être avait-elle eu une faiblesse? Il grimpa sur le fenil, se rendit au poulailler, à l'étable, dans la remise: personne! Lucien revint bredouille: les Vadeboncœur avaient passé la plus grande partie de la journée dans les champs au bout de la terre, où une clôture avait besoin d'être réparée.

Les enfants s'étaient rassemblés autour de la table, inconscients de la gravité de la situation mais très impressionnés par la tension qui régnait chez les adultes. Réjeanne tenait son filleul sur ses genoux, caressait ses cheveux, dans un silence accablant. Ils écoutaient Raymond et Angéline qui émettaient mille hypothèses; bientôt ceux-ci se rendirent compte qu'il fallait cesser d'énoncer leurs idées aussi librement, car les enfants étaient de plus en plus troublés.

Angéline prépara le souper. Personne n'avait faim, c'est à peine si on toucha à la nourriture.

Raymond sortit de table, la nervosité l'obligeait à bouger.

— Je vais chez Léo, je reviens dans dix minutes.

Il sortit et se rendit chez les Vadeboncœur. Hélas! Léo ne pouvait rien lui apprendre; ils réfléchissaient. Raymond expliqua que tout à la maison semblait normal, sauf cette absence.

— Peut-être vous faites-vous du souci trop vite, commenta la maîtresse de maison. Gervaise a une bonne tête, elle n'a pas fait de fugue, c'est certain.

— Qu'est-ce que tu racontes, sainte misère? Tu es malade...

Et Léo ferma les yeux. Il s'appuya contre le dossier de sa chaise, prit une grande aspiration et s'exclama: «Sainte misère!» Il se leva et s'éloigna si vite que sa chaise en bascula.

— Attendez-moi!

— Léo! Où vas-tu? questionna son épouse.

Léo ne répondit pas. Il partit à grandes enjambées; il courait presque. Il se rendit chez Jolicœur, frappa à la porte avec rage. N'obtenant pas de réponse, il ouvrit. L'homme ronflait, assis sur sa *berçante*. Léo l'empoigna, l'obligea à se lever.

— Où est-elle?

— Qui?

— Je vais t'en faire, moi, des qui, mon espèce de vieux sacripant. Parle!

— T'es sonné ou quoi? Si tu as perdu une vache, ce n'est pas chez nous que tu la trouveras. Va à l'étable si tu veux, fais les champs, fouille dans mes poches, ta vache n'est pas ici. Depuis quand force-t-on la porte des gens qui dorment paisiblement?

Léo allait d'une chambre à l'autre, ouvrait les portes, les refermait.

Le bonhomme riait aux larmes.

— C'est une vache ou une poule que t'as perdue?

— Fais pas ton drôle, Jolicœur, je t'ai à l'œil.

Et Léo, plus penaud qu'il ne le laissait paraître, revint chez lui. Angéline qui l'avait vu courir à l'allée, le vit revenir, moins pressé cette fois.

— Pour l'amour, Léo, où es-tu allé? s'enquit sa femme.

— Laisse faire!

— Faudrait pas ébruiter cette histoire d'absence, faire des montagnes avec rien!

— Si ça t'arrivait à toi, tu aimerais bien qu'on se préoccupe de toi, non?

Raymond sortit, suivi de Léo.

— Pourquoi es-tu aussi remué, Léo? Quelque chose que je ne sais pas?

— Elle t'a parlé de Jolicœur et de ses propositions?

— Jolicœur, non?

Léo raconta mais dut admettre que ce soir-là il s'était trompé.

— Il y a autre chose qui me *chicotte*, Léo, c'est...

— Parle, mon vieux, parle.

— Alphonse...

— J'y ai pensé!

— Toi aussi? Mais c'est pas imaginable: pourquoi? Elle serait revenue même s'il l'avait attirée dehors.

— Surtout que ta sœur n'est pas manchotte, elle

n'a pas froid aux yeux. De ce côté-là, il n'y a pas d'inquiétude. Elle trouvera bien moyen de revenir.

— Je vais rentrer. Si tu as quelque chose à me laisser savoir, n'hésite pas.

— Compte sur nous autres, mon vieux. En tout temps, à toute heure, je suis là.

— Te rends-tu compte? La noirceur tombe et elle n'est pas là! C'est à se demander!

— Elle ne s'est pas volatilisée, ça, c'est certain!

— On dirait presque!

— Salut, peut-être qu'elle est déjà rentrée.

— Bonsoir, Léo. Merci.

Raymond revint. Au regard d'Angéline et à l'attitude des enfants, il comprit que Gervaise n'était toujours pas de retour. Réjeanne avait mis le bébé au lit et décidé de dormir dans le lit de sa mère afin de surveiller son jeune frère. Angéline avait approuvé son idée.

Les enfants montèrent dormir; ils restèrent silencieux, ne sachant pas quoi se dire ni comment exprimer leurs pensées.

Angéline et Raymond étaient dans la cuisine, se regardaient, jetaient un coup d'œil à l'horloge; le temps avançait lentement alors que l'inquiétude allait grandissant.

— La femme de Léo a parlé de fugue...

— Ben non, voyons! Chose certaine, cependant, il faut admettre qu'elle est partie délibérément, on ne l'a pas forcée...

— Pourquoi dis-tu ça?

— À cause de l'état des choses. Elle a suivi quelqu'un dehors et n'est pas revenue.

— Hein?

— L'argent sur la table...

— Ah! oui, l'argent... Rien n'était déplacé, s'il y a eu lutte ou dispute on verrait des traces, quelque chose quoi! Mais rien. Ni dans sa chambre ni ailleurs. Tu as raison, elle a répondu à la porte et elle connaissait la personne qui s'y trouvait...

Raymond se tut. De nouveau il pensa à Alphonse. Peut-être devrait-il s'adresser au prêtre. Le curé l'aiderait sans doute à démêler tout ça. Ce soir-là, il était trop tard. Le lendemain il aviserait.

La visite du pasteur y serait-elle pour quelque chose? On émettait mille hypothèses, puis on se taisait pour réfléchir. Les heures passaient.

Angéline prépara du thé, plaça des biscuits sur une assiette; on ne faisait que grignoter.

— Va dormir, Raymond. Je vais veiller. Si quelque chose se passe, je te réveillerai.

— Non, je vais rester à veiller, je ferai le train et dormirai plus tard.

Angéline monta chercher une couverture et invita Raymond à s'allonger sur le divan du salon. Puis elle alla dormir. Le premier étage de la maison resta illuminé toute la nuit. Angéline trouva difficilement le sommeil.

***

Le lendemain, on se reprochait déjà de n'avoir pas pris plus tôt l'initiative des recherches. Raymond consulta le calepin dans lequel Gervaise avait inscrit les numéros de téléphone des gens qu'elle connaissait. Il téléphona au couvent de Saint-André où elle avait une amie. Au séminaire, on n'avait pas revu Alphonse: il n'avait pas donné signe de vie. La nouvelle de la disparition mystérieuse de Gervaise se répandait très vite. On organisa une battue, on ratissa tous les endroits, même les plus éloignés; toujours rien.

Il fut entendu de fouiller les rives puis la rivière du sud. La sympathie des villageois était grande; pendant plusieurs jours, la disparition de Gervaise fit les frais de toutes les conversations.

À la messe du dimanche, le prêtre, lors du prône, pria ses paroissiens de bien vouloir divulguer tout indice susceptible d'aider à retrouver Gervaise.

Le prêtre n'avait pas oublié la confession d'Alphonse, ses propos diffamatoires, ses accusations. Y avait-il une part de vérité dans ces aveux terribles? Il avait quitté Gervaise rassuré après cette visite; pourtant, aujourd'hui, il se questionnait.

Avec le temps qui passait, s'estompaient les émotions fortes des premiers jours. On y allait maintenant de certaines allusions concernant cette boiteuse venue on ne sait d'où, qui ne fréquentait personne, se montrait bien peu en public, qui était partie sans avertir. Que cachait son passé? Avec qui avait-elle pris la poudre d'escampette?

Oui, bien sûr, elle avait marié Télesphore Langevin et dans des circonstances pour le moins bizarres! Tout le village en avait parlé. Elle, si jeune, était-ce normal qu'elle épouse un veuf qui aurait pu être son père? Veuve, héritière, elle avait planté là foyer et enfants pour filer, Dieu seul savait où.

La somme de six dollars et cinquante qu'on avait trouvée sur la table avait grossi: la boiteuse serait partie en prenant l'argent qui aurait dû revenir aux enfants. On craignait aussi que la vocation du fils aîné, Alphonse, soit mise en péril. «Pauvre abbé Alphonse!» comme on l'appelait déjà, l'épreuve serait difficile à traverser pour le saint homme.

Avec les semaines qui passaient, les langues des commères se faisaient de plus en plus amères. Angéline était horrifiée de l'impudence des gens qui passaient devant la maison et qui détournaient la tête dès qu'ils l'apercevaient.

Un jour, une dame se signa à sa vue; à sa compagne elle dit, assez fort pour être entendue: «C'est elle qui manigance avec son frère...» Le reste de la phrase s'était perdu. Angéline entra dans la maison en pleurant.

Lucien prit ses jambes à son cou et alla prévenir Raymond. Tous avaient les nerfs à fleur de peau, chacun redoutait le pire. Raymond entra en coup de vent.

— Pour l'amour, Angéline, qu'est-ce qui t'arrive?

Elle refusait de répondre mais pleurait de plus belle. Il prit sa main et l'entraîna au salon, ferma la porte et répéta sa question. Peu à peu elle se calma et lui confia la raison de sa peine.

Raymond la regardait, silencieux. Elle était rouge de gêne, gardait la tête baissée.

— Angéline... Ça te dérange, ces grossiers bavardages?

— Heu...

— Une question: il n'y a pas de doute, Gervaise ne semble pas avoir été forcée de sortir de la maison, mais crois-tu, toi, qu'elle soit partie... délibérément, avec un autre homme, par exemple?

— Mais, tu es fou, non!

— C'est ce que je voulais entendre. Écoute-moi bien. J'aurais aimé que ça se passe autrement, les circonstances m'obligent à t'en parler maintenant. Gervaise s'en doutait déjà, depuis plus longtemps que moi peut-être, mais...

— De quoi parles-tu? Qu'est-ce que j'ai à faire dans tout ça?

— Plus que tu penses, Angéline. Plus que tu penses.

Souriant, il s'approcha, la regarda droit dans les yeux, lui tendit la main.

— Viens t'asseoir à côté de moi. Angéline, j'ai fait des projets, des projets d'avenir. Je suis bien avec toi... je veux te marier.

— Qui, moi?

— Qui d'autre? Bien sûr, toi.

— Hey! c'est pas le temps de faire des farces, reprends ton sérieux.

— Je veux que tu deviennes ma femme, Angéline.

Si ces deux chipies s'étaient tues, je t'en aurais parlé plus tard, à des moments plus joyeux. Accepteras-tu de devenir ma femme?

— Ah! Raymond.

— C'est oui?

Cette fois elle pleurait de joie.

Raymond prit ses deux mains dans les siennes et murmura: «Je t'aime, Angéline. Pense à ça, je retourne auprès des enfants pour ne pas qu'ils se sentent seuls.»

Raymond sortit, fermant la porte derrière lui.

— Qu'est-ce qu'elle a, Angéline, oncle Raymond?

— Elle avait du chagrin, mais maintenant elle est heureuse. Attends qu'elle revienne, tu verras.

— Et maman, demanda Lucien, que lui arrive-t-il?

— Nous ne le savons pas. Mais votre maman est très intelligente et très forte, elle va trouver un moyen pour revenir et ça, au plus vite.

— Avant que l'on rentre à l'école?

— Je l'espère, oui.

La porte du salon s'ouvrit. Angéline sortit et, sans un mot, se dirigea vers la cuisine, ouvrit le réfrigérateur, prépara un pot de limonade et vint le servir à ceux qu'elle considérait comme sa nouvelle famille. Raymond comprit qu'elle acceptait sa demande en mariage.

Tous les soirs, avant de s'endormir, Angéline priait Dieu de ramener sa maîtresse, car elle voulait que son mariage soit célébré en sa présence. De plus, il lui semblait que son retour serait un présage de bonheur. Elle rêvait d'une noce joyeuse, vêtue et voilée de blanc; elle voulait du bonheur autour d'elle, rien que du bonheur!

Peu à peu les esprits se calmaient, les mauvaises langues avaient épuisé le sujet. Le téléphone avait cessé de sonner. Tous, sauf la famille immédiate, semblaient avoir oublié l'événement. Une paix relative régnait chez les Langevin. Bébé Télesphore faisait ses premiers pas,

Réjeanne ne le quittait plus. Bientôt ce serait le temps de la récolte, la moisson promettait d'être abondante.

Le soir venu, les fiancés se penchaient sur les plans d'une maison que Raymond rêvait d'ériger sur un coin de terre que Gervaise accepterait sûrement de lui vendre. La seule ombre au tableau était cette absence prolongée de la jeune femme, l'inquiétude que suscitait son absence. Toutes recherches s'étaient avérées infructueuses; la disparition de Gervaise avait été signalée à la justice; aucune demande de secours n'avait été enregistrée. À ce niveau aussi, on conclut qu'il s'agissait d'une fugue.

Chapitre 30

Les semaines se succédaient. Gervaise, docile, s'efforçait de ne pas contrarier l'homme qui entretenait inlassablement sa marotte: la surveillance de sa prisonnière. Lorsqu'il allait au marché acheter de la nourriture, il prenait la précaution de l'enfermer à l'intérieur et partait avec la clé. Gervaise attendait impatiemment qu'il commette une erreur d'inattention. Elle sauterait sur l'occasion pour s'enfuir.

Il dormait dans l'unique chambre située à l'arrière; elle dormait sur un banc, qui pouvait être converti en lit. Son sommeil était troublé: elle s'efforçait d'être immobile, car il se réveillait au moindre bruit. À quelques reprises, il s'était levé, avait regardé dans l'armoire sous le lavabo, éclairé par une lampe de poche, et il était retourné dormir, ce qui intriguait Gervaise. Un jour qu'il était absent, elle alla regarder ce qui pouvait bien attirer son attention au point d'en avoir une obsession. Elle ne vit que de la tuyauterie et des produits de nettoyage.

— À ta prochaine sortie, rapporte-moi un crayon: j'aime faire des mots croisés, si tu en trouves... et les journaux, on ne sait rien de ce qui se passe sur la terre entière.

Elle avait jeté la phrase simplement, pour ne pas éveiller ses soupçons, mais elle avait un projet bien arrêté.

— C'est ça, le repos. Tu as été sage de me demander de débrancher la radio. Il faut savoir détendre son esprit.

Voilà l'explication à ce qui l'avait tant intriguée, les premiers jours: jamais il n'écoutait la radio. Aussi avait-elle craint qu'il ait des raisons de l'empêcher, elle, de découvrir ses raisons de fuir quelqu'un ou quelque chose. Il était devenu évident que le mal n'était pas extérieur, mais au niveau de son esprit perturbé. Elle avait abandonné l'idée qu'il pût être sur la liste des gens recherchés.

L'anecdote de Papa-la-pipe et de la photo avait fait germer en elle un espoir fou. Aussi, lorsqu'il revint avec des journaux et un stylo, Gervaise laissa traîner les objets bien en vue, car elle ne voulait pas éveiller des doutes dans son esprit si elle se précipitait sur ces objets précieux à tant d'égards. Mille fois dans sa tête, elle rédigea le message et élabora le moyen de procéder pour le remettre à quiconque pourrait seconder ses plans. Elle suppliait Dieu de lui prêter secours. Bientôt, si le ciel écoutait sa supplique, elle serait de nouveau auprès de ses enfants, ses enfants auxquels elle ne voulait pas penser car leur souvenir éveillait en elle le plus grand des désespoirs, ce qui la conduisait infailliblement aux larmes. Pour eux, elle s'efforçait de manger; pour eux, elle s'efforçait de dormir; pour eux, elle s'efforçait d'être prudente, docile, soumise, afin d'avoir un jour le bonheur de les revoir; la menace avait été formelle: «Tu cries, tu hurles et je te laisse moisir dans cette roulotte d'où tu ne ressortiras jamais vivante».

Ils avaient atteint la vallée de la Matapédia, remonté plus profondément dans les terres et pris le chemin du retour. Le temps d'agir était venu: si elle ne parvenait pas à se libérer au plus tôt, elle n'osait pas penser à ce que serait son sort. Elle n'avait jamais oublié la violence de ce père ivrogne qui usait de sa force pour maltraiter sa fille Julie. Elle gardait aussi un souvenir de l'acharnement de la Mère supérieure qui l'avait harassée pendant des années. Auprès de Télesphore seulement avait-elle repris confiance dans la vie. Cette confiance l'aidait maintenant, au même titre que ses expériences passées. Un soir, après souper, elle ouvrit machinalement le journal et, après la lecture des nouvelles, elle émit ses commentaires. Elle choisissait des faits sans importance, des cas anodins. Il l'écoutait et souriait. Elle laissa les journaux sur la table, pêle-mêle, mais prit le stylo et le glissa derrière les coussins de son banc. Plus tôt, elle avait déchiré un papier défraîchi qui ornait le fond d'un tiroir de bureau; elle s'enferma dans la toilette et écrivit son message, qu'elle plia et cacha sur elle, bien contre sa peau.

Avec autant de désinvolture que possible, elle revint s'attabler et plaça le stylo sur le rebord de la fenêtre, près de la table.

Était-ce qu'il était ultrasensible et qu'il devinait l'état d'âme de la femme ou était-ce la façon de se conduire de celle-ci qui éveilla ses soupçons? Il l'observait, l'épiait; c'était à croire qu'il devinait la présence de ce message glissé dans son corsage.

— Ça t'ennuierait que je fasse les mots croisés du journal?

— Non.

La réponse était venue, sèche, sans commentaires, sans douceur. Gervaise fit semblant de tout ignorer; elle se leva, prit la plume et se concentra sur la grille. Elle sentait le regard de l'homme qui pesait sur elle et la brûlait.

— Tu n'es pas gentille, pas gentille du tout!

— Pourquoi me dis-tu ça, Frank?

Elle évitait de lui faire face, souhaitant qu'il s'apaise.

— Tu ne le sais pas? Alors devine!

Rageur, il se leva et se dirigea vers la chambre. Elle l'entendit sangloter; muette de peur, elle se coucha tout habillée afin de ne pas le déranger. Allongée sur le dos, les yeux grands ouverts, elle écoutait ses pleurs entrecoupés de soupirs; il se retournait sans cesse sur son grabat. Ce soir encore, ils dormiraient dans un endroit isolé, sur un chemin secondaire. La nuit était opaque, sans vent; on aurait dit que la vie avait suspendu son cours. Tout à coup un cri perçant vint rompre ce silence troublant.

— Betsy!

Gervaise sursauta, s'assit sur sa couche mais ne put répondre; les mots ne venaient pas. Le cri terrifiant l'avait sidérée.

— Betsy! hurla de nouveau l'homme.

Elle resta là, immobile, pétrifiée. Un instant elle crut venue la fin de ses jours. Elle l'entendit se lever, il venait droit vers elle; elle porta la main à sa poitrine, n'ayant qu'une idée en tête, protéger ce bout de papier. Il n'alluma pas la lumière, se mit à gémir.

— Tu n'as pas de bonté dans ton cœur. Tu me laisses languir, tout doit aller comme tu le veux. Tu m'avais pourtant promis!

— Quoi? Que t'avais-je promis, Frank?

— Ah! ah! tu as oublié! Cet enfant, cet enfant que tu m'as promis.

— À mon heure, Frank, à mon heure, lors de nos prochaines vacances, quand je serai bien reposée.

— Et tu me dis que tu as oublié, toi, Betsy, si loyale. Tu me déçois!

Gervaise frissonnait de la tête aux pieds. Elle aurait aimé voir son visage afin de pouvoir se faire une idée de son état d'esprit.

— Allume la lumière, parvint-elle à balbutier.

— Non! J'en ai assez de ta comédie, de tes ruses, je fais tout pour te faire plaisir, nos vacances s'achèvent et toi tu ne penses pas à moi, tu ne tiens pas tes promesses.

Il se pencha; elle sentait son haleine chaude sur son visage. Il se dévêtait.

Elle se crispa; elle ne voulait pas hurler, n'osait se débattre de peur de déclencher une crise nerveuse chez cet homme qui la tenait à sa merci dans ce coin perdu et obscur.

— Tiens, Madame se couche vêtue, ce qui prouve que tu veux à tout prix me résister! Attends voir.

Il tirait sur ses vêtements, cherchait sa bouche, s'énervait. Gervaise se sentit secouée, bousculée, brutalisée sans qu'elle ait ni la force ni la pensée de résister. Elle subissait l'homme, ses gestes grossiers, la lourdeur de ce corps qui s'imposait à elle; gardant les mains agrippées aux bords du mince matelas, elle fermait les yeux que des larmes brûlaient, et détournait la tête pour ne pas sentir sur son visage son haleine dégoûtante. Elle sombra dans une espèce de torpeur, brisée tant par sa souffrance morale que sa lassitude physique. Elle ne l'entendit pas se relever, ni s'excuser; il partit à reculons; elle restait là, anéantie. Peu à peu le sommeil la gagna, un sommeil qui succédait à l'engourdissement le plus profond.

Elle se réveilla le lendemain; les mouvements de la roulotte lui firent comprendre que l'homme avait repris la route. Elle restait immobile, blessée jusqu'au plus profond de son âme. Elle avait peur de crier, elle enfouit sa tête sous l'oreiller et donna libre cours à sa peine: ses larmes ne tarissaient pas.

Plus rien maintenant n'aurait su motiver sa condescendance à l'endroit de cet homme qui la révoltait. Elle prendrait les risques nécessaires et s'évaderait de cette prison ambulante. Soudainement, elle se souvint du message caché dans son soutien-gorge. Il s'y trouvait encore: cet espoir la ramena à des sentiments pratiques.

Gervaise se leva, se lava; elle déambulait maladroitement, se tenant contre les murs. Elle tira les rideaux de la petite fenêtre. La vue du fleuve lui indiqua qu'ils avaient atteint la rive. Elle relut son message qui donnait, entre autres détails, le numéro de la plaque d'immatriculation du véhicule et le nom de l'État qui y figurait. Elle prit l'enveloppe des photographies, la vida de son contenu, y inséra le message sur lequel elle plaça la photo de Papa-la-pipe et de Betsy. Elle enfila un pantalon, celui de Betsy qui était beaucoup trop grand, et un tricot à manches longues.

Le klaxon de la voiture se fit entendre. Gervaise

sursauta. Il y eut un bref arrêt puis un virage, un autre coup de klaxon et ce fut l'immobilité. Il allait venir.

De fait, la porte s'ouvrit. Souvent il ne sortait pas le marchepied et sautait à bord. Cette fois, il le tira vers l'extérieur et s'écria gaiement.

— Viens! nous sommes rendus au quai de Rimouski. Apporte ta photo.

Il avait parlé d'une voix calme, comme si rien ne s'était passé la veille. «Cet homme est complètement cinglé et devient dangereux. Ça ne peut durer.» Elle hésita, comme si elle se cherchait, elle prit l'enveloppe et descendit les deux marches. La vue de la mer, des gens qui se mouvaient, le son des voix, tout l'attendrissait. Elle marcha en direction des nombreux bateaux amarrés. Il la suivit. Puis, elle revint à son point de départ, où la cabane du pêcheur se trouvait. Elle entra la première.

— Bonjour, Monsieur, lui dit-elle en posant son index sur ses lèvres comme pour commander le silence. Bonjour, Monsieur, répéta-t-elle.

Elle avait reconnu l'homme de la photo: les mêmes culottes d'étoffe, la chemise à carreaux, les larges bretelles, la casquette bien posée sur la tête, la pipe entre les dents. Le nom de Papa-la-pipe lui convenait à merveille; il semblait bon, avait des yeux gris acier, droits et brillants. Il la regardait, semblait chercher dans sa tête souvenance de cette femme qui le saluait en le priant de se taire.

Frank s'était approché et tendait la main. Il parla de leur dernière visite, de la photo que Betsy avait prise et de sa promesse de la lui apporter.

Gervaise se plaça entre les deux hommes, gardant le regard fixé sur celui du pêcheur; elle sortit la photo et la lui remit.

— Mais... dit-il, riant, vous êtes moins blonde, on dirait...

— Oui, j'ai surtout engraissé, ajouta Gervaise.

Le pêcheur plissa les yeux. Frank demanda du crabe, s'entendit répondre qu'il était hors saison.

— Je n'ai que de la morue fraîche à vous offrir, ou du flétan, rien de tel qu'un bon steak de flétan.

— Achète du flétan, Frank, c'est succulent, suggéra Gervaise.

— Guy, prépare donc deux tranches de flétan.

Se tournant vers l'Américain, il s'informa de leur voyage, de leur itinéraire. À tout moment, il regardait Gervaise qui l'intriguait. Il avait machinalement déposé l'enveloppe sur une tablette et placé la photo dessus. Il lui semblait que la femme était plus détendue, elle se mêlait à leur conversation. Le paquet contenant le poisson fut posé sur la table. Frank paya et remercia. Gervaise recula lentement vers la porte; le marchand plongea la pipe dans sa blague à tabac, l'alluma tout en regardant Gervaise de ses yeux d'acier. Celle-ci soutenait ce regard; dans le sien l'homme croyait presque lire une supplique. Mais de nouveaux clients arrivaient, il ne restait qu'à s'éloigner.

«Merci, Monsieur Papa-la-pipe», dit Gervaise. Il lui sourit et la regarda aller. À deux reprises, elle se retourna.

«Étrange», dit-il tout haut. Et l'homme oublia momentanément l'incident, occupé qu'il était à jaser avec les arrivants. Gervaise, pour la première fois depuis des semaines, se prit à espérer. Elle tendit la main à Frank pour qu'il l'aide à grimper. Elle mit le poisson au frais et revint vers la portière de l'automobile.

— Ce soir, je prépare le souper.

— Comme tu veux. «Papa-la-pipe» a encore réussi à t'amuser?

— Retournons près de ces îles, veux-tu?

— Bien sûr que je veux. Nous dormirons dans les environs.

Elle avait feint de n'avoir pas entendu la question,

cherchait à détourner son attention. Rien ne pouvait plus réjouir Gervaise. L'espoir qu'elle nourrissait la rendait presque joyeuse. Elle parlait à l'homme mais son esprit était ailleurs; son sort dépendait de l'homme qui se trouvait là, dans cette cabane, là, si près!

Parvenus au Bic, une mauvaise surprise attendait Gervaise: Frank choisit de prendre un chemin qui longeait la grande route et les mena sur un monticule d'où la vue était superbe. «Ainsi cette maison mobile ne serait pas repérable», songea-t-elle.

— Regarde comme la vue est belle d'ici.

— En effet, oui, Frank.

— Tu ne m'en veux pas, pour hier soir?

Ainsi, il se souvenait! C'était trop fort! Dans la tête de la femme, les idées se bousculaient. Plus qu'une journée de route ou à peu près les séparait de Saint-Pierre, si elle se fiait au temps pris pour parvenir à cet endroit. Demain elle s'évaderait. Oui, demain, coûte que coûte. Elle mangea du bout des dents, s'assit face à la mer; la pensée de se mettre à courir la hantait. La lisière du boisé n'était pas large et surplombait un rocher abrupt. Le danger était trop grand.

— À quoi penses-tu, Betsy?

Elle sursauta; elle ne l'avait pas vu s'approcher.

— Tu es nerveuse, Betsy, toi habituellement si calme, si sereine.

— Je pensais... à notre retour à la maison, à tous ces souvenirs de voyage.

Il fit quelques pas, cueillit des fleurs sauvages, les lui remit, avec un grand sourire.

— Si on ne nous oblige pas à nous déplacer, nous resterons ici quelque temps.

— Rapprochons-nous de la mer alors. J'aimerais y mettre les pieds.

— Comme tu voudras.

— Tu dis ça sur un ton déçu; ça te contredit, Frank?

— Non, mais tu es de plus en plus capricieuse.

— La hâte de rentrer à la maison, je suppose.

— Voilà qui est gentil. Demain, très tôt, nous traverserons un endroit sur la grève où nous pourrons stationner.

— La route n'est-elle pas plus propice? La marée est envahissante parfois. Il y a sûrement là une ferme où on nous permettrait de passer quelques heures...

Il approuva de la tête.

***

Papa-la-pipe était rentré chez lui à l'heure du souper. Les événements qui s'étaient produits plus tôt, à la cabane, lui revinrent à l'esprit.

— C'est étrange.

— Qu'est-ce qui est étrange, Lionel?

Le pêcheur relata l'incident qui l'avait fortement intrigué.

— Je n'oublie jamais un visage. Cette femme, je ne l'ai jamais vue; lui, si. Mais elle, jamais. Il lui parlait comme s'il s'agissait de la même personne que celle de la photo. L'autre était blonde et grassette, celle-ci était brune, les yeux foncés, avait une taille de guêpe. Aucune ressemblance possible... Elle a prétendu avoir engraissé...

— Elle ne t'a rien dit?

— Pas avec des mots, mais avec ses yeux et des gestes: tout ça est étrange.

Il alla vers sa *berçante*, alluma sa pipe; la tête appuyée au dossier, il semblait observer la fumée qui s'échappait en spirale de son brûle-gueule; il réfléchissait.

— La photo, elle te l'a laissée?

— La photo! La réponse doit être là; viens, sa mère, on va aller la chercher.

Lionel aida sa femme à se hisser jusque sur le banc

de son camion rouge, prit le volant et se rendit à la cabane.

La photo était toujours au même endroit sur la tablette. Il la prit, regarda derrière: rien. «C'est étrange», répéta-t-il.

— C'est tout? demanda Jeanne.

— Non, attends, il y avait une enveloppe.

À l'intérieur il trouva le message qu'il lut à quelques reprises.

— De deux choses l'une: ou cette petite brune qui boitait est sa victime, ou il s'est remarié et la nouvelle épouse n'aime pas les traitements de Monsieur.

— Qu'est-ce que tu racontes? C'est insensé.

— Peut-être, mais cette femme avait l'air correct. Lui, c'est moins certain: il était... agité, oui, c'est ça, agité.

— Qu'est-ce que tu vas faire?

— Appeler la police provinciale. Elle pourra communiquer avec le fédéral puisqu'il s'agit d'un véhicule américain.

— Tu dramatises.

— Non, sa mère, je ne crois pas.

Rentré chez lui, l'homme signala l'incident à la justice. Deux agents vinrent prendre la déposition de l'homme; on questionna son fils Guy et on rédigea un rapport. Le pêcheur leur fit promettre de le tenir au courant du développement de l'affaire.

Pendant qu'on se souciait de Gervaise à Rimouski, celle-ci faisait des efforts surhumains pour surmonter son inquiétude. Frank reprit la route mais ne s'arrêta pas sur la rive tel que promis. Il continuait de rouler.

— Tu ne t'arrêtes pas, Frank?

Il ne répondait pas, Gervaise le regarda. Il avait son air des mauvais jours, des gouttes de sueur perlaient sur son front; il ferait une autre crise d'hystérie, elle en avait peur. Elle se réfugia dans le silence. Gervaise observait le paysage. La nuit descendait doucement.

Là, sur la droite, se trouvait une maison isolée; en face un boisé et des champs; au loin l'immensité de la mer.

L'homme jura, freina: un chien venait de traverser la route. Gervaise bondit, ouvrit la portière, sauta en bas, elle roula dans l'herbe. Relevant la tête elle vit la roulotte s'arrêter; elle s'engagea dans les hautes herbes, fuyant le plus vite possible en direction de la maison vue plus tôt. Elle parvint au boisé, bifurqua sur sa droite, traversa la route et revint en sens inverse afin de dérouter Frank. Ces gestes, elle les avait si souvent tournés et retournés dans sa tête! Elle entra dans le fourré, se heurtant aux épines des conifères. Elle entendait son ravisseur qui criait son supposé nom. Elle restait là, tapie. De gris le ciel devenu sombre laissa place à la nuit. Gervaise tremblait comme une feuille au vent, pas sous l'effet du froid car la soirée était douce, mais sous le coup de l'émotion. Elle avait tant attendu ce moment qu'elle oubliait les options. Jamais elle n'avait imaginé devoir s'évader à la nuit tombante: elle avait pensé à tout, sauf à ça.

Peu à peu, elle se calma. De là où elle se trouvait elle ne pouvait rien voir mais si Frank venait, elle l'entendrait. L'oreille tendue, elle restait allongée sur le tapis d'aiguilles qui couvrait le sol et embaumait l'air. Elle pensa aux animaux qui rôdent dans la forêt, aux loups; chose étrange, elle préférait cette pénible hypothèse à la menace réelle qui l'attendait si Frank la découvrait.

Le bruit du trafic lui parvenait et le son de la sirène d'un train qui passait au loin. Elle comprit: c'était l'écho, il allait pleuvoir. Le tonnerre grondait, des éclairs illuminaient le ciel, y dessinant des zigzags argentés. Une pluie torrentielle se mit à tomber: la pluie froide, précipitée, la fouettait. Elle dut se lever car autour d'elle une mare s'était formée: la flaque allait, grandissante. «Ne jamais se tenir sous un arbre surtout pendant un orage électrique...» Cet avertissement vint la troubler, la pensée de la maisonnette entrevue l'envahit. Elle réfléchissait, essayait de reconstituer le décor dans sa mémoire: «Si je retourne vers la route, je n'aurai qu'à la traverser ainsi que le boisé pour atteindre cette maison. Frank s'arrête toujours quand il pleut; la nuit est là, les phares attireraient mon attention; si un véhicule quelconque passait... être à l'abri, je rêve!»

La pluie continuait de tomber, le ciel à gronder. Gervaise couvrait son visage de ses mains; les vêtements trempés, engourdie par le froid, elle sentait que le courage l'abandonnait. «Je dois m'éloigner, je dois m'éloigner, il me faut un toit!»

Dans un accès de désespoir elle étreignit le tronc d'un arbre tombé tout près que l'éclair lui avait fait découvrir. Elle hurla de toutes ses forces: «Télesphore, je t'en supplie, aide-moi, dirige-moi, conseille-moi, ne m'abandonne pas ici, je t'en prie. Télesphore, guide mes pas, dicte-moi la conduite à suivre.»

Elle se releva, plaça les bras devant son visage pour se protéger. Elle avançait avec peine, sursautant à chaque éclair. La route était déserte. Elle la traversa, gagna le boisé, et sous l'éclat troublant d'un éclair, elle repéra la maison: la clarté brillait à une fenêtre, réconfortante. Gervaise s'élança; elle pataugeait dans la boue, faillit tomber à quelques reprises; la nervosité la gagnait de plus en plus.

Elle grimpa sur le perron, frappa bruyamment à la porte. Un jeune chien se mit à aboyer. Une lumière extérieure s'alluma.

— Qui va là! hurla une voix impatientée.

— Ouvrez, Monsieur, je vous en prie!

— Qu'est-ce que vous me voulez? demanda l'homme montrant la tête derrière la porte entrouverte.

Le chiot s'était faufilé entre les jambes de son maître et s'approcha de Gervaise.

— Laissez-moi entrer, je vais vous expliquer, lança-t-elle dans un souffle.

— Il n'y a rien à expliquer, retournez d'où vous venez: a-t-on idée de déranger les gens la nuit! Une fille crottée et en culotte! Filez avant que je sorte mon douze et que je vous flambe la cervelle! Toi, Frisson, entre ici.

La porte se referma bruyamment, Gervaise dut reculer. Elle descendit les trois marches et, désespérée, se glissa sous la galerie. Elle n'avait pas la force d'aller plus loin. Là, elle serait protégée de la pluie et Frank ne penserait même pas à aller la chercher là. Elle rampait à quatre pattes, évitant le bruit pour ne pas attirer l'attention du propriétaire. Le chiot continuait d'aboyer; puis la lumière s'était éteinte; les filets lumineux entre les planches disparurent. Dans l'obscurité, elle avançait avec peine: une nuée de toiles d'araignées s'attachaient à son visage, à ses vêtements. Elle sentait divers obstacles sous ses genoux mais n'y prêtait pas attention. Ses cheveux mouillés dégoulinaient dans son cou, sous le gilet; elle avait froid jusqu'aux os! Enfin, elle parvint à s'adosser à la fondation de la maison. Elle replia un bras, y appuya la tête et ferma les yeux. Elle frissonnait de tous ses membres, s'efforçait de calmer son inquiétude. L'abri, bien qu'inconfortable, lui semblait douillet; le tonnerre lui semblait moins effrayant; elle n'avait plus à être aveuglée par les éclairs et surtout l'averse lui était épargnée. Pendant que Gervaise se recroquevillait et remerciait Dieu de l'avoir épargnée, le vieux pestait: «Viens, Frisson, Frisson, couche-toi, elle est partie, la gueuse. Ah! ces garces qui sont dehors par telle température, elles méritent de crever! Ça lui apprendra à rester chez elle!» Il monta se coucher, Frisson le suivit.

Gervaise restait immobile et c'est en songe que le tonnerre reprit son vacarme, mêlé aux lignes brisées des éclairs. Le chien, devenu très gros, jappait. Frank pleurait. La roulotte fonçait sur elle; elle courait, courait, dans une vaste plaine, une plaine sans issue.

La nuit fit place au jour; le soleil parut enfin.

L'homme se leva, prit son déjeuner et sortit, suivi de son chien.

Gervaise dormait toujours, d'un sommeil agité. Frisson vint vers elle, lui lécha le visage; elle sursauta, étouffa un cri. Le jeune chien voulait jouer. Gervaise s'inquiétait. «Va, va!» murmurait-elle. Puis son maître l'interpella: «Viens, Frisson, suis-moi ou je t'enferme à la maison pour la journée. Viens, petit microbe.»

Le chien allait de son maître à Gervaise en gambadant. L'homme le saisit et continua de s'éloigner en lui tenant un discours. Gervaise soupira d'aise. Elle pourrait sortir de son repaire. Elle leva la tête: l'homme avait disparu; voilà qu'elle entendait ronronner le moteur d'un instrument aratoire, un tracteur sans doute.

Elle se déplaça dans la demi-obscurité; quelque chose bougea. Elle s'immobilisa: des yeux ronds et rouges lui apparurent. Elle poussa un cri qui délogea une nuée de souris qui gigotaient sous elle; elle avait dormi sur leur nid d'où elle venait de les déloger.

Gervaise maintenant debout, sous le soleil radieux, transie, regarda la maison où on lui avait refusé le gîte; elle y retournerait, devrait-elle forcer la porte. Mais celle-ci ne résista pas. Elle entra dans la pauvre chaumière. Elle n'avait d'yeux que pour deux pommes rouges laissées sur la table. La cuisine occupait l'étage: elle monta l'escalier, chercha les cabinets. Elle se fit une toilette sommaire et tout à coup une pensée folle s'imposa à son esprit: elle alla d'une chambre à l'autre, scruta la route des fenêtres: nulle roulotte n'était en vue. Elle retourna à ses ablutions, se lava les cheveux; l'image que lui avait reflétée le miroir l'avait dégoûtée. Les vêtements qu'elle portait étaient souillés, la laine mouillée répandait une odeur terrible. Elle marcha vers la garde-robe, y trouva une chemise à carreaux, trop grande, usée à la corde, mais qui avait la vertu d'être sèche et la réchauffait. Elle la rapporterait, un jour. Pour la première fois depuis vingt heures, elle pensait à son fils et à sa famille. Les larmes lui montaient aux yeux. Le téléphone! Elle regarda partout, il n'y en avait pas. Elle hâta sa toilette, essuya l'intérieur comme l'extérieur de ses souliers et elle descendit. Les pommes, une fois de plus, attirèrent son attention. Elle en prit une et sortit. À la main, elle tenait ses vêtements souillés; elle les jetterait. Elle s'arrêta, regarda la maison, ferma les yeux. «Mon calvaire s'achève-t-il?» Elle serra les poings, traversa le boisé et marcha un peu en retrait du chemin; toute son attention était concentrée à observer la route, à l'idée que Frank pourrait être à sa recherche. Elle s'immobilisa, le pire lui traversa l'esprit: s'il allait retourner chez elle et s'en prendre à un membre de sa famille!

Elle était si bouleversée qu'elle n'avait pas vu la camionnette qui venait de s'immobiliser à sa hauteur.

— Vous voulez monter, Madame? Je vais dans cette direction.

— Oh! oui, merci!

Gervaise, sans hésiter, prit place sur la banquette, les yeux fixés sur la route.

— Vous semblez inquiète, avez-vous peur?

— Non, pis encore je suis pétrifiée; ce serait une longue histoire à raconter...

— Vous pleurez! Puis-je vous aider?

— Vous m'aidez déjà. Il faut m'excuser, je suis très troublée.

Il la regarda; de fait, il le voyait maintenant, cette jeune femme semblait dans tous ses états, était mal vêtue, avait un air misérable. Il n'insista pas. Après un certain temps, Gervaise déclina ses nom et adresse, l'homme sourit et se présenta.

— Vous allez loin, monsieur Tremblay?

— À Lévis. Saint-Pierre est au nord de Montmagny, je crois.

— Non, au sud, mais très près. J'aimerais prévenir de mon arrivée. Malheureusement...

— Malheureusement?

— Je n'ai pas une seule pièce de dix sous.

— Je vous ferai confiance pour la somme, rassurez-vous.

Gervaise fondit en larmes, elle était à bout et les quelques mots qu'elle venait d'entendre la touchaient profondément. L'homme lui tendit des mouchoirs de papier.

Lorsqu'elle sembla plus calme, le bon Samaritain s'arrêta à une station d'essence et invita Gervaise à faire l'appel souhaité.

Gervaise mit la main sur celle de l'homme; elle ne dit rien, seuls ses yeux parlaient, des yeux débordants de reconnaissance. Elle marcha jusqu'à la cabine téléphonique où, d'une main tremblante, elle composa le numéro de sa propre maison.

Angéline répondit.

— Allô!

Gervaise ne parvenait pas à parler. Angéline insistait.

— Allô! Qui parle? Qui est là?

— C'est moi...

Gervaise entendit crier:

— Raymond, Raymond, viens vite. Ne quittez pas, Madame, Raymond...

Il y eut bousculade et Raymond s'exclama:

— C'est bien toi, Gervaise?

Elle pleurait, incapable d'articuler un seul mot. Raymond, patient, lui parlait doucement.

— Où es-tu? Gervaise, parle-moi!

— Attends un peu, parvint-elle à dire. Elle demanda: «Dites-moi, monsieur Tremblay, nous sommes loin de Montmagny?»

L'individu s'approcha.

— Non, dites à votre famille que je vous conduirai jusqu'à la maison, vous n'aurez qu'à me guider.

— J'arrive, Raymond: dans moins d'une heure, je serai avec vous. Elle hésita puis ajouta: j'ai faim!

Revenue dans la camionnette, Gervaise appuya la tête sur la banquette et s'endormit. Le déroulement des événements, la peur, les membres égratignés de la femme, ses traits tirés, l'absence de toute coquetterie féminine, sa grande inquiétude et maintenant son évidente lassitude, laissaient deviner que la jeune femme vivait un drame, mais lequel? s'interrogea Tremblay.

***

À Saint-Pierre, on s'affairait. Réjeanne *catinait* avec son filleul, Angéline préparait un repas solide, les enfants mettaient de l'ordre: c'était un grand jour. Raymond faisait les cent pas, tout en surveillant l'horloge dont les aiguilles semblaient s'être immobilisées.

— Raymond, ne vaudrait-il pas mieux prévenir la police de son retour?

— J'y ai pensé, j'attendrai qu'elle soit là...

— Qui l'amène ici?

— Tremblay, un dénommé Tremblay. Je n'en sais pas plus long.

C'est à Montmagny que Gilbert Tremblay décida de réveiller sa protégée. Elle sursauta, regarda autour d'elle. Elle revenait lentement à la réalité. Tout à coup consciente que tout danger réel était passé, elle sourit à son protecteur et lui dit:

— Je vous dois des explications, monsieur Tremblay.

— Vous ne me devez rien, rien du tout! Un jour, peut-être, vous m'inviterez à dîner. Je déteste le restaurant et je fais ce long trajet chaque semaine.

On prit la courbe qui mène à Saint-Pierre. C'était déjà le paradis. Telle une fillette, Gervaise lissait ses cheveux, roulait les trop longues manches de la chemise.

— Je l'ai volée, dit-elle en riant. J'ai volé cette chemise.

— C'est vilain!

— Et une pomme. J'ai aussi volé une pomme. Monsieur Tremblay, dites-moi, sur le chemin du retour, accepteriez-vous de venir la prendre pour la rendre à son propriétaire? Je ne sais pas son nom et peut-être que vous... Ici, tournez à votre droite, c'est tout près, ma maison.

Elle se taisait, sa gorge se nouait. Elle n'en finissait plus d'observer les environs, bouleversée à la pensée d'être enfin chez elle. Que tout était beau! L'homme souriait. «Quel changement d'attitude en moins d'une heure!» ne put-il s'empêcher de penser.

— Là, c'est ma maison, là! C'est elle, ma maison!

Elle sauta en bas du camion qui avait ralenti mais était encore en marche et elle courait, les bras tendus. Tous étaient sur la galerie, sauf Raymond et Angéline; on l'attendait, sa famille l'attendait. Réjeanne tenait le bébé sur ses genoux. À sa vue Gervaise s'arrêta; son émotion était si forte que ses forces l'abandonnaient. Ses jambes flageolaient.

Gilbert Tremblay avait refermé la portière, regardé Gervaise s'élancer vers les siens. Il l'enviait presque, car lui, on ne l'attendait pas. Il se rendait à Lévis visiter son fils unique gravement atteint d'une maladie si terrible que même sa présence auprès de son enfant passait inaperçue.

Gervaise parvint à poser sa main sur la rampe; sa vue s'embuait, tout tournait, le sol se dérobait sous ses pieds, et elle s'effondra.

Raymond, qui observait la scène de la fenêtre, s'élança, souleva sa sœur et la porta sur le divan du salon.

Angéline épongeait son visage lorsqu'elle reprit conscience. Les enfants, debout, l'observaient en silence. Lucille pleurait.

— Ouf! fit Raymond, tu nous as fait peur. Ne bouge surtout pas, tu dois manger. Angéline t'a préparé une soupe comme tu les aimes.

— Mes petits! s'exclama Gervaise. Mes chers petits!

Ils reculèrent, et toujours silencieux s'assirent l'un bien près de l'autre.

— Où étais-tu? demanda Jacqueline d'une voix cinglante.

— Laissez d'abord votre mère manger. Elle a besoin de reprendre des forces, trancha Angéline.

— Elle n'avait qu'à ne pas partir, rétorqua l'enfant.

Gervaise avait un désir fou de prendre son enfant dans ses bras, mais ses mains tremblaient de mouvements convulsifs. Elle ne savait plus depuis combien d'heures elle n'avait pas mangé. Elle se sentait défaillir. Elle fit un effort pour saisir le bol de soupe qu'elle porta à ses lèvres et vida d'un trait, tout en gardant les yeux rivés sur le jeune Télesphore qui ignorait tout des événements qui se passaient.

Lucien se leva et, se dirigeant vers la porte, dit simplement: «Je vais prévenir les Vadeboncœur.» Gervaise déposa le bol, tendit les bras vers son bébé. Réjeanne vint le déposer sur ses genoux. Gervaise le serra sur son cœur; des larmes brûlantes s'échappaient de ses yeux. «Merci, merci mon Dieu», ne cessait-elle de répéter.

— Il marche maintenant, il a une dent, il est devenu un petit homme.

— Tu es fière de ton filleul, n'est-ce pas, Réjeanne? Venez, venez tous que je vous embrasse. Vous m'avez tant manqué!

— Où étais-tu, pourquoi n'as-tu pas téléphoné? On a failli mourir de peur!

— Je ne pouvais pas, Jacqueline. Je vais tout vous raconter mais pas ce soir, je suis si fatiguée et c'est une bien longue histoire. Je ne pouvais pas téléphoner: vous comprendrez pourquoi et vous me pardonnerez.

Chapitre 31

Angéline insistait pour que Gervaise se repose; après lui avoir préparé un bain chaud et mousseux, elle l'obligea à aller dormir: «Demain, nous jaserons de tout ça.»

Gervaise retrouvait sa chambre, toutes ces choses qu'elle avait craint ne jamais revoir. Elle ferma sa porte avant de se mettre au lit, chose qu'elle ne faisait jamais. Ce soir elle avait besoin d'être seule, de mettre de l'ordre dans ses idées. L'attitude plutôt réservée des enfants la laissait perplexe. Ils lui avaient paru lointains, distants, voire même réticents. Se devait-elle de tout révéler de sa triste expérience? Saurait-elle trouver les mots pour expliquer ce qu'elle-même ne comprenait pas? Que dire, que taire? Elle craignait de briser la confiance qu'ont les enfants dans la vie qui se doit d'être belle et sécurisante. Elle s'endormit sur sa décision de ne dévoiler que le strict nécessaire pour justifier son absence forcée.

Elle dormit quinze heures d'affilée, d'un sommeil trouble. Lorsqu'elle se réveilla, elle resta étendue un bon moment, tout à sa joie. Elle se leva, marcha à la fenêtre, laissant errer son regard sur le panorama qui ne lui avait jamais paru aussi beau. Elle pensait à Télesphore, aux enfants qu'il lui fallait maintenant affronter.

Avant de descendre, elle fit le tour des chambres: son fils dormait dans celle de Réjeanne. Elle s'assit près de lui et le regarda. On lui avait volé presque deux mois de bonheur auprès de son enfant! Il était là, si paisible, si confiant, ignorant encore tout des problèmes qui sont le lot des adultes.

Elle ne vit pas arriver Angéline. Elle lui apportait un café fumant qu'elle déposa près d'elle et s'éloigna sans un mot, respectant sans doute ces instants bénis. Gervaise se leva enfin et descendit à la cuisine.

— Merci, Angéline.

— Il vous faut manger. Vous avez fondu, vous voilà tout amaigrie; il est important de vous refaire des forces.

— Où sont les enfants?

— Chez le voisin. Les Vadeboncœur ont sans doute deviné que vous aviez besoin de recueillement et ils les ont invités chez eux. Je ne sais pas ce que Lucien leur a raconté hier, mais monsieur Léo était inquiet. Raymond ne tardera pas. Il vient à tout bout de champ pour prendre des nouvelles.

— Je vous en ai causé des inquiétudes!

— L'important dans tout ça est que vous soyez de retour, saine et sauve. Le reste s'oubliera vite. Tiens, voilà justement votre frère.

Gervaise alla vers Raymond, se blottit dans ses bras.

— Ma petite sœur, comme j'ai eu peur de t'avoir encore une fois perdue!

— Viens t'asseoir près de moi, j'ai une faim de loup.

— Ma pauvre Minotte, ce que tu as dû souffrir. Je n'en croyais pas mes oreilles.

— Que veux-tu dire? Qui t'a dit, et quoi?

— La police...

— La police!

— Eh! oui! La police. On a repéré Wilson...

— Tu sais tout ça?

— Oui, jusque-là, mais pas le reste, ce qui a suivi son arrestation. On ne s'expliquait pas ton absence des lieux où il se trouvait, on espérait que tu lui aies échappé mais on craignait aussi le pire...

Raymond raconta l'intervention de «l'homme à la pipe» qui avait alerté la justice et permis d'identifier le fautif.

— Tu as eu de la chance, ma petite sœur: Wilson s'était évadé d'un asile d'aliénés où il était traité pour de graves troubles mentaux. Apparemment son traumatisme s'était manifesté à la suite d'un grave accident survenu lorsque la roulotte qu'il conduisait avait pris feu après une explosion due à un mauvais raccordement d'une bombonne de gaz propane. Sa femme avait perdu la vie dans l'incendie.

Gervaise ne cessait de répéter: «C'était ça, c'était donc ça!» Elle revoyait Frank penché sous le lavabo.

— Tu sais, Gervaise, on s'est bien demandé où tu étais passée car il n'y avait pas trace de toi nulle part. D'après la description de l'homme de Rimouski, il était évident que tu étais sa prisonnière.

— Où a-t-il été arrêté?

— Près de Rivière-du-Loup. La police nous avait prévenus. Imagine-toi notre désespoir quand on a appris ta nouvelle disparition. Nous avons imaginé les pires hypothèses!

— Le pire était déjà passé, crois-moi.

Gervaise lui raconta l'horreur de cette nuit et l'aide inespérée de Gilbert Tremblay. Le souvenir de la pièce de dix sous lui semblait maintenant amusant, de même que l'histoire de la pomme volée, de la vieille chemise, des souris qui surgissaient de partout en gigotant.

— Il n'y a pas que de méchantes gens sur la terre. Tremblay l'a prouvé, c'est réconfortant! s'exclama Raymond.

Gervaise n'avait pas entendu la remarque. Elle riait maintenant.

— Tu ne m'as pas vue dans le miroir avec mon masque de fils d'araignées, de la boue jusqu'aux genoux, mendiante en plus! Qu'est-ce que je dis: mendiante, voleuse en plus!

Et reprenant son sérieux, Gervaise demanda:

— Les enfants, je les ai trouvés... distants.

— Ils ne savent rien, ils ont cru que tu les avais abandonnés; j'ai cru sage de ne rien dire avant de t'avoir parlé.

— C'est donc ça! Tu as prévenu la police de mon retour?

— Oui, dès que je t'ai vue descendre de la camionnette. Ils vont venir te questionner avant de fermer le dossier.

— Dieu est bon, mes tourments sont finis.

— J'ai le goût de t'en imposer un autre...

— Ah!

— Angéline.

— Je ne comprends pas.

— Nous allons nous marier.

— Non!

Gervaise se dit ravie de cette décision qui d'ailleurs ne la surprenait pas. Depuis longtemps elle savait que ces deux-là s'aimaient.

— Venez, Angéline, prenez place près de nous. Dites-moi, comment en êtes-vous venus à prendre cette décision?

Raymond lui narra dans le détail les propos des chipies les concernant.

— Vous vous aimez? Alors faites vite, mes enfants, ne perdez pas une seule minute de bonheur. La vie est si courte et si méchante parfois. Unissez vos destinées, ainsi vous serez deux à affronter le destin.

— Nous avons élaboré des projets concernant notre avenir; tu es au cœur de nos décisions. Nous te reparlerons de tout ça quand tout sera rentré dans l'ordre. Pour le moment, il faut clarifier la situation présente.

On en vint à parler des recherches faites dans le village et les environs, de la battue, de la générosité des gens de Saint-Pierre.

Plus les heures passaient, plus Gervaise se réconciliait avec la vie. Comme il était bon d'être chez soi, sous un toit protecteur. Elle pensait à Frank et le plaignait de tout son cœur. «Papa-la-pipe» était vraiment l'homme bon que son physique et ses yeux vifs et francs exprimaient. Elle n'oubliait pas Tremblay dont elle ne savait rien mais qui s'était, lui aussi, montré très généreux et surtout très discret. Elle souhaitait qu'il revienne, comme elle le lui avait demandé, afin qu'elle puisse retourner la chemise au vieil haïssable qui refusait sa porte aux filles la nuit...

***

Tout le monde réuni autour de la grande table, son fils sur les genoux, Gervaise expliqua aux enfants, en des mots simples, choisis pour ne pas porter atteinte à leur âme délicate, qu'elle avait été enlevée. «Cet homme malade croyait sincèrement que j'étais sa femme. Il m'a gardée prisonnière car il craignait que je lui échappe comme autrefois son épouse décédée.» Elle parla des pommes, de la vieille chemise, du chiot qui portait le nom de Frisson; elle enjolivait le drame. L'histoire de la nuée de souris qui l'avaient agressée, allant même jusqu'à lui égratigner le visage dans leur course folle, fit grimacer les enfants d'horreur et de dédain.

— Tu t'es lavée, j'espère? demanda Jacqueline.

Gervaise décrivit la cabane où elle s'était réfugiée et, le visage affreux que lui avait reflété le miroir, ce qui les fit bien rire.

— Et ces toiles d'araignée qui n'en finissaient plus de s'étirer, collaient aux vêtements, aux cheveux, brrr! J'en frissonne encore!

— Pouah! lança Lucille. Je serais morte de peur, moi!

— Les chauves-souris, c'est bien pire, fit remarquer Lucien qui se voulait brave.

Lorsque Gervaise se tut, aux yeux des enfants elle était devenue une héroïne.

***

Au prône, ce dimanche-là, le curé remercia ses ouailles de leur générosité et annonça le retour de Gervaise. Et ce fut la publication des premiers bans de Raymond et Angéline.

Peu à peu la vie reprenait son cours normal, Gervaise oubliait ses déboires. La semaine suivante, Gilbert Tremblay tient sa promesse: il s'arrêta chez les Langevin chercher le paquet à remettre à cet être sans nom. Gervaise décrivit donc la maisonnette pour identification. Gervaise glissa un billet de cinq dollars dans la poche du vêtement avec un mot de remerciement.

Tremblay accepta l'invitation à dîner. Il devint un ami qui venait «faire le plein dans ce foyer rempli de rires d'enfants». On apprit à se connaître et à s'apprécier mutuellement. Oui, il assisterait au mariage de Raymond et Angéline.

Le préféré de Gilbert était le jeune Télesphore, à qui l'on avait donné le surnom de «Papachou». Les deux premiers mots qu'il avait prononcés avaient été soudés en un seul.

C'est en l'absence de Gervaise que s'était prise cette décision; elle s'en réjouissait. Plus il grandissait, plus Papachou ressemblait à ce papa qui n'avait pas eu le bonheur de le connaître.

Chapitre 32

On se préparait à la célébration du mariage. Les enfants insistaient pour que la future tante soit vêtue de blanc, avec un voile long comme ça, des fleurs dans ses bras, beaucoup de fleurs, comme dans les films.

La jeune fille ne pouvait s'offrir tel luxe. Gervaise décida de se montrer généreuse. Oui, elle l'aurait, sa belle toilette de rêve.

Elle ouvrit la machine à coudre: tulle, ruban et dentelle firent leur apparition sous les yeux éblouis des fillettes. Toutefois, la consigne était sévère: oncle Raymond ne devait rien voir de tout ça avant le jour du mariage. On nageait en pleine romance. La complicité des enfants régnait; on surveillait les allées et venues de l'oncle.

«Tu convertiras la cuisine d'été en chambre, cette pièce sert très peu; elle est assez grande pour y installer une salle de bains, ce qui vous donnera plus d'intimité. Plus tard, s'il y a d'autres décisions à prendre pour vous loger tous, eh bien! à ce moment-là, nous aviserons...»

Angéline comprit l'allusion, elle rougit de plaisir. Lors d'une visite, Gilbert Tremblay offrit son aide et le chantier se mit en branle. Les liens se resserraient autour de ce nouvel ami qui se faisait de plus en plus assidu.

Un jour, il créa toute une commotion au foyer des Langevin: il se présenta à l'heure du souper, avec dans sa camionnette un énorme carton qu'il entra avec précaution, aidé de Raymond.

Sous les yeux éblouis des enfants, il en sortit un téléviseur couleur. Gervaise accepta que le repas se prenne au salon; les enfants étaient ravis de voir les petits bonshommes sous un décor nouveau.

— Vous ne m'en voulez pas, Gervaise? J'aurais dû demander votre permission.

— Allez donc! C'est moi qui vous suis redevable, c'est tout un luxe.

— Redevable, dites-vous? Savez-vous ce que c'est de n'avoir personne à qui on peut vraiment faire plaisir?

— Oh! oui, j'ai connu ça, répondit spontanément la jeune femme. Aujourd'hui, c'est autre chose. Et votre fils, sa santé?

— Pas d'espoir, ou si peu. Son état change peu, mais ne s'améliore pas. J'ai pensé à lui quand j'ai vu cet appareil, puis... à vos enfants.

Du salon parvenaient les voix des jeunes extasiées; les images de Walt Disney n'en étaient que plus belles.

— La télé est une source incroyable d'informations. Elle donne à tous une ouverture sur le monde, permet d'acquérir des connaissances qu'il faudrait une vie à acquérir. Elle nous met devant des faits qui aident à affronter certaines situations pas toujours très claires. C'est ainsi que je vois les choses. Aussi, je vous remercie, du fond du cœur.

Gervaise tendit une main, qu'il accepta et retint un instant. Troublée, Gervaise pivota sur ses talons et marcha vers la cuisine; elle revint, tenant un plateau qui contenait des verres de jus de fruits. La fête se termina très tard, les enfants continuaient de s'épater. Parfois on pouvait les entendre se chamailler si l'un d'eux voulait changer de programme.

Gervaise et Gilbert conversaient près de la table.

— La vie sur la ferme me manque. J'ai dû disposer de la mienne afin de m'assurer un revenu régulier pour défrayer les dépenses que m'occasionne la maladie de mon fils. Un jour l'État se chargera des frais de santé, comme ça se fait dans certains pays, mais en attendant, c'est un gros problème. Remarquez, je ne me plains pas: il reçoit de bons soins, je n'aurais pu lui procurer l'attention qu'il reçoit dans cet hôpital. Et mon travail de policier rapporte bien, me donne beaucoup de satisfaction.

— Si seulement j'avais pu deviner ça le jour où vous m'avez si gentiment secourue sur la route, je vous aurais sûrement confié mes tourments.

— Votre présence, seule sur la route, dans un endroit si peu passant n'a pas manqué de m'intriguer.

— Plus que ceux qui sont passés sans daigner me jeter seulement un regard, malgré toutes mes gesticulations.

— Vous étiez pourtant calme quand je suis arrivé à votre hauteur.

— Ah! oui? C'est étrange... Pourtant j'étais terrorisée!

Gilbert regarda l'horloge, sursauta.

— Pas déjà! Il faut que je file si je veux arriver à temps pour prendre mon quart.

— Prendre un quart, quelle belle expression, empruntée à la marine, comme plusieurs autres, bien de chez nous.

— Ce que vous savez être charmante!

— Merci, Gilbert. Merci aussi pour ce cadeau royal.

Elle se leva, s'approcha de la porte du salon.

— Assez, les enfants, éteignez et venez remercier monsieur Gilbert qui doit partir.

Ce soir-là, Gilbert Tremblay eut droit à sa part de tendresses et de bécots. Il traversa la cuisine à grandes enjambées et, sans se retourner, il disparut dans la nuit.

— Au lit, la famille Citrouillard, comme le dirait votre père.

Ce fut la ruade en direction de l'escalier. Gervaise restait là, éberluée d'avoir en cet instant précis fait allusion à Télesphore...

***

Dimanche: la robe de la future mariée, suspendue à un cintre, était cachée derrière la porte du salon. Les jeunes avaient épinglé une énorme pancarte au cadrage: «Il est interdit à Raymond de pénétrer ici.»

Les enfants, assis autour de la table, riaient de leur espièglerie. Lorsque Raymond entra, Gervaise lui fit un signe des yeux. Suivant son regard, il vit le placard, s'en approcha, fit mine de mettre les pieds dans le lieu défendu. Ce fut la ruée; ils se précipitèrent sur l'oncle, l'empoignèrent, le renversèrent sur le plancher. Gervaise souriait. Angéline s'élança à son tour pour aider les enfants.

La porte s'ouvrit sans qu'on l'entende. Mariette parut tout à coup, vit le spectacle pourtant cocasse mais qui l'horripila.

— Tiens, tiens! Si ce n'est pas ce cher Raymond. Te voilà atteint du mal de ta sœur: l'exhibitionnisme!

— Mariette!

— Oui, elle-même en personne. Étonnée, hein! madame Langevin?

— Mariette! répéta Gervaise.

Raymond s'était relevé, tentait de remettre ses cheveux en place. Les enfants s'empressaient autour de leur grande sœur pas trop réceptive à leurs éclats de joie. Son air hautain et dédaigneux les figea; elle fixait Raymond des yeux.

— Que nous vaut cette surprise? demanda Gervaise. Vous voulez un café? Vous avez dîné?

— On a toujours la même réplique vive! On contrôle toujours ses émotions avec brio.

Gervaise se rappela soudainement que la jeune fille n'était peut-être pas informée de la mort de son père.

— Les enfants, faites-moi plaisir, allez chez les Vadeboncœur. Je veux parler à votre sœur, ce ne sera pas très long. Je vous téléphonerai pour vous dire quand revenir.

Les enfants, déçus par l'attitude froide de leur grande sœur, ne se firent pas prier. Ils sortirent à la queue leu leu, en silence et sans même se retourner. Angéline se dirigea vers l'escalier.

— Restez, Angéline.

Et se tournant vers Mariette elle lui demanda: «Dites-moi, avez-vous été informée du décès de votre père?»

— Oui, si c'est ça qui vous tracasse.

— Alors je vous repose ma question: que nous vaut l'honneur de votre visite?

— Je voulais m'assurer que ce qu'on m'a dit est vrai: monsieur Raymond a accaparé tout l'ameublement, dont il a sans doute fait cadeau à sa charmante petite sœur - petite, oui, mais d'une bien grande ambition.

— Vous avez fini?

— Et celle-là, elle sort d'où?

Raymond trancha.

— Celle-là, c'est ma fiancée. Alors sois polie, Mariette.

— Dis donc, toi, mais je suis chez moi ici, que je sache.

— C'est vrai, intervint Gervaise qui voulait tempérer un peu les choses. J'aurais dû vous présenter.

Se tournant vers Angéline, elle dit simplement:

— Mariette, la fille aînée de mon mari; Angéline Claveau, la fiancée de Raymond.

— Qui, avez-vous dit?

— Angéline Claveau, la fiancée de Raymond.

— Claveau... Claveau, pas la fille de Damas Claveau?

— Vous connaissez papa?

— Angéline Claveau!

Et Mariette s'esclaffa. Elle riait tellement qu'elle hoquetait. Tous la regardaient, surpris de son explosion de gaieté que rien n'expliquait. Raymond se demandait ce que la situation avait de comique.

— Vous vous connaissez, vous deux?

Angéline haussa les épaules; elle fit non de la tête.

— Toi, Raymond Lamoureux, tu vas épouser Angéline Claveau! Décidément, mon ami, tu n'es pas très avancé, tu recules même. Sais-tu qui tu vas épouser? Nulle autre que ma sœur. Ma demi-sœur, devrais-je dire. Oui, tu es fiancé à ma demi-sœur, ma sœur utérine, si tu préfères.

À nouveau, Mariette s'esclaffa, mais cette fois à cause de la surprise qu'elle lisait sur les visages de chacun.

— Mariette, si votre père vous entendait! Votre farce est de très mauvais goût et a assez duré.

— Mon père, je ne le connais pas. Quant à Télesphore, je vois qu'il ne s'est pas vanté d'avoir été cocu!

— Suffit! Taisez-vous, hurla Gervaise.

Mariette regarda Angéline et lui demanda:

— Dis donc, sœurette, n'as-tu pas quelque part, dans un quelconque couvent, une bonne tante qui est allée s'y murer pour expier les crimes de notre père, son frère?

Gervaise s'approcha de Mariette, la prit par les épaules, la secoua.

— Assez, ça suffit. Si ce n'était pas de me salir les mains, je vous giflerais.

— Déçue, hein? Télesphore vient de tomber en bas de son piédestal. Ça fait mal, sa boiteuse a des bobos.

— Vous avez l'esprit dévié, Mariette: rien dans votre énoncé ne jette le discrédit sur Télesphore, bien au contraire! Télesphore est toujours un homme d'honneur, dans mon cœur et dans les faits.

Gervaise ferma les yeux; la haine de cette fille dénaturée éveillait en elle une colère terrible.

— Vous le répudiez en tant que père, mais lui, Mariette, il vous a aimée, vous a choyée. De grâce, ayez un peu de pudeur. C'est ignoble ce que vous faites! À qui précisément cherchez-vous à faire mal? Aux enfants? À Raymond? À sa fiancée? Vous êtes contente? Vous avez fort bien réussi. Mais on ne vous regrettera plus ici. Moi, ma chère, vous n'avez pas réussi à m'atteindre. Partez, Mariette. Les enfants de Télesphore attendent un appel pour rentrer chez eux. Ne revenez jamais ici dans cet état de pensées. Leur mère était aussi la vôtre; je suis sûre qu'elle n'est pas fière de vous, là où elle se trouve. Allez, partez, je vais essayer de leur expliquer votre conduite; j'espère qu'ils sauront oublier votre indifférence à leur égard. Quant à moi, je vous plains et je souhaite que vous reveniez à de meilleurs sentiments.

Mariette ne riait plus. Raymond s'était approché. Ils s'affrontaient du regard, les yeux pleins de haine. Mariette recula et lança avec rage:

— Toi, Raymond chéri, continue ta course vers le bonheur, je t'en souhaite. Quant à toi, jolie sœurette, je te le laisse.

Elle se dirigea vers la porte, s'arrêta et hurla.

— Il épouse ma sœur! La bonne farce!

Elle se remit à rire; un rire démentiel, crispant, s'égrenait derrière elle, leur parvenait encore, même lorsqu'elle fut hors de leur vue et alla se perdre dans la nuit. Cette fois, on le sentait bien, elle riait par dépit.

Angéline fondit en larmes. Gervaise regrettait de l'avoir retenue: elle lui avait imposé une humiliation terrible, que la pauvre fille n'avait pas méritée. Elle pleurait dans les bras de Raymond, incapable de prononcer un traître mot, mais il tentait de l'apaiser par sa tendresse.

— Je ne savais pas, je ne sais pas de quoi elle parle! Je le jure!

— Je sais, je sais. Peut-être ment-elle. Ne t'en fais pas, elle est cruelle. Même si elle a des raisons de me haïr, elle n'avait pas le droit de te faire tant de mal. C'est répugnant.

Gervaise, assise dans la berceuse sentait son cœur battre à se rompre. «Nous étions si heureux; pourquoi, pourquoi, Seigneur, permettez-vous des choses comme ça?»

Elle restait là, immobile, incapable de penser, tout se bousculait dans sa tête. La hargne de cette fille lui faisait peur. Elle essayait de se souvenir... un indice, un seul indice qui pourrait tout expliquer. Mais elle n'y parvenait pas.

Mariette prétendait ne pas connaître son père. Pourtant elle savait son nom. Si ce n'était pas lui, qui alors l'avait informée de ce secret, qui était-ce? Qui savait? Elle s'approcha d'Angéline et lui dit doucement:

— Montez vous reposer, Angéline, nous reparlerons de tout ça plus tard.

La jeune fille se leva.

— Angéline... dit Raymond.

Elle s'arrêta, mais ne se retourna pas.

— Nous allons nous marier, toi et moi, envers et contre tous. Ne sois pas trop malheureuse. Va dormir, ma belle, va.

Se tournant vers Gervaise, Raymond demanda:

— Gervaise, lors de ta visite chez nous, tu m'as parlé du caractère de Mariette, de sa légèreté. Aujourd'hui, peux-tu me dire en toute honnêteté que tu ignorais tout de ses aveux de ce soir?

— Je t'assure, Raymond, que rien n'aurait pu me surprendre et me choquer autant que sa conduite. Si tu veux le fond de ma pensée, je ne la crois pas. Elle aurait tout inventé, par orgueil ou encore dans l'espoir de te ramener à elle. Cette fille est si perturbée qu'elle en serait bien capable. Je m'étonne que votre idylle ait duré aussi longtemps.

— Je m'en étonne moi-même depuis que j'ai connu Angéline. Je sais enfin ce qu'est l'amour. Mariette vient de faire taire en moi tout regret que j'aurais pu avoir.

— L'idée qu'Angéline pourrait être sa demi-sœur ne t'inquiète pas?

— Pas du tout! Nous l'ignorerons, c'est tout. La différence entre ces deux femmes est si grande!

— Et comment! Mariette est une jolie statue de marbre, toujours bien coiffée, vêtue de tailleurs chic, de talons plats et qui joue des coudes. Elle ne sait pas aimer, ne connaît rien à l'affection ni à la reconnaissance. Angéline n'a pas son élégance, mais son cœur est noble.

Gervaise se leva, se dirigea vers le téléphone, parla à Lucette et revint vers son frère.

— Monte là-haut, Raymond, ne quitte pas Angéline avant qu'elle se soit endormie.

— Que diras-tu aux jeunes?

— Je ne sais pas, Dieu m'aidera.

Gervaise ne put s'empêcher de penser à la déception des enfants devant son attitude froide, son indifférence. «Tout ça ne peut être faux. Elle a peut-être exagéré mais il y a un fond de vérité dans toute cette histoire. Jusqu'à quel point? Elle ne peut avoir improvisé un tel mélodrame, c'est impossible. Que la vie peut être cruelle!»

Les enfants se faisaient entendre; Gervaise se composa un visage. Elle leur expliqua que Mariette était venue régler certains problèmes et qu'elle avait dû partir à cause d'un malentendu avec Raymond. C'était rester autant que possible dans les limites de la vérité. À sa grande surprise, ils ne firent pas de commentaires; seule Jacqueline tira ses conclusions:

— C'est pas surprenant, elle a perdu son amoureux!

— Soyez sages. Angéline a aussi du chagrin.

— Ils vont se marier quand même? demanda Réjeanne.

— Oui, bien sûr.

— Hourra! on va avoir une belle fête.

Gervaise se rendit compte que ses mains tremblaient. Un moment elle avait craint de ne pouvoir contrôler sa colère. La cruauté de cette jeune fille la laissait complètement désarmée. L'effort pour se contenir avait été grand.

Elle prépara un chocolat chaud; assise près de la grande table, elle essayait de résumer les ahurissants propos de Mariette. Si tout ça était vrai, Télesphore le savait-il? Se pouvait-il qu'il ait gardé ce secret au fond de son cœur? Souvent il se montrait réticent, avait beaucoup hésité à annoncer leur mariage à Mariette. Pourtant il ne parlait d'elle qu'avec amour. «J'ai été trop patient avec mes aînés»: elle se souvenait de cette remarque souvent répétée.

Ce soir Raymond avait involontairement et innocemment provoqué l'explosion de Mariette en lui présentant Angéline, sa fiancée.

Celle-ci avait souffert, avait été foncièrement humiliée; à quelques reprises, elle avait caché son visage dans ses mains, accablée. On venait d'entacher sa vie, de briser l'image qu'elle avait de son père; la honte s'était glissée en elle. Peut-être qu'en cette minute même sa douleur prenait une autre dimension, qu'elle sentait son amour menacé, son avenir brisé.

«Mariette, Mariette! Quel mal tu as fait! Inutile, combien mesquin! Pourquoi? Le passé, toujours le passé, contre lequel on ne peut rien. Heureusement qu'il y a l'avenir: on peut continuer d'espérer, on peut rebâtir, même sur des bases brisées, car rien n'est irréparable. Angéline deviendra un membre de ma famille; je veillerai sur son bonheur, sur sa paix. Dieu, venez-moi en aide.»

Gervaise mit un temps fou à s'endormir. Elle s'était penchée sur le ber de son fils et s'était inquiétée des mauvaises surprises que lui réservait la vie.

***

Les jours qui suivirent furent pénibles. Angéline avait perdu sa belle humeur. Gervaise n'osait pas continuer le travail de couture, la vue de cette toilette réveillerait trop de douleurs.

— Je vais partir, c'est plus sage, madame Gervaise.

— Non, vous resterez ici. Raymond vous aime.

— Mais... cette fille est aussi la vôtre.

— Et elle sera traitée comme telle seulement si elle revient à de meilleurs sentiments. Raymond sera là; devenu votre mari il continuera de vous protéger. Si vous partiez il me faudrait vendre la terre; Lucien est si jeune, il faut manger, nous avons tous besoin de vous deux. Autre chose, Angéline: je ne suis pas si sûre que ça qu'elle disait la vérité.

Les deux femmes replongèrent dans leurs méditations respectives. Certaines questions brûlaient les lèvres de Gervaise; le choc était trop récent, la sagesse lui commandait d'attendre. Elle se surprenait à fouiller dans le passé, à la recherche d'indices. Télesphore savait-il? De Lucienne et de Mariette il parlait peu. «Télesphore Langevin accepte votre infirmité à condition que vous soyez pure.» Elle secouait la tête: non, ce n'était pas possible, Télesphore n'était pas un vil calculateur qui faisait le troc de la vertu; c'était un père de famille désespéré, bon, prêt à se sacrifier pour les siens. La preuve était évidente. N'avait-il pas aimé son aînée au même titre que les autres? Il souffrait de son absence et de ses fredaines et cherchait à la ramener vers lui. «Télesphore, pourquoi ne m'avoir rien dit? Tout aurait été si simple si j'avais su!» Mais elle hochait la tête: non, il ne savait pas, c'était impossible. Jamais aucune allusion ne pouvait aujourd'hui lui laisser croire que Mariette n'était pas sa fille. Il lui avait même semblé que son mari aurait aimé être grand-père, joie qui lui avait été refusée. Il pensait à Mariette, alors. Sûrement pas à Alphonse qui se vouait au saint sacerdoce...

Alphonse, Alphonse! «Il adorait sa mère, je les laissais en tête-à-tête; le matin, ils échangeaient des confidences...» Alphonse savait-il? D'où son revirement et son comportement hostile envers son père, sa décision de changer d'orientation, de laisser tomber le rêve caressé par sa mère... «Alphonse... serait-ce possible que lui aussi? Non: c'est de la folie furieuse! Je divague. Non, non! Je suis déboussolée. Je dois me calmer, laisser le passé dormir, à jamais, ce passé qui ne m'appartient pas. Le bonheur d'Angéline est maintenant dans les mains de Raymond. Celui-ci n'est sûrement pas fier de son concubinage aujourd'hui; nul n'est sans erreur!»

Il faudrait réapprendre à se faire mutuellement confiance, à se pardonner, à oublier, en somme à passer l'éponge sur ce qui fut et à foncer dans la vie, main dans la main.

— Gervaise.

— ...

— Hé! Gervaise.

La jeune femme sursauta. Perdue dans ses réflexions, elle n'avait pas entendu entrer Raymond.

— Dis-moi, est-ce déjà arrivé que des poules disparaissent du poulailler?

— Pas que je sache, pourquoi? Quel est le problème?

— C'est la deuxième fois que ça arrive depuis quelques jours.

— Une bête sauvage aurait réussi à se faufiler la nuit.

— Non, pas une bête sauvage, mais un animal quelconque si j'en juge par les dégâts causés: un animal domestique, peut-être.

— J'ai vu un chien rôder hier, Lucien s'amusait à lui lancer un bâton qu'il lui ramenait.

— Ça expliquerait tout: un chien égaré qui chasse pour sa subsistance.

— Un chien ne s'égare pas. Il y a autre chose.

— Lucien est ici. Je vais l'appeler et le questionner.

Oui, le garçonnet connaissait ce chien. Il appartenait au vieux monsieur d'à côté qui ne le laissait jamais libre, le tenait attaché. Maintenant il errait, courait partout.

— C'est étrange, cet homme, tu le vois parfois?

— Non, il ne sort plus comme autrefois. Bah! c'est un vieux grincheux; il ne voulait même pas qu'on s'approche de sa clôture.

— Il habite tout près, sur la ferme à côté?

— Oui. Tu le connais, maman?

— Oui.

Gervaise réfléchit, elle s'inquiétait. Elle prit son châle et sortit. Elle parlerait à Léo.

— Ce n'est pas par plaisir que j'irai visiter ce vieux chenapan, mais si ça peut calmer votre conscience, Gervaise, j'irai là-bas.

— Et la charité chrétienne, Léo? Si vous ne le faites pas pour moi, faites-le pour mes poules!

— Épargnez-moi votre sarcasme. Dites donc, ce n'est pas un coup monté...

— Pensez donc! Un si bon parti... je veux le protéger...

Ils se séparèrent devant sa maison. Gervaise rentra chez elle, les yeux rieurs. Léo, à son retour, se dirigea vers le téléphone tout en informant Gervaise qu'elle avait vu juste: le pauvre était décédé et sa mort n'était pas récente. Au moment de partir, il ne put résister à la tentation. Il se pencha vers Gervaise et lui murmura à l'oreille: «Vous voyez les tourments que vous vous êtes épargnés en étant sage et vertueuse. Vous en seriez à un second veuvage.»

Gervaise pouffa de rire. Raymond, qui ignorait tout des derniers développements de l'affaire, entra sur ces entrefaites; il s'exclama: «Il fait bon de voir que la gaieté est revenue dans cette maison.»

Angéline, gênée, se mordit les lèvres.

***

Papachou dormait; dans ses bras, il tenait son ourson préféré.

— Angéline, venez voir le beau spectacle que nous offre cet enfant.

— Vous ne craignez pas qu'il prenne un vilain mal d'oreilles, couché sur le plancher comme ça?

— Non, il est en bonne santé, c'est un vrai Langevin celui-là.

— Parce que les autres...

— Pardon, Angéline, je parlais sans arrière-pensées. Il ressemble tellement à son père que parfois je me demande quel rôle j'ai joué dans tout ça.

— Je le sais, moi, j'ai été le témoin des premiers ébats de ce chérubin.

À brûle-pourpoint Angéline demanda:

— Vous croyez que maman sait?... (La jeune fille hésita puis enchaîna:) J'ai pensé aller le lui demander; vous semblez si préoccupée, peut-être saurait-elle répondre à vos questions.

— Surtout pas! Non, Angéline, ne troublez pas votre mère avec des histoires qui sont peut-être de pures inventions d'un esprit troublé. Vous savez à quel point le doute peut faire mal. Pensez plutôt à vous, à Raymond, à votre futur. Avez-vous pris votre décision?

Angéline hésitait à répondre. Gervaise insista:

— Supposons le pire: que tout ce que Mariette a dit est vrai; nous n'y pouvons rien, ni vous, ni moi, ni votre mère. Ce n'est pas votre fait, vous n'avez pas le droit de briser votre vie à cause d'erreurs qui auraient été commises il y a presque un quart de siècle! Ce serait ridicule. Vous l'aimez, Raymond, n'est-ce pas?

Angéline baissa la tête, se recueillit. Gervaise venait

de lui tenir les mêmes propos que Raymond. D'une voix douce, elle demanda:

— Madame Gervaise... quand aurez-vous fini la confection de ma robe.

Gervaise se leva, attira la jeune fille dans ses bras.

— Laissez tomber le «madame»; n'oubliez pas, je serai votre belle-sœur! Allez, souriez.

Angéline sortit en courant; elle allait sans doute faire part de sa décision à son fiancé. Gervaise hocha la tête: l'amour aura toujours le dernier mot, ne put-elle s'empêcher de penser.

***

Gervaise tirait l'aiguille. La robe était posée sur ses genoux, le tissu léger descendait en cascade et se répandait sur le sol. Elle en était aux points de finition. La radio jouait, une musique douce emplissait la pièce. Ses pensées vagabondaient. Tout à coup elle suspendit son geste; elle crut enfin comprendre: la tante, entrée en communauté pour expier les crimes... Ce serait cette tante qu'il faudrait contacter, si seulement elle existait.

— Angéline, venez ici un instant. Dites-moi, avez-vous vraiment une tante chez les religieuses?

— J'ai pensé à ça aussi. Je me souviens d'avoir entendu mon père et ma mère se disputer une fois, une querelle terrible. Il était question de tante Françoise, une tante que je ne connaissais pas. J'avais oublié cet incident... Voilà que tout m'est revenu en mémoire quand... Mariette a... C'est pourquoi je pensais qu'il vaudrait peut-être mieux en parler à maman, la seule en mesure de nous éclairer.

Gervaise désapprouvait de la tête. Elle regrettait maintenant d'avoir ouvert la plaie encore mal cicatrisée. Angéline s'était éloignée, avait emprunté l'escalier.

Sans doute pleurait-elle dans sa chambre. «Dieu tout-puissant que j'ai été maladroite!» Elle regarda l'horloge, rangea la robe dans sa cachette habituelle et se rendit à la cuisine préparer le souper. Angéline parut bientôt. Un silence gêné pesait, que l'arrivée des enfants vint heureusement dissiper. «Jamais plus, jurait Gervaise en son cœur, je ne ferai jamais plus allusion à la malheureuse intervention de Mariette qui est venue tout bouleverser dans ce foyer que je voulais heureux.»

Après avoir bordé son bébé, elle se laissa tomber sur son lit. Elle pensait à Télesphore et se réjouissait presque à l'idée qu'il soit décédé avant que n'éclate cette malencontreuse histoire.

Bien malgré elle, les questions continuaient d'affluer dans sa tête: comment Télesphore, s'il ignorait tout, s'était-il rendu à Saint-François, directement chez les Claveau? Il était entré et ressorti en moins de quinze minutes, suivi d'Angéline. Rien dans ses souvenirs ne la portait à croire qu'il pût être troublé ou malheureux. «Cette fille, elle te plaît?» Il semblait ne pas la connaître plus qu'il se doit. Un cri lui échappe, elle porte la main à son visage, Gervaise croit comprendre: elle est là, assise sur son lit, le cœur battant. La religieuse... la tante religieuse... «J'ai vu cette maison que vous habiteriez si vous deviez épouser Télesphore Langevin... Un homme d'une grande générosité... Vous en avez, de la chance... Je l'ai reconnu... Cet *Agnus Dei*, portez-le pour protéger votre bonheur...» «Non, ce n'est pas possible, je rêve, ça ne peut être qu'une coïncidence, si coïncidence il y a! Je suis victime de mon imagination qui me joue des tours!» Gervaise ferma les yeux, se tourna dans ce passé, chercha à se souvenir. Moins elle voulait y croire, plus l'évidence lui sautait aux yeux.

Soudainement elle prit une décision. Elle se leva, descendit l'escalier; sur un coin de la table de la cuisine, Angéline et Raymond jouaient aux cartes. Elle s'arrêta un instant, et d'un ton qu'elle voulut badin, elle taquina: «Le salon sera bientôt libéré, les amoureux, ce sera plus sentimental que cette grande cuisine.»

— Vous n'avez pas l'intention de coudre ce soir?

— Non, je veux simplement téléphoner à Gilbert.

Elle revint bientôt, prit place auprès d'eux et suggéra que l'on fasse une partie de neuf. Pendant une *brasse*, elle les informa machinalement qu'elle accompagnerait Gilbert Tremblay qui allait à Québec visiter son fils. Elle venait de mentir.

— Tu rentreras dormir, Gervaise? demanda Raymond d'un ton sévère.

— Grand fou! s'exclama Gervaise en riant.

La partie traînait en longueur, mais on s'amusait bien. Seule Gervaise ne parvenait pas à se concentrer sur son jeu.

***

Gervaise fit ses recommandations: Raymond ne devait pas aller dans sa chambre, où était cachée la tenue du grand jour qui approchait très vite. Le dernier essayage se ferait à son retour. «Elle vous siéra comme un gant, je vous l'assure.»

Elle embrassa ses enfants, leur fit faire mille promesses.

— Ne te laisse pas manger par les souris cette fois, lança Lucille, le visage en grimace.

— Vous souhaitez que je magasine pour vous, Angéline?

— Nous irons faire nos achats à Montmagny la semaine prochaine, répondit Raymond.

Gervaise s'avança vers la route où Gilbert l'attendait, fidèle au rendez-vous.

— Rien de grave, j'espère? Vous sembliez bien troublée quand vous m'avez téléphoné.

— Rien d'incontrôlable, soyez rassuré. Saint-André, c'est vers l'est, je vous fais dévier de votre route.

— J'irai là-bas demain.

— Je suis confuse.

— Encore! Comme ce jour-là, sur la route. Seriez-vous allergique à mes moyens de transport? Voilà! Vous retrouvez votre sourire. Ça n'allait pas, hein? ces derniers temps. Je suis content que nous soyons seuls, je voulais vous parler de quelque chose: ce voisin décédé, sa terre sera peut-être mise en vente...

— Probablement, oui.

— Si... je l'achetais? Histoire de me rapprocher de vous tous. J'ai appris à vous aimer, et la campagne me manque toujours beaucoup...

Gilbert fixait la route; il n'osait regarder Gervaise. Celle-ci tourna la tête, soudainement très embarrassée. Elle ne savait vraiment pas quoi répondre, mais une voix au fond de son cœur lui fit comprendre qu'elle le souhaiterait bien! Gilbert rompit enfin le silence.

— Je disais ça à tout hasard...

Cinq longues minutes s'écoulèrent et Gilbert jeta:

— La Transcanadienne...

Gervaise n'entendait pas. Bientôt le couvent fut en vue. La jeune femme posa sa main sur celle de l'homme et dit simplement: «Ça risque d'être un peu long.»

— J'ai tout mon temps, allez.

Elle remercia et monta le long escalier. Cette fois elle saurait tout: si cette tante Françoise portait le nom de sœur Clara comme elle avait de bonnes raisons de le croire, elle obligerait celle-ci à tout lui dire.

Sœur Clara comprit à l'attitude de Gervaise que quelque chose de très grave s'était passé.

Debout, le visage déterminé, la visiteuse demanda à brûle-pourpoint:

— Françoise Claveau, n'est-ce pas, se cache derrière ce voile?

— Comment l'avez-vous découvert?
— C'est moi qui poserai les questions aujourd'hui.
— Alors, allez-y.
Sœur Clara replaça lentement les plis de sa jupe, posa un instant la main sur le crucifix qu'elle portait au cou, releva la tête et attendit.
La dignité de la religieuse, son visage serein, son allure résignée, l'éducation qu'avait reçue Gervaise, firent qu'un instant elle faillit se jeter aux genoux de la femme soumise et frêle qui l'impressionnait, lui faisait perdre sa grande assurance. Alors elle lui tourna le dos et marcha vers la fenêtre.
— Tout! Je veux tout savoir!
Le ton s'était radouci.
— Alors voici ma version des faits. Je résume:
Un matin d'examen scolaire une fille triche: elle vole la feuille de concours de Lucienne, qui deviendrait plus tard l'épouse de Télesphore. Elle efface son nom et lui substitue le sien. Le pot aux roses est découvert, la coupable menacée d'expulsion de l'école. Le curé intervient. Il faut à tout prix protéger cette fillette qui est la victime d'un père incestueux; le mot n'est pas prononcé, mais le prêtre prie Lucienne de ne pas ébruiter l'affaire, de pardonner à la fille maltraitée. Celle-ci riposte; elle insiste pour que justice soit faite. «Mon père me tripote moi aussi, mais ça ne fait pas de moi une tricheuse.»
Le religieux s'est redressé, horrifié par cette phrase jetée avec aplomb: il a mal interprété les paroles de la jeune étourdie. Il a convoqué le père de Lucienne au presbytère. Il ne serait pas dit qu'il tolérerait la décadence chez ses ouailles! Il termina son sermon par la sévère parole du Christ: «Malheur à celui par qui le scandale arrive!»
Abasourdi, l'accusé ne répliqua pas; on lui avait appris à respecter et à s'incliner devant l'autorité de

l'Église. Il ne lui venait même pas à l'idée que le saint homme avait pu se tromper. Il rentra chez lui, fit une colère épouvantable et mit Lucienne, sa fille aînée, à la porte. «Et que je ne te revoie plus jamais!» Il ne lui permit même pas une question, les suppliques de la mère furent vaines. Lucienne partit le jour même.

L'homme devint taciturne; il cessa de fréquenter l'église; il garda à jamais la marque du stigmate. L'épouse ne parvint pas à lui faire avouer les raisons de sa grave décision. Les doutes les plus cruels l'envahirent alors et peu à peu elle se détacha de son mari. Devant son silence têtu, elle décida de faire chambre à part. On en était venu à ne plus prononcer le nom de Lucienne dans ce foyer autrefois si uni.

Celle-ci allait d'une maison à l'autre où on l'embauchait comme domestique. «Elle est devenue une fille à gages, une servante», s'indignait le père dans son amour-propre.

Lucienne quitta son village dès qu'une occasion se présenta. Elle ne pouvait plus tolérer les airs dédaigneux de ses patrons qui exigeaient toujours plus de cette fille répudiée par son père!

Elle ne parvenait pas à comprendre le pourquoi de ce rejet de la part de celui pour qui l'obéissance et la soumission inconditionnelle avaient une importance primordiale.

D'un naturel enjoué elle retrouva peu à peu son calme. Mais, au fond de son cœur, elle ressentait toujours une grande amertume: le sentiment cruel d'avoir été méchamment bafouée. Elle allait, d'un foyer à l'autre, gagnant peu, trimant fort. Elle ne se plaignait pas, gardait le sourire.

Il était dans les mœurs du temps d'engager de l'aide pour aider les mères des familles nombreuses qui accouchaient souvent, voire même chaque année; ce qui signifiait qu'à tous les deux mois, si la mère et le bébé se portaient bien, il fallait aller vers un nouvel emploi, s'adapter à de nouveaux patrons, affronter des kyrielles d'enfants souvent capricieux et gâtés.

— C'est pendant ce laps de temps que j'ai fait la connaissance de Lucienne; ma belle-sœur attendait un enfant. J'étais immobilisée à cause d'une chute qui m'obligeait à porter un plâtre. Lucienne nous a été d'une aide précieuse. Mon frère n'avait pas les moyens de lui verser le salaire régulier. Elle se dévouait sans compter en retour du gîte et de sa nourriture. Je me suis attachée à cette enfant qui m'appelait aussi tante, comme tous mes neveux ou nièces. Elle m'a raconté un peu son histoire et m'a fait promettre de ne pas l'ébruiter. Je l'ai priée de m'écrire. Promesse qu'elle n'a tenue qu'une fois. Cette lettre, la voici...

De sa poche, elle sortit une enveloppe froissée qu'elle remit à Gervaise. Le pli narrait dans le détail la cause de ses démêlés avec son père.

— Elle n'en comprenait pas plus que moi la raison profonde. J'ai mis des années à tenter d'expliquer ce dilemme, car c'est bien d'un dilemme qu'il s'agissait. Puis ç'a été le silence. Je restais sans nouvelles. Dieu m'est témoin que je n'aurais jamais pu deviner le drame qui se préparait!

Un jour Lucienne connut enfin un meilleur sort, sa nouvelle patronne lui demanda si elle accepterait de demeurer chez eux pour une beaucoup plus longue période. Qui plus est, on lui garantissait sa propre chambre et un salaire de dix dollars par semaine. Tout à sa joie, elle téléphona à sa mère pour lui faire part de cette bonne nouvelle. Cet appel lui demandait beaucoup de courage car, depuis son départ, elle n'était encore jamais entrée en communication avec sa famille. Lucienne ignorait que son père était sérieusement malade. Après avoir longtemps hésité, elle en vint pourtant à placer l'appel, bien décidée à raccrocher si son père répondait.

— Allô! maman, c'est Lucienne...

Elle ne put placer un autre mot. Sa mère avait coupé court à la conversation. Lucienne resta un moment perplexe, puis la révolte se mit à gronder en elle. Ce soir-là, elle sortit, alla au restaurant du coin où le juke-box remplissait l'air d'une musique à la mode. Les garçons qui flânaient là l'invitèrent à danser. Lucienne y allait avec toute la fougue de sa jeunesse. Jamais elle ne s'était plus amusée. Sa nature primesautière l'aidait à oublier la déception que sa mère venait de lui infliger. Elle quitta sur le coup de minuit.

— Vous êtes entrée tard hier, Lucienne, lui dit la maîtresse de maison.

— Je suis allée au restaurant, je me suis attardée. Ça vous ennuie que je sorte?

— Non, pas nécessairement, pourvu que ça n'affecte pas votre travail. Mais je vous prierais de rentrer moins tard. Je me sens un peu responsable de vous, Lucienne.

Celle-ci y alla de ses mots suaves et fit gaiement détourner la conversation. À partir de ce jour, elle s'absenta souvent et rencontra en catimini un charmant garçon qui venait la reconduire en fin de soirée: Damas Claveau, «mon frère», jeta-t-elle dans un souffle.

— Épargnons-nous d'essayer de comprendre et surtout de juger. Que s'est-il passé dans la tête de Damas, lui jusque-là si respectueux, si dévoué aux siens? Le démon du midi serait une bien piètre justification! Lucienne avait l'excuse d'être jeune, seule et d'avoir été abandonnée.

Un jour, des inquiétudes terribles l'envahirent. Sa gaieté se dissipa, laissant place à la peur, une très grande peur.

Elle confia ses craintes à son amoureux qui entra dans une colère terrible. «Écoute, ma petite, quand on sait enlever sa petite culotte, il faut être assez grande pour savoir la laver. Règle ton problème, ne me casse pas les pieds ou j'irai moi-même prévenir ton père de ton aventure. Ne me mêle pas à tes histoires de guidoune ou je te fais enfermer. Disparais de ma face, que je n'entende plus parler de toi.»

Lucienne entra tôt, ce soir-là. Elle prétexta une migraine et alla se renfermer dans sa chambre. Elle passa la nuit à ruminer ses pensées qui allaient de la colère au désespoir. À la pointe du jour, elle avait pris sa décision. Elle prépara son départ, compta la somme de ses gages qu'elle avait à peine entamés. L'important, elle l'avait compris, était de s'éloigner avant qu'un scandale n'éclate.

Ses patrons se dirent désolés; elle inventa une histoire vraisemblable et demanda qu'on lui remette une lettre de recommandation.

Lucienne prit le train, se rendit à Montmagny qui lui parut être une ville très achalandée. Elle s'installa dans une chambre à louer, élabora mentalement un projet qui la tirerait d'embarras: elle prétendrait avoir été mariée, se procurerait une alliance; si ses craintes s'avéraient fondées, son statut de veuve la protégerait. Dans les jours qui suivirent, elle consulta les petites annonces dans le journal local. Elle lut: «On demande une jeune fille sérieuse, à la recherche d'un bon foyer, pour les soins de la maison et d'une personne malade.»

Lucienne se présenta à Saint-Pierre, village en bordure de Montmagny. Oui, elle connaissait bien la vie de la ferme; non, le travail ne lui faisait pas peur. La présence d'un beau garçon qui la lorgnait fit qu'elle ne parla pas de sa situation matrimoniale. Elle se contenta de remettre la lettre de références qui soulignait son dévouement et sa nature joyeuse.

Depuis le début de la guerre, les jeunes fuyaient vers les grandes villes. Les filles étaient embauchées dans les usines au même titre que les garçons; plusieurs fermes furent abandonnées car l'appât du gain privait les terres des bras nécessaires au travail des fermiers. Lucienne faisait donc figure de perle rare. Les Langevin étaient ravis. Ce soir-là, Lucienne s'est juré de gagner le cœur du fils de la maison qui avait échappé à l'appel de la conscription. Elle n'avait rien à perdre et tout à gagner.

Elle se levait tôt, prenait ses responsabilités, chantonnait tout en accomplissant ses tâches, sa belle humeur illuminait la maison. Télesphore tomba sous le charme de ce boute-en-train. Madame Langevin était ravie: son fils, un timide, semblait amadoué.

Madame Langevin décéda dans la semaine qui suivit. Lucienne devint plus empressée que jamais. Elle décida de profiter de l'occasion. Elle avait maintenant la certitude de sa fécondation, sa fin de mois le lui avait confirmé. Le lendemain des funérailles, Lucienne profita de l'absence du père pour confier ses préoccupations au fils.

— Vous comprenez, monsieur Télesphore, je ne pourrais pas rester ici, sous votre toit, avec seulement des mâles dans la maison. Ma réputation en souffrirait... je vous aime bien cependant. Je suis heureuse, si heureuse, ici, avec vous...

Télesphore inclina la tête. Elle crut l'avoir troublé. Elle fit une pause, cligna des yeux et, d'une voix suave, elle ajouta timidement:

— Mais si vous m'épousiez... sans tralala, bien sûr, à cause de votre deuil... seulement si vous m'aimez un peu... seulement si vous m'aimez... un peu. Je suis si seule!

— Et vos parents? Que diraient vos parents?

— Je suis brouillée avec eux; jamais mon père n'aurait permis que je travaille, j'étais l'aînée... J'ai fui la maison. Mon père est très entêté. À l'école on m'a volé mon concours...

Et Lucienne broda autour de son histoire, prenant

soin de taire ce qui pourrait la discréditer; elle hésita, trébucha sur certaines choses qu'elle ne comprenait toujours pas, pas plus qu'elle ne les avait comprises lors du drame. Elle semblait sincère, vulnérable, bouleversée.

— Pourquoi ne pas tenter une réconciliation avec votre famille?

— Est-ce votre façon de... me repousser?

— Non, oh! non, loin de là.

— Si ça peut vous faire plaisir, je vous promets d'essayer.

Mais elle savait pertinemment bien que sa mère était aussi contre elle. La lutte intérieure qui la troublait la rendait attendrissante. Télesphore l'observa; il aimait sa gaieté communicative, sa désinvolture et surtout le dévouement qu'elle avait mis à s'occuper de sa mère malade.

Le soir même, il informait son père de la décision de Lucienne, de ses raisons de vouloir partir.

— Aussi, papa, j'ai pensé la marier. Il faudra bien, un jour ou l'autre, que je prenne femme...

Dans sa chambre, Lucienne se morfondait. Elle ne savait plus à quel saint se vouer. Une idée lui vint: elle téléphonerait à tante Françoise, la sœur de l'homme qui l'avait séduite et qui ignorait tout de l'aventure. Peut-être que par son intervention elle pourrait obtenir que son père accepte d'être à l'église, le jour de son mariage. Après tout, ce mariage arrangerait bien tout le monde. Elle serait casée, comme on disait alors des filles qui se mariaient; ainsi elle ne serait plus une menace pour personne! Elle éclata en sanglots. La peur la tenaillait; le temps pressait; déjà ses seins se gonflaient. Si cette union n'avait pas lieu, il ne lui restait plus qu'un choix: aller se cacher à Québec comme ça arrivait souvent chez des filles frivoles qui n'avaient pas d'autre choix que d'abandonner leur enfant. Ça, elle ne le voulait pas. Cette fois elle était sincère et ses larmes redoublaient. Si jamais son père devait apprendre ça, elle redoutait alors le pire!

Lucienne sombra enfin dans le sommeil; elle ne parut pas au déjeuner. Télesphore s'inquiétait mais n'osait s'approcher de sa chambre. À l'heure du dîner, il la trouva affairée à la cuisine. Le repas était prêt. Elle lui tournait le dos. Il prit place à table près de son père. Lucienne vint leur servir la soupe.

— Oh! on est sérieuse, Lucienne. On ne dit pas bonjour?

— Je m'excuse, j'ai passé tout droit ce matin.

— Prenez votre place, venez manger, ma fille, et ne vous excusez pas.

Télesphore demeurait silencieux. Maligne, Lucienne nota tout de suite un changement dans l'attitude de son patron. Son cœur se mit à battre. Peut-être Télesphore lui avait-il fait part de leur conversation de la veille?

— Hum! Elle est bonne, cette soupe. Hein, Télesphore, elle est bonne cette soupe? Tu ne lui as rien dit, à ce que je vois. Il ne vous a rien dit, Lucienne? Mon garçon ne vous a pas dit qu'il veut vous marier?

Lucienne échappa sa cuillère; la soupe éclaboussa la table, sa robe. Le père riait. Lucienne n'osait lever les yeux. Elle se dirigea vers la cuisine.

— Ne la laisse pas fuir ainsi, badina le paternel, enjoué devant leur embarras.

Tout le temps que dura le repas, il continua de se payer leur tête.

— Vous êtes en âge de vous marier? Vous n'avez jamais parlé de votre famille. Vous devez bien avoir un père et une mère comme tout le monde!

Enfin! le père se leva, refusa la tasse de thé et sortit par la porte arrière de la maison en traînant son rire moqueur. Dès qu'ils se retrouvèrent seuls, Lucienne se précipita dans les bras de Télesphore.

— Et ma famille? demanda-t-elle d'une voix mielleuse.

— Ne vous en faites pas, les choses s'arrangeront d'elles-mêmes, vous verrez, faites-moi confiance.

La noce fut célébrée dans la plus stricte intimité. Lucienne avait maintenant son foyer. Elle était devenue la maîtresse de la maison. Une pensée continuait de l'obséder: sa famille.

— N'y pouvant plus, un jour qu'elle se trouvait seule, elle a décidé de me téléphoner, moi la tante Françoise. Elle m'a fait part de son mariage, fait l'éloge des Langevin et m'a priée d'intercéder en sa faveur auprès de son père afin qu'il lui pardonne. «J'aimerais que maman soit auprès de moi le jour où je mettrai mon premier enfant au monde...»

Il se fit un long silence, Lucienne s'inquiétait. «Vous ne me dites rien! Pourquoi?»

— Après avoir beaucoup hésité, j'ai promis de réfléchir à la situation, lui ai demandé sa nouvelle adresse et j'ai coupé court à la conversation...

«Il était évident que Lucienne ignorait le décès de son père. Je n'avais pas cru bon de le lui apprendre aussi brutalement. J'ai laissé passer quelques jours et suis venue à Saint-Pierre lui rendre visite.

«J'ai trouvé celle-ci, bêche à la main, qui travaillait les plates-bandes devant la galerie.

«— Toujours amoureuse des fleurs, Lucienne?

«La jeune femme s'est retournée, s'est levée et s'est précipitée dans mes bras.

«— Tante Françoise! Ah! Tante Françoise!

«Elle ma invitée dans la maison.

Lucienne prépara un goûter, ravie de cette visite. La mort de son père la troubla un instant, mais elle n'exprima pas de chagrin. La conversation de Lucienne tournait autour de ses frères et sœurs, et il sembla qu'elle évitait de parler de sa mère à qui elle n'avait jamais pu pardonner son manque d'intérêt lorsque le drame avait éclaté.

— Le moins que maman aurait pu faire aurait été d'intervenir en ma faveur.

— Pourquoi? Pourquoi, Lucienne? Que s'est-il passé ce jour-là?

— Changeons de sujet, ne brisez pas ma joie.

L'arrivée de Télesphore vint sauver la situation. Il avait entendu les derniers mots prononcés par sa femme. Il tendit la main à tante Françoise, la regarda droit dans les yeux et sans biaiser la rassura: «Quand ma femme aura mis au monde son premier enfant, nous irons le mettre dans les bras de son père. On verra bien si un petit-fils ne saura pas dérider le grand-père entêté.

— Papa est décédé, Télesphore.

— Et personne ne t'a prévenue? C'est inhumain.

— Je n'avais pas donné d'adresse, Télesphore, on n'aurait pas su où me trouver, d'expliquer Lucienne.

— Excusez-moi, mademoiselle Françoise, la famille, c'est si important, si précieux. Je n'ai ni frère ni sœur, ça m'a toujours manqué. Voyez, vous n'êtes qu'une tante, pourtant vous êtes là. Est-ce qu'un simple étranger se serait donné la peine de venir jusqu'ici? Mais, comment avez-vous su...

— J'ai téléphoné à ma tante. Je t'avais promis de tenter une réconciliation...

— Voilà qui prouve bien mon raisonnement, plus la famille est grande plus il y a de personnes à aimer.

Tante Françoise fut invitée à dormir sous le toit de sa nièce. Ce soir-là elle s'exclama:

— Tu as laissé ton mari croire que je suis réellement ta tante!

— Que voulez-vous? J'ai aussi une fierté, un amour-propre. Télesphore, lui, croit en la famille. Vous, une étrangère, vous faites plus pour moi que mes frères et sœurs!

— Tu as déniché l'oiseau rare. J'espère que tu apprécies ta chance. Depuis quand vous connaissez-vous?

— Trois semaines!

— As-tu bien dit trois semaines?

L'hésitation de Lucienne n'avait pas échappé à Françoise. Voilà que maintenant elle fuyait son regard, essayait de faire dévier la conversation. Elle venait de se rendre compte qu'elle avait commis une irréparable maladresse.

— Pourquoi alors parlait-il d'un enfant... Dis donc, toi... cette taille, ces seins pleins, trois semaines! Et vous vous connaissez depuis trois semaines! Allons, Lucienne, dis-moi tout: as-tu été séduite, violée peut-être? Te serais-tu mariée à cet homme alors que tu étais enceinte? Le sait-il? Réponds-moi si tu ne veux pas... Serait-ce lui, le père?

— Non.

— Alors il ne sait rien. Dieu tout-puissant! Et le père, tu l'aimais. Alors pourquoi ne l'as-tu pas marié?

— Il l'était déjà!

— Doux Jésus! Un père de famille sans doute. Et voilà que tu as profité de la bonté d'un innocent: tu l'as trompé, as abusé de sa confiance. Es-tu consciente de la gravité de ta faute?

— Ma faute, ma faute, mes fautes! Je suis toujours la coupable; je n'ai donc pas, moi, le droit de vivre et d'être aimée?

— Moi qui croyais que tes parents s'étaient montrés injustes avec toi. Puisque c'est ainsi, je vais t'apprendre la raison de ma visite. Tu as causé la mort de ton père, je n'en doute plus. Il s'était mis à boire et maintenant ta mère se détache de tout! Tu n'es qu'une salope!

— Et vous, votre frère Damas, il vit toujours? Sa conscience ne le fait pas mourir?

— Qu'insinues-tu? Explique tes paroles.

— Posez-lui la question, vous verrez bien.

Lucienne sortit précipitamment de la chambre qu'occupait sa tante et alla s'enfermer dans la salle de bains. Elle attendit que sa nervosité se calme avant d'aller rejoindre son mari qui dormait déjà.

Le lendemain, on put constater que tante Françoise avait filé en douce.

— Vous avez jasé tard. Tu as rêvé; trop d'émotions, sans doute.

— J'ai rêvé?

— Oui, tu jacassais comme une pie. Qui est Damas?

Lucienne faillit échapper sa tasse de café.

— Qui est Damas? répéta Télesphore; tu criais ce nom à tue-tête, tu semblais effrayée. Je t'ai secouée, tu as un peu maugréé et tu t'es rendormie.

— Damas, c'était le juron que mon père utilisait quand il était en colère...

— Voilà que tout s'explique: tu as revécu tes problèmes de petite fille en rêve. C'est bien. On dit que le rêve libère l'esprit de ses cauchemars. Tu oublieras tout ça avec le temps. Je vais t'aider. Il faut avoir confiance. Ta tante t'a-t-elle laissé un peu d'espoir?

Lucienne fondit en larmes. Il la prit dans ses bras, la cajola, lui parla tendrement. Peu à peu elle retrouva son calme. Mais à partir de ce jour, sa belle gaieté s'estompa. Elle devint taciturne. Télesphore s'inquiétait. Il en parla à son père. Celui-ci sourit.

— Ça vous amuse de savoir que ma femme pleure?

— Non, mais ça ne me surprend pas. Elles sont comme ça, les femmes... parfois. Tu apprendras, tu apprendras; ouvre les yeux, fiston.

Dix jours passèrent. Lucienne semblait se détendre. Un soir, dans la chaleur de leur lit, il lui dit gentiment:

— Oublie-les, ces membres de ta famille, ils ne méritent pas que tu les aimes tant que ça. Tu peux t'arranger sans eux, tu l'as prouvé.

La réponse de sa femme le porta aux anges.

— Je n'ai plus besoin d'eux pour avoir une famille. Je t'ai, toi, et bientôt, je le crois, nous aurons notre premier rejeton; alors eux, tu sais, je les oublierai à jamais!

— Non, c'est pas vrai! Non! Tu... tu...

— Oui, Télesphore.

Libérée de son énorme secret, Lucienne reprenait goût à la vie. Sa belle humeur refit surface. Il ne lui restait plus qu'à espérer que tout se passerait sans que la pénible réalité vienne briser de nouveau sa vie. Enfin! elle pouvait vivre au grand jour, parler de sa grossesse, laisser rayonner sa joie qui parfois était si grande qu'elle avait peur que ses beaux rêves s'effondrent.

Le bébé s'annonça un jour de grande tempête.

— La lune, la maudite lune est à son plein, c'est elle qui nous joue ce tour-là. Elle provoque les naissances à son gré. L'enfant est prématuré. Il faudrait avoir le docteur, mais pas moyen d'y penser avec ce temps de chien!

Télesphore s'arrachait les cheveux. Les paroles de son père n'étaient pas pour le rassurer.

— Sais-tu quoi faire, papa?

— Ouais, bien sûr, j'ai déjà vu tout ça. Ta femme aussi, elle a déjà aidé bien des femmes à accoucher à ce qu'elle m'a dit. On va se débrouiller. Ah! la maudite lune!

Télesphore avait assisté au miracle de la naissance sans pouvoir faire un geste qui aurait pu être utile. Il tenait les mains de sa femme qui gémissait, incapable de prononcer un seul mot.

— Viens, bébé, viens trouver pépère, viens, mon petit ange. Tout doux, tout doux, comme ça.

— Mon gars, tu vas peut-être être déçu, c'est une fille. Tiens, roule-la dans la serviette, il y a encore à faire.

Télesphore regardait la petite chose gluante qui criait à rendre l'âme. Il avait peur de la briser, tant elle lui paraissait délicate. Lucienne, rompue de fatigue, s'était endormie, les cheveux collés aux tempes, le visage en sueur. Son sommeil était agité. Télesphore se tourmentait. Elle avait crié le mot Damas à travers ses plaintes; Damas, le juron de son père: il craignait que l'angoisse revienne l'assaillir. Il restait près d'elle, la regardait dormir.

Le grand-père prit le nouveau-né des mains de son fils pour lui faire une toilette. Il regarda le bébé et fronça les sourcils. «C'est étrange, cette enfant est bien en chair pour une enfant née avant terme!» Il jeta un coup d'œil en direction de la mère, se mordit les lèvres, chercha à se souvenir; les doutes fusaient dans ses pensées.

Le lendemain Télesphore le questionna: y avait-il matière à s'inquiéter puisque l'enfant était née avant terme?

— Pourquoi me demandes-tu ça, fiston?

— Vous avez dit, hier, que c'était une naissance prématurée.

— Non, pas dans ce cas-ci, ça ira. La mère est jeune et saine, l'enfant se porte bien, a dix doigts et dix orteils. C'est une bien belle fille.

Et le père souhaita ne jamais avoir à revenir sur le sujet.

Sœur Clara fit une pause. Elle était lasse, attristée. Puis elle enchaîna:

— Quant à moi, je me suis présentée à un noviciat, celui qui est ici, à côté. Mes prières et mes sacrifices pouvaient seuls apaiser la colère de Dieu, obtenir sa miséricorde. J'ai choisi le rôle le plus humble: je serais la servante des autres, j'accomplirais les tâches les plus ingrates, je me ferais silencieuse et soumise. En me dévouant ainsi pour mes semblables, je toucherais sans doute le cœur de Dieu miséricordieux, je sauverais l'âme de mon frère, adoucirais le courroux du Seigneur. Je pensais à Lucienne, à son mari Télesphore, je prierais le ciel pour qu'il ne découvre jamais cette sale vérité. Je pensais aux enfants de Lucienne, à ses parents. Plus tard vous êtes venue, Gervaise, ajouter votre nom à la litanie de mes réclamations auprès du Seigneur. J'ai cru au miracle lorsque j'ai appris le rôle qui vous échouait de devenir l'épouse qui remplacerait Lucienne. J'ai eu l'espoir que Dieu se fasse clément après s'être laissé toucher par mon abnégation, le sacrifice de ma vie. Comme j'ai prié! Pour vous et les vôtres! Comme je vous ai aimés!

Sœur Clara inclina la tête, ferma les yeux. Elle souffrait. Après une pause elle enchaîna:

– Un an après le mariage de Lucienne, j'ai appris le rejet de sa mère. J'ai donc tenté un grand coup: faisant semblant de l'ignorer, je lui ai adressé une lettre pour lui faire part du mariage de sa fille Lucienne et de la naissance de son bébé. Je ne me doutais pas qu'un des enfants prendrait note de son contenu et j'espérais que les liens se renoueraient entre Lucienne et sa famille. Cette fois encore, j'ai été comblée. L'harmonie régnait maintenant, à tous les niveaux. Votre mari, à ce qu'il semble, n'a jamais su la vérité. Que Dieu soit loué! J'ai su plus tard que Jeannine, la sœur aînée de Lucienne, s'était présentée chez les Langevin pour vérifier mes dires.

«– Pourquoi avoir donné le nom de Mariette à l'enfant? aurait-elle demandé; c'est vieillot!

«– En l'honneur de ma belle-mère qui est morte entre mes bras, répondit Lucienne.

«– Comment as-tu pu me retracer?

«– Après la crise de maman nous avons reçu une lettre qui lui était adressée, venue on ne sait d'où, mais signée Françoise, tout simplement, sans aucun détail. C'est pourquoi je suis là, je voulais vérifier ces dires. Il nous faudra nous réunir. Quel que soit le malentendu entre nos parents et toi, tu es notre sœur et nous t'aimons bien. Cette brouille doit s'arrêter.

Sœur Clara se taisait, accablée. Gervaise n'osait la regarder; elle savait la peine qu'elle ressentait à la suite des aveux de ce drame qui avait si longtemps mijoté dans son cœur, qu'elle avait sans doute espéré ne jamais avoir à revivre, à ressasser. Voilà qu'elle avait mis son âme à nu. Toute sa vie, elle s'était sacrifiée, voulant obtenir le pardon des fautes et le bonheur de ceux qu'elle aimait. «Oui, songea Gervaise, sœur Clara est une sainte!» Elle s'approcha de la religieuse et, d'une voix douce, lui demanda:

— Ainsi, Télesphore n'a jamais su?

— Pas que je sache.

— Je craignais qu'il ait manqué de confiance en moi car il ne m'avait pas confié le secret.

— Et alors? Aviez-vous besoin de connaître toutes ces misères morales? Le genre humain ne change pas, seuls les noms des personnages changent.

— Un détail m'échappe: vous savez tout, sur tous et chacun, alors que vous vivez ici, dans ce monastère. Qui orchestre tout ça? Qui vous renseigne? Qui s'intéresse à cette histoire de famille, devenue aussi la mienne?

— Je préférerais ne pas vous répondre...

— Encore des demi-vérités, des cachettes! J'ai horreur de la dissimulation. J'ai menti une fois dans toute ma vie, hier, en taisant que je venais ici. Et ça me suffit. Ce n'est sûrement pas le secret de la confession qui vous oblige à vous taîre! Pourquoi, sœur Clara, m'obligez-vous à être aussi cinglante?

Sœur Clara baissa les yeux et répondit timidement:

— Quelqu'un qui vous adore.

— Et encore?

— ...L'abbé Couillard et...

— Et? Mère supérieure, je suppose.

— Non! Elle ne sait rien. Votre curé, oui, votre curé qui voit en vous une sainte femme, la femme forte dont parle l'Évangile. Un seul point m'intrigue toujours: pourquoi et comment votre mari en est-il venu à s'adresser à mon frère pour obtenir l'aide dont vous aviez besoin avant la naissance de votre fils? Ce point demeure obscur.

Après un moment d'hésitation, elle ajouta: «Vous savez, Gervaise, la liberté est laissée à tous les êtres. Tout dépend cependant de l'usage que chacun en fait ensuite. Notre culpabilité ne peut aller jusque-là!»

Le silence s'était fait; Gervaise se détendait; petit à petit le réconfort se glissait en elle. Rien dans toute cette histoire n'empêchait l'union de Raymond à Angéline... «Seuls les noms des personnages changent», ne put-elle s'empêcher de penser. Elle leva les yeux vers la religieuse; celle-ci, toujours digne, gardait les yeux baissés. Ces aveux lui avaient sûrement fait très mal.

— Voilà, Gervaise, je vous ai tout dit du mystère qui entourait la naissance de Mariette. Sachez être indulgente à votre tour. Votre générosité rejaillira sur vous et vos enfants...

Et Alphonse, songea Gervaise, si semblable en tous points à Mariette?... Mais elle n'osa pas exprimer tout haut ses pensées. Peut-être ce garçon avait-il reçu les confidences de sa mère qui, semblait-il, lui était étroitement liée. Elle épargnerait une nouvelle peine à l'humble religieuse qui avait suffisamment souffert. Elle laissa tomber une simple question:

— Vous brodez encore des agnus Dei?

— Vous avez toujours la foi, Gervaise. Dieu m'a entendue.

Elle glissa la main entre les plis de sa jupe et, de sa besace, sortit deux cœurs brodés et un chapelet qu'elle offrit à Gervaise.

— Continuez de bien tenir votre rôle de chrétienne active.

— Sœur Clara, tenez, reprenez ceci.

La religieuse prit la lettre, la déchira. Elle semblait si triste que Gervaise sentit son cœur se serrer. Sœur Clara se leva et marcha lentement vers la porte. Gervaise resta là, promenant les yeux dans ce décor familier qu'elle ne voyait pas. Elle monta au jubé de la chapelle. Recueillie, elle récita le *Te Deum*. La paix était revenue en son âme. Elle descendit à la cuisine, s'arrêta devant la porte, observa sœur Clara qui préparait les plateaux. Elle recula doucement et revint vers la voiture qui l'attendait. Gilbert s'était endormi. Les yeux fixés sur l'horizon, elle pensa à cette robe blanche qu'il fallait terminer. Elle appuya la tête, ferma les yeux.

«Ces perpétuels conflits dus aux silences, aux secrets, l'éternelle complicité de la soi-disant toute-puissante autorité qui en abuse pour cacher ses torts et ses faiblesses, avec tant de brio qu'on se croit victimes de hasards extraordinaires! On nous parle de destin, de fatalité, on nous enseigne à accepter, à plier l'échine. Et c'est comme ça, d'une génération à une autre; souvent les secrets sont gardés jusqu'au tombeau, lésant ceux qui restent et souffrent. Tout, tout jusque dans le détail... Il fallait entendre sœur Clara! Dans l'ombre, dans la nébulosité, des yeux qui nous observent!...

«Aurai-je la générosité de sœur Clara, saurai-je vivre dans l'abnégation la plus totale, consacrer ma vie aux enfants sans jamais rien attendre en retour? J'ai connu un bonheur sans nuages, j'ai été comblée auprès de Télesphore qui m'a fait connaître des joies si grandes que parfois je m'inquiétais à la pensée de les voir m'échapper.»

Gilbert bougea. Elle tourna la tête, le regarda. Il lui avait dit: «Ma mère était irlandaise. Elle n'a voulu qu'un enfant, ce qui était contre les principes de mon père...» «Et sans doute du clergé», pensa Gervaise.

La main ouverte de l'homme, posée sur son genou, ressemblait à une étoile... Le col défait laissait percevoir de longs poils roux qui se soulevaient au rythme de sa respiration... Gervaise frissonna. Son cœur se mit à battre plus fort, ses désirs amoureux longtemps refoulés refaisaient surface... Son fils avait grandi. Bientôt il dormirait dans la chambre de Raymond devenue vacante... La sienne serait désertée... Elle serait seule, si seule!

Levant les yeux en direction du couvent, elle pensa à la solitude qui se cachait derrière ces murs mornes, qu'une toute petite lueur, celle de la lampe du sanctuaire, éclaire. «Dieu de miséricorde! Soutiens-moi. Là, sœur Clara a sacrifié sa vie pour obtenir la clémence de Dieu, calmer sa colère et assurer le bonheur des victimes innnocentes de son frère. C'est trop d'abnégation, d'espoirs déçus, de peines accumulées! Le ciel en demande-t-il tant?»

Refoulant ses larmes, Gervaise pensa à ses enfants, à Télesphore que Dieu avait rappelé, les privant de son amour si tendre et si fort. Sur ses seules épaules, reposaient désormais leur avenir, leur bonheur, leur quiétude. «J'ai honte, Télesphore, de la peur que je ressens, là, au fond de mon âme. Ne m'abandonne pas, dirige-moi sur la voie à prendre, sois ma force.»

Gilbert remua, ouvrit les yeux, sursauta.

— Vous êtes revenue. Je m'étais endormi!

Il se redressa, la regarda: elle continuait de l'observer, encore frémissante sous l'effet du trouble qu'il avait réveillé en elle. Le visage de l'homme s'adoucit. Il sentait la femme vibrante, bouleversée.

Il posa un bras sur le volant, sa main libre, sur la clé qui se trouvait dans le démarreur, tourna celle-ci. Le moteur vrombit. Gilbert regarda de nouveau Gervaise. Il surprit son regard fixé sur son bras.

— Gilbert, à propos de cette terre à vendre, vous savez, la terre adjacente à la mienne. Ne serait-il pas plus sage que ce soit Raymond qui l'achète? Il commence une famille, moi j'ai déjà sept enfants dont deux ont quitté. À moins que tout ce beau monde vous effraye...

— Gervaise...

Faisant mine de n'avoir rien entendu, elle poursuivit: «Il faudra savoir attendre. Les convenances, vous comprenez?»

— D'abord vous promettez doucement de me faire mourir de joie, vous m'expédiez au ciel, puis brutalement vous me faites glisser vers le purgatoire! J'attendrai, Gervaise, j'attends déjà depuis le jour où j'ai appris que vous étiez libre...

Aubin Imprimeur
LIGUGÉ, POITIERS

Reproduit et achevé d'imprimer en juin 1996
N° d'édition 96098 / N° d'impression L 51389
Dépôt légal juillet 1996
Imprimé en France

ISBN 2-73820-914-9

33-5914-8

LA ORDEN

TIM WILLOCKS

LA ORDEN

Traducción de Claudia Conde

Círculo de Lectores

Para Chaim Zvi Lipskar
y muchos otros amigos que han colaborado
para hacer posible este libro

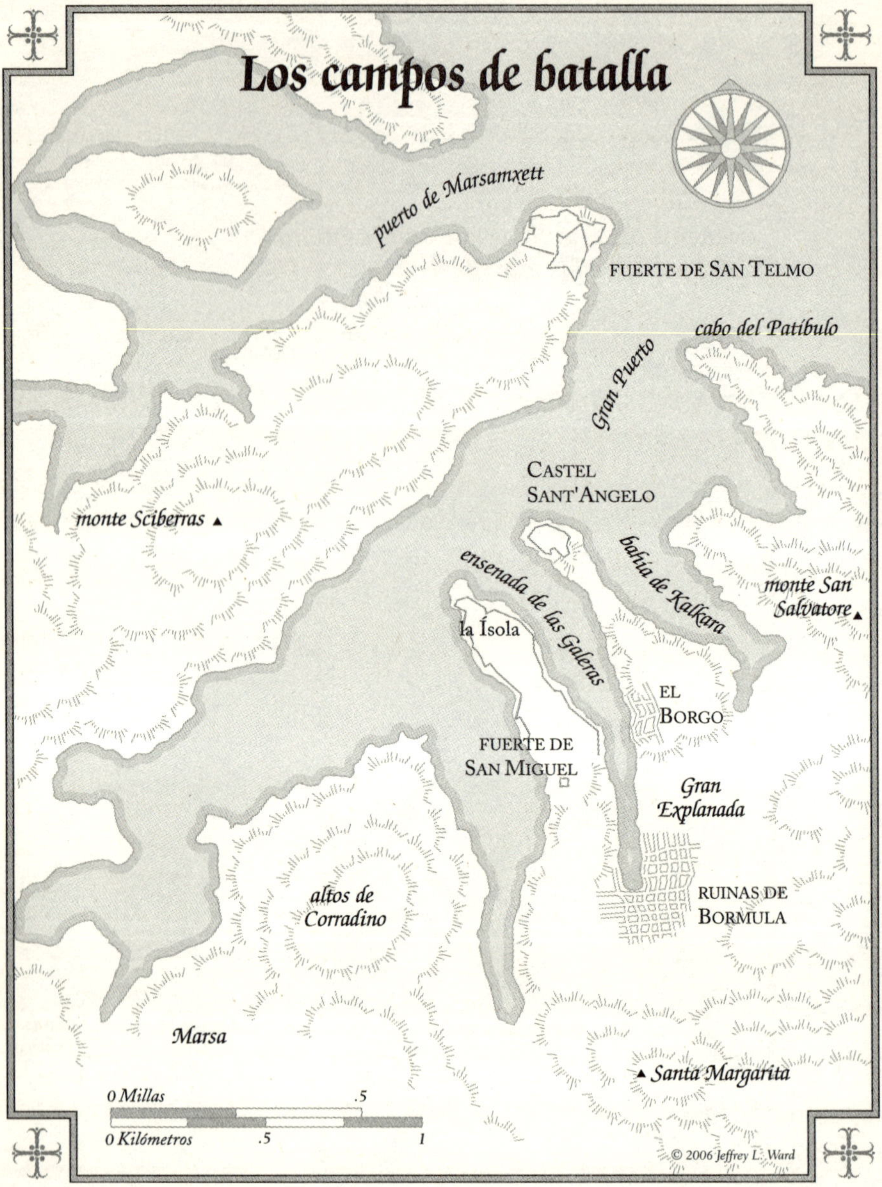
Los campos de batalla
puerto de Marsamxett
FUERTE DE SAN TELMO
cabo del Patíbulo
Gran Puerto
CASTEL SANT'ANGELO
monte Sciberras
bahía de Kalkara
ensenada de las Galeras
monte San Salvatore
la Ísola
EL BORGO
FUERTE DE SAN MIGUEL
Gran Explanada
altos de Corradino
RUINAS DE BORMULA
Marsa
Santa Margarita
0 Millas .5
0 Kilómetros .5 1
© 2006 Jeffrey L. Ward

Isla de Malta
cabo de Marfa
bahía de Mellieha
mar Mediterráneo
bahía de San Pablo
bahía de
Ghain Tuffieha
bahía Salina
Mgarr
Naxxar
bahía de San Julián
Mdina
puerto de Marsamxett
Gran Puerto
EL
BORGO
Marsa
Zabbar
Zonra
Zeitun
puerto de
Marsaxlokk
Filfia
cabo de
Delimara
0 Millas
5
0 Kilómetros
5
© 2006 Jeffrey L. Ward

PRÓLOGO

EL *DEVSHIRME*

Primavera de 1540

Montes Făgăraş. Marcas húngaras orientales

La noche que el jinete escarlata se lo llevó (lejos de todo cuanto conocía y de cuanto pudo haber conocido), la luna entraba en fase de plenilunio en Escorpio, signo de su nacimiento, y, como tocada por la mano de Dios, su incandescencia dividió la escarpa del valle alpino entre aquello que era oscuridad y aquello que era luz, y la luz iluminó el camino de los demonios hasta su puerta. Si los perros de la guerra no se hubiesen perdido, el niño jamás habría sido hallado, y la paz, el amor y el trabajo habrían bendecido cada uno de sus días. Pero tal es la naturaleza del destino en tiempos de caos. ¿Y qué tiempos no lo son? ¿Cuándo no ha sido la guerra un semillero de desalmados? ¿Quién seca las lágrimas de los que no tienen nombre, cuando incluso los santos y los mártires duermen en sus criptas? Un rey había muerto, su trono era objeto de disputa y había emperadores luchando como chacales para hacerse con los despojos. Y si los emperadores no pierden el sueño por los cementerios que dejan a su paso, ¿por qué iban a preocuparse más sus siervos? «A tal amo, tal criado», dicen los sabios, y así fue aquella noche.

Se llamaba Mattias, tenía doce años y no sabía nada de cuestiones políticas ni de Estado. La suya era una familia de herreros sajones, trasplantada por un abuelo que emigró a un abrupto valle de los Cárpatos y a una aldea sin importancia, excepto para quienes la consideraban su hogar. Se despertó en la oscuridad, antes del alba, con el corazón como una avecilla silvestre. Se puso las botas y un abrigo con marcas de quemaduras, y silenciosamente (porque dos hermanas y su madre dormían en la habitación contigua) reunió leña y avivó el fuego en las pálidas brasas rosadas del hogar, para que la tibieza acogiera a las niñas cuando se levantaran.

Como todos los varones primogénitos de su estirpe, Mattias era herrero. Su plan para el día era acabar de fabricar una daga y eso lo llenaba de alegría, porque ¿qué niño no fabricaría armas de verdad si pudiera? Del hogar sacó una tea ardiente y salió al patio, donde el aire frío y seco le llenó el pecho; se detuvo. La luna pintaba de negro y plata el mundo a su alrededor. Sobre el reborde rocoso de las montañas giraban las constelaciones en su esfera y él buscó sus formas y dijo sus nombres entre dientes. Virgo, Boyero, Casiopea. Más abajo, en las laderas, brillantes estrías verticales marcaban la corriente bifurcada del valle y los prados flotaban neblinosos bajo los bosques. En el patio, la forja de su padre se erguía como un templo en honor de algún profeta desconocido y la luz del fuego sobre sus pálidos muros de piedra prometía magia, maravillas y la facultad de hacer cosas que nadie había hecho antes.

Como le había enseñado Kristofer, su padre, Mattias se santiguó en el umbral y susurró una plegaria a Santiago Apóstol. Kristofer había salido de viaje por los caminos, a herrar caballos y afilar herramientas en las granjas y señoríos de los alrededores. ¿Se enfadaría, a su regreso, al ver que Mattias había desperdiciado tres jornadas en la forja, cuando habría podido fabricar anzuelos, un serrucho o una guadaña, artículos que siempre encontraban compradores dispuestos? No, si la hoja era buena, no. Si la hoja era buena, su padre se sentiría orgulloso. Mattias se santiguó y entró.

La forja olía a pezuñas de buey y sal marina, a ceniza, caballos y carbón. La fragua estaba lista, tal como la había dejado él la noche anterior, y las astillas se inflamaron al primer contacto con la tea. Accionó los fuelles y alimentó las llamas con el coque del día anterior, persuadiendo al fuego, avivándolo, hasta que hubo dos pulgadas de carbón ardiente en la tobera. Encendió la lámpara y desenterró su hoja del lecho de cenizas donde la había sepultado para pasar la noche.

Había tardado dos días en enderezar y endurecer el acero de seis pulgadas de hoja y cuatro de espiga. Ya había fabricado cuchillos, pero ésta era su primera daga, y requería mucha más habilidad, por la simetría de doble filo del arma y el necesario refuerzo de la espina. Aún no había perfeccionado la simetría, pero los bordes no se movían bajo una lima. Sopló para apartar la ceniza y observó desde arriba el bisel, pero no encontró ninguna comba ni desviación. Limpió la hoja con un trapo húmedo y alisó las dos superficies con piedra pómez. Después la pulió con polvo de esmeril y mantequilla, hasta que resplandeció en un tono azul oscuro. Había llegado el momento de probar su arte en el temple.

Sobre el lecho de carbón puso una capa de un cuarto de pulgada de ceniza y, sobre la ceniza, la hoja, y miró cómo avanzaba el color reptando por el acero, mientras le daba la vuelta una y otra vez, para que el calor se distribuyera uniformemente. Cuando los bordes afilados brillaron con la palidez de la paja fresca, retiró la hoja con las tenazas y la introdujo en un cubo con tierra mojada. Los candentes vapores ascendieron en espiral, con un olor que le resultó embriagador. En ése, su primer baño, aconsejado por la sabiduría de su abuelo, la hoja reclamaba para sí desde su nacimiento el poder de los cuatro elementos: la tierra, el fuego, el agua y el aire. Una hoja como ésa perduraría. Rehízo el lecho de carbón, esparció encima las capas de ceniza y retiró la tapa del segundo cubo, lleno de orina de caballo. La había recogido el día anterior, del caballo más veloz de la aldea.

–¿Puedo mirar, Mattie?

Por un momento, la voz de su hermana lo irritó. Era su trabajo, su sitio, un lugar para hombres y no para una niña de cinco años. Pero Britta lo adoraba. Cuando lo miraba, él siempre veía brillar sus ojos. Era la niñita de la familia. La muerte de dos hermanos pequeños antes de que empezaran a andar estaba siempre presente en la mente de Mattias, o quizá no su muerte, sino el recuerdo del dolor de su madre y la silenciosa angustia de su padre. Cuando se dio la vuelta, la irritación se le había pasado, y sonrió al ver a Britta en la puerta; su silueta de muñeca se dibujaba sobre el primer rubor grisáceo del alba. Vestía camisón y zuecos, estaba temblando y se apretaba los flacos bracitos con las manos. Mattias se quitó el abrigo y se lo echó a ella sobre los hombros. Después la levantó y la sentó sobre los sacos de sal, detrás de la puerta.

–Puedes mirar desde aquí, siempre que te mantengas alejada del fuego. –El trato no era el ideal, según pudo notar, pero ella no puso objeciones–. ¿Todavía están durmiendo mamá y Gerta? –preguntó.

Britta asintió.

–Sí. Pero los perros del pueblo están ladrando. –Tenía miedo.

Mattias aguzó el oído. Era cierto. Un coro de gruñidos y aullidos subía de más abajo de la colina. Absorto en el crepitar de la fragua, no se había percatado.

–Deben de haber encontrado un zorro –dijo él.

–O un lobo.

Él sonrió.

–Los lobos ya no vienen por aquí.

Volvió a su hoja y vio que se había enfriado lo suficiente como para tocarla. La limpió con un paño y la puso otra vez al fuego. Sintió la tentación de accionar el fuelle, porque le gustaba mucho ver cómo renacía la vida en el interior del carbón, pero si el color subía demasiado aprisa, el corazón del acero podía debilitarse, de modo que se controló.

–¿Por qué ya no vienen los lobos?

Mattias le dio la vuelta a la hoja.

–Porque nos tienen miedo.

–¿Por qué nos tienen miedo los lobos?

Los bordes resplandecieron con un color ocre oscuro, como el pelaje de los ciervos en otoño, y él agarró la hoja con las tenazas y le dio la vuelta una vez más. Sí, el color era uniforme y seguía subiendo, con magentas en la espina y en la espiga, y el segundo cubo estaba a su lado. Sacó la hoja de la fragua y la sumergió en la orina. El silbido fue explosivo y él apartó la cara del acre vapor de amoníaco. De inmediato empezó a recitar una avemaría. Britta se unió a media oración, trabándose con el latín, pero él siguió adelante sin esperarla, midiendo el tiempo del baño por el ritmo de la plegaria hasta que la hubo terminado, y entonces retiró el acero humeante del cáustico brebaje, lo enterró en la caja de cenizas y se secó la frente.

El segundo temple estaba listo y esperaba que hubiera salido lo suficientemente bien. El acre mordiente del baño de orina se repartiría por el metal y mantendría aguzado su filo. Esperaba también, quizá, que la celeridad del caballo agilizara el movimiento de la daga hacia su objetivo. Para el tercer baño, el más mágico de todos, llevaría la hoja reluciente a la densa hierba verde junto al huerto y la templaría con el rocío recién caído. No había agua más pura, porque nadie, ni aun pasando la noche en vela, la había visto nunca caer, y además porque caía del cielo. Algunos creían que el rocío eran las lágrimas derramadas por Dios, afligido por sus hijos, mientras éstos dormían. A través del refrescante rocío, el espíritu de la montaña se uniría al corazón de la daga, que de ese modo sería siempre certera. Metió un par de tenazas de templar en el carbón y avivó el fuego hasta que las puntas engrosadas resplandecieron con un brillo anaranjado.

–Mattie, ¿por qué nos tienen miedo los lobos?

–Porque temen que los cacemos y los matemos.

–¿Por qué íbamos a querer cazarlos y matarlos?

–Porque matan a nuestras ovejas y porque sus pieles abrigan en invierno. Por eso papá se pone la piel de lobo.

–¿Papá mató al lobo?

Kristofer lo había matado, pero eso no se le podía contar a una niña pequeña. Tras limpiarle la ceniza, Mattias dejó la hoja junto al fuego. Britta no le permitiría pasar por alto sus preguntas, lo sabía, pero la hoja requería su máxima atención.

–¿Por qué no me cantas una canción? –le sugirió–. Entonces la canción formará parte del acero, lo mismo que tú, y la hoja será tan mía como tuya.

–¿Qué canción? ¡Aprisa, Mattie! ¿Qué canción?

Miró la cara de la niña y vio que resplandecía de dicha, y por un momento se preguntó si no habría condenado a la hoja a ser de Britta para siempre, al menos en la mente de su hermana.

–*El cuervo* –dijo.

Era una canción que solía cantarles su madre, y Britta había maravillado a todos, a los tres años, desgranando hasta el último verso con su vocecita. Hablaba de un príncipe convertido en cuervo por una madrastra celosa y de una princesa que arriesgaba la vida de su único hijo para que el príncipe recobrara su forma. Pese a las desgracias que ocurrían, la historia tenía un final feliz, aunque Mattias ya no pensaba que fuera cierta. Britta aún la creía a pies juntillas. Empezó a cantar con su voz aguda y temblorosa, y el sonido inundó la penumbra de la forja con su alma incorruptible. Mattias se alegró de haberle pedido que cantara, porque como solía decir Kristofer, su padre, ningún hombre podía comprender del todo el misterio del acero, y si una hoja forjada durante una tormenta de nieve era diferente de otra forjada un día de sol (¿y quién podía dudar que así fuera?), entonces una voz tan dulce como la de Britta también dejaría su huella.

Mientras Britta cantaba, él se aplicó con todo su ser en el temple final. Mojó las asas de las tenazas y pasó las fauces resplandecientes por la espina de la daga. De ese modo, extrajo la dureza, porque la dureza no es fuerza en sí misma. Cuando la espina hubo cobrado un azul oscuro uniforme, siguió trabajando la espiga y el recazo para oscurecerlos aún más. A la punta de la hoja le confirió un temple azul pálido, como el cielo matinal el día de Año Nuevo. Y mientras trabajaba, Britta no dejaba de cantar su canción, el cuervo ganaba el corazón de la princesa y en su pecho crecía el convencimiento de que esa hoja sería motivo de orgullo para su padre. Dejó caer las tenazas calientes en el agua y las cambió por las que estaban frías. Volvió a preparar el lecho de carbón, esparció la ceniza y colocó la hoja sobre las brasas, con la punta sobre un pedrusco de carbón crudo. Cuando los bordes cortantes florecieran con el color del pelo de su madre (un intenso bronce cobrizo), llevaría la hoja al rocío y llegaría la hora de la verdad. Observaba el acero como si de él dependiera su lugar en la eternidad y no oyó el ruido que hizo Britta cuando cayó al suelo. Solamente oyó el súbito silencio de su canción.

Sin volverse, le dijo por encima del hombro:

–Britta, no te detengas ahora. Ya casi hemos terminado.

Ante él, los matices cambiaban, subiendo como el oro de los alquimistas, pero nada quebraba el silencio, mientras sus entrañas pedían a gritos la canción, porque para entonces él sabía en lo más profundo de su ser que la voz de su hermana forjaría una daga, y no una cualquiera, y que verdaderamente sería de ella tanto como de él, y que ambos habían incrustado una parte de sus almas en el metal, y que en esa aportación residiría la nobleza del acero. Se volvió desde el fuego, con la pinza aún en las manos, y se encontró con la mirada de la niña.

–¡Ya casi hemos terminado! –dijo.

La encontró tirada en el suelo.

Tenía el cráneo aplastado como una jarra de vino rota. El abrigo que él le había prestado se le había caído de los hombros. Su camisón estaba empapado de algo negro que brillaba como hilos de melaza a través del cabello rubio claro.

De pie sobre ella, con la cara inexpresiva de un granjero que acaba de matar a un topo con una pala, se erguía un robusto joven de barba rala, que mediría media cabeza menos que él. Estaba enfundado en una variopinta serie de envoltorios y harapos y llevaba en la cabeza un mugriento gorro verde. A un lado del cuerpo sujetaba una espada curva corta, manchada con coágulos de aquel líquido similar a la melaza y con mechones de Britta. Cuando el joven levantó la vista de la niña asesinada, sus ojos resultaron estar inertes como piedras. Su mirada errante no se detuvo más tiempo en Mattias que en el yunque y las herramientas. Gruñó una pregunta en un idioma extranjero.

Mattias estaba inmóvil, varado en el calor de la fragua, aunque por dentro se sentía helado y vacío. Vacío de aliento. Vacío de voluntad. Vacío de todos y cada uno de los sentimientos que alguna vez había conocido. Una parte de su mente se preguntaba si sería así como se sentía la hoja de la daga al entrar en el baño. Y de ser así, ¿en cuál de ellos? Entonces se refugió en el fuego, donde aún lo aguardaba algo que sí conocía. Se volvió y vio su hoja, vio los bordes cortantes que florecían con el color del pelo de su madre: un feroz tono broncíneo que avanzaba reptando por los biseles hasta la espina de color azul oscuro. Sintió que el temple final se deslizaba fuera de su alcance y, con él, toda la magia que habían tejido esa mañana, y también, con él, el orgullo de su padre cuando viera lo que habían fabricado. No podía permitir esas cosas. Apretó con fuerza las tenazas sobre el recazo y sacó la hoja del lecho de carbón. Entonces se giró.

El asesino venía hacia él y su rostro no dio muestras de alarma hasta que vio lo que Mattias llevaba en las manos. El relámpago de miedo que lo atravesó reveló su juventud, pero no obtuvo ningún tipo de compasión. Como movida por una voluntad propia, la daga arremetió, con el aire reverberando tras ella. Mattias dio un primer paso tambaleante con plomo en los pies; para el segundo paso, se dejó llevar por la rabia que le sofocaba la garganta. Para el tercero, el odio puro impulsó a la vez al chico y a la daga. El joven gritó en su idioma desconocido y Mattias le hundió la hoja en el vientre. La carne crepitó sobre el acero mientras él empujaba al hombre contra la pared, y un hedor a lana y grasa quemadas le llenaba la boca, al tiempo que las piedras que el extranjero tenía por ojos se le saltaban de las órbitas por el horror. El asesino gritó y dejó caer la espada, se agarró el vientre y volvió a gritar y gritar una vez más, cuando la espiga calentada al rojo se le hundió en las palmas hasta los tendones. Mattias apretó con la mano izquierda la boca abierta del asesino y apoyó todo su peso en las tenazas, hasta que las fauces de la herramienta tocaron el agitado vientre y la punta de la daga dio con algo duro que parecía un hueso. Después se puso a rezar.

«Ave Maria, gratia plena, Dominus tecum, benedicta tu in mulieribus et benedictus fructus ventris tui, Iesus.»

Al hombre le entraron convulsiones y empezó a vomitar sangre, que salpicó a Mattias en los dedos, pero éste empujó aún con más fuerza. La sangre manaba de las fosas nasales abiertas, mientras las manos despellejadas apretaban las tenazas y el pecho robusto se sacudía en inútiles espasmos. La luz de los ojos protuberantes empezó a desvanecerse, los espasmos se calmaron y Mattias completó su oración.

«Santa María, madre de Dios, ruega por nosotros pecadores, ahora y en la hora de nuestra muerte.»

Mattias sintió que algo se escapaba del cuerpo, algo que se desvaneció con un sigilo que le heló la sangre. Algo que había estado y ya no estaba. El joven se desplomó, más pesado que cualquier otra cosa que Mattias hubiese conocido jamás. La cara que apretaba su mano estaba pálida como la masilla. Sus ojos entreabiertos estaban apagados y sin vida, como los de una cabeza de cerdo en el puesto del carnicero. De modo que eso era la muerte y eso era matar.

Mattias dijo:

–Amén.

Y pensó: «El baño».

Retiró la daga. La hoja, hasta el recazo, soltaba un humo negro como el pecado. Dejó que el cadáver se desmoronara y no volvió a mirarlo. Entre el ladrido distante de los perros distinguió broncos gritos extranjeros y aullidos de terror. Britta yacía junto a la puerta, ensangrentada e inerte. De su cuerpo también había escapado algo que ya no estaba allí. Las tenazas empezaron a temblar en su mano, lo mismo que sus rodillas. Se le revolvió el estómago y se le nubló la vista. Se giró hacia la seguridad de lo que conocía: la fragua, las herramientas, el fuego. Frotó la hoja humeante con un trapo mojado, pero el color ennegrecido no cambió, y de algún modo él supo que la daga seguiría siendo negra para siempre. El acero estaba demasiado caliente para tocarlo, pero él se resistía a sumergirlo otra vez, porque en un mundo vuelto del revés su mente se aferraba a su arte. Metió el trapo en agua fría y lo usó para envolver la espiga. Entonces hizo una pausa.

Entre el caos que había al otro lado de la puerta de la forja, oyó una voz más cercana que las demás, que clamaba a Dios, pero no para pedirle clemencia, sino para invocar su venganza y su ira. Era la primera voz que había oído en su vida. La de su madre.

Mattias apretó en la mano la empuñadura empapada. El calor de la espiga era tolerable. El baño final de la daga no había sido el rocío más puro, sino la sangre de un asesino, y si el destino y propósito del arma ya no eran los que él había planeado, tampoco lo eran los suyos. Se preguntó entonces, como siempre se preguntaría, si el forjado de aquella daga de Satanás no habría atraído sobre sus seres queridos aquel destino terrible. Buscó el alma con la que había despertado y no la encontró. Buscó una plegaria, pero su lengua no se movió. Le habían arrancado algo de dentro, algo que ni siquiera sabía que existía, hasta que el hueco empezó a aullar de dolor. Pero ese algo ya no estaba y ni siquiera Dios podía devolvérselo. La furia de su madre lo traspasó. Con furia, y no con dolor, había elegido morir su madre. La furia de ella lo llamó para acudir a su lado. Fue hasta la puerta y se inclinó para cubrir a Britta con su abrigo. Al menos Britta había muerto entera, con una canción en los labios y la dicha de la Creación en su corazón. Había un ángel en la daga, además de un demonio. La llevaría consigo. Llevaría el ángel y el demonio.

Salió al frío, y la daga que apretaba en el puño soltó vapor, como si en la forja hubiera una galería que ascendiera desde el infierno y él fuera un diablo que acabara de subir. El patio estaba vacío. Nubes de color granate estriaban la bóveda celeste sobre el reborde rocoso de las montañas. Desde la aldea se elevaban al cielo temblorosos pilares de humo y, con ellos, gritos de angustia y chasquidos de llamas. Atravesó el empedrado, enfermo de miedo. Miedo a la vileza, cualquiera que fuese, que afligía a su madre. Miedo a la vergüenza, a la cobardía, al convencimiento de no poder salvarla. A la oscuridad que se había alojado en su espíritu. Pero la oscuridad hablaba con una potencia feroz, que no toleraba negativas ni vacilaciones.

«Sumérgete», le decía la oscuridad.

Mattias se volvió y miró la forja. Por primera vez en su vida, vio una pobre casucha de piedra. Una casucha de piedra que tenía dentro el cuerpo de su hermana y el cadáver de un hombre que él había matado.

«Como la hoja en el baño.»

«Sumérgete.»

En la cocina, la pequeña Gerta yacía enredada sobre las piedras del hogar. Tenía las facciones alteradas por el desconcierto y los charcos formados con su sangre humeaban entre las brasas con un hedor nauseabundo. Mattias le enderezó las frágiles extremidades, se arrodilló y la besó en los labios. Cubrió el cadáver con la manta donde él mismo había dormido y siguió adelante. Del otro lado de la habitación saqueada, la puerta crujía, colgada de una sola bisagra. Fuera había un gran tumulto. Se acercó más y entrevió al padre Giorgi, el párroco de la aldea, a quien había asistido en el altar una mañana de domingo. El padre Giorgi gritaba algo a unos atacantes que él no podía ver, levantando un crucifijo con ambas manos. Alguien de aspecto achaparrado le asestó un golpe en el cuello y el padre cayó. Mattias se acercó un poco más. ¿Qué clase de hombre mataba a un sacerdote? Entonces se detuvo y se giró en redondo, borrando de su mente en un instante todo lo que había visto.

Parpadeó, hizo un esfuerzo por respirar y volvió a ver la imagen prohibida. El cuerpo desnudo de su madre, sus pálidos pechos de gruesos pezones oscuros. Su vientre claro, el vello entre las piernas. La vergüenza se retorció en sus entrañas y lo impulsó a correr, a huir a través del patio, más allá de la forja, hacia los bosques donde nunca lo encontrarían. Pero la oscuridad, que para entonces era su única guía y consejera, lo hizo volver a la puerta y mirar de nuevo.

Un caballo acribillado a flechazos yacía de lado, moribundo, agitando su gran cabeza, con los ojos muy abiertos sobre la espuma rosada que le brotaba de los belfos. Cerca de allí, en el suelo, un aldeano muerto también a flechazos parecía casi estar volando, y a su lado, el padre Giorgi, en un charco de sangre cada vez mayor. Tendida sobre el cuerpo del caballo, como echada sobre un obsceno colchón, estaba su madre. Su melena cobriza se agitaba mientras se debatía contra los cuatro hombres que maldecían e intentaban inmovilizarla. Su piel desnuda, blanca como el mármol, estaba surcada de arañazos y marcada por los azules verdugones de unos dedos brutales. Tenía la cara ojerosa y los dientes ensangrentados. Sus ojos de un azul intenso tenían una expresión salvaje. No vio a Mattias, y aunque parte de él ansiaba que esos ojos azules encontraran su mirada, sabía que en cuanto su madre lo viera como testigo perdería su actitud desafiante, y esa actitud era el último don que ella iba a darle.

Uno de los hombres le asestó un puñetazo en la cabeza y le gritó en el oído, y ella se volvió y le escupió en la cara, lanzándole un escupitajo carmesí. Un quinto hombre se arrodilló entre sus piernas, con los pantalones bajados. Y todos se gritaban cosas y le vociferaban a ella en el parloteo incesante de su idioma extraño, uno de ellos hurgándose la nariz con un dedo. Estaban violando a una mujer que habían sacado a rastras de la cama, medio dormida, y aun así sus maneras eran las de unos pastores que estuvieran rescatando a una vaca atascada en una ciénaga: gesticulaban, maldecían y vociferaban consejos o palabras de aliento, con las caras inocentes de malicia y vacías de piedad. El bruto que su madre tenía entre las piernas perdió la paciencia, porque ella le apoyaba las rodillas contra el pecho, impidiéndole consumar el acto. El hombre se sacó un cuchillo de la bota, le levantó uno de los pechos, apuntó el arma y se la hundió en el corazón. Nadie trató de detenerlo. Nadie se opuso. Ella dejó de moverse y su cabeza se desplomó hacia atrás. Mattias hubiese querido llorar, pero tenía el aliento congelado en los pulmones. El bruto tiró el cuchillo, se llevó la mano a la entrepierna, insertó algo rígido en el interior de su madre y empezó a moverse adelante y atrás. Y alguno debió de decir algo gracioso, porque todos se echaron a reír.

Mattias contuvo las lágrimas que no se había ganado. Había fallado a sus hermanas. Había fallado a su padre. El cadáver de su madre yacía violado por unas bestias. Sólo él quedaba en pie, desposeído, impotente y perdido. Reaccionó cuando advirtió que se había clavado la punta de la daga en la palma de la mano. Su sangre relucía sobre la suciedad incrustada en sus dedos. El dolor, limpio y verdadero, le despejó la mente. Su madre les había negado lo que habían deseado más aún que su carne: su sometimiento y su humillación, la renuncia a su orgullo. El deseo de estar junto al alma de ella lo abrumó, el deseo de morir y disfrutar en la muerte de una compañía que valoraba más que la vida. Se apoyó la hoja contra el brazo, donde no la verían. Sin prisa (porque si bien seguía caliente el acero, su sangre ya estaba fría), avanzó hacia la atrocidad para reclamar su parte.

El primer hombre se estremeció y gritó en un espasmo bestial, y los demás lo vitorearon, tras lo cual se levantó y retrocedió trastabillando, con los pantalones por las rodillas. Una segunda bestia se arrodilló para penetrar a su madre, mientras los otros tres le manoseaban los muslos y los pechos para excitarse antes de que llegara su turno. Todos menos el segundo miraron a Mattias. No vieron más que a un niño desdichado. Por el lado de la aldea se oía un ruido de cascos a medio galope y eso les preocupaba un poco más, pero a Mattias los cascos no le inquietaban en absoluto. La oscuridad le embargó y se sintió libre.

Se sumergió.

Después del martillo y las tenazas, la hoja parecía delicada en su mano, pero con ella perforó dos veces la espalda del primer hombre, como si tuviera las costillas hechas de paja. El hombre soltó un suspiro y los pantalones le trabaron los tobillos, de modo que cayó de rodillas sobre las manos, con el culo al aire y la mirada fija en el suelo entre los hombros, jadeando como un perro agotado por el calor. Mattias lo derribó en el polvo de un puntapié y siguió adelante.

La segunda bestia estaba gruñendo entre las piernas abiertas de su madre. No advirtió nada malo hasta que Mattias le arrancó el gorro del cráneo, lo agarró por el pelo y lo dobló hacia atrás. Mattias vio en sus ojos una desconcertada expresión de injusticia, como la de un niño al que lo hubieran apartado sin previo aviso de un frasco de mermelada. Entonces hundió la hoja en la mejilla vuelta hacia arriba y la separó de la cara, y volvió a pinchar, de modo que se le desprendió un ojo que le quedó colgando de la órbita por un hilo. Moviendo el brazo con el ritmo aprendido en la forja, abrió en la cara infantil una sucesión de surcos sangrantes, golpeando con la base del pulgar la máscara vocinglera, mientras hincaba la daga a través de dientes, lengua y huesos, y a través de las movedizas manos que el hombre agitaba para protegerse.

Hizo una pausa y jadeó, porque se le había olvidado respirar. Miró a los otros tres hombres y vio que lo estaban contemplando boquiabiertos. Un grito sin palabras brotó de su garganta, pues para entonces Mattias era más bestial que ellos. Arrojó al suelo al ciego, que no dejaba de soltar alaridos. Los otros tres retrocedieron del otro lado del caballo y uno de ellos, recuperándose de la conmoción, se descolgó el arco que llevaba a la espalda. La flecha que buscó a tientas en el fajín se le cayó al suelo. Mattias se giró, miró a su madre y su locura fue expurgada. Se arrodilló, le agarró la mano a su madre y apoyó en la mejilla sus dedos curtidos por el trabajo. Todavía estaban tibios de vida, y la esperanza le asaeteó el corazón. Levantó la vista, pero los fieros ojos azules de su madre estaban vacíos, y la saeta se retorció en su corazón y le hizo perder el aliento sobre la mano que se había llevado a la cara. En sus oídos retumbaron unos cascos, pero él se encontraba fuera de este mundo. De este mundo, lo único que necesitaba era el tacto de la mano de su madre.

Un estrépito atronador le hizo levantar bruscamente la cabeza. El bruto que se aprestaba a lanzarle una flecha cayó fulminado, con el cráneo partido y una bazofia gris derramándose por sus hombros mientras caía. Los dos violadores restantes se pusieron de rodillas en medio de una humareda azul y empezaron a balbucir como dementes, con la frente apretada contra el polvo.

Mattias se volvió y vio algo diferente de todo lo que había visto hasta entonces.

Un hombre que más bien parecía un dios venía montado en un semental árabe de manto gris y el animal soltaba por los ollares un par de plumosos penachos de vapor que les conferían a ambos la apariencia de fantasmas de cuento. El jinete era joven y altivo, de tez oscura, con pómulos altos y finos y una barba semejante a la punta de una lanza. Vestía caftán escarlata forrado y ribeteado de piel de marta, bombachos escarlata y botas amarillas, y adornaba su níveo turbante una miríada de diamantes diminutos que lanzaban destellos cuando se movía. Llevaba a la cintura una cimitarra, con la vaina y la empuñadura cuajadas de piedras preciosas. En su mano humeaba una pistola de cañón largo con la culata de plata repujada. Sus ojos castaños estaban fijos en los de Mattias y en ellos había algo parecido a la admiración, y también algo más (aunque no fuera posible) que Mattias sintió como amor.

La mirada de color avellana no vaciló y Mattias no parpadeó, y en ese instante, el alma del hombre y la del niño se acercaron y entrelazaron, sin ninguna razón que uno u otro hubiese podido explicar y con una potencia que ninguno de los dos se habría atrevido a cuestionar, porque procedía de Dios. A su tiempo, Mattias sabría que aquel guerrero era capitán de los sari bayrak, los más antiguos y valerosos guardianes de armas del sultán, y que su nombre era Abbás ibn Murad. Por el momento él era simplemente un hombre, un hombre en cuyo corazón no había rastro de malicia.

Detrás del capitán había otros dos jinetes escarlata. Más allá, en la calle, la gente del pueblo intentaba sofocar los incendios, yendo y viniendo en su desesperación, sacando a rastras los muebles de las casuchas y conduciendo a los niños y a los viejos lejos de las llamas. Cabalgando entre el tumulto como paladines entre un rebaño de ovejas, una docena de jinetes escarlata blandían lanzas y látigos con los que aguijaban a los humillados soldados de infantería, alejándolos del lugar del pillaje. Abbás enfundó la pistola en un bolsillo de la silla de montar y contempló a la mujer, violada y desnuda, que yacía sobre el cadáver del caballo. Volvió a mirar a Mattias y habló. Su lengua no era la misma que la de los demonios y, aunque no conocía las palabras, Mattias supo lo que le estaba preguntando.

–*¿Es tu madre?*

Mattias tragó saliva y asintió.

Abbás vio la daga en su mano. La camisa, pegada al cuerpo, estaba salpicada de sangre. El jinete torció los labios en una mueca y sacudió la cabeza; miró detrás de Mattias, y éste se volvió. El primer hombre que había apuñalado yacía inerte. El segundo andaba a gatas por el suelo, medio desnudo, ciego, sin cara y maullando de dolor y desdicha entre sus labios desgarrados. Abbás hizo un gesto con la mano. Uno de sus tenientes se adelantó en su cabalgadura, desenvainó la espada y Mattias contempló maravillado la perfección de la hoja damascena. El teniente se detuvo junto al gimoteante despojo humano y se inclinó hacia delante. La cimitarra de repujada empuñadura se levantó y cayó casi sin ruido, y una cabeza rodó por la cuneta en un torrente de sangre.

Abbás cabalgó hacia Mattias y le tendió la mano.

Mattias soltó la mano de su madre, limpió en una manga la hoja de la daga, desenvolvió el trapo que le había servido de empuñadura y limpió también la espiga. Agarró la hoja por la punta y se la entregó a Abbás. No tenía miedo. En cuanto Abbás tocó la daga, sus cejas se arquearon en señal de sorpresa. La apoyó en plano sobre el dorso de una mano y su sorpresa inicial se vio confirmada. Mattias notó que el acero aún estaba caliente. Abbás hizo un gesto señalando la daga.

–*¿La has hecho tú?*

Una vez más, Mattias entendió la pregunta, aunque no las palabras. Asintió. Y una vez más, Abbás frunció los labios. Dirigió el caballo hacia la casa, se agachó y deslizó tres pulgadas de la daga en una hendidura entre el marco de la puerta y la pared. Apoyó todo su peso sobre la espiga y Mattias se estremeció cuando la hoja se arqueó, combándose mucho más de lo que él jamás se habría atrevido a doblarla, y sintió una punzada de pánico en el estómago al creer que el acero se iba a quebrar... Pero el acero no se quebró. Y cuando Abbás aflojó la presión, la hoja recuperó su rectitud original. Abbás la sacó de la hendidura, la volvió a examinar y miró a Mattias. Ambos sabían que había forjado una pieza de belleza abrumadora. Entonces la daga desapareció en el interior de la dolama del capitán y Mattias supo que nunca más volvería a verla.

Abbás impartió una serie de órdenes y Mattias vio que el segundo teniente giraba en redondo y se alejaba cabalgando. El primero, que aún no había enfundado su hoja damascena, se acercó trotando a los dos violadores arrodillados, que nunca saciarían su lascivia. Ellos balbucieron excusas, suplicaron y se ensuciaron los pantalones; él los aguijó hasta que echaron a correr tambaleándose y después salió tras ellos, persiguiéndolos calle abajo.

Abbás se giró, metió la mano bajo el arzón trasero de la silla y sacó una manta blanca como la leche que llevaba enrollada. Se la arrojó a Mattias y éste la atrapó. Estaba tejida con finísima lana de oveja. Mattias nunca había tenido en sus manos un objeto de tan refinada calidad. Su tacto era tan suave en sus bastas manos que temió estropearla. Se quedó mirando fijamente a Abbás, con ojos inexpresivos, perplejo por el regalo. Abbás señaló con un gesto a su madre, ultrajada y tendida en medio del caos.

Mattias sintió que se le cerraba la garganta y los ojos se le llenaban de lágrimas, porque el regalo no era la manta, sino la dignidad de una mujer, y la gentileza le llegó a lo más hondo. Pero una advertencia iluminó como un relámpago el rostro del capitán y, por instinto, Mattias la entendió. Se tragó las lágrimas, no dejó que fluyeran. Abbás lo notó y, una vez más, su estima aumentó. Hizo un gesto afirmativo. Mattias se volvió y desplegó la manta, que cayó como una caricia sobre su madre. Sus lágrimas volvieron a pugnar por salir cuando ella desapareció para siempre debajo de la manta y una vez más las sofocó. Estaba muerta, pero aun así no lo estaba, porque ella henchía su corazón con un amor que le hacía estallar el pecho. Se preguntó si ya estaría en el cielo y si Dios le permitiría alguna vez volver a verla. Entonces oyó la voz de Abbás y se giró. El capitán repitió la frase y Mattias, aunque no la entendió, sintió el consuelo de su intención. Memorizó el sonido. En los meses siguientes, volvería a oírla muchas veces y aprendería su significado.

–*Toda la carne es polvo* –había dicho Abbás.

De sus alforjas, Abbás sacó un libro, cuyas tapas de piel verde estaban labradas con un dorado arabesco de fabuloso diseño, y como dejando que Dios dirigiera su mano, lo abrió al azar. Sus ojos recorrieron la página escogida y se detuvieron, como frenados por algo noble, sagrado y justo. Entonces levantó la vista del libro y señaló al chico.

–*Ibrahim* –dijo.

Mattias le devolvió la mirada sin entender.

Abbás volvió a señalarlo con gesto insistente:

–*Ibrahim.*

Mattias comprendió que ése era el nombre que el capitán pretendía darle. De hecho, era el nombre que le había impuesto Alá, porque el libro abierto al azar era el sagrado Corán. Mattias parpadeó. Su madre ya no estaba. Britta y Gerta ya no estaban. Ya no tenía hogar. Su padre volvería y encontraría un pozo de desdicha donde antes había dejado prosperidad y lazos familiares. El capitán aguardaba en su corcel gris. Mattias se señaló el pecho con un dedo.

–*Ibrahim* –dijo.

Así se desvaneció también el nombre que le había dado su padre.

Abbás asintió, cerró el libro sagrado y lo guardó. El teniente regresó con un caballo ensillado y le entregó las riendas a Mattias. El chico comprendió que iba a marcharse con los jinetes escarlata y todo el ancho mundo se abrió ante él como un abismo. Abbás no le estaba dando a elegir. Era más bien Mattias quien había sido elegido. No vaciló. Montó al caballo y sintió su fuerza viva entre los muslos; desde esa nueva perspectiva elevada, el mundo era distinto, era más de lo que él conocía. Se inclinó hacia la oreja del animal y, tal como le había enseñado a decir su padre antes de herrar a los caballos, le susurró:

–No tengas miedo, amigo.

Abbás giró en redondo para marcharse y el teniente lo siguió. Mattias contempló desde arriba el cadáver amortajado con la manta blanca y pensó en su padre. Nunca conocería la magia que su padre le habría enseñado, ni el amor que era el mayor de sus hechizos. Si la negra hoja se hubiera partido, si Mattias hubiera dejado que aquellas lágrimas fluyeran por sus mejillas, quizá los jinetes le habrían dejado enterrar a los muertos. Pero él no podía saberlo, porque era un niño. Mattias reprimió su angustia y animó a su nueva montura a seguir adelante. Ni una sola vez miró atrás. Aunque tampoco podía saberlo, la guerra era ahora su señora y su oficio, y era una señora celosa, que exigía adoración exclusiva.

Mientras trotaban calle arriba, delante de casuchas incendiadas y aldeanos que bajaban la mirada, Mattias vio los restos de los dos últimos demonios. Sus cuerpos decapitados yacían en enormes charcos de sangre y los ojos en blanco de sus cabezas contemplaban el vacío desde el fango. Sus humillados camaradas formaban hoscas filas bajo los arcabuces de sus superiores turcos. Esos hombres –averiguaría Mattias más tarde– pertenecían a las tropas irregulares que se congregaban bajo el estandarte del sultán, movidas por el afán de pillaje: apátridas y criminales, valacos y búlgaros, la escoria sin conocimientos ni disciplina que reclamaba el precio de la guerra. La ejecución tenía por objeto demostrar que esa tierra era ahora propiedad del sultán y que todo cuanto en ella había le pertenecía: cada grano de trigo, cada vaso de vino, cada oveja, cada mula, cada aldea. Cada hombre, mujer y niño.

Cada gota de lluvia que caía. Todo era propiedad de su Augusta Majestad, como también lo era, ahora, el pequeño Ibrahim.

Así, en el año 1540, Mattias, el hijo del herrero, se convirtió en *devshirme,* un niño cristiano recogido y reclutado por los Esclavos de la Puerta. Viajaría por numerosos países extranjeros y vería muchas cosas extrañas antes que los fabulosos alminares de la vieja Stambouli resplandeciendo al sol en el Cuerno de Oro. Y como antes de ser hombre fue asesino, se entrenaría en el *enderun* del Topkapi Saray. Se uniría a la violenta hermandad de los jenízaros. Aprendería lenguas y costumbres extrañas, así como las muchas artes de la guerra. Aprendería que no hay más dios que Alá y que Mahoma es su profeta, y ansiaría luchar y morir en nombre de Alá. Porque el desconocido destino al que se encaminaba era el de consagrar su vida a la Sombra de Dios en la Tierra, al Padishah del mar Negro y el mar Blanco; al refugio de todos los pueblos del mundo; al sultán de sultanes y rey de reyes; al legislador, al magnífico; al emperador de los otomanos, Suleimán Sha.

PRIMERA PARTE

UN MUNDO SOÑADO

Domingo 13 de mayo de 1565

Castel Sant'Angelo. El Borgo. Malta

La situación, tal como la veía Starkey, era así.

La mayor armada desde la Antigüedad, con las mejores tropas del mundo moderno a bordo, había sido enviada por Suleimán Sha a la conquista de Malta. Si los turcos triunfaban, Europa quedaría expuesta a una oleada de terror islámico. Sicilia sería para ellos un fruto maduro. La reconquista musulmana de Granada no sería impensable. La propia Roma temblaría. Pero por muy importantes que fueran esas victorias estratégicas, la ambición más apasionada de Suleimán era exterminar a los caballeros de San Juan, esa singular banda de monjes sanadores y guerreros que algunos llamaban los caballeros del Mar y otros los hospitalarios, y que en época de la Inquisición tenían la osadía de hacerse llamar la Religión.

Al mando del ejército del Gran Turco estaba Mustafá Pachá, que ya había derrotado a los caballeros en una ocasión y en un bastión infinitamente más fuerte que ése, durante el famoso asedio de Rodas en 1521. Desde entonces, Suleimán (que pese a sus muchos logros colocaba su sagrado deber de conquistar el mundo para el islam en el centro de su política) había tomado Belgrado, Buda, Bagdad y Tabriz. Había aplastado Hungría, Siria, Egipto, Irán, Iraq, Transilvania y los Balcanes. Veinticinco islas venecianas y todos los puertos del norte de África se habían rendido a sus corsarios. Sus buques de guerra habían vencido a la Liga Santa en Preveza. Sólo el invierno lo había hecho retroceder ante las puertas de Viena. Nadie dudaba del éxito de la última *yihad* de Suleimán en Malta.

Excepto, quizá, un puñado de sus propios caballeros.

Fray Oliver Starkey, teniente turcópolo de la Lengua Inglesa, estaba de pie junto a la ventana del despacho del gran maestre. Desde esa perspectiva, en lo alto del muro sur del Castel Sant'Angelo, podía ver la compleja geografía del que sería el campo de batalla. Rodeadas por los promontorios circundantes, tres lenguas de tierra triangulares formaban los límites del Gran Puerto, el hogar de los caballeros del Mar.

Sant'Angelo se erguía en el extremo de la primera península, dominando el Borgo, la ciudad principal, donde se apretujaban los albergues de los caballeros, la Sagrada Enfermería, la iglesia conventual de San Lorenzo, las casas de los lugareños, los principales muelles y almacenes, y toda la agitada parafernalia de una pequeña metrópoli. El Borgo quedaba aislado y protegido del resto de la isla por una gigantesca muralla curva, un muro defensivo erizado de bastiones y abarrotado de caballeros y soldados realizando ejercicios.

Starkey miró a través de la ensenada de las Galeras, hacia la segunda lengua de tierra, la Ísola, donde las aspas de una docena de molinos de viento giraban con extraña e incongruente tranquilidad. Cuadradas alineaciones de soldados giraban en perfecta formación, con el sol resplandeciendo en los morriones, y más allá, esclavos sarracenos desnudos, encadenados por parejas, se esforzaban bajo el silbato del capataz, izando bloques de arenisca a la contramuralla de San Miguel, la fortaleza que aislaba la segunda península del resto de la isla. Cuando el asedio comenzara, la única comunicación entre la Ísola y el Borgo sería el frágil puente de barcazas a través de la ensenada de las Galeras. Al norte, a una media milla del otro lado del Gran Puerto, en la punta orientada al mar de la tercera península, se erguía el fuerte de San Telmo. Era el bastión más aislado de todos y, una vez iniciado el asedio, sólo sería accesible por mar.

Toda la escena bullía con los preparativos. Fortificaciones y ejercicios militares; obras de excavación y atrincheramiento; recogida de las cosechas, salazón y almacenamiento; bruñido y afilado de las armas, y rezos. Los sargentos rugían a los piqueros y los martillos de los armeros cantaban. En las iglesias repicaban las campanas, se hacían novenas y las mujeres rezaban día y noche a la Virgen. Ocho de cada diez defensores eran campesinos de sangre plebeya con armaduras y lanzas improvisadas. Aun así, enfrentados a la elección entre esclavitud y muerte, los altivos malteses no habían vacilado un momento. Un ambiente de severa voluntad de resistencia impregnaba la ciudad.

Un movimiento captó la mirada de Starkey, que levantó la vista. Una pareja de halcones de alas negras descendían en picado a través del cielo turquesa, como si fueran a caer para siempre. De pronto, interrumpieron el descenso, se levantaron al unísono y se alejaron planeando sin movimiento visible hacia el horizonte de Poniente, y en el instante indefinible en que se confundieron con la bruma, Starkey los imaginó como las últimas aves del mundo. Una voz en la otra punta de la espaciosa sala, a sus espaldas, rompió el hechizo de su ensoñación.

–Quien no ha conocido la guerra no ha conocido a Dios.

Starkey había oído antes ese lema impío, que nunca dejaba de perturbar su conciencia. Esta vez lo llenó de aprensión, porque temía descubrir muy pronto que tal vez fuera verdad. Starkey se alejó de la ventana para volver a incorporarse a la reunión.

Jean Parisot de la Valette, el gran maestre de la Orden, estaba de pie junto a la mesa de mapas, junto al gran coronel Le Mas. Alto y austero, vestido con un largo hábito negro con la cruz de San Juan al frente, el gran maestre tenía setenta y un años. Cincuenta años de matar y ver morir en el mar habían templado su fortaleza, por lo que probablemente sabía de lo que estaba hablando. A los veinte años había sobrevivido a la sangrienta tragedia de Rodas, cuando los restos destrozados de la Orden tuvieron que huir al exilio de las olas en el último de sus barcos. A los cuarenta y seis, había sobrevivido a un año de esclavitud en las galeras de Abd-ur Rahman. Mientras que otros habrían preferido un alto cargo en la Orden, y la seguridad de la tierra firme, La Valette escogió décadas de incesante piratería, con las fosas nasales llenas de tabaco para protegerse del hedor. Tenía la frente ancha, y su pelo y su barba ya peinaban canas. Sus ojos, descoloridos por el sol, eran del color de las piedras. Su cara parecía vaciada en bronce. La noticia de la invasión había sido para él como un elixir de la juventud de algún mito del Ática. Había abrazado la perspectiva de la tragedia con el ardor de un amante. Se había vuelto incansable. Estaba exuberante. Estaba inspirado, con la inspiración de alguien que por fin tenía ocasión de desatar su odio sin moderación ni clemencia. La Valette odiaba el islam y todas sus malas obras, y amaba a Dios y la Religión. Y en ésos, sus últimos días, Dios le había enviado a la Religión la bendición de la guerra. La guerra en su apoteosis, la guerra como manifestación de la voluntad divina, la guerra pura y sin restricciones, para ser combatida hasta su humeante conclusión, mediante todos los extremos concebibles de la crueldad y el horror.

«Quien no ha conocido la guerra no ha conocido a Dios.» ¿Sería verdad? Jesucristo no había bendecido nunca el uso de las armas en ninguna de sus manifestaciones. Pero había momentos en que Starkey tenía la certeza de que La Valette estaba loco. Loco con la premonición de indescriptible violencia. Loco con la convicción de que el poder de Dios fluía a través de su persona. Loco, porque sólo un loco podía tener el destino de un pueblo en sus manos y prever con tanta ecuanimidad la matanza de miles de almas. Starkey atravesó la habitación para unirse a los dos antiguos camaradas que hablaban sobre la mesa de mapas.

–¿Cuánto tiempo más tendremos que esperar? –dijo el coronel Le Mas.

–¿Diez días? ¿Una semana? Quizá menos –replicó La Valette.

–Pensé que disponíamos de un mes.

–Nos equivocamos.

El despacho de La Valette reflejaba su temperamento austero. Los tapices, los retratos y el fino mobiliario de sus antecesores habían desaparecido, dejando en su lugar piedra, madera, papel, tinta y velas. Había un simple crucifijo de madera clavado a la pared. El coronel Pierre Le Mas había llegado esa mañana de Mesina, con el inesperado refuerzo de cuatrocientos soldados españoles y treinta y dos caballeros de la Orden. Era un fornido marino con cicatrices de mil batallas, que bordeaba la sesentena. Le hizo un gesto afirmativo a Starkey y señaló el mapa sobre la mesa.

–Sólo un filósofo sería capaz de descifrar estos jeroglíficos.

Para disgusto de Starkey, que había supervisado personalmente la delicada cartografía, el mapa estaba densamente cubierto de crípticas anotaciones y símbolos ideados por La Valette. La Orden de San Juan estaba dividida en ocho lenguas, según la nacionalidad de sus miembros: las de Francia, Provenza, Auvernia, Italia, Castilla, Aragón, Alemania e Inglaterra. La Valette trazó en el mapa, de oeste a este, la muralla defensiva que aislaba el Borgo en una gran curva de piedra y señaló el bastión que había asignado a cada lengua.

–Francia –dijo, indicando el extremo derecho, junto a la ensenada de las Galeras. Lo mismo que Le Mas, La Valette era gascón, la más belicosa de las razas–. Nuestra noble Lengua Provenzal viene después, aquí, en el bastión más avanzado.

–¿Cuántos somos los de Provenza? –preguntó Le Mas.

–Setenta y seis caballeros y sargentos. –El dedo de La Valette se desplazó hacia el oeste en el mapa–. A nuestra izquierda está la Lengua de Auvernia. Después, los italianos: ciento sesenta y nueve lanzas. Después, Aragón, Castilla, Alemania. En total, quinientos veintidós hermanos han respondido a la llamada de las armas.

Le Mas frunció el ceño. El número era penosamente reducido.

–Con los hombres que has traído –añadió La Valette–, tenemos ochocientos tercios españoles y cuarenta caballeros aventureros. Las milicias maltesas suman algo más de cinco mil hombres.

–He oído que Suleimán nos envía sesenta mil de sus gazíes para empujarnos al mar.

–Muchos más si cuentas marineros, batallones de trabajo y hombres de apoyo –replicó La Valette–. Los perros del Profeta llevan quinientos años haciéndonos retroceder: de Jerusalén al Crac de los Caballeros, del Crac a Acre, y de Acre a Chipre y Rodas, y cada milla de nuestra retirada ha quedado marcada con sangre, huesos y cenizas. En Rodas escogimos la vida frente a la muerte, y aunque para el mundo es un episodio cubierto de gloria, para mí es una mancha. Esta vez no habrá «rendición honorable». No retrocederemos más. Malta es la última trinchera.

Le Mas se frotó las manos.

–Concededme el puesto de honor. –Se refería al lugar de mayor peligro. El puesto de la muerte. No era el primero en pedirlo, y debía de saberlo, porque añadió–: Tenéis esa deuda conmigo.

Starkey ignoraba a qué se refería, pero hubo un entendimiento entre los dos hombres.

–Hablaremos de eso después –dijo La Valette–, cuando conozcamos mejor las intenciones de Mustafá. –Señaló el límite de las fortificaciones–. Aquí, en la puerta de Kalkara, está el bastión de Inglaterra.

Le Mas se echó a reír.

–¿Un bastión entero para un solo hombre?

La antigua y noble Lengua de Inglaterra, antaño una de las más grandes de la Orden, había sido desmantelada por el abotargado y mujeriego heresiarca, Enrique VIII. Starkey era el único inglés que quedaba en la Orden de San Juan.

–Fray Oliver es sin duda la Lengua Inglesa –dijo La Valette–. También es mi mano derecha. Sin él, estaríamos perdidos.

Incómodo, Starkey cambió de tema.

–Esos hombres que habéis traído, ¿qué calidad decís que tienen?

–Bien entrenados, bien equipados y todos ellos devotos de Cristo –contestó Le Mas–. Le exprimí doscientos voluntarios al gobernador Toledo, bajo amenaza de quemar sus galeras. Los demás fueron reclutados en nuestro nombre por el alemán.

La Valette arqueó una ceja.

–Mattias Tannhäuser –dijo Le Mas.

–El primero en advertirnos de los planes de Suleimán –añadió Starkey.

La Valette miró al espacio vacío de la sala, como queriendo conjurar un rostro, e hizo un gesto de asentimiento.

–¿Tannhäuser nos ha pasado la información? –preguntó Le Mas.

–No ha sido un acto de caridad –explicó Starkey–. Tannhäuser nos ha vendido una cantidad colosal de armas y municiones para esta guerra.

–Ese hombre es un zorro –dijo Le Mas, sin ocultar su admiración–. Muy pocas cosas suceden en Mesina que escapen a su atención. Además, sabe tratar a los hombres y seguramente sería un compañero valeroso en cualquier batalla, porque fue *devshirme* y pasó trece años en el cuerpo de jenízaros del sultán.

La Valette parpadeó.

–Los leones del islam –dijo.

Los jenízaros eran el cuerpo de infantería más feroz del mundo, la élite de los ejércitos otomanos, la punta de lanza de su padre el sultán. Estaba compuesto íntegramente por jóvenes cristianos, criados y entrenados por una fanática y despiadada corriente de la secta islámica de los derviches bektasíes, para que ansiaran la muerte en nombre del Profeta. La Valette miró a Starkey buscando confirmación.

Starkey rebuscó en su memoria detalles de la trayectoria de Tannhäuser.

–La conquista de Persia, el lago Van, el aplastamiento de las rebeliones safávidas, el saqueo de Nahjiván. –Notó que La Valette parpadeaba por segunda vez. Había sentado un precedente–. Tannhäuser ascendió al rango de capitán y pasó a formar parte del cuerpo de guardia del primogénito de Suleimán.

–¿Por qué abandonó a los jenízaros? –dijo La Valette.

–No lo sé.

–¿No se lo has preguntado?

–No quiso darme una respuesta.

La expresión de La Valette cambió y Starkey sintió que había nacido una intriga.

La Valette abrazó a Le Mas por los hombros.

–Fray Pierre, pronto volveremos a hablar de ese puesto de honor.

Le Mas comprendió que lo estaba despidiendo y se encaminó hacia la puerta.

–Dime una cosa más –dijo La Valette–. Has dicho que Tannhäuser sabía tratar a los hombres. ¿Qué me dices de las mujeres?

–Tiene una admirable plétora de jóvenes núbiles trabajando para él. –Le Mas se sonrojó ante su propio entusiasmo, ya que sus ocasionales deslices libertinos eran bien conocidos–. Pero me apresuro a añadir que no pone a la venta sus favores. Tannhäuser no ha tomado los sagrados votos y, en su lugar, bueno… Si al hombre le gustan las mujeres (y debo decir que tiene muy buen gusto), no seré yo quien lo critique.

–Gracias –respondió La Valette–. Tampoco yo lo haré.

Le Mas cerró la puerta tras él, mientras La Valette se sentaba y unía las yemas de los dedos de las manos formando un triángulo.

–Tannhäuser. No es un nombre noble.

Para aspirar al ingreso como caballero en la Orden de San Juan, un hombre tenía que demostrar dieciséis cuarteles de nobleza en su linaje. El gran maestre tenía depositada mucha fe en ese concepto.

–Tannhäuser es su nombre de guerra, sacado de una leyenda alemana, según creo. Lo adoptó cuando sirvió al duque de Alba en la guerra contra los franceses.

–Si Tannhäuser ha pasado trece años con los leones del islam, entonces sabe más de nuestro enemigo, de sus tácticas, sus formaciones, sus estados de ánimo y su moral que cualquiera de nuestra guarnición. Lo quiero aquí en Malta para el asedio.

Starkey se sorprendió.

–¿Por qué iba a querer unirse a nosotros, fray Jean?

–Giovanni Castrucco zarpa para Mesina a mediodía, en el *Couronne*.

–Tannhäuser no se dejará persuadir por Castrucco.

–Cierto –dijo La Valette–. Por eso irás tú con él. Cuando Castrucco regrese, traerás a ese jenízaro alemán a Malta.

–Pero tendré que ausentarme cinco días y aquí tengo un sinfín de obligaciones...

–Sobreviviremos en tu ausencia.

–Tannhäuser no se uniría a nosotros ni aunque lo arrastráramos hasta aquí cargado de cadenas.

–Entonces piensa en otra forma.

–¿Por qué es tan importante ese hombre?

–Quizá no lo sea. Pero aun así...

La Valette se puso de pie. Volvió hasta el mapa y examinó el terreno por el que muy pronto miles de guerreros se jugarían la vida.

–Esta batalla en defensa de nuestra Santa Religión no se ganará ni se perderá por un único golpe maestro –dijo–. No habrá ninguna maniobra decisiva y brillante. No habrá un Aquiles, ni un Héctor, ni un Sansón con la quijada de un asno. Esas historias se inventan cuando todo ha pasado. Solamente habrá una miríada de golpes menores, asestados por una multitud de héroes menores: nuestros hombres, nuestras mujeres y nuestros niños. Ninguno de ellos sabrá cuál será el resultado final y muy pocos vivirán para verlo.

Por primera vez, Starkey vio algo parecido al miedo en los ojos de La Valette.

–El flujo en el crisol de Dios es infinito en sus posibilidades y, en ese resultado final, sólo Dios sabrá quién desequilibró la balanza, si fue el caballero que murió en la brecha, o el aguador que alivió su sed, o el panadero que amasó su pan, o la abeja que picó en el ojo al soldado enemigo. Así de delicado es el equilibrio entre los platos de la balanza de la guerra. Por eso quiero a Tannhäuser. Por sus conocimientos, por su espada, por su amor al turco o por su odio, ya sea lo uno o lo otro.

–Perdonadme, fray Jean, pero os aseguro que Tannhäuser no vendrá.

–¿Sigue doña Carla atormentándonos con sus cartas?

Starkey no pudo reprimir una expresión de sorpresa ante la incongruencia de la pregunta y la trivialidad del tema.

–¿La condesa La Penautier? Sí, aún nos escribe. Esa mujer no entiende el rechazo. ¿Por qué?

–Será tu palanca.

–¿Para usarla con Tannhäuser?

–A ese hombre le gustan las mujeres –dijo La Valette–. Procura que le guste ésta.

–Nunca he visto a la condesa –protestó Starkey.

–En su juventud era dueña de una gran belleza, que sin duda los años habrán mermado muy poco o nada.

–Puede que así sea, pero ella es una señora de noble cuna y Tannhäuser es... prácticamente un bárbaro.

La expresión de La Valette descartaba toda discusión.

–Viajarás en el *Couronne* y traerás a Tannhäuser a Malta.

La Valette sujetó a Starkey por el brazo y lo condujo hasta la puerta.

–Haz pasar al inquisidor cuando salgas.

Starkey parpadeó.

–¿No estaré presente en vuestra reunión?

–Ludovico viajará contigo en el *Couronne*. –Reparando en el desconcierto de Starkey, La Valette esbozó una de sus raras sonrisas–. Fray Oliver, has de saber que eres profundamente amado.

Fuera, en la antecámara, Ludovico Ludovici, juez y jurista de la congregación de la Santa Inquisición, pasaba entre los dedos las cuentas del rosario con la inocente impasibilidad de un icono. Le devolvió la mirada a Starkey con ojos inexpresivos y, por un momento, el inglés se vio incapaz de hablar.

Ludovico tenía algo más de cuarenta años, la edad de Starkey, pero los mechones en torno a su tonsura paulina eran negros como el azabache y no habían retrocedido un centímetro de su pico de viudo. Tenía la frente despejada y la cara lampiña, y la impresión general que transmitía su cráneo era la de una gran piedra esculpida por fuerzas primigenias. Era de torso alargado y ancho de hombros, y vestía el escapulario blanco y la capa negra de la Orden de los Dominicos. Sus ojos brillaban como esferas de obsidiana y no eran amenazantes, pero tampoco mostraban el menor rastro de calidez. Observaban el mundo pecador a su alrededor como si lo vinieran contemplando desde Adán, con una franqueza de percepción que excluía toda posibilidad de alegría y a la vez de espanto, y con una extraordinaria inteligencia que buscaba infiltrarse en lo más profundo de quienquiera que fuese el sujeto de su contemplación. Detrás de eso habitaba la sombra de una fabulosa melancolía, una pena evocadora de cierta noción de duelo perpetuo, como si él hubiese sido testigo de un mundo mejor y supiera que nunca más volvería a verlo.

«Hazme el guardián de los secretos de tu alma –decían los insondables ojos negros–. Apoya tu carga en mi espalda y la vida eterna será tuya.»

Starkey sentía a la vez el impulso de confiar y una angustia indefinida. Ludovico era el legado especial del papa Pío IV ante la Inquisición maltesa. Viajaba miles de millas al año en busca de la herejía. Entre otras destacadas hazañas, había mandado a Sebastiano Mollio, prestigioso profesor de Bolonia, a las llamas del Campo del Fior; había guiado al duque Alberto de Baviera en su brutal restauración de la única fe verdadera y, durante su depuración del Piamonte, había enviado una larga cadena de prisioneros a las hogueras de Roma, con el cirio encendido de los penitentes en las manos. Aun así, la humildad de Ludovico era profunda, demasiado profunda para ser una farsa. Starkey nunca había visto tanto poder llevado con tanta ligereza. La función de Ludovico en Malta era descubrir la herejía luterana entre los hermanos de la Orden de San Juan, pero no había ordenado ningún arresto. Sin embargo, su acción había obrado el efecto de volverlo más temible. ¿Querría La Valette poner a Ludovico a salvo en Sicilia? ¿O habría otras intrigas en juego? Starkey advirtió que llevaba más tiempo del socialmente aceptable mirándolo fijamente.

Hizo una reverencia y dijo:

–Su Excelencia el gran maestre os espera.

Ludovico se puso de pie. Con un ágil movimiento y un cascabeleo de cuentas, se ató el rosario a la cintura. Sin decir palabra, pasó junto a Starkey y entró en el despacho. La puerta se cerró. El alivio de Starkey se veía empañado por la perspectiva de dos días de viaje en compañía del dominico. Se encaminó a sus habitaciones, a prepararse para la travesía. No destacaba por su habilidad para el engaño ni tampoco por su deshonestidad, pero en esos tiempos modernos sólo un imbécil podía confundir la devoción religiosa con la moral. Amaba a La Valette y amaba la Religión. Por servir a cualquiera de los dos (fuera cual fuese el precio para su alma), Starkey estaba dispuesto a hacer cualquier cosa.

Martes 15 de mayo de 1565

Villa Sáliba. Mesina. Sicilia

[...] En pocas palabras, consideraciones de índole militar siguen impidiéndome que autorice vuestro desplazamiento a la isla de Malta. Sin embargo, puedo sugeriros otro medio de hacer realidad la más firme de vuestras ambiciones.

En el puerto de Mesina hay un hombre llamado Mattias Tannhäuser, cuya procedencia resulta demasiado complicada para exponerla aquí. Baste decir que solamente baila al son de su propia música. Aunque pertenece por nacimiento a las órdenes inferiores y respeta muy poco la ley, y aunque se rumorea que es ateo o algo peor, puedo garantizaros que es un hombre de palabra y no hay razones para pensar que vaya a haceros ningún daño. Tampoco hay razones para creer que vaya a ayudaros. Por otra parte, no puedo predecir la fuerza con que una señora de vuestra gracia y belleza será capaz de despertar los instintos más nobles que en él puedan residir.

No os engañaré, señora. La presencia del capitán Tannhäuser en Malta sería de gran beneficio para la lucha contra el Gran Turco. Hasta la fecha, puesto que no nos debe lealtad alguna y es consciente de los peligros, no ha mostrado ninguna intención de unirse a nosotros. Si pudierais persuadirlo para hacer la travesía por vos, yo estaría en condiciones de autorizar vuestro viaje como parte de su comitiva. El *Couronne* zarpa de Mesina hoy a medianoche. Si las últimas noticias de nuestros informantes son correctas, será el último buque cristiano que eluda el bloqueo turco.

Encontraréis a Tannhäuser en una taberna llamada El Oráculo, en el extremo meridional del frente marítimo. Me resulta muy violento instaros a visitar tan sórdido establecimiento, pero probablemente ese hombre no prestaría atención a los mensajeros habituales. Así pues, la forma en que lo abordéis dependerá de la urgencia con que deseéis impulsar vuestra causa.

La conciencia me obliga a repetir mis anteriores advertencias. La isla se encuentra en estado de guerra y el riesgo de muerte o esclavitud para todos cuantos se encuentren en ella en los próximos días será extremadamente elevado. Si pensáis que puedo ofreceros cualquier ayuda o consejo, me encontraréis en Mesina hasta que el *Couronne* se haga a la mar, en el priorato de los caballeros de San Juan de Jerusalén.

La letra de Starkey era la más hermosa que Carla había visto en su vida. Se preguntó cuántas horas habría pasado, de niño, perfeccionando las gráciles curvas, la elegante transición entre los gruesos trazos descendentes y los finos trazos ascendentes, así como la uniformidad del espaciado entre las letras, las palabras y las líneas. Era la escritura como emblema de poder, la escritura para conseguir que un rey prestara atención a lo escrito, como de hecho sucedía, ya que Starkey redactaba la correspondencia diplomática de la Orden. Carla no lo conocía personalmente. Se preguntó si sería tan pulcro como su caligrafía o si sería un monje polvoriento y marchito, inclinado sobre su mesa de escritorio. Pensó en su niño y se preguntó si sabría leer y escribir aunque fuera un poco, y ante ese enésimo recordatorio del fracaso en sus obligaciones como madre, su estómago se encogió dolorosamente y su deseo de regresar a Malta, combinado con el miedo a no conseguirlo nunca, adquirió un tono aún más alto de urgente intensidad.

Dobló la carta y la apretó en la mano. Hacía seis semanas que mantenía correspondencia con Starkey. Sus anteriores mensajes prohibiéndole el regreso habían sido las respuestas de un hombre atareado que hacía el esfuerzo de ocuparse de una banalidad sólo por respeto a su noble cuna y al nombre de su familia. Durante esas semanas, Carla había pedido a muchos de los capitanes y caballeros de paso por Mesina que la llevaran a Malta. La habían escuchado con suma amabilidad y algunos le habían hecho promesas, pero allí seguía, contemplando el amanecer desde Villa Sáliba.

El gran maestre La Valette había decretado que toda persona incapaz de contribuir a la defensa de la isla era una «boca inútil». Cientos de mujeres embarazadas, ancianos y enfermos, así como un número inexpresado de miembros de la menguante aristocracia maltesa, sanos o enfermos, habían sido embarcados a través del canal de Malta con destino a Sicilia. Todo maltés de nacimiento apto para empuñar un pico o una pala se había quedado en la isla, con independencia de su edad o sexo. Carla –que a los ojos de ellos no era sino una frágil aristócrata que se habrían visto obligados a proteger– era una carga inútil. Además, toda la capacidad de las galeras que regresaban al Gran Puerto se reservaba para los hombres de guerra y las provisiones, y no para damas ociosas con inexplicables ansias de muerte. Carla despreciaba el ocio y no se consideraba frágil. Dirigía sin ayuda la modesta finca que poseía en Aquitania. No estaba bajo el dominio ni la autoridad de ningún hombre. Ella y su buena amiga Amparo habían recorrido a caballo todo el Languedoc sin más protección que la gracia de Dios y el ingenio de Carla. La reciente guerra de los hugonotes había dejado heridas abiertas y peligro en los caminos, pero llegaron ilesas a Marsella y se embarcaron hacia Nápoles y Sicilia sin contratiempos. El hecho de haber llegado tan lejos, solas y sin ayuda, había sorprendido a muchas de las personas a las que habían conocido, y en retrospectiva, Carla reconocía que su viaje había tenido mucho de impetuoso e incluso de temerario; pero jamás había pensado, desde el instante en que tomó la decisión de partir, que cabía la posibilidad de que no llegaran tan lejos como lo habían hecho. Así pues, para una mujer que había decidido mucho tiempo atrás dictar su propia existencia, las semanas transcurridas en el bochorno de Mesina eran exasperantes. La carta de Starkey fue su primer atisbo de esperanza. Ahora ella podía tener valor militar. Si conseguía embarcar en el *Couronne* a ese tal Tannhäuser, antes de medianoche, le permitirían viajar con él.

En todas sus negociaciones con Starkey, con capitanes de barcos y caballeros, jamás había revelado la razón por la que ansiaba regresar a su tierra. De haberlo hecho, se habría confirmado ante sus ojos como la fémina desequilibrada que ya pensaban que era. Sólo Amparo lo sabía. Pero Carla ocultaba sus motivos por algo más que mera diplomacia. Guardaba su secreto por vergüenza. Tenía un hijo, un hijo bastardo arrebatado de sus brazos doce años atrás. Y creía que su hijo estaba en Malta.

Abrió las puertas acristaladas que daban a los jardines. Los Sáliba, parientes lejanos de su familia, la de los Manduca, se habían marchado a Capri para huir del verano siciliano y habían dejado a Carla el usufructo de su casa de invitados. Era elegante y cómoda, y tenía cocinera, doncella y un mayordomo abiertamente desdeñoso llamado Bertholdo. Ya le había pedido a Bertholdo que se ocupara de hacer llegar un mensaje al capitán Tannhäuser, en El Oráculo, pero la falsa y aparatosa perplejidad con que el mayordomo había recibido su solicitud la había convencido de que pasarían días antes de que obedeciera. En cualquier caso, la inveterada altanería de Bertholdo probablemente habría garantizado el fracaso de su misión, e incluso lo habría expuesto a sufrir una lesión con riesgo para su vida, infligida por el propietario del establecimiento.

Carla miró el jardín. Amparo estaba arrodillada entre los parterres, en embelesada comunión con una rosa blanca de tallo largo. Excentricidades como ésa eran corrientes en la joven y su libertad de espíritu para permitírselas hacían que Carla se sintiera poco vital en comparación. Mientras miraba, una idea le cruzó la mente. Carla no tenía miedo de ir personalmente a El Oráculo. De hecho, ése había sido su primer impulso. Ya había negociado bastante a menudo con los mercaderes de Burdeos. Pero sabía que enfrentarse al famoso Tannhäuser en su propio terreno sería asumir una posición de debilidad. Si fuera posible convencerlo para que viniera a verla a ella, en esa casa, en su poderoso terreno, la ventaja sería suya. Amparo –ahora lo intuía– traería a Tannhäuser a Villa Sáliba con mucha más seguridad que ella misma. Si los mensajeros habituales no servían, Amparo sería el mensajero menos corriente que un hombre hubiera recibido nunca.

Carla salió bajo las palmeras, de cuya sombra dependían las flores para su supervivencia. Amparo besó la rosa blanca y se puso de pie, para sacudirse el polvo de las faldas. Su mirada permaneció fija en las flores cuando Carla se detuvo junto a ella. Amparo parecía serena. Al levantarse, todavía estaba alterada por lo que había visto en su cristal la noche anterior. Las imágenes que decía ver en el cristal eran tan variadas y extraordinarias que cuando alguna de ellas alcanzaba cierto parecido con la realidad, Carla se inclinaba por atribuirlo a la coincidencia. Al margen de la coincidencia, los símbolos podían investirse de cualquier significado, según los deseos de su intérprete. Pero Amparo nunca interpretaba. Solamente veía.

Había visto un barco negro con velas rojas, tripulado por monos diminutos que tocaban trompetas. Había visto un enorme mastín blanco, con collar de púas de hierro, que sujetaba una tea ardiente entre las fauces. Había visto un hombre desnudo, con el cuerpo cubierto de jeroglíficos, cabalgando un corcel del color del oro fundido. Y cuando el jinete había pasado, la voz de un ángel le había dicho: «La puerta es ancha, pero el camino que conduce a ella es fino como el filo de una navaja».

–¿Amparo? –dijo Carla.

Amparo volvió la cabeza. Había siempre un instante en que Carla esperaba que ella se siguiera girando y se quedara con la mirada perdida en la distancia, como si el contacto visual le resultara doloroso y prefiriera buscar algo cuya belleza fuera invisible para todos menos para ella. Así se había comportado Amparo durante sus primeros meses juntas y así se seguía comportando con todos, excepto con Carla. Pero Amparo la miró directamente a la cara. Sus ojos eran de diferente color: marrón como el otoño el izquierdo y gris como el viento del Atlántico el derecho. Los dos parecían animados con preguntas que nunca encontrarían expresión, como si aún no existieran las palabras para enmarcarlas. Tenía unos diecinueve años, aunque se ignoraba su edad exacta. Su rostro era fresco como una manzana y delicado como un pétalo, pero una marcada depresión en los huesos bajo el ojo izquierdo confería a sus rasgos una inquietante asimetría. Su boca nunca se curvaba en una sonrisa. Parecía como si Dios le hubiera negado esa posibilidad, tanto como a un ciego le negaba la facultad de ver. Le había negado otras muchas cosas. Amparo había sido tocada por el genio, por la locura, por el demonio o por una combinación de todos ellos y algo más. Nunca comulgaba y parecía incapaz de rezar. Sentía horror por los relojes y los espejos. Decía que hablaba con los ángeles y se creía capaz de oír los pensamientos de los árboles y los animales. Era apasionadamente amable con todos los seres vivos. Era el rayo de luz de una estrella atrapado en un cuerpo humano, aguardando únicamente el momento de proseguir su viaje hacia la eternidad.

–¿Es hora de tocar? –preguntó Amparo.

–No, todavía no.

–Pero tocaremos.

–Claro que sí.

–Estás asustada.

–Sólo por tu seguridad.

Amparo miró las rosas.

–No lo entiendo.

Carla vaciló. Tenía tan arraigado el hábito de cuidar de Amparo que le parecía un crimen pedirle que entrara en una cueva de ladrones. Sin embargo, Amparo había sobrevivido en las calles de Barcelona a una infancia de violencia y privaciones, que Carla ni siquiera se atrevía a imaginar. La cobardía no era un defecto de Amparo, aunque Carla pensara, en el fondo de su alma, que ella sí lo tenía.

Carla sonrió.

–¿La luz de una estrella ha de temer a la oscuridad?

–No, desde luego que no. –Amparo frunció el ceño–. ¿Es una adivinanza?

–No. Quiero que hagas algo por mí. Algo muy importante.

–Quieres que encuentre al hombre del caballo dorado.

La voz de Amparo era suave como la lluvia. Veía el mundo con los ojos de un místico. Carla estaba tan habituada a la lente de la imaginación de Amparo que ya no le parecía fuera de lo corriente.

–Se llama Mattias Tannhäuser –dijo Carla.

–Tannhäuser –repitió Amparo, como si estuviera probando la integridad de una campana recién fundida–. Tannhäuser. Tannhäuser.

Pareció satisfecha.

–Tengo que hablar hoy mismo con él. Cuanto antes. Quiero que vayas al puerto y lo traigas.

Amparo asintió.

–Si se niega a venir... –prosiguió Carla.

–Vendrá –dijo Amparo, como si cualquier otra posibilidad fuera impensable.

–Si no quiere venir, pregúntale si acepta recibirme lo antes posible... Pero hoy, ¿lo entiendes? Hoy.

–Vendrá.

La cara de Amparo resplandeció con la misteriosa alegría que era su mejor aproximación a la sonrisa y que, a su modo, compensaba con creces su ausencia.

–Le diré a Bertholdo que prepare el carruaje.

–Detesto el carruaje –dijo Amparo–. Es opresivo, lento y cruel para el caballo. Los carruajes son una tontería. Iré a caballo. Si Tannhäuser se niega a venir conmigo, entonces no es el hombre que caminará sobre el filo de la navaja, y en ese caso, ¿para qué vas a querer que te reciba más tarde?

Carla sabía que era inútil discutir. Hizo un gesto afirmativo.

Amparo se puso en camino, pero se detuvo y volvió la vista atrás.

–¿Tocaremos cuando vuelva? ¿Nada más volver?

Había dos elementos invariables en las jornadas de Amparo, sin los cuales la asaltaba la angustia: la hora que pasaban juntas todas las tardes, tocando música, y la sesión en su cristal de las visiones, cuando oscurecía. También iba a misa todas las mañanas, pero no por devoción, sino para acompañar a Carla.

–Si Tannhäuser viene contigo, no –dijo Carla–. Lo que tengo que decirle es urgente. Por una vez, la música tendrá que esperar.

Amparo pareció asombrarse por el escaso juicio de Carla.

–¡Pero tienes que tocar para él! Tienes que tocar para Tannhäuser. Para él hemos estado practicando todo este tiempo.

Llevaban años tocando música, por lo que su afirmación era absurda, y, en cualquier caso, a Carla le parecía inconcebible la idea. Amparo notó sus dudas. Sujetó las manos de Carla y las agitó arriba y abajo, como si estuviera bailando con un niño.

–¡Para Tannhäuser! ¡Para Tannhäuser! –Una vez más, hizo que el nombre tintineara como una campana. Su rostro resplandeció–. Imagínalo, mi amor. Tocaremos para él como nunca hemos tocado.

Los comienzos con Amparo habían sido difíciles. Carla la había encontrado mientras daba su paseo matinal a caballo, un cristalino día de febrero, cuando la bruma aún humeaba en torno a las rodillas de su corcel y los primeros cerezos estaban en flor. La niebla ocultaba a Amparo de la vista, y sus caminos quizá nunca se habrían cruzado si Carla no hubiese oído una voz aguda y dulce, gorjeando la tristeza de los ángeles a través del paisaje. La voz cantaba en algún dialecto castellano, con una melodía de su propia invención, que transmitía el aleteo de la muerte. Cualquiera que fuera su significado, la sobrenatural belleza de la canción hizo que Carla dirigiera hacia ella su caballo.

Descubrió a Amparo en un bosquecillo de sauces. Si no lo hubiese sabido ya por la voz, le habría costado decidir si lo que yacía acurrucado alrededor de un tronco, semisepultado bajo una masa de hojas en descomposición para protegerse de la helada, era hombre o mujer, o incluso si era humano o una criatura del bosque de origen fantástico. Aparte de un pellejo mugriento anudado al cuello y los restos de un par de calzas de lana, estaba desnuda. Sus pies eran grandes para su estatura y se habían vuelto azules, lo mismo que las manos, entrelazadas entre sus pechos. Sus dos brazos, desde los hombros hasta las muñecas, estaban cubiertos de lívidos verdugones, al igual que la piel pálida y traslúcida tendida sobre sus costillas. Su pelo, negro como ala de cuervo y recortado de cualquier manera, se le pegaba a la cabeza por los trozos de fango que tenía adheridos. Tenía los labios amoratados de frío. Sus ojos de diferente color no presentaban el menor signo de angustia o autocompasión, y por eso mismo le parecieron a Carla más lastimosos que cualquier otra cosa que hubiese visto hasta entonces. Amparo nunca le diría cómo había llegado al bosque, hambrienta, sucia y casi muerta de frío. Casi nunca hablaba del pasado y, cuando lo hacía, se limitaba a responder con un sí o un no a las suposiciones de Carla. Pero más tarde, aquel día, cuando aceptó que Carla la bañara con agua caliente, había sangre y fango incrustados en sus partes íntimas, y algunas de las marcas que tenía en el cuerpo eran de dientes humanos.

En ese primer encuentro, Amparo no la miró a los ojos. Pasaron semanas antes de que lo hiciera y, aun así, su mirada siguió siendo un honor que en muy raras ocasiones concedía a nadie más. Cuando Carla desmontó y la agarró por el brazo, Amparo soltó un alarido tan penetrante que el caballo de Carla estuvo a punto de soltarse de las riendas. La angustia del animal hizo que Amparo se pusiera en pie de un salto. En seguida intentó tranquilizar al caballo, murmurándole con suavidad al oído, sin reparar en lo patético de su estado. Cuando Carla envolvió con su capa los hombros de Amparo, ésta no opuso resistencia, y aunque declinó la invitación de montar en la silla, se avino a caminar junto al caballo, sujetando las riendas. Así, siete años atrás, Amparo había llegado al hogar de Carla, acompañando a casa a su señora, con la larga capa verde arrastrando a sus espaldas, como un paje descalzo y andrajoso de algún cuento jamás contado.

Los miembros de la casa de Carla, el sacerdote y las pocas relaciones que tenía en el pueblo pensaron con unánime convicción que se equivocaba, que de hecho estaba tan enajenada como la propia vagabunda por haber decidido tomarla bajo su protección. Amparo, que entonces no tenía más de trece años, era propensa a los arranques de violencia en respuesta a oscuras provocaciones y pasaba horas conversando con los perros y los caballos, a quienes cantaba con su voz argéntea y apasionada. Se negaba a comer carne o cualquier clase de ave, a veces rechazaba el pan recién horneado, y su dieta preferida de nueces, bayas silvestres y verduras crudas nunca añadió un gramo al demacrado estado en que había sido hallada. Su negativa a mirar al cura a los ojos y el hecho de que los suyos fueran de diferente color eran señal segura, en opinión de todos, de sus inclinaciones diabólicas.

Carla estuvo a su lado en sus arrebatos de cólera y en sus trances, a través de sus repentinas desapariciones que podían durar varios días, más allá de las humillaciones sociales y los ofrecimientos de exorcismo, y por encima de la aparente incapacidad de Amparo de devolverle su afecto. Parecía insensible a los sentimientos de los demás, o si no insensible, al menos completamente indiferente. Sin embargo, en la lealtad que Amparo desarrolló hacia ella, en el hecho de que le confiara el descubrimiento del cristal de las visiones y las revelaciones que provocaba, en su esfuerzo por aprender las normas sociales básicas y, por encima de todo, en el ingenuo talento que aplicó al estudio de la música, Amparo reveló un amor más profundo y perdurable que el de la mayoría de los mortales. Eran dos amigas raras, pero nunca dos amigas se habían sentido tan próximas.

A veces Carla se preguntaba si no querría a la joven a causa de algún hechizo lanzado en el espejo de reconocimiento, ese espejo donde se miran todos los que han sido rechazados y expulsados. O si no sería porque, en su aislamiento, necesitaba querer a alguien y la joven casualmente estaba ahí. ¿O no sería que el amor era siempre una conspiración de aislamiento, reconocimiento y casualidad, todo mezclado? No importaba. La joven se había ganado su corazón. Había sido Amparo, que no tenía pasado, quien había inspirado e impulsado a Carla a emprender su búsqueda redentora.

–No saldré para Mesina hasta que me lo digas –insistió Amparo–. ¿Tocaremos para él o no?

La idea hizo que el corazón de Carla se acelerara. Esas cosas no se hacían. ¿Invitar a un hombre (un hombre de dudosa reputación) a una mansión extraña y, sin mediar presentación, someterlo a su arte? Inaudito. Tannhäuser las tomaría por locas. Su razón le decía que tocar para él sería una locura; su corazón, que sería magnífico. Amparo aguardaba una respuesta.

–Sí –dijo Carla–, tocaremos para él. Tocaremos como nunca hemos tocado.

–Me llevarás contigo, ¿verdad? –preguntó Amparo–. No podría soportar que me dejaras atrás.

Le había hecho esa misma pregunta en innumerables ocasiones desde que habían emprendido el viaje, pero a partir de ese momento las cosas podían cambiar. ¿Lo permitiría Starkey? ¿Se avendría Tannhäuser? Por primera vez, Carla respondió sin saber si podría mantener su promesa:

–Nunca te dejaré atrás.

Una vez más, el resplandor de dicha en ausencia de sonrisa iluminó el rostro de Amparo, que sintió surgir otra inspiración:

–Ponte el vestido rojo –dijo.

Observó la cara que ponía Carla.

–Sí, el vestido rojo –insistió Amparo–. Debes ponértelo.

Carla había encargado el vestido durante su estancia en Nápoles, por razones que ni siquiera entonces había podido entender. La pieza de seda la había fascinado: una fantasía de color que había viajado a través del desierto y el mar desde Samarcanda. El sastre había visto el reflejo de la tela en los ojos de ella y había entrelazado sus manos, como en comunión con alguna visión de Carla que ella aún no podía ver, y le había prometido una amalgama entre la seda y el deseo de su corazón, de una armonía capaz de complacer a una columna de piedra.

Cuando se puso el vestido por primera vez, una semana más tarde, su piel lanzó un suspiro, su corazón palpitó y algo cercano al pánico sofocó su garganta, como si le hubiese traído a la memoria algo de sí misma que temía por sobre todas las cosas y que hacía mucho tiempo había resuelto olvidar. Cuando salió del vestidor, los ojos de Amparo se ensancharon y se llenaron de lágrimas. Cuando se puso ante el espejo, vio a una mujer que no conocía y que no podía existir. Y aunque de inmediato valoró la exquisita prenda muy por encima de todo lo que poseía, supo que nunca se la pondría, porque el momento de convertirse en la mujer del espejo, el momento de atreverse a convertirse en ella, no llegaría nunca. El vestido estaba hecho para una mujer en flor, y ella había dejado atrás la primavera y el verano. El vestido yacía en su baúl, rodeado del tisú que había usado el sastre para envolverlo.

–Nunca ha habido una ocasión adecuada –dijo Carla–, y seguramente ésta no lo será.

–Si ahora no, ¿cuándo entonces? –preguntó Amparo.

Carla parpadeó y desvió la vista. Amparo insistió.

–Si Tannhäuser va a caminar por el filo de la navaja, tú debes hacer como él.

Había cierta lógica en el comentario, pero era la lógica de Amparo.

–Por muy extraordinario que sea, no irá vestido de seda roja.

Amparo asimiló esto último y meneó tristemente la cabeza.

–Ya está bien de tonterías –dijo Carla–. Ponte ya en camino, por favor.

Vio a Amparo corriendo hacia la casa y se preguntó cómo sería vivir sin miedo, ni culpa ni vergüenza. Como vivía Amparo. Carla había podido vislumbrar esa vida aquella mañana de la primavera pasada, cuando emprendieron el viaje a Sicilia desde Aquitania. Dos locas en un viaje que nunca terminarían, lo sabía. Esa mañana se había sentido tan libre como el viento que enredaba su pelo. Carla volvió andando a la casa. Iría a la capilla de la mansión y rezaría un rosario por el éxito de Amparo. Si su amiga volvía sola de El Oráculo, su búsqueda habría terminado.

Martes 15 de mayo de 1565

Taberna El Oráculo. Mesina. Sicilia

Una despiadada luz blanca y el hedor a alcantarilla del puerto se filtraban por las puertas del almacén, a través de una variopinta horda de naciones y hombres, extraídos de las clases criminales y militares, y animados todos por un sentimiento general de expectación. Piqueros, marineros, contrabandistas, soldados, *bravi*, pintores y ladrones se amontonaban en torno a las bastas mesas de caballetes y se echaban el salario al gaznate con el deleite de los que han sido condenados justamente a una larga pena. Su conversación, como siempre, giraba en torno a la inminente invasión de Malta, los crueles y degenerados turcos, y las perversiones del islam. Su ignorancia en todos esos campos bordeaba la perfección, pero mientras siguieran bebiendo, Tannhäuser no tenía razones para quejarse. Tenía intención de beneficiarse de la guerra, sin importar quién saliera victorioso, por lo que se ocupaba de sus asuntos, como hacen los sabios, y dedicaba su atención a su habitual desayuno tardío, que esta vez consistía en una suculenta morcilla de las que hacían los benedictinos de Manacio, regada con un recio vino tinto producido por los mismos monjes.

Sus hombros ocupaban todo el respaldo de una maciza silla de nogal, tapizada de raído cuero verde y adornada con la leyenda *Usque ad finem*, inscrita en pan de oro. Era conocida como «el trono de Tannhäuser», y a cualquier individuo lo suficientemente borracho como para imaginar que podía sentarse en ella le aguardaba una paliza, seguida de una violenta expulsión al arroyo pestilente que discurría fuera. Sólo en los últimos tiempos se había vuelto Tannhäuser un hombre de negocios y propiedades, y lo había hecho contra toda expectación anterior, pero sentía que su nueva vocación le sentaba como un guante y, tal como hacía en todo aquello que emprendía, se entregaba a ella en cuerpo y alma.

La taberna había surgido espontáneamente en la antesala del almacén donde Tannhäuser ejercía su actividad de comerciante de armas. La mesa donde comía se encontraba al fondo, en un nicho enmarcado entre barriles, desde donde podía contemplar todo el recinto. El nicho estaba tapizado de alfombras de origen exótico y fabuloso diseño, que conferían a su despacho el aire de un caravanserrallo. Sobre la mesa tenía un reloj de Praga roto, cuyo mecanismo pensaba reparar con piezas de fabricación propia, y a su lado, un astrolabio de latón para calcular la posición de los cuerpos celestes, que el propio profesor Maurolico le había enseñado a utilizar. Apilados en torno a los instrumentos, había varios tomos de curiosa procedencia, escritos en una diversidad de lenguas, no todas las cuales Tannhäuser pretendía entender. De algunos de esos libros, cuando había bebido unas copas, Tannhäuser declamaba *gazels* en turco y poéticos lamentos de Fuzuli o de Baki. Su biblioteca incluía, además, la traducción prohibida de Brucioli del Nuevo Testamento (que a su autor le había valido la muerte en las mazmorras de la Inquisición), los tratados de Ramon Llull y Tritemio de Sponheim, así como libros de magia natural, que exponían las opiniones de antiguos filósofos y las causas de los efectos asombrosos. En medio de esa pintoresca parafernalia, con sus brazos musculosos y sus tatuajes paganos, con su cara llena de cicatrices, su pelo broncíneo y sus ojos de lapislázuli, Tannhäuser aparecía ante sus semejantes como el mogul de algún extravagante señorío y eso era de su agrado, porque en el misterio residía el poder y en el poder residía su propia noción de libertad.

Cuando Tannhäuser hubo terminado la morcilla y consumido el vino, Dana se acercó contoneándose para retirarle el plato. De movimientos flexibles y curvas plenas, la muchacha estaba en la flor de la juventud. Al igual que las otras tres mujeres que servían las mesas, Dana era de Belgrado. Las cuatro habían sido rescatadas de un burdel de corsarios en Argel, cuando su barco fue capturado por las galeras de la Religión. Después, Tannhäuser las había salvado de los burdeles de Mesina, aunque no sin cierta violencia en los muelles, todo ello a expensas –no hace falta decirlo– de una pandilla de proxenetas frustrados. Por aquella hazaña, las damas lo consideraban su paladín, sobre todo desde que habían descubierto que la prostitución estaba prohibida dentro del recinto de El Oráculo, lo mismo que vomitar u orinar. Aun así, las chicas hacían una importante contribución a su negocio, porque los hombres acudían a regalarse la vista tanto como a saciar la sed, y esta última se veía considerablemente intensificada por la imposibilidad de satisfacer la lujuria. Como las chicas sabían que los importunos recibían castigos aún más severos que aquellos que osaban sentarse en la silla del amo, se paseaban pavoneando sus encantos sin la menor vergüenza y con singular impiedad, dos actitudes que Tannhäuser admiraba sinceramente.

Dana levantó una jarra de loza y le dedicó una sonrisa que tenía de recatado sólo la apariencia. Él rechazó más vino, tapando el vaso con una mano, pero no pudo evitar que la otra fuera a acariciarle a ella la pantorrilla bajo la falda. Su piel era fría, suave y deliciosa al tacto. Ella le rozó la mejilla con el pecho y le murmuró entre dientes palabras de cariño en serbio. Él se movió en el asiento, admirablemente excitado, y subió la mano un poco más arriba, bajo la tela de algodón. Hacía varias semanas que ella compartía su cama, así como una serie de tareas espontáneamente asignadas en las entrañas del almacén, y ahora que la frecuencia de sus encuentros había aumentado hasta varias veces al día, él sabía que le convenía resistirse a la tentación; pero la perspectiva de una visita a su alcoba, con el vino y la morcilla asentándose en su estómago, se presentaba como una idea de enorme atractivo. El amor era bueno para la digestión y, si bien tenía cierto número de cosas que hacer, no podía pensar en ninguna, al menos en ese instante, que tuviera carácter de mayor urgencia. Inhaló el perfume del cuerpo de Dana y suspiró. Con una breve siesta después, ¿qué más dicha podía ofrecerle el cosmos?

La palma de su mano abarcó una de las nalgas de la joven y las yemas de sus dedos se instalaron en la hendidura muscular de su trasero, y sintió la inspiración de maravillarse ante la ilimitada perfección de la Creación por haber asumido semejante forma. Dana le tiró cariñosamente del pelo y él echó hacia atrás la silla. Pero su ensoñación erótica se había demorado demasiado. Antes de que pudiera agarrarla por el brazo y escabullirse, Sábato Svi emergió de las profundidades de El Oráculo y se sentó a su mesa.

Más allá de una cortés inclinación de la cabeza, Sábato no prestó la menor atención a Dana ni a la mirada de odio con que lo traspasó. Se hizo un lugar entre los libros para apoyar los codos, sacudió los aceitosos rizos que pendían por debajo de su solideo y sonrió con sus ojitos hundidos, en los que siempre ardía la llama de la locura divina. Sábato se sacó una misiva de la manga y Tannhäuser hizo un gesto de sorpresa. Le hubiese costado demasiado retirar la mano de donde la tenía, pero movido por un vago sentido de la cortesía, se puso a amasar con menos vigor la carne de Dana y esbozó un saludo.

–Sábato –dijo Tannhäuser–. ¿Alguna novedad?

–Pimienta –dijo Sábato Svi.

Sábato era un judío de carácter intrépido, del gueto de Venecia.

Con veintisiete años, era diez años menor que Tannhäuser, pero mucho más experto que él en cuestiones vitales para su prosperidad. Eran socios desde hacía medio decenio y en todo ese tiempo jamás habían discutido, incluso cuando algún descuido los había dejado expuestos a la esclavitud o algo peor. Sábato disfrutaba suscitando indignación mediante astutas calumnias, o levantándose de la mesa con fingida cólera cuando una negociación llegaba a su clímax, o haciendo preguntas impertinentes a rufianes que le triplicaban en corpulencia. Aun así, salvo en escasas aunque memorables excepciones, siempre se las arreglaba para quedar en posición de ventaja. Tannhäuser era cauto en sus afectos, porque aquellos a quienes había apreciado habían demostrado una excesiva propensión a la calamidad, pero si había alguien destinado a ocuparse de su entierro, ése era Sábato Svi. No había hombre a quien Tannhäuser amara más.

–Ya te lo he dicho antes –dijo Tannhäuser–. Sé poco o nada de pimienta y no tengo especial interés en aprender más.

–Y yo ya te he dicho antes todo lo que necesitas saber –replicó Sábato–: que su precio se multiplica por cuatro e incluso más en el trayecto desde los almacenes de Alejandría hasta los puestos del mercado de Venecia.

–Eso será si puedo eludir el impuesto por tonelaje y el bastinado...

–Lo harás, como siempre.

–... y si no soy capturado y encadenado a los remos de una galera por El Louck Alí...

–Que por cierto va camino a incorporarse a la armada del sultán, lo mismo que Turgut Reis, Alí Fartax y todos los demás corsarios del Mediterráneo.

–¿Y desde qué puerto embarcarán para Malta los mamelucos del sultán? ¡Desde Alejandría! –replicó Tannhäuser con satisfacción.

Con la carta que tenía en sus manos, Sábato señaló los muelles, más allá de las puertas.

–Fíjate en los genoveses. Andan encogidos por el puerto como recolectores de berberechos. Pero para un hombre como tú, el mar nunca ha sido más seguro.

Tannhäuser, que siempre picaba cuando alguien pretendía poner a prueba su valor, interrumpió sus magreos. Al notar que Dana inclinaba las caderas, decepcionada, él prosiguió, pero con una actitud más reflexiva que antes. Si lograba eludir a las flotas sarracenas que convergían sobre Malta (algo bastante probable, con un poco de coordinación y suerte), el resto del mar durante esas semanas estaría verdaderamente mucho más tranquilo que de costumbre. Con el increíble don para la oportunidad que él había aprendido a esperar de las mujeres, Dana le pasó los dedos por el pelo.

–No le tengo ningún aprecio al mar –dijo Tannhäuser–. Es un campo pedregoso que labré durante demasiado tiempo; además, aquí tengo muchos deberes esenciales de los que debo ocuparme.

Sábato echó una mirada a los pechos de Dana y ella le respondió contrayendo la boca en una mueca obscena.

–Mattias, amigo –dijo Sábato–, ochenta y cinco quintales de pimienta javanesa nos esperan en Egipto. –Agitó la carta bajo su nariz, como si estuviera perfumada de mirra–. Y están en un almacén especialmente adaptado a nuestra conveniencia.

Tannhäuser captó un atisbo de la escritura hebrea.

–¿Moshe Mosseri?

Sábato asintió con la cabeza.

–Ochenta y cinco quintales, y de aquí a un mes se habrán ido para siempre. –Se inclinó hacia delante–. Todas las ciudades de Europa piden pimienta a gritos. Los franceses se niegan a probar la sopa si no es con pimienta. Imagina a Zeno, D'Este y Gritti subiendo las ofertas para quedarse con todo. ¿Tienes una idea de lo que podrían llegar a pagar?

Tannhäuser frunció el ceño.

–Estarás en Alejandría en tres semanas. Completa la carga con nuez moscada, cera de abeja y seda, y de aquí a ocho semanas estaremos contando nuestro oro en la plaza de San Marcos. –Sábato tenía en Venecia esposa y dos hijos, a quienes añoraba, pero Tannhäuser lo conocía y sabía que sus sentimientos no eran razón suficiente para que quisiera volver a casa–. ¿Quieres oír mis cálculos? ¿Un cálculo prudente?

–Si no hay más remedio...

–Quince mil florines, aunque es probable que sean veinte mil.

La suma era tan exorbitante que Tannhäuser cedió al impulso de retirar la mano de debajo de la falda de Dana para masajearse la mandíbula. La barba de pocos días le raspó los dedos y Dana cloqueó enfadada, pero la suma seguía siendo igual de fabulosa.

Casi como si acabara de ocurrírsele, Sábato añadió:

–Para el trayecto de ida he conseguido una carga de caña de azúcar.

Sábato proponía esos negocios en un estado tan avanzado de planificación que a Tannhäuser prácticamente no le quedaba más opción que llevarlos adelante. El éxito de El Oráculo había sido suficientemente notorio como para permitirles abrir nuevas líneas de crédito y ampliar las antiguas, más o menos a placer. Sin mucha convicción, Tannhäuser intentó buscar otro impedimento.

–¿Tenemos capitán? ¿Tenemos barco? Me refiero a un buen barco y no a los coladores infestados de termitas en los que me has enviado al mar en otras ocasiones.

–Dimitrianos y el *Centauro*.

La perspectiva del hedor insoportable, de las semanas de aburrimiento y sol abrasador, y de los incesantes lamentos del griego por el dinero perdido en la mesa de cartas o en el *backgammon* hizo que una molesta ráfaga de gases recorriera los órganos digestivos de Tannhäuser. Por consideración hacia Dana, reprimió la inclinación de expulsarlos.

–Quien mucho abarca, poco aprieta –dijo–. Además, no me gusta ese griego.

Tal como esperaba, la objeción cayó en saco roto.

–El griego está esperando y tiene los bolsillos vacíos. Podemos cargar dentro de tres días. El mejor momento para embarcar –Sábato se encogió de hombros, pasándole a Tannhäuser el peso de la decisión– dependerá como siempre de tu información.

Tannhäuser tenía cada uno de sus pies apoyado en un mundo diferente y hostil. Para los venecianos, los gobernadores españoles de Sicilia y los caballeros de Malta, era un capitán de infantería, veterano de la campaña del duque de Alba en Italia y de la matanza de franceses en San Quintín, convertido ahora en estimable mercader de opio, armas y municiones. Para los musulmanes, era Ibrahim Kirmizi, Ibrahim *el Rojo*, presente en las sangrientas campañas del este de Anatolia e Irán. Conocía las maneras de los otomanos, sus costumbres, lenguas y ceremonias. Se movía entre ellos como el turco que había sido antaño y que en algunas regiones de su corazón siempre sería. Tenía contactos en Bursa, Esmirna, Trípoli y Beirut; había embarcado sedas y opio desde Mazandarán, y ningún hombre en toda la cristiandad conocía las costas de Stambouli (y también Eminonu, Uskudar y el Buyuk Carsi, y sus baños, posadas y bazares) tanto como las conocía él. En Mesina conocía a infinidad de prácticos de puerto, capataces y capitanes que podían ofrecerle valiosa información acerca de mercancías y navíos en tránsito, competidores en alza o en declive, cargamentos confiscados a punto de ser subastados, incursiones, intrigas a bordo y cambios de los vientos políticos en puertos lejanos. También recababa ayuda entre los esclavos en sus presidios junto a los muelles, sobre todo entre los musulmanes, que eran mudos para cualquier otro oído. Esos hombres traían noticias de la costa de Berbería que nadie más podía ofrecer.

Cuando las noticias viajaban con tanta lentitud, enterarse de algo unos días antes que los demás podía ser de gran valor y, si eran semanas, el tesoro podía ser inestimable.

Así comenzaron sus tratos con los caballeros de Malta, después de ver con sus propios ojos desde el muelle Unkapani del puerto de Stambouli los costillares de madera de la nueva flota de Suleimán y de comprender que esa información podía convertirlos a él y a Sábato Svi en hombres ricos.

Zarparon de la vieja Stambouli esa misma noche, Sábato con rumbo a Venecia, para coordinar el suministro de pólvora y armas, y Tannhäuser en dirección a Mesina, para alquilar el almacén, y de ahí a Malta, para abrir los tratos con la Religión. La invalorable información adelantada acerca de la flota de Suleimán la entregó gratis, para crear confianza y asegurarse un lucrativo contrato de abastecimiento de armas.

–La guerra es un río de oro –le había prometido a Sábato– y nosotros estaremos con cubos en sus riberas.

Y así fue, porque el apetito de pólvora y armas de fuego de la Religión había resultado insaciable, y con el respaldo de países ricos en toda la Europa católica, sus bolsillos eran profundos.

–Según mi información –le dijo Tannhäuser a Sábato Svi–, ya somos ricos y lo seremos cada vez más, sin importar si los franceses echan la pimienta en la sopa o se la espolvorean en sus partes íntimas contra la sífilis.

Sábato se echó a reír, con el exasperante cacareo que dedicaba a las víctimas de sus enredos. Dana apoyó la cadera contra el hombro de su amante, pero los placeres de su falda habían perdido atractivo. Tannhäuser la despidió con un gesto y ella obedeció, no sin antes echar otra mirada de rencor a Sábato Svi. Tannhäuser se quedó contemplando el contoneo de sus caderas hasta perderla de vista y después se giró y plantó el dedo índice sobre la mesa.

–Me pides que pase dos meses en el mar cuando el choque armado más sanguinario del presente siglo está a punto de producirse justo delante de nuestra puerta.

–¡Ése es el quid de la cuestión! En lugar de mejorar nuestra posición, prefieres quedarte de cháchara con los borrachos y escuchar el chismorreo de los muelles. –Sábato señaló con la cabeza la despreciable caterva que abarrotaba las mesas–. Has pasado tanto tiempo codeándote con esos cerdos beodos que empiezas a asimilar sus virtudes.

–¡Basta ya! –exclamó Tannhäuser, sin obrar ningún efecto.

–El tráfico de armas ha estado bien, pero los cañones no rugirán para siempre. Tenemos muy pocas propiedades. Carecemos de tierras. Carecemos de barcos. –Sábato señaló las vigas con un desdeñoso movimiento de la mano–. Esto de aquí no es ser ricos. Es solamente la ocasión de llegar a serlo, la ocasión de soñar.

–No tengo mucha fe en los sueños –dijo Tannhäuser. Su último sueño había sido forjar la hoja de una daga de la que su padre pudiera sentirse orgulloso, y su padre nunca la había visto. Aquel sueño había dejado un vacío en su interior que nada había logrado llenar–. No hablaremos más de pimienta, al menos por hoy.

Al notar su cambio de humor, Sábato apoyó una mano sobre el fornido antebrazo de Tannhäuser y lo apretó.

–La melancolía no va contigo; además, es mala para el hígado, lo mismo que el aire de este agujero apestoso. Vayamos a Palermo, a ver si podemos hacer alguna maldad que nos resulte rentable.

Tannhäuser palmoteó a su amigo y sonrió.

–Condenado judío –dijo–, de aquí a una semana me tendrás sudando en el barco de ese griego, y lo sabes.

Tannhäuser levantó la vista cuando la doble puerta abierta se oscureció y una figura corpulenta ocultó la luz del puerto. Era Bors de Carlisle, que en la práctica ejercía de encargado de la taberna y era el tercer miembro de la inverosímil trinidad que mantenía a flote El Oráculo. A primera hora de esa mañana, durante la sesión diaria de entrenamiento, Tannhäuser había hecho que se golpeara en la cara con el pomo de la espada. Bors no se había quejado, pero después del error cometido no podía decirse que estuviera del mejor humor, como el bulto violáceo debajo de su ojo se encargaba de recordar. En la balanza de la casa de aduanas, Bors equilibraba los platos en ciento treinta kilogramos, concentrados en su mayoría en los muslos, los brazos y el tórax. Su cara parecía haber conocido un uso anterior como yunque de herrero, por lo que la magulladura no quedaba fuera de lugar. Pero cuando irrumpió en la taberna, oyó alguna referencia insultante a la herida recién abierta y, lo que es peor, el comentario dio pie a una imprudente marea de risotadas alcohólicas. Sin alterar el paso, Bors se dirigió al ofensor y descargó en su cuello todo el peso de su puño colosal. Su víctima se desplomó, sofocándose, entre los amigos que lo rodeaban, y Bors siguió su camino a través de la sala para ocupar su puesto habitual a la izquierda de Tannhäuser. Cuando se hubo sentado, Dana le puso en la mesa una jarra y el vaso que habitualmente usaba para beber.

El vaso estaba ingeniosamente fabricado con un cráneo humano. Bors lo llenó de vino, lo vació en el gaznate y lo volvió a llenar; después, en un rezagado arranque de buenos modales, llenó el vaso de Tannhäuser con lo poco que quedaba en la jarra. Entonces le arrojó la jarra a Dana, que se fue a rellenarla. Bors tenía el pelo de un gris férreo y su incipiente calvicie se veía compensada por unas cejas enormes, una buena barba y los hirsutos mechones que le asomaban por las fosas nasales. Saludó a Sábato Svi con una inclinación de la cabeza y se volvió hacia Tannhäuser.

–Un barco rojo acaba de atracar –dijo Bors– en el muelle de los hospitalarios.

–¿Lo ves? –le dijo Tannhäuser a Sábato–. El hierro de la Religión aún está candente. El oro sigue llegando.

Bors prosiguió.

–Le he ordenado a Gasparo que cargue los carros y ensille nuestros caballos. –Miró a Sábato Svi–. ¿Quieres que ensille el tuyo?

Sábato sacudió la cabeza.

–El dinero de la Religión es bienvenido, pero ellos me tienen por uno de los asesinos de su Cristo.

–Son santos varones del Bautista –replicó Bors, santiguándose.

–Las cárceles de esclavos de la Religión rugen con las oraciones por el éxito de los turcos que entonan los judíos levantinos, y yo también las entono –dijo Sábato Svi–. Ya corren rumores de que los judíos de Estambul están financiando la invasión, y aunque son falsos (como lo son siempre esas calumnias), me gustaría que fuesen ciertos. Cuando caiga Malta, hasta el último judío vivo alabará a Dios.

–Como todos acabarán en el infierno, pueden alabar a quien les apetezca.

Sábato miró a Tannhäuser.

–Yo mismo he pagado el rescate de dos cautivos de Alejandría, de ahí que Moshe Mosseri me sea tan favorable.

–No te ha importado vender armas a cambio del oro de los caballeros –observó Bors.

–Estoy más que satisfecho de poder obtener algún beneficio antes de que los barran de la faz de la Tierra –replicó Sábato–. ¿Qué clase de fanáticos se dejarían matar por una roca reseca?

–Se han congregado allí para que se haga la voluntad de Dios, en un noble choque de armas –lo corrigió Bors–. Si no combatimos a los sarracenos en Malta, llegará el día en que tengamos que combatirlos en París, porque la conquista del mundo es su plan principal.

–¿Nosotros? –preguntó Sábato Svi.

–También llegará vuestro momento, créeme –replicó Bors–. Además, los caballeros han reunido a la tropa más indómita de guerreros que nadie haya visto nunca congregada en un solo lugar. –Miró a Tannhäuser–. Van a remover el mismísimo infierno en esa isla, y tú y yo no estaremos allí para poner a prueba nuestro valor. –Apretó angustiosamente un puño que más parecía un barril–. ¡Es una violación del orden natural!

–Mattias ya ha terminado con las matanzas y la guerra. Creía que tú también.

Sin prestar atención a Sábato, Bors hizo una mueca como un bebé gigantesco que estuviera a punto de echarse a llorar.

–Esta refriega va a hacer que San Quintín parezca la fiesta de la primavera.

–No –dijo Tannhäuser–. Va a hacer que parezca una iglesia con un par de viejas encendiendo cirios.

–¡Entonces me das la razón! –exclamó Bors, sintiendo que la esperanza crecía en su pecho–. Ese barco rojo es nuestra última oportunidad de cumplir nuestra parte. Preparemos nuestros arcones de guerra y carguémoslos en los carros. El destino nos llama. ¡No me digas que no lo oyes!

Tannhäuser se movió en el asiento, porque la sangre también bullía en sus venas y el reproche en los ojos de Bors era difícil de soportar. En la cara de Sábato, en cambio, vio el horror de sentir que todos sus planes se derrumbaban. Tannhäuser jugueteó con su anillo, un cubo de oro ruso con un orificio horadado en el centro. Su peso le comunicaba sensatez.

–Bors –dijo–, eres el más viejo y firme de mis camaradas. Pero los tres nos hemos comprometido a hacernos ricos juntos, y eso es lo que estamos haciendo y lo que hemos hecho hasta ahora. En las buenas o en las malas, son otras batallas las que hoy tenemos que librar. Recuerda el lema que elegiste para nosotros, *usque ad finem*, «hasta el final». Hasta el mismo final.

Bors ocultó sus pensamientos detrás del cráneo lleno de vino.

–Aun así –prosiguió Tannhäuser–, la Lengua Inglesa te recibiría con los brazos abiertos. Si quieres aprovechar esta última oportunidad de ir, ve entonces. Nadie aquí te lo reprochará.

Tannhäuser miró los ojos de Bors: grises, con un halo amarillo alrededor del iris, y hundidos en sendos nidos de piel surcada de cicatrices y arrugas. Si Bors decidía unirse a la guerra de la Cruz contra la Media Luna, Tannhäuser se haría a la mar con él. Bors no lo imaginaba, porque no era la clase de persona que espera sacrificios en su nombre, pero Sábato lo sabía demasiado bien, por lo que esperó su respuesta conteniendo el aliento. Dana trajo una jarra llena, consciente de que el cariz de la conferencia anulaba el poder de sus encantos. Bors soltó un gruñido y se sirvió en su vaso.

–Quizá no sea coincidencia –dijo– que yo sea el único incircunciso sentado a esta mesa.

–Al menos esa discordancia se podría corregir –contestó Tannhäuser.

–Antes tendrías que cortarme la cabeza.

–Y cualquiera de las dos cosas mejoraría tu humor –replicó Tannhäuser–. Ahora dime lo que has decidido. ¿Estás con nosotros o con los fanáticos?

–Como has dicho, nos hemos comprometido a estar juntos, en las buenas y en las malas –masculló Bors. Levantó el vaso–. Hasta el amargo final.

Sábato Svi resopló de alivio.

Tannhäuser se puso de pie.

–Vayamos a pregonar nuestra mercancía.

En su alcoba, Tannhäuser se cambió a un jubón de seda burdeos con bandas diagonales doradas. Se abrochó la espada, una Julián del Rey con pomo de plata en forma de cabeza de leopardo, y se pasó la mano por la barba de pocos días en lugar de afeitarse. No tenía espejo, pero confiaba en causar una buena impresión en el puerto. Bors lo llamó desde la calle, combinando su nombre con una rima obscena, y Tannhäuser bajó a reunirse con él.

Ocho carros de dos ruedas tirados por bueyes se alineaban en la calle, con las grandes bestias esperando estoicamente al sol. Los carros estaban cargados de pólvora, balas de cañón de latón, carbón de sauce y lingotes de plomo. Bors esperaba impaciente montado en su zaino, mientras Gasparo sujetaba las riendas de *Buraq*.

–¿Cómo va el día, Gasparo? –preguntó Tannhäuser.

Gasparo era un robusto muchacho de dieciséis años, tímido pero de una lealtad inquebrantable. Una sonrisa fue su única respuesta, turbado por el honor de que se lo hubiera preguntado. Tannhäuser le dio unas palmadas en la espalda y se giró hacia *Buraq*, cuyo afecto lo llenó de inmediato de una alegría infinita. *Buraq* era un caballo teke de Turkmenistán, del oasis de Akhal, una raza que los antiguos consideraban sagrada y que conocían con el nombre de nisena. Gengis Kan había cabalgado uno de esos caballos, los más veloces, resistentes y elegantes. El corcel mantenía alta la cabeza, con innata majestuosidad. Su manto era del color de una moneda de oro recién acuñada, mientras que la cola y la corta crin de mechones rebeldes eran del color del trigo. Tannhäuser lo alimentaba con grasa de cordero y cebada, y lo habría alojado en El Oráculo si sus socios se lo hubiesen permitido. *Buraq* bajó el testuz y Tannhäuser lo acarició.

–El más hermoso de todos –dijo Tannhäuser, y *Buraq* resopló y agitó su largo cuello.

Tannhäuser montó y, como siempre, se sintió en seguida como un César. *Buraq* no necesitaba bocado, por la ligereza con que respondía. La mutua devoción entre caballo y jinete era total. *Buraq* se puso en marcha como si toda la expedición hubiese sido idea suya. Los conductores de los carros hicieron restallar sus látigos, los bueyes se esforzaron por avanzar y, con los jinetes a la cabeza, la caravana de carros inició su procesión por el puerto.

Si bien Sicilia en su conjunto era enemiga de temperamentos inconformistas, Mesina, que a través de los siglos había conocido docenas de conquistadores, abría sus puertas a extranjeros, granujas y toda clase de emprendedores. Era una república independiente, tan populosa como Roma, y prestaba tan poca atención a los españoles (los últimos invasores que en ese momento expoliaban las riquezas de la isla) como antes a los romanos, los árabes, los normandos y todos los demás. Era rica y turbulenta, y con el refugio de Calabria a tan sólo tres kilómetros a través del estrecho, albergaba a un sinfín de rebeldes y delincuentes de todas las clases y categorías. El gobernador sacaba de Mesina más beneficio para la Corona española en un solo año que de todo el resto de la isla en cinco. En cuanto a la Iglesia, la Santa Inquisición constituía una auténtica legión de secuestradores, asesinos y ladrones, y contaba con la entusiasta colaboración de caballeros, barones, mercaderes, artesanos, criminales de toda calaña y, obviamente, del grueso de la policía civil. Como lugar para que un hombre como Tannhäuser hiciera fortuna no tenía rival.

El golfo de Mesina formaba un puerto perfecto en forma de hoz, protegido por espigones fortificados y por los cañones del monumental arsenal que dominaba el mar. Bajo el arsenal se extendía la vieja ciudad amurallada, con los contornos de sus torres y campanarios ondulando al calor del mediodía. Los vastos muelles estaban poblados por un bosque de mástiles, palos y velas arriadas, y a través de la luz centelleante reflejada en el agua, barcazas abarrotadas de cestas y fardos surcaban las aguas de la playa. A excepción de unos pocos pesqueros y barcos de cabotaje dispersos, y de un galeón español patrullando a lo lejos, no había movimiento en el mar, porque la mayoría de los marinos preferían quedarse a la espera durante esos días de peligro, hasta que se conocieran mejor las intenciones del Gran Turco.

El muelle de los caballeros hospitalarios estaba a dos leguas y media de El Oráculo. Por el camino, Tannhäuser y su comitiva pasaron atronando sobre el empedrado por delante de talleres de candeleros y cordeleros, almacenes de especias y graneros, burdeles, casas de cambio y garitos parecidos al suyo. Pasaron junto a impresionantes grúas de carga, accionadas por esclavos que se movían en el interior de ruedas gigantescas; junto a galeras recién carenadas, olorosas a estopa y alquitrán; junto a vendedores de callos asados y por delante de ganchos de los que colgaban corderos recién despellejados; junto a barrenderos que echaban a paladas los excrementos en carros pestilentes, rodeados de moscas; junto a indigentes sin piernas, pillastres descalzos y mendigos que pedían limosna; junto a mujeres que regateaban con los vendedores; junto a pandillas de *bravi* que se pavoneaban con sus muecas sarcásticas y sus cuchillos ocultos; junto a un millar de bocas que maldecían y un millar de espaldas doloridas. La escala colosal de los negocios, que se prodigaban hasta donde alcanzaba la vista, le recordó a Tannhäuser que Sábato Svi estaba en lo cierto: aún no eran lo suficientemente ricos. Decidió presentar sus respetos a Dimitrianos en el camino de vuelta y encargar provisiones decentes para el viaje.

El *Couronne* era grande y esbelto, con ciento ochenta pies de proa a popa y sólo veinte de manga. Había sido diseñado, como todos los barcos de los caballeros, pensando en la velocidad y la capacidad ofensiva. El casco estaba pintado de negro y las enormes velas latinas eran de color rojo sangre. La dorada cruz de ocho puntas que las velas llevaban tejida deslumbraba la vista. En el muelle, para recibir al barco, había una veintena de caballeros de la Religión, con sus largas capas negras. Todos llevaban la espada sobre el hábito y parecían preparados para cualquier eventualidad. Tannhäuser supuso que habrían llegado en los últimos días desde los prioratos más distantes de la Orden y, de hecho, algunos tenían rasgos decididamente germánicos o escandinavos, mientras que otros parecían españoles o portugueses. Se turnaban para recibir con un abrazo a un hermano delgado que estaba entre ellos. Cuando el hombre se giró para saludar al siguiente, Tannhäuser reconoció a Oliver Starkey. Sus miradas se encontraron y Tannhäuser saludó y sonrió. Un destello de incomodidad se encendió en la cara fina y huesuda de Starkey, pero él también sonrió e hizo un gesto de asentimiento con la cabeza, antes de volver a atender a sus hermanos. Tannhäuser fue hacia Bors.

–Vamos a concluir nuestros tratos con el capitán. Después vendremos a buscar al hermano Starkey.

Cuando Tannhäuser se disponía a subir por la pasarela principal, Bors le puso una mano sobre el brazo en señal de advertencia. Tres hombres venían bajando por la misma pasarela, con el sol a sus espaldas. Dos de ellos vestían el hábito de los dominicos y hacían una curiosa pareja, porque uno casi doblaba al otro en tamaño. Detrás de ellos venía un español de veintitantos años, delgado como un junco y vestido con un elegante jubón negro. Había depravación en sus ojos y en su boca, y su aspecto era el de un asesino. Llevaba a la cintura una daga y también una espada. El más corpulento de los monjes tenía el porte de un príncipe, pero caminaba con la humildad de un indigente. Su camino iba a cruzarse con el de Tannhäuser y, al salir del resplandor del sol, Tannhäuser vio su cara y sintió que se le encogía el estómago.

–Ludovico Ludovici –dijo Tannhäuser.

–¿El inquisidor? –preguntó Bors.

El mundo en que vivía Tannhäuser quizá le pareciera vasto al común de los mortales; pero precisamente por tratarse de un mundo selecto, era más pequeño que el mapa donde se movía.

El mapa de la villanía era más pequeño aún. Sintió que se le tensaba la piel en torno al cráneo.

–Ludovico mandó a Petrus Grubenius a la hoguera –dijo.

Bors lo agarró por los hombros e intentó quitarlo del camino de Ludovico.

–El pasado, pasado está. Miremos por nuestros negocios.

–Yo era un bruto y Petrus me convirtió en un hombre. Fue mi maestro, mi amigo.

–Es de insensatos guardarle rencor a un enemigo contra el que no puedes luchar.

Tannhäuser cedió a la fuerza de Bors y dio un paso atrás, pero no dejó de mirar a Ludovico a la cara y vio que el inquisidor lo estudiaba mientras se acercaba. El monje más bajo, un hombre de tez cetrina y expresión desdeñosa, que sudaba bajo el peso de dos abultadas carteras, se hizo a un lado, como dispuesto a rodear un enojoso montón de escombros, pero en el último momento Ludovico paró, se giró y miró a Tannhäuser con cortesía. Indicó entonces a su céreo compañero.

–Os presento al padre Gonzaga, legado del Santo Oficio en Mesina.

Gonzaga, perplejo por la demora de Ludovico, reaccionó con una breve inclinación de la cabeza.

–Y éste es... Anacleto.

El joven español fijó en Tannhäuser una mirada fría.

–Yo soy fray Ludovico, pero creo que vosotros ya lo sabíais.

La voz de Ludovico pasó sobre él, serena y profunda como un mar sin viento. Sin embargo, bajo su superficie acechaban monstruos. Con un gesto, Tannhäuser señaló a Bors.

–Bors de Carlisle. –Después hizo una breve reverencia–. Capitán Mattias Tannhäuser.

La atención de Ludovico se concentró en él.

–Vuestra reputación os precede.

–Todos los gallos son reyes cuando cacarean desde su montón de estiércol –replicó Tannhäuser.

La crudeza del comentario cogió a Ludovico por sorpresa y su boca de labios sensuales se quebró en una sonrisa, como si fuera la primera vez que descubría cómo hacerlo. Una sofocada exclamación de indignación escapó de la garganta de Gonzaga. Anacleto observaba a Tannhäuser como un gato que observara a un pajarillo en el patio. Bors estudiaba a Anacleto, mientras jugueteaba con unos dedos que hubiesen querido empuñar un cuchillo.

–Sois un filósofo –dijo Ludovico–, y uno muy agudo.

Pese al viejo odio reavivado en su interior, Tannhäuser descubrió que empezaba a sentir simpatía por el monje, señal de que Ludovico era más peligroso de lo que pensaba. Tannhäuser sacudió la cabeza.

–Vuestra merced me halaga. Soy un hombre afortunado, pero simple.

Esta vez, Ludovico soltó una carcajada.

–Y yo soy un humilde sacerdote.

–Entonces estamos en paz –replicó Tannhäuser.

Para entonces, el asombro de Gonzaga iba dirigido a su superior.

Ludovico dijo:

–Decidme de dónde me conocéis, capitán Tannhäuser. Si nos hubiésemos encontrado antes, yo seguramente os recordaría.

–Os vi solamente una vez, pero fue de lejos y hace muchos años. En Mondovi.

Ludovico miró a la distancia, como queriendo conjurar una escena entre todas las de una memoria vasta y detallada, y asintió con la cabeza.

–Aparte de mí, erais el hombre más alto de la plaza.

Su mirada volvió de la lejanía y la sombra de una oscura tristeza surcó su rostro. Entonces Tannhäuser supo que ambos recordaban la misma columna de llamas y las feroces aclamaciones de la misma muchedumbre bestial.

–El mundo está inundado de maldad –dijo Ludovico–, lo mismo antes que ahora, y las obras de Satanás dejan un rastro evidente en todas partes.

–No seré yo quien os contradiga –contestó Tannhäuser.

–Había maldad desatada entre los piamonteses –explicó Ludovico–. La pureza de la fe quedó teñida por la guerra y florecieron doctrinas malignas. Era preciso restablecer la disciplina. Me alegro de que vos no figuraseis entre los culpables.

Tannhäuser escupió en el muelle y cubrió el escupitajo con la bota.

–Mi maldad es demasiado corriente para atraer la atención de alguien como vos –replicó–. En Mondovi, matasteis a hombres poco corrientes, hombres de sabiduría muy poco común. Como Petrus Grubenius.

Un cambio en la luz de los ojos de Ludovico reveló que conocía el nombre de su víctima, pero no dijo nada. Tannhäuser señaló con un dedo el sur, en dirección a Siracusa.

–No lejos de aquí, el gran Arquímedes también fue asesinado por un soldado romano analfabeto, por trazar dibujos matemáticos en la arena. –Le dio la espalda a Ludovico–. Es un consuelo saber que en los muchos siglos transcurridos desde entonces, la admiración de Roma por los sabios no ha disminuido.

Ninguno de los presentes había oído nunca que alguien acusara de asesino a un inquisidor. Oírlo dos veces hizo que Bors y Gonzaga palidecieran de desconcierto.

Ludovico se lo tomó con ecuanimidad.

–Mi consuelo es el triunfo del orden sobre la anarquía. Y la herejía, que es la enemiga del orden, hunde sus raíces en la vanagloria de los eruditos. Quien oye la Palabra Eterna no necesita instruirse, porque la erudición en sí misma no es virtud y a menudo es el camino que conduce a la oscuridad infinita.

–Coincido con vos en que la erudición no es garantía de virtud, porque de ello tengo la prueba viva ante mis ojos. –Tannhäuser podía sentir la mirada de Bors perforándole el cráneo, pero la pasión lo arrastraba–. En cuanto a la oscuridad, otros caminos más anchos conducen a ella, aparte del conocimiento.

–¿De qué sirve el conocimiento sin temor a Dios?

–Si Dios necesita agentes humanos para infundirnos temor, ¡qué pobre remedo de divinidad ha de ser!

–Yo no soy agente de Dios –dijo Ludovico–, sino de la única Iglesia verdadera. –Señaló a los caballeros en el espigón–. Esos nobles caballeros del Bautista, cuyo valor imagino que honráis, han venido a defender la Cruz contra la Bestia Roja del Islam. Pero la guerra que libra nuestra Santa Madre Iglesia por su supervivencia es aún más desesperada. Los enemigos confabulados contra ella en todos los rincones del mundo son mucho más terribles y omnipresentes, y los más terribles surgen de su propio seno. La duración de la guerra de la Iglesia no se medirá en semanas, ni tampoco en años, sino en milenios. Y lo que hay en juego no es un ejército, ni una isla, ni solamente un pueblo, sino el destino de toda la humanidad por toda la eternidad. Así pues, mi propósito no es infundir miedo, sino defender la roca sobre la cual Pedro fundó la congregación de Cristo.

–Es cierto que honro a estos caballeros –dijo Tannhäuser–, pero ellos han venido a cruzar las espadas con los guerreros más valerosos del mundo, y no a torturar a los indefensos ni a ejecutar a los mansos.

–Y el paraíso de los santos será su recompensa. Pero también vos lleváis espada. Si de verdad creéis en lo más profundo de vuestro corazón, en ese lugar donde incluso vos oís la voz de Dios, que libraréis a este mundo del mal acabando conmigo, entonces os insto a desenvainar sin más vuestra espada y a darme muerte con ella.

Cuanto más hablaba Ludovico, más le gustaba a Tannhäuser, y más se convencía éste de que verdaderamente libraría al mundo de una gran amenaza si lo mataba. En lugar de hacerlo, sonrió.

–No seguiré discutiendo con vos –dijo–, porque reconozco que no puedo superaros.

–Os he desafiado con toda seriedad –contestó Ludovico– y vuestro compañero, al menos, cree que quizá aceptéis mi desafío.

Tannhäuser miró a Bors, que en efecto parecía dispuesto a abalanzarse sobre el inquisidor. Al ver la expresión de Tannhäuser, relajó la tensión, no sin cierta tímida turbación.

–No es mi propósito librar al mundo del mal –dijo Tannhäuser–, sino acumular riquezas y quizá también un poco de sabiduría, y morir de todos los vicios en que pueda incurrir, en el tiempo de vida que me ha sido asignado. Hace mucho que le he dado la espalda a Dios.

–Él vive en vuestro interior, creedme, con tanta seguridad como que vive dentro de mí –dijo Ludovico–. Y con la misma seguridad, Él me juzgará por cada uno de mis actos, como os juzgará a vos por los vuestros.

–Entonces quizá volvamos a encontrarnos en el muelle, codo con codo, cuando llegue el Día del Juicio.

Ludovico asintió.

–De eso no debe cabernos la menor duda.

Miró a Gonzaga, que además de estar visiblemente perplejo por todo lo que ocurría, luchaba para no abrir las manos y dejar caer al suelo las dos carteras que cargaba. Ludovico se volvió otra vez hacia Tannhäuser.

–Roguemos para que, cuando llegue ese momento, la gracia de Dios nos haya librado a ambos del pecado.

–Creía que vuestros curas se reservaban ese poder para sí.

–Hay diferentes opiniones, escolásticamente hablando –replicó Ludovico–. El sacerdote puede absolver del castigo del pecado, que es la condenación; sin embargo, si la maldad del pecado se define como dureza de corazón, entonces sólo la contrición, el dolor sincero, puede eliminarla.

–También os habéis encargado de repartir una buena cantidad de dolor –dijo Tannhäuser.

–¿Y quién de nosotros no lo ha hecho? –Esperó a que Tannhäuser hiciera un gesto afirmativo y entonces añadió–: Además, si el dolor abre las puertas de la gracia de Dios, ¿qué hombre justo lo eludiría?

Tannhäuser no respondió. Ludovico sonrió, con una insinuación de melancolía.

–Pero os estoy entreteniendo. Pese a vuestras desvergonzadas blasfemias, ¿aceptaréis quizá la absolución de un humilde sacerdote, antes de despedirnos? Aliviará mi conciencia, aunque no alivie la vuestra.

Tannhäuser miró a Anacleto y captó la sombra de una sonrisa en su boca de corazón. Vaciló, pero la rudeza no era habitual en él, de modo que inclinó la cabeza. Ludovico levantó la mano y trazó la señal de la cruz.

–Ego absolvo te a peccatis tuis, in nomine Patris et Filii et Spiritus Sanctii, Amen.

Tannhäuser levantó la mirada y notó que Ludovico tenía los ojos más fríos que había visto en su vida.

–Assalamu alaikum wa rahmatullahi wa barakatuh –dijo Tannhäuser.

–Hasta que volvamos a vernos –replicó Ludovico.

–Llevaré mi propia leña.

Tannhäuser miró cómo se alejaba el dominico, con Gonzaga jadeando detrás. La figura lobuna de Anacleto cerraba la marcha. A diez pasos de distancia, este último se volvió con gesto estudiado para mirar por encima del hombro. Tannhäuser le sostuvo la vista y Anacleto se volvió, mientras el trío se perdía en el bullicio del puerto.

–¿Quieres mandarnos a todos al potro de torturas? –exclamó Bors furibundo–. Nunca he visto una locura semejante.

–El águila no caza gusanos –replicó Tannhäuser–. La presa de Ludovico es la Religión.

–Vi su cara mientras te daba la absolución –insistió Bors–, como si te estuviera mandando a las mazmorras. O a la hoguera. Recuerda lo que te digo: esa bendición suya será una maldición.

Tannhäuser le dio una palmada entre los hombros.

–Bendición o maldición, no creo en ninguna de las dos, de modo que vayamos a trabajar.

El capitán de la galera era el *cavaliere* Giovanni Castrucco, a quien Tannhäuser conocía, por lo que los saludos fueron rápidos, y de inmediato él y Bors fueron invitados a subir a bordo, para que el sobrecargo les sellara y firmara el conocimiento de embarque, y para organizar la carga de las mercancías, labor que ocuparía el resto de la jornada. El pago se efectuaría en su cuenta bancaria en Venecia; la Orden jamás dejaba de pagar sus deudas. El *Couronne* zarparía con la marea nocturna, ya que la vanguardia turca podía aparecer en cualquier momento y Castrucco no estaba dispuesto a enfrentarse a un bloqueo. Una vez concluidos los negocios, Tannhäuser y Bors bajaron por la pasarela y encontraron a Oliver Starkey en el muelle. Tannhäuser le tendió la mano y Starkey se la estrechó.

–Hermano Starkey, qué placer inesperado.

–Tannhäuser –Starkey se giró, para estrecharle la mano también a Bors–, y Bors de Carlisle.

Enunció el seudónimo de su compatriota con irónica diversión. Ciertamente, el alias de Bors era un tanto extravagante, con sus resonancias de noble cuna, pero también lo era el de Tannhäuser. Habían elegido sus nombres de guerra en Milán, mientras se bebían una botella de aguardiente, cuando buscaban vender sus lanzas al duque de Alba. El andurrial donde había nacido Bors no figuraba en ningún mapa, pero al menos estaba cerca de Carlisle. El nombre de Tannhäuser había sido robado de una balada de inspiración caballeresca, una vieja historia de trovadores acerca de un rey acosado por las mujeres y obligado a exiliarse de la Ciudad de Dios como resultado. Pero los nombres, fueran o no legítimos, tenían un poder propio y los suyos habían contribuido a hacerlos hombres orgullosos, antes y ahora.

–¿Qué os trae a Mesina en fecha tan avanzada? –preguntó Tannhäuser.

–Vos –dijo Starkey.

–Si queréis más hombres, estoy casi seguro de poder reunir unos cuantos, aunque la mayoría estarán borrachos y todos pertenecerán a la hez de la sociedad. –Se detuvo, ante la patente falta de interés en la expresión de Starkey–. ¡Pero si se me han olvidado los buenos modales! Venid y comeréis con nosotros en nuestra mesa.

–Disculpadme, Tannhäuser, pero no estoy hecho para el disimulo. –La incomodidad de Starkey era manifiesta–. No he venido a negociar, sino a pediros un favor.

–Estáis entre amigos. Pedid, olvidad toda reticencia.

–He venido por orden urgente del gran maestre, para rogaros que hagáis causa común con la Religión en la guerra contra el Gran Turco.

Tannhäuser parpadeó y echó una mirada furtiva a Bors.

Bors se atusó los bigotes y se relamió.

–En pocas palabras –dijo Starkey–, el gran maestre quiere que os unáis a nosotros.

–¿En Malta?

–En Malta.

Tannhäuser se quedó mirando a Starkey con tanta incredulidad y tan profunda aprensión que Bors se llevó las manos a las rodillas y estalló en sonoras carcajadas. Fueron tan estridentes y alborozadas sus carcajadas que los marineros que estaban arriando las velas latinas y los estibadores que sudaban en los carros se pararon en medio de sus tareas y se volvieron para mirar.

Martes 15 de mayo de 1565

El Oráculo. Puerta de Mesina. Colinas de Neptuno

Tannhäuser volvió del *Couronne* de pésimo humor. Starkey había desplegado todas sus artes de persuasión (moral, política, económica, espiritual y tribal) para intentar ganar su apoyo. Le había prometido gloria, riquezas, honor y la gratitud de Roma. Había suplicado, adulado e intimidado. Había invocado la *Summae* de Tomás de Aquino, la autoridad de san Bernardo de Clairvaux y conmovedores ejemplos de héroes antiguos y modernos. Lo había hecho todo, menos acusar a Tannhäuser de falta de valor. Aun así, Tannhäuser había respondido a todas sus propuestas e intentos de soborno con un absoluto rechazo a tomar las armas por la Religión. La Ilíada maltesa, como Starkey la llamaba, tendría que continuar sin él. Hacía muchos años que no mataba a un hombre, y si bien su conciencia no solía inquietarse por ese tipo de actos, tampoco echaba de menos esa práctica. Como recompensa por las tribulaciones de la mañana, se prometió un baño cuando volviera al almacén. Bors cabalgaba a su lado, sumido en su propio silencio exasperado. Cuando estuvieron cerca de El Oráculo, señaló con la cabeza un caballo atado a la sombra, delante de las puertas, y dijo:

–Problemas.

Tannhäuser vio que el animal era una espléndida yegua zaina, ricamente ensillada y enjaezada. Salvo pocas excepciones, los clientes de la taberna tenían tan escasas probabilidades de poseer una bestia semejante como de ser elegidos para integrar el colegio cardenalicio. Al franquear las puertas de El Oráculo, de camino a las caballerizas, Tannhäuser agachó la cabeza para ver el interior de la taberna y encontró una peculiar conmoción. El alboroto procedía de una masa de infames borrachos, aglutinados hombro con hombro a la manera de los espectadores de una pelea callejera. Tannhäuser desmontó de inmediato, le entregó a Bors las riendas de *Buraq* y se dirigió al umbral para mirar por encima de las cabezas de la chusma.

En medio de la sala, una joven alta y huesuda, vestida con traje de montar de color verde bosque, giraba como un derviche, con los brazos extendidos como alas, rodeada de un semicírculo de parroquianos vocingleros, que aullaban lascivas proposiciones en dialecto siciliano y le arrojaban a la cabeza trozos de corteza de queso, cera de vela y pan. Era evidente que la muchacha no estaba en sus cabales, pero nadie habría podido culparla, viéndola bombardeada con obscenidades y desechos. Para empeorar las cosas, en abierta provocación a las fantasías más primitivas de sus torturadores, no dejaba de entonar su nombre con una vocecita aguda, sin dejar de girar.

–¡Tannhäuser! ¡Tannhäuser! ¡Tannhäuser!

Tannhäuser lanzó un suspiro. Se acomodó la espada para que colgara de un modo más impresionante y entró a grandes zancadas en la taberna, transmitiendo la sensación de que sabía exactamente qué hacer.

Era tal el alboroto que estaban haciendo los camorristas que muy pocos advirtieron su entrada, lo cual lo irritó aún más. Cuando un sujeto achaparrado y de cuello grueso como el de un buey se reclinó hacia atrás en su asiento y tomó impulso con el brazo para arrojarle a la joven algún trozo de porquería, Tannhäuser lo agarró por la nuca y le aplastó la cara contra la mesa, con tal exceso de fuerza que el otro extremo de la tabla saltó de los caballetes y derramó una lluvia de cerveza sobre los parroquianos sentados.

–¡Volved a vuestras jarras, cerdos! –rugió.

Para su satisfacción, el garito se sumió en el silencio. La joven se detuvo en medio de un giro y lo miró sin rastro de mareo. Por lo poco que veía él en la penumbra, la chica tenía un ojo marrón y otro gris, signo seguro de personalidad desequilibrada. Se sintió intrigado al ver que había una perfecta comunión en el espíritu con que los dos ojos brillaban, incluso a pesar de la crueldad a que había sido sometida la chica. Tenía la cara ligeramente torcida, estaba excesivamente delgada y parecía como si se hubiera cortado el pelo ella misma sin mirarse al espejo, pero Tannhäuser no pudo evitar preguntarse cómo sería hacerle el amor. El traje no permitía ver mucho, pero sus experimentados ojos adivinaron unos pechos magníficos. Para su asombro, se sorprendió sintiendo una agradable y creciente rigidez bajo los pantalones de cuero.

–Tannhäuser –dijo la joven, en una voz que sonó a música para sus oídos.

No lo miraba a la cara, sino que fijaba la vista a la altura de su pecho, pero se había ganado el derecho a actuar con audacia.

–Para serviros, *signorina* –replicó él, con un florido gesto de la mano y una reverencia.

La mirada de ella descubrió algo detrás de los hombros de

Tannhäuser, y él se giró, a tiempo para ver que Cuello de Buey había vuelto en sí lo suficiente como para levantarse tambaleante de su banco, blandiendo los puños. Antes de que la vista nublada del bruto localizara del todo a su enemigo, Bors cayó sobre él por detrás con sombría satisfacción. La joven no pareció turbada por los actos brutales que se produjeron a continuación, como si los espectáculos violentos en ambientes vulgares no fueran ajenos a su experiencia.

–¿Habláis francés? –preguntó ella en esa lengua.

Tannhäuser tosió y ensanchó los hombros.

–Por supuesto –replicó él en el mismo idioma y, con lo que consideraba un dominio admirable del francés, le preguntó su nombre.

–Amparo –respondió ella.

«Un nombre encantador», pensó él, mientras le señalaba el santuario donde tenía su mesa, sin ocultar el orgullo que le infundía su exótica decoración.

–*Mademoiselle* Amparo –dijo–, venid conmigo, por favor. Sentémonos.

Amparo sacudió la cabeza, con los ojos fijos aún en el pecho de él, y replicó con un torrente de palabras que Tannhäuser se vio incapaz de entender. Mejor dicho, era capaz de reconocer una palabra de cada cinco, pero todas las demás pasaban velozmente de largo, dejándole una sensación de enorme perplejidad. Había crecido hablando en alemán con su familia; después, a los doce años, en la escuela de los jenízaros, una disciplina draconiana lo había obligado a dominar idiomas y escrituras totalmente extraños para él. Después había aprendido italiano con relativa facilidad. Durante su estancia en casa de Petrus Grubenius, cada una de cuyas frases trazaba complicados meandros retóricos antes de llegar al nudo de la argumentación, había adquirido el amor por la extravagancia que las lenguas romances inspiran en ciertos temperamentos. Mesina le había dado un español aceptable. Pero el francés era una lengua maldita, incrustada de pronunciaciones irracionales, y el poco vocabulario que conocía lo había aprendido de los soldados.

Levantó una mano para detener el discurso de la muchacha.

–Por favor –dijo. Las furtivas miradas de la chusma caían sobre ellos y el ruido de sus gruñidos y sus pedos volvía difícil la conversación. Le indicó la puerta–. Hablemos fuera.

Amparo hizo un gesto afirmativo y él le tendió un brazo protector. Ella hizo como que no lo veía y pasó junto a él en dirección a la calle, donde Tannhäuser fue a reunirse con ella a la sombra, con los caballos. Vio que la joven contemplaba absorta a *Buraq*, que Bors había atado junto a su yegua. Era evidente que sabía reconocer un buen caballo.

–Éste es *Buraq* –dijo Tannhäuser, refugiándose en el italiano con la esperanza de que ella lo entendiera si hablaba despacio–. Lleva el nombre del caballo alado del profeta Mahoma.

Ella se volvió y lo miró por primera vez a los ojos. No era exactamente hermosa, pero irradiaba un poderoso encanto. Su rostro, deformado por una violenta depresión del hueso debajo del ojo izquierdo (ahora podía verlo), resplandecía con un éxtasis que le resultaba turbador. Tenía un aire de inocencia elemental que no encajaba con la forma en que se había comportado en la taberna. La joven no dijo nada.

Tannhäuser lo intentó otra vez, en su trabajoso francés.

–Decidme por favor en qué puedo ayudaros.

Escuchó con atención, mientras Amparo le hablaba como si fuera un niño pequeño, y si bien de ese modo pudo hacerse una idea de lo que ella quería decirle, no pudo evitar la sensación de que así en efecto era como ella lo veía. Amparo dijo un montón de cosas absurdas acerca de un hombre desnudo (aunque era probable que él hubiera interpretado mal ese detalle), montado en algún tipo de caballo (al decirlo, gesticuló en dirección a *Buraq*), y acerca de un perro con fuego en las fauces y otros fragmentos de lo que parecía un delirio místico. Pero más allá de esos enigmas, Tannhäuser logró vislumbrar que ella quería llevarlo a ver a su señora, una tal madame La Penautier (nada menos que una condesa), en la Villa Sáliba, en las colinas de las afueras de la ciudad.

–Queréis que visite a la condesa La Penautier, en la Villa Sáliba –dijo él, para confirmar al menos ese extremo. La joven asintió con entusiasmo. Sin embargo, por lo que había entendido, la chica no le había explicado el propósito de la reunión–. ¿Me disculparéis si os pregunto para qué? –añadió.

Amparo pareció perpleja.

–Es el deseo de mi señora. ¿No es suficiente?

Tannhäuser parpadeó. Su experiencia con condesas francesas o para el caso con sus doncellas, si tal era la posición que ocupaba Amparo, era inexistente. Quizá siempre invitaran a los caballeros de ese modo y quizá todas sus doncellas fueran tan extrañas como esa menuda joven semejante a un duende, pero probablemente no era así. En cualquier caso, era una novedad y él se sentía halagado. Y después de todo, ¿qué mal podía haber en aceptar la invitación? Tannhäuser se tomó un momento para componer su respuesta.

–Podéis decirle a la condesa que será un placer para mí visitarla en la Villa Sáliba mañana, a la hora que estime conveniente.

Sonrió, complacido con su creciente dominio de la odiosa lengua.

–No –dijo la joven–. Hoy. Ahora.

Tannhäuser echó una mirada desde el reducido rincón de sombra hacia el horno de una tarde de verano siciliana. La perspectiva de su baño perfumado parecía alejarse.

–¿Ahora? –preguntó.

–Os llevaré ante ella de inmediato –replicó Amparo.

Hubo una repentina señal de peligro en la expresión de la joven, como si ante cualquier negativa fuera a ponerse a dar vueltas y a gritar. Por culpa de lo que ahora consideraba sus oscuros años de celibato (la castidad era norma obligada entre los jenízaros), Tannhäuser sólo había conocido al sexo débil a una edad avanzada. Nadie más que él sabía que se había mantenido virgen hasta los veintiséis años. Como resultado, atribuía a las mujeres un poder y una sabiduría que, según sospechaba, no merecían. Aun así, se resistía a la idea de no parecer galante a los ojos de una condesa, o incluso de su doncella.

–De acuerdo –dijo–. El aire será bueno para mi salud.

Le dedicó a la joven lo que esperaba que fuese una sonrisa encantadora, pero ella no se la devolvió. Amparo se giró, saltó al lomo de su yegua y se acomodó en la silla con admirable agilidad. Al hacerlo, dejó al descubierto un destello de musculosa pantorrilla y, bajo el corpiño del vestido, suficiente movimiento como para confirmar las esperanzas de él respecto al tamaño de sus pechos. Después lo miró desde arriba, con expresión de exagerada paciencia. Tannhäuser vaciló, pues no tenía costumbre de dejarse mandar de esa forma. Por la puerta apareció Bors, limpiándose la sangre que tenía en los nudillos. Contempló a la joven de verde y después le echó una mirada inquisitiva a Tannhäuser.

–Me han invitado a visitar a una señora –anunció Tannhäuser–. Una condesa, nada menos.

Bors soltó una risotada salaz.

–¡Basta! –dijo Tannhäuser, dirigiéndose hacia *Buraq*.

–¿Es vuestro padre? –preguntó Amparo en tono casual.

Bors, que en realidad hablaba mejor francés que Tannhäuser, dejó de reír.

Tannhäuser aprovechó su turno para reírse:

–No, pero por lo viejo y gordo que es, podría serlo.

–¿Entonces por qué necesitáis su autorización? –preguntó Amparo.

También Tannhäuser dejó de reír, espantado de que ella lo hubiera interpretado así.

–Será mejor que vayas a ver a tu condesa –dijo Bors– antes de que esta niña acabe con nosotros.

Tannhäuser montó. Antes de que pudiera abrir la marcha, como era su costumbre, la joven se puso en camino a un trote vivo, atronando por el empedrado.

Cabalgaron por calles desiertas por el calor feroz, cubiertas de excrementos y vibrantes con el zumbido de las moscas que infestaban las cunetas. En la puerta norte de la ciudad pasaron junto a ruedas de carro fijadas en lo alto de unos postes, donde habían quedado atados los cadáveres desmembrados de varios blasfemos, sodomitas y ladrones, con la piel tan abrasada por el sol y la carne tan reseca que hasta los cuervos y los gusanos los rehuían. En unas picas, a ambos lados de la puerta, había una colección de cabezas humanas con la carne arrancada a picotazos. Tras dejar atrás el pavoroso espectáculo, subieron las faldas de las colinas de Neptuno, donde el aire era de una dulzura abrumadora y los halcones parecían patrullar los montes Peloritani.

Mediante un discreto interrogatorio a la muchacha, Tannhäuser adquirió una visión de la condesa La Penautier como una joven viuda de carácter fuerte y llena de recursos que dirigía una finca en Aquitania sin ninguna ayuda. Amparo no sabía nada del difunto marido, ya que su muerte había precedido a su llegada, pero la condesa nunca había dado muestras de echar de menos su compañía. Aunque era imposible formarse una imagen precisa, todo parecía indicar que la señora no tenía aún treinta años y era dueña de una belleza considerable.

Por el momento, a Tannhäuser le bastaba observar que Amparo tenía los dedos largos, con uñas en forma de almendras, y el cuello grácil como el de un cisne. Bajo la seda verde, que el sudor manchaba de negro en las axilas, sus pechos eran aún más grandes de lo que él había apreciado, hecho subrayado por su constitución, que ahora él prefería calificar de esbelta y no de delgada. Si ella apenas lo miraba, era sin duda a causa de la timidez. Con alivio, Tannhäuser se enteró de que Amparo era española y había pasado gran parte de los últimos años de su infancia en Barcelona. El castellano le dio la oportunidad de corregir la impresión de que era un idiota. Habló entonces del puerto y de la hermosa catedral antigua que podía verse en aquella gran ciudad, aunque nunca la había visitado personalmente y todos sus conocimientos eran de segunda mano. Amparo respondió a su entusiasmo con silencio, y él volvió a hacer preguntas, ya que al menos por cortesía ella las contestaba.

Amparo y su señora habían viajado desde un pueblo cercano a Burdeos, pero más allá de eso, los conocimientos de geografía de la joven eran bastante flojos. Para Amparo, Marsella, Nápoles y Sicilia no eran más que jalones dispersos en una vasta extensión ignota. Para dos mujeres solas, el viaje había sido de una temeridad extrema, sobre todo por haber prescindido de una escolta armada. Aun así, Amparo se declaró dispuesta a seguir a su señora «hasta el fin del mundo». Semejante lealtad no era característica del personal de servicio, ni de las relaciones entre mujeres en general, según la experiencia de Tannhäuser. Cuando llegaron a las buganvillas que anunciaban el final de su cabalgata, Tannhäuser estaba más intrigado que nunca.

La Villa Sáliba era un ostentoso montón de mármol, a la manera moderna, y Tannhäuser pensó que una residencia como ésa le sentaría como anillo al dedo. Pero la mansión principal no era su destino. Dejaron los caballos en el establo para que bebieran agua y Amparo lo condujo a un fabuloso jardín consagrado a las rosas blancas y rojas. Palmeras y mirtos le conferían sombra, y su emplazamiento y diseño estaban magníficamente concebidos. Tannhäuser observó con satisfacción que no había ni rastro de las ubicuas magnolias que habrían empañado los delicados aromas. Del otro lado del jardín se erguía una casa mucho más pequeña, pero también espléndida, de fría piedra blanca.

Amparo se detuvo ante los parterres de rosas y se agachó junto a una flor blanca concreta, como para comprobar su estado de salud. Tannhäuser la observó un momento, mientras ella murmuraba algo en una lengua que no era francés ni castellano. La muchacha era, en efecto, una criatura singular. Como si hubiera leído la mente de su acompañante, se volvió y lo miró desde abajo, como desafiando su desdén.

–Dicen en Arabia –comentó él– que hace mucho tiempo todas las rosas eran blancas.

Con apasionada curiosidad, Amparo se levantó. Contempló un momento las flores rojas, que formaban apretados racimos, y volvió a mirarlo a él.

–Una noche, bajo una luna menguante –prosiguió Tannhäuser–, un ruiseñor se posó junto a una de esas rosas, una rosa blanca de tallo muy largo, y nada más verla, se enamoró perdidamente de la flor. Hasta entonces, nadie había oído nunca el canto de un ruiseñor...

–¿Los ruiseñores no sabían cantar? –preguntó Amparo, ansiosa por confirmar ese detalle.

Tannhäuser asintió.

–Pasaban toda su vida en silencio, de principio a fin; pero el amor de aquel ruiseñor por aquella exquisita rosa blanca era tan intenso que una canción de increíble belleza brotó de su garganta. El ave desplegó las alas, rodeó a la rosa en un abrazo apasionado y entonces...

Se detuvo, porque la joven parecía haber caído en trance y era tal la expresión de éxtasis de su rostro que tuvo miedo de contarle el desenlace de la historia.

–Por favor –lo instó ella–, continuad.

–El ruiseñor apretó la rosa contra su pecho, pero con tan desbocada pasión que las espinas se le clavaron en el corazón y murió rodeando a la flor con las alas.

La muchacha se llevó una mano a la boca y retrocedió un paso, como si su propio corazón hubiera resultado herido. Tannhäuser señaló las flores rojas.

–La sangre del ruiseñor manchó los pétalos blancos de la rosa. Por eso, desde entonces, algunas rosas son rojas cuando florecen.

Amparo reflexionó un momento y después, con grave sinceridad, preguntó:

–¿Es cierto?

–Es una fábula –dijo Tannhäuser–. Los árabes tienen muchas historias de rosas, porque les tienen particular aprecio. Pero la verdad de una fábula reside en el don de quien la escucha.

Amparo contempló las flores de color rojo sangre a su alrededor.

–Yo creo que es verdad –dijo–, aunque es muy triste.

–Seguramente el ruiseñor fue feliz –contestó Tannhäuser, que no quería afligirla–. Ganó para sus hermanos la facultad de cantar y ahora todos ellos cantan para nosotros.

–También conoció el amor –dijo Amparo.

Tannhäuser asintió. Esa vital observación se le había escapado hasta entonces.

–Consiguió más que muchos de nosotros con su muerte –dijo.

Por primera vez desde que se habían conocido, la mirada de ella fue directamente al encuentro de la suya. Los ojos de la joven eran más grandes de lo que él había notado. La muchacha los fijó en los suyos, como desnudándose ante él por completo.

–Yo nunca conoceré el amor –dijo.

Tannhäuser estuvo a punto de manifestar su asombro, pero se contuvo.

–Mucha gente lo cree –replicó. En realidad, era una convicción que él también compartía, pero se guardó de decirlo–. Algunos temen habría saltado en doradas ondulaciones si se le hubiese concedido la libertad. Aunque sabía que no debía, los ojos de él regresaron al pecho de ella. El vestido se abrochaba por delante, mediante una ingeniosa sucesión de ganchos y corchetes que obraba de contrafuerte y levantaba los pechos, de modestas dimensiones y blancura asombrosa, hasta convertirlos en dos exquisitos hemisferios. Las dos semiesferas estaban separadas por una hendidura, en la que a él no le habría importado perderse para siempre. Los contornos de sus pezones resultaban apenas visibles y, a menos que él se equivocara, parecieron volverse más prominentes bajo su mirada, aunque quizá se estuviera engañando. En cualquier caso, la mujer era una belleza, sin lugar a dudas.

Tannhäuser volvió a mirar su rostro, en el que acababan de aparecer dos manchas de rubor. Si bien Amparo encarnaba una fortaleza que no había logrado extinguir su inocencia, Carla poseía un aire de tristeza contenido por el valor. Eso y más. Mucho más, porque él sabía por instinto que era ella quien tocaba aquel instrumento demoníaco. Le gustó en cuanto la vio. Hizo una reverencia.

–Es un placer, señora –dijo–, pero he de confesaros que no soy ningún *chevalier*.

Él sonrió y Carla le devolvió la sonrisa, de manera casi involuntaria y con una calidez que rara vez sentía o manifestaba, según él pudo notar.

–Si queréis, podéis llamarme capitán, ya que he ostentado este rango u otros equivalentes en diversos ejércitos. Debo añadir, sin embargo, que actualmente soy hombre de paz.

–Espero me perdonéis por no haber salido antes a recibiros, capitán. –Su italiano era refinado, con un acento que no conseguía situar–. Amparo insistió en que tocáramos algo de música, como es nuestra costumbre. Cuando no observamos las costumbres, se altera.

–Entonces, estoy en deuda con ella –dijo–, porque nunca había oído nada igual. De hecho, nunca me había sentido tan transportado por el deleite.

Ella inclinó la cabeza por el cumplido y él aprovechó la ocasión para repasar otra vez su vestido, que sin duda era el más fabuloso que hubiese visto en su vida y que se adhería a su cuerpo como él mismo lo haría si tuviera la menor oportunidad. Conocer a dos mujeres deseables en un solo día era una bienvenida novedad. Era una pena que estuviesen tan próximas entre sí, pero ese problema podía esperar un día más. Volvió a mirarla a los ojos. ¿Le estaría leyendo los pensamientos? Se echó a reír. ¡Claro que sí!

la locura y el caos que trae consigo el amor. Otros temen no ser merecedores de su gloria. Al final, casi todos se equivocan.

–No, yo no puedo amar, como el ave que no podía cantar.

–El ave encontró su canto.

–Y yo sería un ave si pudiera, pero no lo soy.

Tannhäuser no podía negar una extraña afinidad con la joven. No sabía por qué.

–Vos sois el hombre del caballo de oro –dijo ella.

Ahora que habían salido del cenagal de la lengua francesa, él entendió lo que ella había dicho antes en la taberna, transportada por el entusiasmo. Un caballo dorado. *Buraq*.

Él se encogió de hombros.

–Así es.

Amparo se giró y echó a andar hacia la casa de invitados. Tannhäuser la siguió, sintiéndose como una especie de perro grande y feo, siguiendo a una niña caprichosa. Notó al pasar el balanceo felino de sus caderas y el espléndido drapeado de la tela que le adornaba las nalgas. La sombra cada vez más alargada del edificio cayó sobre un banco de madera provisto de cojines con motivos florales, desde el cual se dominaban el jardín y el mar. Con un gesto, Amparo lo invitó a tomar asiento.

–Esperad aquí –dijo.

Amparo entró a través de una doble puerta acristalada, que dejó abierta, y desapareció en el interior de la casa. Tannhäuser podía ver muy poco de lo que había dentro. El techo parecía decorado con las vulgares interpretaciones de los mitos clásicos que tan populares eran entre los cristianos. El fondo del salón estaba envuelto en penumbras, y entre la oscuridad y las puertas del jardín (como si el paso de Amparo hubiese dejado una especie de aura élfica), un torbellino de motas doradas flotaba en el aire.

Tannhäuser se acomodó en el banco, apreciando con deleite su comodidad. A lo lejos, el mar era un espejo blanco y dorado tendido para reflejar al sol y, más allá de los estrechos de Escila y Caribdis, las colinas de Calabria ondulaban en el calor de la tarde. El aire era el más fragante que había saboreado en meses, y las rosas, las colinas y el agua lo transportaban al pasado, a un jardín privado en Trebisonda, en el palacio donde Suleimán Sha había nacido y donde Tannhäuser había jurado proteger al primogénito del emperador.

La única imperfección era la conciencia de su propio olor –antes indistinguible–, una mezcla de taberna, puerto, sudor y de los juegos eróticos de la noche anterior. Probablemente no tenía importancia, porque los cristianos eran un pueblo sucio, aquejado de un miedo morboso al agua, pero en cualquier caso sentía haberse perdido el baño. Su afición a sumergirse en el agua era una costumbre adquirida en Turquía, donde el Profeta exigía a los fieles que se purificaran al menos para las oraciones del viernes a mediodía, en particular después de cometer la profanación del sexo. En Sicilia, el baño se consideraba una excentricidad. Inhaló profundamente. No cabía duda: apestaba. Quizá por eso Amparo lo había dejado en el jardín.

Sus reflexiones se vieron interrumpidas por una ráfaga de un sonido celestial. Tan celestial era el sonido, y tan pura su belleza, que tardó un momento en comprender que era música. Era tan maravilloso que ni siquiera logró volverse para buscar su origen, porque la música controlaba hasta tal punto su voluntad y penetraba tan profundamente en su corazón que le había sustraído toda capacidad de actuar, excepto para caer rendido a su embrujo. Eran dos instrumentos, ambos de cuerda, uno de cuerda pulsada y otro de arco. Uno era leve y ágil, con notas que caían con la suavidad de la lluvia en verano, y otro oscuro y envolvente, como la marea en una noche desgarrada por la tormenta, ambos danzando, el uno con el otro, en un feroz y elemental abrazo.

Tannhäuser cerró los ojos a la sombra, sintiendo la fragancia de las rosas en la garganta, y dejó que la música rodara a través de su alma, en una zarabanda que acariciaba el rostro de la muerte como los amantes acarician el rostro de la persona amada. El instrumento más oscuro abrumaba sus sentidos con oleadas de extasiada melancolía, que en un instante era de brutal exaltación y al siguiente parecía delicada como la luz de una vela. Nada que él hubiese conocido –no meramente oído, sino conocido– lo había preparado para semejante trascendencia. ¿Qué fuerza lo poseyó y subyugó su alma a su influjo? ¿Qué brujería podía conjurar tales espectros y enviarlos aullando a través de su corazón y aún más allá, hacia una eternidad innominada y desconocida? ¿Adónde iba cada nota cuando terminaba? ¿Cómo era posible que cada una de ellas pudiera ser y no ser a la vez? ¿O acaso cada una reverberaba hasta el final de todas las cosas y desde un lejano confín de la Creación hasta el otro? Incesantemente, la música subía y caía, fluyendo sin cortes, con exuberante esperanza y demoníaca desesperación, como arrancada de la piel, la madera y las tripas de que estaban hechas las cuerdas, por divinidades que ningún sacerdote o profeta hubiese adorado nunca. Y cada vez que él se convencía de que la música

iba a morir, consumida por su propia añoranza extravagante, re
una y otra vez, desplomándose y ascendiendo de una cumbre a otr
diendo a gritos más de sí misma y más de su alma, esa alma trans
tada ahora por el torrente liberado desde los espacios anteriorment
llados en su interior, donde residía todo lo que había hecho, todo lo
había conocido y todo el espanto, la gloria y el dolor que había vi

Entonces, con el mismo asombroso sigilo con que había irrum
do el sonido, el silencio lo desplazó, el universo quedó vacío y él que
sentado en el vacío.

El tiempo restableció su dominio y, una vez más, la fragancia
las rosas, la frescura de la brisa y el peso de sus extremidades regres
ron poco a poco a su conciencia. Descubrió que tenía la cara apoyad
en las manos y, cuando separó las manos, vio que estaban húmedas d
lágrimas. Contempló la humedad con asombro, porque hacía década
que no lloraba y pensaba que ya no estaba en su naturaleza. No lo ha
bía hecho desde que aprendió que toda la carne es polvo, que sólo Dios es grande y que, en este mundo, las lágrimas son el consuelo de los derrotados. Se secó la cara con la manga de color burdeos del jubón. Y lo hizo justo a tiempo.

–*Chevalier* Tannhäuser, gracias por venir. –La voz era casi tan adorable como la música–. Soy Carla La Penautier.

Tannhäuser se puso de pie, se compuso un poco, se giró y vio a una mujer que lo contemplaba a varias yardas de distancia, desde el sendero. Era menuda, algo estrecha de caderas, pero de muslos largos y quizá bien torneada de tobillos y pantorrillas, aunque este último jui
cio no tenía más base que la especulación, ya que las piernas quedaba
ocultas por un vestido asombrosamente admirable. Era del color d
jugo de las granadas y tan sensual por su corte y su factura q
Tannhäuser tuvo que hacer un esfuerzo para no abrir la boca por
asombro. Se pegaba al cuerpo de la mujer como el aceite, como la lu
ria, y reverberaba en cuchilladas de luz con cada uno de sus movim
tos. Tannhäuser sintió que se le crispaban los dedos y tuvo que aflo
los. Recuperó con esfuerzo el control de sus sentidos y se obli
concentrar la atención en el rostro de la mujer.

Sus rasgos eran claros y marcados, y el iris de sus ojos era v
pero orlado de una fina circunferencia negra, como trazada con
Pese a su nombre, no parecía francesa, sino más bien siciliana,
estructura de sus huesos y su altivez. Tenía el pelo del color de l
con mechones dorados, como si llevara en la sangre la simient
gún conquistador normando. Lo llevaba recogido en un moñ

–¿Me encontráis divertida? –dijo ella, sonriendo una vez más.

–Yo mismo me divierto –replicó él–. Este encuentro imprevisto me ha llenado de alegría.

Inclinó la cabeza con lo que esperaba fuese un gesto elegante y ella replicó con un ademán similar, aunque mucho más logrado. Tannhäuser se pasó el dorso de los dedos por la barbilla y recordó que iba sin afeitar y que su aspecto general era más bien desaseado. Sin saber muy bien qué hacer, se refugió en la sencillez.

–Decidme, señora –dijo–, cómo puedo serviros.

Martes 15 de mayo de 1565
Abadía de Santa Maria della Valle

Hasta los más recónditos pensamientos de un hombre son transparentes a los ojos de Dios, como también lo son sus miedos y fantasías, su vergüenza, sus sueños y ensoñaciones, y, por encima de todo, sus deseos nonatos, cuya existencia no se atreve a reconocer ni siquiera en su fuero interno. Esos deseos ocultos son la semilla del error espiritual, que a su vez es la fuente de todo el mal humano. Por eso era preciso escudriñar el deseo y someterlo a incesante vigilancia. Ludovico Ludovici estaba desnudo y sudando en el cuarto de baño de oro y mármol del obispo. Allí se limpiaba la carne del hedor penetrante de la galera y, mientras lo hacía, se escudriñaba a sí mismo. La calidad de su mente y las fuerzas elementales de su cuerpo lo volvían más propenso que la mayoría al abuso del poder. Y su poder era inmenso. No sólo era plenipotenciario de Su Santidad el papa Pío IV, sino agente secreto de Michele Ghisleri, inquisidor general de toda la cristiandad.

Ludovico tenía en la mano un trozo de basta arpillera con el que se frotó la cara y el cuero cabelludo, después de sumergirlo en un barril de agua de manantial, aromatizada con flores de azahar y hojas de betónica silvestre. Podría haber usado esponjas del mar Rojo, suaves lienzos blancos e infinidad de hierbas y bálsamos exóticos, ya que las habitaciones estaban a su entera disposición y el abad vivía en un ambiente suntuoso, pero el lujo era una trampa para débiles y desprevenidos. Llevaba treinta años durmiendo sobre suelo de piedra. Desde septiembre hasta la pascua de Resurrección, ayunaba desde el alba hasta el anochecer. Los viernes se ponía una camisa de pelo de cabra. Comía carne sólo dos veces por semana para preservar el intelecto. Y aunque le entusiasmaba conversar, practicaba el silencio, a menos que su trabajo le exigiera hablar. La mortificación de la carne era el escudo del alma.

Se frotó el cuello y los hombros, sintiendo que el agua lo refrescaba. Se veía obligado a decidir el destino de dos seres humanos. Siempre analizaba con la mayor seriedad ese tipo de asuntos, y estos dos casos, en particular, le pesaban en el alma. Ludovico mojó el trozo de arpillera y se puso a frotarse los brazos.

La infancia de Ludovico transcurrió en Nápoles, la ciudad más rica y despiadada del mundo. Nacido en el seno de una familia de diplomáticos e intelectuales relacionados con la corte, era el segundo hijo del primer matrimonio de su padre. Había ingresado en la Universidad de Padua a los trece años de edad y al año siguiente entró en la Orden de los Dominicos. Lo enviaron a estudiar a Milán, donde su inteligencia le valió una cátedra de Teología y Derecho Eclesiástico. Siguiendo el consejo de su padre de «aprovechar todas las oportunidades con astucia y arrojo», marchó a Roma con poco más de veinte años y consiguió el doctorado en sus especialidades. Allí llamó la atención, sucesivamente, del papa Pablo IV, de Giovanni Carafa y del inquisidor general, Michele Ghisleri. Con el objeto de restaurar la pureza moral de Italia, Carafa había instaurado en 1542 el Santo Oficio de la Inquisición Romana, y con ello había iniciado las purgas que desde entonces mantenían llenas las prisiones. No abundaban los jóvenes brillantes y piadosos como Ludovico, de modo que Carafa lo reclutó, con el encargo de controlar a los hombres en posiciones elevadas, «porque de su castigo depende la salvación de las órdenes inferiores».

En una época de exacerbado conformismo, cuando adular era la manera más eficaz de prosperar, las mentes originales encontraban pocos campos donde florecer. Para Ludovico, la Inquisición era justamente uno de esos ámbitos. Sentía que ser inquisidor era un honor. El terror y la fe eran sus instrumentos, pero a sus ojos, la leyenda negra era falsa. Un puñado de ejecuciones aplicadas con la debida diligencia contra los pervertidos, observando rigurosamente todas las garantías procesales de los reos, habían ahorrado muchos cientos de miles de muertes. Las cifras no estaban en entredicho. Lutero había hecho de comadrona de una era demoníaca, en la que cristianos asesinaban a cristianos en monstruosas cantidades, no por la tierra o el poder, sino simplemente por ser cristianos. Era una paradoja, un absurdo que sólo Lucifer podía haber inventado. Ese monje obsceno y estreñido había sumido a toda Alemania en un baño de sangre y aún quedaban muchos horrores por venir, de eso no cabía duda, pues estaba grabado en el mapa con letras de fuego. En Francia, la carnicería no había hecho más que comenzar, en Vassy y Dreux. Los Países Bajos eran una charca pestilente de anabaptismo. Había heresiarcas instalados en los tronos de Inglaterra y Navarra.

Sólo en España e Italia estaba la gente a salvo de ser masacrada por sus propios compatriotas, porque en ambos países, el Santo Oficio había estrangulado a la víbora luterana nada más nacer. La campaña para barrer al protestantismo del norte de Italia había sido el mayor logro político de la era moderna. El hecho de que no fuera ampliamente celebrada era un testimonio de su ingeniosa ejecución. Si Turín, Bolonia y Milán hubiesen caído, como antes lo había hecho un centenar de ciudades católicas situadas a tan sólo unos días de marcha al norte de los Alpes, el luteranismo estaría llamando a las puertas de Roma. Italia habría caído en un marasmo de catastrófica violencia, y España, que controlaba el sur de Italia, se habría visto arrastrada al holocausto. Toda la cristiandad se habría desgarrado. Aún podía suceder. Ludovico no dudaba ni por un momento de que la Inquisición era una fuerza de enorme poder para el bien. La Inquisición protegía a la Santa Madre Iglesia. La Inquisición prevenía la guerra. La Inquisición era una bendición para la humanidad depravada. Los que se oponían a la Inquisición deshonraban a Dios.

Mojó el trozo de arpillera, lo escurrió y eliminó el olor a estiércol de los poros y del vello del muslo y la pantorrilla, pálidos como el mármol. Mientras lo hacía, giró la cabeza, para no ver sus partes íntimas. Había logrado controlar las vanidades del intelecto y el poder. Inspirado en Tomás de Torquemada, había rechazado todos los cargos, incluido el capelo cardenalicio que le ofrecieron sucesivamente dos papas. Seguía siendo un simple fraile. Con mucho mayor sacrificio, había rechazado cátedras de Teología y Derecho en una docena de espléndidas universidades. Habiendo crecido en la opulencia, que encontraba debilitante y vacía, no sentía atracción por las riquezas. Vivía en la carretera, necesariamente encallecido, sin ataduras humanas, consagrado únicamente a Cristo y a sus votos, embajador del terror eclesiástico y espada errante de la Santa Congregación. En todo eso tenía clara la conciencia. Sin embargo, hubo una ocasión en que el deseo lo consumió. Una vez se sometió a un poder más profundo que su fe. El amor lo había arrastrado hasta el borde de la apostasía.

Mojó otra vez la arpillera y se frotó la otra pierna. La lujuria era su más antigua enemiga y, si bien ya no lo acosaba con la tenacidad de la juventud, ni siquiera ahora había desaparecido del todo. Pero la lujuria pertenecía a la carne, era transparente su máscara y podía transformarse en una ofrenda de dolor. El amor se había presentado con el disfraz del éxtasis espiritual y había hablado con la voz de Dios. Nada de lo que había conocido antes o después le había parecido más sagrado, e incluso ahora se preguntaba a veces si no sería erróneo todo lo que había aprendido, si no sería falsa la sabiduría acumulada a lo largo de los siglos y si aquella voz no sería la verdadera expresión de la voluntad del Todopoderoso. Y ahora el peligro volvía a estar ahí: la semilla enterrada, aguardando el momento para germinar. El espectro de la mujer que había amado, y que tal como revelaban estas meditaciones aún amaba, había regresado desde las sombras del pasado para poner a prueba su fidelidad. Y no solamente su espectro, sino su persona. En carne y hueso. Ella estaba ahí, a menos de una hora de donde se encontraba él, desnudo y excitado.

Su báculo palpitó monstruosamente entre sus piernas. Lo sintió jadear y tensarse, como un perro infernal a punto de romper la correa. Mojó y escurrió el trozo de arpillera y se enjugó el sudor y la grasa de las ingles y el pubis. Se limpió los testículos. Se lavó el miembro viril y siguió lavándose, mientras un espasmo de carnalidad lo abrumaba.

En su mente, con perfecta claridad, la veía a ella acostada boca arriba en la hierba de la ribera, tendida entre las flores cuya fragancia los embriagaba a ambos: esbelta, desnuda y blanca como la leche, con la cabeza echada hacia atrás, los labios separados en el ardor del momento, los pezones violáceos y erguidos, los muslos separados y abiertos, la vulva hinchada y sus brazos perfectos tendidos a los lados. Ella lo deseaba. Temblaba, gritaba y sus ojos verdes titilaban y se ponían en blanco por lo extremado de su deseo. Su deseo, lo mucho que ella lo deseaba, lo empujó a él al borde de la locura. No se cansaba de sentir el deseo que inspiraba en ella.

Una oleada de anhelo ascendió y culminó en espumarajos que subían desde el fondo de sus entrañas, y él gruñó mientras los demonios gritaban para que dejara estallar la oleada. Unos pocos segundos sustraídos del océano del tiempo hubiesen bastado para que pasara la agonía. Pero el alivio sólo habría sido momentáneo. Sintió a su ángel de la guarda en el hombro, el frío tacto de su mano espectral en la cabeza, recordándole que así lo había engañado antes el demonio, con la mentira de que cometiendo el menor de los pecados podía salvarse de cometer el mayor, como si el mal fuera algo que se pudiera beber de una copa de cristal y no una ciénaga pútrida en la que uno cae de cabeza y desaparece.

–¡Sálvame, Señor! –gritó–. ¡Señor, perdóname!

Por un instante creyó que había sucumbido. Pero el trozo de arpillera no estaba manchado, como tampoco lo estaban las baldosas a sus pies, y la oleada y sus demonios se retiraron. Se refrescó la cara con agua de manantial. Dio gracias a santo Domingo. Mojó la arpillera, se limpió el vientre y las ingles, y volvió a mojar el trapo. Se lavó el pecho, mientras reflexionaba sobre las circunstancias de su caída.

En aquel tiempo tenía veintiséis años y estaba en Malta por encargo de su protector, Michele Ghisleri, que buscaba la dimisión del obispo de Mdina para poner en su lugar a uno de sus sobrinos. Que le hubieran confiado a esa edad una misión tan delicada era la prueba de la confianza que le tenía Carafa. Pero Ludovico conoció a una joven en el camino de la costa que dominaba el mar y quedó cautivado por sus encantos. Se llamaba Carla de Manduca. La imagen de su belleza se instaló en su corazón y encendió una llama que no dejaba de atormentarlo. La flagelación no hacía más que exacerbar su lascivia y, aunque rezaba para superar la obsesión, estaba cada vez más a su merced. Fue a buscar a la joven, con la esperanza de descubrir que no significaba nada, pero sólo consiguió aumentar su locura. Caminaron juntos y él accedió a escucharla en confesión. Entre una variedad de pecados triviales, ella reconoció albergar pensamientos impuros; sobre él. La muchacha lo llevó a ver la imagen gigantesca de una diosa pagana que se erguía en la isla desde la infancia de la humanidad, y allí hicieron el amor, tan virginal él como ella.

En las semanas siguientes, su fascinación fue en aumento y, mientras pecaba, Ludovico despojó al obispo de Mdina de todas las dignidades que ostentaba. Doblegó su espíritu envejecido con el celo de la juventud, hasta reducirlo a un gusano que se arrastraba suplicando perdón, y lo deportó después a una celda en los páramos calabreses. La transgresión avivó su crueldad, al tiempo que la culpa le aflojaba los intestinos y le destemplaba la mente. La locura y la apostasía se cernían sobre él y, con ellas, no sólo la perdición, sino el escarnio público para la familia Ludovici en Nápoles y la traición a Su Santidad en Roma. En el preciso instante en que Ludovico decidió renunciar a su vocación, por la muchacha, él mismo fue traicionado. Lo convocó el prelado de Malta, quien le anunció que los padres de la joven habían presentado contra él un cargo de conducta infamante. Presa del pánico y la desesperación, huyó a Roma y confesó a Ghisleri sus graves iniquidades.

Como castigo y recompensa, el astuto Ghisleri lo envió a Castilla, a aprender el arte de la Inquisición del principal maestro español, Fernando Valdés. En homenaje a santo Domingo, Ludovico hizo el camino descalzo de Roma a Valladolid. Fue un viaje de revelación y renacimiento espiritual, y a su llegada fue recibido como un loco iluminado, poseído por el espíritu vivo de Jesucristo. Quizá para entonces fuera cierto que lo era, porque mediante ese acto supremo de voluntad y mortificación, había olvidado a Carla, aunque ahora, después de tantos años, parecía que no había sido así. Ni tampoco la habían olvidado Dios o el diablo, porque uno de los dos la había conducido hasta allí, poniéndola una vez más a su alcance, para tentarlo hacia el error y amenazar su alma.

Ludovico no llegó a enterarse, en su momento, de las intrigas que determinaron su repentina caída en desgracia durante su estancia en Malta, pero investigaciones más recientes habían revelado que el obispo perjudicado contaba entre sus aliados con La Valette, a la sazón almirante de la Armada, y que La Valette había estado detrás de la acusación de conducta indecente. Ludovico no le guardaba rencor. El rencor era para los débiles. Iba a orquestar la caída de La Valette, pero por otras razones. En cuanto a Carla, no le deseaba ningún mal. Si bien era cierto que se había vuelto contra él (algo que no había sido posible verificar), lo había hecho siendo muy joven y su corazón no podía más que perdonarla. Aun así, aunque había dejado que ella pusiera en peligro su alma, no podía permitirle que pusiera en peligro su misión. Estaba seguro de que Carla ignoraba su presencia en Mesina, pero si volvía a Malta, los planes de Ludovico correrían peligro. Él mismo correría peligro: su reputación, su autoridad y, con ellas, las ambiciones de sus superiores en Roma. ¡Quién podía saber lo que quería esa mujer! ¡Quién podía saber qué deformidades había modelado el tiempo en su mente! Y si el pasado era capaz de atraparlo a él con tan violenta energía, también podía capturar a Carla y arrastrarla en un torbellino de pasiones desviadas, ya fueran de amor o de odio, que nadie podía pronosticar ni controlar. Su propio destino le era indiferente. Pero él era un instrumento de la Iglesia. No podía permitir que ella redujera su eficacia.

Volvió a mojar el trozo de arpillera, ya casi terminadas sus abluciones, y se lavó las axilas y el trasero. A ella le sentaría bien una temporada de retiro en compañía de las hermanas mínimas. Si Carla quedaba convenientemente recluida con las monjas, ¿habría necesidad de deshacerse también de Tannhäuser? Ludovico había ignorado su existencia (así como la presencia de Carla), hasta el viaje desde el Gran Puerto a bordo del *Couronne*, cuando Starkey le confió su misión. El inglés estaba convencido de que no iba a ser posible ganar a Tannhäuser para la causa de la Religión. Sin embargo, La Valette había sugerido una estratagema para que Carla reclutara al alemán en nombre de ellos.

Ludovico no había intentado disuadir a Starkey de su plan. Cuando la estratagema fracasara, no quería que sospechase de él.

–No debe parecer que suplicáis la ayuda de doña Carla –le había aconsejado Ludovico–. Hacedle creer en cambio que es la beneficiaria de vuestra gentileza. Exagerad la improbabilidad del éxito. Pintadle a Tannhäuser con los colores más sombríos, para que sea tenue la luz de su esperanza.

–¿Por qué habría de hacer eso?

El tono de Starkey revelaba que había preparado la estrategia opuesta.

–Porque es la manera de azuzar al máximo su ingenio. En la manipulación del corazón masculino, las mujeres gustan de intentar lo imposible, pues de ese modo despliegan el único poder que les ha sido otorgado: el poder del deseo. Con Tannhäuser, aplicad la técnica contraria. Agotad cada argumento, presionadlo, insistid hasta ofenderlo, para que su dignidad insista en el rechazo. De ese modo, cuando doña Carla haga su jugada, él sentirá halagada su vanidad, pensando que la decisión de ir a Malta ha sido sólo suya.

Aunque había apoyado y perfeccionado el plan de Starkey, Ludovico estaba decidido a hacer lo imposible por desbaratarlo, porque amenazaba el éxito de sus propios planes, unos planes de tan fantástica complejidad que reducían a una simple travesura la argucia del pobre Starkey. El propósito de Ludovico era poner a los caballeros de San Juan bajo control papal. Muchos lo habían intentado y habían fracasado. Dos siglos antes, el papa había conspirado para el brutal exterminio de los templarios, pero los hospitalarios eran demasiado fuertes, lejanos y amados como para que una solución tan cruda funcionara. La invasión turca creaba una ocasión única, cuyo estudio había centrado la actividad de Ludovico en Malta. Si el bastión de la Religión quedaba destruido, sus vastas posesiones a lo largo y ancho de Europa caerían en manos de monarcas y príncipes locales, sobre todo en Francia. Si los caballeros sobrevivían, acrecentando así su gloria, serían aún menos vulnerables que antes para el Vaticano, a menos que el trono del gran maestre lo ocupara un hombre cuya lealtad al Santo Padre fuera inquebrantable. Ludovico sabía quién podía ser ese hombre. Su actual misión para con Roma consistía en adquirir los medios que le permitieran instalar a ese hombre en el poder. No podía permitir que nada pusiera en entredicho su dignidad, haciendo peligrar su obra. Jamás permitiría que Carla pisara la isla de Malta.

Ludovico salió del cuarto de baño y se puso un hábito limpio.

Tannhäuser, el alemán, era un hombre formidable, pero aun así estaba dispuesto a dejarse arrastrar por pasiones peligrosas. Un hombre vano, un necio. Su insolencia en el muelle se lo había confirmado. Era muy posible que se apiadara de Carla y se sintiera halagado de presentarse como su paladín, un honor poco frecuente para un miserable plebeyo como él. Y sin duda ella tenía los medios para compensarlo. Ludovico también había intuido la potencia sexual de Tannhäuser, como hacen a menudo los hombres de similares características, lo mismo que las bestias. Sintió el aguijón de los celos y pensó que debía actuar con cautela, aunque no era preciso recurrir a equívocos. El hombre era un blasfemo y un hereje. Tal como le había aconsejado Michele Ghisleri, refiriéndose a prominentes aristócratas, «elimina al hombre y habrás eliminado el problema».

Ludovico se dirigió al despacho del abad, donde Gonzaga esperaba instrucciones.

Gonzaga era comisario de la Inquisición, un sacerdote que actuaba localmente en nombre del Santo Oficio y le proporcionaba información. Tenía una vena de crueldad y quizá precisamente por eso gozaba de buena reputación entre los familiares de la Inquisición en Mesina. De éstos había muchos y Gonzaga los había complacido, fundando para ellos una hermandad, la Congregación de San Pedro Mártir. Los familiares eran colaboradores seglares del Santo Oficio, dispuestos en todo momento a realizar los encargos del tribunal y autorizados a llevar armas para proteger a los inquisidores. Llegar a ser familiar era un honor que muchos buscaban, entre otras cosas porque confería inmunidad ante la justicia secular. No se requerían cartas de nobleza, pero sí limpieza de sangre, porque ningún converso de estirpe judía podía servir al Santo Oficio.

En el salón, junto a la puerta, estaba Anacleto, que como siempre parecía más un espectro que un ser humano. Ludovico lo había conocido en Salamanca, en 1558, cuando le pidieron que lo examinara para ver si presentaba signos de posesión diabólica. El joven noble, que entonces tenía dieciocho años, había sido hallado culpable de cometer incesto con su hermana, Filomena, y de asesinar a sus padres cuando éstos lo sorprendieron en flagrante delito. Anacleto no negaba los espantosos crímenes, ni se arrepentía de ellos. Filomena había muerto en la horca y su cadáver había sido arrojado a los cerdos, ante la mirada de Anacleto. La ejecución del joven habría sido otra formalidad, pero algo en la negrura de su alma había conmovido a Ludovico, que además había visto en él un instrumento de gran valor: un hombre sin conciencia, capaz de cualquier abominación, por espantosa que fuera. Ludovico pasó cuatro días con el joven y forjó con él lazos inquebrantables. Le hizo expresar su arrepentimiento y le otorgó la absolución, pero más importante aún, le dio un propósito y una razón para vivir. Inmunizado así por la Inquisición, Anacleto había acompañado a Ludovico y a Fernando Valdés en su despiadada limpieza de Castilla, que alcanzó su culminación en los espectaculares autos de fe de Valladolid, donde el emperador Felipe en persona presenció las ejecuciones en la hoguera. Desde entonces, Anacleto se había convertido en la sombra de su maestro, siempre dispuesto a protegerlo y a mantener limpias de sangre sus manos.

Gonzaga se puso de pie e hizo una reverencia. Ludovico le indicó que se sentara.

–Al ser éste territorio de España –dijo Ludovico– y encontrarse bajo jurisdicción del brazo español de la congregación, no tengo aquí poderes formales. –Levantó una mano, anticipándose al ofrecimiento de Gonzaga de proporcionarle toda la autoridad que necesitara–. Pero tampoco los busco. Sin embargo, es del urgente interés de Su Santidad que se lleven a cabo dos tareas antes de las ocho de esta noche, sin falta.

–Contamos entre nuestros familiares con lo mejor de las fuerzas policiales de la ciudad –se apresuró a decir Gonzaga–. Mi primo, el capitán Spano, nos ofrecerá toda la ayuda necesaria.

–No quiero conocer los medios utilizados, ni las personas que intervengan. Ninguna de las dos acciones deberá parecer obra del Santo Oficio, sino de las autoridades civiles. Ambos encargos requieren sutileza y rapidez, en diferentes grados.

–Sí, excelencia. Sutileza y rapidez.

–En la casa de invitados de la Villa Sáliba se aloja una noble señora llamada Carla La Penautier. Hay que ponerla al cuidado de las mínimas del convento del Santo Sepulcro, en Santa Croce, para que pase allí una temporada de oración y contemplación no inferior a un año.

El Santo Sepulcro se erguía en lo alto de un reseco promontorio, agrietado como la cara de la desgracia, a unos tres días de viaje, en el tórrido interior de la isla. Las mínimas se llamaban así porque su orden de monjas de clausura practicaba una regla de inusual severidad. Vivían en absoluto silencio y renunciaban a la carne, el pescado, los huevos y todos los productos lácteos. Ludovico pensó en la reina Juana de España, confinada en una habitación a oscuras durante treinta años, y se dijo que Carla recibiría un trato bastante más llevadero.

–No irá por su gusto, pero un retiro como ése sólo podrá ser beneficioso para su alma.

Gonzaga asumió una expresión piadosa y asintió repetidamente con la cabeza.

–No deberá ser culpada de ningún crimen, ya sea civil, moral o herético –dijo Ludovico–. No consignéis nada por escrito. Sólo los tontos escriben cuando pueden conseguir lo mismo con la palabra y recordad que la palabra no necesita testigos. ¿Lo habéis entendido?

Gonzaga se santiguó.

–Todo se hará como lo pedís, excelencia.

–La segunda tarea requerirá el uso de armas, las suficientes para doblegar a un hombre hábil en el combate y reacio a reconocer la derrota. Puede que tenga amigos. Lo vimos esta mañana, en los muelles.

–El alemán –dijo Gonzaga con voz aguda–. Debí haber actuado antes, porque ese hombre es medio sarraceno y está asociado con un judío, pero no carece de amigos poderosos en las filas de la Religión.

–Tannhäuser es un delincuente: evasión de tasas aduaneras, soborno a funcionarios y otros muchos delitos, sin duda. Pero no debe parecer un asunto eclesiástico. Haced que se ocupe de él la policía, pero procurad que todo sea rápido y sin violencia.

–¿Hay que capturarlo vivo? –preguntó Gonzaga.

–La vida de Tannhäuser me es indiferente.

–Haré que capturen también al judío –dijo Gonzaga.

Ludovico consideraba vulgar y carente de toda lógica el omnipresente odio a los judíos, pues a diferencia de la escoria luterana, ellos no representaban ningún peligro para la Iglesia.

–Que hagan lo que quieran –dijo.

–Lógicamente, sus bienes serán confiscados para la congregación –dijo Gonzaga–. Tenemos derecho a nuestra parte.

–¿No me he expresado acaso con suficiente claridad?

Gonzaga palideció y su boca se retorció con una excusa que no se atrevió a enunciar.

–Es mi deseo –dijo Ludovico– que el Santo Oficio no deje ninguna huella de su mano en este asunto. Debe ser y debe parecer un asunto completamente civil. Si el Santo Oficio se viera de alguna manera implicado en estas actuaciones, habréis demostrado de la peor manera posible que no estáis a la altura de vuestro cometido.

Gonzaga echó un vistazo a Anacleto y se descubrió siendo objeto de las miradas que una cobra dedicaría a un sapo.

–Todo se hará como lo ordena vuestra excelencia –dijo Gonzaga–, sin papeles, ni testigos, ni huellas. Sólo un asunto civil. No me llevaré ni un céntimo para mi congregación.

Hizo una pausa, como esperando algún tipo de elogio o unas palabras tranquilizadoras. Ludovico se quedó mirándolo fijamente, hasta sentir repugnancia por sus muecas nerviosas.

–Tenéis mucho que hacer, padre Gonzaga. Velad por que se haga.

Mientras Gonzaga salía a toda prisa de la habitación, Ludovico sintió un aguijonazo de aprensión. Nunca le había confiado ese tipo de encargos a Gonzaga, un hombre desesperado por agradar, que apestaba a exceso de celo y a la ambición mezquina de los funcionarios provincianos. Sin embargo, Gonzaga era el comisario local de la Inquisición. Era una pena que Tannhäuser tuviera que caer ante tan vil criatura. En cuanto a Carla, ya reconsideraría su destino a su debido tiempo.

Ludovico se acercó a la ventana y contempló el patio desde arriba. Unos caballos ensillados aguardaban para llevarlos a Palermo. Allí le tomaría la medida al virrey español, García de Toledo, antes de embarcar para Roma. Después del virrey de Nápoles y del papa, Toledo era el hombre más poderoso de Italia y, en lo referente a la invasión de Malta, era más importante que cualquiera de los dos. La Valette le había pedido a Ludovico que presionara a Toledo para que éste enviara refuerzos, pero esa parte de su plan tendría que esperar hasta su regreso a Roma. Una vez en Roma, conseguiría los medios necesarios para asegurarse la obediencia de Toledo.

Eso y más. En Roma, se prepararía también para su retorno a Malta y su infiltración en la Religión. En las manos adecuadas, la Religión podía hacer honor a su nombre y convertirse en la auténtica campeona de la Iglesia. Los miembros de la Orden juraban no empuñar las armas contra otros cristianos, pero como todo en política, eso podía cambiar. La guerra en Europa contra el luteranismo sería más sangrienta de lo que nadie podía imaginar. Las armas y el prestigio de la Religión serían invalorables, si sobrevivían a la invasión turca. Pero eso estaba en manos de Dios.

Y la confianza de Ludovico en Dios era absoluta.

Salieron de la abadía. El sol estaba alto y calentaba. El camino de Palermo estaba despejado. Cabalgaron hacia el norte, con el viento de la historia a sus espaldas.

Martes 15 de mayo de 1565

Casa de invitados de la Villa Sáliba

Tannhäuser se levantó del banco, como un lobo que hubiese despertado de un sueño primigenio, ágil y completamente alerta, pero atrapado aún en los trabajosos lazos de otro mundo. Cuando se puso de pie como una torre, las ideas preconcebidas que ella hubiese podido tener se desvanecieron como por encanto en el instante en que sus brillantes ojos azules le devolvieron la mirada. Tenía el rostro curtido, pero aún juvenil. Una quemadura de pólvora negra le desfiguraba el cuello, a la izquierda de la mandíbula, y una fina cicatriz blanca le surcaba la frente del mismo lado. El pelo que le colgaba sobre la cara cuando miraba desde arriba y los ojos que relucían a través de las greñas parecían los de una criatura indómita, que contemplaba un mundo demasiado civilizado y excesivamente poblado como para considerarlo su hogar. Cuando se apartó el pelo hacia un lado, la impresión se desvaneció, y ella lo lamentó. Sus labios se separaron en una sonrisa, dejando a la vista unos dientes astillados y desiguales, y un indicio de crueldad. Su jubón color burdeos tenía franjas diagonales doradas y era de buena calidad. Sus botas altas brillaban. Completaban el conjunto, y a la vez lo afeaban, unos pantalones de cuero más bien vulgares.

Carla se sintió alarmada por su propia reacción. Con sólo ponerse de pie, el hombre había logrado desgarrar la penumbra sexual a la que ella misma se había condenado mucho tiempo atrás. Le removió la sangre de una manera que no había creído posible. Carla lo invitó a pasar al salón a tomar un refrigerio y él se detuvo para observar la viola da gamba en su soporte.

–Es una viola da gamba, ¿verdad? Vuestro instrumento.

Lo dijo como si supiera que no podía ser de nadie más, y eso a ella le agradó.

–Fue la pasión de mi infancia y mi juventud.

–Permitidme que alabe vuestro buen gusto –dijo él–. He disfrutado con la música de este instrumento en los salones de Venecia, donde abundan los buenos intérpretes, pero nunca había oído a nadie que lo tocara con tanto brío y tanto fuego. –Sonrió–. Con furia, casi podría decir.

Carla sintió mariposas en el estómago.

–¿Y la composición? –preguntó él.

–Una improvisación nuestra.

–¿Improvisación?

–Una invención, una fantasía sobre una suite de danzas al estilo francés.

–¡Ah, las danzas! –exclamó él–. Si todas las danzas fuesen igual de fogosas, puede que yo hubiese estudiado ese arte, pero lo ignoro.

–Se puede aprender.

–En el puerto de Mesina, no. Al menos, no en un estilo que vos pudierais reconocer. –Tendió la mano hacia el mango de la viola, pero se detuvo justo antes de tocarlo–. ¿Me permitís? –preguntó–. Nunca he visto una maravilla como ésta.

Ella asintió, y él retiró el instrumento del soporte y se puso a examinarlo con un ojo cerrado, para apreciar mejor la talla, las incrustaciones y el grano de la madera de arce en el dorso.

–Una geometría asombrosa –murmuró. Después la miró a ella–. Tengo entendido que la forma está concebida como una configuración de anillos concéntricos con los diámetros superpuestos. La armonía de la geometría produce la armonía del sonido. Pero obviamente vos lo sabéis mucho mejor que yo.

En realidad, ella lo ignoraba, así que quedó impresionada por su oculta erudición, pero si bien no se atrevió a asentir, tampoco lo negó. Él se puso a atisbar a través de las aberturas acústicas del instrumento, en busca de una firma.

–¿Quién fabricó esta obra maestra?

–Andreas Amati, de Cremona.

–Soberbio. –Pulsó una cuerda y contempló su vibración–. La transmutación del movimiento en sonido, todo un misterio. Pero la transmutación del sonido en música es aún más misteriosa, ¿no creéis?

Carla parpadeó, demasiado maravillada por sus observaciones como para arriesgar una respuesta. Tannhäuser no parecía esperar ninguna. Se puso a mover la viola en todas direcciones, con el brazo extendido, para contemplarla desde todos los ángulos con auténtica fascinación.

–Mi viejo amigo Petrus Grubenius solía decir que allí donde la belleza y la utilidad se unen en perfecto matrimonio, se encuentra la magia en su forma más pura. –Con la viola suspendida aún en el aire, la contempló a ella y volvió a sonreír–. Si fuera lo bastante descarado, me atrevería a decir que esa máxima se aplica también a vuestro vestido.

Carla sintió que se le encendían las mejillas. Pensó que no merecía el cumplido y que no habría sido correcto aceptarlo. Una sensación de pecado la atenazaba por dentro. Esos temores y dudas habían cercado su vida desde que tenía memoria. Sin embargo, en esos pocos instantes, él había arrastrado todo ese polvo, actuando como el viento cuando sopla a través de una habitación que lleva mucho tiempo cerrada.

–¿Creéis en la magia? –preguntó ella.

El rechazo del cumplido no pareció ofenderlo. Devolvió la viola a su soporte, con la precisión de alguien habituado a una intimidad natural y profunda con lo físico.

–No tengo fe en hechizos ni en encantamientos, si eso es lo que queréis decir –respondió–. Son falsas artes que reposan en el engaño y la superstición. Como le dijo Platón a Dionisio, «la filosofía no debe ser nunca la prostituta de hombres profanos e iletrados». No. La magia encuentra su nombre en la antigua Persia, donde los magos eran sabios que desentrañaban los divinos mecanismos de la naturaleza, hombres como Zaratustra o Hermes Trismegisto. Los egipcios consideraban que la propia naturaleza era un mago. En ese sentido, en el de la maravilla y el misterio que hay en todas las cosas, no hay nada en lo que crea más profundamente.

Las esperanzas de Carla de doblegar a ese hombre a su voluntad comenzaron a disiparse.

Tannhäuser señaló el segundo instrumento.

–¿Y éste?

–Una tiorba.

El hombre sujetó en sus manos el laúd de doble encordado y examinó su construcción con igual curiosidad.

–La niña también toca como si estuviera poseída –dijo–, pero por ángeles, no por demonios.

Volvió a mirarla y ella no supo qué decir.

–Su dominio es desconcertante. ¡Pero si aquí hay más cuerdas de las que puedo contar!

–Amparo tiene un don. Yo sólo tengo la ventaja de una larga práctica.

–Dais poca importancia a vuestro talento.

Carla sintió alivio cuando entró el mayordomo, Bertholdo, cargando una bandeja de plata con dos vasos de cristal y una jarra de licor de menta. Bertholdo arrugó la nariz y echó una mirada desdeñosa al fornido intruso, a quien no pareció turbar su descortesía. El mayordomo apoyó la bandeja en la mesa, sirvió el licor y se volvió hacia Carla.

–Esto es todo –dijo ella.

Con una sacudida casi imperceptible de la cabeza, Bertholdo se giró para marcharse, pero la voz de Tannhäuser lo hizo pararse en seco, como si hubiera recibido una puñalada entre los omóplatos.

–Quieto ahí, muchacho.

Bertholdo se giró, con los labios blancos.

–¿No es costumbre que los sirvientes hagan una reverencia a su señora antes de retirarse?

Ella notó que Bertholdo consideraba la posibilidad de contestar, lo cual no habría sido ajeno a su habitual insolencia, pero el mayordomo advirtió en la expresión de Tannhäuser que el riesgo de resultar apaleado era demasiado elevado. Se inclinó entonces ante Carla con exagerada humildad.

–Ruego a la señora que me disculpe.

Carla reprimió una sonrisa poco amable, mientras Bertholdo emprendía una rápida retirada y los dos se sentaban a la mesa. Tannhäuser miró la jarra y se hizo evidente que estaba sediento. Ella agarró su vaso, para que él pudiera hacer lo mismo con el suyo. Cuando lo hizo, la frialdad del cristal suscitó otra de sus lobunas sonrisas.

–¿Nieve del Etna? –dijo–. Estáis muy bien abastecida. –Levantó el vaso–. A vuestra salud.

Ella bebió un sorbo y después lo miró. Él vació su vaso de un trago y lo apoyó en la mesa con un suspiro.

–Un brebaje excepcional. Debéis dejarme que le pida la receta a vuestro criado.

–Probablemente le añadiría un poco de cicuta.

Tannhäuser se echó a reír, con una risa suelta y generosa, y ella comprendió que había oído muy pocas carcajadas masculinas en su vida y que eso la empobrecía.

–Me considera inferior a él, pero está obligado a servirme. Así se flagela él mismo su propia espalda, pero espero que me perdonéis si he ahondado en sus heridas.

Carla volvió a llenarle el vaso, desarmada por su franqueza. Mientras lo hacía, era consciente de la mirada de él siguiendo todos sus movimientos y se preguntó si se estaría moviendo con suficiente gracia. Cuando apoyó la jarra, ésta tocó el vaso, que amenazó con volcarse e hizo que una oleada de pánico le inundara el estómago. Pero la mano de él se precipitó sobre el vaso como un ave rapaz (ésa era la imagen), lo salvó al vuelo de la caída y se lo llevó a los labios sin derramar ni una sola gota.

–Sois muy amable –dijo él, y volvió a beber–. Así pues, señora, vuelvo a preguntaros, ¿cómo puedo serviros?

Carla vaciló. Su franca mirada azul la dejaba sin palabras.

–Por experiencia propia –dijo él–, sé que el arrojo es lo más indicado en estos casos.

Ella tragó saliva.

–Llegué aquí hace unas seis semanas. He encontrado desde entonces que todas las puertas están cerradas para mí. Me inclino a creer que vos representáis mi última y única esperanza.

–Me honráis –dijo él–, pero debéis indicarme qué puerta queréis que abra para vos.

–Busco la manera de viajar a la isla de Malta.

Habría añadido algo más, pero el desconcierto reflejado en la quietud repentina de todas las facciones de su interlocutor la hizo guardar silencio. Una vez más, le vino a la mente la imagen de un lobo, en esta ocasión, la de un lobo que hubiese oído las pisadas del cazador.

–¿Sois consciente de la temeridad, de la locura de semejante empresa? –preguntó él.

–He sido instruida más de un centenar de veces en los muchos peligros que entraña el viaje, con más detenimiento del que hubiera deseado. Ya soy una experta en la crueldad del Turco y en el sombrío destino que aguarda a la población maltesa. Pese a los muchos que acuden en tropel para morir combatiendo en sus almenas, a mí no se me considera digna de tomar una decisión similar.

–No creo que busquéis las almenas, ni la muerte.

–No, sólo busco ser una carga para la Religión, poniendo en peligro mi vida; sólo busco derrochar sus provisiones de agua y comida, y, en general, comportarme como lo que creen que soy: una mujer inútil y caprichosa, que no está en su sano juicio.

La ira soterrada que estalló en su voz la sorprendió. Tannhäuser no dijo nada y ella se sonrojó. Se puso de pie, entrelazó las manos y le volvió la espalda.

–Disculpadme, por favor. Pero como veis, estoy desesperada.

–Hace varias semanas que están evacuando a las bocas inútiles. Las están evacuando por miles –dijo él–, y con razón. En el asedio de San Quintín, los defensores acabaron sacándolas de la plaza a punta de lanza y, una vez fuera, perecieron de la manera más espantosa.

–No voy a cuestionar vuestro juicio: soy una boca inútil.

–¿Por qué queréis ir a Malta?

Carla no se volvió.

–Soy maltesa. –Nunca hasta entonces había proclamado tal identidad, ya que su familia era siciliana por sangre. Pero el instinto le decía que era cierto–. Allí está mi hogar.

–Nadie entra en una casa ardiendo sólo porque allí esté su hogar –replicó él–, a menos que haya dejado dentro algo muy valioso, algo por lo que se esté dispuesto a dar la vida.

–Mi padre vive en la isla, en Mdina.

Hacía mucho tiempo que ella había muerto para su padre, y él también habría muerto para ella de no haber sido por el dolor en su corazón, que mantenía viva su memoria. Tannhäuser no dijo nada. Ella sabía que su justificación era débil y se preguntaba con qué expresión la estaría mirando él, pero no se giró.

–¿Qué hija no querría estar al lado de su padre en tiempos tan difíciles? –añadió.

–Me estáis pidiendo que arriesgue la vida –repuso Tannhäuser–. Si pretendéis que lo haga sobre la base de una mentira, al menos podríais decirme esa mentira cara a cara.

Ella bajó la vista hacia sus manos. Los dedos se le habían vuelto blancos. Aun así, no se volvió.

–Señor –consiguió decir–, habéis sido generoso con vuestro tiempo. Os lo agradezco. Quizá deberíais marcharos.

Dio un paso hacia la puerta, aunque más le hubiera apetecido huir corriendo. No oyó que él se moviera, pero en un abrir y cerrar de ojos lo vio aparecer ante sí, bloqueándole el paso tanto con los ojos como con su cuerpo. Su rostro volvía a quedar medio velado por su pelo.

–Os he oído tocar la viola da gamba –dijo él–. Después de oír la verdad en su forma más pura, cualquier falsedad me hiere el oído.

Carla bajó la cabeza, para que las lágrimas no aumentaran su humillación. No acostumbraba a llorar, ni estaba habituada a hacer un mal papel.

–Debéis de encontrarme despreciable –dijo.

Él la agarró por el brazo sin responder. El contacto de su mano la calmó. Cuando se atrevió a mirarlo, vio una extraña compasión, una necesidad de consolarla que parecía surgir de alguna íntima angustia suya. Tannhäuser levantó la mirada para contemplar el techo y su espléndido decorado.

–Los salones como éste se han hecho para mentir –dijo–. Volvamos al jardín. No es fácil decir falsedades entre las rosas. Y si es amargo lo que tenéis que decir, la fragancia de las flores lo endulzará.

Carla sintió que le iba a estallar el corazón si no lo abría en ese instante.

–Hay un niño. –Hizo una pausa para tomar aliento–. Tengo un hijo, un hijo que no he vuelto a ver desde el instante en que nació.

La empatía que brillaba en los ojos de él adquirió un color más profundo.

–Es mi secreto y mi prisión –dijo ella–. Es la puerta que esperaba fueseis capaz de abrir.

–Muy bien –replicó Tannhäuser–. Contádmelo todo.

Se sentaron a la sombra de las palmeras y una brisa marina avivó la fragancia de los mirtos y las flores. Ella se sorprendió mirándolo a los ojos. Él estaba en lo cierto. Allí no cabían las mentiras y los secretos no parecían tener sentido. Aun así, todavía tenía que vencer su resistencia.

–Soy muy cobarde –dijo, sintiendo que no era mentira–, tenéis derecho a saberlo.

–Una cobarde no habría llegado tan lejos.

–Si os lo cuento todo, me despreciaréis.

–¿Es éste un juego para ganar mi piedad?

–Lo que quiero decir –prosiguió ella, luchando con las palabras– es que vuestros sufrimientos, sean cuales sean, seguramente serán mucho mayores que los míos, que yo misma me he buscado.

–Mis sufrimientos no son el tema de esta reunión –contestó Tannhäuser–, pero para aliviar vuestra conciencia, que parece en exceso sensible, baste decir que disfruto plenamente de la vida y que me encuentro en perfecta forma. En cuanto a ruindades, vergüenzas o escándalos (pues se diría que uno de esos espectros se interpone entre vos y la expresión de aquello que os aflige), tened por cierto que yo he cometido crímenes que ni siquiera podríais imaginar. No estoy aquí para juzgaros, sino para decidir si debo hacer lo que me pedís y llevaros a Malta.

–¿Entonces es posible? ¿Pese al bloqueo turco?

–La flota turca no ha llegado aún y ni siquiera Suleimán Sha tiene barcos suficientes para rodear cuarenta millas de costa. Una embarcación pequeña, un buen navegante, una noche sin luna... Llegar a la isla es el menor de los desafíos a los que nos enfrentaríamos.

Ella comprendió que él ya había cartografiado mentalmente toda la aventura y sintió que se le encogía el estómago, con una curiosidad teñida de temor. Por primera vez, la realidad de lo que se había propuesto hacer estaba ante ella. De pronto se calmaron sus emociones, porque en los asuntos prácticos ella solía hacer gala de sangre fría.

–¿Cuáles son esos otros peligros? –preguntó.

–Calma –dijo Tannhäuser–. Quiero saber más acerca de ese chico. ¿Qué edad tiene?

–Doce años.

Tannhäuser frunció los labios, como si el detalle tuviera importancia.

–¿Y su nombre?

–No lo sé. No fue mío el privilegio de bautizarlo.

–¿Podéis decirme algo más? ¿Su familia, su oficio, su aspecto?

Ella negó con la cabeza.

–Este mundo es despiadado con los niños –prosiguió él–. ¿Cómo sabéis que aún está vivo?

–Está vivo –replicó ella con vehemencia–. Amparo lo vio en su cristal de las visiones.

Carla lamentó en seguida su reacción, porque estaba convencida de que para él sería la confirmación de su necedad.

En lugar de eso, Tannhäuser pareció intrigado.

–¿La chica es una sibila?

La palabra era desconocida para ella.

–¿Una sibila?

–Una intermediaria con el mundo sobrenatural, una persona que se comunica con los espíritus y recibe de ellos información o predicciones secretas sobre lo que aún está por venir.

–Sí, Amparo dice tener esos poderes. Los ángeles le hablan en lenguas y tiene visiones. Os vio a vos: un hombre con un caballo dorado.

–Yo no llegaría a una conclusión tan firme basándome únicamente en un caballo –replicó él–. No quiero atarme por una profecía, al menos no todavía.

Ella asintió.

–Lleváis razón, desde luego. El hombre que ella vio en su cristal estaba cubierto de jeroglíficos.

Tannhäuser retrocedió, como si hubiera recibido un golpe en el pecho.

–Me gustaría ver ese cristal portentoso.

–Me asombráis, señor –replicó ella–. Tenía entendido que no erais persona de fe.

–En esta época sombría, eso que acabáis de afirmar podría costarle la vida a un hombre.

–Sólo pretendía expresar mi asombro ante vuestra disposición a dar crédito a las visiones de Amparo.

–Los charlatanes abundan, pero Amparo no tiene malicia. Aun así, la pureza de corazón no es defensa cuando se trata de la Inquisición e incluso puede ser un elemento más para la condena. Conocí a otra persona con la misma capacidad de visión y lo pagó muy caro. –Bajó la vista un momento, como si el recuerdo fuera doloroso–. Pero todos estamos perdidos en un universo infinitamente más grande de lo que creemos o incluso imaginamos.

La miró.

–Mi amigo Petrus Grubenius creía que incluso el sol se encuentra en el centro de un pequeño puñado de polvo cósmico y nada más. Lo visible, lo conocido, es muy poco en comparación con lo que ignoramos, y la mayoría de nuestros conceptos de Dios florecen en nuestra ignorancia. Sin embargo, la existencia de estrellas y constelaciones (y de su influencia sobre nosotros), de ángeles del bien y del mal, de reinos y fuerzas ocultas que están más allá de nuestro alcance y de nuestros sueños, no requiere la existencia de una deidad rectora. Ni tampoco el hecho de existir exige una teoría de la Creación, por muy paradójico que parezca, porque la eternidad no tiene fin y quizá tampoco tuvo principio. Que hay un devenir es evidente, porque aquí estamos nosotros, agitados como guijarros en un mar turbulento. Que ese devenir tiene un entramado de incontables y sutiles pautas también es evidente, porque incluso en el caos hay un propósito. El destino es una malla cuyas hebras sólo reconocemos cuando se han desenmarañado. Pero haya o no pautas y propósitos, la religión produce legiones de necios que se tildan mutuamente de demonios y niegan la naturaleza interior de las cosas. No hay más dios que Alá, y Mahoma es su profeta, sí. Y Dios envió a su Hijo unigénito para que muriera en la cruz, sí. He rendido culto en la mezquita y en la iglesia, porque así me lo ordenaron y yo obedecí. Pero en ninguna de las dos he oído la voz de Dios, ni he sentido su gracia. Al final, sólo oía los rugidos de los que queman libros y los gemidos de un miedo inextinguible.

Carla lo miró fijamente. Su desconcierto iba en aumento, pero se daba cuenta de que ella conocía cosas que él ignoraba.

–No tengo estudios para contradeciros –dijo ella–, pero sé que no podemos atribuir a Dios la crueldad de los hombres.

–Será un consuelo cuando me ejecuten.

–La gracia de Dios es un don.

Lo dijo con suficiente convicción como para hacerlo reflexionar, y al final él asintió respetuosamente.

–Entonces no habré hecho lo suficiente para ganarla –contestó–. La forma reconocida de obtenerla, según tengo entendido, es la abundancia de sufrimiento, un artículo que la Iglesia de Roma tiene en muy alta estima.

–La gracia de Dios no se puede ganar, sólo se puede aceptar. Y vos la aceptaréis, como cualquier otro, si abrís vuestro corazón, si abrís vuestro corazón al amor de Nuestro Señor Jesucristo.

–Sin duda. –Él sonrió de una manera que a ella le pareció condescendiente–. Pero dejemos eso para otro día y resolvamos el asunto que tenemos entre manos. ¿Quién es el padre del chico?

Ella vaciló.

–Un monje.

–Bien, bien. Contadme algo más.

–Yo tenía quince años y era la única hija de mi padre. Mi embarazo fue una vergüenza para mi familia y, según me han dicho, apresuró la muerte de mi querida madre.

Tannhäuser resopló, como si reconociera en esto último una odiosa mentira.

–Fuera como fuese, mi padre ordenó que separaran al niño de mi lado en cuanto nació. Desde entonces no he vuelto a ver a mi bebé, ni a saber nada de su suerte.

–Una historia bastante corriente –dijo Tannhäuser.

Carla pareció asombrada y él se encogió de hombros.

–Cualquiera puede caer en las redes de la pasión –añadió él–. Los padres sicilianos cuidan celosamente la virtud de sus hijas y, cuando se trata de eludir las consecuencias de la lascivia, los curas tienen una firme ventaja respecto a la mayoría. Los muelles de Mesina están llenos de niños abandonados como el vuestro y su destino es bastante triste. –Le apretó una mano para tranquilizarla–. Pero si vuestro hijo vive, será un niño fuerte. ¿Adónde lo llevaron cuando nació? ¿Tenéis alguna idea?

–A los niños expósitos los suelen llevar a la Sagrada Enfermería, en el Borgo, donde les encuentran una nodriza. Una vez destetados, los chicos se crían en la *camerata*, el orfanato, hasta los tres años. Después, si hay una familia disponible, son adoptados.

–Doce años –dijo él en tono meditativo–. Es mucho tiempo esperando, antes de intentar recuperar a vuestro hijo.

–Os lo he dicho, soy cobarde.

Una mueca de impaciencia torció la boca de Tannhäuser.

–Esa imagen que presentáis, la de alguien que carece de valor, es una imagen falsa. Vuestras acciones la contradicen a cada paso. Os aseguro que no os favorece y que no os ganará mi piedad. En cambio, puede que la verdad sí os la gane.

–Se me consideró indigna del elevado matrimonio que mi padre había planeado –empezó Carla.

–Hay remedios para esos problemas –dijo Tannhäuser–. Un poco de sangre seca de paloma o de liebre, por ejemplo, que al humedecerse con...

–Fingirme virgen, señor, no era una opción que yo estuviera dispuesta a considerar. Mdina no es París y fornicar no es una moda. La situación en que me encontraba era opresiva. Mis padres se unieron contra mí y mi único consuelo era ese Dios que vos negáis con tanta elegancia. Repito que yo tenía quince años. Mi contrato de matrimonio, con alguien de quien ni tan sólo conocía el nombre, ya había sido acordado para la fecha en que nació mi hijo. Cuando se lo llevaron, caí en una profunda melancolía y en ese estado fui enviada a Aquitania. No quiero vuestra piedad. Lo más que aspiro es a beneficiarme de vuestra experiencia.

Hizo una pausa para controlar la ira que bullía en su pecho. Él guardó silencio.

–La Corona española –prosiguió ella– permite que los títulos nobiliarios se hereden por línea femenina y ahí residía mi único valor aparente. Tuve suerte. El marido que el agente matrimonial me consiguió era un viudo rico y ya anciano, que quería reforzar sus méritos para solicitar un título y que además estaba demasiado atormentado por la hidropesía para querer ningún comercio conmigo. De hecho, murió cuando no habían transcurrido dos años de nuestra unión. Sin embargo, la patente real fue comprada al rey de Francia antes de su muerte, y ahora mi hijastro, que es mayor que yo, es el actual conde La Penautier. En cuanto a mí, gracias al éxito del contrato, he heredado suficientes propiedades y rentas como para vivir desahogadamente el resto de mis días. De modo que ya veis, señor, soy el producto de una clase demasiado civilizada para recurrir a la sangre de paloma.

Su amargura no se le escapó a Tannhäuser, que inclinó la cabeza.

–Retiro lo dicho y os ruego que me disculpéis –dijo él.

En ese momento, Carla no se sentía muy dispuesta a otorgarle el perdón que le pedía.

–Para mitigar la ofensa –dijo–, permitidme que os cuente que siendo muy joven ingresé en un mundo del que las mujeres estaban totalmente excluidas, una sociedad de hombres en la cual apenas se reconocía la existencia de las mujeres. Allí, un hombre que conociera a las mujeres (que las deseara, que soñara con ellas, que las amara) era un débil. Los jenízaros eran fuertes. Sólo cuando abandoné sus filas, cuando renuncié a toda creencia, rompí todos los votos y me encontré en Venecia, volví a descubrir la compañía de las mujeres. A causa de ese paréntesis, las mujeres siguen siendo un gran enigma para mí e, incluso ahora, algunas veces las ofendo sin que ésa sea mi intención.

Nunca ningún hombre le había hablado a Carla con tanta franqueza. Seguramente no se había propuesto cautivarla, pero lo consiguió.

–Acepto vuestras excusas –dijo ella, porque así lo exigía la cortesía. Sin embargo, tenía la sensación de que él no le había contado todo eso sólo para disculparse–. ¿Por qué me lo habéis contado? –le preguntó.

–Nunca conoceré a las mujeres como otros hombres las conocen. Por lo mismo, yo oigo vuestra historia como ningún otro hombre podría oírla.

Ella se lo quedó mirando, sin encontrar una respuesta.

–Nunca tuvisteis a vuestro hijo en brazos –dijo él–. No le disteis de mamar. Nunca le disteis la mano para guiarlo a través de sus caprichos y sus temores.

Ella hizo una inspiración repentina, como si le hubiesen clavado un puñal, y se giró, dándole a él la espalda.

–Al bebé le negaron todo lo que un bebé necesita y a vos os negaron todo lo que necesita una madre. Erais impotente para impedir ese crimen horrendo, pero la culpa no ha recaído donde debía (en quienes lo cometieron), sino en vos, en vos siempre, como una lápida que os aplasta el pecho. A veces os despertáis por la noche sin poder respirar. Veis la cara del bebé en sueños y se os parte el corazón en mil pedazos. Su llanto reverbera en un vacío que nada en este mundo puede colmar. Y, con el tiempo, el saberos inocente os pesa más cruelmente en la conciencia que cualquier ruindad que hubieseis podido cometer.

Ella se volvió para mirarlo. Había fiereza en los ojos de Tannhäuser, pero ni un ápice de malicia.

–Sí, yo oigo vuestra historia –dijo él–, y la comprendo mucho mejor de lo que imagináis.

Carla sintió que las lágrimas le quemaban la garganta. Tragó saliva.

–¿Cómo podéis hablar de estas cosas con tanto sentimiento?

–Eso no importa –dijo él–. Pero dejadme que os vuelva a hacer la misma pregunta, porque no habéis contestado: ¿Por qué habéis esperado hasta ahora para buscar al niño?

Ella se armó de valor, intentando controlar sus sentimientos, y se aclaró la garganta.

–Hace tres meses, el *chevalier* Adrien de la Rivière pasó una noche en mi casa cuando iba de camino a Marsella, donde esperaba encontrar un barco que lo llevara a Malta. Conocía mis orígenes y estaba seguro de ser bienvenido en mi casa. Cuando me enteré de que la isla podía caer en manos del Turco, supe que tenía que encontrar a mi hijo perdido, costara lo que costase y por breve que fuera el tiempo que nos concediera Dios para estar juntos.

Tannhäuser no pareció encontrar nada irracional en su explicación. Asintió para que continuara.

–Me dije que era absurdo. Pero esa misma noche tuve una visión. La vi junto a mi cama tan claramente como os estoy viendo a vos ahora: la Virgen con el Niño Jesús en brazos. En ese momento, recibí un profundo consuelo. Comprendí que buscar a mi hijo no era un impulso insensato. Era la voluntad de Dios. Si no era capaz de proclamar al menos esa verdad en mi vida, entonces mi existencia seguiría siendo una mentira. Porque os aseguro, capitán Tannhäuser, que mi vida ha sido una farsa desde el día en que dejé que me arrebataran a ese niño... y no levanté la mano para impedirlo.

Las lágrimas le nublaban la vista. Temió que él pensara que eran lágrimas de pena, cuando en realidad lloraba de rabia. Se las secó con un rápido gesto de la mano. Tannhäuser la contemplaba en silencio.

–Ya está –dijo ella–. Os he contado todo. Ahora decidme si aceptáis mi encargo y a qué precio. Lo pagaré, sea cual sea.

–Ese monje, el padre de vuestro hijo –dijo Tannhäuser–, ¿quién era?

–¿No os he procurado ya suficiente material de escándalo para vuestra taberna?

Tannhäuser se echó a reír, con la risa generosa y suelta de antes, y ella sintió que la asaltaba el urgente impulso de pegarle.

–Haría falta una historia mucho más suculenta que la vuestra para divertir a la chusma –dijo–. No, mi pregunta viene al caso. Puede que fornicar no esté de moda en Malta, pero por la isla corretea un buen puñado de bastardos de los caballeros. Si vuestro amante (y uso el término con todo respeto) era un hospitalario y ahora está allí entre las tropas concentradas, sería conveniente saberlo.

–No era un caballero, sino un fraile de una orden monástica diferente. Huyó de Malta sin avisar, antes de que yo misma supiera que estaba embarazada. –Hizo una pausa para contener otro acceso de ira–. Desde entonces, no he vuelto a saber nada de él.

–Os destrozó el corazón –dijo Tannhäuser.

Carla esperó hasta estar segura de que su voz sería firme.

–Me llevó muchos años olvidar su rostro y olvidaría su nombre si pudiera. Pero si me pedís que os lo diga, os lo diré.

Él rechazó su oferta con un amplio ademán de la mano.

–Habláis con la ira de las heridas abiertas –dijo–, pero a menos que sea el bailío de Lango o algún otro caballero igualmente eminente, su nombre no me interesa. Olvidadlo, os lo ruego.

Se levantó del banco y dio una docena de zancadas en torno a los parterres de las rosas. Después se detuvo y fue otra vez hacia ella.

–Entonces, si lo he entendido bien, la misión consiste en embarcarnos a Malta, eludir el bloqueo turco, encontrar a un chico de doce años cuyo nombre y apariencia nos son desconocidos y después, con su consentimiento (que en modo alguno podemos dar por descontado), volver con él a Sicilia, sin que los caballeros nos ahorquen por desertores ni el Gran Turco nos ejecute por espías.

Ella lo miró, incapaz de hablar. A él lo intrigaba su consternación.

–¿He interpretado mal el carácter de la empresa? –le preguntó.

–No. La habéis ampliado más allá de mis expectativas.

–¿Cómo es eso?

–¿Estaríais dispuesto a traer a mi hijo a Sicilia?

Él separó los brazos con las palmas abiertas.

–¿Acaso hay otra razón para ir?

–Nunca había llegado más allá del sueño de encontrarlo y confesarle que soy su madre. –Carla sintió que se le cerraba la garganta. Tragó saliva–. El viaje a Malta y el momento de la reunión (y quizá, si Dios lo quiere, el momento del perdón) es todo lo que me he atrevido a imaginar.

–Puede que esos momentos rediman vuestros pecados y alivien vuestra conciencia. Quizá os proporcionen incluso consuelo y alegría, pero no os librarán a vos ni a vuestro hijo del acero de los turcos. A su edad, estará en el frente de batalla, no os engañéis. Los malteses constituyen el grueso de la guarnición de La Valette. Cargarán con la peor parte de la lucha. Y también de las muertes.

Carla sintió que se mareaba.

–¿Creéis que es una lucha sin esperanza?

–Yo no diría eso, pero la jugada es arriesgada. Cinco de las caras del dado favorecen al turco y sólo una a los caballeros de la Religión. Pero sea quien sea el vencedor, vale lo dicho. Vencedores y vencidos pagarán un alto precio en sangre. A menos que queráis hacer el viaje solamente para ver morir al chico, tendremos que sacarlo a hurtadillas.

–¿Sacarlo a hurtadillas? –La frase la llenó de entusiasmada expectación–. ¿Es posible?

Tannhäuser volvió a sentarse en el banco, junto a ella.

–He sacado de contrabando cargamentos más voluminosos por brechas más estrechas, pero antes tenemos que encontrarlo.

–Lo reconoceré en cuanto lo vea, creedme –dijo ella.

–Desde luego –replicó él, sin rastro de confianza–, pero no podemos pedirle a La Valette que saque de las filas a todos los chicos del Borgo para que vos podáis elegir.

Con la misma celeridad con que se había inflamado de euforia, el corazón de Carla se desplomó. Había hecho todo el viaje hasta allí impulsada únicamente por un cuento de hadas, tan absorta en las aventuras del ancho mundo que ni siquiera se había parado a considerar los aspectos prácticos más sencillos. Era una tonta. Pero Tannhäuser –cada vez lo veía con más claridad– no lo era en absoluto.

–Los malteses llevan la Iglesia católica en las venas –dijo él–. Bastardo o no, el chico seguramente habrá sido bautizado y su nombre figurará en algún registro parroquial. Si vuestra información sobre el orfanato es correcta, habrá también algún documento en la Sagrada Enfermería.

–Pero como vos mismo habéis dicho, no sabemos su nombre.

El esfuerzo que hizo él para reprimir su impaciencia consiguió que ella se sintiera aún más estúpida.

–En efecto. Pero sin duda vos recordaréis al menos su fecha de nacimiento.

–El último día de octubre del año mil quinientos cincuenta y dos.

Al igual que la edad del chico, su fecha de nacimiento pareció significar algo para Tannhäuser.

–La víspera de Todos los Santos –dijo–, con el sol en Escorpio. –Meneó la cabeza–. Extraños caminos, señora condesa, extraños caminos nos han traído a vos y a mí a este jardín sobre el mar.

No dijo nada más y, antes de que ella pudiera preguntarle lo que había querido decir, apretó los puños.

–Pero ¿por qué no vinisteis a mí mucho antes? ¿Seis semanas habéis estado aquí? ¡Ya podríamos haber ido y vuelto, sin más riesgo que el de morir ahogados en el canal!

Ella sintió que la bilis le subía a la garganta.

–Hasta esta mañana no supe de vuestra existencia.

La sospecha hizo que Tannhäuser frunciera el entrecejo.

–¿Y quién os la hizo saber?

–Fray Oliver Starkey, de la Lengua Inglesa.

Ella vio la ira llameando en sus ojos, como el azul corazón de la llama, y temió que la abandonara. ¿Por qué lo encolerizaba tanto el nombre de Starkey? No lo sabía.

–El hermano Starkey alabó mucho vuestro talento.

–No lo dudo.

–En su carta…

–¿Su carta?

–En su carta decía que sois un hombre de notable capacidad, que no teméis a nada y que sentís el más absoluto desprecio por toda forma de autoridad, ya sea moral, judicial o religiosa. –¿Por qué iba a halagarlo algo así? Ella no lo sabía, pero aun así pensaba que lo haría–. Decía que, por encima de todo, sois un hombre de palabra.

–El inglés es más astuto de lo que yo estaba dispuesto a reconocer.

Finalmente, ella sintió que tenía información útil que ofrecerle.

–Fray Starkey dijo que podía conseguirnos un lugar en el *Couronne.*

El humor de Tannhäuser no pareció mejorar.

–No lo dudo.

–El *Couronne* zarpará con la marea de medianoche.

–Zarpará sin nosotros. –Resopló para deshacerse de la cólera y sonrió–. El brazo de la guerra es largo y sus dedos me tienen agarrado por el cuello, pero pienso zafarme una vez más.

–¿No sería el *Couronne* el medio más seguro de llegar?

–Tal vez. Pero es mejor reservar el pacto con el diablo para un momento de mayor desesperación que éste.

Hizo una pausa, como si se encontrara al borde de un abismo. Después hizo un gesto de asentimiento.

–Confiadme los preparativos y olvidad al hermano Starkey. Tendréis noticias mías en menos de dos días.

A Carla le llevó un momento comprender que, con esas palabras, él accedía a su solicitud. Quiso decir algo, pero no encontró las palabras. Tannhäuser se levantó del banco y le hizo una reverencia con ostentosa galantería. Después le indicó la casa.

–Y ahora, si me permitís, me gustaría ver el cristal portentoso de la doncella. Su cristal de las visiones.

Carla se puso de pie.

–No hemos hablado de vuestra paga.

Él vaciló, como si ya hubiera fijado un precio pero lo considerara exorbitante.

–Si os traigo de Malta sanos y salvos a vuestro hijo y a vos –dijo–, querré que os caséis conmigo.

Atónita, Carla pensó que no lo habría oído bien.

–¿Casarme con vos?

Él pareció avergonzado y tosió.

–Casamiento, enlace matrimonial, sagrada unión, como queráis llamarlo.

Por un momento, los instintos de ella palpitaron. Los impulsos dormidos se removieron en el fondo de su pelvis y una repentina embriaguez la invadió. Sintió que la mano de él le sujetaba el brazo. Lo miró. Los ojos de él eran tan claros que no podía leer nada en ellos. No sabía lo que él estaba viendo en su cara, pero él lo interpretó como una forma de espanto.

–Mi pretensión es una gruesa impertinencia, lo sé –dijo él–, pero no me mueve el atrevimiento, sino la ambición. Incluso el leve hálito de nobleza que esa unión me proporcionaría sería invalorable para mis negocios. El precio que os propongo es elevado, sin duda, e incluso escandaloso, dadas nuestras respectivas posiciones sociales, pero también lo es el riesgo de vuestra aventura. Naturalmente, podemos establecer por contrato que no tendré ningún derecho a vuestras propiedades o vuestras rentas, que yo no codicio. Además, tenéis mi palabra de honor de que no intentaré sacar ningún provecho deshonesto de nuestro arreglo.

La dicha de la inocente fantasía de Carla se desvaneció. Era un trato de negocios y nada más. Había un abismo entre ellos en cuanto a temperamento y posición social. Ella no tenía derecho a pensar mal de él. De hecho, nunca había tenido a ningún hombre en tan alta estima. Y a cambio de lo que él le ofrecía, el precio era irrisorio. Aun así, algo en su interior que había vuelto a florecer en el transcurso de la última hora volvió a marchitarse. Intentó mantener firme la voz y se dio cuenta de que sonaba fría.

–Interpretáis mal las complejidades de la nobleza –dijo–. El matrimonio por sí solo os proporcionaría únicamente la apariencia de un título y nada más.

–¿Podría emplear legítimamente el título de conde e insistir en que la gente se dirija a mí llamándome «mi señor», «excelencia» o cualquier otra fórmula de obsequiosa cortesía?

–A fe mía que sí.

–Entonces la apariencia vale una fortuna, por muy fraudulenta que sea, y yo estaré más que satisfecho.

–Muy bien –dijo ella–. Mi título ya ha sido puesto en venta antes y al menos esta vez lo será por decisión mía.

–¿Entonces estamos de acuerdo?

–¿Queréis que llame a un notario para que redacte un contrato?

–Un apretón de manos será suficiente, de momento.

Él tendió su mano, grande y curtida, con la palma encallecida por la empuñadura de la espada. Ella le tendió la suya para estrechársela, pero él la retiró.

–¿Puedo añadir una cláusula a nuestro pacto?

Había un brillo divertido en sus ojos. Era exasperante el encanto que era capaz de desplegar.

–Podéis intentarlo –dijo ella.

–A mi regreso, volveréis a tocar para mí en vuestra viola da gamba.

Una confusión de sentimientos surgió en el interior de Carla.

–¿Por qué hacéis esto por mí?

Él frunció el entrecejo.

–Porque considero que el trato es justo y beneficioso para mi negocio.

–Quizá no tengáis mucha fe en mi intuición –dijo ella–, pero siento que entráis en este trato con motivos más profundos que los puramente comerciales.

Tannhäuser la estuvo contemplando durante lo que parecieron minutos, aunque sólo pudieron ser segundos. Parecía estar calculando cuánto debía revelar de sí mismo y ella sintió que en el corazón de ese hombre había una pena tan profunda y perdurable como la suya propia. Quizá incluso más honda. Si la hubiera rodeado con sus brazos, ella no habría opuesto resistencia.

Tannhäuser dijo:

–Una vez conocí a otra madre que luchó por su hijo.

–¿Eso es todo?

–La madre perdió –dijo él.

Carla aguardó, pero Tannhäuser no dijo nada más al respecto.

Sonrió con sus dientes desiguales y le tendió la mano.

Carla la estrechó con la suya y un repentino estremecimiento le recorrió la piel.

Hubiese deseado sellar el trato con un beso.

Martes 15 de mayo de 1565

El camino de Mesina. El Oráculo

Tannhäuser cabalgaba por colinas pintadas de violeta y oro por el sol poniente. Las mujeres de la Villa Sáliba lo habían acosado como los galgos a los venados, pero se sentía satisfecho.

Amparo, sin ir más lejos, era un hallazgo. Su atractivo sexual, que ella parecía ignorar, le escocía en la mente y en las partes íntimas. Su cristal de las visiones había resultado ser una maravilla. La mayoría de esos aparatos eran esferas de cristal puro y Grubenius tenía un espejo de obsidiana pulida. Sin embargo, el de Amparo era un artilugio óptico, construido inicialmente como simple curiosidad. Pero ella, con el genio mántico que allana el camino a la sabiduría, había reconocido una función más elevada en el artefacto. Era un tubo de latón con un ocular en un extremo y, en el otro, dos delgadas ruedas de triple radio, también de latón, que giraban una sobre otra en torno a un eje, pero de forma independiente. Entre los radios de cada rueda había un complicado encaje de fragmentos de vidrios de colores, y a lo largo del tubo, dos finas tiras de espejo, con las superficies reflectantes encaradas, formando un ángulo de treinta grados.

A primera vista, las ruedas parecían oscuras, pero al apuntar con el artilugio hacia la luz del sol o hacia la llama de una vela, revelaban una multiplicidad de colores, y al girar las ruedas con un leve movimiento de los dedos, los colores y la suma de sus partes giraban en combinaciones tan extraordinarias como pasmosas. El menor desplazamiento de cualquiera de las dos ruedas alteraba el espectáculo y, según pudo entender Tannhäuser, bastaba modificar la velocidad relativa de las ruedecitas para que el tiempo se fragmentara en partículas infinitamente pequeñas. Además, el carácter del campo visual dependía de la fuente de iluminación: a menor distancia de la llama, los colores se volvían más incandescentes. La cantidad de humo que soltaba la vela, la intensidad de la luz del sol, la textura del éter interpuesto, todos esos elementos alteraban el cambiante espectáculo, al tiempo que ellos mismos cambiaban. Y cuando las ruedas dejaban de moverse, detenidas en una particular combinación de luz y color elegida por el azar, capturaban por un instante un retazo de eternidad. En pocas palabras, el cristal de las visiones era un modelo del cosmos y del poderoso torrente del destino.

A veces Amparo no veía nada, excepto la belleza de los colores; otras veces, llenaban su mente imágenes de una claridad asombrosa. En ocasiones oía voces angélicas. Nadie podía conocer el futuro y ella no pretendía hacerlo. Pero entre la infinidad de cosas que pueden ser, se encuentran las cosas que serán. Eran posibilidades lo que ella veía en el vórtice: aquello que podía estar aguardando en el crisol de lo que aún no era. Eso entendía Amparo, aunque sólo por instinto, o al menos así se lo pareció a Tannhäuser.

La noche cayó mientras él se aproximaba a la puerta norte. En la última luz del crepúsculo, un carruaje de dos ruedas venía traqueteando hacia él por el camino. El cochero llevaba morrión y peto, y a su lado, en el asiento, relucía la llave de chispa de un mosquete. Cuando el vehículo se cruzó con él, un rostro joven lejanamente similar al de una rata lo miró bajo el ala de un sombrero de sacerdote. Tannhäuser no volvió a pensar en ellos. Pasó junto al guardián de la puerta y atravesó la ciudad. El frenesí final que marca las postrimerías de la jornada había pasado y las calles no tardaron en quedar en silencio. Tannhäuser se encaminó por el frente marítimo hacia El Oráculo.

Esa noche bebería más de la cuenta y saciaría su lascivia con Dana. Quizá su impulso fuera poco galante –pensó–, porque eran Amparo y doña Carla quienes habían encendido su pasión, pero así era la vida. Se preguntó cómo gemirían las dos en los estertores del amor. La fiereza del ataque de Carla a la viola da gamba reverberaba aún en su memoria. Además, su inteligencia era claramente superior, y ésa era una fuerza erótica que él nunca había conocido. Se imaginó quitándole aquel vestido de seda roja, aunque no creía que ella fuera a consentírselo a alguien como él. La única experiencia romántica que había vivido la mujer le había acarreado castigos, vergüenza y exilio, lejos de todo lo que amaba. Tenía derecho a ser cautelosa. Aun así, Tannhäuser tuvo que moverse en la silla, para dejar sitio a su miembro en expansión.

En el puerto reinaba la oscuridad, sólo interrumpida por las charcas amarillas de luz que formaban los faroles de los barcos. La luna que acababa de salir sobre el mar estaba llena desde la víspera. A un centenar de yardas se encontraba El Oráculo, a cuyas puertas se arremolinaba una muchedumbre de curiosos. Tannhäuser se detuvo. Detrás de la multitud avistó el resplandor de una antorcha sobre un par de morriones de acero. Los morriones pertenecían a hombres de armas, a los corchetes que integraban el cuerpo de policía de la ciudad, y la muchedumbre solía aglomerarse cuando olía alguna desgracia. ¿Un asesinato en la taberna? Nunca habían tenido ninguno, gracias a Bors, pero estaba lejos de ser imposible.

Entonces Tannhäuser oyó el alarido de un lamento.

Aunque amortiguado por los muros y la distancia, fue suficientemente claro. Una oleada de miedo le recorrió las entrañas. En circunstancias de extremado dolor como las que sugería el grito lejano, las voces de casi todos los hombres sonaban curiosamente iguales.

Sin embargo, Tannhäuser supo que quien gritaba era Sábato Svi.

Desmontó y condujo a *Buraq* por el pasaje entre el taller del candelero y la cordelería. Al fondo de los edificios que daban al muelle había un laberinto de talleres, corrales, almacenes y establos, dispuestos sin orden ni concierto a lo largo de enmarañadas callejuelas no mucho más anchas que sus hombros. Se abrió camino en la oscuridad, dejándose guiar por unos pocos jirones de luz de luna. *Buraq* lo seguía en silencio. Cuando estuvo cerca del fondo de su almacén, oyó otro grito, mucho más penetrante que el anterior y saturado de terror y desolación.

Estaban torturando a Sábato Svi.

Buraq percibió la inquietud de su amo y resopló por los ollares como expresión de simpatía. Tannhäuser escupió para quitarse la bilis que sentía en la garganta. Ató a *Buraq* a un gancho de hierro en el muro y lo tranquilizó. Desplegó las vueltas de sus botas altas de cuero para protegerse los muslos y la entrepierna, y desenvainó la espada. Echó a andar sigilosamente hacia el almacén, cuyo techo se dibujaba como un nítido parapeto negro contra el cielo estrellado. Un instinto animal lo hizo detenerse. No oía nada; pero por encima del hedor del callejón, distinguió un olor a sudor y a cuero que no era el suyo. Después percibió el aliento de un caballo. Se llevó la mano a la frente para bloquear el resplandor de las estrellas y esperó a que sus ojos se habituaran a la oscuridad. Una figura gigantesca acechaba sobre la oscuridad algo más pálida del muro. Tannhäuser dio un paso más. El olor se distinguía claramente. Murmuró.

–Bors.

La figura se desplazó hacia un lado, como un cangrejo, y se inclinó hacia él. Una ballesta emergió a dos pasos de distancia, apuntando a su pecho. Tannhäuser se dispuso a atacar, si es que su juicio se revelaba falso. Entonces apareció la cara de Bors, que en seguida dirigió la ballesta al cielo, apoyándola en una de sus caderas. Parecía demacrado. Mantuvo baja la voz, pero fue incapaz de disimular del todo su temblor.

–Corchetes. Dos fuera y cuatro dentro. Llevan corazas y morriones. Dentro hay dos arcabuces y una pistola.

–¿Los conocemos?

Bors sacudió la cabeza.

–No son de aquí. Los dirige el inquisidor flaco que vino en el *Couronne*.

Tannhäuser sintió que podía oír el sonido metálico de los engranajes que hacen girar el universo. Fue uno de esos momentos en que el edificio de la propia ambición resulta ser un burdel construido sobre la arena, uno de esos instantes en que la brújula se rompe y todos los relojes se paran, en que el futuro imaginado y el que de verdad se despliega ante uno divergen y se separan para siempre.

–¿Qué quieren? –preguntó Tannhäuser.

–Subí de las bodegas hacia el final. Te estaban buscando a ti.

–¿Y Sábato?

–Tuvo que buscar el enfrentamiento, como siempre. Se burló de ellos de una manera feroz y lo derribaron de un golpe. El chico Gasparo salió en su defensa. –La boca de Bors se torció en una mueca–. Y lo mataron de un tiro.

Tannhäuser sintió que algo le rechinaba en el cráneo. Eran sus propios dientes.

–Yo no me hice notar –dijo Bors–. Cuando los corchetes desalojaron la taberna, salí con los demás. Nadie me delató.

–¿Y Dana? ¿Y las chicas?

–Las dejé a salvo con Vito Cuorvo y después regresé.

Resonó otro grito agónico. Bors hizo un gesto de disgusto.

–¿Dónde están ahora los canallas? –preguntó Tannhäuser.

–Registraron el edificio y se reagruparon en la taberna. Por el fondo, tenemos el camino libre.

–¿El inquisidor es uno de los cuatro?

Bors asintió.

–Hay tres policías dentro: dos corchetes y un capitán. Tenemos que procurar no alarmar a los dos que vigilan fuera.

–Si oyen uno o dos gritos, pensarán que ha sido el pobre Sábato, pero no podemos permitir que haya disparos de armas de fuego. –Tannhäuser indicó la ballesta–. ¿Tienes firme el pulso?

–Firme como una roca.

Bors se apoyó la ballesta en el hueco del brazo y se sacó del jubón un trozo de vela de tres pulgadas. Desenganchó del cinturón un pequeño puchero de hierro y le abrió la tapa de ventilación. En su interior resplandecía un trozo de carbón ardiente.

–Un inquisidor y cinco policías –dijo Tannhäuser en tono pensativo–. Eso nos deja totalmente fuera de la ley.

La expresión gris de Bors reflejaba que él ya lo sabía.

–Si ahora huimos tú y yo –dijo Tannhäuser–, no creo que nos persigan al otro lado de los estrechos.

–Si alguien me hubiese dicho alguna vez que arriesgaría mi sucio cuello por un judío, me habría reído en su cara. –Bors esbozó una sonrisa–. En cualquier caso, no creo que pienses huir.

Tannhäuser le dio una palmada en la espalda. Bors encendió la vela con el carbón que tenía en el cacharro y, a la luz de la llama, entraron sigilosamente en El Oráculo.

La oscuridad en el interior del almacén era completa y, sin la vela, no habrían encontrado el camino. Tannhäuser se abrió paso entre lo que quedaba de sus mercancías, hasta encontrar un haz de jabalinas guardadas junto a los mangos de las picas. Cortó la soga que las unía, envainó la espada y eligió tres de las esbeltas lanzas: robustas varas de fresno de cinco pies de largo, con dagas finas como agujas en la punta. Probó las tres, para ver si estaban bien equilibradas. A poca distancia, eran tan mortíferas como un mosquete y mucho más ligeras.

Mientras los dos avanzaban reptando hacia la taberna, que estaba al frente del edificio, la luz de las lámparas se esparció por el suelo, procedente del portal sin puertas. Con ella llegó una estridente parrafada que casi parecía alcanzar el éxtasis de la intolerancia. Tannhäuser oyó aullar la palabra «judío», como si por sí sola fuese un insulto insuperable. Sábato soltó una maldición que tuvo que tragarse agónicamente. Después, su voz se ahogó y fue reemplazada por un barboteo gutural. Las entrañas de Tannhäuser se retorcieron y sus piernas se volvieron tan débiles que por un momento temió que fueran a fallarle. Reprimió las ganas de vomitar. Había pasado mucho tiempo desde la última vez. Tuvo que recordarse que aquello era lo normal y se obligó a respirar pausada y profundamente, hasta que se le pasó la agitación. Bors sopló la vela y levantó la ballesta. Tannhäuser se acercó sigilosamente al portal y se asomó.

Vio dos corchetes con su capitán, armados tal como había dicho Bors. El capitán, rechoncho como una gallina de monte, contemplaba con los brazos en jarras el rincón donde estaba la mesa de Tannhäuser. De allí venían los gruñidos de Sábato. Tannhäuser no podía ver a su amigo ni al inquisidor. De los dos corchetes, uno se encontraba entre las mesas vacías, a medio camino de la puerta delantera. Tenía el arcabuz apoyado en el hombro, con la mecha ardiendo sin llama entre los dedos. El segundo corchete estaba sentado en un banco, con el arcabuz apoyado en el suelo entre las rodillas, bebiendo de una jarra. Tannhäuser calculó que el primero se encontraría a nueve pasos de distancia y el segundo, a no más de cinco. Retrocedió, imitó con el pulgar el ademán de beber y señaló a Bors con un dedo. Bors asomó un ojo por el marco del portal y se retiró.

Después le hizo a Tannhäuser un gesto afirmativo.

La voz estridente se levantaba desde el rincón de la taberna.

–¡Sangre y circuncisión! ¿A cuántos hombres honestos has reducido a la mendicidad con tus mentiras y tus venenosas maquinaciones? ¿Dónde está tu oro, judío? ¡El oro que nos has robado! ¡A nosotros, que te hemos dado sobradas muestras de caridad cristiana! ¡A nosotros, que te hemos permitido vivir entre nosotros, como si fueras un hombre y no un perro rabioso y un ladrón! ¿Qué perverso demonio te trajo a nuestra tierra? ¡Dios no te ha invitado a ti, ni a tu estirpe diabólica! ¡El oro, judío! ¡El oro!

Tannhäuser empuñó una de las jabalinas con la mano derecha, mientras sujetaba con la izquierda las otras dos, bien equilibradas. Le hizo una señal a Bors y se impulsó dos pasos hacia el interior de la taberna. Mientras apoyaba en tierra el primer pie y el brazo le pasaba zumbando junto al oído, oyó tras él el chasquido de la ballesta y el silbido de la flecha. El corchete gruñó cuando la jabalina lo alcanzó bajo el peto metálico y le perforó el pubis. La hoja se hundió otros dos pies en su bajo vientre y lo tumbó entre las mesas de la taberna, donde el hombre quedó retorciéndose, parpadeando y jadeando, como suelen hacer los animales heridos cuando agonizan. Tannhäuser llenó el vacío de su mano con el mango de una segunda jabalina y se volvió hacia el capitán, que lo estaba mirando con la boca abierta, con un asombro que aún no se había transmutado en terror. Tannhäuser avanzó. La mano regordeta del capitán revoloteó hacia la pistola que tenía en el cinto, pero el arma no era mayor amenaza que la ventosidad agriada por el pánico que despidió por el trasero.

–Piensa en tu mujer –lo instruyó Tannhäuser–. Piensa en tus hijos.

Así lo hizo el capitán, que vio socavada la poca resistencia que aún conservaba. Tannhäuser le apoyó la punta de la jabalina en la garganta y después se volvió y le lanzó la otra a Bors. A continuación, extrajo la pistola del cinto del capitán. Era una pieza espléndida, equipada con la más moderna llave de pedernal española, el tipo de arma que exigiría la vanidad de un majadero pagado de sí mismo. De un soplido, Tannhäuser vació de pólvora la cazoleta y devolvió el arma al cinto del capitán. Miró un poco más lejos y vio al chico Gasparo, tendido de espaldas junto a la escalera, con una brecha sangrienta abierta en el pecho. El muchacho había sido leal y lo había pagado con su vida. Tannhäuser sofocó un impulso terrible, antes de volverse otra vez hacia el capitán. La papada del capitán tembló contra la punta de la jabalina, mientras el hombre intentaba resucitar al menos una sombra de su anterior autoridad.

–Me llamo...

Tannhäuser le propinó una bofetada con el revés de la mano. El pesado anillo de oro le abrió la carne hasta el hueso.

–Puedes guardarte tu nombre –dijo Tannhäuser–. No lo necesito para nada.

El capitán gimió y apretó los párpados. Tannhäuser miró por encima del hombro. Uno de los corchetes yacía sobre una mesa, con la cara y la barba relucientes de sangre hasta el punto de parecer esmaltadas. La flecha de la ballesta lo había alcanzado en un ojo y la tenía tan profundamente alojada en el cráneo que el hueso había arrancado parte de las plumas del astil. La víctima de Tannhäuser yacía acurrucada sobre las losas del suelo, jadeando y aguardando la llegada de una marea de dolor tan monstruosa que ni siquiera osaba moverse o gritar y casi no se atrevía a respirar. Tannhäuser se volvió hacia el rincón donde estaba su mesa. El clérigo estaba de pie, mirando fijamente el suelo, como si esperara que esa táctica fuera a volverlo invisible.

Tannhäuser miró a Sábato Svi.

Sábato estaba sentado en la famosa silla de Tannhäuser, con los maxilares monstruosamente separados por una argolla de hierro que le habían metido a la fuerza en la boca. Del extremo de la argolla sobresalían un tornillo y una llave, que servían para aumentar su diámetro hasta dimensiones todavía más dolorosas. Tannhäuser bajó la vista. Las manos de Sábato estaban clavadas en los apoyabrazos de la silla. Tannhäuser encontró la mirada de sus ojos oscuros y vio que algo le había sido arrancado del alma, algo que Sábato pasaría el resto de su vida intentando recuperar sin éxito, porque tal es la naturaleza de la tortura.

Tannhäuser se volvió hacia Gonzaga.

–¡Tú, el clérigo! –llamó Tannhäuser–. ¡Quítale esa atrocidad de la boca!

Gonzaga no se atrevió a levantar la cabeza.

–Si solamente lo oigo suspirar –continuó Tannhäuser–, lo pagarás caro.

Gonzaga se llevó las manos al crucifijo que le colgaba de un rosario en la cintura y se puso a murmurar algún sinsentido en latín. El gesto hizo que un blanco estallido de cólera se encendiera en la mente de Tannhäuser, que atravesó la sala a grandes zancadas. La jabalina describió un semicírculo entre sus dedos y, sólo cuando se echó encima de Gonzaga, el despreciable inquisidor finalmente levantó la mirada.

–¡Piedad, eminencia! –graznó–. ¡Piedad en nombre de Cristo!

Tannhäuser le atravesó el empeine del pie izquierdo con la jabalina. Gonzaga lanzó un alarido y se agarró al asta de la lanza. Tannhäuser le arrancó el crucifijo y una lluvia de cuentas negras se derramó por el suelo. Desde arriba, contempló los dos profundos túneles de abyecto terror abiertos en el rostro palidecido del clérigo, mientras interponía entre ambos el crucifijo. Escupió en la cruz y las flemas salpicaron los desfigurados rasgos de Gonzaga.

–Estás orgulloso de tu crueldad, ¿verdad, clérigo? –Tannhäuser arrojó el crucifijo al suelo–. Yo he sido turco durante trece años y esto no es nada.

Desplazó su peso y hundió más profundamente la hoja de la jabalina, astillando los huesos del pie. A Gonzaga ya no le quedaba aire para gritar, ni tampoco fuerza para tomar aliento. Abrió muy grande la boca, sin emitir ningún sonido. Sus labios temblorosos se tornaron violáceos.

Tannhäuser lo agarró por el cuello.

–Ni siquiera has empezado a entender lo que es la crueldad. Pero ahora lo entenderás.

Extrajo la jabalina y la enterró en el otro pie de Gonzaga, a quien se le empezaron a doblar las rodillas, pero Tannhäuser lo sostuvo en pie. Según una venerable escuela de pensamiento, ese tipo de actos de carácter despiadado reducían a quien los perpetraba al nivel de su enemigo, pero Tannhäuser no compartía esa filosofía. Una vez más, hundió más profundamente la lanza y sintió burbujear el dolor a través de la tráquea que comprimía con el puño. Los ojos ruines del sacerdote se pusieron en blanco, mientras el hombre se debatía por respirar. Un gruñido de angustia procedente de la silla distrajo a Tannhäuser, que se volvió.

Miró a Sábato Svi y vio miedo en sus ojos. Comprendió que una nube de pánico mortal flotaba en la sala y que para entonces él era su único causante. Retiró la jabalina y empujó a través de la habitación al clérigo, que fue arrastrándose entre alaridos sobre sus propias huellas ensangrentadas, hasta derrumbarse a los pies del capitán. Tannhäuser apoyó la lanza en la mesa y miró a Bors.

Su amigo se echó a reír.

–¿Cuándo me toca a mí? –preguntó.

Tannhäuser fue hacia Sábato y, con cuidado, desenroscó la llave de la argolla de hierro, hasta que ésta se redujo a unas dimensiones que le permitieron extraérsela de la boca sin causarle más daños.

–Perdóname –dijo Tannhäuser.

Sábato movió en círculos la mandíbula y escupió sangre. Estaba pálido por la conmoción; pero aunque no era un hombre violento, era tan duro como los clavos que lo tenían sujeto a la silla. Tannhäuser los examinó. Sus cabezas planas sobresalían dos pulgadas del dorso de las manos de Sábato.

–¿Puedes resistir un poco más, amigo mío? Aún no estamos a salvo.

Sábato esbozó una amarga sonrisa.

–Aquí estaré.

Tannhäuser agarró la jabalina y se encaminó hacia los prisioneros. Se agachó sobre Gonzaga y le metió la argolla de hierro entre los labios. Después la empujó con la base de la mano hasta sentir que la encajaba contra las muelas.

–Ponte de pie –ordenó.

El clérigo no podía más que postrarse y gemir.

–¡De pie! ¡Ponte de pie, he dicho!

Laboriosamente, el sacerdote se irguió sobre los pies perforados y se quedó temblando, mientras sus fosas nasales inhalaban ruidosamente el aire por encima de la mordaza de hierro. Tannhäuser lo empujó a través de la sala, en dirección a Bors.

–Desnúdalo.

Con toda la violencia de que fue capaz, Bors empezó a desgarrar el hábito de Gonzaga. Tannhäuser se volvió, sujetó por el cuello al rechoncho capitán y lo arrastró hasta donde aún jadeaba el corchete con la jabalina hincada en el vientre. Le bajó a la fuerza la cabeza.

–¡Míralo!

La punta de la lanza había horadado las entrañas del hombre, antes de asomar por la salida más fácil, que era el ano. Los pantalones estaban cuajados de excrementos y empapados de sangre. El capitán experimentó una arcada. Con el lado de la bota, Tannhäuser empujó el extremo de la lanza y la hundió otras cuatro pulgadas en las entrañas del corchete. El hombre se dobló sobre sí mismo, lanzando un gruñido espeluznante. El capitán lanzó un torrente de vómito sobre su subordinado, que no dejaba de retorcerse. Bors se echó a reír.

Tannhäuser recorrió con la vista la profanación a que había sido sometida su taberna: las mesas y los bancos vacíos, las temblorosas charcas de luz amarilla, las ominosas franjas de sombras, y la sangre, que formaba sobre las losas del suelo oscuras lagunas como de petróleo. Se volvió hacia el capitán, cuya cara regordeta parecía aflojada por el miedo a la luz tenebrosa. Lo agarró por los hombros y le habló al oído.

–Mira a tu alrededor y regodéate la vista con el mal que habéis causado.

El capitán obedeció, con una mueca de consternación.

–Mira los muertos, los moribundos, el horror. Mira cómo ríe el bárbaro. Contempla al clérigo desnudo y al judío crucificado. Sé testigo de la venganza de tus enemigos.

El capitán arqueó los hombros sobre la barba manchada de vómito, pero con la punta ensangrentada de la jabalina, Tannhäuser le levantó la barbilla para que lo mirara a los ojos.

–Convéncete de que estás en el infierno y de que nosotros somos sus demonios.

Parte de la materia vomitada le salió burbujeando por la nariz al capitán cuando intentó reprimir el llanto. El hombre se cubrió la cabeza con las manos, como un niño asustado. Tannhäuser retrocedió un paso hasta donde agonizaba el corchete, le extrajo la jabalina y se la clavó en la sien, atravesándole el cerebro. El crujido le hizo vibrar el brazo y el hombre se derrumbó, totalmente inmóvil. Había asesinado a un corchete al servicio de la Corona española. Su vida se había convertido en eso y en nada más que eso. Volvía a ser un asesino. Que así fuera entonces. Sintió la resistencia del hueso cuando extrajo la lanza. Miró al capitán.

–Tormento o clemencia –dijo–. Tú eliges.

Tan desesperada era la necesidad del capitán de agarrarse a la vida que rompió su silencio:

–¡Dios misericordioso! ¡Excelencia, soy vuestro siervo! –Sofocó un sollozo–. Estoy a vuestras órdenes.

Tannhäuser señaló al cadáver.

–Arrástralo hasta la pared, ahí.

Mientras el capitán se agachaba para hacer su trabajo, Tannhäuser miró a Bors y señalo al muerto que aún sangraba sobre la mesa. Bors se le acercó con pasos pesados, dejó las armas en el suelo y cargó al cadáver en brazos. Lo llevó hasta la puerta del almacén y lo arrojó a la oscuridad. Gonzaga seguía de pie, desnudo y temblando, entre los jirones blancos y negros de su hábito. Bors regresó al banco y recogió el arcabuz, cuyo cañón apoyó con fuerza contra las costillas de Gonzaga.

–¡Arrodíllate! –ordenó–. ¡Arrodíllate como un perro!

Gonzaga cayó sobre sus manos, ahogándose con la mordaza, y Bors volvió a prorrumpir en carcajadas.

Tannhäuser recogió del suelo el segundo arcabuz. Sopló la mecha para avivar el fuego, fue hasta la ventana, forzó un postigo y miró hacia fuera. Otros dos corchetes y una veintena de curiosos aguardaban en la calle. Chasqueó los dedos para llamar al capitán, que de inmediato dejó caer el cadáver junto a la pared y se le acercó al trote.

–Límpiate la barba –le ordenó Tannhäuser.

El capitán se restregó la nariz y el mentón con las mangas.

–Tienes dos hombres fuera –dijo Tannhäuser–. Debes estar furioso con ellos.

La confusión llenó el rostro del capitán.

–¿Furioso?

–Yo sí que estoy furioso. No han hecho nada para dispersar al gentío. ¡Es un escándalo!

–Un escándalo, sí, desde luego –convino el capitán.

–Si quieres salvarles la vida y salvar también la tuya, les ordenarás que abran fuego para despejar la calle y a continuación mandarás que se retiren por el resto de la noche. Diles que se vayan a casa. Si los encuentras merodeando por aquí, probarán el látigo.

–¡Hasta que les quede la espalda en carne viva! –balbució el capitán.

–Cuando les hayas dado sus órdenes, cerrarás de un portazo, porque estás furioso.

–¡Ciego de ira! –aulló el capitán.

Tannhäuser miró a Bors, que se había situado de manera que no pudieran verlo cuando se abriera la puerta, con el arcabuz al hombro y la jabalina a mano. Tannhäuser empujó al capitán.

–Si sales –le advirtió Tannhäuser–, os mataremos a todos.

Sin darle tiempo al capitán a pensar demasiado, Tannhäuser abrió el batiente izquierdo de la puerta. El capitán, libre por fin para descargar la tensión de una manera en la que se consideraba un experto, liberó toda la emoción de su calvario en el vapuleo oral de sus dos subordinados. Cuando unió a la amenaza de los latigazos una variedad de mutilaciones y un doble ahorcamiento, Tannhäuser lo pinchó en el trasero con la jabalina. A mitad de frase, el capitán cerró violentamente la puerta en la cara de sus inferiores. Sin que nadie se lo pidiera, le entregó a Tannhäuser una petaca de latón llena de pólvora y una bolsa de balas.

–Ve con el padre Gonzaga –dijo Tannhäuser– y ponte de rodillas.

Mientras el capitán se apresuraba a obedecer, convencido de haberse ganado la clemencia de su verdugo, dos disparos resonaron en la calle. Tannhäuser cargó la pistola y volvió a mirar entre los postigos. El gentío huía a toda carrera, dejando tras de sí dos cuerpos quejumbrosos tendidos en el empedrado. Los dos corchetes formaron una tercera figura postrada junto a las dianas de sus disparos. Era el precio de quedarse curioseando. Tannhäuser se metió la pistola en el cinto y añadió el arcabuz a la colección de Bors.

Bors señaló a Sábato con un gesto:

–Voy a buscar un martillo sacaclavos.

Sábato tuvo un visible sobresalto y Tannhäuser meneó la cabeza.

–Procuremos hacerlo sin romperle las manos.

Agarró una lámpara de una de las mesas, se encaminó rápidamente al almacén y localizó su caja de herramientas. Eligió una sierra para metales de dientes finos y se apresuró a regresar. Volvió a estudiar los clavos que atravesaban las manos de Sábato.

–Pagué quince escudos de oro por esta silla –dijo.

–Te robaron –replicó Sábato Svi.

Tannhäuser empezó a trabajar con la sierra, con movimientos rápidos y breves.

–Entonces nuestra aventura siciliana ha terminado –dijo Sábato Svi.

–Habrá otras aventuras, más grandiosas y lucrativas. –Cayó la cabeza del primer clavo–. No te muevas –le pidió, y empezó con el segundo.

–Al menos no tendrás que ir a Egipto con el griego.

–Tampoco se acabará la pimienta. Crece en los árboles. –La sierra separó la cabeza del segundo clavo y Tannhäuser la apoyó en la mesa–. Ahora soltemos la mano –dijo. Sujetó la muñeca izquierda de Sábato Svi. Entrelazó los dedos de la otra mano con los de su amigo y los recogió sobre la palma, bajo los nudillos–. Que la soltemos, he dicho.

Tannhäuser separó la mano del clavo.

–Muy bien. Ahora la otra. Fuera.

Al cabo de un instante, Sábato estaba libre. Se levantó de la silla y movió los dedos con cautela. Después apretó los puños, sorprendido.

–Sólo tienes una herida en la carne –dijo Tannhäuser.

Bors les habló desde la ventana.

–La calle está despejada.

Los tres amigos se congregaron alrededor de los prisioneros, postrados sobre los codos y las rodillas, en la penumbra parpadeante. Entre las manos separadas del clérigo había una charca de babas. Los dos hombres apestaban a sus propios excrementos. Tannhäuser miró a Sábato.

–Son tuyos, si los quieres.

La voz del capitán tembló desde abajo.

–Pero excelencia…

Bors le dio una patada en los dientes.

Sábato sacudió la cabeza.

–No me haría feliz.

Tannhäuser le señaló el capitán a Bors.

–Mátalo.

Bors bajó el cañón del arcabuz hasta la base del cráneo del capitán y dejó caer la mecha. Hubo una breve pausa, que el capitán llenó con el aullido de alguien que se sabe a punto de morir sin confesión ni absolución. Después, el contenido de su cráneo estalló a través de su frente en una negra llamarada y fue a manchar las losas del suelo. Gonzaga intentó retroceder, al sentir la cara salpicada de sesos y fragmentos de plomo. Bors dejó el arma y levantó al sacerdote desnudo y medio ahogado sobre sus pies mutilados. Agarró la argolla de hierro por la llave y la arrancó de la boca de Gonzaga, dejando a su paso una masa de dientes rotos.

–Mira, el cura se ha cagado –comentó Bors con repugnancia–. Deberíamos haberle metido esto por el culo –añadió, blandiendo la mordaza de hierro.

–Padre Gonzaga –dijo Tannhäuser.

Gonzaga se giró en redondo, con la porquería marrón cayéndole por los muslos desnudos, y fijó la mirada en las botas de Tannhäuser. Ya no era un ser humano, sino un saco repleto de terror y desesperación.

–Es hora de que cuentes lo que sabes –dijo Tannhäuser–. Ahora que estás solo, ya no tienes que temer a tus camaradas.

Gonzaga parpadeó sin comprender. Bors pisoteó los restos de la cabeza del capitán. Gonzaga se tambaleó presa de las náuseas y Bors le dio un manotazo en la tonsura.

–¿Lo has oído, curita? Solo y sin amigos.

Tannhäuser intervino:

–¿Has cometido esta atrocidad por orden del hermano Ludovico?

Gonzaga asintió.

–Fray Ludovico. Sí, sí, claro. –Dudó un momento y después dijo–: Y la orden de crucificar al judío fue del capitán, no mía. De esa acusación me declaro inocente.

–Habla como un abogado –dijo Sábato.

–Detesto a los abogados –repuso Bors, que agarró la cabeza de Gonzaga con las dos manos y le introdujo los dedos por las fosas nasales con tanta violencia que le desgarró las aletas de la nariz. Gonzaga gritó, agitando la lengua entre los dientes rotos. Bors lo soltó. De la mesa más cercana, Tannhäuser tomó medio vaso de vino y se lo dio al sacerdote, que lo recibió con ambas manos y se quedó esperando.

–Bebe –ordenó Tannhäuser.

Gonzaga bebió.

–Dime, ¿por qué se ha vuelto Ludovico contra nosotros?

Gonzaga bajó la jarra. Riachuelos de sangre fluían desde la nariz rota hasta la barbilla.

–¿Por qué? –repitió, intentando reunir valor para contestar–. ¿Por qué? Porque... porque...

Acobardado, se dio por vencido y escondió la cara detrás del vaso, pero Bors se lo arrebató de las manos. Entonces Gonzaga volvió a ensuciarse ruidosamente los pantalones, tras lo cual unió las manos en gesto de súplica, mirando a Tannhäuser. Su rostro era el demacrado retrato de alguien para quien Dios ya no tiene ningún sentido y que sólo aspira a seguir viviendo a cualquier precio. Tannhäuser se preguntó cuántas veces habría visto Gonzaga ese mismo retrato y no sintió ninguna compasión.

–Habla libremente –le dijo– y no temas ofendernos.

Bors soltó una risita, pero Gonzaga pareció tomar las palabras de Tannhäuser al pie de la letra.

–Sois un sarraceno –dijo–, un hereje, un anabaptista, un delincuente. Tenéis trato con judíos. Despreciáis al Santo Padre. –Señaló los exóticos volúmenes apilados en la mesa de Tannhäuser–. Ahí están los textos prohibidos, a la vista de todos.

–Eso no habría sido motivo suficiente para que Ludovico enseñara las garras. Dime la verdadera razón.

–Ludovico no me ha dicho nada más, excelencia. –Echó a Bors una mirada nerviosa–. Nada en absoluto. Vuestra impertinencia en el muelle me pareció razón más que suficiente.

Bors avanzó de un salto.

–¡Déjame que le arranque ese pene anémico!

Tannhäuser lo detuvo con el brazo, mientras Gonzaga, temblando, se agarraba las partes íntimas.

–Recibí órdenes de dejarlo todo en manos de la policía –confesó.

–Pero en lugar de eso preferiste clavar a mi amigo en la silla, ¿no? –dijo Bors, intentando apartar el brazo de Tannhäuser.

Gonzaga cerró los ojos.

–Tiene que haber algo más –dijo Tannhäuser–. Cuéntamelo todo. Dime todo lo que hablasteis.

Gonzaga se esforzó por ordenar sus pensamientos.

–Había un segundo trabajo. Ludovico ordenó la reclusión de una mujer de familia noble en el convento del Santo Sepulcro, en Santa Croce.

Aunque ya conocía la respuesta, Tannhäuser dijo:

–¿Cómo se llama esa mujer?

–Carla La Penautier, de la Villa Sáliba.

Sábato y Bors se giraron para mirar a Tannhäuser.

–¿Cuándo tenía que hacerse ese trabajo?

–Ya se ha hecho. Esta noche.

Tannhäuser recordó al clérigo que había visto en el carruaje, a las puertas de la ciudad.

–¿Quién lo ha hecho?

–El calificador de nuestra santa congregación, el padre Ambrosio.

–¿Tiene ese sujeto cara de rata?

Gonzaga esbozó una sonrisa afectada.

–Sí, excelencia, así es.

Tannhäuser miró a Bors y éste le propinó al clérigo un puñetazo en los riñones. Gonzaga se desplomó. Tannhäuser lo levantó por una oreja hasta ponerlo de rodillas.

–¿Recibirá algún daño la noble señora?

Gonzaga se esforzó por respirar.

–No. Ludovico dio órdenes estrictas de no hacerle daño.

Entonces el monje misterioso que había desflorado a la joven condesa y sin saberlo la había dejado encinta no era otro que Ludovico Ludovici, que ahora quería limpiar su pasado. Nunca se había visto Tannhäuser enredado en una trama tan enmarañada. Pero ¿cómo se había enterado Ludovico de que Carla le había pedido ayuda para llegar a Malta? ¿A través de Starkey? Inadvertidamente, quizá. Pero Gonzaga no sabría la respuesta y Tannhäuser no se lo preguntó.

–¿Dónde están escritos los cargos contra nosotros? –preguntó Tannhäuser.

–No hay nada. Se nos prohibió que dejáramos cualquier prueba escrita de lo que hacíamos.

Al menos ésa era una buena noticia.

–¿Dónde está ahora Ludovico?

–Salió esta tarde para ver al virrey Toledo. De Palermo irá a Roma.

–¿Con qué misión?

–No lo sé. Algún encargo del gran maestre La Valette, quizá. Además de sus asuntos, como siempre. Jamás me confiaría a mí ese tipo de cosas.

Tannhäuser lo contempló un momento y después le hizo a Bors un gesto afirmativo.

–No tiene nada más que contarnos.

Sábato Svi se alejó.

Bors sacó la daga y vaciló un momento.

–Nunca he matado a un cura.

Gonzaga empezó a balbucir en latín:

–*Deus meus, ex toto corde poenitet me omnium meorum peccatorum eaque detesto...*

Tannhäuser le arrebató la daga a Bors.

–Yo tampoco –dijo.

Silenció la última oración de Gonzaga apuñalándolo por detrás de las clavículas y seccionando los vasos que salían del corazón. Durante la rebelión del falso Mustafá, cuando los jenízaros mataron gente por millares en las calles de Adrianópolis, Tannhäuser había descubierto que era más seguro ese método que el degüello. Además, la sangre quedaba limpiamente contenida dentro del pecho. Gonzaga murió sin un suspiro. Tannhäuser lo dejó caer y devolvió la daga a su dueño.

–Es lo mismo que matar a cualquier otro –añadió.

Bors se limpió la daga en el muslo y la envainó.

–¿Y ahora qué?

Tannhäuser meditó un momento. Santa Croce estaba en el interior de la isla, en los montes al suroeste del Etna. Por lo tanto, la ruta desde la Villa Sáliba (el camino de Siracusa) discurría al oeste de El

Oráculo, saliendo de Mesina por la puerta del sur. Esperaba que Carla hubiese tenido la sensatez de no ofrecer resistencia. ¿Y Amparo? Pero la especulación no conducía a nada. Ya tendría tiempo más que suficiente para pensar en el camino de Siracusa. De pronto sintió unas ligeras náuseas y comprendió el motivo.

–No he comido nada desde el desayuno –dijo–. Apilemos esta basura en el almacén –añadió, señalando los cadáveres–. Después, con el estómago lleno, podremos hablar.

Tannhäuser dio de beber a *Buraq*, lo frotó con un paño y lo dejó fuera, con un cubo lleno de avena molida y trébol colgado del cuello. Cuando volvió, Bors había fregado el suelo con vinagre para quitar el hedor. El pobre Gasparo yacía sobre una mesa. Mientras Bors saqueaba la cocina, Tannhäuser fue rápidamente a su alcoba a buscar su caja de medicinas.

Cuando regresó, Bors había dispuesto sobre la mesa pan, queso y vino, así como un cuarto de cisne asado frío. Tannhäuser añadió una botella de aguardiente y tres delicados vasitos. Sábato Svi estaba sentado con la cabeza entre las manos ensangrentadas. Le temblaban los hombros. Tannhäuser apoyó la caja de medicinas sobre la mesa y abrió la tapa. Rodeó con un brazo a Sábato y sintió en el pecho sus callados sollozos. Cuando se hubo calmado, le dijo:

–Enséñame las manos.

Sábato se frotó la cara con una manga y después suspiró profundamente, evitando la mirada de Tannhäuser. Tenía la barba manchada de mocos y sangre. Tannhäuser sacó un paño de la caja y se dispuso a limpiarle la cara, pero Sábato le quitó el paño de las manos y lo hizo él mismo.

–Pensarás que no soy suficientemente hombre –dijo.

–Te he oído escupirles a la cara. Ningún hombre podría ser más valiente.

Aun así, Sábato siguió desviando la vista. Tannhäuser le echó una mirada a Bors.

–Yo me he cagado por mucho menos, créeme –declaró Bors.

Sábato miró a Tannhäuser. Había horror en sus ojos.

–Nunca antes lo había perdido todo.

–¿El Oráculo? –dijo Tannhäuser–. ¡No han hecho más que quitarnos una cadena de los tobillos!

–No me refería a eso –replicó Sábato.

Tannhäuser asintió.

–Lo sé. Sin embargo, al perderlo todo, ganas la posibilidad de descubrir todo lo que es valioso.

Viendo que su amigo hablaba sinceramente, Sábato hizo un gesto de asentimiento.

–Déjame ahora que te vea esas manos.

Tannhäuser sacó de la caja un frasco taponado. Había aprendido algo de medicina en el campo de batalla, por necesidad, y Petrus Grubenius le había enseñado algunos remedios vulnerarios. Al margen del método con que habían sido infligidas, las heridas de Sábato no tenían nada de extraordinario y ya se habían cerrado en pequeños orificios que prácticamente no sangraban. Tannhäuser las limpió con hamamelis y las selló con aceite de Hispanus. Decidió no vendarlas.

–Dejemos que el aire y el sol las curen –sugirió–. Mantenlas secas, porque la humedad las volverá purulentas. Si quieres ocultarlas, tengo en mi armario unos guantes de cabritilla que puedes usar. En los próximos días te dolerán más que ahora, pero tienes que seguir moviendo los dedos, porque de lo contrario podrían quedarte insensibles.

Sábato flexionó las manos. Estaba pálido y su fogosidad natural parecía atenuada, aunque ni por asomo extinguida. Como era la hora de las proclamas de valor, Tannhäuser se sentó en su silla y le hizo un gesto a Bors, que llenó los vasos de aguardiente. Tannhäuser le pasó uno a Sábato.

–Estas cosas te dejan sin aliento –dijo–, pero en fuegos como éste templamos nuestra entereza.

Sábato lo miró a los ojos y levantó el vaso.

–*Usque ad finem.*

Bors y Tannhäuser también levantaron sus vasos.

–Hasta el final.

Se bebieron el aguardiente de un trago y Bors volvió a llenar los vasos.

–Quemémoslo –dijo Sábato Svi.

Los otros lo miraron.

–Habláis de fuego –dijo–. Quememos El Oráculo hasta los cimientos.

Tannhäuser miró a Bors y vio que él también, con los ojos de su imaginación, estaba contemplando con sobrecogida admiración la ardiente conflagración de todo lo que habían construido.

–Magnífico –convino Bors.

–Sábato Svi –dijo Tannhäuser–, por fin se ha revelado el poeta que llevas dentro. –Levantó su vaso–. ¡Al fuego y al demonio con todo!

–¡Al fuego!

Bebieron. La sensación de arrojo que Tannhäuser sentía expandirse desde el vientre era justo lo que necesitaban. Se volvió hacia la comida y empezó por el ave asada. Sábato, que parecía reacio a dejar que la poesía fuera la única justificación de un incendio, se apresuró a añadir razones de peso a su propuesta.

–La mayor parte de nuestro capital y nuestro crédito se encuentran en Venecia. Una vez allí, estaremos totalmente fuera del alcance de la Corona española.

–Cierto –convino Tannhäuser.

–Además, un incendio en el puerto mantendrá a la ciudad ocupada al menos hasta el mediodía y, para entonces, ya habremos volado.

–Con la docena de quintales de pólvora que aún tenemos en el almacén, también habrá volado medio puerto –añadió Bors.

Le había quitado al capitán tres anillos de buena calidad y se los estaba probando en el meñique. Ninguno le ajustaba. Se los guardó en el bolsillo y bebió un poco más de aguardiente.

–Yo me voy a Malta –dijo Tannhäuser.

Sábato lo miró. Bors soltó una risotada y volvió a servirse más aguardiente.

–¿De modo que viajaré solo a Venecia? –dijo Sábato.

–Tu mujer y tus hijos te esperan –replicó Tannhäuser.

–A vosotros sólo os espera la muerte en Malta.

–A mí no –repuso Tannhäuser–. Lo mismo que tú, yo no tengo ninguna disputa con los turcos.

–Entonces lo haces por la condesa La Penautier, la culpable de este desastre –dijo Sábato.

–Su única culpa es el amor –replicó Tannhäuser, sin prestar atención a las miradas con que fue recibido su comentario–. Ludovico, el inquisidor, es el único culpable de nuestra ruina. Quería quitar de en medio a la condesa por miedo a caer en desgracia.

–¿El amor, su única culpa? –dijo Sábato Svi.

–El tipo de amor que tú aprecias: amor a su único hijo.

–¿Y qué podría hacer ella para que el inquisidor cayera en desgracia?

–Yo no lo había comprendido hasta esta misma noche, pero Ludovico es el padre del niño.

Sábato y Bors aguardaron a que Tannhäuser dijera algo más. Él sacudió la cabeza.

–Un poder desconocido ha entrelazado el destino de doña Carla con el mío. No me presionéis más. Baste decir que esta relación nos beneficiará a todos.

–¿Cómo? –preguntó Bors.

–Cuando el objeto de nuestro trato haya concluido con éxito, ella y yo nos casaremos y vosotros os encontraréis asociados con un aristócrata. Un conde, nada menos.

–¿Conde Tannhäuser? –preguntó Sábato.

–Me he decidido por «conde von Tannhäuser» y tened por seguro que a partir de entonces habréis de llamarme «mi señor».

–Bebo por eso –dijo Bors, que así lo hizo.

Tannhäuser vio la duda en el rostro de Sábato.

–¿Vas a decirme, Sábato, que ese título no vale una fortuna para todos nosotros?

–Si estás muerto, lo mismo te dará que te coronen rey –replicó Sábato.

–El destino ha tenido que trabajar mucho para cortar el nudo que nos ataba a los tres a esta empresa. Pero cortado está y aquí estamos. Ahora cada uno tendrá que hacer lo que debe.

–Iré a Malta con vosotros –decidió Sábato.

–Es la primera vez que te oigo decir una tontería.

Sábato frunció el entrecejo.

–Sábato –dijo Tannhäuser, inclinándose hacia delante–. Durante todos estos años me has llamado hermano y ninguna palabra ha sido más dulce a mis oídos. Pero debes volver a casa, a Venecia, y preparar nuestro futuro para cuando regresemos. No tengo ningún deseo de combatir en la guerra de Malta. No hagas caso de las risitas de satisfacción de Bors. Llegaremos un mes después que tú, como muy tarde. Dimitrianos puede dejarte en Calabria antes del alba.

Tannhäuser se puso de pie y miró a Bors.

–Bajo el suelo de mi habitación encontrarás unas sesenta libras de opio iraní.

Bors pareció ofendido.

–¿Por qué no lo he sabido antes?

–Porque de haberlo sabido tú, ahora habría mucho menos. –Tannhäuser dio unas palmaditas a la caja de las medicinas–. Llévate esto también y todo el licor y los dulces que encuentres. Dale a Dana y a las chicas cuarenta escudos de oro por cabeza.

–¿Cuarenta?

Bors no solía quedarse boquiabierto, pero esta vez sí.

–Diles que no se demoren en Mesina. Si Vito Cuorvo las lleva a Nápoles, puede quedarse con nuestros carros de bueyes como pago.

–Me llevaré a las chicas a Venecia –propuso Sábato.

–No –dijo Tannhäuser. Su desaparición sería un golpe para Dana, pero las circunstancias no le dejaban otra opción; además, quizá se estuviera engañando con respecto a Dana–. Si viajas solo, llamarás menos la atención. Acompañado de cuatro suculentas mozas, te rodearía la muchedumbre. Las chicas tendrán que arreglárselas solas, como todos nosotros.

Sábato asintió con la cabeza y Tannhäuser se giró hacia Bors.

–Espérame a bordo del *Couronne*. No dejes que Starkey se marche sin nosotros. –Tannhäuser le tendió los brazos a Sábato Svi–. Deséame suerte, porque la aventura me llama y voy a necesitarla.

Sábato Svi se puso de pie.

–¡Que nadie pretenda nunca comparar una amistad vulgar con la nuestra!

Se abrazaron. Tannhäuser reprimió la punzada del amor en su pecho y dio un paso atrás.

–Ahora debo irme –dijo Tannhäuser–, porque tengo dos hombres más que matar antes de que suba la marea.

Martes 15 de mayo de 1565

El camino de Siracusa

En el interior del carruaje reinaba la más absoluta oscuridad y sólo se oían el chirrido de los muelles y el traqueteo de las ruedas. La única indicación de que el clérigo iba sentado en el asiento de enfrente era el olor: un hedor a sudor, cebollas y orina rancia, que a Carla le removía el estómago cada vez que le llegaba una vaharada. Iba con la cara pegada al borde de la cortina que tapaba la ventana, recibiendo agradecida la delgada corriente de aire y la luz ocasional de alguna estrella. Cuando antes había descorrido la cortina, el sacerdote había vuelto a cerrarla sin mediar palabra.

Nadie le había dicho el nombre del clérigo ni con qué autoridad actuaba. El religioso sólo le había comunicado que la habían destinado a abrazar la vida contemplativa en el convento del Santo Sepulcro, en Santa Croce. Excepto una capa para cubrir el vestido de seda roja, le habían prohibido que llevara consigo ninguna de sus pertenencias. No había discutido, porque sabía que no iba a necesitarlas. Sicilia era el fin del mundo. Fuera de sus puertos cosmopolitas, en montañas menos civilizadas que cualquiera de las que poblaban las vastas extensiones de España, muy pocas cosas habían cambiado en los últimos mil años. Una estación, un año, una década, una vida, una era... Era un mundo donde cualquiera de esos conceptos tenían escaso significado, un mundo que había presenciado el paso de las civilizaciones, una tras otra, y había visto caer poderosos imperios como caen las hojas muertas, un mundo donde imperaban el sometimiento y la obediencia ciega. Podían hacerla desaparecer en ese territorio salvaje, como antes lo habían hecho con otras mujeres cuya presencia era incómoda. La raparían, le arrancarían el vestido indecente y la obligarían a vivir en permanente silencio, esclava de unas imágenes implacables que simulaban ser Dios. Se dio cuenta, además, que a todos los efectos prácticos, ella ya no existía.

Su secuestro se había consumado con una curiosa ausencia de dramatismo. Un hombre armado y un sacerdote aparecieron de pronto, sin anunciarse. Ni rastro de Bertholdo, ni tampoco de Amparo, por fortuna. Solamente dos desconocidos, uno de ellos empuñando un mosquete humeante (algo absurdo, porque ¿acaso pensaban dispararle?). No, no había quebrantado ninguna ley. No, no quedaba bajo arresto. No, no podía conocer el propósito del trato que le reservaban, ni la autoridad que lo había ordenado. El sacerdote no sabía nada de ella. Solamente sabía lo que le habían ordenado hacer con ella. Todas sus preguntas serían respondidas oportunamente, pero hasta entonces, por su bien, tenía que subir al carruaje con el sacerdote y estarse tranquila y callada. Se daba cuenta de que, para el clérigo, sólo su vestido ya era razón suficiente para detenerla y encerrarla. En los ojos del corchete, en cambio, había visto un ruego para que no lo obligara a tratarla con excesiva fuerza.

Gritar y resistirse mientras la arrastraban al carruaje no le habría reportado ningún beneficio. Sólo habría añadido humillación a la pérdida de la libertad y habría involucrado a Amparo en la tragedia. La sensación de indefensión reavivó las más viejas pesadillas de Carla. Mientras se esforzaba por mantener alta la cabeza, volvió a ser una chica de quince años dirigiéndose al carruaje que iba a llevársela para siempre de casa de su padre. Esta vez, una voz en su interior se había rebelado, instándola a luchar. Pero ¿cómo? ¿Con qué medios? ¿Con qué propósito? ¿Y qué sería de Amparo? Mientras arrestaban a Carla, Amparo estaba haciendo girar su cristal de las visiones. El traje del religioso no indicaba a qué orden pertenecía ni a quién servía, pero el hecho de haber sido elegido para tan siniestra misión hacía pensar en la Inquisición. Tannhäuser le había advertido que los dones de Amparo eran peligrosos. La idea de que la joven fuera torturada o quemada llenó a Carla del mayor horror. Amparo estaría mejor protegida si nadie sabía de su existencia, aunque eso supusiera abandonarla. Ella sobreviviría. Conseguiría llegar hasta Tannhäuser. Él había expresado una admiración por la joven superior a la que hubiese sentido cualquier otra persona, incluida Carla. Él la protegería. Carla no podía atar el destino de Amparo al suyo propio.

Esas reflexiones la habían impulsado a subir al carruaje sin resistencia. Pero a diferencia de la última vez, cuando el agente de su padre se la había llevado de Malta, ahora veía el papel que ella misma desempeñaba dentro de una maquinaria mayor de opresión. En cada instante y a través de todo el mundo humano, cada uno ejercía su poder sobre los demás. Era el simulacro perfecto de una pintura del infierno que había visto en Nápoles, cuyos grotescos personajes se pisoteaban entre sí, arrojando a los demás al fuego, sin pensar más que en sí mismos. ¿No había llegado a Sicilia en un barco impulsado por la fuerza de cientos de remeros esclavos, a quienes ella sólo había dedicado un pensamiento para quejarse de su mal olor? No sabía nada de ellos, ni de lo que habían hecho para merecer tamaña degradación, ni tampoco lo había preguntado. Tampoco sabía nada de ella el sacerdote que ahora la conducía a la inexistencia, ni le preocupaba no saberlo, ni le hacía ninguna pregunta. En definitiva, ella no era mejor que él, sino un personaje grotesco más, perdido (condenado) en la egoísta turbamulta de la existencia humana.

Aun así, se preguntaba qué había hecho para provocar su secuestro. Lo único que había cambiado desde la víspera o el día anterior era la llegada de la carta de Starkey y la visita de Tannhäuser. Su confinamiento en un convento no podía beneficiar a ninguno de los dos. Quizá alguien la había estado espiando. ¿Bertholdo? Pero ¿para quién y por qué? El único candidato era su padre, don Ignacio, desde Mdina. Tal vez ella había revelado a demasiadas personas su deseo de regresar y la noticia había llegado a su padre, entre otras cosas porque ella lo mencionaba a él cuando le preguntaban el motivo. Era concebible que él aún la despreciara lo suficiente como para impedirle que volviera a la casa familiar. Para un hombre de su religiosidad, su encierro entre monjas autoflagelantes sería una solución adecuada. Aun así, ella no tenía corazón para odiarlo. Ya había suficiente odio sin que ella tuviera que aportar su grano de arena.

El carruaje siguió dando tumbos durante toda la noche. El aliento del religioso contaminaba el reducido espacio. La marcha se volvió más lenta cuando el vehículo comenzó a subir trabajosamente una empinada ladera. Carla deseó que el cochero los invitara a salir y andar para aliviar el esfuerzo del caballo. Ansió que así fuera, para quizá encontrar la manera de huir... con sus ridículas botitas y su ridículo vestido. Deseó ser un hombre como Tannhäuser, que nunca debía soportar la debilidad de ser mujer. No era de extrañar que las mujeres le parecieran un misterio. Ellas aceptaban una esclavitud que ni siquiera las halagaba con cadenas.

El carruaje se detuvo por completo, aunque casi no se notó la diferencia respecto a la velocidad con que había subido la cuesta, y Carla sintió el choque metálico del freno contra la rueda. Después oyó una voz ruda y amenazadora, cuyas palabras se perdieron, amortiguadas por las cortinas. Sonidos vagos y pesados ruidos sordos resonaron arriba, y la voz repitió su desafío. Hubo un disparo de arma de fuego, que pareció estallar a escasas pulgadas de distancia, asombroso por su inesperada violencia. El menudo sacerdote dio un respingo en la oscuridad. Tras el disparo hubo un grito y el golpe de alguien cayendo (sólo podía ser el cochero); después, el caballo intentó ponerse en marcha y el carruaje dio un bandazo y se detuvo, mientras el freno crujía y vibraba contra el borde de la rueda. El invisible clérigo no pareció dispuesto a investigar. En lugar de eso, se quedó inmóvil, al tiempo que se difundían por el recinto olores más repelentes que los anteriores. Carla abrió la cortina y el religioso no se lo impidió.

Después de tanta negrura abrumadora, la luz de la luna y de las lámparas del carruaje le pareció deslumbrante. El paisaje revelado, la plateada extensión reluciente del mar lejano, las luces amarillentas de las aldeas repartidas por el puerto a lo lejos y la pálida ladera grisácea que caía desde el borde de la carretera, la llenó de alborozo. Miró al sacerdote acurrucado en el asiento de enfrente. No podía ver sus ojos, pero tenía rígido el cuerpo y sus labios parecían temblar en silenciosa plegaria. Asombrada, se dio cuenta de que no sentía miedo, pese a que esos montes estaban infestados de bandidos. Tannhäuser tenía razón. No le faltaba coraje. Si el clérigo temía lo que pudiera esperarles fuera, ella no. Abrió de un golpe la puerta y se apeó del carruaje.

Hubo un destello a la luz de la luna cuando Tannhäuser bajó su espada. De la hoja chorreaba un viscoso líquido negro. Había descabalgado y empuñaba en la mano derecha una pistola de cuyo cañón escapaba un último rizo de humo gris. Sus ojos eran azules brasas encendidas en las órbitas, su pelo ondeaba salvaje y una mueca feroz curvaba sus labios. Una vez más, Carla pensó en un lobo, pero en esta ocasión, en uno que hubiera sido importunado cuando acababa de cobrar una presa. La imagen era apropiada, porque desmadejado sobre la vara del carruaje, con la cabeza colgando y la coraza veteada del mismo líquido reluciente y negro, yacía el cuerpo del cochero.

–¿Estáis bien, señora? –preguntó Tannhäuser, como si ella simplemente se hubiese torcido un tobillo.

Carla asintió y miró al cochero. Nunca había visto a un hombre recién asesinado.

–¿Está muerto?

–Como una piedra, señora.

Tannhäuser hizo una pausa, como esperando a que ella se desvaneciera o reaccionara de cualquier otra forma igualmente impropia. Ella no sentía inclinación por lo primero ni estaba dispuesta a permitirse lo segundo, pero no podía pensar en nada útil que decir. Levantó la vista al cielo cuajado de estrellas.

–Hace una noche magnífica –aventuró.

Tannhäuser dedicó al cielo una mirada educada y se guardó la pistola en el cinto.

–En efecto –admitió, como si ella hubiese dicho algo completamente relevante–. El cazador Orión se ha escondido y ha salido el Escorpión. Las estrellas se han pronunciado a nuestro favor. –La miró–. Pero me temo que los hombres no serán tan benévolos. –Señaló el carruaje con un gesto de la cabeza–. ¿Está dentro el cura?

Ella asintió.

–Me temo que no sé su nombre ni a qué amo sirve.

–Se llama padre Ambrosio y sirve a la Inquisición. –Parecía perfectamente justo que él supiera todo eso, mientras que ella lo ignoraba–. ¿Va armado?

–Sólo con su fe.

–Entonces, al menos de la eternidad no tiene nada que temer. –Señaló en dirección opuesta al carruaje–. Un poco más allá aguarda mi caballo, mi buen amigo *Buraq*. Desconfía de los desconocidos, pero si dejáis que os vea bien y no mostráis timidez (decidle una palabra amable, si se os ocurre alguna), dejará que lo montéis. Esperadme al pie de la colina.

Carla comprendió que Tannhäuser se proponía matar al sacerdote; era tanta su frialdad que se preguntó si tendría la sangre congelada en las venas. Lo miró y él forzó una sonrisa para tranquilizarla. Entonces ella comprendió que él era un asesino de la más oscura calaña y que, pese a toda su vasta inteligencia y su gran corazón, había en su conciencia un fallo, un abismo casi igual de vasto. Se preguntó qué desgracia habría abierto ese abismo y cuánto tiempo llevaría allí. La idea la entristeció, porque pensó que esa desgracia debió de producirle a él profunda angustia, a un coste tan elevado que quizá ya había olvidado el precio pagado. Pensó en oponerse al asesinato, pero él estaba dispuesto a que recayera esa mancha sobre su alma en beneficio de ella, de modo que guardó silencio. No volvería a fingir. No quería insultarlo con un gesto de piadosa hipocresía. Abrazaría el mundo donde se hallaba sangrientamente implicada. Aprendería por fin a ser sincera consigo misma.

–Quiero quedarme aquí con vos –dijo.

–Me reuniré con vos en breve –respondió él–. No hay nada que temer.

–No tengo miedo. Aunque no sé cómo, yo he provocado este desastre. No voy a esconderme de sus consecuencias.

–Quizá no lo hayáis entendido –dijo él–, pero voy a matar al cura.

Un golpe seco sacudió el interior del carruaje y ella se volvió para mirar. Ambrosio había caído de rodillas, con los dedos entrelazados. Su cara enjuta era un lóbrego ruego dirigido a ella.

–Se humilla para que le perdone la vida, como hacen casi todos –dijo Tannhäuser–. Pero si lo dejo ir, volverá a hacernos daño, os lo aseguro.

Carla lo miró a los ojos.

–No esperéis por mí.

Asombrado y a la vez aliviado por la sangre fría de la mujer, Tannhäuser se pasó el dorso de la mano por la boca.

–¿Estáis segura?

Ella asintió. Él pasó delante de ella, se situó ante la puerta del carruaje y se puso a estudiar al sacerdote.

–Estos sujetos son como las ratas. Solamente salen por la noche.

El clérigo se encogió y Tannhäuser le quitó el sombrero de un manotazo.

–¿Quién te mandó cumplir este encargo ruin e impropio de un hombre?

La boca de Ambrosio se abría y se cerraba. Tannhäuser se inclinó hacia el interior del vehículo y le agarró con una mano la coronilla tonsurada. Con un breve mandoble de la espada, le rebanó la oreja. Carla sofocó una exclamación, mientras Ambrosio lanzaba su primer grito de dolor. Por el cuello le manaban riachuelos negros como la pez. Los ojos del religioso titilaron en busca de los de ella con desconcierto y terror. «No –se dijo Carla–, no apartarás la vista.» Tannhäuser giró la cara del sacerdote para que le mirara a él.

–¡Contéstame, perro!

Ambrosio jadeó, intentando recuperar el aliento.

–El padre Gonzaga, de la Congregación de San Pedro Mártir.

–Bien. ¿Qué órdenes tenías?

–Llevar a la señora al convento del Santo Sepulcro, en Santa Croce, e internarla allí por tiempo indefinido, para bien de su alma inmortal.

–¿Y qué me dices de Ludovico, el jefe de Gonzaga?

El nombre sobresaltó a Carla mucho más que cualquiera de las experiencias vividas esa noche. Hacía trece años que no lo oía en boca de nadie. Esperó la respuesta de Ambrosio.

–Hace meses que no sé nada de Su Eminencia, desde que partió para Malta.

Tannhäuser se inclinó hacia el boquete abierto en la sien de Ambrosio.

–Ahora vas a morir. Ten por cierto que si tu Dios en verdad ha creado un cielo y un infierno, Satanás se frotará las manos mientras mira cómo ardes.

–¡Jesús!

Tannhäuser torció abruptamente la espada y se la hincó en la base de la garganta. Ambrosio emitió un sofocado burbujeo y su mano se clavó como una garra en la espalda de Tannhäuser, en un abrazo final. Tannhäuser lo dejó caer al suelo del carruaje y se puso a limpiar la hoja de la espada en la ropa del muerto. Como la sangre era tenaz, tuvo que insistir cierto tiempo antes de quedar conforme. Mientras Carla miraba, como desde la ventana de un sueño oscuro y angustioso, Tannhäuser remodelaba el mundo como un albañil ensangrentado, derribando una pared al tiempo que levantaba otra. Envainó la espada y sacó una daga.

–¿Dónde está vuestra compañera? –preguntó–. Amparo.

–En casa. Mis secuestradores no sabían de su existencia y yo no se la revelé.

–Hicisteis bien.

Carla vio cómo Tannhäuser descolgaba al cochero de la lanza del carruaje y se apartó, mientras él cargaba el cadáver como un fardo, para luego apilarlo en el interior del vehículo sobre el cuerpo del sacerdote y cerrar la puerta. Tannhäuser se inspeccionó el jubón de franjas doradas, como buscando manchas. Su satisfacción al no encontrar ninguna fue la de alguien tan ducho en ese tipo de matanzas que el resultado sólo podía ser el esperado. Se limpió las manos en los muslos y le quitó al caballo la grupera, la barriguera y la collera.

–De la conspiración montada contra nosotros, deduzco que Ludovico es el padre de vuestro hijo.

–Lamento no haberoslo dicho antes. Quizá habríais podido evitar esta calamidad.

Tannhäuser sacudió la cabeza.

–Los dados ya estaban echados. Cuando regresé de vuestra casa, una jauría de corchetes intentó echarme el lazo.

Liberó al caballo y lo tranquilizó con palabras y caricias. Después, le señaló a Carla con la cabeza su propia montura, que aguardaba junto al camino, y, como queriendo disipar la impresión de que el ofrecimiento era pura galantería y por tanto motivo de discusión, dijo:

–Os lo ruego. Hoy *Buraq* ha tenido que cargar mucho conmigo y sé que agradecerá llevar un peso más ligero.

A la luz de la luna, el animal se veía blanco como la leche.

–Parece tan puro como una alegoría de la Virtud –dijo ella.

–Estoy seguro de que él diría lo mismo de vos si pudiera –replicó Tannhäuser.

Sujetando por los arreos al caballo de tiro, Tannhäuser sostuvo a *Buraq*, mientras Carla se recogía las faldas y montaba con soltura. Ella sorprendió a Tannhäuser contemplando sus botitas de cuero y el deleite que vio en su rostro la excitó. *Buraq* la aceptó serenamente y de inmediato ella sintió su maravillosa fuerza y su porte. Era emocionante sentir su belleza, su nobleza y su olor. Eran emocionantes las estrellas y la noche. Era emocionante el hombre que tenía a su lado y que estudiaba sus piernas con tan descarado aprecio. Tannhäuser le pasó las riendas del caballo de tiro.

Saliendo de su ensueño, ella preguntó:

–¿Decís que os estaba esperando la policía?

La sonrisa que había acechado esa tarde detrás de los ojos de Tannhäuser volvió a aflorar.

–El cuerpo de policía de Mesina estará corto de efectivos durante un tiempo. –Desapareció el espectro de la sonrisa y un hálito frío le recorrió el espíritu–. Mataron al chico Gasparo por salir en defensa de Sábato Svi, y a éste le dieron tormento por ser judío. Los dos me honraban con su amistad.

–Lo siento –se lamentó ella.

–Cuando los poderosos se vuelven contra nosotros, debemos actuar como ellos: en nuestro propio interés, sin moral ni clemencia. Los matamos como a perros y mi conciencia está limpia. De modo que podéis estar tranquila: no queda nadie con vida que pueda mezclar vuestro nombre en nada de esto. Nadie, excepto Ludovico. Pero él guardará silencio, porque su participación en este desastre lo avergonzaría delante de los que son más poderosos que él.

Agarró a Carla por la muñeca y apretó. Sus dedos mordieron los huesos de la mujer, como si quisiera despertarla de un sueño.

–Ludovico se ha ido a Palermo y después a Roma. Regresad con Amparo. El clérigo no os ha secuestrado nunca de vuestra casa, ni habéis visto nada de esta carnicería. No habléis y nadie os hará preguntas. Llevaos a *Buraq*, cuidadlo y volved a Francia mañana mismo, como si nada de esto hubiera sucedido.

La presión de la mano de Tannhäuser era dolorosa. Pero él ya la había sacado de su sueño la primera vez que lo vio, con el rostro todavía húmedo por las lágrimas, en el jardín de las rosas. Era la voluntad de Dios que siguiera ese camino y con ese camino le concedía Su gracia. Eso era lo único que ella sabía, allí y en ese instante, con el enorme caballo respirando entre sus muslos, las estrellas ardiendo sobre su cabeza y los dedos de un hombre mordiéndole la carne.

–Partiré para Malta –dijo Tannhäuser–, bastión de los Perros del Infierno. Starkey se saldrá con la suya, después de todo. Pero encontraré a vuestro hijo, pase lo que pase, y lo devolveré sano y salvo a vuestros brazos.

Carla no dudaba de su palabra. Aun así, dijo:

–Iré con vos. Ése ha sido nuestro trato.

Él se la quedó mirando en silencio, con ojos impenetrables. Le soltó la muñeca, se giró y se alejó. Ella lo vio maniobrar el carruaje hasta situarlo al borde del camino. Después, el hombre dio un empujón y el carruaje y su fúnebre cargamento se precipitaron en la oscuridad. Volvió y montó a pelo el caballo de tiro.

–El barco rojo zarpa a medianoche. –Tannhäuser echó un vistazo a la luna, con ojos conocedores–. Si vamos a recoger a la chica, tendremos que darnos prisa.

–¿Amparo?

Carla estaba segura de que él rechazaría esa carga añadida.

–En una intriga como ésta –dijo él–, una pitonisa y sus visiones no son de despreciar.

Dio la vuelta y partió cuesta abajo a una velocidad de vértigo. *Buraq* lo siguió por su propia iniciativa, ágil y veloz. Carla irguió la espalda sobre la silla y echó atrás los hombros. El viento soplaba entre su pelo. Se sentía como si le hubieran crecido alas.

Miércoles 16 de mayo de 1565

El puerto de Mesina. El Couronne

El *Couronne* estaba a media milla de la costa cuando El Oráculo hizo explosión. El incendio resultante fue gigantesco e hizo resplandecer toda la bahía con su luz amarilla. Del caos humano desatado en los muelles, Bors sólo podía distinguir diminutas figuras desesperadas, dibujadas contra las llamas.

A medida que se adentraban en la oscuridad, el tumulto de los muelles quedaba ahogado por los crujidos del maderamen y el encordado, por el chapoteo y el barrido de cincuenta y dos gigantescos remos, por el retumbo del gong, el chasquido de los látigos y el entrechocar de grilletes y cadenas. En la cubierta de los remeros, más abajo, esclavos encadenados de cinco en cinco a los bancos doblaban la espalda sobre los remos. Defecaban y se meaban en el asiento, sobre pieles de carnero empapadas aún en la porquería del día anterior. Bors se taponó con tabaco las fosas nasales y se inclinó sobre la borda. El Oráculo había muerto, pero la vida le sonreía. Las distantes figuras desesperadas estaban en su mundo, y él se alegraba de estar en el suyo.

Mattias había llegado al embarcadero justo cuando Giovanni Castrucco y Oliver Starkey parecían a punto de pasar a los puñetazos, discutiendo sobre cuánto tiempo más convenía esperar. Bors, reacio a gastar más pólvora de la necesaria cuando podía ser empleada para matar al infiel, había cargado en el *Couronne* ocho de los doce quintales que quedaban en el almacén, junto con sus baúles de guerra, diversos arreos y suministros, y los mosquetes de los corchetes derrotados. Mattias, en cambio, se había presentado montando un caballo a pelo y cargado con dos mujeres y una colección de instrumentos musicales, como una compañía de trovadores que se hubiese extraviado y fuese directa a la perdición. Para ser alguien que acababa de matar a dos sacerdotes y a tres oficiales de la Corona, Mattias se comportaba con admirable desenvoltura. Cuando pasó con su par de mujeres y su dorado semental delante de los ojos atónitos de los caballeros, dio muestras de cautivante cordialidad. No había nadie más firme y seguro que Mattias en los momentos difíciles.

Mattias estaba de pie en el alcázar, conversando con el famoso capitán italiano y el teniente turcópolo, como si fuera su igual en todos los sentidos y no el hombre más buscado de Sicilia, y hasta del imperio, como era en realidad. Bors sonrió. Ese hombre era increíble. ¡Y qué expresión tenía en la cara, como si la conflagración en el puerto fuera para él tan desconcertante como para los demás! No le extrañaba a Bors que el gran maestre lo quisiera para el combate. Pero ese viejo pirata conseguiría el doble de lo que pedía, porque en lo referente a la guerra y sus matanzas, Bors podía enseñarles un par de trucos a los monjes.

¿Y las mujeres que Mattias había recogido bajo su ala protectora? ¡Sólo Dios sabía cuántos problemas les acarrearían! Estaban al lado de Bors, junto a la borda del castillo de proa, contemplando la orilla: la condesa y una joven de ojos feroces. Él les había dado medio limón a cada una para neutralizar el hedor de los esclavos, y ellas se frotaban la nariz con la fruta, con aire delicado. La condesa no dejaba de mirar a Mattias en el puente. Bors notaba que todas sus esperanzas y quién sabe cuántos sueños estaban firmemente depositados en su amigo, y las esperanzas y los sueños de una mujer son la carga más abrumadora que pueda llevar un hombre a sus espaldas, especialmente si va a la guerra. La joven a su lado no prestaba la menor atención al barco ni a su fétido tumulto, pero miraba fijamente las llamas –lo único aún visible en la orilla oscura y distante–, como si ejercieran una fuerza cautivante, como si pudiera ver en el fuego algo invisible para los demás. Las mujeres les volverían más arriesgada la vida. Se enturbiarían las decisiones. El amor envenenaría el pozo y a todo el que de él bebiera. Pero la sagrada vocación de Bors era guardarle las espaldas a Mattias y eso es justo lo que haría.

A una distancia excesivamente respetuosa de las mujeres, contemplando también cómo se desvanecía la costa de Europa, había una veintena de caballeros con jubones negros. Llevaban en el pecho blancas cruces de ocho puntas cortadas en seda, que resplandecían con brillo fantasmagórico a la luz de la luna. Entre el mayor y el menor había cuarenta años de diferencia, pero la mayoría aparentaba menos de treinta. Todos lucían recias barbas guerreras. Todos murmuraban padrenuestros. Los caballeros estaban obligados a recitar ciento cincuenta padrenuestros al día; pero como no era fácil llevar la cuenta, rara vez paraban y, cuando navegaban, rezaban durante horas sumidos en un trance místico. Cada hombre se acoplaba gradualmente al ritmo de los demás, hasta que todos entonaban la plegaria al unísono. Bors sintió un escalofrío, porque el sonido de tantos militares sanguinarios salmodiando en perfecta armonía era algo capaz de hacer temblar a las piedras. Vio que la condesa se había unido a los caballeros en su plegaria, pero no la joven.

Bors volvió la vista a Sicilia. Estaban navegando hacia un baño de sangre y, aun así, él ansiaba llegar. Ansiaba la lucha más que el oro, más que los honores. Sólo en el combate se rompían los grilletes de la moral. Sólo en el campo de batalla, donde se anulaban todos los privilegios, quedaba el hombre reducido a lo esencial de su ser. Sólo allí era posible hallar la trascendencia. La mayor parte de la humanidad vivía, se afanaba y moría, sin conocer jamás ese éxtasis. Una vez conocido, todo lo demás perdía su sabor. El horror, que abundaba de todos modos en el mundo, era un precio pequeño a cambio de volver a experimentarlo. Con un traqueteo de bloques y un chasquido de lona y encordado, las grandes velas latinas rojas cayeron de las vergas y se hincharon con la brisa. Una enorme cruz dorada resplandecía en la mayor. Mattias apareció a su lado y le enganchó un brazo con el suyo.

–De modo que tu deseo te ha sido concedido –dijo–. El orden natural se ha respetado.

–No lo habría deseado, de saber que era tan alto el precio.

–Al menos cosecharás unas cuantas historias para contar junto al fuego.

Bors inclinó la cabeza en dirección a las mujeres.

–Y tú has traído un par de juglares con faldas para acompañar con música nuestros relatos.

–Allí donde vamos, la música será más valiosa que los rubíes –dijo Mattias–. Pero préstame atención y recuerda lo que digo. No tengo intención de ver el final de esta contienda. Vamos a escamotear a un chico de las fauces de la guerra.

A los nueve años, más o menos, Bors había derribado a su padre golpeándolo con un azadón y había huido de Carlisle en una barca de cuero para alistarse en el ejército del rey en Connaught. Pensando en eso, frunció el entrecejo.

–¿Qué muchacho podría querer que se lo lleven de ese modo?

–Quizá no quiera, pero no pienso darle a elegir.

–Sea quien sea –dijo Bors–, le estoy en deuda.

Mattias meneó la cabeza y sonrió, y Bors agradeció al Dios Todopoderoso que le hubiera permitido, en el largo y tortuoso camino recorrido, ganarse el aprecio de su amigo. Bors habría acompañado a Mattias aunque su plan fuera secuestrar a Satanás de su candente trono en las profundidades. Dándole un apretón en el brazo, Mattias se separó de él y fue a reunirse con las mujeres.

Bors volvió la espalda a la espuma que las palas de los remos agitaban desde abajo. En algún otro rincón de ese mar ancestral, decenas de miles de gazíes se acercaban también al momento de la verdad. Cincuenta penosos días hacinados en las naves del sultán. Después de tan penoso confinamiento, desembarcarían aullando, ansiosos de derramar sangre cristiana. Bors nunca había combatido a los leones del islam, pero si se parecían a Mattias, serían un hueso duro de roer. La sola idea hacía que le temblaran las piernas y las entrañas. Las razones que los habían llevado hasta allí ya no importaban, como tampoco importaban Mattias y sus mujeres. El dios de la guerra había hablado y ellos respondían a su llamada. La rítmica letanía de los caballeros se filtraba en su pecho.

«*Pater noster, qui es in caelis, sanctificetur nomen tuum. Adveniat regnum tuum. Fiat voluntas tua sicut in caelo et in terra. Panem nostrum quotidianum da nobis hodie, et dimitte nobis debita nostra sicut et nos dimittimus debitoribus nostris. Et ne nos inducas in tentationem, sed libera nos a malo. Amen.*»

A bordo de una nave negra y roja, surcando un mar negro y plata, navegaban a la luz de la luna hacia las puertas del infierno. Cuando los caballeros empezaron otra vez su letanía, Bors unió su voz a la de ellos.

Viernes 18 de mayo de 1565

Bahía de Kalkara. El Borgo. Malta

Orlandu acechaba al galgo desde las primeras luces del alba, cuando un cañonazo lo despertó en su refugio sin techo junto a la ensenada y vio la silueta esbelta del animal recortada contra el cielo. Estrías de nubes carmesí rompían el cielo al este, como un ejército nocturno que huyera del azote del día. La brisa, nunca más fresca y dulce que al amanecer, transportaba en sus alas voces masculinas entonando salmos.

Al segundo cañonazo, el galgo se volvió hacia él. No estaba a más de doce pies de distancia, en los muelles de Kalkara, y lo miraba desde lo alto de una pila de cajas cubiertas de lona. Un rayo de luz temprana se filtró entre las nubes y Orlandu pudo ver que el perro era blanco como la leche. Las orejas del animal se irguieron y los dos se estudiaron mutuamente, el niño descalzo y el perro, perfecto éste en sus proporciones, como obra excelsa de Dios, y cubierto aquél de cicatrices de mordeduras y manchas de sangre. Orlandu aferró el cuchillo de cocinero que ocultaba en las albardillas, junto a su cabeza, y lentamente se puso de pie. Los ojos del perro eran tristes y brillantes. Su alma era transparente. Su nobleza hirió el corazón de Orlandu.

Hasta donde el chico sabía, el galgo enteramente blanco era el último perro vivo de la isla. Fuera así o no, no se oía un solo ladrido ni un aullido en toda la ciudad. Fuera así o no, Orlandu tenía pensado matar al hermoso galgo blanco antes de que acabara la mañana.

Al tercer cañonazo, el perro saltó de su puesto y se perdió por las calles con el sigilo de un fantasma. Orlandu se sumergió en el Borgo tras él, tan absorto en la persecución de su presa que no recordó el significado de la señal hasta que el sol hubo asomado completamente sobre el horizonte. Se detuvo. Tres cañonazos desde Castel Sant'Angelo eran la señal que todos aguardaban con infinita aprensión. La armada turca ya se divisaba. Las hordas del islam estaban llegando a la costa maltesa.

La matanza de los perros había durado tres días. Éste era el cuarto. Su exterminio había sido decretado por el gran maestre. Se decía que en el sitio de Rodas, La Valette había visto a la gente comer ratas y perros, y a los perros devorar los cadáveres de los caídos. Por eso había decidido que en Malta se les diera muerte a todos antes de que llegara a tolerarse semejante degradación. Orlandu había oído decir también que La Valette amaba a sus perros de caza más que a ninguna otra criatura viviente. Antes de hacer público su decreto, el gran maestre había empuñado la espada y había matado con sus propias manos a sus seis adorados canes. Se decía que después había llorado de tristeza.

El decreto era sencillo, pero su ejecución resultó más complicada de lo que nadie había imaginado. Muchos dueños de perros siguieron el ejemplo de La Valette y procedieron a sacrificarlos. Pero fue imposible ocultar la decisión a los propios animales condenados. Al anochecer del primer día, alertados por los alaridos de sus congéneres y viendo que en todas partes sus amos se volvían contra ellos, los perros domésticos y salvajes se unieron en feroces jaurías que recorrían calles y callejones. Al estar la ciudad amurallada y rodeada de mar, era imposible la huida, y nadie les ofrecía refugio.

Como en este aspecto los perros se parecen extrañamente a los hombres, las jaurías obedecían a los más feroces y astutos de entre ellos. Eran numerosos y se encontraban azuzados por el terror y por el hedor de las hogueras donde diariamente ardían sus cadáveres, de modo que se habían vuelto sumamente peligrosos y cada vez más temerarios. Dado que cazar y dar muerte a los perros era una tarea ruin, indigna de guerreros y caballeros, puesto que todo el que era capaz de andar estaba ocupado con los preparativos para la guerra, y puesto que el trabajo tampoco era propio de mujeres, un sargento concibió la idea de usar para ese fin a los aguadores reclutados para servir en las fortificaciones durante el asedio. Orlandu, que había sido asignado al bastión de Castilla, fue uno de los primeros en ofrecerse voluntario.

Por la Religión habría hecho cualquier cosa. Al igual que todos los otros chicos, veía a los caballeros como semidioses. Le habían dado un cuchillo de deshuesar, afilado como una navaja y con la hoja mellada por el uso, y le habían dicho que como la matanza de sarracenos estaba a punto de comenzar, ya podía empezar a matar perros, que ante Dios eran bestias de similar categoría, siendo la principal diferencia entre unos y otros que los segundos apestaban menos y no iban al infierno. A raíz de esta última observación, Orlandu se había preguntado si los perros tendrían alma. Su capellán, el padre Guillaume, que había bendecido a los jóvenes matarifes antes de que iniciaran su cruzada, le había asegurado que no, que no tenían más alma que una oveja o una liebre. Sin embargo, era tan peculiar la manera de cada can de enfrentarse a la muerte y tan conmovedor su amor por la vida, que al anochecer del primer día Orlandu ya estaba convencido de lo contrario.

Después de matar a cada perro, el chico cargaba el cadáver hasta un carro junto a la puerta Provenzal, donde destripaban al animal para envenenar con sus entrañas los pozos de Marsa cuando llegaran los turcos. Los restos iban a alimentar la hoguera de pelo y huesos que ardía fuera de las murallas. Al final del segundo día, cuando la mayoría de los chicos habían rogado que se les eximiera de tan horrenda misión, Orlandu tenía la ropa harapienta acartonada con los excrementos y la sangre de los animales que había matado, vaciado y conducido a la pira.

Tenía la carne inflamada y dolorida, y había perdido la cuenta de las mordeduras. Padecía náuseas. Estaba exhausto. Se sentía hastiado y asqueado por la carnicería. Decidió entonces que el padre Guillaume tenía razón respecto a las almas, porque la idea contraria volvía mucho más horrenda su labor.

Dormía solo en los muelles, usando como jergón una bolsa de grano. Cuando se levantaba y exploraba las callejuelas en busca de sus presas, la gente se apartaba, como si fuera un lunático huido de un asilo para dementes. Al principio pensó que sería porque apestaba, pero la mirada del panadero que le vendió uno de sus desayunos le reveló que inspiraba respeto y repulsión. El panadero le tenía miedo. A partir de entonces anduvo más erguido y adoptó una expresión grave e impasible, a la manera de los caballeros. Al curtidor le pidió un trozo de piel de carnero, que frotó con grasa de gallina y se ató a un antebrazo con el lado del pelo contra la piel. Así protegido, pudo desafiar las fauces de un perro antes de cortarle la garganta.

Aun así, los dientes del animal le hirieron el brazo hasta el hueso, porque era el ejemplar más feroz y astuto de todos los que habían sobrevivido a las primeras matanzas, de modo que al anochecer del segundo día, Orlandu tenía la mano izquierda azulada hasta los nudillos. Los vigilantes de los muelles compartieron con él mollejas y riñones, asados al fuego de un brasero, y le instaron a que les hablara de la caza, y él se unió a sus vulgares risotadas, mofándose de cosas que por esa época no encontraba divertidas. Le preguntaron a cuántos había matado. Él no lo recordaba. ¿Veinte, treinta, más de treinta? Contemplaban furtivamente sus verdugones y heridas cuando lo creían distraído e intercambiaban enigmáticas miradas. Lo consideraban raro. Él los dejó con su fuego y cuando volvió a acostarse en su jergón y levantó la vista a las estrellas, ya no era el niño que se había levantado el día anterior. Quizá no fuera un hombre todavía, pero era un asesino, lo cual era casi igual de bueno. Se preguntaba si sería mucho más difícil matar a un sarraceno.

Era un bastardo, un marginado, le gustara o no. Por eso había elegido la vida en los muelles antes que la esclavitud en la granja de cerdos donde había crecido. Trabajaba en los muelles carenando las galeras, hirviendo alquitrán y limpiando la porquería incrustada en los cascos. El trabajo era repulsivo, pero él era libre. Libre para soñar con pilotar la flota de la Religión. Esa noche, contemplando el cielo, fijó la vista en la estrella polar, en la cola de la Osa Menor. Se quedó dormido y su sueño se vio perturbado por espíritus malévolos y sueños amenazadores, que eran oscuros, sangrientos y exentos de todo consuelo.

El amanecer había traído consigo al bellísimo galgo enteramente blanco, que contemplaba a Orlandu como si conociera sus sueños y hubiese estado vigilando su reposo. Al principio, lo tomó por un espíritu, recuperando así su creencia en las almas caninas, que no se desvaneció aunque la aparición resultó ser terrena. Cuando el galgo blanco huyó por las calles sumidas en sombras violáceas, Orlandu lo siguió.

Como un fantasma en una fábula sobre la naturaleza de la futilidad, el perro blanco lo condujo entre las casuchas de la ensenada de Kalkara y lo hizo adentrarse en la ciudad, hacia las voces que se elevaban para ensalzar el día renacido. La iglesia conventual de San Lorenzo parecía amortajada en una cárdena luz espectral. Sus puertas abiertas palpitaban con una luz amarilla sobre la fachada monumental y el alma de Orlandu se sintió atraída por el sagrado pórtico. Dejó el cuchillo junto a uno de los contrafuertes y pasó de puntillas bajo el arco. Las losas del suelo estaban frías bajo sus pies. El canto llano lo hizo estremecer. Mojó los dedos en agua bendita, hizo una genuflexión, se santiguó y fue hacia el resplandor amarillo del interior. San Lorenzo era una de las iglesias de los caballeros de San Juan Bautista. Orlandu nunca había estado en el interior. Sentía el corazón desbocado y casi no se atrevía a respirar mientras atravesaba el atrio. Más allá de las dos grandes columnas que flanqueaban la nave mayor, el interior se abrió ante él, conmocionando sus sentidos.

Todos los caballeros de la Religión estaban allí reunidos como un solo hombre y las piedras vibraban mientras medio centenar de soldados de la Cruz elevaban sus voces a Dios. Los monjes de la guerra se alineaban fila tras fila con sus sencillos hábitos negros, mansos como corderos y feroces como tigres, unidos por el amor a Jesucristo y al Bautista, altivos, indomables, cantando con rugiente exaltación. El humo del incienso que flotaba en el aire era embriagador. El vasto espacio resplandecía y titilaba con las llamas de innumerables cirios, pero era como si cada rayo de luz emanara del rostro atormentado de Cristo, elevado sobre el altar. Hacia allí se dirigía la mirada de Orlandu, como la de todos los miembros de la poderosa congregación: hacia la cara demacrada y noble de aquel que había padecido y muerto para redención de todos, hacia la ensangrentada corona de espinas y las manos crispadas por el dolor, hacia el cuerpo herido y consumido que se retorcía sobre la cruz como si aún no hubiese terminado su agonía.

La pena invadió a Orlandu. Él sabía que Jesús lo amaba. Un sollozo escapó de su pecho y entonces unió sus manos heridas y ensangrentadas, y cayó de rodillas.

«Yo confieso a Dios Todopoderoso, a la bienaventurada siempre Virgen María, al bienaventurado san Miguel arcángel, al bienaventurado san Juan Bautista, a los santos apóstoles san Pedro y san Pablo, y a todos los santos, que he pecado gravemente de pensamiento, palabra y obra, por mi culpa, por mi culpa, por mi grandísima culpa.»

No estaba solo en su súplica de perdón, ni en su llanto. Las lágrimas brillaban sin ninguna vergüenza en el rostro de muchos monjes. El dolor y la dicha impregnaban la iglesia hasta lo alto de sus vigas abovedadas. Nunca desde la tragedia de Rodas se habían reunido tantos hermanos de la Religión en un mismo sitio, y si ninguno de los presentes creía que volverían a reunirse alguna vez en número tan elevado era porque todos los hombres habían acudido a Malta para morir por su fe. Dios había llamado a sus monjes a la guerra. El fuego y la espada eran las santas herramientas de su credo. Atrapado en el vórtice de adoración a su alrededor, Orlandu abrazó ese destino de tan buena gana como cualquiera de los demás. Él también anhelaba morir por Cristo redentor. Aun así, sus instintos no lo abandonaron. Se volvió a tiempo para ver al capellán, el padre Guillaume, viniendo hacia él desde una esquina, convertido su rostro en una máscara de furia ante el desharrapado intruso. Orlandu se puso en pie precipitadamente y huyó a través del atrio hacia la violácea luz del día. Recogió su cuchillo del sitio donde lo había dejado, junto al contrafuerte, y dobló a toda velocidad la esquina de la iglesia.

Fuera, como participando en un juego cuyas reglas y propósito Orlandu no tenía por qué saber, estaba parado el galgo blanco, esperando. Bajo la intensa luz, Orlandu vio que los flancos enjutos del animal y sus costillas (que sobresalían, aunque no estaba mal alimentado) estaban desfigurados por recientes heridas de cuchillos. Así pues, otros habían intentado matarlo, pero habían fracasado. Con los ojos aún mojados y el pecho próximo a estallar de orgullo por su momento de comunión con los caballeros, Orlandu sintió que se le encogía el estómago ante la perspectiva de otra matanza. Pero La Valette había matado a sus perros, los perros que él adoraba más que a cualquier otra criatura viviente. Los había matado por los malteses, por la Religión y por Dios. Para tentar al animal y lograr que se acercara, el chico consideró la posibilidad de acercarle la piel de carnero untada con grasa, que aún llevaba atada al brazo; pero engañar a ese perro como había engañado a la fiera callejera del día anterior le pareció una infamia y hasta una herejía. Le enseñó el cuchillo.

El galgo se volvió y salió huyendo.

Orlandu corrió tras él.

Durante toda la mañana, a medida que se quebraba la frescura del aire y aumentaba intensamente el calor, Orlandu persiguió y perdió, rastreó y encontró, y volvió a perder y rastrear al perro fugitivo. Fue y vino a través del Borgo, desde la puerta Provenzal abierta en las enormes murallas orientadas al interior de la isla hasta el muelle de la ensenada de las Galeras, desde Kalkara hasta Sant'Angelo, a través de mercados y muladares, al sol y entre las sombras. Mientras el perro y el niño cartografiaban a su paso hasta el último callejón, toda la ciudad se transformaba en una colmena de terror.

Atronaban los tambores, sonaban las trompetas y doblaban las campanas. La confusión y el desconcierto se extendían a toda la población. El pueblo llano no esperaba la llegada de los turcos antes de un mes. Todas las curtidas caras estaban pálidas de aflicción. Muchos corrían a sus casas y atrancaban las puertas. Otros circulaban frenéticamente en distintas direcciones, sin saber qué hacer. Y en toda la isla, los que aún no estaban dentro de las murallas, se dirigían apresuradamente hacia el Borgo para pedir refugio. Los campesinos traían consigo a toda bestia viviente capaz de trabajar o servir de alimento. En carros, a lomo de burro o sobre sus propias espaldas tenaces, cargaban las últimas cosechas que habían recogido antes de tiempo y la fruta que habían arrebatado a los huertos. Traían a sus hijos y a sus mujeres, sus verduras y sus cabras, y todas las valiosas pequeñas cosas que a las personas les recuerdan su vida y lo que han sido. Traían sus imágenes religiosas y sus plegarias, su coraje y su miedo. Y en todas direcciones, espirales de humo subían al cielo. Habían aplicado la antorcha y quemado cada hoja que no pudieron cosechar y cada grano que no pudieron cargar. Incendiaron la tierra, su tierra. Envenenaron todos los pozos con las entrañas de los perros, con heces y hierbas mortíferas. No dejaron nada para el Turco, porque el Turco ya había llegado.

Parecía como si toda Malta estuviera ardiendo.

Sólo una vez interrumpió Orlandu su persecución, en el puerto donde había empezado, que para entonces bullía en tumultuosa actividad. No había comido ni bebido nada desde la cena con los centinelas junto al brasero, la noche anterior, y de pronto, sin saber por qué, comenzó a sentirse enfermo y a notar que las caras de la gente y los caballos daban vueltas ante sus ojos. Cuando quiso reaccionar, estaba a cuatro patas sobre los codos y las rodillas, presa de violentas arcadas, sintiendo en la nariz el hedor punzante del estiércol de mula y una sensación ácida y quemante en la garganta. Apoyó la frente en los bloques del empedrado y escupió la bilis que le inundaba la boca. Después, un par de manos huesudas lo agarraron por los hombros y lo levantaron hasta ponerlo en pie.

Cerró los ojos para que la escena dejara de dar vueltas y esas manos lo guiaron hasta un cubo invertido, donde lo ayudaron a sentarse. Sintió que le metían en la boca algo húmedo y agridulce, que él masticó y tragó. El estómago se le rebeló al recibir el pan mojado en vino, pero él contuvo las náuseas, mientras los dedos huesudos le metían un poco más en la boca. El malestar se disipó tan rápidamente como había comenzado. Orlandu parpadeó y descubrió a su salvador.

Los ojos del viejo eran brillantes como los del niño y su nariz era tan ganchuda que parecía tocar las cerdas de su puntiaguda barbilla. Orlandu lo reconoció de inmediato. Era Omar, el viejo *karagozi*. A sus espaldas se erguía el teatrillo desvencijado donde ejercía su singular oficio. El hombre del *karagozi* era una institución en los muelles desde que los malteses tenían memoria. Algunos decían que llevaba allí desde antes de que llegaran los caballeros. Era la persona más vieja que Orlandu había visto nunca, más viejo incluso que La Valette o Luigi Broglia, y, al igual que los demás niños y que muchos marinos y estibadores cansados, el chico había disfrutado más de una vez con el espectáculo del teatro de sombras, a las que el viejo infundía vida sobre la pantalla de muselina. Aparte de los esclavos que andaban penosamente cargados de cadenas, Omar era el único turco en Malta. Nadie sabía cómo había llegado ni por qué se quedaba; quizá ni siquiera el propio Omar lo sabía ya. Era inofensivo y hacía reír a la gente, de modo que a nadie parecía preocuparle que fuera musulmán. Además, todos pensaban que estaba loco, porque vivía solo en el interior de un tonel y acompañaba los gestos de sus marionetas de papel con gorgoteos, gruñidos y gemidos que ninguna persona en su sano juicio habría sabido emitir.

–¡Ajá! ¡Ajajá! –cloqueó Omar, señalando las mordeduras de Orlandu–. ¡Han sido los perros! ¡Los perros!

Combinó el comentario en deficiente maltés con una serie de ladridos diversos de sorprendente realismo y terminó con un lúgubre aullido y una sonrisa desdentada. Orlandu hizo un gesto afirmativo y Omar le ofreció más pan y vino, que el niño aceptó.

–El gran maestre lo sabe. ¡Lo sabe todo! –Omar señaló la torre del Castel Sant'Angelo–. ¡Todos bailan al son que él les toca! ¡Los turcos! ¡Los romanos! ¡Los demonios! ¡Todos! Obedecen a su voluntad, créeme.

Desconcertado, Orlandu asintió con la cabeza, como se hace para dar la razón a los locos.

–Perros, hombres, niños, mujeres, ¡paf! –Omar imitó una erupción con las manos, después se las limpió con un gesto extravagante y le enseñó al niño las palmas vacías–. ¡Los perros enseñan lo que vendrá! –Simuló el gesto de afilar un cuchillo–. El amo escupe sobre la piedra de afilar. ¡Así es!

Orlandu no entendió ni una palabra de lo que decía el hombre, pero asintió por pura gratitud, y Omar volvió a recompensarlo enseñándole las encías desdentadas. El chico había recuperado las fuerzas. La mención del gran maestre espoleó su voluntad para completar la tarea. Se levantó del cubo, muy por encima del *karagozi*, y comprobó que las piernas le respondían a la perfección. Por primera vez advirtió que una galera había atracado en el muelle. Un enjambre de marineros pululaba por las jarcias para arriar las velas rojas. Un nuevo contingente de caballeros estaba desembarcando.

La flota de la Religión constaba de siete galeras. Orlandu había raspado lapas y algas del maderamen saturado de excrementos de todas ellas. El barco que acababa de atracar era el *Couronne*. Entre los chicos de la ciudad, sobre todo entre aquellos que habían tenido el honor de ser nombrados aguadores, era cuestión de amor propio reconocer y nombrar a tantos de sus nobles héroes como les fuera posible. Cada encuentro era objeto de atención y tema de largas conversaciones, además de dar pie a encendidos debates sobre quién era el guerrero más mortífero, el marino más intrépido o el monje más cercano a Dios. Pero todos los caballeros del *Couronne* que en ese momento vigilaban el desembarco de sus caballos y sus armas eran desconocidos para el niño. Eran los últimos en llegar y probablemente habían viajado desde las comandancias más distantes de la Orden, quizá desde Polonia o Escandinavia, o incluso desde Moscovia, países casi míticos en los confines de la Tierra, donde florecía la magia y las tribus paganas aún asaban en sus armaduras a los caballeros que capturaban.

Vio que bajaba la pasarela un personaje muy conocido, que sin embargo tenía muy poca fama de feroz. Era Oliver Starkey.

Detrás venían dos extranjeros de temible estatura y porte valeroso, que a juzgar por su vestimenta no eran ni por asomo caballeros. Supuso que serían soldados particulares, nobles aventureros atraídos a Malta por el honor, la fe y la perspectiva de acción y de gloria. No recibían paga, no respondían ante nadie y luchaban al lado de quienes ellos mismos elegían. En el aspecto de esos dos no había nada de honorable ni de aristocrático, pero era evidente que habían nacido para la acción. El primero era cuadrado como un carromato, con el pelo muy corto, barba de un gris acerado y numerosas cicatrices. Vestía chaleco de cuero tachonado con piezas de bronce y se había engalanado con diversas armas, entre ellas una espada alemana a dos manos colgada a la espalda y, acunado en un brazo, un mosquete cuyo cañón podía alojar el mango de una escoba.

El más alto de los hombres era aún más llamativo. Tenía una melena de león que flameaba como bronce bruñido a la luz del sol. Entre los sencillos hábitos de los caballeros, su jubón a franjas doradas ponía una nota de bravuconería. Calzaba botas altas que le llegaban hasta la mitad de los fornidos muslos y llevaba una espada sobre la cadera y una pistola de cañón largo, de complicada ornamentación, metida en el cinto. Eran hombres de aspecto marcial, fueran nobles o no. Orlandu concibió una nueva fantasía. Nunca llegaría a ser un caballero, porque era de sangre bastarda e impura, pero podía aspirar a ser algún día como uno de aquellos hombres.

Detrás de ellos venían dos mujeres. Aunque hacía meses que no veía desembarcar a una mujer, sintió muy poca curiosidad. En presencia de gigantes como los que estaban recorriendo la pasarela, las mujeres no pasaban de ser menudos pajaritos de aburrido plumaje. Lo atrajo mucho más el magnífico corcel dorado que venía detrás de la mujer más joven, conducido por ella. Nunca había visto otro igual, y había visto muchos, porque las monturas de los caballeros se contaban entre las mejores. El semental no podía ser de la doncella, ni tampoco (o al menos eso esperaba) de la noble señora. Tenía que pertenecer al hombre de la cabellera de león. Y aunque éste era un ser espléndido, el niño desplazó abruptamente su atención cuando llegó el gran maestre La Valette para recibir a los viajeros.

Orlandu cuadró los hombros y enderezó la espalda. Quizá La Valette mirara en su dirección, quizá reparara en sus heridas y comprendiera que Orlandu, lo mismo que él, era un mataperros. Puede que entonces se sintiera orgulloso de él. Lo vio avanzar a grandes zancadas por el muelle, como una pantera pese a su edad, sacándole al menos una cabeza a la mayoría, entre una multitud que se separaba para que él pasara, con el hábito negro barriendo el suelo a sus pies, una sencilla daga a la cintura y los ojos de halcón mirando fijamente adelante y viéndolo todo. Sí, seguramente viendo también a Orlandu, aunque no mirara en su dirección.

La Valette había luchado en ochenta y siete batallas en el mar, o en ochenta y nueve, según decían algunos. Había matado a un millar de turcos con sus propias manos. Había sobrevivido a las galeras del maligno Abd-ur Rahman y al terrible sitio de Rodas, donde sus camaradas tuvieron que arrastrarlo hasta los barcos, porque aunque ya se había perdido todo, él quería seguir luchando. Ni siquiera el emperador Felipe, en la lejana Castilla, ni el santo padre en Roma podían influir en La Valette. Los chicos recitaban las palabras con que había arengado a las milicias, la semana anterior, como si fueran las Sagradas Escrituras.

«Hoy nuestra fe está en peligro. La batalla que se librará en Malta decidirá si los Evangelios (la palabra y la obra de Cristo) han de ceder ante el Corán. El Señor nos pide que sacrifiquemos las vidas que a Él hemos consagrado. ¡Bienaventurados aquellos que mueran por Su sagrada causa!»

Orlandu sintió que la dicha invadía su pecho. Cuando le rezaba a Dios, Dios tenía en su mente las facciones de La Valette.

La Valette dio la bienvenida a los dos intrépidos aventureros y, brevemente pero con impecable gracia, a las mujeres. Después entabló de inmediato conversación con el extranjero de melena de león y los dos se alejaron andando por el muelle, en dirección al Castel Sant'Angelo. Pasaron a menos de diez pasos de donde estaba Orlandu, que contuvo la respiración. Mientras La Valette hablaba, señalando diversos puntos importantes a su alrededor, el extranjero lanzó una mirada desde el otro extremo del muelle, sin detenerse en las figuras de los esforzados estibadores, y Orlandu sintió el embate de sus llameantes ojos azules. Estuvo a punto de tambalearse, como si una fuerza física lo embistiera, pero se mantuvo firme y la mirada azul se alejó.

Cuando pasaron las mujeres, Orlandu prestó poca atención a la mayor y más distinguida de las dos, que tenía la cara vuelta hacia otro lado, hablando con Oliver Starkey. Pero la joven que llevaba por las bridas el corcel dorado lo miró directamente a los ojos, con una expresión que él no pudo interpretar. Su rostro era asimétrico y extraño, y el chico se preguntó si tendría el poder de maldecirlo, porque volvió a mirarlo por encima del hombro antes de perderse de vista. Orlandu atribuyó el interés de la joven a su salvaje apariencia. Esperaba haber impresionado al extranjero de ojos azules con su aspecto sangriento. El matón con aspecto de buey cerraba la marcha, saludando con cordiales inclinaciones de cabeza a los trabajadores del puerto, como si hubiesen acudido a recibirlo. Cuando vio a Orlandu, se echó a reír e inclinó el largo cañón de su mosquete a modo de saludo. El niño se estremeció de orgullo. ¡Qué día! ¡Qué hombres! Agradeció a Dios estar allí, en ese instante, entre personas tan importantes y en tiempos tan notables.

–¡Un mundo de sueños! ¡Ajá! ¡Sí, señor!

Orlandu se volvió hacia Omar. El *karagozi* le sonreía con todas las encías y se balanceaba de un pie a otro, como si él mismo hubiera coreografiado los acontecimientos de la mañana tal como hacía con las sombras de sus funciones.

–Sí –convino Orlandu, sin comprender lo que el viejo quería decir–. Un mundo de sueños. –Buscó en el empedrado, encontró su cuchillo de carnicero y lo recogió–. Gracias. –Bajó la cabeza–. Ahora tengo que irme.

Omar imitó con los dedos el movimiento de una sabandija escabulléndose.

–¡El demonio blanco! ¡Sí! –exclamó, antes de emitir un par de ladridos y un aullido.

Orlandu asintió.

–Sí. Ahora tengo que irme –dijo, y se dispuso a partir.

–El jardín de...

Omar no dominaba suficientemente el maltés, pero al igual que muchos de los habitantes del Gran Puerto, entre ellos Orlandu, tenía en la cabeza retazos de una docena de lenguas. El Borgo era una torre de Babel. Las manos de Omar ondularon hacia arriba, para indicar el crecimiento de las plantas. Después, el viejo hizo el gesto de echar un trago e hizo una mueca, como si el sabor fuera amargo.

–*Le jardin des herbes* –dijo en francés.

Orlandu asintió, porque entendía bastante bien el francés.

Omar, por su parte, volvió al maltés:

–La casa de los italianos. ¡Ahí!

Al fondo de uno de los albergues italianos, había un jardín donde el padre Lázaro, director de la Sagrada Enfermería, cultivaba hierbas con propiedades medicinales. Además de ser los mejores guerreros del mundo, los hospitalarios también eran los mejores médicos. Pero ¿qué querría decir el viejo? Omar señaló el callejón, donde no había ni rastro del galgo.

–*Dans le jardin!* ¡El demonio blanco! ¡Sí!

Omar echó atrás la cabeza y aulló al cielo.

Orlandu no tenía nada que perder. A menudo los locos saben cosas que los cuerdos ignoran, de modo que se dirigió al jardín de las hierbas, a través de la ciudad atenazada por el miedo. Bajo un sol norteafricano, inclemente como la desesperación, el chico agradeció la sombra de las angostas calles. En las que no estaban empedradas ni embaldosadas, donde vivía la gente corriente, el polvo levantado por los transeúntes formaba nubes y se le pegaba al pelo, le recubría la lengua y le empolvaba los harapos. Todas las calles bullían de refugiados en busca de un lugar para sus familias y sus cabras. Orlandu desdeñaba su temor; pero eran campesinos, tímidos por naturaleza y desconocedores de la guerra, y no podía esperarse otra cosa de ellos. Los caballeros los protegerían, los caballeros y los demás guerreros: los soldados particulares, los tercios españoles, las milicias maltesas y los mataperros como él. Decidió servirles de ejemplo, andando erguido y sin miedo, y prosiguió su camino hacia el albergue.

Cada lengua de la Religión tenía sus albergues. Los caballeros más jóvenes y todos los sargentos dormían en austeros dormitorios colectivos. Los comandantes y caballeros de más edad tenían casa propia, adquirida con la *spoglia*, el botín obtenido en las incursiones piratas. Los italianos, que eran la lengua más rica y numerosa, tenían varios edificios, incluido su hospital, situado cerca de la orilla en la ensenada de las Galeras. El jardín del padre Lázaro tenía muros de seis pies de altura y, al fondo, una verja de hierro forjado.

Orlandu espió por la verja. Como era de esperar, el galgo blanco estaba al abrigo de la pared más alejada, mordisqueando las finas y alargadas hojas de un arbusto oscuro, como para curarse las heridas. La compulsión de hacer su trabajo le pesaba a Orlandu en el vientre como una roca. No la podía eludir. Cuando entró en el jardín, sabía que se arriesgaba a unos latigazos o incluso a pasar una temporada en las mazmorras de San Antonio; pero si pedía permiso, seguramente se lo denegarían. Era como si el perro hubiese buscado ese refugio precisamente por esa causa. Orlandu levantó el pestillo, abrió el portón y el perro se giró y lo miró, con las orejas erguidas y la grácil figura perfectamente inmóvil.

Orlandu entró y cerró el portón a sus espaldas.

Echó a andar por el sendero, entre las plantas, y cuando estuvo cerca, vio por primera vez los ojos del animal. Eran grandes, húmedos y negros como el aceite de piedra. Estaban llenos de una tristeza inexpresable y su mirada le llegó a lo más hondo. En el último momento, el perro se tumbó y separó las patas en el aire, enseñándole el vientre, como si esperara que esa invitación a hacerle cosquillas fuera a salvarle la vida. Con asombro, Orlandu vio que el perro, que había creído macho, en realidad era hembra.

Orlandu se agachó y la perra se puso en pie de un salto y apoyó en su pecho la cabeza fina y alargada, mientras jadeaba por el calor con la rosada lengua colgando. Orlandu la rodeó con un brazo. El animal era todo huesos, pulmones y músculos, pero su pelaje era lustroso como el terciopelo y su corazón latía contra la mano del chico. El cuchillo tembló en el puño de Orlandu. No sería un gran pecado salir otra vez por el portón y dejar a la perra descansando a la sombra.

–Dios te perdonará.

Orlandu apoyó una rodilla en el suelo, se volvió y, al hacerlo, abrazó aún más estrechamente al galgo. En una puerta, en la fachada trasera del albergue, había un monje. Su cabellera se había reducido a una fina orla en torno al cráneo. Su voz era amable y su mirada, tan triste como la del animal. Orlandu reconoció al padre Lázaro, porque él lo había atendido muchos años antes, cuando había padecido unas fiebres pulmonares. Pocos caballeros se dignaban aprender una sola palabra de maltés, porque era la lengua del pueblo llano; sin embargo, como los campesinos y los vecinos del Borgo eran sus pacientes más habituales, el padre Lázaro lo hablaba con fluidez. No era un caballero de la Orden, sino un capellán. Vino andando hacia Orlandu.

–También te ganarías mi gratitud –dijo–. Para mi vergüenza, esta tarea ha resultado más dolorosa de lo que puede superar mi coraje.

–¿Es vuestra, padre? –preguntó Orlandu.

–La heredé, porque no mostraba gran interés por la caza. Anoche la envié fuera para que otro que no fuera yo, alguien como tú, se encargara de cumplir su destino. Debo pedirte perdón por eso.

Orlandu bajó la cabeza. Su corazón palpitaba ahora tan aprisa como el del animal. De pronto fue consciente de sus pies incrustados de fango seco, de su camisa y sus pantalones harapientos, de la fétida piel de carnero enrollada en su brazo y de todo cuanto señalaba que él, a diferencia del amable y piadoso monje, era un avezado asesino.

–Padre, por favor... –Sintió la garganta seca y tragó saliva–. ¿Me oirá después en confesión?

Lázaro se detuvo a su lado y le apoyó la mano en la cabeza. El contacto hizo que una paz sanadora se extendiera a todo su cuerpo.

–No debes hacerlo si con ello contrarías la voz de tu conciencia –dijo Lázaro–, porque eso sería desobedecer a Dios y es preferible que desobedezcas a nuestro gran maestre.

–¿Cómo se llama la perra, padre?

Lázaro retiró la mano y, con ese gesto, le pareció a Orlandu que dictaba la condena del animal.

–Es mejor que no lo sepas.

–¿Por qué?

–Porque ya sea hombre o animal, es más fácil destruir a un ser sin nombre.

–Por favor, padre. Conozca o no su nombre, no será fácil. Me gustaría poder recordarla en mis oraciones.

–La llamo *Perséfone*.

Orlandu no entendió, pero repitió el nombre:

–*Perséfone*.

Lázaro se quedó mirando mientras la perra le lamía el cuello a Orlandu.

–Por lo que veo, también ella te perdonará.

Orlandu rechinó los dientes y apoyó la punta del cuchillo contra el pecho de *Perséfone*.

Imitando a los caballeros, murmuró:

–Por Jesucristo y el Bautista.

Hundió el cuchillo hasta que chocó su puño contra la prominencia del esternón. *Perséfone* soltó un aullido que pareció casi humano y se retorció con alarmante fuerza bajo su brazo. Orlandu la apretó más estrechamente, sacó a medias la hoja, la inclinó y volvió a hundirla. Sintió que algo se resistía y después estallaba en la punta del cuchillo y, en un instante, toda la fuerza de la perra se desvaneció y su largo cuello blanco cayó sobre las rodillas del niño.

Cuando Orlandu sacó la hoja, unas perlas color carmesí se esparcieron sobre el níveo pelaje. Hubiese querido arrojar lejos el cuchillo, pero no podía ensuciar el jardín con esa basura. Sin limpiarlo, lo deslizó a sus espaldas por debajo del cinturón de cuerda. Se dispuso a cargar el cadáver en brazos, para llevarlo a que lo destriparan y después lo quemaran, pero Lázaro le puso una mano en el hombro.

–Yo me ocuparé del resto. Déjala aquí.

Orlandu depositó el cadáver en el suelo, junto al arbusto, y se santiguó.

–Padre, ¿tienen alma los perros?

Lázaro sonrió.

–No es pecado abrigar la esperanza de que así sea. Y como tú y yo tenemos que cuidar de nuestras almas, iremos juntos a ver al padre Guillaume para confesarnos.

Aunque Lázaro no era caballero de justicia y por ende nunca había figurado entre los héroes militares de Orlandu, el niño se sintió abrumado por tanto honor. Hizo una reverencia, avergonzado una vez más por su aspecto plebeyo.

–Pero primero debes dejar que te vende esas heridas, antes de que empiece la putrefacción –dijo Lázaro.

El monje se volvió para regresar al albergue y Orlandu permaneció vacilante, sin saber si él también tenía que entrar. Lázaro se giró y le hizo señas, y sólo entonces el niño lo siguió. La sala detrás del umbral era fresca, oscura y olía a una mezcla de penetrantes fragancias. Lázaro frotó con salmuera las mordeduras de Orlandu y les aplicó ungüentos, mientras el chico se mordía los labios para no emitir ni un solo sonido.

Cuando hubo terminado, Lázaro dijo:

–¿Has visto los barcos?

–¿Los barcos?

–La flota del Gran Turco.

Orlandu recordó los cañonazos al alba y la consternación en las calles, pero estaba tan atormentado por haber atrapado al galgo que había olvidado la causa de la alarma. Sacudió la cabeza.

–No, padre, pero me gustaría.

Lázaro condujo a Orlandu por una escalera a la azotea del albergue. Desde allí, por encima de las casas de piedra arenisca, el niño dominaba todo el paisaje desde la bahía de Kalkara, hasta las horcas del cabo del Patíbulo y el mar que se abría más allá. A lo lejos, el azul reluciente del agua se veía oscurecido por una extraña alfombra multicolor, que ondulaba como un espejismo en el aire caliente. Era enorme: su extremo más lejano rozaba el horizonte y su margen oriental quedaba oculto por el monte San Salvatore.

Forzando la vista, Orlandu se dio cuenta de que la inmensa alfombra estaba compuesta por naves de guerra. El sol centelleaba sobre doradas proas y placas de plata; miles de colores lucían sobre entoldados de seda, exóticos estandartes y velas hinchadas por el viento, y, en medio de un silencio ominoso, enormes bancos de remos se levantaban y caían como un batir de alas. Los barcos navegaban hacia el sur. Había centenares. ¿Centenares? La flota de la Religión sólo tenía siete galeras y Orlandu la había creído la más poderosa del mundo.

Sintió que Lázaro lo estaba mirando y entonces, impulsivamente y alentado por la paciencia del monje, preguntó:

–Padre, ¿éste es un mundo de sueños?

Lázaro estudió el rostro del muchacho. La mirada acuosa del viejo adquirió un brillo melancólico.

–Cuando lleguemos al reino de los cielos –respondió–, quizá nos lo parezca.

Lunes 21 de mayo de 1565

Albergue de Inglaterra

La calle Majistral estaba desierta.

Toda la diminuta ciudad parecía contener el aliento.

Cada combatiente ocupaba su puesto en las grandes fortificaciones. Las mujeres se protegían en sus casas del calor mortífero y susurraban oraciones a sus imágenes y sus santos. Los malos presagios se filtraban como la niebla en el albergue de Inglaterra y agudizaban la frustración de Carla. El ocio la irritaba, pero no había nada que hacer para mantenerla ocupada. Los prejuicios de Oliver Starkey habían demostrado tener fundamento: era una boca inútil. Se reunió con Amparo en el jardín abrasado por el sol. Mattias llegó a mediodía. Llevaba coraza acanalada, pistola y sable, y empuñaba en la mano izquierda un fusil de llave de rueda. Bajo el mismo brazo, sujetaba un morrión.

–Los turcos están ante nuestras puertas –anunció–. Comienza la Ilíada maltesa. Pensé que querríais desearme suerte antes de salir a enfrentarme con ellos.

Desde el regreso de Carla, el Borgo bullía de nerviosismo. La desesperación alternaba con el júbilo. Las emociones se bamboleaban, empujadas por la marea de rumores que inundaba cada esquina. Primero los turcos se dirigían al sur, después al norte. Al ver sus defensas, los turcos darían media vuelta y pondrían rumbo al Cuerno de Oro. Los turcos ya habían desembarcado en Marsamxett. Los turcos conquistarían la isla en una semana. Ya había espías en la ciudad, según se decía. Y saboteadores, y también asesinos con la misión de matar al gran maestre en su propio lecho. Había soldados montando guardia junto a las piedras que bloqueaban la entrada de los graneros subterráneos y los pozos de agua. La colosal cadena de doscientas yardas de largo que cerraba la bocana de la ensenada de las Galeras había sido izada con su cabrestante del lecho marino. Las galeras turcas rondaban en alta mar. El Borgo, la Ísola y San Telmo habían quedado aislados del resto de la cristiandad.

Entre tanta turbulencia, las preocupaciones de Carla parecían ínfimas, pero ella estaba en su tierra natal (donde además había dado a luz) y el regreso la henchía de felicidad. De todos los habitantes de la ciudad, los que manifestaban mayor regocijo eran los muchachitos, cuyo número parecía ilimitado. No andaban nunca si podían correr. Sólo guardaban silencio cuando pasaba un caballero. Simulaban combates en la calle, instigados por sueños de heroico sacrificio, en los que su propia muerte destacaba como la culminación de toda heroicidad. La mitad iba sin zapatos y muchos blandían pequeñas armas (cuchillos, hachas de carpintero, martillos y palos), cuya inutilidad para cumplir su cometido parecía evidente. Tenían las caritas flacas tostadas por el sol y llenas de vida. Sin embargo, aunque a Carla todos la conmovían, ninguno le despertaba un instinto que le hiciera pensar que podía ser su hijo.

Los caballeros eran solemnes e impasibles, porque se sabían los mártires de Dios. Monjes provistos de armaduras pasaban por la calle junto a Carla, sin prestarle más atención que a una mariposa, absortos en el deber y en su lugar entre los santos. Los hombres malteses tenían un aspecto más sombrío. Comparados con los caballeros, iban mal armados y peor acorazados. Eran diez veces más numerosos que los monjes y estaban convencidos de que su proporción entre los muertos sería mucho mayor. Los que tenían esposa e hijos los tranquilizaban antes de partir a sus puestos. Esos hombres no sólo luchaban por Dios, sino por mucho más. Sus mujeres soportaban la peor carga. Intentaban disipar los temores de sus hombres y se guardaban para sí sus miedos. Acumulaban provisiones e intercambiaban remedios para las heridas. Preparaban sus corazones para la mutilación y la muerte de sus seres queridos. El amor era el frágil y oculto contrapeso del miedo abrumador.

Carla se sentía varada. Su solicitud para trabajar en el hospital había sido denegada, lo mismo que la de trabajar en el economato. Se sentía particularmente capacitada para mejorar este último servicio, pero su experiencia al frente de una finca en Aquitania con granja, viñedo, prensa de vino y una veintena de arrendatarios no se había tenido en cuenta. Temía no desempeñar más papel que el previsto por los caballeros: el de una mujer vana y débil que era preciso alimentar y proteger. Oliver Starkey había puesto a su disposición la pequeña casa que él mismo poseía en la calle Majistral. La casa era austera y masculina, con una excesiva cantidad de libros. En la alcoba de Carla no había más que una cama dura y una mesa de escritorio. Amparo disponía de un catre en la habitación contigua. La casa comunicaba con el vecino albergue de Inglaterra, que estaba desierto desde hacía años, por lo que Mattias y Bors se habían adueñado del edificio.

Mattias no se había prodigado mucho desde su llegada. Durante la travesía desde Mesina había pasado horas conversando con Starkey y Giovanni Castrucco, de tal manera que cuando atracaron en el muelle, sabía más de la situación militar, de la disposición de las fuerzas de la Orden, de sus provisiones, de su moral y de sus comunicaciones con Mdina y con García de Toledo que la mayoría de los caballeros. A su llegada, La Valette lo había llevado a hacer un recorrido por las murallas y las posibles posiciones turcas, y Mattias había vuelto esa noche acompañado de dos robustos jóvenes, que cargaban entre los dos una caja de velas de cera de abeja, un barril de vino y cuatro pollos asados.

Comieron en el refectorio del albergue. Mattias traía la noticia de que los turcos habían fondeado al norte, en la bahía de Ghain Tuffieha, que Carla conocía bien. Había cundido la inquietud por la posibilidad de que atacaran Mdina, pero Mattias, convencido de que sólo era un amago, había aconsejado a La Valette que no sacara las tropas del Borgo. Su conocimiento de los turcos era enciclopédico y Carla percibía el orgullo que le inspiraban su valor y lo avanzado de sus técnicas, así como cierta afectuosa melancolía por su forma de actuar. Pese a su renuencia inicial a involucrarse en la guerra, el drama titánico que empezaba a desarrollarse había captado su interés.

–Me he visto forzado a aceptar ciertas obligaciones –dijo–. Estaré ocupado hasta que los turcos hayan desembarcado y conozcamos mejor sus intenciones; pero cuando haya demostrado mi lealtad, seré libre de hacer lo que quiera, porque de esa libertad dependerá mi valor para La Valette.

Su afirmación resultó demasiado críptica para Carla, pero Bors la entendió, porque lo conocía mejor.

–¿Saldrás y te mezclarás con los infieles? –dijo Bors.

–Con ropa y armas adecuadas, que se consiguen sin excesiva dificultad, puedo pasar por uno de ellos con más facilidad que por uno de tus cristianos.

–¿Y si os atrapan? –preguntó Carla.

–Mientras tanto –dijo Mattias, como si no hubiese oído la pregunta–, os dejo la tarea de investigar en los registros de la iglesia de la Anunciación, en la Sagrada Enfermería y en la *camerata*.

–¿Qué les digo?

–Les decís –respondió Mattias– que buscáis el nombre del chico porque algún día le corresponderá una inesperada herencia. –Su mirada se posó en la boca de Carla, un hábito en el que solía caer cada vez con más frecuencia–. Decid que se trata de un importe bastante respetable y que actuáis en nombre de la benefactora del niño, de cuya confianza gozáis, pero cuya intimidad estáis obligada a proteger. –Separó las manos, como si nada pudiera ser más sencillo–. De ese modo, no mentiréis y no arriesgaréis nada. Nadie cometería la grosería de interrogar a una señora de vuestro porte y nobleza.

Sus brillantes ojos azules titilaron y se dirigieron, como contrariando su voluntad, hacia el cuello de Carla y el surco entre sus pechos. Ella supo que él la deseaba carnalmente y que en su imaginación estaba tocando su cuerpo con las manos. Con líquida intensidad, Carla también lo deseó. Antes lo había visto lanzar miradas lascivas a Amparo, pero eso no hizo más que incrementar su anhelo. Mattias se levantó de la mesa y le hizo un gesto a Bors.

–Vamos a los bastiones, a ver qué podemos esperar de los mercenarios y las milicias. En la oscuridad, los hombres revelan ciertos pensamientos que a la luz se guardan para sí.

El sábado se detuvo un momento en la casa, cuando regresaba de una ronda de reconocimiento, con la noticia de que una avanzada de tres mil turcos, incluida una división de jenízaros, había desembarcado en el puerto de Marsaxlokk, cinco millas más al sur. Habían saqueado el pueblo de Zeitun y derrotado a la patrulla cristiana, que había huido tras sufrir la pérdida de varios caballeros, muertos o capturados. Uno de los prisioneros era Adrien de la Rivière, a quien Carla había acogido en su casa unos meses antes. Cuando preguntó por la suerte que le esperaba, Mattias le dijo que sería sometido a tormento por torturadores expertos y que después lo estrangularían con la cuerda de un arco. Esa noche, Carla no pudo dormir. La Rivière le había parecido indestructible por su juventud y coraje. Se preguntó qué había hecho, al empujar a sus compañeros a un mundo tan cruel y peligroso.

El domingo no vio a Mattias.

Por la tarde, el comandante en jefe de los turcos, Mustafá Pachá, y el grueso de su vasto ejército, habían desembarcado en el puerto de Marsaxlokk. Estaban instalando su campamento en las llanuras de

Marsa, al oeste del Gran Puerto. Carla se había enterado por Bors del feroz debate surgido en torno a la conveniencia de permitir el desembarco de los turcos sin oponer resistencia. La opinión de La Valette, que contaba con el respaldo de Mattias, había acabado por imponerse. Los cristianos no eran tan numerosos como para arriesgarse a una lucha abierta en la playa. Era mejor dejar que la avanzada turca se estrellara contra las murallas. Al caer la noche, pudieron ver las hogueras de la vanguardia de los jenízaros en el caserío de Zabbar, a poco más de una milla de distancia, más allá de las ocres colinas onduladas del otro lado de las fortificaciones.

Durante esos días, Amparo habló poco. Se limitó a absorber con ojos vigilantes la vorágine de actividad y a convertirla en cosas que sólo ella conocía. Se aplicó a la tarea de revivir el pequeño jardín del fondo de la casa, derrochando agua en las sufridas plantas, con la excusa de que si era cierto que todos iban a morir (como oía con tediosa frecuencia), entonces lo menos que podía hacer la gente era dejar algo bello como recuerdo. Su cristal de las visiones no le mostró nada en esas tres primeras noches de su estancia en la isla, como si una cortina se hubiera corrido sobre su ventana hacia otros mundos, pero Carla no lo lamentó, porque sus clarividencias sólo habrían podido ser tristes. Ya no tocaban música juntas, porque no parecía propio hacerlo en el clima general de pesar. Sus instrumentos permanecían intactos en la alcoba de Carla.

El lunes, cuando Mattias las visitó antes de asistir al inicio de las hostilidades, Carla y Amparo estaban de rodillas, arrancando malas hierbas en el descuidado jardín. Carla se volvió y lo encontró sonriendo, como si el incongruente espectáculo le hubiera tonificado el espíritu.

–Me alegra ver con cuánto aplomo afrontáis esta difícil situación.

Carla se sacudió de las manos una fina capa de tierra seca y fue hacia él. Se le aceleraba el corazón con sólo ver su rostro y oír el sonido de su voz, y se preguntaba si resultaría muy evidente.

–Nos gustaría ser más útiles –dijo–, pero es muy poco lo que nos dejan hacer. El padre Lázaro nos ha dicho que también la enfermería es dominio masculino. Por supuesto, tampoco se nos permite acercarnos a las murallas.

–Cuando la enfermería ocupe las calles, Lázaro cambiará de idea.

La despreocupada seguridad con que Mattias pronosticaba tamaño horror socavó la alegría de Carla.

–¿Habéis encontrado alguna pista de nuestro chico? –preguntó Mattias.

Su uso del posesivo la conmovió. Sacudió negativamente la cabeza.

–En la *camerata* no hay nadie con su fecha de nacimiento u otra aproximada. En la iglesia de la Anunciación, las fechas que más se acercan son una semana antes y una después, y en ambos casos se trata de niñas. Los monjes de la enfermería estaban demasiado ocupados para responder a mis preguntas.

–Tenemos tiempo, pero cuanto antes salgamos de aquí, mejor.

Estaban de pie, muy cerca el uno del otro y por un instante los dos guardaron silencio. A Carla la trastornaba el físico musculoso de Mattias y la ansiedad volvía rígidos sus movimientos. El impulso de retroceder chocaba con el deseo de su corazón, pero al final aquél se impuso. A lo lejos se distinguía un concierto de marciales armonías: tambores, trompas y cornamusas de carácter extraño, que oscilaban en sones de conmovedor heroísmo. Por primera vez, algo real y humano se unió a la idea que Carla tenía de los turcos. Al oír la música, Mattias inclinó la cabeza y ella sintió otra vez una punzada de remordimiento por haberlo arrastrado a un conflicto que él había intentado evitar.

–Perdonadme –dijo.

–¿Por qué? –replicó él.

–He traído la muerte a vuestro mundo.

–La conozco desde hace mucho tiempo. No lo penséis más.

Inclinó la cara hacia ella y Carla notó que pretendía besarla en los labios. Antes de poder controlarlo, el instinto la obligó a retirar la cabeza. En seguida lo lamentó, pero ya estaba hecho. Hacía media vida que no besaba a un hombre, pero no podía explicárselo y pedirle que lo intentara de nuevo. Mattias parpadeó y se volvió, nada contrariado aparentemente, y para Carla fue como si el instante sólo hubiese existido en su mente. Mattias llamó a Amparo en español.

–¡Amparo! ¿Alguna novedad en vuestro cristal de las visiones?

Amparo los observaba de lejos. Al ser incluida inesperadamente en la conversación, se le iluminó la cara y se acercó brincando. Parecía más cómoda con Mattias que con cualquier otra persona que conociera Carla, incluida ella misma, por mucho que le doliera.

–El cristal está oscuro –dijo Amparo– desde que nos embarcamos.

–Entonces los ángeles nos han abandonado –contestó él con una sonrisa despreocupada–. Con tantos miles de personas pidiendo su ayuda, no me sorprende.

Amparo parecía afligida por su fracaso, pero Mattias la tranquilizó.

–Tengo que pediros un favor, si me lo permitís –dijo él–. Habrá mucho alboroto y disparos a lo largo de este día. *Buraq* no está domado para la guerra y su alma es sensible. Si pudierais acompañarlo una hora o dos, os quedaría en deuda.

Amparo se hinchó de orgullo y sus ojos brillaron de veneración. El aprecio de Carla por Mattias aumentó en igual medida y una vez más, ella lamentó haber evitado el contacto de su boca.

–¡Sí, con mucho gusto! –aceptó Amparo–. *Buraq* tiene la más noble de las almas.

–Todos los caballos son más nobles que la mayoría de los hombres, pero *Buraq* es un príncipe entre los caballos –convino Mattias–. Lo encontraréis en las cuadras del gran maestre, junto al Castel Sant'Angelo.

Amparo le echó los brazos al cuello y lo besó directamente en los labios. Carla sintió que se le encendían las mejillas cuando Mattias ciñó a la joven por la cintura y la acercó, y luego la acercó más aún, hasta que Carla giró la mirada. Finalmente, Mattias soltó a Amparo y ésta retrocedió, con las mejillas arreboladas.

–Nunca he ido a la batalla con un beso en los labios –dijo él–. Esto sienta un admirable precedente.

Carla reprimió su disgusto. No sabía adónde mirar.

–Si fueran dos, sería aún mejor –dijo Mattias.

Carla lo miró y él sonrió. Las mejillas de ella se encendieron aún más y un perverso arrebato de mal genio casi la impulsó a negarse. Sentía la mente enredada en una maraña de emociones que no alcanzaba a comprender. Se obligó a levantar la cara y Mattias se inclinó y la besó en la boca, no con la violencia que ella esperaba y no poco deseaba, sino con una ternura que le nubló los sentidos. El momento del contacto se extendió hasta la eternidad y ella apretó los párpados, mientras de la nada surgían lágrimas, porque el beso de Mattias pareció hurgar en el abismo donde tanto tiempo atrás se había sumido su esencia de mujer. La boca de Mattias aún no había terminado de cubrir la suya, cuando él se retiró. Carla se quedó con la sensación de haber probado sólo un sorbo de un placer demasiado intenso para ser descrito. Se giró, intentando dominar sus emociones.

–Ahora estaré a salvo de todo mal –dijo él.

Carla volvió a mirarlo.

–Por favor, prometedme que os cuidaréis –le pidió ella.

–La audacia es una cualidad de la juventud –respondió él– y yo hace tiempo que he dejado atrás a las dos.

Las mujeres lo acompañaron a través del albergue e hicieron una pausa en el umbral que daba a la calle Majistral. En ese momento pasaban dos adustos sargentos de la Orden, arrastrando entre los dos a un hombre anciano, con ojos de brillo insólito y desdentada cara de luna creciente. Llevaba las manos fuertemente atadas a la espalda y, mientras Carla se preguntaba cuál habría sido su delito, una expresión sombría atravesó el semblante de Mattias.

–A ese viejo lo está llamando la tierra –dijo.

Carla no conocía la expresión, pero él no explicó nada más.

–Será mejor que vaya a las murallas –añadió.

–Rezaré por vos –dijo Carla–, aunque no temáis a Dios.

–Agradezco todas las oraciones en mi nombre, sin importarme a qué dios vayan dirigidas.

Les dedicó a las dos una última mirada, saludó y se marchó calle abajo. Más allá de Mattias, Carla vislumbró al anciano, con su manera de andar desordenada y a saltos, entre las implacables zancadas de sus guardias. El viejo echó atrás la cabeza y emitió un lúgubre aullido de reminiscencias caninas; en ese instante, Carla cayó en la cuenta de que no había visto ni oído ningún perro desde su llegada. «¡Qué raro!», pensó. Uno de los sargentos abofeteó al viejo y los tres se perdieron por la esquina.

Mattias fue tras ellos, y aunque Carla deseó que volviera la vista atrás, no lo hizo.

Se giró y encontró a Amparo, tan apenada como ella. Carla la rodeó con sus brazos y las dos se estrecharon con fuerza. Carla sentía latir el corazón de Amparo, que palpitaba tan aprisa como el suyo. El temor por Mattias le atenazaba el estómago; eso, y a lo mejor algo más. A lo mejor se estaba enamorando. Miró a Amparo y se preguntó si la joven sentiría lo mismo. Su instinto le dijo que sí. Y no sólo su instinto: estaba escrito en las dañadas facciones de Amparo. Si así era, se dijo Carla, entonces debía ser ésa la voluntad de Dios, y Dios tendría sus razones. Estaba preparada a aceptar todo lo que Él dispusiera. Una sabiduría tan profunda que sólo podía proceder de Cristo surgió en su interior. En los días que les aguardaban, ningún amor sería excesivo, cualquiera que fuera su naturaleza. Sin amor, no serían nada. Peor aún, estarían perdidos.

Lunes 21 de mayo de 1565

Bastión de Castilla. Bastión de Italia. Bastión de Provenza

Orlandu llevaba horas contemplando desde las altas almenas de piedra el torbellino de polvo rojo que florecía al sur, por encima del horizonte, a medida que avanzaban las legiones del sultán Suleimán. Las huestes musulmanas se estaban desplegando en perfecto orden, cubriendo las ocres colinas más allá de la Gran Explanada, y tan glorioso y marcial era el espectáculo que algunos de los caballeros que lo observaban lloraban sin avergonzarse.

En reconocimiento por las heridas recibidas durante la matanza de los perros, Orlandu había conseguido un codiciado puesto en el bastión de Castilla, que sobresalía a la izquierda de las fortificaciones, en la punta de la bahía de Kalkara. En el baluarte exterior montaba guardia una fila de arcabuceros. El humo acre de sus mechas le escocía en los ojos. En su mayoría eran castellanos, de los tercios de Sicilia y Nápoles. Sus corazas y arreos eran variados, porque cada hombre se costeaba el equipo. Su único uniforme era una pequeña cruz de color burdeos cosida al jubón. Se organizaban en grupos de seis, cuyos miembros se conocían como «los camaradas». Detrás de ellos se situaba la infantería maltesa, con sus medias picas. Los hombres vestían improvisada armadura de cuero y casco simple. Distribuidos entre los más altos mandos, los caballeros españoles y portugueses de la Orden ponían la única nota de grandeza, con su brillante armadura bajo la túnica de guerra carmesí, en cuyo pecho lucía la sencilla cruz blanca de los cruzados. Orlandu estaba acuclillado sobre la tapa de un tonel de agua, detrás de esas líneas, y desde su privilegiado mirador podía observar el despliegue del enemigo. El contraste en brillo entre los ejércitos adversarios le resultaba embriagador.

La Gran Explanada era una extensión de terreno llano, de unos mil pies de ancho, que iba desde la zanja en torno a las murallas de la ciudad hasta las laderas de Santa Margarita. En lo alto de la cuesta ya se agrupaban las huestes extranjeras, engalanadas con más esplendor del que Orlandu hubiese supuesto que podía existir: una deslumbrante exhibición de luminosos verdes y azules, de radiantes amarillos y rojos feroces, de relucientes lanzas y mosquetes, de centelleantes espadas damascenas, de turbantes y bonetes blancos, de pendones al viento y gigantescos estandartes ornados con escorpiones, elefantes, garzas y halcones, con lunas crecientes y estrellas de David, con cimitarras de doble hoja y exóticas caligrafías que maravillaba contemplar. Incluso los corceles de la caballería, reunida en dos grandes cuadros a ambos lados de la cumbre, lucían testeras de oro y bardas de bronce pulido. Todo el espectáculo resultaba iridiscente por los reverberos de las sedas y centelleaba como la superficie del mar cada vez que la luz del sol parpadeaba sobre toda una fortuna en ornamentos de oro y joyas, como si el poderoso ejército no hubiera viajado a la isla distante para librar una guerra, sino para celebrar un festival de indómito y deslumbrante esplendor.

Orlandu se preguntó de pronto por qué estarían todos allí, qué los habría llevado tan lejos y por qué lo habría bendecido Dios a él colocándolo en aquel lugar para verlo. Entonces le inundó el pecho un entusiasmo tan intenso que casi no podía respirar. Si bien la extravagante muchedumbre del sultán parecía invencible, las gigantescas murallas de la ciudad defendidas por la Religión parecían inexpugnables. Tan absoluta le pareció a Orlandu la contradicción que pensó que los dos enemigos acabarían por llegar a un acuerdo y se separarían cordialmente. Por un momento sintió miedo, temió que todo cuanto tenía ante sí se disolviera, como un sueño inolvidable que quedara inconcluso. No quería que las huestes turcas se marcharan. Un cataclismo como el que ahora se desplegaba ante sus ojos era algo que muy pocos estaban llamados a contemplar en su vida. Los rostros de los caballeros se lo decían. Se lo decían las piedras bajo sus pies desnudos. Algo arraigado en sus entrañas y sus huesos se lo decía. Y como todos y cada uno de los presentes bajo aquel ardiente cielo azul lo sabían, Orlandu comprendió que el cataclismo ya estaba ahí, que no había jurisdicción ni control que pudiera ponerle obstáculos y que nada en el cielo o en la tierra podía ya detenerlo.

Se giró al oír un repentino alboroto. Dos sargentos empujaban por el adarve a un hombre maniatado. El prisionero tenía una extraña manera de andar, como brincando, y cuando Orlandu pudo distinguirlo mejor, a través de los mangos de las picas, vio que era Omar, el viejo *karagozi*. Le habían metido en la boca una cuerda de barco anudada. Se lo llevaron a rastras por el camino de ronda, a lo largo de la muralla, en dirección al bastión de Italia, hasta que Orlandu lo perdió de vista. El niño miró a lo lejos y vio que, inclinado sobre la zanja, sobre la prominencia más adelantada de la muralla, encima de la puerta Provenzal, los soldados habían construido un cadalso. Del cuadro de la horca colgaba una cuerda con un nudo corredizo, negra como la tinta sobre el cielo turquesa.

Cuando Omar volvió a aparecer, estaba debajo de la horca. Le arrancaron los harapos, dejando a la vista los huesos, que sobresalían como deformidades bajo el apergaminado manto de la piel. Orlandu vio cómo empujaban al *karagozi* hasta el mismo borde de las murallas y le pasaban el lazo por el cuello. Omar era demasiado viejo y loco para ser un espía y nunca se alejaba mucho de su teatrillo. El niño volvió la mirada hacia las masas de infieles en las colinas. Todos los ojos parecían fijos en el anciano de piernas arqueadas, que babeaba y temblaba bajo el brazo de la horca. Entonces Orlandu lo comprendió.

La Religión iba a ahorcar a Omar por ser musulmán.

«Era cierto», pensó Orlandu.

El viejo *karagozi* era musulmán.

Y su mundo de sueños había terminado.

Lo mismo que, de algún modo, había terminado el de Orlandu.

A Tannhäuser lo habían honrado con un puesto en el bastión de Provenza. El propio La Valette se encontraba a tan sólo unas yardas de distancia, en el adarve, en compañía de su joven paje, Andreas, el gran coronel Le Mas y un puñado de importantes y adustos personajes. Tannhäuser no conocía ninguna otra sociedad tan obsesionada como ésa con el rango y la pureza de sangre. En el Imperio otomano, un esclavo podía llegar a general o a visir, si tal era su valía. El almirante Piyale, cuyos barcos rodeaban Malta en ese mismo instante, era un expósito serbio nacido en Belgrado. Sin embargo, mientras que para la mayoría de los nobles cristianos la caballería se había convertido en una especie de juego, la élite de la Religión formaba una fraternidad de asesinos tanto o más aguerrida que cualquiera de las que Tannhäuser hubiera conocido. Eran bárbaros del siglo XII con armas modernas, y seguramente estaban ansiosos por entrar en combate.

Mientras el ejército al que había dedicado un tercio de su vida se desplegaba por las colinas, turbulentas oleadas de recuerdos embestían su corazón. Los soldados de la Sombra de Dios en la Tierra nunca le habían parecido más bellos. Ninguna otra palabra podía describirlos mejor. También eran aterradores, de una manera que él nunca hasta entonces había advertido. La impecable precisión con que los cuarenta mil hombres ocupaban sus posiciones en las colinas era suficiente, por sí sola, para aflojarle las entrañas a cualquiera que contemplara el espectáculo. La calidad de sus armas era extraordinaria, como también lo era la de los hombres. Haber trasplantado de una sola pieza todo esa maquinaria de guerra a una roca medio abrasada en la otra punta del mundo era una maravilla de puro poderío.

Vio a los artilleros de Topçu arrastrando y emplazando colosales culebrinas con boca de serpiente. Vio a los *sipahis* y a los *iayalars*, los pendones amarillos de los sari bayrak y los estandartes carmesíes de los kirmizi bayrak, y entre los dos cuerpos de caballería, el recién surgido pabellón de seda de Mustafá Pachá, reluciente como una esfera de oro sobre la erizada línea del horizonte. Sobre el pabellón de Mustafá ondeaba la negra enseña de guerra del Profeta, la *sanjak i-sherif*, con la *shahada* inscrita: «No hay más dios que Alá y Mahoma es su mensajero». Un antepasado carnal de Mustafá había sido portaestandartes del Profeta. Ese hecho también llenaba a Tannhäuser de respeto y admiración, porque el espíritu del Profeta planeaba sobre la colina, y Mustafá y sus legiones lo sabían, porque sentían su mano sagrada apoyada sobre sus hombros.

Tannhäuser vio pendones de regimientos que antaño había conocido por sus hazañas y su temple, y junto a los cuales había luchado, en los yermos alrededor del lago Van. Pero entre las compañías de jenízaros, no vio el estandarte de la suya: la Sagrada Rueda del cuarto regimiento. Los jenízaros eran lo más cercano al concepto de patria que Tannhäuser había conocido. Los sentimientos que había albergado hacia ellos, su lealtad y su amor eran tan profundos como los de La Valette por los de su Santa Religión. Al abandonar sus filas, hacía tantos años, también había abandonado parte de su alma; sin embargo, si no hubiera dado ese paso, la habría perdido entera, porque ése habría sido el precio de la oscura misión que se le exigía. Aunque sus trompas y sus tambores aún le agitaban la sangre y le hacían palpitar el corazón, ahora se enfrentaba con sus antiguos hermanos en el campo de batalla. Esperó con el corazón desbocado y un nudo en la garganta un sonido que nunca había escuchado, pero que muchas veces había salido de su garganta.

Los poderosos leones del islam estaban a punto de rugir.

Cuando cada uno de los grandes cuadros de tropas montadas o a pie hubo ocupado finalmente su posición en el orden de la batalla, los espectrales ululatos de las trompas de formación y las enardecedoras melodías de la banda de *mehterhané* cesaron abruptamente, los amplios movimientos circulares se detuvieron y un silencio vasto y sepulcral cayó sobre el campo, un silencio y una quietud como los que debieron de reinar al alba del primer día de la Creación. En medio de esa aturdida tranquilidad, decenas de miles de almas, cristianas y musulmanas, se midieron mutuamente a través del abismo por el cual iban a sacrificar sus vidas, y los latidos confundidos de sus corazones fue lo único que hizo ondear la superficie del silencio y la quietud. Una franja de tierra y una pila de piedras se interponían entre ellos. Se las disputarían como un símbolo de la eternidad.

En ese momento, Tannhäuser comprendió (y no fue el único) que por muchas hazañas que cumpliera cualquier hombre en el campo que se extendía ante ellos, esa batalla no era más que un hito en un camino sembrado de tumbas, un camino que había comenzado siete siglos antes del nacimiento de cualquiera de los allí presentes y que seguiría dejando su sangrienta estela durante innumerables siglos aún por venir.

Tannhäuser hubiese deseado estar en otro sitio, pero estaba allí y no podía ser de otra forma, porque ése era su destino. Y comprendió, por primera vez desde una fría mañana de primavera en el resplandor de una forja de montaña, que los musulmanes eran los enemigos de su sangre. Él era sajón, un hombre del norte. Ahora, mientras contemplaba a los implacables hombres de Oriente, sintió sus orígenes fluyendo en la médula de los huesos.

Bors, cuya presencia en ese lugar privilegiado también había sido posible conseguir, volvió la cara del despliegue del Gran Turco, hizo una inspiración profunda, como si percibiera un delicioso aroma, y miró a Tannhäuser.

–¿La hueles? –susurró Bors.

Tannhäuser vio cómo sus grises ojos ingleses se entrecerraban en una sonrisa.

–Es la gloria –dijo Bors.

Tannhäuser no respondió. La gloria era más potente que el opio y él temía su poderoso atractivo. Bors contempló primero las murallas de la fortaleza y después la vasta y reluciente panoplia en las colinas.

–¿Será posible –dijo con sobrecogimiento– que la mayoría de esos hombres vaya a morir?

Tannhäuser también los miró. Tampoco esta vez respondió, porque no había necesidad de hacerlo.

Con su despliegue cuajado de joyas, el Gran Turco había asestado el primer golpe a la moral de los defensores. Ahora la Religión les devolvía la estocada. La Valette le hizo un gesto a Andreas y el paje se inclinó y se dirigió al baluarte, donde comunicó a un caballero hermano la orden del gran maestre. El caballero levantó y bajó una espada que centelleó al sol.

Tannhäuser se volvió.

Bajo el cadalso, sobre la puerta Provenzal, destacaba la figura desnuda y temblorosa del viejo titiritero, a quien Tannhäuser casualmente había seguido, paso a paso, desde la calle Majistral. Un sargento se adelantó y con el mango de una lanza empujó al viejo, golpeándolo entre los hombros, y le arrebató así la poca dignidad que aún se esforzaba por conservar. Sus piernas se doblegaron como tallos de hierba, se vaciaron sus intestinos y, con un grito de agonía sofocado por el nudo que le habían metido en la boca, el viejo se tambaleó y cayó al vacío. La caída pareció larga. Después, la soga de la horca restalló como un disparo de arcabuz sobre la llanura y ambos ejércitos vieron al *karagozi* sacudirse y bailar como una de las marionetas de su teatro, sesenta pies por encima de la zanja defensiva.

La Valette había decretado el ahorcamiento de un musulmán por cada día que se prolongara el asedio. Tannhäuser lo consideraba una táctica brillante, no sólo porque su fealdad era la réplica perfecta al esplendor de los turcos, sino porque anunciaba a ambos ejércitos que sólo el exterminio de uno de ellos marcaría el final del conflicto. Pensando en los defensores, también había sido un acierto la elección del viejo *karagozi* como víctima inaugural. No había isleño que no conociera al viejo titiritero y todos le tenían cierto afecto. Para la mayoría, el suyo era el único rostro humano del islam. Ahora se retorcía bajo el brazo de la horca, con el contenido de los intestinos y la vejiga chorreándole de los nudosos dedos de los pies. Con ese único golpe, La Valette había convertido a toda la población en cómplice de un asesinato cruel e inicuo. Había petrificado el corazón de todos los presentes. Los había unido como monstruos ante los ojos del enemigo. Si la lucha iba a librarse hasta el último extremo del salvajismo y la falta de moral, ahora ya lo sabían todos los hombres en las murallas cristianas.

Cesaron los espasmos al final de la soga y el viejo se quedó inmóvil, girando sobre sí mismo como un obsceno muñeco sin vida sobre la Gran Explanada.

El coronel Le Mas levantó la espada y rugió para que se le oyera del otro lado de la llanura.

–¡Por Jesucristo y el Bautista!

Cuando se disipó la voz de Le Mas, los cristianos que atestaban las fortificaciones se hicieron eco de su grito, que avanzó como una ola a izquierda y derecha, de un abarrotado bastión al siguiente, en un *crescendo* de furia que se derramó a través de la ensenada de las Galeras y a lo largo de los muros del fuerte de San Miguel, intercalado con las imprecaciones y obscenidades que añadía la soldadesca. El grito de batalla despertó un nuevo eco, del otro lado del Gran Puerto, en las murallas del distante San Telmo, y finalmente se apagó.

Las trompas turcas volvieron a gemir, las culebrinas corcovearon en las colinas como dragones encadenados, escupiendo fuego por las fauces, y empezó la guerra sin cuartel.

Una veintena de pétreas balas de cañón trazaron en el aire visibles arcos en dirección al Borgo. Mientras los proyectiles abrían brechas en los muros de Castilla y hacían temblar el suelo bajo los pies de los defensores del bastión, un regimiento de jenízaros tufekchíes lanzó una carga cuesta abajo, a través de la explanada. Tannhäuser vio cómo se abrían en abanico y se disponían en triple fila para disparar, con asombrosa precisión geométrica, mientras sus armas de cañón largo se iluminaban con las bocas apuntando al objetivo. Tras la primera andanada de los mosquetes, los artilleros desaparecieron ocultos por una espesa nube de humo. Muchos defensores los habrían creído fuera del alcance de sus armas, pero no Tannhäuser. Se agachó detrás de una almena y el zumbido de los proyectiles se perdió entre el estruendo metálico de los que chocaban con las corazas de los caballeros. El joven paje de La Valette fue alcanzado en el cuello y Tannhäuser lo vio caer a los pies de su amo. Sin un sobresalto, La Valette hizo un gesto a los mozos para que se lo llevaran.

Tannhäuser se puso de pie y apoyó su fusil sobre la almena.

El casco y la coraza eran sofocantes y no había sombra. Se enjugó la frente con el pañuelo que llevaba bajo la manga. Al disiparse un poco el humo que se difundía por el llano, vio a los jenízaros de la primera fila recargando las armas. Bajo los altos bonetes blancos, sus caras eran manchas borrosas. Se apoyó la culata española en el hombro y apuntó a un hombre en el centro de la línea. Hizo la corrección necesaria para la caída del proyectil y apretó el gatillo. La rueda cantó contra la pirita y un trueno estalló en el fusil. Se le había olvidado llevar cera para taponarse los oídos. Intentó ver algo entre el penacho de humo de la descarga. Su víctima yacía inerte en el polvo. Un camarada pasó sobre su cadáver para ocupar su puesto. Y eso fue todo. Tannhäuser estaba otra vez en la guerra.

–¡Voto a Dios! –dijo Bors–. ¡Ya puedes reclamar el honor de haber causado la primera baja al enemigo!

–No –contestó Tannhäuser–, ese privilegio le ha correspondido al verdugo.

Los arcabuces cristianos atronaban a lo largo de la muralla, pero no eran rival para los mosquetes turcos de nueve palmos. En el llano, cada disparo que se quedaba corto levantaba una cortina de polvo rojo. Los capitanes prebostes ordenaron a sus hombres que dejaran de disparar y, antes de que la polvareda tuviera tiempo de asentarse, una nueva oleada de gazíes ya venía aullando a través del polvo, disparando una segunda andanada. Desde los bastiones de Italia y de Castilla, los cañones de la Religión empezaron a escupir llamaradas hacia una niebla cada vez más espesa, mientras los equipos de artilleros se precipitaban sobre las bestias metálicas para devolverlas a su sitio tras el retroceso y limpiarles el ánima. Las grandes balas broncíneas de cañón botaban en la tierra desnuda como si el propio Satanás las hubiera arrojado y abrían aullantes galerías de sangrienta destrucción en las filas otomanas. Al verlo, un grito de júbilo surgió de las fortificaciones, el fuego de los mosquetes cantó desde las almenas y un batallón de enardecidos caballeros se dirigió a la puerta Provenzal, pidiendo a gritos que la abrieran para apaciguar su sed de sangre.

Tannhäuser volvió la vista de ese espectáculo demente y encontró la sonrisa de Bors.

–Probablemente, ese bronce era el nuestro –dijo su amigo.

Tannhäuser apoyó el fusil en el suelo y le introdujo por el cañón una carga de pólvora. ¿La gloria? No. Todavía no. Estaba demasiado lejos del enemigo y esperaba no tener que acercarse más, o al menos así lo esperaba la mayor parte de su ser. Lo mismo que matar curas, matar antiguos camaradas era más o menos lo mismo que matar a cualquier otro hombre. Lo que sentía, si es que sentía algo, era un oscuro matiz de la dicha y de ese poder que había sido antaño patrimonio exclusivo de dioses perversos: el poder de borrar a un hombre de la existencia con una simple descarga atronadora. Por detrás del sabor del humo, los besos de Carla y Amparo se demoraban aún en sus labios. ¡Qué espléndido par de mujeres! ¡Y qué vida tan espléndida era la suya!

Tannhäuser decidió estar alegre.

Se volvió hacia Bors, que intentaba hacer diana con su arcabuz.

–¿Has traído cera? –dijo Tannhäuser.

Bors se señaló con un dedo el oído, para indicar que lo tenía taponado.

–¿Que si he traído qué?

Lunes 21 de mayo de 1565

Colinas de Santa Margarita. Gran Explanada

Por voluntad de Alá, llevaban seis horas combatiendo. A la luz del sol poniente, los exhaustos guerreros proyectaban sombras alargadas que danzaban sobre el llano ahíto de sangre, como si no fueran simples hombres, sino espíritus poseídos por un extraño delirio. Ése no era más que el comienzo de un drama que nadie había concebido aún.

A lomos de un corcel árabe, negro como el carbón, Abbás ibn Murad, agá de los sari bayrak, comprobó para su disgusto que entre los cientos de cadáveres tendidos en el campo, como prendas de ropa olvidada, los fieles superaban a los infieles en una proporción de al menos diez a uno. Eso en sí mismo era aceptable, pues no había mayor gloria que morir por Alá, al servicio del gran Suleimán, refugio de todos los pueblos del mundo. Pero los espías que le habían asegurado a Mustafá la caída de Malta en dos semanas lo pagarían con sus vidas. Hacía varios decenios que Abbás no combatía a los cristianos, desde la guerra en Hungría. A orillas del Drava, sus hombres habían masacrado a los austríacos de Fernando y habían enviado las cabezas de sus comandantes a Constantinopla en recipientes de barro. Y cuando en 1538 Fernando se había atrevido a reconquistar Buda, la campaña del sultán a lo largo del Danubio había sido una parada militar. Pero esos caballeros del Bautista, esos hijos de Satanás, estaban hechos de otra madera.

Los dos caballeros capturados el sábado en las afueras de Zeitun, francés uno y portugués el otro, habían sufrido treinta horas de torturas en manos de los interrogadores más experimentados de Mustafá y ninguno de los dos había dicho una palabra que no fuera una oración dirigida a su dios. Cuando finalmente se quebraron, los dos caballeros (cada uno por su lado y en absoluta ignorancia de lo dicho por el otro) habían jurado que el punto más débil de la defensa cristiana era el bastión de Castilla. Sin embargo, tal como había quedado brutalmente demostrado durante el asalto de esa tarde, el de Castilla era el punto más fuerte de toda la muralla.

Abbás echó una mirada al viejo esclavo, que aún se abrasaba colgado del cadalso por encima del llano, como un tosco muñeco de algún rito demoníaco. Su ejecución había sido un bárbaro insulto, que en un primer momento Abbás tomó por una simple baladronada. Sin embargo, cuando las puertas de la fortaleza se abrieron de par en par y un tropel de caballeros salió entrechocando las armaduras para abrirse paso a mazo y espada entre los jenízaros, la impresión inicial no tardó en desvanecerse. Los Perros del Infierno habían atacado con tan rabioso salvajismo que pareció como si no dejasen a los jenízaros más opción que la retirada. Pero los turcos no se retiraron, pese al elevado coste en vidas, porque antes que eso, los tufekchíes preferían morir hasta que ya no quedaran hombres. Satisfecho el honor, el combate había alcanzado un deletéreo punto muerto, con los caballeros confinados a un cuadrado de acero en torno a su puente levadizo. El largo día tocaba a su fin y Abbás contemplaba desde su montura el caótico laberinto de polvo, humo de pólvora y armas, los destellos de los mosquetes y las espadas, y los lamentos de los mutilados y los eviscerados. La dura tierra arcillosa del llano, abrasada por el sol, se había transmutado en un cenagal de sangre, excrementos y orina. Arrastrándose entre la inmundicia de ese primer combate, cada bando había tomado la medida de su adversario.

Esperando aún la orden de unirse a la refriega, Abbás se volvió para mirar a sus hombres. Tal como esperaba, los encontró impasibles y ansiosos por entrar en acción. Pero el sol ya rozaba el borde de una montaña que se erguía al oeste (el monte Sciberras, según creía), y si no entraban pronto en la batalla, no probarían la sangre, al menos no ese día. Su edecán le señaló algo y Abbás se giró con su montura. Desde el dorado pabellón de Mustafá Pachá en la colina, un mensajero bajaba precipitadamente la cuesta.

Mustafá era un *isfendiyaroglu*. El fundador de su estirpe había portado el estandarte de guerra del Profeta durante la conquista de Arabia. Tenía setenta años y su valor era legendario, lo mismo que su temperamento violento y su prodigalidad con sus hombres. Mustafá había humillado personalmente en Rodas a los caballeros de San Juan, en 1522, cuando sólo la augusta clemencia del joven Suleimán había salvado a la Orden del exterminio. Los perros habían agradecido esa benevolencia con cuarenta años de terror, infligido en su mayor parte contra peregrinos y mercaderes musulmanes. Ahora se corregiría aquel error. El refugio de los Perros del Infierno sería arrasado hasta los cimientos y sólo al gran maestre se le perdonaría la vida para que pudiera arrodillarse ante el Padishah, cargado de cadenas. Pero nada de eso se conseguiría en dos semanas. Entró en la mente de Abbás la sombría idea de que la campaña podía durar al menos dos meses.

Recorrió una vez más con la vista el campo de batalla. La zanja cristiana era profunda y las murallas, formidables. Las fortificaciones eran toscas, pero ingeniosamente concebidas. El cadalso en lo alto del bastión volvió a captar su mirada. Se decía que, después de la muerte, las almas humanas podían encontrarse en los sueños de los hombres y mujeres de este mundo. Abbás se preguntó si alguien estaría dispuesto a acoger en sus sueños al esclavo ahorcado o a los jenízaros cuyos cuerpos ya se hinchaban al calor escarlata del crepúsculo. La polvareda que levantaba el mensajero se acercó un poco más. Abbás supo que traía la orden de ataque para la caballería. Le hizo una señal al trompetero del regimiento. Desenvainó la espada y murmuró:

> Alabado sea Dios, señor de todos los mundos,
> Clemente, misericordioso, Señor del día del Juicio.
> A Ti solo adoramos; sólo en Ti buscamos ayuda.
> Guíanos por el camino recto,
> el de aquellos sobre los que has derramado tus bendiciones,
> no el de los condenados,
> ni el de los extraviados.

SEGUNDA PARTE

LA ILÍADA MALTESA

Lunes 4 de junio de 1565

Monasterio de Santa Sabina. Roma

Ludovico completó el trayecto de Nápoles a Roma en poco más de tres días. El camino era polvoriento y agotador. Anacleto iba a su lado. Rezaban mientras cabalgaban y en cada señorío, la gente se prosternaba a su paso, como si los creyera espíritus vengativos empeñados en cumplir algún cometido horrendo cuya naturaleza era mejor ignorar. Pasaron junto a innumerables tumbas y catacumbas paganas, jalones de un poder arrollador relegado al olvido. Comían sin desmontar y perdieron la cuenta de los caballos que agotaron por el camino. También Ludovico estuvo a punto de llegar al límite de su resistencia, pero lo agradeció, porque necesitaba templar los nervios para las pruebas que se avecinaban.

Vistas desde ese estado de cansancio extremo, las calles de Roma, que hervían de vida bajo las estrellas de una bochornosa noche de verano, parecían más oníricas y depravadas que nunca. Entró por la puerta de San Pablo, con la cabeza cubierta, porque siempre había espías y no quería que lo reconocieran. Por las calles de la Ripa, chulos y prostitutas le ofrecieron con descaro sus servicios, sin dejarse arredrar por sus hábitos monásticos, y le propusieron también tiernos muchachitos si tal era su inclinación. Los buhoneros le agitaron en la cara toda clase de animales exóticos: loros que chillaban obscenidades, monos araña, lémures y minúsculos dragones verdes con lazos de seda roja. Aromas deliciosos procedentes de los fogones de los vendedores ambulantes asaltaron su paladar, pero se resistió a su reclamo. Había muchas tentaciones en esa sórdida Sodoma moderna.

Roma era una dictadura teocrática, pero no era Jesucristo su influencia rectora, sino el Deseo. Deseo de oro y posesiones, de belleza y sexo, de vino y manjares, de títulos, de privilegios y ostentación, de intriga y traiciones, y, por encima de todo, de poder. Poder en estado puro y en una miríada de encarnaciones, más de las que existían en cualquier otro lugar del mundo. Incluso la devoción era objeto de deseo y estaba a la venta, junto con todos los artículos anteriores. En contraste con el norte industrioso y los dominios españoles del sur, el ocio y la apatía imperaban en Roma, tanto entre las nutridas filas de los desposeídos, que merodeaban cual perros desdentados por los suburbios miserables, como entre las rapaces legiones de los ricos en sus opulentos palacios. Vastas cantidades de dinero –aportadas por los fieles de todos los rincones de la cristiandad, tomadas en préstamo a los clanes emergentes de banqueros internacionales o expoliadas de la economía rural a través de los impuestos papales– manaban hacia la boca abierta de Roma, en una incesante orgía de indulgencia carnal. Las iglesias y catedrales eran escaparates para un arte propio de las termas antiguas, donde los genitales y las posaderas de un sinfín de pederastas de lasciva sonrisa aparecían retratados en cada pared, junto a efebos mártires, retorcidos en erótico tormento, y a fantasías pedófilas presentadas como instrumento de devoción. Cardenales adolescentes que apenas sabían recitar una bendición se pavoneaban por la via della Pallacorda, yendo y viniendo del juego de pelota al garito y de allí al burdel, protegidos por insolentes bandas de matones a sueldo. En una ciudad sin una sola cofradía o gremio de ningún oficio, donde no era tarea fácil encontrar a alguien que supiera herrar un caballo, la única industria floreciente era la prostitución, y con ella florecían la sífilis y las verrugas anales, y no había doncella de ojos mansos ni efebo de piel aterciopelada que no pareciera destinado a un colchón manchado de semen. Fuera de la ciudad, ejércitos enteros de bandoleros (soldados sin trabajo, desposeídos, deyecciones criminales de las guerras entre Francia y España) hacían estragos en el campo. Y a través de los elevados pasos alpinos, el venenoso mar del protestantismo (calvinistas, luteranos, valdenses, anabaptistas y herejes de toda estirpe y tendencia) avanzaba hacia los muros de la Santa Sede.

Ludovico andaba sobre esa fosa séptica como había andado Cristo sobre el agua. Los prelados que se hartaban de comida en salas de mármol, bajo pornográficas escenas de dríades en celo y ante mesas atiborradas de carnes suculentas, pasteles y licores, contemplaban con temor su austeridad extrema. Y hacían bien, porque él los despreciaba. Durante su última estancia en Roma, Ludovico había destruido al obispo de Tolón, un tal Marcel d'Estaing, notorio sodomita con debilidad por los diamantes y la ropa de mujer. Aunque la Biblia, san Pablo, santo Tomás de Aquino y otras numerosas autoridades condenaban tanto la fornicación como la sodomía, una lectura atenta revelaba que en ninguna parte figuraba como pecado, ya fuera venial o mortal, el sexo con jovencitos. Esa omisión explicaba la ubicuidad de los *bardassi*, muchachitos con aire de querubines, en todos los burdeles de la ciudad. Por no explotar ese vacío legal y mantener en cambio relaciones sexuales con hombres adultos (se decía que estaba más acostumbrado a mirarse de cerca los dedos de los pies que a frecuentar las iglesias), el obispo de Tolón había sellado su desgracia. Ludovico había hecho que metieran al seboso prelado en un saco y lo arrojaran al Tíber.

Aun así, en medio de ese sórdido amasijo de pederastas, libertinos y ladrones estaba la red de hombres notables que hacía posible la supervivencia de Roma como eje de la cristiandad, hombres devotos, implacables y capaces, que sin soldados ni naves, y con poco más que promesas en las arcas, trataban de dirigir la política de las naciones y proteger el destino moral de la humanidad. Eran hombres poseídos por el deseo más potente de todos: el impulso de modelar la arcilla de la historia mientras giraba en el torno que se extendía a su alrededor. Ludovico y el cardenal Ghisleri eran dos de esos hombres. Su ejército era la Congregación del Santo Oficio, la Santa Inquisición.

Los dos viajeros desmontaron por fin en Santa Sabina, el monasterio-fortaleza de los dominicos, y Ludovico mandó a Anacleto a cenar con los monjes. Oficialmente, Ludovico estaba al servicio del papa Pío IV, Giovanni de Médicis, pero en realidad servía a Michele Ghisleri, enemigo jurado de los Médicis y, si todo iba bien, próximo pontífice. Ghisleri recibió con alegría a Ludovico y los dos se retiraron a la habitación del cardenal para tomar una cena sencilla.

Ludovico escuchó las últimas novedades mientras comía. Una sucesión de conspiraciones asesinas en el colegio cardenalicio, entre el bando francés y el de los Habsburgo, había culminado en una lucha a puñaladas en el transepto en construcción de Santa María de los Ángeles. La hambruna del próximo invierno, que ya era una certeza (las lluvias torrenciales habían causado por segundo año consecutivo la pérdida catastrófica de las cosechas), había desencadenado un frenesí de especulación en el comercio de cereales, gracias al cual el papa esperaba engrosar aún más sus arcas. Se había expulsado de la ciudad a punta de lanza a cuatro mil mendigos para que fueran a morirse de hambre a otra parte. Los miasmas que despedían sus cadáveres fuera de las murallas habían provocado una falsa alarma de peste bubónica y sólo había sido posible controlar los consiguientes disturbios quemando un sector de los barrios pobres, con la pérdida de varias docenas de vidas.

En la Ciudad Eterna, como siempre, todo seguía igual.

Lo mismo sucedía en el resto de Europa. Los Habsburgo españoles y los Valois franceses mantenían en alto las espadas por una serie de disputas, entre ellas varias regiones en litigio del territorio italiano. Hacía un siglo que las dos casas reales usaban Italia como campo de batalla, repartiéndose su mapa de diferentes maneras y tratando a su población con muy poco más respeto que a los indígenas mexicanos. Carlos V se había permitido incluso saquear Roma y apresar al papa, y ahora su hijo Felipe expoliaba sistemáticamente las regiones más ricas del país: Milán y el norte, Nápoles y el sur. Todos los patriotas italianos, incluidos Ludovico y Ghisleri, aborrecían ambas dinastías con igual pasión. Una Italia independiente de todo invasor, francés o español, era para ellos un viejo sueño que no había podido hacerse realidad, sobre todo por culpa de una sucesión de papas corruptos que carecían de la visión y el don de mando para unificar los distintos estados italianos. También había pesado la falta de recursos diplomáticos y militares. Esas crisis políticas, que llevaban tanto tiempo sin resolver, eran lo que impulsaba a Ghisleri a desear la tiara papal.

Ludovico terminó de comer su trozo de queso y abordó con Ghisleri el asunto que lo había llevado hasta allí desde tan lejos: el destino de la Religión, su lugar dentro del plan más vasto y el papel que el propio Ludovico podía desempeñar.

–¿Malta? –preguntó Ghisleri. Era huesudo, tenía el pelo blanco y, con sesenta y un años, estaba más lúcido que nunca–. La mayoría de esos imbéciles ni siquiera sabrían señalarla en un mapa y, sin embargo, no se habla de otra cosa este verano en la ciudad. Todas las casas reales de Europa quieren ponerse la capa de la gloria ajena. –Resopló–. Hasta Isabel, la heresiarca inglesa, ha tenido el cuajo de pedir misas por la liberación de los caballeros. En cuanto a Médicis, cualquiera diría que está de pie en las fortificaciones blandiendo una espada y no echado en su cama, dejando que sus efebos le chupen la verga por turnos.

–Médicis es un rufián –convino Ludovico–. Si supiera que estoy aquí en vuestras habitaciones, me mataría. Pero gozo de su confianza.

–Bien. –Ghisleri le dio un pescozón a Ludovico en el brazo–. Bien.

Giovanni de Médicis era el papa Pío IV. Hacía casi cinco años que reinaba y, por sus propios méritos (intelectuales o de otro tipo), jamás habría ascendido al trono de san Pedro. Su única cualificación para el puesto habían sido tres decenios dedicados a la adulación en los sombríos recintos vaticanos. Su elección en el cónclave de 1559, después de tres meses de agrio estancamiento, había sido una sórdida solución de compromiso (pagada por el clan de los Farnesio), para impedir el ascenso de Ghisleri al trono papal. Médicis no era amigo de la Inquisición. Era blando con los herejes y había abierto las puertas de las prisiones, dejando libres a muchos disidentes. Corrupto hasta la médula, había creado cuarenta y seis nuevos cardenales (más que en los cien años anteriores), cada uno de los cuales le había pagado el favor con diferentes monedas. Y en un intento por inmortalizar su nombre, había derrochado los millones de escudos arrebatados del bolsillo de los campesinos en más embellecimientos arquitectónicos de su recargada capital.

Ahora Médicis estaba viejo y débil. La negligencia con que había hecho frente a la doble amenaza del luteranismo y el islam le había valido muchos nuevos enemigos. Entre sus detractores más fanáticos había rumores magnicidas. Como era ampliamente conocido, lo más que había hecho por la Orden de los Caballeros de San Juan en su momento de mayor dificultad había sido enviarles la irrisoria suma de diez mil escudos, lo mismo que costaba su orinal de oro. En la nueva temporada política, el coraje de Malta era un reproche a la indolencia papal. Ahora Médicis deseaba desesperadamente que se le considerara el adalid de Malta y Ludovico estaba dispuesto a explotar esa necesidad.

–¿Cómo están de ánimo los caballeros? –preguntó Ghisleri.

–Desafiantes –replicó Ludovico.

–¿Pueden ganar?

–La Valette cree que sí, si Dios quiere.

–¿Y vos?

–Si los caballeros actúan con el mismo fanatismo con que hablan, sí, es posible que se impongan.

–La Religión y la Inquisición deberían ser aliados naturales. La espada y el libro. –Ghisleri se mesó la barba–. Bajo la égida de un Vaticano limpio y revitalizado…

Pero Ludovico pinchó su fantasía:

–La Valette no confía en nadie fuera de la Orden.

–¿Ni siquiera en Médicis?

–En él menos que en nadie. Médicis no hizo el menor caso a su embajador durante meses.

–Creedme, Giovanni de Médicis no vivirá más allá de este año –dijo Ghisleri.

Ludovico se preguntó cómo. Con tal de calzarse las sandalias del pescador, Ghisleri era capaz de liquidar hasta el último sombrero rojo del colegio cardenalicio, pero su expresión le indicó que no debía preguntar más.

–Si el sucesor de Su Santidad –dijo Ghisleri, refiriéndose a sí mismo– pudiera contar con la lealtad política de la Orden, de una Orden victoriosa y admirada por toda Europa, tendría en sus manos un poder que ningún papa ha conocido desde hace generaciones.

Ludovico asintió. Todos los papas habían querido controlar a los caballeros de San Juan, por su poder militar y su gran prestigio, por sus vastas posesiones y su riqueza. Si el Vaticano se hacía con las riendas de la Religión, su poder volvería a rivalizar con el de las grandes naciones. Pero ningún papa hasta entonces había conseguido ese trofeo.

–Los príncipes respetan la victoria incluso más que la pureza de sangre y, ciertamente, mucho más que la devoción –graznó Ghisleri–. La Religión, si sobrevive, será la encarnación de las tres. Tener de embajadores a los caballeros, vinculados con lazos de sangre a toda la aristocracia europea, sería invalorable. –Sus ojos acuosos brillaron a la luz de las velas–. Si yo... Si el Vaticano lograra forjar una alianza con la Religión y usarla para unir a los príncipes italianos (y ganar el favor de los franceses), podríamos empezar a contrarrestar el poder de España. Entonces Italia volvería a ser dueña de su destino, como en épocas pasadas.

–Los caballeros desdeñan las rencillas europeas –contestó Ludovico–. Ellos viven para combatir al islam. Aún sueñan con Jerusalén.

–¿Y vos?

–Yo sueño, lo mismo que vos, con una Italia libre de ejércitos extranjeros, unida y regida por la Iglesia. Pero nunca ganaréis la lealtad de los caballeros mientras La Valette esté al mando. Es demasiado francés, ¡y gascón, por si fuera poco!

–Seguramente, habréis pensado en alguna solución –dijo Ghisleri.

–Tenemos que orquestar la elección de un gran maestre italiano.

Ghisleri frunció el ceño y Ludovico comprendió su gesto. El colegio electoral de la Religión era el más complejo ideado hasta entonces, magníficamente concebido para prevenir toda injerencia ajena a la Orden, especialmente de Roma. A la muerte del gran maestre, había tres días de plazo para elegir a su sucesor, por lo que el proceso quedaba en manos de los caballeros presentes en la isla en el momento del deceso. Aun así, eran invariablemente setenta y dos horas de febriles intrigas (sobornos, coacciones, chantajes y extravagantes juramentos) entre los hermanos de las ocho lenguas rivales. Muchos se presentaban con máscaras para ocultar sus lealtades, o al menos eso había oído Ludovico. Los caballeros, después de todo, eran una embriagadora concentración de sangre noble y llevaban en las venas el más antiguo de los vicios aristocráticos: la obsesión por el poder. Su intrincado sistema electoral, desarrollado a través de los siglos, sólo había conseguido enardecer la disputa.

–¿Es posible? –preguntó Ghisleri.

–El mecanismo de la elección es bizantino –dijo Ludovico–. Cada lengua se reúne en su capilla y elige un representante. Esos ocho caballeros designan a su vez a un presidente de la elección y a un triunvirato, compuesto por un caballero, un capellán y un hermano sargento, cada uno de una lengua diferente. A partir de ahí, el presidente y los ocho del cónclave inicial dejan de participar en el proceso. El triunvirato recién constituido elige a un cuarto miembro; después, los cuatro eligen a un quinto, los cinco a un sexto, los seis a un séptimo y así sucesivamente, hasta llegar a dieciséis electores. Al menos once de esos electores deben ser caballeros de justicia, pero ninguno puede ser Gran Cruz. Finalmente, los dieciséis votan para elegir al nuevo gran maestre. En caso de empate, el voto del presidente es decisivo.

Ghisleri se tomó un momento para asimilar todo lo dicho.

–Un gran maestre italiano sería maravilloso –dijo–, y yo he amañado tantas elecciones como cualquiera de mis pares en Roma. Pero ¿cómo hacerlo, con todos esos complicados mecanismos de salvaguarda?

–Con vuestra bendición –replicó Ludovico–, tengo intención de hacerme caballero de la Santa Religión.

Ghisleri lo miró fijamente.

–Una vez dentro de la Orden –prosiguió Ludovico–, podré hacer campaña por el candidato adecuado.

–¿Y quién sería ése? –preguntó Ghisleri.

–Un militar brillante, admirado por todas las lenguas por su don de mando en la guerra, un hombre que vos conocéis bien.

–Pietro del Monte –dijo Ghisleri.

Ludovico asintió. Del Monte era prior de la Lengua Italiana y almirante de la flota de la Religión. A los sesenta y cinco años, su prestigio no conocía rival.

Ludovico prosiguió:

–Su único punto débil, la falta de sutileza política, es una ventaja para nosotros. Sabrá responder a vuestras necesidades... ¿o debería decir a las necesidades del pontífice? Además, las otras lenguas lo considerarán el menos desagradable de los candidatos, ante la imposibilidad de imponer a sus propios aspirantes.

–¿Cómo es eso?

–En la lucha contra los turcos, todos los monjes darían gustosos la vida para defender a cualquier hermano, pero no están exentos de rivalidades internas. Los franceses han dominado la Orden durante la mayor parte de este siglo y eso disgusta profundamente a españoles, catalanes y portugueses. Un francés, De l'Isle Adam, perdió Rodas, y ni siquiera La Valette está limpio de intrigas y desastres: dieciocho mil españoles masacrados en Yerba, la fallida liberación de Trípoli y la derrota en Zoara, la peor después de Rodas. Trípoli se perdió por culpa de una traición francesa y La Valette no sólo liberó de la prisión al culpable, Gaspard Vallier, sino que lo nombró bailío de Largo. Franceses y españoles tienen disputas incluso en tiempos de paz y las rencillas políticas son aún más virulentas en tiempos de guerra. Cada bando se opondrá al candidato del otro. Sólo será preciso recurrir a la razón, además de distribuir los favores necesarios, para lograr que Del Monte sea el sucesor incuestionable en tiempo de guerra.

–¿Estáis seguro?

–Los caballeros son hombres prácticos. La batalla es impredecible y el amor de La Valette por la guerra supera todas sus demás pasiones. No bastarían todas las legiones del infierno para apartarlo de las murallas. La Valette podría morir en combate –Ghisleri arqueó una ceja–. Si así sucediera, las habituales maquinaciones electorales serían imposibles y hasta suicidas. La moral de las tropas exigiría elegir un gran maestre de inmediato. Los aspirantes serios al cargo en circunstancias tan extremas pueden contarse con los dedos de una mano. Del Monte es uno de ellos. Con mi ayuda, ganará.

–¿Y si Del Monte también muere?

–Mathurin Romegas, general de las galeras y gran héroe también, se cuenta entre ese puñado de aspirantes. Menos manejable que Del Monte, quizá, pero un buen hijo de Italia.

Ghisleri unió los dedos de ambas manos y fijó la vista en la mesa. Estaba preocupado.

–La cruz no es para aquellos que tienen la espalda débil –dijo Ludovico.

Ghisleri levantó la mirada.

–Si La Valette muriera en combate, habéis dicho... ¿Y si no fuera en combate?

–Vuestra conciencia no tiene por qué inquietarse, ni es preciso que sepáis nada más. Sólo necesito vuestra bendición para ingresar en la Religión.

–Mi bendición, suponiendo que os la diera, es lo que menos necesitáis. El ingreso en la Orden no es objetivo fácil. Los caballeros difícilmente acogerán de buen grado a un inquisidor en sus filas.

–No he hecho nada para merecer su enemistad (para su asombro) y gozo del respeto de La Valette, porque he prometido defender su causa ante el Santo Padre. Dos pasos más me ganarán el aprecio de los caballeros. El primero será conseguir una sustancial contribución militar para su defensa.

–A estas alturas, eso ya es imposible para Roma.

–Pero no para el virrey español en Sicilia, García de Toledo.

–Toledo intervendrá o no, atendiendo a sus propios intereses y a los de Madrid.

–En efecto. En este momento, el riesgo de enviar los ingentes refuerzos que La Valette ha solicitado es demasiado elevado. Pero pensad en lo que voy a deciros, porque podemos estar seguros de que Toledo ya lo ha hecho. Si la Religión derrota a los turcos sin ninguna ayuda, toda la gloria será suya. En cambio, si la Religión es aniquilada, un ejército turco consumido hasta los huesos por un difícil asedio y varado en una isla inhóspita, muy lejos de su patria, será una presa tentadora para el tipo de huestes que Toledo habrá reunido en Sicilia a principios de otoño. El trágico fin de la Religión, seguido de una brillante reconquista, grabaría el nombre de Toledo en el mármol de la historia.

–¿Será capaz de tamaña perfidia?

–Es castellano.

–¿También el emperador Felipe permitiría la caída de Malta?

–Si de ese modo pudiera recuperarla como bastión puramente español, ¿por qué no? Carlos V les concedió la isla a los caballeros sólo para que dejaran de importunarlo tras ser expulsados de Rodas. En esa época, era una isla empobrecida y de escasa importancia estratégica, pero eso fue hace cuarenta años, antes de la madurez de Suleimán, antes de los desastres del norte de África, antes de que Carlos V dividiera el imperio entre sus hijos y de que Lutero partiera la cristiandad en dos mitades. Desde la llegada de los caballeros a Malta, el mundo se ha vuelto del revés.

Ghisleri sacudió la cabeza. Aún no estaba convencido.

Ludovico prosiguió:

–Toledo duda, porque la pérdida simultánea de Malta y la flota española en el Mediterráneo sería una catástrofe imposible de tolerar. Y tratándose de los turcos, hay demasiados precedentes de desastres. Toledo se tomará su tiempo, para ver de qué lado sopla el viento. Pero si puedo persuadirlo de que envíe un pequeño refuerzo, quizá un millar de hombres, entonces podrá decir que ha hecho cuanto estaba en su mano, y los caballeros de La Valette cantarán a coro mis loas, sin importarles que sea inquisidor.

Ghisleri sopesó las posibilidades.

–Pero ¿puede nuestra congregación reunir los incentivos requeridos? Sobornar a los ricos es caro. Por esa causa aún no soy pontífice. Toledo no es un indigente, ni es mera leyenda la avaricia de los españoles.

–Los cargos, las riquezas y las reliquias sagradas que el Santo Padre tiene la potestad de otorgar exceden con mucho a los de nuestra congregación. El Vaticano puede permitirse sobornar no sólo a Toledo, sino a ciertos elementos clave dentro de la Religión. –Ludovico se inclinó hacia delante–. Dejemos que Médicis pague al flautista, mientras nosotros elegimos la melodía.

Una vez más, Ghisleri se mesó la larga barba blanca.

–Vuestra estratagema sería tan atractiva para Médicis como para su sucesor. Además, vos tendríais toda la autoridad que otorga la voluntad papal.

–Mañana –dijo Ludovico– fingiré mi llegada a Roma y me presentaré ante Médicis como si sólo hubiese venido a verlo a él. El papa me dará los medios y las promesas que necesito.

–¿Regresaréis entonces a Malta?

–A Sicilia, a ver a García de Toledo, y de allí a Malta.

–¿Y si Malta ya ha caído en poder de los turcos?

Ludovico no respondió. Se puso de pie.

–En cuanto haya enseñado la cara en el Vaticano, me vigilarán durante el resto de mi estancia. No debemos volver a vernos antes de mi partida.

Ghisleri frunció el ceño.

–Habéis dicho que hacían falta dos pasos para que la Religión se plegara a vuestros designios. ¿Cuál es el segundo?

–Me uniré a los caballeros en las murallas y me teñiré de sangre combatiendo a los infieles.

Un juego diferente de emociones coloreó los ojos de Ghisleri, que tendió una mano y la apoyó sobre el brazo de Ludovico.

–Os lo ruego, no vayáis más allá de Sicilia.

Ludovico lo miró sin responder.

–Os siento más cerca de mí de lo que pudiera estar un hijo –afirmó Ghisleri– y os aprecio como si de verdad lo fuerais.

Poco habituado a las muestras de afecto, Ludovico descubrió que estaba conmovido. Aun así, tampoco respondió.

–Todavía sois joven –dijo Ghisleri–. Algún día vos mismo podréis llevar el anillo papal. De hecho, así lo espero y ruego por que así sea.

Ludovico lo sabía. Había previsto cada uno de los pasos que iba a dar, como las piedras que se usan para atravesar un torrente. Aun así, ansiaba lo imposible. Ansiaba la caída de La Valette. Anhelaba someterse al juicio de la batalla. Para él, sus mezquinos anhelos eran la expresión de un poder tan fundamental como profundo: la voluntad de Dios.

–¿Me prohibís que vaya? –preguntó.

Ghisleri suspiró y sacudió la cabeza.

–¿Y si morís?

–Mi vida está para servir a Dios. ¿Tengo vuestra bendición?

–¿Como miembro de nuestra Santa Congregación? ¿O como caballero de San Juan?

–Como lo que deba ser para servir mejor a la voluntad de Dios.

Martes 5 de junio de 1565

El puerto. El Borgo. La noche

Noche. Viento. Estrellas. Mar. Guijarros.

Los días eran calurosos y despiadados, pero las noches eran frescas, como fresca era esa noche, y el vestido verde de hilo no era suficiente abrigo para Amparo. Se rodeó las rodillas con sus delgados brazos, tiritando en la brisa. Las leves ondulaciones del mar parecían festoneadas de plata y una luna gibosa flotaba baja sobre el horizonte, entre el polvo celeste. La idea de propósito no significaba nada para Amparo, ni tampoco significaba nada el tiempo. Desde donde se encontraba, acurrucada entre las pilas de leña a orillas de la bahía de Kalkara, esos gentiles amigos (el viento, el mar, las estrellas, la luna y la noche) eran lo único que conocía y le brindaba consuelo. Sobre su regazo reposaba el cristal de las visiones, dentro de su cilindro de cuero. Intentó leer los secretos en el cristal, a la luz de la luna, pero los ángeles no hablaron. Sólo vio remolinos de color. Motivos bonitos, pero nada más. ¿Habrían huido los ángeles por culpa del odio que florecía a su alrededor? ¿O quizá porque Amparo estaba enamorada y ya no necesitaba su guía?

Tannhäuser estaba fuera, entre los infieles, en algún lugar más allá de las monstruosas murallas que los encerraban a todos y la hacían sentirse atrapada. Sin él ni *Buraq* para llenar las horas, el día había pasado lentamente. El intendente la había reconvenido por derrochar agua regando las flores y no le había quedado más opción que verlas morir. Cuando se puso el sol, Tannhäuser aún no había regresado. Agotada por la espera y la inquietud, se dirigió al puerto, a disfrutar del silencio, que prácticamente había sido erradicado de la ciudad. Los cañonazos hacían temblar la tierra de la mañana a la noche. Desde la enfermería, gritos repentinos la hacían estremecerse. Los hombres gritaban o musculaban oraciones. Látigos, silbatos y maldiciones dirigían a las cuadrillas de trabajo, compuestas por desdichados cargados de cadenas, que en una ciudad de interminables y altísimas murallas se veían obligados a construir aún más muros. En el albergue, Carla estaba absorta en su melancolía por no poder encontrar a su hijo. Tal vez, aunque no lo había dicho, también estaba triste porque Tannhäuser había hecho de Amparo su amante.

En lo referente al niño desconocido, Amparo tenía muy pocas sensaciones. Era una búsqueda que exigía vincular acontecimientos sepultados en el pasado con los de un futuro aún inexistente, y ese enigma la llenaba de desconcierto. Su imaginación sólo se extendía unas pocas horas antes y después del momento presente. El mañana estaba muy lejos y el ayer se había marchado. La ambición era para ella un misterio y sus recuerdos, escasos. Esperaba que fuera posible hallar al chico, porque sabía que eso haría feliz a Carla. Hasta que Carla había aparecido entre los sauces, como un ángel de su cristal de visiones, la vida de Amparo había sido una sucesión de padecimientos. Pero entonces su existencia había recibido la simiente de la maravilla y la belleza. Amparo adoraba a Carla, pero la búsqueda del chico era una empresa en la que no se sentía partícipe.

En cuanto a Tannhäuser, lo amaba con una pasión salvaje y terrible que la hacía estremecer hasta lo más hondo de su sangre, hasta lo más profundo de su corazón y su alma. Lo había amado desde que le contó la historia del ruiseñor y la rosa, la rosa de color rojo sangre que había matado a quien más la adoraba. Tannhäuser le había traído del bazar turco las zapatillas amarillas que ahora llevaba puestas y también la peineta de marfil, con motivos florales incrustados en plata, que le sujetaba el pelo enmarañado. Él la hacía aullar por la noche, cuando yacía a su lado, y la hacía llorar cuando él dormía y ella pensaba temerosa en su muerte, con la cabeza apoyada sobre su pecho. Amparo se sabía diferente de todas las demás mujeres. No sabía cómo ni por qué, pero siempre había sido así. Antes había creído conocer el sexo. Siempre había estado a su alrededor: en el celo de los toros que criaba su padre, en las sórdidas casuchas que había compartido a lo largo de sus vagabundeos, en las abarrotadas y violentas calles de Barcelona, en las facciones del vendedor de dulces que le había desfigurado la cara, en los campesinos que habían reído a carcajadas mientras la sujetaban en el suelo y que le habían orinado encima cuando terminaron. En el mundo que había conocido con Carla, un mundo de música, caballos y paz, esas cosas no se veían ni se mencionaban nunca, y estaban tan completamente excluidas que al principio Amparo había encontrado extraña su ausencia. Después, conforme pasaban los años, las había olvidado, y para ella, lo mismo que para Carla, el sexo se había convertido en un misterio descuidado y desconocido. Pero entonces había visto a Tannhäuser desnudo. Su corazón casi se había detenido para contemplar las caligrafías, las ruedas, las lunas crecientes y la daga roja con una cabeza de dragón en la empuñadura que el hombre llevaba bravamente tatuadas en los brazos, los muslos y las pantorrillas. Ella le había enseñado su propia desnudez, con salvaje y desvergonzada alegría, y se le había ofrecido. Y él la había tomado.

Tannhäuser y Carla iban a casarse, quizá. Era un hecho que no la conmovía ni ocupaba sus pensamientos, porque pertenecía a un futuro lejano. No le parecía que estuvieran enamorados. No le parecía que Carla lo deseara, porque no lo había dicho. Amparo la había visto rechazar su beso en el jardín del albergue. Y si Carla nunca hablaba de esas cosas, entonces ¿cómo podía conocerlas? La causa de su tristeza debía de ser únicamente el niño, razonó Amparo, y así, con el corazón más ligero, dejó de pensar en el asunto.

–Hola.

Se volvió sin alarmarse hacia la voz, aunque su dueño había aparecido sin hacer el menor ruido. El muchacho era quien parecía más sorprendido de haberla encontrado. Su rostro era liso, delgado e imberbe, con facciones que aún no habían terminado de asentarse, pero era tan alto como la mayoría de los hombres malteses, aunque no tan corpulento. Tenía el pelo rígido de mugre y vestía un jubón de cuero crudamente ornamentado con tachas de latón. Tenía los pantalones hechos jirones y atados con una cuerda a la cintura, y llevaba descalzos los pies callosos. El cinturón de cuerda sujetaba también un cuchillo de carnicero. Un niño-hombre. Recordó haberlo visto en el muelle el día de su llegada. Tenía la piel manchada de costras de sangre y el viejo titiritero le estaba bailando una danza alocada. Lo miró sin decir palabra. Él desplazó el peso del cuerpo de un pie a otro y se armó de coraje.

–*¿Hablas francés?* –preguntó primero en esa lengua, y siguió después en español–. ¿Español?

Ella asintió y quizá interpretó él que entendía las dos lenguas, porque siguió hablando en una mezcla de ambas.

–¿Estás herida? –preguntó, viendo que se abrazaba las piernas con fuerza.

Ella sacudió la cabeza. Él recorrió con la vista todo el puerto.

–No es buen sitio para ti –dijo–. No es un lugar seguro para una chica.

Amparo señaló el cielo y él levantó la vista. Por un momento, pensó que el chico lo encontraría absurdo, pero cuando él volvió a mirarla, hizo un gesto afirmativo, como si ella no hubiese podido expresarse con más claridad.

–Las estrellas, sí. –El chico empezó a señalar orgullosamente con el dedo distintos puntos del firmamento–. La Virgen. La Osa Mayor. La Osa Menor. –La miró, para ver si la había impresionado–. Pero aquí no estás a salvo. Los soldados. Los tercios. –Hizo una pausa, como si hubiera insinuado algo poco delicado. La estudió detenidamente, con los brazos en jarras como si estuviera en sus dominios, y finalmente añadió–: Tienes frío.

Sin esperar respuesta, se volvió y salió corriendo hasta perderse de vista, con los pies golpeando sobre las losas del pavimento, hasta que volvió a reinar el silencio. Amparo se preguntó si Tannhäuser habría regresado. Estaba a punto de salir hacia el albergue para averiguarlo cuando volvieron a oírse los pasos y el chico apareció otra vez con un raído trozo de tela, cuyo cometido original era un misterio, pero que ahora al parecer le servía al niño de manta, porque se lo puso a Amparo sobre los hombros y la arropó. Olía a salitre. La joven recogió la parte de la manta que quedaba colgando y se envolvió mejor con ella.

–Eres muy amable –dijo.

Él se encogió de hombros.

–Te he visto. Con el alemán.

–¿El alemán?

–El hombretón. –Abombó el pecho, apoyó una mano sobre la empuñadura de su cuchillo e imitó el pavoneo de un soldado–. El gran capitán, Tannhäuser. Espía a los turcos para La Valette. Se mueve entre ellos como el viento. Les corta el cuello mientras duermen.

Esa relación de las actividades de Tannhäuser la inquietó. No creyó lo que oía.

–Y el otro, el inglés, el que es como un toro –continuó el chico–. Y la *belle dame*. Llegaste con ellos en el *Couronne*, cuando vimos por primera vez los buques de guerra de los infieles, ¿verdad?

Amparo recordaba el modo en que el chico había mirado a Tannhäuser y cómo su mirada se había cruzado con la de ella y cómo en esos ojos había visto el espectro de una vida que había dejado atrás hacía mucho tiempo. Ahora volvía a verlo, en su honestidad sin adornos, en su conmovedor y desesperado orgullo. Hizo un gesto afirmativo.

–Yo también te vi a ti. Con el viejo titiritero.

–El *karagozi* –la corrigió el chico. Parecía triste.

Amparo había regresado al muelle aquel día, horas después, y el viejo, sin que se lo pidiera, había montado una función para ella en su teatro de sombras danzarinas, parloteando en una fantástica mezcla de lenguas. En la función, un hombre rico parecía pedirle a un pobre que muriera en su lugar, con la promesa de grandes recompensas en la otra vida; pero si bien el significado distaba mucho de quedar claro, Amparo había disfrutado enormemente con la coreografía de las figuras de papel. Cuando le indicó al *karagozi* que no llevaba ni una sola moneda y no podía pagarle, él cayó de rodillas y le besó los pies. Ella no lo había vuelto a ver, desde que los soldados se lo habían llevado a rastras calle abajo el día de la batalla.

–¿Dónde está ahora? –preguntó.

–En el infierno –dijo el chico.

–No –replicó ella. La idea le hacía daño–. El infierno no es lugar para almas como la suya.

El chico reflexionó al respecto y quizá estuvo de acuerdo.

–Pero lo cierto es que el *karagozi* está muerto.

Hizo como si se le tensara una cuerda al cuello y dejó caer abruptamente la cabeza. Amparo se estremeció. El chico sonrió, como si eso fuera lo que lo convertía a él en un hombre y a ella en una simple chica. Después, su mirada saltó hacia la oscuridad. Se llevó un dedo a los labios y señaló el suelo.

–Mira –susurró.

Una larga y esbelta lagartija atravesó el muelle a la pálida luz de la luna y se detuvo a unas yardas de distancia, para observarlos a ambos con ojos protuberantes. El chico se abalanzó sobre el reptil, su mano se movió en un fugaz centelleo y Amparo gritó un «¡No!», mientras él atrapaba al animal por la cola. La lagartija se sacudió y la cola se partió en la mano del chico. El reptil mutilado se perdió en la oscuridad. El chico se agachó junto a Amparo y le enseñó el fragmento escamoso.

–*Gremxola* –dijo–. Muy listas. Dejan atrás un trozo para poder vivir. Así sobreviven.

Arrojó lejos de sí la cola de la lagartija y miró a la joven, ahora desde la misma altura.

–De modo que te han echado.

Amparo parpadeó ante lo absurdo de la afirmación. El chico compuso una sonrisa amarga, que dejó al descubierto unos dientes blancos y desiguales en el rostro quemado por el sol.

–A mí también –continuó–. Dentro, fuera. Dentro, fuera. Es el juego. Pero no estoy triste. Cuando los turcos hayan matado a muchos, los caballeros me dejarán luchar junto a ellos y, si no muero, yo también llegaré a ser un gran hombre. Es la manera de avanzar en esta vida: matar a muchos. Tannhäuser, La Valette, todos ellos. Para los que matan, el mundo se abre, el mundo es libre, y yo quiero ver el mundo. Esta isla es todo lo que conozco. Es pequeña. Es ruin. Cada día es igual al anterior.

–Ningún día es igual al anterior.

El chico prosiguió sin inmutarse:

–Tú has visto el mundo. ¿Es tan grande como dicen?

–Más de lo que nadie puede saber –respondió Amparo–. Es hermoso y cruel.

–Hay muchos árboles verdes –dijo el chico, demostrando sus conocimientos– y no dejas de verlos aunque cabalgues una semana entera. Y hay montañas tan altas que es imposible escalarlas. Y nieve.

–Árboles, nieve y flores. Y ríos tan anchos que desde una ribera no distingues la otra –convino Amparo.

El chico asintió, como si lo dicho viniera a confirmar lo que ya había oído. En sus ojos alentaba la pasión de un sueño fabuloso y la idea de que su luz pudiera extinguirse entristeció a Amparo.

–Pero ¿y si mueres en la guerra? –preguntó.

–Me recibirán en el cielo Jesús y todos sus apóstoles. –Se santiguó–. Pero soy demasiado listo para morir, como la *gremxola*. Tú sí que estás en peligro. Ya veo que no me crees, pero no te preocupes. Conozco a Guzmán, un abanderado del tercio de Nápoles, y él conoce al toro inglés... ¿Barras?

–Bors –dijo Amparo, con un gesto de asentimiento.

–Bors, eso es. Le pediré a Guzmán que hable con Bors y ellos dejarán que vuelvas a casa. Tannhäuser no te habría abandonado a tu suerte en el muelle, de eso estoy seguro, pero quizá esté ahí fuera –señaló la oscuridad del otro lado de la bahía–, matando generales turcos o prendiendo fuego a sus naves.

Al ver que sus fantasías se volvían más extravagantes, Amparo se molestó.

–¿Cómo sabes lo que hace Tannhäuser?

–Los hombres del bastión de Castilla hablan de él –dijo, en un tono que hacía pensar que él se contaba entre ellos–. Los soldados particulares. Incluso los caballeros lo respetan. Las puertas de La Valette están abiertas para Tannhäuser como para ningún otro. Sólo Tannhäuser se atreve a internarse en campo enemigo. Pero no temas por el capitán Tannhäuser –se apresuró a añadir, como si hubiera notado la inquietud de Amparo–. Dicen que nunca morirá. Tannhäuser conoce a los turcos. Conoce al sultán Suleimán en persona. Y quizá también al mismísimo Satanás. Pero dime, ¿quién te echó de casa? ¿La *belle dame*? ¿Qué habías hecho?

–No me han echado –respondió ella–. Vivo en el albergue de Inglaterra.

Él volvió a estudiarla, con una pizca de asombrado respeto.

–¿Entonces qué haces aquí?

–He venido por la paz.

–¿La paz? –La idea parecía desconcertarlo. Se puso de pie–. Te escoltaré hasta el albergue. Es la casa de Starkey, el último de los ingleses. Conozco muy bien el lugar, pero que muy bien.

Parecía tan resuelto en su galantería que Amparo no lo pudo rechazar. Ella también se puso de pie. Se quitó la manta de los hombros y se la dio al chico, que la agarró como si ahora la considerara demasiado gastada y ofensiva para una mujer de tan evidente grandeza. Hizo una bola con ella y la arrojó sobre las pilas de leña. Entonces reparó en el cilindro de cuero que la joven llevaba colgado al cuello.

–¿Qué es eso? –preguntó.

Amparo se metió la funda bajo el brazo.

–Una curiosidad –respondió ella, mientras el chico hacía una mueca, convencido de que no iba a sacarle nada más al respecto–. Dime cómo te llamas.

–Orlandu –dijo, y añadió–: Cuando salga a ver el ancho mundo y llegue a ser un hombre respetado, un hombre de honor, me haré llamar Orlandu di Borgo.

–¿Por qué vives aquí, en el puerto? –preguntó ella.

–Aquí soy libre.

–¿Dónde está tu familia?

–¿Mi familia? –Orlandu torció la boca e imitó con un breve gesto de la mano el movimiento de un hacha–. He cortado con ellos –dijo–. No son buena gente.

Amparo le habría preguntado más, pero la cara del chico sugería que no iba a contestarle y que el tema le causaba pesar.

–¿Y tú cómo te llamas? –preguntó él.

–Amparo.

El chico sonrió.

–Muy bonito. Española, entonces. ¿Eres noble, como la *belle dame*?

Ella negó con la cabeza y la sonrisa del chico se ensanchó, como si eso los uniera aún más. Amparo se preguntó si se sentiría atraído por ella, pero de inmediato supo que no era así. El muchacho quería ser un hombre con tan palpable desesperación que hasta ella la sentía, pero aún era demasiado niño para conocer el verdadero deseo. En un destello se preguntó también si no sería el hijo de Carla.

–Te presentaré a Tannhäuser cuando vuelva –le dijo–. Le hablaré de tu galantería, le contaré que me protegiste de los tercios y le diré que te gustaría estrecharle la mano.

A Orlandu casi se le salen los ojos de las órbitas.

–¿Te gustaría? –preguntó ella.

–¡Muchísimo! –exclamó Orlandu–. ¡Más que muchísimo! –Se alisó el pelo como si ya se estuviera arreglando para la ocasión–. ¿Cuándo?

–Le hablaré mañana –dijo ella.

Orlandu le sujetó una mano y se la besó. Nadie había hecho nunca algo así.

–Ahora ven –dijo él–. Te llevaré a casa antes de que se ponga la luna.

Amparo deseó que fuera ése el chico que Carla andaba buscando. Le agradaba su buen corazón. Y si no era su hijo, se preguntó si no podrían hacerle creer que sí lo era.

Viernes 8 de junio de 1565

Albergue de Inglaterra. El exterior. Castel Sant'Angelo

¡Allahu Akabar! ¡Dios es grande! *¡Allahu Akabar!*
Doy fe de que no hay más dios que Alá.
Doy fe de que Mahoma es su mensajero.
¡Venid a rezar!
¡Venid a rezar!
¡Venid a rezar!
¡Venid a vencer!
¡Allahu Akabar!
No hay más dios que Alá.

Tannhäuser despertó al alba con la poesía del canto del almuédano. Por decimoséptima vez, el *adhan* volaba al amanecer desde los altos de Corradino y se colaba por las ventanas del albergue. Después de tantos años entre los cristianos, la música de la oración suscitaba en él –dependiendo de sus sueños– respeto, temor, orgullo o ganas de entrar en combate, y una oscura angustia cuya naturaleza no sabía definir. No importaba que las palabras apenas se distinguieran. Llevaba la *Al Fatihah* grabada en lo que pasaba por ser su alma y nunca se le borraría.

Guíanos por el camino recto,
el de aquellos sobre los que has derramado tus bendiciones,
no el de los condenados,
ni el de los extraviados.

Había un vacío en su corazón tan grande como el universo a su alrededor, y en su interior no encontraba bendiciones, ni caminos que parecieran rectos, ni nada que pudiera guiarlo. Incluso en su propia opinión, se había extraviado tanto como puede extraviarse un hombre sin acabar en el patíbulo. El brazo de Amparo se movió a través de su pecho y los dedos de la joven, impulsados por alguna ternura soñada, le acariciaron el cuello entre suspiros. Tannhäuser inhaló su fragancia y, con ella, la esperanza de un día nuevo y luminoso.

Una pálida luz cítrica irrumpía por las ventanas sin cristales de hondo alféizar y hacía resplandecer la piel de la joven, que yacía acurrucada a su lado. La muchacha había apartado la sábana, que se le había enredado en el muslo. Tenía la cabeza apoyada en el hueco del hombro de Tannhäuser; el pelo negro le atravesaba la mejilla, y sus labios entreabiertos, del color del más preciado granate, se adivinaban en la sombra. Su respiración revelaba en el costado el contorno de las costillas, y él estiró un poco el cuello para estudiar la curva de su trasero. La consideraba una belleza, pese a que su cara y su mente eran imperfectas y extrañas. Las partes íntimas de Tannhäuser ya estaban inflamadas y aún lo estuvieron más cuando bajó con la palma de la mano por la espalda de la joven. Sus dedos palparon los nudos de su columna, recorriéndolos uno a uno, hasta abandonar la dureza del hueso para anidar entre las curvas que tanto lo deleitaban. Un hombre habría podido abandonarse para siempre en tan sensual abundancia, sólo con que el mundo lo permitiera. Pero de entre todos los mundos, éste no lo permitía, porque tenía el corazón de piedra. Tannhäuser consideró la posibilidad de excitarla poco a poco, con besos y hábiles artimañas, pues para entonces ya sabía que ese cuerpo ansiaba tanto sus manos como sus manos lo anhelaban a él. Después, la envolvería con su corpulencia, se deslizaría en su interior y la embestiría contra el lecho, una práctica para la cual –como también había llegado a saber– ella tenía un apetito admirablemente vasto.

Poco a poco su deseo se estaba volviendo abrumador, de modo que desplazó el peso del cuerpo y bajó una mano para aflojarse las partes íntimas. Mientras lo hacía, Amparo murmuró algo y se dio la vuelta hasta quedar tumbada sobre la espalda. Sus pechos se derramaron cada uno hacia un lado del torso, con la piel levemente veteada de azul allí donde alcanzaban mayor plenitud, y él contempló los pezones, que al apartarse del calor de su cuerpo se oscurecieron con el frescor del aire. Ya no había ningún vacío interior que lo inquietara. El turbulento anhelo que lo colmaba, la costumbre cada vez más ineludible de pensar en ella y el apasionado abandono con que llenaba todas las horas que podía robar a sus obligaciones habrían sido motivo de condena y abominación por parte de los creyentes de los diversos bandos entre los que se encontraba varado. Sin embargo, aunque estaba dispuesto a reconocerse culpable de innumerables vicios y crímenes, era incapaz de ver mal alguno en los arrebatos que Amparo suscitaba en él. A menos de media milla de donde ellos yacían abrazados, otros cuerpos entrelazados se apiñaban por miles en una fétida zanja, para alimento de cuervos y gaviotas. Tanto aquellos cuyos cadáveres yacían en la zanja como los que allí los habían enviado estaban destinados a los jardines del Paraíso, absueltos de todo pecado; pero de la culpa de los fornicadores que dormitaban a la luz del alba no cabía la menor duda.

Le apartó el pelo de la cara a Amparo y la miró. Eran tan apacibles sus rasgos, tan libres de preocupaciones y tan ajenos a la locura en que estaba envuelta (tan infantiles) que él no tuvo corazón para arrancarla de ese Edén. Tan poco habitual era en él esa contención que se preguntó si no sería amor la sensación que hormigueaba en su corazón. La siguió contemplando: los tenues surcos que rodeaban su cuello, las diversas texturas de su cutis perfecto, el suave contorno de su vientre, la brillante redondez de los muslos, el vello púbico. Tannhäuser rozó los labios de la joven con los suyos, con tanta suavidad que ella ni siquiera se movió. De pronto, él parpadeó y se sentó, con la espalda apoyada contra la pared.

Era absurdo. ¿En qué clase de hombre se estaba convirtiendo? Casi no habían salido de la habitación en dos días, un exceso considerable incluso para sus criterios, y ya se le estaba turbando la razón. Se levantó tan sigilosamente como pudo. Se volvió y la miró. La besó una vez más. Tenía completamente turbada la razón. Oyó en la calle el ruido metálico de unas armaduras y sofocadas protestas de desesperación, y aunque sabía lo que iba a encontrar, salió a la ventana.

Dos sargentos de la Religión, aragoneses por su aspecto, conducían a un turco desnudo y maniatado por la calle Majistral. Las cicatrices que arrugaban la piel del desdichado, como infecciones subcutáneas de abultados gusanos, lo señalaban como un esclavo de las galeras. Le habían metido en la boca un nudo hecho con una soga vieja para ahogar las oraciones que intentaba recitar de camino al cadalso. Iba a ser el decimoctavo musulmán ahorcado desde que habían empujado al titiritero de lo más alto del bastión de Provenza, en cumplimiento del decreto de La Valette. Una de las desventajas de la casa donde se alojaban era que el condenado pasaba cada mañana bajo sus ventanas. Tannhäuser se propuso preguntarle a Starkey si no sería posible que siguieran otra ruta. El decimoctavo esclavo le recordó que ya llevaban demasiado tiempo en Malta.

Había removido cielo y tierra para dar con el nombre (o al menos con un recuerdo, un rastro, un rumor) de un niño nacido la víspera de Todos los Santos del año 1552, pero no había encontrado nada. Si el hijo de Carla aún vivía, Tannhäuser empezaba a dudar de que estuviera en la isla. Había considerado la idea de persuadir a Carla para marcharse de inmediato, antes de que la guerra los devorara a todos, pero su orgullo le impedía aceptar la derrota. En cualquier caso, Carla no iba a darse por vencida. Tannhäuser recogió su ropa y sus botas del suelo de tablas de roble y bajó las escaleras desnudo.

En el jardín al fondo del albergue, había mandado que dos esclavos le instalaran una tinaja llena de agua de mar. En el suelo debajo de la tina, Tannhäuser y Bors habían enterrado un cofre que contenía cincuenta libras de su opio. A medida que avanzara la guerra, su valor se multiplicaría y ellos tenían pensado sacarle grandes beneficios antes de partir. Tannhäuser orinó en el polvo y se metió en la tinaja, maldiciendo por la impresión que le causó el agua fría. Se sentó en el suelo, dejando que el salitre le subiera hasta el cuello, y se recostó a contemplar cómo cambiaba el cielo, que de un rosa nacarado veteado de gris fue transmutándose en un pálido y suave azul. Iba a pasar el resto del día soportando un calor bochornoso, pero en esos momentos de frescura sentía una agradable nostalgia por las montañas y la nieve. Había sido gracias a la tinaja, o al menos en parte, que había comenzado su relación con Amparo.

Una mañana, mientras él se remojaba, ella había saltado el muro del jardín, como si a su modo de ver las cosas los muros se construyeran con ese único y preciso propósito, y se había acercado a la tina para admirar sus tatuajes, sin el menor indicio discernible de pudor o vergüenza.

Él le había explicado el significado de los tatuajes y le había hablado un poco del culto sagrado de los jenízaros, que vivían en cuarteles con sus *babas*, sus padres derviches, que evitaban la compañía de mujeres, recitaban poesía alrededor del fuego y anhelaban por encima de todas las cosas morir luchando en nombre de Alá. La joven ni siquiera fingió una vaga brizna de interés por el contenido de su discurso, pero no ocultó la fascinación que le inspiraba su piel, que procedió a tocar y acariciar con sus largos dedos de uñas almendradas, una provocación que superó con mucho lo que él hubiese podido soportar impertérrito. No era su intención tener comercio carnal con ninguna de las mujeres a su cargo, porque en la espesura del amor siempre acecha el desastre; pero en ese instante razonó que la vida era breve y que en cualquier momento podía volverse más breve aún. Salió de la tinaja en estado de inocultable excitación y, por alguna espontánea y mutua combinación de brincos y acercamientos, ella acabó en sus brazos y así la condujo él a la habitación donde ahora estaba durmiendo.

Había sido un imbécil, pero así había sido y allí estaba él. Mientras el frescor del agua le despejaba la mente de sueño y de lascivia, de los melancólicos recuerdos del islam y del dilema de amar a una mujer (si es que eso era amor) cuando pensaba casarse con otra, repasó con detenimiento su situación en el que era seguramente el lugar más extraño de toda la Tierra.

Desde la primera y poco decisiva batalla del día 21, Tannhäuser no había participado en ningún combate, un hecho que le resultaba enteramente satisfactorio. Los turcos aún no habían aislado el Borgo del campo a su alrededor, porque tenían la atención concentrada en San Telmo, de modo que todavía era relativamente fácil salir subrepticiamente por la puerta de Kalkara antes de que saliera el sol. De esa forma, Tannhäuser había hecho numerosas incursiones extramuros, donde se hacía pasar por un mercader de opio del *ordu bazaar*, el mercado del ejército turco, instalado del otro lado de las colinas, en la llanura de la Marsa.

Como era costumbre en las grandes campañas otomanas, el mercado era toda una ciudad trasplantada del otro lado del mar, compuesta por uno o dos centenares de tiendas y pabellones de seda. Allí se concentraba una multitud de mercaderes y artesanos, con los más diversos oficios: barberos, carniceros, cirujanos, pasteleros, vendedores de especias, herreros, sastres, zapateros, boticarios, fabricantes de armaduras y de arneses, armeros, candeleros, albañiles y fabricantes de ruedas. Había incluso joyeros y orfebres, para mantener y cuidar los valiosos ornamentos que los oficiales lucían en sus armas y su vestimenta. Los mercaderes servían al ejército, pero eran independientes. Como la aristocracia otomana desconfiaba de los bancos, solía llevar consigo sus riquezas allí adonde fuera, y las cantidades de dinero que circulaban por el bazar eran una dicha para Tannhäuser.

Del otro lado del bazar se propagaba el dulce aroma de miles de hornos de pan, cuyos bloques habían sido transportados en los buques desde la vieja Stambouli. Un torrente de camellos y carros de bueyes iba y venía trabajosamente entre el campamento turco y Marsaxlokk, el puerto natural de la costa meridional de la isla, donde había fondeado la armada del sultán. Allí Tannhäuser vio desplegarse el genio administrativo sobre el cual reposaba la supremacía otomana. Cientos de naves de suministros descargaban cientos de miles de quintales de cebada, harina y arroz; hierro, cobre, plomo y hojalata; miel, mantequilla, tortas, aceite, limones y pescado salado; rebaños de ovejas y hatos de vacas; leña, tablas y fajinas; tiendas y mobiliario para los pabellones; pólvora en cantidades ingentes; enormes cañones de cuatro y cinco toneladas para la batería de asedio; monedas de oro y de plata para la paga de los soldados, y hielo para los sorbetes de los generales, con cada gramo pesado y calculado en un alarde de previsión y sutileza logística.

Tannhäuser hubiese deseado que Sábato Svi pudiera verlo. Un millar de Oráculos, en mil años, no habrían sido suficientes para acercarse a semejante hazaña. Tannhäuser se tenía por un hombre de recursos y de audacia poco frecuente, pero ante ese vasto y bullente retrato de la temeridad de Suleimán se sentía empequeñecido. Arriesgar tantas vidas, tanto prestigio y tanto orgullo, así como el rescate de tantos reyes, en el más radical de los juegos de azar, ante los ojos del mundo entero, era un acto rayano en la locura que hacía palidecer la confianza de Tannhäuser en la Fortuna. Suleimán Sha era el rey de reyes, de eso no cabía duda. Pero la apuesta, ya fuera grande o pequeña, era la sal de la vida y lo que hacía de la guerra, por encima de cualquier otra empresa, algo tan eternamente irresistible para la especie humana.

Animado así por el ejemplo de Suleimán, Tannhäuser cabalgaba en medio de ese torrente incesante, luciendo fina túnica verde, turbante blanco y cimitarra de elegante esplendor. *Buraq*, cuya capa dorada despertaba tanta admiración como su sangre asiática, completaba su disfraz.

Los olores, los colores y los sonidos, así como la refinada precisión de la maquinaria otomana pese al caos de la conquista, reavivaban en Tannhäuser algo más que los recuerdos. Fuera de las murallas del Borgo, Malta ya formaba parte de los dominios del sultán y evocaba para él una forma de ser (de sentir y percibir, de andar, hablar y reír) que llevaba grabada en lo más profundo de su corazón. Como cualquier hombre que regrese a un mundo donde una vez vivió pero que hubo de abandonar, sentía una dulce amargura, particularmente punzante cuando se cruzaba con una compañía de jenízaros, con sus altos bonetes blancos, sus mosquetes de nueve palmos y su porte marcial. Pero si bien las ambigüedades del corazón a veces lo inquietaban, la claridad de su mente se mantenía intacta. Entre los jenízaros, había sido un *kullar*, un esclavo del sultán que entonaba plegarias a un monstruoso ídolo sin cara y mataba con ciega obediencia en nombre de una raza rapaz que ni siquiera era la suya. Ahora era un hombre libre. Las locuras en que podía enredarse eran al menos de su elección y designio.

Como los funcionarios y mercaderes del Imperio otomano eran en gran parte cristianos islamizados, su tez clara y sus ojos azules no infundían sospechas. Como era capaz de discurrir con erudición acerca del problema de la pólvora mojada, el precio de la nuez moscada, la calidad del acero y la perpetua impaciencia de los oficiales militares de todo rango, y se unía además a las oraciones diarias de los turcos con total fluidez, nadie ponía en tela de juicio su legitimidad. Hacía discretos regalos de opio y oro, como para asegurarse favores futuros, aunque en realidad sólo pretendía aflojar lenguas. De vez en cuando, para dejar patente su superioridad respecto a los intendentes y los otros mercaderes, revelaba como por accidente la rueda de los jenízaros o la espada de Zulfikar tatuadas en uno u otro brazo; al verlas, sus interlocutores palidecían de respeto y cambiaban de tono. Evitaba el contacto con las divisiones acampadas de oficiales y soldados, por la remota posibilidad de ser reconocido. En cualquier caso, todos los rumores circulaban por el bazar, por lo que los mercaderes y los avitualladores tenían, en su conjunto, mejor conocimiento de los gastos y la moral de las tropas de Mustafá que la mayoría de los generales de su ejército.

Por ese medio, Tannhäuser se había enterado de que la isla estaba para entonces ocupada por algo más de treinta mil gazíes del sultán, acompañados de una cifra similar de integrantes de batallones de trabajo, ingenieros, remeros y auxiliares. Averiguó también que se esperaba la llegada de al menos otros diez mil hombres de refuerzo, procedentes de una variedad de flotas piratas y aliados norteafricanos. Hassem, el virrey de Argel, había zarpado desde la costa de Berbería con seis mil guerreros de primera fila. El Louck Alí, gobernador de Alejandría, había prometido un cuerpo de ingenieros egipcios y una compañía de mamelucos. El gran Reis, la Espada Desenvainada del Islam, venía en camino con una docena de galeras y dos mil aguerridos corsarios. Matahombres de cuarenta naciones, dos grandes religiones y docenas de tribus atestaban esa torre de Babel, en la que todos llevaban una espada en la mano y odio en el corazón. Sólo la guerra podía atraer a tantos hombres a semejante celebración.

La información así reunida fue de tal valor para La Valette que pronto Tannhäuser gozó del mismo acceso a Oliver Starkey que hasta entonces sólo habían tenido los priores de las otras siete lenguas. Cuando volvía de cada reconocimiento, nunca olvidaba llevar un pequeño obsequio para los guardias de la puerta de Kalkara (miel, una buena pieza de cordero, pimienta y macis, o pastelitos de pasas y almendras), y siempre se interesaba por sus opiniones acerca de la campaña y compartía con ellos alguna noticia de las líneas turcas. De ese modo, halagaba su orgullo y aumentaba la confianza que depositaban en él y que esperaba poder aprovechar algún día. Su reputación quedó así bien establecida en los dos extremos de la jerarquía de la Religión y, puesto que no hay nada que guste más a los hombres de armas que comentar las hazañas de unos y otros, desde allí se difundió a todos los estamentos intermedios. El proceso se vio beneficiado por el espectacular resultado de su primera salida solitaria, la noche del día 21, tras la batalla inicial.

Aquella noche, con los cadáveres de los primeros caídos en combate aún calientes en la Gran Explanada, Mustafá Pachá convocó un consejo de guerra con Kapudán Pachá Piyale, almirante mayor de la flota, y todos sus generales. Durante toda la reunión estuvo presente un miembro de la guardia personal de Mustafá, un joven macedonio de singular belleza, cristiano de nacimiento. Finalizado el consejo, quiso la suerte que Tannhäuser entablara conversación con ese mismo joven griego.

Temblaba el fuego de las hogueras en la llanura de Marsa, y el joven y él distinguían a lo lejos música de trompas y tambores, así como el zumbido de los poetas jenízaros recitando sus historias. Asaron ajo silvestre ensartado en la punta de sus cuchillos y hablaron de sus orígenes, de sus viajes y de las familias que habían dejado atrás. Hablaron de la lucha que vendría y de la temible fama de la Religión. Al cabo de una hora, con una pantomima de reticencia inicial vencida por el sentimiento de camaradería, Tannhäuser le regaló al muchacho una de las piedras de la inmortalidad que llevaba en un estuche de nácar.

Tannhäuser había conocido las piedras gracias a Petrus Grubenius, quien a su vez había sabido de su existencia en Salzburgo, de boca del gran Paracelso. En realidad, Tannhäuser tenía muy mala opinión de la verdadera receta alquímica, pero la suya funcionaba admirablemente bien. En la cocina del albergue de Inglaterra preparaba bolitas de opio crudo y las dejaba en remojo durante toda la noche en una mezcla de aceites cítricos esenciales, miel y aguardiente. Al día siguiente, las espolvoreaba con finísimo polvo de oro, raspado de una moneda veneciana de un ducado, y dejaba que se glasearan al sol. Desconocía la contribución del oro a la potencia de las píldoras, pero el metal les confería un atractivo irresistible, tanto de día como a la luz de la lumbre, y facilitaba enormemente la promoción de sus virtudes. Le enseñó al joven la píldora moteada de oro sobre la palma de su mano.

–En la eternidad –le dijo– no hay dolor.

Los ojos del macedonio indicaban que había padecido todo el dolor que le correspondía e incluso más.

–Tampoco hay miedo, ni angustia, ni deseos, ni tan sólo voluntad –prosiguió Tannhäuser–, porque en la eternidad todos los hombres forman parte de la inteligencia divina como una gota de agua forma parte del ancho mar azul. Así nos liberamos, así llegamos a completarnos y así retornamos a la fuente fundamental de todas las cosas.

Colocó la píldora negra y dorada en la mano del macedonio como si fuera la sagrada forma.

–Estas piedras, las piedras de la inmortalidad, abren una ventana a ese reino metafísico. Nos permiten vislumbrar el significado de vivir como un espíritu puro, en la paz infinita que nos espera, sin el yugo ni los numerosos grilletes de nuestra mortalidad.

Aunque estuvo tentado de hacerlo de verdad, Tannhäuser sólo fingió que se metía una píldora en la boca, mientras el macedonio se tragaba la suya. Se llamaba Nicodemo y tenía dieciocho años. Tannhäuser le indicó que contemplara el fuego junto al que ambos estaban sentados con las piernas cruzadas y él así lo hizo. Pasaron una hora en completo silencio y, mientras Tannhäuser cuidaba la llama, Nicodemo cayó en un trance místico causado por la piedra. Cuando vio que el joven empezaba a balancearse adelante y atrás, obedeciendo algún ritmo interior, Tannhäuser le señaló el fuego.

–En la danza del viento y la llama –explicó–, en la transmutación de la madera en luz y calor, y finalmente en ceniza y polvo, vemos un retrato, o un microcosmos, como decían los antiguos, no sólo de nuestras vidas, sino del caos en que algún día se sumirá toda la Creación.

Nicodemo lo miraba fijamente, como si de verdad fuera un gran sabio.

–Tú lo entiendes –dijo Tannhäuser, sabiendo que importaba muy poco que entendiera o no.

Nicodemo hizo un gesto afirmativo. Sus ojos centelleaban a la luz de la hoguera, con las pupilas pequeñas como cabezas de alfiler, y temblaban en sus órbitas como canicas aceitadas.

–Bien –prosiguió Tannhäuser–. Ahora contemplemos el fuego mientras muere, pues en la contemplación encontraremos valor para superar los peligros que nos aguardan.

Contemplaron el fuego. Finalmente, el fuego se desmoronó en brasas rojas como rubíes y se quedó palpitando en la noche como el corazón arrancado de una bestia infernal. Para entonces, Nicodemo se encontraba en el lugar donde no existe el desconsuelo. Y en ese mudo estado de éxtasis, Tannhäuser lo cargó sobre el lomo de *Buraq* y se lo llevó al Borgo sin que nadie lo notara.

Bors había montado una larga guardia, a la espera del regreso de Tannhäuser, y se aseguró de que no les dispararan mientras se acercaban al mantelete y el postigo de la puerta de Kalkara. Para Nicodemo, mientras Tannhäuser lo conducía por las estrechas calles de la ciudad y a través del ancho puente de madera del Castel Sant'Angelo, la transformación y el renacimiento fueron extraños, pero no por eso menos reales. La ciudad estaba atestada de crucifijos, imágenes y altares, muchos de ellos humeantes de incienso y cirios votivos, y Nicodemo empezó a santiguarse cada vez que pasaba delante de uno. Las caras adustas y el aura devota de los caballeros que flanqueaban el camino y que lo escoltaron a través de un laberinto iluminado por antorchas hasta el despacho del gran maestre le infundieron un tembloroso sobrecogimiento, al igual que el símbolo de Cristo, que por todas partes se veía en las capas y en los hábitos. Aunque ya era pasada la medianoche, La Valette estaba reunido con sus oficiales. Al verlo, el macedonio cayó de rodillas, como rindiéndose a los pies de un santo viviente, y proclamó su amor por Jesucristo Nuestro Señor y suplicó que volvieran a bautizarlo y que lo acogieran nuevamente en el redil del Cordero de Dios.

Cuando La Valette supo que el joven se llamaba Nicodemo, arqueó una ceja y se oyeron murmullos entre los caballeros hermanos, porque al parecer había un personaje de cierta relevancia en el Evangelio según San Juan, un hombre que había hablado con el mismísimo san Juan Bautista, que llevaba el mismo nombre. Para Tannhäuser el hecho no revestía ninguna importancia, sobre todo teniendo en cuenta que todos los hombres allí presentes, incluido él mismo, llevaban un nombre que figuraba en la Biblia. Pero los hermanos lo interpretaron como una señal del favor divino y le dijeron a Nicodemo que con gusto mandarían llamar a los capellanes y que con gusto procurarían que su alma volviera a nacer. Entonces Nicodemo les contó todo lo sucedido en el último consejo de guerra del ejército turco, que era lo que sigue.

Tras el fallido ataque al bastión de Castilla, surgieron feroces divisiones en el campamento de Mustafá Pachá, lo cual no sorprendió en absoluto a Tannhäuser. El punto débil de los turcos, si es que tenían alguno, era que su ejército en campaña (a menos que lo dirigiera personalmente el sultán) estaba plagado de envidias ocultas y dividido por las rivalidades y las intrigas de sus comandantes. Mustafá se había declarado partidario de tomar la ciudad norteña de Mdina (donde La Valette había estacionado su caballería al mando de Copier), antes de poner sitio a la Ísola y el Borgo; pero el almirante Piyale había insistido en que su flota no estaba a salvo en su fondeadero de Marsaxlokk porque, erróneamente, la creía expuesta a los vientos de gregal.

Piyale era el conquistador de Orán, Menorca y Yerba, y estaba casado con la nieta de Suleimán. Era el favorito del sultán. Piyale se había inclinado por la captura del fuerte de San Telmo como primer paso de la campaña, con el fin de abrir para su flota la adyacente ensenada de Marsamxett, mucho más segura. Además de eso, estaba convencido de que la toma de la fortaleza les permitiría atacar Sant'Angelo y el Borgo desde el Gran Puerto con la artillería de sus naves. Como el ingeniero jefe de las fuerzas turcas había asegurado que la pequeña fortaleza era débil y caería en menos de una semana, el consejo había decidido concentrar su siguiente ataque contra San Telmo.

El relato de Nicodemo causó consternación. Había alrededor de ochocientos hombres estacionados en San Telmo, fuerzas de élite que constituían la tercera parte de los soldados y oficiales con experiencia que La Valette tenía a su disposición. Se alzaron voces que recomendaron evacuar y destruir la fortaleza; otras que propusieron una resistencia formal presentada por unos pocos hombres, para salvar el honor, y otras al fin que llamaron a enviar refuerzos de inmediato. Pero no había la menor duda de que el fuerte iba a caer.

La Valette se volvió hacia Tannhäuser:

–Capitán Tannhäuser, ¿qué decís?

–¿Una débil resistencia es todo lo que pueden ofrecer vuestros mejores hombres? –preguntó él, con un gesto de desdén.

Algunos de los más nobles entre los presentes se encresparon ofendidos, pero La Valette les indicó que se calmaran.

–Si es así –prosiguió Tannhäuser–, evacuadlos ahora mismo, porque de lo contrario le daríais a Mustafá una victoria con la que enardecer a sus gazíes, algo que deberíais tener la sensatez de evitar.

La Valette asintió, dando a entender que esas palabras reflejaban su punto de vista.

–Decidme entonces, ¿cuántos días de resistencia transformarían su victoria en humillación?

–Nunca se plegarán a la humillación. ¿Os basta con el abatimiento?

–El abatimiento será suficiente.

Tannhäuser reflexionó un momento. Entre sus muchas prodigalidades, la guerra exigía desarrollar en grado máximo el arte de las matemáticas, los presagios y la capacidad de leer el pensamiento de otros hombres. Tiempo, material, hombres, moral, cadáveres. Sólo se podía intentar esa álgebra buscando a tientas en las propias entrañas, unas entrañas que a su vez tenían que haber padecido toda una eternidad de terror y violencia.

Tannhäuser escogió un objetivo que consideró imposible:

–Tres semanas.

La Valette compuso una expresión meditativa y levantó la vista. Observándolo, Tannhäuser recordó que entre las vicisitudes que La Valette había padecido en sus entrañas figuraba el sitio de Rodas. Incluso cuarenta años después, la ferocidad primigenia de Rodas seguía siendo legendaria entre los jenízaros. En Rodas –contaban–, los famélicos supervivientes de la Religión se habían levantado de pozos excavados en la nieve, como demonios cuyo único alimento hubiese sido la sangre humana. La Valette consideró por un momento una infernal visión que sólo él conocía, y bajó la mirada.

–Serán veintiún días –murmuró.

Antes de que pudieran alzarse objeciones contra ese alarde, Le Mas aprovechó su ocasión.

–Excelencia, mis hombres y yo estamos listos para defender vuestra palabra. El puesto de honor.

El puesto de honor era el puesto de la muerte segura y Tannhäuser sintió un nudo en la garganta. Sentía simpatía por Le Mas, con quien había pasado varias veladas desenfrenadas y muy poco monásticas en El Oráculo. Mientras los oficiales de las diversas lenguas rivalizaban para ofrecerse voluntarios, Tannhäuser reprimió el repentino impulso de unirse a ellos. La suya era una compañía muy peligrosa.

–He visto la batería de asedio de los turcos. Es enorme –dijo Tannhäuser.

El coro de monjes dispuestos a sacrificarse guardó silencio.

–Una docena de culebrinas de ochenta libras, basiliscos que arrojan piedras de trescientas libras y al menos veinte bombardas de cuarenta libras. Además, Turgut traerá su propia artillería de asedio.

–¿Esperan a Turgut? –preguntó Le Mas.

–En cualquier momento.

Le Mas se volvió hacia La Valette.

–Entonces insisto: quiero el puesto de honor.

–Reducirán San Telmo a escombros –dijo Tannhäuser.

–Con la ayuda de Dios, defenderemos San Telmo hasta los escombros –replicó La Valette.

–Entonces no intentaré disuadiros –dijo Tannhäuser–, pero los otomanos combaten con la zapa tanto como con la espada. Vos debéis hacer lo mismo. El Borgo es más débil de lo que pensáis.

La Valette disimuló un destello de enfado.

–¿Por qué lo decís?

Tannhäuser indicó el plano desplegado sobre la mesa de los mapas.

–¿Me dais vuestro permiso?

La Valette asintió y los nobles caballeros se reunieron alrededor de la mesa, mientras Tannhäuser recorría con un dedo la línea de la muralla principal.

–Bloques de arenisca, ¿verdad? Fábrica de sillares rellena de escombros.

La Valette hizo un gesto afirmativo.

–Los otomanos emplean un sistema científico –prosiguió Tannhäuser–: proyectiles de hierro para resquebrajar la sillería, y mármol y piedra, en rotación, para aflojar los escombros. Estos muros son enormes, pero caerán. Cuando lleguen los mamelucos, socavarán esos bastiones –los señaló por la ventana–, a pesar de la zanja. Los ingenieros de Mustafá serían capaces de excavarle una galería para llevarlo de vuelta a Egipto si así se lo ordenara.

–Eso es más de lo que teníamos previsto –dijo La Valette.

–Si es cierto que podéis ganar tanto tiempo con la defensa de San Telmo, debéis invertir ese tiempo en construir. Disponéis de un millar de esclavos pudriéndose bajo tierra. Aquí, en el bastión de Castilla, una segunda muralla...

Los cuellos se estiraron para seguir el movimiento de su dedo, que trazaba una línea en el plano.

–Una segunda muralla, invisible desde las colinas, con casamatas aquí y aquí, para destrozarlos cuando irrumpan aullando a través de la primera.

–¿Por qué Castilla? –preguntó La Valette.

–Por orgullo –replicó Tannhäuser–. Mustafá está molesto por el revés de ayer. Está furibundo, y la furia turca es de una índole que nunca he visto en el alma cristiana. Además, si ataca el bastión de Castilla, podrá protegerse el flanco derecho con las baterías de San Salvatore. Más aún, la llanura se estrecha en ese punto, lo cual es perfecto para sus ingenieros y zapadores. –Indicó el fuerte de San Miguel–. Si al mismo tiempo asalta la Ísola (como haría yo si estuviera en su lugar), vuestras fuerzas tendrán que dividirse para defender los dos extremos de la muralla, y si uno de los dos cede, todo habrá terminado, excepto el griterío.

La Valette miró primero a Oliver Starkey, como para transmitirle que los beneficios de haber reclutado a Tannhäuser estaban superando todas sus expectativas, y después volvió sus ojos verde mar hacia este último. Era la mirada más fría que Tannhäuser hubiese visto en su vida, y eso que había visto muchas. Incluso los ojos de Ludovico Ludovici eran más reconociblemente humanos; al menos él había conocido el amor. Tannhäuser tuvo la incómoda sensación de que La Valette se había formado idéntica opinión de él. Parpadeó y volvió al plano. Con un dedo, señaló el Borgo.

–Estas calles... aquí, aquí y aquí... más paredes. Como un embudo. Hay que demoler estas casas para el campo de tiro. Cuando entren los turcos, se encontrarán con esto.

–La batalla apenas ha comenzado –dijo Le Mas– y vos ya colocáis a los infieles entre nosotros.

–En la mente de Mustafá, ya lo están –replicó Tannhäuser.

–El capitán Tannhäuser tiene razón –dijo La Valette–. El trabajo servirá para que la población entienda lo que nos espera y lo que se exige de ella.

Habló entonces el enjuto castellano Zanoguerra.

–Capitán, nuestros soldados rasos hablan de los jenízaros como si fueran demonios. ¿Qué podéis decirnos para combatir sus supersticiones?

–¿Supersticiones? –replicó Tannhäuser, molesto–. Los jenízaros son hombres de Dios, lo mismo que vuestros soldados, y hombre a hombre, están a la altura de cualquiera de vosotros. –Pasó por alto los resoplidos desdeñosos, porque sabía que pronto aprenderían–. Pero sus corazas son ligeras y Mustafá derrochará sus vidas. Ésa es la debilidad de Mustafá. Es un *isfendiyaroglu*, descendiente directo de Ibn Walid, el portaestandarte del profeta Mahoma. Es intrépido. Es temible. Es un maestro en todas las artes de la guerra, en particular las del asedio. Pero no conoce la moderación. Es soberbio. Es orgulloso. Tenéis que doblegar su orgullo. Conservad a vuestros hombres. –Miró a La Valette. No era apropiado criticar al gran maestre, pero de nada les serviría si no podía hablar francamente–. La salida de ayer por la puerta Provenzal fue precipitada, un derroche...

–Diez de ellos cayeron por cada uno de los nuestros –objetó Zanoguerra.

–No podéis permitiros perder ni uno solo de los vuestros por diez de los suyos –replicó Tannhäuser–. Mustafá sí puede. Y lo hará. Los alardes y baladronadas sellarán vuestra desgracia. Dejad para los jenízaros los gestos de arrojo. Porque aunque son rivales temibles para cualquier hombre, no son más que hombres. Se cansarán de ver cómo malgastan sus vidas. Se cansarán de la mala comida, del agua maloliente y del calor brutal. Consumid gota a gota su fe en el favor de Alá. Socavad el orgullo de Mustafá. –Miró a La Valette–. Pero si queréis quebrar el corazón de los turcos (y no sé de nadie que lo haya conseguido), entonces tendréis que endurecer el vuestro más allá de toda medida.

–Espero que no os ofendáis –dijo La Valette– si os digo que pensáis como un turco.

–Al contrario –replicó Tannhäuser–. Ellos os consideran viles bárbaros.

Para sorpresa de todos los reunidos, La Valette se echó a reír, como si no pudiera sentirse más halagado. Ése fue el momento que escogió Nicodemo para desplomarse sin sentido, justo delante del crucifijo colgado de la pared, al que llevaba cierto tiempo contemplando.

Tannhäuser acudió a su lado, se arrodilló y le dio la vuelta para dejarlo tendido de espaldas. A veces sucedía que las piedras de la inmortalidad hacían honor a su nombre, de manera que quienes las consumían no despertaban del sueño infinito. Pero Nicodemo respiraba con regularidad y en sus labios había una sonrisa. Tannhäuser decidió ser menos generoso con el opio la próxima vez que fabricara una nueva hornada de piedras. Los caballeros, que también se habían reunido a su alrededor y no tenían conocimiento de la intoxicación del joven, interpretaron su desvanecimiento como un síntoma de éxtasis religioso. Tannhäuser no los sacó de su error. Con la ayuda de Le Mas, levantó al muchacho del suelo y se lo echó al hombro.

–Volveremos a hablar –dijo La Valette.

Tannhäuser echó a andar con dificultad, porque el macedonio no era ninguna pluma, y se llevó al joven al albergue. Al día siguiente, un par de bofetadas fueron suficientes para despertarlo y, aún en estado de éxtasis, Nicodemo recibió el bautismo en San Lorenzo y su alma quedó limpia para siempre de la mancha del islam.

Sumergido aún en su tinaja de agua salada, Tannhäuser advirtió el humo de leña y el olor del café que emanaba a través de la puerta abierta. Había conseguido en el bazar una jarra de cobre, un molinillo de café, un juego de delicadas tacitas de Izmit (de turquesa con reborde de oro) y dos sacos de granos tostados. En Nicodemo encontró a la persona indicada para preparar el café tal como era preciso. El macedonio, que trataba a Tannhäuser con la reverencia debida a un mago, residía ahora en el albergue de Inglaterra, y como ninguna de las dos mujeres (para decepción de Tannhäuser) había demostrado interés alguno por las artes culinarias, le había correspondido a él el honor de prepararle el desayuno.

Tannhäuser salió de su tinaja de salmuera, fresco y tonificado, y dejó que el aire le secara la piel antes de vestirse. Mientras comía riñones de oveja, queso de cabra y pan frito, se puso a pensar en el problema del hijo de la condesa. Llevaban casi tres semanas en la isla, y si el niño estaba allí, ellos no lo habían encontrado. Aún no sabían su nombre. Los registros bautismales de las iglesias del Borgo habían resultado ser terreno baldío, aun cuando los párrocos de doce de las iglesias de extramuros habían traído consigo sus libros al huir de los turcos. Durante sus salidas al exterior, Tannhäuser había buscado en otras siete iglesias y ermitas de las que tanto abundaban en Malta. Halló otros cinco registros parroquiales enterrados bajo los altares, pero tampoco en ellos encontró nada útil.

Su plan de encontrar al chico con ese sistema (que tan inspirado le había parecido cuando estaba ebrio de música, rosas y escotes generosos) había resultado tan ridículo como toda la empresa en su conjunto. El deseo de impresionar a una mujer había precipitado a un sinnúmero de hombres sensatos hacia desastres que de otro modo habrían podido evitar. No era un gran consuelo saberse el último de una línea de imbéciles que se remontaba hasta los tiempos del Edén.

Había cientos de niños en la ciudad. No era tarea fácil identificar entre ellos a un bastardo nacido doce años antes, la víspera de Todos los Santos. Sólo entonces se le ocurrió que quizá el expósito ni siquiera conociera su fecha de nacimiento. La ilegitimidad era un asunto espinoso en una comunidad donde los malteses se caracterizaban por un hosco orgullo y los caballeros, por la celosa protección de su elevada reputación, sobre todo en lo referente a la devoción y la piedad. Además, la Iglesia católica había perfeccionado su habilidad para ocultar los delitos sexuales de sus célibes siervos en más de un milenio de práctica frecuente.

–Lo reconoceré en cuanto lo vea –había dicho Carla.

Si era así, aún no lo había visto.

Tannhäuser había escrutado cada cara sin lavar, buscando ecos de Carla y de Ludovico. Un día descubría media docena de jovencitos que parecían el vivo retrato de la una o del otro; al día siguiente, esos mismos rostros le parecían una mala pasada de su credulidad. Incluso veía chicos que habrían podido ser el fruto de su propia simiente. Y todo eso suponiendo que el niño estuviera aún en la isla y no hubiera muerto años antes o estuviera siendo sodomizado en un burdel de Libia o en la cama de algún cardenal. Tannhäuser había considerado la idea de decirle a Carla que había encontrado su tumba en un cementerio distante, fuera de las murallas. ¿Cuánto podía entristecerse por un ser tan abstracto? Pero no sería la tristeza sino la derrota lo que nublaría su mirada y él no quería empañar su brillo, y menos aún con una mentira. Carla parecía ver su vida como una historia de rendición sin resistencia; a los más fuertes siempre les costaba excusar o perdonar sus propios fallos. La búsqueda del niño era su última batalla; si la perdía, Tannhäuser temía que nunca volviera a encontrar el valor de luchar y eso era algo que no quería ver.

Tragó un bocado de riñones con un sorbo de vino. Se le ocurrió otro engaño, inspirado por Amparo mientras él forcejeaba con los botones de su vestido, a su regreso de la reunión de medianoche. Consistía en sustituir al chico por un impostor, elegido entre los numerosos huérfanos que pululaban por la ciudad. Amparo había entablado amistad con uno de esos briboncillos en los muelles y le había preguntado a él si podía presentárselo. Sería fácil ganarse la confianza de uno de esos chicos, convencerlo de las ventajas de la estratagema y hacer que declarara la fecha de nacimiento adecuada, respaldada por una sencilla falsificación en uno de los registros parroquiales que había recogido. Todos quedarían conformes y ellos podrían huir prestamente de esa isla de muerte y locura.

Se sorprendió mirando fijamente el último bocado en su plato con un repentino acceso de náuseas. El honor era una maldición monstruosa. Conducía a la destrucción más inexorablemente que cualquier vicio. El amor y el respeto a las mujeres eran aún peores, pues entre otras muchas cosas eran capaces de arruinar un desayuno excelente. Le hizo señas a Nicodemo para que le sirviera el café. Bebió el saludable brebaje y esperó a recuperar el ánimo. No había estado en Mdina, la capital formal de la isla. La Valette permanecía en contacto con su guarnición a través de sus famosos exploradores malteses, pero el trayecto era peligroso. Aun así, el chico había nacido en Mdina y era preciso hacer el viaje. Si resultaba tan infructuoso como los demás, convencería a Carla de que la búsqueda había terminado.

Se frotó la cara con las dos manos. Su único deseo en ese instante era volver a la cama y a los brazos de Amparo; pero ese mismo deseo, en una de sus muchas formas, había causado sus problemas actuales y lo había llevado hasta allí. Carla le había pedido que la llevara a Malta y él la había complacido y aún había hecho mucho más. Había puesto color en sus mejillas. Le había hecho saborear la aventura. Fracasarían, pero con honor. Seguramente, después de haberlo intentado, ella podría dejar en paz a sus demonios. Tannhäuser había llevado unos corderos a la guarida de los lobos y eso pesaba como una losa en su conciencia. Ahora su obligación era sacarlos de allí. ¿Le negaría ella el título de nobleza por medio del matrimonio? Tannhäuser había pasado por alto especificar esa circunstancia en los detalles de su pacto: una evidencia más de su insensatez cuando tenía delante un buen par de pechos. Carla le gustaba extraordinariamente. Un hombre podía salir mucho peor parado en lo tocante a una esposa. Sin embargo, él mismo había enturbiado considerablemente esas aguas al rendirse a los encantos de Amparo. Había herido a Carla, de eso no cabía duda, y una garra le revolvía las entrañas cada vez que lo pensaba. ¡Si la condesa hubiera sido un poco más receptiva! ¡Si no le hubiera negado el beso que había pretendido robarle en el jardín! En realidad, él lo había tomado por rechazo y no le había sorprendido. ¿Y qué decir de la poderosa sensación que había experimentado al contemplar a Amparo durmiendo, menos de una hora antes?

Maldición. Estaba cargado de cadenas invisibles, atormentado por instrumentos de tortura psicológica de diabólica fabricación. Un hombre astuto habría organizado su propia partida sin pensárselo un momento. Pero él no era un hombre astuto, o al menos eso parecía, de modo que puso fin a sus inútiles meditaciones con un largo suspiro.

–Estáis preocupado, señor –dijo Nicodemo.

Tannhäuser gruñó y bajó las manos. La belleza del macedonio era notable: rasgos intensos de perfecta simetría y proporción sobre una tez morena. Su ojos negros de largas pestañas contemplaban el mundo con la herida inocencia de los iconos que había en los muros de Aya Sofy. Probablemente esas cualidades lo habían promovido a la guardia personal de Mustafá, ya que los ancianos encuentran consuelo en el espejo de la juventud. Hablaban en turco.

–Soy demasiado proclive a la introspección –contestó Tannhäuser–. No es un hábito que tú debas cultivar.

–Vos me enseñasteis el camino de regreso a Cristo –dijo Nicodemo, en cuyos ojos brillaba el idealismo de quien era demasiado joven para pensar de otra manera–. Mi vida es vuestra.

Tannhäuser sonrió.

–No soy un hombre religioso.

–Veis el corazón de las cosas como sólo un hombre religioso puede verlas.

Tannhäuser no vio razón para contradecirlo. La lealtad, cualquiera que fuera su fundamento, era un bien muy valioso. Nicodemo se remangó la camisa para revelar un bronceado y nervudo antebrazo, y, a su alrededor, un brazalete de oro punteado. Se quitó el brazalete y se lo tendió.

–Por favor –dijo–, aceptadlo. Aliviará vuestros problemas.

Tannhäuser lo examinó. Era un círculo incompleto, pesado, de unas seis o siete onzas y carácter masculino. Los matices del metal parecían variar al azar y el acabado no era de los mejores: se apreciaban las marcas del martillo del orfebre en el trabajo de repujado y la simetría era imperfecta. Aun así, no dejaba de proclamarse como una pieza soberbia. El oro alcanzaba una pulgada y media de ancho en el centro y se estrechaba hasta una pulgada en los extremos. Estos extremos estaban configurados como dos cabezas de rugientes leones. Levantó el brazalete para mirarlo a la luz y vio que tenía una inscripción en árabe por la cara interna. Leyó en voz alta: «No vine a Malta buscando fortuna u honor, sino para salvar mi alma».

Miró a Nicodemo. Se preguntó quién se lo habría dado al joven y por qué, pero no estaba seguro de querer saber la respuesta. Tannhäuser se puso el brazalete en la muñeca y sintió que una calidez inexplicable se difundía por su pecho. Quizá la inscripción lo imbuía de algún poder sobrenatural.

–Lo guardaré como un tesoro, más que todas las demás posesiones –dijo Tannhäuser, levantando el brazo y dejando que el brazalete reluciera con un resplandor mate, casi ocre–. Encierra un poder que el ojo no puede percibir.

Nicodemo asintió solemnemente.

–Antes de ser coronado sultán, Suleimán Sha aprendió el oficio de orfebre.

–Así es –replicó Nicodemo–. También yo. –Tannhäuser lo miró–. O al menos fui aprendiz durante cinco años. No llegué a ser admitido en la cofradía.

De pronto, las pequeñas imperfecciones del brazalete cobraban sentido.

–Entonces lo has hecho tú.

Nicodemo asintió.

–Con cuarenta y nueve monedas de oro –dijo, como si el oro hubiese sido el pago por algo que nunca hubiese debido venderse.

–Entonces has transformado una cosa vil en algo bello –dijo Tannhäuser–. No hay magia más elevada.

Una sombra de melancolía persistió en el rostro del macedonio.

Tannhäuser sonrió.

–Dame un abrazo.

Nicodemo dio un paso al frente y Tannhäuser lo estrechó contra su pecho.

–Ahora ve y saca a Bors de su agujero. –Lo dejó ir–. Y guisa algo sabroso para las mujeres cuando me marche. Comen como pajarillos. –Nicodemo se volvió para marcharse, pero Tannhäuser lo detuvo–. Nicodemo, has aliviado mis preocupaciones.

La cara de Nicodemo se iluminó con una sonrisa. Hizo una reverencia y se marchó.

Tannhäuser salió a la puerta y la luz del sol arrancó radiantes destellos al brazalete. Sólo el oro podía parecer oro y tener su tacto. Por eso los hombres lo amaban, porque todo lo demás era engañoso. Sintió un tenue temblor a través de las suelas de las botas, cuando el ruido de docenas de explosiones alcanzó el albergue. Los cañones de asedio habían abierto fuego desde las laderas del monte Sciberras. Empezaba un nuevo día en el fuerte de San Telmo.

Viernes 8 de junio de 1565

Hospital de la Piazza. Castel Sant'Angelo

Bors se tragó su disgusto por haberse quedado sin desayuno caliente y se limitó a engullir un poco de queso y a beber algo de vino mientras atravesaban la ciudad.

–Las mujeres me están volviendo loco –dijo Mattias.

Bors fingió sorpresa.

–¿Qué han hecho ahora esas blancas y tiernas doncellas?

Mattias hinchó los carrillos.

–¿Acaso necesitan hacer algo, aparte de respirar? –Separó las manos abiertas, como reconociéndose víctima de unos poderes que lo superaban en fuerza e ingenio–. Tengo a una, pero también quiero a la otra.

–¿La condesa? –preguntó Bors–. La creía demasiado arrogante para ti.

–Tiene una fascinación que ella misma ignora.

–Pues me atrevo a decir que encontrarías una tórrida bienvenida en sus brazos si dejaras de holgar con su mejor amiga y la abordaras con humildad. Por su aspecto, diría que no se ha ayuntado con nadie desde que parió a su hijo, aunque bien es cierto que ellas son mucho más hábiles que nosotros para ocultar esas cosas.

–Si sólo fuera cuestión de lujuria, no habría dilema. Pero a las dos les tengo afecto.

–¡Un momento! –exclamó Bors–. El amor, en el mejor de los casos, es un chulo impío.

–No he hablado de amor.

–¡Amor, afecto! ¿Quieres que discutamos sobre el sexo de los ángeles?

–Adelante, habla –dijo Mattias.

–En la guerra, el amor se vuelve contagioso –expuso Bors–. Los rivales acérrimos se vuelven hermanos, la malevolencia se troca en camaradería y los desconocidos se abrazan. Mira a La Valette. Apuesto que hace seis meses un montón de caballeros españoles e italianos habrían bailado de júbilo si lo hubiesen visto con un puñal enterrado entre los omóplatos, o al menos eso he oído. Pero ahora el hombre parece el mismísimo Mesías. ¿Por qué? –Hizo una pausa para mayor efecto–. Porque el amor es el caballo que tira del carro de los despojos de la guerra. ¿Por qué otra razón íbamos a volver una y otra vez? En cuanto a las mujeres, nunca como en la guerra es más dulce su carne, ni son más luminosas sus virtudes, ni es más bienvenida su ternura. –Miró a Mattias a los ojos–. Y nunca como en la guerra es más peligroso y profundo el agujero que tienen entre las piernas.

Mattias guardó silencio un momento para asimilar lo que había oído, y Bors se sintió gratificado. Normalmente, Mattias tenía una respuesta para todo.

–¿Qué me aconsejas entonces? –preguntó.

–¿Aconsejarte? –Una breve carcajada escapó de la garganta de Bors–. Hay una puta en la ensenada de las Galeras, a sotavento, que puedo recomendar calurosamente, aunque su peso desequilibra las básculas casi tanto como el mío. La visión de su cuerpo desnudo es en sí misma una experiencia inolvidable.

–Mi pregunta era seria.

–También lo era la respuesta. Aquí el único juego es la supervivencia, y el amor (o la lascivia) es una desventaja peligrosa. –Se encogió de hombros–. Pero estoy gastando saliva inútilmente, porque el juego sin obstáculos no es juego para los que son como tú. Mi consejo, entonces, es que te las beneficies a las dos y dejes que el diablo decida. Sólo cuando termine todo esto sabrás si alguna de estas cosas tenía sentido, y ni siquiera entonces.

Mattias meditó al respecto mientras se adentraban en la plaza de la Sagrada Enfermería. Su actitud cambió al ver al padre Lázaro, que salía y bajaba los peldaños.

–Espera un momento –dijo Mattias–, tengo algo que hacer.

Le hizo una reverencia a Lázaro, que respondió con una cautelosa inclinación de la cabeza.

–Padre Lázaro, soy Mattias Tannhäuser, residente hasta hace poco en Mesina. Espero que no lo toméis como insolencia, pero quisiera pediros un favor. Como ya sabéis, doña Carla está ansiosa por llevar algún consuelo a los heridos y, sin embargo, se le niega toda oportunidad de servir. Tenía la esperanza de que vos y yo pudiéramos llegar a un acuerdo en ese sentido.

–El cuidado de los enfermos es la labor más sagrada de la Orden y no se presta a negociaciones ni a acuerdos –respondió Lázaro–. En cualquier caso, sólo nosotros tenemos los conocimientos necesarios.

–¿Qué conocimientos hacen falta para sujetar la mano de un hombre y susurrarle unas palabras de esperanza?

–Doña Carla es una mujer.

–El sonido de una voz femenina dará a vuestros hombres más deseos de vivir que todos vuestros elixires y pociones combinados.

–Nuestros hombres vivirán por el poder de la oración y la gracia de Dios –dijo Lázaro.

–Entonces a la condesa os la envía Dios. Ha pasado media vida rezando.

–Ninguna mujer seglar puede entrar en la Sagrada Enfermería.

–Lo único que las excluye es vuestro orgullo, ¿o debería decir soberbia?

El monje quedó boquiabierto ante tamaña afrenta.

–¿Sugerís que abramos las puertas a todas las mujeres del Borgo?

–Podríais tomar decisiones peores –contestó Mattias–. En cualquier caso, no os resultaría muy difícil hacer una excepción para una aristócrata como ella.

Lázaro no parecía dispuesto a ceder. Mattias le apoyó una mano en el hombro y el monje se sobresaltó, como si nadie se hubiese tomado nunca semejante libertad.

–Padre, sois un hombre de Dios y, si me permitís decirlo, ya entrado en años. No podéis imaginar lo que pueden hacer la vista, la presencia, el perfume y el aura de una mujer hermosa por el espíritu de un soldado.

Lázaro miró desde abajo la cara curtida y bárbara que se cernía sobre la suya.

–Esperaba no tener que formular esta objeción –dijo el monje–, pero he oído que doña Carla no es tan piadosa como vos decís.

–Habéis oído más que yo, padre –replicó Mattias, arqueando una ceja en señal de advertencia.

–¿Acaso no vive con vos en pecado mortal?

–Me decepcionáis, padre –dijo Mattias–. Me decepcionáis amargamente, si me permitís la franqueza.

La boca de Lázaro se frunció en algo parecido al ano de una oveja. Mattias miró a Bors, que a su vez se giró para reprimir una risilla.

–Esas habladurías son tan inútiles como perniciosas –prosiguió Mattias–. ¿No fue el propio Moisés quien catalogó como delito el falso testimonio? –Sus ojos se ensombrecieron–. Yo personalmente no tengo un buen nombre que defender; pero como protector de doña Carla, os advierto y aconsejo que no deis pábulo a las calumnias contra su honor.

–Entonces las murmuraciones son del todo falsas –dijo nerviosamente Lázaro.

–Me sorprende y me choca que los monjes sean dados a ese tipo de rumores salaces.

Sin ocultar su turbación, Lázaro intentó una débil defensa:

–Quizá no lo sepáis, pero doña Carla abandonó la isla en condiciones un tanto vergonzosas.

–Ella misma me lo dijo, porque no tiene malicia. La vergüenza a la que os referís, y es cierto que hubo mucha, no fue suya, sino de otros más poderosos que ella. Además, sucedió hace mucho. ¿Es tan exorbitante vuestra piedad que habéis abandonado el mensaje de perdón de Jesucristo? ¿Expulsaríais a la Magdalena del pie de la Santa Cruz? ¡Deberíais avergonzaros, padre Lázaro! –Mientras Lázaro recibía tambaleándose esta diatriba, Mattias retrocedió un paso y suavizó el tono–. Si decidís ser más cristiano, es posible que una libra de opio iraní encuentre el camino de vuestra farmacia. Tal vez incluso dos.

Lázaro parpadeó, algo confuso para entonces.

–¿Estáis acaparando opio? ¿Mientras el hospital está lleno de heridos graves?

Bors recordó el abultado alijo oculto bajo la tina. Mattias sonrió con fingida tristeza.

–Puede que me merezca que me tengáis en tan poca estima, padre Lázaro, aunque hasta hoy mismo éramos desconocidos. Pero acaparar opio...

Lázaro se echó atrás.

–Quizá el duro trance en que se encuentran mis pacientes me haya hecho sacar conclusiones precipitadas...

–Sin embargo –lo interrumpió Tannhäuser, con la palma de la mano levantada–, con gran riesgo para mi persona y un desembolso considerable, puede que os consiga la medicina en el bazar turco.

Abrumado por el arrepentimiento, Lázaro lo agarró de la mano.

–Perdonadme, capitán, os lo ruego.

Mattias inclinó la cabeza con gesto gallardo.

–Doña Carla estará encantada de aceptar vuestra invitación.

La preocupación arrugó la cara del monje.

–¿Se verá con fuerzas doña Carla para un trabajo tan lúgubre? –Lázaro miró al hospital, en lo alto de la escalera–. Ahí dentro hay espectáculos que estragarían el estómago del más fuerte y partirían al más robusto de los corazones.

–La condesa tiene el corazón de oro; pero si su estómago resulta demasiado débil, entonces vuestro orgullo triunfará y el suyo recibirá un justo castigo. Las encontraréis, a ella y a su compañera, en el albergue de Inglaterra.

–¿Su compañera?

–Amparo. Si lo que buscáis son habladurías vulgares, es ella la mujer con quien convivo en pecado. –Lázaro parpadeó y, para terminar, Mattias se santiguó–. *Dominus vobiscum* –dijo.

Y se pusieron en marcha.

«*Dominus vobiscum!*», pensó Bors. ¡A un cura! Sólo la ignorancia de las buenas formas podía explicar semejante descaro, pero la ignorancia desempeñaba un papel muy pequeño en todo lo que hacía Mattias.

El Castel Sant'Angelo se erguía sobre el Gran Puerto como un enorme zigurat flotante, con muros colosales que descendían en niveles escalonados de arenisca hasta la propia orilla del mar. Desde la terraza del castillo, la vista a través del Gran Puerto hasta San Telmo era insuperable. Mientras los dos subían el último tramo de la escalera de piedra, el corazón de Bors palpitaba con fuerza y no sólo por el ejercicio. Tenían una invitación para el palco del emperador y ni siquiera Nerón había organizado nunca un circo tan espectacular como aquél.

Salieron a la cegadora luz del sol, a tiempo para oír la salva ensordecedora procedente de la torre caballera de Sant'Angelo. La gran plataforma para cañones, cuyos tablones se sacudieron y crujieron con la fuerza de la explosión, había sido construida para disponer de mayor campo de tiro sobre las posiciones turcas.

Columnas de humo surcaron el cielo, muy por encima del agua cristalina de la ensenada. Bors se hizo pantalla con las manos sobre los ojos para ver a los artilleros, que se precipitaban sobre los cañones de dieciséis libras como si fueran fieras peligrosas que fuera preciso controlar. Iban con el torso desnudo, aunque aún hacía fresco; sus bocas enrojecidas se movían espasmódicamente en el aire sulfuroso, y cada centímetro de su piel estaba teñido de negro alquitrán por la grasa y la pólvora. El sudor dibujaba surcos en sus mugrientos pellejos, cubiertos de úlceras sangrantes por las quemaduras propias del oficio. Y todos ellos, nueve en total, maldecían sin cesar a Dios, al demonio y a las queridas y ancianas madres que los habían traído al mundo, mientras luchaban con las colosales bestias de bronce para devolverlas a su posición, con los ojos inyectados en sangre y las caras llenas de hollín, como infernales juglares dementes interpretando una comedia satánica.

–Fui ayudante de artillero a los nueve años –dijo Bors–, en el ejército del rey de Connaught. Todavía tengo las marcas.

–La conmoción cerebral puede durar toda la vida –convino Mattias.

Bors se echó a reír.

–Lo mismo que mi juramento de no trabajar nunca más con la artillería.

En el alto y despejado cielo de la mañana, docenas de buitres de vastas alas negras describían círculos interminables en torno al fuerte de San Telmo, en plácidos giros antihorarios, con las órbitas perfectamente dispuestas una encima de otra, por obra de esa misteriosa ciencia que sólo su raza conoce. Desde el adarve del muro noroccidental, un monje alto y delgado contemplaba a las aves monstruosas como si fuera capaz de desentrañar su secreto. Por su figura, Starkey estaba tan cerca de un estudioso y tan lejos de un militar como fuera posible imaginar y, sin embargo, había servido en las expediciones navales de la Religión, las famosas caravanas que hacían estragos en las costas de Levante y las islas del Egeo, y destrozaban las naves otomanas en el mar Jónico.

–Ahí está nuestro hombre –dijo Mattias.

Mientras rodeaban la vasta terraza en dirección a Starkey, Bors preguntó:

–¿Alguna noticia del hijo de la condesa?

–Me queda un último sitio por mirar. Si no encuentro ni rastro de él, será el momento de marcharnos. –Miró a Bors–. Sábato nos espera en Venecia, y tú podrás alardear de haber defendido a la Religión.

–La deserción no es nada de qué alardear. Y si nos atrapan, nos ahorcarán.

–Yo no voy a desertar de ningún sitio –dijo Mattias–. No me he obligado a nada, ni he firmado ningún contrato, pese a lo cual he rendido servicios invalorables sin recibir nada a cambio. Me propongo cobrar esa deuda.

Bors conocía bien a Mattias.

–¿Tienes un barco?

–Aún no. La Valette ha escondido una veintena de falúas, o quizá más, en distintos puntos de la costa, para enviar sus mensajeros a Sicilia. No creo que necesitemos más de un día para encontrar una. –Mattias interpretó la expresión de su amigo y se detuvo al pie de la escalera de piedra que conducía al adarve–. Los dos tenemos mejores cosas que hacer que morir en esta pila de estiércol. De momento, las tierras del sur están escasamente vigiladas, pero en cuanto caiga San Telmo, Mustafá atacará esta plaza y los riesgos de la huida se multiplicarán. Mi plan es vender nuestro opio en el bazar, donde conseguiremos el mejor precio y podremos cobrar en perlas y piedras preciosas en lugar de oro, y salir para Calabria antes de una semana.

–¿Y si doña Carla decide quedarse?

–No puedo fabricarle a su hijo con arcilla. Y morir por amor es tan malo como morir por Dios.

–Alabado sea su nombre.

–¿Y tú? ¿Te marchas o te quedas? –preguntó Mattias.

Bors se encogió de hombros.

–Supongo que tendré que conformarme con haber olido la gloria.

–Bien.

–Pero ¿cómo haremos para pasar los cuatro por la puerta de Kalkara?

Mattias no respondió.

Subieron la escalera y, en cuanto superó el parapeto, Bors quedó boquiabierto. A menos de media milla de distancia del otro lado del puerto, todo el ejército turco rodeaba el pequeño y asediado fuerte de San Telmo. El monte Sciberras sobresalía del agua como el lomo de un buey semisumergido, con el espinazo descendiendo hacia el fuerte, encaramado en el extremo marítimo de la península rocosa. El monte proporcionaba una ventaja considerable a la artillería turca, pero en sus flancos no había ni una hoja de vegetación, ni tan sólo un puñado de tierra donde hubiese podido crecer la hierba. La naturaleza no ofrecía facilidades para atrincherar la artillería o proteger las tropas, pero los ingenieros habían violado la montaña virgen. Desde la lejana llanura de Bingemma, miles de negros africanos y esclavos cristianos habían extraído cientos de toneladas del árido suelo de la isla y habían transportado la tierra en sacos, hasta las yermas laderas de la montaña. Con las flexibles ramas de sauce que traían en sus naves habían tejido gaviones (grandes cestas cilíndricas) y los habían rellenado con tierra y piedras, además de los cadáveres de los muchos trabajadores abatidos por los disparos de los defensores del fuerte. Con los gaviones habían formado una serie de reductos, desde los cuales apuntaban y rugían las bocas de los cañones de asedio turcos, vomitando hierro y mármol sobre los muros de San Telmo.

A un coste prodigioso en vidas turcas, habían abierto trincheras en la roca, que ahora se extendían por las laderas como una telaraña, rodeando al fuerte por el sur. Desde los surcos en el suelo rocoso, los fusileros jenízaros disparaban a los hombres de las fortificaciones y a todo lo que navegara por el puerto, que a la luz del día no era nada. Desde las orillas de la bahía de Marsamxett, del otro lado del fuerte, protegidos detrás de pantallas de troncos y arbustos, más tiradores apuntaban contra toda cabeza cristiana que asomara sobre los muros occidentales. Por debajo de las imponentes baterías de cañones, toda la abrupta ladera bullía con los estandartes de cada regimiento de guerreros musulmanes, que se concentraban allí por miles. Relucientes amarillos competían sobre la seda iridiscente con sangrantes escarlatas y verdes luminosos, mientras el sol arrancaba brillos de plata de los enrevesados signos que adornaban los pendones. Y en medio de todo ese despliegue de color y pólvora, San Telmo humeaba como la caldera de un volcán que acabara de despertar.

–¡Cómo aprecian los colores chillones esos cerdos mahometanos! –exclamó Bors–. ¿Qué dicen los estandartes? –preguntó.

–Versículos del Corán –respondió Mattias–. La sura de la victoria. Llaman a los fieles a la matanza, la venganza y la muerte.

–Ahí tienes su diferencia con nosotros –contestó Bors–, porque ¿cuándo llamó Jesús a semejantes horrores?

–Evidentemente, Jesús sabía que no necesitaba hacerlo.

El fuerte asediado, por su parte, tenía forma de estrella con cuatro salientes principales. El lienzo y los bastiones orientados a tierra apenas se veían por el humo y el polvo. Sus flancos trasero y oriental caían a pico en el mar. Tras quince días de bombardeos, sólo era posible adivinar su forma y diseño originales. Los muros orientados a las baterías de la ladera estaban sembrados de brechas, que recordaban los huecos en la boca de una anciana. Masas de escombros habían caído en la zanja al pie de las murallas y las faldas del monte estaban cubiertas con la alfombra multicolor de los cuerpos de fanáticos turcos que ya habían sido alcanzados. Feroces ataques en oleadas de varias horas de duración habían alternado con los bombardeos, y se esperaban más ese día.

Pese a todo, aunque desgarrado por las balas, el estandarte de San Juan (la cruz blanca de los cruzados sobre un campo rojo sangre) ondeaba aún sobre las ruinas, y tras los desmoronados muros e improvisadas falsabragas, se oía aún el crepitar de los mosquetes y el tronar de los cañones. Hasta el momento, contra toda previsión de los atacantes y también de los asediados, los concentrados ataques de los turcos habían sido repelidos. A los defensores que morían en el día, La Valette los sustituía por la noche con hombres que atravesaban a remo el puerto, desde el muelle de Sant'Angelo. Nunca faltaban voluntarios, lo cual no extrañaba a Bors. Aferró con fuerza la empuñadura de la espada, deseando ser uno de ellos. Una mano le apretó el brazo.

–Tienes los ojos llenos de lágrimas –dijo Mattias–. Creía que vosotros los ingleses erais más sensatos.

Bors hizo una mueca y se secó con ambas manos los ojos delatores.

–No, nada de eso. Para lo único que servimos es para alardear en las tabernas de las hazañas de coraje que presenciamos sin tomar parte en ellas.

Mattias echó una mirada hacia donde estaba Starkey.

–Tu compatriota parece mucho más flemático que tú.

Era cierto. Starkey observaba el holocausto con tan poca emoción como la del espectador de una partida de bolos.

–Starkey no tiene pensado esfumarse como un ladrón en plena noche.

Sin hacer caso del comentario, Mattias echó a andar por el adarve, con Bors detrás.

Starkey se volvió para saludarlos.

–He oído decir que habéis convertido mi casa en un antro de iniquidad.

–Como nos enseñó Jesucristo –replicó Mattias–, no sólo de pan vive el hombre.

–Jesús se refería a cosas espirituales, como incluso vos sabéis muy bien. –Starkey se volvió hacia Bors y le habló en inglés–. Sois un hijo de la Iglesia, os he visto en la misa.

Bors oía con tan poca frecuencia su lengua materna que su sonido le resultó peculiarmente ajeno; aun así, su música siempre lo conmovía.

–Sí, excelencia. Un buen hijo.

–¿Cómo habéis acabado en compañía de un hombre tan impío?

–Fue una noche fría, en una zanja mojada, cuando Mattias ya casi no era de este mundo. Con la ayuda de Dios, le devolví la vida. –No tenía sentido tratar de adular a un hombre de la posición de Starkey, pero un punto de devoción religiosa no podía hacer ningún daño–. Ahora, si Dios quiere, espero poder guiarlo también hacia la vida eterna, es decir, de regreso al seno de la Santa Madre Iglesia, de donde procede.

Starkey parecía disfrutar tanto como él escuchando los sonidos de su lengua.

–Será una labor ímproba –replicó Starkey.

–A Mattias se lo llevaron los musulmanes siendo niño, después de presenciar la matanza de toda su familia; por eso os ruego que perdonéis sus blasfemias, que en efecto son muchas. Jesucristo aún le habla en su corazón, pero él se niega a escuchar.

Starkey lo estudió y dijo:

–Creo en vuestra sinceridad.

Bors parpadeó. ¿Por qué clase de sinvergüenza lo tomaba Starkey?

–En asuntos de religión, siempre soy sincero.

–No me cabe duda de que tenéis asuntos importantes que tratar –intervino Mattias en italiano–, pero también yo tengo algunos temas que me gustaría atender.

–Hablábamos de la salvación eterna –dijo Starkey–. De la vuestra.

–Entonces podéis ayudarme –contestó Mattias–. Tengo pensado viajar a Mdina, pero en el bazar me he enterado de que la caballería del mariscal Copier es para los exploradores o aguadores que se aventuran por esos campos lo que el lobo para los conejos. Como prefiero que no me hagan picadillo, necesitaría más protección de la que mi ingenio por sí solo me puede procurar.

–Hasta ahora no habéis necesitado más –replicó Starkey.

–Los turcos no se entregan sin más a su sed de sangre –dijo Mattias–. Son una raza civilizada. Les gusta conversar. En cambio, los caballeros en armadura y a caballo son duros de oído, especialmente cuando ven a un hombre con turbante.

–¿Llevaréis con vos a doña Carla? –preguntó Starkey.

La pregunta sorprendió a Bors, que habría tartamudeado, pero Mattias reaccionó como si no hubiese podido ser más natural.

–Hoy no, aunque es su deseo, ya que ansía estar junto a su padre en estos días oscuros. Pero sin un salvoconducto para ella y sus escoltas, no me estaría permitido llevarla fuera de las murallas. ¿Debo interpretar vuestra pregunta como una oferta de proporcionarnos el necesario salvoconducto?

«¡Escoltas, por el amor de Dios!», pensó Bors. ¡Con qué descaro lo había dicho! Con un salvoconducto para franquear la puerta de Kalkara y un barco, todos podrían marcharse.

–Entonces la señora condesa aún no ha encontrado a su hijo... –dijo Starkey.

Mattias habría preferido que el alto mando permaneciera ignorante de ese asunto, pues de lo contrario habría podido interpretarlo como lo que era: un motivo para la traición. Pero una vez más, Mattias replicó sin parpadear.

–¿Conocéis el nombre del chico y su paradero?

Ahora le llegó el turno de parpadear a Starkey, que sacudió la cabeza.

–En los años anteriores a la elección de nuestro gran maestre, la moral de la Orden había degenerado. Los hombres no son más que hombres. Los jóvenes llegan a la Orden llenos de orgullo y de sueños de caballería, y se encuentran con una vida de ayuno y privaciones en el fin del mundo. En aquella época, los sagrados votos se pronunciaban, pero no siempre se cumplían. Había juegos de azar, burdeles, embriaguez e incluso duelos. Sólo la disciplina más estricta puede impedir que los jóvenes hagan lo que suelen hacer los jóvenes. La Valette la ha impuesto. Como él mismo dice: «Nuestros votos son deliberadamente inhumanos. Son el martillo y el yunque que forjan nuestra fortaleza».

–Habéis eludido mi pregunta –dijo Mattias–. ¿Conocéis al chico?

–No sé quién pueda ser el hijo de doña Carla, ni el hombre con quien ella pecó. –Parecía incómodo–. ¿Era un miembro de la Orden?

–El hijo de la condesa nació la víspera de Todos los Santos –dijo Mattias.

Evitó revelar la ascendencia del muchacho. El hecho de que el inquisidor Ludovico fuera su padre era razón suficiente. El asunto ya era lo bastante escandaloso, sin tener que añadirle nada.

–Yo no contaría con que el niño lo sepa –respondió Starkey–. Los malteses son una raza insular y primitiva; son muy religiosos. ¿Qué haréis si lo encontráis?

–Lo llevaré con su madre.

–Quizá la sorpresa sea desagradable para ella. Una vida de porquero puede erradicar hasta el último vestigio de nobleza.

–La condesa tiene un gran corazón.

–¿Y después? ¿Podremos seguir contando con vuestra lealtad?

–Ya he demostrado mi fidelidad a la Religión.

–Cauta respuesta –dijo Starkey.

–A una pregunta que algunos tomarían por insulto mortal –replicó Mattias.

Starkey se echó atrás con elegancia.

–No hay hombre que ocupe lugar tan elevado como el vuestro en la estima del gran maestre.

–Entonces os daré motivos para crecer aún más en su estima... y para que además me enviéis a Mdina.

Mattias señaló por encima del hombro de Starkey y éste se giró. Todos miraron en dirección al cabo del Patíbulo, la lengua de tierra que con el fuerte de San Telmo formaba la bocana del Gran Puerto para los navíos que venían de alta mar. Tal como había pronosticado Mattias, Turgut Reis había llegado con su flota el 30 de mayo. Había instalado en el cabo del Patíbulo sus cañones de asedio, que ahora hostigaban San Telmo desde el este. En ese mismo instante, mientras ellos miraban, las baterías dispararon una descarga contra el fuerte humeante.

–Los turcos están disparando trescientos cañonazos por hora sobre el fuerte –dijo Tannhäuser–. Y los cañones de Turgut –añadió, indicando el canal que atravesaba el Gran Puerto– amenazan vuestras naves de reabastecimiento. Démosle a la caballería de Copier un trabajo de hombres, en lugar de dejar que maten aguadores y camelleros. Enviadme a Mdina y yo conduciré a una de sus compañías hasta el cabo del Patíbulo.

–Como siempre –contestó Starkey–, vuestro arrojo hace que me avergüence de mí mismo.

–¿Y los salvoconductos? –preguntó Mattias.

Un cañón de dieciséis libras rugió desde la torre caballera y Bors vio la bala surcando el aire de la bahía. Aterrizó en medio de una cuadrilla de negros que trabajaban en la prolongación de una trinchera turca y dejó una maraña de aullantes restos humanos, antes de botar y precipitarse por la zanja.

–Venid conmigo –dijo Starkey– y yo prepararé los documentos necesarios. También puedo indicaros dónde encontrar a don Ignacio, el padre de doña Carla. No está bien de salud y quizá no se preste a colaborar. Pero si alguien sabe algo del chico, será él.

Starkey se dirigió a la escalera y Mattias lo siguió. Bors sentía marcharse y perderse la vista, digna de un dios olímpico.

–Excelencia –dijo. Starkey se detuvo–. Con vuestro permiso, me gustaría quedarme y ayudar a los artilleros a marcar los objetivos. Estoy viendo que buena parte de sus disparos se desperdician.

Starkey hizo un gesto afirmativo.

–Daré instrucciones a las cuadrillas.

–Hoy es el día santo de los musulmanes –comentó Mattias–, de modo que sus ataques serán más feroces que de costumbre. –Agarró a Bors por el hombro y le señaló los reductos turcos, en la ladera del monte Sciberras–. ¿Ves aquel turbante blanco grande?

Bors recorrió con la vista las diminutas figuras, a través de la niebla de la pólvora.

–Veo un millar de turbantes blancos.

–Hay uno más grande que los demás, señal de jerarquía. El de la túnica verde. Allá, sobre el emplazamiento de los seis cañones, las culebrinas de boca de dragón.

Rastreando aún con la mirada el campo de batalla, Bors localizó de pronto un enorme turbante blanco, en equilibrio sobre un personaje del tamaño de un alfiler enfundado en una túnica verde.

–Lo tengo.

–Ése es Turgut Reis.

Bors sintió que se le crispaban los labios.

–Duerme en las trincheras con sus hombres y comparte su rancho –dijo Mattias–. Lo adoran. Su muerte valdría tanto como la de una división entera. Envía algún cañonazo en esa dirección y puede que la suerte haga el resto.

Mattias se giró, pero Bors lo agarró del brazo.

–Buena suerte, amigo.

–Dile a las mujeres que estaré de vuelta mañana por la noche.

Bors se quedó mirando a Starkey y Mattias mientras éstos bajaban la escalera y atravesaban la terraza. Uno de los cañones atronó desde la torre caballera y Bors se giró para contemplar la trayectoria de la bala y calcular la corrección necesaria. Inspiró con alegría una bocanada de aire. Ésa era la vida que le había dado Dios. Se santiguó y dio gracias a Jesucristo.

Viernes 8 de junio de 1565

Mdina

Al calor abochornado del atardecer, las calles sinuosas de Mdina evocaron en Tannhäuser recuerdos de Palermo. Las mansiones de estilo normando eran imponentes pero sombrías, como construidas por hombres demasiado convencidos de su propia importancia. Al final de un callejón sin salida que partía de la calle del rey Fernando, encontró, tal como le habían indicado, la casa Manduca. Llamó a la puerta y salió a abrirle un cetrino mayordomo de pelo gris, de unos sesenta años. Vestía una librea de terciopelo azul oscuro, con varias manchas recientemente eliminadas a fuerza de frotar con una esponja. Por su aspecto y su olor, no parecía que saliera de casa con frecuencia. Hizo una reverencia como si inclinarse le causara dolor de espalda y mantuvo la vista fija en el pecho de Tannhäuser, sin mirarlo a los ojos. Como los sirvientes extraños solían servir a extraños amos, Tannhäuser comenzó a preguntarse qué encontraría dentro.

–Soy el capitán Tannhäuser –se presentó–. Vengo a ver a don Ignacio.

El mayordomo lo condujo por un pasillo, donde la luz de las lámparas parpadeaba sobre lúgubres retratos de familia y escenas de martirologios, ninguna de las cuales, en opinión de Tannhäuser, revestía especial mérito artístico. Pasaron junto a una escalera a oscuras y delante de una sucesión de puertas cerradas. Las alfombras bajo sus pies estaban carcomidas por las polillas y el mobiliario era sobrio y tan pesado como el propio edificio. La sensación era de mausoleo, construido para sepultar la fantasía de una grandeza perdida. Allí había crecido Carla, en una tumba oscura y sofocante de beatería provinciana. Tannhäuser imaginó su espíritu juvenil intentando huir de esa prisión. El suyo propio ya sentía que le faltaba el aire con sólo dar veinte pasos por la casa. Sintió pena por la niña que Carla había sido y comprendió mejor la rígida contención que la caracterizaba como mujer. No le extrañaba que nunca hubiera regresado y su ternura hacia ella se volvió más profunda. No podía evitar la idea de que, enviándola al exilio, don Ignacio le había hecho un favor a su hija, por muy cruel que hubiese sido su decisión.

El mayordomo abrió una puerta lacada de doble batiente y se situó a un lado, sin hacer anuncio alguno. El aire que emanó del interior era rancio y agobiante, saturado de hedor a orines, ventosidades y descomposición. Tannhäuser sintió el impulso de huir. Aunque el mayordomo debía de estar familiarizado con el olor, su expresión era la de un hombre que intentaba reprimir unas náuseas intolerables. Hizo una inclinación flexionando la cintura y le indicó a Tannhäuser que entrara solo. Lamentando no tener a mano una ramita de romero para taponarse la nariz, Tannhäuser entró en la sala como sumergiéndose en un baño de vómitos, y el mayordomo cerró tras él los dos batientes de la puerta lacada.

Un mullido sillón con escabel se situaba dentro de la luz que proyectaba el llameante fuego de una chimenea. En él estaba sentado un viejo, con el cráneo lampiño y pálido como un gusano, envuelto en una bata ribeteada de piel, que con el reflejo del fuego parecía de color marrón oscuro. A un lado de la pechera, la bata relucía de babas o de mocos, pero Tannhäuser no pudo determinar si procedían de la pálida raja que parecía ser la boca del viejo o de la enorme lesión que desfiguraba sus labios e invadía su mejilla derecha. De la blanca barba también colgaban grumos que le daban un aspecto viscoso. El cuerpo dentro de la bata parecía marchito y reseco, como una planta sin agua, y las manos macilentas que asomaban por las mangas estaban cubiertas de grandes manchas pardas. Los ojos que miraban a Tannhäuser eran negros, con un halo amarillo en torno al iris.

Tannhäuser no podía saber cuánto veía el hombre, pero la intuición le decía que no mucho más que el contorno borroso del fuego. De modo que ése era Ignacio Manduca. Tannhäuser pensó que sería prematuro presentarse como su futuro yerno.

–No dejéis que os alarme mi dolencia –dijo don Ignacio.

Hablaba italiano con el acento de la isla. Su voz era firme, última manifestación de una fortaleza que a duras penas se aferraba a la existencia–. Me la ha enviado Dios como castigo por mis pecados. Si me quejara de Su juicio, me haría indigno a la clemencia del Purgatorio, de modo que os pido que la aceptéis, como yo la acepto.

Tannhäuser dio un paso más y miró otra vez la lesión. Era un cráter de bordes violáceos, con el fondo en carne viva y supurante, que se extendía desde el margen de la oreja hasta el borde de una de las fosas nasales, y desde la sien hasta el ángulo de la mandíbula. Bajo la quijada, el cuello era un rosario de tumores, como si el viejo tuviera una nidada de huevos de codorniz sepultada bajo la piel.

–Sólo los vanidosos temen a la fealdad de la carne, don Ignacio. Y de todos los vicios, la vanidad es el que menos beneficia al hombre.

–Bien dicho, capitán Tannhäuser, bien dicho. –El viejo entrecerró los ojos–. Vuestro apellido suena a nombre de guerra, si me permitís que lo diga.

–Tenéis el instinto de un aventurero –replicó Tannhäuser.

–¿Un aventurero? –Don Ignacio asintió e hizo una mueca, que Tannhäuser interpretó como un gesto complacido–. Sí, así es, aunque viéndome ahora, nadie lo pensaría. ¿Debo deducir que sois un prófugo de la justicia, buscado por algún crimen cometido en algún rincón remoto de este mundo enfermo y sumido en la ignorancia?

–Por muchos crímenes, en muchos rincones.

Don Ignacio rió como un cuervo delante de su carroña.

–Entonces aquí encontraréis refugio. Luché con Carlos V en Túnez, hace treinta años. A las órdenes de Andrea Doria. Conocí a muchos lansquenetes por aquella época. ¿No incendiaron Roma con el emperador Carlos?

–Y encerraron al papa en sus propias mazmorras.

Otra seca carcajada.

–¡Luchadores valerosos, los alemanes, pero sólo mientras reciban su paga! ¿Os paga bien La Valette?

–El gran maestre no me paga nada en absoluto.

–Entonces es un imbécil, aunque eso no es nuevo para mí. ¡Para vanidad, nadie como los caballeros! ¡La Religión, bah! –El desprecio contorsionó aún más sus labios deformes–. Se diría que Cristo padeció en la Cruz solamente por ellos. ¡Y para colmo, franceses! O controlados por los franceses, que viene a ser lo mismo. Hay más vanidad en un solo francés que en todos los aullantes abismos del infierno. Sé que perdonaréis mis blasfemias, porque todos los alemanes sois gente de corazón impío. Tienen demasiado bosque y selva oscura en el alma. Pero los caballeros me irritan cuando se pavonean por nuestra isla o remodelan nuestro gobierno según su conveniencia. ¡Y sin pedir permiso ni dar explicaciones! No creáis que soy el único que piensa así. Sin la cruzada de los caballeros, los turcos nos habrían dejado en paz. Corsarios, ¡claro que hemos visto corsarios! ¡Llevamos viendo a esos perros desde hace quinientos años! Pero ¿todo un ejército capaz de reconquistar Granada? –Resopló, babeó un poco y se secó la boca con una mano temblorosa–. Pero os estoy haciendo perder el tiempo. ¿En qué puede ayudar un hombre moribundo a la poderosa Religión?

–No he venido en nombre de la Religión –dijo Tannhäuser–, sino a pediros un favor personal.

–Hace mucho que no disfruto de la compañía de un granuja aventurero. Pedid lo que queráis.

–Represento a doña Carla, vuestra hija.

La cara grotesca se volvió hacia él, como queriendo adivinar las facciones de Tannhäuser en la penumbra.

–No tengo ninguna hija. –Su voz sonó como el chasquido de una trampa cerrándose–. Moriré sin hijos ni herederos. Dios ha querido que mi estirpe se extinga y yo soy el último de los Manduca. –Señaló la casa a su alrededor–. Todo esto quedará para la Iglesia, si Dios quiere que la Iglesia sobreviva a la invasión y pueda reclamarlo.

–Doña Carla no desea vuestras posesiones, ni tampoco vuestro reconocimiento.

–Doña Carla es una puta. –Se contorsionaron los labios de don Ignacio, del color del hígado de buey, y gotas de flema maloliente cayeron chisporroteando sobre la reja de la chimenea–. Lo mismo que su madre. Bien dicen que el matrimonio es un negocio en el que sólo es gratis entrar.

Las venas parecieron retorcérsele bajo el descamado cuero cabelludo, los tumores le abultaron más en el cuello y el repugnante cráter resplandeció con un brillo maligno a la luz de la chimenea, como si el viejo ya estuviera encadenado y gritando en uno de los círculos más bajos del infierno. Tannhäuser esperó a que el anciano abriera sus propias llagas.

–Ni una gota de mi sangre fluye por las venas de Carla. Su padre fue un caballero de Auvernia, uno de los puros y santos caballeros, ¡oh, sí!, que retozaba en la cama con mi mujer mientras yo defendía el imperio. Y en cuanto Carla tuvo edad suficiente para abrir las piernas, otro caballero de la gloriosa hermandad entró en la brecha. Depositan su santa simiente entre viaje y viaje al confesonario. –Crispó los puños como arañas, con los pulgares y los índices rígidos y retorcidos por la deformidad de la gota–. Mis ancestros levantaron esta casa como conquistadores y bajo mi custodia se convirtió en un burdel.

La noticia de que a Carla no la unía parentesco alguno con aquel ser monstruoso no pudo haber sido mejor acogida. Tannhäuser no dejó traslucir el desprecio en su voz.

–¿Sabe Carla que no es hija vuestra?

Con un dedo nudoso, don Ignacio se señaló la úlcera que le carcomía la cara y que a todas luces también le devoraba la mente.

–¿Cuál creéis que es la causa de esta obscenidad? ¡Decenios de engaños y fingimiento! Mentiras, mentiras. Concupiscencia y mentiras. Vergüenza, impostura, fornicación y susurros burlones y risas a mis espaldas. No. Carla no sabe nada.

Don Ignacio se inclinó hacia delante con expresión sombría y cambió la morbosa autocompasión por un tormento más agudo.

–La crié como si fuera de mi sangre –explicó, con una voz muy próxima a un gemido–, y no sólo para proteger mi honor, sino porque la quería más que a cualquier otra alma viviente. Pedidle que diga la verdad, hacedla jurar por la Virgen de los Dolores, y ya veréis como os dice lo mismo que yo.

El hombre parecía creerse merecedor de cierta simpatía e incluso de admiración, pero su discurso sólo causó repulsión en Tannhäuser.

–Y sin embargo –prosiguió–, pese a todo, pese a lo mucho que yo la quería, me traicionó a mí y al apellido que yo le había dado, por un hijo de puta del Bautista.

–Su amante no era un caballero del convento, sino un sacerdote dominicano.

–Caballero, sacerdote, dominicano... Todos son la misma plaga.

El histrionismo del viejo le confirmó a Tannhäuser su idea de que los privilegiados llevaban la desgracia, cuando ésta se abatía sobre ellos, con mucha menos dignidad y muchas más lamentaciones que el resto de la raza humana.

–Decidme, excelencia –le preguntó–, ¿qué suerte corrió el hijo de Carla? ¿Con qué nombre lo bautizaron? ¿Quién lo crió y dónde?

Los ojos de Ignacio resplandecieron de malicia.

–De modo que por fin siente el aguijón de la conciencia... Creedme si os digo que lo mejor será que mi hija no lo sepa nunca.

Tannhäuser suspiró y se enjugó la frente. El calor y la pestilencia eran abrumadores.

–Estoy tan ansioso como ella por encontrar al chico –dijo–. Os pido este favor como una gentileza personal hacia mí.

Don Ignacio compuso una sonrisa depravada, que su deformidad volvió aún más grotesca.

–¿Entonces también ha abierto las piernas para vos...?

Tannhäuser lo agarró por las solapas de piel de conejo de la bata y lo levantó del sillón. Bajo el pesado terciopelo, el viejo estaba aún más consumido de lo que Tannhäuser había calculado, de modo que voló de la butaca con un gemido indignado. Tannhäuser lo apoyó contra la boca de la chimenea y lo agarró del cuello, sintiendo que se le revolvía el estómago al sentir el tacto de los huevos tumorales ondulando bajo sus dedos. La indignación de don Ignacio se esfumó, convertida en terror, cuando Tannhäuser empujó su cara enferma hasta situarla a escasas pulgadas de las llamas abrasadoras que crepitaban en la chimenea. El fondo de carne viva del cráter adquirió un aspecto vidrioso y las purulencias estallaron y empezaron a gotear por el calor. Don Ignacio gritó.

–¡Repugnante viejo cornudo! ¡Dime ahora mismo dónde puedo encontrar al chico, so cabrón, o te aseguro que esta noche se te hará muy larga!

El viejo gritó, con la cara vuelta hacia las llamas que le chamuscaban las cejas.

–¡El chico está muerto!

Tannhäuser lo sacó a rastras de la chimenea y volvió a sentarlo en el sillón. Tenía la mano pegajosa por la suciedad de la bata, de modo que se la limpió pasándosela a don Ignacio por la mitad sana de la cara. La piel del viejo era tan frágil que casi parecía a punto de desgarrarse. Mientras don Ignacio se debatía intentando respirar, Tannhäuser se inclinó sobre él, con una mano en cada uno de los apoyabrazos.

–¿Cómo lo sabes?

La raja de la boca se abrió y se cerró.

–Lo llevaron al mar en una barca de remos, lo metieron en un saco bien atado y... –Se detuvo, porque comprendió que se arriesgaba a sufrir nuevos tormentos–. No fue el primero. ¡El fondo del mar está sembrado de bastardos!

–Le hiciste creer a Carla que el niño había sido abandonado como expósito. ¿Por qué?

–¿Hubiese debido decirle la verdad, para que clamara infanticidio?

Tannhäuser se contuvo para no darle un puñetazo en el estómago.

–Eres demasiado blandengue para haberlo hecho por ti mismo. ¿A quién ordenaste cometer ese crimen espantoso?

–La primera vez que me traicionaron, cuando Carla nació, me tragué el orgullo. Soporté las murmuraciones y las miradas de soslayo en la calle. La segunda vez...

El recuerdo de una rabia intolerable ahogó su voz con el peso de su enormidad.

A Tannhäuser le importaba muy poco el bienestar del viejo. Hizo ademán de agarrarlo por el cuello, pero entonces recordó los ondulantes huevos de codorniz y se decidió por un puñetazo en el vientre hundido.

–Di, ¿a quién mandaste?

–A mi mayordomo, Ruggiero.

Se abrió la puerta de doble batiente y del otro lado del umbral apareció el mayordomo, que contempló a Tannhäuser y a su aterrorizado amo sin ninguna emoción discernible.

–¿Ha llamado vuestra excelencia?

Tannhäuser se incorporó, le volvió la espalda al despreciable conde y se dirigió al mayordomo, que retrocedió dos pasos. Tannhäuser cerró la puerta del pozo infernal que dejaba atrás.

–Ruggiero.

Ruggiero agachó la cabeza. Decenios de paralizadora servidumbre habían vuelto impenetrable su expresión y quizá habían erradicado en él toda capacidad de sentimiento humano.

–Sirves a un monstruo –le dijo Tannhäuser.

–Vos, señor, sois un soldado curtido y valeroso. ¿No estáis también, por lo tanto, al servicio de monstruos?

Tannhäuser lo empujó, estrellándolo contra la pared.

–¡No discutas conmigo, esclavo! Vengo en nombre de doña Carla, a quien seguramente recordarás muy bien en las horas más oscuras de tus peores noches.

Ruggiero parpadeó. Por lo demás, la habitual impavidez de su expresión no cambió.

–Para mí fue un placer servir a la joven condesa.

–¿Asesinando a su hijo recién nacido?

El destello de conmocionado asombro fue breve y confinado a los ojos de Ruggiero. El mayordomo intentó separarse de la pared.

–Con vuestro permiso, señor.

Tannhäuser lo consideró un momento y después se apartó.

Ruggiero se hizo con una lámpara de un estante cercano.

–Venid conmigo, señor, os lo ruego.

Tannhäuser siguió a Ruggiero por el pasillo hacia el piso de arriba, subiendo por unas escaleras estrechas y recorriendo una serie de pasadizos y más escaleras, hasta que estuvo seguro de que tardaría más de una hora en volver a encontrar la salida. La idea del saco lanzado al mar le llenaba la garganta de hiel y despertaba en su corazón ecos sombríos de los crímenes infames que él mismo había cometido (su motivo para abandonar a los turcos), pues la observación del mayordomo había sido acertada. Él también había servido a monstruos. Una tercera escalera y una puerta, que Ruggiero abrió con una llave, los condujeron a una amplia sala de ventanas emplomadas. Tannhäuser supuso que sería la habitación del mayordomo. Había una cama, un armario, una butaca y, bajo la ventana, una mesa de escritorio. También una imagen de la Virgen tallada en piedra de color blanco cremoso. Las recompensas a toda una vida de servicio. Ruggiero apoyó la lámpara en el suelo y usó una llave para abrir un cajón de la mesa. Tannhäuser miró dentro. Estaba vacío, a excepción de una hoja de papel, doblada varias veces y sellada con lacre. Ruggiero sacó el documento y se giró.

–¿Sabéis leer? –preguntó.

Tannhäuser le arrebató la hoja de las manos y estudió el sello a la luz de la lámpara. La marca no significaba nada para él, pero estaba intacta. Aprisionadas bajo el lacre había dos líneas escritas. Tannhäuser rompió el sello con cuidado y desprendió el lacre con la uña del pulgar. La primera línea rezaba: «Santa María de la Luz». La segunda dejaba constancia de una fecha: «XXXI Octobris MDLII».

La víspera de Todos los Santos de 1552.

Tannhäuser sintió que se le resecaba la boca y tragó saliva.

–Santa María de la Luz –dijo–. ¿El nombre de una iglesia?

Ruggiero asintió.

–Aquí, en Mdina.

Tannhäuser desplegó el papel, que estaba cubierto con un texto en latín en letra menuda. Se detuvo en la primera palabra, con el corazón palpitante. Siguió leyendo. Reconoció «Padre, Hijo y Espíritu Santo. Domine». También un nombre: «Orlando». Y otro más: «Ruggiero Pucci». Al pie del texto había una firma.

Se le fue la mirada hacia la primera palabra: *Baptizo.*

Miró a Ruggiero a los ojos. La culpa atenazaba al mayordomo. También el miedo. Tannhäuser le tendió el papel.

–No sé mucho latín.

Ruggiero no aceptó el documento. En lugar de eso, lo recitó de memoria.

–Bautizado a día de hoy, 31 de octubre de 1552, un varón, Orlando, siendo testigo de este acto el señor Ruggiero Pucci, su custodio. –Su voz se quebró con la emoción y él tosió para disimularlo–. Escucha nuestra plegaria, Señor, y guarda a Orlando, tu siervo. Que nunca flaqueen sus fuerzas, porque sobre su frente hemos trazado la señal de la Santa Cruz. –Ruggiero volvió a aclararse la garganta–. Lo firma el padre Giovanni Benadotti.

Tannhäuser guardó silencio, esperando el resto del relato.

–He servido a don Ignacio desde la infancia. Todo lo que soy se lo debo a él. En su juventud era un hombre de carácter firme, piadoso y justo, y tenía el más noble de los corazones.

–No he venido para oírte lamentar por el declive de tu amo.

–¿Puedo sentarme?

Tannhäuser le señaló la silla y apoyó la cadera sobre la mesa de escritorio. Ruggiero hizo una profunda inspiración.

–Don Ignacio estaba poseído por los demonios la noche en que nació el niño. Quizá aún lo esté. Cuando salí por la puerta trasera con el bebé en brazos (y con el saco que había de ser su mortaja en el bolsillo del gabán), tenía intención de cumplir las órdenes de mi señor, como las había cumplido siempre.

Pareció vacilar.

–Adelante –dijo Tannhäuser–. Yo también he obedecido mi buena ración de órdenes malignas.

–El niño estaba quieto, como si supiera lo que suponía su nacimiento, y su silencio me desgarró el corazón mucho más que si no hubiese parado de gritar. No tuve valor para mandarlo al limbo, que aunque no tiene llamas, es uno de los círculos del infierno. Se lo llevé al padre Benadotti, en Santa María de la Luz, para que fuera recibido en el seno de la Iglesia. Pensé que con el bautismo tendría asegurada la vida eterna. Fui su padrino, ya que no había nadie más que respondiera por él, y cuando lo ungieron con los santos óleos, derramé lágrimas sobre su cara. Fue entonces cuando Benadotti adivinó lo que me proponía hacer. No me acusó, pero me miraba como si...

Ruggiero se retorció las manos.

–Yo no podía mirarlo a los ojos –prosiguió–. Cuando la ceremonia terminó, me llevó a la sacristía y escribió el nombre del chico en el registro parroquial. Después preparó el documento que tenéis en la mano. Me lo dio a leer, lo selló y lo guardó bajo llave. Me dijo que en cuanto tuviera pruebas de que el niño estaba en buenas manos, podía pasar a recoger su fe de bautismo. Si no lo hacía, el certificado sería la prueba de un crimen monstruoso.

Tannhäuser volvió a mirar la firma.

–El niño fue bautizado y el cura dio muestras de sensatez y decencia. ¿Qué sucedió después?

–Caí de rodillas e imploré perdón por el asesinato que en mi corazón ya había cometido, pero Benadotti se negó a confesarme. Me dio el nombre de una mujer en el Borgo que podía buscar una nodriza para el chiquillo si yo me avenía a ello. De lo contrario, me aconsejó que ya no volviera a pisar su iglesia, porque con toda seguridad y por muchas penitencias que me impusiera, ya nunca podría entrar en el reino de los cielos.

Tannhäuser tuvo que contenerse para no agarrarlo por las solapas.

–¿Salvaste al chico?

–Lo llevé al Borgo esa misma noche.

Tan cerca había estado Tannhäuser de renunciar a toda esperanza que la noticia estuvo a punto de dejarlo sin habla. Pero necesitaba algo más.

–¿Cómo se apellida la familia que lo acogió?

–Boccanera.

–¿Ellos lo criaron?

Ruggiero asintió.

–El padre trabajaba en los astilleros, hasta que murió aplastado mientras carenaba una galera.

–¿Has seguido viendo al chico?

–Lo vi por última vez cuando cumplió siete años, cuando acabó mi compromiso de costear su manutención, que yo pagaba de mi bolsillo.

–Orlando Boccanera –dijo Tannhäuser–. Entonces, por lo que sabes, está vivo y se encuentra en el Borgo.

Ruggiero hizo un gesto afirmativo. Tannhäuser agarró la imagen de la Virgen de la mesa y se la arrojó a Ruggiero a las manos.

–Jura todo lo que has dicho por la madre de Dios, por tu vida, que perderás si mientes, y por la salvación de tu alma, que se trocará en condenación eterna si no dices la verdad.

–Todo es verdad –dijo Ruggiero–. Lo juro por la sangre de Cristo.

–Orlando Boccanera. –Tannhäuser volvió a murmurar el nombre como si fuera un encantamiento–. Nunca le dijiste a la condesa lo que habías hecho. ¿Por qué?

–Cuando volví del Borgo, después de dejar al niño con la familia Boccanera, doña Carla ya se había marchado a bordo de una galera con rumbo a Nápoles. El contrato de matrimonio ya estaba firmado. Nunca más volví a verla. Don Ignacio, mi señor, prefiere hacer las cosas limpiamente.

–Lo prefiere, ¿verdad?

Tannhäuser pensó en Carla y sintió que se le partía el corazón. Embarcada en un navío maloliente, exhausta y desgarrada aún por el parto. Abrumada todavía por el pesar y la ignominia, y enviada hacia los terrores desconocidos de un país remoto y extraño. Con sólo quince años. No era la primera vez que Tannhäuser veía la inclemencia y la crueldad con que los cristianos del Mediterráneo eran capaces de tratar a los de su misma sangre, especialmente cuando el honor de la familia estaba en juego. Las transgresiones sexuales los conducían a la locura. Al asesinato. Tannhäuser no era excesivamente quisquilloso en lo tocante a actos infames, pero ése en particular hacía que le hirviera la sangre. Se le ocurrió una estratagema.

–Muy bien –dijo–. A mí también me gusta hacer las cosas limpiamente.

Ruggiero pareció encoger en la silla.

–Como mayordomo de esta casa, ¿estás al corriente de todos los asuntos de don Ignacio? ¿O solamente le llevas los libros y recaudas sus rentas?

–Estoy al corriente de todo, señor. Su excelencia confía plenamente en mí.

–Y tú tienes suficiente ingenio y conocimientos como para redactar un sencillo documento legal, algo así como un testamento dictado en el lecho de muerte, en el que don Ignacio exprese claramente sus deseos respecto al destino de sus bienes terrenales, ¿verdad?

Ruggiero lo miró fijamente.

–¿Te has quedado sin lengua? –preguntó Tannhäuser.

–Sí, creo ser capaz de redactar un documento como el que decís.

–¿Y tendría valor legal? ¿Resistiría el escrutinio de los abogados de la Iglesia?

–Eso no lo puedo decir. Como mínimo, el testamento requeriría un testigo, un caballero de buena reputación.

–Aquí lo tienes.

Ruggiero se movió nerviosamente en la silla.

–Entonces me atrevería a decir que el documento tendría bastantes probabilidades de adquirir valor legal, dependiendo de la habilidad de los abogados.

–Eso se verá en su momento. –Tannhäuser agitó la fe de bautismo en la mano–. Cuando recuperaste este documento, la amenaza del cura quedó sin efecto. ¿Por qué lo has guardado con tanto celo?

–Con la esperanza de que doña Carla volviera algún día.

–¿Nunca has pensado en escribirle?

–Con frecuencia. –Ruggiero pareció marchitarse bajo la fija mirada de Tannhäuser–. Tenía miedo de reavivar el escándalo. De la angustia de don Ignacio. De su ira.

Tannhäuser recordó al ser que se pudría junto al fuego en el piso de abajo.

–No te culpo –dijo–. En cualquier caso, Carla está aquí. En el Borgo.

Ruggiero se levantó de la silla, como si la condesa en carne y hueso acabara de entrar en la habitación.

–Está en deuda contigo –dijo Tannhäuser–. Lo mismo que yo ahora.

Se guardó la fe de bautismo en el bolsillo y sacó su estuche de nácar. Lo abrió y se echó en la palma de la mano dos de las píldoras de Grubenius. Resplandecieron aceitosas y moteadas de amarillo, a la luz de la lámpara. Ruggiero las miró.

–Estas piedras son el remedio más potente conocido por la ciencia humana. Opio, esencia de oro, minerales y decocciones que sólo saben preparar los sabios. Arrancan de raíz el dolor y llevan la paz incluso a las mentes más atormentadas, dulcificando el carácter. Tomadas en exceso, sin embargo, son mortales incluso para las personas de constitución más robusta. Para un hombre débil y enfermo, que sufra dolores intolerables, estas píldoras serían un consuelo. ¿Y quién se atrevería a cuestionar el último deseo de ese hombre, especialmente cuando su deseo ha sido legar todas sus posesiones a su adorada hija?

Ruggiero veía la justicia del plan, pero aún perduraban sus viejas lealtades. No respondió.

–¿Cuestionarías tú ese deseo? –preguntó Tannhäuser.

–No –respondió Ruggiero.

–Bien –dijo Tannhäuser–. Entonces trae papel y pluma.

Se guardó el certificado en el bolsillo. Quería ver la cara de Carla cuando lo leyera.

–Más tarde –añadió–, podrás ir en busca de un cura para don Ignacio. Un alma tan negra como la suya necesitará todos los sacramentos que la Iglesia pueda ofrecerle.

Sábado 9 de junio de 1565

Cabo del Patíbulo

La luna estaba baja y ellos viajaban a la luz de las estrellas, siguiendo los pasos de su hábil guía maltés. Cabalgaban silenciosamente o bien llevaban sus monturas por las riendas para seguir las sendas de los rebaños y los peligrosos desfiladeros. En el cielo, por encima del borde rocoso de la montaña, la cola de Capricornio les indicaba el sur. Dejaron atrás las montañas y torcieron al este, siguiendo el Ojo de la Gorgona hacia la costa. No encontraron patrullas turcas. Nadie hablaba. Era extraño –reflexionó Tannhäuser– viajar en compañía de unos asesinos cuyos nombres ni siquiera se conocen, sobre todo por la noche. El peso del brazalete de oro en torno a su muñeca le infundía confianza. «No vine a Malta buscando fortuna u honor, sino para salvar mi alma.» La fe de bautismo en el bolsillo le alegraba el corazón. En el frescor que precede al alba, condujo a treinta y cinco caballeros a las órdenes del *chevalier* De Lugny hasta la cresta del monte San Salvatore. Allí se detuvieron todos y contemplaron el vasto panorama.

Una niebla baja pesaba sobre la llanura. Entre la niebla, a menos de una milla de distancia, relucían las pálidas ascuas de las hogueras encendidas por las tropas en el cabo del Patíbulo. Un único fuego más brillante marcaba el perímetro del campamento y Tannhäuser imaginó a los centinelas, calentándose las manos y hablando de su tierra. Los caballeros vestían media armadura y no llevaban escudo. Sus corceles no portaban coraza alguna. Los monjes de la guerra desmontaron y alargaron los estribos, en preparación para la carga. Para que los animales estuviesen tranquilos, les cubrieron la cabeza con caperuzas de seda y los condujeron andando cuesta abajo, hasta la bahía de Bighi. Cuando estuvieron a unos cien pies del fuego de los centinelas, se detuvieron con las piernas hundidas hasta las rodillas en la niebla, como una compañía de espectros recién emergidos del inframundo. Sin dejar de lanzar impacientes miradas al horizonte de Oriente, prepararon sus armas. El agua del mar era tan oscura que no se veía y, en el círculo de su silencio, el rítmico ir y venir de las olas parecía estruendoso. Aunque aún faltaba tiempo para la matanza, los caballeros se arrodillaron junto a sus corceles, con las riendas enlazadas en torno al codo, y se santiguaron. Vuelta la cara hacia las empuñaduras de sus espadas, sus labios se movían en silenciosa plegaria por encima de la niebla.

Permanecieron así arrodillados, hasta que el canto de los pájaros señaló la primera insinuación del alba. El cielo índigo hizo subir una ancha franja violeta de lo profundo del horizonte lejano y, mientras el violeta se tornaba rápidamente en lila y en malva, los caballeros volvieron a santiguarse y se pusieron en pie. Retiraron las caperuzas de seda a los caballos y éstos resoplaron y piafaron en la arena. Los estribos y las sillas crujieron cuando los caballeros volvieron a montar y anudaron cortas las riendas. Hicieron girar los hombros y flexionaron y estiraron los codos, para liberar las engrasadas junturas de sus corazas. En la luz incierta del alba, sus expresiones parecían más despiadadas de lo que Tannhäuser hubiese visto nunca. El terreno ante ellos era llano como el suelo de un salón de baile y salpicado de matas dispersas de hierba arenaria, sin ninguna roca o arbusto a la vista que impidiera su avance. Se dispusieron en formación, con De Lugny y Escobar de Corro en el centro, mientras llegaba hasta ellos, desde algún lugar en el distante Corradino, el fantasmagórico y penetrante eco de un canto:

Allahu Akabar
Allahu Akabar
Allahu Akabar

De Lugny levantó su lanza y los caballeros partieron, avanzando a creciente velocidad. A diferencia del enemigo, que cabalgaba ligeros corceles árabes y barbos, los caballeros montaban enormes animales del norte de Europa, con mezcla de sangre andaluza, criados por su fuerza para transportar más de cien kilos al galope y adiestrados para ansiar tanto como sus amos la batalla y la sangre. De pie en la playa, Tannhäuser le acariciaba el testuz a *Buraq* mientras los miraba alejarse. Había cumplido su parte y no tenía deseos de unirse a la refriega, ni menos aún de recibir una herida. Aun así, no quería perderse el espectáculo. Montó, empuñó la cimitarra y se quedó mirando desde la montura.

A quinientos pies de distancia, los valerosos caballeros ya avanzaban a galope tendido, y nada ni nadie en la tierra ni en el cielo hubiese sido capaz de hacerlos regresar. Tannhäuser vio emerger el reborde del disco solar detrás del cabo y, a la luz de sus rayos oblicuos que se derramaban por la llanura, vio iluminarse de un rosa iridiscente los morriones y las bruñidas espalderas de los jinetes. Adornados de esa guisa por la aurora, irrumpieron en el campamento y se abatieron sobre unos defensores medio dormidos, con una fruición alimentada por el odio y por la convicción de la propia superioridad.

Figuras humanas se incorporaban de un salto movidas por el pánico, y con idéntica rapidez eran derribadas. Las mazas describían remolinos en el aire y aporreaban; las lanzas horadaban la carne desnuda, y las hachas se alzaban y caían, abriendo repentinos surtidores de sangre. Las hojas de las espadas palpitaban en rojo sobre las corazas rosadas. Un clamor creciente de mulas aterrorizadas, de tardías voces de alarma, de alaridos agónicos y órdenes inútiles fracturaba la mañana cristalina, y en medio del griterío, los nombres de Jesucristo y el Bautista, de Alá y el Profeta, y también, como siempre que los hombres van al encuentro de su Creador en medio del horror y el espanto, la palabra «madre», dicha en diversas lenguas por hijos que nunca volverían a ver a la suya.

Tannhäuser espoleó a *Buraq* y partió al trote.

Cuando llegó al perímetro del fuego de los centinelas, donde las entrañas de un cadáver destripado yacían violáceas y humeantes, vio a un par de fugitivos de pies ligeros que intentaban escapar de la carnicería. Al ver el turbante blanco de Tannhäuser, su caftán verde oscuro y su dorado corcel mongol, corrieron hacia él, con la ciega esperanza de hallar la salvación. Por su aspecto parecían búlgaros o tracios; no llevaban casco, y sus ojos giraban en sus órbitas como los de un trastornado. Eran poco más que niños, pero aunque Tannhäuser se hubiese inclinado a la clemencia, no podía permitir que lo reconocieran en algún otro momento o lugar. Mató de un golpe al primero, cuando éste tendía la mano para agarrar las riendas de *Buraq*, y la sangre caliente le salpicó el pecho al animal, que se apartó echándose a un lado. Al segundo le atravesó el cerebro desde atrás, cuando el desdichado abandonó a su camarada y echó a correr como un venado huyendo del cazador. Más adelante, los jinetes de De Lugny habían barrido el campamento hasta llegar a los siete cañones de asedio que dominaban la bahía y se preparaban ya para una segunda pasada, entre nubes de arena levantadas por los cascos de los caballos. Tannhäuser sujetó a *Buraq*, se sacudió la sangre de la cimitarra mientras aún estaba húmeda y contempló el final de la mortífera incursión de los caballeros.

De setenta y tantos artilleros y soldados alistados por la fuerza, la mayoría yacían muertos o gravemente heridos. Los demás intentaban huir, o aullaban el nombre de Alá, o acudían a la llamada de su comandante, que los aguardaba de pie junto a su tienda de color azafrán, enarbolando el estandarte de la media luna roja. El resultado fue el mismo para todos. Los caballeros de De Lugny, con los corceles exhaustos después de la carga, volvieron a recorrer el campamento a medio galope y exterminaron hasta el último de los musulmanes. Sus armas y cabalgaduras estaban embadurnadas de sesos y de sangre. Sin dejar de resollar, sus corceles de guerra hundían costillares con las espaldillas, aplastaban cráneos con los herrados cascos y partían dedos y manos con los grandes dientes cuadrados. El comandante del campamento y los miembros de su guardia fueron alanceados como una piara de cerdos. Mientras el estandarte turco se agitaba en señal de victoria, algunos caballeros desmontaron para registrar las ruinas en busca de trofeos y rematar a los gimientes heridos allí donde estuvieran.

Tannhäuser espoleó a *Buraq* para que se dirigiera al caos, mientras le murmuraba un *gazel* al oído, porque el animal era delicado y aún no conocía el hedor de la guerra. A medida que se acercaban a la tienda azafrán, las plegarias de los heridos fueron silenciadas una a una, hasta que sólo se oyeron los sonidos de los victoriosos. Los caballeros, habitualmente tan severos, estaban exultantes por su arrollador éxito, y por todas partes centelleaban las sonrisas, se elevaban preces jubilosas a los santos y se formulaban ásperas bromas sobre este cuerpo desmembrado o aquella extremidad cercenada. Pero nada de eso menguó la eficacia de su labor. Sacrificaron en masa a las quejumbrosas mulas capturadas y destrozaron los toneles de agua potable. En el extremo de la bahía, los encargados de demoler las plataformas de la artillería y meter estacas en el oído de los cañones cumplían su cometido con entusiasmo. Otros hacían rodar las barricas de pólvora que abundaban en el campamento y se las llevaban a la playa, donde las partían de un hachazo y esparcían su contenido en el salitre. Después se llevaron los sacos de harina y a continuación las provisiones, en barriles y en fardos, hasta que la costa adquirió el aspecto del escenario de un naufragio. Hicieron todo eso sin hacer uso del fuego, aunque hubiese sido más rápido, porque aún tenían por delante un largo viaje hasta Mdina y su número era reducido.

En algunos puntos, el suelo estaba enfangado de sangre y vísceras. Al verlos, *Buraq* sacudía la cabeza disgustado, y Tannhäuser procuraba evitarlos, mientras buscaba al *chevalier* De Lugny. Al rodear la abierta y enmarañada carnicería que yacía ante la tienda, Tannhäuser distinguió en el suelo un mosquete de nueve palmos. La mecha todavía humeaba y la culata aún estaba sujeta bajo el cadáver de su dueño. El tono negro azulado del cañón damasceno, que parecía resplandecer desde lo más profundo de su esencia, y los arabescos de hilo de plata incrustados en la madera de ébano proclamaban la mano de un maestro armero. Tannhäuser tomó nota de su situación entre los despojos y siguió cabalgando hacia De Lugny, que desde su montura impartía órdenes a Escobar de Corro. Éste hizo una pregunta que Tannhäuser no entendió.

–Sal para el Borgo ahora mismo –ordenó De Lugny– y llévate esto. –Le entregó a Escobar el estandarte capturado con el creciente rojo–. Les infundirá moral.

De Lugny se volvió hacia Tannhäuser y lo saludó con una inclinación de la cabeza.

–Una buena mañana de trabajo, capitán Tannhäuser –dijo De Lugny–. Aún no ha sonado el angelus y no tenemos un solo hombre muerto o herido. Aceptad mi enhorabuena en nombre del mariscal Copier.

–No os demoréis demasiado –contestó Tannhäuser–. Cuando vea que la batería no empieza a disparar, Turgut sospechará lo sucedido y enviará a sus *sipahis* con la esperanza de tenderos una emboscada.

–Dejad que lo intente –respondió con desdén Escobar de Corro.

Tannhäuser lo miró, pero no expresó su opinión.

–Con vuestro permiso, yo me marcho.

De Lugny levantó una espada teñida de carmesí a modo de saludo.

–Id con Dios.

Tannhäuser cabalgó unas cuantas yardas por donde había venido, se detuvo, desmontó y recogió el mosquete de Damasco, que mirado de cerca resultó ser mejor de lo que suponía. Le quitó al cadáver una bolsa de balas y una petaca de pólvora. El muerto era joven y de rasgos delicados. Lo habían alanceado por la base del cráneo. En el turbante tenía un broche de rubíes engastados sobre oro blanco. También se lo quitó. Mientras volvía a montar y se acomodaba el mosquete contra el muslo, sorprendió la mirada que Escobar de Corro le echó al largo cañón azul, como si fuera un trofeo que él también hubiese querido adjudicarse. Escobar miró a Tannhäuser a los ojos y éste hizo una pausa para darle oportunidad de hablar. Sin embargo, no dijo nada, y Tannhäuser se dio media vuelta y se fue, tan ansioso como *Buraq* de dejar atrás la fetidez del campo de batalla. El sol iluminaba el horizonte y hacia allá cabalgaron. Por la noche esperaba encontrar el barco que los llevaría lejos de esa isla de locos y fanáticos. Acarició el cuello de *Buraq* con una repentina punzada de angustia.

–*No puedo llevarte conmigo, viejo amigo* –le dijo en turco–, *pero ¿a quién voy a confiarte? ¿A un cristiano o a un turco?*

Sábado 9 de junio de 1565

Sagrada Enfermería. Albergue de Inglaterra

Carla metió una cuchara argéntea en el cuenco de plata y llevó una cucharada de sopa a los labios del pobre hombre. Él los separó, aceptó el caldo y tragó, pero no con apetito ni con deleite, porque estaba más allá de tales sensaciones, sino por sentido del deber y también –Carla lo notaba– por complacerla. Se llamaba Angelu y era un pescador que ya nunca más se haría a la mar, porque estaba ciego y sus manos parecían trozos de cera descolorida en los que alguien hubiera incrustado ramitas quebradas.

Junto con otras docenas de heridos graves, había sido evacuado del fuerte de San Telmo cuando el crepúsculo puso fin a ocho horas de ataque turco. Le había caído encima un puñado del fuego griego que sus propios camaradas arrojaban contra los turcos y, al intentar arrancarse de la cabeza la sustancia incendiaria para que no le abrasara el cuero cabelludo, se había quemado las dos manos hasta los huesos. Estaba acurrucado en una silla, en la postura menos agónica que había podido encontrar. La bóveda chamuscada de su cráneo era como un obsceno gorro de piel carcomida encasquetado hasta las orejas, cuyo hedor putrefacto no conseguían disimular los ungüentos ni las lociones. Angelu ya había recibido la extremaunción y el padre Lázaro no pensaba que fuera a sobrevivir una noche más. Carla creía que tampoco él lo deseaba.

Lázaro la había llevado a la Sagrada Enfermería esa mañana. Aunque ella misma había pedido que la dejaran ayudar, había sentido miedo. Miedo de su ignorancia y su escasa habilidad, de los monjes de expresión adusta y hasta del propio hospital, que parecía una fortaleza. Parte de su ser lamentaba haberse quejado de su inutilidad. Detestaba pensarlo, pero era cierto que los días vacíos pasaban rápidamente. Era fácil contemplar el mundo hasta que el velo de la noche lo ocultaba. Era fácil soñar para luego olvidar los sueños. Lázaro la llevó a la enfermería como si la estuviera conduciendo al patíbulo, o al menos así se lo pareció a ella. En realidad, era un lugar mucho más espeluznante que el cadalso.

La sala principal del hospital medía unos doscientos pies de largo y tenía una serie de ventanas con postigos en el lado sur. El arco de la entrada estaba enmarcado en piedra maltesa y, grabado por encima de las dovelas, podía leerse el lema de la Orden: *«Tuitio fidei et obsequium pauperum»*, que ella interpretaba como «defensa de la fe y servicio a los pobres». Dos filas de cincuenta camas cada una se enfrentaban a ambos lados del pasillo central. Cada cama tenía dosel y colgaduras rojas, además de un buen colchón y sábanas de hilo fino. Debajo guardaban los pacientes su armadura, su ropa y sus armas, envueltas en un fardo. La comida se servía en vajilla de plata, porque los monjes atribuían gran importancia a la pureza. El suelo revestido de losas de mármol se lavaba tres veces al día. En los incensarios ardían ramitas de cedro para purificar el aire, disimular la fetidez de la putrefacción y ahuyentar a las moscas. Al fondo había un altar para oficiar misa dos veces al día y, detrás, un crucifijo. De la pared opuesta a las ventanas colgaba el preciado estandarte que los caballeros habían llevado consigo al abandonar su bastión de Rodas. En él se veía una imagen de la Virgen y el Niño, con una leyenda al pie: *«Afflictis Tu Spes Unica Rebus»*.

«Tú eres la única esperanza en la aflicción.»

El padre Lázaro proclamó que el suyo era el mejor hospital del mundo, con los mejores médicos y cirujanos.

–Servimos a nuestros señores, los enfermos –explicó Lázaro–, y velamos por que no les falte nada que podamos ofrecerles. Aquí, en la Sagrada Enfermería, palpita el auténtico corazón de la Religión.

El humo de los incensarios, el murmullo de las oraciones y la reverente concentración de los monjes mientras iban de cama en cama, lavando, dando de comer y vendando las heridas de sus señores, confería al hospital el ambiente de una capilla y eso a su vez infundía una sensación de tranquilidad que de otro modo habría sido inimaginable entre tanto sufrimiento. Gracias a ese ambiente pudo Carla dominar el horror de la primera impresión.

Tras la marea de heridos de los últimos días, la sala estaba prácticamente llena. Aunque cada amanecer salían del pabellón nuevos cadáveres y los heridos eran enviados a sus casas en cuanto su vida dejaba de correr peligro, era evidente que pronto empezaría a faltar espacio. Como Angelu, la mayoría de los pacientes eran jóvenes de las milicias maltesas o de los tercios españoles. Pocos saldrían enteros. Lázaro y sus colegas habían realizado numerosas amputaciones y trepanaciones, y habían intentado curar lo mejor que habían podido las numerosas y grotescas lesiones faciales. Los que tenían las entrañas horadadas por un proyectil o una lanza yacían rígidos como tablas, jadeando y tornándose lentamente grises con la agonía de la muerte. Los aquejados de monstruosas quemaduras sufrían más que ninguno. A lo lejos, del otro lado de las murallas protectoras, se oía el retumbar constante de los cañonazos.

Al llegar, Carla tuvo que lavarse las manos y los pies en el lavatorio, y cambiarse los zapatos por zapatillas, para dejar fuera el polvo de la calle, porque la limpieza era buena a los ojos de Dios. Le prohibieron tocar cualquier herida o vendaje. Podía servir comida, vino y agua, pero no podía lavar a los pacientes. Si uno de ellos necesitaba miccionar o defecar, tenía que llamar a uno de los hermanos. Si observaba un sangrado, fiebre o erupciones, tenía que llamar a uno de los hermanos. Si algún paciente pedía para confesarse o comulgar, o parecía próximo a la muerte, tenía que llamar a uno de los hermanos. Debía hablar con gentileza y en voz baja, y animar a los pacientes a rezar siempre que fuera posible, no sólo por sus almas, sin por la paz, la victoria, la salud de Su Santidad y la liberación de Jerusalén y Tierra Santa, así como por el gran maestre, los hermanos de la Orden, los prisioneros en manos de los infieles y los padres de los propios pacientes, ya estuvieran vivos o muertos. Como los heridos y los enfermos estaban más cerca que nadie de Cristo, sus oraciones eran las más poderosas, más incluso que las plegarias de los cardenales de Roma.

Lázaro la condujo abajo, al pabellón, donde ella sintió que todos los ojos se volvían al unísono para mirarla. Los hermanos de la Orden parecieron escandalizados, pero los ojos de los heridos brillaron, como si vislumbraran una aparición divina en medio de una pesadilla. Algunos de los militares más curtidos se pasaron la lengua por los labios y lanzaron un suspiro. Carla sintió que se le encendían las mejillas y sus grandes intenciones flaquearon. ¿Qué bien podía hacer ella allí? Tenía ante sí más dolor del que jamás debió reunirse bajo un mismo techo. Sin embargo, habría hecho cualquier cosa antes que retirarse. Se dijo que no le faltaban recursos. Tenía mucha fe, y muy sólida; tenía mucho amor que dar, e incluso un poco de esperanza. Se armó de valor y echó a andar con la cabeza erguida. Entonces Lázaro se detuvo y le presentó al pobre Angelu. Silencioso, ciego, indefenso. Desfigurado como una cruel pesadilla.

Comprendió entonces que Angelu era la prueba que debía superar su devoción.

Estuvo todo el día sentada a su lado y el hombre no dijo una sola palabra. Respondía a algunas de sus preguntas con un breve gesto de asentimiento y a otras, sacudiendo la cabeza. Eran preguntas sencillas, porque Carla no hablaba mucho maltés. Aunque había crecido en la isla, sólo había usado esa lengua para dirigirse a los sirvientes y ahora eso la atormentaba, porque ese hombre y otros miles como él estaban muriendo en su defensa. Aun así, la voz de Carla causaba cierta animación en la retorcida postura del desdichado. Dentro de la oscura cámara de torturas en que se había convertido su cuerpo, conservaba la conciencia. Carla sacó el rosario y se puso a rezar, y en su silenciosa y ciega vigilia, Angelu rezó con ella. O al menos así lo creyó Carla.

En algunos momentos, se sentía abrumada por la piedad y entonces rodaban lágrimas por sus mejillas y su voz se quebraba, pero ofrecía a Dios su piedad y le rogaba que perdonara su egoísmo. Dio de comer a Angelu y le llevó a los labios copas de vino y de agua. Se preguntaba por qué no hablaba, si sería quizá porque no podía, tal vez porque el fuego le había quemado también la garganta; pero no le correspondía preguntar, sino únicamente servir. Rezó con él, por él y por todos ellos, y, a medida que fueron pasando las horas y los avemarías fueron fluyendo a través de su ser en un interminable y sagrado cántico, su horror se desvaneció, porque el horror era solamente la protesta de sus frágiles sentidos y era en sí mismo otra estocada para el hombre que tanto sufría ante ella. Después se desvaneció también su piedad, porque la piedad equivalía a considerarlo menos humano que ella misma. Hasta su pena se redujo a simples brasas, y un incandescente amor se adueñó de todo su ser, y comprendió entonces que Cristo había penetrado en su cuerpo y su alma, con un poder que superaba al de cualquier experiencia o visión. El amor de Cristo la inundó con la fuerza de la revelación y ella comprendió, y supo, que a través de ese amor todos los pecados quedaban perdonados, incluidas las atrocidades que la rodeaban en tremenda profusión. Quiso decírselo a Angelu y abrió los ojos para mirarlo, para mirar su medio cráneo y su media cara, las órbitas opacas y cubiertas de llagas que abultaban debajo de los párpados resecos, la frente despellejada y las garras marchitas que temblaban al final de los brazos. Angelu estaba recorriendo su propio camino hacia el Gólgota. Él había sido quien había invitado a Cristo a su corazón.

–Jesús te ama –le dijo Carla.

Angelu echó atrás la cabeza en un espasmo y abrió la boca retorcida. Carla no supo interpretar su gesto, ni pudo saber si sus palabras lo habían herido, o si tal vez no la había oído. Por un momento, tuvo miedo.

–Jesús te ama –volvió a decir–. Y yo también te amo –añadió.

Al hombre le temblaron los labios. Su respiración se volvió más agitada. Ella tendió la mano y la apoyó sobre su hombro. Era la primera vez que se atrevía a tocarlo. Sobriamente, porque ni siquiera en la oscuridad su fortaleza de ánimo lo había abandonado del todo, Angelu inclinó la cabeza y empezó a llorar.

Más tarde oyeron misa y ella lo ayudó a arrodillarse para recibir la sagrada forma; si dijo «amén», ni ella ni el capellán lo oyeron. Después, le dio caldo de carne de buey del cuenco de plata y, al ver que no tenía apetito, apartó la sopa, y como todo el pabellón estaba animado con la hora de la comida, pensó que quizá le inquietaría al hombre no saber nada de su extraña acompañante, de modo que le contó lo mejor que pudo algunas cosas de su vida y de la razón que la había llevado a regresar, que no era otra que el deseo de encontrar a su hijo perdido, cuyo nombre no conocía. Angelu no dijo nada y para entonces ella estaba bastante segura de que no podía hablar. Entonces Carla también guardó silencio, preguntándose si no debería hablarle también de Mattias Tannhäuser.

Ese día rezó por Mattias, con su imagen en el corazón, más que por cualquier otra persona. Era alemán, de Sajonia, una raza que ella no conocía ni había tratado, pero que tenía fama de ser tan brillante como salvaje. No había una sola gota de sangre noble en sus venas, pero entre los caballeros de San Juan (una secta obsesionada con la nobleza) se comportaba como si hubiera nacido para llevar la púrpura real. Su admiración por los turcos parecía muy superior a la opinión que le merecían los cristianos, pero empuñaba las armas contra ellos. Había matado a un sacerdote sin que le temblara la mano, pero su gentileza y su cortesía estaban arraigadas en su naturaleza más profundamente que en cualquier otro hombre que ella hubiera conocido. No creía en ningún Dios que pudiera mencionar, pero su espíritu resplandecía. Sus apetitos carnales, lo mismo que su pasión por la belleza y el conocimiento, eran desenfrenados y vastos, pero había sido capaz de contemplar cómo ardían todas sus posesiones y quedaban reducidas a cenizas sin un solo lamento ni un reproche. Pese a todo su brutal pragmatismo, se había puesto de su parte en lo que parecía un capricho y ahora estaba arriesgando su vida para perseguir a un fantasma. La desconcertaba profundamente.

¿Verdaderamente iba a ser ese hombre su marido? ¿Iba a convertirse ella en su esposa?

Su romance con Amparo, el vehemente erotismo con que se desarrollaba y los sentimientos que había despertado en sus propios pensamientos nocturnos habían desafiado a sus emociones a un combate que le era muy difícil controlar. Él tenía derecho a sus caprichos; era un aventurero, un hombre del ancho mundo. Ella no podía esperar otra cosa y él no le había prometido amor. El de su matrimonio era un contrato tan secamente mercantil como los que él negociaba para comprar madera o plomo. Pero ¿era posible que fuera así? ¿Acaso no había percibido algo más en él? ¿O sería solamente que él había intuido su temor a las relaciones carnales? Era un temor profundo que ella se negaba a examinar, porque examinarlo habría sido resucitar los recuerdos de Ludovico.

Su pasión física por Ludovico había sido tan arrebatadora y desinhibida como la de Amparo por Mattias, o quizá más, porque estos últimos no habían cruzado ninguna frontera prohibida, mientras que Ludovico y ella habían quebrantado todas las normas, tanto sagradas como profanas. La transgresión había dado a su ardor una intensidad tan delirante y compulsiva que la había empujado hasta el fondo de la locura, de tal manera que ahora la aterrorizaba la idea de acercarse siquiera a aquella hoguera. Y no sólo la había llevado a la locura, sino a una tragedia que había devastado su vida y su familia, y le había arrebatado a su hijo sin nombre, y cuyas consecuencias aún amenazaban la vida de las personas que amaba. El recuerdo aún le producía náuseas, por el miedo, la culpa y la vergüenza. El recuerdo aún despertaba en ella los más dolorosos anhelos sexuales, pero no podía permitírselos. Seco como la madera y el plomo. Así sería su matrimonio con Mattias. Sería una esposa casta y no desencadenaría otro caos. Y si pese a sus reducidas esperanzas encontraba a su hijo, se lo agradecería a Dios.

Aun así, los celos la atormentaban.

Quería que Amparo fuera feliz, y ver su felicidad la llenaba de dicha, pero al mismo tiempo, sentía que el ácido le corroía el corazón. La crudeza de sus fantasías le repugnaba, pero la verdad no era otra: Carla deseaba ser la mujer que gimiera por las noches bajo la fuerza de Tannhäuser. Ansiaba su ternura, sus besos y sus miradas de amor. Deseaba ser la mujer a quien trajese del bazar turco una peineta con incrustaciones de plata. Sin embargo, se detestaba a sí misma por su mezquindad y, para no sufrir, había empezado a evitar a Amparo. Pero no la culpaba por haberse entregado a un hombre como Tannhäuser. Amparo toleraba tan poco la moderación como un caballo salvaje la brida. Había conocido tragedias a cuyo lado la suya palidecía. Si alguien merecía tanta felicidad, sin duda era ella. Y en eso Dios había sido justo y sabio. Le había enviado a Carla esa prueba para templar su alma.

La superaría. Era frágil el lazo que los unía a los tres y a su alrededor se desencadenaban a diario fuerzas violentas. Carla rezó para no ser ella quien lo quebrara. No importaba cómo se sintiera. Se prometió no hacer nada para interponerse entre los dos. Por esa razón –lo comprendió entonces– estaba en la enfermería. Allí, problemas como los celos eran nimiedades.

Cayó la noche y los monjes encendieron tres lámparas, que arderían hasta el alba para proteger a los heridos del engaño de los sentidos, la duda y el error. Los dos hermanos asignados al turno de noche iban de cama en cama, con una vela en una mano y una jarra en la otra. «Agua y vino de Dios», decían a cada paciente. La Valette les hizo una visita antes de que el exterior se sumiera en la más completa oscuridad. Dijo poca cosa. Mostraba poca calidez natural, o al menos así lo sintió Carla, pero su presencia fue una inspiración para los heridos, que se irguieron como pudieron en sus lechos para saludarlo. El gran maestre reparó en Carla sentada junto a Angelu y una ceja se arqueó brevemente en su frente despejada. No le dirigió la palabra y se marchó poco después, entre un ardoroso coro de despedida.

Cuando La Valette se marchó, el padre Lázaro se acercó a Carla y le indicó que era hora de irse. No tuvo para ella ninguna palabra de elogio, pero había en sus modales cierta tibieza que le hizo pensar que había superado con éxito la prueba. Cuando Lázaro se alejó, Carla se volvió hacia Angelu.

–Ahora debo irme, Angelu –dijo–. Gracias por todo lo que me has dado.

Se puso de pie.

–¿Volveréis mañana, señora? –preguntó Angelu.

Ella lo miró. Era la primera vez que hablaba en todo el día y, por la manera en que hizo la pregunta, Carla sintió que había puesto toda su vida en sus manos. Por un momento no pudo articular ninguna respuesta.

–Sí, desde luego –contestó finalmente–. A primera hora de la mañana.

Angelu tendió los dos puños deformes y era evidente que, de haber podido, los habría unido en un gesto de súplica.

–Que Dios os bendiga, señora, y os guíe con salud hasta encontrar a vuestro hijo.

A Carla se le llenaron los ojos de lágrimas. Le falló la voz. Dio media vuelta y se alejó presurosamente en dirección al arco de la puerta.

Carla abandonó el pabellón con el pecho atenazado por turbulentas emociones. Había entregado algo de su ser, algo hermoso a los ojos de Dios. La sensación era desconocida. Y maravillosa. En su vida había dado y le habían quitado. Se sentía como un corcho flotando en sus aguas. Sus actos de caridad habían sido abstractos, inversiones en una eternidad que no merecía. Había adoptado a Amparo para aliviar su aislamiento, para tener a alguien a quien cuidar como una madre. Incluso la búsqueda de su hijo era en parte una manera de apaciguar el sentimiento de culpa que le carcomía el corazón. Pero hoy Cristo la había inundado de amor divino, un amor que abarcaba toda la Creación, incluidas sus propias miserias, porque era cierto, completamente cierto, que allí, entre los desdichados, era donde más cerca estaba Cristo. Volvió a pasar entre las filas de los heridos, cuyo dolor se transmutaba en susurrada plegaria y cuyos lamentos quedaban sofocados por el estoico orgullo que los inspiraba. Más adelante, cuando los barcos nocturnos trajeran de San Telmo nuevos horrores, resonarían gritos en las mesas de operaciones, donde Lázaro pasaba las horas oscuras con los brazos metidos hasta los codos en la sangre y las entrañas de los heridos.

Era tan dulce el aire de la noche al llegar al umbral que Carla sintió que se le arrebataban los sentidos y le daba vueltas la cabeza, tanto que hubo de detener su marcha y cerrar los ojos, por miedo a sufrir un desvanecimiento. Aún retumbaban los cañonazos al norte y era más fuerte su estruendo en la calle. Cuando se despejó su garganta del humo del incienso, percibió en la brisa olor a fogones y a carne asada, y sintió hambre. Hambre como nunca había conocido hasta entonces. Hambre ganada. Qué extraño era sentirse tan viva en medio de tanta muerte. Qué terrible. En todo el mundo no había lugar más trágico que ése y aun así no habría deseado estar en ningún otro. La vida que había conocido y la mujer que había sido parecían infinitamente alejadas. ¿Quién sería ella cuando todo eso hubiese terminado?

Sintió que una mano se apoyaba en su brazo.

–¿Carla?

Abrió los ojos y vio a Amparo que la estaba mirando. Había brillo en su mirada, estaba henchida de amor. Lucía en el pelo la peineta de marfil, de finísima factura. Carla advirtió que ya no la irritaba el regalo y sintió alivio. Amparo estaba radiante. ¿O sería que ahora Carla veía el mundo con otros ojos y era capaz de distinguir en las cosas una luminosidad que antes no percibía? La emoción volvió a cerrarle la garganta, en una oleada de alegría y tristeza entremezcladas. Sin decir palabra, Amparo la abrazó y Carla se aferró a la joven, sintiéndose extrañamente como una niña, sobre todo por la fuerza de los brazos de Amparo, una fuerza que ella desconocía porque nunca hasta entonces se había apoyado en ella. El mundo de Carla se había vuelto del revés, y aun así, repentinamente, se sentía libre. Amparo le acarició el pelo.

–¿Estás triste? –le preguntó Amparo.

–Sí. –Carla levantó la cabeza–. No. Triste, pero de una manera buena.

–La tristeza nunca es mala –dijo Amparo–. La tristeza es el espejo de estar feliz.

Carla sonrió.

–También estoy feliz. Sobre todo de verte. Te he echado de menos.

–Quiero que conozcas a mis amigos –le dijo Amparo.

Hasta entonces Amparo nunca había hablado de tener amigos, pero había cambiado mucho en los últimos días. Ya no estaba confinada al mundo de Carla y no dejaba de ir y venir como un pajarillo al que le hubiesen abierto la jaula. Desde el punto de vista espiritual estaba más cerca de toda esa gente de lo que Carla habría podido estar jamás, y recorría sus calles y sus muelles con una anónima libertad que ella nunca podría conocer. Carla miró las escaleras del hospital, donde dos jóvenes malteses las esperaban. El mayor tendría unos veinte años y un muñón recién vendado ocupaba el lugar donde había estado su antebrazo derecho. Lo reconoció del pabellón. Había llegado la noche anterior y esa misma tarde le habían dado el alta. Aún tenía la tez gris de dolor y los ojos todavía vacíos y azorados por el horror de la batalla.

El otro, poco más que un niño, de unos catorce años quizá, iba descalzo y sucio. La tierna carne adolescente que habría podido suavizar sus facciones había sido devorada por la vida que llevaba, dejando solamente los pómulos marcados y la nariz aguileña. Sus ojos eran oscuros y feroces, como si a duras penas pudiera controlar la energía encerrada en su interior. Llevaba una coraza de cuero y un morrión colgando de la hoja de una espada envainada, que debía de pertenecer al otro, según supuso Carla. A diferencia de su compañero, que bajó los ojos cuando ella lo miró, el chico fijó la vista en ella con descarada curiosidad. Carla se preguntó, en su exaltado estado mental, qué sería lo que veía.

Amparo le presentó al joven manco como Tomaso y éste retrocedió, agachando la cabeza en señal de respeto, mientras el chico más joven y también más alto intentaba disimular sin éxito una sonrisa complacida.

–Éste es Orlandu –dijo Amparo.

El muchacho hizo una complicada reverencia y Carla se preguntó si se estaría burlando de ella.

–Orlandu di Borgo –se presentó el chico, y con regocijo añadió–: A su servicio, madame.

Los dientes le brillaban en la cara sucia y quemada por el sol. También Carla tuvo que reprimir una sonrisa.

–¡Hablas francés! –dijo.

Él se encogió de hombros.

–Francés, italiano, español. Todos. Español, muy bien. Muy bien. Del puerto, los caballeros, los viajeros. –Se señaló con un dedo una oreja y después un ojo–. Escucho, miro. También un poco de árabe, de los esclavos. *Assalamu alaikum*. Eso quiere decir: «La paz sea contigo».

De pronto Carla sintió que su forma de alardear le recordaba a Mattias.

–¿Y tu amigo? –preguntó–. ¿También él habla muchas lenguas?

–Tomaso sólo habla maltés, pero es valiente, muy valiente. Nosotros trabajamos con los barcos. Él combate con los héroes, en San Telmo.

Su francés había degenerado en una mezcla de lenguas, pero seguía siendo fluido. Carla hizo un gesto afirmativo, mientras Tomaso, incómodo por ser el centro de la atención, bajaba la cabeza y guardaba silencio.

–Tú eres la condesa que está buscando al niño perdido. El bastardo.

Carla parpadeó. Miró a Amparo, cuyos ojos contenían la pregunta vital y al mismo tiempo parecían desbordantes de esperanza. «Por favor, dime que es él.»

–¿Ya lo has encontrado? –preguntó Orlandu con absoluta desfachatez.

De pronto Carla se sintió acosada.

–¿Tú estás al corriente de ese asunto? –preguntó.

–Claro que sí. Todos lo saben. El gran capitán hace preguntas. Tannhäuser –pronunció el nombre como si el solo hecho de conocerlo fuera un orgullo para él–. También el inglés grande. Ellos preguntan, la gente oye. Después hablan. ¿Te sorprende?

El asombro que su sorpresa causaba en Orlandu la hizo sentirse tonta, pero la bravuconería del chico le resultaba demasiado encantadora para preocuparse. ¿Sería él? Buscó en su vientre y en su corazón, y no encontró ninguna intensidad. Sólo el temblequeo del pánico. Sacudió la cabeza.

–No creo que lo encuentres –dijo Orlandu.

–¿Por qué no? –replicó Carla.

–Doce años, ¿no? Nacido la víspera de Todos los Santos, ¿no?

–Así es.

–Estoy al corriente de las noticias –dijo el chico–. Oigo, veo. –Señaló la oscuridad de la noche con la punta de la espada–. Esta mañana, el capitán Tannhäuser destrozó los cañones del Turco en el cabo del Patíbulo.

La inquietud de Carla adquirió un nuevo giro.

–¿Dónde está ahora?

–¿Tannhäuser? –Orlandu se encogió de hombros con exagerado hermetismo–. Viene. Va. Dicen que su caballo *Buraq* tiene alas. –Miró a Amparo, como si ella fuera la fuente de la leyenda y pudiera confirmar su autenticidad–. Amparo dice que podré conocerlo. Si das tu permiso.

–Desde luego. Pero dime, ¿por qué no voy a encontrar a mi hijo?

–Porque no lo has encontrado todavía –dijo él, como si nada pudiera ser más evidente–. Nadie lo conoce.

–¿Qué edad tienes, Orlandu?

El chico buscó la palabra en francés, estirando y recogiendo los dedos bajo la palma de la mano.

–Diecisiete –dijo finalmente.

Pero al notar la total incredulidad de Carla, se corrigió:

–¡Quince! Sí, eso es. Muy pronto. Como mínimo. –Agitó la espada–. Edad suficiente para combatir a los turcos, cuando me dejen. He matado perros, muchos perros, y los musulmanes no son diferentes.

–¿Cuándo es tu cumpleaños? –preguntó Carla.

La confianza de Orlandu flaqueó por un momento. Se encogió de hombros.

–Los cumpleaños son para los niños. Los niños ricos.

–Yo tampoco tengo cumpleaños –intervino Amparo.

–¿De verdad? –dijo Orlandu.

Amparo asintió con la cabeza y Orlandu sintió que su amor propio se recuperaba.

–Nací en primavera –dijo Amparo.

–Y yo en otoño –contestó Orlandu–. Es todo lo que sé.

Miró a Carla y debió de adivinar el tumulto en su interior, porque se echó atrás un poco, al tiempo que sonreía y meneaba la cabeza.

–¿Yo? ¿Tu hijo? –Volvió a sacudir la cabeza–. Ya me gustaría, sí que me gustaría, pero no lo creo.

–¿Por qué no?

El chico volvió a encogerse de hombros y expresó el prejuicio que ella no se atrevía a reconocer ni siquiera en su fuero interno.

–Eres demasiado fina –dijo–. Mírame.

Así lo hizo ella y el viento de la esperanza murió en su interior. Orlandu sonrió, feliz de haber demostrado que tenía razón.

–¿Crees que soy yo el chico que buscas?

Tomaso cambió de postura y Carla se avergonzó de tenerlo tanto tiempo de pie en la calle. Sin responderle a Orlandu, se giró hacia Amparo.

–¿Por qué no les dices a tus amigos que vengan a cenar con nosotras?

A Orlandu casi se le saltan los ojos de las órbitas. Amparo le hizo un gesto afirmativo.

–Sí –dijo–, venid a cenar con nosotras en el albergue.

Orlandu departió apresuradamente con Tomaso, que se puso a arrastrar los pies con renuencia y timidez. Pero sin el menor miramiento por el estado en que se encontraba su amigo herido, Orlandu lo agarró por el brazo sano y le sonrió a Carla:

–Gracias, madame, muchas gracias. Iremos.

En el albergue de Inglaterra, Nicodemo les preparó cordero y pan ácimo, y el entusiasmo de Orlandu no conoció límites cuando se enteró de que en algún momento de la noche se esperaba la llegada del gran capitán Tannhäuser. Mientras tanto, no le faltaron emociones, porque Bors regresó de la torre caballera de Sant'Angelo y de sus baterías con la cara negra de pólvora y acarreando una damajuana con dos galones de vino, y demostró ser digno objeto de la ciega adoración del muchacho, en sustitución de Tannhäuser. Orlandu se sentó a la mesa del refectorio entre el bárbaro inglés y Tomaso, el héroe de San Telmo, haciendo de intérprete entre ellos, ¿y quién podía arrebatarle el orgullo de ser aceptado como un hombre por dos hombres como aquéllos?

Mientras comían y bebían, hablaron del sombrío y mortífero asedio del otro lado de la bahía, del valor prodigioso de los defensores y el coraje suicida de los jenízaros, así como de la milagrosa resistencia del fuerte, que duraba ya diecisiete días. Dijo Tomaso que ni siquiera los más bravos caballeros de San Telmo, como Le Mas, Luigi Broglia o Juan de Guaras, confiaban en ver más de tres o cuatro atardeceres, pese a los refuerzos que les llegaban a diario. Ningún hombre de la fortaleza esperaba sobrevivir, con la excepción quizá de los nadadores malteses, que habían recibido órdenes de lanzarse al mar cuando cayera el fuerte y vivir para luchar un día más. Al oírlo, los ojos de Orlandu se llenaron de lágrimas y Carla se preguntó por qué las hazañas de valor conmovían a los hombres con una fuerza que ninguna otra cosa podía igualar.

De postre, Nicodemo sirvió pan frito en mantequilla, cubierto de mazapán y azúcar, y fue unánimemente declarado un genio de la cocina. Después, la conversación derivó hacia la futura campaña. Se trazaron mapas sobre la mesa, a la luz de las velas, dibujando con los dedos y la punta de un cuchillo sobre el vino derramado. Se debatieron diferentes estrategias, con argumentos a favor y en contra, y se habló de la astucia de Turgut, a quien Bors había jurado matar desde la torre caballera, y de la ira de Mustafá Pachá, que rivalizaba con la brillantez de La Valette. Bors contó anécdotas de sus pasadas aventuras en las guerras de Carlos V y habló de las hazañas de Tannhäuser bajo los estandartes de Suleimán. Con cada historia, la mirada de Orlandu parecía cada vez más rebosante de ansias marciales. Y aunque no dijo nada, Carla se entristeció, porque de ese modo se nutrían y perpetuaban los mitos de la guerra, alimentados por quienes mejor sabían que eran garantía de crueldad y locura.

Pero quizá no lo supieran o se negaran a reconocerlo, porque su fascinación era inagotable. Surgió entonces el tema de las armas y hablaron de la superioridad de los mosquetes turcos y la fragilidad de sus corazas; de los méritos del hacha, la maza, la alabarda, la daga y la pica en la lucha a corta distancia; de los diferentes anchos y las variadas secciones transversales de las espadas, con sus diversas hojas y empuñaduras, y del martillo de guerra, un instrumento muy infravalorado pero incomparable, en opinión de Bors.

Durante toda la velada, las mujeres fueron como sombras en la pared, y aunque Amparo parecía contenta de disfrutar de la cálida y feliz compañía, Carla estaba abrumada por el cansancio. En todo caso, no podía cuadrar esa celebración del combate con el dolor y el horror concentrados en el pabellón de la Sagrada Enfermería. Mattias no regresó, ni tampoco sabía nadie cuándo volvería. Carla se excusó, entre un coro de bendiciones y agradecimientos, y se retiró a su habitación, donde cayó en un sueño profundo e instantáneo.

Despertó sintiendo una mano en el hombro y vio a Amparo, de pie junto a la cama, con una vela en la mano. La joven estaba envuelta en una manta y apenas podía contener su entusiasmo.

–¡Carla! –exclamó Amparo–. ¡Es Orlandu! ¡Es Orlandu a pesar de todo!

Carla balanceó las piernas desde el colchón y se puso de pie. El corazón se le había adelantado a la mente, porque parecía que fuera a salírsele por la garganta. Aferró la mano de Amparo y consiguió decir:

–¿Orlandu?

–¡Tannhäuser dice que Orlandu es tu hijo!

Empezó a girarle la cabeza y estuvo a punto de volver a sentarse. Sentía que una temblorosa desesperación le constreñía el pecho. Hizo una profunda inspiración. Orlandu era su hijo. ¡Era su hijo!

Las lágrimas le nublaban la vista

–Orlandu es mi hijo –murmuró.

–¿No es maravilloso? –preguntó Amparo.

Carla pasó rápidamente junto a Amparo y fue a buscar su capa. Después la volvió a colgar. No podía bajar a abrazarlo en camisón. Se volvió hacia su sencillo vestido negro, estirado sobre la mesa. «El pelo», pensó. Lo tenía enmarañado de la cama. Era poco probable que el chico se fijara. Pero aun así...

Inspiró otra vez profundamente.

–Dile a Orlandu que bajaré en un momento.

Carla se quitó el camisón por la cabeza y lo arrojó sobre la cama.

–Orlandu ya no está aquí –dijo Amparo.

Carla se tambaleó, presa de una premonición terrible. Cerró los ojos, volvió a abrirlos y miró a Amparo. La alegría de la joven, viva aún, se había ensombrecido. Carla se armó de valor.

–¿Dónde está? –preguntó, con toda la calma que pudo reunir.

–No lo sé. Tannhäuser y Bors han ido a buscarlo al muelle.

Carla agarró el camisón y volvió a ponérselo. La capa sería suficiente, después de todo, y su pelo podía irse al demonio.

–¿Al muelle de Kalkara? –preguntó.

Descolgó la capa del gancho de la pared y se puso a buscar las botas por el suelo.

–No –replicó Amparo–. Al de Sant'Angelo.

Carla se detuvo con la capa a medio desplegar sobre los hombros.

El día transcurrido en la enfermería le había hecho saber con dolorosa certeza que el muelle de Sant'Angelo era el punto de embarque hacia el matadero del fuerte de San Telmo.

Un grito escapó de su garganta.

Bajó corriendo las escaleras y salió descalza a la calle Majistral.

Sábado 9 de junio de 1565

Zonra. Marsaxlokk. Albergue de Inglaterra. El muelle

Un día largo, pero muy provechoso», reflexionó Tannhäuser, mientras atravesaba exhausto el Borgo en dirección al albergue de Inglaterra. Bueno para él, al menos. Acababa de presentarse ante Starkey, en cuyo despacho sus diversas hazañas habían recibido la debida admiración y donde había encontrado al alto mando cristiano en estado de conmoción, tras veinticuatro horas de crisis en el fuerte de San Telmo.

Después de diecisiete días seguidos de desesperada violencia, los turcos controlaban el foso de San Telmo, habían capturado la barbacana defensiva que guardaba la puerta principal y estaban construyendo escaleras y puentes para alcanzar una enorme brecha que se abría en la muralla suroriental. Este extremo había causado un motín entre los caballeros más jóvenes, decididos a salir del fuerte y morir como hombres, en lugar de quedarse encerrados como corderos en el corral, a la espera de una derrota segura. Con la astucia que lo caracterizaba, La Valette había enviado a los rebeldes un mensaje sugiriéndoles «huir a la seguridad del Borgo». Viéndose acusados de algo muy próximo a la cobardía, pese al inhumano coraje que durante esos días habían demostrado, los arrepentidos amotinados (condenados a regresar y soportar el desprecio de toda la Orden) suplicaron al gran maestre que no los relevara de sus deberes y le juraron obediencia absoluta a todas y cada una de sus órdenes.

Cuando Tannhäuser salió de Sant'Angelo, un refuerzo de quince caballeros y noventa milicianos malteses se estaba concentrando en el muelle para atravesar la bahía. «Muy bien», pensó Tannhäuser. Con un poco de suerte, al día siguiente, a esa misma hora de la noche, él también se estaría haciendo a la mar, para cruzar las azules aguas hasta la costa de Calabria.

Esa mañana, después de dejar a la caballería de De Lugny en el cabo del Patíbulo, Tannhäuser recorrió la costa unas dos millas hacia el sur, en busca de los veleros que la Orden había escondido. Llegó al caserío de Zonra sin hallar ninguno. El caserío, una docena de casuchas de pescadores, había sido saqueado por los turcos, que se habían llevado todo lo que podía utilizarse como leña: muebles, puertas, molduras, vigas y marcos de ventanas. Lo único que quedaba del pequeño embarcadero eran los pilares de madera, serrados por debajo de la línea del agua. Tannhäuser recorrió la costa durante una hora más, registrando sin éxito hasta el último pie de cada pequeña ensenada, y empezó a preguntarse si La Valette no habría concentrado todas sus embarcaciones en el norte. Indudablemente, la mayoría de los barcos estarían escondidos en el norte, para estar más cerca de Mdina y también de Sicilia. Pero ¿todos? Siguió avanzando hasta que vio surgir en la costa un promontorio rocoso. Era lo suficientemente abrupto como para desafiar todo lo que no fuera el más arriesgado montañismo y se adentraba más de veinte yardas en el mar. Tannhäuser sintió despertar en su interior su instinto de contrabandista.

Como la mayoría de los hombres, Tannhäuser no sabía nadar. Se desnudó y se metió andando en el mar, pegado a la superficie de la roca. Cuando llegó al extremo más alejado de la orilla, el agua ya le llegaba al cuello y comenzaba a sufrir destellos de pánico cada vez que el salitre se le metía en la boca y la fangosa arena se desplazaba bajo sus pies. Controlando los nervios, dobló el cabo. Del otro lado había una ensenada poco profunda o, más que una ensenada, una pequeña muesca en la línea de la costa. Con la sal escociéndole los ojos y provocándole accesos de tos, no vio nada digno de mención. Estaba a punto de maldecir su propio ingenio y de volver sobre sus pasos hasta terreno seco cuando un movimiento en la superficie del agua captó su atención. Era poco más que una irregularidad en el reflejo de la luz sobre el mar y la roca, pero él se enjugó la cara, volvió a mirar y allí estaba: el casco de un barco de doce pies en una oquedad de la fachada rocosa. Sobre la borda orientada a tierra le habían clavado un ingenioso trozo de lona, que después habían drapeado por encima del casco, para que el lado libre quedara flotando en el agua. Incluso desde muy poca distancia, la lona empapada confería al barco un aspecto muy similar al del resto de las rocas grises de la costa. Desde una galera que pasara a cientos de yardas o más (el único punto de vista de que podían gozar los ojos turcos), el barco sería prácticamente invisible.

Fue tal la alegría de Tannhäuser que perdió pie y desapareció bajo el agua salada. Por su mente pasaron mil pensamientos, hasta que logró aferrarse a la roca con las dos manos, apoyar los pies e impulsarse hacia arriba, para inspirar una vez más el aire, a grandes bocanadas. Le parecía humillante que un medio que en otras circunstancias era capaz de controlar pudiera volverlo tan indefenso, pero no tuvo más remedio que avanzar como un cangrejo pegado a la pared del promontorio, hasta llegar por fin al velero sin ahogarse. Con el agua a la cintura y los dedos de los pies aferrados a la roca, retiró la lona y subió a bordo.

En el fondo de la embarcación había dos pares de remos, un timón, un mástil y una vela latina enrollada. Había una barrica de agua, un cofre sellado con brea (supuso que de galletas) y una caja atornillada a la borda, en cuyo interior encontró un cuchillo, anzuelos, sedal y una brújula envuelta en lienzo encerado. Sicilia estaba a unas veinte millas al norte, y la costa calabresa, donde nadie pedía su cabeza para colgarla de una pica, a sólo cincuenta millas más.

Soltó las amarras del barco, atadas a dos ganchos de hierro hincados en la roca, y rodeó remando el promontorio para volver por el camino de la costa. La embarcación cortaba las olas como un cuchillo. Con la vela izada y un poco de viento, seguramente podría superar a más de una galera en alta mar. En la costa, Tannhäuser recogió sus cosas y dejó a *Buraq* con una bolsa de copos de cebada. Remó hacia el norte a través de la bahía y atracó en Zonra. Arrastró la embarcación por la playa y la dio de quilla, junto al muro de piedra orientado al mar de un retrete exterior que se había quedado sin techo. La cubrió con la lona y con toda la arena que pudo mover en una hora de trabajo. Desde el mar, la nave era indistinguible de la pared del retrete. En tierra, sólo una búsqueda minuciosa habría permitido dar con ella, y puesto que el caserío carecía de agua y acababa de ser arrasado, era poco probable que los turcos regresaran. Si llegaban a pie hasta allí (incluso con dos mujeres a remolque), podían hacerse a la mar sólo tres horas después de franquear la puerta de Kalkara.

Tannhäuser se vistió, fue a buscar a *Buraq*, envolvió en una manta su nuevo mosquete de Damasco y prosiguió hacia el sur, en dirección al puerto de Marsaxlokk, donde aún seguía fondeado el grueso de la flota del sultán. Los barcos de abastecimiento iban y venían de los puertos norteafricanos y las playas bullían de actividad. Le dio de beber a *Buraq*, se unió a las oraciones vespertinas y tomó té con almendras y miel en compañía de un navegante egipcio. Hablaron de Alejandría, y Tannhäuser dedujo que el almirante Piyale seguía desconfiando de los vientos de gregal y prefería no destinar más de una docena de galeras al bloqueo. Algunas patrullaban el canal de Gozo y las demás acechaban junto a la bocana del Gran Puerto, dos sectores que Tannhäuser podía evitar sin problemas. El combate por San Telmo, que aún se libraba, tenía por objeto conseguir el fondeadero septentrional de Marsamxett.

Tras recibir noticias tan alentadoras, que multiplicaron su confianza en una feliz travesía al continente, Tannhäuser se unió a una caravana de mulas que transportaba leña y harina para los hornos de pan del ejército a orillas del Marsa. Informó al capitán de la escolta de *sipahis* del ataque contra la batería Turgut, que el oficial desconocía. La respuesta fue una descripción de la Religión desde el punto de vista turco, que Tannhäuser ya había oído otras veces: una secta de fanáticos satánicos, más delincuentes que militares, demonios esclavizadores, piratas y quizá incluso hechiceros. Una plaga que era preciso exterminar en nombre de la paz y por el bien del resto del mundo. Tannhäuser no tuvo que fingir demasiado para expresar su acuerdo.

En el campamento principal de los turcos sobre el Marsa se dirigió al bazar y renovó sus lazos de amistad con algunos de sus personajes. Bebió con ellos yogur con sal y cilantro, y se enteró de lo elevadas que habían sido las bajas turcas en San Telmo. Varias compañías de jenízaros habían sido prácticamente aniquiladas por su negativa a retirarse. Aunque la campaña estaba resultando más ardua de lo esperado, nadie dudaba de que el sultán acabaría imponiéndose, porque ésa era la voluntad de Alá. Cuando los mercaderes dominaran el mundo –todos lo creían así–, habría armonía entre las naciones; pero hasta esa fecha distante, obtendrían los beneficios que pudieran.

En el bazar se hablaba mucho de las virtudes de los puertos de Malta y de los usos que se les daría cuando fueran absorbidos por los dominios del sultán. Bajo la pérfida hegemonía de los Perros del Infierno, la isla era poco más que un cuartel y un mercado de esclavos. Bajo el gobierno de los otomanos, conocería la prosperidad. Allí, en la encrucijada de media docena de importantes rutas comerciales y con la piratería cristiana finalmente erradicada, sería posible amasar grandes fortunas, y los mercaderes del bazar estaban dispuestos a reclamar su parte del botín. Por eso habían viajado tan lejos y asumido tantos riesgos. Tannhäuser sintió de pronto que los envidiaba, pero en seguida comprendió que cuando el oro turco empezara a fluir a raudales desde el manantial de Malta, Sábato Svi y él podrían recoger su parte incluso desde Venecia. Pese a los conflictos periódicos, la República Serenísima siempre había sido el principal socio comercial de los otomanos. Expuso a grandes rasgos su idea a los mercaderes reunidos, que la recibieron con entusiasmo. Uno de ellos conocía a Sábato Svi por referencias y a Moshe Mosseri en persona. Los mercaderes turcos confiaban en los judíos y los respetaban. Tannhäuser imaginó los ojos de Sábato Svi cuando supiera que iba a tener al doble de negocios a la mitad de distancia.

Pensó entonces que para eso era preciso que los turcos triunfaran sobre la Religión. Pero si la Religión era aniquilada, nadie lo lamentaría durante mucho tiempo, de eso no cabía duda. Se dirían misas y se honraría la memoria de los muertos. Reyes, príncipes y papas se disputarían sus tierras. Los que odiaban a La Valette cantarían elogios a su reputación, como medio de aumentar su propio prestigio. Los caballeros se desvanecerían de todas las memorias, junto con la causa por la que habrían dado su vida, y el tiempo remitiría sus nombres al desván de la historia, junto con dinastías, tribus e imperios demasiado diversos para ser enumerados.

–¿Dónde están los griegos ahora, pese al milenio de esplendor de Bizancio?

Tannhäuser masculló su pensamiento en voz alta, y los demás lo miraron con expresión extraña, quizá porque la respuesta era evidente para todos. Los griegos con un mínimo de talento eran esclavos de Suleimán Sha y se alegraban de serlo; el resto eran campesinos, que vivían arrancando su sustento al suelo rocoso. Tannhäuser se rehízo y regaló a sus interlocutores el beneficio de su conocimiento del mercado de la pimienta. Desde Malta podrían fletar cargamentos directamente a Génova, Barcelona y Marsella, evitando así a los intermediarios venecianos. Los presentes discutieron precios, mientras arrugaban la frente haciendo cálculos para sus adentros. El resto del día transcurrió entre especulaciones igualmente civilizadas. El café era fuerte, los pasteles eran dulces y ningún hombre hablaba de asesinar a nadie. El sol se puso detrás de las montañas del oeste. El almuédano llamó a la oración. Tannhäuser se unió a sus amigos en sus oraciones y, aun siendo un impostor y un blasfemo, encontró paz y consuelo en ellas. Después, el mercader de cereales del Gálata que se había interesado más por sus pronósticos sobre la pimienta, y que tenía lazos de amistad con la familia Mendes, mencionó el rumor de que Mustafá tenía planeado sorprender al enemigo con un ataque nocturno contra San Telmo al día siguiente, día santo para los cristianos.

Con esa información para Starkey, Tannhäuser abandonó el campamento y cabalgó a *Buraq* en la oscuridad hasta la puerta de Kalkara. Al estar Mustafá obsesionado con San Telmo, pocas patrullas vigilaban el flanco oriental del Borgo, de modo que no encontró obstáculos en su camino. Necesitaba un día para encontrar a Orlando Boccanera. Seguramente, no más de dos o tres. El chico había crecido en el Borgo y muy probablemente aún seguiría allí. Después, se llevaría a sus seres queridos de ese mundo infernal y dejaría el resto a la voluntad de Dios.

Cuando llegó al albergue de Inglaterra, de regreso de Sant' Angelo, la calle Majistral estaba desierta bajo un cielo despejado de color índigo intenso. La luna estaba en fase creciente y seguiría brillando toda la semana; pero entre la una y las dos se ocultaba detrás del horizonte, por lo que no haría peligrar su huida nocturna a Zonra. Cinco personas eran muchas para pasar por el puesto de centinelas de la puerta de Kalkara, incluso con los salvoconductos para viajar a Mdina. Pero ¿a qué otro lugar podrían imaginar los guardias que se dirigían? Sonrió. Las mujeres serían la prueba incuestionable de que no tenían intención de pasarse a las filas turcas.

Entró en el refectorio y encontró a Bors y Nicodemo jugando al *backgammon*. Bors tenía la expresión de enajenada angustia que suelen tener los jugadores compulsivos cuando están a punto de perder mucho dinero. Dormido con la cabeza encima de la mesa, había un tercer hombre que él no conocía. Un muñón vendado le colgaba del hombro. Amparo apareció como de la nada y se arrojó a sus brazos, y él le dio un pellizco y un beso en los labios generosos. Estaba más extrañamente hermosa que nunca. Su delgado y asimétrico rostro quedaba dividido por la luz de las velas. El pómulo fracturado se perdía entre las sombras y entonces él descubrió que lo echaba de menos y que no habría querido verle intacta la cara aunque hubiese sido posible. Se conmovió al ver que llevaba en el pelo la peineta de marfil. La soltó, y ella también a él, aunque no de buen grado. Después Tannhäuser apoyó contra la pared el mosquete de Damasco, envuelto aún en su manta.

–De modo que ha vuelto el gran Jan –dijo Bors. Surcos de sudor seco le recorrían la cara negra de pólvora, confiriéndole el aspecto de un gigantesco niño travieso–. ¿Qué hay de nuevo en La Meca?

Tannhäuser vio la damajuana.

–¿Queda algo de vino?

–No.

–¿Cena?

–El cocinero está ocupado.

Nicodemo arrojó los dados y Bors soltó una maldición, acompañada de un puñetazo en la mesa. La noche aún era calurosa y Tannhäuser consideró la posibilidad de disfrutar del agua fresca de su tinaja. ¿Por qué no? Se quitó el cinturón de la cimitarra y se desabotonó el caftán, mientras contemplaba a Nicodemo desplazando las fichas blancas por el tablero de *backgammon* con notable habilidad.

En turco, Tannhäuser le dijo:

–*Nicodemo, déjalo ganar. Imagina que es un niño pequeño y que le tienes mucho afecto.*

–*Juega como si lo fuera* –contestó Nicodemo–. *Pero ¿por qué voy a desperdiciar la partida?*

–*Porque de ese modo nos traerías tranquilidad a todos y eso es algo que esta noche apreciaría mucho.*

Bors tiró los dados y volvió a maldecir.

–Estos dados están embrujados. ¿Qué ha dicho este perro griego?

–Me ha dicho que te quiere sodomizar, pero que prefiere esperar a que te bañes.

–Lleva toda la noche dándome por el culo. Puede que necesite pedir prestado algo de oro.

–¿Estáis jugando por oro?

Bors frunció el ceño, mientras su mano enorme y sucia planeaba sobre el tablero.

–¿Qué hay de nuevo?, he dicho. ¿Qué hay de nuevo?

–Ya nos están calentando la cena en Calabria –respondió Tannhäuser.

Por un momento, Bors olvidó la partida y miró a su amigo con gesto amargo.

–¿Tenemos piloto?

–Tenemos una brújula. Yo seré el piloto.

–Magnífico.

–También he localizado al hijo de la condesa.

Bors volvió a escrutar el tablero con rabia apenas disimulada y sumergió las manos entre las fichas como si las estuviera metiendo en un nido de escorpiones. Las fichas negras cayeron con estrépito en su sitio.

–No me interesa eso.

–¿Dónde está Carla?

–Está durmiendo –respondió Amparo.

–Entonces me voy a bañar –dijo Tannhäuser.

Sin prestarle atención, Bors recogió los dados con el cubilete de cuero y, con mirada amenazante, los depositó de un golpe delante de Nicodemo.

Tannhäuser vio la expresión de alarma de Amparo y sonrió.

–Compadece al muchacho –le dijo–. Bors era el mejor jugador de *backgammon* de toda Mesina, o al menos eso creía él.

–¡Otra vez me encuentro atrapado entre circuncisos! –exclamó Bors–. ¡Aquí, en el bastión de la fe católica! ¡Esto va contra el orden natural!

Vio cómo rodaban los dados y después congeló el movimiento, como un gato que acechara a un ratón herido, cuando Nicodemo hizo una jugada de una torpeza flagrante.

–Ve a darte un baño –dijo Bors a Tannhäuser– y deja que los hombres se ocupen de sus asuntos.

Tannhäuser fue a su habitación, se desnudó, se hizo con una toalla y salió al jardín. Una vez fuera, vio un destello de plata y marfil. Amparo ya estaba sumergida en la tina, bajo las estrellas. Se paró en seco. La idea era nueva y sumamente peculiar. Su baño era algo que no estaba habituado a compartir. Le agradaba que lo enjabonaran, que lo restregaran y que le aplicaran aceites y ungüentos, o al menos que lo hiciera una mujer, pero ¿remojarse los dos en la misma agua? La cara de Amparo asomaba por encima del zuncho de hierro del borde de la tinaja: angélica, pálida y adorable a la luz de la luna. Era evidente que no tenía conciencia de la radicalidad de su acción, pero en su ingenua naturalidad residía gran parte de su encanto inigualado. Habría sido una descortesía pedirle que saliera y una grosería negarse a entrar. Se acercó y probó el agua con la mano. Aún conservaba el calor del día. Sería un bálsamo para su cuerpo y no una conmoción, y ante eso el dilema se volvió más agudo. Entonces, la misma luz de plata que iluminaba el rostro de la joven brilló reflejada sobre dos majestuosos y blancos hemisferios, que quebraban la superficie del agua cual recompensa que aguardara al héroe de algún antiguo mito erótico. El dilema se desvaneció de su mente como las sombras de una pantalla de papel. La franqueza de la mirada que ella dirigió a sus partes íntimas en rápido crecimiento hizo que sus aprensiones le parecieran ridículas y, sin pensárselo más, salvó el borde de la tinaja de un salto y cayó al lado de la joven con un fuerte chapoteo.

Su intención había sido darse un baño para relajar los músculos y vaciar por un rato la mente de emociones, pero el inmaculado mar de lechosa carne que lo envolvía saboteó a la vez ambas posibilidades. Se contuvo para no pasar de inmediato a la comunión carnal y dejó en cambio vagar sus manos por los muslos de ella, bajo el agua salada.

–Hoy destruiste los cañones turcos –dijo Amparo.

No era un recuerdo que él deseara traer a la memoria. Con los labios sobre su cuello, se limitó a gruñir.

–¿Fue horrible? –preguntó ella.

–¿Horrible? –murmuró él, perplejo. Quizá ella intentaba consolarlo–. Matamos a muchos hombres –dijo–. Pero esas cosas mundanas no deben preocuparte.

La besó en el cuello. Dejó correr los dedos por su pelo. Uno de sus pechos le llenó la mano, como movido por voluntad propia, y él dejó escapar un suspiro de lo más profundo de su pecho, al borde del éxtasis. Aun así, oscuramente, la pregunta lo seguía inquietando. No era el tipo de preguntas al que ella lo tenía acostumbrado.

–Amparo, ¿cómo sabes lo de los cañones? –dijo.

–Orlandu me lo ha contado –respondió ella.

Para su desconcierto, la excitación de Tannhäuser se evaporó de manera fulminante. El hombre se incorporó y ella cayó deslizándose del lugar que ocupaba sobre sus muslos.

–¿Orlandu? –preguntó él–. ¿Quién es Orlandu?

–Mi amigo del puerto. Te lo he dicho. Piensa que eres un gran héroe y quiere conocerte.

Él recordaba el asunto vagamente, pero no le había prestado mucha atención. Amparo prosiguió.

–Estuvo aquí, en el refectorio. Cenó con nosotros hace menos de una hora.

–¿Qué edad tiene ese amigo tuyo?

–Dice que tiene quince años, pero no está seguro. –Ella comprendió su agitación–. No cree ser el hijo de Carla, ni tampoco Carla lo cree.

Para Tannhäuser no fue suficiente.

–¿Cómo se apellida?

–Orlandu di Borgo.

Él soltó una carcajada, pero sin humor. Su visión de escapar de la isla tembló ante él como un espejismo, acompañada de una aprensión innominada que sentía necesidad de resolver cuanto antes.

–¿Quién es el hombre que está en la mesa, el manco?

–Tomaso, un amigo de Orlandu.

–Espérame aquí –dijo Tannhäuser.

Se levantó, apoyándose con ambas manos en el borde de la tina.

–¿Estás enfadado conmigo?

–Al contrario. Sólo ten un poco de paciencia.

Se encaminó presurosamente hacia la puerta del albergue y sólo entonces advirtió que se había dejado la toalla. No volvió atrás. El golpeteo de sus pies sobre las losas del suelo le pareció anormalmente estruendoso. Llegó al refectorio en medio de las exuberantes risotadas de Bors, que levantó la vista cuando él entró.

–¡Ha cambiado la marea! –rugió Bors. Las marcas de sudor en sus mejillas parecían lágrimas de felicidad–. ¡Ha sido una obra maestra de la justicia!

–Despierta al maltés –dijo Tannhäuser.

Bors reaccionó al tono de su voz inclinándose hacia delante y hundiendo un dedo grueso como un palo de escoba entre las costillas del hombre dormido. Tomaso se despertó sobresaltado, confuso por el lugar donde se encontraba y aún más por los muchos vasos de vino que había ingerido, así como alarmado por la figura desnuda y empapada que emergía como una mole entre la penumbra de las velas.

–Orlandu Boccanera –dijo Tannhäuser.

Tomaso miró a su alrededor, como para señalárselo, y sus ojos de mirada turbia siguieron escrutando la oscuridad cuando no lo encontró junto a la mesa. Fue respuesta suficiente.

–¿Dónde vive? –preguntó Tannhäuser en italiano–. La casa de Orlandu...

Tomaso recorrió con la vista la sala, como buscando ayuda.

–Yo sé dónde duerme Orlandu –dijo Amparo, asomando la cabeza por el marco de la puerta. Estaba envuelta en la toalla.

–Bien –dijo Tannhäuser–. Nos vestiremos ahora mismo.

Mientras se giraba, Tomaso dijo algo que ninguno de los demás entendió. Señaló un punto en el suelo, junto a la pared. Tannhäuser dio un par de golpes en la mesa con los nudillos.

–¿Bors?

Bors se volvió, miró y dijo:

–Ahí es donde estaban la espada y la coraza de cuero de Tomaso. –Hinchó los carrillos en gesto pensativo–. Diría que el joven Orlandu se las ha llevado.

Tomaso habló otra vez y entre sus palabras figuraba «Sant'Elmu».

Tannhäuser miró a Bors.

–Dime que he entendido mal.

Bors se atusó el bigote con un dedo.

–Bueno, el chico ardía en deseos de unirse a la refriega y me atrevería a decir que nosotros avivamos aún más ese deseo.

–Tiene doce años –dijo Tannhäuser.

–Con morrión y coraza parecerá un hombre. No sería el primero en mentir acerca de su edad para ir a la guerra. Y debo añadir que el chico tiene labia y sabe usar la lengua cuando quiere.

Tannhäuser sintió que el suelo se movía bajo sus pies.

–Vente conmigo al muelle de Sant'Angelo –dijo.

–Pero ¿y la partida? –protestó Bors–. ¡La tengo ganada!

Tannhäuser corrió a su habitación a buscar sus botas y un par de pantalones.

Tannhäuser y Bors recorrieron a paso acelerado las estrechas callejuelas. Entre el borde almenado de la muralla y la silueta del Castel Sant'Angelo, la ciudad era un pozo de oscuridad. A medida que se acercaban a la fortaleza, resonaban voces y gruñidos, y se iban cruzando con camilleros que transportaban a los heridos de la jornada a la enfermería, a la luz de las antorchas. Los evacuados se distinguían no sólo por sus heridas, sino por su mirada ausente, como si a cada uno de ellos el horror le hubiera arrebatado algo muy valioso. Siguieron corriendo.

El Castel Sant'Angelo se erguía sobre su propio peñasco, separado del Borgo por un canal. El puente que atravesaba el canal conducía al pie del castillo y también a un muelle curvo, desde el cual partían las embarcaciones hacia San Telmo. El puente estaba abarrotado por un tráfico humano desesperado y sangriento. Tannhäuser tuvo que intimidar al capitán preboste para que los dejara pasar y, a partir de ahí, los dos atravesaron por la fuerza la prensa humana, con toda la crueldad que les fue menester. Sobre la piedra desnuda del muelle yacían cuerpos que habían expirado durante la travesía y, junto a ellos, una docena de heridos que no parecían capaces de sobrevivir el paso del puente. Por todas partes había sangre, formando charcas y coágulos temblorosos que se pegaban a las botas de Tannhäuser cuando éste sorteaba a los muertos y los moribundos. Dos capellanes se movían entre los agonizantes, ungiéndoles la frente, la nariz y los labios con los santos óleos.

«Por esta santa unción y por su bondadosa misericordia, te ayude el Señor con la gracia del Espíritu Santo, para que, libre de tus pecados, te conceda la salvación.»

Los evacuados traían consigo el regusto del combate que arreciaba del otro lado del puerto: heridas abiertas, terror en estado puro y el olor del caos. La Valette siempre se empeñaba en bajar personalmente a despedir a los nuevos voluntarios. El hecho de que no estuviera allí era un mal presagio. Tannhäuser y Bors siguieron adelante. Un oficial turco prisionero, ensangrentado, semidesnudo y cargado de cadenas, pasó junto a ellos conducido por unos soldados. Tannhäuser oyó un fragmento de sus murmullos:

–Agárrate con fuerza a la soga de Alá...

–A ese tipo le espera una sorpresa desagradable –comentó Bors.

Tannhäuser siguió adelante, casi sin escuchar. Bors insistió.

–En las mazmorras de San Antonio, los torturadores siempre tienen a mano a un negro gigantesco. Lo tratan a cuerpo de rey: comida, vino por cubos... Cuando quieren aflojar la lengua de un turco recién llegado, lo desnudan, lo hacen apoyarse sobre un barril y llaman al negro para que lo sodomice, mientras ellos se ríen y aplauden, recordándole que así es como disfrutaba el viejo Mahoma. –Bors también se echó a reír–. Dicen que el tratamiento obra milagros.

Tannhäuser no hizo ningún comentario, pero siguió mirando a su alrededor. Las aguas del Gran Puerto resplandecían como el mercurio y su superficie temblaba con la estela de dos embarcaciones que acababan de partir y con los remos que hendían el agua. Cada una transportaba una veintena de hombres y provisiones diversas. En el muelle, sentados ante una mesa iluminada por una lámpara, había un hermano sargento con un libro de contabilidad y un intendente cuyos papeles nadaban en el contenido de un tintero derramado. Los dos intercambiaban palabras muy poco propias de monjes. Tannhäuser reconoció al sargento, un lombardo llamado Grimaldi, y golpeó la mesa con los nudillos para llamar su atención.

–Hermano Grimaldi, tengo que saber si un hombre en concreto ha zarpado con los voluntarios.

–¿Esta noche? –preguntó Grimaldi.

–Esta noche. Se llama Orlandu Boccanera.

Al intendente no le hizo gracia la interrupción.

–Vos no tenéis ninguna autoridad aquí. Tenemos trabajo que hacer.

–¿Trabajo? –Tannhäuser apoyó las manos en la mesa y lo miró desde arriba–. Esta mañana dirigí la incursión en el cabo del Patíbulo. Así que ya puedes decirme, contable, cuántos turcos has matado tú en el día de hoy.

El intendente se puso de pie, llevándose la mano a la empuñadura de la espada. Pese a eso, Tannhäuser siguió inclinado y el hombre se vio obligado a levantar la cabeza para mirarlo.

–¿Quién sois?

–Te aconsejo que sigas derramando tinta, amigo mío –le dijo Bors– y que dejes el derramamiento de sangre para la gente como nosotros.

–Siéntate –ordenó Grimaldi–. Es uno de los hombres de Starkey.

El intendente se marchó, mascullando un padrenuestro para calmar su ira. Grimaldi repasó la lista de enrolamiento y su dedo se detuvo cerca del final de una columna de nombres.

–No veo a ningún Boccanera, pero tenemos un tal Orlandu di Borgo –dijo Grimaldi–. El muchacho era tan insolente como su nombre. –Señaló el puerto con la barbilla–. Está allá, en el último barco.

Tannhäuser se incorporó, se volvió y contempló las aguas del puerto. Lejos, en la oscuridad de la noche y más allá de toda esperanza de regreso, los remos de la última embarcación castigaban el mar de mercurio. Por culpa de sus fantasías sobre el comercio de la pimienta, o por haber tomado un café de más, o por haberse remojado un momento en su tina, el pilar principal de su plan se estaba desmoronando. Orlandu iba de camino al puesto de la muerte segura. A través de todos los altibajos de las últimas semanas, Tannhäuser nunca había sucumbido al desaliento. Pero en ese momento sí. Se volvió hacia el muelle y su ánimo se hundió aún más.

Corriendo descalza entre los charcos de sangre, con el cabello al viento alrededor de los hombros, venía Carla. Cuando ella vio la expresión de Tannhäuser, se detuvo. Y él sintió como si le estuviera clavando un puñal en el corazón.

Domingo 10 de junio de 1565. Pentecostés

Capilla de Nuestra Señora de Filermo. Albergue de Inglaterra. Castel Sant'Angelo

El icono de la Virgen de Filermo colgaba de la pared de una de las capillas de la iglesia de San Lorenzo. Para los caballeros, ese icono era la más sagrada de sus reliquias, después de la mano derecha del Bautista. Lo había pintado san Lucas, o al menos eso decían, y un milagro lo había llevado a Rodas cabalgando las olas del mar. Cuando Suleimán conquistó Rodas, los caballeros supervivientes se llevaron consigo el icono. El rostro de la Virgen era primitivo, casi inexpresivo, pero en sus ojos se concentraba todo el dolor del mundo. En diversos momentos había derramado lágrimas reales y se le atribuían numerosos milagros. Carla se arrodilló delante del icono y rezó, pero no le pidió a la Virgen un milagro, sino su guía. Seguramente podía esperarlo en ese día, el día en que el Espíritu Santo había descendido sobre los apóstoles. Fuera era noche cerrada y la iglesia estaba vacía.

–El destino está contra nosotros –le había dicho Mattias, mientras ella lo miraba desconcertada, con los pies metidos hasta los tobillos en la sangre del muelle–. Dejadme que os lleve de vuelta a Italia. A Francia. Quedarse aquí es morir, ¿y para qué? Dejad atrás todo esto y empezad una nueva vida.

Ella le había prometido una respuesta por la mañana y, para encontrarla, había acudido a la capilla de la Virgen de Filermo. Todavía estaba conmocionada por la noticia de que Orlandu era su hijo. A escasas pulgadas de distancia y pese a estar con él durante horas, no había sido capaz de reconocer a su propia sangre. Había permitido que se le deslizara entre los dedos y que marchara a una muerte segura.

No dudaba de su identidad. En cuanto Amparo se lo dijo, supo que era cierto. La historia que había contado Ruggiero a propósito del bautismo o la carta del padre Benadotti eran confirmaciones que no necesitaba. Había sentido un vínculo inmediato con el muchacho y un afecto instantáneo, pero lo había atribuido al encanto de pícaro callejero del chico, a su amistad con Amparo y al poder del amor de Cristo que había llenado su alma en la Sagrada Enfermería. Entre todo eso, no había experimentado la menor sensación explícita de reconocimiento maternal. ¡Cuánta vanidad! ¿Qué había esperado? ¿Sentir espasmos y contracciones en el vientre? ¿Ver al chico nimbado por un halo resplandeciente? Ella no era una madre. Nunca había dado de mamar. ¿Cómo había podido pensar que iba a reconocerlo? Su fantasía había condenado a su hijo. Y también –ahora lo reconocía avergonzada–, sus prejuicios sociales. El chico era encantador, pero estaba sucio y sus modales eran rústicos. Era un pillastre descalzo que presumía de haber matado a muchos perros. Un profundo sentimiento de casta la había cegado y había endurecido su corazón. Era la maldición de su supuesta nobleza. Pensó en su padre, don Ignacio. Mattias lo había visto.

–Vuestro padre os suplica que lo perdonéis por haberos quitado al niño –le había dicho Mattias– y por haber condenado al muchacho a una vida de tan baja condición. El más amargo de sus pesares es la terrible crueldad que cometió con vos. Sus palabras exactas fueron: «La quiero más que a cualquier otra alma viviente».

Al oírlo, Carla se echó a llorar, porque el odio de su padre había sido una de sus peores heridas.

–Don Ignacio se está muriendo –anunció Mattias–. Cuando me marché, el tiempo que le restaba en este mundo podía contarse en horas. El sacerdote estaba a su lado. Fue un gran consuelo para él saber que habíais regresado. Me tomé la libertad de decirle que gozaba de vuestro cariño y de vuestro respeto, y que podía confiar en vuestro perdón, y al oírlo me bendijo. Quizá hice mal en hablar así en vuestro nombre, pero un hombre moribundo merece caridad, por muy viles que hayan sido sus pecados.

Carla volvió a llorar delante del icono. Lloró de amor, por la gentileza de Mattias. De pena, por la muerte de su padre. De desesperada gratitud por el amor de don Ignacio, ya que en un pequeño rincón de su corazón no había perdido nunca la fe en el amor de su padre. También lloró de dolor por Orlandu y por su propia frivolidad. Sintió que alguien entraba detrás de ella en la capilla y contuvo las lágrimas.

Era La Valette.

El hombre se arrodilló a su lado, en el reclinatorio, y se entregó de inmediato a sus devociones. No hizo el menor gesto de reconocimiento. Parecía casi en trance. Ella pensó en la carga que pesaría sobre su conciencia, en sus temores por el pueblo maltés, en los hombres que enviaba a diario a la muerte a través del puerto y en los errores (la mayoría suyos) que habrían causado incluso más muertes. Carla levantó la vista hacia el semblante de la Virgen y le pidió que le indicara qué debía hacer. Y la Virgen se lo dijo.

Tras sus esfuerzos de los últimos días, Mattias tenía derecho a descansar, de modo que Carla decidió esperar a que despertara en lugar de llamarlo. Sin embargo, al ver que permanecía en cama hasta bien entrada la tarde, comenzó a preguntarse si no habría tomado algún soporífero. O quizá estaría ocupado con Amparo. La imagen de los dos juntos aún le producía náuseas, pero no los culpaba a ellos, sino a sí misma. Cuando finalmente Mattias emergió, parecía bajo de ánimo. Se reunieron a solas en el refectorio, donde comieron sin apetito. Hablaron de intrascendencias y al final él le preguntó por sus intenciones futuras.

–Mi verdadero lugar en el mundo es éste –dijo ella.

Él acogió la noticia con una mirada sombría por encima de la taza de café. La taza era diminuta y primorosa, absurdamente delicada en un puño cuyos nudillos parecían nueces.

–Orlandu no volverá –dijo él– y, si vuelve, no volverá entero.

–Mi lugar está aquí, aunque jamás vuelva a ver a Orlandu.

Ella notó que él intentaba dominar una desolada frustración. No era un hombre que se diera fácilmente al desánimo; de hecho, su resistencia ante el infortunio la maravillaba, y por eso le dolía aún más verlo abatido, sobre todo siendo ella la causa. Le tendió una mano y tocó el dorso de una de las suyas.

–Queréis que me marche de la isla y entiendo muy bien por qué...

–Dudo mucho que lo entendáis. –El tono de Mattias fue brusco y ella se sintió rechazada, pero él añadió en seguida una aclaración–. Nunca habéis visto a los turcos saqueando una ciudad. Os violarían durante horas, quizá días. Después, con suerte, os matarían. Sin suerte, os venderían y os embarcarían hacia algún burdel del norte de África.

Ella se estremeció ante la brutalidad de su lenguaje.

–¡Pero es imposible salir de Malta!

–¿He perdido vuestra confianza?

–Eso sí que es imposible. –Ella sonrió, pero él no le devolvió la sonrisa–. No. He oído la voz de Dios, que hasta ahora había sido incapaz de oír. Por eso debo quedarme.

–¡Estamos rodeados de gente que ha oído la voz de Dios! –exclamó Mattias–. ¡Ahora mismo se están haciendo picadillo mutuamente!

–Yo no pienso hacer picadillo a nadie –contestó ella–. Sólo quiero servir a los que sufren, siguiendo el ejemplo de Cristo. Aceptaré los dictados de la divina Providencia.

Él se volvió, sacudió los posos de la taza y volvió a llenarla con la cafetera de cobre. Después se quedó mirando el café, para evitar la mirada de Carla. Ella sabía que la consideraba una tonta, pero por una vez sabía que se equivocaba.

–Mattias, por favor, escuchadme. –Él la miró y ella prosiguió–. Habéis hecho todo cuanto un hombre podía hacer y con creces. Me habéis traído en este gran viaje, habéis sido mi guía y mi custodio. Venía en busca de mi hijo y lo he perdido una vez más, pero he recibido otra cosa, algo infinitamente valioso que no esperaba encontrar. –Recordó la primera conversación de ambos en el jardín de las rosas–. Digamos que he recibido la gracia de Dios.

Mattias hizo un gesto afirmativo. No dijo nada.

–Si mi búsqueda de Orlandu me ha llevado a este conocimiento, al conocimiento de mi alma y de mi lugar en la Creación y en el corazón de Dios, entonces no puedo considerarla un fracaso. Ni tampoco vos deberíais hacerlo.

–¿Y Amparo? –preguntó él–. ¿También ella tendrá que quedarse con los fanáticos?

–No soy ninguna fanática.

–Hablo de los que reducirán esta ciudad a cenizas luchando entre ellos.

–Amparo siempre ha sido libre. No soy su dueña. Ella os quiere, Mattias. –Dudó por un momento–. Yo también os quiero. Os quiero a los dos.

Mattias se estremeció, como si esa nueva información viniera a sumarse a su carga, y volvió a encerrarse en su café.

–En cuanto a nuestro acuerdo –prosiguió ella–, lo mantendré de buen grado si así lo deseáis. Podríamos casarnos y preparar todos los documentos antes de vuestra partida. Tendríais vuestro título.

Él agitó la mano.

–Ahora estamos por encima de esas nimiedades. Además, merecéis un hombre mejor que yo. Os habéis entregado a una causa noble. Más que noble. ¿Queréis mi bendición?

–Nada me parecería más valioso.

Él esbozó su vieja sonrisa.

–Entonces la tenéis, es toda vuestra –dijo, poniéndose de pie–. Pero hay cosas que debo meditar por mí mismo. –Hizo una profunda reverencia, con la primitiva galantería que antes la había emocionado tanto–. ¿Me permitís?

Carla también se puso de pie.

–Desde luego. En cualquier caso, tengo que ir a la enfermería.

Él le ofreció el brazo.

–Entonces reclamo el honor de acompañaros.

Carla apoyó la mano en su brazo y le gustó el contacto. Temía no volverlo a ver. Aún ansiaba su amor. Sin embargo, estaba en paz consigo misma y no pedía nada más.

Cuando llegó a la enfermería, Lázaro le dijo que Angelu había muerto.

Tannhäuser y Bors estaban sentados entre las almenas de Sant'Angelo, como dos niños ociosos, con las piernas colgando sobre el límpido mar azul que se extendía cien pies más abajo. Compartían un odre de vino y un pote de aceitunas, y contemplaban la puesta de sol detrás del monte Sciberras. El humo ocre de los cañones de asedio confería al crepúsculo un fulgor diabólico. Desde la torre caballera, detrás de la tribuna que ocupaban, los cañones escupían hierro y desgracia. Del otro lado de la bahía, el fuerte de San Telmo parecía poco más que un cúmulo de bloques de piedra a punto de desmoronarse; sin embargo, en abierto desafío a las leyes de la probabilidad, su maltrecha estructura resistía en pie.

–Es paradójico –comentó Tannhäuser– que unos hombres condenados a morir se aferren con tanta tenacidad a la vida.

–Es la gloria –contestó Bors.

Miró a Tannhäuser y el corazón de éste se estremeció con una tristeza inesperada ante los fieros ojos grises y las recias facciones nórdicas.

–Todas las cadenas rotas, todas las deudas morales canceladas –prosiguió Bors–. Ni alabanzas, ni honores, ni una gran reputación, sino el arrebato, el presentimiento de lo divino. Eso es la gloria. –Se llenó de vino la garganta, tragó y se secó los labios–. Pero tú conoces esa dicha tan bien como yo. Niégalo y te llamaré mentiroso.

–La gloria es un instante que sólo se puede conocer en el infierno.

–Puede que así sea, pero ¿con qué otra cosa de este mundo puedes compararla? ¿Dinero? ¿Fama? ¿Poder? ¿El amor de las mujeres? –Resopló desdeñosamente–. Es un instante, sí, pero cuando has visto su luz, todo lo demás es oscuro.

La oscuridad que agobiaba a Tannhäuser tenía otras raíces.

–Buscar a ese chico ha sido como buscar ladillas en entrepierna ajena: desagradable, frustrante, peligroso y sin desenlace feliz a la vista.

–Las ladillas normalmente te encuentran a ti, aunque es verdad que el chico estuvo a punto de encontrarte. –Bors se echó al gaznate otra prodigiosa cantidad de vino y le pasó el odre a Tannhäuser, que lo rechazó sacudiendo la cabeza–. ¿Entonces nos vamos a Calabria? –preguntó Bors–. ¿Vendrán con nosotros las blancas y tiernas doncellas?

–Después de rezar a la Virgen de Filermo, Carla ha decidido que su lugar está aquí, en el Borgo. La divina Providencia y la gracia de Dios guiarán sus pasos de ahora en adelante. Se entregará al martirio para cuidar a los enfermos o alguna otra insensatez por el estilo. –Hizo un amplio gesto con la mano–. Ésa es la idea, más o menos.

–¡Y quién se atreverá a contradecir a la Providencia! –dijo Bors–. ¿No fue una libra de nuestro opio lo que le abrió las puertas de Lázaro?

Tannhäuser no necesitaba que se lo recordaran. Los motivos que hubiese podido tener para pedir ese favor le parecían ahora totalmente insondables.

–Le pregunté si Amparo también estaba obligada a quedarse en esta espléndida teocracia.

–¿Y qué te dijo?

–Amparo es libre de hacer lo que quiera.

–Buenas noticias, entonces –dijo Bors–. Todos quedan contentos, o al menos eso parece, y tú puedes marcharte con la conciencia tranquila y con una moza dicharachera agarrada a tu brazo.

Tannhäuser frunció el ceño.

–Si alguna vez he de oír la voz de Dios, éste sería un buen momento.

–Entonces no estás satisfecho.

Tannhäuser miró al otro lado de la bahía. Desde las primeras luces del alba, San Telmo sufría el hostigamiento de los artilleros y el retumbar de los cañonazos. Aquí y allá, el rojizo resplandor del crepúsculo se reflejaba sobre morriones y hombreras, entre el polvo que lo envolvía todo. En algún lugar entre los escombros, Orlandu di Borgo estaría probando por vez primera el sabor de la guerra, si es que aún vivía.

–No es propio de mí dejar algo sin terminar –dijo Tannhäuser–, ni menos aún ver desbaratados mis planes en el último momento.

–No es la primera vez que sales apaleado. Ya se te borrarán las heridas.

–El chico tenía la cabeza llena de mitos malignos.

–Hablamos de armas y esas cosas. ¿Acaso es un delito? –Bors se sorbió la nariz, levantó el odre y volvió a bajarlo sin beber–. ¿De qué otro tema querías que habláramos? ¿Del precio de la pimienta?

–Es un niño. Si no muere, lo mandarán de vuelta tullido. En cualquier caso, nunca llegará a ser lo que habría podido ser. Nunca llegará a hacer las cosas que habría podido hacer. Nunca conocerá las cosas que habría podido conocer.

–Así es la vida –dijo Bors, levantando una vez más el odre para echar un buen trago.

–Le arrebatarán todo aquello a lo que tiene derecho antes de que pueda reclamarlo. Como nos hicieron a ti y a mí.

–¿A nosotros? –se sorprendió Bors, casi atragantándose con el vino. Se secó los labios–. ¿Acaso no somos respetados?

–Sólo entre animales.

–Ésta es sin duda una guerra justa, aunque estoy dispuesto a reconocer que otras no lo son. No podemos permitir que una caterva de infieles grasientos nos obligue a frotarnos la cara contra el suelo mientras mascullamos su guirigay de cara a La Meca. ¡Mira lo que te hicieron a ti!

Tannhäuser respondió:

–Cuando sabes que es posible adiestrar a los hombres como si fueran perros para que crean y hagan cualquier cosa que tú decidas, entonces valoras tu propio raciocinio y sospechas de todo lo demás.

–Alegra esa cara, hombre, y deja de amargarte filosofando. No cambiarás nada. Además, te encanta matar. A mí también. Y eso es bueno, porque sin nadie que mate a nadie no habría guerras, y sin guerras... –Se quedó en silencio cuando su argumento tocó fondo–. Bueno, ahí lo tienes. Sin guerras, no tendríamos nada de que hablar.

Tannhäuser agarró el odre y echó un trago. Se puso a contemplar el mar entre sus pies. La idea de la caída le producía mareos. Había otras caídas igual de abruptas, quizá más aún. Miró al otro lado de la bahía, al fuerte de San Telmo.

–Entonces –dijo Bors, que lo conocía demasiado bien–, has decidido meterte en ese caldero y traer al chico.

Tannhäuser no respondió.

–Si quieres saber mi opinión –prosiguió Bors–, ésa es la voz de Dios.

–Mustafá tiene planeado entrar por las brechas cuando anochezca. Un ataque nocturno de los turcos es un espectáculo digno de verse.

–Entonces déjame que sea yo quien traiga al chico –dijo Bors.

Tannhäuser se echó a reír.

–No volvería a veros a ninguno de los dos.

–¿Dudas de mi buena fe?

–Nunca. Pero en esa fortaleza está arreciando una locura que ni siquiera desde aquí, desde tan cerca, podemos imaginar. Y tú eres demasiado propenso a contagiarte y volverte loco. Hasta yo temo su atractivo.

–Entonces llévame contigo. Déjame beber del cáliz y prometo que yo mismo te llevaré remando hasta Venecia.

Tannhäuser se echó hacia atrás entre las almenas y consiguió ponerse de pie sin precipitarse hacia su muerte. Miró al este, a través de la bahía de Bighi. En la creciente penumbra, el cabo del Patíbulo era una colmena de actividad turca, con los hombres de Turgut reparando los cañones averiados, reconstruyendo las baterías y levantando una empalizada defensiva contra futuros ataques. Parecía como si hubiese transcurrido muchísimo tiempo desde el atardecer de la víspera, y el día siguiente se le antojaba igual de lejano. Quizá Carla estaba en lo cierto. Quizá todos tenían razón. Había que aceptar la Providencia y dejar que se hiciera la voluntad de Dios.

–De todos modos, Dios siempre acabará saliéndose con la suya –murmuró.

–¿Qué dices? –preguntó Bors.

Los cañones de la torre caballera volvieron a atronar y las balas succionaron el aire sobre sus cabezas al pasar. A unos segundos de distancia, en la penumbra distante, un puñado de vidas estaban a punto de ser segadas y aún no lo sabían.

–Ven –ordenó Tannhäuser–. Vamos a ver si el gran maestre me ha concedido mi deseo.

Domingo 10 de junio de 1565. Pentecostés

Albergue de Inglaterra. La travesía. El puesto de honor

Tannhäuser se inclinó sobre su cofre de guerra y amontonó varios artículos en un morral: diez barras de opio envueltas en lienzo encerado, diversos medicamentos y pociones, dos botellas de aguardiente y media docena de potes de fruta en conserva (membrillo, fresa y albaricoque). El contenido del morral abarcaba todos los regalos, sobornos y atenciones que podía necesitar. No preveía ninguna eventualidad que pudiera llevarlo a consumir él mismo los víveres. Carla aún no había regresado de la enfermería y él se alegró de ahorrarse las explicaciones y las despedidas.

–¿Qué estás haciendo?

Se volvió hacia la suave voz musical sintiendo un nudo en el estómago. Amparo lo contemplaba entre la luz amarillenta y las sombras, desde la puerta de su celda monástica. Él sonrió.

–En el lugar al que voy, hay dos cosas que se vuelven mucho más valiosas que todas las demás, mientras que el oro y las piedras preciosas pierden todo su valor. ¿Adivinas cuáles son?

Ella respondió sin dudarlo:

–El amor y la música.

Él se echó a reír.

–Has sido más ingeniosa que yo y me atrevería a decir que tienes razón, pero mi respuesta es menos poética. –Levantó el morral hasta la cama, donde yacía envuelta su armadura–. Son los dulces y los remedios para aliviar el dolor. Pero al menos yo puedo meterlos en una bolsa.

–¿La música y el amor no son bien recibidos en el infierno?

Él se dirigió a ella. No había miedo en los ojos negros de Amparo, y Tannhäuser tuvo que combatir la inclinación de su alma de perderse en ellos.

–Al contrario, el mismísimo demonio los anhela.

–Vas a sacar a Orlandu de la guerra –dijo ella.

Él respondió con un gesto afirmativo, e impulsivamente añadió:

–¿Sabes guardar un secreto?

–Mejor que nadie.

Para sorpresa de Tannhäuser, él descubrió que le creía sin el menor asomo de duda.

–Cuando lo haya hecho, tengo pensado huir de la guerra y volver a Italia. ¿Querrás venir conmigo?

–Iré a donde tú quieras que vaya.

Entreabrió la boca y su cuerpo se balanceó, como contrarrestando el deseo de apretarse contra él. Tannhäuser la atrajo por el brazo al interior de la habitación, le enlazó la cintura y la empujó contra la pared. Ella levantó la cara y él la besó. Ninguno de los dos cerró los ojos. Los de ella estaban llenos de interrogantes, que quizá eran un reflejo de las preguntas que él se planteaba. Todavía no hacía una hora que habían aplacado ciertas ansias y aun así él sintió que sus partes íntimas se inflamaban de deseo. Tannhäuser la dejó ir, antes de que fuera imposible echarse atrás, y se apartó de ella.

–¿Cuándo volverás? –preguntó Amparo.

–Mañana por la noche.

Se echó al hombro el morral y recogió el fardo de la armadura y el fusil de llave de rueda, recién aceitado y cebado. Dejó la pistola en el cofre. Señaló el mosquete de Damasco, envuelto aún en una manta y apoyado contra la pared. La ornamentada petaca de pólvora otomana y el saco de balas colgaban del arma.

–¿Me haces el favor de traerme esas cosas? –pidió.

En el refectorio, Bors rumiaba sus pensamientos sobre una jarra de vino. Cuando Tannhäuser dejó caer sus cosas sobre la mesa, Bors mantuvo la vista baja con deliberada determinación.

–Es una triste despedida para un viejo amigo –observó Tannhäuser.

Bors frunció el ceño y lo apartó con una mano.

Tannhäuser le quitó de las manos a Amparo el fusil, envuelto en una manta.

–Ya que siempre tienes opiniones propias, dime qué te parece esto.

Le arrojó el mosquete a través de la mesa.

Bors se puso de pie, lo agarró al vuelo con ambas manos y, por reflejo, lo sopesó. Le brillaron los ojos. Lo apoyó sobre la mesa y le soltó las cuerdas. Desplegó la manta y, cuando la plata, el marfil y el acero quedaron a la vista, dejó escapar un silbido de conocedor. El arma saltó en sus manos como si tuviera vida propia y él se la echó al hombro, hizo puntería y barrió con ella toda la habitación en un semicírculo, mientras la plata cincelada y el cañón damasceno de nueve palmos titilaban a la luz de las lámparas de la mesa.

–Perfección –murmuró–. Perfección invalorable.

Bajó el mosquete y, con el esfuerzo de alguien que se estuviera arrancando a sí mismo una muela, lo depositó otra vez sobre la manta, en una demostración conmovedora del triunfo de las buenas maneras sobre la codicia.

–Único. Exquisito. Con eso en la mano podría destrozarle los cojones a un musulmán a quinientos pies de distancia... Si es que alguna vez consigo acercarme tanto –añadió en seguida, rechinando los dientes.

–Es tuyo –dijo Tannhäuser.

Bors lo miró fijamente y por un momento Tannhäuser creyó ver que le temblaba un labio. Las manos de Bors se movieron para adueñarse del mosquete, pero se detuvieron poco antes de tocarlo.

–¿Estás completamente seguro? Si vuelvo a tenerlo en mis manos, sólo podrás arrebatárselo a mi cadáver.

Tannhäuser hizo un gesto afirmativo.

–Lo necesitarás en San Telmo.

Bors agarró el arma y se puso a acariciarla, maravillado, con el rostro resplandeciente. Mientras sus ojos recorrían los arabescos, detuvo de pronto todos sus movimientos y su mirada saltó como un resorte hacia Tannhäuser.

–¿En San Telmo?

–Recoge tus cosas –respondió Tannhäuser.

Carla hizo el camino de regreso del hospital en la oscuridad. Era el día de Pentecostés, la Pascua de las Rosas, cuando el Espíritu Santo descendió sobre los apóstoles de Cristo en forma de lenguas de fuego. En la misa celebrada en el pabellón, habían cubierto el altar de pétalos de rosa y ella había visto con más claridad lo que Dios le pedía. Angelu había muerto la noche anterior y ya se habían llevado su cadáver cuando ella llegó. La muerte de Angelu había puesto fin a muchas de las vanas fantasías de Carla. Jacobus, con quien había pasado la mañana, murió a mediodía. Un hombre que nadie supo identificar y cuyo rostro estaba demasiado desfigurado a golpes de espada como para dejarse identificar murió dándole la mano minutos antes de su partida. Hubiesen querido echarla antes de que oscureciera, pero ella se había enfrentado a los monjes y había ganado. Por fin podía aplicar a una buena causa su hábito de salirse siempre con la suya. Había lamentado la muerte de cada hombre, pero había descubierto que cada vez que su corazón parecía a punto de estallar de dolor, se volvía en realidad más fuerte y era más poderosa la presencia viva de Cristo en su interior. Ella daba la mano a los enfermos, pero Cristo le sujetaba la mano a ella.

Cuando llegó al albergue, pensó que todos se habían marchado, hasta que fue a mirar en las celdas de los monjes y encontró a Amparo llorando en silencio. Estaba tumbada en el jergón, con la peineta de marfil apretada en la mano. Sobre las sábanas yacía el cilindro de cobre de su cristal de las visiones. Carla nunca la había visto llorar. Sin decir palabra, se arrodilló y se puso a acariciarle el pelo.

–Se han ido por la bahía –dijo Amparo–. Al infierno.

–¿A San Telmo?

–He oído a mucha gente hablar de ese sitio. Lo llaman el infierno.

–¿Quiénes han ido?

–Tannhäuser. Bors. Dicen que van a buscar a Orlandu.

Una punzada de angustia y culpabilidad horadó el estómago de Carla, que sin embargo estaba aprendiendo a controlar a esos viejos enemigos.

–Actúan movidos por la caridad y cuentan con la protección de Dios. Volverán.

–He mirado en el cristal de las visiones y no lo he visto. No he podido ver a Tannhäuser. –Las lágrimas le afloraron por la nariz en forma de burbujas, que Amparo se secó con el dorso de la mano. Hizo una profunda inspiración–. ¿Cómo es que lo quiero tanto?

Carla comprendió que para ella la idea era desconcertante y sobrecogedora. Sujetó las manos de Amparo y las apretó con fuerza.

–Mattias es un buen hombre –dijo–, con un gran corazón.

–¿Tú también lo quieres?

–Sí, a mi manera. –Sonrió y, casi para su sorpresa, su sonrisa no fue falsa–. He visto cómo te mira –añadió–. Lo vi desde el primer momento, cuando le enseñaste las rosas en el jardín.

–Me dijo que el ruiseñor había muerto feliz, porque había conocido el amor, pero quizá Tannhäuser no lo conoce.

Carla no entendió la referencia al ruiseñor, pero no era momento para preguntar.

–Estoy convencida de que sí –contestó–, y también estoy segura de que no va a morir.

–Tengo miedo –confesó Amparo–. Hasta ahora nunca había tenido miedo.

–El miedo siempre acompaña al amor –respondió Carla–. Viajan de la mano, porque conocer el amor es saber que puedes perderlo. Amar requiere fuerza y coraje, pero tú tienes las dos cosas.

–¿Te quedarás conmigo esta noche?

Carla se acostó a su lado en el jergón.

–¿Volveremos a tocar nuestra música? ¿Juntas? –preguntó Amparo.

–Sí –dijo Carla–. Pronto.

Con un golpe seco del dedo, hundió la mecha de la vela en la cera fundida, y se hizo la oscuridad. Permanecieron abrazadas, sin hablar ni conciliar el sueño, y cada una alivió el terrible dolor interior que padecía la otra. Al cabo de un tiempo, los cañones que habían guardado silencio desde el crepúsculo estallaron con renovados truenos, y las dos se abrazaron con más fuerza en la oscuridad.

El mar estaba quieto como la noche. El único sonido que oían mientras se alejaban de Sant'Angelo era el golpe y el barrido de los remos que los impulsaban adelante. A la luna le faltaban tres noches para estar llena y, a excepción del oscuro gajo del extremo izquierdo, parecía radiante de dicha. Acababa de transitar por el meridiano y, a pocos grados de su extremo en la sombra resplandecía la cabeza del Escorpión. Tannhäuser vio en ello un buen augurio.

En el peor de los casos, no podía hacerles ningún daño.

Los hombres iban en silencio en las embarcaciones, cada uno acurrucado en su propio rincón de oscuridad. Todos sabían que el único camino de vuelta a casa era la mutilación y encontraban consuelo en la certeza de que la muerte, cuando llegara, sería la de un mártir y en la seguridad de que su sacrificio daría a las personas que amaban la vida y la libertad del yugo del islam.

Tannhäuser y Bors iban a bordo del último de tres barcos, que transportaban en total cincuenta soldados malteses y españoles, doce caballeros y sargentos de la Orden, provisiones diversas, diez esclavos con sus cadenas y varias ovejas, que viajaban encapuchadas para evitar que balaran. La gran sombra negra del monte Sciberras se cernía a su izquierda y la multitud de antorchas y hogueras que ardían en las laderas rivalizaba con las estrellas del firmamento. Del lado del monte que daba al mar, más allá del brusco quiebro que trazaba la orilla al sur del fuerte de San Telmo, un batallón turco de trabajo estaba levantando lo que parecía ser una empalizada, aunque Tannhäuser no hubiese podido decir contra qué la levantaban. Después, una penetrante melodía se entretejió en el silencio. Los gráciles ascensos y caídas de la voz del imán y la rítmica repetición removieron el corazón de Tannhäuser. Los versículos del Corán eran las instrucciones que Dios daba al hombre y el árabe era la lengua en que Él se había pronunciado. No se podía traducir a ninguna otra. Aunque en la distancia las palabras eran indistinguibles, la reacción que suscitaban en su interior (el estrechamiento reflejo del vientre, la repentina levedad del aire en los pulmones y la palpitación en las sienes y los oídos) no le dejaba ninguna duda, porque las había oído demasiadas veces, en demasiados campos ensangrentados.

Las palabras y el ritmo eran los de la *Al Fatihah*, la sura de la victoria.

Al ritmo de la canción del imán, Tannhäuser murmuró en árabe:

–Hemos preparado un fuego abrasador para los incrédulos, para quienes no creen en Dios ni en su Mensajero.

Bors lo miró.

–Escucha –dijo Tannhäuser–. Los leones del islam están rugiendo.

Una catástrofe de frenéticas explosiones desgarró la oscuridad de la ladera, cuando no menos de un centenar de cañones de asedio lanzaron una descarga que les robó el aliento del pecho. Llamas amarillas, anaranjadas y azules partieron bramando de las bocas de dragón de las culebrinas, y un torrente de chispas ascendió flotando en el aire perfumado de la noche. A la luz breve pero deslumbrante de los cañonazos vieron soldados apiñados en las laderas, formando cuadrados enormes. Soldados por miles o por decenas de miles.

Y todos ellos deseosos de ver la cara de Dios.

–Por las llagas de Cristo... –dijo Bors, con respetuosa admiración.

En el atónito silencio que siguió a la monstruosa descarga, un imán aulló una exhortación a la multitud de creyentes. Los gazíes respondieron como un solo hombre, con un rugido de exaltación mucho más temible y atronador que la cólera de los cañones.

–*¡Allahu Akabar!*

El grito barrió el mar como el viento de las puertas del infierno. Ninguno de los cristianos lo había oído nunca y todos los hombres sintieron que se les helaba la sangre como las aguas de la laguna Estigia.

–*¡Allahu Akabar!*

–¡Por Cristo y el Bautista! –gritó Bors, a quien no le gustaba quedarse atrás, y los hombres de los barcos corearon su respuesta.

Pero eran pocos y nadie los oyó, y la voz de la horda volvió a resonar:

–*¡Allahu Akabar!*

Y Tannhäuser supo en ese momento, como muchos de los hombres allí presentes, y no sólo entre las filas musulmanas, que aquél era el aullido primordial de sus entrañas, el grito cuyo eco retumbaba desde hacía milenios. Era la voz de un dios cuyo poder ya era antiguo cuando las demás divinidades aún no habían nacido, cuyos dominios abarcaban todas las creencias y religiones menores, y cuyo reinado vería el desplome de todos los demás ídolos, convertidos en polvo. Era el mandato inapelable que los instaba a arrodillarse y rendir culto ante el altar de la guerra, una invitación a apaciguar la sed que siempre atormentaría a los hombres y que nunca quedaría plenamente saciada.

Tannhäuser sintió que le faltaba el aire y que sus ojos se llenaban de lágrimas. Se las enjugó e inspiró profundamente la esencia del significado de la mortalidad. Eso era ser hombre. Eso, y ninguna otra cosa: así de elevado o de ruin.

–¡Ay, Dios mío! –exclamó Bors, cuyos ojos también brillaban–. ¡Dios mío!

El grito de guerra musulmán se disolvió en un informe vocerío de rabia, al tiempo que las bandas marciales de los jenízaros comenzaban a tocar y relucían las descargas de los mosquetes. Sonaron los cuernos, los estandartes ondearon en lo alto y la horda invencible se precipitó cuesta abajo, en dirección a San Telmo.

El fuerte respondió con cañonazos, mientras crepitaban los arcabuces a lo largo de los bastiones. Bengalas turcas estallaron en lo alto y, en cuanto la primera oleada atacante alcanzó el foso y lo atravesó por los improvisados puentes, destellos deslumbrantes de fuego griego brotaron de las fortificaciones cristianas y cayeron a la oscuridad en aros llameantes para atrapar al enemigo. En pocos minutos, todo el saliente suroccidental estuvo encendido de hombres en llamas y cuajado de fuentes de fuego y charcas ardientes. La luz fue suficiente para que empezaran a disparar los cañones de dieciséis libras de Sant'Angelo, cuyas balas pasaron silbando por encima de los barcos y abrieron surcos de sangrienta destrucción entre las filas musulmanas. Un humo acre reptó hacia ellos sobre las olas, mientras turbias espirales ascendían al cielo, ensombreciendo la cara de la luna. Los remeros se inclinaban sobre sus bancos y tiraban con fuerza de los remos, y las embarcaciones se deslizaban entre el calor y la niebla, como transportando un cargamento de argonautas hacia las costas de la condenación. Entonces estallaron varios disparos a menos de trescientos pies de distancia, a sotavento, y resonó un grito en español:

–¡Los infieles nos atacan!

Escrutando la penumbra plateada que se extendía delante, Tannhäuser vio que una chalana turca, acercándose entre el humo, había abierto fuego de mosquete contra el costado de la primera nave. La embarcación cristiana era un torbellino de ovejas inquietas, hombres desesperados y remos torcidos y enredados, navegando a la deriva, mientras los turcos se situaban a treinta pies y recargaban sus armas. Un grupo de arqueros turcos acosaban a los aturdidos cristianos con inclementes andanadas de flechas, que disparaban con sus arcos de cuerno de cabra. Había pocos fusiles en los barcos cristianos, ya que las armas de fuego disponibles en el fuerte pasaban de los muertos a los vivos. El segundo transporte se apartó claramente del primero y puso proa con determinación hacia los muelles de San Telmo. Una decisión muy sensata, dadas las circunstancias. Todo parecía indicar que el barco de Tannhäuser iba a ser el siguiente en recibir una descarga de los mosquetes enemigos. Después, los turcos podrían exterminarlos a todos a placer. Bors se apoyó en el hombro el mosquete de Damasco.

–Resérvalo –lo detuvo Tannhäuser.

–No he venido hasta aquí para morir ahogado como un condenado marinero.

–Yo tampoco.

Iban sentados en la proa del tercer barco, junto a cinco monjes de la Lengua Aragonesa vestidos con el equipo completo de batalla, bajo el mando del caballero Jerónimo Aiguabella, del priorato de Gerona. Tannhäuser lo agarró por el hombro y Aiguabella, un fanático de rostro afilado y ojos negros como cuentas de vidrio, se giró para escuchar.

–Llevad a vuestros hombres a la popa, para que su peso levante la proa. –Tannhäuser señaló la popa e ilustró el movimiento con las manos–. Después, ordenad al timonel que embista la embarcación turca por el centro, acometiéndola en línea oblicua, ¿entendido?

Aiguabella parpadeó y se volvió para contemplar el mar y visualizar el plan que proponía Tannhäuser.

–En el último momento, a una orden vuestra, los remeros recogerán los remos –dijo Tannhäuser–. Los remos de los turcos formarán una rampa para nuestra embarcación, que con su impulso hará volcar a la chalana.

Aiguabella consideró lo dicho y miró a su interlocutor. Parecía dubitativo.

–Es eso o dejar que nos disparen –añadió Tannhäuser–. Si nos prestamos a luchar con ellos mano a mano, nos harán pedazos de la proa a la popa.

–De acuerdo –convino Aiguabella, que secamente dio las órdenes pertinentes a sus caballeros y dirigió la ruidosa y tintineante procesión hacia la popa. Marcando el ritmo con voz serena y cargada de salitre, el timonel maltés ya estaba haciendo que los remeros se esforzaran al máximo. Los ruidosos jadeos de los hombres rivalizaban con el traqueteo de los escálamos, y la espuma de mar rebasaba la borda con cada golpe de los remos. Si era preciso intentar una maniobra tan arriesgada –pensó Tannhäuser–, nada mejor que contar con una mano maltesa en el timón. Mientras preparaba el fusil, la embarcación cambió de rumbo para dirigirse hacia la nave turca, que para entonces se encontraba a unos doscientos pies de distancia. Bors y él eran los más adelantados en el barco y podían distinguir a los artilleros musulmanes debatiéndose nerviosamente para recargar a toda prisa sus mosquetes. Sus trajes eran diversos y multicolores, y sumaban una cuarentena. Cuando vieron la proa cristiana levantando espuma en el mar mercurial, resonaron gritos de alarma en sus filas y su actividad se volvió aún más frenética, mientras los remeros levantaban los remos del agua para alejarse.

–¡Piratas! –exclamó Bors, después de soplar la mecha de su fusil hasta arrancarle un fiero resplandor amarillo–. ¡Qué gusto da enredarlos con un truco de corsarios!

–Su timonel... –dijo Tannhäuser–. ¿Lo ves?

–Sí, desde luego –replicó Bors.

Bors ancló el pie contra un banco, apoyó el codo sobre la rodilla y el fusil contra el hombro. Durante dos golpes de los remos, dejó que el ascenso y el descenso de la proa fluyera por su cuerpo. Cuando la proa se levantó por tercera vez, apretó el gatillo y permaneció inmóvil mientras la mecha encendía la pólvora. El cañón de nueve palmos se encabritó y estalló, y Tannhäuser se agachó por debajo de la humareda para ver el resultado. El timonel musulmán, arrancado de su asiento, había desaparecido en la neblinosa oscuridad que se extendía detrás de la popa.

–Directo al pecho –gorjeó Bors, besando el acero salpicado de agua del cañón de su mosquete–. ¡Qué bautismo para mi belleza de mosquete! ¡El primer disparo de mi niña! La llamaré Salomé, en honor al Bautista. Salomé era una zorra musulmana, ¿verdad?

–En aquella época no había musulmanes –le informó Tannhäuser– y los cristianos serían poco más de una docena.

Bors lo consideró una broma.

–Pero zorras las habría a montones, de eso no cabe duda.

Tannhäuser apuntó su fusil y observó a los remeros corsarios, que intentaban recuperar el ritmo y hacer avanzar su nave. Los argelinos estaban atravesados en la trayectoria del barco cristiano; sin embargo, para virar y presentar la popa a los cristianos, tenían que ciar y virar a estribor en dirección al puerto. Pero sin un timonel que los guiara, reinaba el caos absoluto. Otro hombre saltó al timón y Tannhäuser, que ya se lo esperaba, le disparó aprovechando el ascenso de los remos y lo hizo caer entre sus compañeros tosiendo sangre. Para entonces, la colisión era inevitable. Tannhäuser se deslizó el fusil por debajo de los muslos, a través del banco, con la esperanza de conservar seca la llave. Se agarró con fuerza a las dos bordas, con los pies bien anclados, por mero instinto de supervivencia. Bors se metió por una de las botas la mecha del mosquete aún ardiendo e imitó a su amigo. Las flechas volaban hacia ellos y se estrellaban temblando contra el casco. Cubrieron los últimos cien pies a una velocidad aterradora, movidos por un impulso irrefrenable. Los remos musulmanes se hundieron en el mar ante ellos y el barco se despegó del agua. Aiguabella rugió una orden y Tannhäuser oyó el entrechocar de las guías de los remos cristianos contra los escálamos mientras los remeros los recogían.

Los dientes de los corsarios brillaron en sus rostros crispados de aspecto argelino y una docena de rezagados mosquetes efectuaron inútiles disparos. Después, la madera crujió y aulló, y Tannhäuser se aferró a la borda mientras la proa se levantaba ante sus ojos y sentía que se le hundían los intestinos, y lo único que podía ver era un trozo de cielo estrellado. Se oyeron gritos, maldiciones y el rugido del mar abajo, anegando a los corsarios. Después, los intestinos volvieron a subir, mientras la proa bajaba en picado, y en un instante se vio empapado por una cascada de agua. Volvían a estar nivelados, y el barco cabeceaba y se balanceaba, pero seguía a flote. Tannhäuser oyó las guías de los remos saliendo otra vez para equilibrar el barco. Se giró.

A sus espaldas flotaba el casco volcado de la chalana pirata, rodeada de hombres desesperados, que boqueaban y agitaban los brazos. En los restos del primer barco cristiano estalló un coro de aclamaciones. Aiguabella ordenó al timonel que virara y los remeros se levantaron de sus bancos como lúgubres arponeros. Mientras los argelinos balbucían sus últimas oraciones, los malteses los remataron con las hojas de los remos.

Atracaron en el muelle de San Telmo y el alivio de Tannhäuser al sentir una vez más tierra firme bajo sus pies fue indescriptible. Más allá de la ominosa y maltrecha silueta del fuerte, el cielo era de un fiero amarillo resplandeciente, veteado de humo. Grandes trozos de muralla habían sido arrancados de las fortificaciones y yacían medio sumergidos, al pie del rocoso acantilado donde se levantaba el muro oriental. La bienvenida fue cálida pero breve. Bors y Tannhäuser subieron los peldaños de piedra detrás de Aiguabella y sus caballeros. En tierra firme, los hermanos de la Orden eran ágiles como cabras montesas dentro de sus armaduras. Tannhäuser levantó su morrión y su coraza, que seguían envueltos en un fardo, ya que no había querido ponérselos en el barco por temor al agua.

–Si vamos a meternos en la refriega, quiero más acero sobre mi pellejo.

–Entonces busquemos algún muerto –dijo Bors.

Cuando llegaron a la puerta, Tannhäuser le preguntó al guardia dónde estaba el hospital de campaña y el hombre le indicó la capilla en el extremo norte del fuerte. Al franquear el portillo, Bors y Tannhäuser se detuvieron y contuvieron al aliento, porque muy pocos hombres habían contemplado el espectáculo que se abría ante ellos y menos aún habían vivido para contarlo.

El patio interior del fuerte era un páramo cuajado de cráteres, que ningún hombre se aventuraba a atravesar. Las losas del suelo, agrietadas y pulverizadas, estaban sembradas de bolas de hierro y granito, algunas lo suficientemente grandes como para sentarse encima, y cubiertas de manchas siniestras, tan numerosas que en algunas zonas se fundían en una sola y pintaban secciones enteras del patio de un negro gelatinoso.

Aquí y allá se adivinaban los contornos de pequeñas construcciones, demolidas por el fuego enemigo o por los propios defensores para usar sus materiales en la construcción de toscos parapetos que zigzagueaban por todo el patio, pues a esas alturas del asedio quedaban pocos lugares del interior que no estuvieran expuestos a la artillería turca.

El muro noroccidental, a su derecha, tenía un sinfín de huecos, y los defensores habían construido por detrás un segundo baluarte con piedras desprendidas de la muralla, tierra, maderos resquebrajados y paja de las cuadras. No había nadie trabajando en esas obras defensivas, que tenían el aspecto de un capricho erigido por un loco y abandonado en un acceso de desaliento.

En la cara sur, frente a la barbacana capturada y las posiciones del grueso de las fuerzas turcas en el monte Sciberras, el lienzo ya no podía describirse como una muralla. Era más bien una extensa montaña de escombros burdamente transformada en obra defensiva, más propia de una horda de cavernícolas que de un ejército moderno.

Mientras ellos miraban, varias cadenas de esclavos trabajaban a la luz de la luna, a golpe de silbato y de látigo, desnudos y fantasmagóricos, con la piel cubierta de barro, sangre y sudor, pasándose trozos de escombros de manos en manos ensangrentadas, hasta que las piedras regresaban a las fortificaciones de las que habían caído. El borde superior de la barbacana triangular que se encontraba en poder de los turcos se erguía ahora por encima de las defensas cristianas. Detrás de su velo protector se oía el ladrido intermitente del fuego de los mosquetes enemigos.

Pero el fuego de la barbacana era una maniobra de distracción. El grueso del ataque nocturno de Mustafá iba dirigido contra la enorme brecha que se abría en el extremo oeste del saledizo meridional del fuerte. Allí alcanzaban su máxima intensidad la luz de las llamas, el fuego de la artillería y la desesperación del combate.

En la guarnición había en ese momento unos quinientos milicianos malteses (cuyo coraje y tenacidad habían despertado la admiración de todos, y muy especialmente de los turcos), doscientos cincuenta soldados de los legendarios tercios españoles y unos ochenta caballeros de la Orden. De ellos, la mitad se ocupaban de repeler la oleada de asaltos. Había centinelas apostados en varios puntos del perímetro, para dar la voz de alarma en caso de un segundo ataque. Unos pocos cañones cristianos atronaban desde sus castigados y precarios emplazamientos. La mayoría de los refuerzos se situaron en formación al reparo de la muralla occidental, protegidos del fuego de la barbacana por los improvisados bastiones y parapetos interiores. Esclavos cristianos liberados (delincuentes, homosexuales y herejes) eran enviados al patio de la fortaleza a recoger balas de cañón para volver a lanzarlas. Los libertos judíos trabajaban de camilleros, en una corriente ininterrumpida que iba y venía del frente, transportando a los heridos hacia un macizo edificio que destacaba entre los que se apiñaban bajo la muralla norte, orientada al mar.

Los ojos de Tannhäuser recorrieron la fiera y tempestuosa multitud. ¿En qué lugar de todo ese caos estaría Orlandu? No era hábil con las armas y carecía de fuerza física. En un sitio donde el peligro acechaba por todas partes, fácilmente podía haber corrido la misma suerte que los numerosos caídos que yacían en el patio de armas.

–Tú conoces al chico –le dijo a Bors–. ¿A qué tarea lo destinarías?

Bors arrugó el entrecejo.

–¿Mozo de pólvora? ¿Aguador?

Tannhäuser había localizado cuatro baterías dentro del fuerte. Había una quinta, según tenía entendido, en una torre destacada de la fortificación principal, unida mediante un puente a la muralla norte, orientada al mar. Orlandu llevaba sólo un día allí.

–Mozo de pólvora, no creo. Hace falta mucho adiestramiento y conocimiento de los peligros del fuego.

Bors le dio la razón.

–De aguador, estará en medio de la refriega.

El interior de la capilla, perfumado de incienso y varillas de cedro, titilaba a la luz de las velas. Los bancos habían desaparecido, pues se habían utilizado en la construcción de parapetos, y los heridos estaban tumbados sobre las losas desnudas del suelo o sentados con expresión agónica contra las paredes. Vestido con la lujosa casulla roja de la Pascua de Resurrección, un capellán oficiaba la misa ante un altar de piedra cubierto de hojas de rosal. El hecho de que alguien se hubiera tomado el trabajo de llevar esas hojas al centro del horror y la fealdad era a la vez maravilloso y demencial. Gritos de dolor resonaban entre los pacientes de los cirujanos, de los que sólo quedaban dos. Estaban ante una mesa, en medio de la ciénaga de sangre coagulada que enlodaba el suelo del presbiterio. Estaban rojos como carniceros y sus rostros eran grises, con la peculiar fatiga de quien se ve obligado a infligir tormentos para curar las heridas. Un hombre se retorció entre ambos, sobre la mesa del altar, y por debajo de sus gritos pudo oírse el rítmico zumbido de una sierra cortando hueso. Pese a sus tribulaciones inhumanas y a no haber dormido más de dos horas de cada doce en los últimos quince días, los cirujanos irradiaban una firme compostura o quizá una extenuada serenidad que a Tannhäuser le pareció más conmovedora y majestuosa que cualquier otra cosa que hubiese visto en su vida. Después de todo, los caballeros eran hospitalarios y esos héroes de semblante grave eran los guardianes de la llama sagrada.

Inspirados por esa plácida nobleza, o tal vez por el descubrimiento de que gritar suele hacer daño, el resto de los pacientes yacía en silencio, aguardando su turno. En el vestíbulo, envueltos en pulcras mortajas blancas, los cuerpos de cinco caballeros esperaban a ser conducidos a las bóvedas de San Lorenzo. Tal como Tannhäuser había previsto, sus armaduras y espadas estaban apiladas junto a ellos. Los caballeros de la Orden trataban a sus muertos con particular delicadeza y, en contra de toda razón, jamás habrían permitido que sus armas pasaran a los soldados comunes, cuya longevidad lo habría agradecido y cuyos cadáveres eran arrojados al mar sin mayores contemplaciones. Tannhäuser señaló el equipo de guerra.

–Elige rápido y bien: grebas, quijotes, escarpes... Guanteletes, si encuentras de tu tamaño...

–¿Adónde vas? –preguntó Bors.

–A dar lana hoy para tener ovejas mañana. –Se descolgó del hombro el morral–. Recuerda mi lema: un hombre con opio siempre tiene amigos.

Mientras Bors revisaba el material de los amortajados más corpulentos, Tannhäuser se acercó al altar y observó cómo terminaban los cirujanos la amputación de una pierna por debajo de la rodilla. Sellaron el muñón con una ingeniosa serie de colgajos de piel, sobre los que aplicaron el hierro de cauterizar con la mayor sutileza. Esta última operación dio a Tannhäuser la oportunidad de dirigirse a ellos.

–¿Es ésa la nueva técnica recomendada por Paré? –preguntó.

El cirujano que tenía aspecto de estar al mando lo miró sorprendido.

–Estáis muy bien informado, mi buen señor.

–Estuve en San Quintín, donde monsieur Paré era cirujano general, y allí conocí su opinión contraria al uso excesivo del hierro de cauterizar.

Cayó entonces en la cuenta de que Paré era hugonote, y por lo tanto un hereje, y esperó no haber causado mala impresión.

–Me pregunto si pensáis lo mismo –añadió.

–Los resultados hablan por sí solos.

Tannhäuser le tendió la mano.

–Mattias von Tannhäuser, de la Lengua Alemana.

–Jurien de Lyon, de Provenza.

Jurien dudó en darle la mano, porque la tenía ensangrentada, pero Tannhäuser se la estrechó sin inmutarse. Le dijo al noble cirujano que era el enviado de La Valette para inspeccionar las defensas y le enseñó el sello del gran maestre en el pergamino que le había entregado Starkey. Después se interesó por el estado de los heridos y alabó la política de Jurien de enviar a los barcos solamente a los que tenían esperanza de sobrevivir y reincorporarse a la lucha. Rápidamente impresionó al hermano Jurien con sus conocimientos de magia natural y pociones vulnerarias, cuyos secretos había aprendido de Petrus Grubenius, y procedió a sacar del morral una serie de bolsas de arpillera cuyos contenidos le describió.

–Aquí tenemos consuelda, peralillo y aristoloquia, y aquí, hierba de San Guillermo y manzanilla. Se ponen a hervir las hierbas, a razón de una onza de la mezcla por dos medidas de vino, y se le añade una pizca de sal. Después, las hierbas se aplican sobre la herida y el vino se administra en forma de decocción. Con una cucharada por la mañana y otra por la noche es suficiente.

Jurien de Lyon, que ya conocía el remedio, asintió agradecido.

Después, Tannhäuser sacó del morral un frasco taponado, lleno de un líquido granate.

–Aceite de Hispanus: extracto de linaza y manzanilla, rectificado con bayas de laurel, betónica, canela y hierba de San Juan. Unas gotas en un poco de vino tinto, tres veces al día, ayudan a curar las heridas, contrayendo los nervios que las inflaman. Mantened el frasco bien cerrado o la virtud curativa se volatilizará.

Era tal el estrépito metálico procedente del vestíbulo que se oía incluso entre los gemidos de dolor, y la inquietud impulsó a Tannhäuser a ser más generoso de lo necesario con su último donativo. Sacó del morral dos barras de opio envueltas en lienzo encerado.

–Esto no necesita presentación: opio de los campos de adormideras iraníes.

Jurien casi retrocedió un paso por el asombro.

–¡Fray Mattias, sois un regalo del cielo!

–Como todas las maravillas, la adormidera es un regalo de Dios, pero donde mejor florece es en la tierra de los demonios chiíes. Aceptad, pues, este pequeño donativo de vuestro hermano alemán.

Pese a la mirada de codicia que lanzó al morral, Jurien se declaró conmovido por tanta benevolencia y le aseguró a Tannhäuser que podía pedirle cuantos favores quisiera. Como juzgó que el cirujano era de una honestidad sin tacha, Tannhäuser cerró el morral y se lo confió, convencido de que quedaba en buenas manos.

Al atravesar el vestíbulo, hizo lo impensable y le robó la espada a un caballero muerto. Eligió por instinto y, por lo tanto, eligió bien. Incluso dentro de la vaina, la espada parecía una extensión de su propio brazo. La suya, del taller de Julián Del Rey, no tenía rival en la lucha callejera, pero era demasiado delicada para el trabajo que le aguardaba. Para la batalla hacía falta un instrumento con la resistencia de una reja de arado. Dejó la Del Rey junto al cadáver y se deslizó al exterior.

Encontró a Bors en un pasaje junto a la capilla, de pie entre un montón de acero, intentando sin éxito acomodar sus pies grandes como barcazas dentro de un par de escarpes que parecían las patas de un oso. Tannhäuser calculó que eran lo bastante grandes para ponérselos sobre sus propias botas y procedió a examinar el resto de la colección. No había piezas de armadura de la longitud suficiente para protegerle las piernas, de modo que quitó algunos remaches para desmantelar lo que había, se bajó la caña de las botas enrollándoselas hasta las rodillas e insertó por delante un par de grebas. Después encontró unas rodilleras, que pudo remodelar con unos cuantos pisotones para ajustárselas a las rodillas. Una vez colocadas las rodilleras, volvió a subirse las botas hasta las ingles y las rellenó con placas de acero. El conjunto abultaba por varios sitios, pero era preferible eso a un herida de cimitarra en las espinillas. A continuación, abrió su propio fardo y se puso la coraza acanalada, forjada en Nuremberg por Kunz Grunwalt. Bors lo ayudó a abrocharse las hombreras y los guardabrazos, y renunció a los escarpes, pero le disputó el único par de guanteletes con los dedos separados que les quedaban bien a los dos. Por la deuda del mosquete de Damasco, Tannhäuser se salió con la suya y se colgó los guanteletes al cinturón. Bors encontró un par de manoplas metálicas y se arregló con ellas. Sus yelmos eran morriones de cresta alta, con la cara abierta y cintas de seda roja para atar la visera y la babera. Tras echarse encima veinte o treinta kilos de acero, los dos hombres recogieron sus fusiles y se pusieron en marcha siguiendo el perímetro occidental, hacia las llamas.

Mientras pasaban entre los soldados, preguntaban por Orlandu. Nadie lo conocía. Acababa de llegar y no le importaba a nadie. Las viejas matemáticas volvían a funcionar: los que habían sobrevivido más tiempo eran los que tenían más probabilidades de seguir vivos. En condiciones de tanta gravedad, donde los ataques de ocho horas iban precedidos de doce horas de bombardeos, los veteranos se forjaban en un par de días y en ese breve lapso veían más sangre que la mayoría de las tropas en diez años de servicio. Los que habían estado allí desde el comienzo del asedio (hacía ya dieciocho días), entre ellos muchos de los tercios, estaban hechos de una madera diferente. Permanecían agazapados en el polvo, con las picas y las alabardas en el suelo junto a ellos. Parecían hombres muertos; hablaban poco y poseían una serenidad antinatural de ojos vacíos. Tenían la ropa hecha jirones y las botas destrozadas por los escombros. Cuajarones de sangre e inmundicia les cubrían el pelo y la barba, y en la cara tenían llagas y cicatrices. Muchos presentaban heridas toscamente vendadas, manos sin dedos, brazos en cabestrillo, quemaduras o dolorosas cojeras, que soportaban con la fortaleza de un perro herido.

Los caballeros se agrupaban por lenguas, a la cabeza de cada compañía: franceses, auvernios y provenzales. En ese momento, italianos y aragoneses se encontraban en medio del combate, según pudieron averiguar Bors y Tannhäuser. El silbido del acero sobre las piedras de afilar se mezclaba con el murmullo de los padrenuestros. La disciplina era estricta. La moral parecía más alta de lo que hubiese parecido posible. Aunque era mucho el desaliento de los soldados, y lo llevaban grabado en los rostros espectrales, el aire crepitaba con una invisible fuerza colectiva. Ellos habrían recurrido al Espíritu Santo para explicar el fenómeno, pero Tannhäuser lo había experimentado antes del otro lado del muro divisorio, donde se suponía que Alá era el árbitro y la fuente de toda fuerza misteriosa. ¿Era ésa la diferencia que impulsaba a los guerreros de ambos bandos a masacrarse mutuamente? ¿Se mataban por el nombre, por la palabra que designaba al mismo concepto esencial de unidad divina? ¿O no había divinidad y esa fuerza de unión era solamente producto de los hombres, de unos hombres que se encontraban combatiendo en las mismas filas por razones que nadie podía explicar, unidos por el mero azar del nacimiento, la geografía o el destino?

Tannhäuser había estado del otro lado y había sentido el mismo hormigueo en la sangre que notaba en ese momento. Luchar y morir por cualquier causa compartida, ya fuera buena o mala, o por cualquier dios, ya fuera ancestral o nuevo, suscitaría idéntica compulsión en todos ellos. Bors había dado en el clavo. Era el mismo amor. La atracción era irresistible. A su pesar, descubrió que su corazón anhelaba la batalla. Su mentor, Petrus Grubenius, se habría desesperado.

«Has venido únicamente por el chico», se dijo. Amparo lo esperaba, y lo esperaban sus ojos, que cuando miraban en los suyos sólo lo veían a él. Era una mirada como nunca había visto otra, excepto en la bruma de unos tiempos tan lejanos que casi le parecían un sueño. Únicamente allí, en el hedor a pólvora, a grasa y a sangre, se dio cuenta de que la amaba. Pero ¿no era aún mayor su amor por la fetidez de la guerra? ¿Tan bajo había caído desde el estado de gracia en que había venido al mundo? ¿No sería el chico un fantasma de su propia creación, invocado para poder regresar al sangriento arroyo que era su lugar? ¿Y qué decir de la condesa, cuya mano había pedido y obtenido? También el corazón de Carla lo llamaba desde el otro lado del abismo. Dos espléndidas mujeres y una guerra espléndida competían por su atención.

–Debo de estar tan loco como los demás –murmuró.

–Mattias –gruñó Bors.

Tannhäuser volvió en sí y lo miró.

–¿Qué te pasa, hombre? Te quedas mirando la luna como si fueras a encontrar allí una respuesta. No la encontrarás.

–¿Crees que esto nos costará el alma?

–¡Bah! Si es así, la estamos vendiendo a buen precio. Piensas demasiado, te conozco. Mientras estemos aquí, deberías dejarme pensar a mí. A mi cerebro no lo confunden meditaciones ociosas ni vanidades femeninas.

–¿Femeninas?

Tannhäuser hizo un amago de abalanzarse sobre él.

–Eso está mejor. Ahora mira, Le Mas está aquí. Nos llama.

Tannhäuser se volvió y vio al coronel Pierre Vercoyran Le Mas, que venía hacia ellos andando pesadamente. Cojeaba y tenía un costurón fresco que le atravesaba todo el maxilar y le llegaba hasta el cuello, por debajo del gorjal. Sonrió y tendió las dos manos para abrazar a Tannhäuser. Tenía el peto revestido de una gruesa capa de sangre y suciedad endurecidas.

–No esperaba veros por aquí –dijo Le Mas–. No hay beneficio que sacar de todo esto y no os tenía por un aspirante al martirio.

–Nos han dicho –intervino Bors– que el aire de estos parajes es bueno para la salud.

Le Mas inspiró por la nariz.

–Es dulce y fragante, sin duda. Pero ahora en serio…

–Hemos venido a buscar a un niño para llevarlo de vuelta al Borgo –dijo Tannhäuser–. Por orden del gran maestre. Se llama Orlandu Boccanera, aunque puede que se haga llamar Orlandu di Borgo.

–Un niño tan importante merece todas las atenciones. No lo conozco, pero haré correr la voz. Os diré, sin embargo, que si era un niño cuando llegó, ya no lo es. Pero venid y mirad vosotros mismos. Mis provenzales y un grupo de vuestros españoles van a salir al combate.

Le Mas levantó una alabarda, con sus diversos y malignos cortes recientemente afilados, y Bors, su espada de guerra alemana.

–Dadle a Mattias una media pica –dijo Bors– o una de esas maravillas turcas.

–Habrá armas en abundancia en la línea de combate –contestó Le Mas.

Cuando los hombres se reúnen para pelear, hace falta algo más que fuerza de voluntad para mantenerse al margen. Tannhäuser se doblegó al imperativo de las circunstancias y los dos acompañaron a Le Mas al lugar donde iba a poner fin al descanso de sus hombres. Algunos de los soldados aprovecharon la ocasión para aliviar los intestinos o hacer aguas menores; después, sacudieron las piernas, se echaron las armas al hombro y comprobaron mutuamente el estado de sus equipos. Tannhäuser se puso a la cola de la barrica de agua y bebió dos cazos llenos. Entonces se situó junto al coronel, a la cabeza de la columna. Pese el estrépito general, Le Mas se puso a conversar como si fueran paseando por un sendero campestre.

–¿Quién ha quedado al frente de vuestra taberna, El Oráculo? ¿El judío?

–El Oráculo ha salido peor parado que este fuerte. Sólo quedan cenizas.

–¿Cómo ha sido?

–La Inquisición.

–Entonces mi cargo de conciencia es aún mayor. Me alegro de tener ocasión de pediros perdón.

–¿Por qué?

–Cuando volví de Mesina, le dije a fray Jean de la Valette que erais un hombre valeroso, que habíais reclutado a aquellos antiguos tercios como un favor para mí y algunas cosas más, y él se interesó vivamente. Debo decir que, pese a su enorme devoción, la suya es una mente astuta y sin escrúpulos. Lo siguiente que supe de vos fue que estabais en su despacho, acompañado de aquel griego ayudante de Mustafá, que habíais sacado de la nada. De modo que soy el culpable de que estéis aquí, si es que hay algo de culpa en esto.

–Para traerme tuvieron que intervenir un buen puñado de bribones, además de vos y La Valette.

–¿Había mujeres en el puñado?

Tannhäuser lo miró y Le Mas se echó a reír.

–Me lo preguntó, ¿sabéis? Me preguntó si sabíais tratar a las mujeres. Yo dije, bueno... –Miró a Tannhäuser–. Os lo pregunto a vos, Mattias, ¿qué os hubiese gustado que respondiera?

Volvió a reír y también rió Tannhäuser. Si había algo que perdonar, había quedado perdonado. Los dos siguieron marchando hasta ver cernerse a su derecha el límite fracturado del lienzo de la muralla. A oídos de Tannhäuser, el estrépito se convirtió en un réquiem demoníaco. Las súplicas a Dios en una docena de idiomas, los juramentos y las maldiciones, el entrechocar de millares de hojas de acero, el crepitar del fuego griego y el estruendo de los cañones se entremezclaban y ascendían al cielo con el clamor de los enemigos. Llamas más luminosas que la luz del día y lo suficientemente calientes como para fundir el latón centelleaban por la línea de combate. A lo largo del saledizo sur de la esquina meridional del fuerte, que tenía forma de estrella, una sección socavada de muralla de cincuenta pasos de ancho se había desmoronado hacia un talud rocoso. A través de la cresta escarpada de esa brecha enorme, multitud de hombres luchaban como animales rabiosos por la posesión de un montón de piedras. Y pese a sus sinceros esfuerzos por apartarse hasta una apacible distancia e ignorar la llamada de la Bestia, Tannhäuser se encontró una vez más en el fondo del abismo.

Lunes 11 de junio de 1565

La zanja. El patio de armas. La calzada

Como una mota de vida migratoria en un bosque primigenio, Orlandu se retorcía y reptaba entre la espesura de medias picas y astas de alabardas que llenaban el estrecho hueco entre la primera y la segunda fila de defensores. Mientras se abría paso por el suelo empedrado de la zanja, cubierto al igual que él de una fétida mezcla de orina, vómitos, tripas, excrementos y sangre derramada, su mente estaba absolutamente concentrada en la tarea de encontrar el siguiente escuálido trozo de suelo libre donde apoyarse. No le quedaban facultades para observar el progreso de la lucha, ni mucho menos para preocuparse por su resultado. Sentía la cabeza como el badajo de una campana que tocara a rebato. En el peto de cuero y la barbilla tenía restos de su propio vómito, que ya se había mezclado con la masa fétida bajo sus pies. Sentía que el esfínter del ano se esforzaba dolorosamente por abrirse, aunque antes de unirse a la refriega ya había evacuado todo el contenido de los intestinos, excepto una mucosidad acuosa. El cuerpo era una masa de cardenales, con tatuajes dejados por talones de bota, astas de lanza y codos que lo hostigaban a su paso. Cuando pasaba reptando sobre los caídos o los muertos, no los consideraba hombres, sino simples obstáculos. Si experimentaba el terror, lo hacía como un pez en el mar, tan absolutamente inmerso en él que ni siquiera lo notaba. Era su tercera incursión por el túnel de madera y acero, y el trabajo no le resultaba más fácil.

Alguien le hundió repetidamente un dedo entre las costillas, pero para entonces era tan insensible a ese tipo de tratamiento que la mano tuvo que agarrarlo por el cuello y levantarlo por los codos hasta ponerlo en pie. Se encontró con una cara ancha y barbada que le gritaba bajo un morrión dentado, con ojos demoníacos a la luz de las llamas, y él se quedó boquiabierto, en atónita incomprensión. El tercio señaló con el dedo hacia abajo y Orlandu, desconcertado y jadeante en el aire caliente que olía a amoníaco, se giró y miró. La tina que llevaba a rastras, tirando del mango de cuerda, estaba vacía. El tercio escupió en el interior de la cuba para expresar su disgusto y volvió a gritar. Orlandu se irguió y cambió de dirección, demasiado ofuscado para sentirse ofendido por las invectivas o agradecido por la oportunidad de volver atrás. El tercio le dio una patada en el trasero y él volvió a avanzar tambaleándose entre los defensores, hacia el terraplén del fondo.

Todas las advertencias sobre los artilleros enemigos habían quedado olvidadas. Como una criatura que acabara de aprender a andar erguida, avanzó tambaleándose a través del páramo del patio de armas sembrado de balas de cañón. La tina vacía iba dando tumbos detrás de él. En la puerta de lo que habían sido las cuadras, del lado orientado al mar de la muralla oriental, se detuvo, soltó la tina y se dejó caer contra una pared. Su morrión, relleno de tela de arpillera para que le ajustara, se le deslizó de la cabeza y cayó al suelo. Él agarró la tela empapada que aún tenía sobre el cráneo, la retorció para escurrir media pinta de sudor y se frotó la cara. Le escocían los ojos y sintió que algo infantil se movía en su interior. Un estremecimiento le sacudió el pecho y se dio cuenta de que estaba a punto de llorar; pero no de tristeza, ni de miedo, ni tampoco de alivio, sino como solloza un niño, presa del desconcierto y la más absoluta indefensión. Antes de poder desahogarse, algún impulso contrario al instinto se manifestó en su interior de forma igualmente imprevista y neutralizó al niño que pugnaba por salir. Orlandu rechinó los dientes y contuvo el aliento.

Por Cristo y el Bautista. Por la Religión y sus compatriotas. Por Malta. Sintió que se recuperaba. Se enrolló en la cabeza la tela empapada y volvió a encasquetarse el morrión. Arrastró la tina vacía hasta las cuadras, que para entonces servían de almacén a las fuerzas combatientes. El cocinero, Stromboli, levantó la vista entre sus botellas, barriles y cestas, y agitó el cuchillo con el que estaba cortando rebanadas de pan.

–*¿Dónde te habías metido?* –aulló en italiano–. Los soldados tienen sed.

Orlandu escupió en el suelo y le dio un puntapié a la tina vacía.

–He estado arrastrándome por la mierda, viejo asqueroso –respondió en maltés–. ¿Y tú? ¿Qué has estado haciendo tú?

Descubrió entonces que Stromboli había pasado suficiente tiempo en los mercados, tratando con la población local, como para entender la lengua. El cocinero se acercó y le atizó a Orlandu un guantazo en la sien.

–¡El pan y el vino de Dios! ¡Eso es lo que hago! ¡Sin mí, ya se habría acabado la batalla!

Señaló con el cuchillo otras tres tinas que aguardaban en fila, cada una llena hasta el borde de trozos de pan con aceite de oliva, remojados en una mezcla de vino tinto, sal y hierbas tonificantes. Antes, un capellán había bendecido las provisiones y las había rociado con agua bendita. Aunque era cierto que esos refrigerios mantenían a los hombres en pie, Stromboli no reconocía el mérito de Orlandu por llevarlos adonde ellos estaban.

–¡Ahora date prisa! No derrames nada y no te apartes mucho del muro, o salpicarás la comida con tus sesos.

Orlandu se mordió la lengua. Levantó con las dos manos la tina más próxima, recuperó el equilibrio y salió tambaleándose por la puerta. Una vez fuera, la apoyó en el suelo, recogió un puñado de la pringosa pasta escarlata, como hacían los soldados cuando él pasaba arrastrando la tina a lo largo de la línea de batalla, y se la metió en la boca. Tragó la miga blanda y suculenta casi sin masticarla y la encontró más deliciosa que cualquier otra cosa que hubiese probado en su vida. Era la primera vez que reunía valor para comérsela y, de inmediato, sintió que una nueva fuerza se difundía por su vientre y sus piernas. Stromboli era un bastardo, pero sus tinas estaban llenas de un elixir mágico. Pan y vino de Dios. Cuando se disponía a hacerse con otro puñado, el borde romo del cuchillo de Stromboli le pasó rozando la cintura.

–¡La comida es para los soldados, no para los cerdos!

Orlandu levantó la tina y se perdió en la oscuridad que envolvía el patio de armas. Las cuerdas le cortaban los dedos y los antebrazos le quemaban, lo mismo que después le quemaron los brazos, los hombros, el pecho, la espalda, el vientre, los muslos y las pantorrillas. La coraza barata de cuero que le había robado a Tomaso, que era fuerte y de pecho abombado, le había hecho roces hasta el hueso en las caderas y los codos. Su propio aliento le abrasaba la garganta. Pensó en san Juan Bautista en el desierto, alimentándose únicamente de saltamontes y miel silvestre. Pensó en Cristo atado a la columna. Pensó en los caballeros en primera línea de fuego, que llevaban horas y horas en combate y sólo Dios sabía cuántas horas más les quedaban por delante. Era débil, pero cobraría fuerzas. Ya había transportado esa tina más tiempo que los demás. Su cuerpo se quejaba a gritos. Las cuerdas se le deslizaban por los dedos cubiertos de ampollas. Iba a tener que dejarla en el suelo. No. Otros diez pasos. Al octavo, la cuerda se le resbaló de la mano, arrastrando consigo la piel. El recipiente se escoró y una ola enorme se derramó por el borde y cayó al suelo.

Orlandu miró atrás, mortificado, pero Stromboli ya se había ido.

Dio gracias a santa Catalina al comprobar que de ese lado del muro las losas del suelo estaban enteras y no reducidas a polvo. Recogió con las dos manos la comida derramada y volvió a meterla en la tina. Gordas moscas verdes procedentes de la masa de cadáveres en descomposición que se amontonaban fuera de las murallas acudieron en enjambre a reclamar su parte del botín, y él intentó ahuyentarlas sin éxito. El vino le escocía en las palmas de las manos despellejadas, pero no dejó ni una sola migaja de pan en el suelo. Se remangó, hundió la porción recogida en la parte que no se había derramado, revolvió con fuerza la masa de pan y vino, y se llevó a la boca otro buen puñado. Sabía tan exquisito como el primero. Ya no sentía la quemazón en los músculos. Se quitó el morrión y lo dejó caer junto a la muralla. Ya podían abrirle el cráneo los turcos, porque a él le daba igual. Cortó con el cuchillo la tela de arpillera mojada y se enrolló los trozos en las manos. El sudor también le escocía. Se concedió otras dos paradas de descanso antes de llegar al frente, prometiéndose que la vez siguiente pararía solamente dos veces. A través del patio de armas, contempló el furibundo combate nocturno.

Bengalas y proyectiles incendiarios estallaban sobre las cabezas de los extenuados combatientes. A cierta distancia, al pie de la cuesta, una nueva compañía de hombres acababa de incorporarse a la lucha. Al frente, Orlandu reconoció (en parte porque el hombre iba riendo) a un famoso aventurero francés, el coronel Le Mas, bravo entre los bravos, considerado un hombre de valor incluso entre aquellos guerreros. ¿Qué otro hombre iba a encontrar motivos de risa en un lugar tan siniestro? Con un estremecimiento, Orlandu se preguntó si Le Mas se avendría a meter la mano en su tina en busca del pan y el vino de Dios. ¡Qué honor! Se prometió que esa vez mantendría en alto la cabeza. En cualquier caso, esperaría a estar seguro de no obstruir sus maniobras. Le Mas gesticulaba dirigiéndose a dos corpulentos compañeros más grandes incluso que él, los cuales también reían, y uno de ellos, un auténtico toro, se echó al hombro el mosquete más largo que Orlandu había visto en su vida, con un cañón veteado de plata que relucía bajo los destellos de las bengalas. Un penacho de humo blanco voló hacia algún punto en lo alto del parapeto que aún resistía sin brechas. Un cuerpo cayó y, mientras el gigante bajaba el arma y se volvía hacia los demás con gesto orgulloso, el hombre que estaba a su lado se quitó el morrión y se lo entregó. Orlandu vio que era el capitán Tannhäuser y dedujo que el otro debía de ser Bors, el mismo que lo había llamado «amigo mío» y le había prometido enseñarle a jugar al *backgammon*. También Tannhäuser se apoyó un largo fusil en el hombro y disparó con gran rapidez, o así se lo pareció a Orlandu. Un segundo fardo envuelto en vestiduras multicolores cayó de la muralla. Dos tiradores turcos abatidos como un par de liebres. ¡Qué puntería! Tannhäuser dijo algo mientras recargaba el arma y los tres se echaron a reír. ¡Increíble! ¡Estaban riendo!

Orlandu levantó la tina por los mangos de cuerda y empezó a andar. Las manos le aullaban de dolor. Juró no derramar ni una gota. Esperaba que no repararan en él hasta que hiciera su segunda parada de descanso, cuando quizá sería capaz de reunir más fuerzas de las que poseía. Empezó a correr a pasos breves y vacilantes, con la masa de pan y vino agitándose en la tina, y casi de inmediato volvió a sentir la sensación de quemazón en los músculos. Se le crispó el rostro y sus pulmones rugieron. Se mantuvo atento a la menor señal de que los tres hombres lo vieran, pero estaba a la sombra y no lo distinguían. Tenía que apartarse un poco del muro. Sintió que las cuerdas se le resbalaban una vez más, de modo que se detuvo, apoyó la tina en el suelo y la maldijo. Tenía previsto que el siguiente tramo de su recorrido lo llevara más cerca de lo necesario de Bors, que seguramente lo llamaría y se lo presentaría a Tannhäuser y a Le Mas, como haría cualquier amigo. O también podía ofrecerles comida. Y Bors le diría a Le Mas que su buen amigo Orlandu merecía algo mejor que ir arrastrando una tina de vino entre la mierda, y...

De pronto, el ulular de unos cuernos extraños y una aclamación de extenuado alborozo, mezclada con burlas obscenas, parecieron indicar que los turcos suspendían el ataque. Orlandu dio gracias a la Virgen, porque quizá entonces los soldados podrían ir a buscarse el pan y el vino por sí solos. Los tres hombres miraron a lo alto de la ladera, donde la masa de los defensores se estaba apartando ordenadamente hacia los lados para dejar un hueco en el centro. Tannhäuser y Bors le entregaron los fusiles a un mozo y se pusieron los guanteletes. Entonces los dos desenvainaron las espadas e hicieron girar los hombros. Esta vez resonó una trompeta cristiana. Silbatos. Estandartes con diferentes insignias ondeaban para dar instrucciones a sus respectivas compañías. La sección de Le Mas se agrupó, formando una cuña cuyo vértice apuntaba al hueco que aún se estaba abriendo en la cima de la ensangrentada cuesta, y los soldados partieron, subiendo por la ladera, a través de la cortina de humo caliente y ocre.

¿Significaba eso que la batalla aún no había terminado? ¿Cometerían los turcos la locura de volver? Orlandu agarró su tina y echó a andar a lo largo del muro para averiguarlo.

La sección de Le Mas se abrió en abanico delante de la brecha y los hombres que la habían defendido hasta la medianoche se retiraron. Estaban enfangados en los productos líquidos del combate y el alivio desencadenó en ellos un repentino agotamiento. Los españoles de Le Mas atravesaron con sus picas a los turcos heridos allí donde los encontraron y empujaron a patadas a los cadáveres al foso. A cubierto del combate, los zapadores turcos habían rellenado varios tramos del foso, formando breves calzadas elevadas. También habían tendido puentes, hechos de mástiles. Entre los fétidos remolinos de humo, había unos cuatrocientos cuerpos amontonados, algunos de los cuales aún se movían, murmurando versículos del Corán. Muchos tenían la carne chamuscada y se seguían quemando, tumbados en las charcas de fuego griego. Más allá de los caídos, Tannhäuser vio bandas de *yerikulu* que se alejaban andando trabajosamente, arrastrando entre varios a los camaradas mutilados, en una retirada que les valdría el desprecio de su agá.

–Tus jenízaros han decidido cenar pronto –dijo Bors.

Tannhäuser sacudió la cabeza y señaló las túnicas verdes y los turbantes blancos que yacían enredados en el foso.

–Infantería normal, tropas de asalto de los *yerikulu*. Los jenízaros vendrán después.

–¿Para qué ponen eso ahí? –preguntó Bors.

A intervalos de veinte pasos, al pie de la brecha, los mozos habían situado enormes tinajas, sobre cuyas bocas habían clavado tablones a modo de pasarela. Las estaban llenando de agua de mar, que traían en barriles transportados en un carro.

–Si os alcanza el fuego griego –dijo Le Mas–, podéis meteros en las tinajas para enfriaros.

Indicó los parapetos a ambos lados de la brecha, donde las cuadrillas del fuego griego preparaban sus baterías. Azufre, nitro, aceite de linaza, sal de amoníaco, trementina, brea y nafta. Los turcos añadían a la mezcla incienso y estopa para que fuera difícil quitársela de encima, y los venecianos, vidrio machacado y espíritu de vino. Contra los muros del parapeto, las cuadrillas estaban colocando varias filas de tubos de latón fijos sobre astas de picas y llenos de la sustancia incendiaria. Al encender la mezcla y dirigirla al objetivo, los tubos escupían torrentes de bolas de fuego. También situaban entre las almenas cestas llenas de bombas de fuego, de las que los turcos llamaban *humbaras:* potes de barro del tamaño de un puño, cerrados con papel, horadados por una mecha y llenos de gelatinoso fuego griego. Pero los proyectiles más ingeniosos se atribuían a la inventiva de La Valette: aros de caña empapados en aguardiente y aceite de piedra, envueltos en lana y mojados en la misma mezcla inflamable que los tubos. Una vez encendidos, se arrojaban con tenazas a las filas musulmanas y sus efectos eran terribles. Las cuadrillas tenían un trabajo infernal. Tannhäuser agarró a Bors y cambió de posición en la línea del frente, para quedar fuera del alcance de un derrame accidental.

Circulaba entre las filas un pote de bálsamo alcanforado y los dos se aplicaron un poco de la sustancia en la barba para resistir el hedor. Varios disparos de fuego enemigo zumbaron sobre sus cabezas. Uno de los tercios fue alcanzado en la cara; sus camaradas lo ayudaron a ponerse en pie y lo enviaron tambaleándose hacia la retaguardia.

–Hazme sitio –dijo Bors.

Lo necesitaba para blandir las doce pulgadas de empuñadura y las sesenta de hoja de su espada alemana. La hizo girar en torno a la cabeza, para calentar los tendones, y la hoja sibiló, formando la figura de un ocho enorme, delante y detrás de él. Con la destreza de una dama cerrando un abanico, Bors recogió la descomunal espada y la plantó entre sus pies.

Tannhäuser se puso los guanteletes y examinó la espada que había sustraído de la capilla. La hoja medía tres pies de largo, con sección de rombo achatado. Calculó que debía de pesar casi dos libras. Era italiana, esperaba que de Milán. Aplicó la lengua al borde y percibió el sabor de la sangre, pero no sintió dolor. Se acercó a la pila de armas caídas que los mozos habían recogido de la brecha y eligió una maza de cinco libras con mango de acero y siete dientes afilados acoplados al palo central. En el extremo tenía atornillado un pincho de cuatro pulgadas de largo. Regresó a la fila y se volvió hacia el hombre que tenía a su derecha, un veterano de baja estatura pero robusto, de mirada fría como el pedernal.

Tannhäuser levantó la espada a modo de saludo.

–Mattias Tannhäuser –se presentó.

El caballero le devolvió el gesto.

–Guillaume de Quercy.

El hombre a la derecha de Guillaume, un provenzal de nariz afilada que empuñaba un par de sables cortos, se inclinó hacia delante e hizo lo mismo.

–Agoustin Vigneron –dijo.

El intercambio fue suficiente para cimentar su fraternidad, y ya no dijeron nada más. Con un gascón a un lado y un inglés al otro, no podía pedir más. La *mehterhané*, la banda de los jenízaros, empezó a tocar. Chirimías, tambores y crótalos. Incluso entonces, no había sonido más incitante para sus oídos. Sonaron las trompetas. Se alzó el estandarte de San Juan, con la blanca cruz resplandeciente a la luz de la luna. Un capellán levantó en una mano un icono de Cristo Pantocrátor, mientras agitaba con la otra una campana y empezaba a recitar el ángelus:

Angelus Domini nuntiavit Mariae. «El ángel del Señor anunció a María.»

Los hombres entonaron avemarías para invocar el poder de la Virgen.

«Madre de Dios, reza por nosotros.

»Para que seamos dignos de alcanzar las promesas de Nuestro Señor Jesucristo.

»Te suplicamos, Señor, que derrames tu gracia sobre nuestras almas...»

La primera línea de caballeros subió la pedregosa cuesta ensangrentada y Tannhäuser subió con ellos. Era el único hombre en todo el campo sin una oración en los labios, porque pensaba que cualquier divinidad merecedora de una plegaria condenaría la exaltación que le palpitaba en el pecho y creía que todos los dioses clementes pasarían toda esa larga noche durmiendo.

Los caballeros y los sargentos ocuparon el frente de la línea de la muralla, mientras los españoles y los malteses, quizá unos trescientos, se situaban detrás, con las medias picas y las espadas rellenando los huecos del muro. Tannhäuser estudió el terreno que pisaba, apartó con la punta de la bota unos escombros sueltos, tomó nota de las irregularidades y adelantó el pie izquierdo, con la espada en la mano derecha orientada hacia abajo y el mango de la maza apoyado en la cadera. A partir de entonces, la conciencia lo era todo: conciencia de su pequeña esfera, cuyos límites quedaban definidos por los hombres que tenía a los lados y por lo que surgiera de la noche en la punta de su espada. Recordó que la respiración debía ser profunda y regular. Era fácil olvidarlo en la refriega, pero perder el aliento podía ser fatal. Respiración. Postura. Juego de pies. Bajo la armadura, el sudor manaba a raudales de todos sus poros, porque el calor de la noche era feroz e inclemente. Tenía la boca seca. Estaba situado en la cabecera de una calzada turca, del ancho de tres hombres, que formaba un pasaje desigual sobre el foso. Él se encontraba del lado izquierdo. Guillaume, el gascón, estaba atravesado en el centro, y Agoustin Vigneron se había situado a la derecha. A su izquierda, Bors dominaba el borde del foso. Su amigo rebuscó en los bolsillos, sacó un par de guijarros blancos y se metió uno en la boca.

–¿No te dije que esto iba a ser grandioso? –comentó.

Le ofreció la segunda piedra a Tannhäuser, que la aceptó. Al chuparla en la boca, la sensación de sequedad se alivió.

–Espero que me cubras la espalda.

Los ritmos marciales de la *mehterhané*, el retumbar de miles de pies, el entrechocar de los metales y los penetrantes cánticos del imán invocando a Alá se combinaron en una potente bola de sonido que los embistió rodando desde las sombras tenuemente iluminadas por las llamas, del otro lado del foso.

Detrás, cinco compañías de jenízaros, enarbolando los estandartes de crines de caballo y los pendones con la *shahada* inscrita, salieron rugiendo de la garganta de la noche y se abalanzaron sobre las calzadas y el foso rebosante de cadáveres.

Los cristianos los azuzaron, aullándoles una invitación a la lucha. Mezclado con ese aullido, Tannhäuser oyó una babel de oraciones en latín y en una pléyade de lenguas vulgares. A santa Catalina y santa Águeda. A Santiago y san Pablo. A Jesucristo y el Bautista. Ruega por nosotros pecadores. Venga a nosotros tu reino. Hágase tu voluntad. Ahora y en la hora de nuestra muerte. Amén. La más popular de las invocaciones era a La Valette y la Santa Religión, como si el hombre ya hubiera sido canonizado.

A unas veinte yardas de distancia, la avanzada enemiga comenzó a arrojar una lluvia de *humbaras*, con las mechas ardientes dejando una estela de chispas. Tannhäuser siguió con la vista los arcos que describían, dispuesto a eludirlas de un salto, pero la suerte le sonrió. Pasaron sobre su cabeza y sintió destellos de calor a sus espaldas y oyó chillidos de horror y de pánico, pero no se giró. Mientras tanto, los siervos del demonio que integraban las cuadrillas incendiarias de la Orden dejaban caer torrentes de muerte líquida de sus tubos de latón, al tiempo que enormes aros ardientes trazaban espirales amarillas en el aire en su avance. Los jenízaros, en formación compacta, quedaban atrapados de dos en dos y de tres en tres por los círculos en llamas. Sus túnicas de algodón azul se inflamaban como si fueran de papel y, lo mismo que los condenados, encadenados juntos en el infierno, se desgarraban mutuamente las carnes mientras se retorcían, ardían y morían.

Tan feroces eran las llamas sobre ambos bandos que el campo relucía incandescente, como bajo el sol del mediodía. A través de ese holocausto, la vanguardia de la marea humana enemiga rugía y avanzaba sin intimidarse, blandiendo las más variadas armas del combate cuerpo a cuerpo. Con sus fieras miradas, sus largos bigotes y sus altos bonetes blancos adornados con cucharas de madera, parecían una raza de cocineros dementes, expulsados de las cocinas de una casa de orates. Cayeron sobre el foso. Cargaron contra los puentes incendiados. Se abatieron sobre las calzadas inundadas de fuego.

Tannhäuser eligió a su primer adversario de entre los que componían la horda que se derramaba por la estrecha boca de la calzada. Sus botas eran negras. Era el capitán de la compañía. Llevaba al hombro una lanza de las llamadas *mizrak* y un escudo rectangular balcánico. Tannhäuser avanzó un paso en la calzada para disponer del espacio necesario y dejó caer la maza junto al muslo. Se descubrió el pecho justo lo suficiente para invitar un golpe de la lanza y, cuando el esperado envite se produjo, retiró hacia atrás la pierna derecha en un giro oblicuo, desvió la lanza con la espada y hundió el pincho de la maza en la axila expuesta del enemigo, deslizando la mano hacia arriba por el mango, para manejarla como si fuera más corta. El hombre aulló de dolor, como habría hecho cualquiera en su lugar, mientras el pulmón le estallaba y perdía el contacto de los pies con el suelo. Al bajarlo, Tannhäuser le pasó la espada por la garganta y, agachándose, le separó a medias la cabeza del cuerpo.

Apartó la cara del chorro de sangre y volvió a levantar rápidamente la espada para bloquear el golpe de una cimitarra que se abatía sobre él desde arriba, y junto con la espada levantó la cabeza y estiró las piernas, hundiendo con fuerza en una cara la cresta del morrión. Volaron la sangre y el sudor, y él arremetió con la maza, manejada aún en corto, y hundió el pincho en la base de la mandíbula de su adversario hasta oír el crujido de los huesos, mientras el hombre se agitaba como un pez en el anzuelo, con torrentes de sangre manándole de la nariz y los ojos. Usando esa nueva presa como escudo, Tannhäuser se metió de lleno en la refriega, jadeando y resoplando, y mientras las cimitarras turcas cercenaban los brazos del desgraciado, él asestaba mandobles con la espada milanesa y sentía crujir la cota de malla del enemigo cuando su acero le horadaba las entrañas o topaba con su espinazo. Retiró la espada, retorciéndola; volvió a jadear y resoplar, rechinando los dientes, y arrojó la destrozada carroña sin brazos a los pies del siguiente adversario, que tropezó y cayó sobre los codos. Tannhäuser deslizó la mano por el mango de la maza, para manejarla en largo, y aporreó al caído, matándolo de un golpe, mientras los dientes del arma se hundían en la nuca y teñían de rojo el bonete blanco.

Se incorporó, respiró y se sacudió el sudor. Le faltaba el resuello. Sentía una opresión en el pecho y le quemaba la garganta. Tenía náuseas y se sentía débil. Había llegado demasiado lejos. Tenía que retroceder.

La horda pugnaba por superar el cuello de botella, con las armas sin espacio para actuar y los escudos obstruyéndose entre sí. «Localiza las brechas. Traga la bilis que te quema la garganta. Mátalo, mátalos, mátalos a todos.» Una estocada rozó su morrión y descargó su peso sobre una de sus hombreras. «Atraviésale las partes íntimas, húndele la espada en el cuello.» El hombre siguió peleando de rodillas, enceguecido por la fuente de sangre que le manaba de las arterias, buscando aún con su acero las junturas de la coraza de Tannhäuser. Pero éste finalmente le atravesó la sien con el pincho de la maza y dio un paso atrás. «Otro paso más. Mantenlos a raya.» Asestó un golpe directo con la espada a los muslos y un revés al vientre, seguido de una estocada al pecho, hundiendo la hoja y girando la muñeca. «No lo mires a los ojos. Está acabado. Y respira, imbécil, no dejes de mover las rodillas, no prestes atención a los gritos de batalla. Retrocede. Un movimiento a la izquierda y hacia atrás. Una cara en la zanja. Alcánzalo en los ojos; olvídalo, levanta la cara, retrocede. Aquí viene. Bloquea la estocada, no hay espacio para moverse. Tienes la cara contra su pecho, su aliento es acre y caliente. ¡Qué fuerte es! Dale con la empuñadura de la espada. Oblígalo a abrirse, golpéalo en los hombros, haz que baje la cabeza. ¡Muere, muere! Apuñálalo en el vientre. Saca el acero y vuelve a meterlo, sácalo otra vez y húndelo en la garganta a la salud del sultán, y retrocede, pero hacia allí, no, atrás. Paciencia, respira, sacúdete al sudor, resopla. Todavía demasiado adelantado en la calzada. Demasiado expuesto. Tómate diez segundos de descanso. O cinco. No tienes otra opción.»

Se apoyó en la espada, jadeando.

Habían transcurrido los primeros diez minutos y se sentía profundamente enfermo y extenuado. Su cuerpo ya le estaba suplicando un refrigerio ligero y ocho horas de sueño. ¿Dónde estaban la fuerza y el aliento que antes poseía en abundancia? Estaba conmocionado. Nunca había luchado contra hombres tan difíciles de matar, tan renuentes a morir incluso cuando ya estaban muertos. Esos jenízaros eran maníacos y él no, o al menos ya no lo era. La noche se extendía ante él y no parecía que tuviera límites. Tenía miedo, pero no de la muerte, sino del esfuerzo. Estaba seguro de recuperar el aliento. Sería eso, o una tumba colectiva en el foso ensangrentado. En medio del entrechocar y el siseo de sables y martillos de guerra, Guillaume de Quercy y Agoustin Vigneron lo alcanzaron en la calzada, ambos totalmente cubiertos de sangre y vísceras bañadas en sudor, desde el morrión hasta las grebas, y con las barbas brillantes y apelmazadas, como si hubiesen salido de un tonel de melaza.

Tannhäuser apeló a su orgullo. No podía permitir que un par de franceses lo avergonzaran.

Los tres se habían alineado tras el creciente parapeto de cadáveres, que ya les llegaba a las rodillas, y procedían a ensartar con sus armas a los enemigos turcos que intentaban avanzar por encima de los muertos. El procedimiento era rápido y cruel, con mazas, puñales y espadas, y los malteses se aventuraban a atacar tras ellos con sus lanzas y sus picas, procurándoles cierto alivio de la mera masa de carne enemiga. Cuando el asalto de túnicas azules comenzaba a flaquear contra el muro de lanzas, una nueva lluvia de *humbaras* surcó el aire sobre el osario. Tannhäuser se agachó bajo el diluvio de fuego y los lanceros retrocedieron desordenadamente, trastabillando y entrechocando las astas de madera, que ya florecían en llamas amarillas. Los que fueron alcanzados por la gelatina ardiente huyeron hacia las tinajas de agua y allí comenzaron a luchar por su vida, porque en las tinajas no cabían todos. En ese instante se volvieron las tornas, pues los gazíes del sultán saltaron del foso al terreno abandonado por los lanceros y arreció su ataque a través del campo sembrado de cadáveres. En la calzada, los tres guerreros hermanados se vieron de pronto rodeados y superados.

–¡Espalda contra espalda! –rugió Quercy.

El martillo de guerra de Quercy centelleó en el aire y la punta se hundió hasta el mango en un rostro, arrancándole la mitad. Tannhäuser pivotó y sus hombreras entrechocaron con las de sus dos compañeros. Hombro con hombro, formaron un círculo desesperado, pero supieron arrancar lamentos a sus asaltantes. Como una manada de lobos acorralados, sembraron la muerte y la destrucción en todo aquello que se puso a su alcance, lanzando atronadores golpes hostiles mientras renunciaban poco a poco al terreno ganado y se retiraban a través de las llamas hacia sus líneas, manteniéndose en pie con dificultad sobre el humeante colchón de cuerpos abrasados y mutilados.

El denso olor a carne humana abrasada era repulsivamente apetitoso y Tannhäuser sintió que se le hacía la boca agua. Un joven de tez clara se ensartó él mismo en la punta de su espada, y lo hizo con tanta fuerza que su pecho fue a chocar contra los gavilanes de la empuñadura. Oyendo sus alaridos, Tannhäuser le hincó en la cabeza el pincho de la maza y lo apartó, como habría apartado un campesino un fardo de trigo; después, paró con la maza una estocada que venía dirigida a su cabeza, para luego hundir el acero italiano en una pierna que le pareció dura como la madera de cedro. El enemigo cayó de rodillas y Tannhäuser le clavó la espada desde arriba, en el pecho, mientras unas náuseas incontrolables le estallaban en la garganta. La maza le quedó colgando de la muñeca y él se dobló en dos sobre la espada, agarrando la cruz con las dos manos, al tiempo que vomitaba un torrente de bilis y flemas sobre la cara del hombre agonizante que no dejaba de gritar. Tannhäuser apretó los ojos, acuosos, mientras el espasmo gástrico hacía que la espada se hundiera aún más profundamente. Se apoyó en la empuñadura hasta que el acceso de vómitos hubo pasado y después escupió, retiró el acero y apartó el cadáver con el pie. Parpadeó y sacudió la cabeza, enviando en todas direcciones un torrente de sudor y mucosidades, y entre la neblina vio dos cabezas de altos bonetes que bajaban por la calzada hacia él. Se preparó para recibir su embate, pero una hoja acanalada surcó el aire silbando y las dos cabezas desaparecieron al unísono, con los cráneos astillados en una confusión de globos oculares, sesos y tiras líquidas. Una garganta boquiabierta y medio juego de dientes fueron lo único que quedó sobre el segundo par de hombros y, cuando el conjunto se desplomó fuera de la vista, Tannhäuser vio a Bors, que enarbolaba su enorme espada y la plantaba con la punta hacia abajo en una tercera cabeza que pugnaba por salir del foso.

Bors hizo un alto, con la boca muy abierta en la cara salpicada de sangre, intentando respirar.

–Te dije que me cubrieras la espalda.

A Tannhäuser también le costaba recuperar el aliento.

–No estoy en forma para la batalla –reconoció.

Hubo una breve pausa en el combate; los cuatro hombres se alinearon y procedieron a aporrear con las mazas o atravesar con las espadas a los heridos que tenían a su alcance. Después descansaron y por un momento no hubo nadie en pie en la calzada excepto ellos.

–Lo más extraño –comentó Bors– es que se parecen... se parecen mucho a nosotros.

–Eslavos, griegos, magiares, serbios –dijo Tannhäuser– e incluso algunos austríacos.

Volvieron a la línea y se situaron en sus puestos. Tannhäuser se sentía mejor. La limpieza de estómago le había hecho bien. Mientras escupía los restos agrios del vómito, vio por el rabillo del ojo una tina llena de pan y vino que pasaba a su lado. Se apoyó la espada en el hueco del codo, se inclinó y extrajo de la tina un guantelete lleno de la masa vinosa, que se echó sin más a la boca. Era una maravilla. Dulce y salada a la vez. ¿Con un toque de romero quizá? Llamó a Bors y le señaló la tina, que ya se alejaba lentamente. Bors se estiró para servirse. Tannhäuser se volvió hacia la confusión del combate, sintiendo que recuperaba el espíritu.

Así pasaron los diez minutos siguientes, o al menos eso le pareció. Sentía ágiles las extremidades y el pecho fuerte como un timbal. Pensaba con una claridad cristalina. Había encontrado una nueva fortaleza. Describió unos giros con los hombros, hizo unas flexiones con las caderas y se dispuso a hacer frente a lo que aún quedaba por venir. Las cosas sólo podían empeorar, pero estaba preparado. Una nueva oleada de fanáticos surgió como la espuma de la oscuridad, en dirección a la calzada. Vestían *dolamas* amarillas y cascos de bronce. Eran jenízaros de la selecta división de Peyk, que blandían lazos, *gaddaras* semejantes a alabardas y *zemberek* o ballestas con proyectiles gruesos como un pulgar. Expulsó el aire de los pulmones e hizo una inspiración profunda. Mientras los adalides de la Religión se preparaban, Bors se situó a su lado, haciendo chasquear los labios, y sorprendió su mirada.

–¿Y bien? –le preguntó.

Tannhäuser le palmoteó la espalda, sonrió y dijo:

–La gloria.

Lunes 11 de junio de 1565

Tierra de nadie

Cuando rayó el alba sobre las almenas orientales, su luz incierta prestó a los aceitosos bancos de humo un matiz amarillento y, en algún lugar del otro lado de ese resplandor ocre, los cuernos turcos tocaron a repliegue y los vencidos restos de una docena de compañías de jenízaros se internaron en la niebla como atormentados espectros y desaparecieron al cabo de un momento. A lo largo de la cresta ensangrentada, los andrajosos soldados de la Cruz contemplaron con atónita indiferencia la retirada del enemigo, demasiado exhaustos para comprender que la noche era suya y que su estandarte vería un nuevo día.

Tannhäuser se desplomó sobre una rodilla, inclinándose sobre la cruz de la espada, con la frente apoyada en los guanteletes y los ojos cerrados. Durante unos breves y valiosos instantes, estuvo solo en un silencio sin límites, al que no hacía ninguna pregunta y que nada le respondía. Después oyó el ululante murmullo de los heridos, una sucesión de roncos sollozos y plegarias que no se elevaban al cielo para alabar a Dios, sino para suplicarle su perdón.

Levantó la cabeza. Tenía el cuello rígido y dolorido por el peso del morrión y los numerosos golpes recibidos. Los guanteletes estaban cubiertos de un fango de color burdeos, que se resquebrajó al quitárselos. Tenía las manos amoratadas de cardenales y los nudillos le dolieron cuando intentó flexionarlos.

En el oro del brazalete que llevaba en la muñeca se apreciaban las huellas de dos cortes de cimitarra. «No vine buscando fortuna u honor, sino para salvar mi alma.» Guardó los guanteletes, plantó la maza en el suelo y se irguió sobre los pies. Envainó la espada. El aire era insalubre y se iba volviendo pútrido a medida que respiraba. La creciente luz del día revelaba un paisaje infernal, tan espeluznante y repulsivo que ningún artista se habría atrevido a retratarlo por miedo a que su talento quedara maldito.

Más allá de las maltrechas fortificaciones donde él se encontraba, sumidos en una densa marinada de sangre, vísceras humanas, entrañas, sesos y evacuaciones de miles de vejigas e intestinos, yacían los cuerpos de unos mil quinientos musulmanes. Desbordaban el foso y se derramaban por la sucia y pestilente tierra de nadie, como una mancha dejada por alguna catástrofe antinatural. Tannhäuser sintió vergüenza, y después se avergonzó de su propia vergüenza, porque era una mentira, y matar al menos era honesto. Aquí y allá, las charcas de fuego griego seguían crepitando, un brazo se levantaba y volvía a caer, y una figura retorcida se debatía en vano por salir del caldo pestífero, antes de ceder a la atracción de los muertos recientes y dejarse caer en el lodazal sin fuerzas ya para luchar.

–¿Todos esos hombres habían nacido cristianos?

Tannhäuser se volvió hacia Agoustin Vigneron. El francés tenía los ojos hinchados e inyectados en sangre, y su voz parecía haberse chamuscado en un ronco gruñido.

–La mayoría –respondió Tannhäuser.

Agoustin meneó la cabeza.

–¡Es terrible que ahora sus almas estén condenadas para toda la eternidad!

Tannhäuser se negó a concederle a su desesperación el lujo de expresarse. Dejó la maza plantada verticalmente entre los escombros, como un altar pagano erigido en honor de su propia maldad, y se fue a buscar a Bors.

Lo encontró fuera, en tierra de nadie, desplomado boca abajo y sin el morrión, sobre un montón de jenízaros muertos, envueltos en túnicas amarillas. Su mano derecha aún aferraba una daga sobre el pecho de un cadáver. Tannhäuser avanzó pesadamente hacia él, con las botas destrozadas, tropezando con los escombros y sintiendo por primera vez numerosas heridas en los tobillos y las rodillas. Bors estaba inconsciente y, a juzgar por el desapacible estridor procedente de su garganta, se estaba ahogando en su propia sangre. Hicieron falta dos intentos para girarlo y tumbar de espaldas su corpulenta mole cubierta de acero. Tannhäuser retrocedió, momentáneamente repelido por lo que veía. Bors tenía media cara cortada. Una ancha y profunda incisión se abría desde la ceja derecha hasta el ángulo izquierdo del maxilar, con la nariz y los pómulos tan partidos que a lo largo de todo el recorrido de la herida resplandecían huesos, cartílagos, encías y dientes. El lado derecho de la cara había perdido hasta tal punto sus anclajes que se estaba deslizando hacia el mentón. Los crispados labios eran azules. El sangrado era notable, pero tras una rápida inspección Tannhäuser determinó que no llegaba a ser torrencial.

Tannhäuser dominó su horror, y con la mano izquierda empujó hacia arriba la carne caída. Le abrió la boca a su amigo, le metió los dedos en la garganta y sacó de dentro un tapón grueso y gelatinoso, junto con una muela partida, que arrojó a un lado. Bors resolló. Tannhäuser volvió a meter la mano, un poco más profundamente esta vez, y extrajo otra masa viscosa. Bors hizo una arcada, tiró la cabeza y los hombros hacia delante y escupió una masa inmunda de color rojo oscuro. Después, agitó las manos, se agarró con fuerza a sus propias rodillas y estalló en un violento acceso de tos.

El nudo de horror que Tannhäuser sentía en el vientre se aflojó. Aferró la daga que seguía clavada en el cadáver y la usó para cortar las correas de uno de los lados de la coraza de Bors. No fue tarea fácil, porque su amigo se agitaba en violentas convulsiones, pero lo consiguió y pudo separar las pesadas placas y apoyarlas en el suelo. Con el pecho libre de ese constreñimiento, Bors pudo despejarse los pulmones tosiendo y, poco después también la mente, al menos hasta el punto de querer agarrar a Tannhäuser por el cuello. El colgajo sangriento le tapaba un ojo y tenía el otro cerrado por la hinchazón, de modo que estaba ciego momentáneamente. Tannhäuser lo agarró por las muñecas, para impedir que lo estrangulara.

–Bors, soy Mattias. La batalla ha terminado. Soy Mattias.

–¿Mattias?

El rostro ciego y sangriento se levantó.

–Sí, la batalla ha terminado –repitió Tannhäuser–. Los hemos derrotado, de momento.

–¿Estoy acabado?

Las heridas y deformidades le hacían arrastrar la voz.

–No, solamente has conseguido otra cicatriz para poder alardear los próximos veinte años. –Tannhäuser le quitó las manoplas ensangrentadas–. ¿Puedes ponerte de pie? Sujétate a mis manos.

Bors escupió, se incorporó y logró mantener el equilibrio.

–No te muevas –le dijo Tannhäuser, mientras le colocaba en su sitio el colgajo caído, sobre el hueso expuesto del cráneo, dejando al descubierto un ojo que parpadeó a la luz de la mañana–. Así.

Tannhäuser sujetó la mano derecha de Bors y se la guió para que él mismo pudiera sujetarse con los dedos el colgajo suelto. Después se echó al hombro la coraza, colgándosela por las correas que aún seguían intactas.

–Agárrame del brazo –dijo.

–¿Me tomas por una mujer?

Bors localizó su espada y la recuperó, para usarla empecinadamente de bastón. Cuando por fin llegaron a lo más alto del talud, Bors se detuvo y se giró, para contemplar el panorama con el único ojo bueno.

–¡Por las llagas de Cristo! –exclamó.

Era un resumen tan bueno como cualquier otro del trabajo realizado durante la noche, y Tannhäuser, sin nada que añadir, se limitó a expresar su acuerdo asintiendo. Pero la exclamación de Bors había estado motivada por otra cosa muy diferente. Con la mano libre, señaló algo y Tannhäuser miró.

A unos veinte pasos de distancia, una figura delgada y con la cabeza descubierta se inclinaba sobre la enmarañada monstruosidad de cadáveres que atestaban el foso. La coraza de cuero orlada de inmundicia era demasiado grande para su pecho y, con los largos brazos flacos asomando, tenía el aspecto de un escarabajo trepando a una pila de estiércol. Estaba examinando algo que tenía entre los dedos, algo que lanzó un destello al captar la luz del sol, quizá un broche o una daga con incrustaciones de piedras preciosas. Una intuición lobuna hizo que levantara la cabeza y clavara en ellos la mirada, revelando una cara tan sucia como la coraza. Los dientes resplandecieron entre la mugre y el chico levantó una mano a modo de saludo.

–¡Sí, señor! –dijo Bors–. ¡Que me muera si ése no es Orlandu di Borgo!

El muchacho corrió hacia ellos al ver que lo llamaban, pero hizo una pausa para recoger la maza de Tannhäuser, lo cual significaba que los había estado observando. La sensación era curiosa. Orlandu se detuvo ante ellos, orgulloso como un gallo de pelea de que dos gigantes de la batalla lo llamaran a él, y les hizo un saludo militar. Bajo la suciedad y pese a lo flaco que estaba, la savia de la juventud iluminaba sus rasgos. Sus ojos eran de un intenso castaño amarillento. Su nariz era fina y sus labios delicados. Tenía todo el aspecto de ser un chico despierto e incluso capaz de jugar más de una mala pasada, todo lo cual suscitó la aprobación de Tannhäuser. Le pareció ver en el muchacho un lejano reflejo de Carla, quizá en su sensibilidad innata, pero reconoció con más seguridad las piernas largas y la expresión meditativa del entrecejo fruncido de su padre, Ludovico.

–Así que tú eres Orlandu Boccanera –dijo Tannhäuser.

–Orlandu di Borgo, señor –lo corrigió el muchacho con el mayor descaro–. Y vos sois el valiente capitán Tannhäuser –añadió, inclinando la cabeza.

–¡Cómo me has hecho trajinar!

El chico asumió una expresión de prudente expectativa, sintiéndose acusado de algo que no acababa de comprender. El objeto reluciente ya no estaba a la vista.

–¿Qué les has robado a los muertos? –preguntó Tannhäuser.

Notó que Orlandu contemplaba la posibilidad de mentir. Le tendió la mano con la palma hacia arriba y en la mano del chico apareció una daga con una hermosa vaina. Se la dio a Tannhäuser con el aire apesadumbrado de quien ve desaparecer para siempre algo valioso. La vaina era de cuero verde musgo, con la punta y los bordes de plata. Sacó la daga, que tenía una esmeralda en la empuñadura.

–Esta daga es una *hancher* –explicó–, digna por lo menos de un *corbacy*. Era el puñal de un noble turco. Podrías afeitarte con ella si tuvieras barba.

Orlandu se encogió de hombros, decidido a aceptar su pérdida con buena cara. Tannhäuser volvió a guardar la daga en su vaina.

–«Al león le pertenece todo lo que aferre con sus zarpas» –citó Tannhäuser. Le entregó el arma al chico, que se relamió–. No dejes que te la vean los españoles, o tendrás que hincársela entre las costillas.

La daga desapareció tan rápidamente como había aparecido y Tannhäuser sonrió.

–Ven –dijo–. Bors necesita una labor de costura y no quiero que esté mucho tiempo a la cola, porque la espera será larga.

–¿Queréis que sea vuestro ayudante, señor? –preguntó Orlandu.

La perspectiva parecía llenarlo de dicha.

Tannhäuser se echó a reír. La extenuación producida por la trágica noche pareció ceder. Era un lugar particularmente auspicioso para encontrar al chico. Después de todo, los tres estaban vivos, y del otro lado de la bahía, más allá de la puerta de Kalkara, su anhelada embarcación los esperaba en Zonra. A él lo esperaban también los brazos de Amparo y una sonrisa en el rostro de Carla. Por fin había cambiado la marea. Más aún: ya lo estaba empujando a casa, hacia las costas de Italia.

–¿Quieres ayudarme? –preguntó Tannhäuser, mientras dejaba caer la coraza de Bors sobre los brazos entecos de Orlandu–. Sí, ¿por qué no? A estas alturas, será un cambio muy de agradecer.

Viernes 15 de junio de 1565

San Telmo. La barbacana. El gran salón del fuerte. El muelle

Cuando Tannhäuser logró llegar con Bors a la capilla, una hoguera de miembros amputados ya llenaba de olor a carne quemada el patio de armas y los muertos amortajados yacían fuera, amontonados en el polvo. Para poder entrar, tuvieron que abrirse paso a través de una ciénaga de cuerpos mutilados, a cuyos gritos de clemencia Tannhäuser cerró los oídos. En el interior de la capilla, en el altar, se estaba oficiando una misa en agradecimiento por la victoria. A escasas pulgadas del capellán, los cirujanos con delantales escarlata manejaban las sierras de cortar huesos. Con la esperanza de ahorrarle a su amigo tanta agonía como fuera posible, Tannhäuser localizó su morral y sacó una botella de aguardiente, que Bors se echó al coleto, mientras blandía de plano la espada para defender el objeto de su codicia.

Tannhäuser avanzó con dificultad entre la masa de los afligidos, resbalando cada pocos pasos con los ubicuos coágulos, y abordó a los cirujanos. Incapaz de hacer oídos sordos a sus súplicas, Jurien de Lyon abandonó a un soldado español que tenía las entrañas colgando sobre la entrepierna para aplicar en la cara de Bors veintisiete puntos de sutura con hilo de intestino de oveja. Cuando terminó –la mejora fue notable–, las reparadas facciones de Bors eran del color de una berenjena en descomposición y estaban tan hinchadas que prácticamente estaba ciego. Tannhäuser se echó el morral al hombro, bebió los dos dedos de aguardiente que habían sobrevivido en la botella y guió al ciego y tambaleante Bors a través del mar de desdichados.

Encontraron un poco de sombra y Orlandu mejoró la opinión que de él tenían sus compañeros proporcionándoles un buen desayuno de hígado de buey y cebollas rojas, con un odre de vino. Poco después, el chico fue asaltado por un monje encolerizado de aspecto marchito, que blandía un cucharón de cobre, y sólo la intervención de Tannhäuser salvó al viejo Stromboli de ser apuñalado con el acero de la *hancher*. Pero tan odioso y desagradecido resultó ser el hombre que Tannhäuser, ligeramente irascible después de seis horas de combate, le arrebató el cucharón de las manos y se lo puso de collar, apretando con tanta fuerza que la cara se le puso azul.

–Vete a pelar tus cebollas o lo que tengas que hacer –le dijo Tannhäuser– y deja que los guerreros recuperen energías.

Mientras se tumbaba para echar una siesta, Tannhäuser notó que el incidente con el viejo había mejorado su imagen a los ojos del niño. Se despertó sintiéndose rígido como una tabla y mucho más dolorido que al final de la batalla. Al caer la tarde, cuando el día se volvió más fresco, se hizo evidente que Bors se negaba a «salir huyendo al Borgo» sólo «por este rasguño».

–¡No podría soportar el bochorno! –aullaba.

A cambio de un bote de mermelada de albaricoque, Bors ya tenía asegurada la travesía al otro lado del puerto, por delante de muchos casos bastante más necesitados que él. Los barcos partían tan abarrotados de heridos graves que Tannhäuser no fue capaz de conseguir plaza para Orlandu y para él. En realidad, habría sido posible, pero el orgullo, la vergüenza, el agotamiento o alguna lamentable combinación de los tres lo convencieron para aplazar el regreso hasta la noche siguiente. Después de tan brutal revés, Mustafá necesitaría varios días para preparar otro asalto, de modo que el riesgo era asumible. Para socavar la beoda insistencia de Bors, Tannhäuser le hizo tragar una bola de opio crudo que habría matado a dos hombres menos corpulentos que él, le metió en la camisa una libra más de la sustancia, y, tres horas después, lo condujo como a un corderito hasta los barcos que esperaban en el muelle. Para entonces, Bors, cuyo ánimo se había suavizado aún más con la recuperación del mosquete de Damasco, se movía con la falsa impresión de que lo estaban enviando a San Telmo y no de regreso del fuerte. Para Tannhäuser fue un alivio verlo por fin alejarse por la bahía.

El martes y el miércoles, los barcos volvieron a zarpar llenos hasta las regalas de hombres mutilados, ciegos o agonizantes. Como en el muelle estaban Le Mas y el noble Jurien, Tannhäuser no tuvo valor para presentarles el cobarde espectáculo de la huida. Pasó esos días durmiendo tanto como el constante bombardeo se lo permitió. Ayudó a Le Mas a escoger los mejores lugares para instalar las baterías y se cuidó mucho de participar en los combates para repeler las incursiones menores pero despiadadas con que los turcos los seguían acosando. Orlandu procuraba no ser una molestia, pero seguía a Tannhäuser como una sombra, evadiendo así las tareas más arduas, y estaba siempre atento a aquellas de sus necesidades que estaba en su mano satisfacer.

Tannhäuser no veía razón para desconcertar al chico revelándole la verdadera naturaleza de su interés por él. Era imposible saber qué efecto podía obrar una noticia tan pasmosa en su mente inmadura. El aprecio instintivo que sintió por el chico nada más conocerlo creció y se volvió más profundo. Orlandu tenía la risa fácil y ésa era una de las virtudes más admirables a los ojos de Tannhäuser; además, su estoicismo era encomiable. Con la educación adecuada, llegaría a ser un buen aventurero. Carla lo pondría a estudiar el cuadrivio, sin duda, y ése sería seguramente el camino hacia cometidos superiores. Se le ocurrió de pronto a Tannhäuser que, en su calidad de futuro padrastro del chico, podría opinar al respecto, de modo que decidió no alentarlo en el pecado y darle buen ejemplo siempre que fuera posible. Mientras tanto, hombre y niño encontraron deleite en el adiestramiento de este último en el uso de las armas de fuego.

Al atardecer del jueves, mientras el fiero globo solar teñía de rosa el humo de los cañones, un emisario del pachá, nervioso como un juglar novato, se encaramó al revellín delante de la barbacana y solicitó un parlamento. A solicitud del gobernador Luigi Broglia, Tannhäuser se presentó en las almenas, con la misión de hacer de intérprete para el alto mando.

Tannhäuser y el embajador turco tuvieron que desgañitarse para entenderse salvando la distancia de veinte yardas que los separaba. Al parecer, Mustafá les proponía unas condiciones para la rendición pacífica del fuerte. La noticia fue un estímulo considerable para la moral de los caballeros. Broglia, un nudoso piamontés de más de setenta años que lucía con despreocupación varias heridas recientes, esbozó una sonrisa poco amable, con los labios ondulados por los huecos de la dentadura.

–Mustafá está cagado de miedo –dijo–. ¿Qué condiciones ofrece?

–Mustafá jura por su barba –tradujo Tannhäuser–, por las tumbas de sus nobles antepasados y por las barbas del Profeta, alabado sea su nombre, que dejará libre el paso a todos los miembros de la guarnición que quieran abandonar el fuerte esta noche.

Le Mas señaló el nauseabundo pantano de cuerpos en descomposición que prácticamente rodeaba todo el fuerte.

–Dile a Mustafá, por las barbas de sus mujeres, que tenemos tumbas de sobra para él y para toda su descendencia.

–¿Libre el paso adónde? –dijo Broglia.

Tannhäuser se lo preguntó al emisario. Él habría aceptado la oferta sin pensárselo.

–A Mdina –tradujo–. Ningún hombre que se rinda será importunado.

–¿Podemos fiarnos? –preguntó Broglia.

Tannhäuser sintió la esperanza palpitar en su corazón.

–Los juramentos son serios y solemnes, aunque a vos os parezcan ridículos, y han sido pronunciados públicamente. Mustafá no blasfemaría delante de sus tropas y, además, mantuvo su palabra con vosotros en Rodas, ¿no es así?

Broglia, lo mismo que La Valette, pertenecía al selecto grupo de los que habían sobrevivido la legendaria epopeya. Hizo una mueca, como si el recuerdo de aquella rendición aún le supiera amargo en la lengua.

–Dile a Mustafá que hemos resuelto morir donde estamos.

Tannhäuser se giró para transmitir la respuesta que hubiese querido evitar, pero Broglia lo detuvo con la mano.

–Mejor aún, que sea su embajador quien muera donde está. –Señaló el fusil de llave de rueda que Tannhäuser tenía apoyado en el hueco del brazo–. Disparadle.

Tannhäuser parpadeó. No necesitó más tiempo para llegar a la conclusión de que los escrúpulos morales no le valdrían ninguna distinción entre los presentes. Se llevó el fusil al hombro, y el emisario, alerta ante la posibilidad de una perfidia semejante, advirtió el movimiento y se giró para bajar del lugar donde estaba encaramado. Con una llave de chispa, habría conseguido escabullirse, pero la llave de rueda inflamaba la carga en el instante en que el tirador apretaba el gatillo. La bala de plomo alcanzó al desdichado embajador en medio del espinazo y envió su cuerpo quebrado al otro lado del revellín. Le Mas soltó una risita complacida, mientras un furibundo pero inconducente duelo de mosquetes ponía punto final a la conferencia de paz. Tannhäuser, por su parte, se retiró a la puerta fortificada; pero antes de que pudiera despedirse, recoger a Orlandu y ponerse rápidamente en camino al muelle, lo invitaron a asistir a un consejo de guerra en el gran salón del fuerte y sus excusas no fueron aceptadas.

También el gran salón, la mayor de las salas en la torre central de la fortaleza, presentaba signos del ataque. Había grietas en los aristones de la bóveda y un par de vigas se mantenían en su sitio solamente por obra de unos pocos trozos de madera astillados. Por el suelo se amontonaban los trozos de escayola desprendidos y en el aire danzaban las motas de polvo, a la luz de las velas y las lámparas. Pero Stromboli cuidaba a sus superiores y Tannhäuser se encontró saboreando uno de los corderos que habían hecho con él la travesía del Gran Puerto. Cenó en compañía de Broglia, Le Mas, De Medran, Miranda, Aiguabella, Lanfreducci y Juan de Guaras. Comieron y conversaron ante una espléndida mesa de roble, sin desprenderse de sus corazas cubiertas de sangre e inmundicia, por si sonaban las alarmas. El tema de la conversación fue la mejor manera de extender su resistencia, al coste más exorbitante posible para los turcos. Aunque casi todos los comensales se encontraban heridos o debilitados, hablar del combate les tonificaba el espíritu. Su convicción de que la voluntad de Dios coincidía con la suya propia era inquebrantable. Reinaba una singular animación, de la que Tannhäuser se sentía excluido. Estaba sentado a la mesa de unos dementes. En un momento dado, el capitán Miranda, que no era un monje de la Orden sino un aventurero español, le pidió a Tannhäuser su opinión.

–Como reza el proverbio árabe –dijo–, un ejército de corderos dirigido por un león derrotaría a un ejército de leones dirigido por un cordero.

De Guaras casi se levantó de la mesa y Tannhäuser se apresuró a asegurar al feroz castellano que no era él el cordero a quien se refería.

–Si Mustafá tuviera más paciencia y astucia, que son virtudes tan leoninas como el coraje –prosiguió Tannhäuser–, dejaría unas pocas baterías sólidamente defendidas en la colina, además de las que ya están en el cabo del Patíbulo, y enviaría al grueso de su ejército a poner sitio al Borgo. De ese modo, podría hostigar este fuerte a placer desde tres frentes distintos, vosotros ya no recibiríais refuerzos, vuestra moral decaería rápidamente y la manzana caería del árbol. El hecho de que San Telmo sea el trofeo de esta epopeya es lo que mantiene vivo vuestro tesón en la lucha. Si os relegaran a un segundo plano... –añadió, encogiéndose de hombros.

–¿Y bien? –dijo Le Mas–. ¿Tiene ese perro la astucia necesaria?

–No –dijo Tannhäuser–. Los métodos de Mustafá se forjaron en otras guerras, en tiempos ya pasados, y el leopardo no pierde sus manchas. Mustafá sólo obedece a su propia rabia y a la emoción de enviar a los hombres a morir en el combate. Insistirá en su ofensiva hasta el amargo final. Como habéis matado a su embajador, una ofensa difícilmente superable, querrá tomar el fuerte en el próximo intento, que se producirá, según creo, antes de tres días.

En el ambiente se palpaba cierta tristeza y Tannhäuser pensó que había llegado el momento de retirarse. Pero Le Mas le dio un palmotazo en el hombro que casi lo deja boquiabierto de dolor, porque aún estaba cubierto de cardenales.

–A propósito, ¡un disparo admirable! –le dijo el robusto francés–. Lo abatisteis como a una codorniz.

–A esa distancia, le habría dado incluso con esta mesa –respondió Tannhäuser.

Le Mas sonrió.

–No estaba alabando vuestra puntería, sino vuestra resolución.

Se oyó un murmullo de risas y los presentes recuperaron el buen ánimo. Alguien propuso un brindis por la dureza de corazón de Tannhäuser. Todos sus intentos de rehuir la compañía y escabullirse hacia los barcos acabaron en fracaso. Apareció en la mesa un buen aguardiente de Auch y los caballeros convencieron a Tannhäuser para que contara anécdotas de sus lejanas campañas en Nahjiván y en las ciénagas chiíes, para que les describiera el templo de Jerusalén, que ninguno de ellos había visto, y les refiriera la sangrienta carrera de Suleimán Sha. Los prejuicios de los presentes se vieron confirmados cuando oyeron que Suleimán había ordenado el estrangulamiento de sus dos hijos, y también de los hijos de sus hijos, a los famosos eunucos mudos del serrallo. En cambio, les sorprendió descubrir cuánto se parecían a las suyas las sagradas reglas y costumbres que regían la vida de los jenízaros y se conmovieron al saber que Tannhäuser había lucido sus colores en el pasado. A partir de ese momento, los nobles comenzaron a mirarlo con otros ojos y Tannhäuser ya no se sintió tan ajeno a ellos. De Guaras le preguntó por qué había abandonado a los jenízaros, a lo que Tannhäuser dio una respuesta falsa. Le dijo que había redescubierto a Jesucristo y eso los complació a todos. Pero ni siquiera Bors conocía la verdadera razón, porque de los muchos actos oscuros que habrían podido avergonzarlo, el que había motivado su deslealtad era el más despreciable de todos.

Cuando finalmente se marchó, con paso ligeramente inestable, hacía mucho que los barcos habían desaparecido en la oscuridad de la noche. Mientras se metía en la cama en el refugio de la capilla, con Orlandu hecho un ovillo a sus pies como un perro guardián, Tannhäuser sintió tristeza por los caballeros de la Religión, porque todos ellos eran espiritualmente viejos y estaban encadenados a un mundo y un sueño que habían muerto mucho tiempo atrás. Pensó en Amparo y su corazón conoció un dolor diferente, y pensó después en Carla, en sus ojos verdes orlados de negro, en su vestido rojo y su corazón de mártir. Y en Sábato Svi en Venecia y en el dinero que ganarían. Y al final se dijo a sí mismo, poco antes de quedarse dormido, que no debía dejarse seducir por la rara y noble hermandad de los caballeros, porque en definitiva el suyo no era más que un culto a la muerte y él ya había tenido más que suficiente de ese tipo de cosas.

Al día siguiente, viernes 15, los turcos reanudaron los bombardeos. La panadería quedó destruida. Balas de cañón de sesenta y ochenta libras botaban por el suelo del patio de armas, desmembrando a cuantos encontraban en su camino. Protegidos tras los parapetos y los desmoronados lienzos de las murallas, los defensores cubiertos de polvo se escabullían como hormigas que huyeran del violento ataque de unos niños. El fin estaba cerca y nadie lo dudaba. Tannhäuser decidió marcharse esa misma noche, costara lo que costase.

Cuando se puso el sol, Tannhäuser cerró la negociación con el sargento que organizaba las salidas del muelle, y dos evacuados cualesquiera fueron abandonados en sus esteras junto a la poterna. Orlandu bajaba resueltamente los peldaños, tambaleándose bajo el peso brutal del morral y los aparejos de Tannhäuser. Los dos se abrieron paso a codazos hasta el borde del muelle a través de una multitud de esclavos camilleros y fugitivos tullidos, despejaron un trozo de suelo para apoyar sus cosas y se dispusieron a esperar a los barcos.

–¿Por qué nos retiramos? –preguntó Orlandu.

–¿Retirarnos? –repitió Tannhäuser en tono burlón–. Empiezas a hablar como Bors. Si nos quedamos, moriremos, y aunque la muerte es una ambición muy popular en estos parajes, no forma parte de nuestro plan.

–¿Morirán todos los que están aquí? ¿De Guaras? ¿Miranda? ¿De Medran? –Hizo una pausa, como desconcertado por su propia imaginación–. ¿El coronel Le Mas?

Quizá la batalla había nublado hasta tal punto su ingenio que creía que sus héroes eran inmortales.

–Todos ellos –replicó Tannhäuser–. Es su decisión y su vocación, pero no las mías. Ni deberían ser las tuyas. –Señaló con la barba el otro lado del mar–. En algún lugar, fuera de esta locura, hay un mundo más ancho esperando, donde hombres como nosotros podremos prosperar y dejar mejor huella que una florida inscripción en una tumba. De hecho, ni siquiera eso dejarán los de San Telmo.

–Dejarán su fama.

–Los pocos que así lo deseen pueden hacerlo con mi bendición. Yo ya he sobrevivido a Alejandro y eso para mí es mayor consuelo de lo que pueda ser para él su fama. Guiándose únicamente por su fama, el poeta Dante lo colocó en las entrañas del infierno.

–¿Alejandro? –preguntó Orlandu.

–¿Lo ves? Tu ignorancia te avergüenza. Sólo vales para arrastrar una tina llena de bazofia por un barrizal. ¿Es ésa una hazaña como para sentirse orgulloso?

La mirada de Orlandu perdió brillo y el chico bajó la cara para ocultar el dolor de saberse tan poco valorado por su héroe. Tannhäuser reprimió una punzada de remordimiento. Le haría bien al muchacho. Para apuntar alto, era preciso saber dónde se tenían los pies.

–Une tu vitalidad a mis consejos –le dijo– y descubrirás que hay dichas muy superiores a la adoración de los mártires.

Orlandu pareció recuperarse.

–¿Cuál es tu plan?

–Nuestro plan, muchacho.

La expresión de Orlandu se iluminó. Entonces no era enfado. Bien.

–Así es –repitió Tannhäuser–. Nuestro plan. Pero si no conseguimos salir de este muelle, caeremos al primer embate, de modo que ya hablaremos del plan más tarde, porque aquí llegan nuestros barcos.

La primera de las tres embarcaciones había aparecido por el sureste, con los remos levantando destellos de plata en su rítmico movimiento. La Vía Láctea titilaba sobre el Arquero, y la luna, que sólo llevaba dos días menguando, había asomado una hora antes sobre el horizonte. La bahía no podía estar más iluminada. El barco venía cargado de hombres y provisiones, y además, como resultó lamentablemente evidente a treinta yardas de distancia, transportaba un tonel de fuego griego alto como el pecho de un hombre, amarrado en su sitio en medio de la embarcación. A esa distancia, los cañones turcos abrieron fuego.

Tannhäuser comprendió entonces que ése era el propósito de la nueva empalizada turca que había desconcertado a quienes la observaban desde el fuerte. Era una pantalla de estacas, tierra y gaviones, que bajaba por la ladera del monte Sciberras hasta la orilla del mar, y ahora quedaba claro que los turcos habían instalado allí una batería de cañones ligeros y una unidad de fusileros, ingeniosamente protegidos de la artillería de San Telmo y de los cañones de Sant'Angelo. Lo único visible eran los chispazos de sus mosquetes reflejados en la superficie del agua del Gran Puerto y los penachos de humo de sus cañones. Eso y los catastróficos efectos de sus disparos.

Una fuente de agua, maderos astillados y fragmentos de cuerpos destrozados estalló en la primera de las embarcaciones, que comenzó a irse a pique con los remos girando en el aire, mientras Tannhäuser sentía que también sus entrañas zozobraban. Un instante después, el tonel de fuego griego, abierto por una bala y encendido por la mecha de uno de los arcabuceros que viajaban en el barco, entró en erupción como un volcán amarillo que iluminó la bahía a una milla a la redonda y arrojó bolas inflamadas del viscoso líquido incendiario en todas direcciones.

Muchos de los proyectiles inflamados trazaron sus arcos hacia la multitud de heridos y mutilados que aguardaban en el muelle, y el pánico se apoderó del gentío, provocando un frenético movimiento de huida. Gritos agónicos se mezclaron con aullidos de desesperación cuando varias camillas se volcaron en el tumulto. Al ver que su lugar privilegiado al borde del muelle se había vuelto precario, Tannhäuser empezó a alejarse trabajosamente de la orilla. En ese momento, un par de bolas de fuego grandes como puños cayeron de lleno sobre la muchedumbre y la masa compacta se apartó a la vez de los puntos de impacto, formando dos círculos separados en expansión. Los dos círculos chocaron y el caos se multiplicó cuando los que habían sido alcanzados por el fuego empezaron a moverse hacia el borde del muelle para encontrar alivio en el agua. La presión del gentío era irresistible. Pese a toda su fuerza, Tannhäuser no pudo evitar que lo empujaran. Vio sobre su cabeza el brillo de la Vía Láctea, su espalda chocó con el agua y de pronto sus oídos dejaron de percibir el estruendo del muelle.

Por un instante, la frescura del agua fue una delicia, pero entonces comprendió que se estaba hundiendo, con un frenético lastre humano agitándose sobre su pecho. Dio un empujón, recibió una patada en el vientre y se hundió aún más. La frescura le llegó a los pies cuando sus botas altas se llenaron hasta arriba de agua. Pataleó, con el mismo resultado que si lo hubiesen sepultado vivo en arena. Se arrancó el morrión y agitó los brazos, pero ya había perdido la orientación. Debajo de él se abría la nada. Sus pulmones se negaron a obedecer la orden de no estallar y empezaron a convulsionarse por voluntad propia. Una oleada de pánico le recorrió el cuerpo, breve y ligera como el rayo. Cuando el agua le inundó la nariz y la garganta, la sensación fue de notable mejora. La negrura donde estaba sumido se difundió como el calor por su mente y con ella llegó un alivio que no hubiese creído posible. Una imagen de Amparo vino y se fue, y después oyó con la claridad de una campana la voz de su madre llamándolo por su nombre: Mattie.

«Eso es todo –pensó–. Hasta aquí ha llegado mi vida. ¿Lo he hecho muy mal?»

Pensó que podía haberlo hecho peor, pero para eso habría tenido que hacer un esfuerzo colosal.

Volvió en sí con la cara apoyada contra uno de los bloques húmedos que remataban el muelle. Estaba oscuro y tenía la sensación de que alguien le estaba saltando sobre la espalda. Agua salada le manaba por la boca y le escocía en la nariz. No podía moverse y el aporreamiento no cesaba. Se dio cuenta de que estaba vivo y comprendió que el lugar del que estaba regresando era un sitio de paz profunda que sólo podía ser su propia muerte. Los golpes en los omóplatos eran más de lo que podía soportar y reunió todas sus fuerzas para echar hacia atrás un codo. Topó con algo sólido y el ataque se detuvo. Unas manos lo hicieron girar para ponerlo de espaldas y él se dio la vuelta, jadeando. Orlandu, con el pelo chorreando agua, lo miró desde arriba y sonrió.

–¿De modo que sólo valgo para arrastrar una tina llena de bazofia por un barrizal? –preguntó con retintín–. ¿Y qué me dices de arrastrar un fardo de grasa fuera del agua?

Viernes 15 de junio de 1565

La roca de Amparo

Sentada en un escarpado promontorio rocoso de la isla de Sant'Angelo, Amparo contemplaba el regreso de dos embarcaciones destrozadas por el fuego enemigo a través de la bahía negra y plata. Se estremecía en el frío de la noche, le dolía el corazón en el pecho y se sentía inconsolablemente sola, una sensación que le resultaba extraña, porque la soledad era su estado más familiar.

Sabía que Tannhäuser no venía en los barcos, como tampoco había venido en los fletes de las noches anteriores. Había sido testigo de todas las llegadas de barcos desde el regreso de Bors. Había observado cada golpe de remo y cada ondulación producida en el agua. ¿Por qué Bors y no Tannhäuser? A juzgar por la sangrienta carga de los barcos que pasaban delante de ella y por la explosión que había iluminado el puerto ante sus ojos, sabía que el fuerte ya no podría recibir más ayuda ni refuerzos. Pero también sabía que Tannhäuser estaba vivo. Había visto su rostro sólo unos momentos antes. Tannhäuser había encontrado una paz inmensa y quería que ella lo supiera. Después desapareció y ella tuvo miedo, porque ya no podía encontrarlo en su corazón y pensó que había muerto. Pero entonces volvió a sentirlo. Ya no estaba en paz, era cierto, pero estaba vivo. En ese momento, ella concibió la idea de que mientras él supiera que ella lo amaba, no moriría. Pero Amparo nunca le había hablado de su amor. ¿Cómo hubiese podido? No había palabras suficientes para expresarlo. Entonces ¿cómo iba a saberlo él? ¿Y cómo iba a transmitírselo ella?

Del cilindro de cuero que le colgaba del cuello, sacó el cristal de las visiones, puso un ojo en el orificio y apuntó el tubo de bronce hacia la luna. Hizo girar las ruedecitas de vidrio policromado y no vio más que un torbellino de colores. Desde que llegara a la isla, había perdido su capacidad para ver. Quizá la causa de la pérdida fuera el aura maligna de la guerra, o tal vez el hecho de estar tan profundamente enamorada.

Permaneció sentada en la roca hasta que la luna completó su viaje a través de la noche y fue a colgar su rostro triste y atormentado sobre el extremo occidental de la Creación. El horizonte de levante cobró tonos violáceos a sus espaldas y, a la pálida luz morada, Amparo vio que una cuarentena de naves de guerra turcas habían penetrado en la bahía y formaban una cadena ininterrumpida, popa contra proa, que se curvaba hasta perderse de vista más allá del cabo donde Tannhäuser estaba atrapado. En el extremo marítimo de la península florecían las llamas, formando un collar ardiente en torno al cuello de San Telmo. El fuego de la artillería trazó un vasto arco luminoso a través de las laderas de la montaña, cuando cuatro mil mosqueteros turcos, en una fila única, dispararon al unísono sus armas. Las galeras se balanceaban en sus fondeaderos, mientras atronaban los cañones en sus andanas. La cara del monte Sciberras parecía estar vomitando su contenido de magma, bajo el rugido diabólico de un centenar de cañones de asedio. En algún lugar en el centro de ese infierno se encontraba su amor.

Una mancha ardiente se derramó por la falda de la montaña y ella la contempló sin parpadear, sintiendo que se le encogía el corazón y se le helaba la sangre, mientras diez mil voces movidas por el odio le violaban el alma. En las fracturadas almenas del fuerte, una débil descarga crepitó como respuesta y un andrajoso estandarte ondeó en el cielo sobre el final de la noche.

Amparo se dio cuenta de que todo eso lo había visto, después de todo, en su cristal de las visiones. Un caos sin límites. El imperio del desorden. El abismo en que toda armonía y estructura se habían sumido para siempre. Levantó una vez más el cristal y lo dirigió hacia el sol que aún no había asomado. Hizo girar las ruedas. Los colores giraron, ralentizaron su marcha y de pronto el rojo la invadió e inundó su mente, y ella pensó que era sangre; pero después, por un instante, un instante terrible, infinito y cierto, el rojo se convirtió en vestido, y el vestido lo llevaba una mujer, y la mujer colgaba de una cuerda que tenía atada al cuello.

El cristal cayó de sus manos a su regazo. Por un momento fue sorda al rugido de los cañones y ciega a su fuego, fue insensible al nacimiento del día y al olor del mar, y su piel encallecida no sintió la frescura de la brisa matinal. En la lengua tenía un sabor tan insípido y sin vida, tan amargo y frío como el del latón. Guardó el cristal de las visiones en el estuche de cuero. Se puso de pie en la roca. Y arrojó el cristal al mar.

El cristal de las visiones se hundió sin salpicar. Y si bien con su desaparición murió algo valioso en su interior, también nació algo nuevo.

A partir de ese momento, se enfrentaría al futuro sin augurios y miraría el presente como nunca hasta entonces se había atrevido a mirarlo: con esperanza. Los ángeles la habían abandonado y no sabía cómo suplicarle nada a Dios, porque nunca antes había pensado en recurrir a Él. Volvió la espalda al caos de los mortales, cerró los ojos y entrelazó las manos.

–Por favor, Señor –dijo–. Protege a mi amor de todo mal.

Abrió los ojos. Por detrás de la curvatura más distante del mundo, un sol bermellón ascendía en un cielo de nubes amoratadas. Y en respuesta a su plegaria, no oyó más que la cólera de los cañones musulmanes.

Sábado 16 de junio de 1565

San Telmo. Las murallas. La forja

El descubrimiento más sorprendente que hizo Orlandu acerca de la batalla fue que era un trabajo. El miedo, la pestilencia, el espanto, la rabia, los repentinos accesos de pánico o euforia, el odio, la lealtad y el valor habían formado parte de su fantasía, erigida sobre las historias que había oído toda su vida. Como las historias eran breves, las batallas de su imaginación abarcaban unos pocos y conmovedores momentos de crisis y profundo dramatismo. Pero las seis, ocho o diez horas de combate continuado se componían principalmente de un tedio abrumador y extenuante, como picar piedras en medio de un calor abrasador mientras alguien intentaba apuñalarte por la espalda. Era el trabajo más arduo y agotador jamás inventado, aun cuando Orlandu había pasado jornadas enteras carenando galeras y sabía lo que era trabajar. Había ocasiones en que un par de guerreros exhaustos de ambos bandos se paraban en medio de un duelo, de mutuo acuerdo, y se apoyaban en las picas, como si se hubieran apoyado en unas palas, para recuperar el aliento. Después, hacían un gesto y empezaban de nuevo, y seguían peleando hasta que uno de los dos caía.

Los primeros en lanzar el asalto ese día habían sido unos trastornados: demonios vestidos con pieles de leopardo, lobo o perro salvaje, con el sol centelleando en los cascos dorados y sin la menor consideración por sus propias vidas. Tannhäuser los había llamado *iayalars* y había dicho que masticaban hachís y fumaban cáñamo y que pasaban la noche cantando para azuzar su frenesí. Algunos se lanzaron a la carga completamente desnudos, con sus partes colgando entre las piernas. Vadearon descalzos el mar de excrementos y gusanos, pisotearon los cadáveres ennegrecidos y a punto de reventar que rodeaban las murallas y se abrieron paso entre los aleteos y chillidos de unos buitres demasiado ahítos para volar. Llegaron a las murallas con ganchos y escalas, y allí fueron abatidos por los arcabuceros o por los cañones que tiraban de enfilada desde los saledizos, como si su único propósito fuera llenar con su carne las zanjas rugientes.

Mientras los supervivientes subían la cuesta arrastrándose, una hueste de derviches bajó aullando en dirección a su paraíso. Después vino la infantería azebí y, bajo el brillo deslumbrante del sol del mediodía, al son metálico de sus bandas y el retumbar de sus tambores, los jenízaros se unieron a la lucha. Ola tras ola de jenízaros bajaron por la pendiente y subieron las pestilentes contraescarpas dispuestas a escalar los muros, sólo para caer al foso como sangrienta espuma.

Era absurdo.

Tannhäuser había escogido evitar los rigores de la línea de combate, aprovechando su destreza con las armas de fuego. Además de su fusil de llave de rueda, se había hecho con un mosquete turco de siete palmos que había hallado en la pila de armas capturadas, y haciéndose acompañar de Orlandu para que cargara el mosquete, se desplazaba por las fortificaciones detrás de los piqueros, disparando desde las aspilleras y haciendo estragos entre los oficiales de Mustafá Pachá. Media docena de veces tuvo en el punto de mira al mismísimo pachá, que desde el revellín dirigía todo el teatro demencial, con Turgut Reis a su lado. Pero Alá debía de proteger al marchito comandante, porque si bien Tannhäuser abatió a tres hombres de su guardia a los propios pies de Mustafá, no consiguió hacer esa diana, ni lo consiguió nadie más.

Para Orlandu, cargar con doce libras de mosquete, diez libras de balas y una pesada petaca de pólvora era casi tan agotador como arrastrar la tina de pan y vino, pero mucho más aterrador. Se necesitaban veintidós movimientos para cargar y disparar un mosquete y, de ellos, veintiuno le correspondían a él. Bajo el fuego enemigo, el juego se convertía en pesadilla. Los disparos fallidos lo avergonzaban. Cada sobrecarga y cada carga doble, que con el retroceso del arma casi derribaba del adarve a su héroe, le ganaba una maldición y un guantazo. Las astas de las picas y los talones de las botas eran tan inclementes como antes. El cañón recalentado del arma le quemaba en las manos. Las chispas se le metían en cascada por el cuello del peto de cuero, que ya de por sí era un horno. La pólvora le escocía en los ojos y el humo le rascaba la garganta. A veces se sorprendía llorando y la petaca de pólvora se le caía de las manos. Tannhäuser no le permitía disparar, porque habría sido desperdiciar munición valiosa. Pero a pesar de sus accesos de ira, lo sabía llevar. Con una palabra elogiosa o un consejo, con una palmadita en la espalda o una sonrisa en la cara tiznada. Con una broma y unas carcajadas, o con francas miradas de afecto como Orlandu no había visto nunca en toda su vida.

La vorágine enemiga no dejó de abatirse sobre los muros tambaleantes desde el principio hasta el final del día. Cuando el círculo ensangrentado del sol volvió por fin a ponerse detrás de otra pestilente cosecha de cadáveres en descomposición, los musulmanes se plegaron a la voluntad de Alá y se retiraron, mientras los defensores se arrodillaban junto a sus armas y elevaban sus plegarias a Cristo. A Orlandu no le quedaba aliento para su Salvador. Apoyó la espalda contra un merlón, con el mosquete sobre las rodillas, y no tardó en quedarse dormido. Pero antes de que pudiera soñar, una mano lo levantó hasta ponerlo en pie y lo sostuvo con firmeza mientras volvía en sí. Tannhäuser tenía los dos fusiles apoyados en el brazo. Sus ojos eran huecos sombríos en el cráneo.

–Ven, muchacho –dijo–. Hazme compañía mientras ceno.

Esa noche, Tannhäuser se sumió en la melancolía y habló poco. En cuanto hubo terminado de cenar, Orlandu se quedó dormido en el suelo, en el mismo lugar donde estaba sentado. Se despertó por instinto, en el silencio de la madrugada, y vio la silueta alargada de Tannhäuser atravesando el patio de armas iluminado por la luna. El sueño le suplicaba que regresara y su cuerpo dolorido le rogaba que así lo hiciera, pero algo más poderoso lo empujó a levantarse y él obedeció, abriéndose paso entre las balas de cañón que sembraban el camino.

Alcanzó a Tannhäuser en la puerta del taller del armero. Llevaba en la mano un morrión y una lámpara, y pareció alegrarse de verlo. Ninguno de los dos habló mientras entraban y, una vez dentro, Tannhäuser hizo una pausa para inhalar los olores, a tela de arpillera, grasa de armas, ascuas y carbón, sumamente agradables después de los miasmas pestilentes que reinaban en el exterior. Orlandu vio cómo se acercaba a la fragua, dejaba la lámpara y el morrión, y rastrillaba las cenizas para arrancarles un residuo de ascuas de un rosa coralino. De las ascuas salieron llamas y llamó a Orlandu para que accionara el fuelle (lentamente primero), mientras le enseñaba a alimentar el fuego con carbón y a preparar el lecho de brasas. Una vez más, el chico quedó admirado por sus conocimientos y experiencia, y se sintió avergonzado de saber tan poco. Tannhäuser le quitó al morrión el relleno acolchado, lo puso sobre las ascuas y los dos vieron cómo el acero adquiría color.

–Cuando yo tenía tu edad –dijo Tannhäuser–, éste era el oficio que me estaba destinado. No soñaba más que con ser herrero y para mí no había otro oficio mejor en el mundo. –Se encogió de hombros–. Estaba en lo cierto. Pero no pudo ser. He perdido la poca habilidad que llegué a tener, pero me gusta herrar un caballo de vez en cuando, o trabajar un trozo de metal al fuego.

Orlandu estaba a punto de preguntarle por qué no había podido ser, pero Tannhäuser dijo:

–Mira cómo cambia de color. –Señaló hacia un lado–. Tráeme ese martillo de bola.

Tannhäuser agarró el morrión con las pinzas, apoyó la parte caliente sobre el cuerno del yunque y empezó a trabajarlo a cuatro pulgadas de la coronilla.

–Desde que perdí el mío en el puerto, anoche, no he podido encontrar un morrión que me quede bien. –Levantó la mirada del yunque–. Nadas muy bien, y además eres fuerte y resistente.

Orlandu resplandeció de orgullo.

–Podría enseñarte a nadar –dijo.

Tannhäuser sonrió, sin dejar de martillar.

–No lo dudo, pero no en el poco tiempo que nos queda. ¿Podrías atravesar a nado la bahía hasta Sant'Angelo, como hacen los mensajeros?

–Claro que sí, fácilmente.

Que podía hacerlo fácilmente era un alarde, pero era cierto que podía.

Tannhäuser volvió a poner el morrión sobre las ascuas y accionó el fuelle.

–Entonces debes hacerlo. Esta noche.

Orlandu lo miró fijamente. Sus fieros ojos azules le dijeron que hablaba en serio. El chico se sintió enfermo sin saber por qué. Sacudió la cabeza.

–Es una orden –dijo Tannhäuser.

Orlandu sentía una presión irresistible en el pecho.

–No –contestó.

–¿No estás cansado de la batalla? ¿Del agotamiento, de la porquería?

–Estoy a tu servicio –dijo Orlandu y retrocedió un paso.

–Muy bien. La primera regla del servicio es obedecer.

–No soy ningún cobarde.

Con el extraño pánico que le llenaba las entrañas y el calor que sentía en la cabeza, la frase sonó a falsa en sus labios. Tenía mucho miedo.

–Nada podría ser más evidente. Aun así, debes irte.

–Aun así, no me iré.

–Tienes todo lo necesario para ser un pésimo soldado.

Las palabras parecían un insulto, pero Tannhäuser las dijo en tono aprobador. Trasladó el acero candente al yunque y durante un tiempo guardó silencio, absorto en su arte, mientras extendía el bulto recién formado a toda la circunferencia del morrión y estiraba hacia los bordes el acero ablandado por el calor. Orlandu rezaba por haber ganado la discusión y porque no fuera cierto que Tannhäuser lo apartaba de su lado. La perspectiva de un exilio semejante lo llenaba de un horror tan intenso que hubiese querido vomitar. Nada de lo que había sentido mientras se arrastraba por aquella zanja podía compararse con el terror que ahora lo inundaba. Se quedó mirando las manos de Tannhäuser, atraído por el hipnótico ritmo del martillo y la paulatina sumisión del metal, que no estaba hecho para ceder.

–Se necesitan tierra, agua, fuego y viento para fabricar acero –dijo Tannhäuser–. Ahí reside su fuerza. Mi padre me dijo que Dios forjó al hombre con los mismos materiales, pero en diferentes proporciones. Precisamente la proporción asignada a cada material es lo que determina la calidad de una pieza de acero. Este morrión debe ser duro pero no flexible; por eso le aplicamos poco calor y no le daremos más que un baño. Pero una espada tiene que doblarse sin quebrarse ni perder su forma y el cañón de un fusil debe contener las explosiones desencadenadas en su interior, de modo que esos aceros requieren técnicas y proporciones diferentes, adecuadas a su propósito. Lo mismo pasa con todo. ¿Lo entiendes?

Tannhäuser lo miró y Orlandu asintió con la cabeza, lamentando una vez más su ignorancia, pero entusiasmado ante la idea de tales misterios. Su terror se estaba disipando.

Tannhäuser prosiguió.

–La solución de esos dilemas, la localización de la proporción más apta para un fin determinado entre las infinitas combinaciones posibles, ha sido el trabajo de miles de años, transmitido de padres a hijos y de maestros a discípulos, cada uno de los cuales ha ido aprendiendo, con suerte, un poco más que la generación anterior. Y así debería ser también con la combinación de elementos que forman el temperamento de un hombre. El conocimiento esta ahí y sólo tendríamos que prestar oídos. Pero en la forja de su propio temple, los hombres son presuntuosos y empecinados, y dan más crédito a la voz de sus propias inclinaciones que a los consejos de los sabios.

Tannhäuser le sonrió, pero con una sonrisa inquietante.

–Sin embargo, por muy tercos y obstinados que sean los hombres, y aunque cueste creerlo, los niños lo son aún más.

Orlandu cambió de posición y volvió a sentir que el pánico lo inundaba, al comprender que la discusión estaba lejos de haberse acabado. Intentó cambiar de tema.

–¿Dónde está tu padre? –preguntó, con exagerada curiosidad.

Tannhäuser rió entre dientes, ante la crudeza de la estratagema. Devolvió a las brasas el morrión ennegrecido por el fuego y cambió el martillo por otro más ligero.

–Mi padre está muy lejos de aquí y rezo para que mi recuerdo perturbe lo menos posible su paz. Pero no voy a dejar que rehúyas el tema. Me he metido en esta cloaca por una sola razón y no ha sido precisamente para morir por Jesucristo, el Bautista, la Religión o cualquier otra causa. He venido para llevarte de vuelta al Borgo.

–¿Has venido por mí? –preguntó Orlandu.

Tannhäuser asintió.

–¿Por qué?

–Me he hecho esa pregunta muchas veces y he encontrado muchas respuestas diferentes, ninguna de ellas satisfactoria. A partir de cierto punto, los porqués dejan de ser importantes. Hoy murieron De Medran y también Pepe de Ruvo. Miranda tiene una bala en el pecho. Le Mas tiene el cuerpo quemado por el fuego griego. También para ellos hay muchos porqués y en este momento no importa ninguno. Volverás nadando al Borgo, y si no lo haces porque te lo ordeno, lo harás porque te lo pido. Ve al albergue de Inglaterra. Podrás servir a Bors y a doña Carla hasta mi regreso.

–Pero ¿cómo regresarás? Esta noche han vuelto a destrozar los barcos a cañonazos y además, siento decirlo, pero tú no sabes nadar.

Tannhäuser sacó el morrión del fuego y, frunciendo el entrecejo, lo enterró en las cenizas para que se enfriara.

–Tengo mi manera de salir de aquí, pero no es para ti. Ahora haz lo que te digo. Vete.

Orlandu sintió que los ojos se le llenaban de lágrimas y que una tristeza le apretaba la garganta con un dolor más intenso que cualquier otro que pudiera recordar. Sentía dolor y un miedo que volvía a rayar en terror ciego. Iba a perder a Tannhäuser para siempre. Nunca hasta entonces había tenido nada que perder. ¿Qué le quedaría sin Tannhäuser? Esos días en su compañía, pese al agotamiento y la locura, habían sido los más maravillosos de su vida. Los más plenos. Los más preciados. Antes de Tannhäuser, no había nada. Lo único que conseguía recordar era el vacío. La expulsión, el regreso a ese vacío le parecía peor que la muerte. Tannhäuser lo agarró por los hombros y se agachó para que las caras de ambos quedaran al mismo nivel. Los ojos que lo habían mirado, que le habían sonreído con tanta camaradería, lo estudiaban ahora desde las sombras, fríos como un par de piedras azules.

–Te necesito en el Borgo. Aquí no hay lugar para ti. No quiero verte más en el fuerte.

Tannhäuser lo apartó de sí, se giró y volvió a la fragua.

–Ahora vete.

Orlandu sofocó las lágrimas y se sintió invadir por una rabia violenta. Las palabras y los pensamientos se perdían en una maraña de emociones que le impedía respirar. Dio media vuelta y salió corriendo de la armería al patio del fuerte. Siguió corriendo, mientras le estallaban sollozos en la garganta. Corrió a través del patio, franqueó la poterna y bajó corriendo las escaleras de piedra del muelle. Un par de guardias que dormitaban en los peldaños lo miraron con la absoluta falta de curiosidad propia de la completa extenuación. Mientras recuperaba el aliento, Orlandu se quedó mirando el agua que se extendía a sus pies.

Una única idea surgió de su torbellino interior. Se arrancó las botas, los pantalones y la camisa, y se zambulló en aguas del puerto. Conocía el lugar. Durante el cuarto descenso hasta el fondo marino, a doce pies de profundidad, rozó con los dedos lo que buscaba, ya casi sin aliento, y tuvo que subir a respirar con las manos vacías. A la siguiente inmersión lo encontró a la primera, se impulsó con los pies hasta la superficie y se encaramó en el muelle con el morrión de Tannhäuser en la mano.

Se sentó con el casco en las rodillas y usó la camisa para limpiarlo de fango y de algas. Si tenía que marcharse, al menos podía hacer algo para que Tannhäuser sonriera, para que se sintiera orgulloso de él. Algo para borrar el recuerdo de aquellos ojos fríos como piedras y de las lágrimas de niño que habían brotado de los suyos. Mientras lustraba el acero para hacerlo resplandecer a la luz de la luna, se detuvo bruscamente, porque de pronto lo había entendido todo y sentía que se le encogía el estómago.

Él, Orlandu, era el chico que buscaba la condesa.

Y Tannhäuser trabajaba para ella. No le importaban nada la Religión, ni Jesucristo, ni tampoco él. Orlandu no era más que una mercancía, algo que vender y entregar, siempre a la merced de la voluntad ajena, como había estado hasta entonces, como había estado desde el día de su nacimiento. En sí mismo, no era nadie. La rabia en su interior volvió a arreciar y lo consumió.

Se puso los pantalones y las botas, que le iban grandes. Cuando el ruido del martillo resonó en sus oídos, comprendió que había regresado a la armería, aunque no tenía memoria de lo sucedido en el ínterin. Casi no podía respirar, pero no por la fatiga de la carrera, sino por la cadena de rabia y dolor que le constreñía el pecho. Tannhäuser levantó la vista del yunque, vio la cara de Orlandu y parpadeó.

El chico arrojó al suelo el morrión, que fue rodando con gran estrépito hasta los pies de Tannhäuser.

Reprimiendo las ganas de llorar, le dijo:

–Ya no estoy a tu servicio. Y me quedo aquí, porque soy libre, y moriré como un hombre, por la Religión.

No esperó respuesta. La rabia ya se estaba disipando y empezaba a ocupar su lugar un tremendo anhelo de que Tannhäuser lo estrechara entre sus brazos. Corrió para huir de la confusión que le hacía estallar el cráneo. Fuera, se sentó contra el muro, se abrazó a sus propias rodillas e intentó regresar al estado en que había existido antes de que sucediera todo. Antes de que Tannhäuser lo llamara a través del campo de la muerte. Antes de conocer el flagelo del amor. ¿Sería su madre doña Carla? No lo creía. Su madre era una puta, como le había dicho mil veces Boccanera cada vez que le daba una patada. Del otro lado del patio de armas, los caballeros se dirigían a la capilla bajo las primeras luces del alba. Orlandu oyó el martillo de Tannhäuser que volvía a golpear y se sintió abandonado.

Agoustin Vigneron se detuvo cuando pasó a su lado y bajó la vista para mirarlo.

–Ven a la capilla, muchacho, y alivia tu pesar –le dijo–. Hoy es la fiesta de la Santísima Trinidad.

Jueves 21 de junio de 1565. Corpus Christi

El Borgo. San Telmo

La oscuridad anterior al alba parecía más impenetrable ese día, más densa su tristeza, rota su promesa resonante, y el sol, cuando salió, pareció pálido, triste y enfermizo. «O quizá –pensó Carla– era sólo un hechizo lanzado por miles de corazones sombríos que intentaban levantar el ánimo para una fiesta nublada por la fatalidad.» Despertó a Amparo con dificultad y la vistió como si fuera una niña, porque la joven había caído en una negra melancolía y casi nunca se levantaba de la cama. Tampoco le fue fácil despertar a Bors del estupor de opio y alcohol en que solía sumirse, más para apaciguar la angustia que para aliviar el dolor de sus heridas en proceso de curación. La propia angustia de Carla, su sentimiento de culpa por el desastre al que ella misma había arrastrado a Tannhäuser, ya era suficientemente intensa. Pero alguien tenía que anunciar el amor de Cristo y le parecía una bendición que ese honor le correspondiera a ella. Le arrancó a Bors la promesa de procurar que Amparo asistiera a la procesión, porque podía inspirarla, y después se marchó para ocupar su lugar, velada y vestida de negro.

El padre Lázaro la había invitado a participar en la procesión con los hermanos del hospital y los heridos capaces de andar. Sin proponérselo, Carla había llegado a ser una figura reverenciada en la enfermería. Los heridos y mutilados ansiaban sus plegarias y su compañía. Su nombre resonaba en las horas más oscuras de la noche. Si alguien vivía pese a los pronósticos en contra, lo atribuían a su presencia. Si alguien moría dándole la mano, nadie dudaba de que el difunto franquearía directamente las puertas del paraíso. Ella no aceptaba ninguno de esos méritos. Sabía que no era más que un cauce para el amor de Dios, pero en el hecho de serlo encontraba una especie de éxtasis.

La sensación general de tristeza que impregnaba la ciudad estaba inducida por la dura prueba del valeroso San Telmo, cuya larga supervivencia se consideraba un milagro y cuya caída se esperaba en cualquier momento. Los refuerzos que García de Toledo, el virrey de Sicilia, había prometido para el día 20, no habían llegado y ya nadie los esperaba. Todas las oraciones se elevaban por las almas de los caídos en San Telmo y por los que pronto se reunirían con ellos. Con el corazón destrozado, Carla rezó por Mattias y su salvación, y por Orlandu, su hijo, que había conocido tan brevemente y no había sabido conservar, pero que no por ello amaba menos tiernamente.

La procesión del Corpus fue tan grandiosa como la hostigada gente del pueblo se lo pudo permitir. Excepto los soldados de guardia, participaron en ella todos los cristianos capaces de andar o de dejarse cargar por alguien. Las calles se abarrotaron de pared a pared a medida que la procesión avanzaba hacia San Lorenzo. El gran maestre encabezaba a sus caballeros, escoltando al Santísimo Sacramento, el cuerpo de Cristo, en un magnífico ostensorio de oro adornado con una guirnalda de lirios. Algunos de los presentes lloraron al ver que aún existían esas flores en el páramo en que se había convertido su mundo. Los caballeros llevaban en alto el icono de la Virgen de Filermo, adornado con perlas y brocado rojo, y la imagen de Nuestra Señora de Damasco. Hombres disfrazados de demonios interpretaban el horror de los personajes infernales ante la Presencia Divina, y a la cabeza de la procesión, delante de la Sagrada Eucaristía, marchaban niños vestidos de ángeles, cantando el *Panis angelicum*, en una alegoría de los nueve coros celestiales.

En algunos puntos, la procesión se detenía para hacer aspersiones de agua bendita y distribuir bendiciones, y la multitud entonaba el *Tantum ergo Sacramentum* de santo Tomás de Aquino. Ardían los cirios, humeaba el incienso y un niño conducía a un cordero por una cinta roja de raso. Ondeaban los estandartes de santa Catalina, santa Juliana, san Juan Bautista y la Virgen de los Dolores, y los hermanos de la Sagrada Enfermería portaban el valioso estandarte de Rodas, con la imagen de la Virgen y el Niño y la inscripción *Afflictis Tu Spes Unica Rebus*, «tú eres la única esperanza en la aflicción».

Sonaron las bandas de música y repicaron las campanas, mientras los cañones de asedio turcos atronaban del otro lado de la bahía. Cuando la procesión llegó a la plaza de San Lorenzo, el poder de Dios inundó a los fieles como un río sagrado y, pese a todo lo que estaban padeciendo, elevó su ánimo hasta el punto de que ninguno de los presentes deseó estar en ningún otro sitio de la Creación, porque sabían que allí, por encima de cualquier otro lugar de ese mundo mortal e imperfecto, el Cordero de Dios derramaba su amor sobre todos y cada uno de ellos.

Cuando regresaba de la misa, Carla vio fugazmente a Amparo entre la multitud. La opacidad de sus ojos había desaparecido, su piel volvía a brillar y su cuerpo era otra vez flexible como el de un gato, mientras se abría paso entre la muchedumbre. Después, Carla la perdió de vista, pero sentía el corazón más ligero. Se dirigió a la enfermería, para rezar por los heridos y también por Mattias y por su hijo.

La solemnidad de la fiesta del Corpus no impidió que se desarrollara el diario ritual en las mazmorras de los esclavos. Aunque pocos lo vieron, excepto los verdugos, el trigésimo segundo prisionero musulmán del asedio fue escogido entre sus compañeros. Le metieron una soga en la boca para sofocar su guirigay pagano, lo arrastraron a través de callejones perdidos por donde no pasaba la procesión de Cristo, lo hicieron subir a empujones la escalera que conducía al cadalso de la puerta Provenzal, le pasaron la cuerda por el cuello y lo vieron morir.

En el esqueleto humeante de San Telmo, del otro lado de la bahía, Tannhäuser inspeccionó el terreno y encontró a Orlandu trabajando con una cuadrilla de soldados malteses. Estaban izando piedras por la escarpa, para tapar la brecha del muro occidental, donde el calor era intenso y las moscas ennegrecían el cielo. El chico iba desnudo de cintura para arriba y estaba sudoroso y cubierto de tierra seca. Mientras Orlandu se encorvaba sobre los escombros, Tannhäuser puso un tarro de mermelada de membrillo sobre la piedra que se disponía a levantar. El muchacho parpadeó, como tratando de apartar un espejismo, y después se incorporó y miró a su antiguo amo.

–Éste –dijo Tannhäuser, refiriéndose a la mermelada– es el premio más codiciado que queda para esta compañía. –Hizo un amplio gesto con la mano–. Tus compañeros, esos de ahí, lucharían por este tarro tan fieramente como han luchado para proteger esa brecha... si supieran que está aquí. ¿Qué te parece si me ayudas a terminarlo?

Orlandu se pasó el dorso de la mano por la boca y le echó un vistazo a la mermelada, sin responder. Tannhäuser agarró el tarro, lo lanzó por los aires y las manos de Orlandu se movieron como un relámpago para atraparlo antes de que se estrellara contra el suelo. Tannhäuser se echó a reír y logró que el muchacho esbozara una sonrisa.

–¡Vamos! –dijo Tannhäuser–. Ya llevamos demasiado tiempo con cara de compungidos, como mujeres. Consuélate pensando que ningún hombre ha vendido nunca su orgullo a más alto precio.

Mientras los turcos disparaban sus mosquetes y cañones desde los cuatro puntos cardinales, Orlandu había eludido a Tannhäuser día y noche. Era evidente que se sentía herido y que su sangre latina hervía de insultos de su propia invención. Tannhäuser había confiado en que el trabajo duro lo calmara. Mientras tanto, lo había estado vigilando, por su seguridad, y había encargado a otros que hicieran lo mismo. Ahora Tannhäuser se lo llevó a la forja, que había convertido en sus dominios tras la muerte del armero. Tres días de soledad ante el yunque, reparando el equipo maltrecho y bebiendo el vino de la nostalgia, le habían devuelto la paz interior. Había recibido la gran noticia del frente (la que decía que el gran Turgut Reis, la Espada Desenvainada del Islam, había sido mortalmente herido en la cabeza por un cañonazo disparado desde Sant'Angelo) como si viniera de muy lejos. El fin estaba próximo para la desarrapada guarnición de San Telmo. Según sus cálculos, ese mismo fin de semana Mustafá vería la culminación del asedio. Así pues, había llegado el momento de ablandar al chico para que se marchara.

Tannhäuser preparó el poco café que le quedaba y, mientras las balas de cañón castigaban la torre sobre sus cabezas y hacían caer una lluvia de escayola desde el techo abovedado, se comieron entre los dos la mermelada con una cuchara de madera, esforzándose valerosamente para no llorar de placer. Tannhäuser no acosó al muchacho con preguntas para averiguar sus intenciones, porque el culto a la muerte lo había devorado y sus intenciones eran más que evidentes. Pero Orlandu lo acosó a él.

–Soy el chico que estáis buscando, el chico nacido la víspera de Todos los Santos, ¿verdad?

–Así es –respondió Tannhäuser.

–¿Cómo lo sabes?

–Lo dejó escrito el cura que te bautizó, Orlandu Boccanera, y lo juró un hombre devoto.

–He renunciado al apellido Boccanera, porque ese hombre era un cerdo y padre de cerdos, y nunca me consideró de su familia. Me vendió como a una mula a los carenadores. Moriré como Orlandu di Borgo.

Miró a Tannhäuser, como esperando que lo contradijera.

–Será Orlandu di Borgo, entonces –replicó Tannhäuser–, aunque podrías reclamar otro nombre, uno más auténtico, si tuvieras cerebro.

–¿Entonces es cierto? ¿Soy el bastardo de doña Carla?

–Eres su hijo.

–Boccanera me dijo que mi madre era una puta.

–Quizá la consideraba una puta, si es que la conocía, que lo dudo mucho. En eso no era el único. Los hombres y los cerdos son despiadados con las mujeres que sacrifican su virtud, sobre todo si lo hacen por amor.

–¿Amor verdadero? –preguntó Orlandu.

–Conozco a doña Carla –dijo Tannhäuser–. No se habría entregado por menos.

Los ojos de Orlandu se desplazaron, exaltados, absortos.

–¿Y mi padre? ¿Quién fue mi padre?

Tannhäuser esperaba esa pregunta y disimuló su evasiva con una sonrisa.

–Ése es un secreto que doña Carla se guarda para sí, como es el derecho de toda mujer.

Era evidente que Orlandu ya había reflexionado al respecto.

–Es uno de los caballeros de la Religión, ¿verdad? Una señora como ella nunca sacrificaría su honor por alguien inferior.

–Estoy convencido de que su gusto debió de ser tan refinado como cabía esperar.

–¿Quizá uno de los caballeros principales que están aquí en San Telmo, o tal vez en el Borgo?

Viendo la alegría del muchacho, Tannhäuser sintió que una tristeza inesperada le oprimía el corazón.

–No dudo ni por un momento de que tu padre debió de ser un hombre extraordinario.

–¿Entonces tengo sangre noble? –preguntó Orlandu.

–Sí, si te parece –dijo Tannhäuser–. Los que presumen de cuna valoran la sangre más que la virtud, pero desde mi punto de vista, la sangre vale muy poco o incluso nada por sí sola. Jesús y sus apóstoles eran hombres humildes y también lo fueron Paracelso y Leonardo, así como la gran mayoría de los hombres de genio de todas las edades. Y unos cuantos de los peores canallas de nuestro tiempo pueden presumir de sangre noble. La superioridad de mente y carácter (si tal es nuestro ideal de nobleza) no corre en las venas, sino que depende de lo que hacemos en la vida. Pero respondiendo a tu pregunta, diría que sí, que tienes una buena ración de sangre noble.

Orlandu vacilaba, como luchando con una idea que le parecía absurda, pero que aun así lo había atormentado con más obstinación que cualquier otra. Finalmente, no se pudo contener.

–Tú no eres mi padre.

Tannhäuser sonrió, y una vez más se sintió conmovido.

–No, no lo soy, pero me sentiría más que orgulloso si lo fuera. Sin embargo, si la suerte nos acompaña, es posible que acabemos unidos por una variante de esa relación.

La alusión era demasiado abstrusa para el chico y Tannhäuser se abstuvo de explicársela.

–Pero entonces, ¿por qué él no se siente orgulloso?

–¿Quién?

–Mi padre.

–No sabe que existes o al menos eso tengo entendido. Tu madre no se lo dijo nunca, para proteger su honor.

Tannhäuser vio más preguntas sin formular en los ojos del chico y añadió:

–No pienses mal de doña Carla por abandonarte. No lo hizo por su voluntad. Hombres poderosos le hurtaron toda capacidad de decisión al respecto y la trataron cruelmente, cuando no era mucho mayor que tú.

Orlandu consideró lo dicho con gesto grave y asintió.

–Tu madre ha viajado desde muy lejos y se ha expuesto a muchos peligros para recuperarte. Sé que siempre estás presente en su corazón.

Orlandu parpadeó dos veces y Tannhäuser se preguntó si había llegado el momento de persuadirlo para que se fuera.

Considerándolo en retrospectiva, había sido una tontería no contarle al chico la verdad mucho antes. Si lo hubiera hecho, quizá ahora no estarían sentados ahí, sino desplegando las velas de su barco. Pero lo hecho, hecho estaba, y ahí estaban los dos. Lo mejor era que el chico llegara por sí mismo a la idea de marcharse.

–Nobles o herreros –dijo–, todos debemos trabajar y cumplir nuestro destino de la mejor manera posible. –Se puso de pie–. Y hablando de trabajar, tengo bastantes cosas que hacer aquí. Si estás dispuesto a ayudar, me iría bien que me echaras una mano.

Pasaron el día allanando piezas de corazas y liberando juntas atascadas, y para los dos fue el día más feliz que podían recordar. Al caer la tarde, Orlandu fue a la capilla a oír misa, comulgar y dar las gracias por haber conocido sus orígenes. Tannhäuser terminó de reparar un codal torcido con su brazal, bebió un poco de aguardiente y se quedó adormilado sobre un colchón de paja en el suelo. Despertó de su sopor a la luz menguante de la fragua y se creyó perdido en una ensoñación erótica, porque Amparo estaba de pie en la penumbra, mirándolo desde arriba.

Se puso de pie, ocultando con gallardía, o al menos eso esperaba, los dolores y rigideces que sufría en las articulaciones, y se volvió, esperando que para entonces la aparición se hubiera esfumado en el aire. Pero la miró una vez más y estaba allí.

Amparo estaba envuelta en una andrajosa chaqueta de guerra carmesí, ornada con una cruz. Tenía el pelo pegado al cráneo y chorreando agua. Fue precisamente el agua lo que le hizo comprender a Tannhäuser que no era un sueño y que allí estaba ella, en carne y hueso. Llevaba descubiertos los brazos esbeltos y las musculosas pantorrillas, y tenía los pies completamente enfangados. La holgada sobrevesta de hilo se le adhería a la punta de los pezones y él supo que, debajo de esa prenda, estaba desnuda. Su excitación fue inmediata. La hendidura entre los hombros de la sobrevesta revelaba unas clavículas pálidas y un largo cuello bronceado. Sus ojos brillaban con el resplandor de las ascuas y su rostro tenía la expresión de los místicos en estado de trance. Tannhäuser se preguntó cuánto tiempo llevaría allí, mirándolo dormir.

Recorrió la forja con la mirada. Estaban solos. Bajó la vista para mirarla a la cara y mil preguntas inútiles o cuya respuesta ya conocía cruzaron su mente sin llegar a sus labios. «¿Has atravesado la bahía a nado? ¿Quién te ha traído a la forja? ¿Por qué has venido?» Ella estaba ahí. Buscó ira en su interior para recriminarla, porque lo último que necesitaba era tener otra carga en medio del infierno, pero sólo encontró alegría. Deslizó la mano derecha por el costado abierto de la sobrevesta y la ciñó por la cintura.

El tacto de su piel era suave y frío, apenas seco. Los músculos contra el pulgar de su mano, bajo las costillas, estaban tensos. Con la mano izquierda, le apartó de la mejilla los rizos mojados, le acarició la cabeza y le acunó la nuca. No era una mujer, sino un ángel que venía a darle fuerzas para resistir. Su contacto (su mera existencia) era tan dulce y adorable, tan decididamente diferente de todas las otras cosas a su alrededor, que sus sentidos se vieron abrumados y le temblaron las piernas bajo el peso del cuerpo, y por un momento pensó que iba a caer desplomado. Amparo lo rodeó con sus brazos.

–Apóyate en mí –dijo ella.

Él se rehízo, sonrió y la atrajo un poco más hacia sí.

–Amparo –murmuró.

Ella separó los labios y él inclinó su cara hacia la suya para besarla y la atrajo todavía más hacia sí, como si quisiera apretar su cuerpo dentro del suyo, como si fuera posible hacerlo. Sintió los dedos de ella hundiéndose a través de su camisa, como si ella deseara lo mismo, y sintió el roce de su barba contra la piel de ella, y su palma contra la base de su espalda, y su miembro empujando con fuerza contra su vientre. Ella levantó una rodilla, rodeó con una pierna uno de sus muslos y se apretó contra él, con una pasión a la vez ingenua y exuberante.

Él se apartó de su boca y volvió a mirarla. Era prístina. Era auténtica en todos los sentidos. Deslizó las manos sobre sus pechos, sintiendo la humedad que aún persistía en los pliegues inferiores, y el recuerdo de su magnificencia quedó empalidecido por la belleza que en ese instante encarnaban. El amor y el deseo se hicieron uno, ambos igual de subyugadores, y entonces él le quitó la sobrevesta roja por la cabeza, le chupó los pezones y le acarició la vulva hinchada, hasta que ella empezó a temblar y se aferró a él maullando de placer en su oído. Le dio la vuelta, teniendo ella los ojos embelesados y en blanco por el goce, y la hizo inclinarse sobre la fría superficie de hierro del yunque. Se desabrochó entonces la ropa, preparó el arma y ella se puso de puntillas para recibirlo. Él flexionó las rodillas para pasar por debajo de ella y la penetró por detrás, levantándole los pies del suelo, mientras ella invocaba a Dios y se convulsionaba con cada lenta embestida, con la cabeza echada hacia atrás y los párpados temblorosos. Los gritos de Amparo llenaron la forja, hasta que ella lo apretó desde dentro y él estalló en una plegaria de su propia invención en el interior de su cuerpo. Cayeron sobre la sobrevesta tirada en el suelo y Tannhäuser estrechó a Amparo entre sus brazos y le acarició el pelo, mientras ella temblaba sacudida por los sollozos.

No le preguntó por qué lloraba, porque no creía que tuviera una respuesta. Cuando ella se calmó, Tannhäuser se levantó, avivó el fuego, se quitó la ropa y volvió a hacerle el amor encima de la sobrevesta de guerra carmesí extendida en el suelo. Ella se entregó a él como un animal salvaje e indómito, y del mismo modo él se dio a ella, y ninguno de los dos habló, porque el torbellino de demencia y horror donde se encontraban era obra del hombre y de las palabras, de palabras que habían salido de labios de los dioses y habían sido pervertidas, de modo que allí todas las palabras eran mentira y ellos no las necesitaban.

Él la entretuvo con jocosas tonterías y los dos rieron. Ambos se untaron en el sudor de él y se palmotearon mutuamente la piel con la asombrada maravilla de las mentes simples. Tannhäuser tostó rebanadas de pan con azúcar en las ascuas y comieron; después preparó té en el viejo morrión y bebieron. Ella exploró con los labios los tatuajes de sus brazos y sus piernas: la rueda de ocho radios, la espada de Zulfikar, las lunas crecientes y los versículos sagrados. Le cantó una canción en algún dialecto que él no entendió, pero cuyo sentimiento pudo comprender, y él después le recitó *gazels* eróticos en turco, mientras reavivaba su deseo. Volvieron a hacer el amor y, cuando hubieron terminado, se tumbaron saciados en el jergón de paja y vieron atenuarse el resplandor rojo de las brasas.

Al final, él oyó movimiento de gente por el patio y se asomó desnudo a la puerta para mirar. Numerosos monjes atravesaban la explanada, haciendo sonar sus armaduras, de camino a la capilla donde iban a rezar sus oraciones matinales. Eran pocos los que no cojeaban y muchos los que se apoyaban en el asta de una pica o en el brazo de un compañero. Ya casi había terminado la noche y faltaba poco para que se quebrara su hechizo, y aunque les había parecido una eternidad, ahora se revelaba como un instante fugaz. El tiempo había vuelto a obrar su paradoja, como un prestidigitador de feria.

Tannhäuser volvió a entrar en la fragua, se vistió y envolvió a Amparo en la sobrevesta. La levantó en sus brazos y ella le rodeó la cara con ambas manos, mientras él la llevaba fuera, bajo las estrellas y a través del patio. Mientras caminaba, Tannhäuser se sentía como si llevara en brazos a un ser de otro mundo, un mundo donde no se impusiera la violencia y donde todo fuera apacible y tierno, y tuvo la impresión de que la joven no pesaba más que la brisa. Franqueó con ella la poterna y bajó la empinada escalera labrada en la roca que descendía hasta el muelle. La besó, la miró y sintió que no quería dejarla ir. Pero debía irse, antes de que el alba y los cañones turcos volvieran demasiado peligrosa la travesía. La depositó sobre las piedras que remataban el muelle sin que ella pusiera ninguna objeción.

–Estoy cuidando de ti –dijo–. ¿Lo sabías?

–Más de una vez he sentido tu aliento en la mejilla –replicó él.

Ella le acarició la cara, la barba y los labios, contemplándolo con su mirada líquida y oscura.

–Te quiero –dijo.

Él sintió que se le cerraba la garganta. Sin saber por qué, no respondió. No supo qué decir. Amparo se apartó la sobrevesta de los hombros y la dejó caer en el muelle. Por un momento, estuvo desnuda ante él, pálida como el marfil. Él la besó una vez más y la dejó ir. Entonces ella se volvió, se lanzó al mar y se alejó entre la espuma, mientras Tannhäuser deseaba haber dicho algo más.

De la capilla llegaba el sonido de los cánticos, y de la montaña, la llamada del almuédano. Al este, un cielo índigo clareaba sobre San Salvatore. Así giraba el mundo, pero Tannhäuser no se volvió. Se quedó de pie, contemplando la bahía, hasta mucho después de que la frágil figura de Amparo fuera devorada por los últimos retazos de la noche.

Viernes 22 de junio de 1565

San Telmo. Sant'Angelo. El patio de armas

El violento circo de matanzas y oraciones se reanudó con las primeras luces del alba y rugió a lo largo de otro bochornoso día. Los turcos se movían por el foso, chapaleando entre cuerpos en descomposición y vísceras derramadas, y aplastando con los pies vientres hinchados que a veces estallaban y ardían en llamas a causa de los vapores contenidos en su interior. Cuando el sol cruzó reptando el meridiano, la sangre que salpicaba las armaduras calientes como brasas comenzó a crepitar y humear. Los hombres empezaron a desplomarse por falta de aire en medio de la pestilencia, mientras el cerebro les hervía dentro del cráneo, provocándoles espasmos mortales. Si el diablo estaba mirando, debió de frotarse las manos, porque ni siquiera en sus dominios hubiese podido encontrar espectáculo más demoníaco.

Tannhäuser deseó que llegara la hora final del fuerte, porque con ella –según su plan– llegaría su única probabilidad de supervivencia. Sin embargo, cada vez que la línea de defensores cedía o sufría una brecha y la frenética escalada de los turcos parecía a punto de abrumarlos, algún demente como Lanfreducci, De Guaras o el empecinado Le Mas reagrupaba sus fuerzas y, en un delirio asesino que se extendía como una plaga contagiosa entre los cristianos, los defensores volvían a enviar a los correosos invasores al foso.

Tannhäuser blandió su fusil desde el adarve, maldiciendo a Dios y a todos, en particular al niño obstinado que lo seguía a todas partes. De él dependía la supervivencia de Orlandu, por lo que tenía que combatir sus propias oleadas de vertiginosa demencia cuando lo acuciaba el ansia de arremeter contra el enemigo, la propia razón le parecía locura y la muerte se le antojaba la única lógica digna de ser obedecida. La sagrada música de la inmolación resonaba en sus oídos, con la promesa de la fama eterna y de un rápido alivio del dolor; pero ya la había oído antes y sabía que su melodía era falsa y que sus notas eran los alaridos de los moribundos.

–¡Baja la cabeza, muchacho! –rugió.

Agarró a Orlandu por el cuello y lo arrastró hasta ponerlo a cubierto. En la tempestad de demencial violencia, el miedo en los ojos desencajados del niño era la estrella que le impedía perder el norte. Dejó al azorado chiquillo y le apretó un brazo.

–Veremos otro amanecer, ¿me oyes?

Orlandu asintió. Tannhäuser tenía en ese momento una rodilla en el suelo y el fusil apoyado en el muslo cuando un disparo lo alcanzó en el costado, lo hizo girar y estuvo a punto de hacerlo caer desde lo alto del adarve. Quedó tambaleándose sobre un desnivel de cuarenta pies, que caía a pico sobre un montón de escombros. Orlandu agarró con fuerza la mano que le apretaba el brazo y sostuvo firmemente a Tannhäuser, que se incorporó y se deslizó detrás de la protección del merlón, donde procedió a explorarse la herida con los dedos.

Había recibido numerosos disparos en la coraza acanalada y un par más en el morrión, sin sufrir más daño que una magulladura; pero esta bala lo había alcanzado en la cadera izquierda, por debajo del borde de la armadura, y se le había alojado en la musculatura de la zona lumbar. Podía palpar el trozo duro de plomo debajo de la piel. No le había alcanzado ningún órgano, no lo iba a matar en poco tiempo, pero la putrefacción era un destino seguro, aunque mucho más lento. Sacó del morral un trapo húmedo que había usado para envolver bolas de consuelda y manzanilla. Masticó una de las bolas brevemente y la metió en el orificio de la bala. La hemorragia se detuvo y, por reflejo, sintió que ya no estaba del todo mal. Orlandu lo miraba con angustia. Tannhäuser consiguió esbozar una sonrisa.

–Es la segunda vez que me salvas la vida, muchacho. Ahora ve a buscarme un poco de agua, porque tengo la boca seca.

En la terraza del castillo de Sant'Angelo, Oliver Starkey y La Valette contemplaban la puesta de sol detrás de un velo de niebla carmesí. Muchos de los caballeros mayores estaban a su lado, murmurando padrenuestros y recitando las horas marianas. Del otro lado del mar, en el cabo que cerraba la bahía, San Telmo se consumía en un anillo de fuego. De vez en cuando, el humo se disipaba fugazmente para revelar las escalas de asalto hincadas en las murallas, el hormigueo multicolor de la horda musulmana, fluidos incendiarios que caían en cascada por la arenisca ennegrecida y los destellos que el sol arrancaba a las armaduras en las almenas y en la brecha. En ciertos momentos se hubiese dicho que el combate se libraba en silencio; en otros, ráfagas de enloquecido estrépito atravesaban la bahía. Pese a la infernal violencia, el estandarte de San Juan aún ondeaba sobre las llamas, desgarrado pero invicto.

Los turcos habían creído que no les llevaría más de una semana conquistar el fuerte de planta estrellada. Ni siquiera La Valette había esperado que se cumpliera su alarde de tres semanas de resistencia. Aun así, para los valientes de San Telmo, ese sombrío viernes era su trigésimo día de lucha.

Starkey miró a La Valette. El gran maestre seguía incansable, incluso cuando a Starkey le costaba tenerse en pie, y todas las noches sacrificaba una hora de sueño para rezarle a la Virgen de Filermo. Su capacidad de trabajo era prodigiosa. Había supervisado casi ladrillo a ladrillo el proyecto y la construcción de la nueva muralla interior. Había completado un nuevo inventario de las reservas de comida y vino acumuladas en las bodegas subterráneas de la ciudad; después, había repetido los cálculos y había vuelto a repetirlos, y, sobre esa base, había duplicado las raciones de las cuadrillas de esclavos, de cuyos brazos podía extraer ahora otras dos horas más de trabajo al día. Había ordenado la excavación de fosas comunes en la Ísola y mandado que las cubrieran con zarzas y juncos para que no cundiera el pánico. Todos los días, a diferentes horas, inspeccionaba el hospital, los bastiones de las distintas lenguas, las baterías de cañones, los mercados y la armería. Allí donde iba, su carisma severo y viril transmitía a la gente fuerzas para resistir. La religiosidad de su conducta estimulaba la lealtad de todos, que lo consideraban la propia encarnación del defensor de la fe. En su cara curtida por la intemperie, que más que nunca parecía vaciada en bronce, veían una ausencia absoluta de dudas y una perfecta falta de piedad. Los cotidianos ahorcamientos de prisioneros de guerra musulmanes les recordaban que por mucho que temieran a los turcos, el gran maestre era aún más temible.

Mientras contemplaba a sus hermanos muriendo del otro lado del mar, La Valette parecía tan sereno como un retrato de san Jerónimo. Sabía que la epopeya de San Telmo no era más que el preludio del combate mayor que se avecinaba, por la Ísola y por el Borgo. Aun así, en ese momento, a Starkey le pareció inquietante la compostura de La Valette, casi inhumana.

–Los poetas griegos usaban la palabra *ekpyrosis* para describir a sus héroes: Aquiles, Diomedes, Áyax –dijo Starkey–. Significa que estaban consumidos por el fuego.

–Nuestros héroes aún no están consumidos –contestó La Valette–. Escucha.

Los cuernos turcos resonaron en el monte Sciberras, pesados como la angustia que oprimía los corazones en el crepúsculo carmesí. Los caballeros contuvieron la respiración. Al instante, en las hostigadas murallas del otro lado del agua, estalló una desgarrada exclamación de júbilo. Starkey casi no podía creerlo.

–¿Qué han sido esos gritos? –preguntó.

Volvieron a oírse exclamaciones de alegría en las murallas humeantes. Las voces de los hermanos sentenciados se clavaban en el corazón de cada uno de los presentes en el elevado adarve de Sant'Angelo. Algunos rompieron a llorar sin la menor vergüenza. La Valette se volvió hacia Starkey y éste comprendió que había sido injusto, porque las lágrimas también humedecían los ojos del anciano.

–Ni siquiera los antiguos conocieron hombres como éstos –dijo La Valette.

Para preparar su estratagema final, Tannhäuser enterró sus últimas cinco libras de opio, junto con su anillo de oro ruso, debajo de una piedra en el suelo de la fragua y disimuló con paja y ceniza todos los indicios de tierra removida. En el otro escondite menos seguro que ofrecían las vigas agrietadas del gran salón del fuerte, había ocultado antes el fusil de llave de rueda, junto con una provisión de balas y de pólvora. Sacó del morral la última botella de aguardiente y salió al patio de armas, procurando no apoyarse demasiado en la cadera herida. El plomo turco seguía alojado en su interior; pero habiendo cientos de hombres con heridas horrendas tendidos en el suelo a las puertas de la capilla, no se sentía con derecho a importunar a los cirujanos. En cualquier caso, la herida sin tratar aún podía resultarle útil para huir.

En medio de la explanada ardía una hoguera, donde los caballeros estaban quemando todo lo que podía ser de valor para los turcos: comida, madera, muebles, tapices, los aros del fuego griego, las astas de las picas, los arcabuces e incluso los iconos y objetos de culto que podían ser profanados por el enemigo. No podía haber signo más seguro de que se acercaba el fin de San Telmo. Doblaban las campanas de la capilla y las llamas ascendían hasta confundirse con la oscuridad. Una extraña sensación de paz reinaba en la noche.

Orlandu estaba buscando a Tannhäuser a la luz de la hoguera. Iba desnudo de cintura para arriba y, por el cuerpo enjuto, la cara sucia y los grandes ojos oscuros parecía todavía más joven de lo que era. Llevaba una cuerda en torno al cuello, de la que colgaba un cilindro sellado con cera y tela encerada. Tannhäuser se alegró de verlo, pues contenía una carta para Oliver Starkey que él mismo había escrito, en la que detallaba ciertas observaciones del estado de las fuerzas de Mustafá y del número y tamaño de sus cañones de asedio, y en la que rogaba al caballero, anticipándose al deseo de Orlandu de regresar a San Telmo, que bajo ninguna circunstancia se lo permitiera al muchacho. También le pedía a Starkey que hiciera cuanto estuviera en su mano para asegurar el bienestar y la seguridad de las mujeres.

–Le Mas me ha confiado un encargo –anunció Orlandu.

–¡Qué gran honor! –dijo Tannhäuser–. Cuéntame más.

–Tengo que entregarle estos despachos a La Valette y contarle todo lo que ha sucedido aquí.

–Espero que incluyas la relación de mis valientes hazañas.

–¡Claro que sí! Te llorarán tanto como a cualquier otro héroe. Probablemente más.

Tannhäuser se echó a reír.

–¡No me entierres todavía, muchacho! Dile a La Valette que el zorro tiene pensado salir corriendo entre los perros.

–¿Y eso qué significa?

–Él lo entenderá. –Le tendió la mano a Orlandu y el niño se la estrechó–. Ten cuidado con los tiradores turcos apostados en la orilla. Nada bajo el agua hasta...

–Sé cómo nadar.

–Entonces hazlo. Mantén rumbo norte un cuarto de milla antes de girar.

–También me sé el camino.

–Dile a Bors y a doña Carla que resistan hasta que volvamos a vernos y no dejes que crean que me refiero a la otra vida. Dile a Amparo que la llevo en el corazón.

Orlandu parpadeó y los ojos se le llenaron de lágrimas. En un impulso repentino, se arrojó sobre Tannhäuser y le dio un emotivo abrazo. El hombre tuvo que reprimir un gesto de dolor, a causa de la herida, pero le devolvió el gesto con un solo brazo.

–Tú y yo también volveremos a vernos –dijo–. Recuerda lo que te digo. Y ahora vete.

Orlandu se dio la vuelta, se alejó corriendo por la explanada y se perdió en la negrura, más allá de las llamas. Sintiendo un enorme alivio, Tannhäuser se fue a buscar a Le Mas. El francés estaba monstruosamente afectado por diversas heridas de espada y quemaduras, y pese a ello seguía en pie, distribuyendo palabras de aliento entre los caballeros y preparando los cañones delante de la brecha, a tiempo para el día siguiente. Como ya había confesado sus pecados al capellán Zambrana y comulgado, se mostró dispuesto a compartir el aguardiente de Tannhäuser y gustoso de hacerlo.

Se sentaron en dos espléndidas butacas que Tannhäuser había rescatado de la hoguera y éste le agradeció el favor de haber enviado a Orlandu de regreso. Después, le contó a grandes rasgos la historia del chico y Le Mas reconoció que era interesante, pero en ningún caso la más extraordinaria entre las muchas que seguramente podrían contar los aventureros presentes en el fuerte.

–Muchas de las historias más increíbles y salvajes morirán aquí sin que nadie las cuente –dijo Le Mas–. Al fin y al cabo, la vida de cada hombre no es más que una historia contada a quien la vive y a nadie más. De ahí que estemos todos solos, sin más compañía que la gracia de Dios.

Bebieron y comentaron la situación. Quedaban menos de cuatrocientos defensores capaces de tenerse en pie para proteger la brecha, de los cuales sólo unos pocos seguían incólumes, libres de heridas graves. Solamente en esa jornada, la más sangrienta del asedio, dos mil musulmanes habían sido abatidos y, según los cálculos de Le Mas, otros siete mil o más yacían fuera de las murallas, pudriéndose. Las bajas totales de la Religión, cuando llegara el fin, ascenderían a unas mil quinientas.

–Cinco a uno. No está nada mal considerando la superioridad de su artillería –dijo–. Les hemos dado una lección a vuestros infieles. Si tuvieran una pizca de sensatez, recogerían sus cosas y se volverían a casa ahora mismo.

Ambos sabían, pero ninguno de los dos lo dijo, que Mustafá podía permitirse esas siete mil bajas mucho más fácilmente que la Religión sus mil quinientas.

–La sensatez no abunda en esta isla –dijo Tannhäuser–. Debo deciros que tengo intención, si consigo obrar el engaño, de unirme al enemigo haciéndome pasar por uno de vuestros prisioneros de guerra.

Le Mas lo miró, se echó el aguardiente a la garganta, y volvió a mirarlo.

–Incluso siendo alemán –dijo–, sois el hombre más astuto que he conocido en mi vida. Si fuerais francés, estaríais a la altura del propio La Valette.

–¿Entonces tengo vuestra bendición?

–La tenéis –dijo Le Mas, pasándole la botella.

–Decidme –prosiguió Tannhäuser–, ¿cuántos esclavos turcos nos quedan?

–No más de una docena, diría yo. ¿Por qué? –respondió Le Mas.

Tannhäuser echó un trago.

–Si los liberáis, en menos de un mes estarán socavando las murallas del Borgo o quizá incluso combatiendo en las filas de los turcos.

–Muy cierto –convino Le Mas–, una observación que se me había escapado. Y sería una pena que uno de esos cerdos echara a perder vuestra estratagema, ¿no creéis? –Miró a Tannhäuser–. Quizá algo más que una pena.

–Una catástrofe –dijo Tannhäuser.

–Espléndido –dijo Le Mas, que echó atrás la cabeza y soltó una carcajada–. Espléndido. Que Dios me perdone, pero me encantan los hombres sin escrúpulos para la guerra. Después de todo, ¿cómo íbamos a librar guerras sin ellos? –Volvió a agarrar la botella, traicionando con una mueca el dolor que le causaba el movimiento–. Quedaos tranquilo. Mandaré que los maten después del desayuno.

Tannhäuser aquietó su conciencia pensando que al menos los prisioneros condenados tendrían tiempo de decir sus oraciones matinales, y la acalló aún más sacando del morral un par de piedras de la inmortalidad. Enseñó a Le Mas sus marmóreas vetas doradas, le explicó sus propiedades, tanto las curativas como las místicas, y se tomaron una cada uno, ayudándose con el aguardiente para tragarlas. Después permanecieron sentados, viendo cómo las poderosas constelaciones giraban en el cielo sobre sus cabezas. La Osa Mayor montaba a horcajadas sobre el norte; al sur brillaba el Escorpión, y una luna perfectamente mediada acababa de salir por Acuario. Como era su costumbre siempre que era posible interpretar un augurio, Tannhäuser leyó en esa secuencia un buen presagio. Al menos él iba a necesitarlo.

Por todo el patio de armas, lo que quedaba de la guarnición se disponía a dormir, sopesando cada hombre la convicción de que ésa era su última noche en este mundo. El crepitar de la hoguera se fue acallando y un balsámico silencio envolvió a los dos buenos amigos, un silencio en el que hubiesen podido creerse los últimos hombres vivos en la Tierra. Unieron sus brazos en la oscuridad y eso les procuró a ambos un consuelo sin límites. Le Mas se puso a cantar un salmo de David sin apartar apenas los labios y, mientras le rodaban las lágrimas por las cicatrices del rostro, quedó en paz con Dios. Al cabo de un momento, el aguardiente y el opio obraron su magia y Le Mas se sumió en un sueño profundo. Al quedarse solo, o sentir al menos que lo estaba y verse envuelto en la oscuridad, Tannhäuser se concentró en la contemplación del firmamento hasta caer en un gozoso trance forjado por las estrellas y la eternidad.

Y en medio de ese trance, se preguntó cómo era posible que en un universo tan hermoso como éste hubiera espacio reservado para gente como él.

Sábado 23 de junio de 1565

La caída de San Telmo

Tannhäuser se consideró afortunado por haberse ofrecido el consuelo del opio la noche anterior. Su efecto sedante perduraba, de manera que el propósito de conservar la sangre fría le parecía casi posible. Agradecía la ventaja, porque ese día los turcos habían renunciado a su habitual bombardeo. Las bocas de dragón de los cañones de asedio permanecían abiertas pero silenciosas en lo alto de la ladera. La última batalla de San Telmo iba a librarse cuerpo a cuerpo con el frío acero.

Poco más de cuarenta monjes de la Lengua Italiana, tres de la francesa, un centenar de tercios españoles y doscientos aguerridos malteses se agruparon delante de las piedras de la brecha meridional, ennegrecidas de sangre y vísceras. Juan de Guaras y el capitán Miranda, ambos demasiado heridos como para tenerse en pie, mandaron traer las butacas que acababan de abandonar Tannhäuser y Le Mas, y pidieron ser atados a los asientos. Las sillas y sus mutilados ocupantes fueron trasladados hasta lo alto del terraplén y allí se quedaron los dos, con las espadas apoyadas en los muslos, contemplando al ejército turco en la ladera del monte. Allí, jenízaros, derviches, *iayalars*, *sipahis* y azebíes aguardaban los gritos de sus imanes y el sonido de los cuernos.

Como hacía tiempo que el honor había sido expulsado del campo de batalla, fue quizá un orgullo primigenio y salvaje lo que guió el asalto final de los turcos, porque no prestaron atención a las murallas sin defensores, que habrían podido escalar fácilmente, ni a la puerta fortificada, ni a las numerosas brechas menores por las que habrían podido irrumpir sin encontrar resistencia. En lugar de eso, el ejército entero, lanzando una aclamación ensordecedora de la grandeza de Alá, bajó rugiendo y echando espuma por la ladera, como un río cuyas aguas hirvieran por la llegada del día del Juicio. Su único objetivo fue la ensangrentada brecha donde tantos de sus compañeros habían muerto y donde los demonios cristianos aún entonaban himnos y se mofaban de ellos. La disparidad numérica era casi ridícula. Aun así, los defensores no se dieron por vencidos sin antes clavar un poco más profundamente la espina de su valor en el costado de Mustafá Pachá. Para asombro de Tannhäuser, que observaba el salvaje festín de sangre desde una ventana oblicua de la torre central, la Religión mantuvo su posición durante más de una hora.

Dagas y espadas, picas y mazas. Aullidos de rabia y agonía. Sentidas oraciones. Luigi Broglia, Lanfreducci, Guillaume de Quercy, Juan de Guaras, Aiguabella, Vigneron, todos ellos bañados en sangre, en la ferocidad que arreciaba en torno a las butacas. Tannhäuser vio la alabarda de Le Mas describiendo arcos relucientes en la luz temprana de la mañana y sintió que su corazón estaba con él. De no haber sido por la soñadora tranquilidad que le confería la adormidera en sus entrañas, le habría costado mucho no correr al combate a su lado. Hubiese querido hacerlo, pero una vez más los dados estaban echados. No habría gloria para él ese día, sino únicamente supervivencia o muerte ignominiosa. Si sucedía esto último, al menos lucía la indumentaria apropiada.

Iba completamente desnudo, a excepción de las botas, que desde hacía tiempo estaban medio destrozadas. Las había recortado unas seis pulgadas por debajo de las rodillas y las había frotado con ceniza y carbón, de modo que ahora parecían robadas de un cadáver. El brazalete de oro de Nicodemo, del que se negaba a deshacerse pese a la inscripción que ahora se burlaba de él, estaba en su tobillo, envuelto en trapos. En la otra bota había guardado la última de sus piedras de la inmortalidad. Se había embadurnado el torso con la porquería que abundaba en el fuerte y, aunque no disponía de espejo, confiaba en tener todo el aspecto de un esclavo musulmán. Así se lo había asegurado Le Mas, más cerca que nunca de la divinidad y con expresión de jubiloso transporte, cuando se habían despedido. Comprometido con la estratagema de Tannhäuser, Le Mas había ordenado que mataran a tiros a los esclavos turcos de los establos, en lugar de pasarlos a cuchillo, como habría sido lo normal. De ese modo, la herida de bala de Tannhäuser prestaría aún más credibilidad a su afirmación de ser el único superviviente.

Sólo necesitaba un accesorio más para completar su disfraz y lo encontró mientras contemplaba la última zanja, al fondo de las defensas. Una figura enfundada en media armadura cayó rodando por el terraplén y se estrelló contra los escombros, levantando una nube de polvo. Se volvió para ponerse boca abajo, se arrancó el yelmo, como si se estuviera ahogando, y después se puso a cuatro patas y vomitó sangre. Se arrastró unos cuantos pies para volver a la batalla, pero se desplomó sobre los codos. Se llevó la mano derecha a la frente, después al pecho y al hombro izquierdo, y se derrumbó con la cara contra el suelo, dejando inacabada la señal de la cruz.

Tannhäuser se volvió para marcharse, pero oyó resonar los cuernos del ejército turco y se giró para mirar. Entre los gritos de arrebatado júbilo de los pocos cristianos restantes, los turcos se estaban retirando. Sólo se replegaban para reorganizarse y lanzar la ofensiva final, pero aun así era magnífico. Le Mas había logrado defender la brecha una última vez. No quedaban más de noventa hombres vivos en las líneas cristianas. La mayoría de los españoles y los malteses habían muerto, a diferencia de los caballeros, protegidos por mejores armaduras. Mientras se agrupaban en falange en torno a las sillas de De Guaras y Miranda para aguardar su fin, Tannhäuser bajó corriendo las escaleras al patio de armas.

Se había despertado con algo de calor en la frente, sentía débiles las piernas y la herida de la espalda le quemaba como una brasa candente. Se acercó tambaleándose al caballero muerto, que seguía apoyado sobre las rodillas, y se agachó en el polvo para levantarlo por los brazos. La cabeza del difunto cayó hacia atrás. Era Agoustin Vigneron, con una herida en la garganta. El plan era sencillo en su concepción, pero la ejecución resultó algo más complicada. Agarró al cadáver por la entrepierna y se lo echó al hombro, sintiendo que la coraza le arrancaba una tira de piel del cuello, quemada por el sol. Aferró con fuerza los muslos del muerto, plantó un pie en el suelo y cobró impulso para ponerse de pie. Oía el rugido del combate y un potente entrechocar de aceros que resonaba a escasa distancia. Pronto el río enemigo anegaría la muralla y se derramaría por el interior del fuerte. Atravesó con paso vacilante el patio de armas hacia los establos.

El peso del cadáver y el metal estuvo a punto de quebrarle la espalda. La cabeza le palpitaba como si fuera a estallar. Sentía las piernas como si fueran de jalea; la respiración era sibilante, y la bilis le quemaba la garganta. Sólo el miedo le dio fuerzas para llegar a su meta. Dejó caer el cadáver en la puerta del establo y se desplomó en el suelo empedrado. Cuando recuperó el aliento, levantó la vista.

Dentro del establo, un montón de cadáveres desnudos y con los miembros enredados yacían sobre la paja del suelo. No eran más que una docena entre miles. Pero esos pocos desdichados, indefensos y desarmados, habían sido asesinados únicamente por su causa. Dominó el aguijonazo de la conciencia, ya que en ese lugar la verdadera locura era la conciencia. Se giró, miró al otro lado de la explanada y vio que había llegado el fin. Los altos bonetes blancos de los jenízaros se acercaban a los hombres con corazas de acero. En un frenesí final de sangre y espadas, se derrumbaron las sillas de los dos últimos valientes y cayó el fuerte de San Telmo.

Broglia. De Guaras. Miranda. Guillaume. Aiguabella. Hombres a cuyo lado había peleado y bebido buen aguardiente. Vidas consagradas a la guerra, que la misma marea de la guerra había arrastrado finalmente hacia la eternidad. A Le Mas lo cortaron en trozos y sus miembros seccionados fueron blandidos en el aire por el enemigo. Un instante después, su gran cabeza se bamboleaba en la punta de una pica.

Tannhäuser no necesitaba ver nada más. Bajó la vista y se miró el pecho. Él también estaba cubierto de sangre y sentía que en la espalda se le habían formado otros goterones similares. Miró a Vigneron, tendido en el suelo junto a sus rodillas. Le quitó la espada y la arrojó al suelo. Sacó una daga del cinturón del difunto y con la punta desalojó el emplasto que se había colocado en la herida de la cadera y escarbó en los bordes hasta hacerla sangrar. Hundió la daga en el cuello de Vigneron y se tumbó sobre el cadáver, como si los dos hubieran caído luchando.

Cerró los ojos, con la mano en la empuñadura del cuchillo, y sintió que perdía el conocimiento y que en su lugar lo inundaban imágenes. De Amparo y del muchacho. De Carla, Bors y *Buraq*. De Sábato Svi. Su mente empezó a deslizarse hacia la inconciencia, pero él no se lo permitió. Abrió los párpados y vio la tez bronceada de Agoustin Vigneron, los pelos en sus fosas nasales, las pústulas en la barbilla y el brillo sin vida de sus ojos. Inhaló el hedor fermentado de semanas de privaciones y de orina evacuada por los muertos, tan concentrada por la sed que se había vuelto casi negra. Sintió la resistencia casi obscena de la densa carne muerta que le servía de almohada a su mejilla. Tannhäuser se había arrastrado por las entrañas de la oscuridad humana y ahora yacía en sus excrementos, combatiendo el sopor de la droga sobre el cadáver de un camarada, con sangre derramada enfriándosele en la piel, rodeado de la fetidez de los muertos que aún se pudrían tras una matanza de esclavos y fingiendo ser lo que no era. Pero ¿qué era él, al fin y al cabo? Nada de lo que un hombre pudiera desear, excepto el hecho de estar vivo. Se dijo que debía pensar como un turco. Soñar con la vieja Stambouli. Rezar en la lengua del Profeta. Inspiró trabajosamente y empezó a cantar, y su voz quebrada y seca sonó tan hueca como el vientre de la desolación.

«Por los aires aventadores, por los que llevan la carga de la lluvia,

por los que corren libres por el mar, por los ángeles que distribuyen bendiciones en nombre de Dios, se os ha hecho una promesa que veréis cumplida: vendrá el Juicio y se hará Justicia.»

Unos pasos interrumpieron su delirio y una mano tosca lo agarró por el hombro. Rodó apartándose del cadáver, con la daga en la mano. Reuniendo sus últimas fuerzas, se irguió sobre una rodilla, con un pie preparado para salir huyendo y una mueca de ferocidad en la cara, blandiendo el acero del puñal y sintiendo que la voz de la locura le susurraba al oído.

Sobre él se cernían dos jenízaros, jóvenes y esbeltos, con las cimitarras levantadas y animados por el calor de la victoria. Al verlo, sin embargo, los dos retrocedieron un paso y el más joven tendió una mano para hacer bajar la espada a su compañero. Observaron el cuerpo de Vigneron y los cadáveres de los musulmanes amontonados en el suelo. Vieron la rueda sagrada del cuarto agá Boluk tatuada en tinta azul oscuro en el brazo de Tannhäuser. Vieron la espada de doble hoja de *Dhu'l Fiqar* en tinta roja. Vieron su miembro circuncidado. Sobre uno de sus muslos vieron la sura del Al-Ijlás: *«Él es Dios, es uno. Dios, el único, el eterno, el absoluto, el que no ha engendrado ni ha sido engendrado, el que no tiene igual»*. La camaradería llenó los ojos de los jenízaros.

–La paz sea contigo, hermano –dijo el más joven.

–Alá ha querido que por fin estés entre amigos –añadió el mayor.

De pronto, las espadas de ambos se levantaron como reacción a un ruido repentino a espaldas de Tannhäuser y éste se volvió. De las sombras del establo salió el viejo Stromboli. Tenía un hacha en la mano y se quedó boquiabierto al ver a Tannhäuser. Éste saltó como movido por la demencia y en un par de zancadas lobunas cubrió la distancia que los separaba, apuñaló a Stromboli en el corazón y lo vio morir. Dejó que el viejo cayera al suelo y se volvió hacia los jóvenes leones, que lo contemplaban con renovado respeto.

–*Allahu Akabar* –dijo Tannhäuser, antes de desplomarse.

Lo envolvieron en una capa azul de seda y le dieron de comer carne seca y té con miel. Él se quedó a la sombra, sentado sobre una bala de piedra de cañón, viendo cómo los turcos descargaban su ira contra los pocos defensores cristianos que aún respiraban.

Nueve caballeros habían sido capturados con vida, entre ellos De Quercy y Lanfreducci. Les arrancaron la ropa y los obligaron a arrodillarse en el patio de armas. Los caballeros estuvieron cantando los salmos del rey David hasta que los tambores y los cuernos anunciaron la llegada de Mustafá Pachá. El general cruzó el foso a lomos de un caballo gris perla y no los miró más que una vez, antes de ordenar su decapitación. Una a una sus voces vibrantes fueron acalladas, hasta que sólo quedó Lanfreducci cantando; entonces el sable del verdugo zumbó en el aire y el cuerpo del caballero cayó con un ruido de chapoteo en la charca carmesí que manchaba el patio. Los heridos que yacían al descubierto, a las puertas del hospital, fueron alanceados allí donde se encontraban. A los capellanes los arrastraron fuera de la capilla y los abrieron en canal como a cerdos, sobre los peldaños ensangrentados. Los numerosos heridos que agonizaban en el interior fueron rematados donde estaban, en el suelo del presbiterio, a juzgar por sus gritos y sus plegarias.

Habían sido tantas las muertes en esa pequeña parcela abrasada por el sol y tan monótono se había vuelto el espectáculo de la atrocidad que Tannhäuser había perdido casi por completo su embotado sentido del horror. Incluso cuando trajeron a Jurien de Lyon y le cortaron las extremidades y el miembro viril, antes de partirle el cráneo, su espanto fue meramente abstracto. Jurien, que había cosido y reparado la cara de Bors; Jurien, cuyos vastos y sagrados conocimientos del arte de la curación no se habrían recuperado ni aun sondeando el contenido de cincuenta mil cerebros; Jurien, cuyos dedos dominaban habilidades que naciones enteras desconocían. Todo eso se había perdido en un acceso de maldad victoriosa. Si esa pérdida se multiplicaba por las muchas que afligían al mundo, o incluso por las pocas que había visto Tannhäuser, era evidente entonces que el reloj de la civilización marchaba hacia atrás. Sí, y también el viejo Stromboli había sido un gran cocinero.

Los turcos recogieron las cabezas de los caballeros y las plantaron sobre estacas, en los muros que daban al mar, para que las vieran los observadores desde Sant'Angelo. Arriaron la enseña de San Juan, la arrastraron por el polvo, la pisotearon y le orinaron encima, y en su lugar izaron el estandarte del sultán. Ya estaba hecho. Terminado.

Temblando pese al calor del día, Tannhäuser se cubrió los hombros con la capa. Ahora su fiebre estaba más allá de toda duda y no dejaba de crecer en su interior. La herida en la espalda era una langosta roja y caliente que le reptaba bajo la piel. Tenía la sangre envenenada. Un círculo palpitante y caliente le ceñía el cráneo. De pronto, le vino a la mente la idea de que había eludido una muerte gloriosa sólo para pudrirse en un jergón inmundo y perecer víctima de la peste. Sacó la última píldora de opio de la bota y la tragó con un poco de agua tibia. Se encomendó al destino. Y el destino entró por las puertas de San Telmo para ir a su encuentro.

–¿Ibrahim?

Tannhäuser levantó la vista y el movimiento hizo que todo el cielo diera vueltas sobre su cabeza. El sol que había asomado tras la muralla lo enceguecía y el sudor le escocía en los ojos. Rechazó la repentina negrura que quería ocupar su mente y se enjugó la cara. Levantó la mano para hacerse pantalla sobre los ojos, parpadeó y vio un grupo de jinetes con el estandarte amarillo de los sari bayrak, el más antiguo de los cuerpos de caballería del sultán. Se puso de pie, se tambaleó y volvió a sentarse. Una figura desmontó y una cara se situó sobre la suya, una cara austera y de rasgos nobles, que llevaba grabadas las décadas transcurridas desde la última vez que la había visto. Pero los ojos no habían cambiado en su refinamiento y la compasión aún los marcaba. Una mano se adelantó y le apartó a Tannhäuser el pelo de la cara.

–Eres tú –dijo Abbás ibn Murad.

–Padre –murmuró Tannhäuser.

Volvió a ponerse de pie y, cuando ya se desplomaba, los brazos de Abbás se tendieron para recogerlo. Oyó que daba órdenes. Trató de hablar pero no lo consiguió y unas manos fuertes lo izaron hasta una montura. Apretó los muslos para no caerse de la silla y estiró el cuello para ver a Abbás. Pero en lugar de verlo a él, vio otra cosa, vagamente, como en un sueño. Vio una banda de piratas argelinos entrando por la poterna que conducía al muelle. Uno de ellos sujetaba una cuerda. El extremo de la cuerda iba amarrado al cuello de Orlandu. Tannhäuser miró fijamente la escena y después la señaló con el dedo, girando la cabeza en busca de su salvador.

Apareció entonces Abbás, montado en su corcel a su lado, y extendió una mano que le apoyó en el hombro.

–Estás enfermo –dijo Abbás. Su expresión era grave–. Vendrás conmigo.

–El chico –dijo Tannhäuser–. Ése de ahí.

Sin hacer caso de su delirio, Abbás ordenó a dos de sus hombres que lo llevaran a su tienda. Tannhäuser se giró en la montura y miró a su alrededor. En contra de sus esperanzas, la imagen de Orlandu no era producto del opio ni de la fiebre. Ahí estaba el muchacho, con un ojo ensangrentado y atado como un perro por unos corsarios. Tannhäuser volvió a señalarlo y estuvo a punto de caerse de la silla. Abbás lo sujetó por un brazo. Tannhäuser sondeó la niebla de la fiebre, en busca de una estratagema que pudiera funcionar. No encontró ninguna. La neblina se volvió más densa y se le enrojeció la visión. Se agarró a la crin del caballo.

–Cuando tuve sed, ese niño me dio agua.

Después, el sol se apagó y todo se volvió negro y vacío.

Domingo 24 de junio de 1565. Fiesta de San Juan Bautista

Castel Sant'Angelo. Albergue de Inglaterra

Oliver Starkey rezaba por La Valette y por su propia alma contaminada. La razón era el objeto ensangrentado e hirsuto que yacía a los pies del caballero de Sant'Angelo. Mientras rezaba, otras muchas cabezas cortadas (cabezas humanas) fueron volcadas en la terraza desde los sacos que las contenían, cual producto de una obscena cosecha. Los labios de los ejecutados estaban azules y parecían retraídos de los dientes en el rictus de la agonía. Las órbitas de los ojos ciegos eran bultos secos y sin vida bajo el sol. Entre bromas siniestras y discusiones sobre la carga de pólvora más conveniente, los artilleros agarraban por las barbas las cabezas cortadas y las iban metiendo de cuatro en cuatro o de cinco en cinco por la boca de los cañones. Había docenas de cabezas, más de las que Starkey hubiese soportado contar, y el caballero se preguntaba qué impulso de penitencia lo habría obligado a ser testigo de semejante crimen. Seguramente, había por lo menos alguien más allí presente que consideraba un crimen horrendo lo que estaba sucediendo, porque Starkey tenía la convicción de que Jesús estaba a su lado, llorando también.

El alba había visto llegar a orillas de la Ísola cuatro tablones arrastrados por la corriente y nadie sabía cuántos más se habrían perdido en alta mar. Crucificado sobre cada madero yacía el cuerpo desnudo y sin cabeza de un caballero de la Orden. Todos tenían una cruz grabada a cuchillo en la carne pálida del pecho. Estallaron los lamentos y floreció un odio venenoso contra los turcos. La Valette recibió la noticia mientras salía de misa del alba. Al ver los cuerpos mutilados, lágrimas de rabia y dolor le anegaron los ojos. Sordo a los consejos de Starkey, ordenó traer de las mazmorras y decapitar a todos los prisioneros turcos capturados desde el inicio del asedio.

–¿A todos? –preguntó Starkey.

–Dejemos que el pueblo se tome la justicia por su mano –respondió La Valette.

Hecho público el decreto, los malteses respondieron al llamamiento. Los prisioneros fueron arrastrados a la playa y allí, con el celo propio de unos hijos del diablo, los verdugos les atravesaron el pelo y el hueso con sus espadas. Los turcos maniatados cayeron invocando a Alá, mientras eran blanco de maldiciones que les deseaban el descenso a los círculos más profundos del infierno. Algunos intentaron huir hacia el mar en un estrépito de cadenas y fueron ejecutados entre las olas como animales acorralados. A los que se negaron a arrodillarse, les cercenaron los tobillos, los pisotearon y los decapitaron con la cara hundida en la arena. Tanto los ejemplos de estoico coraje como las súplicas de clemencia suscitaron únicamente burlas, porque los prisioneros no eran hombres, sino musulmanes, y matarlos era bueno a los ojos de Dios. Ninguno de los verdugos dudaba de que el Señor sonreiría contemplando su obra.

Una vez silenciados todos los gritos y cortados los tendones más resistentes, una vez lanzados al mar los cadáveres y recogidas las cabezas por las mojadas cabelleras para meterlas en sacos, una enorme mancha burdeos mancillaba la playa y Starkey fue incapaz de combatir la sensación de que también su alma estaba manchada.

Ahora la batería de la torre caballera de Sant'Angelo eructaba tras él. Una erupción de cráneos humeantes, algunos con la cabellera y las barbas incendiadas, estalló de las bocas de los cañones y trazó un arco sobre la bahía en dirección a las líneas turcas. Malignos abucheos la acompañaron. Si Mustafá se regodeaba en la atrocidad, que aprendiera entonces la lección de manos de los maestros. La Valette no volvió a expresar ninguna emoción. Mientras Starkey contemplaba a los artilleros cargando los cañones y a sus ayudantes recogiendo más cabezas del montón espectral, dijo en latín:

–Y muchos se gozarán de su nacimiento.

La Valette lo miró.

Starkey vaciló bajo la mirada del gran maestre, pero aun así añadió:

–Lo dijo el arcángel Gabriel de san Juan Bautista.

–Muchos se deleitarán con la muerte de todos los musulmanes que hay en esta isla –replicó La Valette.

Desde allí, La Valette bajó con su comitiva a la plaza mayor y proclamó ante la muchedumbre que a partir de ese momento todos los prisioneros turcos, una vez que los torturadores hubiesen cumplido su trabajo, serían entregados a la multitud sin la menor contemplación, para que el populacho procediera a descuartizarlos de la manera que le pareciera más conveniente. Después de ver cómo el gentío aclamaba a La Valette, coreaba su nombre y loaba a Dios, Starkey se alejó del lugar. Apelando al más espantoso salvajismo, el gran maestre había transformado una derrota en una especie de victoria. Pero ¿una victoria sobre qué? Starkey no se atrevía a imaginarlo. Sólo La Valette podía ofrecerles alguna probabilidad de sobrevivir, Starkey no lo dudaba. Pero agradeció a su Señor Jesucristo que su deber fuera obedecer y no mandar.

Carla vio las descargas y supuso que los proyectiles serían incendiarios. Sin embargo, cuando se enteró de que en realidad los objetos voladores eran cabezas humanas en llamas y supo que estaba presenciando algo que jamás habría creído posible ver en el transcurso normal de su vida, descubrió que estaba disgustada pero no sorprendida.

La crueldad y las atrocidades más grotescas habían pasado a ser parte de la vida cotidiana, una constatación que sólo la inquietaba porque nunca se había sentido más satisfecha consigo misma. La guerra había condensado su universo en el cuidado de los demás y la vida nunca había tenido para ella tanto sentido, aunque no era un sentido que pudiera expresar con palabras. Se sentía libre de preocupaciones por sus pequeñas miserias e intereses. Por fin había descubierto que la vida era algo valioso y no un padecimiento. La cólera y el miedo no conducían a ninguna parte, ni tampoco la victoria o la derrota. En un mundo de odio y desesperación, había resuelto cerrar su corazón a ambas pasiones. Hágase su voluntad. Jesucristo estaba en su corazón y la amaba. No necesitaba saber nada más.

Vio la monstruosa descarga mientras hacía el trayecto entre la enfermería y el albergue. El padre Lázaro le había prestado unas pinzas y un escalpelo para quitarle a Bors los puntos de sutura de la cara. Se encontró a su paciente en la calle, pues había salido con paso vacilante al oír la noticia del espectáculo. El hombretón llegó a tiempo para ver la segunda andanada, que saludó con una exclamación de alegría, y, por temor a perderse la tercera, insistió en sacar una silla afuera, para que Carla hiciera su trabajo en la calle. Como allí era mejor la luz y la tarea no era fácil, ella no puso objeciones.

Los puntos estaban sepultados bajo una gruesa costra que escindía la cara de Bors, formando una parda diagonal de contornos duros. Era notable la simetría que el cirujano había conseguido devolver a sus facciones y el propio Bors afirmaba que no habría cambiado la cicatriz ni por un anillo de rubíes. Desprendiendo la costra, Carla consiguió llegar a las suturas de intestino de oveja y cortarlas; pero para retirarlas, era preciso hacer más fuerza de la que ella habría querido utilizar. Después de varios intentos sin éxito, Bors la animó:

–¡Tirad con fuerza!

Así lo hizo ella y logró soltar el primer punto. Bors prácticamente ni se inmutó.

–Cinco nadadores malteses escaparon ayer de San Telmo –dijo él–. Fueron testigos de los últimos momentos.

Carla atacó el segundo punto. En lo más profundo de su corazón, un lugar que de momento había decidido no visitar, abrigaba la esperanza de que Mattias y Orlandu estuvieran a salvo y albergaba el sentimiento de culpa por la posibilidad de que su negligencia los hubiera llevado a la ruina.

–He hablado con tres de ellos –prosiguió Bors, con cierto resentimiento ante la falta de curiosidad de la mujer–. Ninguno tenía noticias de Mattias ni de vuestro hijo, pero tampoco habían visto morir a ninguno de los dos.

–Entonces hay esperanzas –concedió ella–. Debemos rezar por que hayan resistido.

–Si hay un ser viviente capaz de zafarse de ese baño de sangre es Mattias, un verdadero zorro. Pero la chica se lo ha tomado muy mal –dijo Bors.

Carla asintió. Amparo estaba muy abatida. En ciertos aspectos, había vuelto a ser la criatura salvaje y herida que Carla había encontrado en el bosque: retraída, cambiante y alejada de Dios. Carla había convencido al padre Lázaro para que le permitiera trabajar en su huerto de hierbas medicinales. Ahora esperaba convencer a Amparo para que aceptara hacerlo.

–¿Sabíais que fue a visitarlo? –preguntó Bors–. ¡Ay!

Un hilo de sangre corrió por su mejilla, porque a Carla se le había resbalado el escalpelo.

–¿Amparo ha ido a San Telmo? –preguntó.

–Cruzó la bahía nadando, por la noche... sin nada encima –dijo Bors–, y debo decir que de todas las cosas asombrosas que he visto desde que estoy aquí, ésa ha sido la más agradable.

Carla imaginó a Mattias y Amparo haciendo el amor y, pese a sus elevados propósitos, sintió un nudo en el estómago. Como para alimentar aún más la serpiente de los celos, la pelvis se le contrajo de deseo y sintió que le ardían las mejillas. ¿Entonces no estaba tan llena de la gracia de Dios como le gustaba creer? Intentó morderse la lengua para no hablar, pero no lo consiguió.

–¿No la detuvisteis? –preguntó.

Bors la miró. Era un hombre que no se avergonzaba de disfrutar con el espectáculo de unas cabezas ardientes surcando el cielo. Hacerle una pregunta a alguien como él era disponerse a oír la verdad de la manera más cruda. Se preguntó si el rubor que sentía en las mejillas sería visible.

–Os cuesta aceptar la noticia, lo comprendo. Pero son muchas las probabilidades, y cada día que pasa son más, de que todos muramos en esta roca. ¿Quién iba a tener entonces la mezquindad de meterse en medio de un romance tan hermoso e inverosímil como ése?

–Yo no me he metido en medio –dijo Carla.

Bors le sonrió con afecto.

–Y eso os honra. Si de algo os sirve saberlo, os diré que Mattias está tremendamente indeciso entre vosotras dos, adorables damas, de modo que (entre vos y yo) la partida aún no ha terminado.

El ansia, la angustia y también la esperanza que Carla esperaba haber apartado de sí regresaron en tropel en un instante. No quería competir con Amparo. No iba a competir. Pero aun así, quería a Mattias.

–¿Sinceramente creéis que está vivo? –preguntó.

–Aunque no tenga con quién apostar –replicó Bors–, me jugaría mi dinero.

Los cañones del castillo rugieron y Bors se puso en pie de un salto para ver pasar los cráneos humeantes. Sacudió la cabeza con admiración, volvió a sentarse y reanudó la conversación interrumpida.

–Pero tened en cuenta la otra cara de esa moneda –dijo–. Si Mattias y vuestro hijo siguen con vida, seguramente estarán en manos de los demonios musulmanes.

Jueves 5 de julio de 1565

La costa. La puerta de Kalkara. El venerable consejo

Amparo dormía en la costa, bajo las estrellas. El sonido del mar la calmaba. La acunaba y la hacía soñar con la fragua de Tannhäuser, con sus manos y sus labios sobre su cuerpo, con su aliento en la mejilla y sus gemidos en los oídos. También la serenaban el calor balsámico de la noche y la fría piedra donde yacía.

Durante el día cuidaba el huerto de hierbas medicinales del padre Lázaro y había encontrado allí un rincón donde florecían las rosas silvestres. Machacando sus capullos con flores de salvia, mirto y malva rubia, el monje preparaba uno de sus ingeniosos ungüentos. Por lo demás, Amparo evitaba la compañía humana tanto como podía. Pasaba muchas horas acicalando a *Buraq*, lo montaba a pelo por el corral y lo tranquilizaba cuando tronaban los cañones. En esos días, casi todas sus conversaciones las mantenía con el caballo dorado de Tannhäuser, y no habría podido desear un compañero más amable ni más afectuoso.

El desplazamiento de los cañones turcos hacia los altos de Corradino, el ataque inminente del Borgo o de la Ísola, la letanía de muerte y sufrimiento, las historias de valor repetidas hasta la extenuación, las intrigas de los caballeros, la impiedad del virrey o la maldad insondable de los turcos, nada de eso la preocupaba. La gente creía que todo eso era importante y –lo que aún asombraba más a Amparo– que también era importante hablar al respecto y que la charla podía incluso cambiar las cosas. Ella encontraba aburrida su cháchara e inútiles sus lamentaciones, y sentía que sus laboriosos intentos de involucrarla a ella en la vida colectiva le restaban fuerzas y le debilitaban el espíritu. El precio de la compañía de los demás era demasiado elevado y no tenía sentido pagar por algo que no quería. La gente le sorbía toda la energía. Se alegraba de quedarse al margen. Su vida interior, su comunión con las rosas silvestres, el afecto de *Buraq* y la belleza le parecían mucho más importantes y la fortalecían. Pero los demás consideraban su soledad como una enfermedad, como si no tuvieran ya suficientes problemas propios de que preocuparse. Así pues, Amparo se mantenía apartada y no lo lamentaba. Siempre había sido así. No le importaba que pensaran que era débil de entendederas, mientras la dejaran en paz.

La despertó el batir de unos remos y se incorporó. Una niebla lechosa flotaba sobre el agua, brillando como si la luna creciente la iluminara desde dentro. Observó las falúas que se deslizaban una a una a través del vapor, en dirección a la ensenada de Kalkara. Eran al menos una docena y todas iban vacías, con la sola excepción de la escueta tripulación de remeros. Surcaban la nebulosa oscuridad con silenciosa urgencia y los remeros, incorpóreos, mudos y sin rostro, parecían barqueros que se esforzaran en la oscuridad sin transportar a nadie a ninguna parte. Al final, la última embarcación dobló el cabo y se confundió con la niebla, borrado ya todo rastro de su paso.

Ya no estaban, y no habían dejado más huella de la que ella misma dejaría en el mundo; eso pensó, y encontró consuelo en ese pensamiento. Sólo en otros mundos que no eran éste las cosas duraban para siempre. Su noche con Tannhäuser pertenecía a uno de esos mundos. Había sido y había dejado de ser, pero seguiría siendo para siempre. Sólo los momentos de absoluta belleza gozaban de inmortalidad. Todo lo demás, todas las grandes vanidades por las que tantos hombres trabajaban y morían, no podían aspirar siquiera a la magia de la ensoñación. Se acostó otra vez en la roca, olvidados ya los barcos, y fijó la mirada en las estrellas que cuajaban el firmamento. ¿Llegaría también el día en que las estrellas dejaran de seguir su curso y desaparecieran? Se lo preguntaría a Tannhäuser la próxima vez que se encontraran, porque pese a las lóbregas perspectivas, sabía que volverían a verse. De alguna manera. En algún lugar.

Bors se había ofrecido voluntario para cubrir la guardia nocturna en la puerta de Kalkara. A raíz de las duras reprimendas de la condesa por su autocomplacencia (que él mismo reconocía excesiva), ya no recurría al consuelo del opio y el sueño lo había abandonado por completo. Ni siquiera el aguardiente bebido por botellas había resultado un buen sucedáneo. Sin embargo, su situación le sirvió para demostrar que si bien la virtud rara vez compensa, a veces es fuente de otros beneficios, porque de haber estado tumbado en la cama sumido en el sopor del opio, se habría perdido el último quiebro de su historia extraordinaria.

Un viento húmedo y caliente había traído niebla desde Túnez, y la primera noticia que tuvo Bors de la emocionante novedad fue un convoy de falúas escasamente ocupadas, que entraron una a una en la ensenada y cambiaron de pronto de rumbo para dirigirse a la orilla opuesta, situada a menos de seiscientos pies de distancia pero envuelta en la niebla.

Después apareció un grupo de gente que venía marchando por la calle a la luz de las antorchas, con La Valette a la cabeza. Bors comprobó la mecha de su mosquete y sopló la brasa hasta hacerla brillar. Oyó que la poterna se abría crujiendo bajo su puesto y vio que el grupo salía y se dirigía a la costa. Starkey, Romegas, Del Monte y gran profusión de bailíos. Como si en cualquier momento se esperara la llegada del papa.

A continuación, las falúas emergieron entre la niebla, como si regresaran de otro mundo oculto por los velos de éste, y resultaron estar llenas hasta las regalas de hombres bien provistos de armas y armaduras. Cientos de hombres. A medida que desembarcaban las huestes fantasmas, sus barcos volvían a cruzar la ensenada y regresaban con más hombres a bordo.

Las tropas de refuerzo entraron en el Borgo por la puerta de Kalkara.

Bors bajó precipitadamente los peldaños y se encaró con uno de los hombres nuevos que pasaban por allí, un extremeño llamado Gómez. Cuatro galeras enviadas por García de Toledo habían cubierto el trayecto desde Mesina y, unos días antes, los valiosos refuerzos al mando de Melchor de Robles habían desembarcado en la costa noroccidental de Malta. Tras atracar en Mdina, habían enviado un mensajero a La Valette y, aprovechando la feliz coincidencia de la niebla estival, habían marchado bajo su cubierta hacia el Borgo, rodeando por el sur el campamento turco y atravesando las laderas del monte San Salvatore hasta la orilla opuesta de la ensenada de Kalkara. Guerreros valerosos todos ellos, eran cuarenta y dos caballeros de la Orden, veinte «caballeros aventureros» italianos, así como tres alemanes y dos ingleses de similar condición, cincuenta curtidos artilleros y seiscientos infantes españoles. Estaban muy lejos de ser los veinte mil que esperaban, pero La Valette los recibió como los héroes que eran.

Un nuevo personaje apareció por la puerta, un hombre corpulento que se detuvo un momento a la luz de las antorchas, como saboreando el regreso. La mirada de Bors fue atraída al punto por la exquisita calidad de la armadura, una coraza acanalada de esmalte negro que el hombre llevaba sobre unos hábitos monásticos. De su cintura no colgaba un rosario, sino una espada. Algo en su actitud, en la postura de sus hombros o quizá en el porte de la cabeza colosal le heló la sangre a Bors. Llevaba un magnífico casco de los llamados barbutas, con protecciones para la nariz y los pómulos al viejo estilo veneciano, rematado con un relieve de Cristo crucificado. Se quitó el casco y se lo puso bajo el brazo, se arrodilló sobre el suelo empedrado, se santiguó y dio gracias a Dios. Los otros guerreros tenían un aspecto feroz, pero él parecía un leopardo entre lobos, y cuando volvió a ponerse en pie, sus ojos relucieron a la luz de las antorchas como cuentas de mármol negro. Hizo una profunda inspiración y miró a su alrededor, como inspeccionando el reino que estaba a punto de conquistar.

–Por las llagas de Cristo –mascculló Bors.

Otro personaje entró por la poterna detrás del anterior. Era más esbelto y de facciones más delicadas que el primero, pero parecía tan mortífero como una serpiente en actitud de ataque. Él también se quitó el casco, dejando a la vista una boca depravada y unos ojos sensuales de mirada vacía que Bors recordaba haber visto en el muelle de Mesina. Anacleto recorrió las murallas con la vista y Bors se retiró y volvió a subir la escalera hasta el parapeto.

Ludovico Ludovici había regresado. Que se cuidaran los ratones, porque el gato estaba en la ciudad.

Esa noche, Ludovico se reunió con La Valette y con todos los bailíos del venerable consejo. También estaba presente Melchor de Robles, el comandante de las huestes de refuerzo, que no era miembro de la Religión, sino caballero de la española Orden de Santiago. Ludovico se había ganado la confianza de este último durante la travesía desde Mesina y Robles se ocupó de explicar al consejo que había sido Ludovico quien había persuadido a Toledo de enviar los refuerzos.

La moral que reinaba en el consejo era un reflejo del sombrío estado de ánimo de la ciudad. El hacinamiento era extremo y se había visto exacerbado por la decisión de los caballeros de demoler un sector de viviendas con fines defensivos. En la Ísola habían montado un campamento para refugiados, donde estaban haciendo estragos los cañones de asedio turcos recién desplazados. La comida no suponía un problema. Cada habitante de la ciudad recibía tres hogazas de una onza de pan al día, y las reservas de cereales, aceite, carne salada y pescado seguían siendo abundantes. Sin embargo, aunque los asediados habían tenido la precaución de llenar las cisternas subterráneas de Sant'Angelo y de almacenar cuarenta mil barriles de agua, las reservas del líquido elemento estaban mermando a niveles críticos, ya que todas las fuentes y manantiales se encontraban fuera de la ciudad. Se había establecido la prohibición de afeitarse, lavarse y hacer la colada, y los que habían quebrantado la norma, en su mayoría mujeres, habían sido flagelados en la plaza pública. Las quejas y murmuraciones de la muchedumbre habían hecho estallar violentos disturbios en los puntos de distribución de agua, que sólo había sido posible neutralizar proporcionando al gentío un suministro regular de prisioneros en quienes desfogar su descontento. Algunos de los críticos más vehementes habían sido conducidos a golpes hasta el cadalso y ahorcados.

Pese a todos los esfuerzos, en breve se haría extrema la penuria de agua. La poca que quedaba debía reservarse para los soldados de la guarnición. Había un zahorí trabajando y cavando pozos por todas partes, en las dos penínsulas. Si fallaba, iba a ser preciso expulsar del Borgo a buena parte del pueblo llano y dejarlos a merced de los turcos, según explicó La Valette. Puesto que en esa eventualidad el riesgo de rebelión era elevado, sólo tomaría esa decisión si no le quedaba más remedio. Pero quería hacer saber a los miembros del consejo, y sólo a ellos, que podía llegar el momento en que fuera preciso volver las armas contra el pueblo.

Nadie puso objeciones. El almirante Pietro del Monte, un hombre corpulento y robusto, de nariz aguileña y ojos aterciopelados, escuchó en silencio todas las intervenciones, echando alguna mirada ocasional a Ludovico. Al igual que La Valette, Del Monte era un ejemplo viviente de cómo una vida de acción puede mantener a raya los estragos de la edad. La Valette sorprendió una de las miradas de Del Monte y se volvió hacia Ludovico.

–Fray Ludovico –dijo–, ¿cuáles creéis que son las intenciones de García de Toledo?

Ludovico guardó silencio un instante, como para ordenar sus pensamientos, y después respondió en el tono grave y sereno con el que estaba seguro de acaparar la atención de todos.

–En este momento no existen unos refuerzos de las dimensiones con que vosotros soñáis. –Extendió la mano, como apelando a la razón–. Debéis tener presente que el reclutamiento, el transporte y la preparación de un ejército semejante, tareas que en este instante absorben todas las energías de Toledo, representarán la mayor aventura mediterránea de una potencia cristiana desde que el anterior virrey intentó la toma de Yerba.

Lo dijo con aparente inocencia, como si de todos los presentes fuese el único en ignorar que La Valette había sido uno de los principales impulsores de la fracasada expedición. La Valette no hizo ningún comentario y Ludovico prosiguió.

–En Sevilla se está reuniendo una flota que transportará cuatro mil soldados y desde todas las guarniciones de Italia se están despachando hombres con la mayor urgencia. Pero tengo entendido que hará falta tiempo para agruparlos. Semanas, al menos.

Un murmullo de consternación se extendió alrededor de la mesa. La Valette lo acalló con un gesto de la mano.

–Os equivocaríais si vierais signos de conspiración en esa demora –dijo Ludovico–. En prenda de sus buenas intenciones, Toledo ha enviado a su propio hijo, Federico, a luchar con nosotros.

Federico había llegado con los refuerzos. El propio Ludovico lo había convencido personalmente para que se uniera a la causa. Ahora la presión de Toledo era tanto privada como política.

Hubo gestos de aprobación en toda la mesa, vigorosos entre los españoles y más reacios entre los franceses.

–También puedo aseguraros –continuó Ludovico– que Su Santidad el papa Pío está haciendo por nosotros todo cuanto está en su mano. –Tomó buena nota de que su uso de la primera persona del plural no despertaba objeciones–. El Santo Padre ha instado a todos los italianos de bien, en particular a los caballeros de Santo Stefano, a unirse a la lucha que está librando la Orden.

Muchos de los presentes no pudieron sofocar un resoplido de desdén. La Orden de Santo Stefano, tosca imitación de la Religión, había sido fundada apenas cuatro años antes por el papa y un primo lejano suyo, Cosme de Médicis. Los caballeros presentes la consideraban, quizá algo injustamente, una pandilla de rechonchos plutócratas que a duras penas conseguían montarse en sus caballos.

–Quizá puedan mandarnos unas pinturas –gruñó Del Monte.

Hubo un estallido de bienvenidas carcajadas y Ludovico sonrió con los demás. Había llegado el momento de utilizar la primera de las diversas bazas que le habían proporcionado el papa Pío y Michele Ghisleri antes de salir de Roma. Levantó la carpeta de cuero con el escudo papal que tenía apoyada sobre las rodillas y se la entregó a La Valette, quien de inmediato reconoció el sello circular de plomo que indicaba una carta pontifical de la mayor importancia.

–Su Santidad confía en que esta arma, en el momento adecuado, resulte más formidable que cualquier cañón –dijo Ludovico.

La Valette rompió el sello en medio del silencio expectante de los presentes y extrajo el pergamino del interior de la carpeta. En la cera roja del lacre podía verse la impresión del anillo papal. La Valette rompió también ese sello y desplegó la carta. El consejo aguardó mientras la leía. Visiblemente emocionado, demasiado incluso para hacer ningún comentario, el gran maestre le pasó el documento a Oliver Starkey, que estaba sentado a su derecha. Starkey recorrió con la vista el texto en latín y se aclaró la garganta.

–Es una bula papal promulgada el ocho de junio, que concede indulgencia plena de todos los pecados a todos los cristianos que mueran en nuestra guerra contra los musulmanes: a los hermanos de la Orden, a los soldados, a los esclavos, al pueblo llano, a las mujeres. A todos.

Se multiplicaron los murmullos en torno a la mesa. La bula significaba que todo hombre, mujer o niño que muriera en la contienda tenía asegurada la absoluta remisión de todos los pecados, cualquiera que fuera su naturaleza. Para un pueblo más que habituado a toda clase de privaciones y padecimientos, la seguridad de no tener que pasar ni un solo día de la otra vida sufriendo los rigores del Purgatorio, en lugar de los siglos que todos esperaban pasar allí, tendría un efecto inimaginable sobre la moral de los defensores.

–En su sabiduría, Su Santidad ha dicho una verdad más grande de lo que podemos imaginar –dijo La Valette–. Esto que nos ha enviado vale tanto como cinco mil hombres, aunque me resisto a ponerle un precio.

Fijó sus ojos acerados en Ludovico y éste comprendió al instante que había superado todas las expectativas que el gran maestre hubiese podido tener respecto a su misión en Roma.

–En el momento adecuado, como bien decís, este documento devolverá la fe y el coraje al más endeble de los corazones. –La Valette se puso de pie–. Hemos de reconocer que tenemos con fray Ludovico una deuda que nos costará mucho pagar, por la llegada de las huestes de refuerzo y por haber traído hasta aquí esta valiosa bendición de nuestro Santo Padre, exponiéndose a tantos peligros.

Los otros bailíos se pusieron de pie e inclinaron la cabeza ante Ludovico, que también se incorporó y les devolvió humildemente la reverencia. Al final, Ludovico se inclinó ante La Valette.

–Excelencia –dijo–, no he regresado a Malta para ocuparme de los asuntos del Vaticano ni del Santo Oficio, sino a luchar. El Santo Padre me ha concedido una dispensa especial para hacerlo.

Alguien dio un puñetazo en la mesa para expresar su aprobación.

–Nos honra que estéis dispuesto a hacer ese sacrificio espiritual.

Si algo había de ironía en el comentario, nadie excepto Ludovico pareció notarlo. Éste se volvió hacia Pietro del Monte, almirante de la flota y cabeza de la Lengua Italiana, y le dijo:

–Ruego por lo tanto que me deis vuestro permiso para alojarme con vuestros soldados y servir en vuestras filas.

–¿Con los soldados? –Del Monte meneó la cabeza–. Como hijo de Nápoles que sois, seréis bienvenido en el albergue de Italia, donde podréis vivir con los caballeros.

Cuando se levantó la sesión del consejo, Ludovico se dirigió con Del Monte al albergue de Italia. Declinó el ofrecimiento de una celda monástica para él solo e insistió en que le asignaran simplemente un trozo del suelo de piedra en uno de los dormitorios colectivos, donde se alojaban alrededor de ciento cuarenta caballeros italianos. Allí se enteró de que más de treinta caballeros de la Lengua Italiana habían perecido en San Telmo. El lujo le resultaba indiferente y en los dormitorios colectivos encontraría información en abundancia. Cuando Del Monte se disponía a marcharse, Ludovico lo detuvo y jugó su segunda carta.

Le enseñó una cadena de plata de la que colgaba un cilindro también de plata del tamaño de un dedo y le mostró la ingeniosa rosca que mantenía cerrada la tapa. En la plata estaban grabados la cruz y el cordero de Dios, los símbolos del Bautista. El interior forrado de piel de cabritillo protegía un pequeño tubo de vidrio, que una vez extraído resultó contener un residuo marrón oscuro.

–Tengo instrucciones de entregaros personalmente este obsequio para la Lengua Italiana, en nombre del cardenal Michele Ghisleri, que reza cada hora del día por vuestra liberación y confía en que esta santa reliquia (cuya autenticidad ha sido debidamente confirmada por las autoridades más eminentes) os confiera protección en los días venideros y os conduzca a la victoria.

Del Monte sujetó el tubo de vidrio en su mano curtida por la intemperie, como si temiera que el menor contacto pudiera romper el cristal.

–Es una gota de la sangre de san Juan Bautista –explicó Ludovico.

Del Monte cayó de rodillas con los ojos llenos de lágrimas y se puso a rezar, mientras se llevaba el tubo de sangre sagrada a los labios con manos temblorosas. Jamás la sincera devoción había encontrado encarnación más cabal. La reacción fue muy satisfactoria para Ludovico. Estaba seguro de haberse ganado el favor de Del Monte, que aunque no lo sabía ni lo sabría nunca, ya se había convertido en la piedra angular de su plan. Había dado limpiamente los primeros pasos de la intriga, pero aún quedaba mucho por hacer. Lo primero era establecer su aptitud para el ingreso en la Orden.

Y para eso tendría que pelear.

Al día siguiente de la llegada de la pequeña fuerza de refuerzo, Mustafá Pachá envió un embajador para negociar la paz. Los términos eran idénticos a los aceptados por la Religión en el sitio de Rodas y resultaban muy generosos, ya que los turcos lo concedían todo excepto su retirada de la isla. Si La Valette renunciaba de inmediato a Malta, los turcos le garantizaban a él y a todos sus caballeros el paso libre a Sicilia, con las armas, las reliquias, los estandartes y el honor intactos. Se respetarían las vidas de los habitantes de la isla, que pasarían a ser súbditos de Suleimán Sha y, como tales, gozarían de su protección y serían libres de rendir culto a la deidad que eligieran, de la manera que ellos prefirieran. Por muchas y muy buenas razones, cualquier hombre sensato y amante de la paz habría atrapado la oferta al vuelo. La Valette la escuchó con la debida cortesía. Después ordenó conducir al embajador al cadalso de la puerta Provenzal y ahorcarlo.

TERCERA PARTE

LOS AIRES AVENTADORES

Domingo 15 de julio de 1565

Fuerte de San Miguel. La Ísola

Desde el bastión del fuerte de San Miguel, Ludovico escuchaba el endiablado aullido de la llamada a la oración. ¡Demonios seducidos por las diatribas de un fanático del desierto! En comparación con el resto de su erudición, Ludovico sabía poco del islam, pero más que suficiente para reconocer un credo contrario a la razón y destinado a excitar y cautivar las mentes más primitivas, que como tal seguiría reclutando gran cantidad de fieles entre las razas inferiores. Aun así, mientras fuera posible mantenerlo circunscrito a las áridas tierras donde prosperaba, la historia acabaría condenándolo a la irrelevancia o, en el peor de los casos, al mero papel de obstáculo en el camino de la humanidad.

Ludovico tenía informadores que le habían referido todo lo sucedido en su ausencia. Mattias Tannhäuser había muerto en San Telmo y Bors, su tosco compañero, era un perro que más valía dejar durmiendo. La historia del chico que Tannhäuser había estado buscando y que también había perecido le había causado angustia a Ludovico, más de la que hubiese podido imaginar. Había tenido un hijo. Donde habría esperado vergüenza, sentía orgullo; donde indiferencia, tristeza profunda. El muchacho era sólo una abstracción, pero su imagen lo atormentaba. También la de Carla. Ludovico no había intentado buscarla. Temía el poder que ella pudiera ejercer sobre su corazón y en consecuencia sobre su voluntad, y había además otras tareas más acuciantes que reclamaban su atención, en particular ese día. Desde las negras sombras de Santa Margarita, a un cuarto de milla de distancia, le llegaba el ruido metálico de las armas y el retumbar de miles de pasos. La Bestia Roja del Islam había despertado y ansiaba sangre.

Anacleto estaba junto a él en el adarve. Las mechas de los arcabuces relucían tras las almenas, como en clandestina observancia de ritos prohibidos. Dispersos entre los arcabuceros, los caballeros de San Juan se erguían lúgubres y silenciosos, como centinelas de un reducto en una tierra remota donde sólo los condenados tuvieran permitido el acceso.

Ludovico se volvió para ver la salida del sol. Sobre el fondo del cielo de Oriente, que parecía acuchillado de cirros carmesíes, vio un grupo de siluetas humanas a mediana distancia. Hubo un forcejeo. Después, una figura flaca y consumida cayó de la plataforma del cadalso, en el bastión más adelantado de Provenza.

Como si el macabro espectáculo hubiese accionado algún mecanismo oculto del invisible enemigo, la oscuridad de los montes estalló en cañonazos y una lluvia de piedra y metal se precipitó sobre San Miguel. Un trozo arrancado de muralla y una nube de piedra pulverizada arrastraron hacia el patio a un racimo de defensores. Sonidos feroces zumbaban en los oídos de Ludovico, que nunca hasta entonces había visto un disparo y sólo mucho después comprendió que se trataba de balas turcas pasando junto a su cabeza. A la creciente luz del alba, vio una liebre solitaria que huía aterrorizada de su destrozada madriguera en las ruinas de Bormula. Corrió hacia la fortaleza, como si sus puertas fueran a abrirse de par en par para ofrecerle refugio. Después, tras los pasos de la liebre y casi a idéntica velocidad, una horda de lunáticos salió rugiendo de los páramos violáceos, blandiendo armas y estandartes, y lanzando aullidos caninos en alabanza de su falso dios y su degenerado profeta.

Los cañones cristianos escupían balas de cadena, de racimo y de bola, pero la mortífera descarga que azotaba las filas musulmanas no detenía en lo más mínimo su avance. Cargaban contra San Miguel como si se dirigieran hacia las puertas del paraíso, transportando entre varios las grandes escalas de asalto, con las cuerdas y los ganchos enrollados al cuello y a los brazos. Para celebrar su llegada, los cristianos ya estaban izando calderos de manteca de cerdo hirviendo a los matacanes. Los porteadores malteses escupían maldiciones en su extraña lengua, no sólo por los vapores malsanos que les irritaban los ojos, sino por los camaradas sangrantes y mutilados que se retorcían a sus pies y sobre cuya carne gimiente caían ahora fragmentos candentes del contenido chisporroteante de los calderos. La clamorosa babel, los vapores sulfurosos y la agonía de los heridos no tardaron en inundar secciones enteras del adarve, como si el infierno se hubiera derramado por alguna hendidura del tejido de la Creación y sus fugitivos hubieran encontrado por fin amparo en el fuerte. Ludovico era un estudioso del poder y del miedo. Allí, en su primera batalla, fue testigo de la apoteosis de su unión.

La máquina de guerra de Mustafá Pachá llevaba preparando ese momento desde la caída de San Telmo. La vasta arquitectura de cañones de asedio y gaviones se había desmontado pieza a pieza y transportado de las faldas del monte Sciberras a las laderas de Santa Margarita, Corradino y San Salvatore. Las trincheras excavadas en la arenisca por las fuerzas de avanzada trazaban un sinuoso recorrido a través de Bormula, en dirección a la Ísola, y proseguían bajo tierra, en las galerías de los zapadores que avanzaban hacia los cimientos de la ciudadela.

Como las baterías de Sant'Angelo impedían la entrada de la flota turca al puerto, Mustafá había mandado construir una pasarela de troncos engrasados en la vertiente opuesta del monte Sciberras. Una vez construida, sus esclavos negros habían pasado tres días enteros trabajando bajo el látigo y, en una hazaña que había llenado de consternada admiración a los caballeros que la contemplaban, habían arrastrado docenas de las galeras de guerra de Piyale, una a una, haciéndolas pasar por la montaña desde el puerto de Marsamxett. Cuando llegaban a la cumbre del monte, las torturadas cuadernas de los barcos crujían y se quejaban como bestias conducidas al matadero. Las cuerdas y cadenas que retrasaban su descenso zumbaban por la monstruosa tensión y a veces se partían con un latigazo mortífero para los esclavos. A medida que las colosales embarcaciones bajaban por la pendiente hacia las aguas que bañaban la Ísola, el sebo de sus cascos despedía una humareda negra y producía chispas y llamaradas cuando la grasa se incendiaba, como si formaran parte de un convoy del Hades cuyos capitanes estuvieran tan impacientes por recoger su carga que se hubieran presentado para llevarse a los vivos, en lugar de esperar a los muertos. Ahora, un total de ochenta navíos con sus cañones amenazaban las fortificaciones que defendían la costa.

Así pues, desde todos los puntos cardinales, desde los montes, el puerto y el cabo del Patíbulo, las dos penínsulas cristianas –el Borgo y la Ísola– podían ser blanco de la artillería turca, y durante los últimos diez días habían sido objeto de continuos bombardeos, desde el alba hasta el crepúsculo. Cientos de mujeres y niños en la abarrotada ciudad habían caído víctimas de los proyectiles. Se habían destruido docenas de hogares. Ahora todos los cañones turcos se dirigían contra San Miguel.

Ludovico no prestaba atención a las bombas turcas y observaba, en cambio, los estragos causados en la horda musulmana. Tomó ejemplo del almirante Del Monte, de Zanoguerra y de Melchor Robles, que contemplaban las balas de cañón y el reguero de desdicha que dejaban a su paso con la sombría indiferencia de los sepultureros. El bastión donde se encontraban dominaba Bormula y el puerto, y ofrecía una visión panorámica de la carnicería en su avance desde la tierra y el mar. La punta de lanza del ataque eran los argelinos.

Hasem, virrey de Argel y vencedor de los asedios de Orán y Mers-el-Kebir, había llegado la semana anterior con cinco mil gazíes y con los corsarios de El Louck Alí. Desde las laderas de Santa Margarita, Hasem dirigía el ataque contra el flanco de San Miguel orientado al interior de la isla. Kandelissa, su lugarteniente, conducía a los corsarios desde las costas del Marsa, al oeste. Estos últimos llegaban a bordo de docenas de espumosas falúas, con los remos y las armas centelleando al sol naciente, y fervorosos imanes entonando suras en las proas.

La costa de la Ísola estaba defendida con una empalizada de estacas, hincadas en el lecho marino y unidas mediante cadenas. Las falúas embistieron a gran velocidad esta barrera, pero las cadenas crujieron y las estacas se volcaron, atrapando a las desesperadas embarcaciones en una mortífera telaraña. Los arcabuceros cristianos apostados en las murallas que daban al mar hostigaron con una descarga tras otra a las tropas que intentaban el desembarco, pero aun así los fanáticos hicieron frente a la marea de sangre y se abrieron paso entre cadáveres y remos abandonados con una calma que Ludovico encontró sorprendente. Arrastraron consigo sus escalas, entre la espuma levantada por las balas; unieron los escudos para protegerse de la lluvia de proyectiles y bombas incendiarias, y una vez en la playa, desplegaron los estandartes de la estrella y la luna creciente. Kandelissa reagrupó a las huestes de los creyentes y un enjambre de flechas surcó el cielo del alba. Obedeciendo las órdenes de su capitán y proclamando la grandeza de Dios, los argelinos empezaron a escalar los muros de la Ísola.

Ludovico llevaba una media armadura con musleras y peto negro pulido, del taller de Filippo Negroli de Milán, que había sido regalo de Michele Ghisleri y cuyo precio hubiese podido pagar el rescate de un barón. Estaba tan perfectamente articulada que los movimientos no le resultaban mucho más difíciles que con su ropa habitual. Por su oficio de sacerdote no le estaba permitido derramar sangre, pero el papa Pío le había concedido una dispensa *in foro interno* para luchar en esa cruzada.

Como una plaga de gigantescas alimañas, los argelinos salvaron el foso e infestaron los muros. El aceite hirviendo se derramó humeando por la muralla y escaldó a los vociferantes infieles que se amontonaban abajo. Estallaron las bombas de fuego griego y se levantó un olor a carne quemada que sofocó a los asediados. Mientras el sol trepaba hacia su cenit y cubría la abrasada llanura con un velo reverberante, los estandartes de batalla argelinos ondearon en lo alto de los muros y Dios envió a Ludovico su momento de la verdad.

Ludovico estaba a las órdenes del comandante Zanoguerra, que dirigía una sección volante de una veintena de españoles e italianos, en reserva para las peores crisis. Figuraban entre ellos los hermanos que por encargo expreso de Del Monte debían velar por la seguridad de Ludovico. Dos eran italianos: Bruno Marra, de Umbría, y un joven novicio sienés llamado Pandolfo. El tercero, un gallardo castellano de nombre Escobar de Corro, había sido transferido desde la caballería de Mdina. Todos se giraron.

Del otro lado de los chirriantes molinos de viento, al norte, una vasta explosión convertida en surtidor de llamas y miembros cercenados devoró el extremo marítimo de la muralla de la Ísola. Incluso donde ellos se encontraban, en la otra punta de la península, donde las fortificaciones se alejaban de la costa formando un ángulo y se enfrentaban los montes, les llegaron fragmentos de escombros que se estrellaron contra sus corazas. Sólo la explosión de un almacén de pólvora podía explicar tan vasta destrucción. Vieron cómo uno de los bastiones y el lienzo adyacente se desmoronaban entre la nube de polvo y caían al mar. Los estandartes argelinos de Kandelissa aparecieron por la ladera, subiendo hacia las ruinas humeantes. Zanoguerra se dirigió a sus hombres.

–¡Ha llegado el momento de morir por nuestra santa fe!

El comandante los condujo a toda carrera por el adarve que daba al mar. El camino atravesaba el caos y era tan resbaladizo como el suelo de un matadero. Por el ángulo y el peso de las escalas de asalto del enemigo resultaba muy difícil apartarlas de los muros (prácticamente imposible si a su peso se sumaba el de docenas de hombres), y a lo largo de todas las fortificaciones, musulmanes y cristianos jadeaban en sudorosa lucha por la posesión de las murallas.

Unos pasos más adelante, un miliciano maltés se detuvo para alancear a un musulmán que había alcanzado el borde del muro, y lo sostuvo ensartado por el pecho, mientras el desdichado tosía sangre y sus camaradas mahometanos aullaban desde los peldaños inferiores de la escala de asalto. El maltés se bajó los pantalones con una mano, se agachó y, con la rapidez y el aplomo con que se hubiera aclarado la garganta, expulsó un grueso y humeante zurullo. Después volvió a subirse los pantalones y se aplicó una vez más a la tarea de hundir más profundamente la pica en los pulmones de su víctima. Cuando Ludovico se hubo acercado un poco más, otro argelino pasó reptando por encima de los hombros de su compañero ensartado, que se agarraba empecinadamente al asta de la pica para impedir que se la arrancaran del pecho. El maltés renunció finalmente al arma, pero lo hizo demasiado tarde, porque cuando ya desenvainaba la daga, el argelino le ganó la posición en la almena y lo hirió en el cuello con una cimitarra. De rodillas, el maltés se abalanzó sobre el argelino y, tras alcanzarlo con la daga en los muslos, en la entrepierna y en las ingles, consiguió derribarlo y subírsele encima, quedando ambos con las cabezas entre los merlones, colgando sobre el vacío. Los dos hombres gruñían y jadeaban, cada uno empapado en la sangre del otro y los dos en la del primero, que aún tenía la pica atravesada y seguía apoyado en un resbaladizo peldaño, y no dejaba de toser un rocío escarlata, mientras le arrebataba el casco al maltés, le tiraba del pelo, le apretaba los ojos y le hundía los pulgares en la herida del cuello, para desgarrársela aún más.

Ludovico se precipitó hacia el maltés moribundo y hundió la espada en la boca abierta del turco alanceado. Sintió el chasquido de los dientes rotos y el crujido del acero al atravesarle el cráneo o quizá la espina dorsal, y la sensación hizo que un estremecimiento le recorriera la espalda. Retiró la espada en un torrente de vómito sanguinolento y guió la punta manchada de sangre por debajo del cadáver del maltés, hasta hincarla profundamente en la carne del musulmán atrapado debajo. Anacleto se le unió y atravesó el bulto humano con la espada. La maraña de hombres entrelazados se convulsionó en un grotesco y frenético espasmo, al tiempo que Ludovico daba un paso atrás y notaba al apoyar el pie la blanda consistencia del zurullo. Acto seguido, los tres hombres, los argelinos y el maltés, oscilaron al borde de la muralla y cayeron dando vueltas en el vacío, para ir a engrosar la masa de cadáveres que se amontonaban debajo. Ludovico recuperó el aliento. Sintió que un éxtasis inexpresable le invadía el pecho, las extremidades y la garganta con la fuerza de una revelación. Miró a Anacleto, que hizo un breve gesto de asentimiento y se volvió. Ludovico había nacido para matar. Saberlo lo llenó de euforia.

Levantó la vista a la luz cegadora y dio las gracias a Dios.

Siguieron avanzando.

Las huestes de Zanoguerra chocaron con los argelinos en la brecha y sembraron los escombros de sesos, miembros cortados y vísceras. Las aspas de los molinos arrojaban franjas de sombra intermitente sobre los combatientes y Ludovico se lanzó a la lucha. Sin hacer caso del estrépito de las hojas de acero sobre su casco y sus hombreras, blandía la espada y la hundía con las dos manos, aporreaba las afiladas caras morenas con los codos acorazados y pisoteaba con todas sus fuerzas a los heridos que se arrastraban a sus pies. Anacleto parecía flanquearlo por todas partes a la vez, eludiendo ágilmente las cimitarras, alcanzando con su espada a los que se enzarzaban en otras luchas y salvando la vida de su señor más veces de las que él llegó a saber.

Zanoguerra exhortaba a las despavoridas milicias que defendían las ruinas, espoleando sus espíritus con invocaciones a Jesucristo e instándolas a dar la vida por la Santa Religión. Después, una bala de mosquete le atravesó el pecho y cayó entre los muertos. Mientras los chacales del Profeta hostigaban su cuerpo, el pánico volvió a apoderarse de la milicia, que huyó una vez más por el sangriento corredor para buscar refugio entre los molinos. Una exuberante aclamación de victoria brotó de las fuerzas musulmanas, que se reagruparon para lanzar un segundo ataque a través de los escombros. Ludovico, Anacleto y los pocos castellanos que aún quedaban con vida formaron un cordón en torno a su comandante abatido y un puñado de aguerridos malteses se unieron a ellos delante de la brecha y empezaron a rezar padrenuestros como preparación para el final:

Pater noster qui es in caelis... sanctificetur nomen tuum. Venga a nosotros tu reino. Hágase tu voluntad, así en la tierra como en el cielo. El pan nuestro de cada día dánoslo hoy y perdónanos nuestras ofensas así como nosotros perdonamos a quienes nos ofenden. Et ne nos inducas in tentationem... mas líbranos del mal. Amén. Pater noster qui es in caelis...

Mientras los argelinos subían en tromba por la cuesta sembrada de rocas, Ludovico bajó la vista. Notó por primera vez que una flecha le sobresalía del muslo. No recordaba haber recibido ninguna herida. Anacleto cortó una muesca en el astil con la espada y partió la flecha para acortarla. Ludovico se lo agradeció.

–¡Dios mío! –exclamó Anacleto–. ¡Mirad!

Ludovico se volvió. Una multitud de mujeres del campamento de refugiados venía por el pedregal. Se habían amarrado las faldas a la cintura y quitaban a su paso las armas a los muertos. Cuando llegaron a las murallas para plantar cara al enemigo, Ludovico sintió que se le llenaban los ojos de lágrimas. Detrás de las amazonas maltesas, la Lengua de Auvernia, a las órdenes de *sieur* de Quinay, y una compañía de infantes españoles cruzaron el puente de barcazas que atravesaba la ensenada de las Galeras. Ludovico volvió a unirse a la refriega y en toda la costa fue tremenda la carnicería.

Hicieron falta dos horas para mandar de regreso a sus barcos a Kandelissa y sus gazíes. Los musulmanes que se rindieron fueron masacrados en la arena, mientras las mujeres maltesas pasaban a cuchillo en los bajíos a los turcos que encontraban medio ahogados. Con la noticia de que el asalto por mar había fracasado, las tropas que atacaban el fuerte por tierra perdieron la moral. Los italianos de Del Monte expulsaron de las murallas a los argelinos de Hasem, efectuaron una salida y mataron a los rezagados en las ruinas de Bormula. El sol se puso detrás del monte Sciberras en un fantástico despliegue de rosas y anaranjados, y mientras Ludovico contemplaba cómo las últimas embarcaciones musulmanas se alejaban hasta situarse fuera del alcance de los cristianos, bandadas de buitres sobrevolaban en círculos la playa sembrada de cadáveres. En las aguas que rodeaban la península, incontables cuerpos sin vida se balanceaban con las olas y desde la playa iban y venían los nadadores, para apropiarse de las joyas, la plata y el oro de los muertos. Miles de argelinos no volverían a ver su tierra. Pero el precio había sido alto para la Religión. En la dolorosa extenuación posterior a la batalla, Del Monte apareció junto a Ludovico.

–La guerra es algo monstruoso –dijo Del Monte, encogiéndose de hombros–, pero se nos acaba metiendo bajo la piel.

Ludovico lo miró. Se sentía mareado, con la visión interrumpida por instantes de absoluta negrura. Levantó la áspera voz hasta el nivel de un ronquido audible.

–Con vuestra bendición, me gustaría ordenarme caballero de San Juan.

Se le aflojaron las piernas y Del Monte tuvo que sostenerlo. Se rehízo y, siguiendo la mirada de Del Monte, descubrió que tenía las botas llenas hasta los topes de un líquido oscuro y de sangre coagulada. Del Monte llamó a un caballero más joven y le pidió que ayudara a Anacleto a llevar a Ludovico al hospital.

–En cuanto a vuestro ingreso en la Orden –dijo Del Monte–, dejadlo a mi cuidado.

Del trayecto al hospital, a través del puente de barcazas que se balanceaba y sacudía con el éxodo de los heridos y mutilados, recordaba muy poco. Para avanzar más aprisa entre el gentío, sus acompañantes distribuían golpes con la hoja de la espada de plano. Una campesina desconocida le dio vino de un odre, sin que él supiera por qué. Cuando llegaron a la Sagrada Enfermería, fue tal el caos que encontraron que sus escoltas se negaron a dejarlo allí y decidieron llevarlo entre los dos al albergue de Italia, que estaba a unos cientos de yardas de distancia, o al menos eso entendió Ludovico en su estado de confusión. Cuando se volvían para llevárselo, Ludovico se detuvo y se resistió a los designios de sus compañeros.

Allí, en el vestíbulo manchado de sangre, vio a una mujer inclinada sobre una convulsa masa sanguinolenta, que resultó ser un hombre desnudo al que ella acababa de asegurar sobre una mesa. La mujer tenía los brazos carmesíes hasta los hombros. El pelo se le había soltado y lo tenía pegado a los goterones que le surcaban la cara. Pero ni eso ni las arrugas de extenuación que le cruzaban la frente conseguían nublar su belleza, ni menos aún la dulzura de su expresión. Intentó llamarla, pero la garganta no le respondió.

Envidiaba al hombre tendido sobre la mesa. Los celos le horadaron las entrañas. Y más que la fatiga que le calaba los huesos, más que el éxtasis y el horror que le abrumaban el alma, el hecho de verla lo hizo caer de rodillas.

Era Carla.

Mientras perdía el sentido sin que los jóvenes caballeros impidieran su caída, se dio cuenta de que aún la amaba y un abismo tan profundo como la eternidad se abrió en su interior. La amaba pese a todos los años de virtud y disciplina. La amaba aunque pusiera en peligro su misión. La amaba con la misma negra desesperación que antaño lo había esclavizado.

Miércoles 1 de agosto de 1565

El Borgo. El hospital. El albergue de Inglaterra

A la luz de la Vía Láctea, las calles del Borgo yacían silenciosas, abandonadas y pálidas, como el recuerdo espectral y borroso de una civilización desaparecida. Era casi medianoche cuando Carla salió de la Sagrada Enfermería y atravesó la plaza. Las losas del suelo olían al vinagre utilizado para limpiarlas de sangre e inmundicia, y el hedor exacerbó el mareo que le causaba el cansancio. Durante las dos últimas semanas, las noches se habían visto desgarradas por esporádicos bombardeos turcos, de modo que ella recorría las calles buscando siempre lugares donde ponerse a cubierto. El polvo de arenisca lo cubría todo, incluso a los que dormían en la calle. Balas de piedra de cañón se estrellaban sin previo aviso contra los tejados de las casuchas abarrotadas de gente. La Sagrada Enfermería había sido alcanzada varias veces. Los proyectiles bajaban botando por las estrechas callejuelas empedradas, como canicas de un juego macabro. Incluso a escasa velocidad podían partir una pierna, y sólo después de varios accidentes espantosos los niños de la ciudad habían comprendido que era mejor no tratar de atraparlas.

Sin la religión para darles consuelo, unirlos y, ante todo, mantenerlos ocupados, la moral de la población civil y los soldados no habría tardado en resquebrajarse. Por orden de La Valette, la marea de ritos religiosos se mantenía más o menos constante. Los funerales y entierros colectivos se celebraban con gran pompa. Las misas de réquiem, las bendiciones, las novenas, las vigilias y las procesiones eran el pan de cada día. Reliquias e imágenes poco conocidas se exponían a la veneración pública y después se retiraban. Se anunciaban y celebraban las festividades de un sinfín de santos, incluso de algunos que ni siquiera los más beatos conocían. Con especial júbilo se habían celebrado un puñado de bautizos y tres bodas inverosímiles. De ese modo, con su fortaleza de ánimo, su coraje y su gentileza hacia el prójimo, los habitantes de la ciudad demostraban ser merecedores de la protección divina.

Pero el otro lazo que los unía era el odio ferviente a los musulmanes, a los que consideraban intrínsecamente crueles, traicioneros y asesinos. Gran parte de las conversaciones versaban sobre su carácter inhumano. Los dos mil esclavos de las galeras de la Orden, que en su mayoría trabajaban reparando los muros bajo el fuego turco, soportaban lo peor de ese rencor.

Los actos de violencia gratuita que sufrían quedaban impunes. Cuando las mujeres que un día estaban guardando fila delante del depósito de provisiones quedaron reducidas a papilla por los cañonazos turcos, docenas de esclavos fueron asesinados con espeluznante crueldad. A Nicodemo, cuando salía (y cada vez salía menos), lo trataban como a un apestado, incluso en la iglesia. Cuando Carla pasaba delante de las cuadrillas de esclavos, delante de sus cuerpos esqueléticos, de sus llagas supurantes y sus expresiones atormentadas, no podía evitar una quemante sensación de vergüenza.

–No podemos hacer nada –le había dicho el padre Lázaro–. La guerra nos convierte a todos en canallas.

Habían pasado setenta y dos días desde el ahorcamiento del viejo titiritero. Todos habían perdido parte de su sano juicio y de su alma. La población aterrada e insomne, que por las noches se refugiaba en sótanos y galerías y por el día se agachaba detrás de los montones de escombros para protegerse de las flechas y el fuego de los mosquetes, se encontraba cada vez más próxima a la desesperación. Algunos incluso esperaban ansiosos el siguiente ataque turco, que al menos quebraría la arrasadora monotonía teñida de horror y quizá pondría fin a sus amarguras. Carla no era uno de ellos. No había olvidado, ni podría olvidar nunca, las horas posteriores al ataque de San Miguel.

Los heridos habían empezado a llegar cuando terminó la batalla y cuando el puente de barcazas finalmente se abrió para ellos. Habían ido en aumento desde primera hora de la mañana, hasta llegar a ser una multitud miserable y sedienta que los guardias armados retuvieron hasta entonces al otro lado de la ensenada. Fray Lázaro había enviado a tres de los médicos judíos de la ciudad para que hicieran lo que pudieran, y los judíos habían trabajado como ángeles, en el caos ensangrentado y abrasado por el sol, a tan sólo un centenar de yardas de distancia del estrépito de la batalla. Carla no había sido la única en ofrecerse voluntaria; pero Lázaro, que imaginaba lo que se avecinaba, se negó a arriesgar la vida de sus colaboradores.

Sin embargo, ni siquiera Lázaro estaba preparado para la magnitud de lo que vino después. El éxodo de los heridos por las barcazas resbaladizas y bamboleantes fue demasiado horrendo para describirlo. Los caballeros tenían precedencia, una injusticia que todos aceptaban porque así era el mundo. Después se produjo un torrente de pánico que los prebostes intentaron controlar sin éxito. Muchos resbalaron y cayeron al mar entre las sogas y allí se ahogaron. Otros cayeron dentro de las embarcaciones y murieron en medio de sofocantes marañas humanas. A otros los pisotearon. Del otro lado del puente, en el Borgo, la gente del pueblo transportaba sobre mantas y esteras hasta el hospital a los que no podían valerse por sí mismos. Los que aún podían moverse, iban cojeando o arrastrándose. Ambos grupos sufrieron numerosas bajas por el camino. Cuando la evacuación hubo terminado, todas las calles del trayecto estaban cubiertas de pared a pared por una alfombra de lodo rojizo.

La Sagrada Enfermería era el hospital mejor equipado y atendido del mundo conocido, porque así lo habían querido los caballeros de San Juan de Jerusalén, y con sus doscientas camas era también uno de los más grandes. Las matanzas a gran escala no eran en sí mismas una novedad, pero lo habitual era dejar morir a los detritus humanos en el campo de batalla. Ninguna institución había intentado hasta entonces hacerse cargo de un número tan impresionante de heridos. La idea de intentar salvarlos era una locura sólo atribuible a la fe. Pero los monjes lo intentaron, y la situación los desbordó.

Las paredes y el suelo de la sala de operaciones estaban bañados de sangre y de bilis. Cuadrillas de mujeres maltesas iban y venían, enjugando el fango carmesí con trapos empapados en vinagre, hasta que los trapos no fueron suficientes y tuvieron que usar palas para retirar los grandes coágulos grasos y ennegrecidos que se multiplicaban debajo de las losas del suelo como obscenas formas de vida. Los cirujanos sudorosos golpeaban con mazos a sus pacientes para inducirles la inconsciencia. Gastaban el hilo de intestino de oveja por ovillos y pedían una y otra vez que volvieran a afilarles los instrumentos. Los heridos se partían los dientes cariados sobre los tacos que les daban a morder, porque las valiosas esponjas narcóticas no tardaron en agotarse. Puntas de flecha, balas de mosquete y esquirlas de muralla ensangrentadas caían repiqueteando en las baldosas del suelo. Los olores de las cauterizaciones flotaban en el aire. Entre aullidos de agonía que competían con órdenes impartidas a voz en cuello, los capellanes se arrodillaban con la ropa saturada de sangre y dispensaban extremaunciones a un ritmo inverosímil. Con nauseabunda regularidad, tinajas enteras de miembros amputados eran transportadas hasta el montón que crecía en la calle. Más grandes aún eran los montones de cadáveres.

La necesidad anuló las restricciones que pesaban sobre la labor de Carla. Fray Lázaro la puso a desnudar y lavar a los heridos antes de enviarlos a la mesa del cirujano. Había que abrir las armaduras aún calientes y separarlas a la fuerza de unos ocupantes que se retorcían de dolor. Había prendas y almohadillas endurecidas por la sangre coagulada que era preciso desprender de las heridas y las ampollas, botas que era necesario cortar de los pies y los tobillos destrozados, y morriones deformados e incrustados que había que separar de los cráneos. Todos los hombres tumbados sobre las mesas de caballetes, sin excepción, estaban sucios de fango y excrementos. Para limpiarlos, había que transportar el agua salada del puerto por barriles. Y los heridos gritaban. Gritaban mientras los desnudaban, gritaban mientras los lavaban y gritaban mientras los conducían a la mesa de operaciones. Carla se sentía como si los estuviera torturando. Le rechinaban los dientes y se ahogaba en sus propias arcadas. Evitaba mirar las manos tensas y los ojos desorbitados de los heridos. Mientras les frotaba las llagas con agua salada, les suplicaba que la perdonaran.

No parecía haber componente ni faceta de la forma humana que no fuera posible horadar, sajar, aplastar, quemar o cercenar, ni parecían tener límite las combinaciones posibles de todas esas desgracias. El dolor, el miedo y el caos, arrebatados del campo de batalla, se paseaban con maligna alegría por el escenario del hospital. Danzaban alrededor de Carla y jugaban con todos sus sentidos, asaltándole la vista con carne profanada y caras contorsionadas, desgarrándole el cerebro con penetrantes alaridos y súplicas, y contaminándole la boca y las fosas nasales con olor a intestinos perforados, orina derramada, sudor y aliento rancio. Incluso sus propias manos la atormentaban, porque le transmitían a las entrañas y a la médula cada espasmo de agonía, y el agua de mar contaminada de desechos humanos le quemaba como una maldición los dedos corroídos.

Pronto se hizo la oscuridad en el hospital y, a la luz de velas y lámparas, la muerte se volvió más presente y el terror pareció más palpable que nunca. Para entonces también gritaban las sombras proyectadas en las paredes. Carla lo intentó. Buscó en sus reservas más profundas de coraje y valor, pero no fue suficiente. Llegó un momento en que supo que debía huir. Con la última brizna de compostura, se prometió no salir corriendo. Dejaría caer el trapo ensangrentado en el cubo y se marcharía sigilosamente. No la vería nadie. Se dirigiría a la puerta sorteando los cuerpos de los heridos y pasaría sobre los que yacían en el suelo del vestíbulo, hasta llegar al portal y, finalmente, a la plaza. Sólo entonces echaría a correr. San Lorenzo la llamaba y, en su interior, la capilla de Filermo y la mirada de la Virgen que todo lo perdona. Seguramente, en ella encontraría la paz, y si no la paz, al menos la compañía de alguien que conoció todos los dolores.

Dejó caer el trapo en el cubo y se dirigió a la puerta. Atravesó el vestíbulo en penumbra, donde la luz de las antorchas reverberaba sobre los rostros crispados de los desdichados, y oyó que la llamaban por su nombre. ¿O sería una voz en su interior? No se detuvo. Llegó al arco de piedra del portal. Fuera quedaba todavía un poco de luz. Lo que vio más allá del portal la dejó sin habla.

Cuerpos mutilados cubrían la plaza. Los claustros que se extendían a su izquierda y a su derecha hormigueaban con un sinnúmero de heridos. Hombres, mujeres y niños de todas las edades. Soldados malteses y españoles. Civiles de uno y otro sexo, tumbados de espaldas sobre los charcos que relucían sobre las piedras del suelo. Hermanas, madres y esposas, de rodillas junto a sus hombres, abanicándolos para espantar las moscas y aliviarles el calor. Entre ellos iban y venían capellanes de hábitos negros y también los médicos judíos, que aún no eran bien recibidos en el recinto sagrado del hospital, pese a las muchas vidas que habían salvado con su esfuerzo. El tenue resplandor rojizo del crepúsculo y el murmullo de las plegarias y las lamentaciones conferían al conjunto de la escena el aspecto de un anticipado apocalipsis, como si hubiera llegado el Día del Juicio y los penitentes azotados por la guerra se hubieran arrastrado en masa hasta las puertas de la eternidad para confesar sus pecados y suplicar la clemencia divina.

Carla quedó varada entre los horrores que se agolpaban dentro y los de fuera. La contribución que pudiera hacer ella a la supervivencia de los heridos le pareció trivial. ¿Para qué hacer nada? Los que se recuperaran lo suficiente como para mantenerse en pie serían devueltos a la batalla, para perpetrar los mismos crímenes horrendos contra otros hombres, porque seguro que del otro lado de las murallas los mahometanos languidecían en similar situación de angustia y hacinamiento. Se le aceleró la respiración y sintió como si un puño le apretara el pecho. El corazón le palpitaba como si quisiera romper las amarras y dejarla tirada en el suelo con los demás. Por un momento, Carla deseó apasionadamente ese desenlace: librarse del peso de ser la única persona sana entre una multitud de cuerpos rotos y mutilados, dejar de empujar cuesta arriba su roca de Sísifo, librarse del deber, el pánico, el fracaso y la angustia.

Sintió un tirón en la falda y bajó la vista. Una mano como una garra se le aferraba al ruedo empapado de sangre. Un joven de no más de veinte años yacía a sus pies, con los hombros temblando por el esfuerzo de levantar los brazos. Sus mejillas y sus ojos eran hoyos labrados en la penumbra. Dos húmedos puntitos de luz casi exánimes le devolvieron la mirada y un hueco negro se movió sin sonido entre sus labios. Carla sintió que se le cerraba la garganta e intentó tragar, pero no pudo. Vislumbró unos cordones violáceos y un enjambre azul de moscas que le sobresalían al muchacho del vientre flaco. Cerró los ojos para controlar las lágrimas y se volvió. Le dio la espalda al joven desconocido que nunca abrazaría a su amada, ni volvería a respirar jamás el aire de una luminosa mañana azul, y que al morir allí, en la pestilente oscuridad, despojaría al mundo de todo lo que habría podido darle. Parpadeó. Con la mirada nublada por las lágrimas, vio el camino que debía seguir a través de la plaza, que en su imagen borrosa no le parecía tan grande. La Virgen de Filermo, la que había visto cómo hostigaban a su hijo mientras lo conducían a la muerte en el monte del Calvario, la perdonaría. La mano como una garra volvió a atraparla y ella le rogó en silencio que la librase de su compromiso. Dio un paso hacia la plaza. No estaba tan lejos. ¿Y qué precio en horror podía costarle que no hubiese pagado ya?

Sintió que la mano caía, apartándose de ella, y por un momento se sintió libre; pero entonces, con un aplastante sentimiento de vergüenza, supo que no había caído la mano, sino ella misma. El joven no le había tendido la mano para pedir ayuda, sino para salvarla, para rescatarla del estado de estupor en que había caído su alma. Carla se volvió, desesperada, pasándose una manga por los ojos para aclararse la vista, y al arrodillarse junto al muchacho, comprendió que ya era tarde, porque él ya se había ido. Los puntitos de luz habían desaparecido de sus mansos ojos castaños; la boca estaba trabada en un aullido silencioso, y el pecho, cuando ella le apoyó una mano encima, estaba húmedo e inmóvil. Incluso los anudados cordones que le sobresalían del vientre habían perdido su brillo. Había muerto abandonado, sin nombre ni amigos, y se le había negado incluso la mirada de una desconocida. ¿También Tannhäuser habría muerto así? ¿Y Orlandu, el hijo que ella no había reconocido ni reclamado como propio? Se resistía a creerlo. No podía creerlo, porque no lo habría soportado. Le cerró al joven la boca y los ojos castaños, y sujetó entre sus manos la cara que ya empezaba a enfriarse. Se echó a llorar en la penumbra escarlata, sintiéndose indigna incluso de la plegaria.

Entonces unas manos la agarraron por los hombros desde atrás, la ayudaron a ponerse en pie y condujeron su rostro hacia un hombre enfundado en una túnica negra. Los brazos la rodearon y ella se agarró con fuerza al torso blasonado con la cruz y lloró con el desconcierto y el abandono de una niña. Lloró como si nunca hubiese llorado en toda su vida. Un millar de dolores le asaeteaban el alma: por el joven sin nombre tendido a sus pies y todos los que eran como él; por Tannhäuser y Orlandu, estuvieran aún vivos o no; por el padre al que había decepcionado y cuyo honor había manchado; por el amor que había conocido y perdido, y por el amor que ni siquiera había vivido pero que anhelaba más que ningún otro.

Recuperó el aliento y levantó la vista. Era Lázaro, demacrado y visiblemente extenuado; el dolor que distinguía en su mirada era tan infinito como el suyo propio. Sin embargo, por la grandeza de su corazón, el monje fue capaz de esbozar una sonrisa de ilimitada bondad.

–Si subís por esa escalera –le dijo, indicando con la cabeza un pasillo–, encontraréis una habitación pequeña con una cama. En realidad es un catre duro y estrecho, pero os parecerá que estáis en una nube. Id ahora allí y descansad.

Carla retrocedió un paso, se secó la cara y miró al hombre que acababa de morir.

–Le negué mi compañía –dijo.

Lázaro le sujetó la cara y la giró hacia sí.

–San Pedro negó tres veces a Nuestro Señor y eso no impidió que fuera un santo. –Sonrió una vez más, pero después su expresión se volvió grave–. Si agotamos nuestro espíritu, no seremos de ninguna ayuda para aquellos a quienes servimos. Y si no servimos, nuestras vidas no tienen sentido. El catre es mío y lo uso, creedme. Haced lo que os digo. Descansad. Y no olvidéis que Dios os ama. –Indicó a los heridos que yacían a su alrededor–. Habrá trabajo más que suficiente cuando volváis.

El catre era duro, estrecho y le daba la sensación de estar sobre una nube. Permaneció una hora acostada y, aunque cerró los ojos, estaba demasiado cansada y alterada para dormir. Retazos de pensamientos y ensoñaciones se entrelazaban en su mente. Pensó en Tannhäuser, en su corpulencia marcada por las cicatrices, en su ardor de visionario y en la franqueza de su mirada cuando la contemplaba a ella o a un mundo que se había vuelto loco. Imaginó cómo sería estar casados y en paz, preocupados únicamente por los pequeños incidentes de la vida. Oyó su voz asegurándole que todo pasaría. Y quizá se quedó dormida después de todo, porque él se coló en la pequeña celda y estaba desnudo. Carla lo había visto (lo había espiado) en su tinaja y el recuerdo azuzó el fuego de su imaginación. Él la levantó del jergón y le arrancó el vestido manchado de sangre. Sin que él se lo pidiera, ella se arrodilló y sus dedos se aferraron a los muslos compactos e iluminados que tenía delante. Cerró los ojos, los abrió y gimió. Se retorció y convulsionó con una sensación tan intensa que la hizo despertar y el sueño se esfumó, y ella se encontró perdida en una soledad reverberante de ecos. Los ecos eran reales, del monstruoso drama que tenía lugar abajo, y unas imágenes diferentes profanaron su fantasía. La conjunción de guerra y erotismo la llenó de confusión y la hizo llorar abrazada con fuerza a su propio pecho.

Se quedó así cierto tiempo. Después, las lágrimas se disiparon y se sintió mejor. Aunque la razón le dictaba lo contrario, ella, como Bors, se negaba a creer que Tannhäuser hubiera muerto. Algo en su interior insistía en que no era así. Y si Tannhäuser estaba vivo, entonces también lo estaría Orlandu, porque Tannhäuser era su escudo protector. Los quería a los dos sin límites ni condiciones. En un mundo de odio creciente, al menos podía quererlos. Era preciso que algo eterno resistiera en medio de tanta muerte y ese algo sólo podía ser el amor. Su amor, el de Lázaro, el del soldado sin nombre, el de Jesucristo... Se levantó del catre duro y estrecho que daba la sensación de estar sobre una nube y volvió al pozo de abajo, rezando por que el amor de Cristo los sanara a todos.

Habría más ataques y, después, muchos más, lo sabía, porque de todas las esperanzas tontas e imposibles que albergaba, la de que los combatientes depusieran las armas era la más tonta de todas. Decían que Mustafá estaba enfurecido por la derrota y se esperaba otro golpe de los turcos en cualquier momento. Los muros del Borgo y de la Ísola se estaban desmoronando en media docena de puntos y cada hombre o mujer capaz de levantar una piedra o manejar una pala trabajaba ahora junto a los esclavos para reparar el daño y construir nuevos parapetos y barricadas.

Las reservas y suministros de medicamentos del hospital (vino negro, mandrágora, betónica, belladona, aceite de rosas, opio y hierba de San Juan), que habían parecido inagotables al comienzo del asedio, estaban a punto de terminarse. El huerto de hierbas medicinales hacía tiempo que había perdido hasta la última hoja y el último pétalo. Los enormes rollos de vendas y apósitos se habían terminado y los monjes pululaban en torno a los pacientes ya atendidos para recoger vendajes viejos, lavarlos y volverlos a usar. La lucha contra la purulencia rampante que difundían los miasmas había desplazado al combate contra las heridas abiertas, y el hedor a pus lo impregnaba todo. Las fosas comunes se habían llenado y había sido preciso cavar otras nuevas. Todas las casas grandes de la ciudad se habían confiscado para alojar a los heridos menos graves.

En agradecido contraste con tantos horrores, un hombre que estaba cavando un refugio para su familia en el sótano de su casa había descubierto sin proponérselo un manantial de agua dulce con un caudal considerable. El milagro –porque lo era y como tal fue proclamado– había resuelto los problemas más acuciantes de la sedienta ciudad y sólo se vio ensombrecido por las violentas disputas que estallaron acerca de la atribución del mérito a santa Águeda, santa Catalina o san Pablo.

Viniera lo que viniese, Carla se sentía capaz de resistirlo. Había descubierto la paz que sobreviene con la inmersión en el sufrimiento. Era una paz extraña, una paz horrible que no le habría deseado a nadie, porque las víctimas de la guerra pagaban su precio. En su vulnerabilidad e indefensión, se despojaban de toda la maldad (de todo excepto el coraje y la fe más elementales) y recuperaban la inocencia perdida de la niñez. Las heridas revelaban el fondo de cada persona como ninguna otra cosa lo habría podido hacer, y lo que revelaban era algo noble y maravilloso, algo que pese a la agonía, la inmundicia y la humillación contenía más dignidad verdadera de la que Carla había visto en ninguna otra parte. Era cierto que los enfermos estaban más cerca de Dios y ella aprendió a aceptar la paz que le daban como un don de Cristo, el mismo don que Él mismo había prometido en la cruz, al precio de su dolorosa pasión. El orgullo de Carla se había doblegado y ella no lo lamentaba. Ahora sus temores y preocupaciones le parecían mezquinos, pero aun así perduraban. Mientras se dirigía al albergue, pensó en Amparo y se preguntó si la estaría esperando.

A veces encontraba a la joven acurrucada en la cama, y entonces se echaba a su lado. Las dos despertaban abrazadas y el día comenzaba rozando la felicidad. Otras veces pasaban días sin que Carla la viera y alguien le decía que estaba durmiendo en el puerto o en la cuadra de *Buraq*, al que adoraba. En cada uno de sus esporádicos encuentros, la joven parecía haber dado un paso más hacia la indómita criatura que Carla había encontrado muda y herida en el suelo del bosque. Jugaba con los niños como si no fuera mucho mayor que ellos. Leía la buenaventura y comía pan y aceitunas con los feroces tercios españoles, que parecían ver en su amistad un amuleto contra el infortunio. Había dejado de ir a la iglesia, excepto cuando Carla le pedía que la acompañara. Muchos en la ciudad la creían demente, pero nadie se atrevía a insultarla ni a hacerle daño, y ni siquiera a hablar mal de ella en público, porque Bors había hecho correr la voz de que era su protector y ya había vapuleado a uno o dos de sus detractores, con una furia que sólo había contenido al borde del asesinato. En un mundo vuelto del revés, Amparo estaba más tranquila y segura de lo que pudiera estar cualquiera de los demás.

Carla pensaba en Ludovico.

Hacía casi un mes que se había enterado de su regreso. Bors lo había visto llegar y se lo había contado. Después, Carla oyó que se había desplomado a las puertas del hospital, convertido en héroe de San Miguel. Sus camaradas habían echado un vistazo al horror del interior y se lo habían llevado tan sólo unos pasos más allá, a la pequeña enfermería del albergue de Italia. Carla no lo había visto entonces, ni después, y sin embargo, la presencia de Ludovico persistía en su mente. Y en la mente de otros muchos.

–La Inquisición no es bienvenida en Malta –le había dicho una vez Bors, que había estudiado el asunto.

Estaban sentados a la mesa del refectorio y Bors se aplicaba en hacer bajar una pila de tortas de yema. Sólo él sabía de dónde habían salido los huevos y el azúcar. Gracias a su olfato para el botín y a sus dotes de negociante (sólo comparables a las de Nicodemo como cocinero), ostentaba el privilegio de ser el único hombre de la isla que había engordado durante el asedio.

–¿Acaso es bienvenida en algún sitio? –preguntó Carla.

Bors resopló con desdén.

–El mal siempre beneficia a alguien. ¿Por qué si no iba a prosperar? –La cicatriz rosa brillante que dividía sus rasgos bronceados añadía cierto elemento grotesco a su expresión–. En Mesina, la Inquisición cuenta con miles de hombres. Oficialmente son sólo un puñado, sí, pero los respalda un ejército de aduladores, familiares y sanguijuelas: barones y ladrones, mercaderes y curas... Como ellos mismos os dirán:

«Todos los ricos, toda la policía y todos los delincuentes». Tienen metida una mano en todos los pasteles y hacen lo que les place. Cuando los dejan.

Sonrió como saboreando un recuerdo gratificante y Carla recordó al sacerdote del carruaje y la forma en que había muerto.

–La Religión jamás les habría permitido el acceso a Malta de no haber sido por la tortuosa astucia del papa –prosiguió Bors–, que nombró inquisidor general a Domenico Cubelles, el cual ya era obispo de Malta, de modo que los caballeros no podían ponerle un cuchillo en la garganta. Entre los caballeros hay manzanas podridas. ¿Cómo no iba a haberlas, siendo como son una banda de matones? Lo han visto todo: violaciones, sodomía, asesinatos, magia negra, herejía... ¿Y por qué no? Pero siempre han resuelto sus asuntos entre ellos. El obispo no les supo hacer frente: hubo alguna tibia denuncia de simpatías luteranas entre los caballeros de las lenguas de Francia, pero ningún arresto. La Inquisición sólo funciona cuando hay hombres sobre el terreno, pero el obispo es un animal de palacio. De todos modos, el Santo Oficio ya tenía un pie en la puerta y, hace seis meses, el papa envió a fray Ludovico.

El recuerdo que Carla tenía de Ludovico era el de un joven brillante, lleno de erudición y ardor espiritual, cuyo estado natural parecía ser la gentileza. Aún le costaba conjugar esa imagen con la del hombre que inspiraba tanto temor.

–¿De verdad es tan malo como dicen? –preguntó.

Bors hizo una pausa para llevarse otra torta a la boca y lanzó varios gruñidos de placer antes de limpiarse los labios con el dorso del puño.

–Ludovico es la mano negra del papa. Condes y cardenales han ardido en la hoguera por su causa.

Bors miró un momento a Carla, como esperando que compartiera su opinión de que los condes y los cardenales no merecían mucho mejor trato.

–Guzmán, uno de los tercios que están aquí –prosiguió–, sirvió en Calabria en el sesenta y uno, en la campaña del gran inquisidor Ghisleri para erradicar de los valles altos la herejía valdense. Se acuerda muy bien de fray Ludovico. Para asegurarse de que el marqués local actuara con celo, le consiguió un capelo de cardenal a su hermano, así, como si nada. Después barrieron del mapa el pueblo de San Sisto, hasta el último hombre, mujer y niño. A los que huyeron, los persiguieron por el bosque con sabuesos que llevaban días sin comer, especialmente preparados para la ocasión. Imaginadlo: la noche, las antorchas, el ladrido de los perros. Dicen que eran alrededor de dos mil en total. En La Guardia hicieron confesar con torturas a unos setenta. Después pintaron con brea a los supervivientes, les prendieron fuego al borde de un acantilado y se pusieron a apostar cuántos saltarían y en qué orden. En Montalto, encerraron a ochenta y ocho creyentes en la parroquia, los fueron sacando de uno en uno y los degollaron en la escalera de la iglesia.

Carla sentía un malestar profundo. Ella había amado a ese hombre.

–Después vino la limpieza del Piamonte, donde Ludovico se cruzó por primera vez con Mattias...

Carla ya no podía oír nada más.

–¿Quiénes son los valdenses? –preguntó.

Bors se encogió de hombros.

–Gente que adora a Cristo, pero de una manera diferente de la aceptada.

Carla no respondió.

–Ludovico nunca se ensucia las manos con sangre de herejes, pero su influencia llega muy lejos. Tiene informadores y espías en todo el tinglado, arriba y abajo, en los palacios y en los burdeles. Familiares de la Inquisición. Adoran la intriga y la traición. Son cosas que hacen sentirse importante a un hombre. O a una mujer. Harían lo que fuera. Basta decirles que lo hacen por Dios, el papa y el imperio, y que el cielo será su recompensa, y añadir al lote un puñadito de monedas de oro y la perspectiva de ver arder en la hoguera a un canalla. Pocos se resisten. Si además están temblando de miedo, mucho mejor aún.

–¿Por qué ha venido Ludovico, arriesgando su vida?

–Nadie lo sabe, pero después de hacerse un poco de daño en San Miguel y de distribuir algunas reliquias, que es sabido que a los hermanos los enloquecen (¡si lo hubiese sabido, yo también me habría traído unas cuantas astillas de la Vera Cruz!), lo han admitido en la Orden.

–¿Ludovico es caballero de San Juan?

–Hizo los votos en el convento, el domingo pasado –dijo Bors–, pero los caballeros se arrepentirán, recordad lo que os digo. Un lobo disfrazado de león, podríamos decir. Le vi la cara la noche que desembarcó. Ludovico no ha venido a cazar conejos, sino a cobrar las fieras más grandes.

Devoró otra torta más de un solo bocado. El éxtasis era tan evidente que por un momento Carla pensó que iba a echarse a llorar. En lugar de eso, engulló la última y se relamió.

–Nosotros somos los conejos –dijo– y si tenemos suerte, seguiremos siéndolo.

Las estrellas sobre el albergue de Inglaterra resplandecían infinitas. Carla habría deseado ser capaz de ver en su desorden los arquetipos y significados que otros veían. Mattias sabía verlos. ¿Estaría contemplando en ese instante las mismas estrellas? Deseaba que estuviera allí a su lado para estrecharlo entre sus brazos. Pensó en Amparo y se sintió ruin. Apartó esos pensamientos. El albergue, aún intacto, ya no era la única morada de lo que ella consideraba la banda de Mattias, su errante familia de almas indómitas. Nicodemo estaría durmiendo en la cocina, donde cuidaba del fuego y donde seguramente le habría dejado una lámpara para iluminar el camino cuando subiera las escaleras. Bors estaría cumpliendo con la guardia nocturna en la puerta de Kalkara, ya que prefería el fresco de la noche y estaba convencido de que antes o después Mattias emergería de las sombras. En el albergue residían ahora dos caballeros ingleses y otra parte del edificio había sido asignada a los convalecientes del hospital. Pero Carla aún disponía de una habitación en la casa de Starkey, y eso era todo un tesoro.

En la puerta se quitó los zapatos y entró en silencio. Vio a Nicodemo durmiendo en el suelo de piedra de la cocina y agarró la lámpara de llama baja que estaba en el nicho junto a la despensa. Subió a su habitación y cerró la puerta. Se quitó el vestido, que estaba rígido de sangre. Era uno de los tres sencillos vestidos negros de hilo que se había mandado hacer, con las mangas anchas para poder subírselas y el cuello cerrado, porque así lo exigía la compostura. Tras una semana rellenando los barriles de agua en el nuevo manantial, la colada volvía a estar permitida (para alegría de algunos) y ella disponía de un vestido limpio para el día siguiente. Una vez desnuda, se libró del polvo que la cubría, lavándose con el agua de un cubo. El agua era fresca y olía a azahar, y Carla pensó en agradecérselo a Bors la próxima vez que lo viera, porque él la había traído.

Dejó que el aire la secara y la refrescara. Se puso en la palma de la mano un poco de aceite de oliva que había en un frasco, también cortesía de Bors, y se lo pasó por la cara, el cuello y los brazos. Su cuerpo se había vuelto más delgado, pero no más anguloso, o al menos eso esperaba. No había espejos en la habitación, ni en todo el resto de la casa, ya que los monjes no los necesitaban y ella no se había molestado en conseguir uno. De pronto se dio cuenta de que hacía semanas que no se veía la cara y se preguntó qué encontraría cuando finalmente la viera. Asuntos como el aspecto físico habían dejado de importarle. Pero quizá se equivocaba; quizá, como había sugerido Mattias, su aspecto daba a los hombres una razón para vivir.

Se puso un camisón blanco de algodón, que se había vuelto gris y casi transparente de tanto lavarlo con agua de mar. Se soltó el pelo, lo sacudió y durante varios minutos se concedió el placer de cepillarlo y pasar los dedos entre sus rizos. Tras el descubrimiento del nuevo manantial, Lázaro le había preparado una tintura con posos de vino blanco, miel y extracto de celidonia machacada. Se aplicaba la tintura en el cuero cabelludo y la dejaba actuar veinticuatro horas, antes de lavarse la cabeza con agua de cebada y enjuagársela con agua fresca. Ahora, después de semanas de suciedad, tenía el pelo más suave que nunca. Lázaro había dejado entrever que tenía otra decocción en progreso, de hiel de buey, comino y azafrán silvestre, que requería seis semanas de infusión, para despertar la rubicundez de su pelo. Quizá buscara finalmente un espejo. Bors podría conseguirle uno en un abrir y cerrar de ojos, de eso no cabía duda, y no vería en su vanidad ningún motivo de crítica.

Un cañón resonó en la noche. «Monte Corradino», pensó ella, pues para entonces sus oídos distinguían las diferentes baterías y sus localizaciones. El objetivo debía de ser la Ísola. Seguramente sería así, porque no había oído el zumbido del proyectil aproximándose, ni el estruendo del impacto. Lázaro había dicho que los turcos atacarían al día siguiente, pero ella llevaba cuatro días oyendo el mismo pronóstico. Dejó en la mesa el cepillo. Era hora de dormir. Cuando se volvió hacia la cama, allí, del otro lado de la habitación tenuemente iluminada, estaba Ludovico.

La puerta estaba cerrada tras él, pero ella no había oído ningún ruido. Si cualquier otra persona hubiera aparecido de pronto, se habría sobresaltado. Pero no estaba sorprendida, y esa falta de sorpresa era en parte obra de Ludovico, que parecía tener el poder de materializarse a voluntad en cualquier parte y, una vez allí, comportarse con naturalidad, como si su presencia fuera tan poco extraordinaria como la luz de la luna. Llevaba puesto el hábito negro de cuello alto de la Orden de San Juan, con la cruz de ocho puntas en seda blanca cosida al pecho y un par de rosarios anudados a la cintura. Su cráneo poderoso estaba uniformemente cubierto de cortísimo pelo negro. Tenía la cara castigada por el sol y descarnada como un estudio sobre mármol. Hacía más de catorce años que no lo veía. Su madurez era magnífica, más de lo que había sido su juventud.

Durante esas semanas en Malta, Carla había estado rodeada de hombres que llevaban en los huesos el encanto de la experiencia en tierras extrañas: Mattias, Lázaro, La Valette, Bors y los muchos adustos caballeros que hacían temblar la tierra cuando venían bajando por la calle, hombres convencidos de que el mundo existía para que ellos dejaran en él su huella. Cada uno tenía su propia esencia distintiva y la llevaba consigo como llevaba su sombra. A Ludovico lo rodeaba un halo de embajador, como si hubiese sido enviado por los señores de un submundo cuyos dominios no estaban aún en los mapas de Dios. Ni tampoco en los del demonio, ni en los del hombre. Se había sentado a la mesa con papas y reyes, y no se le había acelerado el pulso a él, sino a ellos. Había vadeado anchos ríos de sangre inocente. Era el padre de su hijo.

La miró desde la puerta sin hablar, con sus negros ojos inescrutables. Lo mismo podía estar estudiando a su próxima víctima como contemplando al amor de su vida. Con cierto espanto, ella se dijo que la segunda interpretación era la más probable y se preguntó cuánto tiempo llevaría allí de pie, contemplándola asearse. Ahora la miraba sin expresión, quizá como había mirado a los herejes que se consumían en llamas invocando a Dios y que se arrojaban en su agonía desde lo alto del acantilado.

Descubrió que no le tenía miedo. Aún no. Sentía más bien un afecto extraño e inesperado, una ternura teñida de tristeza. ¡Qué pena! ¡Qué hermoso había sido él, qué hermoso seguía siendo y qué terrible era el camino que había recorrido desde entonces! Quizá nunca se borrara el afecto, pasara lo que pasase, por un hombre amado en la juventud hasta los límites de la locura, un hombre que no sólo le había roto el corazón, sino que había carbonizado la estructura de su vida hasta los cimientos chamuscados.

Ludovico le había parecido entonces un espíritu salvaje, atrapado por voluntad propia en las cadenas de su vocación, unas cadenas que ella tenía el poder de romper. Al romperlas, ella confiaba en poder escapar de sus propias ataduras, porque ¿acaso no es la libertad la primera y más luminosa promesa del amor? Habían hecho el amor en la penumbra de los valles profundos, sobre hierba seca que les enrojecía la espalda. Lo habían hecho en cuevas y en los templos de tribus desaparecidas, y junto a la imagen pagana de la gran diosa madre, en Hal

llas. Seguían tan enigmáticas como siempre y no le ofrecían ningún consejo.

–Me han contado –dijo él a sus espaldas– que eres la más rara de las criaturas: una persona buena. Profundamente buena. Sin malicia, sin ambición, sin vanidad. Llena de la gracia divina. Pero eso yo ya lo sabía.

Ella no se giró y, con toda la determinación que pudo reunir, le preguntó:

–¿Qué quieres de mí?

Ludovico no respondió. Carla sintió que su silencio se le retorcía en las entrañas y, aunque sabía que habría debido pagarle con la misma moneda, también sabía que en esa competición él siempre la superaría. La situación era confusa, como sin duda era la intención de Ludovico. ¿Qué debía hacer ella? ¿Intentar salir de la habitación? ¿Gritar pidiendo ayuda? ¿Rogarle que se fuera? ¿O tratar de reunir la rabia que no sentía y que le habría resultado muy difícil encontrar? No se giró. Simplemente dijo la verdad.

–Me estás asustando –dijo–. Pero ya debes saberlo. Es tu oficio.

–¿Mi oficio?

–Infundir miedo. En gente indefensa.

–Nada podría estar más lejos de mi intención.

Las palabras le salieron de los labios a Carla antes de que pudiera impedirlo.

–Entonces dime qué quieres.

–Te quiero a ti –dijo Ludovico.

Ella sintió que se le ponía la carne de gallina y se alegró de que él no le estuviera viendo la cara. Esta vez fue ella quien calló.

–¿Debo interpretar tu silencio como asombro? –preguntó él–. ¿O como repulsión?

Carla no respondió. Sus músculos se tensaron cuando lo oyó levantarse de la silla. Sintió su presencia detrás de ella, su calor, su aliento en el pelo. Se estremeció de inquietud cuando él le apoyó las manos en los hombros. Sólo la fina tela de algodón se interponía entre la piel de ambos. Sus dedos le parecieron enormes. La apretaban con ternura, como temerosos de romperla. Sintió sus pulgares hundiéndose en los músculos entre los omóplatos. El recuerdo que su cuerpo tenía de ese contacto, de esa misma caricia, despertó como si apenas la víspera lo hubiera experimentado. Pero ¿dónde estaba el pasado? Lo oyó suspirar, como si por fin hubiese visto colmado un anhelo sin límites, y empezó a temblar involuntariamente, tan alterada que no habría sido capaz de decir si temblaba de miedo o de placer.

–Perdóname si soy demasiado brusco –dijo él–. No he tocado a una mujer desde la última vez que estuve contigo.

Ella le creyó, completamente. Lo sentía en sus manos. No eran las manos de un sacerdote libidinoso, sino las de alguien cuyo propósito más íntimo era tocarla a ella y a nadie más. Saberlo la halagó y a la vez la atemorizó. Su instinto de supervivencia le decía que si no lo eludía en ese instante ya nunca podría escapar de sus cadenas. Sería suya para siempre, porque él nunca la dejaría ir. Se inclinó para huir de sus manos y sintió el pasajero impulso de Ludovico de redoblar la presión, así como el esfuerzo que hubo de hacer para dominarlo. Se alejó varios pasos a través de la habitación, pero no hacia la puerta, como comprendió cuando ya era tarde. Se volvió para mirarlo.

Ludovico clavó en ella su negra mirada, bajó los brazos y no insistió. Era demasiado inteligente para forzarla, pero la huida de Carla lo había herido. Del mismo modo, él era demasiado astuto y la conocía demasiado bien como para que ella pudiera fingir lo que no sentía. Si lo intentaba, no haría más que aguijonearlo. Ludovico estaba en la isla para cazar las fieras más grandes, había dicho Bors, y ella sentía que la peor de las fieras vivía en el corazón de Ludovico y los estaba acechando a los dos, tanto a ella como a él.

–La última vez que me tocaste, tenía quince años –dijo ella. Lágrimas, y la rabia que había creído imposible encontrar, se le agolparon en la garganta–. Me entregué a ti sin reservas. Te di todo lo que tenía. Te lo di todo. Y tú te marchaste. Corrí a buscarte llorando, pero habías huido. Me lo dijeron los rostros más hoscos que he visto en mi vida, me dijeron que te habías ido para siempre y me miraron con desprecio, como a una puta, como a algo peor que una puta. Como si fuera la concubina del demonio. Me entregué al amor y perdí. –Se esforzó para contener las lágrimas–. ¿Por qué me robaste el corazón y después lo abandonaste?

–Tenía miedo.

Ella lo miró fijamente. Sentía que estaba temblando, le ardían las mejillas y una ira que no podía expresar ni contener le producía náuseas. Le susurró:

–¿Tú? ¿Tú tenías miedo?

Ludovico parpadeó, lentamente.

–Temía por mis obligaciones.

–¿Tu obligación de llevar el terror a todas partes? ¿De torturar y quemar? ¿Fue eso lo que elegiste, en lugar de los valles y las flores? ¿En lugar de la belleza que compartíamos? ¿En lugar del amor?

–Sí, Carla. Elegí todo eso en lugar del amor. ¿No es eso lo que exige el deber? ¿No es lo que exige el honor?

Si sentía alguna emoción, la mantenía oculta. Carla hizo un esfuerzo para que no se desbordaran las suyas.

–Pues yo maldigo tu honor –dijo– como tú arrastraste el mío por el fango.

–Hoy mi elección sería muy diferente.

–La única elección de esta noche es mía y te lo digo una vez más: ¡fuera de aquí!

–Escucha lo que he venido a decirte.

Carla no pudo contenerse y le gritó a la cara:

–¡He tenido un hijo tuyo!

–Lo sé –replicó él.

Ella sintió que le habían robado la revelación. La respuesta de Ludovico profanaba su intimidad más que su ofensiva visita.

–¿Cómo lo has sabido? –dijo–. ¿Desde cuándo lo sabes? –añadió antes de que él tuviera tiempo de responder.

–Cuando volví con las fuerzas de refuerzo, me enteré de muchas cosas.

–Gracias a tus espías y a los familiares de la Inquisición.

La voz de Carla rezumaba desprecio, pero él no se inmutó.

–Hay pocas cosas en esta ciudad que yo no sepa. Pocas cosas en este mundo. Tu búsqueda de un niño desconocido era un secreto a voces. Un niño de doce años, nacido la víspera de Todos los Santos del año 1552. ¿Quién podía ser, si no un hijo de mi propia sangre?

–Fue el fruto de nuestro amor. Era lo único valioso de mi vida. Aunque tú te fuiste, lo llevé en el vientre sin avergonzarme.

–No habría esperado menos de ti.

–Vi cómo me lo arrebataban de los brazos antes de poder ponerme al pecho su tierna boquita. Vi a mi padre, a quien yo adoraba, convertido en mi enemigo. Vi a mi madre quebrada por el dolor, por la desgracia y por el fin de todos los sueños que había albergado.

–Lo siento –dijo Ludovico.

Tenía la lámpara detrás. La pálida luz plateada de la ventana le dejaba medio rostro en la oscuridad. Habló y dijo:

–Me he enterado de que nuestro hijo murió como un héroe en San Telmo.

Carla hizo una inspiración profunda y contuvo el aliento, porque temía romper a llorar si soltaba el aire, y sentía que si lo hacía, por alguna oscura razón, él habría ganado.

–Haría cualquier cosa por mitigar tu sufrimiento, si pudiera –dijo Ludovico–; pero eso de lo que hablas sucedió hace mucho tiempo y ninguno de los dos somos ahora los que éramos entonces.

–No eres el más indicado para tratar de consolarme –respondió ella.

De pronto, su ira perdió todo el ardor. Exhaló el aire. Solamente sentía una desesperada necesidad de estar sola.

–Mi hijo murió como un ingenuo y yo no supe impedírselo.

–Culparte por eso es una locura.

–Estuvo aquí, se sentó a mi mesa y yo no lo reconocí.

Recordaba esa noche con amargura. Habían pasado menos de dos meses y había sido allí, en esa casa, pero parecía como si hubiese sucedido en otro universo y como si le hubiese pasado a otra mujer, a una mujer tonta y banal, cegada por los prejuicios y la vanidad.

–Busqué algo tuyo en él y no lo encontré.

–A esa edad, los rasgos de un hombre sólo están formados a medias. Puede que se pareciera a ti.

–Busqué el latido de mi corazón y tampoco lo oí.

–Es difícil verse a uno mismo en otra persona, quizá más aún cuando se trata de alguien de nuestra sangre.

–Era vulgar, era grosero. –Carla encontró un amargo alivio en el desdén con que hablaba de sí misma–. Lo creí inferior a mí, inferior a nosotros. Ahora baño a chicos como él que están a punto de morir en su propia inmundicia y, para mí, ese servicio es el mayor regalo de Dios, el mayor regalo que puede hacerme Dios a mí.

Ludovico levantó una mano y se la tendió, pero no como gesto de consuelo, sino como para pedirle que lo guiara.

–La guerra ha obrado su triste alquimia en nosotros y puede que ahora los dos veamos con más claridad nuestro camino en la vida.

–Es posible. Pero mi camino es mío.

–Si Dios quiere –dijo Ludovico–, podríamos traer otro hijo al mundo.

Carla lo miró fijamente, como si estuviera loco, y quizá lo estaba.

–Si la Cruz se impone y sobrevivimos al asedio, entonces habré terminado mi trabajo –explicó Ludovico–. Ningún hombre ha hecho tanto como yo por la Santa Madre Iglesia, ni han sido más puras sus intenciones. Has dicho que soy un monstruo. Así es.

Ella notó una vez más lo mucho que aquel comentario lo había afectado.

–No lo negaré, ni pediré disculpas. El mundo es monstruoso, ¿no estamos acaso en el infierno en este mismo instante?, y es preciso infligir horrores, además de padecerlos, para prevenir males mayores. Aun así, mi corazón está extenuado por el esfuerzo y desearía renunciar a llevar esta carga. –Señaló con un ademán el hábito que lucía–. Como ves, ahora soy caballero de justicia de la Orden de San Juan. En la tradición de la Orden existen precedentes que me permitirían renunciar a los votos monásticos y pasar a ser caballero de devoción, un caballero que ya no pertenece de pleno derecho a la Orden pero conserva ciertos privilegios de rango, así como el derecho a recibir consuelo espiritual.

Hizo una pausa, como si pretendiera que ella sacara sus conclusiones de lo dicho. Carla sintió por instinto que no debía hacerlo.

Ludovico prosiguió:

–Obrando de esa forma y con la bendición de ciertas personas cuya benevolencia quizá me haya ganado, podré desposaros sin mancha para el honor.

La afirmación quedó flotando en un silencio que los ojos de él esperaban que ella rompiera y Carla sintió un estremecimiento de absoluto temor, un estremecimiento como no había sentido otro igual desde que su padre le dijo que nunca más volvería a ver a su bebé.

–¿Me hablas de locura y me pides que me case contigo? –dijo.

–Locura. –Él consideró un momento el concepto y asintió–. Después de la batalla de San Miguel, te vi por casualidad. En la Sagrada Enfermería. Te vi un instante, fue sólo un momento, pero desde entonces no he pensado en otra cosa. Solamente en ti.

Su voz se mantenía firme, con la misma resonancia profunda y uniforme. Aun así, Carla descubrió que estaba retrocediendo atemorizada. Sus omóplatos tocaron la pared.

Él prosiguió:

–¿Sabes con cuánto autocontrol te había evitado hasta ese momento? No pasó un instante desde que puse el pie en estas costas sin que anhelara ver tu rostro. Pero no presté atención a mis deseos y sólo pensé en el deber, porque sospechaba que tenías el poder de volver a cautivar mi alma. Y así ha sido, porque ahora estoy otra vez cautivo.

Carla comprendió por qué había intentado encerrarla en el convento. No lo había hecho para proteger el alma de ella, sino la suya propia. No dijo nada.

Ludovico volvió a hacer un gesto de asentimiento.

–Un solo instante ha sido suficiente para condenarme, del mismo modo que otra breve visión en otro instante como ése fue mi perdición hace tiempo, en una alta colina sobre un mar de oro y turquesa. Nunca había tenido intención de consagrar mi vida a la Santa Congregación, a la Inquisición. Yo era un hombre doblemente docto: en Derecho y en Teología. Me entregué al trabajo de erradicar la herejía para erradicar de mi espíritu la enfermedad del amor, porque no pude encontrar otra cura. ¿Cómo podría sobrevivir el amor en alguien que iba a ser objeto de tanto odio?, razoné en aquel momento. En alguien que iba a causar tanta angustia, tanto temor... He quemado apóstatas, anabaptistas y herejes de todos los pelajes para quemar tu recuerdo en mi mente.

Carla sofocó un sollozo.

–¿Me culpas a mí de tus crímenes?

La mirada de Ludovico le dio la razón, pero sus palabras se la negaron.

–La sutileza filosófica me impide acusarte –respondió–. En cuanto a calificar de crímenes mis actos, tanto el dogma como la jurisprudencia te contradicen.

–¿No sentías nada por tus víctimas?

–Salvé sus almas –dijo Ludovico.

Ella lo miró fijamente, preguntándose si de verdad lo creería. Quizá él leyó la pregunta en su cara, porque le dio una respuesta.

–Y ellos me dejaron algo mucho más terrible que el amor frustrado: el recuerdo de unas vidas humanas extinguidas como la llama de una vela.

Carla hubiese querido apartarse, pero los ojos de él no la dejaron marchar.

Ludovico prosiguió:

–Cuando uno ha visto extinguirse tanta luz, el mundo se vuelve muy oscuro. Pero nunca se ha oscurecido lo suficiente como para impedirme ver tu rostro.

Carla comprendió entonces el aguijonazo de piedad que había sentido al verlo por primera vez junto a la puerta. Volvió a sentirlo, como un hierro al rojo clavado en el corazón.

–Que Dios te perdone –dijo.

–Ya lo ha hecho –dijo Ludovico–, porque le he servido bien. La pregunta ahora es si tú podrás perdonarme.

–¿Por apagar toda esa luz?

–Por destrozarte el corazón.

El corazón de Carla estuvo a punto de romperse una vez más.

–Oh, Ludovico –dijo–, te perdoné en el instante en que supe que esperaba un hijo tuyo. ¿Cómo iba a llevar un niño en el vientre y sentir algo que no fuese amor, especialmente hacia el hombre que había contribuido a su existencia?

Él la miró fijamente. Por un momento, sus ojos negros como el carbón brillaron humedecidos. En sus profundidades se distinguía la mirada de un hombre que se veía atrapado en un pozo sin fondo, un pozo de endemoniada hechura que él mismo se había fabricado y de cuyas paredes ansiaba desesperadamente huir.

–No he conocido nunca otra mujer –dijo.

–Ni yo otro hombre –replicó ella.

–¿No podemos reavivar el fuego de aquel amor?

Carla sacudió la cabeza.

–Yo no puedo.

–¿Por las cosas que he hecho?

–Porque lo que hubo entre nosotros es cosa del pasado.

Más adelante, ella se preguntaría por qué había dicho lo que vino después. Quería deshacerse de él. Quería evitarle dolores inútiles. Quería decirle la verdad.

Entonces dijo:

–Y también porque amo a otro.

La humedad se despejó con tanta celeridad de los ojos de Ludovico que Carla se preguntó si realmente la había visto. Ahora la estaba mirando un hombre para quien el pozo sin fondo era su cómodo hogar. Con ese tono de incredulidad que deja traslucir la esperanza de que la respuesta sea otra, preguntó:

–¿El alemán?

Carla se había apartado demasiado del camino que le marcaba su instinto. Se había adentrado excesivamente en la tela de araña y no sabía cómo volver atrás. Siguió adelante.

–Mattias Tannhäuser– dijo.

–Tannhäuser ha muerto.

–Quizá.

–Sólo los nadadores escaparon de San Telmo. Los turcos pasaron a cuchillo a todos los demás.

–Aunque Mattias esté muerto, mis sentimientos perduran. –No era preciso que dijera nada más, pero no pudo contenerse–. Íbamos a casarnos. Era mi deseo hacerlo. Lo deseaba de todo corazón y aún lo deseo.

Estaba hecho. Fue sólo un momento. Los ojos de Ludovico se volvieron duros como piedras al mirarla y ella supo al instante que un cambio irrevocable se había producido y que iba a lamentarlo más desesperadamente que cualquier otra cosa que pudiera imaginar. Bajo su mirada, sintió que se volvía pequeña y frágil, como la última llama ardiendo en un mundo entregado ya a la oscuridad impenetrable. Pensó que sus manos iban a arrancarle el camisón. Podía sentir bullir ese impulso en el interior de Ludovico, un deseo perpetuamente sofocado, que ahora se unía a una furia enorme y sin voz y a un dolor igualmente colosal. El autocontrol de Ludovico se impuso. Ninguna otra fuerza habría podido sujetar al demonio que jadeaba de rabia justo bajo la superficie de su serenidad.

–Volveremos a hablar –dijo él.

Se giró y fue hacia la puerta.

El alivio que sintió Carla se vio nublado por la incertidumbre y el miedo que su encuentro dejaría tras de sí. Ludovico abrió la puerta, pero se detuvo en el umbral y se volvió. Ella apenas distinguía sus facciones en la penumbra.

Él le dijo:

–Esos hombres que te dijeron que me había ido para siempre, que te trataron peor que a una puta... Yo los conocía bien. Eran mis maestros. Dijeron que presentarías cargos de conducta ignominiosa contra mí.

–Mintieron.

–Así es.

–Pero tú les creíste.

–Yo era un joven sacerdote. Ellos eran altos dignatarios de la Iglesia. Y tú eras una niña, con un padre celoso que tenía amigos influyentes.

Hizo una pausa. Carla no dijo nada. De la tragedia que los unía, no tenía nada más que decir.

–Hasta esta noche no he sabido que aquel día recibí mi primera lección sobre el uso del poder. La otra lección quedó perfectamente clara en aquel momento: para las necesidades de la carne, están los burdeles y los niños. El delito es enamorarse, y para ese delito, el castigo es terrible.

Se lo tragó la oscuridad del pasillo. La puerta se cerró sin ruido. Y Carla se quedó sola con la lámpara que se iba consumiendo, el recuerdo de todo lo que había perdido y el miedo por todo lo que aún podía perder.

Estuvo un rato acostada en la cama sin dormir y no encontró consuelo en la oración. Se levantó, se vistió y se recogió el pelo. Con gran esfuerzo sacó el gran estuche marrón de su rincón y, tras hacerse con la lámpara, bajó las escaleras tan silenciosamente como pudo, pasó de puntillas por la cocina y salió a la noche.

Encontró el lugar que necesitaba en las rocas junto a la ensenada de las Galeras. Como la boca de la ensenada estaba bloqueada por la colosal cadena de hierro, esa sección de costa era uno de los pocos tramos sin fortificar de todo el perímetro. No había guardias. Reinaba una sensación de paz. Sacó del estuche la viola da gamba, tensó el arco y afinó las cuerdas. Sentía blandas las yemas de los dedos, porque las callosidades le habían desaparecido. Era la primera vez que sacaba el instrumento del estuche desde que había tocado para Mattias en la Villa Sáliba, en otro mundo y en otra era.

Del otro lado de la ensenada se extendía la Ísola, con sus molinos de viento como alegres siluetas recortadas contra las estrellas. Más allá de la Ísola, en algún lugar, estaba el campamento turco. Si Mattias aún vivía, si el susurro de esperanza que sentía su corazón era algo más que una ilusión desesperada, oiría quizá su música y percibiría su angustia. Y quizá regresaría. Carla hizo una profunda inspiración. Se sacudió la fatiga de los hombros, instó a su espíritu castigado a encontrar la voz y empezó a tocar.

Lunes 6 de agosto de 1565

El valle del Marsa. El pabellón rosa. El puerto de Marsamxett

Tannhäuser cruzó el valle del Marsa y las expoliadas laderas del monte Sciberras luciendo un turbante blanco como la nieve y un caftán escarlata que lo hacía parecer mucho más señorial de lo que se sentía. A un lado del cinturón llevaba una daga con un rubí en la empuñadura y vaina granate. Montaba una espléndida yegua castaña de las cuadras privadas de Abbás ibn Murad. Iba en busca de un niño rebelde. Lo mismo que antes, Orlandu había demostrado ser muy escurridizo y ésa no era ni mucho menos la primera incursión de Tannhäuser en su busca. Ese día pensaba probar suerte entre los corsarios.

Cuando atravesó cabalgando la chamuscada barbacana de San Telmo, su traje obró el efecto deseado en el guardia de la puerta, un hombre con aspecto de búlgaro, que a cambio de su mueca de desdén le hizo una profunda reverencia al pasar. Tannhäuser atravesó el arrasado patio de armas, donde los últimos caballeros habían sido decapitados y donde él había compartido con Le Mas la última noche. Una batería turca de asedio atronaba desde el frente marítimo de la muralla, orientada al Borgo, pero a excepción de los artilleros, el fuerte estaba desierto. Lo había conocido como un mundo bullente de heroica locura y amor sagrado, pero estaba reducido a unas cuantas ruinas, cuya apariencia solitaria le producía escalofríos. Entró a caballo en la fragua sin que nadie lo viera y desmontó. El recinto estaba vacío y fresco, pero Tannhäuser no dedicó más tiempo a los recuerdos. Con un par de pinzas, se puso a la tarea de levantar la losa del suelo, para recuperar las cinco libras de opio y el pesado anillo de oro que había enterrado. No habría sido un trabajo difícil para un hombre robusto, pero su frente no tardó en cubrirse de una enfermiza capa de sudor. Su salud no era excelente, pero al menos volvía a estar en pie.

La fiebre intermitente estuvo a punto de llevárselo. No recordaba los primeros días febriles que siguieron a la caída de San Telmo, ni deseaba recordarlos. Transcurrieron en un agradecido delirio, durante el cual no sintió nada, ni se enteró de nada de lo sucedido, incluida por suerte la escisión del enorme absceso del tamaño de un puño que se le había formado en la espalda, detrás de la herida de mosquete, y del que llegó a manar más de una pinta de pus. Si hubiera muerto en aquel momento, lo habría hecho como un saco de huesos tembloroso y balbuciente, incapaz de sentimientos tan refinados como la pena o incluso el miedo. Lo que vino después de que volviera en sí fue mucho más arduo.

Se encontró cuidado y mimado, entre todos los lujos que permitían las circunstancias, dentro del pabellón rosa flamenco de Abbás ibn Murad. Un esclavo etíope le ahuyentaba las moscas y le enjugaba la frente con paños fríos en medio del calor agobiante. El etíope quemaba incienso y le aplicaba ventosas de vidrio caliente en la piel. Le echaba por la garganta aguamiel, yogur con sal y elixires medicinales en tan copiosas cantidades que Tannhäuser sentía que hubiera vomitado de haber tenido la fuerza para hacerlo. El mismo servidor mudo y paciente le retiraba las heces con exquisita dignidad, humillación que Tannhäuser padecía con la presencia de ánimo de quien no tiene otra elección. En una jarra de arcilla, el etíope recogía su creciente producción de orina con visible satisfacción, como si estuviera allí la principal recompensa de todos sus desvelos.

Al principio, Tannhäuser soportó esos episodios con abochornada turbación, tanto por él como por el etíope, ya que la suya le parecía una manera muy triste de ganarse la vida; sin embargo, al cabo de unos días razonó que el hombre era quizá el más afortunado de sus congéneres en la isla, porque de no estar ahí en la tienda, abanicándolo, aplicándole paños fríos y recogiendo sus excrementos, probablemente estaría empujando cañones y arrastrando bolsas de piedras a través de las montañas. A partir de entonces, Tannhäuser se dejó cuidar con la conciencia más tranquila e incluso descubrió la tendencia a mascullar palabras de agradecimiento.

Cuando recuperó la capacidad de levantar la cabeza de la almohada por breves momentos, observó que tenía todo el cuerpo, y en particular las piernas, completamente cubierto de purulentas lesiones marrones y violáceas de apariencia alarmante. Si hubiese visto a otro hombre en similar estado, se habría apartado a una distancia prudencial, porque estaba convencido de que si la peste negra volvía algún día a hostigar a los impíos, seguramente tendría ese mismo aspecto. La idea de que a nadie le importara sacrificar a un negro etíope y enviarlo a semejante destino incrementó su temor de que su diagnóstico fuera correcto. La observación de que el pene parecía inmune a la plaga le produjo un alivio profundo, aunque pasajero. Sólo se tranquilizó después de ser visitado por una sucesión de galenos árabes y judíos, todos los cuales hicieron gala de absoluta serenidad a la vista de sus estigmas. El consenso entre los médicos fue que las lesiones constituían la vía de expulsión de los humores tóxicos del cuerpo: los residuos de su batalla para conservar la vida. Si lograba sobrevivir, era unánime la confianza de los médicos en que desaparecerían todas las llagas, hecho que los árabes –pero no los judíos– atribuyeron a la misericordia de Alá, más que a su propia habilidad. Los numerosos cortes y magulladuras a medio sanar que también adornaban su cuerpo no suscitaron ningún comentario.

Los médicos habían preparado una infusión de alhelí encarnado, almizcle y clavo de olor en vinagre, que los afortunados del alto mando se aplicaban en las fosas nasales tres veces al día para evitar el contagio de la peste. Tannhäuser también disfrutaba del raro privilegio de esa medicina protectora, que –según le dijeron– era igualmente eficaz contra los sudores nocturnos y los efectos de la melancolía, aunque en este último aspecto, a diferencia de los otros, no resultó particularmente efectiva. Así pues, los cuidados que le prodigaron fueron excelentes y, en consecuencia, le fue denegada la posibilidad de abandonar este valle de lágrimas en situación de feliz inconsciencia. En lugar de eso, pasó varias semanas en un estado de indefensión que ni siquiera habría creído posible. Para un hombre que basaba una parte sustancial de su orgullo en su fuerza física, la experiencia no fue agradable.

Abbás lo visitaba todas las noches, noche tras noche durante semanas, con la expresión transfigurada por la crudeza de ver caer a hombres buenos en el campo de batalla. Se sentaba junto a sus cojines y le leía pasajes del Corán con una voz capaz de arrancarle al texto una belleza tan profunda que resultaba imposible cuestionar su procedencia de los mismísimos labios de Dios. Durante esas visitas, Tannhäuser fingía no poder hablar, porque la ternura de Abbás era tan limpia y sencilla que casi le partía el corazón. En un estado de tanta debilidad como el suyo, no es raro que las emociones se desboquen y la melancolía inflame el hígado, y sus sentimientos por Abbás eran intrincados y perturbadores hasta extremos intolerables. Era su amigo y su secuestrador; su salvador y su amo; su padre, su hermano y su enemigo. Tannhäuser estaba allí a causa de un engaño y quizá de una traición. Por eso no hablaba, inmerso en el amor curativo que Abbás le prodigaba.

Permanecía acostado en el gran regazo de seda y, entre episodios de sueño durante los cuales lo asaltaban horrores oníricos que no seguían ningún ritmo ni pauta, contemplaba cómo la luz cambiante iba produciendo sobre los ricos tejidos más matices de rosa de los que hubiesen podido imaginar los mejores pintores de la corte de Suleimán. Era un color que nunca le había gustado especialmente y al principio creyó que acabaría por cansarse de verlo, pero no fue así. Antes al contrario, fue cayendo más y más profundamente bajo su hechizo, como si el color, hecho como estaba de seda, urdimbre y trama, de luz y oscuridad, y del arte del tintorero, fuese una pieza musical, o una mujer, o el paisaje nevado en lo alto de una montaña, o cualquier otro elemento del cosmos que a primera vista pareciera una cosa, pero que sometido a repetidos estudios demostrara ser muchas cosas distintas y cada una siempre diferente de la anterior. Eran muchas también las horas de la noche que pasaba observando los matices del rosa, a la luz amarilla de las lámparas. Y cuando los matices granate del crepúsculo cedían el paso a una negrura aparentemente absoluta, también la negrura se revelaba como algo más, animada por las parpadeantes hogueras del campamento y por la luz de las estrellas y de la luna creciente o menguante. El rosa era la vida y le recordaba algo que le había dicho Petrus Grubenius: todas las cosas existentes ejercen una influencia sobre todas las demás, no importa lo lejos que estén unas de otras, porque del mismo modo que resulta evidente para cualquier hombre que dos acontecimientos estrechamente relacionados entre sí se alteran mutuamente en su naturaleza, es evidente también que habrá un tercero y un cuarto que a su vez resultarán modificados por los dos primeros y los modificarán a su vez, porque no hay nada en este mundo completamente desconectado del resto, por mucho que a veces deseáramos que así fuera, y es por eso que las estrellas, los más distantes de todos los cuerpos, ejercen, pese a su lejanía, una influencia palpable sobre cada destino humano, un hecho que ningún hombre inteligente se atrevería a cuestionar.

Tannhäuser se veía incapaz de imaginar qué beneficio o significado podía sacar de su estudio en rosa, que avanzaba por sí mismo, como animado por una voluntad propia. Y descubrió la evolución de algo similar, pero aún más enigmático, en relación con el etíope silencioso, que más que ningún otro factor, era la fuerza que le había salvado la vida y devuelto la salud.

Nadie le había dicho a Tannhäuser que su enfermero era etíope y ciertamente tampoco se lo había dicho el hombre, pero no dudaba de su juicio ni por un momento. Ninguna raza era tan distintiva como la de esa gente de pómulos salientes, largos dedos, carne firme como la madera del árbol del hierro y cuerpo esbelto como los juncos. Los había visto en los mercados de Alejandría y Beirut, y pocos esclavos alcanzaban precios tan altos, entre otras cosas porque eran un pueblo feroz y nada proclive a dejarse atrapar por los traficantes de esclavos árabes sin plantarles cara. Los hombres adultos casi nunca se dejaban cazar vivos; el que lo cuidaba probablemente había sido atrapado de niño.

Etiopía era el país de la reina de Saba, del preste Juan y de las tribus perdidas de Israel, y se decía que allí estaba enterrada el Arca de la Alianza, custodiada por guerreros con espadas de seis pies de largo, en una vasta catedral labrada en la roca, en las entrañas de una montaña roja. Los etíopes creían en un Cristo negro, ¿y por qué no? Tannhäuser había oído decir que para demostrar su virilidad salían solos a cazar leones en la sabana rojiza, armados sólo con una simple lanza, y que después lucían la piel de la fiera y sus dientes cuando iban a la guerra.

No era de extrañar entonces que su enfermero fuera capaz de limpiar la porquería de otro hombre con más orgullo que un príncipe el día de su coronación, y que pese a estar condenado a tan baja labor, llevara la cabeza tan alta como cualquier jenízaro o caballero.

Cuando sus primeros intentos de conversación fracasaron, Tannhäuser se limitó a hacerle inclinaciones de cabeza y gruñidos de agradecimiento o bendición. El etíope dormía en el suelo, junto a su cama y, cuando Tannhäuser en su insomnio esperaba la primera luz del alba y se giraba para estudiar las finas facciones de ébano en reposo, los ojos del hombre ya estaban abiertos, siempre, como si no durmiera nunca y sólo descansara, como si sus ojos fueran negros espejos que reflejaran todas las cosas, pero ninguna que Tannhäuser pudiera nombrar.

Más allá de las finas paredes de la tienda atronaban los cañones, restallaban los látigos e innumerables crueldades quedaban registradas en los inéditos archivos del tiempo. Pero allí, un desconocido cuyo nombre no conocía, ni había preguntado, velaba por él día y noche como si fuera un bebé, y cualquiera que fuera la violencia con que lo habían llevado hasta allí, desempeñaba su tarea con ilimitada gentileza, en medio de una maldad ilimitada. Tannhäuser pensaba que eso era lo más cerca de la pureza que podía estar la bondad humana.

Llegó el día en que Tannhäuser se despertó y supo, sin ningún motivo en especial, que ya había pasado todo y que estaba bien. Débil, reducido a un saco de huesos y tendones, pero libre del mal que tanto lo había abatido, cualquiera que hubiese sido su naturaleza. Miró al etíope y notó que él también lo sabía. Se levantó de la cama sobre sus endebles piernas y salió a la luz del día, con el etíope a su lado. La tienda de Abbás estaba plantada sobre una colina que dominaba el valle del Marsa, la llanura entre los montes Sciberras y Corradino, y el extremo interior del Gran Puerto. La llanura entera estaba ocupada por el campamento turco: las hogueras, los fogones, los vertederos y la mancha cada vez más extendida del hospital de campaña, donde hombres menos afortunados que él yacían agonizando bajo trozos de lona que apenas los protegían de la violencia del sol estival. Anduvieron medio kilómetro hasta la cima de la colina y desde allí contemplaron lo que hubiese podido ser la caldera del monte Etna.

Una densa nube gris flotaba sobre la sucesión litoral de penínsulas y ensenadas, y formaba, escupiendo fuego y humo, los radios de una rueda gigantesca que abarcaba el cabo del Patíbulo, San Telmo y los montes Sciberras, Salvatore, Margarita y Corradino, donde ellos se encontraban. En el centro del vórtice estaban el Borgo y la Ísola, hostigados e inflamados por las bombas de los cañones y el fuego de los mosquetes. Un aullido desgarró la mañana y las legiones del sultán se derramaron a través de la Gran Explanada, por encima de las zanjas atestadas de cadáveres, en una ola que fue a estrellarse contra los bastiones ennegrecidos por el humo de las dos fortalezas. Se levantaron escalas de asalto bajo los aros de fuego y las bombas incendiarias arrojadas por los defensores, mientras arreciaba la matanza a lo largo de las murallas devastadas.

Tras su estancia en el vientre rosa e intemporal de la tienda de Abbás, la frenética lucha de allá abajo le pareció a Tannhäuser un aberrante fantasma de otro mundo, una sátira organizada por el demonio cuyos actores hubiesen sido reclutados mediante añagazas. Pero ése era el mundo y, por encima de todo, era su mundo, y el convencimiento de que antes o después tendría que sumergirse otra vez en la refriega, bajo unas u otras banderas, le producía náuseas y espanto, así como un intenso anhelo de retirarse a la indefensión de la que acababa de emerger. Miró al etíope y, por una vez, lo sorprendió con la guardia baja. El hombre parecía un gato sentado en el alféizar de la ventana, contemplando la lucha de dos jaurías de perros rivales en la calle. Miró a Tannhäuser, vio lo que fuese que él veía y regresó al campamento.

Tannhäuser lo vio alejarse. Sus náuseas se habían transformado en un hambre bestial y voraz. Ansias de carne. No volvió la vista a la batalla. Si la Religión iba a caer, ese día era tan bueno como cualquier otro, y era evidente que ésa era la intención y también la esperanza de Mustafá. Tannhäuser fue en busca de algo para desayunar. En las cocinas se enteró de que era 2 de agosto. Había permanecido casi seis semanas en la tienda. Cuando volvió de las cocinas, el etíope se había marchado. Nunca más volvió a verlo por allí.

La Religión no cayó el día 2 de agosto. Tannhäuser observó desde la colina el atardecer, mientras el almuédano llamaba a la oración vespertina y pasaban en masa los maltrechos batallones de jenízaros, con sus heridos y sus estandartes hechos jirones, en dirección a las hogueras del campamento y al consuelo que pudieran encontrar en torno a sus calderos.

Abbás regresó a la tienda con el ánimo sombrío y Tannhäuser (o Ibrahim, como Abbás lo llamaba) se sumó a sus oraciones. Después cenaron, sentados a una mesa baja de madera de cerezo pulida. Abbás tenía para entonces cincuenta y tantos años y era admirado por sus iguales y venerado por sus inferiores, cuyas provisiones, caballos y equipos costeaba de su propio bolsillo. La barba se le había vuelto de un gris acerado y dos cicatrices pálidas le surcaban la frente y la mejilla. Por lo demás, seguía tan esbelto y elegante como el día en que había encontrado a Mattias junto al cadáver de su madre.

Durante el viaje que habían hecho juntos desde los montes Făgăraş hasta la ciudad más grandiosa del mundo, Abbás le había enseñado a Ibrahim los rudimentos de la lengua turca, el ritual de las oraciones diarias y la forma de comportarse como un hombre cuando ingresara en el *enderun*, la escuela militar de Estambul. Ibrahim le pagó con su habilidad para reparar aparejos metálicos y ocuparse del bienestar de los caballos. No le guardaba rencor a Abbás, aunque los asesinos de su madre y sus hermanas habían sido hombres a sus órdenes. Privado de cualquier otro aliado, carecía quizá de la agudeza necesaria para odiarlo, y en lugar de eso lo adoraba. En cierto sentido, verse abandonado en la disciplina del *enderun* fue más desolador para él que la partida de su pueblo natal.

Desde entonces, sólo se habían vuelto a ver una vez, en Irán, cuando los turcos ya habían destruido Yereván y arrasado el palacio de Tahmasp Sha, y en Nahjiván no habían dejado piedra sobre piedra de unos muros que habían resistido desde antes del nacimiento de Cristo hasta la llegada de los jenízaros. Fue una ocasión formal, una ceremonia de inspección de las tropas y distribución de recompensas en las afueras de la última ciudad devastada, antes de proseguir con la persecución de los chiíes cerca del río Oxus. En su calidad de capitán de compañía, Ibrahim recibió el dinero del botín que se habían ganado sus hombres con su proceder valeroso y despiadado. Abbás lo felicitó por su distinguida carrera, lo invitó a tomar el té y ambos proclamaron que en algún momento futuro, cuando las circunstancias lo permitieran, tendrían que reanudar su particular amistad. Pero las circunstancias nunca habían sido favorables.

Durante la enfermedad de Tannhäuser, hablaron poco, ya que Abbás estaba absorto en los temas militares y en las intrigas del consejo de guerra, que como siempre en las campañas turcas eran potencialmente mortíferas. Esa noche comieron arroz, pichón asado y almendras azucaradas, y bebieron café. Abbás se había puesto un caftán de seda blanca aguada, con hilos de oro y plata entretejidos. Del lóbulo de la oreja le colgaba una perla gris perfectamente formada, del tamaño de una avellana. Poseía tierras y negocios de transporte marítimo en el Cuerno de Oro. Era un hombre de gran refinamiento y extensa cultura, uno de esos guerreros, por desgracia demasiado escasos, para quienes la guerra es una abominación. Tannhäuser comprobó que su afecto por su mentor no había disminuido pese a los años transcurridos.

Tannhäuser le agradeció que le hubiese salvado la vida una vez más y Abbás dio gracias a Dios por la oportunidad de hacerlo, pues la caridad era una obligación sagrada.

–En tiempos de grandes males como los que corren, cuando las alas del ángel de la muerte se oyen y sienten por todas partes, los pequeños actos de bondad son joyas celestiales, y lo son más para el que los ofrece que para el que los recibe, porque como dijo el Profeta (alabado sea su nombre): «Sé compasivo con los demás y Alá lo será contigo». Además –añadió Abbás–, si salvas una vez la vida de un hombre, te conviertes en su guardián para siempre.

Pensando en Bors y en Sábato Svi, así como en el noble gazí sentado ante él, Tannhäuser dijo:

–En eso he sido muy afortunado, porque me guardan leones.

Abbás le preguntó cómo lo habían atrapado los perros cristianos. Era de mal gusto mentir mirando los luminosos ojos castaños del hombre que por dos veces le había salvado la vida, pero la mentira era el menor de sus delitos recientes.

–Una patrulla de la caballería me sorprendió en el camino a Marsaxlokk –dijo Tannhäuser–. Fue poco antes del alba, a comienzos de junio. Se abatieron sobre mí como demonios, procedentes del cabo del Patíbulo, que yo creía en nuestras manos.

Abbás hizo un gesto afirmativo.

–Fue la mañana que destruyeron las baterías de Turgut. En cuanto a demonios... –Se crisparon sus labios y sacudió la cabeza–. Esos caballeros son hijos de Satanás. Hay quien dice que La Valette es un mago necromántico y que lo han visto acompañado de diablos.

–No es más que un hombre –dijo Tannhäuser.

–¿Lo conoces? –preguntó Abbás.

–Lo he visto –replicó Tannhäuser–. La Valette es uno de esos viejos que no han tenido más amor que la guerra. No hay en juego más magia negra que ésa. Sin guerra, estaría consumido o muerto, inútil, deteriorado. Pero la guerra le renueva la sangre, le aligera el paso y le afila la mirada. Sus hombres lo consideran un semidiós, pero no hay razón para que nosotros hagamos lo mismo.

–Ha demostrado ser un adversario formidable.

–Juega con sus puntos fuertes y nuestras debilidades. Tiene talento para soportar el asedio y oponer una defensa en profundidad. Conoce el corazón del soldado, porque el suyo lo es. No estamos combatiendo a chiíes ni a austríacos.

Abbás levantó las cejas en un gesto de fatiga.

–¡Ojalá el consejo lo reconociera! –La razón de su humor sombrío de los últimos tiempos se volvió evidente–. Mustafá no tiene paciencia para dejar que los cañones y los zapadores hagan su trabajo. ¡Cava!, le digo, ¡socava sus murallas y destrúyelos desde abajo! Pero los ataques en masa le hacen hervir la sangre, como a un jugador con demasiado oro que tiene que arriesgarse a perderlo todo para encontrar emoción en el juego. Al menos ha oído mi demanda de construir un par de torres de asedio. Están desmantelando dos galeras en Marsaxlokk para usar la madera.

En el pasado, Abbás había estudiado ingeniería con el afamado *devshirme* griego Sinán, comandante de la maquinaria de guerra del sultán y constructor de un millar de mezquitas.

–Las construirán según mi proyecto –añadió Abbás con sobrio orgullo–, pero tardarán al menos dos semanas en estar listas. Mientras tanto, se seguirán derrochando las vidas de nuestros hombres.

Tannhäuser pensó que si los turcos estaban construyendo máquinas de guerra más propias de la Antigüedad que de la edad moderna, entonces los sitiadores estaban bordeando la desesperación. Se guardó, sin embargo, sus pensamientos para sí y preguntó:

–¿Qué opina Piyale?

–Kapudán Pachá Piyale es un sabio estratega, pero su temor por lo que pueda ocurrirle a la flota de nuestro sultán domina todos sus pensamientos. Está ansioso por que concluya el asedio antes de que empiecen las tormentas del otoño. En cuanto lleguen los vientos destructores, la flota se quedará varada todo el invierno. Estamos a mil millas de nuestra tierra y a veces parece que estemos aún más lejos.

Ninguna palabra de consuelo o de aliento cedió al esfuerzo de Tannhäuser por conjurarlas. Dejó que el silencio se prolongara.

–Conquistaremos la isla, si así lo quiere Dios –dijo Abbás–, pero el precio será muy alto, sobre todo para los jenízaros.

–Para los jenízaros, el precio siempre es muy alto.

–Es su vocación. –Abbás lo estudió por un momento–. En el bazar te conocen como mercader de opio. Dicen que cuando caiga Malta, tienes pensado comerciar con pimienta de Alejandría.

Abbás se había mantenido atento a los informadores, pero la estrategia de Tannhäuser había demostrado ser segura. Pensó en Sábato Svi y sonrió para sus adentros. A su amigo le divertiría saber que su fe en el mercado de la pimienta se había extendido hasta penetrar en el corazón del alto mando turco.

–El comercio es el futuro del imperio –dijo–. Más que la guerra, si me permitís decirlo.

–¿Por qué abandonaste a los jenízaros?

Planteada sin previo aviso, la pregunta no parecía encerrar ninguna amenaza. Tannhäuser le dio la respuesta que solía dar.

–Un hombre sólo puede marchar un número limitado de veces a través de Irán, antes de que sus pies empiecen a preguntarle si no habrá otra manera de servir a nuestro sultán.

Abbás sonrió.

–Los siervos del sultán tienen poco que decir al respecto. Tú te retiraste antes de la edad normalmente permitida y cuando tenías ante ti la perspectiva de importantes ascensos.

Tannhäuser no esperaba que Abbás estuviera tan bien informado. No respondió.

–Te contaré una historia que he oído –dijo Abbás–. El trágico destino del primogénito de nuestro sultán, el príncipe Mustafá, es bien conocido. Como miembro de su guardia personal, tú la conocerás mejor que la mayoría.

–Así es –dijo Tannhäuser–. Vi el cuerpo del príncipe tendido en la alfombra, a las puertas del pabellón de nuestro sultán.

Por aquel entonces, Suleimán tenía cuatro hijos vivos de los ocho que le habían dado sus dos esposas. La madre del príncipe Mustafá era Gulbahar, desplazada desde tiempo atrás en la corte y en el corazón de Suleimán por Roxelana, *la Rusa*, madre de los otros tres. Roxelana sabía que si el príncipe Mustafá accedía al trono (lo cual era muy probable, porque era un hombre de talento y contaba con el respaldo del ejército y de la aristocracia), mandaría asesinar a sus tres hermanastros. En la familia osmanlí, el fratricidio era una tradición consagrada por el tiempo. El propio Suleimán era el único superviviente de cinco hermanos por parte de padre y madre. Su padre, Selim *el Severo*, había mandado matar a los otros cuatro para dejar el poder únicamente a Suleimán.

Mediante una serie de intrigas, Roxelana convenció a Suleimán de que su primogénito no sólo intentaba destronarlo, sino que mantenía contactos con los herejes safávidas de Irán, con los que Suleimán estaba en guerra. El sultán mandó llamar al príncipe Mustafá a su campamento de Karamania y, con la crueldad que lo caracterizaba, hizo que los eunucos sordomudos lo estrangularan.

–Si el príncipe Mustafá hubiese tenido intenciones de destronar al sultán, no habría acudido a su llamada –dijo Tannhäuser–. Yo conocía al príncipe. La conspiración fue una invención grotesca de la Rusa.

–Nunca lo sabremos –contestó Abbás discretamente–, pero ése no es el tema de mi historia. La furia del ejército por la muerte del príncipe fue grande, especialmente entre los jenízaros. Si hubiese habido un hombre preparado para dirigirlos, nada les habría impedido derrocar de inmediato al sultán y quizá incluso asesinarlo. Habrían volcado los calderos.

El caldero de latón donde cocinaban los jenízaros su única comida del día era el símbolo de su orden. Volcarlo era la señal para la revuelta, acontecimiento que había llevado al trono al menos a dos de los sultanes anteriores. Aunque los jenízaros eran el cuerpo más reducido del ejército en número, su influencia política era enorme.

–No hubo ningún hombre que los dirigiera.

Abbás miró fijamente a Tannhäuser. Éste no sentía nada. Hacía mucho tiempo que había exorcizado los sentimientos que pudo haber albergado. Habló y dijo:

–Aunque hubiese habido un hombre así y la revuelta se hubiese producido, no habría hecho más que desencadenar la guerra entre Murad, el hijo del príncipe Mustafá, y los otros hermanos. Es mejor que muera un solo hombre y no varios miles. Como siempre, nuestro sultán fue sabio.

–En efecto –convino Abbás–, y eso me devuelve al tema de mi historia. Determinados intereses exigieron que se borrara para siempre toda huella de la descendencia del príncipe. Murad fue estrangulado poco después. El otro hijo del príncipe Mustafá sólo tenía tres años. Suleimán envió a un eunuco de la corte y a un capitán de los jenízaros a que mataran al niño, su nieto. El capitán fue escogido por sorteo entre los miembros de la guardia personal del príncipe difunto, como renovada garantía de lealtad al sultán.

De pronto, Tannhäuser se sintió extenuado y lleno de melancolía. Quería volver a su cama y dejarse cuidar por el esclavo etíope. Anhelaba su silencio sanador, pero el etíope ya no estaba ahí. Sólo la cortesía le impidió levantarse de la mesa de Abbás.

–Estaba decidido que el verdugo del niño fuera el capitán de los jenízaros –prosiguió Abbás–, pero cuando el oficial vio que el niño salía a su encuentro con una manita tendida para arrojarle un beso, perdió el sentido y se desplomó.

En realidad, el jenízaro había salido de la tienda para vomitar en el suelo de tierra, pero no parecía haber ningún mérito en corregir la versión de Abbás, que concluyó su relato:

–El eunuco negro cumplió el encargo en su lugar.

–¿Por qué me contáis esta historia? –preguntó Tannhäuser.

–¿Fue así como sucedió? –replicó Abbás.

Tannhäuser no respondió.

–Puedo entender por qué ese jenízaro perdió el gusto por el servicio militar –prosiguió Abbás– y por qué la gratitud del sultán llegó al extremo de autorizar su retiro con honores.

En los ojos de Abbás había una mirada que Tannhäuser recordaba haber visto cuando lo conoció, una fría mañana de primavera, en un valle montañoso cuyos ríos murmuraban a veces en los paisajes de sus sueños. Era una mirada de reconocimiento que atravesaba un abismo aparentemente insalvable, sin más razón que la de ser capaz de hacerlo, y había sido conjurada por lo tanto por alguna fuerza superior, fuera ésta humana o divina. Tannhäuser parpadeó y apartó la vista.

–En los peores momentos de la fiebre –dijo Abbás–, cuando delirabas y los médicos me daban pocas esperanzas, no dejabas de salmodiar unos versos entre dientes. Acerqué el oído a tu boca para escuchar. Lo que repetías eran los primeros versículos de la *Adh-Dhariyat*.

Las cadencias árabes recorrieron la mente de Tannhäuser en inquietante tensión. Aun así, no dijo nada, y Abbás las recitó para él:

–Por los aires aventadores, por los que llevan la carga de la lluvia, por los que corren libres por el mar, por los ángeles que distribuyen bendiciones en nombre de Dios, se os ha hecho una promesa que veréis cumplida: vendrá el Juicio y se hará Justicia.

Tannhäuser asintió.

–Fueron los primeros versículos del Corán que me enseñasteis, porque en esa sura elegisteis mi nombre.

–Dios lo eligió, no yo.

Tannhäuser hizo un gesto afirmativo. No solía pensar mucho en aquellos tiempos, pero por un momento los recuerdos lo envolvieron y se dio cuenta de que esa tranquila velada con Abbás era muy valiosa y que siempre llega un momento en el que incluso los días más sombríos se recuerdan con algo semejante al afecto. Le dijo a Abbás:

–Aprendí los versículos que recitáis ahora como los recitabais entonces, y eso os complació en gran medida, aunque yo no los entendía.

–Ningún hombre puede entender del todo la palabra de Dios –dijo Abbás.

–Eso me dijisteis entonces. ¡Ojalá otros supieran reconocerlo!

Abbás asintió con expresión un tanto sombría.

–También me dijisteis –prosiguió Tannhäuser– que la palabra de Alá no se puede expresar en otras lenguas, porque el árabe fue la lengua elegida por Él para hablar al Profeta (alabado sea su nombre). Sin embargo, me tradujisteis el nombre de la *Adh-Dhariyat:* los aires aventadores.

Abbás se echó a reír, sorprendido.

–¿Eso hice?

–Fue un consuelo para mí, no sé por qué. Y un gran misterio. Os acosé para que me explicarais el significado. «¿Qué es un aire aventador?» Fuisteis muy paciente y lo considerasteis. «El viento que separa el grano de la paja», dijisteis. Me preguntaba si yo sería grano o paja, porque sentía como si un viento me hubiera arrastrado –sonrió–. Aún me arrastra. Entonces os pregunté: «¿Cuál es la diferencia entre el grano y la paja?». Volvisteis a pensar un momento y dijisteis: «La diferencia entre los que aman la vida y los que aman la muerte».

Abbás parecía sorprendido.

–¿Yo dije eso?

–Lo olvidé durante muchos años –dijo Tannhäuser–, pero el día que vi al eunuco rodear el cuello del príncipe con la cuerda de arco, lo recordé. Desde entonces no he vuelto a olvidarlo.

–Dejo a los ulemas la interpretación de la palabra divina. Si dije esas cosas, fue porque era joven y proclive a las blasfemias involuntarias. Te ruego que me perdones.

Abbás se puso de pie y Tannhäuser lo imitó, pero estaba tan débil que tuvo que apoyarse con las manos en la mesa para levantarse. Se tambaleó un poco y Abbás lo sujetó del brazo.

–Ibrahim –dijo Abbás–, cuando te encontré en el fuerte de San Telmo, me llamaste «padre».

–Siempre os he considerado como tal –dijo Tannhäuser–, aunque es una presunción a la que no tengo derecho. Espero no haberos ofendido.

–No podías haberme honrado más.

Abbás desvió la cara para ocultar el exceso de emoción. Cuando volvió a mirar a Tannhäuser, sus ojos estaban despejados.

–¿Alguna vez has vuelto a ver a tu padre?

–No –respondió Tannhäuser.

Era cierto y falso a la vez, pero la conversación ya había sido suficientemente compleja por esa noche.

–Estaría orgulloso del honor que has conquistado –dijo Abbás con una sonrisa.

Tannhäuser hubiese querido sonreírle también, pero no pudo.

–En un mundo donde hay eunucos que estrangulan a niños y lo consideran un deber sagrado, es difícil encontrar el honor. Y a veces también la fe.

–Ibrahim...

–¿Sabéis una cosa? –prosiguió Tannhäuser, aunque quizá debió callar–. No sentí vergüenza por el asesinato del niño, sino por no haber sido capaz de cumplir con mi deber sagrado. Mi deber ante el *oçak*, el cuerpo de jenízaros. Mi deber ante el sultán y ante Dios. Y al ver que valoraba mi deber por encima del infanticidio, comprendí que había perdido el juicio... o el alma.

Abbás sacudió la cabeza.

–De Dios venimos y a Dios seguramente regresaremos. Dime por favor que no te has extraviado.

Era un momento tan bueno como cualquier otro para proclamar la pureza de su fe, al menos delante de su mentor, de modo que Tannhäuser citó la sura de la Unidad.

–Él es Dios, es uno. Dios, el único, el eterno, el absoluto, el que no ha engendrado ni ha sido engendrado, el que no tiene igual.

–Allahu Akabar.

La mano de Abbás, que aún le sostenía el brazo, aumentó la presión.

–Ibrahim, nunca debemos perder la fe en Alá, aunque perdamos la fe en nuestros congéneres. Aunque perdamos la fe en nosotros mismos.

Tannhäuser apoyó la mano sobre la de Abbás y por primera vez se dio cuenta de que su mentor era de constitución frágil y delicada. En su mente, siempre lo había visto como un gigante. Le dijo:

–Es mi fe en los hombres la que no puedo abandonar por entero y os aseguro que lo he intentado. Quizá sea ésa mi perdición.

Abbás asintió dubitativamente, como si temiera la formulación de nuevas blasfemias.

–Aún te falta mucho para recuperarte del todo y yo te he cansado hablando demasiado. Tengo que inspeccionar la guardia nocturna y tú tienes que dormir.

En el camino hacia la puerta, se paró, se volvió y, como para conferir un tono más ligero a la despedida, añadió:

–Mañana me hablarás un poco más del comercio de la pimienta. Estoy intrigado.

–Con mucho gusto. Pero decidme, por favor, ¿dónde está el etíope?

Abbás lo miró.

–Ya no está. Pertenece al almirante Piyale.

Tannhäuser vio salir a Abbás y agradeció la sensación de agotamiento que se apoderó de su cuerpo, porque hizo que se le aflojara el nudo de emociones que tenía en el estómago. Llegó a la cama, y estaba a punto de dejarse caer cuando advirtió que sobre la almohada había dos pañuelos de seda, cada uno con algo envuelto dentro. Desplegó el primero y encontró el brazalete de oro que había escondido dentro de la bota. «No vine a Malta buscando fortuna u honor, sino para salvar mi alma.»

Quizá el brazalete había contribuido a salvarle el pellejo. Se lo puso en la muñeca. Agarró el segundo objeto, notó de inmediato que era un cuchillo y se le encogió el corazón con una intuición que no se atrevía a formular. Lo desenvolvió y por un momento se relajaron sus nervios crispados. Era una daga de elegante factura, con la empuñadura artísticamente labrada en plata y un rubí engastado en el pomo. La vaina de cuero rojo estaba adornada con granates. La sacó de la funda y volvió a sentir el corazón en la garganta. En contraste con los exquisitos accesorios, la hoja era basta y asimétrica, pero sus filos resplandecían aguzados y su esencia era desusadamente mortífera. El acero era mate y surcado de estrías negras, y él lo reconoció al instante. Había sido forjado al son de la voz de un ángel y bañado en la sangre de un demonio, por su propia mano.

En la fragua de San Telmo, Tannhäuser usó la daga para dividir en cuatro partes iguales una barra de una libra de opio y guardó el alijo en la alforja de la montura. Se puso el anillo de oro ruso en el dedo corazón de la mano derecha y volvió a colocar la losa en su sitio. Ató la yegua al yunque y subió las escaleras hasta el gran salón en ruinas, donde encontró su fusil de llave de rueda con el saco de municiones, intacto en su escondite entre las vigas rotas del techo. Se colgó del cuello la cadena de chispa del fusil, fue en busca de su corcel y salió del fuerte pasando por delante del desconcertado búlgaro, que le dedicó otra reverencia. Se dirigió entonces hacia el puerto de Marsamxett, al otro lado de la colina. Allí estaba fondeado en puerto seguro el grueso de la flota turca, así como el conjunto de los buques corsarios.

Después de la cena con Abbás, Tannhäuser había pasado tres días echado en sus almohadones y no se había aventurado más allá de la cocina y las letrinas. Su hígado produjo la bilis negra que engendra la melancolía y, en ese estado lamentable, entre episodios de sueño y estupor, no hizo más que pensar en lo que haría a continuación, y aunque las reflexiones exacerbaban los desagradables efectos de la bilis, era incapaz de concentrar su mente en ningún otro pensamiento. Para empeorar las cosas, no había llegado a ninguna conclusión firme, porque en cuanto se decidía por un plan de acción le parecían superiores los méritos de otro.

La sensatez y la razón lo impulsaban a reincorporarse a la grey otomana. Malta acabaría por caer, aunque probablemente tardaría en llegar ese día, porque los malteses, por influencia de su sangre mongola, eran de un empecinamiento que no conocía límites, y para ellos la idea de ceder, sobre todo tratándose de un asedio, era casi desconocida. Pero tal como les había dicho a los mercaderes del bazar, la conquista lo dejaría a él en excelente posición para sacar beneficios y, además, podría contar con la protección y el capital de Abbás ibn Murad. En el jardín del albergue de Inglaterra había una fortuna en opio escondida bajo su bañera. Le resultaría fácil ir a buscarla durante el saqueo de la ciudad. Con Sábato Svi reinstalado en Venecia, el futuro de ambos sería brillante. En cuanto a las preocupaciones más inmediatas, estaba seguro de poder eludir todo nuevo combate.

La otra posibilidad no sólo era poco prometedora y sumamente improbable, sino que requería grandes dosis de vigor y apasionamiento, dos cualidades que parecían habérsele agotado por completo en la furiosa vorágine de San Telmo. Tendría que volver al Borgo atravesando dos líneas enemigas, hazaña nada fácil, puesto que los turcos habían tensado su cerco como la piel de un tambor. Como no tenía sentido regresar solamente para morir como un imbécil por la Religión, tendría que arreglárselas para sacar de allí a Amparo, Carla y Bors, suponiendo que aún siguieran con vida, y volver a pasar con ellos los dos cordones de acero, para tratar de llegar al barco escondido en Zonra, cuya permanencia en el lugar tampoco era ninguna certeza.

Ninguno de esos cálculos incluía a Orlandu. Cuando Tannhäuser lo incluía, el trayecto hasta el Borgo le parecía imposible. Estaba dispuesto a tratar de abrirse paso en la oscuridad sin ser sorprendido por los centinelas turcos; pero acompañado de un niño esclavo, los dos estarían aullando en manos de los torturadores antes del alba.

Bors era dueño de sí mismo y se daría por satisfecho si podía morir con la espada en la mano. ¿Las mujeres? Si sobrevivían y caían prisioneras de los turcos (lo que era bastante probable, ya que su pálida belleza les confería un valor considerable), quizá Tannhäuser pudiera rescatarlas de su destino en algún momento futuro. En su experiencia, si un trato o negocio era concebible, también era posible. Mustafá no exterminaría a toda la población, pese a su furia. Alguien tendría que reconstruir la ciudad y arar los campos. San Lorenzo se convertiría en mezquita. La comida mejoraría. Malta sería como Rodas, o como los Balcanes, o como cualquiera de los cientos de territorios extranjeros caídos bajo el dominio de Suleimán: tierras prósperas y apacibles. La gente incluso podría ir a la iglesia los domingos. Y si Carla y Amparo no sobrevivían, con el tiempo él las olvidaría y la vida seguiría su curso. Porque la vida siempre seguía. Había perdido a otras mujeres antes y al menos a éstas no tendría que verlas morir.

Esta última dureza de sentimientos resultó ser falsa, y lo contrario lo mantenía despierto más que ninguna otra cosa. Nunca olvidaría a las blancas y tiernas doncellas que había traído a través del mar, como tampoco había olvidado a su madre, a Britta o a Gerta.

A la mañana siguiente, se despertó y pensó que podía mejorar la situación de Orlandu, si es que estaba vivo, sin que ninguno de los dos se arriesgara a una muerte dolorosa. Cuando Tannhäuser se lo había señalado en su delirio, Abbás había intentado reclamar al niño la mañana de la caída de San Telmo, pero los corsarios que lo habían capturado habían sido implacables. El botín en tierra había sido escaso ese día y, después de tanto sacrificio, se habrían agarrado a una cabra coja con tal de salvar el honor.

El puerto de Marsamxett bullía de actividad y el paisaje se presentaba denso de mástiles y velas. Barcos procedentes de Trípoli y Alejandría llegaban cargados de suministros y otros partían hacia los mismos destinos cargados de heridos. Las tareas de reparación y reabastecimiento no terminaban nunca. Tannhäuser pasó medio día inspeccionando el frente marítimo e intercambiando frases amables, bendiciones y ocasionales insultos con los marineros argelinos que por allí pululaban, sin llegar nunca a un extremo que exigiera el uso de las armas. Tras numerosas discusiones y falsas esperanzas, finalmente localizó a Orlandu arrancando lapas y algas del casco de una galera. El chico trabajaba a conciencia y, desde cierta distancia, no parecía encontrarse en peores condiciones que antes. Tannhäuser no lo molestó y siguió haciendo averiguaciones.

Descubrió que el muchacho era para entonces propiedad del capitán de la mencionada galera, un sujeto de rasgos afilados de nombre Salí Alí. Era seguidor del gran Turgut Reis, muerto el mismo día que a Tannhäuser lo sacaron de las ruinas de San Telmo. Salí era argelino de nacimiento, lo que produjo cierto alivio en Tannhäuser, porque los corsarios más ruines y despiadados eran invariablemente los cristianos renegados, como el propio Turgut. Se sentó con él a la sombra de un toldo a beber té con azúcar y conversar, y dejó que el corsario le viera en el brazo la rueda tatuada, para que sus modales refinados no lo confundieran. Después de intercambiar mutuos cumplidos sobre la reputación y el coraje de ambos, que de hecho los dos ignoraban por completo, Tannhäuser dejó traslucir su posible interés en la compra de un esclavo cristiano, un joven sano y fuerte, y la negociación dio comienzo.

Pasaron dos horas y media hasta que estuvo concluida. Tannhäuser consideraba poco probable que alguno de sus conocidos europeos hubiese podido resistirla, incluido Bors, que habría estrangulado a Salí al cabo de veinticinco minutos. Para Tannhäuser, sin embargo, fue sencillo. Era un juego que le encantaba y que había aprendido de la manera más difícil (como se aprenden los juegos que más se disfrutan) de los maestros de los bazares de Beirut, Trebisonda y el *Buyuk Carsi*, que se echaban a reír y se frotaban las manos cada vez que lo veían venir. De inmediato supo que iba a conseguir lo que quería de Salí, porque el corsario cayó en la trampa de codiciar el fusil de llave de rueda que él tenía apoyado en las rodillas, como esperaba con cierta confianza que hiciera. Puesto que Salí no cometió la vulgaridad de pedirle directamente el fusil y se limitó únicamente a alabarlo, Tannhäuser le hizo con gran placer una demostración de su precisión, de la genialidad del mecanismo, de la descarga instantánea al apretar el gatillo y de la bienvenida desaparición de algo tan primitivo como el trozo de mecha humeante, pero se guardó mucho de dejar que el pobre hombre le pusiera las manos encima. A continuación, el proceso de convencer a Salí de que el fusil de llave de rueda no estaba en venta, cualquiera fuera la suma ofrecida y aunque el corsario llegara a poner sobre la mesa una suma mucho más importante que el precio de un mugriento esclavo cristiano, fue una obra maestra de la argumentación que consumió las dos primeras horas y que a Tannhäuser lo dejó plenamente satisfecho. Sólo entonces, cuando la desesperación de Salí por hacer suyo el fusil había reducido el valor de Orlandu al de un artículo perdido entre otros muchos de una larga lista, Tannhäuser sugirió probar el opio que había llevado.

Sacó del caftán un trozo del tamaño de una nuez y los ojos de Salí brillaron de codicia. Consiguieron una pipa de agua, desmenuzaron y mezclaron parte del opio con flores de cáñamo, uvas pasas machacadas y tabaco, y fumaron a la sombra, en medio del calor agobiante. Tannhäuser lo hizo con la moderación de quien ya ha sido víctima de ese tipo de estratagemas y Salí, con la temeraria gratitud de un hombre que por debajo de la sonrisa tenía los nervios destrozados. Salí no era el primero en creer que un poco de relajación mejoraría su habilidad para negociar, pero en poco tiempo la resina milagrosa lo envolvió en su hechizo, borrando el bullicio y el hedor del puerto. Cuando Salí empezó a balancearse en su taburete, sintiéndose a dos pasos del paraíso, Tannhäuser consiguió comprar al muchacho por apenas dos cuartos de libra de opio, a los que añadió como gesto de buena voluntad los restos del trozo que acababan de usar, para que Salí pudiera sentir que había salvado el honor. Además, ¡quién sabe!, el mundo era pequeño y quizá se volvieran a encontrar.

Un sirviente fue a buscar a Orlandu a la playa. Tannhäuser mantuvo la cara oculta hasta el momento adecuado y entonces se adelantó para situarse entre Salí y el chico. Clavó la mirada en Orlandu y aprovechó el acto de acariciarse la barba para llevarse un dedo a los labios, indicándole al muchacho que no debía revelar que eran amigos. Rápido como una serpiente, Orlandu transformó el gesto inicial de sorpresa en la hosca expresión del desdichado que se ve comprado y vendido contra su voluntad. El sirviente de Salí, que había percibido la fragancia del opio, estaba absorto en la vana esperanza de compartir la pipa, de modo que la silenciosa comunicación le pasó inadvertida.

Salí se contentó con aporrear al muchacho en la oreja con la base del puño para indicarle que a partir de ese momento tendría que cuidar los modales porque iba a estar al servicio de un caballero. Por las miradas que intercambiaron los dos argelinos, Tannhäuser sospechó que los dos daban por sentado que compraba al muchacho con la intención de sodomizarlo, y de hecho, Salí le había asegurado repetidas veces que Orlandu era «un chico de perpetua frescura», pero no era el momento para preocuparse por calumnias imaginarias. Salí Alí le manifestó el deseo de que volvieran a hacer negocios y Tannhäuser le respondió al corsario que seguramente lo harían. Después se marcharon, Tannhäuser, a lomos de su yegua, con el fusil atravesado en la silla, y Orlandu corriendo a su lado, agarrado de uno de los estribos como si de ello dependiera su vida.

Cuando estuvieron fuera de la vista del amarradero de Salí, Tannhäuser redujo la marcha al paso, pero sin mirar hacia abajo, para mantener las apariencias. Bajo el muslo llevaba apretada la cartera, abultada con casi cuatro libras del oro negro. Se echó a reír. No recordaba cuánto tiempo hacía que no reía y sus carcajadas mejoraron enormemente el día.

–Así pues –dijo en italiano–, veo que has vuelto a tu antiguo oficio de rascador de lapas. Me has decepcionado.

–¿Adónde vamos? –dijo Orlandu.

–¿Qué? ¿Ni una palabra de gratitud?

–Te creía muerto. Te lloré y recé por tu alma, aunque te hacía en el infierno.

–Tu falta de fe debería avergonzarte. ¿No te dije que volveríamos a vernos?

–¿Por qué tardaste tanto?

–¿Qué? –se escandalizó Tannhäuser–. No fui yo quien se dejó atrapar por los lobos de mar del sultán mientras cumplía una misión secreta para La Valette.

Orlandu soltó el estribo y se paró en seco. Tannhäuser también se detuvo y bajó la vista para mirarlo. Los ojos del chico estaban llenos de dolor y de rabia. Tannhäuser había hablado en tono de broma, sin ninguna crueldad, pero el muchacho era demasiado joven para tomarlo así.

–Escucha –dijo Tannhäuser–, lo has hecho muy bien. Has sobrevivido seis semanas entre corsarios.

Si Orlandu hubiese sido un niño más tierno y menos curtido, quizá su «perpetua frescura» no habría durado tanto. Pero Tannhäuser se abstuvo de decirlo.

–Has sido firme y valiente, y estoy orgulloso de ti –dijo en cambio–. Tan orgulloso estoy de ti que he decidido hacerte mi socio en una importante empresa.

La expresión de Orlandu se iluminó. La suya era una naturaleza mercurial, poco proclive a las meditaciones inútiles, una cualidad que en opinión de Tannhäuser era admirable.

–¿Tu socio? –repitió Orlandu.

–Al principio, serás más bien mi aprendiz. Después de todo, no sabes nada de negocios, ni de ninguna otra cosa. Pero con la debida diligencia, en unos diez años, diría yo, podrás ser un joven próspero, un hombre de mundo con un diamante en el turbante y un par de barcos a tus órdenes.

De pronto Tannhäuser cayó en la cuenta de la extravagancia de sus afirmaciones, viniendo de un hombre que vestía ropa de otro, por muy lujosa que fuera, y cabalgaba una yegua prestada. Pero Orlandu no dudó ni por un segundo de su palabra.

–¿Tendré que ponerme turbante? –preguntó Orlandu.

–Vas a convertirte en turco, amigo mío.

–Odio a los turcos.

–Entonces aprende a quererlos. No son peores que cualquier otra clase de hombres y aventajan a la mayoría en muchos aspectos.

–Han venido a matarnos y a robarnos nuestra tierra.

–Ésa es una costumbre que comparten con buena cantidad de tribus y razas, y el hecho de que sean desusadamente hábiles en su práctica no debería esgrimirse en su contra. Los caballeros de la Religión también son invasores.

–Pero nosotros luchamos contra los turcos –dijo Orlandu–. ¡Tú también has luchado contra ellos!

–Sí; por ellos y contra ellos, en diferentes momentos –replicó Tannhäuser–. Los franceses luchan con los italianos; los alemanes, consigo mismos (como hacen los cristianos y los musulmanes), y los españoles, prácticamente con cualquiera que se les ponga delante. Pelear es un hábito tan natural e innato como cagar. Ya aprenderás que la identidad del enemigo importa muy poco en la guerra. Sea como fuere, en este momento no estamos en la mejor posición para enemistarnos con los turcos.

La confusión retorció la expresión de Orlandu. El chico era suficientemente listo para apreciar el poder de la lógica, pero al igual que la mayoría, no estaba familiarizado con la práctica de ese arte.

–¿Y Jesús? –preguntó.

–Adóralo, si quieres. Los turcos no te mandarán por eso a la hoguera. Pero hay ciertos beneficios para aquellos que profesan lealtad a Alá y a su Profeta (que la paz sea eternamente con él), aunque sus manifestaciones no sean completamente sinceras.

–¿Cómo puedes fingir que crees en un dios?

Tannhäuser se echó a reír.

–Presta atención a lo que voy a decirte. En este mismo instante hay en el Vaticano varios canallas con capelo de cardenal que dudan de su existencia. Pero son astutos y se lo callan.

–Iremos al infierno y nos quemaremos eternamente en su fuego.

–Seguramente el infierno estará lleno de gente. Pero si tú fueras Dios, ¿te preocuparía mucho el nombre que te diera la humanidad o la forma que eligiera para postrarse ante ti? Más aún, ¿te preocuparía mucho lo que hiciéramos los hombres?

–Jesús nos ama. Es lo único que sé.

–Entonces nos perdonará un pequeño fingimiento destinado a salvarnos de la tortura. Y ahora, con tu permiso, tenemos que seguir nuestro camino. No sería correcto que un hombre de mi categoría fuera visto discutiendo teología con su esclavo.

–¿Tu esclavo?

–En apariencia, desde luego que sí. Además, tú eres esclavo del sultán, como lo somos la mayoría de sus súbditos. Los grandes visires son esclavos. El agá de los jenízaros es un esclavo. Los hombres más poderosos del imperio son esclavos. Esclavos de Suleimán. En el imperio, sólo los turcos nacen libres. Pero como ya hemos dicho, ¿dónde está la ofensa cuando sólo se trata de una palabra? En Europa, la cuna lo es todo y es un lastre que todos soportan. Pero en tierras otomanas, el mérito puede llevarte a los principales consejos de Stambouli. El propio Piyale nació cristiano y lo abandonaron siendo un bebé sobre la reja de un arado, en las afueras de Belgrado, cuando Suleimán puso sitio a la ciudad. Ahora es el almirante más grande del imperio y quizá del mundo. Sin duda alguna, es mejor ser un esclavo rico que un hombre pobre que de libre sólo tiene el nombre y que se pasa la vida carenando galeras en el Gran Puerto e inclinando la cabeza como un siervo cada vez que pasa un noble.

Orlandu consideró un momento lo dicho, sin convencerse del todo.

–¿Entonces debo fingir que soy tu esclavo, que me gustan los turcos y también que adoro a Alá?

–Es más fácil de lo que parece –le aseguró Tannhäuser–, y cuando tienes la barriga llena y sientes el tacto de la seda sobre la piel, se vuelve todavía más fácil.

–¿Y mi madre?

Tannhäuser parpadeó, pues no estaba preparado para tratar ese tema.

–Está en manos de Dios, como te dirán las dos religiones. Tú y yo debemos ocuparnos de nosotros mismos.

Orlandu se sobresaltó ante la dureza de la respuesta. De hecho, Tannhäuser sentía que no estaba siendo sincero, pero no lo reconoció. En lugar de eso, se inclinó y le dio un apretón al chico en el hombro.

–Has estado en el corazón de la batalla, muchacho. Has conocido la locura, el despilfarro, la angustia, el terror y el dolor. ¿Puedes decirme que todo eso sirve para algo?

Orlandu no respondió.

–Si hay un Dios, te ha bendecido con una inteligencia muy aguda –dijo Tannhäuser–. La mejor manera de honrarlo es utilizarla. Y ahora, vamos.

Tannhäuser llevó a Orlandu al bazar, donde reanudó la relación con viejos conocidos y cambió dos onzas de opio por unas monedas de plata. Obligó al chico a tomar un baño en compañía de dos jinetes *sipahis*, y le compró ropa y babuchas acordes con su posición, así como un cuchillo y un cazo pequeño de hierro que, según le dijo, le serviría para hacer amigos. Le enseñó a decir la *shahada* (*Ashhadu Alla Ilaha Illa Allah Wa Ashhadu Anna Muhammad Rasulu Allah,* «no hay más dios que Alá y Mahoma es su mensajero»), que en una emergencia podía ganarle la simpatía de los fieles, y puesto que el maltés y el árabe no eran lenguas muy alejadas entre sí, Orlandu no tardó en aprenderla. Le enseñó a no inclinar la cabeza delante de ningún hombre, aunque fuera un visir, porque sólo ante Dios se inclina el creyente, y descubrió que al chico ya le sonaba familiar el saludo árabe, *Assalamu alaikum.*

Le insistió en que no lo tratara con excesiva confianza delante de Abbás y de su entorno, ya que debían hacerles creer que Tannhäuser sólo estaba pagando una pequeña deuda, movido por la caridad y la reverencia a Alá, más que por el afecto al muchacho. Después lo llevó al campamento de Abbás, lo presentó al personal y sobornó al jefe de cuadras para que lo instruyera en el cuidado de los caballos, una habilidad que siempre tenía demanda. Orlandu, con su instinto de niño de la calle, desempeñó el papel con convicción, y Tannhäuser, purgada ya la melancolía, se felicitó por el trabajo de la jornada.

Más tarde, le regaló una libra de opio a Abbás y le dijo que, con su bendición, pensaba zarpar en un barco con destino a Trípoli al día siguiente. Abbás lo bendijo y le dio una carta de recomendación, pero parecía preocupado y con ánimo sombrío, aunque no dijo por qué.

Tannhäuser se retiró a sus cojines y se sumió en la contemplación de un futuro mucho más prometedor de lo que habría creído posible hasta poco tiempo antes. Cambiaría el opio restante por oro en el bazar, ya que en Malta valdría mucho más que en cualquier otra parte. El oro, sabiamente distribuido en Trípoli, le abriría las puertas al crédito de los mercaderes de cereales, y sus conocimientos de la situación maltesa, así como sus contactos en el bazar del ejército, le servirían para ganar algo mucho más valioso: su confianza. La carta de Abbás le sería más valiosa que todo el oro que pudiera llevar encima. Tannhäuser ya había empezado una vez con mucho menos capital. Volvería a Malta en cuestión de un mes, con un cargamento de mercancías que haría babear de codicia a los oficiales de la intendencia.

Había hecho por el chico cuanto había podido. Un puesto entre la servidumbre de Abbás era uno de los lugares más seguros de la isla. Había cumplido con creces su compromiso con Carla y había saldado su deuda con el dios de la guerra. Alguien tenía que levantarse de las futuras cenizas y prefería ser él quien lo hiciera, antes que cualquier otro. Cuando apoyó la cabeza en la almohada y cerró los ojos, sintió que tenía perfectamente limpia la conciencia o al menos lo que pasaba por serlo.

Se despertó unas horas después. La luz de las hogueras bailaba fuera de la tienda. Había estado soñando, pero no recordaba qué. Bajó la vista en busca del etíope, pero ya no estaba. Durante el sueño lo había obsesionado un hilo distante de música que le había llenado el corazón de dolorosa tristeza y le había dejado una borrosa impresión de posibilidades frustradas y caminos no recorridos. Volvió a apoyarse en la almohada y se rascó las partes íntimas. Después se dio cuenta de que seguía oyendo la música.

Se le hizo un nudo en el estómago. Se dijo que tenía que volver a dormirse, porque al alba iba a partir en un barco para Trípoli. Pero en lugar de eso, se levantó de los cojines, se echó por encima el caftán y salió a la noche, como impulsado por el hechizo de algún encantamiento.

Las hogueras de los centinelas jalonaban la vasta oscuridad del valle del Marsa y Tannhäuser imaginó a los jenízaros preparando las armas, vendándose mutuamente las heridas al calor del fuego y recitando baladas heroicas, como solían, en torno a sus calderos. Parte de él anhelaba unirse a ellos durante una hora o dos, para revivir la sagrada camaradería de su juventud. Sus tatuajes le garantizarían una cordial acogida y un cuarto de opio aliviaría las penas de los soldados. Pero todo eso pertenecía al pasado y era mejor que así fuera. El hilo de oro de la melodía lo condujo a otro sitio.

La música, tenue pero real en el aire cristalino, lo arrastró hasta el borde de la cresta de Corradino, desde la cual se dominaban los puertos cristianos. La media luna, en Sagitario, acuchillaba con uno de sus rayos la ensenada de las Galeras. Tannhäuser la imaginó a ella sentada en el otro extremo del rayo de luna. Estuviera donde estuviese, atacaba las cuerdas de la viola da gamba con la misma combinación extravagante de esperanza y desesperación que lo había cautivado en el jardín de las rosas y lo había catapultado hacia el propio centro del infierno. Lo mismo que entonces en aquella colina perfumada, sintió en ese monte de miasmas putrefactos que los ojos se le llenaban de lágrimas y que su música le colmaba una parte del corazón que siempre había estado vacía. Quería a Amparo y sin embargo... ¿se habría equivocado al elegirla? No le extrañaba no haber tenido la valentía de elegir a Carla, porque ella era dueña de un poder al que él temía someterse. Pero en su actual situación, la elección entre las dos mujeres importaba muy poco. En su situación, todas sus elecciones se iban volando con las alas de la melodía nocturna que le brotaba a Carla del corazón.

Oyó pasos detrás y se volvió. Era Orlandu. El chico lo miró con una pregunta que no llegó a formular, porque lo que vio en el rostro de Tannhäuser hizo que callara. Tannhäuser sonrió. Mentalmente, veía la galera de Trípoli zarpando sin él del puerto de Marsamxett.

–¿Oyes eso, muchacho? –dijo.

Orlandu aguzó el oído e hizo un gesto afirmativo.

–Es tu madre.

El chico miró al otro lado de la bahía.

–Toca como un ángel encadenado –añadió Tannhäuser.

Orlandu lo miró con expresión astuta, como si su protector le hubiese confiado inadvertidamente un secreto que hubiese preferido conservar para sí mismo. Tannhäuser se pasó por la barba la uña del pulgar, mientras estudiaba el vasto terreno de negrura que rodeaba la ciudad.

–Necesitaré toda la suerte que pueda prestarme el diablo para sacarla de ahí. Pero el demonio siempre ha estado más que dispuesto a ampliarme el crédito.

Martes 7 de agosto de 1565

Santa Margarita. El camino a Mdina. Monte San Salvatore

El día amaneció tranquilo y sin viento, con un aire pestífero que impregnaba todo el campamento. Cuando Tannhäuser se levantó para la oración, el hedor le reveló la razón del humor sombrío de Abbás la noche anterior. El preludio de toda batalla incluía, si no otra cosa, un aluvión impresionante de heces, que además solían ser de la variedad más maloliente. No era una demostración de cobardía, sino un hecho natural. Treinta mil hombres se preparaban para sacrificar su vida por Alá e incluso los más audaces hacían bien en aligerar el cuerpo del exceso de peso.

Los batallones habían maniobrado en la oscuridad para situarse en sus puestos y, para la hora en que él hubo recogido a su yegua castaña y atravesado el desfiladero entre Corradino y Santa Margarita, la sura de la conquista resonaba en todos los montes cercanos. Los tambores y las chirimías de la *mehterhané* comenzaron a sonar y los cuernos que dirigían los movimientos de las tropas convocaron una colosal doble ofensiva de las legiones del Gran Turco. El almirante Piyale dirigía el asalto al Borgo y Mustafá Pachá, el ataque a la Ísola.

Puesto que la intención era tomar las dos ciudadelas a cualquier precio, Tannhäuser pasó la mañana en los altos de Santa Margarita, en el fingido papel de ayuda de campo de Abbás, y desde allí contempló los prodigios de violencia y coraje que se desarrollaron debajo. Después de todo, no tenía sentido intentar colarse en el Borgo (su plan desde que había oído el nocturno de la condesa) si los turcos ya empezaban a atravesar las murallas. Si así sucedía, bajaría del monte y se uniría a ellos, con la esperanza de salvar al menos a Amparo y a Carla del saqueo y la destrucción subsiguientes, porque la destrucción sería terrible. Ni siquiera el propio Suleimán había sido capaz de contener a los jenízaros en Buda, Rodas y otras plazas conquistadas, y los rencores nutridos en esta guerra eran más profundos que en la mayoría de los conflictos. La Valette se había asegurado de que así fuera. Las calles se teñirían de rojo durante un día entero, quizá incluso dos o tres. Se cometerían atrocidades por doquier. Los hombres se apuñalarían por un mísero retazo del botín. Los caballeros se llevarían la peor parte de las torturas y las ejecuciones, como era de justicia. Pero tarde o temprano el absceso reventaría y, antes de que las tropas se convencieran de que las personas y los bienes destruidos eran propiedad del sultán, Mustafá estaría ahorcando a sus propios hombres por docenas.

Tannhäuser se preguntó si podría recuperar a *Buraq* (supuestamente después de poner a salvo a las mujeres) y calculó que le costaría mucho trabajo, una buena cantidad de opio y probablemente algún asesinato.

Cuando el bombardeo inicial cesó y se disiparon las nubes de humo y polvo, quedó a la vista una brecha enorme en la muralla del Borgo, donde un tramo de cuarenta pies de lienzo se había desmoronado sobre los cadáveres del foso. Los estandartes del sultán se derramaron por la Gran Explanada y los reclutas tártaros de Piyale, en brillantes uniformes y turbantes amarillos, desencadenaron con sus arcos una sibilante lluvia de flechas contra los arcabuceros de la Religión. Los atacantes caían por decenas en las proximidades de las fortificaciones cubiertas de sangre. Los que podían, se levantaban y avanzaban tambaleándose hacia el infierno, porque en eso se habían convertido las defensas, con los matacanes vomitando fuego griego y manteca de cerdo hirviendo hacia la brecha. Mientras los azebíes transportaban escalas para intentar el ascenso al bastión de Castilla, una cuña escarlata de infantería *sipahi* avanzaba detrás de la oleada amarilla de los tártaros.

En la cima de los montes, más y más batallones (como si Piyale pudiera conjurarlos de la nada) surgían por detrás de las crestas para unirse a la refriega. Los altos bonetes blancos de los jenízaros se balanceaban como un campo de lirios gigantescos. Los derviches pisoteaban el suelo con impaciencia, blandiendo espadas relucientes y gritando: «¡Ay de los infieles en el día con que se les ha amenazado!», y los *iayalars*, delirantes por el cáñamo consumido, se desgarraban la ropa e invocaban a Alá para que les asegurara su parte en el botín de sangre.

Sobre los bastiones más adelantados de los católicos, los cincuenta y siete esclavos que habían pasado por el cadalso de la puerta Provenzal desde el comienzo del asedio colgaban sobre la catástrofe como arpías sin alas de lenguas azules, enviadas como observadoras por las fuerzas de la oscuridad.

Mientras el Borgo luchaba por su existencia, trescientas yardas a la izquierda de Piyale y separado de las huestes del almirante por la ensenada de las Galeras, Mustafá Pachá caía sobre San Miguel. Una masa de *sipahis* lanzaba hacia arriba sus ganchos de escalar, en medio de un flamígero pandemónium de aros ardientes y bombas incendiarias. El hedor a pelo y grasa quemada llegaba hasta la nariz de Tannhäuser a través de los miasmas ya densos de los cadáveres en descomposición, de los que ascendían multitud de moscardones formando iridiscentes columnas verdes y azules. Parecía imposible que ni siquiera los gazíes soportaran un trato tan demoníaco, pero lo hicieron, y a medida que los minutos y las horas fueron transcurriendo lentamente, los soldados pasaron por encima de los cuerpos quemados y acuchillados, escalaron los muros ennegrecidos por el fuego y se colaron como gusanos a través de las troneras, y entonces el combate cuerpo a cuerpo estalló sobre las ruinas de Bormula.

Como para darle a la Ísola el golpe de gracia, Mustafá en persona apareció en la llanura a la cabeza de sus guardias. A su alrededor, las balas de mosquete levantaban nubes de polvo del suelo abrasado por el sol, pero él las desdeñaba. Tenía el inmenso turbante blanco adornado con plumas de avestruz y a sus costados ondeaban rojos estandartes, como los que habían flanqueado a Temujin y a Tamerlán en las hecatombes del pasado. Junto a la guardia del pachá, avanzaban en formación una docena de compañías de *solaks*, la élite de los jenízaros, acompañadas de sus padres derviches bektasíes, con cascos de bronce y túnicas de color ocre, y Mustafá cabalgaba entre ellos, invocando su orgullo, exhortándolos con versículos del Profeta, lisonjeando sus almas con la perspectiva de un paraíso a la sombra de las palmeras y azuzando su codicia con la promesa de recompensas y un sustancial botín. Se parecía mucho a La Valette, pensó Tannhäuser. Ambos pasaban de los setenta años y ambos tenían aún sed de sangre. Cuando los *solaks* se prepararon para la carga, Tannhäuser notó un nudo en la garganta, porque podía sentir el latido de sus corazones. Si los *sipahis* podían escalar las murallas de San Miguel (y ya lo habían hecho), los leones del islam las derribarían.

Entonces un gran rugido de triunfo y rencor salpicado de gritos de desesperación se levantó de la brecha en la muralla del Borgo y Tannhäuser se desplazó a lomos de su yegua al otro lado de la cresta del monte para ver mejor. Las tropas de choque de Piyale habían franqueado la enorme brecha y se habían derramado desordenadamente por el terreno vacío que había del otro lado. Allí se encontraron con la piedra intacta del muro interior oculto, la nueva muralla que el propio Tannhäuser había sugerido construir y que La Valette había levantado sacrificando para ello las vidas de cientos de esclavos. En lugar de encontrarse en la ciudad, los invasores de Piyale se vieron atrapados en un pasillo de muerte, acorralados por el muro que tenían delante y aplastados por detrás por la cuña escarlata de los gazíes que venían en busca de gloria.

El mortífero escenario estaba perfectamente concebido. En ambos extremos del corredor había casamatas con cañones cargados de bombas de racimo, que desencadenaron una tormenta de sangre y vísceras entre las frenéticas tropas invasoras. Desde arriba, los arqueros y arcabuceros disparaban a placer y las mujeres maltesas, dispuestas de dos en dos, dejaban caer calderos de manteca hirviendo sobre los asaltantes y les arrojaban bloques de piedra, al tiempo que las cuadrillas incendiarias lanzaban sus flamígeros proyectiles, contribuyendo todo ello a la infinita ruina de los mortales que aullaban debajo.

Los soldados acorralados intentaban salvarse girando a un lado y a otro, como una manada de reses espantadas, rodeadas por las fieras. Cuando finalmente comprendieron que su única esperanza de salvación era la retirada, estalló una convulsa migración hacia la brecha, al tiempo que las puertas de las nuevas murallas se abrían crujiendo y sombríos escuadrones de caballeros se aventuraban al exterior para hacer pedazos a sus presas con hachas y espadas. Cuando los montones ensangrentados llegaron a la altura de la cintura y los que huían por la Gran Explanada cayeron abatidos por la espalda mientras corrían, los caballeros enarbolaron sus armas al cielo y dieron las gracias a Dios.

El Borgo resistiría, al menos un día más.

Tannhäuser volvió con su corcel para ver los progresos de la lucha en San Miguel, donde columnas aullantes de *solaks* subían por las escalas y ya habían conseguido plantar el estandarte de la luna creciente y la estrella al lado de la cruz. Los caballeros y los malteses defendían denodadamente cada pulgada de muralla. Sin embargo, sin la posibilidad de recibir refuerzos del Borgo en breve plazo y ante unas fuerzas enemigas que parecían disponer de reservas ilimitadas, el pronóstico para San Miguel parecía bastante lóbrego. Si la fortaleza caía, el Borgo le seguiría en menos de una semana. Mustafá ocuparía la Ísola con su tren de asedio, atacaría el flanco indefenso de la ciudad desde una distancia de pocos cientos de yardas y atravesaría con sus falúas la ensenada de las Galeras, mientras el grueso del ejército intentaba el asalto de la ciudad desde la Gran Explanada.

Tannhäuser no conocía lo suficiente los caminos de la isla como para llegar al Borgo en completa oscuridad, al menos no desde el lugar donde se encontraba, ni tampoco estaba al corriente de la disposición de las líneas turcas al este. Necesitaba que uno de los exploradores malteses de la Religión le hiciera de guía. Ellos conocían cada recoveco del abrupto terreno y no les resultaba difícil llevar y traer mensajes de Mdina cada vez que el gran maestre se lo ordenaba. Por lo que Tannhäuser sabía, los turcos nunca habían atrapado a ninguno de esos mensajeros. Mdina estaba a unas cuatro millas de distancia. Si quería volver al Borgo, tendría que empezar por Mdina.

Tannhäuser dio media vuelta con su montura y cabalgó por los montes con tanta prisa como se atrevió. Subió la ladera de Corradino, pasó velozmente junto a la tienda de Abbás y encontró a Orlandu echando estiércol de caballo a paladas en una carretilla. El chico dejó la pala y Tannhäuser desmontó.

–Pasará un tiempo antes de que volvamos a vernos –dijo Tannhäuser.

El muchacho pareció inmediatamente abatido, pero enderezó la espalda y cuadró los hombros flacos.

–Te quedarás con la gente del general Abbás, un hombre justo y sensato, que mirará por ti. No le digas nada de nuestra amistad. Si es preciso, repítele lo que ya le he dicho yo: que me hiciste un favor cuando estaba prisionero en San Telmo, que me estaba muriendo de sed y tú me diste de beber de un odre de piel de cabra. Nada más. Te rescaté del argelino para pagar ese favor, como manda Alá. ¿Lo entiendes?

Orlandu asintió.

–Te di agua de un odre de piel de cabra.

–Recuérdalo. Ya eres un hombre, maltés por si fuera poco, no conozco otra raza más dura, y debes dejar atrás todo proceder infantil, como dijo san Pablo. Trabaja mucho, reza con los turcos y aprende su idioma. Si has sido capaz de sobrevivir al cautiverio de Salí Alí, aquí vivirás como un duque.

Se acercó un paso más y se inclinó hacia el niño, con las manos apoyadas sobre los muslos.

–Ahora escúchame bien, Orlandu. Si Malta cae y yo aún no he regresado y Abbás parte en su navío hacia la vieja Stambouli, como antes o después hará, debes irte con él.

Orlandu parpadeó.

–¿Al otro lado del mar?

–Considéralo parte de tu educación, porque ciertamente lo será. Júrame que te irás con él. Por las lágrimas de la Virgen.

–Te lo juro por las lágrimas de la Virgen.

–Bien. Mientras estés con Abbás, podré encontrarte, aunque tarde meses o años en llegar.

Esta última perspectiva era un poco más difícil de aceptar, pero Orlandu se tragó el miedo y no se inmutó.

–¿Tienes fe en mí? –insistió Tannhäuser.

–Es lo único que no tengo que fingir –replicó el muchacho.

Al oírlo, Tannhäuser sintió un estremecimiento, pero tampoco cedió a la emoción y se conformó con un solemne gesto de aprobación. Se quitó del dedo el pesado anillo de oro y lo apretó contra la palma de Orlandu.

–Quédatelo como recuerdo de nuestra amistad. Mientras lo lleves contigo, no te pasará nada malo.

Eran pamplinas, desde luego, pero Orlandu se quedó mirando el anillo como si fuera el Santo Grial y Tannhäuser supo que le daría fuerzas en los momentos difíciles que le esperaban.

–No dejes que te lo vea nadie –añadió–, o tendrás que defenderlo con la vida. Escóndetelo en el culo.

–¿En el culo? –se sorprendió Orlandu.

–He conocido hombres que guardaban allí cuchillos, además de un montón de contrabando. Si Abbás amenaza algún día con abandonarte o con venderte, enséñale el anillo, pero sólo a él. Dile que es mi compromiso contigo (él lo reconocerá) y ruégale que lo respete en mi lugar hasta mi regreso.

Orlandu hizo un gesto afirmativo.

–¿Adónde vas?

–Para ti y para Abbás, me he ido a Trípoli.

Orlandu miró hacia el lugar donde atronaban los cañones, del otro lado de la bahía, y volvió a mirar a Tannhäuser, quien notó que estaba a punto de ceder al impulso de suplicarle que lo llevara con él. Para gran mérito suyo, el muchacho supo guardar silencio y Tannhäuser sintió que podía confiar en él.

–Ahora dame un abrazo –dijo– y deseémonos suerte hasta que volvamos a vernos.

Levantó las manos de los muslos y el niño (porque aún era un niño) hundió la cabeza contra su pecho y lo abrazó con fuerza. Tannhäuser le apretó los hombros, que por un momento le parecieron lastimosamente frágiles entre sus manazas rubicundas. ¿Debía llevárselo con él, después de todo? La respuesta de la razón era inequívoca: Orlandu estaría mucho más seguro y a salvo con Abbás ibn Murad. Al niño le costaba poner fin al abrazo y, a decir verdad, no estaba solo en ese sentimiento, pero Tannhäuser lo apartó y se volvió hacia su caballo. Montó y saludó desde su corcel al niño desolado. Después se marchó.

En el límite del campamento de los comandantes pasó junto a una escuadra de soldados con mosquetes, que no le hicieron preguntas. Bajó la ladera occidental del monte Corradino hasta la ancha llanura del Marsa y se dirigió al trote hacia el sur, a través del bazar, donde compró medio saco de café para guardar en las alforjas. Se metió un puñado de granos en la boca, masticó y el sabor amargo le dio vigor. Después cruzó la espectral soledad del campamento de los soldados. Casi todos los combatientes habían sido convocados para el ataque y, de los pocos soldados de ínfima condición que se habían quedado para renovar las letrinas, ninguno le dedicó más que una hosca mirada.

Más allá del campamento propiamente dicho, situado originalmente a una distancia saludable, el hospital de campaña se extendía hasta casi tocar las tiendas de los soldados, como fango desbordado de una enorme y pestífera ciénaga. Era un precario amontonamiento de desgarrados toldos de lona, bajo los cuales yacía una multitud de miserables impregnados en su propia porquería. Los pozos envenenados habían hecho realidad los peores temores y el sol ardiente, junto con los miasmas mefíticos de los innumerables charcos de inmundicia, había hecho el resto. Junto a los enfermos había innumerables heridos, que no tardaban en sucumbir a la peste. Los desganados enfermeros que se movían entre los desdichados con la sombría resignación de campesinos en un campo ganado por la plaga veían que los enfermos los superaban cientos de veces en número. Los murmullos delirantes de los afligidos, sus gruñidos y oraciones, sus gritos pidiendo agua, clemencia o piedad, componían un coro de desesperación que a Tannhäuser lo destrozaba por dentro. Se cubrió la boca y la nariz con el borde del caftán y, susurrando una bendición para Abbás por haberlo librado de tan horrible destino, rodeó el mar de espanto tan aprisa como pudo.

Recorrían el extenso perímetro del campamento una docena de patrullas montadas, de un par de soldados cada una. Tannhäuser fue directamente hacia la primera que encontró y saludó altivamente a los guardias con gesto decidido, sin reducir la marcha, confiando una vez más (con excelentes resultados) en el ostentoso esplendor de su indumentaria para evitar que lo detuvieran. Una vez en campo abierto y fuera de la vista de la patrulla, torció bruscamente hacia el oeste, azuzó a su yegua y dejó atrás el estrépito de la batalla interminable.

Los exploradores de De Lugny lo capturaron en terreno abierto, al pie de la rocosa ladera que conduce a la ciudad de Mdina. Sus captores formaron en torno a él un círculo amenazador, a lomos de sus caballos de guerra, de raza lusitana y andaluza con algo de sangre sueca por su tamaño. Los caballeros llevaban bajos los visores de los yelmos y encendido el ánimo, y de no haber tenido órdenes de conducir a todos los prisioneros a la cámara de torturas, le habrían cortado la cabeza allí mismo. Pero en lugar de eso, se pusieron a intercambiar comentarios soeces acerca de su caftán, que al parecer encontraban femenino. Aun así, ninguno de ellos rió, una ofensa que Tannhäuser habría agradecido, porque la risa habría aliviado la tensión. Después de todo, la cabeza cortada de un turco no les supondría más que una leve reconvención en el peor de los casos, y allí, encerrados en Mdina, lejos de la matanza desbocada que anhelaban, la cosecha de enemigos era escasa.

Por lo tanto, para él fue un alivio ver que llegaba el *chevalier* De Lugny al frente de los doscientos hombres del destacamento de caballería de la Religión. Sobre la armadura lucían sobrevestas rojas con una gran cruz blanca, una prenda que en la figura de Amparo había resultado mucho más favorecedora. Al momento, De Lugny lo reconoció como «el espía» que había guiado su incursión al cabo del Patíbulo.

–Solicité vuestros servicios hace un mes, capitán –dijo–, pero me dijeron que habíais muerto.

–En tiempos como éstos abundan los rumores falsos –replicó Tannhäuser.

–¿Podemos saber cómo habéis pasado este interludio?

–Recuperándome de las heridas.

–¿Entre los demonios musulmanes?

–En la tienda de uno de sus generales.

En algunas ocasiones, la respuesta más atrevida es la mejor y así fue esta vez. Por un momento, el rostro de De Lugny fue la encarnación del desconcierto. El caballero a su izquierda (uno de los miembros de la patrulla que lo había capturado) se levantó el visor del yelmo. Tenía semblante juvenil pero de expresión maliciosa y un aire de superioridad innata que ningún fracaso en este mundo habría podido socavar jamás.

–Entonces tendréis mucho que informar a nuestro gran maestre –dijo De Lugny.

–Precisamente por eso me dirijo a Mdina. Necesito un guía maltés para que me lleve al Borgo.

El pisaverde habló y confirmó la impresión de Tannhäuser.

–Quizá también tuvisteis mucho que informar al Gran Turco.

Tannhäuser lo miró y por un momento consideró la posibilidad de hacer oídos sordos a su comentario, pero las bromas a propósito de su caftán habían calado más hondo de lo que pensaba.

–Estuve trece días en San Telmo –dijo–. Los últimos trece días.

Los presentes se intercambiaron miradas y algunos de ellos se santiguaron, en homenaje a la legendaria resistencia.

Tannhäuser prosiguió:

–Cuando los jenízaros venían bajando la cuesta, pensábamos a menudo en vosotros y en cómo estaríais lustrando vuestras armaduras y bebiendo vino hasta hartaros en la seguridad de Mdina.

Varias espadas abandonaron las vainas, entre ellas la del pisaverde. Se oyeron juramentos. Los caballos de guerra piafaron, por simpatía con sus jinetes.

Tannhäuser se apoyó el fusil en la cadera. De pronto, el hipertrofiado sentido del honor de los caballeros le resultaba ofensivo. Quizá arrastraba aún cierto desequilibrio mental por las fiebres que había padecido o por el opio que había fumado la víspera. En los últimos tiempos había recurrido con frecuencia al flemático sentido del humor que tanto valoraba, pero el pisaverde hizo saltar la chispa demasiado cerca del barril de la pólvora. Una rabia poco frecuente, pero familiar en otro tiempo, le inundó la mente.

–Quitaos esa armadura –le dijo al pisaverde– y me mediré con tres cualesquiera de vosotros. Y a pie, con los cinco que queráis.

Espoleó a su montura para avanzar y el pisaverde se mordió los labios. Si hubiera levantado la espada, Tannhäuser le habría disparado en la cara. A partir de ahí, pese a su presuntuosa afirmación, no sabía lo que habría podido suceder. Pero De Lugny, que conocía mejor a los hombres que su joven camarada, levantó una mano.

–¡Ya basta! –ordenó–. Pongamos freno a esta discusión antes de decir cosas que luego no podamos retirar.

Tannhäuser no desvió la mirada. Al pisaverde le temblaron los párpados y apartó la vista. Tannhäuser se volvió hacia De Lugny con una blanda sonrisa.

–Entonces, puedo contar con uno de vuestros guías malteses...

–Claro que sí –respondió De Lugny, aliviado. Después inclinó la cabeza hacia el retumbar de cañones del otro lado de los montes–.

¿Cómo va la batalla? Oímos el estruendo y decidimos que ya teníamos suficiente de lustrar armaduras y beber vino.

–El Borgo resistirá –dijo Tannhäuser–, pero dudo que San Miguel dure una hora más.

–Ha resistido antes.

–Los pendones de los jenízaros ya ondean en las murallas.

–¿Podremos atacarlos por el flanco?

Tannhäuser reprimió una sonrisa condescendiente.

–Mustafá tiene veinte mil hombres de reserva en los montes.

De Lugny frunció el ceño.

–¿Está bien defendido su campamento?

–¿Su campamento?

Era una pregunta estúpida que normalmente Tannhäuser no habría formulado. El estómago le decía que el día, que ya había puesto a prueba su salud debilitada, estaba dando un giro muy poco prometedor.

–El campamento turco –dijo De Lugny–. El hospital, si es que podemos llamarlo así. Su línea de abastecimiento y de apoyo. Los cocineros, los boyeros, los negros esclavos. Ese mercado suyo...

Para el momento en que De Lugny terminó su lista de condenados, Tannhäuser ya sabía que los caballeros irían a ver el campamento con sus propios ojos, dijera lo que dijese. Entonces dijo la verdad.

–Incluso el cabo del Patíbulo estaba mejor protegido. Tienen una veintena de patrullas recorriendo el perímetro, bastante apartadas unas de otras, y una compañía de tracios de la leva forzosa cavando letrinas. Y como bien decís, cocineros, boyeros, esclavos sin armas, enfermos... No hay parapetos ni empalizadas. Todos los batallones de combate están en los montes.

De Lugny no le parecía un individuo particularmente astuto, pero todos los franceses que había conocido gozaban de una duplicidad innata que les era de gran ayuda, al menos en momentos como ése. El caballero se inclinó hacia delante en la montura.

–Entraréis en el campamento delante de nosotros –dijo–. Al galope. Fingiréis estar herido y daréis la voz de alarma. Les diréis que han llegado los refuerzos cristianos de Sicilia, que avanzan por la retaguardia y que Mustafá ha de ser informado cuanto antes. No tendrá más opción que suspender el asalto a San Miguel.

–Si se cree el informe falso.

–¡Oh, se lo creerá! –dijo De Lugny.

Sonrió y Tannhäuser comprendió lo que tenía en mente. Sintió náuseas.

–¿Y después? –dijo Tannhäuser.

–Después, simplemente intentad no poneros en nuestro camino.

Tannhäuser dudaba que hacerlo resultara tan sencillo como decirlo.

–Con vuestro permiso –dijo–, me llevaré una de vuestras sobrevestas rojas.

De Lugny sonrió, con la expresión de un truhán que reconoce a otro, y con un movimiento de la cabeza le ordenó al pisaverde que le entregara la suya. De mala gana, el joven se quitó por la cabeza la prenda sin mangas y se la arrojó a Tannhäuser, quien la enrolló y la guardó en una de sus alforjas. Después se detuvo, como si acabara de ocurrírsele algo.

–Si buscáis botín –dijo–, las tiendas de los comandantes y del estado general están separadas del resto, en lo alto de los montes. Están mucho mejor protegidas, por una compañía de mosqueteros, y se encuentran mucho más cerca de los refuerzos que pueda enviar Mustafá.

Había exagerado un poco, pero quería disuadirlos de amenazar con sus espadas a Orlandu e incluso al etíope.

–Sabemos muy bien dónde está el colorido campamento de Mustafá –dijo De Lugny–, y ya le llegará el día, pero esta mañana no queremos botín. Queremos sangre.

Tannhäuser volvió sobre sus pasos hasta el límite del campamento turco. Los sonidos de la batalla se hicieron otra vez más fuertes. A un cuarto de milla de distancia, divisó a la primera patrulla y echó un vistazo por encima del hombro. La caballería de De Lugny no se veía por ninguna parte. Reunió las escasas fuerzas que le quedaban y puso a la yegua al galope. Al aproximarse a los soldados, se encorvó sobre el cuello del animal y levantó un brazo en gesto de desesperación. Cuando los guardias lo hubieron alcanzado, no le resultó difícil fingir que estaba herido, pues se sentía más que dispuesto a dejarse caer de la montura delante de ellos. Uno de los hombres agarró a la yegua por las bridas.

–¡Los Perros del Infierno están aquí! –exclamó Tannhäuser–. ¡Perros cristianos de Sicilia! ¡Son miles!

Hizo un vago gesto con el brazo hacia atrás y vio la expresión en el rostro de los guardias cuando se volvieron para mirar. Percibió un temblor en el suelo y el nerviosismo de la yegua bajo sus muslos, y después, el estruendo de cientos de cascos con sus herraduras, lanzados a la carga. Encorvado todavía hacia delante, se volvió también para mirar y sintió en el vientre las garras de un terror animal.

Nunca hasta entonces había visto una carga de caballería desde la perspectiva de la víctima. Así se sentiría el ciervo cuando divisaba a los perros del cazador. Los jinetes de De Lugny venían por delante de una nube creciente de polvo ocre y se abrían en abanico, en una ancha línea roja que se iba volviendo más y más extensa, hasta crear la sensación de que bastaba mirarla el tiempo suficiente para que acabara por ocupar todo el horizonte. Estaban ganando velocidad y nada hacía pensar que fueran a volverse atrás. Tannhäuser miró a los guardias. Estaban boquiabiertos de espanto. Se dirigió al más aterrorizado de los dos.

–Ve al galope hasta el frente y avisa a nuestro pachá –le dijo–, o el ejército estará perdido. ¡Vete ahora mismo, por tu vida!

Agradecido por la inesperada excusa para huir, el hombre describió un giro con su caballo y lo espoleó para partir al galope. La alegría le duraría poco, porque cuando se descubriera el engaño, Mustafá lo mandaría azotar hasta la muerte, pero la suya no sería más que una de las muchas historias tristes que se contarían al final de ese día.

Al otro hombre, para que se marchara, Tannhäuser le dijo:

–Reúne a los de la leva para proteger los almacenes.

Mientras el segundo centinela se marchaba a toda prisa para realizar su inútil misión, Tannhäuser advirtió que aún le quedaba por cumplir la parte más importante de la orden de De Lugny: apartarse de su camino. Miró hacia atrás y comprobó que no tenía la menor oportunidad de rodear la línea de atacantes por el flanco antes de que lo alcanzara. No fue preciso apremiar mucho a la yegua castaña para que ésta bajara la grupa hasta el suelo y se pusiera al galope tendido. Llegó al campamento apenas ciento cincuenta pies por delante de los gigantes que le venían pisando los talones con estrépito metálico.

La aproximación de la caballería produjo una oleada de terror que se propagó aún más rápido que la yegua. Tannhäuser echó un vistazo al campo de heridos a su izquierda y vio las figuras de los enfermeros huyendo y abandonando a los que tenían a su cuidado. Los panaderos huían corriendo de sus hornos, los cocineros de sus fogones y los lavanderos de sus calderos y tinajas, en dirección a los amarraderos del Gran Puerto y a sus barcos, sintiendo de antemano en las encogidas entrañas que la mayoría no lograría llegar. En los pozos de las letrinas, los soldados de la leva, desconcertados y sin nadie que los dirigiera, se esforzaban por resolver un enigma que parecía no tener más que una solución: morir en vano, por nada y para nada. Algunos se agarraban a las palas como inútiles talismanes y se agrupaban para hacer frente vanamente a la marea que se acercaba. Otros echaron a correr con los cocineros. Los hubo también que se arrojaron de cabeza a las zanjas llenas de excrementos humeantes, donde se revolcaban con la esperanza de quedar ocultos.

Tannhäuser se volvió para mirar y vio que las patrullas de centinelas plantaban cara valientemente a los acorazados jinetes de De Lugny, pero desaparecían como semillas de cardo arrastradas por el viento. Cuando los militares sedientos de sangre entraron rugiendo en las tiendas del andrajoso hospital, el atronar de sus cascos y el estruendo distante del asedio quedaron sofocados por un vasto aullido amorfo de angustia, dirigido al cielo. La carga redujo la marcha, empezó la matanza y Tannhäuser dio un brusco viraje hacia el este, en dirección al bazar.

No supo muy bien por qué lo hizo. Tal vez por simple camaradería o quizá por pánico. Paró en seco a la yegua en medio del caos que ya reinaba en el bazar. Reconoció un par de caras de hombres con los que había negociado y los instó a abandonar las mercancías y huir hacia los montes. Una vez cumplido ese pequeño deber, salió del bazar, se quitó el turbante y lo guardó, sin dejar de cabalgar. Echaba de menos su protección, pero una cabeza descubierta atraería menos los golpes, o al menos eso esperaba. Sacó de la alforja la sobrevesta roja y se la pasó por la cabeza. Sintió de inmediato que la cruz lo protegía tanto como media pulgada de acero. Para practicar, murmuró para sus adentros «por Jesucristo y el Bautista» y volvió a sumergirse en el baño de sangre que para entonces arreciaba en la llanura castigada por un sol inclemente.

El mero trabajo físico de doscientos soldados que se han propuesto segar miles de vidas con la sola fuerza del acero es ingente, aunque sus víctimas estén indefensas, pero los hombres de De Lugny se aplicaron a la tarea como lobos sueltos en un gallinero. Sus corceles demostraron ser entusiastas colaboradores, pisoteando a los enfermos y a los caídos con sus afiladas herraduras grandes como platos y convirtiéndolos en enmarañados montones de vísceras pulverizadas. Los heridos se levantaban del suelo como espectros resucitados, sólo para ser alanceados o troceados y pisoteados de nuevo en el lodo del que se habían levantado. Algunos caballeros desmontaron para vadear a pie el mar de infortunados y aplastarles el cráneo con el hacha o la maza, compitiendo con los caballos en la tarea de pisotear a los caídos y vociferando oraciones en latín, como para santificar su sangriento ardor.

Después, los caballeros la emprendieron con la aterrorizada masa de los tracios, que ya se dispersaba por el campo. Un golpe en el pecho con la espaldilla de un caballo de guerra furioso era suficiente para hundir un esternón o unas costillas, y los atroces cascos traseros daban coces y caían con el estrépito de cientos de tinajas rotas. Inclinándose a un lado y a otro sobre las sillas, los caballeros mataban a los fugitivos por docenas. Los panaderos, los herreros, los boyeros, los esclavos negros, los carniceros y los cocineros huían como venados acosados, mascullando palabras incomprensibles en lenguas extrañas mientras oían el estruendo de los jinetes que se acercaban. Los arrearon en grandes grupos que parecían dóciles y ruidosos rebaños, y los pasaron a cuchillo, mientras ellos se ensuciaban con sus propios excrementos cuando las lanzas les horadaban las entrañas y suplicaban clemencia de rodillas antes de que los caballeros los degollaran, los destriparan, les cercenaran los miembros y los dejaran morir.

Florecieron explosiones amarillas y anaranjadas, y negras columnas ascendieron al cielo azul, cuando los almacenes, los depósitos, las tiendas, los carromatos y los graneros fueron saqueados e incendiados. Manadas enteras de caballos y mulos relinchaban, se aplastaban unos contra otros, resbalaban y caían en los corrales, con los ojos en blanco y protuberantes de miedo, mientras unos seres envueltos en metálico estrépito les cortaban los tendones, les seccionaban el vientre y vadeaban un mar de vísceras humeantes, como niños buscando berberechos en la espuma de la playa. Finalmente, la vanguardia cristiana llegó al bazar y Tannhäuser oyó los aullidos de los codiciosos y los insensatos. Después hubo muchas muertes más y las lenguas de las llamas no tardaron en mancillar el cielo del mediodía.

Mientras recorría la castigada llanura, como un argonauta que tuviera el paso franco por el imperio de las tinieblas, Tannhäuser iba atento a los lunáticos y al pisaverde sin sobrevesta, pero nadie cuestionó la cruz sobre su pecho, y una vez más pudo franquear el perímetro del campamento sin encontrar oposición. El camino de Mdina estaba abierto y la yegua pareció entenderlo, porque se mostró ansiosa por emprender la marcha, aunque estaba extenuada por el esfuerzo y el miedo. Tannhäuser la calmó antes de ponerse en camino y se volvió para echar una última mirada al holocausto que dejaba a sus espaldas. En ese instante dudó más que nunca de la existencia de un dios benevolente, y sin embargo, en una de esas paradojas a las que es tan proclive el corazón humano deseó sinceramente que existiera.

Nubes de humo acre corrían por la llanura arrastradas por el viento y el campo de despojos aullaba con los estertores de hombres y bestias. Envueltos en la niebla, los brazos de los caballeros se levantaban y caían como los miembros de unas marionetas manejadas por un titiritero demente. Del conjunto se desprendían vapores entremezclados de carne, seda y grano quemados, miasmas de excrementos y olor a pólvora y pan chamuscado, como si la desesperación hubiera destilado un perfume propio y lo estuviera usando para rociar al mundo desde lo alto. Sobre los montes, Tannhäuser vio los penachos de humo de los mosquetes turcos, que por el escaso efecto que obraban, podían estar perfectamente disparando salvas para saludar la perfección con que se había perpetrado la masacre. Desde la fortaleza del otro lado de los montes, en el otro festín de muerte que se estaba consumando, llegaron a sus oídos los aullidos frenéticos de los cuernos turcos, que llamaban a la retirada inmediata.

La estratagema de De Lugny había funcionado. San Miguel resistiría un día más.

Los caballeros también oyeron los cuernos. Se reagruparon e iniciaron el repliegue a través de la tierra chamuscada, extinguiendo las escasas chispas de vida que encontraban por el camino. La aniquilación de todos los animales de los turcos debió de ser una tarea superior a sus fuerzas, porque venían arreando por delante una manada de caballos aterrorizados. Lo mismo que en el cabo del Patíbulo, De Lugny no había perdido un solo hombre, ni una sola montura.

Tannhäuser se frotó los ojos irritados por los miasmas. Le dolía la espalda y estaba muerto de hambre. Rotó los hombros. Aunque aún no pasaba mucho del mediodía, ya no le quedaba energía y aún tenía mucho por andar antes de que el sol saliera al día siguiente. Animó a la yegua y poco a poco fue avanzando por el pedregoso sendero que conducía a Mdina.

La comida que le sirvieron al llegar era abundante pero mala, o quizá se le había agriado el apetito. El mariscal Copier lo interrogó acerca de las pérdidas turcas y la moral del enemigo, y le proporcionó un guía maltés para llegar al Borgo o, mejor dicho, lo invitó a acompañar al mensajero que ya tenía órdenes de partir, puesto que era preciso transmitir el último despacho del virrey García de Toledo desde Mesina. Se pondrían en camino en cuanto oscureciera y lo harían a pie. Tannhäuser desechó toda su ropa, porque era tal el hedor a humo que desprendía que lo hubiese delatado ante cualquier centinela, incluso en medio de la noche. Se retiró entonces y se tumbó a dormir en un jergón, donde soñó con las atrocidades que había contribuido a perpetrar.

La siesta resultó demasiado breve para que pudiera recuperarse. Cuando sólo había cubierto con el guía maltés una fracción de la distancia hasta el Borgo, empezó a tambalearse, sintiéndose muy próximo a la ignominia del colapso.

El guía maltés se hacía llamar Gullu Cakie. Era al menos treinta años mayor que Tannhäuser y parecía tallado en la roca sobre la cual se desplazaban, algo que él hacía con la agilidad de un mono. Gullu observaba la palidez de su compañero y su aspecto sudoroso y vacilante con una mezcla de disgusto y asombro. Como Gullu sólo hablaba maltés y el esfuerzo requerido habría sido considerable, Tannhäuser no le había explicado que acababa de sobrevivir a unas fiebres casi mortales y a un día de nauseabundas matanzas, y seguía adelante, sufriendo en silencio. Los frecuentes sorbos de agua que tomaba del odre de Gullu le valieron más gruñidos de desprecio. Sus botas de montar turcas de color amarillo (que chocaban con su nuevo atuendo, pero que no había podido cambiar, por no haber sido posible encontrar ningún par de su tamaño que las reemplazara) lo hacían sospechoso a los ojos del guía, pero las sospechas se disiparon cuando Tannhäuser le pidió por señas que le llevara el fusil, pues el arma se le hacía cada vez más pesada y durante la última milla le había pesado tanto como una culebrina. Gullu se la colgó del hombro derecho. Del izquierdo se colgó las alforjas que contenían el café y las tres libras y cuarto de opio, cuyo saqueo Tannhäuser temía cada vez más. Así cargado, Gullu Cakie reanudó la marcha a paso vivo y, al cabo de unos minutos de persecución, Tannhäuser no se sintió mucho mejor que antes.

Gullu llevaba los mensajes en un cilindro de latón y tenía en el cinturón un recipiente de arcilla con brasas ardientes. El tubo contenía, además, una carga de pólvora. Ante el riesgo inminente de captura, Gullu tenía órdenes de meter las brasas en el tubo y resignarse a la tortura. El enjuto maltés dio un amplio rodeo al sur y el oeste del Marsa, por valles abruptos, cuestas escarpadas y los terrenos más accidentados que había visto Tannhäuser desde su marcha a través de Irán. Si hubiese tenido fuerzas para levantar la vista y mirar a través del sudor que le escocía en los ojos, habría sabido dónde estaban por la posición de las estrellas. Los cañones turcos guardaban silencio, por lo que tampoco le ofrecían ninguna guía. En lugar de mirar al cielo, tenía la vista fija en sus propios pies y avanzaba trastabillando a la zaga de Gullu Cakie, que no dejaba de desaparecer en la oscuridad, pero siempre se paraba para esperarlo, como a un niño rezagado.

Estaban subiendo por una cuesta de roca desnuda hacia una cresta que destacaba sobre el índigo del cielo cuando Tannhäuser percibió un olorcillo a descomposición. Sin la esperanza que el hedor le ofrecía, quizá no habría llegado a la cima, pero lo hizo, y con un gemido de alivio pudo contemplar desde lo alto las hogueras de los centinelas del Borgo. Se encontraban en algún promontorio de San Salvatore y las líneas enemigas no podían estar muy lejos, pero no habían visto un solo turco en toda la noche, ni había en ese momento ninguno a la vista. Tannhäuser se consideraba hábil en el arte de moverse con sigilo por un campo enemigo, pero en eso Gullu era un maestro. Su euforia se esfumó cuando el guía le señaló la bahía de Kalkara y le hizo un movimiento de rana con las manos. Le estaba sugiriendo que nadaran. Tannhäuser sacudió la cabeza y, basándose en su propia experiencia, imitó los estertores de un hombre a punto de ahogarse. El disgusto de Gullu, que había ido cediendo, volvió a aparecer con redoblada intensidad, pero el hombre no pareció desanimarse. Volvió a desvanecerse en la oscuridad y Tannhäuser se arrastró tras él.

Fuera de los senderos conocidos, el monte San Salvatore, que Tannhäuser consideraba poco más que una colina y que más de una vez había recorrido a caballo, era más arrugado que el lomo de un elefante y sus pliegues eran lo bastante profundos como para ocultar a un hombre. Reptaron por los surcos, en diferentes direcciones, durante lo que a Tannhäuser le pareció una hora, sin percibir tampoco la menor señal de vida humana. Cuando por fin levantaron la cabeza, estaban entre rocas, en el brazo de mar más meridional de la bahía de Kalkara. El bastión de Castilla se encontraba a menos de quinientos pies de distancia de donde ellos yacían. Unos cien pies a la izquierda de la torre de Castilla, dominando el siguiente brazo de mar y cerrando las fortificaciones, se erguía el bastión de Alemania y el de Inglaterra, en cuya base estaba la puerta de Kalkara.

A la izquierda de donde se encontraban, la estrecha prolongación de la Gran Explanada que separaba la ciudad de los montes San Salvatore y Santa Margarita estaba atestada de cadáveres de musulmanes, que empezaban a hincharse a la luz plateada de la luna y proyectaban sombras alargadas sobre la arcilla seca del suelo. Más arriba reinaba el silencio en los montes dominados por los turcos, como si guardaran duelo por el desastre que ese día se había abatido sobre ellos, pero aquí y allá se adivinaba el reverbero del fuego de los campamentos, entre los mudos emplazamientos de las baterías de asedio. A su derecha, Tannhäuser vio que las zanjas abiertas por los turcos ya bajaban toda la cuesta de San Salvatore hasta la orilla de Kalkara. También allí parpadeaban las hogueras y de vez en cuando sus llamas arrancaban de la noche una ocasional silueta con turbante, con el fusil preparado. Desde allí podían temer que les dispararan.

Gullu Cakie le tendió a Tannhäuser su fusil, que éste agarró, y le indicó por señas que se proponía atravesar reptando el terreno que se abría ante ellos, hazaña que seguramente realizaría con la agilidad de una cobra. Gullu le dio a entender también que a continuación intentaría que les abrieran las puertas, momento que podía ser peligroso incluso para él, y que sólo entonces debía seguirlo Tannhäuser. De ese modo, Tannhäuser tendría una oportunidad de correr para entrar en la ciudad y, además, los mensajes de Sicilia tendrían las mayores probabilidades de llegar a salvo a su destinatario, algo que el maltés valoraba mucho más que la vida de Tannhäuser. Aun así, como el perro viejo no era completamente indiferente al destino de su acompañante, le señaló el cielo con un dedo huesudo.

Tannhäuser siguió con la vista la dirección señalada y al principio quedó desconcertado. El dedo señalaba el Escorpión. ¿Qué quería decirle? Pero entonces Gullu abrió la mano y la movió lentamente hacia los tres cuartos de luna menguante, que estaba baja sobre el horizonte, al sureste, y finalmente Tannhäuser advirtió que una nubecilla de color gris azulado, a una distancia considerable, estaba describiendo el mismo movimiento. Era una nube pequeña y solitaria, y Tannhäuser no habría apostado ni siquiera un ducado a que acabaría por ocultar la luna, oscureciendo por lo tanto el terreno. Sin embargo, iba a tener que apostarse la vida. Gullu imitó el movimiento de correr a toda prisa y señaló a Tannhäuser hundiéndole un dedo en el pecho. Después, lo saludó con una inclinación de la cabeza y se alejó arrastrándose por las rocas hacia las murallas.

Tannhäuser levantó la vista para mirar la nube. Ahora que estaba solo, le pareció más pequeña que antes, más errático su curso y más remota la posibilidad de que le ofreciera algún tipo de cobertura. Miró a Gullu avanzando por el terreno abierto. En realidad, se movía más como un cangrejo que como una serpiente, pero con la celeridad esperada, deslizándose a un lado y a otro sobre las palmas de las manos y los dedos de los pies, haciendo imprevistas paradas para aplastarse contra el suelo y reanudando después el movimiento tan abruptamente como lo había interrumpido. Aunque lo hubieran visto, lo habrían tomado más por algún animal nocturno que por un hombre. Tannhäuser volvió a mirar la nube. No se había movido casi nada y, cuanto más la observaba, más claramente estática le parecía. No había una pizca de brisa a ras de tierra y tampoco parecía que la hubiera en el cielo. Cuando volvió a mirar el terreno desde el relativo brillo del cielo, Gullu Cakie había desaparecido.

Su soledad era total. Estaba armado únicamente con el fusil de llave de rueda y la daga, y ninguno de los dos le ofrecía mucha tranquilidad. Demasiado tarde recordó que la petaca de la pólvora y la bolsa de las balas estaban en las alforjas que Gullu llevaba a la espalda. Renunció a mirar nada que no fuera la nube y tuvo que observarla atentamente durante veinte minutos para convencerse de que aún se movía un poco. De hecho, parecía como si de pronto se dirigiera hacia la luna a considerable velocidad, pero el cielo suele favorecer ese tipo de ilusiones ópticas. Tannhäuser se agazapó en cuclillas, agarró con fuerza el fusil y contempló el paso de la nube por Sagitario. Ocultaría a la luna de un blanco gélido, pero lo haría brevemente. Consideró la posibilidad de ir reptando hasta la puerta, pero tenía las rodillas y los codos en carne viva y el pecho le ardía como un lecho de brasas. Treinta segundos de vulnerabilidad eran mejores que diez minutos echado de bruces, con el trasero para arriba. El borde delantero de la nube cortó la blancura lunar y después la cubrió, tendiendo un manto de oscuridad sobre la tierra de nadie. Tannhäuser se puso de pie y echó a correr.

Al servicio de Suleimán Sha, había corrido quizá un total de quince mil millas (un jenízaro se pasaba la vida corriendo) y aún conservaba la técnica: tenía que respirar profundamente y de manera regular en el aire putrefacto, y mantener los codos hacia dentro y el fusil firmemente agarrado, cruzado sobre el pecho. Sus zancadas eran largas y veloces, con el peso echado adelante por encima de la cintura. Había olvidado la fatiga del trayecto gracias a la perspectiva de ver su final. Ante sí veía extenderse el agua de la bahía como una mancha de tinta negra y, a su derecha, sombras impenetrables delante de las líneas turcas. Los fogonazos de los mosquetes empezaron cuando apenas había recorrido setenta pies, estridentes por el ruido y la luminosidad. No ralentizó la marcha, pero hizo un par de zigzags. Uno de los fogonazos captó el resplandor de una cimitarra y Tannhäuser vio una figura que se movía velozmente por la orilla para interceptarlo a la altura del bastión de Castilla. Intentó correr aún más aprisa. La distancia entre ambos se acortaba. Pero una fina franja de luz plateada se ensanchó sobre el suelo de arcilla seca y se desplegó hacia él, porque la nube había dejado de ocultar la faz de la luna.

Quedó a la vista el gazí, con las vestiduras siseando a su alrededor y los labios retraídos por el esfuerzo o quizá por la rabia. Interceptaría a Tannhäuser poco antes de llegar al bastión de Castilla y, si el fuego de los mosquetes no lo había abatido antes, el acero de la cimitarra acabaría con él. El fusil que Tannhäuser llevaba cruzado sobre el pecho apuntaba a la izquierda. Podía darle la vuelta, para disparar con la mano izquierda, lo que le resultaría muy incómodo, o podía detenerse, girar y disparar, lo que le restaría el impulso que tanto le había costado adquirir y concedería ventaja a los artilleros turcos que le disparaban desde la trinchera. Otra boca de mosquete se iluminó y Tannhäuser sintió el silbido de la bala. Un instante después, tenía al gazí delante, con los brazos extendidos como un lanzador de disco y la cimitarra inclinada hacia atrás, preparada para asestarle un golpe en plena carrera.

Al borde de la colisión, Tannhäuser dio un salto combinado con un giro hacia atrás en sentido horario. El fusil giró con él y, mientras la espada del gazí centelleaba en dirección a su cráneo, Tannhäuser disparó un fogonazo de seis pulgadas y una bala de media pulgada directa al pecho de su adversario.

O al menos eso creyó haber hecho, porque en ese mismo instante la cabeza del gazí y su turbante estallaron en una lluvia de redondos grumos resplandecientes. El cadáver salió despedido por el aire, y antes de que aterrizara, Tannhäuser volvió a girar, completando la maniobra en una sola zancada, y echó a correr a toda velocidad, con la cabeza gacha, para cubrir los últimos cien pies hasta la puerta de Kalkara.

Rodeó el muro del mantelete mientras las balas perforaban surtidores de polvo en los ladrillos. Para acceder a la poterna, del otro lado, tuvo que pasar por una abertura en una de las puertas principales, no mucho más ancha que sus hombros. En el interior reverberaba una antorcha. Lo primero que vio al entrar a empellones fue la figura de Bors, que estaba de pie, midiendo una carga de pólvora en el cañón todavía humeante de su mosquete negro y plata. Bors levantó la vista y resopló desdeñosamente.

–¿A qué venía esa pirueta? –dijo–. Yo ya tenía a ese demonio en el punto de mira desde que salió de la trinchera.

Cuando recuperó el aliento, Tannhäuser replicó:

–¿Entonces por qué no le disparaste antes?

–¿Por qué? –repitió Bors–. Porque no habrías corrido tan rápidamente y no habrías llegado hasta aquí. Ya venías tambaleándote bajo el peso de todo ese oro. –Señaló el brazalete en la muñeca de Tannhäuser–. Resplandecías como un tabernáculo desde el momento en que te pusiste de pie. No me extraña que casi te alcanzaran.

Tannhäuser no se molestó en responder. Un par de guardias estaban sellando la entrada, ajustándole una puerta de hierro que reforzaron con una compleja serie de remaches, tuercas y tornillos, un proceso que Tannhäuser observó atentamente, con miras a salir por el mismo camino en cuanto las circunstancias se lo permitieran. Bors se inclinó y le entregó sus alforjas.

–Gullu Cakie me dijo que te las diera, con su agradecimiento.

–Gullu no habla italiano.

–Habla español tan bien como el rey Felipe e italiano mejor que tú. Lo necesitaba para su oficio. Deberías sentirte honrado de haberlo tenido por guía.

En la mano, las alforjas le parecieron a Tannhäuser bastante más ligeras. Las abrió y no encontró más que uno solo de los paquetes envueltos en papel encerado: el que contenía el miserable cuarto de libra de opio. También su bolsa de café había desaparecido y eso en cierto sentido le dolió aún más.

–Ese viejo bujarrón me ha robado.

Bors le dio una palmada en la espalda y una sonrisa distorsionó su cara, desfigurada ya por la enorme cicatriz.

–Por todos los demonios, me alegro de que hayas vuelto –dijo–. Andábamos muy escasos de risas.

–¿Su oficio? –dijo Tannhäuser–. ¿Qué oficio?

–En su época, Gullu Cakie fue el ladrón y contrabandista más famoso de estas islas. Eludió las galeras docenas de veces y ni una sola consiguió atraparlo. Parece ser que, gracias a ti, vuelve a estar en el negocio.

El pasillo que llegaba hasta la poterna describía un ángulo obtuso. Sobre el recodo se abría en el techo una buhedera, de tal modo que los intrusos que llegaran hasta allí se arriesgaban a recibir una lluvia de fuego de mosquete y de bombas incendiarias. En el extremo interior había un rastrillo y, del otro lado, a modo de nueva trampa mortal en la eventualidad de que algún adversario llegara hasta allí, una pequeña casamata sin techo, provista de troneras. Cuando Tannhäuser se dirigía hacia la casamata, Bors lo agarró por el brazo.

–Ven a ver esto –le pidió.

Tannhäuser subió con él las escaleras. Llegaron arriba, se volvieron y Tannhäuser se paró en seco y tuvo que parpadear, al contemplar el panorama que se le ofrecía desde esa privilegiada perspectiva.

Hacía casi dos meses que se había marchado, dejando tras de sí una ciudad que hasta entonces prácticamente no había recibido ni un solo cañonazo. Lo que ahora se abría ante sus ojos era un páramo informe cubierto de escombros. Los escombros tapizaban el suelo, formaban montones enormes y rodeaban la ciudad por todas partes. Grietas y orificios marcaban los muros de San Lorenzo, la Sagrada Enfermería, el arsenal y la sala de justicia. Calles enteras habían sido arrasadas hasta los adoquines. Las ruinas estaban sembradas de balas de cañón de piedra y de hierro. Innumerables casas sin techo levantaban su ciega mirada hacia el cielo. El Castel Sant'Angelo parecía el melancólico centro de un imperio derrotado y, salvo el parpadeo de las hogueras de los centinelas, nada parecía tener vida en la extensa desolación, como si la plaza hubiese sido saqueada y abandonada cuando la historia aún era joven y sus moradores no pasaban de ser salvajes vestidos con pieles de fieras.

–Las mujeres –dijo Tannhäuser–. Carla y Amparo. ¿Están vivas?

–Gozan de buena salud –replicó Bors–. Al menos en lo físico.

–¿Y en lo demás?

–Quedan pocos en esta desdichada ciudadela que no estén enfermos por dentro. Incluso yo tengo mis momentos de desánimo, aunque no cambiaría nada de esto ni por un palacio en el Lido.

Los ojos de Tannhäuser buscaron el albergue de Inglaterra en la calle Majistral. Era uno de los pocos edificios que parecían intactos. Bors sorprendió su mirada y, mientras Tannhäuser se disponía a bajar por la escalera, le dijo:

–Las mujeres ya no viven en el albergue.

Tannhäuser lo miró.

–Carla se fue con todas sus pertenencias hace poco menos de una semana. Se marchó como si de pronto hubiera descubierto que la casa estaba encantada, pero no dijo por qué se iba. Dice que tiene una cama en la enfermería, donde puede dormir cuando quiere, sin alejarse demasiado de los enfermos y los heridos.

–¿Y Amparo?

–Amparo vive en las cuadras y duerme sobre la paja del suelo, con *Buraq*. No te preocupes. Las he estado vigilando a las dos. Y también al caballo. –Se encogió de hombros, al ver que Tannhäuser fruncía el ceño–. Las dos son muy tercas. ¿Qué querías que hiciera?

Cuando llegaron al pie de las escaleras, Andreas, el paje de La Valette, que había sobrevivido al balazo recibido en la garganta el primer día del asedio, les anunció que Gullu Cakie había entregado los mensajes al gran maestre y que éste ahora aguardaba un informe inmediato de Tannhäuser acerca de la situación de los turcos. Para sorpresa del joven, Tannhäuser replicó que no disponía de ninguna información que fuera a prolongar la resistencia de la ciudad más allá de la mañana y que, por lo tanto, con el debido respeto, estaba seguro de que el gran maestre podría esperar hasta entonces para enterarse de lo que sabía.

Tannhäuser dejó a Andreas varado en la calle y puso rumbo al hospital. Lo hizo por instinto, siguiendo un impulso que no cuestionó y al que no opuso resistencia alguna, quizá por estar demasiado cansado. Quería ver a Carla. Quería ver la expresión de su rostro cuando lo viera. Tal vez fuera por el chico. Quería decirle que Orlandu estaba vivo. Tal vez fuera por algo más.

Cuando llegaron a la plaza que se extendía delante de la Sagrada Enfermería, la encontraron completamente tapizada de heridos. Era la cosecha que había dejado la batalla del día, alineada en hileras manchadas de sangre. Los hombres languidecían bajo las estrellas, con sus diversas mutilaciones y miembros truncados envueltos en sábanas ya casi transparentes por el uso y los lavados. Monjes, capellanes, médicos judíos y mujeres maltesas ofrecían el consuelo que podían a sus pacientes y seres queridos. Después de lo que había visto esa tarde en el campamento turco, Tannhäuser no tenía motivo para conmoverse; al menos esos hombres tenían algo más que las espadas y los cascos de los caballos enemigos, pero aun así se sintió conmovido, sin saber por qué.

De pronto, oyó un retazo de música que seguía una sinuosa ruta a través de la noche. Era más tenue que la oída desde el monte, de modo que miró a Bors para asegurarse de que no eran imaginaciones suyas. Bors señaló con la cabeza la ensenada de las Galeras.

–Tocan junto al mar.

–¿Las dos?

–Todas las noches, desde que Carla se marchó del albergue.

Bors tendió la mano. Mattias le entregó el fusil y las alforjas vacías, y se giró para marcharse.

–Mattias.

Tannhäuser se detuvo.

–Fray Ludovico ha vuelto.

La mano de Tannhäuser aferró la empuñadura de la daga.

–Yo he pensado lo mismo –dijo Bors–, pero matarlo no sería fácil. Ahora el hermano Ludo es caballero de justicia de la Lengua Italiana.

–¿Ludovico ha ingresado en la Religión? –dijo Tannhäuser.

–Les hizo la corte con un par de reliquias y participó con ellos en la matanza.

–No pensaba que La Valette fuera tan tonto.

–Ludovico es muy respetado por todos los italianos, que lo adoran.

Tannhäuser se pasó una mano por la cara.

–Esto se parece más de lo que esperaba a una casa de locos.

–Los reveses de la guerra –dijo Bors, encogiéndose de hombros–. Hasta ahora no ha causado ningún problema –añadió–, o al menos eso creo, pero sus sabuesos están olfateando el suelo, de modo que tendrás que andarte con cuidado.

–¿Que me ande con cuidado? –repitió Tannhäuser.

La sola idea era risible, lo mismo que todas sus empresas. Se había metido en la insensatez más profundamente que en la sangre y seguiría metiéndose en ambas hasta que una de las dos terminara por ahogarlo. Los incidentes del día habían estado a punto de acabar con su cordura y, por un breve instante, sintió que oscilaba entre un acceso de ira demasiado vasto para centrarse en ningún objeto determinado y un ataque de risa del que quizá no se recuperara nunca. Pero entonces la música volvió a llenar la noche y el momento pasó.

–Pareces un hombre que ya no perteneciera a este mundo –le dijo Bors–. Ven a beber conmigo un poco de aguardiente. Nos emborracharemos y recordaremos tiempos mejores.

–Bors –dijo Tannhäuser–, dame un abrazo, amigo mío.

Tannhäuser se aferró con los brazos a los hombros gigantescos, como se habría agarrado un náufrago al tronco de un árbol. La perplejidad hizo tambalear al tronco, que sin embargo no se desplomó. Después, Tannhäuser se dio la vuelta y se fue por las calles en ruinas hacia la ensenada de las Galeras.

Encontró a las mujeres en una oquedad entre las rocas, al borde del mar. A menor distancia, la voz del laúd de Amparo sonaba clara y delicada, y las notas de sus numerosas cuerdas elevaban el sonido generoso de la viola de Carla como si fueran las alas de otros tantos colibríes. Las dos mujeres parecían perdidas dentro de la esfera de infinita belleza que ambas tejían, con los ojos cerrados a este mundo, el rostro levantado al firmamento en momentos de extasiado vuelo y la barbilla apoyada en el hombro, mientras sondeaban las profundidades de su corazón en busca de las perlas de la verdad. Si en algún momento podían equilibrarse los platos de la balanza cósmica, si era posible contrarrestar la calamitosa cantidad de maldad que se acumulaba en uno de ellos y conseguir que volviera a levantarse desde sus profundidades, tenía que ser allí y en ese instante, por el poder de esa magia invisible que llenaba el aire.

Tannhäuser encontró un sitio donde instalarse y se sentó a escuchar. No estaba solo. Había quizá una cuarentena de personas reunidas alrededor, como el público que se reúne en los mercados en torno a los funambulistas, los juglares o los locos: soldados, campesinos y mujeres, grupos de niños sucios y niñitas desharrapadas que acudían de la mano, con la expresión vacía y los ojos asustados de los inocentes que han presenciado un infierno. Algunos llevaban velas o lámparas, cuyos reducidos arcos de luz se perdían en el terreno desigual. Todos se mantenían a cierta distancia. Estaban sentados, de pie o agachados, sin formar alboroto. Algunos tenían las mejillas surcadas por el brillo de las lágrimas. Otros acudían por simple curiosidad y los había también que parecían desconcertados, porque el abismo entre la belleza de la música y la catástrofe que se extendía a su alrededor era demasiado vasto e insalvable.

Las intérpretes, por su parte, hacían caso omiso de todo, excepto de lo divino. El reino que estaban explorando se encontraba muy lejos del mundo terrenal y quizá su descubrimiento era el regalo más noble que podían hacer a sus congéneres, porque el mundo a su alrededor era tan oscuro, estaba tan acorralado por el dolor y la muerte y se encontraba tan distante de todos los otros mundos imaginables que iluminar aunque sólo fuera por un momento un ámbito donde reinara la armonía era como recoger las estrellas del cielo y ponerlas una a una en manos de los presentes.

Bors se acercó de puntillas, se sentó y sacó una petaca de cuero. Tannhäuser echó un trago y reprimió un sofoco. Por su potencia, debía de ser aguardiente redestilado en una tina, pero difundía un resplandor en el vientre, de modo que bebió un poco más y devolvió la petaca. Bors inclinó la cabeza hacia las intérpretes e hizo un gesto de apreciativo orgullo con los labios, como si él mismo las hubiera enseñado a tocar. Mientras escuchaban, la tiranía del tiempo pareció destronada por toda la eternidad; pero la eternidad es otro de los sátrapas del tiempo y, al final, las mujeres dejaron de tocar y permanecieron en un círculo de silencio, un silencio casi tan exquisito como la música que para entonces se había disipado en el viento.

Una niña entre el gentío aplaudió con entusiasmo y alguien la mandó callar, como si estuvieran en la iglesia. Después, poco a poco, la gente se fue dispersando en dirección a las ruinas, como espectros convocados a las tumbas por la inminencia del día, y el frente de la ensenada quedó desierto, con la sola excepción de Tannhäuser y Bors. Al retirarse, la gente se llevó las lámparas, y cuando las últimas esferas de luz amarilla desaparecieron por la calle, Tannhäuser entrevió la imagen de una cara alargada, iluminada por el lejano resplandor, un rostro llamativo por su belleza aguileña y sus mejillas lampiñas. Agarró a Bors por el brazo y se lo señaló, pero el intruso ya se había marchado. Se preguntó si de verdad lo habría visto.

–¿Anacleto? –dijo Tannhäuser.

–Anda por aquí –convino Bors–. Acecha sin ser visto, como la araña que no se ve en la tela hasta que atrapa a la mosca. También él ha tomado los hábitos, como caballero de gracia magistral. ¿Quieres que le dé una paliza?

–Hasta que llegue el momento de matarlos a los dos, a él y a Ludovico, no tendría sentido.

Tannhäuser se volvió para ver cómo Carla y Amparo guardaban sus instrumentos. ¡Qué espléndido era volver a verlas a las dos juntas! Estaban un poco delgadas, sí, y tenían en la cara nuevas líneas que nunca llegarían a borrarse, pero las dos le parecieron en suficiente buena forma. De hecho, cada una a su manera era tan hermosa de cuerpo y semblante que su corazón estuvo a punto de detenerse al sentir que se acercaba el instante del reencuentro. Las quería a las dos sin el menor asomo de duda y, por una vez, no halló contradicción ni angustia en el dilema. Tendría tiempo de deshacer el nudo en cualquier otro momento. Mientras las dos subían de nuevo por las rocas, cargando sus estuches, Tannhäuser se levantó de su asiento y las mujeres lo vieron.

Las dos se detuvieron un momento, como enfrentadas a una aparición, o quizá a algún ogro salido de alguna fábula nórdica. Era cierto que no presentaba su mejor aspecto. Las perneras de las calzas le colgaban hechas jirones de las rodillas; tenía los brazos desnudos veteados de mugre y sudor, y la casaca era el tipo de prenda que llevaría un contrabandista de la peor estofa. Eran defectos imposibles de subsanar en ese instante, pero al menos la víspera se había hecho untar la barba con aceite en el bazar y llevaba encima una cantidad respetable de oro. Sin embargo, mientras él se perdía en esas vanas y risibles preocupaciones, las mujeres dejaron caer los estuches y corrieron a su encuentro, tendiéndole los brazos, con un gratificante despliegue de lacrimosa dicha.

Las abrazó a las dos a la vez, rodeando con un brazo a cada una, como en aquel lejano día del primer combate, cuando les pidió a ambas la bendición para la batalla. Apretó las dos cabezas contra su pecho, como si fueran sus hijas, o como si él fuera el hijo de ambas. Si no hubiesen llorado tanto, quizá él también habría sollozado, de modo que agradeció su emoción. Su pecho se inflamó con una maravillosa sensación de calidez, engendrada en parte por la presión de los senos de ambas contra sus costillas, y cuando Carla levantó la cara para mirarlo a los ojos, Tannhäuser sonrió.

–Me llamasteis –dijo–. ¿Cómo no iba a venir corriendo?

Sus palabras les arrancaron a las dos una sonrisa y él siguió mirando a uno y otro par de ojos brillantes (sintiendo que la cara irregular de Amparo volvía a ejercer su mortal atracción y que la espiritual elegancia de Carla se le clavaba una vez más en el alma), hasta que el afecto amenazó con socavar su compostura y entonces tuvo que desviar la vista por encima de sus cabezas.

–Bors –dijo–, trae los estuches, por favor. Volveremos al albergue y, una vez allí, cuando estemos cómodos, os contaré a todos una historia que nunca olvidaréis.

CUARTA PARTE

DE CUEVAS
DE LEONES ENLAZADOS

Miércoles 15 de agosto de 1565. Asunción de la Virgen

Bastión de Italia. Fuerte de San Miguel

La luna menguante estaría en Acuario, según calculaba Anacleto. Las baterías de asedio atronaban a intervalos irregulares y en ocasiones se estremecían los muros bajo los pies de Ludovico, cada vez que una bala de cañón alcanzaba su objetivo. En las zanjas cavadas en la colina y más allá, en la llanura del Marsa, los turcos descansaban para recuperar fuerzas después de los recientes reveses. Ludovico contemplaba las sombras en las ruinas de Bormula y meditaba acerca de las que se cernían sobre sus propios asuntos.

Había visto a Tannhäuser la noche de su llegada al Borgo. El hecho de que el alemán aún estuviera vivo no lo alarmaba. El gran maestre valoraba sus habilidades militares y, en ese sentido, Ludovico agradecía tanto como cualquier otro toda la ayuda que pudieran conseguir. Pero ¿por qué había regresado arriesgándose tanto y exponiéndose a una muerte más que probable? Tannhäuser estaba amancebado con la muchacha española, Amparo, pero Carla había asegurado que tenía previsto casarse con él. Era un acuerdo extraño, pero no sin precedentes, y en el amor no había nada imposible. Después de todo, el propio Ludovico había regresado a Malta influido al menos en parte porque sabía que Carla estaba en la isla. Pero seguramente ese bárbaro alemán era ajeno a todo sentimiento de caballerosidad. Quizá Tannhäuser creía que podía salvar a las mujeres si los turcos los derrotaban, o tal vez pensaba sacarlas del Borgo. ¿Cómo? Ludovico ni siquiera lo imaginaba, pero no subestimaba la astucia del alemán. También había visto la manera en que Tannhäuser había estrechado a las dos mujeres contra su pecho y cómo ellas habían llorado de alivio al ver su rostro.

El día que estaba tocando a su fin era una fecha señalada: la fiesta de la Asunción de la Virgen Santísima. Su celebración había sido un consuelo para los habitantes de la ciudad, entre otras cosas porque muchos ya habían ido a reunirse con ella y muchos más esperaban hacerlo en breve. Con la ayuda de varios tercios y un chico en el papel de Nuestra Señora, un capellán de Valencia había montado un tosco auto para representar el misterio de la muerte de la Virgen y, tras la disputa entre los apóstoles y los judíos por sus restos mortales, su ascensión en cuerpo y alma, transportada por cinco ángeles, hasta las puertas del Paraíso, donde era coronada Reina de los Cielos en medio de un coro de campanas, trompetas y petardos. El hecho de que los ángeles fueran interpretados por curtidos soldados españoles no había menoscabado en nada la admiración, el asombro y el disfrute del público. La representación popular, parecida a otras muchas que Ludovico había presenciado, no habría obrado ningún efecto en él, de no haber sido porque Carla había puesto el acompañamiento musical con su viola da gamba. Con su apasionada interpretación, Carla había transformado el primitivo ritual en algo que nunca olvidaría.

Ludovico apoyó los brazos en las piedras de la muralla y la cabeza en los brazos. Estaba exhausto. También lo estaban todos los hombres de la guarnición, excepto quizá La Valette. La fatiga física era natural. Ludovico la había desafiado durante años, pero notaba que los mecanismos de su cerebro también se estaban volviendo más lentos y eso era nuevo para él. Los pensamientos le venían a la mente con dificultad y, cuando finalmente surgían, resultaban ser triviales. Seguía con su labor de reclutamiento de aliados políticos dentro de la Religión, pero con el entusiasmo de un hombre que consulta a un cirujano para que le saje un absceso. Dormía poco y mal. La desesperación acechaba en los laberintos más oscuros de su mente. Si su ingenio siempre había volado, ahora no hacía más que reptar. Habría podido atribuirlo todo a la guerra, porque a muchos los afectaba de esa forma, pero él era víctima de una enfermedad mucho más poderosa. Pensaba constante e irremediablemente en Carla. El anhelo que sentía por ella le minaba el espíritu. Incluso sus ansias de oración estaban mermadas, como también lo estaba el consuelo que le brindaba la plegaria. La sublime interpretación de Carla en el auto de la Asunción había sido el desencadenante de su melancolía. Echaba de menos la música que ella y la española tocaban en las rocas. Había ido a escucharlas todas las noches; sus melodías lo habían transportado, y había leído en la interpretación de Carla un poema de amor. Tan extrema y despreciable era su locura que en ciertos momentos se había permitido imaginar que ella tocaba para él.

Pese a todo ese absurdo, con disciplina había conseguido que su pasión, e incluso su presencia, fueran invisibles para Carla. Invisibles para todos, menos para Anacleto. Ludovico no era ningún experto en el amor, pero sabía que era el terreno más refinado de la intriga, el más intrincado de los juegos humanos. Como todo experto en algún campo, reconocía su debilidad en aquellas áreas en que su experiencia era escasa. La lógica y el instinto le aseguraban que no ganaría a Carla mientras durara el asedio. Tendría que esperar a que llegara la paz. El poema de amor que era su música le había dado fuerzas durante un tiempo. Fuerzas para resistir, para luchar, para mitigar el fuego de su amor y convertirlo en un lecho de brasas candentes e inextinguibles, en lugar de dejar que ardiera en una feroz hoguera. Pero entonces Tannhäuser había vuelto y ella lo había abrazado junto a las rocas, y una enorme ráfaga de ira y dolor había barrido su corazón, porque sabía que en realidad ella tocaba para él.

Le habían dicho que Carla aún seguía tocando, pero que lo hacía en el albergue de Inglaterra, y también para Tannhäuser. Para él y sus amigos delincuentes. Ludovico levantó la cara, erguido y de espaldas al campo de batalla desierto.

–Anacleto –dijo.

Anacleto se giró de inmediato. Su rostro a la luz de la luna parecía tallado en marfil. La relación de Ludovico con el español era la más estrecha y duradera de su vida. Habían compartido un millar de campamentos junto al camino. Habían visto juntos miles de muertes, en la cruzada contra los valdenses. Allí, en las murallas de San Miguel, habían luchado hombro con hombro. Su relación había perdurado porque carecía de toda calidez perceptible. Sin las trabas del sentimiento, estaba exenta de mentiras. En un mundo de perfidia incesante, la lealtad de Anacleto era un bien muy valioso. Ludovico lo quería como a un hijo, pero ahora sabía que tenía un hijo de su propia sangre, Orlandu. El chico estaba vivo, entre los demonios musulmanes. Tannhäuser también le había usurpado ese papel. Ludovico se dijo que debía tener paciencia. Cuando llegara el momento, recuperaría al niño y a su madre.

–Tú has conocido el amor –dijo Ludovico.

Anacleto había apuñalado a su padre y estrangulado a su madre. Había visto ahorcar a su hermana Filomena, condenada por incesto. Las tierras que le correspondía heredar habían sido confiscadas. Antes de que Ludovico lo encontrara, los probos lo habían torturado y aun así había rechazado el arrepentimiento. Anacleto asintió, con desconfianza en la mirada.

–Te costó muy caro –prosiguió Ludovico.

Anacleto lo miró un momento. Ludovico había conocido pocos corazones tan sinceros como el del joven y lo conmovió la turbulencia que adivinaba en sus ojos.

–Aún más caro me habría costado no conocerlo –respondió Anacleto.

Ludovico lo comprendió y deseó tener su coraje. Hizo un gesto de asentimiento.

–Además, Filomena y yo volveremos a encontrarnos –añadió Anacleto–, en el cielo o en el círculo que el infierno reserva a los amantes.

Ludovico también comprendía que Anacleto estuviera dispuesto a sufrir los tormentos del infierno por su pasión.

–Ten la seguridad de que será lo primero. La Iglesia te ha perdonado todos tus pecados, como tardíamente se los perdonó a Filomena, y Jesucristo es misericordioso.

Como si leyera sus pensamientos, Anacleto preguntó:

–¿Queréis que mate al alemán?

De pronto, Ludovico se sintió mucho mejor. La fortaleza del joven había impulsado la suya propia. Ya no volvería a estar abatido como una doncella. Sonrió.

–Eres un pilar para mi vigor –dijo Ludovico–. En cuanto a tu pregunta, no. No es el momento adecuado y Tannhäuser aún puede sernos útil.

–¿Cómo? –preguntó Anacleto.

Ludovico prefirió la discreción.

–Dios responderá a esa pregunta a su debido tiempo.

Sábado 18 de agosto de 1565

Bastión de Alemania. La tina. Bastión de Castilla

Entre los muchos dilemas y dificultades que se le habían planteado a Tannhäuser desde su regreso, había uno que lo inquietaba por encima de todos: cómo volver a salir del Borgo, llevándose consigo a Carla, Amparo y Bors. El placer de reunirse con sus amigos habría sido efímero si estaban abocados a terminar en una fosa común, como todo parecía indicar. Pero las cosas no sucedían solamente porque uno las deseara ardientemente, e incluso un hombre intrépido como él podía ser víctima de las circunstancias.

El estado de leve euforia suscitado por su retorno había acabado por ceder a la debilidad que le habían dejado las fiebres, redoblada por los rigores del viaje desde Mdina. Para proporcionarle un alojamiento aceptable, Bors había expulsado a varios militares convalecientes de las habitaciones de Starkey y allí Tannhäuser se había concentrado en comer bien, leer las obras de Roger Bacon, de las que Starkey poseía una hermosa edición en italiano, y dormir tanto como podía durante el día, armado con un par de tapones de oídos de cera de abeja para no oír los bombardeos. Su ilustrado programa de recuperación sólo se había visto interrumpido por una serie de tediosas reuniones con el gran maestre La Valette.

Las reuniones se celebraban en el despacho de La Valette, que había sido trasladado de la vastedad de Sant'Angelo a la plaza mayor de la ciudad. Aunque la decisión se había interpretado ampliamente como un gesto de camaradería con la hostigada población, pronto le resultó evidente a Tannhäuser que La Valette simplemente quería estar más cerca de la acción. En toda la plaza, era prácticamente el único cuya vitalidad no había disminuido. El gran maestre incluso parecía haber perdido diez años, y sometía a Tannhäuser a largas conversaciones sobre las pérdidas de los turcos, su moral, los suministros de municiones y comida, el estado de su artillería, las técnicas de los ingenieros mamelucos, que en ese mismo instante estaban cavando galerías en dirección a las murallas de la ciudad, y las intenciones tácticas de Mustafá.

Estas últimas estaban bastante claras para Tannhäuser: Mustafá continuaría disparando o enviando hombres a las murallas, hasta que ya no le quedaran más o las murallas cedieran. Entre los mensajes entregados por Gullu Cakie figuraba una misiva de García de Toledo desde Sicilia, en la que el virrey prometía el envío de diez mil hombres para finales de agosto; sin embargo, puesto que aún permanecía incumplida la promesa de enviar tropas para finales de junio, ni La Valette ni los demás dieron el menor crédito a este nuevo anuncio.

–El prestigio de Toledo soportaría la caída de Malta –dijo La Valette–, pero no la pérdida de la flota española del Mediterráneo. Estamos solos –añadió con palpable dolor.

El 12 de agosto, La Valette reveló a la población el contenido de la bula papal promulgada en su beneficio por el papa Pío IV. El documento les garantizaba a todos la remisión de sus pecados y el ingreso inmediato en el paraíso si morían en esa guerra santa. El pergamino quedó expuesto en San Lorenzo, donde los fieles pudieron contemplar con infinita admiración la magnífica caligrafía latina y el sello de cera roja con vetas de seda, que llevaba impresa la huella del anillo pontifical. Los resultados habían sido notables, pero Tannhäuser no tenía intención de dejar que lo enterraran en ese mausoleo junto con los devotos.

No se le ocurría ninguna razón para que el barco que había robado y escondido dos meses antes en el caserío de Zonra no estuviera aún donde lo había dejado. El problema era llegar hasta allí. El círculo de hierro turco en torno a las fortificaciones era más estrecho de lo que había previsto. Aún no había ideado la manera de salir por la puerta de Kalkara y no había ninguna otra vía posible. Solía haber un soldado de guardia en la casamata interior y otro arriba, en los bastiones de Inglaterra y Alemania, y si bien su buena disposición para servir a la Religión estaba llegando a su límite, tampoco quería dejar el rastrillo de la puerta abierto para los turcos cuando saliera con sus amigos. Esperaba tener resueltos todos esos problemas para el siguiente cuarto menguante de la luna.

Bors era el único que conocía sus elucubraciones. Tannhäuser no tenía ninguna certeza de que Carla estuviera dispuesta a partir. Se había entregado con devoción a su trabajo. No había ninguna ocupación tan atractiva como el heroísmo (ni siquiera el libertinaje la igualaba) y Carla había demostrado ser heroica. Muchos la consideraban casi una santa. Encendían velas por su salvación en la iglesia de la Anunciación y, cuando pasaba por la calle, la bendecían y le besaban el ruedo del vestido. Los caballeros estaban dispuestos a morir por protegerla. Un sinfín de hombres atribuían su recuperación a sus cuidados y eran aún más los que habían pasado a la otra vida con el corazón más liviano y la mente en paz, gracias a su compañía.

Tannhäuser había visto todas esas cosas con sus propios ojos, pero nada de eso había cambiado la opinión que tenía de ella ni el anhelo que le suscitaba. El hermano Lázaro lo había buscado unos días antes para agradecerle que se la hubiera presentado y le había hecho una broma melancólica acerca de su renuencia inicial a aceptar su ayuda. Pero la broma podía volverse contra Tannhäuser. El heroísmo y la santidad conducían con demasiada facilidad al martirio, y ni la muerte de Carla ni la suya propia formaban parte de sus planes.

El tiempo lo diría.

En cuanto a Amparo, estaba seguro de que aceptaría partir. Por lo que veía, la joven contemplaba con la santa indiferencia de los inocentes el caos que se desplegaba a su alrededor. Lo había llevado a las cuadras a ver a *Buraq*, que estaba en mejor forma de lo que cabía esperar. Al verlos llegar, el animal había hecho tal exhibición de felicidad equina que los otros caballos del establo, curtidos por la guerra, habían estado a punto de amotinarse. *Buraq* no iría con ellos. Con suerte, se lo apropiaría algún general turco, que le daría una vida digna de un rey. Quizá fuera incluso Abbás ibn Murad. Salir de Malta era realmente complicado. No tenía sentido alertar a las mujeres antes de que fuera necesario.

A menudo pensaba en Orlandu. El chico se había ganado un lugar en su corazón, pero su situación era mucho más segura que la de cualquiera de ellos en el Borgo y eso lo tranquilizaba. Nicodemo, aunque era buen chico y mejor cocinero, tendría que correr la misma suerte que la plaza.

–Un ponche de aguardiente y opio –dijo Bors, cuando entregaron la guardia a los relevos en la puerta de Kalkara–. Con eso, el centinela de la casamata dormirá toda la noche.

–No sé cómo extraer la esencia del opio y ligarla en una tintura –replicó Tannhäuser–. Petrus Grubenius fue a la hoguera antes de enseñarme el método, que es bastante complicado. Pero con aguardiente en una copa y opio en un pastel, por ejemplo, un pastel de miel, el resultado será igual de bueno. Si le damos esas golosinas día por medio, pero sin la adormidera, no sospechará nada cuando llegue el momento.

–Me pregunto si lo ahorcarán por eso –dijo Bors con indiferente curiosidad.

Por un momento, Tannhäuser se preguntó si lo suyo no sería demencia, si su falta de religiosidad, su desprecio por los sacrificios absurdos y la lealtad ciega, y su determinación de preocuparse únicamente por aquellos a quienes quería y de hacerlo por cualquier medio necesario, por muy sórdido o traicionero que fuera, serían verdaderamente tan execrables como a veces le parecían. De hecho, la suya no era una forma de nobleza que ninguna de las personas que tenía alrededor fuera a reconocer fácilmente.

–Es extraño ser el hombre del diablo cuando todos a tu alrededor son hombres de Dios.

Bors le dijo:

–Te lo he dicho muchas veces, pero tú nunca escuchas: la filosofía es mala para la salud. Mira, tanto hablar de pasteles me ha dado hambre. Vamos a desayunar.

Junto al bastión de Alemania se cruzaron con dos monjes escandinavos, procedentes del último priorato báltico que resistía al luteranismo. Bors los saludó efusivamente, pero ninguno de los dos le devolvió el saludo.

–Suecos –dijo–. Son tímidos. Ellos y el resto de la Lengua Alemana están ofendidos por no haber participado todavía en ninguna acción de verdad. Son un buen batiburrillo de gente: un montón de polacos, un noruego, dos daneses y un sujeto raro de Moscovia que dice conocer a Iván el Terrible. ¡Dios! ¡Imagina lo que habrá tenido que hacer ese hombre para merecer ese apodo! ¡Y nosotros nos consideramos temibles! Pero cuando los del norte entren en combate, será todo un espectáculo, recuerda lo que te digo.

–Con el espectáculo me conformo –contestó Tannhäuser–, pero tú procura no arrastrarnos con ellos.

Mientras bajaban por la escalera de la muralla, las piedras vibraron a su alrededor por una repentina descarga de artillería que atronó en los montes. Al salir al exterior, vieron a la luz del día infinidad de motas negras que trazaban arcos en el cielo en dirección a la Ísola, donde su impacto levantó nubes de escombros. El pueblo de pescadores de la Ísola ya no existía. Ni una sola casa estaba intacta y muy pocas se mantenían en pie. Los molinos de viento se habían derribado tiempo atrás y sus desgarradas aspas yacían rotas y abandonadas. El fuerte de San Miguel recordaba a San Telmo en los últimos días. Los miembros de la guarnición allí estacionados ya no cruzaban casi nunca el puente de barcazas hasta el Borgo, como temiendo que se les hiciera insoportable la perspectiva de regresar después de haber salido. Se quedaban en medio del caos, entre las moscas, los cadáveres y las ratas. Por lo que Tannhäuser sabía, Ludovico estaba con ellos. El bombardeo de esa mañana había sido intenso y permitía presagiar que el primer asalto a gran escala se produciría en poco más de una semana.

–Esperemos que sólo vengan por San Miguel –dijo Bors.

–Veo que estás perdiendo el gusto por la batalla –replicó Tannhäuser.

–Reconozco que me atrae menos cuando no he dormido y estoy en ayunas.

Cuando ya se acercaban al albergue, vieron a un esclavo empujado a punta de espada, con una cuerda anudada en la boca. El arma le abría muescas en las protuberantes cicatrices que ya tenía en la espalda. No parecía que hubiera cambiado el camino del cadalso, después de todo, y repentinamente se adueñó de Tannhäuser el convencimiento de que tampoco cambiaría ninguna otra cosa. Pensó que nunca saldrían de la isla, que ninguno de ellos se marcharía nunca, pero no en el sentido lúgubre de que todos morirían allí, sino en el de estar atrapados en un bucle interminable del tiempo, en que los combates y su participación en la guerra no llegarían nunca a su fin.

–¿Sabías que usan la misma cuerda todos los días para amordazar al esclavo, que se la sacan de la boca al último cadáver, antes de bajarlo de la horca, para metérsela al siguiente? –preguntó Bors.

–¿Cuántos días han pasado?

Bors llamó al español que acompañaba al prisionero.

–¡Eh, Guzmán! ¿Qué número hace este desgraciado? ¿El ochenta y ocho o el ochenta y nueve?

–El noventa –replicó Guzmán.

–Gracias. –Bors se volvió hacia Tannhäuser–. Llevan la cuenta de los días haciendo muescas en la pared de las mazmorras, de cinco en cinco. Desde hace tiempo tienen una porra para ver quién acierta el número final de días, aunque cerraron las apuestas a los cincuenta días. Yo aún estoy en juego, pero por poco tiempo.

–¿Quién se llevó el bote de San Telmo?

–Lo tienes ante ti –dijo Bors–. Con treinta y un días, superasteis incluso mi apuesta, por un pelo, pero yo fui quien se acercó más.

–Noventa días –dijo Tannhäuser–. A veces ni siquiera recuerdo por qué vinimos.

–Según creo recordar, tuvo algo que ver con tus mujeres.

–Sí, las mujeres –replicó–. Van a volverme loco.

–Soy todo oídos.

–Estoy intentando permanecer fiel a mi futura esposa –empezó Tannhäuser.

Bors soltó un bramido de carcajadas.

–¿Por qué? ¿Acaso Amparo ha contraído la viruela? –Puso contra el suelo la culata del fusil y se apoyó en el cañón para reírse a gusto–. Perdóname –continuó–, pero tendrías que verte. ¡Anda, sigue!

–Amparo goza de perfecta salud. Nos enterrará a ti y a mí, pase lo que pase. Con gran dolor debo reconocer que no tengo esperanzas de volver a ver jamás unos pechos tan espléndidos como los suyos.

–¿Entonces ha triunfado el encanto de la condesa, a pesar de esos dos espléndidos obstáculos?

Tannhäuser se resistía a confesar que había caído rendido, antes y ahora, por la forma en que ella interpretaba la música.

–Su encanto o mi propia imbecilidad, da lo mismo.

–El amor –dijo Bors–. Ya te lo advertí.

–Y yo te escuché. De ahí mi intención de despejarme la mente para las pruebas que nos aguardan. Convendrás conmigo en que andar encelado confunde las cosas...

–Sin duda.

–Y cuando los sentimientos se confunden, entre otras cosas por la demencia que nos rodea, empiezan los dolores de cabeza, el exceso de bilis y otros males que más nos valdrá evitar hasta que pisemos terreno más seguro. Pasaremos varios días en alta mar y si ya es riesgo suficiente llevar a la amante a bordo, entonces llevar a la vez a la amante y a la prometida ha de ser receta segura para el desastre.

–¿Vas a decirme que tus manos no han tocado esos espléndidos pechos desde que volviste? –dijo Bors asombrado.

–Desde la salida del sol al día siguiente de mi retorno, he sido tan casto como La Valette.

–¿Apostarías por el resultado?

Tannhäuser ignoró la impertinencia con una mueca. Entraron en el albergue, que Carla había convertido en anexo del hospital y en cuyo interior, para desesperación de Tannhäuser, pululaban los convalecientes. Tannhäuser repartió un par de patadas en las costillas entre los ociosos militares.

–Manda de vuelta a las murallas a estos holgazanes –dijo–. Yo voy a meterme en la tina. –Le arrojó el fusil a Bors–. Dile a Nicodemo que duplique las raciones que nos da de comer.

–Le sería mucho más fácil si tú no me hubieras arrastrado a casa de Gullu Cakie.

Habían localizado la guarida de Gullu Cakie el día anterior, en la densa acumulación de viviendas que atestaban el rincón entre la ensenada de las Galeras y el bastión de Francia. No tenían intención de hacerle daño en serio, ya que después de todo, no eran *bravi*, pero era preciso darle un toque de atención por haber robado el opio y el café, porque, de lo contrario, Tannhäuser habría pasado por ser una presa fácil o, peor aún, un motivo de risa. Por el camino, Bors visitó a su contacto en el almacén del ejército, donde para entonces se guardaban todas las provisiones, y salió con algo protuberante en el saco y, en la cesta, huevos, un pote de mantequilla y azúcar blanco de caña. En casa de Cakie, les abrió la puerta una mujer joven de piel tersa y luminosa, que a Tannhäuser le fue imposible pasar por alto.

Pero la belleza y el refinamiento terminaron con la mujer de la puerta, al revelárseles el interior de la casucha. En realidad, eran dos casuchas, cada una de ellas compuesta por una sola habitación extensa, ya que parte del tejado y todo el muro divisorio habían quedado destruidos. En el interior había más de doce personas amontonadas, quizá para refugiarse del sol, supuso Tannhäuser. Varios niños de ojos oscuros se espantaban las moscas de las mejillas. Tres robustos hombres morenos se levantaron de la reunión que estaban celebrando al fondo de la primera habitación y echaron un vistazo a sus armas cortas, apoyadas contra la pared. Uno de ellos había perdido el brazo a la altura del codo. Era Tomaso, el amigo de Orlandu. Una ráfaga de incertidumbre le atravesó el rostro, pero no dijo nada. En un nicho abierto en los restos de la pared divisoria, la llama de un cirio ardía delante de una figurita de piedra de la Virgen. En la otra habitación zumbaban más moscas aún, que hostigaban sin cesar a cinco hombres gravemente heridos, tumbados sobre jergones de paja. Entre los camastros, dos mujeres arrodilladas, que agitaban abanicos de paja trenzada, echaron una mirada a los recién llegados por encima del hombro. En ese momento, Tannhäuser sintió que se tambaleaba su determinación de actuar con severidad.

Miró a Bors.

–¿Qué te parece? –le dijo.

–Te lo he dicho. No creo que vuelvas a ver tus mercancías.

–Entonces deberías haberme disuadido de venir.

Gullu Cakie salió como de la nada. Los ojos pequeños y brillantes, sobre la nariz aguileña, expresaban cautela. Le tendió la mano huesuda a Tannhäuser y éste se la estrechó.

–Bienvenido –dijo Cakie en italiano–. Es un honor recibiros en esta casa.

Tannhäuser cambió de posición.

–¿Son hijos tuyos? –preguntó.

–Hijos, nietos, sobrinos...

Tannhäuser sonrió a dos de los pequeños con algo que quizá pudiera pasar por ternura. Buscó en la cabeza algo inteligente que decir.

–Dios te ha bendecido con una buena camada.

Gullu Cakie asintió, todavía con gesto desconfiado. Una de las niñas le preguntó algo en maltés y Cakie le contestó señalando a Tannhäuser; entonces la pequeña le preguntó algo más y el hombre hizo un gesto afirmativo, que suscitó un estallido de asombradas carcajadas entre los niños. Las mujeres también sonrieron, pero no los tres hombres. Cakie miró a Tannhäuser y advirtió su curiosidad.

–Me preguntó quién erais y yo le dije que os había hecho de guía desde Mdina –explicó Cakie–. Después quiso saber si erais vos el hombre que tuve que cargar a la espalda por todo el monte San Salvatore.

Bors se unió a la creciente algarabía con una risotada.

–Solamente tuvo que cargar mi fusil y mis alforjas, nada más –aclaró Tannhäuser.

–¿Tuvo que cargar tu fusil? –dijo Bors, que se echó a reír otra vez y desencadenó una nueva oleada de carcajadas, a la que se unieron en esta ocasión los hombres alineados junto a la pared.

Tannhäuser miró a Cakie, que se permitió esbozar una sonrisa. En realidad, de haber estado en su lugar, Tannhäuser habría considerado que un poco de opio era un pago más que justo por llevar a una persona sana y salva a su destino. Su determinación sufrió un nuevo golpe. Pero ¿tres libras? Decidió seguir adelante.

–Precisamente, esa ocasión es el motivo de mi visita –dijo Tannhäuser–. He oído que andas vendiendo mi opio.

Las risas disminuyeron un poco, al menos entre los adultos.

–Les he vendido un poco a los caballeros –replicó Cakie, sin amilanarse.

–¡Un poco! Tres libras dejarían a toda la Orden fuera de combate durante una semana.

–¿Eran tres? –Cakie se encogió de hombros–. El resto es para la gente de mi sangre: mi familia, mis amigos...

Tannhäuser contempló el triste cuadro de la otra habitación.

–Si tenéis necesidad –dijo Cakie–, os podría vender un poco.

Cualquier reacción de Tannhäuser ante tan descarado comentario quedó anulada de antemano cuando Bors apoyó la cesta en el suelo, para darle una palmada en la espalda y soltar otra cruda carcajada.

–¿Qué te había dicho, Mattias? ¡Este hombre es el príncipe de los ladrones!

Tannhäuser se vio superado y buscó una salida digna.

–Es cierto –le dijo a Cakie– que quizá sin ti no habría podido atravesar los montes...

Sin hacer caso del resoplido de Bors, le indicó con un gesto a Cakie que tradujera y así lo hizo el hombre en beneficio de los niños, que escuchaban con admiración mientras contemplaban la enorme desproporción en la estatura de los dos hombres.

–... porque estaba enfermo, próximo a la muerte y terriblemente debilitado por unas fiebres –prosiguió Tannhäuser, con lo que esperaba fuera estoica gravedad.

Aguardó a que Cakie hiciera pública también la segunda parte de su discurso, pero el viejo contrabandista maltés se limitó a sonreír y menear la cabeza, sin decir una sola palabra. Los niños contemplaban a Tannhäuser con fascinados ojos castaños, como si fuera un gigante bueno que hubiese venido a mitigar sus aflicciones. Tannhäuser tosió.

–Por lo tanto –dijo–, hoy he venido a darte las gracias por tu ayuda, con estas pequeñas muestras de gratitud.

Se agachó, sacó la cesta de lujosos manjares y, mientras a Bors se le caía la mandíbula por el asombro, se la dio a la mujer joven. Ella dudó un momento y miró a Cakie. El contrabandista le hizo un gesto afirmativo y ella agarró la cesta con una elegante reverencia. Tannhäuser miró a Bors, cuya alegría se había evaporado, y le dio una palmada en la espalda, siendo esta vez él quien soltó una carcajada.

–Vamos, Bors, los caballeros están alimentando a esta gente con galleta de mar y pescado salado, y me parece haber oído un tintineo en ese saco. Dáselo a tu príncipe, anda.

Así lo hizo Bors, con un gesto de ira para Tannhäuser y una reverencia acompañada de una sonrisa para la mujer. Cakie miró a Tannhäuser. Era un hombre demasiado curtido para emocionarse y demasiado experimentado para no darse cuenta de que la visita podía haber terminado de manera mucho menos cordial, pero inclinó la cabeza dando a entender que pese a todo, había captado el mensaje. Dejó en el suelo el saco, que en efecto tintineaba.

–Y ahora tenemos asuntos urgentes que atender –dijo Tannhäuser, inclinándose ante la bella joven–. Así que, con vuestro permiso...

–Quedaos –dijo Cakie–. Prepararemos una cena y la compartiremos con vosotros.

Tannhäuser lo miró a los ojos y advirtió que acababa de sellar con

Cakie un pacto entre ladrones, una alianza mucho más valiosa que el oro. Más incluso que el opio.

–Beberemos aguardiente a tu salud y disfrutaremos de tu compañía –contestó Tannhäuser–. Pero te advierto que en un festín compartido con Bors queda muy poco para el resto de los comensales.

Cakie se echó a reír y Bors lo miró con el ceño fruncido. Tannhäuser señaló a los niños, que habían seguido la conversación con caras asombradas.

–¿Podrías traducirles lo que hemos dicho de Bors, por favor?

En una situación desesperada como la que estaban viviendo, el valor de los pequeños placeres se multiplicaba enormemente, de modo que Tannhäuser había recuperado su hábito matutino de darse un remojón en la enorme tina instalada al fondo del albergue. Durante su ausencia no la había tocado nadie, lo cual era una noticia excelente porque debajo estaban escondidas todas sus reservas de opio, pero la falta de uso había depositado en la superficie una gruesa capa de polvo, barro y excrementos de pájaro. Había necesitado todo un día para vaciarla, limpiarla y volver a llenarla, aunque Tannhäuser había ido a buscar un par de esclavos en las interminables obras de reparación de las brechas para que hicieran la tarea, y los dos hombres se habían sentido muy felices al descubrir un amo tan generoso para un trabajo tan liviano. Tannhäuser les permitía interrumpir el trabajo para rezar, les daba de comer pescado salado y pan sin gorgojos, y desconocía el uso del látigo. Cuando los mandó de vuelta a las obras, lloraron, le besaron los pies y se abrazaron a sus rodillas, y él sintió más remordimiento por enviarlos de vuelta que por todos los asesinatos recientes que pesaban sobre su alma. La tina estaba cubierta con una pieza de lona, porque el polvo se había convertido en una molestia constante. Tannhäuser la retiró, se quitó la ropa y se sumergió en la frescura del agua.

Estaba sentado en el fondo de la tina con la cabeza apoyada en el borde, medio adormilado y pensando apaciblemente en nada y en todo, cuando el agua le salpicó la cara y, al abrir los ojos, vio a Amparo que se metía con él en la bañera.

Los pezones desaparecieron bajo la superficie del agua antes de que pudiera estudiarlos, dejando tras de sí dos relucientes hemisferios flotantes, que parecían burlarse de su resolución de mantenerse célibe. La cara y el cuello de Amparo tenían un bronceado intenso y dorado que contrastaba con la lechosa palidez de los senos, de una manera que

Tannhäuser encontró poderosamente cautivadora. La tina no era tan espaciosa como para evitar el contacto, aunque se lo hubiese propuesto. Como suaves serpientes, las piernas de Amparo se deslizaron rodeando sus muslos, y el trasero de la joven (tan indistinguible en esplendor de sus pechos que sólo un demente se habría atrevido a afirmar que lo uno era superior a lo otro) fue a anidar en su regazo. Sintió que los invisibles pezones le rozaban el torso y de inmediato se vio afectado por una creciente tumescencia que nada en la Creación habría podido detener y ante la cual Amparo no pareció escandalizarse en absoluto.

–¿Esto es cosa de Bors? –preguntó él.

–¿De Bors? –replicó ella, inocente como una mañana de primavera.

Tannhäuser sacudió la cabeza, desechando la idea, y se puso a pensar en algo que decir. Ella le apoyó las manos sobre los hombros y soltó una risita impaciente. Él la ciñó por la cintura. Fantástico. En su experiencia, las mujeres eran todo lo hábiles que se puede ser para eludir la coyunda cada vez que les convenía, pero ¡ay del hombre que intentara hacer lo mismo, por muy elevadas que fueran sus razones!

–En España –dijo ella–, hay hombres que matan toros bravos con una lanza, con un rejón, ¿lo sabías?

La pregunta lo sorprendió, pero no más que la entrada de Amparo en la tina sin que nadie la invitara. Quizá fuera su flagrante estado de excitación lo que había inspirado a la joven.

–Claro que sí –respondió–, y hasta he oído que el propio Carlos V rejoneaba toros en Valladolid.

Su pedantería no impresionó a Amparo en lo más mínimo.

–¿Sabes cómo se hace para encontrar a un toro bravo? –preguntó ella, mientras las manos de él vagaban bajo el agua salada.

–No lo sé, pero me encantaría averiguarlo. Dímelo.

–Reúnen en grandes manadas a los toros de una finca: cincuenta toros, cien, una masa enorme de bestias enormes; entonces, los pastores los ponen en marcha a latigazos, a gritos, con la pica, hasta que todos se mueven como si tuvieran un solo corazón, una sola mente y una sola alma, como si fueran una única bestia salvaje corriendo ciegamente hacia delante. Si un barranco se interpusiera en su camino, se despeñarían y morirían todos como un solo animal. Si el mar se abriera ante ellos, se adentrarían en las olas y se ahogarían juntos como una sola bestia.

Pese a las otras potentes distracciones, Tannhäuser encontró cautivadora la historia, y Amparo hizo una pausa para mirarlo, hasta quedar convencida de que así era. Sólo entonces prosiguió.

–Pero de la gran manada, de esa criatura única que corre hacia ninguna parte a través de la llanura carmesí del crepúsculo, un toro se separa finalmente del resto, un solo toro que no está dispuesto a correr con los demás a ninguna parte, ni a despeñarse ni a ahogarse con ellos. No teme a los pastores ni a sus látigos, y aparta su corazón, su mente y su alma de la loca carrera de la mayoría. Se aleja y corre solo, en la dirección que sólo él ha elegido.

Tannhäuser sintió que le faltaba el aliento ante la idea de un espectáculo semejante y un animal como ése.

–¡Magnífico! –exclamó–. Entonces ése es el toro bravo.

Amparo sacudió la cabeza. Se acercó un poco más, lo miró fijamente con sus ojos bicolores y él comprendió que era una gran narradora de historias.

–Ése puede ser el toro bravo –dijo ella–, porque los pastores se lo llevan lejos, a las montañas, sin sus hermanos, lejos de todo lo que ha conocido hasta entonces, y allí lo dejan, perdido y solo en una tierra nueva y extraña, y se marchan –añadió, abarcando con un gesto de la mano el horizonte distante.

Una vez más, Amparo hizo una pausa, mirándolo a los ojos. Después, volvió a apartarse.

–Una semana después, van a buscar al toro. Si está flaco, tiene el pelaje opaco y se ha vuelto medio loco, si huye porque tiene miedo o corre al encuentro de los pastores porque se siente solo, entonces lo matan de inmediato con los rejones y sirven su carne para la cena. –Amparo sonrió–. Pero si está fuerte, reluciente y orgulloso, si ha estado comiendo mucha hierba, si se queda inmóvil y los mira fijamente, mientras resopla y rasca el suelo encolerizado, como si los pastores hubiesen entrado en un mundo al que no pertenecen y en el que no son bienvenidos, entonces lo saben. –La joven hizo un gesto afirmativo–. Saben que ése es el toro bravo.

Tannhäuser no sabía si romper a llorar o a reír, en ambos casos como manifestación de una alegría inexpresable. Se daba cuenta de que amaba a esa bestia extraordinaria, aún desconocida pero presente en lo más profundo de su corazón, que se cernía colosal ante los ojos de su mente, como si incluso así (siendo un fantasma de su imaginación) pudiera embestirlo y hacerlo pedazos si se quedaba demasiado tiempo mirándolo.

–Es una historia extraña –contestó él–. El toro demuestra su riqueza de espíritu para no vivir ni morir con la manada; sin embargo, por ese mismo acto, se delata como el ejemplar señalado por el destino para ser sacrificado.

Amparo tendió una mano y le secó a Tannhäuser una esquina del ojo.

–El agua salada escuece –dijo él, a modo de excusa.

Ella sonrió como lo habría hecho un gato y él resopló.

–Pero dime –prosiguió él–, ¿cómo hacen para llevar a esa bestia magnífica a la plaza de toros?

–Los pastores tienen sus métodos. Dicen que el único que conoce al toro mejor que el pastor es el rejoneador en el momento de matarlo.

–¡Ahora lo entiendo! –dijo él, comprendiéndolo de pronto–. ¡Tú has visto con tus propios ojos esa forma de localizar al toro!

–Mi padre era pastor.

–¿Era?

–Se encontró con un toro que quiso pelear en las montañas, antes que en la plaza.

Tannhäuser lo asimiló en silencio. Se preguntó si un toro le habría desfigurado a ella la cara. Prefería pensar que había sido un animal y no el puño de un canalla, como había supuesto hasta entonces. No se lo preguntó.

–De modo que tú también eres nómada... –dijo.

–¿Nómada?

–Alguien que siempre vive errante y no tiene su casa en ningún sitio.

Ella se apoyó la mano a la izquierda del pecho y contestó:

–Aquí está mi casa. –Después le tocó el pecho a Tannhäuser–. Y aquí.

Mientras él intentaba determinar si eso había sido una invitación erótica, ella le dijo:

–¿Y tu padre? ¿Dónde está?

–Muy lejos, en las montañas del norte –replicó él.

–¿Le quieres?

–Me enseñó a forjar el acero –dijo él–. Y también a hacer que el fuego arda muy caliente, y el significado de los colores del hierro, y a cuidar a los caballos, y a ser honesto, y muchísimas cosas buenas más, que en su mayoría ya he olvidado, pero él no.

–Entonces aún vive.

–No tengo motivos para pensar que no sea así. Era fuerte como un buey, o como uno de tus toros. Hace diez años que no lo veo –dijo Tannhäuser– y hace el triple de tiempo que él no me ve a mí.

–No lo entiendo.

Tannhäuser estiró los hombros y levantó la vista hacia el cielo turquesa. Abbás también había despertado ese recuerdo y él se había resistido. Pero ahora no.

Tras retirarse del cuerpo de jenízaros, había reunido los salarios de una década, que prácticamente no había tenido ocasión de gastar; se había comprado un caballo y un caftán forrado de pieles, y había partido rumbo al norte, a través de los señoríos cristianos del sultán, hacia las marcas húngaras orientales, los montes Făgăraş y, finalmente, su aldea natal.

Tannhäuser, o Ibrahim *el Rojo*, como entonces lo llamaban, fue de inmediato a casa del herrero y allí encontró a un nuevo primogénito, que herró hábilmente su caballo y lo trató con la deferencia debida a un gran señor. Fue entonces cuando comprendió que su refinado atuendo lo situaba muy por encima de los toscos habitantes de aquellas montañas remotas. ¡Elegancia otomana, por si fuera poco! Divisó en el patio a la madre del chico, una hermosa mujer, aún no demasiado ajada. El muchacho tenía un hermano menor. Su padre iba a regresar al anochecer y, sí, se llamaba Kristofer. Por la calidez con que hablaba el chico, se veía que su padre era un hombre querido y respetado.

Ibrahim volvió a la mañana siguiente y allí estaba Kristofer. Su padre.

Había visto por última vez su rostro cuando el mundo aún era joven, cuando él era Mattias, el hijo del herrero, y el pelo de su madre era del color del bronce, y Britta cantaba la canción del cuervo mientras jugaba con Gerta en el patio. Kristofer le había dado una palmada en la espalda a Mattias antes de salir a recorrer los caseríos como solía, y le había dicho que cuidara de las mujeres. Mattias no lo había hecho, pero lo había intentado.

Ibrahim encontró a Kristofer en la forja, inclinado sobre el carbón candente, explicándole a su hijo algún secreto fascinante de su arte. Tenía puesto un largo mandil de cuero. El pelo se le había vuelto gris, pero seguía igual de abundante. Para sus cincuenta años, parecía sano y fuerte, tan robusto como siempre, con los antebrazos nervudos y las manazas enormes. Se encontraba medio vuelto de espaldas e Ibrahim lo miraba desde la puerta, sintiendo en la boca el sabor a sebo y a cuerno de cabra pulverizado propio de la fragua. Mientras tanto, sus oídos se ajustaban al sonido de un dialecto que no oía desde mucho tiempo atrás y de una voz que despertaba un sinfín de ecos en su alma.

–¡Ahí está! –dijo Kristofer, como si acabara de localizar un pájaro de extraño plumaje–. Ése es el azul, como el cielo de la mañana el día de Año Nuevo. Recuérdalo. Para siempre. ¡Y ahora date prisa!

Con unas pinzas, el chico retiró una barra de acero del fuego y la sumergió en un cubo, mientras recitaba un avemaría. La barra parecía un cincel de cantero. Los vapores que desprendió el cubo le olieron a Ibrahim a vinagre destilado y a cal viva. En efecto, era el baño indicado para un cincel. Las instrucciones que desde hacía mucho tiempo no recordaba pasaron como un destello por su mente.

«Ni tan duro que se resquebraje con los golpes del martillo, ni tan blando que se doble cuando cumpla su sagrada labor; porque antes de aprender a cortar la piedra, el hombre vivía en los páramos salvajes, como Caín en la tierra de Nod, y sin las herramientas adecuadas, a los páramos salvajes regresaríamos.»

Ibrahim estuvo a punto de dar un paso al frente y hacerse con un delantal, pero captó la expresión de Kristofer, su sonrisa cuando miró a su hijo, resplandeciente con un primigenio sentimiento de orgullo. Eran emociones desconocidas para Ibrahim, porque él no tenía ningún hijo. Pero en cambio había conocido esa mirada y esa sonrisa, y la cara de Dios no habría podido ser más benevolente.

En ese momento, Ibrahim, que se había enfrentado cara a cara con la muerte docenas de veces sin que le temblara el pulso, concibió un temor mucho más grande que cualquiera que hubiese conocido. Kristofer había vuelto a crear una familia. Había resistido y florecido, y sobre las cenizas de la desolación había encendido el fuego de la familia, el amor y la paz, y a la luz de ese fuego enseñaba a su hijo la magia, la belleza y los misterios de la creación. Había padecido la violencia y el dolor que unos demonios habían hecho caer sobre él y sobre los seres que amaba más que a su propia vida. Demonios como Ibrahim, cuyo oficio era el asesinato (y el estrangulamiento de bebés) y cuya labor no era cortar la piedra, sino arrasarla hasta los cimientos.

¿Para qué reavivar una pena tan terrible en un hombre bueno? ¿Para qué hacerle saber que su hijo primogénito se había convertido en un servil sicario manchado de sangre de los mismos poderosos que habían masacrado a sus hijos? ¿Para qué proyectar una sombra demasiado negra para merecer un nombre sobre la luminosidad radiante de la fragua?

Kristofer sintió su presencia en la puerta, se volvió y vio la indumentaria turca de Ibrahim, pero no su rostro, porque la luz de la mañana que lucía en el patio lo iluminaba por detrás. La sonrisa divina se disipó de su cara. Inclinó la cabeza fríamente, con una cortesía que excluía toda deferencia.

–Buenos días, señor –dijo–. ¿En qué puedo serviros?

Ibrahim recordó también esas instrucciones: el saludo, el gesto, la gentileza. Se le hizo un nudo en la garganta y se aclaró la voz. Dijo:

–Vuestro hijo, que aquí está, le puso herraduras nuevas a mi caballo ayer mismo.

Kristofer había hablado en el alemán que Ibrahim creía perdido, pero no esperaba una respuesta en la misma lengua. No de un turco. Parpadeó asombrado.

–¿Tenéis alguna queja?

La postura del chico se volvió rígida, pero Tannhäuser levantó la palma de la mano.

–En absoluto, todo lo contrario. El animal nunca se había acostumbrado tan rápidamente a un juego de herraduras nuevas y he de deciros que hemos recorrido juntos muchas leguas. –Se detuvo, por miedo a revelar más de la cuenta–. Me ha parecido que he pagado demasiado poco por un trabajo tan excelente y quería darle una propina a vuestro hijo.

El chico se sonrojó de placer.

–No es necesario –dijo Kristofer–. Vuestra satisfacción es recompensa más que suficiente. Dale las gracias al señor, Mattie.

La revelación del nombre del chico empeoró el nudo que Ibrahim sentía en la garganta e intensificó su confusión.

–Aun así –insistió Ibrahim–, si pudiera darle una propina sin ofenderos, me complacería hacerlo.

Mattie miró a su padre y éste le hizo un gesto afirmativo, y mientras el chico atravesaba la fragua, Kristofer contempló con extrañada curiosidad al personaje en sombras que se erguía contra la puerta. Ibrahim buscó la bolsa donde llevaba la mayor parte del oro y la plata. No había previsto que así fuera. Cuando Mattie llegó hasta él, le fue imposible resistirse al impulso o combatirlo. Soltó la bolsa de los lazos que la unían a su cintura y la depositó entera en manos del chico, protegiéndola de la mirada de Kristofer, o al menos eso esperaba. Mattie sintió el peso y abrió la boca para protestar.

–Cuida esos modales, muchacho –le dijo Ibrahim entre dientes–, y no la abras hasta que me haya ido.

Volvió a mirar a Kristofer. ¿Lo estaría viendo o no? «Vete ahora –pensó–, antes de que sea demasiado tarde.» Levantó una mano.

–La paz sea con vosotros y con toda vuestra familia –dijo.

Se volvió hacia la puerta, donde lo esperaba su caballo.

–Quedaos un momento –dijo tras él la voz de Kristofer–. Compartid con nosotros el desayuno.

Ibrahim se detuvo un instante en el umbral. Un dolor exquisito le apuñaló el corazón. Un abismo se abrió a sus pies, como el que también se había abierto en ese mismo umbral hacía más de una vida. ¿Debía intentar recuperar una pequeña porción de lo que le habían quitado? ¿O lo había perdido para siempre y se arriesgaba a perder aún más en el intento? Una voz familiar en su cabeza, hablando una lengua familiar (la lengua que era ya la de sus pensamientos, la misma con que había impartido órdenes en el saqueo de Nahjiván), zanjó el dilema.

«Se ha acabado. Está hecho. Ellos ya no son tu gente. Déjalos en paz.»

Ibrahim habló por encima del hombro.

–Sois muy amable, señor, pero asuntos urgentes me reclaman en el puerto de Stambouli.

Montó en su caballo, se marchó sin mirar atrás y, al hacerlo, comprendió que tampoco podía volver a Stambouli. Eso también había terminado. Los turcos tampoco eran su gente. Si había alguien en el mundo que no tenía a nadie, ese hombre era él. Estaba solo. Y era libre.

–En lugar de marchar al sur, me encaminé al oeste –le dijo a Amparo–, hacia Viena y los reinos cristianos, y hacia guerras, locuras y maravillas de un carácter diferente. Pero eso ya es otra historia.

Amparo lo miraba con los ojos húmedos y parecía aún más enamorada que antes.

Él desvió la vista.

–De modo que ya ves –dijo–. Vi a mi padre, pero no dejé que él me viera.

Amparo replicó:

–¿Qué sentido tenía hacer algo así? Él te quería. Habría dado cualquier cosa por verte.

La observación de la joven distaba mucho de ser lo que él quería oír. Tannhäuser estuvo a punto de decir: «Estaba avergonzado y no podía arriesgarme a que el peso de mi vergüenza cayera también sobre él». Pero ya no quería seguir hablando de temas profundos, de modo que en lugar de eso dijo:

–Mucho de lo que hago tiene poco sentido. ¿Por qué crees si no que he regresado a este agujero patético?

–Ya no me quieres –dijo ella.

La acusación lo tomó tan por sorpresa que sólo pudo articular:

–Tonterías.

Ella inclinó a un lado la cabeza y clavó en él la mirada, con el aire de una avecilla salvaje examinando a una criatura terrestre que fuera mucho más grande, torpe y estúpida que ella. Claramente, la respuesta de Tannhäuser había sido inadecuada. Pero fuera como fuese, había caído en la trampa de admitir su amor. Amparo esperaba que él se empantanara aún más en la trampa y, como un tonto, él no la defraudó.

–Nunca he adorado tanto a una mujer en toda mi vida –dijo él.

La sinceridad que parecía traslucirse de su afirmación fue suficiente para ella, por el momento.

–¿Entonces por qué no me llevas a tu cama? –le preguntó.

Sus ojos lo horadaban. Parecían iluminados desde dentro. Cómo y de qué forma, él no habría sabido decirlo, pero así era. Estaban iluminados. Así había sido desde el principio, cuando la vio danzando y girando en las tinieblas de su taberna. Pero mirándola a los ojos, resultaba difícil pensar, y si su mirada se combinaba con los otros reclamos que había llevado a la bañera, entonces se hacía imposible pensar.

Tannhäuser se esforzó por mantener las manos ancladas a la cintura de Amparo, pero no pudo evitar desplazarlas un poco más allá, hacia la base de su espalda, confiando en que la maniobra fuera totalmente inofensiva. Las uñas se toparon con el ápice del surco entre ambas nalgas y la cabeza le empezó a flotar.

–¿Me estás escuchando? –preguntó ella.

–Claro –dijo él, con la mente casi en blanco.

–Entonces, ¿por qué?

–¿Por qué?

La boca de Amparo era del color de las violetas machacadas, una boca pequeña de labios que no llegaban a ser generosos, pero con una maravillosa simetría que se engrosaba en el centro, confiriéndole un aire impertinente que combinaba a la perfección con la curva de la nariz.

–Sí, ¿por qué?

Las palabras llegaron de no se sabe dónde. Carecían de valor y Tannhäuser comprendió, aunque tarde, que probablemente habría sido mejor silenciarlas.

–Heridas y achaques diversos –masculló–. Fiebre intensa, algo de peste, extenuantes obligaciones nocturnas. Toda clase de inquietudes y aflicciones...

–Yo puedo curar toda clase de aflicciones.

Ella lo besó y él renunció sin más a su virtud, para descubrir, como el primer día, su lengua ágil y movediza. La negra cabellera de Amparo había crecido y le caía en torno al cuello en rizos indómitos. Él deslizó una mano bajo el trasero de ella e insertó la punta de su miembro entre los pliegues de su matriz. La primera media pulgada, fría y sólo humedecida por el agua salada, le opuso una rígida resistencia, que aunque no desprovista de encanto, le hizo temer por un momento que pudiera hacerle daño si empujaba con excesivo tesón. Amparo se agarró al borde de la tina detrás de Tannhäuser, ancló los talones en torno a los muslos de él y empujó hacia abajo, gritando con una pasión que azuzó la de su compañero, mientras él ganaba otra crucial pulgada de penetración y hacía una pausa. Ella se mantuvo por un momento suspendida en lo alto, con las piernas tensas como la cuerda de un arco, recuperando el aliento. Abrió los ojos y lo miró. Él recogió todo el peso de Amparo en sus manos y estiró las piernas, sintiendo que el borde de la tina le raspaba la piel de la espalda, mientras se erguía y la invadía a ella hasta la médula. Ella volvió a gritar, pero desde mucho más adentro y los ojos se le pusieron en blanco bajo los párpados temblorosos. Él la besó en el cuello, sintiendo la sal en la lengua, y advirtió que aún le quedaba algo más por dar y que no sería mal recibido, de modo que la agarró por la nuca y la estrechó con fuerza, mientras le introducía la última pulgada. Sintió los huesos de ella estrellándose contra sus caderas y la besó de lleno en la boca, oyendo retumbar en el cráneo el eco de su aullido, mientras la penetraba larga y lentamente con lúbricos impulsos. En el pozo de su estómago, un caldero rompió a hervir y una poción bullente y sin nombre le subió por la columna vertebral y le llenó de fuego griego el cerebro. Estaba sordo a la cólera de los cañones de asedio y al frenético estruendo de los cuernos de alarma. Era insensible, por una vez, al espumoso torrente de rencor que manaba del círculo de la barbarie a su alrededor. Sólo era consciente de Amparo aferrada a él, de sus uñas hincadas en los muslos, de su cuerpo a la vez frágil e indestructible, de sus dientes descubiertos en un gesto de éxtasis parecido al dolor y de su pelo, que se le pegaba a la piel mientras él le chupaba los pezones.

El suelo temblaba y se sacudía bajo la tina, como si una bestia subterránea de proporciones míticas la estuviera embistiendo desde abajo, pero nada de eso parecía extraño dadas las circunstancias, como tampoco se lo pareció la tremenda explosión cuya fuerza estuvo a punto de robarles el aire de los pulmones. Ella lo soltó a él y se agarró al borde de hierro de la bañera, medio flotando, despatarrada, convulsa y gimiendo «¡sí!, ¡sí!», una y otra vez, como si sólo temiera que él se detuviera. Él reprimió su propia ola expansiva, siendo como era un caballero, y los espasmos de ella, al notarlo, se volvieron aún más intensos. Entonces él se mantuvo constante e inmóvil, mientras ella se procuraba por sí sola su propio goce, al menos hasta que arqueó la espalda y empezó a descender, deslizándose otra vez hacia el agua. Había sido un espectáculo digno de ser contemplado y él se consideró afortunado de haberlo visto con sus ojos. Se retiró y ella se estremeció. Entonces él le dio la vuelta, poniéndola de cara al jardín abrasado por el sol, y la penetró por debajo y por detrás. El ardor de Amparo estaba lejos de agotarse. Con un suspiro, Tannhäuser sintió la bienvenida ráfaga de su segundo impulso, que ya no le era preciso contener, porque había cumplido todas las reglas de la cortesía. A lo lejos, las campanas de San Lorenzo empezaron a atronar de manera discordante, con una furia cuyo significado se le escapaba en ese momento. Un instante después, o al menos eso le pareció, levantó la vista por encima del pelo apelmazado de sal de Amparo y se encontró con el espectáculo no tan agradable de Bors saliendo del fondo del albergue con su andar pesado.

En honor de Bors, hay que reconocer que su primer impulso instintivo fue darse la vuelta con rapidez y discreción; pero inmediatamente, un sentido superior del deber lo obligó a seguir adelante.

–¡El bastión de Castilla ha caído! –exclamó, mientras balanceaba la cabeza intentando echar un vistazo a los legendarios pechos en el interior de la tina–. ¡Los turcos han entrado en la ciudad!

–¿Y qué quieres que haga yo? –rugió Tannhäuser.

Bors hizo un gesto vago con la mano, mientras balanceaba la cabeza con creciente ahínco.

–Supuse que lo querrías saber.

–Gracias, pero como puedes ver, me encuentras in fraganti.

Bors se retiró, sin ver satisfecha su curiosidad por culpa del borde de la tina. Para Tannhäuser, su frustración estaba más que justificada, pero no iba a permitir que la situación lo superara. Se retiró de Amparo, la cual protestó vivamente. Entonces la agarró en brazos y la sacó de la tina. Ella se quedó de pie, chorreando agua y sin preocuparse por su desnudez ni por el caos que barría la ciudad. Tannhäuser salió también de la bañera, recogió el raído vestido verde de Amparo y se lo tendió a ella, que se lo echó por los hombros sin gran entusiasmo. Con menos concesiones aún al decoro, Tannhäuser cargó en un brazo con la daga, los pantalones y las botas, y con el otro condujo a Amparo de vuelta al interior del albergue.

–Será mucho mejor –dijo– que terminemos este asunto con unas cuantas armas decentes a mano.

Cuando Tannhäuser llegó al frente media hora o quizá una hora más tarde (en unas condiciones y un estado de ánimo muy poco proclives a nada que no fuera una siesta en los brazos de Amparo), el asedio parecía haber alcanzado el desenlace previsto. Había encontrado las calles a su paso atestadas de fugitivos tambaleantes y sembradas de heridos. La sensación de pánico colectivo, esa sensación que los comandantes temen por encima de cualquier otra calamidad, crepitaba en el aire como el preludio de un cataclismo meteorológico. La víctima de la enorme galería que los mamelucos habían excavado en la roca maciza y rellenado de toneladas de pólvora había sido el inexpugnable bastión de Castilla, en el extremo oriental de las fortificaciones.

El bastión se había convertido en un talud informe derramado sobre el foso exterior, sobre el cual ondeaban resplandecientes estandartes de seda con la sura de la conquista bordada y en cuya pendiente se habían dispuesto los artilleros jenízaros, tumbados en el suelo o de rodillas. Al estallar, la galería había arrastrado consigo una ancha franja de la muralla a ambos lados de la explosión, y lo peor era que la segunda muralla, la interior, también presentaba una gran brecha, y las fuerzas turcas de choque, tras barrer una resistencia desesperada, avanzaban ahora hacia allí, esparciéndose por encima y a los lados del destruido bastión, como fluye la lava en torno a un promontorio rocoso. La erupción había sepultado sin duda a muchos buenos caballeros cristianos y, entre los escombros todavía humeantes, una fina línea de militares acorralados aún conseguía mantener a raya a la vanguardia turca, con las armaduras chorreando rojos goterones a la luz de la mañana.

Del lado interior de la muralla horadada había una pequeña explanada donde los ingenieros de La Valette habían arrasado una sección de viviendas de dos manzanas de ancho para transformarla en un campo de tiro. Las fuerzas asediadas habían arrastrado hasta allí un par de cañones de dieciséis libras y, antes incluso de terminar de soltarlos de las mulas, los sudorosos artilleros ya los estaban cargando con bombas de racimo. Desde las barricadas y los parapetos que cerraban las calles, los arcabuceros cristianos intercambiaban fuego con los mosqueteros turcos apostados en el talud, con escasos resultados. El aire vibraba con invocaciones en árabe al Profeta y sus barbas, en medio de una densa niebla de humo de pólvora. Las campanas de San Lorenzo doblaban como si pudiera servir de algo. En un puesto de mando adelantado, La Valette, sin armadura y a cabeza descubierta, observaba el combate en compañía de Oliver Starkey y un grupo de monjes provenzales, al tiempo que varios escuadrones de piqueros avanzaban trotando por terreno abierto, hacia la refriega.

–¡Mattias!

Tannhäuser encontró a Bors cargando su fusil damasceno tras la pared de una casucha sin techo.

–¿Ya estás listo para la gloria, amigo mío, ahora que has saciado tus apetitos?

–Me he quedado sin desayuno –replicó Tannhäuser–. ¿Has pensado en traer algo de comer?

–No, pero tu parte del desayuno no se ha desaprovechado. ¿Dónde está la chica?

–Le dije que fuera a buscar a Carla y que permanecieran juntas, por si tenemos que improvisar la salida.

–Ya veremos –dijo Bors–. Parece ser que Mustafá vuelve a tener San Miguel a su merced y por ese otro lado anda la pandilla de Piyale, que ya ha puesto escalas y sogas en el bastión de Francia, pero sólo para sangrar nuestras reservas. El grueso de la acción está aquí.

Mientras Bors abría fuego contra los turcos amontonados en la cuesta, Tannhäuser se instaló a su lado, para apoyar el fusil en el muro y elegir una diana. En ese momento vio a un joven capellán de la Orden que aparecía entre el humo trastabillando y agitando los brazos, con el hábito desgarrado y mugriento, como si acabara de salir de los escombros del bastión de Castilla. Tenía la cara ensangrentada y contorsionada, con la expresión de absoluta convicción que sólo el terror extremo o el éxtasis religioso pueden conferir. En su caso, quizá los dos ingredientes estuvieran en juego, porque se detuvo a cien millas de distancia, enmarcado por el multicolor desfile de las tropas musulmanas que tenía detrás, y alzó los brazos al cielo para impartir una prédica demente, algunos de cuyos fragmentos llegaron a oídos de Tannhäuser a través del alboroto.

–¡Perdidos! ¡Todos estamos perdidos! ¡Dios nos ha vuelto la cara! ¡La cosecha ha terminado, el verano ha concluido y no estamos salvados! ¡Atrás! ¡Retiraos y reconciliaos con Jesucristo!

Toda esa cháchara de labios de un capellán valía tanto para Piyale como todo un batallón de *sipahis* de refresco. La moral de las tropas españolas y de la milicia de campesinos era particularmente frágil desde el duodécimo día, cuando su maestro de campo, Melchor de Robles, había recibido un disparo en la cabeza. Como era de esperar, los piqueros que venían avanzando se detuvieron y su ánimo pareció flaquear en medio de la confusión. Se miraban unos a otros, sordos a los gritos del sargento preboste, y encontraban poco consuelo en lo que veían, pero menos aún en el duelo sangriento que se libraba en la brecha o en la horda aulladora que un poco más allá venía pisoteando los cadáveres de sus camaradas. Se movían como hojas empujadas por el viento, titubeando al borde de la desbandada.

Con una mueca de desprecio, Tannhäuser apuntó su fusil al capellán vociferante y lo alcanzó justo en medio de la cruz que le adornaba el pecho. Los dedos del capellán casi se tocaron con los pies cuando saltó por el aire y volvió a desvanecerse en la niebla de la que había salido.

–Bien –dijo Bors–. Alguien tenía que hacerlo.

Tannhäuser echó más pólvora en el fusil. Los piqueros no estaban avanzando, pero al menos se lo estaban pensando dos veces antes de iniciar la retirada. Algunos se sacudían y caían bajo el fuego procedente del talud. La ejecución del capellán no había sido más que un paréntesis. Alguien tenía que tomar la iniciativa y, en ese instante de máxima desesperación, sólo un hombre estaba a la altura para esa tarea. Tannhäuser giró la vista hacia el apretado grupo de hombres con armadura que rodeaba a La Valette y sorprendió al gran maestre mirando en su dirección.

–¡Adelante, viejo zorro! –gritó Tannhäuser–. ¡Ya va siendo hora de que nos muestres de qué estás hecho!

No supo si La Valette lo había oído, pero si no había sido así, el gran maestre había llegado a la misma conclusión. La Valette le arrebató el morrión y la media pica al perplejo soldado que encontró más cerca y, para consternación de sus mirmidones, se encaramó solo a los parapetos y empezó a avanzar por la explanada, bajo una lluvia de balas, en dirección al combate.

–¡Por las llagas de Cristo! –exclamó Bors–. ¡Va a hacerles frente él solo!

El efecto no habría sido más espectacular si el mismísimo san Juan Bautista hubiera aparecido en el campo de batalla. Los piqueros se alinearon de inmediato en perfecta formación, mientras los provenzales se peleaban entre ellos por ser el primero en seguir al gran maestre. Cuando el viejo militar convirtió su marcha en carrera, los gritos de guerra de los cristianos se alzaron por encima del estrépito y los que hasta entonces estaban abatidos sintieron hervir la sangre. Surgieron caballeros y milicianos de las ruinas, donde antes no parecía haber ninguno, y por centenares emprendieron una desordenada carga contra las humeantes laderas, donde los aguardaban miles de enemigos.

Bors apoyó en el suelo el mosquete y desenvainó la espada. Miró a Tannhäuser, que estaba preparando la llave de su fusil, con toda la intención de permanecer en lo alto de la muralla.

–¡Vamos! –gritó Bors–. ¡No puedo creer que esa chica te haya consumido toda la fuerza de los cojones!

Tannhäuser apoyó su fusil contra la pared y se puso los guanteletes.

–Porque no quiero volver a oírte si sales con vida de ésta –respondió Tannhäuser.

Los dos se unieron entonces a la carrera hacia la perdición, y el maligno éxtasis del combate, como procedente de una fuente venenosa que no fuera a agotarse jamás, volvió a circular por las venas de Tannhäuser. Llevaba puesta una celada y una media armadura que se había procurado en las crecientes pilas de armas desechadas, y mientras corría, el sudor le manaba por los flancos como un enjambre de piojos. La hoja de su espada llevaba grabado el lobo de Passau. Para avanzar, tuvo que pasar por encima de hombres que gemían sobre sus propias entrañas desparramadas, pero se abrió paso a golpes y empujones, pisoteando a los muertos y a los agonizantes, y evitando los codazos y los filos de las espadas. Cuando logró abrirse un espacio al pie del talud, una figura vestida de verde se irguió por encima de donde él estaba y él le aplicó un revés por debajo de las rodillas, notando en las muñecas el doble chasquido de las espinillas cediendo. Después, mientras el hombre caía por el pedregal, lo apuñaló en el vientre. Los ataques cuesta arriba eran abominables, pero así se ganaban los jenízaros el pan de cada día. Sólo había que hacer caso omiso del sudor y concentrarse en respirar. El brazo de Tannhäuser se movía en parte por voluntad propia, repartiendo estocadas que su mente era demasiado lenta para prever, como un jugador devolviendo bolas en las pistas de la Pallacorda, y eso le producía una profunda satisfacción. Había alegría en un cuello degollado. Había cierta belleza en la unión de acción e intención, cuando la espada hendía un cráneo bajo el turbante y desalojaba el cerebro y los ojos de un solo golpe. No debía haber sido así, pero así era, y así era el mundo, el día era así y ésa era la forma de dejar escrito el nombre de cada uno en el libro de la vida.

Transcurrió algo así como una hora bajo el bochornoso sol de agosto, con el aire vibrante de gritos y el zumbido de miles de padrenuestros. La armadura de Tannhäuser estaba cubierta de un barro índigo y su peso lo agobiaba. La lucha era enconada, pero Bors y él habían despejado su parte del talud con razonable celeridad y, hasta donde podía ver (no más de veinte pies en todas direcciones), los turcos se estaban retirando y la marea se había invertido. Entonces, unas yardas a su derecha y cuesta abajo, estalló la conmoción.

–¡El gran maestre ha caído!

La noticia se propagó como la viruela a lo largo de las extensas líneas, adquiriendo un carácter cada vez más sombrío y truculento a medida que se difundía. Tannhäuser supuso que una yarda más allá estarían contando ya que La Valette estaba siendo sodomizado por el caballo de Mustafá. Además del renovado tufillo a pánico incipiente, la amenaza de desastre era palpable, porque soldados y caballeros acudían en desordenada masa a defender a su príncipe. En el estado general de caos, muy pocos sabían dónde estaba realmente La Valette, de modo que el resultado era muy semejante a un amotinamiento de las tropas. Si los turcos tenían la habilidad de aprovecharse, la marea volvería a cambiar, probablemente de forma definitiva. Bors estaba perdiendo tiempo y energía, rematando a un jenízaro la mitad de grande que él. Con la daga bañada en sangre, Tannhäuser acuchilló al turco por detrás del cuello y lo dejó caer. Después, le hizo un gesto con la cabeza a Bors, para indicarle que lo siguiera.

Encontraron una barrera de combatientes, enzarzados en una lucha más feroz que cualquiera de las que Tannhäuser hubiese visto en su vida, con una horda de galos enloquecidos por la ansiedad de proteger a su cabecilla. Los jenízaros, por su parte, percibiendo la victoria a escasas pulgadas de sus espadas, se entregaban al combate con idéntico coraje y furor. Tannhäuser y Bors rodearon la refriega y se abrieron paso hasta el círculo de caballeros en torno a La Valette.

Asomándose sin dificultad por encima de sus cabezas, Tannhäuser descubrió el tipo de disputa que sólo los franceses se las arreglan para organizar en medio de un campo de batalla. Los comentarios y sus réplicas eran demasiado veloces y floridos para que Tannhäuser los siguiera al detalle, pero aun así dedujo que los mirmidones aspiraban a llevarse a La Valette a un lugar seguro, mientras que el anciano (que parecía bastante animado pese a que Oliver Starkey tenía que sostenerlo en pie) no quería ni oír hablar de retirada. Los faldones de su túnica estaban empapados en sangre y desgarrados por el muslo, pero su palidez parecía más fruto de la rabia que de la hemorragia, ya que los temperamentos estaban desatados. Starkey era demasiado inglés para defender la causa de su señor ante tal despliegue de violentas emociones y la obstinación gala parecía destinada a triunfar donde el coraje turco había fracasado.

Tannhäuser no había llegado tan lejos en el ascenso del sangriento talud para que lo hicieran retroceder a empujones. Con un estrépito metálico, aplastó el casco más cercano, dejando caer la espada de plano. La víctima cayó de rodillas y Bors soltó una risotada irrespetuosa para que quedara aún más claro el mensaje. En la indignada pausa que siguió, Tannhäuser habló en italiano:

–*Los soldados creen que el gran maestre ha muerto. Hay que llevarlo a lo alto, donde puedan verlo, para que recuperen la moral.*

–Pero eso será si vosotros los franceses tenéis redaños para hacerlo –añadió Bors.

Antes de que los provenzales pudieran hacerlos picadillo, La Valette se abrió paso trabajosamente entre ellos y subió renqueando la cuesta. Oliver Starkey, también herido, fue el primero en reunirse con él en la cima. El orgullo y la belicosidad triunfaron sobre el resentimiento mezquino y los caballeros franceses rugieron como dementes, mientras avanzaban en furiosa cuña hacia los estandartes de los infieles. Tan feroces demostraron ser los galos en la violencia desencadenada que Tannhäuser cambió al instante la opinión que tenía de ellos. Bors hizo ademán de seguirlos, pero Tannhäuser lo detuvo.

–Ya es suficiente –dijo–. Ahora tengo que ejercitar el estómago y comer algo.

Volvieron pesadamente sobre sus pasos a través de los malolientes desechos de la batalla, demasiado acalorados y fatigados para dedicar siquiera una mirada a los heridos. Al otro lado de la pequeña explanada recuperaron sus fusiles. Cuando se volvieron para mirar, la carga de La Valette había llegado a lo más alto de las ruinas del bastión, donde el gran maestre y sus hombres estaban arrojando hacia abajo los estandartes turcos, en medio de una furibunda orgía de sangre.

Por segunda vez en ese día se evitó así la retirada desordenada de las tropas y todo el gigantesco cúmulo de escombros bañados en sangre volvió a estar en manos cristianas. Los caballeros izaron la cruz de ocho puntas de san Juan, al tiempo que intercambiaban gestos obscenos con el enemigo y alababan a Dios Todopoderoso por haberlos librado del mal.

Durante toda la tarde, las diezmadas cuadrillas de esclavos y la población de la ciudad en masa trabajaron arduamente para arrojar al foso los cadáveres de los turcos y levantar toscos parapetos a lo largo de las murallas devastadas. Los artilleros se instalaron en sulfurosos reductos y allí volvieron a plantar sus cañones. Se apostaron más hombres en las fortificaciones, que fueron apuntaladas, al tiempo que los colegas de Gullu Cakie remataban a los moribundos y saqueaban los cadáveres de los musulmanes.

El largo día llegó a su fin y las bocas de dragón de los cañones de asedio volvieron a atronar en sus cadenas. Las bolas de cañón de metal y de piedra que chocaban y botaban contra la muralla levantaban fétidos chorros de inmundicia de la masa putrefacta de cadáveres que ocupaba el foso, y los pestilentes vapores así liberados encendían un fuego fatuo verde amarillento, que brillaba con un resplandor maligno en la penumbra y rodeaba como un collar la garganta del Borgo, como si los espíritus de los musulmanes muertos hubieran despertado y estuvieran llamando a sus correligionarios para alzarse y vengarlos.

Y el espectral llamamiento a las armas surtió efecto, pese a los horrores y las pérdidas terribles de la jornada, porque poco después del crepúsculo los turcos volvieron a la carga, acosando el recinto en su totalidad. La noche resplandeció con la luminosidad del día, mientras el coro de Satanás entonaba sus cánticos y los dioses de Oriente y Occidente se cubrían el rostro avergonzados, al ver que sus insensatos fieles se entregaban una vez más a la matanza.

Domingo 19 de agosto de 1565

Bastión de Castilla. Junto a un fuego en las ruinas

El caos del combate nocturno transgredió todos los códigos y convenciones humanos, como si todos los dementes de la Tierra se hubiesen congregado allí para dar rienda suelta en la oscuridad a sus feroces delirios. Los hombres se despedazaban mutuamente a hachazos en la agobiante negrura, entre corrosivas ráfagas de humo que alimentaban la confusión. Crepitaban los arcabuces y retumbaban los cañones, sobre un tumulto iluminado por los destellos de la artillería y los aros de fuego griego que surcaban el aire girando sobre sí mismos.

A la luz de esos intermitentes destellos incandescentes, Carla se empeñaba en volver a meter en el vientre de un español la masa de sus intestinos derramados. De ese modo, no prolongaría su vida, pero le ahorraría la humillación de su estado, y en esas condiciones extremas, incluso un pequeño gesto de dignidad tenía un valor enorme. Carla había adquirido cierta práctica en la maniobra y, cuando hubo devuelto a su sitio las entrañas del desdichado, le remetió en la herida los faldones de la camisa, para que no se le volvieran a salir. Si el hombre se ponía de pie o se movía en exceso, se le derramarían de nuevo, pero era poco probable que lo hiciera. Yacía inmóvil y rendido, con la tez amarilla y brillante a la luz danzarina de las llamas y con ojos que el miedo ya había abandonado y que sólo conservaban una mirada fija en su destino eterno. Una gota de los santos óleos le brillaba en la frente y aún le quedaban en los labios trozos del pan con que había comulgado. Estaba en los brazos de Jesucristo. Ella le sonrió y él le hizo un curioso gesto de asentimiento. Carla se echó la bolsa al hombro y lo dejó para que muriera.

Se encontró con Mattias, que la estaba mirando con el morrión bajo el brazo y todo el peso apoyado en una cadera, como una estatua. Tenía la coraza cubierta de una sustancia lodosa y un fusil colgado del hombro. Sus facciones estaban a la sombra y ella se preguntó qué le habrían revelado de sus pensamientos, de haber podido verlas. Mattias se acercó un poco más, saliendo a la luz. La pólvora le había ennegrecido la cara como a un deshollinador y se le había acumulado como trazos de tinta en las arrugas de alrededor de los ojos. Se echó atrás el pelo apelmazado por la suciedad, del que volaron gotas de sudor, e inclinó el cuello hacia un lado para revelar un corte de una o dos pulgadas de largo, donde ya se le estaba formando una costra.

–Estoy aquejado de graves heridas –dijo–. Necesito vuestros cuidados.

Ella le echó un vistazo al corte.

–Un arañazo –contestó.

–¿Un arañazo? –repitió él, fingiendo un disgusto tan profundo que ella se sintió en la obligación moral de examinar de nuevo la herida.

Aunque había estado cerca de ser mortal, la lesión era superficial. Los dientes de Mattias aparecieron en una sonrisa y los surcos en torno a sus ojos se volvieron más negros.

–¿De qué otro modo puedo conseguir el placer de vuestra compañía?

Ella rió ante la inesperada pregunta y se sorprendió de la repentina alegría que la risa suscitaba en ella. Sonreía con bastante frecuencia a los mutilados y a los moribundos, pero no solía practicar el hábito de la risa. Recordó que la última vez que había reído había sido la noche del regreso de Mattias, cuando él había hecho que sus aventuras entre los infieles sonaran como una farsa. No lo había visto desde entonces. En uno de sus grandes puños, Mattias sostenía un odre y una cesta de mimbre medio quemada.

–Agua y vino de Dios –dijo–, además de pan, huevos encurtidos, aceitunas y queso de oveja perfectamente envejecido. –Señaló el campo con la barbilla–. Los moribundos pueden esperar y los muertos no notarán la diferencia. Venid conmigo. Tenéis que tomar algo, insisto.

Pasó la valiosa carga a la mano que sujetaba el morrión y, con la mano libre, la agarró del brazo y la condujo hasta un parapeto improvisado entre las ruinas. Apoyó su cargamento al resguardo de la construcción, recogió unos maderos sueltos que ardían entre los escombros y los juntó para hacer una hoguera.

–Este fuego no es gran cosa –dijo–, pero es mejor que nada.

Ella lo miró mientras él desplegaba sus manjares.

–He traído suficiente para tres –dijo–. ¿Dónde está Amparo?

–Le está haciendo compañía a *Buraq* –contestó ella–. La vista de los heridos la afecta y, además, aquí me inquietaría su seguridad.

–Pero no la vuestra –dijo él.

–La enfermería está al doble de su capacidad, lo mismo que la plaza y todas las casas que aún se mantienen en pie, e incluso los sótanos y las galerías subterráneas. Ya no se pueden llevar heridos a la enfermería. Fray Lázaro ha ordenado que ahora vayamos nosotros a ellos.

Mattias recorrió con la mirada el diabólico paisaje nocturno. Aceitosos chorros de fuego brotaban de las trompas incendiarias a lo largo de los parapetos exteriores, y el resplandor del rojizo infierno que creaban del otro lado, en el que un número desconocido de turcos se consumían, hacía destacar en crudo contraste los bordes desiguales de las fortificaciones. Los defensores de la fe cristiana apostados a lo largo de los muros arremetían con sus picas y espadas contra el inframundo que se abría a sus pies, como demonios de un teatro de sombras, en las amotinadas costas de la laguna Estigia. Los aros de fuego caían entre chispazos al vacío y los relucientes cañones de los mosquetes se encabritaban y atronaban con sus disparos. Un viento caliente que había atravesado el mar desde el desierto levantaba desgarrados retazos de llamas que ascendían hacia las estrellas, como páginas arrancadas de un libro de plegarias condenado a la hoguera sin ser leído. En los pozos poco profundos que se abrían entre los escombros, los hombres gemían como niños abandonados en una docena de lenguas diferentes, ajenos unos a otros y ajenos a Dios, ya que Él no parecía dispuesto a prestar oídos a sus gritos de clemencia.

–Cualquiera habría pensado que tanto sufrimiento no podía entrar en los designios del ser humano –dijo Mattias y la miró–. Pero así somos.

Carla no respondió.

Mattias limpió el polvo de un bloque de piedra y la invitó a sentarse. Así lo hizo ella, mientras él, sofocando un gemido como si cada una de sus articulaciones expresara una amarga queja, se sentó también. Ella recitó una plegaria de agradecimiento por la comida y él, para su asombro, se unió a la oración. Los dos se santiguaron.

–Acabaréis convirtiéndome –dijo él, pasándole el odre de vino. Tenía la mano llena de costras y cardenales, y dos dedos vendados juntos, uno de ellos hinchado como el huso de una rueca–. Me perdonaréis –añadió– que haya olvidado traer copas.

Ella sujetó el odre y bebió. El vino era cálido y dulce, y no estaba tan aguado como ella solía beberlo. Quizá nada aguado. Devolvió el odre.

–Bebed más –dijo él–. Seguramente tendréis la garganta seca como el polvo y esta noche necesitaréis reponer fuerzas.

Ella bebió otro trago y se enjugó los labios. Mattias se echó un buen chorro al gaznate y lo tragó todo de una vez. Cerró el odre, lo dejó aparte y, bajo la mirada atenta de ella, se puso a cortar la cáscara de un trozo de queso con una daga ornada de granates. Lo hizo con gran precisión; después cortó una delicada rodaja y se la tendió a ella pinchada en la punta de la daga, con cuidado para no tocarla con los dedos sucios.

–Probad este queso –dijo–. Se deshace en la lengua como un poema.

Era de sabor fuerte y tan bueno como él decía. Carla sintió que el estómago se le despertaba con un apetito que hasta entonces no había advertido. Comieron.

–Cuando partí para San Telmo –dijo él–, os quejabais de que el mundo no os ofrecía ocasiones para ser útil. Ahora regreso y veo que os habéis convertido en una leyenda en el Borgo y que incluso inspiráis baladas. Merecidamente, debo añadir.

Viniendo de él, el cumplido la conmovió y la hizo sonrojar. Le preguntó entonces a Mattias:

–¿Y vos? ¿Qué habéis hecho desde vuestro regreso, aparte de maldades?

–Poca cosa digna de mención, lo reconozco –respondió él–. No he adelantado nada en la consecución de lo que más ambiciono.

–Le habéis traído la felicidad a Amparo –dijo Carla.

Mattias se atragantó con un trocito de queso, pero se recuperó.

–Bueno, como es bien sabido, el comercio carnal es vital para una buena salud y, en mi actual estado, cualquier remedio se agradece.

Carla cambió de posición. Los celos que le inspiraba Amparo, que tanto se había esforzado por controlar, le inundaron el vientre y al mismo tiempo sintió que la sangre le subía a la cabeza. Su mirada recorría las manos de él, más hermosas aún en su fuerza por las muchas heridas que habían recibido, y su cara, cuyos surcos y contornos ella habría podido estudiar eternamente, pese a la suciedad que los mancillaba. Turbada al recordar el sueño que había tenido en el jergón de la enfermería, desvió la vista.

Mattias prosiguió sin arredrarse, mientras untaba el pan con el aceite de las olivas.

–Sé de buena fuente, gracias a la autoridad de Petrus Grubenius, que la abstinencia provoca la acumulación de humores perniciosos en el cuerpo, sobre todo en el bazo. Así se explica la ferocidad de estos caballeros, por ejemplo, o el ánimo malicioso y gruñón de tantos curas. De sus efectos sobre las mujeres ya no estoy tan seguro; pero aunque es cierto que el sexo débil es una creación aparte, me arriesgaría a decir que su naturaleza no difiere mucho de la masculina en este respecto.

–No me refería al comercio carnal –dijo ella y siguió hablando, pese a que él parecía convencido de que no era cierto lo que decía–, sino al amor.

–La diferencia suele ser dudosa y yo diría que es casi inexistente para las mujeres. Pero vos, como mujer, lo sabréis mejor que yo.

Carla no supo qué responder. Estaba segura de que él veía a través del velo de su piedad fraudulenta. ¡Cómo iba a engañarlo ella, que con tan intenso éxtasis había recibido en sueños su miembro entre los labios! La tensión entre sus dos naturalezas, la erótica y la religiosa, ambas tremendamente potentes, le dejó la mente en blanco. Se quedó mirando fijamente el trozo de queso que tenía entre las manos, por el que había perdido todo apetito.

–Si os he ofendido –dijo él–, no ha sido mi intención. Pero nos encontramos a escasa distancia de nuestra propia muerte. Si no podemos hablar abiertamente aquí, ya me diréis dónde podemos.

El desafío y su lógica encendieron el coraje de Carla.

–¿Os parezco gruñona, feroz o maliciosa?

Mattias arqueó las cejas.

–Maliciosa, nunca. ¿Gruñona? Antes, quizá, pero ya no. Ahora tenéis una vocación y eso también hace circular los humores estancados, aunque con menos eficacia, si me permitís que lo diga. –Sonrió al ver la expresión de Carla, como ella misma pudo advertir–. En cuanto a ferocidad –prosiguió–, pues bien, esa cualidad brota a raudales, lo mismo que antes, cuando tocáis esa condenada viola da gamba vuestra.

–¿Por qué condenada?

–Porque por dos veces me ha empujado al infierno y en esta ocasión no consigo ver la salida.

–¿Por qué abandonasteis a vuestros amigos turcos? Allí estabais seguro.

–Como ya os he dicho, vuestro canto de sirena me llamó en la noche.

–También dijisteis que podíamos hablar abiertamente, lo que interpreto como hablar sin miedo. Decís que mi música os emociona y eso me honra, pero la música por sí sola jamás podrá ser razón ni propósito, ni menos aún ocupar el lugar de vuestra mayor ambición.

–Ahí me habéis cazado –dijo Mattias.

La contempló un instante. Ella esperaba que él confesara una pasión comparable a la suya. Mattias habló y dijo:

–Mi mayor ambición sigue siendo la de veros reunida con vuestro hijo, más aún desde que lo conozco y sé que es un muchacho espléndido y no sólo eso, sino un buen amigo y un camarada de armas.

Había hablado de corazón y ella se conmovió, pero aun así... Se sentía culpable por sentir más por el hombre que por el niño y envidiaba la profundidad de su relación con Orlandu, a quien ella casi no conocía. Pero se tragó esos sentimientos, junto con su decepción, y no dijo nada.

–Esta misión ha resultado mucho más difícil de lo que esperaba, y me quedo corto –prosiguió él–. Todo hace pensar que las cosas se complicarán todavía más, pero el empecinamiento tiene su utilidad y no suelo dejarme vencer por la desesperación. Como sabéis, Orlandu está a salvo con mi mentor, Abbás ibn Murad, comandante de los Estandartes Amarillos y hombre de gentileza y sabiduría poco comunes. Antes o después, Orlandu viajará con él a Stambouli y allí volveré a encontrarlo, con mucho menos esfuerzo que aquí. –Con un vago gesto de la mano, señaló el caos que los rodeaba–. El problema que tenemos ahora es cómo escapar de esta locura.

Por un momento, Carla se quedó perpleja. La idea en sí misma no tenía sentido.

–¿Escapar?

–Si logro encontrar la manera, ¿vendréis conmigo?

–¿Abandonar Malta?

–Abandonarla, marcharnos, huir... como queráis decirlo –dijo él–. Amparo, Bors, vos y yo.

–¿Y los demás?

–Los otros son perfectamente capaces de morir sin nuestra ayuda y pueden consolarse con la promesa que les ha hecho el papa de ir directamente al cielo.

Tannhäuser parecía hablar con bastante seriedad. Ella dijo:

–No puedo creer que os esté oyendo decir algo así.

–Habéis unido vuestro destino al de la Religión, y quizá incluso vuestro corazón, vuestra mente y tal vez vuestra alma. Lo comprendo. Formar parte de algo es un consuelo y no hay argamasa más firme que la amenaza de muerte inminente. Pero no os engañéis pensando que hay algún principio elevado en juego. Esto de aquí no es más que otra pequeña guerra costrosa, como tantas otras. Cambiará una línea en el mapa, o quizá no, y después habrá más guerras, y más guerras después, y otras más cuando aquéllas se hayan terminado. Hombres como Suleimán y La Valette seguirán guerreando hasta el fin de los tiempos, ya que es algo inherente al ser humano, y nunca les faltarán seguidores ni razones para luchar. Y he de admitir que no existe mejor deporte, pero ahora tengo la vista puesta en otros pasatiempos. ¿Querréis venir conmigo? ¿O el ansia guerrera se os ha contagiado también a vos?

–Para mí esto no es un deporte, sino una abominación. Aun así, huir no me parece correcto.

–Habéis demostrado con creces vuestro valor para hacer frente a la muerte, pero quizá aún tengáis que probar vuestro coraje para hacer frente a la vida.

–¿Y si la Religión sale victoriosa?

–¿Victoriosa? –Mattias resopló con desdén–. El tiempo anula todas las victorias, sin excepción. ¿A quién le importa ahora que Aníbal venciera en Cannas? ¿O Tamerlán en Ankara? ¿O Alejandro en Gaugamela? Ahora todos ellos son polvo y también sus poderosos imperios, y lo mismo sucederá con los otomanos y los españoles, y con todos los que aún quedan por venir, que un día ascenderán y otro día seguramente caerán. Mi concepto de victoria es engordar y hacerme viejo, contemplar cosas bellas (y quizá incluso traer algunas al mundo), comer bien y sentir el viento en la cara y la piel tierna de una amante en las manos.

–Mi deber es estar con los enfermos. Un deber sagrado.

–Entonces vuestro hijo no significa nada para vos. –Carla se sobresaltó, al oír lo que temía que encerrara una parte de verdad–. Y Amparo, Bors y yo podemos reunirnos en el foso con el resto de los cadáveres. ¡Nosotros, que vinimos al infierno por vos!

La confusión la hizo enmudecer. La vergüenza la quemaba por dentro. Evitó la mirada de Mattias.

Él prosiguió:

–Yo lo tenía todo dispuesto para irme a Trípoli, hasta que os oí tocar.

–¿Entonces por qué no nos abandonasteis a nuestra locura y os marchasteis?

–Porque concebí la estúpida idea de que os amaba.

Ella lo miró fijamente, sintiendo latir el corazón en la garganta. Él le devolvió la mirada.

–Dice Bors que en la guerra no hay que confiar en el amor, porque la guerra enloquece a los hombres y el amor los enloquece aún más, de modo que hablar de esos asuntos es locura, porque decimos cosas que quizá no queramos decir. Pero aun así...

Mattias tendió la mano a través del espacio que los separaba y le tocó la mejilla. Ella apoyó el rostro sobre la palma de la mano que se le tendía, sintiendo que un estremecimiento le recorría la espalda. Él le deslizó los dedos entre el pelo y ella echó atrás la cabeza. Sintió el aliento de él en la cara, lo miró y vio que sus ojos eran de un azul encendido, incluso a la tenue luz amarillenta. La cabeza le empezó a flotar y el cuerpo se le derritió. Sentía exaltación, dolor y miedo, y también el espectro de culpa. Entreabrió los labios, cerró los ojos y él la besó. Notaba su barba áspera sobre la piel. Olía a pólvora y a sudor, y el sudor avivó el recuerdo del primer anhelo que él le había despertado, en el jardín de la colina. Sus labios la sorprendieron por la delicadeza de su tacto. Los suspiros de él se perdieron en su garganta. Ella hubiese querido arrojarse contra él, aferrarlo y que él la aferrara, saciar su sed, caer rendida, olvidarlo todo y desaparecer para siempre en sus brazos. Pero sus brazos no se movieron y, en lugar de eso, permaneció con la mejilla acunada sobre la mano de él, como flotando en un océano de dicha. La boca de él se apartó y también su mano, pero ella no se movió, ni quiso moverse, porque no quería que nada de eso se acabara.

–Estáis llorando –dijo él.

Ella abrió los ojos y se llevó distraídamente las manos a las mejillas. Estaban húmedas. Se las secó, sintiéndose tonta. Su éxtasis había terminado.

Mattias volvió a recostarse en su piedra. Estaba extenuado, pero parecía agobiado por algo más profundo que el agotamiento físico. Con la cara enmascarada por el negro de la pólvora, sus ojos se veían enormes. Siempre había dado la impresión de dominar hasta los últimos vericuetos de su mente, pero ahora Carla notaba en él una confusión que le causaba dolor y que era un reflejo de la suya propia. Mattias parpadeó y la expresión desapareció.

–Tendréis que perdonarme –dijo–. Hoy he matado a muchos hombres cuyos nombres no sabré nunca y estoy un poco aturullado por el fuego de los mosquetes y la sangre injustamente derramada.

Tendió la mano hacia el odre de vino. Una sensación de pánico aleteó en el vientre de Carla. Ella no quería una disculpa, sino algo tan básico que ni siquiera podía mencionarlo. Bors estaba en lo cierto. Amor y guerra equivalían a locura. Caos, sangre y pestilencia. Madres, hijos, hombres... y el apetito sexual que la atormentaba incluso ahora con sus revelaciones. Ella creía que sabía mucho, pero no sabía nada. Parpadeó para despejar las últimas lágrimas que aún le nublaban la vista, las lágrimas de dicha que Mattias había malinterpretado. Sin pensarlo, enlazó con la última frase de él.

–¿Injustamente derramada? –preguntó.

Sintió que había cometido un error. Era una frase sin importancia.

El instante se le había ido de las manos: la conversación, el beso y el ardor de Mattias, todo arrastrado por el viento hacia la noche asesina.

Mattias se encogió de hombros, con la vista puesta en el odre de vino que tenía entre las manos, y ella vio que se había encerrado en sí mismo.

–Casi siempre es injusto derramarla –dijo–, aunque muchos de los que nos rodean estén convencidos de lo contrario. Soldados del islam o soldados de Cristo, todos son demonios para sus adversarios y Satanás se ríe con disimulo.

Le ofreció a Carla el odre y ella sacudió la cabeza. Él bebió y se secó la boca. Ella se sobresaltó, como si fuera el beso lo que Mattias se estaba limpiando de los labios, como si el beso nunca hubiera existido, como si ella sólo lo hubiera soñado del mismo modo que soñaba tantas cosas. Pero los latidos de su corazón seguían acelerados y aún percibía el sabor de Tannhäuser en los labios. No quería hablar de matanzas ni de guerra. Quería oírlo hablar de amor. Pero no era ingeniosa en esas lides. Sentía la voz taponada en la garganta y los hombros rígidos. Se había encerrado tanto como él, aunque en realidad Mattias no lo había hecho, porque encerrarse no estaba en su naturaleza. Él se sacó un pañuelo de la manga, se inclinó hacia delante y le enjugó a ella la cara. El pañuelo estaba sucio y empapado de sudor, pero a ella el tacto le pareció exquisito.

–Es mucho mejor derramar lágrimas –dijo él, sonriendo para levantarle el ánimo. Volvió a guardar el pañuelo–. Petrus Grubenius pensaba que quizá las lágrimas son sangre que ha perdido la potencia en las membranas del cerebro. Nunca pudo demostrarlo, pero es cierto que su sabor es similar: más salado que el de la orina, pero no tanto como el del agua de mar. Decía que llorar es muy saludable: el sustituto natural de los sangrados que con tanta ligereza nos recetan los cirujanos. Y muchos reconocerán que llorar puede revivir a un espíritu mustio.

Carla también sonrió, disipado su pánico por la calidez de Mattias, y sintió curiosidad, porque él ya había mencionado el nombre antes.

–Decidme, ¿quién es Petrus Grubenius?

–Petrus era médico, alquimista y filósofo de la magia natural en tantas de sus infinitas formas como pudo estudiar: la cosmología, la física, la destilación de remedios y elixires, la transmutación de los metales, los códigos cifrados y los secretos del magnetismo y las lentes. –Hizo un amplio gesto con las manos–. En pocas palabras, era un sabio en todo lo maravilloso. La maldad y la ira eran desconocidas para él, lo mismo que el temor del Otro, que a tantos de nosotros nos convierte en bestias. Y por encima de todo eso, era un buen amigo para mí. En él, la quintaesencia (cuyos misterios eran su grial) estaba encarnada en su más alto grado.

El apasionamiento de Mattias y la tristeza que reverberaba bajo la superficie la conmovieron.

–Contadme más –pidió ella.

–Bien –dijo Mattias, frotándose las palmas–, los griegos, los de la edad perdida, los de antes de que se convirtieran en la triste raza que hoy conocemos, sabían que el universo se compone de cuatro elementos fundamentales: fuego, tierra, agua y aire, como seguramente sabréis; pero Pitágoras reconoció un quinto elemento de naturaleza más elevada, la quintaesencia, que voló hacia lo alto en el instante de la Creación y formó las estrellas, así como todo lo que existe, vivo o inerte. No sólo es el poder de la vida, sino la esencia del ser.

–Me refería a vuestra amistad con Grubenius.

Por un momento, él pareció abatido, como si ya se esperara el interés de Carla por lo mundano por encima de lo infinito.

–Quizá os parezca tosca de raciocinio –dijo ella–, o tal vez demasiado femenina, pero vos me intrigáis bastante más que Pitágoras.

Mattias hizo una profunda inspiración por la nariz, como preparándose para una dura prueba.

–Llevaba yo poco tiempo entre los cristianos –dijo él–. Había peleado con el duque de Alba contra los franceses en el Piamonte y acababa de licenciarme. Como no había conocido otra cosa desde la infancia, yo no era más que un soldado entre tantos, esperando a que estallara otra guerra. Para entonces Petrus ya era un anciano y era hombre de conducta y costumbres extrañas, porque llevaba una vida solitaria y prestaba poca atención a la apariencia y los modales. Sus orejas, cejas y fosas nasales eran monstruosidades peludas; tenía las manos cubiertas de costras y manchas, por culpa de sus fabulosos experimentos, y una afección del hueso de la cadera lo hacía cojear. Yo lo libré de unos *bravi* que se estaban burlando de él por la calle y él me llevó a su casa a cenar. No sé lo que vería en mí esa noche, pero me quedé con él y compartí su techo durante dos años. Dos años como nunca volveré a conocer otros iguales.

Ella notó que lamentaba haber perdido la posibilidad de un destino diferente, pero el dolor fue desplazado en él por los buenos recuerdos.

–Su taller era una mina de las artes herméticas. Cada habitación de su casa estaba atestada de sabiduría, escrita en gran parte de su puño y letra, y dispersa de cualquier manera, porque su mente siempre andaba en busca de nuevos prados donde apacentar. Le gustaba mi curiosidad, por muy tosca que fuera, y como la edad le había mermado la destreza, mis escasas habilidades de herrero le eran de cierta utilidad. Así me convertí en su discípulo y ayudante.

Al decirlo, Mattias resplandeció de íntimo orgullo. Bebió otro sorbo de vino.

–Todo iba bien y a las mil maravillas, y mejoró aún más cuando Petrus descubrió que yo sabía leer la escritura árabe. Nunca olvidaré el entusiasmo que manifestó, ¡se hubiese dicho que había descubierto la piedra filosofal!, porque su admiración por la sabiduría árabe no conocía límites. Y ocurrió que en su biblioteca tenía un raro tratado escrito en esa lengua por un sabio de Bagdad, Abu Musa Jabir, cuyos secretos nunca había desentrañado. En mí encontró la llave que buscaba. Aun así, fue una labor extenuante. Había muchas palabras que yo no conocía, pero era tal su ingenio para descifrar enigmas que él encontraba significados donde yo no veía nada. –Miró a Carla–. Ésos fueron los tiempos felices. En Mondovì.

–¿Cómo terminaron? –preguntó ella.

Mattias arrugó la frente.

–Se rumoreaba que la herejía luterana empezaba a arraigar en la ciudad y que los valdenses comenzaban a bajar de los valles de las montañas, dos asuntos que Petrus y yo ignorábamos por completo. Michele Ghisleri, maldita sea su alma, envió a la Santa Inquisición a investigar.

De pronto, Carla sintió náuseas.

–Las alimañas salieron de sus escondrijos y Petrus fue convocado a declarar ante el tribunal. Lo acusaron de practicar la brujería y las artes necrománticas, así como de otros crímenes demasiado viles para ser mencionados. Se negó a abandonar su casa, porque era lo único que conocía, pero con su elocuencia inigualable me convenció para que huyera. Para mi vergüenza, huí. Recorrí una legua antes de que el disgusto y la repugnancia se apoderaran de mí y entonces regresé.

Carla vio que sus facciones se ensombrecían aún más.

–Había caído la noche y el resplandor de las llamas se veía desde el camino. Pensé que la hoguera era para Petrus y que todo había concluido, pero el tormento iba a ser mucho más diabólico y prolongado. En la pira estaba ardiendo su biblioteca: cientos de libros y manuscritos, una vida entera de trabajo solamente para reunirlos, porque a veces había tenido que viajar días enteros para adquirir un solo volumen, a Frankfurt, Amsterdam, Praga... Textos de Teofrasto, Tritemio de Sponheim, Ramon Llull, Alberto Magno, Agripa, Paracelso y muchos más. Dos mil años de sabiduría convertidos en humo. Peor aún, los papeles del propio Petrus fueron arrojados a las llamas, unos textos sin igual, de los que no existe ninguna copia.

Mattias tragó saliva y sus ojos relucieron con un brillo acuoso, que ella no hubiese podido decir si era de furia o de tristeza.

–Una turba de los mismos *bravi* que se burlaban de él estaba alimentando el fuego, con las caras resplandecientes de maldad y aires de superioridad moral. Petrus fue testigo de todo, montado de espaldas sobre un asno y completamente desnudo. Creo que en ese momento ya estaba quebrado, porque su naturaleza era delicada como el cristal y pese a toda su sabiduría era incapaz de comprender esa cochina rabia.

Guardó silencio un momento y Carla dijo:

–¿Qué hicisteis?

–Un día me hablasteis de indefensión y del odio que se siente al mismo tiempo en las entrañas.

Casi parecía una pregunta y era el último vínculo en el mundo que ella hubiese esperado compartir con él. Sabía lo difícil que resultaba hacer una confesión, sobre todo para él. Hizo un gesto de asentimiento.

–Me preguntáis qué hice –prosiguió él–. Me quedé mirando la hoguera confundido entre la multitud. Y no hice nada.

Sus ojos eran dos hendiduras, inescrutables en el parpadeo de la luz y las sombras. Carla se estremeció, sintiéndose más cerca de él que nunca.

–De hogueras y rabia cochina yo había conocido lo mío y mucho más. En Irán quemamos ciudades enteras, una tras otra, y arrasamos monumentos más antiguos que el templo de Jerusalén. De modo que mientras estaba allí, de pie, se me ocurrió pensar que por mi propia naturaleza yo estaba más cerca de esos *bravi* que de Petrus, y pensé que el sueño había terminado y que el mundo era como era, y no como Petrus Grubenius y otros hombres como él habrían podido hacer que fuera.

Se pasó una mano por la cara y ella estuvo a punto de tender la suya para sujetarla cuando cayera, pero él aún no había terminado.

–Le llevé a Petrus vino y comida a la cárcel y lo encontré mudo y azorado, como los niños que se ven junto al camino mientras una horda enemiga saquea su ciudad.

Ella debió de reaccionar de alguna manera, porque él la miró e hizo un gesto afirmativo:

–Sí, también he visto sus caras. En terrible cantidad.

–Continúa –dijo Carla.

Él se encogió de hombros.

–Si hubiese sido uno de sus carceleros, no me habría reconocido menos. A partir de ese momento, todos los días fue lo mismo. Nunca volvió a dirigirme la palabra. Lo quemaron en la plaza una semana después y para entonces fue un acto de piedad. Al menos pude comprar la clemencia del verdugo: le ató al cuello una bolsa de pólvora que yo le di.

Se oyó un ruido metálico en la oscuridad y Mattias levantó la vista. Un destello homicida brilló en sus ojos y Carla sintió que de no haber estado ella allí, habría desenvainado la espada y la habría utilizado. Miró por encima del hombro y se le hizo un nudo en el estómago.

Ludovico estaba de pie sobre los escombros, con su armadura totalmente negra, que mostraba marcas de balas y estaba embadurnada de suciedad. El casco colgaba de una correa que llevaba en la mano izquierda. Dos diminutos puntos de luz brillaban en el hueco de sus ojos. Tenía la cara arrasada por la fatiga, pero su expresión no revelaba mucho más.

–¿Os sobra algo para aplacar el hambre de un cristiano? –preguntó Ludovico.

Sus ojos estaban puestos sobre Carla, que se dio la vuelta, porque tenía miedo, un miedo traicionero mucho más perturbador que cualquier cosa que hubiese sentido en el campo de batalla. Mattias la miró. Carla intuyó que estaba al borde de un estallido de violencia y esperó que lograra controlarlo, aunque no supo por qué. Mattias se puso de pie y llamó a Ludovico.

–Si tiene el descaro de pedírnoslo, entonces dejemos que se siente con nosotros –le dijo en voz baja a Carla.

Ludovico se acercó. Cojeaba un poco, pero también cojeaban todos los demás hombres de la guarnición, excepto Bors. Le hizo una reverencia a Carla y se sentó. Dejó el casco y se quitó los guanteletes, que estaban pegajosos de sangre y polvo. Se santiguó y agradeció a Dios en latín por la comida. Mattias le pasó el odre de vino y lo estuvo mirando mientras bebía; después lo recuperó y bebió a su vez. Ludovico comía a pequeños bocados, que masticaba concienzudamente, con la concentración de los ascetas. Tenía la vista perdida en algún punto del vacío que sólo él conocía.

Mattias lo miraba fijamente.

Nadie hablaba.

Carla se sentía cada vez más desconcertada. Parecía un concurso, con reglas que ella ignoraba y cuyas condiciones de victoria quizá incluyeran la muerte repentina. No sabía qué decir, de modo que no decía nada. Dudaba si debía irse o quedarse, pero permanecía sentada donde estaba, tensa e inmóvil. Les lanzó miradas furtivas a los dos hombres, pero ninguno se las devolvió. Apretó las manos sobre el regazo y se miró las rodillas. Una vaga sensación de náuseas le envolvía la lengua. El silencio que rodeaba a la hoguera se volvió inmenso, hasta hacerse mayor que la propia oscuridad, hasta que incluso el estrépito de la batalla pareció amortiguado y distante. Cuando finalmente ya no pudo aguantar más, se dispuso a marcharse.

Los dos hombres se pusieron de pie al unísono.

–Gracias por la comida y la compañía –le dijo a Mattias–. Ahora debo regresar a mi trabajo.

–No –dijo Mattias–, nuestra conversación no ha terminado. Quedaos –pero en seguida añadió–: Si os parece bien, desde luego.

Ludovico le hizo otra reverencia a Carla.

–No era mi intención importunaros –dijo–. Si lo deseáis, me iré ahora mismo.

Carla vio que Mattias reprimía un gesto de desprecio.

–Terminad vuestra comida, monje –dijo–. Cuando os hayáis llenado la barriga, podéis perderos en la noche de donde habéis salido.

Ludovico volvió hacia él su rostro inexpresivo.

–Sentaos –prosiguió Mattias–. Nuestros caminos estaban destinados a cruzarse de nuevo y este lugar es tan bueno como cualquier otro.

Como para no dejarse superar en elegancia por Ludovico, le hizo una reverencia a Carla y añadió:

–Aunque eso será, desde luego, si la compañía del buen monje no os resulta una perspectiva demasiado enojosa. Si lo es, él sabrá comprenderlo tanto como yo.

Carla se preguntó por qué querría Mattias que Ludovico se quedara. Se sorprendió haciendo un gesto afirmativo y los tres volvieron a sentarse en sus trozos de piedra. No podía dejar de reparar en que ambos hombres eran asesinos, porque los arreos de ambos estaban cubiertos de sangre y restos de vísceras. Más inquietante aún, los dos competían por su afecto y ella sentía tensas las cuerdas de la virilidad de ambos. Era como estar sentada entre perros de caza rivales. Pero al menos, con su movimiento había roto el silencio. Fuera lo que fuese lo que viniera después, esperaba no tener que evitar que se lanzaran mutuamente al cuello del otro.

Ludovico inclinó la cabeza hacia el clamor de la batalla.

–Se os considera un experto en los modos y maneras del infiel, capitán Tannhäuser. ¿Cuántos más de esos demonios tendremos que matar para que vuelvan por donde han venido?

–¡Atrevidas palabras en un cura habituado a enviar víboras para que maten en su lugar!

Ludovico lo miró con una sonrisa inexpresiva.

–Mi pregunta era seria.

Mattias le respondió con idéntica seriedad, pero bajo la pátina de cordialidad se adivinaba una rabia fría.

–Los ejércitos de Suleimán no han vuelto a levantar un asedio desde Viena, en el año veintinueve, y allí los derrotó la nieve, un aliado con el que difícilmente podremos contar aquí.

–Podemos contar con la gracia de Jesucristo Nuestro Señor.

–Ensuciáis ese nombre sólo por el hecho de hacerlo pasar por vuestros labios –dijo Mattias–. No podríais mancillarlo más si lo expelierais por el trasero.

Carla se escandalizó, pero no dijo nada. ¿Qué pretendía provocándolo de esa forma?

Pero Ludovico permaneció impávido.

–Me conmueve veros defender la dignidad de nuestro Salvador.

–Conozco mejor la palabra y la obra de Jesús que muchos de vuestra grey –replicó Mattias–, porque he leído por mí mismo los Evangelios, las epístolas de san Pablo y los Hechos de los Apóstoles, aunque hacerlo es un crimen castigado con la muerte –añadió mirando a Carla–. Los amos de Ludovico han prohibido sus propias Sagradas Escrituras en las lenguas vernáculas: una idea novedosa, sin duda, que además ayuda a la Inquisición a trabajar a plena capacidad.

–Sin la guía de la Santa Madre Iglesia –explicó Ludovico–, el hombre corriente no entendería los textos sagrados y se arriesgaría a caer en el error. –Miró a Carla–. Como prueba, basta pensar en los innumerables errores de los protestantes.

–Cristo era un hombre corriente –replicó Mattias–, y si hubiera previsto las maldades que vosotros ibais a cometer en su nombre, no habría dejado nunca sus herramientas ni habría salido jamás de la carpintería de su padre.

–Si os habéis apartado de la única Iglesia verdadera –dijo Ludovico–, ¿qué hacéis aquí, luchando con los soldados de la fe?

–La verdadera fe del soldado es la lucha, no la causa.

–Dicen que en el campo de batalla todos los hombres creen en Dios.

–Puede que así sea, porque no pierden ocasión de gritar su nombre. Pero si yo fuera Dios, sus gritos no me halagarían, ni menos aún me tranquilizarían. Como diría Petrus Grubenius, esos gritos tardíos implorando la piedad de Dios no pueden considerarse prueba de su existencia.

–¡Ah! –dijo Ludovico–. ¡Grubenius de nuevo!

–Carla me preguntó cómo había muerto Petrus.

–Y vos se lo contasteis –dijo Ludovico con cara inexpresiva.

Mattias asintió.

–Le conté todo, menos el nombre de su torturador. Pero no fue preciso, porque su corazón le proporcionó esa información sin mi ayuda.

Ludovico miró a Carla y ella sintió náuseas.

–Grubenius fue un hombre brillante –dijo Ludovico–. Su alma eterna se salvó ese día, porque si se le hubiera concedido libertad de elegir, seguramente se habría retractado y se habría condenado para toda la eternidad. Mattias y yo lo vimos marchar a las llamas. –Miró a Mattias–. El capitán destacaba entre la multitud, porque era al menos una cabeza más alto que cualquiera de los hombres de la plaza, aunque no recuerdo que expresara ningún tipo de protesta audible.

Carla se tensó, anticipándose a la violencia que ahora parecía inevitable.

Mattias no movió un músculo.

Ludovico se volvió otra vez hacia ella.

–Su figura era demasiado egregia para pasar inadvertida, como estoy seguro de que podrás imaginar.

La actitud de Ludovico era tan serena como siempre, pero en sus ojos negros brillaban los celos. Se hizo con el último trozo de pan de la cesta, pero no se lo comió.

–Pareces preocupada, Carla –dijo–, y además debes de estar agotada. Deberías descansar un poco.

Tenía razón, y ella sólo ansiaba marcharse, pero sentía que hacerlo habría sido como expresar un cambio sutil en sus lealtades e intuía también que ésa era la intención de Ludovico. Sacudió la cabeza.

–Mattias y yo tenemos muchas cosas de que hablar –contestó.

Usó deliberadamente su nombre de pila y Ludovico lo advirtió.

–No lo dudo –dijo él, volviéndose hacia Mattias–. Carla me ha dicho que vais a casaros.

Carla miró alarmada a Mattias. No le había hablado de la visita de Ludovico, por temor a lo que pudiera hacer. Mattias asintió, como si su pacto fuera del dominio público.

–Es cierto, estamos prometidos. –Le sonrió a Carla, y la calidez de su sonrisa disipó la ansiedad que ella sentía–. Y os aseguro que será un matrimonio por amor. –Se volvió hacia Ludovico–. Confío en contar con vuestra bendición y vuestros parabienes.

–Como me dijisteis la primera vez que nos encontramos, sois un hombre afortunado.

–Una reputación a la que procuro hacer honor. Pero he oído que la vuestra ha recibido el lavado de cara que tanto necesitaba y que ahora sois caballero de justicia.

Ludovico inclinó la cabeza a modo de asentimiento. Mientras los insultos y las puyas se acumulaban, Carla se preguntaba cuándo reaccionaría Ludovico.

–Nunca pensé que llegaría a compadecer a La Valette –dijo Mattias–, pero reconozco que lo hice cuando recibí la noticia de vuestra ordenación.

–¿Compadecerlo, por qué?

–Porque lo llevaréis a la ruina. Y también a su amada Orden.

Ludovico parpadeó.

–¿Por qué iba a querer hacer algo así?

–¿Por qué otra causa si no ibais a regresar a Malta? La ruina es vuestro oficio, ¿no es así?

Ludovico jugueteó con el pan que tenía entre las manos.

–Aunque fuera cierto que tengo un propósito tan inverosímil, ¿qué poder tendría un pobre caballero para conseguirlo?

–¡Ah, sí! –dijo Mattias–. El pobre caballero, el humilde sacerdote... Puede que La Valette sea un genio en el arte de la guerra, pero en lo tocante a la política es tan inocente como un monaguillo al que un obispo invitara a su dormitorio.

–Subestimáis al gran maestre.

–Espero que así sea, pero no os subestimo a vos. Hace años que La Valette no sale de la isla, y antes de eso, casi nunca solía pisar tierra firme, ni menos aún el nido de víboras que es Roma, donde la gente de vuestra calaña despliega sus viscosas habilidades. Incluso Oliver Starkey, el mejor diplomático de que dispone la Religión, es recto como la cuerda de un arco. Son hombres de palabra, que pagan sus deudas y respetan sus juramentos –Mattias se inclinó hacia delante–, hombres que cumplen sus votos sagrados y no avergüenzan a su redentor. Ellos no ocultan su maldad detrás del humo de la carne quemada, ni abandonan a las doncellas dejando que sean ellas quienes paguen el precio de su lujuria.

Ante esa letanía de calumnias, Carla vio la cabeza de Ludovico inclinarse hacia atrás y sus ojos convertirse en meras fisuras. Fue la primera y única grieta en su fachada, que no tardó en recomponerse. Aun así, él no se atrevía a mirarla.

–Fray Starkey seguramente encontrará fascinantes todas esas conspiraciones –dijo–. ¿Por qué no le informáis al respecto?

–A los hombres honestos les cuesta mucho entender la duplicidad –dijo Mattias–, sobre todo cuando alcanza magnitudes tan extravagantes como en vuestro caso. Me enorgullece pensar que soy casi tan taimado como vos, pero no tengo la ventaja de vuestros hábitos fraudulentos ni de vuestros importantes doctorados, ni traigo la maleta llena de bulas y reliquias.

–Entonces es bueno que nuestros intereses no entren en conflicto –replicó Ludovico.

Volvió a echar a la cesta el mendrugo de pan y recogió su casco. Se puso de pie, lo mismo que Mattias, y le hizo una reverencia a Carla.

–Me ha alegrado saber que nuestro hijo está vivo después de todo –dijo–, aunque en manos de los demonios musulmanes.

–Podría ser mucho peor –dijo Mattias–. Podría estar al alcance de su padre.

Un movimiento en la ancha mandíbula azulada de Ludovico le dijo a Carla que incluso su paciencia se estaba agotando. El monje se volvió hacia Mattias.

–En cualquier caso, rezo porque regrese sano y salvo al rebaño de Cristo. Está siempre en mis pensamientos y ha llenado mi corazón con un sentimiento cuya existencia desconocía, por lo que debo dar gracias a Dios. –Su mirada parecía sincera y por un momento Carla se emocionó–. Decidme, de verdad os lo pregunto, ¿cómo es mi hijo?

Ludovico había abierto su corazón. Mattias apretó los puños.

–Una enumeración de sus virtudes os retendría aquí hasta el alba –replicó Mattias–. Sólo os diré que resulta terriblemente difícil creer que sea el fruto de vuestra simiente.

La expresión de Ludovico se cerró de pronto como una trampa para osos.

Mattias le regaló un saludo:

–*Assalamu alaikum.*

–*Pax vobiscum.*

Mientras contemplaba a Ludovico que se alejaba renqueando en la noche feroz, Carla no pudo reprimir un sentimiento de piedad. Nunca había visto un hombre tan perdido en su propia oscuridad, excepto quizá su padre.

Mattias forzó la vista para ver más allá, en la penumbra.

–Anacleto debe de estar por ahí fuera. Me pregunto por qué no me disparó. Quizá lo hubiera hecho, de no haber estado vos tan cerca.

–¿Anacleto?

–El factótum de Ludovico, su sombra, su puñalada por la espalda. Un hombre de llamativa belleza y carácter virulento. Me recuerda a los asesinos del sultán, los sordomudos del serrallo... Sus pasos nunca hacían ruido. –Agarró a Carla por el brazo–. Volvamos a la enfermería. Me sentiré mejor si sé que estáis allí, al menos por esta noche.

Ella no puso ninguna objeción y juntos atravesaron la ciudad.

–Lo tratasteis con tanta aspereza que temí que provocarais un duelo –dijo ella–. ¿Era eso lo que queríais?

–Jamás me batiría a duelo con un hombre al que no respeto; antes le cortaría el cuello mientras duerme. Ludovico ha aguantado ofensas que habrían bastado para media docena de retos a muerte y las ha oído sin inmutarse, aunque no es ningún cobarde. Eso me hace pensar que en su mente ya me ha dado por muerto y que a vos os considera ya su propiedad. Simplemente, está dejando pasar el tiempo, hasta que llegue el momento adecuado. –Frunció el ceño–. Decidme, Carla, ¿qué sucedió entre vos y él en mi ausencia?

–No os lo había dicho porque...

–Eso no importa.

–Vino a mi habitación en el albergue en medio de la noche.

La fugaz mirada que Carla captó en los ojos de Mattias justificó el temor que le había impedido contárselo todo antes.

–¿Y Bors? ¿Y Nicodemo?

–Bors estaba de guardia y Nicodemo, durmiendo.

Mattias hizo una mueca de disgusto.

–Los pasos de Ludovico tampoco hacen ningún ruido –prosiguió ella.

–¿Qué dijo?

–Se ha vuelto loco. Me dijo que quería casarse conmigo y tener otro hijo que reemplazara a Orlandu.

–Loco por la guerra y por el amor. Y en su caso, también por el poder.

–Toda su vida se despliega ante él como un espantoso error e intenta utilizarme a mí para ponerle remedio. Para que no volviera a acercarse a mí, le dije que amaba a otro, y él comprendió de inmediato que me refería a vos.

–Espero que no fuera solamente una excusa –dijo él con una sonrisa–. No penséis más en Ludovico. No volverá a molestaros. Pensad solamente en la huida, para ver si por fin os convencéis.

–Ya estoy convencida.

–Bien. No digáis nada a nadie de esto, ni siquiera a Amparo.

Temiendo una traición, Carla se detuvo. El callejón era estrecho y oscuro. Tuvo que acercarse a Mattias para verle la cara.

–Amparo tiene que venir con nosotros –dijo ella.

Mattias pareció tan ofendido que por un instante Carla sintió miedo.

–¿Por qué clase de hombre me tomáis?

Antes de que ella pudiera disculparse, él le impidió hablar con un gesto de la mano.

–Dejaría mi cadáver antes que dejar a Amparo. –Hizo una mueca de perplejidad–. Pero permitidme que afronte ahora este problema. Quiero mucho a Amparo, pero no de la misma forma que a vos. No menos que a vos. Tal vez incluso más. Tendréis que aceptarlo, porque ¿quién puede dominar estas cosas, hombre o mujer? No es mi intención engañar a nadie y confieso que este asunto me atormenta. El corazón y la entrepierna no siempre obedecen las riendas. Y tanto ella como vos sois sublimes. ¿Qué más puedo decir? En el catálogo de mis actuales tribulaciones, no es éste el más acuciante de mis problemas, aunque es la raíz de todos los demás, justo es decirlo, porque si no fuera por vosotras dos, yo no estaría aquí. Y si he pecado, es sólo una minucia en comparación con mis otras felonías. Además, si sobrevivimos a todos estos trances y peligros, y yo llevo a Orlandu a casa, y vos aún estáis dispuesta, nos casaremos, vos y yo, y Amparo tendrá que aceptarlo, y será lo que deba ser.

Aguardó un momento y Carla asintió.

–Hasta entonces, me inclino por dejarlo todo tal como está. El mar ya está agitado, así que ¿para qué mover la barca? ¿Podréis aceptarlo?

Lo que le daba con una mano se lo quitaba con la otra, pero él se atrevía a mostrarse tal como era y su franqueza la conmovió. Si ella era una tonta, también tendría que aceptarse a sí misma. Sintió un doloroso anhelo en el cuerpo y, sin darse cuenta, alzó la boca y él la besó. La atrajo hacia él y la levantó hasta ponerla de puntillas, y ella sintió el anhelo de él contra el vientre. El impulso de rendirse allí mismo, en el callejón, se apoderó de ella. Una fuerza contraria al instinto intentó oponerse, pero los labios de él le quemaban el cuello y sus manos le rodeaban la cintura, y ella se quedó sin aliento. Sintió la falda rozándole la piel cuando él se la subió y sintió sus palmas encallecidas acariciándole los muslos, y entonces se le convulsionaron las entrañas y la cabeza empezó a darle vueltas. Una guerra estalló en su interior. «No me negaré a esto por miedo o falsa devoción», pensó. Pero en su corazón no encontró ni lo uno ni lo otro, y eso en sí fue una victoria. Tenía otras razones (buenas razones) para no querer consumar su pasión en un callejón, como una mujerzuela. Si él estaba dispuesto a fallarle a Amparo (y él era un hombre que acababa de salir del ensangrentado campo de batalla, de modo que ella no lo juzgaba), ella no lo estaba. Los dedos de él se deslizaron entre las piernas de Carla y acariciaron su humedad –«¡Oh, Dios, Dios Todopoderoso!»–, pero ella los rechazó con dureza y se apartó. Contraviniendo todos y cada uno de sus instintos naturales, ella apoyó la mano contra su pecho. Él lo entendió de inmediato y aunque sus ojos estaban turbios de lujuria, no le insistió. Se recompuso, apartándose el pelo de la cara.

–Hasta entonces –dijo ella–, dejemos las cosas como están.

–Perdonadme –se disculpó él, con voz áspera–. La locura cabalga esta noche a lomos del viento y lleva más de una bestia salvaje uncida a su carro. –Se le despejaron los ojos y le sonrió a Carla con arrepentimiento–. En esta ocasión, al menos, habéis sido más sensata que yo. –Se volvió para mirar el final del callejón y la plaza de la enfermería, un poco más allá–. Por fortuna, ya estáis casi en casa –dijo–, y yo tengo asuntos urgentes que reclaman mi atención directa. Así pues, me despido de vos.

Carla sintió una sospecha sin ningún fundamento claro.

–¿Qué asuntos urgentes?

–Asuntos militares.

Percibió en su mente la misma fría indiferencia que había sentido en el camino de Siracusa, antes de que matara al cura, y comprendió que no tenía intención de contarle nada más. Sin previo aviso, Mattias se sacó de la manga el pañuelo empapado en sudor y se lo pasó a ella por el cuello.

–Os he manchado –dijo.

Sus dientes desiguales brillaron en la cara tiznada de pólvora.

Después, ella lo vio partir a grandes zancadas hacia el frente.

Carla encontró a Amparo dormida en el catre de la enfermería. Cuando se acostó a su lado, la joven se desplazó sin despertarse y Carla la rodeó con sus brazos. No sentía ningún remordimiento, porque había demasiado amor en su corazón, amor por todos sus seres queridos. Dios gracias a Dios por la fortuna de estar rodeada de amigos. Le suplicó a Jesús que la entendiera y la perdonara, aunque no sabía con certeza qué era exactamente lo que requería absolución. Seguramente, en medio de tanta crueldad, el amor en cualquiera de sus formas tenía que ser bueno: el de Mattias por las dos mujeres e incluso el que Ludovico sentía por ella. Rezó por Mattias y por Amparo. Rezó por Orlandu. Rezó por Ludovico, para que su locura y su dolor sanaran.

Cayó en un sopor profundo y exhausto. Experimentó en sueños vívidos y fantásticos espasmos, durante los cuales su espíritu voló a través de ámbitos siderales sin cartografiar y de místicos vórtices incognoscibles en estado de vigilia, que la dejaron sin aliento, maravillada y anhelante de otros mundos cuyo descubrimiento impidiera el retorno. De esos mundos no recordó nada al despertar, excepto que no contenían nada de miedo ni de espanto.

Y fue bueno que así fuera, porque el nuevo día trajo ambas cosas en grandes cantidades.

El asalto nocturno a las fortificaciones había finalizado con la primera luz del alba. Había habido muchas bajas. Cuando Carla despertó, Amparo ya se había marchado, de modo que se aventuró fuera, con su carga de vendas, agujas e hilo para suturas, para hacer lo que pudiera. Los maderos quemados lanzaban las últimas chispas. Los niños la miraban al pasar, con la expresión azorada y vacía que Mattias había descrito. Numerosos caballeros y soldados, junto con afligidas viudas que buscaban la causa de su dolor, deambulaban por la catástrofe, como ángeles expulsados del paraíso y recién llegados a su nuevo reino humeante e infernal. El sol avanzaba reptando por el cielo, como si le costara decidirse a iluminar tanta desgracia, y los buitres descendían de su vuelo circular con alas silenciosas, para posarse imperturbables sobre los montones de carroña, como encorvados jueces de negras togas que intentaran zanjar algún litigio sobre la esencia misma del mal.

De fray Lázaro oyó Carla al pasar que, durante la noche, fray Ludovico, de la Lengua Italiana, y su escudero, Anacleto de Crato, habían sido alcanzados por fuego de mosquetes. Ambos seguían con vida y se encontraban en la enfermería del albergue de Italia, aunque Lázaro no sabía si se recuperarían.

La intuición de Carla, en cambio, no albergaba la menor duda. Mientras ella estaba viajando hacia mundos distantes en su quimera de paz, Mattias se había ocupado, directamente, de sus asuntos militares. Pero no tuvo ocasión de sopesar mucho más la importancia de la noticia, porque en cuanto el sol asomó por detrás del monte San Salvatore, los turcos volvieron a atacar en todo el frente.

Los cañones de asedio atronaron desde las alturas. Los tambores retumbaron y las chirimías chillaron, entre los gritos de los imanes. Y con infaustos gruñidos y crujidos, bajo el restallar de los látigos y entre el coro angustiado de los innumerables esclavos negros que tiraban de las cuerdas, los musulmanes consiguieron izar desde el camino de Marsaxlokk una torre de asedio de proporciones gigantescas. A medida que la máquina ciclópea avanzaba por la Gran Explanada, los esclavos colocaban tablones engrasados bajo sus ruedas, trazando así un camino hacia el bastión de Provenza. Y a la zaga del monstruo venía una columna serpenteante de mosqueteros.

Carla contempló el avance de la torre con la aturdida sensación de estar enloqueciendo. Si los sueños perdidos de la noche anterior le habían parecido fantásticos, el estrafalario espectáculo que se desplegaba en la polvorienta aridez hacía que parecieran triviales. Miró los rostros de los defensores. La aproximación del Leviatán sembraba la desesperación en el corazón de todos los cristianos. Aun así, hasta el último hombre y la última mujer se alzaron entre las ruinas cuando las trompetas los llamaron a la lucha, y empuñaron las armas, desplegaron los estandartes del Bautista y se encaminaron una vez más hacia las fortificaciones cubiertas de sangre para defender la Santa Religión contra los infieles.

Domingo 19 de agosto de 1565

Albergue de Inglaterra. Bastión de Provenza

Tannhäuser se despertó cuando una mano de gruesos dedos le pellizcó el hombro. Emergiendo de un mundo exento de dolor y limitaciones eróticas en el que hubiese deseado quedarse a vivir para siempre, abrió los ojos y vio a Bors.

–No –gruñó Tannhäuser.

–Sí –dijo Bors.

Bors le tendió un cuenco que desprendía el aroma del café. A lo largo de las semanas anteriores, había roto todas las tazas de Izmit de Tannhäuser. A lo lejos, el estruendo de la artillería era generalizado. Tannhäuser se incorporó, apoyado en un codo, sujetó el recipiente de gruesos bordes y bebió. Pese al tosco reborde, le supo a gloria, pero no lo manifestó.

–Has sido demasiado tacaño con el azúcar –dijo.

–No sé cómo puedes beber esa pócima asquerosa.

–Tiene propiedades medicinales y yo las necesito.

Bors desapareció. Con suerte, no regresaría nunca. Tannhäuser echó una mirada a un lado y vio a Amparo que lo miraba, asomada por debajo de las sábanas. En estado de virulenta excitación, él mismo la había secuestrado de la enfermería, mientras Carla dormía. ¿Acaso no había acordado con Carla dejar las cosas tal como estaban? La mirada de Amparo era brillante e impúdica. Tannhäuser sintió que la mano de ella se le deslizaba a través del vientre, para localizar lo que en ese momento advirtió como una erección particularmente espléndida. Para su consternación, se dio cuenta también de que iba a tener que desperdiciarla, porque un áspero estrépito llamó su atención. Bors había regresado con su equipo de guerra, que agitaba ante él.

–Nos convocan ante el gran maestre –anunció Bors.

–Estoy harto de ver y oír al gran maestre –contestó Tannhäuser–. Estoy harto de la guerra, de los turcos y, sobre todo, de que vengas tú a interrumpirme el concúbito.

Bors lanzó un resoplido desdeñoso.

–De modo que así es como lo llamas.

Con un estrépito aún más desagradable, Bors dejó caer la armadura junto a la cama y se marchó.

Soltando gruñidos bestiales y horrendas blasfemias, Tannhäuser se levantó de la cama y se vistió. Todos sus huesos y articulaciones proclamaban a la vez su angustia y se sentía próximo al centenar de años. Amparo se movía a su alrededor ayudándolo en lo que podía, pero minaba sus propios esfuerzos, por no hablar de los de Tannhäuser, por el hecho de estar completamente desnuda. Contemplando la armadura y su peso perverso, Tannhäuser se rebeló contra la autoridad del gran maestre y no pudo sustraerse a la tentación de poner a Amparo de rodillas sobre el borde del colchón. Todavía de pie, la penetró por detrás. Ella no protestó, pero acompañó la maniobra con gritos de deleite que habrían podido tomarse por protestas. Tannhäuser oyó a Bors tosiendo violentamente del otro lado de la puerta y, como concesión al público decoro, le tapó la boca a Amparo con una mano. Ella le mordió la yema del pulgar y los gritos quedaron sofocados en gemidos. Tanto el mordisco como los gemidos avivaron el deseo en él, que con la otra mano la agarró por el pecho y, con la facilidad de manejo así obtenida, la movió adelante y atrás con creciente gusto, hasta que su simiente estalló dentro de ella. En condiciones normales, no habría sido tan brusco, porque en la satisfacción de sus placeres se inclinaba más por la minuciosa lentitud que por el frenesí, pero si hubiese hecho esperar demasiado al gran maestre, agentes menos delicados que Bors habrían acudido en su busca y él no quería que eso sucediera. Para estridente disgusto de Amparo, se retiró, viendo cómo caía su sudor sobre el trasero de ella, y le cerró la boca con un beso compensatorio.

–Eres un tesoro –dijo, apartando la mano de ella del miembro que ya empezaba a marchitarse.

Aunque agobiado por el impulso de volverse a dormir, se metió con dificultad en la armadura y ella le abrochó las correas. Desagradables grumos de porquería coagulada se desprendieron del metal y cayeron rodando al suelo. Tannhäuser decidió hacerse con un esclavo (si conseguía encontrar alguno vivo), para que le limpiara la coraza y le sacara brillo.

–¿Vas a visitar hoy a *Buraq*? –dijo.

–Lo visito todos los días –respondió ella–. Te echa de menos.

–Transmítele mi afecto. Y ten cuidado: ve solamente por las callejuelas más apartadas, recuerda que hay francotiradores.

Agarró su espada y su cinturón, y se dirigió a la puerta.

–No te mueras –dijo ella.

–Haré lo que pueda.

–Si te mataran, no creo que quisiera seguir viviendo.

Él la miró a la cara y fue un error, porque se le empezó a derretir el corazón. Recorrió su pelo con los dedos. El recuerdo de haberle hecho algo similar a Carla sólo unas horas antes se removió en su mente y lo hizo sentir como un cerdo. Todo lo que le sucedía era excesivo para un simple soldado.

–No voy a tolerar más tonterías agoreras –dijo–. El sol está brillando, el mar es azul y tú eres la viva imagen de la salud y la belleza.

Abatida, ella se rodeó a sí misma con sus brazos y, sin quererlo, acentuó hasta extremos sorprendentes el surco entre los senos. Por el hueco del codo le asomaba el borde oscuro de uno de los pezones. Las aflicciones de Tannhäuser se multiplicaron instantáneamente. ¿No podían La Valette y los turcos esperar otra hora más? Pese al breve encuentro que acababan de tener, él estaba más que dispuesto a darle otra oportunidad. Detrás de la puerta resonó una voz áspera.

–¡Mattias! ¡Si no quieres compartirla con un argelino, déjalo ya!

Tannhäuser decidió poner buena cara a la adversidad.

Sonrió, y Amparo sonrió también. Carla le había dicho que, por lo que ella sabía, Amparo nunca le sonreía a nadie más y eso halagaba enormemente su vanidad.

–Dame un beso –le dijo.

Ella lo hizo, sin prestar atención a la inmundicia que le cubría el peto de la armadura. Él le apretó las nalgas en señal de despedida y se separó de ella. En el pasillo, Bors se apartó de la pared y lo siguió hacia las escaleras.

–¿Te parece que esto tiene algo que ver con Ludovico? –preguntó Bors.

–¡Creía que los argelinos estaban llamando a la puerta!

–Hablo en serio.

–¿A quién ha enviado La Valette? ¿Un paje o un sargento?

–Su paje, Andreas.

–Ahí tienes la respuesta. Si me equivoco, hacemos como si nada. Amparo declarará que hemos estado aquí y, en cualquier caso, ¿quién va a creer a cualquier testigo del caos de anoche? Lo mataron los artilleros turcos y no hay nada más que decir.

–Están vivos –dijo Bors.

Tannhäuser se paró en seco en la escalera y se volvió para mirarlo.

–Ludo y también su perro de presa –dijo Bors–. Fallamos con los dos.

–¿Fallamos con los dos? ¡Los vi caer!

–Tú alcanzaste a Ludo justo entre los omóplatos, pero llevaba una espaldera de Negroli. Solamente le has dejado un par de costillas rotas y un buen dolor de espalda.

Tannhäuser maldijo en milanés.

–¿Y Anacleto?

–Se dio la vuelta alarmado cuando oyó que caía su maestro y recibió mi balazo en la cara. Me dicen que ha perdido un ojo y que ya no está tan guapo como antes, pero probablemente sobrevivirá.

Tannhäuser frunció el ceño.

–Debí apuñalarlo cuando estábamos junto al fuego.

No había querido que salieran a relucir las espadas estando Carla tan cerca, pero recordó el aplomo con que ella había presenciado el asesinato del cura y maldijo su apocamiento. Sin embargo, ya estaba hecho.

–No te preocupes –dijo–. La Valette valora demasiado nuestras espadas para mandarnos a la horca por un simple rumor, si es que hay rumores.

–Ninguno que yo sepa.

–Entonces Ludo hará algo. En cualquier caso, ahora él tiene más motivos para temernos a nosotros que al contrario. –Tannhäuser siguió bajando las escaleras–. Ven, vamos a averiguar para qué nos llaman.

Encontraron a La Valette con Oliver Starkey, en su puesto de mando en la plaza, compuesto por varias sillas y una mesa con sus famosos mapas y cartas, todo ello protegido del sol por una vela latina roja tendida entre varios mástiles hincados en el suelo. Desde la muralla les llegaba el estrépito de la batalla, que para entonces les resultaba tan familiar y les distraía tan poco como el batir de las olas en la orilla. Por primera vez, el gran maestre parecía preocupado. Tenía la piel macilenta, el pelo espigado, los hombros caídos y las venas y los tendones de las manos prominentes y frágiles. Las heridas recibidas en la pierna el día anterior lo habían dejado cojo y, cuando se levantó de la silla para recibirlos, casi tuvo que sentarse de nuevo. Tannhäuser exageró su propia cojera, para restar gravedad al hecho de haber estado holgazaneando en la cama y reducir a la vez las expectativas que La Valette pudiera albergar respecto a él. Hizo una reverencia.

–Excelencia –dijo.

–Capitán –replicó La Valette, inclinando la cabeza–. La torre de asedio que anunciasteis ya está aquí.

Tannhäuser maldijo al noble Abbás, porque su máquina infernal le había robado una mañana en la cama. Se preguntaba qué habría inspirado el genio de su antiguo mentor.

–Venid –dijo La Valette–. Necesito vuestro consejo.

Los cuatro atravesaron las ruinas en dirección al bastión de Provenza. La muralla que sólo unas semanas antes había parecido inexpugnable tenía ahora más brechas que la sonrisa de un mendigo. Su altura variaba entre los cuarenta pies originales y unos montones enormes de escombros no más altos que un hombre. Innumerables huecos parecían bostezar en la fábrica de los muros, y las grietas, curvaturas y desmoronamientos causados por los zapadores turcos conferían al conjunto un aspecto de destartalada debilidad. Secciones enteras de la muralla, a intervalos irregulares, habían volado por los aires, y ya no era posible desplazarse más de cien pies seguidos por el adarve. El bastión de Castilla no era más que una pomposa barricada, y las brechas que presentaba a ambos lados, aun siendo el centro de frenéticos trabajos de reconstrucción, parecían invitar a una nueva invasión en cualquier momento.

La estrategia de los turcos en ese segundo día de asalto continuado era lanzar una oleada de escaramuzas, cuyo propósito no parecía ser la derrota inmediata, sino la extenuación de la delgada línea de defensa. En lugar de luchar hasta la muerte, los gazíes se retiraban ordenadamente y con pérdidas mínimas, para ceder el paso a un nuevo destacamento y luego a otro, y así sucesivamente, como olas erosionando las piedras de un dique. Junto a los soldados cristianos, allí donde la muralla se abría al enemigo, niños y mujeres con la ropa hecha jirones y esclavos desnudos encadenados de dos en dos se afanaban para reunir los bloques desalojados y devolverlos a su sitio. El trabajo en las fortificaciones no terminaba nunca. Había cuadrillas que trabajaban durante la noche, y por el día el fuego de los mosquetes se cobraba un saldo terrible, pero a nadie se le permitía dejar de trabajar. Había gruñidos y lamentos en abundancia y, como contrapunto, los capellanes que trabajaban con los demás dirigían las décadas del rosario, en un interminable canto y contracanto que las voces tejían entre las fatigas del trabajo, como un hilo de oro en el tapiz de la desesperación.

–Ave Maria, gratia plena, Dominus tecum, benedicta tu in mulieribus et benedictus fructus ventris tui, Jesus.

–Sancta Maria, Mater Dei, ora pro nobis peccatoribus, nunc et in hora mortis nostrae. Amen.

–Ave Maria, gratia plena, Dominus tecum, benedicta tu in mulieribus et benedictus fructus ventris tui, Jesus.

–Sancta Maria, Mater Dei, ora pro nobis peccatoribus, nunc et in hora mortis nostrae. Amen.

La Valette no hizo ningún comentario respecto al espectáculo. Mientras subían por la escalera del muro exterior hacia el bastión de Provenza, se detuvo señalando hacia el oeste y Tannhäuser se volvió para mirar. Del otro lado del puente de barcazas que atravesaba la ensenada de las Galeras, la Ísola se consumía en su singular desolación.

–Del Monte inspira prodigios de valor en los defensores de San Miguel –dijo La Valette–; pero si caen, no pueden esperar ninguna ayuda por nuestra parte.

Hicieron una pausa debajo del borde del bastión circular. El muro tembló bajo sus pies, al recibir del otro lado el impacto de una bala de cañón. Arriba, a lo largo del adarve, arcabuceros y caballeros se mantenían agachados detrás del parapeto, sin atreverse a levantar la cabeza. El precio de hacerlo quedaba patente en los cuerpos abatidos por esquirlas de plomo. Del otro lado del bastión resonaban las descargas de los mosqueteros, tan cercanas que se distinguía el humo de los disparos. Una bomba incendiaria cayó y fue a estallar en el maltrecho camino de ronda, y un maltés, desplazándose en cuclillas como una especie de rana gigantesca, consiguió vaciar un cubo de arena sobre las llamas. Toda la escena era la imagen patética de unos hombres esperando la muerte. La Valette señaló la tronera al este del bastión.

–Echad un vistazo –dijo–, pero tened cuidado.

Tannhäuser se arrastró a lo largo del adarve y se asomó para mirar tras el merlón. Aunque la presencia de la torre de asedio no fue ninguna sorpresa, su visión a escasa distancia le llenó los intestinos de un terror acuoso. Estaba como mucho a veinte pies de distancia y desde su posición podía ver el tercio superior, que se aguzaba hasta terminar en una plataforma abierta, donde cuatro mosqueteros en formación podían agazaparse detrás de un portón revestido de hierro y disparar desde arriba, directamente hacia el fuerte. Detrás de los cuatro primeros hombres esperaba otra fila de cuatro, y detrás, otra fila más. La fila delantera acababa de descargar las armas y Tannhäuser vio cómo los hombres se retiraban, dos a cada lado, y se escabullían hasta las últimas filas, para luego bajar las escalas y volver a la galería inferior, donde podrían recargar los mosquetes con total seguridad. La segunda fila ocupó el lugar de la anterior y los cuatro hombres empezaron a recorrer el Borgo con la mirada, en busca de una presa. Tannhäuser calculó que desde lo alto de la torre, los artilleros dominarían la tercera parte de la ciudad, incluidas las cuadrillas que trabajaban en la brecha del bastión de Castilla, y todos los que estuvieran al descubierto en el camino de ronda hasta el bastión de Alemania, amén de los que cometieran, como él, la estupidez de enseñar la cara entre las almenas. Vio que el cañón de un mosquete lo buscaba y se retiró antes de que estallara la pólvora. Un instante después, el proyectil labró un surco en el merlón y levantó esquirlas de arenisca que le cayeron en el pelo.

Se arrastró por el adarve hasta la siguiente tronera y volvió a mirar. Toda la torre estaba protegida contra las balas por varias capas de piel de buey sin curtir y láminas de malla metálica. Aquí y allá, los pellejos presentaban quemaduras que aún humeaban y el olor a pelo quemado se mezclaba con el de la pólvora. En el interior, se oían voces que gritaban órdenes y entonaban preces a Alá. Un nuevo grupo de mosqueteros estaba trepando por las escalas traseras para situarse en la tercera fila. Se les veía entusiastas y bien entrenados, en una alianza entre hombre y máquina tan ingeniosa como eficaz. La torre crujía y se balanceaba con los bruscos movimientos de los francotiradores y el retroceso de los mosquetes de nueve palmos, pero tensos cables náuticos mantenían anclados los montantes de las cuatro esquinas, con la ayuda de estacas clavadas en el suelo, de tal manera que la estructura resultaba estable. El propio concepto de la construcción, pese a su demencial apariencia, llevaba la firma de la inteligencia de Abbás.

Desde su nuevo ángulo, Tannhäuser observó que el portón delantero que protegía a los artilleros tenía unas bisagras dos pisos más abajo y podía bajarse, sostenido por unas cadenas, para tender un puente hacia las murallas. Pero de momento, no había necesidad de recurrir a eso. Con más de mil disparos por hora (y lo que era peor, a escasa distancia), la máquina de asedio había paralizado a los defensores y les estaba causando un daño considerable, a cambio de un número desdeñable de bajas turcas.

Tannhäuser volvió a reunirse con La Valette, Starkey y Bors en las escaleras.

–Es una belleza –dijo Tannhäuser.

La Valette expresó su acuerdo con una áspera sonrisa:

–Y además está muy bien situada. Ninguno de nuestros cañones puede alcanzarla y no podemos instalar una batería nueva bajo el fuego de sus mosquetes. Lo hemos intentado. Por otra parte, las galerías inferiores de la torre están cargadas de mosqueteros. Cuando *sieur* Polastron intentó hacer una salida, cortaron en seco su avance en el mismo umbral. Ni un solo hombre llegó al final del puente levadizo. Si la atacáramos en masa, podríamos tomarla, pero Mustafá enviaría su caballería desde los montes. El coste en vidas sería ruinoso y, a diferencia de Mustafá, las vidas son el único recurso que no podemos derrochar.

–¿Fuego griego? –sugirió Bors.

–Los pellejos no se queman –dijo Starkey–. Los mantienen mojados con agua de mar. Nos están disparando constantemente sin recibir respuesta. Si tienen paciencia, nos desgastarán hasta los huesos antes de lanzar su próximo asalto.

–Me dijisteis que estaban construyendo dos máquinas –dijo La Valette.

–Aún lo creo –replicó Tannhäuser–. Y si yo fuera Mustafá, viendo lo bien que funciona ésta, estaría construyendo una tercera. –Se frotó la barba con la uña del pulgar–. No he podido ver el pie de la torre.

–Se desplaza sobre seis ruedas sin radios –dijo Starkey–. La plataforma más baja es dos veces más grande que la más alta. Los cuatro montantes principales son mástiles de galera. Cabrios, jarcias, crucetas y piedras como balasto. La galería inferior está abierta y sin protección, para poder concentrar allí toda su potencia de fuego contra los ataques por tierra, como hicieron antes.

Tannhäuser nunca había visto una máquina como ésa. Hizo un esfuerzo para recordar las decenas de miles de historias sobre millares de batallas que había oído contar, repetir y embellecer a lo largo de los años, pero a pesar de su enorme archivo no consiguió recordar nada acerca de las torres de asedio o la forma de neutralizarlas. Aun así, sentía que había algo. Se inclinó sobre el borde de la escalera para contemplar el pie de la muralla interior, doce metros más abajo. Se componía de enormes bloques de arenisca de diversas dimensiones, como máximo de tres pies por dos, dispuestas como sillarejos.

–¿Qué grosor tiene la muralla en la base? –preguntó.

–¿En todo el perfil? –dijo Starkey–. Unos doce pies.

Tannhäuser estuvo a punto de desechar la idea que acababa de concebir, pero La Valette lo miró y Tannhäuser comprendió que él también lo había visto y que ya estaba haciendo los cálculos necesarios.

–Cuando Suleimán invadió Hungría en el año treinta y dos –explicó Tannhäuser–, la lucha más enconada fue por un pueblecito de menor importancia. No recuerdo su nombre. ¿Guntz? Da lo mismo. Ochocientos defensores mantuvieron a raya a treinta mil tártaros y rumelíes durante más de una semana. En un momento dado, según me han contado, los magiares perforaron su propia muralla para dirigir sus cañones directamente contra las líneas del enemigo.

Bors y Starkey miraron simultáneamente los enormes bloques que había debajo, para luego considerar el peso titánico de la muralla que se apilaba encima.

–Probablemente la suya era una muralla endeble –añadió Tannhäuser– y yo no soy ingeniero. Pero si fuera posible abrir un pasaje a través de esos doce pies de piedra, sin que ellos lo noten, y sacar por el agujero un cañón de dieciséis libras, podríamos reventar las patas de esa torre y verla caer.

–Así es –dijo Bors, con una mueca desdeñosa–, si antes no hemos visto caer la muralla y todo el bastión con ella.

Starkey parecía a punto de expresar sus objeciones cuando La Valette bajó cojeando las escaleras, con la actitud de cerrada intolerancia que caracterizaba sus estados de ánimo más exaltados. Hizo una pausa y se volvió hacia Tannhäuser.

–Capitán, a propósito del padre Guillermo... –dijo.

–Me temo que no lo conozco, excelencia.

–Vos mismo os negasteis la oportunidad de conocerlo, porque lo matasteis ayer. Era el capellán del bastión de Castilla.

Tannhäuser recordó las tropas al borde de la desbandada y al sacerdote presa del pánico. Parecía como si hubieran transcurrido semanas desde entonces, pero no habían pasado más de veinticuatro horas. Estaba a punto de pronunciar un discurso exculpatorio sobre el caos de la batalla, la niebla de la guerra y la escasa fiabilidad de las armas de fuego, cuando La Valette levantó la palma de la mano.

–Estoy seguro de que os pesará en la conciencia... –dijo.

–Mucho, excelencia, mucho.

Los dos sabían que era una mentira descarada.

–Entonces dejad de pensar en ello –dijo La Valette–. El padre Guillermo, que en paz descanse, había perdido el juicio. Hicisteis bien en dispararle.

–Gracias, señor.

–Pero no os excedáis en el cumplimiento del deber. Necesitamos a cada hombre, incluidos los sacerdotes.

Tannhäuser estudió sus ojos. ¿Sería una críptica referencia a su intento de asesinar a Ludovico? Era imposible saberlo. La Valette se volvió hacia Starkey y el asunto quedó zanjado.

–Manda llamar al maestro cantero y a su cuadrilla.

Como sentía que se lo había ganado, y puesto que el lugar era cómodo y tenía sombra, con una buena vista sobre la actividad vespertina, Tannhäuser se sentó en el peldaño más alto a contemplar el desarrollo de los acontecimientos.

Los canteros malteses con delantales de cuero y armados de cinceles, palancas y martillos se congregaron en torno a La Valette, al pie de la muralla, y entablaron una breve discusión sobre la mejor manera de abrir un pasaje hacia la base de la torre. El maestro cantero estudió por un momento la disposición de las piedras en la sillería y, obedeciendo a un instinto que ni siquiera intentó explicar, las marcó rápidamente con tiza siguiendo una secuencia numerada. Después, la cuadrilla se puso a trabajar con la flemática eficacia que maravillaba a todos cuantos la contemplaban. Los canteros cortaron y retiraron el mortero y las piedras, como si el muro estuviera hecho de bizcocho. Al cabo de media hora, habían abierto en el lienzo un tosco arco, lo bastante ancho para dejar paso a dos hombres juntos. Del otro lado se acumulaba una masa compacta de escombros, con pedruscos del tamaño de una cabeza de cabra. Vigas, palancas y palas entraron en juego y, mientras los canteros retiraban los escombros y los apilaban a un lado, los carpinteros apuntalaron la bóveda de la caverna resultante.

Llegó rodando el cañón (una pieza de artillería de proa sustraída de una galera y montada en un carro) y los artilleros lo prepararon y cargaron. El arma admitía balas de cañón de hierro de cuarenta y ocho libras. La elección de La Valette para la primera carga fue ese peso exacto, pero en balas de mosquete, a doce balas por libra. Ordenó que las amalgamaran con una palada de manteca de cerdo. Los carpinteros tendieron y alinearon una pasarela de tablas sobre el suelo desigual de la caverna y, una hora después de que los escombros quedaran por primera vez al descubierto, dos canteros armados de martillos se introdujeron en el hueco de la muralla para desalojar las piedras en el exterior.

Tannhäuser le dio un codazo a Bors, y los dos se llevaron sus fusiles a las troneras en lo alto de la muralla. Nada más asomarse, vieron a los francotiradores turcos de la plataforma, justo en el momento en que uno de ellos señalaba la base de la muralla y daba la voz de alarma, antes de dirigir los mosquetes hacia el hueco que acababa de abrirse en la pared. Tannhäuser y Bors se levantaron, apoyaron los fusiles sobre el merlón y dispararon. Surtidores gemelos de materia cerebral rociaron a los ocupantes de la plataforma y los muertos cayeron sobre sus camaradas con los miembros entrelazados. Mientras los turcos se esforzaban por dominar la confusión, una docena de arcabuceros se levantaron a lo largo del bastión de Provenza y dejaron caer una lluvia de plomo sobre la maraña.

Tannhäuser asomó la cabeza por encima del muro.

El agujero en la muralla vomitaba un torrente de grasa de cerdo ardiente y más de medio millar de balas de mosquete sobre la infortunada masa de hombres expuestos en la galería más baja de la torre. La base de la máquina se vio envuelta por un remolino de humo, en cuyas pestilentes espirales empezó a bullir un microcosmos que hubiera sido mejor no imaginar. Los barriles de pólvora y las bombas incendiarias estallaron en explosiones ensordecedoras, al tiempo que cuerpos quemados y mutilados se desplomaban, para retorcerse en el polvo y morir en anónima angustia. Los capitanes y capataces gritaban a la masa de esclavos acurrucados al reparo del muro y los hacían correr para desatar los cabos que anclaban la torre al suelo. A latigazos y a punta de lanza, otros eran forzados a internarse en la sofocante humareda para liberar los cabrios y las estacas, convirtiéndose así en la diana perfecta para los arcabuceros cristianos que disparaban desde las troneras. Cuando la máquina emprendió la retirada crujiendo por la pasarela de tablas engrasadas, algunos de los esclavos que la empujaban resbalaron en la sangre o la grasa y fueron desmembrados por las enormes ruedas. Sus gritos y el crujido de sus huesos pasaron casi inadvertidos en medio de la conmoción general.

La sobrecargada torre no había avanzado aún cinco yardas cuando el cañón de los defensores volvió a rugir desde el túnel en la muralla. Los artilleros de la Religión habían afinado su habilidad disparando a barcos enemigos desde la cubierta de una galera en constante movimiento, de modo que la torre, a menos de treinta pies de distancia, era la diana más fácil que habían tenido en su vida. El proyectil se estrelló contra el montante principal de la esquina derecha, en el punto donde éste se unía con el techo de la segunda galería. Un vendaval de aguzadas astillas atravesó la carne indefensa, hundiéndose en ojos y vísceras, y añadiendo nuevo dolor a la matanza. Con un monstruoso crujido, la torre se inclinó. Sus ocupantes empezaron a saltar desde los pisos superiores, intentando amortiguar la caída sobre los cuerpos de sus camaradas que se retorcían en el suelo. Dos gazíes desenvainaron las espadas y cargaron contra el hueco en la muralla, para atacar al cañón y su cuadrilla.

Tannhäuser se separó de la muralla para recargar su fusil.

Mientras echaba por el cañón del arma una medida de pólvora, miró hacia abajo, al lugar donde los artilleros preparaban el cañón para una tercera descarga. Cuando los dos gazíes invasores emergieron por el túnel humeante, los canteros malteses se abalanzaron sobre ellos con sus martillos y, un instante después, con aspecto de carniceros por los delantales ensangrentados, apartaron a un lado los restos machacados para que el cañón pudiera entrar una vez más en su caverna.

La torre estaba tan bien construida que hicieron falta otros cinco cañonazos para que se desplomara en el polvo. La corriente de aire provocada por su caída avivó el fuego de la base y una columna de llamas se elevó hacia el cielo. El rugido triunfante de los defensores ahogó los gemidos de los últimos desdichados atrapados en el interior. Los soldados y los esclavos supervivientes huyeron hacia los montes, mientras los arcabuceros cristianos intentaban alcanzarlos con sus disparos. Tannhäuser estudió las laderas circundantes, sin participar en la diversión, que en cualquier caso no iba a durar mucho. Pese a los miles de cadáveres que se pudrían en el foso alrededor de las murallas, los montes bullían aún con las hordas del sultán y sus estandartes ondeaban al viento. Para Mustafá, la sangre de los caídos no era más que lluvia que irrigaría los campos del Padishah. El fragmento de una sura entonada por un imán atravesó el campo de batalla:

–¿No ha puesto Alá la tierra como morada común de vivos y muertos?

Tannhäuser sintió que la pestilencia de los pellejos de buey quemados y la carne humeante le removía el estómago. No había comido nada en todo el día y, más importante aún, estaba cansado de todo ese juego monstruoso. La fuerza se le escurría de las extremidades y sentía que los pies le pesaban. Un humor negruzco le palpitaba en la nuca y se le estancaba en la cara, detrás de las órbitas. Se echó el fusil al hombro y bajó la escalera. Vio a los canteros que volvían a meterse en el túnel para reparar el muro y a los artilleros que intercambiaban bromas y felicitaciones mientras se llevaban a rastras el cañón. La Valette vio marcharse a Tannhäuser, sin decirle una palabra ni dedicarle un gesto, y Tannhäuser se alegró de que así fuera.

Su corazón anhelaba a las mujeres, a Amparo y a Carla, por la suavidad de sus miradas y sus voces, por la ausencia de crueldad en todo cuanto hacían, por su ternura, por su amor... Ésas eran las cosas que él luchaba por proteger. El asedio estaba sostenido por la fe ciega. Sólo la fe podía soportar tanto horror. El amor que lo unía a sus seres queridos era la única fe que él conocía.

Bors lo alcanzó y vio su expresión.

–¿Por qué tan abatido? Ha salido bien y ahora la Religión tiene otra deuda contigo.

–Que cuiden ellos de su religión –dijo Tannhäuser–, que yo cuidaré de la mía.

Los combates habían sido continuados en las últimas treinta y seis horas, pero finalmente esa noche, los cañones guardaron silencio. Una mortaja de agotamiento parecía extenderse sobre toda la Creación. Un oscuro presentimiento de perdición llenó la mente de Tannhäuser y le impidió dormir. Se levantó y fue a la puerta de Kalkara, desde donde era posible percibir en la oscuridad el movimiento de los vigías turcos. En estados de ánimo como el suyo, era fácil actuar precipitadamente, arrojar los dados y encomendarse a la fatalidad, obedeciendo más a la pesadumbre que a la sensatez. Pero la huida tendría que esperar hasta que los apesadumbrados fueran los turcos y no él. La moral de los invasores estaba decayendo. Lo había percibido en el frenesí de los imanes cuando exhortaban a los fieles a morir. Lo había oído esa tarde en el tono de la llamada del almuédano a la oración. Pero ¿cuántos ataques más habría que rechazar para quebrarles verdaderamente el espíritu? ¿Sería capaz la Religión de rechazarlos? Hasta donde él sabía, la moral de los turcos en la guerra nunca jamás se había quebrantado.

Las constelaciones giraban sobre su cabeza, por encima de las mortales preocupaciones, y Tannhäuser deseó poder oír la melodía que impulsaba su movimiento. Pero pensó que quizá podía hacer algo mejor.

Despertó a Amparo, que se vistió mientras él recogía los estuches de los instrumentos. Amparo despertó a Carla en la enfermería y él se las llevó a las dos a la ensenada de las Galeras, donde tocaron para él junto a la orilla, con la luna creciente que aún no había asomado por el horizonte y el Escorpión trazando un círculo en el extremo meridional del mundo. Lloró en la oscuridad escuchando su música y sintió que se le llenaba el corazón y se le recuperaba el espíritu. Los momentos como ése eran fragmentos de eternidad, como perlas en el fondo de un océano inexplorado. «Que traiga el mañana lo que tenga que traer –pensó–, porque el mañana no existe.» Sólo el presente podía aspirar a la eternidad y, en esa eternidad, él era un hombre afortunado, porque estaba rodeado de cautivante belleza.

Lunes 20 de agosto de 1565

Altos de Corradino

Orlandu agarró sus garbanzos y su pan ácimo y corrió a la cima del monte para presenciar la batalla. No era el único que había adquirido esa costumbre, porque el espectáculo era irresistible, de modo que se situó entre un grupo de mozos de cuadra como él. El sanjak Cheder, uno de los generales más famosos de Suleimán, conducía a ocho mil jenízaros en un ataque masivo contra el fuerte de San Miguel, y cuando Orlandu llegó para mirar, los colores turcos volvían a cubrir las fortificaciones. Había fuego y humo en abundancia, y entre las sedas y la niebla, el chico distinguió destellos de la luz del sol reflejada en las armaduras cristianas. El valor de los caballeros y de sus hermanos malteses le llenaba los ojos de lágrimas, pero también lo conmovía la resolución de los jenízaros. Tannhäuser había sido uno de ellos y ahora estaba en algún lugar, detrás de las murallas cristianas.

Cada caballero *sipahi* tenía al menos dos caballos de refresco y, en la mejor tradición de Gengis Kan, Abbás tenía cinco. Orlandu ni siquiera se les podía acercar, porque eran los mejores corceles del ejército, pero cuidaba a los caballos de menor rango y encontraba placer en la labor. Comparado con carenar galeras, aquello era la gloria. Desde que le habían enseñado a limpiar y limar los cascos de los caballos, se consideraba diestro en todos los aspectos de su cuidado. Hasta entonces no había sido preciso que la caballería entrara en acción, y se alegraba de que así fuera, porque sabía para qué servían los caballos de refresco. Las bestias sufrirían tanto como los hombres. Habría deseado que Tannhäuser estuviera con él. Cada vez que movía el vientre, dejaba caer del trasero el grueso anillo de oro (esconderlo allí le había resultado más sencillo de lo que había imaginado), lo limpiaba y se lo ponía en el dedo pulgar hasta que terminaba, y de ese modo se sentía un poco más cerca de Tannhäuser.

Había descubierto que los turcos eran buena gente y casi tan valientes como los propios caballeros. Abbás irradiaba majestuosidad. Los militares anatolios cuyos caballos cuidaba le regalaban pastas de almendra cuando hacía un buen trabajo. Ocasionalmente le propinaban un puntapié o un bofetón, pero nada comparable a la violencia de los muelles. Otro mozo de cuadra, un rumelí mayor que él, había intentado un día quitarle las pastas y a Orlandu le había faltado poco para aplastarle el cráneo con una herradura. Desde entonces, nadie lo había molestado, e incluso se había ganado un guiño cómplice del jefe de establos, que era serbio. Oyó la palabra *devshirme* y se preguntó qué querría decir. Tal como lo había instruido Tannhäuser, se comportaba como un hombre y se sentía orgulloso de su forma de actuar. Se unía a los musulmanes en sus oraciones e imitaba sus diversas posturas. Incluso llegó a encontrar tranquilizadora la llamada del almuédano. Por la noche, les rezaba a Jesucristo y a san Juan Bautista y les suplicaba que no lo condenaran por infiel. Curiosamente, en el momento de la plegaria, no se sentía un impostor en ninguna de las dos prácticas.

Así pues, su nueva vida era tolerable y, viviéndola, sentía más que nunca que estaba siguiendo los pasos de su maestro. Se estaba convirtiendo en «un hombre de mundo». Acordarse del puerto de Stambouli ya no lo llenaba de espanto, sino de exaltación. Si sentía pena o dolor era contemplando la última carnicería de allá abajo, después de tres días y dos noches de combate, sin apenas una pausa. Los otros mozos, lo mismo que Orlandu, observaban la matanza con sentimientos encontrados. Ninguno de ellos era turco de origen. Había albaneses, tracios, búlgaros, húngaros y serbios. Todos albergaban cierta dosis de odio contra los turcos en lo más profundo de su corazón y esperaban que la Religión triunfara, aunque, al igual que Orlandu, ninguno lo decía. Un serbio señaló un gran estandarte con una mano roja pintada, que se agitaba mientras subía una escala apoyada contra los muros de San Miguel.

–El sanjak Cheder –dijo el muchacho.

El sanjak había jurado tomar San Miguel o morir en el intento. Orlandu rezó en silencio una plegaria por el almirante Del Monte. Un áspero grito resonó por detrás de donde estaban y Orlandu se volvió. El jefe de establos los estaba llamando de vuelta al trabajo. Orlandu echó un último vistazo a la batalla distante. Los turcos ocupaban las fortificaciones en fantástico número.

Lunes 20 de agosto de 1565

Establos del gran maestre. Albergue de Inglaterra. Albergue de Italia

La muchacha española era atractiva. Pocos hombres refinados la habrían considerado bella, porque era extraña en aspecto y maneras. Aun así, irradiaba cierta aura caprichosa pero cautivadora, por lo impredecible de su temperamento, la sensualidad de sus gestos y su innata lascivia primigenia, que hacía pensar en un bosque virgen. El hecho de que el alemán la hubiera elegido excitaba su voluptuosidad. Tannhäuser era todo lo que él no era, la antítesis de todo cuanto él se había propuesto ser y representar. Era un apóstata, un delincuente, un libertino, un cómplice de ateos, musulmanes y judíos, un hombre orgulloso de revolcarse en el materialismo y el pecado. Pese a eso, Ludovico sentía que sus destinos estaban entrelazados, unidos en la contrariedad, reflejados en un espejo oscuro.

Amparo estaba trabajando en el ancho pasillo central que discurría entre las dos hileras enfrentadas de las caballerizas. En los rayos de luz que entraban por las altas ventanas, motas de polvo y briznas de paja bailaban a su alrededor. Estaba cepillando los flancos del caballo dorado de Tannhäuser. Llevaba un vestido verde hoja, descolorido por el sol hasta el tono desvaído del otoño incipiente y raído por el uso. Debajo no llevaba nada, como una vulgar prostituta de la calle. A primera vista, era toda huesos y tendones, lo mismo que un galgo, pero sus rítmicos movimientos manejando el cepillo revelaban la generosidad de sus pechos y sus nalgas. La tela del vestido se le pegaba a los muslos sobre las manchas de sudor y la cabellera se le agitaba en lujuriantes rizos. Ludovico se convenció entonces de su belleza.

Se quedó junto a la puerta del establo, protegido del sol, y estuvo mucho tiempo contemplándola. Los olores crudos del establo le resultaban tonificantes, porque venía directamente de la pestilencia de la lucha que ese día volvía a arreciar por San Miguel. Era curioso que el estiércol de los caballos fuera mucho menos desagradable que las heces humanas, pero así era. La guerra generaba muchas más heces que sangre y Ludovico estaba harto de ambas cosas.

Los jenízaros habían atacado esa mañana por tercer día consecutivo y habían estado a punto de tomar la maltrecha fortaleza. Ludovico, con las costillas recién fracturadas robándole el aliento, había sido enviado con un contingente de italianos y aragoneses a través del puente de barcazas. Al cabo de varias horas de furiosa matanza entre ríos de fuego, el contraataque había dejado al general turco muerto en el campo de batalla y a su vapuleada compañía en retirada. No había habido persecución. No había suficientes hombres, pues San Miguel había empezado el día con menos de setecientos y todos tenían heridas. Además, los que aún quedaban en pie tras el combate no tenían fuerzas para salir.

Después de semejante episodio, era hermoso contemplar a una bella muchacha cepillando a un caballo, y sólo eso habría sido razón suficiente para acudir a los establos, pero él tenía otro propósito. En un rincón, barriendo una porción de establo que ya estaba bastante limpia, había una arrugada vieja siciliana, varias pulgadas más baja que la escoba que blandía. Al entrar, Ludovico la miró. Ella inclinó la espalda en una servil reverencia y negó con la cabeza. Ludovico le señaló la puerta y la vieja se marchó rápidamente, mientras él seguía andando por el pasillo. Amparo miró por encima del hombro y, al verlo, enderezó la espalda. Colocó una mano protectora sobre la rubia crin del caballo y siguió cepillándole el flanco. Miró a Ludovico fijando la mirada a la altura del pecho, y no en la cara, pero sin mostrarse alarmada. Su rostro extraño y asimétrico no parecía capaz de expresar miedo ni desánimo, y Ludovico pensó de pronto que ya no había una expresión como la suya en toda Malta. Se preguntó qué poder le habría permitido a esa muchacha conservar la serenidad. Su mera visión le levantaba el ánimo. De pronto comprendió mejor a Tannhäuser y su elección. Sonrió e inclinó la cabeza.

–Buenos días, hija mía –saludó en español.

Ella se inclinó levemente, como si encontrara antinatural la práctica de las reverencias, sujetando aún al caballo. Ludovico tendió la mano hacia los belfos de éste y el animal le lamió la sal de los dedos. Su lengua era a la vez áspera y suave.

–Este conflicto es una dura prueba para las bestias –dijo–. El ruido, el encierro... También perciben la muerte y el dolor.

Ella se quedó mirando cómo lo lamía el caballo, sin responder.

–Eres Amparo, ¿verdad? –Ella hizo un gesto afirmativo–. ¿Tiene nombre el caballo?

–*Buraq* –replicó ella.

–Ah –dijo Ludovico–, por el caballo del profeta Mahoma, que según dicen tenía alas. Los árabes adoran esos mitos extravagantes. Pero este animal tiene aspecto de ser lo suficientemente veloz para merecer el honor. Pertenece al capitán Tannhäuser.

Ella asintió, pero siguió sin mirarlo a la cara.

–Y tú eres la enamorada de Tannhäuser.

Amparo cambió de posición, algo incómoda.

–Perdona mi descortesía. Soy fray Ludovico. –Al inclinar la cabeza, él advirtió que llevaba la armadura embadurnada de sangre fresca y otros fluidos desagradables derramados con violencia–. También tendrás que perdonar mi desaliñada apariencia, que *Buraq* y tú seguramente encontraréis repugnante.

Ella se volvió y se puso a cepillar el cuello del caballo.

Ludovico habría podido darse por ofendido, pero no lo hizo.

–Me han dicho algunos soldados que sabes leer las manos –dijo–. Tienen en muy alta estima tu habilidad.

Ella siguió cepillando al animal.

–¿Querrás leer las mías? –preguntó él–. Te lo pagaré.

–No cobro –replicó ella–. No es algo que pueda venderse.

–Entonces es algo sagrado...

Ella no se volvió.

–Es algo que no viene de mí y, por lo tanto, no es mío y no lo puedo vender.

–¿Es de otro mundo, más allá de éste? –preguntó él.

–Si el poder habla en este mundo, ¿cómo podría ser de fuera?

Ludovico no se esperaba un discurso dialéctico. Aun así, Amparo parecía estar expresando lo que para ella era la sencillez misma.

–¿Es el poder de Dios? –preguntó él.

Ella hizo una pausa, como si nunca lo hubiera pensado antes, y entonces afirmó:

–El poder de Dios habla a través de todas las cosas.

–¿Todas? ¿También los cuervos, las chovas, los gatos?

–Y las piedras, los árboles, el mar y el cielo sobre nosotros. Sí, claro.

–¿Y la Iglesia? –dijo él.

Ella se encogió de hombros, como si la considerara el peor, con diferencia, entre todos esos vehículos.

–También.

Ludovico le tendió la palma de la mano. Como pensando en quitarse rápidamente de encima la tarea, Amparo se puso el cepillo bajo el brazo y le agarró la mano. Con las yemas de los dedos, recorrió sus líneas y callosidades. El tacto fue agradable para Ludovico. La cara de la joven no revelaba nada.

–Algunas manos hablan y otras no. La vuestra no habla –dijo ella, soltándola.

No lo dijo para desairarlo, sino como simple aseveración. Aun así, y aunque no confiaba en unas artes que rozaban la magia negra, Ludovico se sintió decepcionado. También notó que la despreciaba. El sentimiento lo invadió repentinamente, como las náuseas. Le ofendía la forma de comportarse de esa mujer. ¿En qué contribuía esa muchacha flaca, esa putilla exótica, con las labores de defensa? ¿O con cualquier otra cosa de valor en este mundo? Cepillaba el caballo de su amo y se abría de piernas para él. Traficaba con augurios y supersticiones entre la vulgar soldadesca. Hacía ostentación de sus pechos debajo de unos vestiditos de mujerzuela. Había conocido a otras como ella en todos los peldaños de la sociedad, arriba y abajo, mujeres que justificaban su existencia por el agujero que tenían entre las piernas y nada más, mujeres que comerciaban con su carne a cambio de la subsistencia, o por vanidad y anhelo de poder, o por esa abominación que falsamente llamaban amor. Eran una plaga. Notó por primera vez que los ojos de Amparo eran de diferente color: uno castaño y otro gris. Era uno de los estigmas más claros y mejor conocidos de la brujería, y así lo establecían diversas autoridades, desde Apolónides hasta Kramer y Sprenger. Los rayos de luz procedentes de esos ojos, portadores de malos espíritus, podían penetrar en los ojos de quienes los miraban, para llegar a su corazón y desde allí condensarse en la sangre, infectando las partes internas. El propio Aristóteles había dicho que hasta los espejos temen la mirada de una mujer impura, porque pierden brillo y se vuelven turbios bajo sus ojos.

–¿Es Dios quien habla de esa manera tan curiosa? ¿O el demonio?

–Yo no sé nada del demonio –dijo ella–. Y en caso de que exista, ¿qué ayuda iba a necesitar de mí? ¡Sobre todo aquí!

Una respuesta astuta, enmarcada una vez más en la inocencia. Ludovico consideró la posibilidad de explorar un poco más el tema, pero ella ya había hecho suficientes declaraciones de carácter necromántico como para condenarla si surgía la necesidad, y había además multitud de testigos. Él no dudaba de que existiera la brujería. ¿Quién podía dudarlo? Era cierto, sin embargo, que a veces se veían brujas donde no las había. Unas verrugas con pelos en la barbilla de una vieja o una vaca cuya leche se hubiese agriado eran base suficiente para una acusación entre los campesinos. Las escabrosas historias de vuelos nocturnos y de rituales donde se devoraban niños eran toscas fantasías, y la Inquisición era escéptica respecto a las fuerzas sobrenaturales, lo mismo que él. Sin embargo, los tratos con Satanás eran una realidad. La Iglesia era inequívoca en ese sentido. Amparo agarró el cepillo y continuó su trabajo con el caballo.

–Voy a pedirte que hagas algo para mí –dijo él.

Ella se volvió, con la fraudulenta máscara de inocencia sustituida por la expresión cautelosa de una fiera. Ludovico se dio cuenta de que ni una sola vez lo había mirado a la cara, ni menos aún a los ojos, como si supiera que, de haberlo hecho, él habría visto su verdadera naturaleza. Estaba más convencido que nunca de que el alma de la joven estaba contaminada y de que su carácter era pernicioso. ¡Con cuánta facilidad se había dejado engañar hasta el punto de no ver los hechos! ¡Qué insidiosa era la fascinación producida por el encanto erótico de una mujer! ¿De verdad sería mejor Carla? Quizá era aún peor. El tiempo lo diría. Habría podido unir la cicatriz de la cara de Amparo con otra y arrastrarla hasta los fardos de heno del comedero, arrancarle el vestido raído y corromperse sobre su carne. Habría sido ni más ni menos que su derecho, ganado y santificado por la sangre derramada en el campo de batalla. Pero no lo hizo. Se contuvo.

–Ven conmigo –dijo.

Se la quedó mirando fijamente, hasta que ella comprendió que no podía negarse. Lo siguió afuera, donde el Castel Sant'Angelo se cernía sobre ellos. Anacleto se levantó de un banco. Tenía el cuerpo rígido por el esfuerzo de contener la agonía que lo atormentaba. Había perdido el pómulo derecho. Ludovico lo había sujetado mientras los cirujanos extraían los fragmentos, junto con el ojo. El valor de su amigo lo había hecho llorar, porque Anacleto había apretado la mordaza con los dientes y no había dejado escapar ni un solo gemido. La escasa piel restante había sido suturada como la boca de un monedero y la masa arrugada rezumaba pus amarillento. La órbita donde había estado el ojo era un agujero negro y húmedo, untado con un emplasto que había sido preparado machacando el musgo que crecía sobre un cráneo humano.

–Éste es Anacleto –dijo Ludovico–. Es amigo mío. Observa bien sus deformidades.

Amparo no lo miró, pero Ludovico la agarró por el pelo y la obligó a levantar la cara. Al ver las heridas de Anacleto, ella sofocó una exclamación y cerró los ojos. Anacleto se estremeció.

–Observa bien sus deformidades –repitió Ludovico–, porque tu capitán es muy probablemente el culpable.

Amparo se retorció para liberarse y él la soltó.

–Anacleto necesita opio para curar sus heridas y aliviar su angustia.

A un precio muy elevado, Ludovico le había comprado un trozo no mayor que un dedal al bribón maltés de Gullu Cakie. En los tiempos que corrían, el oro había perdido gran parte de su valor, porque ya nadie confiaba en poder gastarlo. Cakie le había revelado, bajo amenazas, dónde podía encontrar más.

–Tannhäuser posee esa medicina que tanto escasea –dijo Ludovico–. Me traerás un poco esta noche, al albergue de Italia.

–¿Me estáis pidiendo que robe? –preguntó ella.

–La forma de obtener el opio es asunto tuyo. Te quedaré en deuda y eso es algo que harías bien en valorar. Procura hacer lo que te he dicho.

–¿Y si no lo hago?

Ludovico la sujetó por el brazo con amabilidad y la llevó lejos de Anacleto. Se inclinó hacia ella y le habló suavemente al oído.

–Tannhäuser piensa casarse con la condesa, tu señora.

Amparo parpadeó, pero no pareció turbada.

–Es un trato que ellos tienen –dijo–. Es el pacto que han hecho desde el principio.

–¿El matrimonio es un medio de pago?

La joven hizo un gesto afirmativo, con la mirada baja.

¿Entonces Carla lo había engañado? Una nueva esperanza floreció en su pecho.

–En cualquier caso –dijo él–, ahora Tannhäuser ama a Carla.

–La quiere –lo corrigió ella–. La quiere como la quiero yo.

–Es un hombre, como tú sabes mejor que nadie. –Ludovico vio extenderse la sombra de la duda–. A mí mismo me ha dicho que la ama y hay testigos que los han visto en pleno concúbito. Has sido traicionada.

Las palabras se le clavaron a Amparo en el corazón. Se llevó las dos manos a la boca y sacudió la cabeza.

–Pregúntale al pobre Anacleto... y dime si miente.

Ella intentó soltarse, pero él la retuvo.

–Compruébalo tú misma. –La soltó–. Ahora, haz lo que te he pedido. Considéralo una obra de piedad, pues no es otra cosa, y Dios te guiará en esto como en todo lo demás.

Sentado en su tina, Tannhäuser veía ponerse el sol detrás del monte Sciberras. El disco solar era de un rojo oscuro y violento, orlado de zarcillos de humo que ascendían de la tierra de nadie atestada de cadáveres. Intentó brevemente desentrañar algún significado más allá de lo obvio en el espectáculo, pero tenía la mente demasiado embotada para ese tipo de vanidades, de modo que cedió a una contemplación entorpecida que no dejaba espacio a la filosofía.

Su cuerpo era una masa de dolor, llagas e hinchazones, y su piel, una moteada sucesión de manchas azules y amarillas. Aquí y allá sobresalían puntos de sutura aplicados con hilo de intestino de oveja, algunos de los cuales se había puesto él mismo. El baño casi había acabado con él. El agua salada le exacerbaba el dolor de las heridas. Tenía los ojos irritados por el polvo y la pólvora, las manos hinchadas como mazas y los dedos abultados como tubérculos. Si la piedra de una culebrina turca le hubiese caído en la cabeza, no le habría parecido motivo para grandes lamentaciones; pero la probabilidad era remota, porque los cañones de asedio guardaban silencio y los artilleros que los atendían seguramente estaban tan cansados como él.

Esa mañana, después de provocar una serie de escaramuzas para cubrir su avance, Mustafá había desplegado la segunda torre de asalto de Abbás. Esta vez, los turcos habían reforzado su mitad inferior contra los disparos de cañón, con gaviones llenos de tierra y piedras, y placas de hierro remachadas sobre los montantes y las vigas. La habían arrastrado sobre ruedas hasta el bastión de Castilla y los artilleros jenízaros del último piso habían obligado a todos los hombres de la guarnición y de las cuadrillas de trabajo a agazaparse entre las ruinas y rezar. Al cabo de unas horas languideciendo en ese estado lamentable, y tras advertir una concentración de tropas en los montes, que hacía presagiar un ataque a gran escala, La Valette había utilizado una variante de la táctica del día anterior.

Los defensores abrieron un agujero en el muro intacto, en un punto invisible para los artilleros de la torre, a cierta distancia al este de la brecha. Por allí salió una pequeña partida al mando de los caballeros Claramont y Guevárez de Pereira. Una docena de caballeros de la Lengua Alemana que se habían abierto paso hasta la vanguardia del grupo de voluntarios cargaron contra la torre como alma que lleva el diablo, al tiempo que una retrasada descarga de los mosquetes, en lo alto, arrancaba cortinas de chispas a las armaduras mientras los caballeros corrían.

Los azebíes del destacamento de infantería que guardaba las escalas por la retaguardia fueron despedazados en cuestión de segundos por los enardecidos hombres del norte, que irrumpieron en las galerías y limpiaron la torre de turcos, piso tras piso. Todo el colosal edificio se sacudía y las riostras crujían por la furiosa violencia desatada en su interior. Los aullidos de rabia apenas se distinguían de los estertores de agonía, mientras caía de los pisos altos una lluvia carmesí de miembros mutilados y cuerpos destripados, como si la estructura fuera la principal atracción de una feria macabra y salvaje. Cuando acabó la matanza, los caballeros alemanes se irguieron triunfantes en lo más alto de la torre, blandiendo en la punta de las espadas los bonetes ensangrentados de los jenízaros, así como un par de cabezas cortadas y varios puñados de intestinos humeantes. También pisoteaban con ardoroso frenesí la plataforma, alimentando así las cascadas de sangre que caían de un piso a otro como desde la cúspide de un templo azteca después de un rito atroz, y lanzaban insultos y maldiciones a las legiones del islam reunidas en las colinas distantes, para después levantar los ojos al cielo y dar gracias a Jesucristo por permitirles vivir un momento de tan incontenible exaltación.

Mientras se hacían preparativos para reducir la torre a cenizas, Tannhäuser sugirió aprovecharla en lugar de destruirla, estacionándola cerca de la muralla para utilizarla en beneficio de la artillería defensora. Lo hizo en realidad porque quería abarcar mejor con la vista las líneas turcas que se entrecruzaban sobre las laderas del monte San Salvatore, pero La Valette adoptó el plan con entusiasmo. La torre fue vaciada de cadáveres, rotada y recolocada; en el piso inferior se instalaron un par de cañones y se asignaron arcabuceros al resto. Tannhäuser fue uno de ellos.

La perspectiva desde lo alto mostraba un panorama infernal, abrasado por el sol y ennegrecido de cadáveres y moscas. Las trincheras turcas, al este, eran numerosas y estaban interconectadas. Tannhäuser no podía imaginar cómo lo había hecho Gullu Cakie para guiarlo a través de ese laberinto. Los efectivos turcos seguían siendo tremendamente numerosos. Para intentar la huida hacia el barco, tendría que esperar a nuevas matanzas. Pero para entonces La Valette apenas contaba con mil quinientos hombres capaces aún de andar. Tannhäuser se agachó sobre los cuerpos pisoteados y pestilentes, detrás del portón superior, ensordecido y sofocado por el calor brutal, y disparó su fusil hasta que se le acabaron las balas y la pólvora y tuvo los brazos azulados hasta el codo. Sólo entonces se marchó de la torre sangrienta.

Se alegraba de poder olvidarse de todo mientras yacía en la bañera, por cuya instalación no dejaba de felicitarse. En el momento de decidirlo, no podía imaginar lo vital que iba a ser esa tina para su equilibrio mental. Pensó quedarse quizá toda la noche en el agua mirando las estrellas. Si se dormía y se ahogaba, lo encontrarían al día siguiente con una sonrisa de felicidad en el rostro. Entonces recordó que Nicodemo había conseguido unas chuletas de cordero para la cena y desechó de inmediato toda idea de muerte. De pronto se movió, al notar una presencia humana. Cuando vio asomar la cara de Amparo por el borde de hierro de la tina, sintió que se le encogía el corazón. La muchacha tenía los ojos hinchados de tanto llorar y lo miraba con expresión de reproche. Al instante, Tannhäuser supo que el pequeño remanso de tranquilidad entrevisto desde la tarde bélica estaba a punto de serle sustraído. Consiguió componer un gesto de bienvenida.

–Amparo –dijo–, ¿por qué estás tan triste?

Ella desvió la mirada hacia el cielo, convertida en la viva imagen del dolor. Con un esfuerzo que para él fue heroico, Tannhäuser tendió una mano para acariciarle el pelo. Ella retiró la cabeza. Él no había visto nunca esa faceta suya, pero antes o después tenía que verla, porque después de todo era mujer.

–Tienes algo que decirme –dijo él.

Ella no lo miró.

–Estás enamorado de Carla, ¿verdad?

Tannhäuser suspiró ruidosamente. En ésta, como en la mayoría de sus tribulaciones, él era el único culpable. Le parecía asombroso que, en medio de tantas turbulencias, asuntos tan triviales como ése pudieran tener tanto peso.

–¿Te parece que hablemos de eso en otro momento? –contestó.

–Entonces es cierto.

–Amparo, llevo tres días empantanado en un holocausto de tal magnitud que nadie podría llamar loco al que pensara que se está acabando el mundo. Sólo te pido que te apiades de este pobre soldado y le concedas un momento de paz.

Ella lo miró y los ojos se le llenaron de lágrimas. Tannhäuser comprendió que hacerle ver que sus propias aflicciones superaban con mucho a las suyas habría sido mucho pedir. Amparo le tendió los brazos como una niña y entonces él se irguió sobre las piernas doloridas y temblorosas y le rodeó los hombros con un brazo mojado.

–Dijo cosas que me dieron miedo –reveló ella.

El resentimiento de Tannhäuser se esfumó.

–¿Quién? –preguntó.

–Fray Ludovico.

Una ráfaga de ira barrió todos sus dolores y molestias. Sintió que la mandíbula y el cráneo se le tensaban y que una oleada de sangre le invadía el cerebro.

–¿Te ha hecho daño?

Ella sacudió la cabeza, sin convicción. Él le levantó la barbilla con la mano, para que lo mirara. En la mente de Amparo, el recuerdo del miedo que le había inspirado Ludovico desapareció, reemplazado por el temor a lo que veía en los ojos de Tannhäuser. Él se esforzó por buscar una ecuanimidad que no sentía. Volvió a pasarle los dedos por el pelo y le secó las lágrimas de las mejillas.

–Tú eres mi amor –le dijo.

–¿De verdad?

En un instante, su cara había vuelto a brillar.

–Siempre serás mi amor. Ahora cuéntame lo que ha hecho Ludovico. Cuéntamelo todo.

Ludovico estaba sentado en el despacho de Del Monte, en el albergue de Italia, pues el almirante le había dado permiso para usarlo. De los muros colgaban retratos de los héroes pasados de la Lengua Italiana y estandartes otomanos capturados en batallas en alta mar. El estandarte con la mano roja del sanjak Cheder, conseguido ese mismo día, ocupaba el lugar de honor. La silla del almirante era una buena posición desde la cual celebrar su inminente conferencia con los bailíos de la Lengua Francesa.

Aún no había cumplido la misión que le había confiado Ghisleri. Aún no estaba asegurada la posición de Del Monte como sucesor del gran maestre. Sin embargo, de todos los desafíos a los que se había enfrentado en su vida, éste le estaba pareciendo mucho más simple de lo que se había atrevido a esperar. Había ensayado los argumentos a favor de la candidatura de Del Monte con los principales caballeros de las otras lenguas, y tanto los castellanos y los aragoneses como los alemanes y los auvernios le habían prometido ya su apoyo. Aunque en la Religión no faltaban los héroes, la actuación de Del Monte en la defensa de San Miguel no tenía parangón. Nadie igualaba el respeto que todos sentían por él. Y más importante aún, después de noventa y dos días de brutal desgaste, ya no había nadie que tuviera estómago para las maniobras políticas. Ludovico no preveía ningún obstáculo en el reclutamiento de los franceses para su causa, aunque el temperamento los obligara a poner objeciones, al menos en apariencia.

Se había puesto su hábito negro y la libertad de no llevar la armadura le resultaba un gran alivio. Cambió de posición en el asiento, porque le dolían la espalda y las costillas. La bala que lo había alcanzado dos noches antes había abierto una brecha del tamaño de un huevo de gallina en el espaldar de la armadura y durante un buen rato él mismo se había dado por muerto. La experiencia había sido perturbadora. No había sentido miedo, ni arrepentimiento. Se había obligado a visualizar la imagen de Jesucristo en la cruz. Había murmurado el acto de contrición y se había sentido en paz. Pero después, la cara de Carla le había llenado la mente y el amor que sentía por ella le había inundado el corazón, y entonces había sentido miedo. Miedo de no poder expresar nunca su amor. Por un momento pensó que con ese vil sentimiento entraría en la eternidad, pero entonces su fiel Anacleto se había arrastrado hasta él, con su rostro perfecto destrozado, y él había comprendido que aún no le había llegado la hora.

El pensamiento de Carla le quemaba las entrañas como un fuego cuyas brasas no fueran a extinguirse nunca. Pero la paciencia, como casi siempre, acabaría por dar fruto. El alemán no conservaría mucho más tiempo su ventaja y Carla aún no se había dejado mancillar en su cama. Oyó unos pasos retumbando en el pasillo y los reconoció al instante. Abrió un libro sobre la mesa y fingió estudiarlo. La puerta se abrió de un golpe. Ludovico se quedó un rato más mirando fijamente la página y después levantó la cabeza.

–Capitán –dijo–, no os esperaba tan pronto.

La expresión de Tannhäuser era pétrea. Llevaba en el cinturón una pistola de cañón largo y una daga con motivos de orfebrería turca en la vaina y la empuñadura. Había ansias asesinas en sus ojos.

–Amparo debe de confiar mucho en vos –dijo Ludovico– para ir con tanta celeridad a contároslo todo.

Detrás de Tannhäuser apareció Anacleto, con una mano en el pomo de la espada.

Sin volverse, Tannhäuser dijo:

–Si vuestro mozo le tiene aprecio al ojo que aún conserva, hará bien en no dejarse ver por aquí.

Ludovico hizo un gesto con la cabeza y Anacleto se marchó. Tannhäuser buscó dentro de su casaca y sacó un paquete envuelto en papel encerado. Lo arrojó y el paquete botó sobre la mesa.

–Un cuarto de libra de opio, a vuestra salud –dijo–. Ya veis que el acoso de una pobre muchacha os reporta beneficios más que decentes.

–Tenéis mi agradecimiento.

–Si volvéis a hablar con cualquiera de las dos mujeres, si os cruzáis con ellas por la calle o las espiáis desde lejos, o si cualquiera de ellas murmura vuestro nombre en sueños, entonces me ocuparé de que maldigáis el día que salisteis de Roma.

–Esperemos que con mejor fortuna que en vuestro último intento.

Tannhäuser se inclinó sobre la mesa y Ludovico sintió que se le encogían las entrañas.

–Lo de la otra noche habría sido un simple asesinato. La próxima vez me veréis bañarme en vuestra sangre.

Tannhäuser lo miró fijamente durante un tiempo que pareció más largo que la batalla de la mañana.

Ludovico le sostuvo la mirada sin parpadear.

Tannhäuser se irguió, se volvió y se dirigió hacia la puerta.

–Capitán –dijo Ludovico.

Tannhäuser se detuvo y se giró.

–No quiero ser vuestro enemigo.

Tannhäuser emitió un breve gruñido semejante a una carcajada.

–Carla no es más que una mujer entre muchas –dijo Ludovico–, al menos para vos. Si lo que buscáis es un título, puedo elevaros a un rango de nobleza que la pondrá a ella a la altura de una pescadera. Muchos duques han empezado como soldados y el Santo Padre es generoso con los que se pliegan a su voluntad. Estrechad mi mano y os doy mi palabra de que prosperaréis.

–¿Ser uno de vuestros sicarios? –preguntó Tannhäuser–. Antes me comería vuestras heces.

–Estaríais en selecta compañía, creedme.

–Será que ellos tienen un paladar menos fino que el mío.

–¿Dudáis de mi sinceridad? –dijo Ludovico.

–No, me trae sin cuidado. –Tannhäuser le apuntó con un dedo directo a la cara, con un gesto más ofensivo que todas sus palabras–. Pero seguid mi consejo y no caigáis en la vanidad de dudar de la mía.

Después, Tannhäuser se giró y se marchó, sin cerrar la puerta.

Ludovico recogió el opio. ¿De modo que Tannhäuser no era un villano corriente, después de todo, sino un hombre con sus propias intrigas bajo la manga? Ludovico podía olerlo, como un marinero huele la tormenta inminente. Entró Anacleto y su único ojo fue atraído de inmediato por el paquete en manos de Ludovico. Éste se lo arrojó.

–Ve a buscar al griego –dijo Ludovico–. Tráemelo cuando los franceses se hayan ido.

Anacleto lo miró.

–Nicodemo –aclaró Ludovico con un gesto afirmativo.

Jueves 23 de agosto de 1565

El Sagrado Consejo. Castel Sant'Angelo

Oliver Starkey recorrió con la mirada la gran mesa del consejo y, a la luz temblorosa de las velas, vio una compañía de nobles ancianos enfundados en hábitos negros, todos heridos en la batalla y resignados a morir. Cicatrices recientes les desfiguraban la cara; varios habían perdido algunos dedos y a tres les faltaba una mano o un brazo. La desesperación no estaba en su ánimo, pese a la sombría situación en que se encontraban, pero ninguno de los pilares, bailíos y caballeros de la Gran Cruz del Sagrado Consejo confiaba en el triunfo de la Santa Religión. Incluso La Valette, a cuya derecha se sentaba Starkey, parecía compartir su pesadumbre. La sensación de que estaban celebrando la última asamblea suprema en la historia de la Orden era palpable y, con ella, como un fúnebre treno que alguien tocara pero nadie oyera, una intensa melancolía impregnaba la sala. «Nunca volvería a conocer el mundo a hombres como aquéllos –pensó Starkey–, porque el mundo que los había forjado ya no existía. Eran los últimos de los auténticos.»

Ese día, el Gran Turco había lanzado otro asalto a gran escala. Ninguno de los presentes podía recordar cuántos de aquellos ataques habían soportado y repelido. Los días de matanzas, extenuación y angustia parecían remontarse en todas las mentes hasta un pasado infinitamente remoto, como si la guerra hubiese sido la condición primigenia de la Creación y nadie hubiese conocido nunca más que privaciones. Gracias a la voluntad de Dios (ya que los acontecimientos habían vuelto inservible toda lógica militar), la horda musulmana había sido rechazada una vez más a través del ensangrentado páramo de la Gran Explanada. El consejo había sido convocado tras esa gesta por una mayoría de los caballeros de la Gran Cruz, con el fin de exponer la radical medida que habían concebido. Defendía la propuesta Claramont, caballero comandante de la Lengua de Aragón, apoyado por cuarenta y siete de los caballeros más jóvenes.

–Fray Starkey –dijo Claramont–, ¿qué nos dicen las últimas listas de revista?

Starkey no tuvo que consultar la lista que tenía delante, entre el resto de documentos.

–Doscientos veinte hermanos aún son capaces de empuñar las armas. Entre las tropas españolas, los caballeros aventureros y las milicias maltesas, quedan quizá unos novecientos. Todos están heridos, algunos de gravedad. Además, hay al menos tres mil heridos incapaces de defender las murallas.

–¿Y los muertos?

–Doscientos diecisiete caballeros. De las tropas españolas y maltesas, unos seis mil han perecido; de los esclavos, casi dos mil, y de los no combatientes, alrededor de mil setecientos.

–Según mis cálculos –dijo Claramont–, el ejército infiel aún puede poner en el campo quince mil hombres bien adiestrados, y quizá más.

Starkey no contradijo la cifra. Después de noventa y cinco días de matar turcos con espadas, arcabuces, cañones, veneno, piedras y fuego, y de causar más bajas en el enemigo de lo que cualquier general vivo habría creído posible, las fuerzas adversarias seguían superándolos abrumadoramente en número.

–¿Qué noticias hay de Sicilia y de García de Toledo? –preguntó Claramont.

–Ninguna –dijo Starkey–. En su último despacho, prometió diez mil hombres para finales de este mes.

–Sí, lo mismo que prometió en junio y en julio –objetó Claramont, entre airados murmullos del resto de los caballeros.

Starkey intentó disipar el pesimismo.

–Los cañones de asedio de los turcos se están deshaciendo por el exceso de uso y sus reservas de pólvora disminuyen –dijo–. El capitán Tannhäuser nos ha dicho que su moral empieza a flaquear. Sus imanes entonan otros versículos, de carácter más sombrío que antes. Comienzan a pensar que no es voluntad de Alá que Malta sea suya.

–¡Qué importa la voluntad de Alá! –exclamó Claramont–. Somos un ejército de fantasmas, nuestras murallas son poco más que un montón de piedras y el suelo que pisamos está horadado por un laberinto de minas turcas. No nos falta coraje. Hasta el último de nuestros hombres está dispuesto a morir antes que aceptar el yugo turco. Si el enemigo ha de heredar esta isla, heredará un cementerio. Pero ¿qué precio le haremos pagar? ¿Cuánto tiempo más podremos defender el Borgo y San Miguel con un millar de hombres? ¡Un millar de hombres tullidos! ¿Somos capaces de resistir otra ofensiva masiva como la de hoy? ¿Dos más? ¿Cinco más? ¿Otra semana como la última? ¿Acaso alguno de los presentes duda de que habrá más ataques?

Starkey no respondió y miró furtivamente al gran maestre.

La Valette guardaba silencio, con una expresión impenetrable en su rostro demacrado y los ojos grises fijos en algún punto infinitamente distante, como si estuviera en comunión con poderes espirituales que sólo él conociera.

Claramont prosiguió:

–La fortaleza donde nos encontramos, el Castel Sant'Angelo, está casi intacta, protegida por un ancho foso inundado del lado de tierra y rodeada por el mar en todos los demás frentes. Los almacenes aún están medio llenos de grano y carne salada. Podemos llenar cuarenta mil toneles de agua dulce. Tenemos pólvora y municiones en abundancia. Podemos traer aquí nuestras reliquias, la mano del Bautista, la Virgen de Filermo y la imagen de Nuestra Señora de Damasco, y también nuestros archivos y estandartes, que así quedarán a salvo de la profanación musulmana. Si seguimos dispersos por las murallas como una bandada de cuervos, acabarán con nosotros, uno por uno o todos de una vez. Pero si concentramos en Sant'Angelo a todos los hombres capaces de luchar y volamos el puente del Borgo, un millar de nosotros apostados aquí podríamos resistir a los turcos todo el invierno. ¿Alguien me contradice?

Nadie lo hizo.

El almirante Del Monte intercambió una mirada con Ludovico, que estaba sentado a su lado, pero ninguno de los dos habló. Starkey miró a La Valette, que ni siquiera parpadeó.

Claramont continuó:

–Así pues, sólidas razones militares nos empujan a una única conclusión. –Vaciló un momento–. Debemos abandonar el Borgo. Y también San Miguel y la Ísola. En esto puedo hablar por el Sagrado Consejo, porque todos estamos de acuerdo.

Volvió a sentarse. Siguió un largo silencio, notable por la ausencia de disensión entre los miembros de la asamblea suprema, así como por la intensidad con que todos estudiaban a su gran maestre y esperaban su pronunciamiento. Sabían que abandonar las fortificaciones exteriores suponía abandonar a la población superviviente (más de doce mil malteses, en su mayoría mujeres y niños, todos ellos prácticamente indefensos) y dejarla a la merced de los turcos. Al final, La Valette se puso de pie, con una mano apoyada en la mesa a causa de sus heridas.

–Honorables y amados hermanos –dijo–, he oído vuestra propuesta con gran atención y el mayor de los respetos. Pero la rechazo.

Los miembros del consejo enderezaron la espalda en las sillas. Algunos se inclinaron hacia delante.

–Los argumentos militares para abandonar la ciudad son poderosos y los habéis presentado bien. Quizá, como sugerís, sean incuestionables. Pero no estamos aquí por un propósito militar únicamente.

Alguien hizo un discreto gesto afirmativo con la cabeza. Starkey notó que había sido Ludovico.

La Valette prosiguió:

–Dios ha querido que hagamos frente a este momento por una razón. Nuestra fe se enfrenta ahora a su prueba más dura y nosotros debemos preguntarnos: ¿Qué significa la Religión? –Recorrió la mesa con la mirada–. ¿Cuál es su justificación? ¿Su esencia? ¿Cuál es su razón de ser?

Nadie respondió, porque todos pensaron que lo haría él.

–No somos simples soldados, por muy noble que pueda ser esa vocación. Somos los caballeros del Hospital de San Juan Bautista de Jerusalén. Somos los hospitalarios. Nuestro cometido original fue la defensa de los fieles que peregrinaban a Jerusalén. *Tuitio fidei et obsequium pauperum.* Defensores de la fe y sirvientes de los pobres. Ésa es la primera y última regla de nuestra Orden. Nuestra defensa más auténtica de la fe no se hace en el campo de batalla, sino en nuestro servicio a los pobres. A cambio, el servicio a los pobres fortalece nuestra fe y la protege. Recordaréis todos que en nuestra ordenación como caballeros hicimos una promesa solemne: ser sirvientes, ser esclavos de los pobres de Jesucristo y de nuestros benditos enfermos. ¿Acaso no pertenecen a Jesucristo Nuestro Señor? ¿No tenemos la obligación de tratarlos y protegerlos como trataríamos y protegeríamos al mismísimo Jesucristo?

Hablaba con un apasionamiento intenso pero sereno.

Starkey advirtió que a algunos de los caballeros más ancianos les rodaban lágrimas por la barba.

–De cuevas de leones enlazado... Así está el Borgo –dijo La Valette–. ¿Es entonces el momento de abandonar a nuestros señores los enfermos? ¿De dejar a nuestros incontables heridos en manos del demonio musulmán? ¿De condenar a los bravos malteses, nuestros camaradas de armas, y también a sus mujeres y a sus hijos, a las cadenas de las galeras turcas? ¿Vamos a abandonar nuestra Sagrada Enfermería en su hora de mayor peligro?

Miró a toda la mesa. Muchos de los presentes estaban demasiado avergonzados como para mirarlo a los ojos.

–En esta fortaleza no caben más de un millar de hombres, es cierto. Pero fuera de estos muros hay muchos miles más. Quizá sea la voluntad de Dios que nuestra Santa Religión sea sepultada en estas ruinas y nuestra Orden deje de existir. Eso no es algo que debamos temer, porque Dios nos espera con sus santos y sus ángeles. Pero el día que dejemos a nuestros pobres y nuestros enfermos morir sin nosotros, la Religión habrá perecido, y todo para nada. Porque sin los pobres y los enfermos, no somos nada. La Religión no es nada. Y aunque de ese modo triunfara, su honor quedaría mancillado ante los ojos de Dios, aunque no lo estuviera ante los ojos de los hombres, y mancillado quedaría hasta el final de los tiempos.

La Valette se sentó.

Era indudable que había convencido a todos los caballeros, pero se produjo una pausa extraña, durante la cual el consejo careció de portavoz.

Finalmente, el almirante Del Monte se puso de pie. Starkey no notó si lo había hecho a instancias de Ludovico. El aumento del prestigio de este último dentro de la Orden asombraba a Starkey, entre otras cosas porque el italiano se comportaba con una modestia intachable, como también lo era su valor en el campo de batalla. Más asombroso aún era que a nadie ofendiera su presencia.

–Como siempre –dijo Del Monte–, vuestra excelencia nos muestra dónde está nuestro deber. Si hemos caído en el error, suplicamos vuestro perdón y os rogamos que recordéis que sólo somos vuestros hijos. Defenderemos el Borgo y el pueblo de Malta hasta la última gota de nuestra sangre. Cualquiera que sea su destino, nosotros lo compartiremos. Si hemos de elegir entre la derrota y la condenación eterna, no hay duda posible.

Con alivio, los demás confirmaron su apoyo, uno por uno, siendo el último Claramont, que dio muestras de especial contrición, aunque La Valette evitó que se extendiera alzando la mano. El gran maestre miró a Starkey con la expresión que solía utilizar para indicarle que volviera a dirigir la sesión.

–¿Hay algún otro asunto que el consejo deba considerar? –preguntó Starkey.

Ludovico se puso de pie. Su generosa voz de barítono parecía demasiado débil para abarcar toda la mesa y, sin embargo, llenó toda la sala.

–Con el permiso de vuestra excelencia, dos asuntos –dijo–. El primero es de índole delicada y espero que no sea ofensivo.

–Hablad libremente, fray Ludovico –contestó La Valette–. El consejo del Santo Padre siempre es bien recibido y vos sois su voz.

La puya oculta bajo el halago no escapó a la atención de Starkey, ni tampoco a la de Ludovico, como bien imaginó el inglés, pero el inquisidor respondió simplemente con una elegante reverencia.

–En la batalla del pasado sábado, su excelencia resultó herido. Es bien sabido que tiene su vida en muy poca estima y su valor es una inspiración para todos.

Aprobatorios murmullos que certificaban el coraje del gran maestre se extendieron alrededor de la mesa.

–Pero también es motivo de preocupación –prosiguió Ludovico, que oyó una nueva oleada de murmullos similares–. En estos días aciagos, la muerte puede presentarse en el momento menos esperado. Tal como demostraron los acontecimientos de aquella jornada, la pérdida de su excelencia dejaría un vacío que, de no llenarse de inmediato, podría resultar catastrófico.

Hizo una pausa, con la mirada clavada en La Valette.

La Valette, en idéntica actitud, le hizo un gesto para que continuara.

–Si se me permite la osadía, propongo que el Sagrado Consejo nombre y apruebe al sucesor de su excelencia, para que en caso de que caiga sobre nosotros ese espantoso desastre, nuestro ejército no quede huérfano de una dirección que es de vital importancia para su coraje y su moral.

La tensión en torno a la mesa era palpable. Todos los presentes habían considerado esa posibilidad, pero ningún otro se habría atrevido a expresarla.

–Me doy cuenta de que esto significaría prescindir del proceso electoral normal –prosiguió Ludovico–, pero en circunstancias como las que estamos considerando, tres días de incertidumbre serían calamitosos.

La Valette respondió sin vacilación.

–Tenéis la gratitud del consejo por haber presentado este asunto, fray Ludovico. Ha sido una negligencia por mi parte no haberlo hecho yo mismo. Apoyo sin reservas vuestro argumento y espero que también estén de acuerdo el resto de los hermanos.

Recorrió la mesa con la mirada en busca de objetores, pero no encontró ninguno.

–Confío en que tengáis un candidato en mente.

Ludovico respondió:

–El almirante Pietro del Monte, de la Lengua Italiana.

Nadie movió un músculo. Todos los ojos estaban fijos en La Valette. El gran maestre miró a Del Monte.

–Fray Pietro y yo hemos navegado en la misma cubierta –dijo La Valette. La calidez y el alivio que traslucía su voz apaciguó las tensiones–. En brillo y galanura, su defensa de San Miguel sólo es comparable a la de San Telmo, cuya épica (en esto coincidiremos todos) no tiene parangón posible. Si hay otro hombre en toda la cristiandad mejor preparado para la labor, me gustaría conocer su nombre.

Uno por uno, los miembros del consejo fueron añadiendo elogios al panegírico de Del Monte, que quedó designado sucesor de La Valette al frente de la Orden.

Cuando el almirante hubo aceptado el nombramiento con la humildad que lo caracterizaba, ya no hicieron falta más palabras. La sutil habilidad de Ludovico hizo reflexionar a Starkey. No había precedentes de una unanimidad semejante en torno a una elección. Incluso la designación de La Valette, que al final había sido unánime, había estado rodeada por un frenesí de maquinaciones, sobornos y coerciones en el que el propio Starkey había desempeñado un papel destacado. Si Ludovico había estado trabajando a favor de la candidatura de Del Monte, como ahora parecía evidente, había logrado hacerlo totalmente a espaldas de Starkey, algo que éste consideraba sumamente inquietante. El hecho de que Ludovico hubiese elegido un candidato que, además de ser excelente, probablemente agradaría a sus patronos de Roma era una prueba más de su inteligencia.

–Fray Ludovico, ¿cuál es el segundo asunto, menos espinoso, que queríais tratar? –preguntó La Valette.

Ludovico se agachó en la silla y levantó una voluminosa maleta de cuero. La abrió y sacó del interior un relicario de plata ornado con valiosas gemas. Llevó el relicario a lo largo de toda la mesa y lo depositó delante de La Valette.

–Espero no estar traicionando la confianza del Santo Padre de Roma, que me había encargado retrasar la entrega de este sagrado instrumento hasta la hora de mayor peligro.

La Valette le indicó a Starkey que abriera el estuche y éste así lo hizo. Cuando lo hubo abierto, sofocó una exclamación. El relicario estaba forrado de terciopelo rojo. Alojada en un nicho labrado y sujeta en su sitio por cuerdas de oro, podía verse la empuñadura de una espada, que sólo conservaba dos pulgadas de la hoja. La espiga y la hoja estaban herrumbradas y carcomidas por el paso del tiempo. De lo que habría sido la madera de la empuñadura quedaba un único fragmento, sujeto con un remache. Por su estilo recordaba el gladio romano de la antigüedad. El corazón de Starkey se aceleró. No se atrevía a suponer su origen. Miró a Ludovico.

Ludovico hizo un gesto afirmativo.

–Su existencia es un gran secreto –dijo, y después miró a La Valette–. Con esta espada protegió san Pedro a Nuestro Señor Jesucristo. Con ella le cortó la oreja al esclavo en el jardín de Getsemaní.

La Valette empujó hacia atrás la silla, cayó sobre una de sus rodillas y se santiguó. Los otros miembros del consejo lo imitaron. La Valette se levantó, estudió detenidamente el estuche y después se apartó, mientras el resto de los caballeros hacía fila para pasar junto a la reliquia y contemplarla con admiración, con los ojos llenos de lágrimas y una plegaria en los labios. Starkey vio a La Valette estudiando a Ludovico. La expresión de ambos hombres era impenetrable.

–Su Santidad ha vuelto a demostrar su sabiduría –dijo La Valette– y vos habéis demostrado que sois su perfecto siervo.

Ludovico inclinó la cabeza sin decir nada.

–Esta reliquia se guardará en San Lorenzo, con la mano del Bautista –anunció La Valette.

–Con el debido respeto, vuestra excelencia –intervino Claramont–, ¿no deberíamos considerar al menos la posibilidad de trasladar nuestras santas reliquias a la seguridad de Sant'Angelo?

La Valette sacudió la cabeza.

–Hacerlo sería como decirles a nuestros soldados que contamos con la derrota. Y pese a todo lo dicho, me niego a contemplar esa posibilidad. Con la ayuda de Dios, empujaremos a los turcos al mar. La mano de san Juan Bautista, la espada de san Pedro y la imagen de la Virgen de Filermo son la raíz de nuestra fuerza. Se quedarán en el lugar que les corresponde, hasta que no quede nadie para defenderlos.

Había concentrado la atención de toda la asamblea.

–Y volviendo al asunto que nos ha traído aquí, tengo una última orden. Mañana el Castel Sant'Angelo será evacuado. Todos los hombres lo abandonarán, excepto los necesarios para atender y manejar las baterías de la terraza. Después, el puente del Borgo será destruido.

Un silencio perplejo acogió sus palabras. Incluso Ludovico arqueó una de sus negras cejas.

–No habrá retirada –dijo La Valette–. ¡Que todos los hombres comprendan, y también el Gran Turco, que lucharemos y moriremos donde estamos!

Viernes 31 de agosto de 1565
El Borgo. Monte San Salvatore

Si alguna ventaja tenía el hecho de haber sufrido una multiplicidad de heridas, fracturas y abrasiones, era que el malestar generalizado desviaba la atención de cualquier dolor concreto. El último asalto a gran escala, el del 23 de agosto, le había dejado a Tannhäuser dos nuevos cortes en la mejilla izquierda, la sensación de tener una rodilla llena de grava, otro dedo roto, un par de costillas medio fisuradas por encima del hígado, diversas heridas en los muslos que él mismo se había curado y una torcedura de tobillo. También había perdido el sentido en dos ocasiones y las dos veces se había despertado medio ahogado en una charca de inmundicia humana, cuyo ingrediente menos repugnante era el vómito. En cualquier caso, se sentía afortunado de haber salido relativamente ileso, porque la mayoría de los supervivientes presentaba heridas y deformidades de espeluznante magnitud. Aun así, la incapacidad de moverse sin dolor lo hacía sentirse como si tuviera el doble de años. Tras resistirse a la lógica y al impulso de su propio cuerpo durante más tiempo de lo que hubiese requerido el honor, había preparado una nueva hornada de piedras de la inmortalidad y había pasado una semana en estado de embriagada indiferencia ante los apocalípticos sucesos que se desarrollaban a su alrededor.

Las piedras también le servían para controlar los episodios de negra melancolía que habían empezado a afligirlo. En esos momentos estaba convencido de que nunca volvería a ver a Orlandu. La razón siempre le confirmaba que había hecho lo mejor al dejarlo con Abbás, pero lo echaba de menos. Y un extraño temor lo acosaba: el de haber condenado al niño a toda una vida de derramar sangre ajena.

No era ni mucho menos el único en sufrir trastornos del bazo y el cerebro. Por los esqueléticos restos de la ciudad veía a menudo hombres mutilados de expresión perpleja, que hablaban solos agazapados entre los escombros, o miraban fijamente al vacío, o lloraban sin cesar sobre los restos de sus familias, sus casas y sus vidas. Las maltrechas iglesias estaban atestadas de gente como ésa, y en ellas los lamentos eran incesantes. La mujeres de la ciudad parecían hechas de una pasta más fuerte. Con la mayoría de los hombres muertos o heridos y los batallones de esclavos reducidos a unas pocas cuadrillas de espectros de mirada vacía (en parte por la violenta represión de un amotinamiento), las mujeres trabajaban incansablemente reconstruyendo las murallas y transportando los cadáveres a la retaguardia. Pero también ellas estaban demacradas y sin vida. Iban a recoger comida de los almacenes o agua del pozo, o intentaban imponer el orden entre su desharrapada progenie, pero lo hacían mecánicamente, con la indiferencia de los condenados.

Cuando sonaban las alarmas, los capitanes prebostes inspeccionaban las ruinas cargados de cuerdas anudadas, para llevar al frente a los rezagados. Mientras que los caballeros caídos recibían en sus exequias todos los honores debidos a los mártires, los cadáveres de menor rango permanecían insepultos en las calles o eran arrojados al mar, porque ya nadie tenía fuerzas para enterrarlos y las saturadas fosas comunes se habían cerrado mucho tiempo atrás. Toda la ciudad hedía a podredumbre. Las ratas recorrían las calles en manadas, a plena luz del día, y los que veían sus hordas negras y escurridizas sentían que se les revolvía el estómago con antediluviano disgusto. Los buitres envalentonados habían colonizado secciones enteras de la ciudad y cuando alguien intentaba expulsarlos, aleteaban y chillaban indignados, como si estuvieran en su casa y los invasores fueran los humanos. Las moscas plagaban cada momento del día, todos los días, haciéndose acreedoras de un odio mayor incluso que el reservado a los turcos. Los católicos sentían horror por la incineración de los cadáveres, porque impedía la resurrección de la carne, pero Tannhäuser estaba convencido de que pronto cambiarían de parecer y empezarían a encender hogueras.

Bors era el único que mantenía un admirable optimismo, y su presencia era tonificante para todos, porque nunca le faltaban anécdotas, bromas y observaciones sobre la naturaleza del hombre y las cosas. También él tomaba piedras de la inmortalidad; de hecho, se las tragaba como nueces cada vez que podía, lo que quizá explicara en parte su buen estado de ánimo. La noticia de las píldoras maravillosas se extendió rápidamente y Bors sugirió aprovechar la ocasión para sacar algo de beneficio. Tan codiciadas eran las piedras y tan alto su precio en el mercado que ni siquiera el oro podía comprarlas, porque habría sido demasiado pesado para transportarlo fuera de la isla. Sólo las vendían a cambio de esmeraldas, diamantes y otras piedras preciosas, que los españoles y los malteses encontraban en cantidad en la extravagante indumentaria de los turcos muertos.

Cuando Carla descubrió el lucrativo negocio, reprendió a Tannhäuser y lo obligó a donar diez libras de opio a fray Lázaro, quien aceptó el regalo como un milagro, convencido de que sería parte del botín arrebatado a los turcos. El donativo causó a Bors profunda consternación, pero Tannhäuser le aseguró que era la única forma de evitar la confiscación de todas las reservas, pues ésa había sido la gélida e intransigente amenaza de Carla. Bors mantenía la cocina bien provista de manjares, aguardiente y vino, que cada vez le resultaba más fácil conseguir a causa del descenso de la población, de modo que los habitantes del albergue de Inglaterra comían bien.

De hecho, para los aventureros de Italia e Inglaterra, los tercios españoles y los caballeros de la Lengua Alemana poco comprometidos con la austeridad, el albergue se convirtió en un apreciado refugio. Había brechas en las paredes y el techo, y el refectorio estaba parcialmente desmoronado, pero en su interior la compañía siempre era agradable, aunque las reuniones casi nunca llegaran a ser joviales. Tomaso llevaba a Gullu Cakie y a su pandilla, que no dejaban de tramar conspiraciones de contrabando y evasión de impuestos. También probaron suerte en el albergue unas pocas muchachas valientes de la ciudad, y florecieron así frenéticos romances a la sombra de la catástrofe.

Las mejores noches, inolvidables para todos los presentes, eran aquellas en que Carla y Amparo aceptaban quitar el polvo a sus instrumentos. Tocaban para los presentes y, tal como Tannhäuser había predicho, su música era más valiosa que los rubíes. Hasta los más recios de los oyentes derramaban una lágrima al oír las sublimes melodías, y a veces había baile y otras veces canciones, ya que el asturiano Andreas de Munatones desplegaba su exquisita voz de tenor cuando había bebido más de una copa. Algunas veces también (desafiando las groseras carcajadas y viéndose obligado en ocasiones a descargar una pistola para imponer silencio), Tannhäuser recitaba lamentos y *gazels* eróticos en turco, porque insistía en la necesidad de honrar a la poesía en todas sus lenguas y nunca tanto como en ese lugar y en ese momento.

Como no se cansaba de repetir Bors, el fantasma del Oráculo los había seguido hasta el Hades.

Tras el rechazo sufrido el 23 de agosto, los turcos pasaron ocho días lamiéndose las heridas, sin lanzar ninguna ofensiva importante. Sin embargo, la guerra prosiguió bajo tierra, ya que los zapadores mamelucos redoblaron sus esfuerzos para socavar los bastiones de los caballeros. Mientras abrían túneles bajo la tierra de nadie, los ingenieros de La Valette se arrastraban con tinas de agua y sondas cargadas de diminutas campanillas para detectar las vibraciones causadas por sus herramientas. Si lo conseguían, los zapadores malteses abrían contragalerías para interceptar las excavaciones del enemigo e incendiar los túneles subterráneos antes de que llegaran a las paredes. Cuando tenían éxito, las maniobras desembocaban en duelos subterráneos de tan oscuro y espeluznante salvajismo (con palas, picos y cuchillos), que incluso a Tannhäuser se le helaba la sangre cuando oía lo que se contaba de ellos. La media docena de minas que los turcos lograron hacer explotar redujeron a un estado aún más ruinoso el recinto fortificado.

Los caballeros hicieron su propia contribución al caos cuando volaron el puente que conectaba el Borgo con Sant'Angelo. La excéntrica acción sumió en el desconcierto a la guarnición durante días. Muchos la consideraron un accidente o un acto de sabotaje, y por este último crimen ahogaron en el canal a los esclavos que habían ayudado a transportar las cargas explosivas. Cuando más tarde se hizo público que la voladura del puente había sido una medida para levantar la moral de los combatientes, a todos excepto a los más sofisticados les costó mucho comprender la lógica de renunciar a ese último reducto, ya que la pérdida del puente imponía además la necesidad de transportar diariamente al Borgo toneladas de suministros en barcazas. Pero los caballeros, como todos sabían, eran gente rara, y de todos ellos, el más raro era el gran maestre, que había impartido la orden.

Tannhäuser seguía preocupado por la forma de llegar al barco que había ocultado en Zonra. En los momentos más oscuros, el plan le parecía una fantasía pueril, concebida únicamente para no volverse loco. Bors nunca sacaba el tema, ni tampoco Carla. Los dos pensaban que el plan era poco honorable y Tannhäuser lo sabía. Además, era evidente que ya no lo tomaban en serio. Sin embargo, ninguno de los dos había visto aquella esbelta embarcación, como él la veía mil veces con los ojos de la mente, ni había sentido la brisa del mar en el pelo mientras volaban rumbo a Italia.

El 29 de agosto se había declarado día de ayuno colectivo para conmemorar la decapitación de san Juan Bautista. En contraste, y quizá como compensación, el viernes 31 de agosto trajo consigo una velada festiva que excedió en animación y abandono todo cuanto el albergue había conocido hasta entonces. Puesto que Bors fue el maestro de ceremonias, probablemente excedió también todo lo visto hasta entonces en la isla de Malta. La ocasión surgió por sí sola, impulsada tal vez por cierta sensación premonitoria. Haber sobrevivido un centenar de días entre los dientes del infierno era razón suficiente para entregarse a la loca frivolidad. Las mujeres tocaron su música. Corrieron ríos de vino y aguardiente. Se cantaron baladas y airillos. Carla bailó una giga con Munatones y nadie pudo negar que hacían buena pareja. Los celos y la excitación impulsaron a Tannhäuser a concertar una cita con Amparo en la bañera, y aunque la amaba más que nunca, no se lo dijo, y tampoco esa vez supo por qué. Muchos de los presentes consumieron piedras de la inmortalidad. Y sin embargo, a medida que avanzaba la noche y a pesar de la animación reinante, Tannhäuser no conseguía quitarse de la cabeza una idea obsesiva. El barco de Zonra lo llamaba.

Así pues, cuando llegó la medianoche, mucho después de que la luna menguante se hubiera ocultado por el oeste y pese a la embriaguez del opio y la bebida, Tannhäuser decidió hacer una salida de reconocimiento y se puso para ello la túnica roja y las botas amarillas de un sargento *sipahi*, sustraídas a un cadáver.

La ebriedad de Tannhäuser fue una bendición. Sin la ayuda de los narcóticos, el trayecto de trescientas yardas hasta la ladera del monte San Salvatore, que hubo de cubrir a rastras, le habría resultado demasiado arduo. De no haber estado borracho, tampoco habría concebido la idea de tomarse frecuentes pausas para el descanso, durante las cuales se quedaba tendido de espaldas y contemplaba el tránsito de las estrellas, conmovido de admiración. Por el norte huía la Osa Mayor y, al este, el cazador Orión le pisaba la cola a la Vía Láctea, al tiempo que el Escorpión desaparecía detrás del horizonte. Pero ¿quién era ahora el cazador y quién la presa? ¿Y qué podía importar? Al final, todas las cosas pasarían y, como había dicho Grubenius, incluso las estrellas caerían del firmamento. La filosofía añadió su reverbero al brillo del opio y el licor. Cuando Tannhäuser llegó a las líneas turcas, era tal su confianza en sí mismo y se sentía tan expansivo que al cabo de unos minutos se encontró junto a uno de los fuegos de los vigías, compartiendo con ellos el pan y el guiso de lentejas.

Eran anatolios, cuatro hombres sencillos, no mucho mayores que niños, valientes y desconcertados como la mayoría de los soldados jóvenes. Tannhäuser escuchó las sombrías historias de esa maldita campaña, los recuerdos de unas familias y unas enamoradas que quizá nunca volverían a ver y sus negras opiniones acerca de la voluntad de Alá y la brutal indiferencia de sus comandantes. Se encontraban exiliados en una tierra yerma y hostil, y aunque para Tannhäuser el cielo cuajado de estrellas era una bendición y un consuelo, ellos sólo podían mirar fijamente el fuego, como temiendo que una mirada al extraño vacío que se abría sobre sus cabezas pudiera robarles lo poco que les quedaba de alma y de cordura.

Se habló de los demonios que habitaban la fortaleza cristiana, todos ellos manifiestamente coaligados con Satanás, porque ¿qué ser humano habría podido luchar como ellos luchaban sin ayuda diabólica? El nombre del hechicero cristiano, La Valette, fue mencionado con supersticioso respeto. Según decían, había sido visto conversando con los demonios en lo alto de las murallas, en medio de la noche. Él había conjurado la plaga que diezmaba sus filas. Sus caballeros eran espectros satánicos, que él mismo resucitaba de entre los muertos con sus hechizos y sus encantamientos. Podía volar con los buitres y los cuervos, y era imposible matarlo, porque había vendido su alma al diablo y Satanás protegía a los suyos.

Tannhäuser los tranquilizó, porque lo conmovieron con su fácil amistad y porque no eran víctimas de poderes necrománticos, sino más bien, como todos ellos, de la codicia de reyes y emperadores; además, en esa compañía y esa lengua, él era por experiencia un conductor de hombres, y levantar sus espíritus vacilantes era su instinto y su deber.

–La Valette no es más que un hombre –dijo–. Un hombre grande y terrible, quizá, pero un hombre al fin y al cabo. También lo son sus caballeros. Los hombres y las mujeres de la ciudad luchan como demonios, porque ésta es su casa y éste es el suelo de sus antepasados y nosotros hemos venido a conquistarlo y arrebatárselo. ¿No lucharíamos fieramente cualquiera de nosotros por nuestros hogares y nuestras familias?

Los soldados asintieron, con la vista fija en el fuego. Retazos de llamas se desprendieron de la hoguera y volaron hacia la noche inconmensurable, donde desaparecieron tan rápidamente como habían surgido, casi como para expresar que en un cosmos tan implacable y enorme, el paso de la vida humana no revestía la menor importancia.

–Ibrahim –dijo levantando la vista uno de ellos, llamado Davud–, ¿llegará su fin mañana? ¿O llegará el nuestro?

–¿Mañana? –preguntó Tannhäuser.

–El gran ataque –dijo Davud–. La última batalla.

La revelación disipó la embriaguez de Tannhäuser. Intentó sonsacarle más.

–Muchas veces nos han prometido la última batalla.

Davud expresó su acuerdo con una mueca.

Tannhäuser señaló la oscuridad, al otro lado del valle que separaba San Salvatore del monte Santa Margarita.

–Yo estoy con los kirmizi bayrak –dijo, pues hacía días que veía desplegados allí sus estandartes carmesíes–. Reforzaremos a los leones del islam en la segunda oleada.

Davud echó una mirada a las cicatrices que Tannhäuser tenía en la cara y a sus dedos entablillados.

–Has visto lo peor, amigo.

–¿Lo peor? –replicó Tannhäuser, y después meneó la cabeza–. Mientras conservas la vida, lo peor no ha llegado aún. ¿Qué órdenes tenéis vosotros?

–Hasta ahora, Alá el misericordioso ha sido clemente con nosotros, los que estamos aquí sobre la bahía –dijo Davud–. Ni siquiera esos demonios pueden andar sobre el agua. Pero mañana estaremos en la primera oleada.

Los anatolios intercambiaron miradas sombrías. Tannhäuser frunció el ceño en señal de simpatía.

–¿Todos?

Davud dirigió una mano hacia la invisible mole del monte San Salvatore.

–Todos excepto los artilleros.

El corazón de Tannhäuser se aceleró. Se inclinó hacia delante, fingiendo indiferencia, y empujó hacia las brasas un madero medio chamuscado. Vio cómo lo envolvían las llamas y dijo:

–No nos cuentan nada, claro. Pero ¿decís que nuestro pachá piensa echar mano de la reserva? ¿De toda la reserva?

–Ha llegado el momento –confirmó Davud.

Los regimientos de reserva estacionados en San Salvatore, además de proteger las baterías de asedio, habían bloqueado todo intento de repetir el envío de fuerzas cristianas de reemplazo a través del monte, hasta la bahía de Kalkara, como habían hecho las tropas de Ludovico en el mes de julio. Pero tampoco los turcos podían andar sobre el agua. Para atacar el Borgo, las reservas tendrían que desplegarse hacia el sur y, si sólo quedaban atrás los artilleros, el camino a Zonra (y a su barco) quedaría abierto. Incluso para una partida de cuatro caminantes. Tannhäuser localizó la Estrella Polar y, justo por encima del borde de la colina, al nordeste, en dirección a Zonra, los cuernos de Tauro. El toro los guiaría a casa. Pensó en Amparo y se dijo que era un potente augurio. Estiró los brazos.

–También ha llegado el momento de que me vaya yo –dijo.

Por un momento, la mirada de Davud pareció la de un niño.

Un fragmento del Corán afloró en la mente de Tannhäuser.

–En Alá reside el conocimiento del fin del mundo –dijo–. Sólo Él envía la lluvia y sólo Él conoce el contenido de la matriz. Ningún hombre sabe lo que le deparará el mañana, ni en qué tierra morirá. Sólo Alá es omnisciente.

Los cuatro jóvenes asumieron actitudes reverentes, pero no por ello perdieron el temor.

–¿Habéis estado alguna vez en la batalla? –preguntó Tannhäuser.

Miró alrededor del fuego. Los cuatro negaron con la cabeza.

–Durante la carga –les dijo–, no os separéis y cuidaos los unos a los otros.

Los cuatro lo miraron con atención.

–En medio del alboroto, el humo y el terror, cada uno suele pensar en sí mismo... y en Alá, alabado sea su nombre. Es natural, pero también es fatídico. Ocho ojos ven mejor que dos y cuatro espadas son mejores que una. Unid vuestro valor y vuestra habilidad. Donde vaya uno, id todos, pero no os agrupéis demasiado en campo abierto, porque seréis objetivo fácil.

Hizo una pausa para que lo asimilaran, y ellos asintieron.

–Tened cuidado con el fuego griego y los aros incendiarios, y también con las balas de cañón, que botan en el suelo y se levantan como cobras. Pero si estáis atentos, podréis esquivarlas. Y evitad a los cristianos con armadura completa; puede que no sean demonios, pero son endemoniadamente difíciles de matar.

Lo miraban como si fuera el sabio Salomón. Sus expresiones graves lo conmovieron. Se metió la mano en la túnica, sacó el cofre y extrajo de su interior dos piedras de opio. ¿Por qué no? Desenvainó la daga, cuya hoja oscura y manchada asumió un aspecto maligno a la luz de las llamas. Los jóvenes lo contemplaron, mientras él cortaba por la mitad las píldoras moteadas de oro.

–Las ventajas de estar en la primera oleada son pocas –prosiguió–, pero recordad ésta. Vuestro cometido es mantener ocupado al enemigo, básicamente, dejándoos matar, para que la segunda oleada pueda aplastarlo. Si sobrevivís hasta que llegue la segunda oleada, retiraos, pero hacedlo disimuladamente, como lo haría un carterista en medio de una muchedumbre. No os dejéis llevar por el pánico. No corráis. Mantened el porte guerrero. Recoged a un camarada herido y llevadlo a la retaguardia, pero cargadlo con orgullo. Si lo conseguís, en el peor de los casos os ganaréis unos latigazos y en el mejor, un premio al valor. Ahora, enseñadme la palma de la mano derecha.

Los cuatro lo hicieron. Para entonces, si Tannhäuser les hubiera dicho que las metieran en el fuego, lo habrían obedecido. Colocó media píldora en cada mano.

–Tragad esto cuando os incorporéis a la formación en lo alto de la colina y sintáis que el corazón os empieza a aporrear las costillas. No antes. Son un trozo de paraíso y os ayudarán a olvidar el miedo. Y si estáis destinados a pasar mañana al paraíso, os facilitarán el tránsito.

Pensó en preguntar por Orlandu, ya que a menudo se preocupaba por el bienestar del chico. Pero allí, en el extremo opuesto del frente, las probabilidades de que lo conocieran eran remotas. En cualquier caso, sabía que la caballería *silahadar* no había entrado en combate desde el primer día. No tenía sentido enviar caballos a escalar muros. Hizo ademán de ponerse de pie.

Los jóvenes se incorporaron antes que él y lo cubrieron de bendiciones.

–No digáis a nadie nada de lo sucedido entre nosotros –dijo.

Los cuatro asintieron.

–*Assalamu alaikum* –dijo Tannhäuser y añadió–: Que Alá os proteja.

Mientras se alejaba, vio las hogueras de los centinelas en los altos de Corradino y sintió el impulso de ir a buscar a Orlandu y quizá de sentarse también con él junto al fuego. Pero había tentado demasiado a la suerte y no faltaba mucho para que saliera el sol. Era mejor dejar que el chico durmiera. Su regreso a la puerta de Kalkara transcurrió sin incidentes. Bors cubrió su aproximación y le abrió la poterna. Antes de ir a informar a Starkey de las últimas noticias, Tannhäuser le contó a su amigo lo que había averiguado. Bors se mostró escéptico.

–¿Dices que estará abierto el camino de Zonra?

–El barco nos espera, sólo tenemos que ir a buscarlo –le aseguró Tannhäuser–. Ha llegado la hora de empaquetar nuestro opio y nuestras joyas. Zarpamos mañana por la noche.

–Lo único que se interpone en nuestro camino es la batalla final de Mustafá.

–He peleado en más batallas finales de las que puedo recordar en esta condenada isla. Ten un poco de fe, hombre, y será la última para nosotros, aunque no lo sea para los demás.

Sábado 1 de septiembre de 1565

Bastión de Alemania. Sagrada Enfermería. Bastión de Castilla

Al alba, coincidiendo como siempre con la llamada del almuédano, el cautivo musulmán número ciento cuatro desde el comienzo del asedio fue colgado de una cuerda grasienta sobre la puerta Provenzal. Hacía muchas semanas que nadie de ninguno de los dos bandos, excepto la víctima, prestaba mucha atención al ritual; sin embargo, si no se hubiera llevado a cabo, la consternación habría sido tan grande como si una bandera de rendición y no un cadáver hubiese colgado sobre la puerta. Esa mañana, mientras la guarnición se preparaba para el último combate, Tannhäuser tuvo ocasión de comprobar una vez más la genialidad de esa práctica macabra, porque cuando la cuerda se tensó con un chasquido, todos los hombres prorrumpieron en una ronca y desafiante aclamación.

Cumplido el ritual en el cadalso, se ofició en la iglesia de San Lorenzo una misa por la liberación de la isla. Al mismo tiempo, capellanes distribuidos a intervalos regulares a lo largo de las murallas celebraron misa para la vulgar soldadesca. En la enfermería y fuera de ella, en la plaza atestada de heridos, otros capellanes hicieron lo mismo para los que no podían combatir. El servicio fue solemne y, sin embargo, como el último día del fuerte de San Telmo, una curiosa serenidad dominaba a la población. Ya no quedaba nada que temer. Morir era la única tarea pendiente. Cuando el último amén se hubo elevado hacia el cielo, La Valette preparó otro brillante golpe de efecto.

La cruz procesional de plata de la Orden desfiló por el pasillo de la nave mayor de San Lorenzo, seguida del icono de la Virgen de Filermo. Al paso del icono, fueron muchos los que vieron lágrimas auténticas derramándose sobre las mejillas pálidas de la Virgen. Algunos se desmayaron por la exaltación. Después desfiló la espada de san Pedro, con la tapa del estuche de plata abierta, para que los afortunados pudieran contemplar brevemente la sagrada reliquia en su interior. Detrás venía la posesión más valiosa de la Religión: la mano derecha de san Juan Bautista, contenida en un relicario ricamente ornamentado con piedras preciosas. Cerraba la marcha una guardia de honor de caballeros de las ocho lenguas, encabezada por el propio La Valette.

La procesión abandonó la iglesia y recorrió las calles en ruinas, pasando junto a la enfermería y la frágil línea de defensa tendida a lo largo de los muros y los bastiones. Todos hacían una genuflexión y se santiguaban al paso de las sagradas reliquias, sintiendo que el poder de Jesucristo, la Virgen Santísima, san Pedro y san Juan Bautista les inflamaba el corazón. La idea de que los perros musulmanes profanaran la mano de san Juan Bautista alimentaba el odio y redoblaba las fuerzas de todos los soldados cristianos de las murallas. Cuando la procesión regresó a San Lorenzo, la diezmada guarnición estaba mucho más animada que en cualquier otro momento del asedio.

Tannhäuser no asistió a misa, debido a su participación en otras formas más carnales de culto; pero mientras buscaba a Carla, acompañado de Amparo, vio una parte de la grandiosa procesión que pasaba y se maravilló de que un despliegue tan teatral pudiera obrar efectos tan profundos. Se mirara como se mirase, la procesión de las reliquias valía tanto como un millar de defensores más, porque una cosa es luchar por uno mismo y otra muy distinta es defender la mano derecha del hombre que bautizó a Jesucristo, la mano que había sumergido su cabeza en aguas del Jordán, nada menos. Incluso Tannhäuser sintió que le hervía la sangre y se preguntó si el camino de Cristo no sería, después de todo, la senda hacia la trascendencia.

Encontró a Carla en la plaza de la enfermería, con un aspecto no muy alejado de la santidad. Estaba llevando una copa de vino a los labios de un hombre que había perdido parte de los dos brazos y tenía ambos muñones envueltos en vendas ensangrentadas. Estaba agotada y demacrada, con el pelo enredado y cubierto de inmundicia y el desteñido vestido negro hecho jirones, pero cuando se volvió hacia él y le sonrió, él habría jurado que nunca la había visto tan hermosa. Se dio cuenta de que era poco delicado presentarse llevando a su amante del brazo, pero Carla no pareció darle importancia. Se preguntó si sería posible mantener el compromiso después de la boda y llegó a la conclusión de que, aun cuando fuera así, eso no sería más que el inicio de una nueva locura. Comparada con las complejidades de amar a dos mujeres a la vez, la guerra era una bagatela. Soltó el brazo de Amparo y asumió un actitud militar.

Antes de que pudiera abrir la boca, Carla dijo:

–Confío en que hayáis dormido bien.

Tannhäuser consideró algo cortante la observación, como quizá también lo era la sonrisa de la mujer. Se separó un paso más de Amparo y recurrió al discurso arrogante.

–Ya que preguntáis, os diré que he estado levantado la mayor parte de la noche –dijo–, arriesgando mi integridad y mi vida detrás de las líneas enemigas, para ir en pos de lo que más ambicionamos.

–¿Nuestra mayor ambición?

–La misma.

Carla recorrió con la mirada los heridos apiñados y él vio que las dudas volvían a agolparse en su mente.

–De cada diez hombres que han empuñado las armas en defensa de esta ciudad, nueve están muertos o agonizando –dijo Tannhäuser–. Los habéis servido con más dedicación de lo que el valor o el honor, o incluso Dios, podrían exigir. Si logramos sobrevivir hoy, tendremos una oportunidad de salvar a Orlandu. Y de salvarnos también nosotros.

Ella lo miró y él sonrió. Ella asintió con la cabeza, mientras él le indicaba a Amparo que se acercara.

–Quedaos aquí y no os separéis –dijo–. No os mováis. Volveré cuando haya oscurecido. Estad preparadas.

Tannhäuser se enteró de que había habido otras acciones nocturnas además de la suya. Durante la madrugada, Andreas de Munatones, el cantante y danzarín, que era además caballero asturiano de Santiago, había encabezado una incursión subterránea a través de las contraminas cristianas. Tras una lucha salvaje a la luz de las antorchas, los zapadores mamelucos y laghimjis habían sido derrotados, y dos de las galerías turcas entibadas, que avanzaban serpenteando bajo la tierra de nadie, habían ardido bajo las bombas incendiarias. Los zapadores malteses habían sacado a Andreas a rastras de la segunda galería, con una pica clavada en el pecho, y lo habían llevado a San Lorenzo, donde había muerto durante la misa.

Esas incursiones, aunque valerosas, no habían logrado localizar varias minas más, llenas de pólvora, que los turcos habían construido bajo la muralla. Tres de esas minas estallaron provocando gran destrucción, como preludio del ataque.

Tannhäuser y Bors, que habían decidido luchar al lado de los hombres del norte, vieron estallar las minas cuando llegaban al bastión de Alemania, en el extremo izquierdo de las líneas cristianas. Las trabajosas semanas de ardua reparación de la muralla interior de Castilla quedaron deshechas en un instante. Entre los bastiones de Italia y Provenza, un tramo de treinta pies del lienzo se desmoronó en el foso y una veintena de defensores quedaron sepultados bajo las piedras. En la cima de Santa Margarita se desplegó el negro estandarte de guerra del Profeta, inscrito con el *sanjak i-sherif*. Una atronadora descarga de los cañones de asedio turcos iluminó la cresta del monte y, mientras el humo bajaba rodando hacia la llanura y volvía a lanzarse la *yihad*, miles de gazíes irrumpieron en la Gran Explanada para que se hiciera la voluntad de Alá.

–¡*Allahu Akabar!* ¡Alá es grande!

El llano tenía el aspecto de una ciénaga pestilente endurecida por el sol, pero no había llovido en todo el verano y la arcilla de la isla era de color claro, de modo que la oscura costra legamosa que pisaban los musulmanes en su carga se componía de una mezcla de sangre y de las últimas evacuaciones de los moribundos. El polvo que los gazíes levantaban en su carrera no era tierra, sino sangre seca de los camaradas caídos. Enjambres iridiscentes de moscardones ascendían al cielo en espirales verdes y azules, y algunos hombres caían cuando se hundían hasta los tobillos en bullentes nidos de gusanos indistinguibles a la vista. Cuando los cañones de la Religión abrieron fuego, docenas de hombres más se desplomaron con heridas atroces, para retorcerse en la fétida podredumbre como criaturas primigenias. Pero muchos siguieron avanzando. A trescientos pies de las murallas, una descarga de fuego de mosquetes redobló la carnicería.

Tannhäuser introdujo nueva munición en el cañón de su fusil y se enjugó la frente. El ejército que tenían delante ya no era la fuerza implacable que había desembarcado en Marsaxlokk. El timbre de sus gritos de batalla se había vuelto agudo y el fervor parecía arrancado del fondo de un espíritu afligido. Ya no asaltaban las murallas por el sultán, por el botín, ni por el honor, ni tampoco para manifestar el odio a Cristo que había animado ataques anteriores. Ni siquiera acudían para ver la cara de Dios. Ahora avanzaban movidos únicamente por ese ciego impulso colectivo que es la condena y la perdición de la humanidad. Cada hombre seguía adelante porque lo hacían los demás, y lo hacía con el mismo coraje exento de propósito. Tannhäuser giró la rueda de la llave y terminó de preparar el arma.

Cuando se levantó para disparar de nuevo, un grupo de cuatro jóvenes reclutas le llamó la atención, mientras avanzaban hacia la brecha en el bastión de Castilla. Por su forma de moverse, se hubiese dicho que se habrían dado la mano de haber podido hacerlo, como niños caminando perdidos a través de un bazar de pervertidos. Bajó el arma. Vio una bala metálica de cañón botando por el campo y una piedad inútil le encogió el corazón cuando calculó que iba a cruzarse en el camino del grupo. Los jóvenes, que también la vieron, soltaron gritos frenéticos y si uno de ellos no hubiera agarrado a los demás, quizá habrían esquivado su destructiva trayectoria. Pero lo hizo y el pánico los inmovilizó. Se quedaron mirando, lo mismo que Tannhäuser, mientras la bala ascendía desde el suelo hasta la altura de las rodillas y los despedazaba a todos, antes de alejarse botando. Una figura se liberó de la enredada maraña de miembros mutilados, gritando a voz en cuello lo mismo que sus compañeros, aunque no parecía haber sufrido daño alguno. El muchacho bajó la vista para contemplar la masa destrozada y vomitó. Después, levantó ambos brazos y su boca se abrió sin un sonido en dirección a los bastiones que se cernían sobre su cabeza, como rindiéndose no ya al enemigo, sino a un poder más maligno e insensible que cualquiera de ellos.

Tannhäuser reconoció a Davud.

El fusil damasceno de Bors corcoveó, apoyado en el merlón, y la cabeza de Davud quedó rodeada de una neblina carmesí. Cuando la niebla se disipó, su cuerpo permaneció erguido un momento, con el cráneo convertido en una mera protuberancia, burbujeante y obscena, para luego desplomarse sobre los cuerpos aún convulsos de sus camaradas, cuya agonía no hizo más que exacerbar.

Tannhäuser desvió la mirada.

De la escarpa situada a unos cien pies de distancia, vio aventurarse por el llano infernal a la segunda oleada de la infantería turca. Miró a lo largo de la muralla. Del otro lado de la ensenada de las Galeras, las llamas y el humo envolvían al acosado San Miguel. Delante de la brecha, en las ruinas del bastión de Castilla, los restos de la primera oleada sacrificial enviada por los turcos se desmoronaban ante el embate del fuego griego. Los pocos que intentaban subir el talud eran alanceados y despedazados por los caballeros. En las murallas, los arcabuceros recargaron sus armas y lanzaron una descarga contra los nuevos atacantes. Los cuerpos que caían trastabillando eran pisoteados en la inmundicia por los que venían detrás. Por el flanco izquierdo del avance, una compañía de artilleros tufekchíes se agrupó en formación en el límite del alcance de los arcabuces y tendió una cortina de fuego con sus mosquetes de nueve palmos. Un estridente toque de cuernos fue la señal para una tercera oleada torrencial, que avanzó por encima de la segunda. Para entonces, la Gran Explanada bullía de galas marciales y tremolantes estandartes rojos, amarillos y verdes. *Iayalars*, derviches, mamelucos y azebíes. Se les había calentado la sangre y sus gritos habían adquirido convicción. Eran tan numerosos y cerraban tan rápidamente las filas que los cañonazos ya casi no dejaban estela al pasar entre su masa.

Oliver Starkey se reunió con Tannhäuser en el bastión de Alemania, llevando consigo a toda la Lengua Inglesa: los dos únicos caballeros que la componían, los aventureros católicos John Smith y Edward Stanley. Ambos dispararon sus mosquetes contra el avance enemigo. Después, Starkey apoyó su fusil contra una almena y desenvainó la espada. El monje manifestaba una ferocidad implacable, tanto más inquietante en alguien como él, de naturaleza ilustrada. Tannhäuser observó, con disgusto, que los alemanes, los suecos y los polacos se disponían a empuñar las hachas y las espadas.

–¡Venid conmigo al bastión de Castilla! –dijo Starkey a los hermanos.

Los hombres estaban más que dispuestos. Starkey miró a Tannhäuser, como esperando un comentario suyo. Tannhäuser señaló los escombros del bastión de Castilla, donde los lazos turcos silbaban sobre la refriega y las lanzas y otras armas brillaban a la luz del sol naciente. De la segunda oleada, una formación de jenízaros en cota de malla avanzaba desafiando el fuego griego, hasta casi topar con la delgada y endeble línea de caballeros cristianos. Otra lucha arreciaba en torno al pie de la torre de asalto capturada, desde cuya cima una cuadrilla de milicianos malteses y tercios españoles acosaba a la horda enemiga con el fuego de sus arcabuces y sus bombas incendiarias.

–Si Mustafá ha enviado tan pronto a los zirhli nefer –dijo Tannhäuser–, es que apuesta por una victoria rápida.

–Pues no se la daremos –dijo Starkey–. Lucharemos cuerpo a cuerpo. –Se dirigió a la veintena de caballeros de la Lengua Alemana–. Nuestros hermanos no resistirán sin nosotros. Formaos en cuña a su retaguardia y mantened el orden. Avanzad cuando dé la orden y recordad que no debemos perseguir a los turcos cuando se replieguen.

Tannhäuser levantó el fusil. Con balas, podía estar seguro de abatir un hombre cada cinco o seis minutos, un ritmo muy superior al de la lucha cuerpo a cuerpo.

–Desde aquí arriba puedo mandar a muchos más al otro mundo.

Starkey no discutió.

–Como queráis –dijo.

–¡Por las llagas de Cristo! –exclamó Bors, mirando por encima del parapeto.

Un apagado retumbo subterráneo llegó a los oídos de Tannhäuser y éste se giró. Ante sus ojos, dos anchas y profundas zanjas se abrieron a través de la Gran Explanada y altos muros de llamas anaranjadas, avivados por la repentina corriente, hicieron erupción entre las huestes musulmanas que proseguían su avance. La horda hizo un brusco viraje movida por la confusión y, como si de pronto Satanás hubiera abierto las compuertas del infierno, compañías enteras de hombres se sumieron en los abismos en llamas que se abrían a sus pies.

Tannhäuser comprendió al instante que las galerías subterráneas incendiadas esa madrugada por Munatones habían cedido bajo el peso de la carga turca. Sin duda, también Starkey lo comprendió, pero eso no le impidió atribuirlo hábilmente a la intervención divina.

–¡Ahí está la señal que esperábamos! –exclamó–. ¡Dios está con nosotros!

Bors rugió:

–¡Por Jesucristo y el Bautista!

Tannhäuser lo miró con espanto. La Lengua Alemana al completo se hizo eco de su grito de guerra y, con Starkey y los dos ingleses a la zaga, se encaminó por el adarve con metálico estrépito de armaduras, hacia las escaleras. Tannhäuser agarró a Bors por el brazo. Bors empuñó su espada y sacudió la cabeza.

–¡Déjame en paz! –exclamó–. ¡La Lengua Inglesa no luchará sin mí!

Mientras Bors corría detrás de sus compatriotas, Tannhäuser reprimió unas náuseas repentinas. Los torrentes de sudor que le caían por el pecho y la espalda se volvieron fríos como el hielo y lo hicieron estremecerse dentro de la armadura. Se apoyó el fusil en el hombro, apuntó a los altos bonetes blancos que ejercían presión sobre la brecha y abrió fuego. Sin esperar a ver el resultado, apiló su fusil con los demás y se soltó los guanteletes del cinturón. Se le cayó el alma al suelo. Le espantaba la labor que aún quedaba por delante. Echó una mirada al este, hacia el monte San Salvatore. Las tiendas y trincheras turcas estaban desiertas. Sólo las cuadrillas de artilleros topchus permanecían en sus puestos. Cuando anocheciera, la libertad estaría sólo a un corto paseo de distancia, pero el sol apenas acababa de asomar detrás de la cresta de San Salvatore. Cuando se disponía a ponerse los guanteletes, reparó en el brazalete de oro que llevaba en la muñeca. Las fauces de los leones aún rugían. Siguiendo un impulso supersticioso, se lo quitó y leyó la inscripción en árabe grabada en su interior.

«No vine a Malta buscando fortuna u honor, sino para salvar mi alma.»

La perspectiva le pareció tan improbable como siempre, pero el lema lo reconfortó. Volvió a ponerse el brazalete y se enfundó los guantes metálicos. Desenvainó la espada y se dirigió a la escalera. Instantes después, se reunió con Bors y los demás hombres en la cuña de acero, y Bors se rió de él, mientras Tannhäuser lo mandaba al demonio. A las órdenes de Starkey, subieron el talud y, para consternación de los zirhli nefer que atestaban la brecha, las lenguas de Alemania e Inglaterra se incorporaron al delirio.

Poco después del mediodía, con callada urgencia, el personal de la Sagrada Enfermería fue convocado en la lavandería, donde Carla escuchó a fray Lázaro transmitiendo una orden del gran maestre, según la cual todo herido capaz de llegar a las fortificaciones debía unirse a los defensores en las murallas, con la mayor celeridad posible.

Puesto que la enfermería ya no aceptaba pacientes que no hubiesen perdido una extremidad o sufrido las más espantosas mutilaciones, el decreto fue acogido con incredulidad. La mirada en los ojos de Lázaro y el aspecto gris de su palidez indicaban que compartía el desconcierto de todos, pero él había tenido más tiempo para hacerse a la idea y además tenía la ventaja de haber hablado personalmente con La Valette. Nadie se hacía ilusiones de que los heridos fueran a participar en el combate, pero se esperaba que lucieran morriones y sobrevestas rojas (esto era lo más importante) y que se dejaran ver en las almenas, para dar al Gran Turco la impresión de fuerza que ya no poseían. Cientos de mujeres y niños ya estaban empuñando las armas junto a los soldados. La lucha hasta la última gota de sangre había dejado de ser retórica. El cometido de los reunidos en la lavandería era preparar a los voluntarios y ayudar a llevarlos a los bastiones.

Lázaro le pidió a Carla que lo acompañara y se quedara a su lado mientras arengaba a los heridos en el pabellón, porque estaba seguro de que la presencia de ella los conmovería más que sus palabras. La celeridad con que los enfermos y heridos intentaron levantarse de sus camas estuvo a punto de arrancarles emocionadas lágrimas, y cuando repitieron el llamamiento de La Valette a los que tapizaban el suelo de la plaza y las calles cercanas, la reacción fue igual de valerosa. Lázaro calmó su fervor, mientras se reunían armas y uniformes y se imponía algún tipo de orden, porque el caos estuvo a punto de hacer fracasar la empresa antes de que pudiera empezar. Carla y Amparo formaron parte de la cuadrilla enviada a recoger cascos y fue entonces, más que durante la arenga, cuando la emoción sobrecogió a la condesa.

Rodearon el fondo del arsenal y allí Carla encontró una pila de yelmos de acero abandonados, miles de yelmos amontonados contra la pared, hasta triplicar su propia altura, como un profano y descuidado monumento a la matanza. Muchos presentaban muescas y abolladuras, o estaban manchados de sangre. Un enjambre de gordas moscas azules alzó el vuelo del montón y se quedó zumbando a su alrededor, como para proteger su lúgubre botín. En la enfermería, Carla se había habituado a la corriente ininterrumpida de heridos, pero nunca había visto una representación de la muerte en tan enorme escala. Más allá de las montaña de cascos, había montones de picas y espadas cortas en similar abundancia. Dos monjes acercaron un carro de dos ruedas y ellas los ayudaron a llenarlo hasta los topes con los desechos. Entonces, ellos se encaminaron hacia la plaza. Cuando Amparo, muda y abatida, se disponía a seguirlos, Carla la agarró de la mano y la retuvo.

–Amparo, Mattias tiene pensado salir de la isla... esta noche.

No le parecía probable que llegaran a ver la noche, pero era un buen momento para hablar de la huida.

Amparo la miró.

–¿Cómo?

–Tiene un barco escondido en algún lugar de la costa y nos hará atravesar las líneas turcas. ¿Te parece bien venir con nosotros, de vuelta a Italia y a casa?

–¿Con Tannhäuser? ¿Y contigo? ¡Claro que sí! –Empezó a sonreír, pero de pronto arrugó el entrecejo–. ¿Qué pasará con *Buraq*?

–Tienes que preguntárselo a Mattias.

–¿*Buraq* no puede venir con nosotros?

Carla no tuvo corazón para decirle que no.

–Pregúntaselo a Mattias.

Amparo se dio la vuelta y corrió hacia los establos. Carla estuvo a punto de llamarla, pero después razonó que sería más seguro para ella dejarla en los establos que arrastrarla por el campo de batalla. Al menos de ese modo sabría dónde estaba. Carla volvió a la enfermería, para ayudar a preparar la brigada de enfermos y tullidos de La Valette.

Pese a su buena disposición, la mayoría de los heridos ni siquiera podían llegar al frente, a menos que los transportaran en camillas y los dejaran tumbados en el suelo junto a la brecha. Varios habían muerto ya por el esfuerzo de ponerse de pie: habían estallado en su interior frágiles membranas que los habían hecho caer fulminados. Otros eran incapaces de levantarse, porque tenían los pulmones destrozados por el humo. Los que padecían quemaduras graves, que eran muchos, ni siquiera podían moverse. Aun así, alrededor de trescientos voluntarios fueron considerados más o menos aptos para intentar la marcha. Se ayudaron unos a otros a ponerse las sobrevestas y se probaron e intercambiaron los cascos, hasta encontrar los del tamaño adecuado. Se ajustaron fajas y cinturones sobre heridas recién suturadas. Improvisaron muletas y bastones con los mangos de los picos y las palas y con la madera de las casas derruidas. Se colgaron de los hombros y los brazos de sus camaradas y de los monjes y cirujanos que los acompañaban, e hicieron todo eso sin más, con la pragmática impasibilidad de los campesinos y los soldados rasos. Con los cascos abollados y manchados de sangre y las sobrevestas carmesíes ornadas con la cruz blanca latina, parecían un ejército de maltrechos cruzados, resucitados de las tumbas de Tierra Santa. O quizá una cruel alegoría de la locura. Un joven maltés que se había quedado ciego por las quemaduras agarró a Carla del brazo, pero se retiró y se disculpó, al advertir que era una mujer. Ella recordó entonces a su primer paciente en la enfermería, Angelu, el hombre sin rostro ni manos, y le tendió el brazo al joven.

El batallón de los tullidos se puso en marcha desde la plaza, con el padre Lázaro al frente, conduciéndolos hacia el rugido de los cañones. El monje se puso a entonar un salmo de David en canto llano, con una voz clara y penetrante que a Carla le llegó al fondo del corazón. Otro monje se unió al canto de Lázaro, una octava más abajo, y luego otros dos se incorporaron al contrapunto, haciendo el cuarto y el quinto tono, de modo que la música semejante a un coro de querubines les levantó el ánimo y los impulsó hacia el combate final.

Su ciudad se desmoronaba a su alrededor mientras marchaban. Aquí y allá se desplomaba una pared cuando la bala de una culebrina turca alcanzaba su objetivo. Los escombros sepultaron a un puñado de hombres que avanzaban tambaleándose, pero los demás no flaquearon. Carla veía grupos de ancianas que, al verlos pasar, caían de rodillas, lloraban, se lamentaban y se llevaban un crucifijo, un rosario o la imagen de un santo a los labios agrietados. Ocasionalmente, alguno de los valientes trastabillaba y caía, porque las heridas le hacían pagar su precio, y a veces se levantaba y otras no, pero los monjes de la enfermería (convertidos ahora en monjes guerreros, lo mismo que sus hermanos) no detenían la marcha ni interrumpían sus cánticos, ni tampoco lo hacía la legión, porque todos marchaban y cantaban para salvar a la Santa Religión.

Llegaron a una extensión de terreno despejado, en lo que aún pasaba por ser la ciudad, y un estridente pandemónium se desplegó ante sus ojos.

Turbias ráfagas de humo de pólvora partían de la disputada muralla: de la cima de la torre de asalto, de las baterías montadas en la terraza, de los aros incendiarios y de las descargas de los mosqueteros. Amarillas láminas de fuego griego saltaban hacia el cielo y danzaban por encima de la zanja, más allá de las enormes brechas abiertas en la muralla. Contra la incandescencia, Carla vio las figuras retorcidas de los caballeros combatientes, ondulantes y distorsionadas por el calor, que como en las peores pesadillas de un demente cercenaban las cabezas y extremidades del abigarrado gentío. Entre los soldados se adivinaban las figuras de las mujeres maltesas, salpicando sudor por las largas cabelleras que les colgaban bajo los yelmos, blandiendo picas y espadas cortas, reptando a lo largo de las líneas para llevar a los soldados las tinajas con las gachas o inclinándose para rematar con sus cuchillos a los musulmanes heridos, como viragos reencarnadas de alguna antigua y lúgubre leyenda de venganza.

En algún lugar en medio de esa alucinación también luchaba Mattias: allí, en el bastión de Castilla, donde los chorros de sangre describían arcos en el aire y crepitaban sobre las armaduras calientes como si fueran grasa que se estuviera friendo; donde los heridos intentaban rematar a otros heridos con las manos y los dientes, retorciéndose unos encima de otros como criaturas mutantes apareándose en el fango; donde los hombres agitaban alas de fuego en feroz epilepsia; donde el aire se sacudía con los truenos de los cañones, el entrechocar del acero, los alaridos de los moribundos y un coro de gritos de rabia, maldiciones, amenazas y carcajadas dementes; donde por encima de la locura ensordecedora de la guerra santa parecía sobrevolar y alzarse la calma magisterial del coro de Lázaro; donde –Carla rezaba por que así fuera– Mattias aún podía estar vivo.

El caos más desatado se había adueñado del terreno y Carla era incapaz de entender nada, ni de ver quién llevaba ventaja en la batalla. Acompañó al grupo, mientras Lázaro conducía a sus desharrapados por la escalera de la muralla. Los heridos se distribuyeron a izquierda y derecha, ocupando todo el adarve hasta el bastión de Francia por un lado y hasta los bastiones de Auvernia e Italia por el otro. Algunos recogieron arcabuces, pólvora y municiones. Los que podían hacerlo, les volvieron la espalda a las escaleras y se internaron en la refriega, donde Carla los vio caer abatidos. Los demás se asomaron a las almenas con sus sobrevestas de guerra y dejaron que el sol brillara en sus morriones. Atrajeron así el fuego turco, y aunque muchos cayeron, los que aún quedaban en pie no se inmutaban, porque si podían atraer hacia sí una bala que hubiese podido matar a un combatiente, su muerte estaba justificada.

Carla dejó en su puesto al joven ciego y bajó las escaleras. Si hubiese vuelto a la enfermería o hubiese ido a buscar a Amparo, nadie la habría detenido. Pero el tumulto la llamaba y ella tenía que participar. No quería matar; sin embargo, quizá por primera vez, sintió el cautivante hechizo de la guerra. Vio un cubo junto a una barrica de agua y corrió hacia allí.

Las lúgubres notas de las trompetas musulmanas temblaron antes de morir a la luz crepuscular amortiguada por el humo. El bermejo descenso del sol proyectaba alargadas y ominosas sombras sobre la Gran Explanada. Eran sombras arrojadas por los supervivientes del ejército turco en retirada, que avanzaban a través de la negra ciénaga de sangre y moscas, como maltrechos refugiados de un cónclave de perturbados. No se atrevían a volverse para mirar atrás. Abandonados tras de sí yacían vastos montones gimientes de muertos y moribundos, que se movían y retorcían como míticas bestias con multitud de brazos, derribadas por la enfermedad. Mujeres cubiertas de sangre desde el pelo hasta las faldas revolvían los montones de carroña a la luz agonizante del crepúsculo, susurrando vengativas maldiciones y cortando gargantas. En las fracturadas murallas que se cernían sobre sus cabezas no había nadie celebrando la victoria, sino únicamente unos cuantos espantapájaros humanos, demasiado aturdidos aún para comprender que estaban vivos.

Un capellán tocó la campana del ángelus, que resonó a través del campo profanado como las trompetas que llamarán a los réprobos el día del Juicio. Los demacrados supervivientes de la guarnición cayeron de rodillas en el barro ensangrentado. Bancos de humo acre procedentes de las charcas de fuego griego flotaban a su alrededor. Se quitaron los cascos, los dejaron en el suelo y se santiguaron. Y en esa penumbra silenciosa y atormentada de atrocidad absoluta, sus voces enronquecidas entonaron un cántico.

–*Angelus Domini, nuntiavit Mariae.*

–*Et concepit de Spiritu Sancto.*

–Ave María, llena eres de gracia, el Señor es contigo. Bendita tú eres entre todas las mujeres y bendito es el fruto de tu vientre, Jesús. Santa María, madre de Dios, ruega por nosotros pecadores, ahora y en la hora de nuestra muerte.

–He aquí la sierva del Señor.

–Hágase en mí según tu palabra.

–Ave Maria, gratia plena, Dominus tecum, benedicta tu in mulieribus...

Con cuidado para no hacerse más daño aún en la rodilla mala, Tannhäuser se apoyó en la espada y se arrodilló junto a Bors, más por cansancio que por devoción, aunque supuso que en eso no sería el único. Bors rezaba con los ojos cerrados y Tannhäuser guardaba silencio, mientras proseguía el ángelus.

–Y el Verbo se hizo carne.

–Y habitó entre nosotros.

Tannhäuser murmuró con los demás:

–Ave Maria, gratia plena, Dominus tecum, benedicta tu in mulieribus et benedictus fructus ventris tui, Jesus. Sancta Maria, Mater Dei, ora pro nobis peccatoribus, nunc, et in hora mortis nostrae.

–Ruega por nosotros, santa madre de Dios.

–Para que seamos dignos de alcanzar las promesas de Cristo.

Las plegarias le resultaron reconfortantes y por un momento se alegró de pertenecer a algo más grande que él mismo. Sin embargo, se recordó que no había virtud alguna en pertenecer a una hilera de cadáveres o a una comunidad de dementes. Su estancia en el reducto de la Religión había terminado. Esa noche, los turcos se sentarían junto a sus hogueras y meditarían sobre la inescrutable voluntad de Alá, sin llegar a ninguna conclusión. Cuidarían lo mejor posible de sus compatriotas heridos. Comerían y abominarían de la oscuridad, como suelen hacer todos los hombres profundamente consternados. Y en medio de esa oscuridad, Tannhäuser escaparía. La idea le prestó algo de fuerzas a sus miembros doloridos. Terminó el ángelus.

–Derrama, Señor, tu gracia sobre nosotros, que por el anuncio del Ángel hemos conocido la encarnación de tu Hijo, para que lleguemos, por su pasión y su cruz, a la gloria de la resurrección. Por Jesucristo, nuestro Señor.

–Amén.

Bors abrió los ojos y miró a Tannhäuser con vidrioso desconcierto, como si las reglas del universo se hubiesen alterado para permitirle seguir existiendo. Parecía como si se hubiese bañado bajo los canalones de un matadero, pero no había recibido heridas mortales. Tannhäuser asintió.

Bors apoyó una mano en el hombro de su amigo y se impulsó de ese modo para poner en pie el peso de toda su mole acorazada. Después le dio la mano a Tannhäuser y lo ayudó a incorporarse. Recorrió con la vista, arriba y abajo, el siniestro y humeante campo de batalla. Todos los supervivientes, al ponerse de pie, parecían tener el mismo aire desconcertado, como si ya no supieran qué hacer, al haber finalizado la matanza. Algunos miraban a su alrededor en busca de oficiales, esperando instrucciones. Otros contemplaban demudados el desolado páramo, como esperando a que la noche les robara lo que podían ver. Otros permanecían de rodillas y lloraban, aunque Tannhäuser no sabía si de pena o alivio.

–¡Dios santo! –exclamó Bors–. ¡Dios santo! Si quedan más de cuatrocientos hombres en pie, me convierto al islam con circuncisión y todo. ¡Que el cielo nos asista si vuelven mañana!

Tannhäuser miró hacia las colinas del sur, donde el estandarte del Profeta ondeaba aún sobre las legiones doblegadas. En el cielo violáceo brillaba la luna creciente, como si el cosmos se burlara del símbolo de Osmán. Se volvió y sacudió la cabeza.

–No creo que regresen –dijo–. Lo harán antes o después, pero mañana no.

–¿Por qué no? Míralos. Podrían tomar la ciudad para la hora del desayuno.

–Ellos interpretan los reveses del destino, como éste, de una forma muy particular. No son solamente una derrota, sino un mensaje de Alá. No volverán a contradecirlo. –Quitándose los guanteletes, se encaminó hacia una barrica de agua, con Bors detrás–. Además –prosiguió–, para mañana ya nos habremos ido y nuestra única preocupación será no sufrir mareos en alta mar.

Se abrió paso a empujones entre la muchedumbre que se había congregado en torno a la barrica, llenó el morrión y se lo vació por encima de la cabeza. La armadura desprendió una nube de vapor. La idea de que pronto se desharía para siempre del maldito peto y la maldita espaldera lo llenó de regocijo. Pensó que sería bueno reservarse un momento para darse un remojón en la tina. Volvió a llenar el morrión y se echó una buena cantidad de agua a la garganta. Estaba lo suficientemente caliente como para preparar un té, pero era agua y estaba mojada. Le dio el resto a Bors, que también bebió.

–¿Sigues dispuesto a venir con nosotros? –preguntó Tannhäuser.

Bors devolvió el casco y se secó la boca.

–Nunca habría pensado que llegaría a decir esto, pero ya he tenido bastante. Estoy contigo.

–Bien. No te despidas de nadie. Recogeremos nuestras cosas y nuestras mujeres y nos marcharemos. La luna estará baja a medianoche y los cuernos del Toro nos señalarán el camino. Pero antes, comamos algo, porque estoy famélico.

–Por allí hay una tinaja con gachas –dijo Bors.

–Gracias, prefiero comer en el albergue.

–Eso será si Nicodemo sigue vivo y conserva aún todos los dedos.

–Si no es así –dijo Tannhäuser–, puedes cocinar tú.

Volvió a mirar la tinaja y vio a Carla. Era una mujer arrodillada con la cara entre las manos, pero sólo podía ser ella. Parecía ilesa, o al menos eso esperaba. Corrió hacia ella y se agachó a su lado.

–¿Carla?

Ella dejó caer las manos y levantó la vista. Tenía la cara manchada y los ojos despejados. En las manos llevaba las marcas de las cuerdas con que arrastraba la tinaja. Tannhäuser se la señaló con la cabeza.

–¿De modo que éste es el oficio de la familia? –preguntó.

Ella miró la tinaja con expresión de desconcierto, sin apreciar la pequeña broma de Tannhäuser, y se le humedecieron los ojos.

–Estáis vivo –dijo.

–Tenía demasiadas obligaciones para morir tan pronto.

Las lágrimas manaron de los ojos de Carla, que le echó los brazos al cuello. Tannhäuser sintió que el dolor le laceraba la rodilla y tuvo que apoyarse en la tinaja para no desmoronarse. Apretó los dientes y se incorporó, soportando el peso de ella sobre uno de los hombros. Le frotó la espalda para consolarla. Sentir su carne y su piel vivas bajo sus manos le producían tal exaltación que estuvo a punto de derramar una lágrima.

–Tranquila –dijo, desconcertado en cierta medida–. Todos estamos aturdidos después de un día como éste.

Ella dejó escapar un par de sollozos más, mientras él esperaba. Tannhäuser le hizo un gesto con la cabeza a Bors, que se retiró a una distancia prudente. Finalmente, Carla recuperó la compostura y se enjugó las lágrimas sobre la mugre que le cubría las mejillas. Él sacó el pañuelo rojo de seda de las aletas del morrión, lo retorció para escurrir el sudor y lo usó para secarle a ella la cara. Ella no protestó.

–Veo que no habéis hecho caso de mi consejo –dijo–, pero ya estoy habituado. ¿Vinisteis para traer a los heridos a las murallas?

Ella hizo un gesto afirmativo.

–La mayoría ha muerto –contestó.

–Entonces les estamos en deuda, razón de más para no perdernos en lamentaciones. ¿Dónde está Amparo?

–La última vez que la vi se dirigía a las cuadras para ver a *Buraq*.

–¿Tendré que usar grilletes para manteneros juntas?

Ella consiguió esbozar una leve sonrisa.

–La iré a buscar –dijo él–. Mientras tanto, Bors os acompañará al albergue. Nos queda una dura marcha por delante y debéis reponer fuerzas.

–¿Sigue en pie el plan de partir esta noche?

Sin saber por qué, Tannhäuser dijo:

–Poneos vuestro vestido rojo para el camino.

Ella parpadeó y lo miró como si le hubiese pedido que fuera desnuda, lo que no se alejaba mucho de la realidad. Para disipar parte de la excentricidad de su solicitud, él añadió:

–Y llevad también una capa para protegeros del frío de la noche y calzado robusto, si tenéis.

Le dio la mano y la condujo hacia la ciudad.

–Puede que no sea digno de las promesas de Cristo –dijo después–, pero pienso cumplir las promesas que os he hecho a vos y a vuestro hijo.

Domingo 2 de septiembre de 1565

Puerta de Kalkara. La Guva

La sección oriental de la muralla, que dominaba la bahía de Kalkara, era la menos vulnerable de todo el perímetro, y quedaban tan pocos soldados en la guarnición que la ruta de Tannhäuser y sus compañeros hacia la libertad no estaba vigilada. La puerta fortificada estaba desierta, sin ningún centinela. Al presentarse voluntarios para ejercer de vigías arriba, en el bastión de Inglaterra, y al haber abandonado sus puestos, se habían asegurado el camino completamente libre hasta las colinas. Era pasada la medianoche (sólo un poco más tarde de lo planeado por Tannhäuser), y dos horas de sueño habían bastado a las mujeres para recuperar fuerzas. Él, por su parte, había despachado con La Valette acerca de sus expectativas respecto al enemigo, reduciendo así las probabilidades de que el gran maestre lo convocara antes del alba. Bors se coló en la cámara que albergaba el cabrestante y levantó el rastrillo que protegía la puerta.

Lo más espinoso de sus preparativos había sido convencer a Amparo de que abandonara a *Buraq*. Tannhäuser le había asegurado que ninguna bestia viviente estaba más segura que el caballo. Su manifiesto esplendor y su sangre mongola eran una garantía para que nadie en su sano juicio le hiciera daño, y menos aún los turcos, que valorarían su vida muy por encima de la de cualquier ser humano, cristiano o musulmán. En un último episodio de lacrimosa histeria, Tannhäuser la había separado a la fuerza del caballo y se la había llevado de vuelta al albergue. La joven había expresado muy escaso interés por él y su maltrecho estado, pero Tannhäuser ya había aprendido para entonces que la ternura femenina era un fenómeno discontinuo, cuando no enteramente aleatorio.

Franquearon la puerta interior, por debajo del rastrillo, y a continuación Bors lo hizo bajar con la manivela del cabrestante, mientras Tannhäuser lo sostenía con el fusil, para que su amigo se agachara y pasara antes de que se cerrara del todo. Cuando retiró el fusil, se oyó un estrépito de ruedas dentadas y contrapesos, hasta que la dentada base de la reja se estrelló contra las piedras. A ellos les pareció un estruendo, pero hubiese bastado alejarse un poco para no oírlo. Habiendo cerrado el rastrillo, ya no era preciso asegurar la poterna una vez que estuvieran fuera. Se miraron entre sí: no había vuelta atrás.

–*Alea jacta est* –susurró Bors.

Ante ese despliegue tan poco habitual de cultura clásica, Carla lanzó a Tannhäuser una mirada angustiada. Parecía demacrada a la luz de la antorcha, pero estaba consiguiendo controlar su miedo. Tannhäuser le hizo un gesto de asentimiento, para tranquilizarla. Amparo, resignada con el destino de *Buraq*, habría podido estar en un paseo dominical. Levantó la antorcha, cuya luz necesitarían para resolver el enigma de la poterna, y diminutas motas de nafta y brea cayeron lentamente hacia las losas del suelo. El ancho pasillo reverberaba en dirección al sangriento recodo, donde los intrusos podían ser alanceados desde la buhedera que se abría en el techo. Tannhäuser guió a sus compañeros.

Pese a todos los peligros y matanzas que habían marcado su vida, por no mencionar las sangrientas incidencias del día que terminaba, Tannhäuser no recordaba que el corazón le hubiese latido nunca como en ese momento, con la fuerza de un tambor. Le sorprendía que los demás no pudieran oírlo. El portento de su brusca taquicardia le molestaba aún más, porque no podía concebir ninguna razón que la explicara. Miró a Bors, para ver si su sexto sentido también le advertía de algo, pero su expresión era impasible. Cuando pasaron bajo la buhedera, sin poder evitarlo, Tannhäuser se puso a olfatear para ver si percibía olor a fuego griego, a petróleo, a mechas encendidas o a hombres, pero el pasaje sobre sus cabezas parecía desierto. Las palpitaciones se apaciguaron. Aparte de los dos odres de agua y los morrales que Bors cargaba a la espalda, llenos de opio y de suficientes piedras preciosas como para pagar el rescate del hijo de un emperador, viajaban ligeros. Atendiendo a la súplica de Tannhäuser, Carla llevaba el vestido rojo metido en el saco, o al menos eso le había dicho. Tannhäuser había sido quizá el único en considerar la posibilidad de cargar con su viola da gamba, pero al final, muy a su pesar, la había abandonado. Llegaron a la poterna exterior. La puerta de Kalkara se erguía ante ellos.

Tannhäuser sostuvo la antorcha y ayudó a Bors a desmontar la profusión de cerrojos y contrafuertes que aseguraban la puerta. Iban casi por la mitad cuando Tannhäuser agarró a Bors por el hombro para que se detuviera y aguzó el oído en dirección al pasillo. El cabrestante del rastrillo estaba bien engrasado (ellos mismos se habían asegurado esa noche de que así fuera), pero no había duda: Tannhäuser pudo distinguir el leve chirrido que hacía al volver a abrirse.

–¿Podrás terminar esto en la oscuridad? –preguntó Tannhäuser.

Bors observó los cerrojos restantes.

–Cuenta con ello –dijo, y se puso manos a la obra.

A un costado de la poterna había un nicho para el centinela. Sin ceremonias, Tannhäuser empujó dentro a Carla y Amparo y les indicó con un gesto que mantuvieran la boca cerrada. Se volvió y arrojó la antorcha, que describió un arco titilante y aterrizó produciendo un manantial de chispas debajo de la buhedera. Regresó junto a Bors, agarró su fusil y apoyó una rodilla en el suelo. Con la pistola que llevaba en el cinturón y el arma de Bors, disponía de tres disparos. No le agradaba la idea de matar a un pobre guardia que se hubiera topado con ellos por casualidad, de modo que si el hombre no se descontrolaba, quizá pudieran simplemente reducirlo y atarlo. Oyó detrás el estrépito de los cerrojos. Bors soltó un gruñido y la poterna chirrió. Una ráfaga de aire salino de mar se coló desde la bahía.

–Ya está –dijo Bors.

–Espera –contestó Tannhäuser.

Oyó pasos del otro lado del recodo y vio el reverbero de una segunda antorcha.

Nicodemo salió a la luz. Iba desarmado.

Tannhäuser bajó aliviado el fusil. Podían llevarlo con ellos. Quizá hubiesen debido decírselo desde el principio. ¿Los habría seguido o se habría enterado de su huida por la indiscreción de alguien? Miró a Bors, que abrazaba su fusil en la penumbra.

Bors se encogió de hombros:

–Yo no he dicho ni una palabra.

No tenía sentido interrogar a las mujeres.

Nicodemo se detuvo junto a la antorcha e intentó ver algo en la oscuridad.

–¿Mattias?

–Nicodemo –dijo Tannhäuser, hablando en turco–, ¿qué pasa?

–Te han traicionado –dijo Nicodemo.

Tannhäuser sintió que se le encogían las entrañas.

–Espero que no hayas sido tú.

–No.

–¿Quién entonces?

–No lo sé.

–¿A qué esperamos? –dijo Bors, desde la poterna abierta.

–Tranquilo –dijo Tannhäuser y, volviéndose a Nicodemo, añadió–: Explícate.

Nicodemo agitó la antorcha en dirección a la puerta de Kalkara.

–Hay hombres en la muralla, por encima del mantelete, con mosquetes y bombas incendiarias. Tienes que rendirte.

El gesto de Nicodemo debió de ser una señal, transmitida a alguien apostado en el rastrillo, que a su vez la habría pasado a la puerta interna y de ahí a la muralla exterior, porque un instante después una bomba incendiaria estalló en el mantelete, del otro lado de la poterna. Bors lanzó una maldición, agachó la cabeza y volvió a meterse dentro. Con el hombro, cerró la puerta de hierro para protegerse de las llamas.

–¿A quién tengo que rendirme? –preguntó Tannhäuser.

–A fray Ludovico –replicó Nicodemo.

Tannhäuser le lanzó una mirada furtiva a Carla, que estaba en el nicho, con los ojos ensanchados por el miedo.

Bors dejó caer los morrales.

–¿Ludovico? ¿Cuántos aliados piensas que puede tener? Hagámosles frente y en diez minutos estaremos en camino.

Se oyeron más pasos y Nicodemo se volvió para ver quién se acercaba. Pareció aterrorizado. Los pasos se detuvieron poco antes de llegar al recodo. La voz grave de Ludovico se propagó por el pasillo.

–Si decidís luchar –dijo Ludovico–, la vida de las mujeres no será respetada.

–Nos rendiremos a Oliver Starkey o al gran maestre –contestó Tannhäuser–. A nadie más.

–El gran maestre ignora vuestra sucia jugarreta –replicó Ludovico–, algo por lo que debéis sentiros agradecido. En sus manos, iríais al cadalso.

–¿Y en las vuestras?

–Tendréis la posibilidad de conservar la fortuna que con malas artes habéis reunido y de conseguir la libertad que anheláis.

–¿Cómo? –preguntó Tannhäuser.

–El Santo Oficio no regatea. Estáis a mi merced.

Tannhäuser percibió un movimiento. El cañón de un mosquete asomó por la buhedera del techo; su boca escupió una estruendosa llamarada y Nicodemo cayó derribado sobre las losas del suelo, con una pierna destrozada. Estaba aturdido de dolor. La sangre que manaba de la herida se puso a crepitar con un repentino olor punzante, formando un charco alrededor de las antorchas caídas.

–El griego tuvo ocasión de elegir con sensatez a sus amigos, pero prefirió hacerlo sin juicio –dijo Ludovico–. Os insto a ser mucho más prudente.

–¡Enseñad la cara, canalla asqueroso! –rugió Bors.

Carla emergió del nicho y se dirigió a la voz que les hablaba desde el pasillo.

–¡Ludovico! –dijo–. Dame tu palabra de que los dejarás marchar y a cambio estoy dispuesta a quedarme aquí, contigo.

Tannhäuser no puso reparos. Si Ludovico aceptaba, podría estar de vuelta antes del mediodía para cortarle el cuello, pero el monje no tenía ningún motivo para dejarlo ir.

–¿No oigo ninguna objeción por parte del galante prometido? –preguntó Ludovico.

–Ya sé que será inútil, pero no, no me opondré –replicó Tannhäuser–. Concedednos un instante para deliberar.

–Como queráis, pero daos prisa. El pobre Nicodemo está sufriendo.

Tannhäuser miró a Bors y le habló en voz baja:

–Cualquier lucha sería un suicidio. Mientras sigamos vivos, todo es posible.

–¿Y si la víbora nos mata? –gruñó Bors.

–Si ése fuera su propósito, ya lo habría hecho. Aún le servimos para algo y ahí reside nuestra oportunidad.

Bors hizo una mueca y la cicatriz rosa que le atravesaba la cara se retorció de cólera.

–Después de todo esto, me fastidiaría mucho acabar muriendo en una cámara de torturas.

–Ya sé que es mal momento para pedirte que confíes en mí –dijo Tannhäuser–, pero ¿lo harás?

Bors asintió.

–Dime cuándo no he confiado en ti.

Tannhäuser agarró a Carla por las muñecas y la atrajo hacia sí. Su cara era pálida en la penumbra.

–Para poder ver sus cartas, tenemos que jugar las nuestras de una en una –explicó–. Pero no os desaniméis. Tenemos una única ventaja, pero es muy importante: Ludovico os ama.

Carla parpadeó, sin entender bien lo que quería decir.

–No finjáis nada que no sintáis. No intentéis ser más intrigante que él, porque perderíais. Simplemente, sed fiel a vos misma, por muchas amenazas que nos haga al resto de nosotros y por muy cruelmente que nos trate. –Notó que el corazón de Carla flaqueaba y le apretó con más fuerza las muñecas–. El resultado depende de vos, ¿lo entendéis?

Carla asintió, sin estar aún convencida, pero segura de que sabría encontrar la fuerza para enfrentarse a las circunstancias.

Tannhäuser la soltó y se volvió hacia Amparo. De los cuatro, ella era la menos atemorizada. Él sintió, lo mismo que aquella noche en San Telmo a la luz de la fragua, que la violencia padecida en su juventud (cualquiera que fuera su naturaleza) había sido tan terrible que la había inmunizado contra el miedo. Sus ojos acerosos se clavaron en los suyos y, lo mismo que antes, Tannhäuser tuvo la sensación de que ella solamente veía su esencia y no lo que él representaba, ni lo que aparentaba ser, ni lo que el mundo imaginaba que era. Y supo también que ninguna otra persona lo miraría nunca de esa manera, y que nunca volvería a conocer un amor como ése, y que ella era la mujer de su vida, aunque él no se atreviera a reconocerlo. La estrechó con fuerza entre sus brazos, porque sabía que ella iba a necesitar el recuerdo de ese consuelo.

–Amparo –dijo–, te usarán como la más poderosa de sus armas.

Carla emitió un sofocado gemido al que Tannhäuser no prestó atención. Le costó mucho decir lo que dijo después, porque no había en el mundo palabras que pudieran avergonzarlo más:

–Yo no podré protegerte. Dime que lo resistirás.

Ella lo miró un momento a los ojos. Incluso en la penumbra, la mirada de Amparo era clara y luminosa, y estaba llena de un amor infinito que él no merecía.

–El ruiseñor está feliz –dijo Amparo.

Él sintió que se le cerraba la garganta y tuvo que reprimir una oleada de emoción que ascendía de algún lugar desconocido. La besó en los labios y ella se deshizo en sus brazos. Después la soltó y le volvió la espalda en seguida, por miedo a perder la sangre fría, desenvainar la espada y cargar pasillo arriba, condenándolos a todos. Llamó a Ludovico, esperando que no le temblara la voz.

–Entregaremos nuestras armas cuando hayamos franqueado la puerta interior, no antes.

–Muy bien –convino Ludovico.

Tannhäuser miró a sus compañeros.

–¡Coraje! –exclamó.

Echaron a andar por el pasillo y los dos hombres cubrieron con sus fusiles la buhedera, mientras pasaban las mujeres. Ludovico se había ido. Entre los dos ayudaron a levantarse a Nicodemo, que se desvaneció, de modo que tuvieron que cargarlo para que pudiera pasar bajo el rastrillo, hasta la cámara que se abría detrás de la puerta interior.

A través de las aspilleras que se abrían en las tres caras externas de la estructura sin techo, los cañones de cinco arcabuces los apuntaban. Si tenía que haber una matanza, sería allí; pero era mejor que fuera allí y no en el pasillo oscuro, porque al menos podrían contemplar las estrellas mientras agonizaban. Sin embargo, los canallas no hicieron fuego. Tannhäuser y Bors dejaron en el suelo sus fusiles y espadas. Nicodemo volvió en sí y Bors le rodeó los hombros con el brazo. Se encaminaron entonces a la ciudad que hacía tan poco tiempo habían abandonado.

Ludovico y sus sicarios los rodearon. El monje vestía los hábitos de la Religión y, como correspondía a la locura majestuosa que acechaba en sus ojos, iba desarmado. Para vergüenza de la Orden, tres caballeros equipados con media armadura lo flanqueaban. Uno de ellos era Bruno Marra, a quien Tannhäuser conocía lejanamente; el segundo también parecía ser de la Lengua Italiana, y el tercero era Escobar de Corro, con quien Tannhäuser había tenido un roce en el cabo del Patíbulo.

De los cuatro restantes, había un par de caballeros aventureros de Mesina, llamados Tasso y Ponti, un tercio español de nombre Remigio, y Anacleto, el factótum de Ludovico.

Anacleto fijó la mirada en Amparo, y a Tannhäuser se le heló la sangre. Una vez más, tuvo que reprimir la cólera que lo habría impulsado a matar allí mismo al canalla de un solo ojo. Pensó en preguntar quién los había traicionado, pero habría sido inútil. Sin duda el monje se lo haría saber llegado el momento. Tannhäuser sacó del bolsillo la carta que Starkey le había proporcionado semanas antes y que él había guardado en el albergue para un momento como ése. Con un florido gesto que traicionaba su falta de confianza en la utilidad del documento, se lo enseñó a Ludovico.

–Éste es nuestro salvoconducto para viajar a Mdina, autorizado por el hermano Starkey. Es la prueba de que no somos desertores.

Ludovico agarró la carta. Sin romper el sello, se la pasó a Anacleto.

–La estudiaré atentamente a su debido tiempo –dijo Ludovico.

–¿Te colocas por encima de la autoridad del gran maestre? –preguntó Carla.

Ludovico la miró e hizo una inclinación de la cabeza.

–En los asuntos de la Inquisición, el gran maestre no tiene ninguna autoridad.

Tannhäuser miró a Carla, para hacerle ver que era inútil discutir, pero ella no le prestó atención. Tenía pálidos los labios y su desprecio parecía ilimitado. Tannhäuser la miró con otros ojos. Nunca la había creído capaz de tanta cólera.

–Entonces dime –insistió ella–, ¿hemos sido arrestados por desertores o por herejes? ¿O estás dispuesto a admitir que aquí el único traidor eres tú?

Ludovico dijo:

–También esos asuntos serán tratados a su debido tiempo y en el lugar oportuno. De momento, será mejor no decir nada más.

Carla pareció a punto de decir algo más.

Pero Tannhäuser intervino.

–Carla –dijo.

Ella lo miró y se mordió la lengua. Ludovico le hizo un gesto con la cabeza a Escobar de Corro, que separó a Tannhäuser de los demás a empujones. Tannhäuser se encontró rodeado por los tres caballeros e intercambió una mirada con Bors para tranquilizarlo. Nicodemo había vuelto a desmayarse y Remigio, el español, lo sujetó por el otro brazo. Los dos aventureros italianos, que habían recogido las armas de fuego, acorralaron juntas a Carla y a Amparo. Ludovico le hizo un gesto a Anacleto, que echó a andar por la calle, a la cabeza de la comitiva.

Escobar de Corro empujó a Tannhäuser en la dirección opuesta.

Amparo se volvió para mirarlo, se detuvo y por un momento pareció que iba a correr hacia él.

Anacleto la agarró por la muñeca y la arrastró con ellos. Amparo trastabilló y entonces Carla ya no pudo contener la ira que había estado conteniendo y abofeteó la cara desfigurada de Anacleto. Él retrocedió con un grito y Bors miró a Tannhäuser, esperando una señal para atacar, pero su amigo sacudió la cabeza. La boca de Anacleto se retorcía agónicamente. El hombre empezó a desenvainar la espada y dio un paso hacia Carla. Al verlo, Tannhäuser apartó de un empujón a Bruno Marra y, aprovechando el movimiento para arrebatar una daga del cinturón del caballero, avanzó un paso.

–¡Anacleto!

La voz de Ludovico, siempre tan contenida, asombró a Anacleto por su fuerza. El joven se quedó inmóvil, mientras clavaba en Carla la mirada asesina de su único ojo. Tannhäuser también se detuvo, pero lo suficientemente cerca como para derribar a Anacleto si era necesario. Anacleto volvió a guardar la espada, mientras Amparo, demudada por la catástrofe que había estado a punto de desencadenar, agarraba la mano a Carla. Ludovico miró a Tannhäuser y el cuchillo que éste tenía en la mano. Tannhäuser estaba lo suficientemente cerca como para matarlo y, de hecho, llegó a considerarlo.

La voz de Ludovico volvió a serenarse.

–¿Qué pensáis hacer, capitán?

–¿Adónde los lleváis? –preguntó Tannhäuser.

–Quedarán bajo mi jurisdicción, en la Audiencia. No debéis temer por su bienestar.

–¿Y vuestros perros? ¿Podréis controlarlos?

–Tenéis mi palabra.

–Ludovico, por favor –dijo Carla–, deja que Mattias venga con nosotros.

–Ya iré –le dijo Tannhäuser, temiendo más dificultades–. Sed fuerte y no os desaniméis.

Después, Tannhäuser se volvió hacia Ludovico.

–¿Adónde me llevan estos canallas?

–Un hombre como vos no puede abandonar el infierno sin conocer el más profundo de sus círculos.

–Sería una pena –convino Tannhäuser.

La cara del monje era inescrutable; sin embargo, en algún lugar detrás de esa máscara había un propósito. Tannhäuser añadió:

–¿Y allí nos encontraremos vos y yo?

Ludovico hizo un gesto afirmativo.

–Allí nos encontraremos.

–De acuerdo.

Tannhäuser le arrojó la daga a Marra sin mirarlo.

Después le volvió la espalda a Ludovico y se marchó.

Los tres caballeros escoltaron a Tannhäuser a través del corazón derruido de la ciudad. A una pregunta suya, el más joven le dijo que se llamaba Pandolfo de Siena, y por hacerlo se ganó una fría mirada de Escobar de Corro. En la extenuación posterior a la batalla y con la población drásticamente reducida, la ciudad nunca había estado tan silenciosa. Su camino sólo se vio perturbado por chillonas jaurías de ratas que ni siquiera se apartaban de sus pies para no chocar con ellos. Aparte de una madre de mirada vacía, que vigilaba a sus hijos entre las ruinas, no vieron a nadie más. Si Tannhäuser hubiese estado solo en el infortunio, el paseo le habría brindado oportunidades de escapar, ya que también los tres caballeros estaban exhaustos y, en consecuencia, actuaban descuidadamente. Podría haberlos matado a los tres con sus propias armas antes de recorrer un cuarto de milla. ¿Lo habría respaldado La Valette? Creía que no. El asesinato de unos monjes no habría sido la mejor manera de conseguir apoyo y, además, el proceder del inquisidor había sido impecable desde el punto de vista jurídico. La sensatez aconsejaba aceptar los acontecimientos y esperar.

Llegaron al puente recién destruido, que anteriormente cruzaba el foso. Tanto el canal como el frente marítimo estaban desiertos y una barcaza sin tripulantes los aguardaba. Subieron a bordo y los caballeros condujeron a Tannhäuser a través de las aguas negras y calmadas, hacia el Castel Sant'Angelo.

Tannhäuser hundió la mano en el agua del canal y sintió el agudo escozor del salitre en las heridas. A Pandolfo y Marra, que manejaban las pértigas, podría haberlos tirado por la borda en un abrir y cerrar de ojos; una vez en el agua, sus armaduras habrían sido lastre suficiente para que murieran ahogados. A Corro habría podido doblegarlo con las manos desnudas, pero se limitó a hacerlo solamente en su imaginación. La barcaza atracó y ellos desembarcaron.

A la luz de las antorchas, lo condujeron a través del recinto oscuro y abandonado del castillo. Vacía de toda pompa y animación, la fortaleza parecía una tumba monumental. Atravesaron un laberinto de pasillos, que absorbieron el ruido de sus pasos y los sumieron en un olvido tosco, brutal y desprovisto de ecos, como si no avanzaran hacia ninguna parte y nadie fuera a llegar nunca a su destino. Extraños murmullos ambiguos y ocultos susurraban más allá del límite de sus antorchas, y Marra intercambiaba con Pandolfo miradas cargadas de miedo. Tannhäuser reprimió su propio temor, porque era inútil. Bajaron una escalera, después otra y a continuación una tercera, y una vez más Tannhäuser consideró la posibilidad de escabullirse hacia la negrura absoluta, para luego acechar a los tres esbirros y matarlos en esas catacumbas sin nombre. Se daba cuenta de que fuera cual fuera el lugar al que lo estaban llevando, una oscuridad sin parangón formaría su mundo, y decidió entonces hacerla suya, porque si no lo conseguía, la oscuridad probablemente lo devoraría. Llegaron a una puerta ancha con remaches de hierro. Alguien sacó una llave y la abrió, y Tannhäuser caminó por delante de sus acompañantes, sin que se lo indicaran, hacia la oscuridad.

El aire era frío y rancio, y olía a orina y a excrementos secos, como era de esperar en unas mazmorras tan profundas y pavorosas como ésas. Una vez franqueada la puerta, Corro le indicó que se quitara la ropa y él obedeció sin poner objeciones. Mientras se desvestía, tuvo cuidado para conservar en la mano las tres últimas piedras de la inmortalidad. Se quedó de pie, desnudo como había venido al mundo, a la luz temblorosa de las antorchas. No se quitó el brazalete de las cabezas de león; miró a sus carceleros y ellos dejaron que lo conservara. Se daba cuenta de que su serenidad enervaba a los italianos y avivaba el odio de Corro, y puesto que no le costaba mucho, miró a este último con una sonrisa.

Por gestos le indicaron que bajara aún más en la cueva subterránea, hasta que un pozo negro como la pez se abrió ante él en el suelo. Se detuvieron y los carceleros tendieron hacia él las antorchas para que pudiera examinarlo a la luz de las llamas.

El pozo medía unos nueve pies de diámetro por cuatro de profundidad. Tenía forma de campana invertida y había sido excavado en la roca que formaba la base de la isla y sobre la cual se levantaba Sant'Angelo. La suave perfección de su simetría y la circularidad sin fallos de su boca asombraron a Tannhäuser. Ni siquiera el más grande y atlético de los hombres habría podido escapar sin ayuda de ese pozo. En su refinamiento geométrico residía gran parte de su poder para aterrorizar. Tannhäuser casi habría podido prorrumpir en un aplauso, porque aquélla era, sin lugar a dudas, la cárcel más perfecta del universo. Sólo la Religión habría podido construirla.

Después, a la temblorosa luz amarilla, vio que la integridad de las paredes había sido mancillada en los niveles más bajos por una franja de inscripciones, tan primitivas en su ejecución como las dejadas en las cuevas por las razas vencidas. Quién sabe con qué habrían sido grabadas las paredes desnudas: con anillos, uñas, huesos o quizá dientes. Las inscripciones se distribuían de manera aleatoria, formando una salvaje confusión, como si las hubiera realizado un ciego que se hubiera vuelto loco: numerosas cruces, muchas de ellas de caprichosas dimensiones; las palabras «Jesús», «Dios» y «piedad» en diversas lenguas; muescas para marcar los días, pero demasiado confusas para que pudieran ser útiles; imágenes de tumbas... La figura más lograda era la de una horca con un hombre colgando. Eran las últimas huellas dejadas en este mundo por los anteriores ocupantes del pozo.

Corro miró a Tannhäuser, y éste lo miró a él.

–Ésta es la Guva –dijo Escobar de Corro–. Es la mazmorra reservada a los caballeros traidores y réprobos. Una vez confiado a su cuidado, el único destino que os queda es el cadalso.

Tannhäuser le escupió en la cara.

Tanto sorprendió a Corro el insulto que se echó hacia atrás, perdió el equilibrio y estuvo a punto de caer al pozo. Si hubiese caído, toda la contención de Tannhäuser hasta entonces habría sido en vano, ya que se habría visto obligado a matar allí mismo a Pandolfo y Marra. Con una determinación que sólo podía tener su raíz en las órdenes estrictas de alguien a quien temían mortalmente, Marra y Pandolfo retuvieron al encolerizado castellano para que no atacara a Tannhäuser. Eso significaba que todo iba bien, porque sólo una orden de Ludovico podía explicar que reprimieran el estallido de cólera de su superior. No podía haber otra causa. Esa señal (la prueba palpable de que Ludovico lo quería con vida) hizo desistir a Tannhäuser de matar a sus carceleros.

–La próxima vez que nos encontremos –dijo Corro– será a muerte.

Marra arrojó al pozo un odre de agua y Corro intentó empujar a Tannhäuser, pero éste le negó esa satisfacción. Saltó al pozo por su propia voluntad, agarrándose con una mano del borde para suavizar la caída. Aterrizó sin hacerse más daño del que ya padecía, resbalando hasta quedar sentado en el fondo del pozo.

Se puso de pie, miró la pared y una vez más, a la luz de las llamas evanescentes, vio la horca grabada en la piedra. Las antorchas se retiraron del borde de su desoladora morada y con ellas se fue la luz.

Tannhäuser decidió mantener alta la moral.

Por un tiempo, al menos, disponía de los medios para hacerlo. Se puso bajo la lengua una piedra de la inmortalidad. Con las otras piedras formó pequeños conos, que se introdujo en los oídos, para tenerlas seguras y a mano. El sabor amargo del opio, el citrus y el oro le llenó la boca. La amargura lo reconfortó, aunque no supo por qué. Después, la puerta de la Guva se cerró de un golpe. Descendió sobre él la más absoluta oscuridad y, con ella, un silencio enorme que era casi igual de profundo.

QUINTA PARTE

ROSAS ENSANGRENTADAS

Jueves 6 de septiembre de 1565

La Audiencia. El lugar del olvido

Ludovico estaba sentado en el trono del Gran Inquisidor, en la sala de la Audiencia. Allí purgaban las almas sus delitos y se determinaba y fijaba el destino de culpables e inocentes. La belleza de la ley residía en su pureza, en la claridad de su enunciado y propósito, en la absoluta exclusión de todo sentimiento. En su ámbito, toda confusión o duda era vencida por la decisión del juez, fuera ésta correcta o errónea. Y mientras esa pureza y ese proceso fuesen respetados, todo error referente a la justicia quedaba bajo la égida de la eternidad. Pero ¿qué ley podría desarraigar su propia duda, su confusión y su culpa?

Estaba solo. Los haces de luz de las ventanas orientadas al sur caían sobre los bancos vacíos y arrancaban caprichosos destellos al roble barnizado. El polvo formaba remolinos en los rayos amarillos, agitado por la corriente procedente de la aspillera en uno de los muros. Allí, en la sede del poder, Ludovico reflexionaba sobre su impotencia. Su cuerpo padecía el dolor de las heridas y su corazón sufría por otras heridas más ocultas y mucho más difíciles de curar y soportar. El rostro de Carla y sus ojos lo atormentaban. ¿Serían ciertas las teorías de Apolónides? ¿Lo habían hechizado esos ojos? ¿Debía entregarla a las llamas y terminar con todo? Ciertamente, no había pócimas ni fiebres capaces de causarle un malestar tan maligno e intenso. No tenía un consejero ni un confesor. En ese sentido, carecía de amigos. La única persona cuya sabiduría –lo presentía– habría podido guiarlo estaba confinada en el pozo más oscuro de toda la cristiandad. Si había una Guva de la mente, Ludovico estaba enclaustrado en ella.

El personal de la Audiencia había sido evacuado o reclutado para la lucha, y en sus salas, Ludovico podía hacer y deshacer a su antojo. Mantenía a sus prisioneros separados. A las mujeres las tenía encerradas en sendas habitaciones más o menos confortables, mientras que al grotesco y brutal inglés le había reservado una mazmorra en el sótano. A ninguno de ellos los había visto desde el arresto. En el torbellino de debate que consumía su mente quedaba un pequeño foco de serenidad, que contenía dos palabras: «paciencia» y «tiempo». Había esperado semanas. Había esperado años. Podía resistir unos días más.

Los turcos habían mantenido una estrategia de desgaste con fuego de mosquetes, bombardeos, trabajo de zapa y tímidas incursiones. Tras rechazar con éxito su gran ataque del 2 de septiembre, la ciudad se había sumido en una gris desesperanza, al ver otra heroica victoria convertida en un aplazamiento más, conseguido a un coste trágico. Todo el alto mando se preguntaba dónde estaba García de Toledo. Los refuerzos prometidos llevaban más de dos meses de retraso. ¿Dónde estaban los caballeros de los prioratos más alejados de la Orden, que debían haberse congregado en Sicilia a lo largo del verano? ¿Realmente no le importaba al virrey que Malta cayera?

Como era evidente que las súplicas del gran maestre obraban escaso efecto, Ludovico había enviado a Mesina, unas semanas antes, a su propio mensajero maltés, un primo de Gullu Cakie, para entregarle dos cartas a un familiar de la Inquisición, un hombre de toda confianza de la alta nobleza siciliana. Una de las misivas debía ser abierta únicamente en la eventualidad de que Malta cayera sin haber recibido ayuda de Toledo. Contenía material e instrucciones que asegurarían la inmediata destitución y caída en desgracia del virrey. La otra había de entregarse en mano a Toledo.

Esta última carta comenzaba con una relación de los sufrimientos soportados por los sitiados, el valor de los defensores cristianos y la muerte heroica, en la lucha por la primera torre de asalto, del hijo de Toledo, Federico. Sólo la intervención directa de la voluntad divina podía explicar la prolongada resistencia de la plaza, que desafiaba toda explicación humana o militar. Si Toledo tenía intención de oponerse a esa voluntad, su destino eterno sería decisión de Dios. Pero en este mundo había cristianos como Michele Ghisleri que sentirían la obligación de honrar a los muertos castigando a quienes vilmente les habían fallado. Sería muy triste que un soldado de la reputación de Toledo tuviera que terminar sus días convertido en el cobarde más ruin de toda Europa.

Amenazar a un virrey español era un acto sin precedentes, pero Ludovico conocía a Toledo. La carta inspiraría en él una furia de proporciones pasmosas y la furia lo incitaría a actuar.

Pese a la fe de Ludovico en la Providencia y en sus propias tácticas diplomáticas, aún no había señales de las tropas de refuerzo. Hasta que se supiera algo de ellas, no se atrevía a ejecutar el golpe final que su intriga requería. La guía del gran maestre era más vital que nunca para la moral de la guarnición. El milagro necesario para resistir el siguiente asalto turco dependería, lo mismo que el anterior, de la presencia de La Valette. Cuando los refuerzos hubieran llegado, Ludovico podría trabajar por su causa. Si no llegaban, moriría con los demás. La muerte no le causaba gran angustia. Si temía a la muerte, era sólo porque le negaría la consumación de su amor con Carla que tanto anhelaba. Hacia ella se dirigieron una vez más sus pensamientos. Su proximidad lo torturaba. Ella estaba ahí, esperando, en ese mismo edificio. Esperaba su visita, como todos los demás, porque de su aparición dependía el futuro de todos ellos. Sin embargo, no sabía qué decirle a Carla. No sabía cómo conseguir que se plegara a su voluntad. A todos los demás siempre sabía manejarlos, pero a ella no. Y si no conseguía convencerla, ¿cómo haría para apartarla de sus pensamientos?

Anacleto entró en la sala. Una masa de costras le desfiguraba el hueco del ojo y la mejilla. La purulencia había desaparecido, pero aún perduraba el dolor. La deformidad y la pérdida de su belleza ya no tenían remedio. La visión del joven apenó a Ludovico. Bors, el bruto inglés amigo de Tannhäuser, había disparado la bala. Él mismo se había vanagloriado de la acción mientras lo arrojaban al interior de la celda. Anacleto se dirigió hacia el trono. Su modo de andar era raro; no llegaba a ser vacilante, pero era menos ligero que de costumbre. Hizo una reverencia.

–El inglés grita vuestro nombre –dijo–. Golpea la puerta de la celda y dice el carcelero que lo hace con la cabeza. Con su propia cabeza.

–¿Ha vaciado ya la barrica?

Anacleto se encogió de hombros.

–Eso parece.

–Deja que siga golpeando. ¿Qué hay de las mujeres?

–Todo en calma.

Anacleto clavó en él la mirada de su único ojo, que oscilaba levemente de lado a lado, como si la pérdida de su compañero lo hubiera desequilibrado. La pupila era diminuta. El opio. De ahí su forma de andar. Aun así, había algo más que no encajaba.

–¿Qué más? –preguntó Ludovico–. Dime qué te preocupa.

Anacleto sacudió la cabeza.

–Nada.

–¿El dolor? –insistió Ludovico.

Anacleto no respondió. La resistencia al dolor era una cuestión de honor.

–¿Tienes suficiente opio? –preguntó Ludovico.

Los morrales de Tannhäuser resultaron estar atestados de barras de opio, entre pequeños sacos llenos de piedras preciosas. Anacleto asintió.

–Los refuerzos vendrán –dijo Ludovico, agarrándolo por el brazo–. Estoy convencido y tú también deberías estarlo. La guerra pronto acabará. Nuestro trabajo ya casi está concluido. Habrá menos horror y, con la ayuda de Dios, nuestras vidas cambiarán.

–La vida siempre cambia –dijo Anacleto– y siempre abunda el horror. ¿Por qué iba a querer yo que las cosas fueran diferentes?

–Estabas perdido cuando te encontré –contestó Ludovico–. En ciertos aspectos, aún sigues perdido. Déjame ser tu guía.

Anacleto sujetó su mano y la besó.

–Siempre –dijo.

–Bien –respondió Ludovico, pero sus pensamientos ya estaban en otra parte: una luminosa revelación que hasta entonces no había visto. El chico perdido. Su propio hijo.

–Creo que veré al inglés después de todo –dijo–. Haz que lo lleven a la mazmorra con la trampilla y que lo encadenen.

Bors no se atrevía a abrir los ojos, porque habían puesto esa cosa sobre un taburete justo delante de él y ya no soportaba su horrenda visión. Dios lo había abandonado. ¿Y por qué no? Él era el ladrón malo. Él también habría desafiado a Cristo para que hiciera caer la ira de su Padre sobre la muchedumbre. Solamente habían hecho falta cuatro hombres para arrastrarlo de una celda a otra y encadenarlo a la pared, y sólo dos de ellos habían quedado tumbados en el suelo inconscientes, muertos quizá con un poco de suerte. La fuerza también lo había abandonado. Pero ¿qué tenía eso de extraño? Por galones le habían echado el aguardiente en la garganta. Galones y galones de aguardiente envenenado. Peor que envenenado: contaminado, profanado. Un destilado de maldad, los jugos concentrados de la locura. Le vinieron arcadas, pero ya no le quedaba nada en el estómago. Tenía la barba y el vello del pecho emporcados de vómito viejo. Ya nada podría limpiarle la sangre, ni el cerebro.

Nada, excepto la muerte, y eso no se lo permitirían. Todavía no. Percibía los zarcillos de la demencia extendiéndose dentro de su cráneo, estrangulando su raciocinio, agrietando el muro que contenía sus miedos y socavando los cimientos de su coraje. Estaba todo perdido. ¿Y qué? Nunca ninguna derrota había quebrado su ánimo. Ni tampoco las penurias, ni la pobreza, ni el dolor. ¡Que le dieran dolor! ¡Que trajeran las tenazas candentes y el látigo! ¡Que lo ataran al potro y le desgarraran los tendones! Anhelaba el dolor, porque al menos le llenaría la mente de algo que podría abarcar, algo que entendería y conocería, algo más tolerable que el veneno que le reptaba por las venas, las entrañas y la espina dorsal. Algo que le arrancara la mala hierba del delirio. Nunca había sentido mucho afecto por el judío, era cierto, pero lo admiraba, no lo había abandonado nunca y siempre había reconocido su asociación con él. ¡Y pobre de aquel que se hubiera atrevido a insultarlo en un susurro al alcance de sus oídos! Pero aun así... Un acto de locura para sembrar más locura. Tenía sangre en la boca, porque le había arrancado la nariz de un mordisco al carcelero. La carne humana no lo afectaba; ya había hecho lo mismo antes, un par de veces, y lo había disfrutado. Pero ¿eso? ¿Era un fantasma nacido del aguardiente y de la maldad que anidaba en su corazón? Abrió los ojos. Seguía ahí. Pálida y arrugada como un gusano, con el pelo rizado en obscenos picos y grumos, con los ojos gélidos y opacos. No era ningún fantasma. Él mismo había sentido su peso monstruoso en sus propias manos. La habían transportado desde Mesina. Costaba imaginarlo. La habían llevado por mar, la habían cargado a través de las líneas turcas y la habían guardado, durante todos los días del asedio más tenebroso de la historia, reservándola para un momento como ése. Un momento como el que él había heredado ahora y que de algún modo merecía. Cerró los ojos.

El cerrojo tembló en la puerta y se descorrió un pasador. Bors volvió a sentir arcadas y escupió bilis.

Oyó la voz de Ludovico.

–Lleváosla.

Tasso, el *bravo* siciliano, entró en la celda. Andaba medio encorvado, agarrándose un costado. Bors le había dado un puñetazo en el hígado y había sentido partirse las costillas como carne de cerdo quemada. Tasso se paró en seco delante del taburete, a causa de la repulsión. Lo único que le quedaba a Bors era su bestialidad. Embistió hasta el límite de la cadena que le rodeaba el cuello y rugió, y aunque la cadena lo tenía bien sujeto, Tasso retrocedió aterrorizado. Bors se rió de él y también de sí mismo y de su destino, y de la cabeza reseca y arrugada de Sábato Svi que tenía delante, sobre el taburete.

Había cierto consuelo en la locura. Aniquilación. Una sensación de alejarse volando, como llevado por alas de águila.

Lo habían dejado en la mazmorra con una caja de velas y una barrica con grifo sobre el banco de dormir, y durante toda una noche había mirado fijamente la barrica, porque aunque no era un zorro como Mattias, sabía que tenía que haber alguna intención detrás de esos detalles. Finalmente, había abierto el grifo y había descubierto el aguardiente dentro de la barrica. Y ante semejante alegría, ya no le importaron las intenciones ni los detalles. Bebió hasta perder el sentido, dejando transcurrir sin cuento las horas y los días; se hundió en un sopor cuajado de ensoñaciones de gloria, sangre y camaradería, y cuando hubo despertado, volvió a beber, como habría hecho cualquier hombre decidido a entregarse a la bebida, para sumirse en un olvido despiadado y sin un fin imaginable, hasta que ese final había llegado, porque lo mismo que la teta materna, el grifo al final se había secado y la barrica se había quedado vacía, tan vacía como su estómago y su alma. Pero no estaba vacía del todo, porque cuando la levantó por encima de la boca y la inclinó para que soltara hasta las heces, algo se movió en su interior. Algo sólido y sustancial, que golpeaba las paredes de la barrica como una semilla dentro de una calabaza seca, un ruido que su mente borrosa recordaba como el sonido de la locura. Dejó la barrica en el suelo, con una sensación enfermiza en las entrañas, y ya no la movió más. Pero la curiosidad es un tormento tan intenso como cualquier tortura y acabó doblegando su voluntad. Estrelló la barrica contra las losas del suelo y de su interior salió rodando la cabeza de Sábato Svi. Cortada por el cuello y conservada como una cebolla dentro del aguardiente. Ante esto, todos sus conceptos de vileza quedaron empequeñecidos, su propia crueldad se vio mil veces superada y se partió el hilo que conectaba su mente con su alma. Se puso a aullar entonces a un Dios en el que ya no creía.

Tasso encontró en el suelo una manta infestada de piojos. Atrapó con ella la cabeza cortada y se marchó, mientras Bors seguía riendo sin poder contenerse. Entonces entró Ludovico y Bors dejó de reír. El monje se detuvo y bajó la vista hacia los pies de Bors, como si acabara de advertir algo por primera vez. Bors siguió su mirada. En el suelo había una trampilla de madera, con una argolla de hierro y un grueso cerrojo.

–¿Entiendes el francés? –le preguntó Ludovico.

Bors no respondió.

–A estas mazmorras, los franceses les llaman *oubliettes* –dijo Ludovico–. En francés, *oublier* significa «olvidar». Es el lugar del olvido. El que entra ahí no sale nunca.

Ludovico se agachó, abrió el cerrojo y levantó la trampilla tirando de la argolla. Salieron unos miasmas nauseabundos y, con una mueca, Bors miró hacia abajo. Más allá de la abertura de la trampilla había un espacio estrecho como el de un ataúd. Allí yacía Nicodemo. Tenía la cara del color de una medusa. Larvas semejantes a gusanos reptaban sobre sus ojos semicerrados y sus labios inmóviles.

Bors sintió una convulsión de rabia y dolor en la garganta. Ya no habría partidas de *backgammon*, ni volvería a probar las natillas más deliciosas que había comido en su vida. Cerró los ojos. La cabeza le daba vueltas con un vértigo repentino. Se recostó en la pared. El impulso de vomitar volvió a asaltarlo, pero tragó. Imaginó a Mattias. «Controla la rabia y el dolor –oyó Bors que le aconsejaba–, porque mientras respiremos, aún podemos vencer.»

Ludovico dejó caer la trampilla, se sentó en el taburete sin el menor escrúpulo y apoyó las manos sobre los muslos. Era extraño, porque Bors no le temía a él ni a nada que pudiera hacer, porque de algún modo, al conservar en aguardiente la cabeza de un hombre a quien él no había querido, pero había defendido –al guardar en conserva la cabeza de Sábato Svi, el judío–, Ludovico había hecho todo el mal que podía hacer y mucho más.

–Bors de Carlisle –dijo Ludovico, con toda la cordialidad de que era capaz–. Dime, ¿dónde está ese pueblo de Carlisle?

Entonces Bors pensó: «Perdóname, Mattias, amigo mío, porque éste es un juego que no puedo ganar».

Una vieja le llevaba el vino y la comida, mientras Anacleto esperaba en la puerta, pero ninguno de los dos había respondido a sus preguntas. Cuando Ludovico finalmente fue a visitarla, Carla descubrió que una primitiva gratitud por tener compañía desplazaba en ella todos los demás sentimientos. Le dio la espalda a Ludovico para ocultárselo. Despreciaba su propia debilidad. Lo despreciaba a él por saber que ésa sería su reacción. Se giró y lo miró de frente. Las órbitas de los ojos del monje retrocedían en su cara como perdiéndose en una noche sin fin y no reflejaban la luz de la ventana que se abría en lo alto del muro. Sin embargo, las sombras no ocultaban el tormento que padecía en su interior. En algunos aspectos, seguía siendo el hombre del que ella se había enamorado; en otros, era un desconocido.

–¿Dónde está Amparo? –preguntó ella.

–Cerca –replicó Ludovico–. Las comodidades de que gozas, aunque parcas, son mejores que las que tiene la mayoría en esta ciudad. Amparo disfruta de las mismas que tú. Pareces estar bien de salud y tengo entendido que ella también lo está.

–¿La has visto?

–No.

–Quiero verla.

–Pronto –dijo él.

–Ahora mismo –ordenó Carla.

–¿Me permites que me siente?

Avanzó por la sala, donde una cama y dos sillas componían todo el mobiliario. Carla no había sido capaz de deducir su función original. Ludovico andaba cojeando, pero no lo hacía para ganarse su simpatía. Su solicitud no sería atendida, lo sabía. Recordó el consejo de Mattias de no intentar superar en astucia al inquisidor. Hizo un gesto afirmativo y Ludovico se sentó.

–Lamento estas circunstancias –dijo Ludovico–, pero debes comprender que tengo determinados propósitos y no admito desvíos en mi camino. Algunos aspectos de mis planes te conciernen y otros no.

–¿Y Tannhäuser?

–Su alojamiento es menos opulento, pero no está siendo maltratado. Tus amigos pueden superar indemnes esta prueba. En parte depende de ellos y en parte de ti.

–De modo que has venido para amenazar la vida de mis seres queridos...

–He venido a arrojar luz sobre la naturaleza de las cosas tal como son. El cómo serán depende del papel que desempeñemos cada uno de nosotros.

–¿Y el papel que se requiere de mí sigue siendo el de tu amante? ¿El de tu esposa?

–He rezado para que se aclare todo este asunto, como seguramente tú también habrás hecho.

Ella dejó que el silencio respondiera por ella.

Ludovico prosiguió.

–Creo que es la voluntad de Dios que estemos juntos. Creo que siempre lo ha sido.

–Pretendes hablar en nombre de Dios, como hacen muchos de los que comulgan con el mal. Preferiría que hablaras solamente de tu voluntad y tu deseo.

–Mi deseo es tu felicidad. Sé que en este momento me desprecias y que mi propuesta te produce repulsión. Pero con el tiempo comprenderás que tu felicidad es inseparable de la mía.

–Veo que también pretendes hablar en mi nombre.

–El desdén no es propio de ti, ni favorece a nadie.

Carla sintió que la ira le pesaba en el pecho como una piedra enorme.

–¿Desdén?

Ludovico parpadeó.

–¿Puedes imaginar cuánto te desprecio? –preguntó ella.

–Lo he intentado –dijo él–, pero no lo he conseguido. Sin embargo, la moneda tiene dos caras. No puedes imaginar el tormento que me ha infligido tu presencia.

–¿Me acusas a mí de atormentarte?

–Simplemente expongo un hecho. Yo no te pedí que volvieras a Malta; incluso intenté impedirlo.

Carla sintió que una vieja culpa se retorcía en su interior. Había dejado una estela de calamidades a su paso.

–He intentado librarme de esta angustia –prosiguió Ludovico–. He mortificado la carne. He pensado en perpetrar actos tan atroces que a tus ojos habría perdido para siempre toda posibilidad de redención. De ese modo habría hallado al menos una solución y algo semejante a la paz.

El temor se desplegó en el vientre de Carla. Cuando Ludovico hablaba de actos atroces, ella no dudaba de su palabra.

–Si me he abstenido de cometerlos –dijo él–, fue por horror a causarte más dolor aún.

Carla sintió un estremecimiento y se agarró los hombros con las manos para reprimir otro.

Él se puso de pie y acercó la segunda silla a la suya.

–Ven, siéntate, por favor.

Ella se dirigió a la segunda silla y se sentó, mientras él volvía a su asiento. Ludovico permaneció un momento sentado, con los codos apoyados en los muslos, los dedos entrelazados y la cabeza gacha. Se le pusieron blancos los nudillos. Ella hizo una inspiración profunda y él levantó la cabeza para mirarla. Sus ojos hundidos eran como túneles excavados hacia algo abominable que se extendía detrás.

–Me lo he preguntado –dijo él–, me he preguntado cómo hacer para recuperar el afecto de una mujer a la que he ofendido tan gravemente y de tan múltiples maneras, una mujer cuyo orgullo he pisoteado, cuya libertad he robado y cuyos amigos más queridos he encerrado en la oscuridad, cargados de cadenas.

Carla sintió que las lágrimas le subían a la garganta. Tragó.

–No he encontrado respuesta a esa pregunta –prosiguió él–, porque estoy encadenado en una oscuridad más espesa que ninguna otra. He cortado el nudo de muchos enigmas y he desenmarañado muchos más, pero éste supera a mi ingenio, porque los más enredados de sus hilos son mis propias emociones. Su fuerza excede todos los lazos y compulsiones. La guerra y su exaltación los han apretado aún más. La cólera, la piedad y la lascivia me han inspirado en diferentes momentos. El amor me ha sofocado hasta el punto de despertar en medio de la noche creyendo que había llegado mi hora. Así es, y más de una vez he deseado que fuera verdad. Pero no lo era. Incluso en el campo de batalla, incluso cuando ese alemán amigo tuyo me disparó su bala asesina por la espalda, la muerte me ha eludido. Las cosas no son como yo desearía que fueran, sino como son. Por eso vengo a encomendarme a tu compasión.

Carla desvió la vista de los ojos de Ludovico, para encontrar sus propios pensamientos. Había rezado, sí. Mattias le había dicho que fuera sincera consigo misma, cualquiera que fuera el precio. Había luchado día y noche con ese acertijo. ¿Qué había querido decir? ¿Que bajo ninguna circunstancia cediera a las demandas de Ludovico? ¿Que los sacrificara a todos en la pira de su propio honor, en un mundo que ya apestaba a inmolación y muerte? Resolvió que no era eso lo que había querido decir, que ésa era sólo una interpretación entre muchas y que Mattias, como siempre, sólo había querido decir lo que había dicho: que fuera fiel a la concepción más elevada que ella misma tenía de sí y no a las concepciones que pudieran tener los demás. Volvió a mirar a Ludovico.

–¿No puedes dejar que vivamos nuestras vidas? ¿Por qué no buscas consuelo en Dios?

–¿Has encontrado tú ese consuelo?

–Sí –dijo ella–, lo he encontrado.

–Pero has vuelto a Malta.

–Pese a tus acusaciones, no he vuelto para causarte mal.

–Aun así.

–No me has contestado.

Ludovico dijo:

–No has entregado tu cuerpo a Tannhäuser. Aún no.

¿Cómo lo sabía?

Ludovico hizo un gesto afirmativo.

–Hay pocas cosas que yo no sepa y menos cosas aún que no esté dispuesto a hacer. No permitiré que seas del alemán, aunque para ello tenga que condenarme. Ya estoy en pecado mortal. No puedo arrancármelo. Dios ve la verdad en mi corazón y sabe que no me arrepiento. Pero si es preciso, prefiero condenarme por mis actos antes que por mis pensamientos.

Si alguna vez ella había albergado alguna duda acerca de su determinación, ya no dudó más.

Dijo Ludovico:

–Escúchame, Carla. El aborrecimiento me atormenta, pero no es inevitable que lo descargue contra su presa. Lo que tuvimos tú y yo no puede morir. La resurrección es la base de nuestra fe y también lo es el amor, y la resurrección y el amor se sostienen mutuamente. Te amo más de lo que amo a Dios. Juntos encontraremos la paz. Amparo seguirá a tu lado. Nos reuniremos con nuestro hijo. Y con el tiempo, volverás a descubrir la ternura que sentiste por mí en el pasado.

–¿Nuestro hijo? –preguntó ella.

–Orlandu se encuentra entre el séquito de Abbás ibn Murad, agá de los Estandartes Amarillos. Cuando lleguen los refuerzos de Sicilia y reine la confusión en las filas turcas, mis caballeros le arrebatarán a Orlandu.

–Veo que ambicionas robarle más de un papel a Tannhäuser.

Ludovico hizo una mueca de desdén.

–No permitiré que embarquen a mi hijo a Constantinopla y lo conviertan en infiel. Preferiría verlo muerto antes que dejar que perdiera el alma.

Ella no quiso discutir acerca de esto último y en lugar de eso preguntó:

–¿Vienen en camino los refuerzos?

–Cuando llegue el ejército de Toledo, tú y yo iremos a Mdina. Desde allí, me uniré a los refuerzos y dirigiré el rescate de Orlandu.

–¿Y Mattias?

–Lo dejaré libre para que se reúna con los turcos. Con ellos vivirá bien y prosperará. Te olvidará, como tú lo olvidarás a él. Y a menos que tú me des motivos para hacerlo, no le causaré más daños ni le guardaré rencor. Su vida, como la de Amparo, está en tus manos.

Se puso de pie.

–Ya tienes mi respuesta –añadió Ludovico–. Ahora dame la tuya, porque no volveré a pedírtela.

Carla también se levantó. Había tomado una decisión. La había tomado antes de que él entrara en la habitación, porque en líneas generales sus exigencias eran fáciles de prever.

–Si mi capitulación sirve para salvar a Mattias y a Amparo, estoy dispuesta a pagar ese precio, libre y plenamente, y me alegro de hacerlo.

Ludovico hizo una inspiración.

–Cuando lleguen los refuerzos –dijo ella–, iremos a Mdina. Y todo será como tú desees.

Sábado 8 de septiembre de 1565

La Audiencia. La celda de Amparo

La había visitado varias veces al día, durante más días de los que ella podía recordar, y cada vez se había quitado las calzas, le había separado a ella las piernas y la había violado sobre el colchón. Las violaciones eran brutales y prolongadas, porque a Anacleto le costaba llegar al clímax y parecía culparla a ella de que así fuera. Estaba poseído por algo que ella reconocía como maligno, algo que confería una luz peculiar a su único ojo. Su medio rostro jadeaba y se contorsionaba encima de ella, que sentía su aliento rancio y la rabia de sus dedos. Cuando por fin él estallaba dentro de ella, gritaba «¡Filomena!». Después, se apartaba de ella reptando, como separándose de un montón de estiércol, se vestía de espaldas y se marchaba. El misterioso nombre era la única palabra que articulaba.

Amparo soportaba las agresiones como había soportado otras en su pasado lejano. Tannhäuser le había dicho que resistiera y ésa era la única fuerza que necesitaba. Estaba preparada para cosas peores. Había vivido cosas peores. Anacleto era de dimensiones corrientes. Cuando lo oía en la puerta, se escupía en los dedos y se humedecía las partes íntimas. Cerraba los ojos y no oponía resistencia, mientras apretaba la peineta de plata y marfil hasta hacerse sangrar la mano. Mientras Anacleto se movía entre sus muslos, ella pensaba en Tannhäuser, su rosa rojo sangre. Aunque sus espinas le habían herido el corazón, él la había hecho cantar. ¡Y cómo había cantado! ¡Y cómo seguía cantando! Con los dientes apretados, Amparo no soltaba ni un gemido. Sin embargo, en ese ámbito interior suyo que era más vasto e intrincado que el poderoso universo de fuera, y al que nada ni nadie podía dominar excepto su alma, ella cantaba su amor. Cantaba, cantaba, cantaba. Cuando Anacleto se marchaba, su simiente se le quedaba chorreando entre las piernas y esa humillación era peor para ella que el dolor en el vientre y los cardenales en los brazos. Pero mientras se lavaba, se decía que Tannhäuser vendría.

Vendría y se la llevaría de allí. Y ella cantaría para él.

Entre las violaciones, ella permanecía desnuda en la cama, retraída en sí misma, muy lejos de la celda. La vieja siciliana le llevaba la comida. Era la misma arpía reseca con dedos de araña que había estado rondando en las cuadras durante semanas. Miraba a Amparo con asco y su mirada acuosa parecía tan poseída, a su manera, como la de Anacleto. Mascullaba entre dientes y escupía palabras que sonaban como maldiciones. Le echaba el mal de ojo. Después, la llave giraba en el cerrojo y la vieja arpía se marchaba.

Amparo comía poco. Durante el día esperaba a que la luz de la ventana alta se desvaneciera, porque Anacleto nunca acudía por la noche. Cuando había oscurecido, contemplaba el tránsito de las estrellas a través del pequeño trozo de cielo que podía ver. Pensaba poco en sus desdichas. La crueldad formaba parte de la naturaleza, lo mismo que las heladas invernales; había que sobrellevarla y después olvidarla. No permitía que llegara a lo más profundo de su corazón. Pensaba en Nicodemo y en Bors, que le habían dado su amistad y la habían cuidado sin pedirle nada a cambio. Pensaba en Carla y en la última (y horrenda) imagen revelada por el cristal de las visiones: la de la mujer ahorcada con el vestido rojo de seda. Y pensaba otra vez en Tannhäuser, que la había hecho sentirse hermosísima, cuando nadie antes lo había hecho. Se peinaba con la peineta de marfil. Observaba el juego de la luz sobre los arabescos de plata. Revivía las horas que habían pasado juntos. Conjuraba el tacto de su piel, el azul de sus ojos y el sonido de su voz. Sonreía recordando sus tonterías. Pensaba en la historia que le había contado, la del ruiseñor y la rosa.

Lloraba.

Se sobresaltó en la mortuoria oscuridad anterior al alba, cuando oyó el crujido de la puerta de su celda al abrirse. Una lámpara le iluminó la cara a Anacleto. Amparo sintió que las náuseas le revolvían el estómago. Se preparó. Se giró, situándose frente a él, para que no le retorciera los brazos. Anacleto levantó la mano. De sus dedos colgaba una prenda de tela oscura, que reverberó como animada de vida propia al recibir la luz de la lámpara. Era de una belleza inconfundible. Y era de color rojo. Era el vestido de Carla.

El maravilloso vestido de Carla.

Amparo notó que se le secaba la boca y por primera vez sintió terror.

Anacleto se lo arrojó por el aire.

La prenda aterrizó sobre sus muslos y se deslizó sobre su piel. Sabía que el vestido señalaba su fin, pero aun así su tacto era exquisito.

Miró a Anacleto. La soga que esperaba ver en su mano no estaba allí, pero en su rostro había una furia negra y pueril que Amparo no había visto hasta entonces, una furia alentada por otra persona, pero dirigida hacia ella. Anacleto señaló el vestido sobre su regazo.

Amparo sacudió la cabeza.

–Póntelo –le ordenó él.

Amparo apretó la peineta de marfil y los dientes se le clavaron en la palma de la mano.

–No –dijo–. Nunca.

Sábado 8 de septiembre de 1565
Fiesta de la natividad de la Virgen
La Guva

Silencio. Oscuridad. Piedra.

Tiempo sin días. Tiempo sin noches.

Sin sol. Sin estrellas. Sin viento.

Era una pureza de ausencias concebida para cultivar la desesperación de los réprobos.

Los miserables desdichados que habían padecido la geometría irreducible de la Guva se habían marchitado por falta de esperanza. Como las colas de las ratas que acaban enredándose en las madrigueras atestadas de roedores, así se enredaban y chocaban entre sí los contenidos de su mente. Como náufragos obligados a devorar carne humana, así sus pensamientos, pesadillas y miedos les consumían la mente.

No sucedió así con el cerebro ni con los pensamientos de Mattias Tannhäuser.

De los numerosos ocupantes de la Guva, Tannhäuser fue el primero en disfrutar de su estancia en la oscuridad.

Sumido en un embriagador elixir compuesto de agotamiento, soledad, opio y paz, vagabundeaba entre extravagantes sueños, con rostros sonrientes y ríos de vino que manaban de las rocas, donde todas las mujeres eran atractivas y todos los hombres mansos, y donde muchas bestias extrañas merodeaban sin hacer ningún daño. El alivio de dejar atrás la batalla, el clamor de la guerra y la angustiosa carga de los compañeros, y de no tener que meditar, decidir y actuar en el turbulento corazón del caos, era un tónico tan potente como la droga. Orinaba a menudo y en pequeñas cantidades, distribuyendo la orina en torno a la superficie del cono invertido, para que se secara, en lugar de formar un charco a sus pies. Arrojaba sus poco frecuentes deposiciones al vacío, más allá de los bordes del pozo. Apretaba durante horas las manos y los pies contra las paredes curvas que lo rodeaban para recuperar la fuerza y tonificar los músculos. Pensaba en los misterios de la quintaescencia, porque de la nada absoluta habían surgido todas las cosas y podían volver a surgir; pensaba en las obras y las enseñanzas de Jesucristo, cuya filosofía no era muy diferente de aquélla, y le parecían nobles; y allí, en la Guva, donde los límites entre el infinito de fuera y el infinito de dentro de su mente a veces parecían disolverse, buscaba la gracia de Dios. La sentía cerca, como las criaturas del bosque sienten la inminencia de la primavera, pero al no encontrarla, llegó a la conclusión de que aún le quedaban por pagar las deudas que en su corazón había contraído con el diablo. No se paraba a pensar en la suerte que habrían corrido sus seres queridos, porque habría sido inútil. Tampoco pensaba en las intrigas del inquisidor, porque no podía hacer nada para cambiarlas. De ese modo, hizo de la Guva su refugio y usó su desolación para recuperar la fuerza física y mental. Dormía durante largas horas, enroscado como un gato contra las curvas paredes, y cuando sentía volver la conciencia, se obligaba a seguir durmiendo. Sentía el frío de la piedra contra la piel, pero después de tantos meses de calor agobiante, tampoco esa sensación era del todo desagradable. Se despertaba con calambres y con la espalda en carne viva, pero esas incomodidades no podían compararse con las padecidas en el campo de batalla. Dos veces lo despertó un desconocido mientras dormía, con una luz que seguramente era tenue, pero le deslumbró los sentidos. La figura se asomó por el borde de la Guva y le arrojó un paquete de pan y pescado seco envuelto en un paño. Ludovico nó quería matarlo de hambre, sino sólo quebrantar su espíritu con el aislamiento y la incertidumbre. El inquisidor se llevaría una decepción, pero Tannhäuser hizo lo posible para que no lo supiera.

Cuando por fin fue a buscarlo el monje negro, lo hizo con el peculiar talento para la teatralidad que caracterizaba a la Inquisición.

Tannhäuser oyó que la puerta se abría. El ruido del cerrojo, los pasos y el sonido metálico de unas piezas de armadura le parecieron estridentes en el silencio al que estaba habituado. ¿Un hombre o dos? Dos, sin duda. La llama de una antorcha emergió en la oscuridad informe y describió un semicírculo en torno a la boca de la Guva. La antorcha se detuvo, suspendida temblorosa en el aire, y entonces Tannhäuser comprendió que había sido colocada en un soporte de la pared del recinto. Mientras sus ojos se adaptaban a la conmoción de su incandescencia, los pasos iban y venían apresuradamente. Una figura pasó delante de la antorcha y alguien descolgó una escala por el lado de la Guva más alejado de la puerta. Tannhäuser vio el destello de la luz sobre un morrión de acero. Después, la sombría figura rodeó el pozo y sus pasos se alejaron. La puerta se abrió y se cerró, y volvió a reinar el silencio.

Tannhäuser esperó, porque le pareció indecoroso manifestar un deseo demasiado ardiente de escapar de su prisión. Con el oído aguzado por el silencio, distinguía claramente el crepitar de las llamas. Y también la respiración de un hombre. Era una respiración lenta y serena, como la suya. A la luz que lo iluminaba desde lo alto, tomó conciencia de su desnudez, de los tatuajes paganos que le cubrían los brazos y los muslos, y del brillo de los leones de oro en torno a su muñeca. Pero para entonces también se había habituado a su dorada desnudez. Subió por la escala, sintiendo los ojos que lo miraban a su espalda y salió al borde de la Guva. Se dio la vuelta.

Del otro lado del pozo estaba de pie Ludovico. Tannhäuser no sentía que hubiera nadie más en el recinto. Ludovico estaba resplandeciente con su oscura armadura de Negroli. El peto recién lustrado relucía, como si el origen de las llamas no fuera la antorcha, sino el acero esmaltado. Tenía la cabeza descubierta. Parecía estar desarmado. La luz de la antorcha en la pared sumía en la sombra la mitad de su cara. Sus ojos eran como dos lagunas estigias. Si le sorprendió el vigor de Tannhäuser, no dio muestras de que así fuera. Sólo inclinó la cabeza para saludar. Tannhäuser se sentó con las piernas cruzadas en el borde de la Guva, con una mano apoyada en cada rodilla. Devolvió el saludo con una inclinación similar y los dos hombres se estudiaron mutuamente a través del vacío.

Pasaron varios minutos. Quizá muchos. Tras el silencio intemporal del pozo, a Tannhäuser le pareció natural que así fuera. Pero después advirtió que se requería de él algún acto de sumisión.

–¿Qué día es hoy? –preguntó.

–La fiesta de la natividad de la Virgen. Sábado ocho.

Seis días. Le había parecido a la vez más y menos tiempo.

–¿De día o de noche?

–Faltan dos horas para el alba.

–Y la ciudad aún resiste.

–No sólo resiste –explicó Ludovico–, sino que se ha levantado el asedio.

Tannhäuser lo miró fijamente. Ninguna noticia le habría parecido más inverosímil, pero Ludovico no tenía ninguna razón para engañarlo.

–Ayer por la mañana, cerca de diez mil soldados desembarcaron en la bahía de Mellieha –dijo Ludovico–. Están acampados fuera, en las laderas de los montes Naxxar.

–¿Y los turcos? –preguntó Tannhäuser.

–Han desmantelado los cañones de asedio y en este mismo instante se están replegando hacia sus barcos.

–¿Mustafá huye de diez mil hombres?

–Nuestro gran maestre puso en libertad a un prisionero musulmán y le dio a entender que los refuerzos eran el doble de numerosos.

Tannhäuser intentó asimilarlo. La Religión había vencido. Y él había intentado escapar de la isla cuando ya no era necesario. Cuando Ludovico se movió y la luz de la antorcha le iluminó los ojos, fue evidente que él también apreciaba la ironía de su situación.

–Os digo la verdad, podéis creerme –dijo Ludovico–. No habríais podido elegir peor momento para huir.

Tannhäuser contestó:

–Supongo que no habréis venido solamente para darme esa buena noticia.

Ludovico lo miró desde arriba y después se sentó en una silla colocada en el borde de la Guva.

–Si he comprendido bien vuestra historia, sois un hombre perfectamente capaz de dejar atrás el pasado cuando las circunstancias lo requieren. Habéis dejado atrás la familia, el país, la religión, el emperador, la causa... Incluso a vuestro querido Oráculo.

Tannhäuser no pudo pensar en ningún argumento sólido para contradecirlo.

Ludovico sonrió:

–Incluso habéis abandonado a Sábato Svi.

El tono siniestro de esa calumnia estuvo a punto de hacer reaccionar a Tannhäuser, pero le convenía que Ludovico lo considerara un canalla.

–¿De modo que Sábato no llegó a Venecia?

–No llegó a salir de Mesina y tengo entendido que el mérito le corresponde a un tal Dimitrianos. –La boca de Ludovico se retorció en una mueca de disgusto–. Denunciar judíos sigue siendo un deporte muy popular.

Tannhäuser se había creído inmune para entonces al horror y la piedad. Cerró los ojos. Si no lo hubiera hecho, habría rodeado el pozo y le habría arrancado al monje negro todos y cada uno de sus miembros. O habría revelado la profundidad de su dolor. Ninguna de las dos cosas habrían servido a sus propósitos.

Por un momento, Ludovico dejó que se entregara a su pena silenciosa. Después dijo:

–Al judío lo olvidaréis. Como también debéis olvidar a doña Carla.

Haciendo gala de la necesaria insensibilidad, Tannhäuser masculló:

–Nuestro contrato de matrimonio se negoció como pago de los servicios prestados. Mi ambición es ser conde. Lo nuestro nunca ha sido un asunto amoroso.

–Para ella llegó a serlo.

–Las mujeres son proclives a encapricharse, sobre todo de quien las protege. Y si el protegido es su hijo, la atracción es aún mayor.

–Me alegra oíros hablar así –dijo Ludovico–. Lo que decís coincide con mis propias observaciones, pero en esos aspectos tenéis más experiencia que yo.

–Yo también he sido una especie de monje.

–Pero nunca habéis sentido el amor.

–Ése es un abismo que nunca he podido salvar. Mis debilidades se inclinan por la carne, no por el espíritu.

–La joven española, Amparo, os idolatra.

–¿Está bien?

–Al igual que Carla, goza de toda clase de comodidades y atenciones.

–No me gustaría que sufriera ningún daño –dijo Tannhäuser.

–Si usáis vuestra inteligencia, no la tocarán más manos que las vuestras.

Pensó Tannhäuser que había cierta viperina imprecisión en esas respuestas, pero no le parecía que el inquisidor estuviera mintiendo. Aun así, mintiera o no, todas las bazas eran suyas.

–¿Por qué regresasteis al Borgo? –preguntó Ludovico.

El inquisidor esperaba ponerlo en un aprieto. Tannhäuser se encogió de hombros.

–Había dejado aquí una pequeña fortuna en opio y piedras preciosas, lo suficiente para montar una pequeña empresa, ya fuera en Italia, en Túnez o en la costa de Stambouli. Además, no me gustaba la idea de que los turcos cargaran de cadenas a mis amigos y pensé que podía salvarlos de ese destino.

Ludovico se inclinó hacia delante.

–¿Carla me odia?

La pregunta escapó como si la hubiese tenido prisionera durante toda una vida.

–Nunca me lo ha dicho –replicó Tannhäuser–, y no por falta de oportunidades. O de aliento. En su alma no hay suelo donde pueda arraigar el odio. Sólo la desconcierta vuestra crueldad. Las mujeres en general ven las atrocidades como un enigma irresoluble. Dudo que le gustara que me enviarais a la hoguera. Pero creo que sus sentimientos respecto a vos se parecen más a la pena, por el dolor de ver entregado al mal al hombre que una vez amó.

Ludovico asintió, como si de momento se conformara con la pena.

–Durante todos estos años en que he tenido trato con la muerte, nunca he querido que muriera nadie, pero el deber y la seguridad de la Iglesia me exigían lo contrario. He de admitir, sin embargo, que a veces he deseado vuestra muerte con un apasionamiento enorme.

–Admito unas ansias similares respecto a vos –dijo Tannhäuser.

–Sin embargo, ahora que nos encontramos cara a cara, siento que he perdido la ira.

–Como dicen los árabes, es mejor tener un sabio por enemigo que un imbécil por amigo.

–He venido a proponeros un trato.

–Tengo muy poco que ofrecer.

–Quiero que matéis a La Valette –contestó Ludovico.

Tannhäuser consiguió reprimir todo gesto de sorpresa. El hecho de que ése fuera el propósito de Ludovico había eludido hasta entonces todas sus especulaciones, pero en un instante de reflexión comprendió que no podía ser de otra manera. Era traición de la peor especie, pero Tannhäuser sabía mejor que nadie que el asesinato era uno de los instrumentos más sacrosantos del Estado.

–¿Cuándo? –preguntó.

–Cuanto antes –respondió Ludovico.

–Entonces el almirante Del Monte es el hombre del papa.

–Será el hombre de Ghisleri, pero de momento no lo sabe. Ningún defecto mancilla el carácter del almirante, excepto quizá cierta falta de astucia.

–Puedo imaginar a Del Monte plegándose a los deseos de un papa, pero no a los de un inquisidor.

–Antes de que acabe el año, el anillo de san Pedro brillará en la mano de Ghisleri.

Tannhäuser arqueó una ceja.

–Si vuestros planes incluyen el asesinato de un papa, supongo que para vos el príncipe de la Religión ha de ser caza menor.

–Hay que liquidar rápidamente este asunto, mientras el desenlace de la guerra aún es incierto y las pasiones están encendidas. Encajará muy bien como acto final del drama: el valeroso gran maestre, asesinado en el momento de la victoria por un sicario turco desconocido, el papel perfecto para vos. En la marea de lamentaciones populares que vendrá a continuación, y también en la embriaguez del triunfo, nadie se atreverá a cuestionar al sucesor elegido por La Valette. Del Monte accederá al trono y el nombre de La Valette perdurará para siempre.

–Magnífico –dijo Tannhäuser.

En una rara demostración de vanidad, Ludovico inclinó la cabeza.

–¿Y el trato? –preguntó Tannhäuser.

–Si os negáis –contestó Ludovico–, seréis degollado en esta misma habitación y vuestro cadáver será arrojado al mar con la primera luz del alba.

–He aceptado tratos menos irresistibles que éste –dijo Tannhäuser–. Pero como éste se cerrará únicamente con un apretón de manos, o tal vez ni siquiera eso, y como para su cumplimiento será preciso que me pongáis en libertad, vuestra propuesta requiere una buena dosis de buena fe... por vuestra parte.

–¿Entonces no tenéis objeciones?

–La Valette no es ningún inocente. Los turcos me tratarán como a un héroe por haber matado a un demonio, y con razón. Pero ¿qué probabilidades tendré yo de sobrevivir a la aventura?

–Vuestra supervivencia es mi mayor deseo. Si resultáis muerto en el intento, vuestra identidad estropearía la perfección de mi plan. Habría misterio, preguntas, una investigación... y aunque todos esos obstáculos se podrían superar, prefiero que no surjan.

–¿De qué medios dispondré para cometer ese asesinato?

–Os han preparado vuestro fusil, con la mejor pólvora y munición de acero macizo.

–¿Y mi pistola?

–Si queréis, podéis usarla. Vuestro caballo estará ensillado y a vuestra disposición. La puerta de Kalkara estará abierta y no habrá soldados en el bastión. Juro por mi honor que será así. La Valette, como siempre, sigue descuidando su seguridad. En este instante se encuentra en la capilla de Filermo, sin armadura y a la vista de todos. Se quedará en San Lorenzo hasta que concluyan los laudes. Ocupad vuestra posición mientras aún esté oscuro. Cuando salga de la iglesia al alba, podréis matarlo desde unos cien pies de distancia y estar fuera de las murallas antes de que haya sonado la voz de alarma. Por su aspecto, vuestro *Buraq* puede dejar atrás a cualquiera de los caballos de la ciudad. A partir de ahí, la elección es vuestra: la flota turca en Marsamxett o vuestra pequeña embarcación en Zonra.

La deliberada mención del barco perturbó a Tannhäuser. Bors tenía que haberlo pasado muy mal. De momento, no le dio importancia.

–Os aconsejo a los mahometanos –prosiguió Ludovico–, que como bien decís, os tratarán como a un héroe.

–Son muchas promesas –dijo Tannhäuser–: mi caballo, la puerta abierta...

–Creedlas. Soy capaz de situarme por encima de la malicia, sobre todo cuando tengo éxito. Vuestro futuro entre los infieles me es indiferente. Pero si os capturan con vida, los torturadores tendrán un gran día, y aunque mi palabra prevalecería sobre la vuestra, es una complicación que prefiero evitar y que podría servir de fundamento para cuestionar la sucesión de Del Monte. Si os capturan, mis hombres tienen instrucciones de mataros, aparentando que se dejan llevar por la ira. Pero ya habéis demostrado que sois difícil de matar, de modo que esa eventualidad plantearía muchas incertidumbres. Vuestra huida limpia y sin complicaciones me interesa tanto como a vos.

–Necesitaré mi espada, mi daga y mi armadura, por si tengo que luchar para huir.

–Están listas y aguardándoos, junto con la ropa turca.

–¿Y mi opio y mis piedras preciosas?

Algo cambió en la expresión de Ludovico, como si estuviera deseando oír esa exigencia.

–Ya está todo guardado en las alforjas de vuestra montura. Un buen pago no siempre garantiza la fidelidad, pero contribuye a asegurarla.

–La perspectiva de la fortuna me dará alas –dijo Tannhäuser y añadió–: Quiero que Bors venga conmigo.

–No –dijo Ludovico, en un tono que excluía toda negociación.

–¿Está vivo?

–Sano y salvo en lo físico, pero con la mente algo confusa.

–Entonces juradme que lo pondréis en libertad cuando me haya ido.

–El inglés sólo sigue con vida porque era un posible asesino, aunque inferior a vos, en caso de que vos rechazarais el encargo. Le haré la merced de una muerte rápida, pero nada más. –Ludovico separó las manos–. Si os hago una promesa falsa, tendréis razones para dudar de las que son sinceras, y sabéis perfectamente que Bors debe morir, porque antes o después contaría esta historia, en alguna parte, a la primera jarra de vino que bebiera.

Tannhäuser fingió meditar las palabras del monje y finalmente dijo:

–No quiero que Bors se condene. ¿Tendrá oportunidad de hacer las paces con Dios?

Ludovico consideró esa respuesta como una prueba de pragmática aquiescencia.

–Lo oiré en confesión y recibirá la sagrada forma de mi propia mano –dijo.

–¿Y las mujeres?

–Cuando salga de esta habitación, Carla vendrá conmigo a Mdina. Puesto que quiero merecer su aprecio y dispongo de su consentimiento para casarnos, Amparo gozará de todas las comodidades y estará segura y a salvo en nuestra casa. Nunca volveréis a ver a ninguna de las dos.

–¿Y Orlandu?

Ludovico lo miró durante un tiempo que pareció muy largo.

–Mi hijo es muy querido para mí y más aún para Carla. Bors me ha dicho que lo dejasteis al cuidado de los Estandartes Amarillos, de uno de sus generales: Abbás ibn Murad.

Esperó confirmación. Tannhäuser asintió con la cabeza.

–La caballería de Mustafá protegerá el repliegue hacia los barcos –prosiguió Ludovico–. Los Estandartes Amarillos estarán entre los últimos en embarcar. Yo me ocuparé de recuperar al muchacho.

–El chico trabaja con los mozos de cuadras –dijo Tannhäuser–. Si hay combate, el regimiento llevará los caballos de refresco al campo de batalla, para reemplazar a los animales caídos. Allí lo encontraréis, si es que está ahí.

–Gracias por decírmelo.

–Orlandu es un buen chico. Le deseo la mejor suerte.

Ludovico hizo un gesto afirmativo.

–Es una razón más para que desee que escapéis con los turcos. Si no logro encontrar a mi hijo, estoy dispuesto a pagar un sustancioso rescate para sacarlo de Constantinopla –dijo, y en seguida añadió–: Es de mi sangre.

Tannhäuser asintió.

–Entonces sellamos un doble acuerdo en este pozo.

–Así es. –Ludovico se puso de pie–. ¿Hay alguna parte del plan que no hayáis entendido bien?

Tannhäuser también se incorporó.

–¿Qué sucedería si le revelara vuestra intriga a La Valette?

–Entonces Del Monte fracasaría, el resultado sería decepcionante y mi orgullo quedaría herido, pero no sería un desastre. Vos, sin embargo, tendríais que fundamentar vuestras acusaciones de una conspiración absurda contra la palabra de cuatro heroicos caballeros de excelente reputación. El testimonio de Carla sería suficiente por sí solo para condenaros por desertor. Entrarían en acción los torturadores, confesaríais que todo había sido una vil calumnia y para el crepúsculo estaríais colgando en el cadalso.

–¿Y si simplemente me marcho por la puerta de Kalkara?

–Mis agentes en la Audiencia deberán enterarse de la muerte de La Valette antes de que el sol se separe de la cima del monte San Salvatore. De no ser así, Amparo morirá en lugar del gran maestre. Su muerte será espantosa y sucumbirá en medio del terror. Si La Valette vive, Amparo morirá. La decisión es vuestra.

–¿Os arriesgaríais a que Carla os aborreciera?

–Carla nunca lo sabría. Le daría a entender que le he permitido a Amparo abandonar la isla con vos.

Tannhäuser hizo caso omiso de la breve sensación de alarma en el estómago. Asintió.

–Una vez más, tengo que felicitaros.

–Hay uno de mis hombres muy cerca de La Valette, en la iglesia –añadió Ludovico–. Si intentáis cualquier estratagema, él se ocupará de acelerar la muerte de la chica.

–Pero ésta es una misión delicada –dijo Tannhäuser– y el sigilo es muy importante. Si encuentro algún caballero entrechocando las piezas de su armadura detrás de mí, en la oscuridad, o descubro a alguno de vuestros familiares de la Inquisición siguiéndome, no respondo de sus vidas.

–Tenéis mi confianza. Yo también creo que la necesitáis. Mi hombre en la iglesia no os estará vigilando a vos, sino a La Valette. Encontraréis vuestra ropa y vuestras armas del otro lado de la puerta. Una barcaza os espera en el muelle. *Buraq* está atado al puente en ruinas.

–Cuando nos reencontramos por primera vez, me absolvisteis de mis pecados –dijo Tannhäuser.

Ludovico lo estudió un momento, como buscando un rastro de burla en su expresión. No lo encontró. Levantó una mano.

–Ego te absolvo a peccatis tuis, in nomine Patris et Filii et Spiritu Sancti, Amen.

Ludovico se volvió y empezó a alejarse hacia la oscuridad.

–En la puerta de Kalkara –dijo Tannhäuser–. ¿Quién nos traicionó?

El inquisidor se detuvo y se giró, convertido ahora en una negra silueta sin cara sobre las sombras.

–Vuestra amante, Amparo –reveló.

–No os creo –dijo Tannhäuser.

–La idea de abandonar a *Buraq* le causó tal desolación que le contó al caballo todo lo que sabía.

¿Estaba sonriendo Ludovico en la oscuridad? Tannhäuser no lo pudo distinguir.

–La vieja siciliana lo oyó todo.

Sábado 8 de septiembre de 1565
Fiesta de la natividad de la Virgen
Iglesia de la Anunciación. San Lorenzo. La Audiencia

Cuando consiguió localizar a Gullu Cakie, en la iglesia de la Anunciación, el ánimo de Tannhäuser ya había alcanzado el punto de ebullición. La lacrimosa exaltación que reinaba en el interior del templo apaciguó su furia, y fue bueno que así fuera, porque quería que la sangre le corriera fría como la nieve por las venas.

Aunque todavía estaba oscuro, la iglesia parroquial estaba atestada de fieles y Tannhäuser supuso que seguiría llena a rebosar hasta la última misa vespertina. La coincidencia de la liberación de la amenaza musulmana con una fecha tan señalada había sido interpretada por todos como una señal de la compasión divina. Y aunque ese año no había ninguna cosecha que celebrar, la gente de la isla había cosechado la libertad en el campo de batalla y por esa merced daba gracias de todo corazón a Jesucristo y a la Virgen. El verano había pasado y ellos estaban a salvo.

El interior de la Anunciación titilaba en negro y amarillo, con cientos de velas y cirios votivos. Las mechas de las lámparas humeaban en sus soportes, bajo las estaciones de la cruz. Una imagen de la Virgen del tamaño de una niña se había adornado con flores de seda. A sus pies había un puñado de espigas de trigo secas y un racimo de uvas de algún viñedo de la Ísola. Varias cabras engalanadas con cintas temblaban dispersas entre la multitud. Al pie del altar había cestas con huevos y hortalizas medio marchitas. Tras forcejear para abrirse paso entre la congregación, Tannhäuser encontró a Gullu Cakie apoyado contra una pared, al pie de un bajorrelieve de escayola de Cristo flagelado en la columna. Cuando el maltés vio la expresión de Tannhäuser, hizo una genuflexión en dirección al altar, se santiguó y, sin decir palabra, lo siguió al exterior de la iglesia. *Buraq* aguardaba en las sombras, con las riendas colgando.

–No esperaba volver a veros –dijo Gullu Cakie–. Muchos creían que habíais desertado.

–¿Y tú? –preguntó Tannhäuser.

Gullu sacudió la cabeza.

–Vuestro barco sigue en Zonra.

La sorpresa de Tannhäuser duró sólo un instante. Cakie estaba al tanto de más intrigas y sucedidos que cualquier otra persona en Malta. Probablemente se había enterado de lo del barco desde el mismo día en que Tannhäuser lo había robado.

Gullu añadió:

–Y la arpía siciliana que sirve al inquisidor se ha mudado a la Audiencia.

–¿Lo sabe Starkey?

Gullu negó con la cabeza.

–Cree que os habéis marchado, con las mujeres.

Tannhäuser se sintió vagamente herido.

–¿Starkey me cree un desertor?

Gullu se encogió de hombros, sin molestarse en señalar que eso precisamente era Tannhäuser.

–Necesito que le lleves un mensaje –dijo Tannhäuser.

Gullu Cakie era una de las poquísimas personas ajenas a la Orden con acceso directo al alto mando. El maltés arrugó la frente hasta la calva.

–¿A Starkey?

–Necesito hablar con Starkey ahora mismo, por un asunto de la mayor urgencia.

–Estará en San Lorenzo para laudes. Todos estarán allí. ¿Por qué no vais vos mismo?

–No puedo enseñar mis cartas. Tenemos que reunirnos en secreto. Ve y díselo. ¿Sabes quiénes son los agentes de Ludovico?

Gullu lo miró con desdén, como ofendido de que pudiera pensar lo contrario.

–Tiene un agente en el entorno directo de La Valette –dijo Tannhäuser–. ¿Quién puede ser?

–El sienés, Pandolfo, es una víbora acechando en la hierba.

–Será Pandolfo entonces. Ni él ni La Valette deben sospechar nada.

Gullu Cakie dijo:

–Sólo un imbécil se busca líos con la Inquisición.

–Tienes un imbécil delante, lo reconozco, pero piensa que te ganarás la gratitud del gran maestre.

–Ya me la he ganado de sobra –respondió Gullu, frunciendo el ceño–, y su gratitud no va a poner el pan sobre mi mesa.

–La vida de La Valette corre peligro.

Gullu hizo una mueca, para expresar que la noticia no le producía conmoción ni asombro.

–Los grandes maestres vienen y van, y nosotros les limpiamos la mierda. ¡Qué puede importar eso, ahora que la guerra ha terminado!

Volvió a encogerse de hombros.

–También te ganarás mi gratitud. Mi deuda contigo tendrá el valor que tú quieras ponerle.

–Para que yo pueda recoger mis beneficios, tenemos que sobrevivir los dos.

Tannhäuser no pudo reprimir una sonrisa.

–Me gustan los hombres como tú. –Su sonrisa se desvaneció–. También la vida de Amparo corre peligro. Ludovico la tiene encerrada en su madriguera.

La expresión de Gullu cambió.

–Amparo es de los nuestros.

–Eso mismo diría yo.

Gullu se miró la palma de la mano, brillante y encallecida.

–Amparo me dijo que viviría para ver a mi bisnieto. –Levantó la vista hacia el rostro de Tannhäuser. No había vacilación en sus ojos vidriosos–. Nadie impedirá que se cumpla esa profecía.

A la luz de las antorchas, la cripta de San Lorenzo parecía fantasmagórica. Las bóvedas, cuyos nervios llegaban hasta el suelo, se extendían con geométrico ingenio hasta perderse en la oscuridad espectral. Algunas de las cámaras mortuorias estaban abiertas, con las tapas de piedra apiladas a un lado, y en su interior podían verse los blancos pliegues de cadáveres recién amortajados. Las moscas zumbaban en las sombras. La ligera nota de incienso que flotaba en el aire quedaba sofocada por el hedor a podredumbre, pues el embalsamamiento era un lujo abandonado mucho tiempo atrás. El presbiterio de San Lorenzo se encontraba justo encima y Tannhäuser distinguía el lejano sonido de los cánticos. Los monjes estaban celebrando el oficio del alba. El tiempo se estaba agotando. Oyó pasos y volvió a la entrada de la cripta. Starkey entró en el espacio iluminado por las antorchas. Su expresión era cautelosa, pero no hostil.

–Tannhäuser. Os hemos echado de menos.

–Me he estado tomando un pequeño descanso –dijo Tannhäuser–. En la Guva.

–¿En la Guva? –Starkey estaba atónito, una emoción nada frecuente en él–. ¿Bajo qué autoridad?

Tannhäuser hizo un gesto vago por toda respuesta.

–Hay una conspiración en marcha contra la vida del gran maestre. A mí me han elegido para que sea su asesino.

Starkey, que iba desarmado, comprobó de un vistazo que Tannhäuser iba cargado de armas; pero si se alarmó en alguna medida, no lo dejó traslucir.

–¿Elegido por quién? –preguntó.

–Por el hermano Ludovico.

Starkey no pareció sorprendido, aunque nunca era fácil interpretar sus expresiones.

–Fray Ludovico –murmuró–, el enviado de Ghisleri.

Tannhäuser resumió su arresto y confinamiento, aunque desplazando al albergue de Inglaterra el lugar de su captura, y delineó la propuesta y el plan de Ludovico.

–¿Tenéis pruebas de esa intriga? –preguntó Starkey.

–Traedme al joven Pandolfo, dejadme que lo interrogue a mi manera y vos mismo las tendréis.

–¿También Pandolfo? –dijo Starkey con una mueca de disgusto–. Las maquinaciones de Ludovico para promocionar a Del Monte fueron lo suficientemente descaradas, pero no lo imaginaba capaz de llegar a estos extremos.

–El tiempo apremia –dijo Tannhäuser.

–¿Del Monte forma parte de la conspiración?

–No.

–Gracias a Dios.

–Amparo y Bors están en la prisión del inquisidor –dijo Tannhäuser–. Los matarán al alba, o quizá antes, si Pandolfo se entera de esta conversación.

Starkey unió los dedos de ambas manos y los apoyó contra la boca, considerando las perspectivas.

–Soldados irrumpiendo en la Audiencia. Arrestos. Juicios. Ejecuciones. La Lengua Italiana desacreditada y sumida en el rencor. Nuestra victoria, mancillada. Un conflicto abierto con la Inquisición y quizá también con el Vaticano.

Sacudió la cabeza disgustado y miró a Tannhäuser.

–Lo mejor sería enterrar todo este enojoso asunto.

–Dadme una orden escrita y los enterraré a todos –contestó Tannhäuser.

–¿Una orden escrita? –preguntó Starkey–. Si Ludovico sobrevive y os capturan con vida, juraré que esta conversación no ha tenido lugar. Seguramente os ahorcarán.

Tannhäuser sintió una efímera perplejidad, pero en seguida comprendió que nunca habría debido esperar lealtad. Conocía a los de su especie. Después de todo, él mismo había sido enviado a matar al nieto del sultán. Enviado por el propio sultán. El sultán, el Vaticano, la Religión... El islam o Roma. Todos buscaban únicamente el poder y la sumisión de la población, de gente como ellos, del pueblo llano... La gente como él, como Gullu Cakie o como Amparo no era más que grano para su molino. La Valette, Ludovico, el papa, Mustafá, Suleimán... ¡Qué escoria todos ellos, todos sin excepción! Rodeados de pompa y boato, organizaban matanzas para halagar su incalculable vanidad. Atendiendo a su corazón, Tannhäuser los habría matado a todos sin el menor reparo y lo habría considerado un servicio a la humanidad. Pero sabía que siempre sobrarían los candidatos dispuestos a ocupar su lugar y que era inútil lamentarse.

Hizo un gesto afirmativo.

–Entiendo –dijo.

–Ludovico salió para Mdina con una compañía de caballería –anunció Starkey–. Piensa unirse al ataque contra la retirada turca. Si muriera en el campo de batalla, este escándalo moriría con él.

Tannhäuser y su fusil tenían un nuevo patrón.

–¿Y Bruno Marra? ¿Y Escobar de Corro?

–Ramas torcidas y podridas que convendría cortar del árbol de la Orden –dijo Starkey–. Viajan a Mdina acompañando a su nuevo amo.

–¿Iba doña Carla con ellos?

–Creo que sí.

Tannhäuser le pasó la antorcha.

–No perdáis de vista a Pandolfo.

–Saldrá escoltado del portal de la iglesia e irá directamente a la Guva.

Tannhäuser movió la cubierta de su fusil para ponerlo a punto y se colgó la llave de rueda atravesada a la espalda. Sacó la pistola y comprobó su estado. Había limpiado los cañones de las dos armas y las había preparado con doble carga de pólvora.

–¿Por qué confió en vos Ludovico? –preguntó Starkey.

–Tenía la necesidad de hacer de mí su lacayo.

Aún sentía la rabia fría removiéndose en su interior. Tenía los miembros ligeros y la cabeza despejada. Se metió la pistola en el cinturón. Pensó en Gullu Cakie y miró a Starkey.

–Pero no supo medir mis lealtades –añadió.

–Quizá tampoco vuestro carácter –dijo Starkey.

–No –dijo Tannhäuser–. Mi carácter lo midió con precisión. Porque si Gullu Cakie no hubiera aceptado ayudarme, ahora vuestro gran maestre estaría muerto.

Al oeste, el cielo era índigo. Casiopea estaba sentada en su trono sobre San Telmo. Al sur brillaba Sirio, la estrella del Perro. Sobre San Lorenzo, la noche ya se había difuminado en un lila desvaído. Allí donde la redondeada cumbre de San Salvatore señalaba el horizonte oriental, un pálido nimbo de oro coronaba el amanecer. Tannhäuser anduvo calle abajo, hacia la Audiencia.

Era un edificio de dos plantas, de piedra arenisca, con aires de jurídica majestuosidad en el pórtico. Los cañones turcos habían dejado en él su huella, como en todas partes. Tannhäuser calculó quiénes podían ser sus probables adversarios: Tasso y Ponti, los dos familiares de la Inquisición procedentes de Mesina, y el español Remigio. Los tres eran combatientes aguerridos (no quedaba nadie en la ciudad que no lo fuera), pero no lo esperaban. Empuñó la espada con la imagen del lobo a la carrera y la daga con la hoja diabólica, una en cada mano. Subió las escaleras. La puerta de doble batiente de la entrada estaba abierta de par en par. Algo semejante a una lámpara de barco colgaba de una cadena en el techo del vestíbulo. Pese a su luz, no vio a nadie. Esperaba encontrar algún tipo de centinela (alguien que diera la señal para matar a Amparo, si fuera necesario) y su ausencia lo inquietó. Se adentró en el edificio.

Había pasillos que se bifurcaban hacia ambos lados y unas escaleras que subían hacia la oscuridad. Un registro podía llevarle más tiempo del que disponía. Decidió sacar directamente a las ratas de la madriguera. Agudizó una octava la voz para disfrazarla y gritó, en tono de alarma:

–¡Han matado al gran maestre!

Esperó. Unos segundos después, oyó unos pasos precipitados por el pasillo de la izquierda. Se escondió en el extremo del corredor. Oyó un intercambio de comentarios susurrados. Una carcajada. Remigio apareció por el pasillo. Detrás de él, codo con codo, venían Tasso y Ponti. Sólo Ponti vestía media armadura y los tres llevaban las espadas envainadas. Remigio estaba masticando y Tasso tenía puesta una servilleta de babero, como si los hubiera interrumpido mientras tomaban el desayuno.

Tannhäuser hundió doce pulgadas de acero de Passau en el vientre de Remigio y retorció la empuñadura. Las manos del hombre volaron a la hoja del arma, pero ya no estaba allí, porque Tannhäuser ya le estaba seccionando la garganta con un revés que le abrió el cuello hasta las vértebras. Después se apartó, mientras Remigio se desplomaba. Embistió a continuación la cara de Tasso, y le atravesó con la espada el antebrazo que había levantado para defenderse. La punta del arma le partió los huesos del brazo y se le clavó bajo la nariz, después de atravesarle el labio. Tannhäuser liberó con habilidad la espada, mientras acuchillaba a su adversario en las partes pudendas con la daga y lo hacía caer, barriéndole las piernas con un pie. Cuando Tasso se hubo desplomado, le asestó un corte superficial en el pecho y se apartó.

Ponti había retrocedido para deshacerse de la vaina de su espada, pero volvió a incorporarse a la refriega en el momento en que Tasso caía. Tannhäuser esquivó los golpes del feroz y enérgico ataque (a la cabeza, al muslo, al brazo y otra vez a la cabeza y al muslo) y cedió terreno, desplazándose hacia el centro del vestíbulo, para quedar fuera del alcance de Tasso y permitir que Ponti cobrara impulso. Entonces, abrió hacia arriba la guardia de Ponti, quedando trabados los gavilanes de ambas espadas, se echó hacia delante y embistió a su enemigo, de modo que se entrechocaron los petos metálicos y las dos espadas quedaron cruzadas en el aire. Superado por el peso de su rival, Ponti empezó a quedarse sin aliento y, cuando intentaba agarrar con la mano izquierda la garganta de Tannhäuser, éste le propinó un cabezazo en la nariz, mientras buscaba con la punta de la daga el hueco de la axila en su armadura. Ponti, por su parte, apretó el codo contra su propio costado, consiguiendo rechazar la daga, pero renunció a agarrar la garganta de su adversario, por ser demasiado gruesa, e intentó en cambio aferrarle los testículos. Adivinando su intención, Tannhäuser le hincó la daga en la mano y se clavó la punta del arma en su propio muslo cuando Ponti retrocedió de un salto. Sin embargo, consiguió meter una de sus piernas entre las rodillas de Ponti y engancharlo por la pantorrilla. Le dio un empujón en la cadera y Ponti cayó de espaldas, agitando la espada (Tasso venía otra vez a la carga), y en cuanto se desplomó en las losas del suelo, Tannhäuser lo acuchilló en la entrepierna. Ponti rodó sobre sí mismo y Tannhäuser volvió a hacerle un corte por detrás de la rodilla, pero no encontró ningún golpe mortal. Se defendió de la carga de Tasso con un golpe y un giro, y retrocedió, no sin antes infligir a Ponti, mientras éste intentaba incorporarse sobre las rodillas, un profundo corte con el codo del brazo de la espada. Después, Tannhäuser se alejó dos o tres zancadas por el vestíbulo y, finalmente, se volvió y se detuvo, jadeando.

Se quedó mirando a los italianos, mientras los tres recuperaban el aliento. Envainó la daga, sacó la pistola con la mano izquierda y la preparó para disparar. Habría preferido evitar un disparo, ya que el ruido podía alertar a otros enemigos desconocidos y poner en peligro la vida de Amparo. Ponti se balanceaba como borracho, asimilando los efectos de sus heridas, con el brazo derecho roto y la espada cambiada a la mano izquierda, también herida. Tenía la mirada nublada por la ira. Tasso estaba más perturbado, con la vista fija en la mancha negra que se le extendía por la entrepierna. Por la barba le caía la sangre del labio medio descolgado.

–Me ha cortado los cojones –dijo con escepticismo.

–Quiero a Bors y a la chica –pidió Tannhäuser.

–El inglés está abajo –contestó Ponti–. Lo vigila el carcelero. La chica está encerrada arriba. No sabemos dónde. De las mujeres se ocupaba la vieja siciliana.

–¿Entonces quién tenía que matar a Amparo? –preguntó Tannhäuser.

Los italianos intercambiaron una mirada, para confirmarse mutuamente su ignorancia.

–No sabemos de qué hablas.

–¿No eran ésas vuestras órdenes?

Sus expresiones hablaron por ellos y Tannhäuser sintió náuseas.

–¿Dónde está la vieja?

–No lo sabemos –dijo Ponti.

–¿Es cierto que han matado al gran maestre? –preguntó de pronto Tasso.

–No –respondió Tannhäuser–. Está preparando el cadalso para vosotros y también para Ludovico.

Los dos encorvaron los hombros, con la resignación de los que se lo han jugado todo y han perdido.

–Rendíos –ordenó Tannhäuser– y al menos veréis un sacerdote antes de morir.

La idea de consumirse en el fuego del infierno fue suficiente para Tasso, que arrojó al suelo la espada.

–No quiero ir al infierno –dijo–. Confío en el perdón de Dios.

Ponti lanzó un aullido y cargó en dirección a Tannhäuser, con la espada levantada. Tannhäuser esquivó la embestida, se apartó y le cercenó la mano a Ponti por la base del pulgar. Después, con un golpe del pomo de la espada, lo derribó de rodillas. Se apartó, afirmó su postura y, con una rotación de las caderas y de un solo golpe, le rebanó el cuello, separándole la cabeza de los hombros.

Vadeando la sangre derramada, Tannhäuser se encaminó hacia Tasso, que para entonces huía hacia la puerta exterior. Tannhäuser se apresuró para cerrarle el paso, pero a los dos los detuvo Gullu Cakie, que en ese momento franqueaba el umbral. Llevaba delante a la vieja siciliana, sujetándola por el brazo doblado sobre la espalda. Al ver la matanza y los grandes charcos de sangre en el suelo del vestíbulo, la vieja lanzó un aullido terrible y más que justificado. Tasso se volvió hacia Tannhäuser y abrió las manos vacías en señal de súplica.

–¡Piedad y un cura para un compañero de armas! –le rogó.

Tannhäuser lo apuñaló por debajo de las costillas y le atravesó el hígado. La mirada que le devolvió el hombre fue de infinita tristeza. Tannhäuser le abrió el vientre hasta la hebilla del cinturón y lo dejó caer a los pies de la vieja arpía. Se envainó la espada y agarró a la vieja por el moño de pelo blanco.

–Llévame con Amparo.

La boca sin dientes se cerró con fuerza. La cara de la vieja era la encarnación de esa peculiar malicia propia de la mujer marchita en el invierno de sus días. Sus ojos eran diminutos y oscilaban de un lado a otro, ciegos de terror. Tannhäuser la arrastró gritando y la arrojó boca abajo sobre los charcos bermejos donde se fundían los torrentes de sangre de Ponti y Remigio. La vieja chilló y se retorció sobre los restos de la matanza, como si acabara de incorporarse a las filas de los condenados. Intentó levantarse, pero no lo consiguió y volvió a caer en la inmundicia, donde rodó sobre sí misma como un perro asustado.

Tannhäuser se giró y le pasó la pistola a Gullu Cakie.

–Bors está en algún lugar del sótano. Hay un carcelero de guardia.

Con un gesto afirmativo, Gullu agarró la pistola. Mientras rodeaba el vestíbulo, recogió también la espada de Tasso. Tannhäuser agarró a la vieja, levantándola del charco de sangre que ya se estaba enfriando, y la empujó escaleras arriba. La mujer las subió a cuatro patas, como una frenética araña negra, temblando por los sollozos que le provocaba el espanto y escupiendo chorros de bilis sobre su pestilente vestido. Tannhäuser no oyó que su propia conciencia le susurrara ni una sola palabra de piedad. En lo alto de la escalera, ardía una lámpara sobre un soporte. Tannhäuser se hizo con la lámpara y empujó a la vieja por la espalda. La mujer avanzó trastabillando y se detuvo delante de una pesada puerta. Se puso a rebuscar por el cuello del vestido y sacó una llave atada al extremo de una cuerda. Hizo girar la llave, empujó la puerta para abrirla y entonces cayó de rodillas a los pies de Tannhäuser, balbuciendo incoherencias y abrazándose a sus tobillos. Para entonces, él ya había comprendido que Ludovico le había mentido y que ya era demasiado tarde.

Bajó la vista hacia la vieja. Su cara era una máscara de arrugas violáceas.

–¿Quién ha sido? –dijo.

–¡Anacleto! –chilló la vieja.

De una patada hizo entrar en la habitación a la vieja, que dejó una estela babosa por el suelo cuando se arrastró hasta un rincón, mordisqueándose los nudillos con las encías desdentadas.

Tannhäuser entró.

La amarillenta luz del alba entraba a raudales por una ventana alta y caía sobre la cama donde yacía Amparo. Tannhäuser dejó la lámpara y se acercó. Estaba desnuda y fría, y la pieza de tela con que la habían estrangulado aún le ceñía con fuerza el cuello. Se la desprendió de la piel. Era de seda, del color rojo oscuro de las granadas, y no le había dejado ninguna marca en la piel. Tannhäuser se dio cuenta de que era el vestido de Carla, el mismo que Carla había llevado consigo para complacerlo a él. Lo arrojó al suelo. Vio los cardenales en los brazos de Amparo, que eran ya de hacía varios días, y supo que durante todo ese tiempo la habían violado una y otra vez. Esas revelaciones lo dejaron mudo e insensible. Se sentó en el colchón y levantó entre las manos la cabeza de Amparo. El pelo aún se conservaba suave y flexible; la piel era blanca como el nácar y los labios habían perdido el color. Tenía los ojos abiertos: uno gris y otro castaño, ambos nublados por el velo de la muerte. Tannhäuser no tuvo fuerzas para cerrárselos. Le acarició la mejilla izquierda, siguiendo el perfil del hueso defectuoso, que de algún modo había revelado su extraña e incomparable belleza. Le tocó la boca. De los muchos miles que habían muerto en esas costas desdichadas, ella había sido la de corazón más puro. Había muerto sola, violada y sin un protector en quien confiar, y entonces la insensibilidad de Tannhäuser se quebró, superada por un dolor abrumador, y esa vez no hubo ningún Abbás que le hiciera contener las lágrimas. Le había fallado por no protegerla, y peor aún, le había fallado por no haber tenido el coraje de amarla como merecía. De amarla como ella lo había amado, sin que él hubiera hecho nada por ganarse su amor. De amarla como de hecho la había amado, pero siendo incapaz de expresarlo, tanto antes como en ese momento. No se había atrevido a mirar ese amor a la cara. Se había escondido de él como un perro callejero. Se daba cuenta de lo mezquina que había sido su idea del valor y de lo muy indómito y verdadero que había sido el coraje de Amparo. Intentó recordar lo último que le había oído decir, pero no pudo y su corazón se partió en pedazos dentro de su pecho. A través de esa herida, la gracia de Dios fluyó a su interior. El dolor que lo inundaba era demasiado enorme para poder contenerlo. Gruñó, la apretó contra su pecho, hundió la cara en su pelo, y rugió de dolor. Y suplicó compasión a Jesucristo e imploró perdón al espíritu de Amparo.

Así lo encontró Gullu Cakie. Tannhäuser sintió en el hombro la mano del viejo bandolero y levantó la vista. En las profundas arrugas que surcaban las mejillas de Gullu y en sus ojos castigados por el sol vio un brumoso reflejo de sí mismo, porque también Gullu había perdido a muchos de sus seres queridos, y aunque todos se sienten solos en la pérdida, todos encuentran en el dolor un motivo para la camaradería. Tannhäuser dejó a Amparo en la cama. Aún tenía los ojos abiertos. Incluso en la muerte parecían luminosos, con una luz esencial que se negaba a extinguirse. Se los cerró y se puso de pie.

–Mirad –le dijo Gullu Cakie.

Le señaló la mano de Amparo, aferrada a la peineta de plata y marfil que él le había comprado en el bazar. Tannhäuser se la soltó. Los dientes estaban incrustados de sangre seca.

–Jesús triunfó sobre la muerte y ella también triunfará, porque ésa ha sido Su promesa –dijo Cakie–. Siempre estará con vos, si así lo queréis. Pero la vida sigue y tenéis trabajo que hacer.

Tannhäuser estaba hundido en la aflicción. Agotado y enfermo. Ya no podía más. La pena no era buen equipaje para el combate. Quería concentrarse en sus lágrimas. Quería huir. A la embarcación en Zonra. A los barcos turcos. A una botella y una bola de opio. Pero Carla aún estaba en algún lugar. Y también Orlandu. Y Ludovico y sus ramas torcidas y podridas. Tannhäuser se puso la peineta de marfil en su propio pelo. Arregló el cadáver de Amparo sobre la cama y le cruzó las manos sobre el pecho. Vio una vez más los verdugones amarillos y azules en los brazos delgados y las marcas de mordeduras que le profanaban los pechos; pero el dolor se retiró a un oculto refugio en su interior, y con razón, porque algo terrible se había erigido en su corazón para ocupar el lugar de la pena. Y estaba bien que así fuera, porque tenía cosas terribles que hacer. Arrancó la sábana arrugada de la cama, la desplegó y la dejó caer sobre el cadáver, como una caricia. Y cuando hubo hecho esto, Amparo desapareció para siempre.

Con el amanecer, las campanas de San Lorenzo rompieron a repicar por la victoria.

Tannhäuser atravesó la habitación y sacó a la vieja del rincón donde se había refugiado.

Después se volvió hacia Gullu Cakie.

–Voy a buscar al chico, a Orlandu. ¿Vienes con nosotros?

Bajó con Gullu Cakie a las mazmorras, arrastrando por el pelo a la vieja, que no dejaba de chillar. Bors había estado confinado en un pozo y, al verse libre, se había abalanzado sobre el carcelero con tan desaforada violencia que Gullu había preferido salir de la celda y cerrar la puerta con llave. Mientras se acercaban por el húmedo pasillo, oyeron los aullidos de Bors y los gemidos de la víctima, medio ahogados por la sangre. Gullu abrió la puerta y Bors se volvió hacia él, con las manos convertidas en dos garras. En el suelo, tras él, estaba tendido el carcelero, con los miembros retorcidos en ángulos antinaturales y las órbitas de los ojos vaciadas. La trampilla del pozo estaba abierta.

–Bors –dijo Tannhäuser–, ¿puedes controlarte?

Los ojos de Bors se despejaron. Por un momento, Tannhäuser pudo vislumbrar en él algo de amabilidad, algo infantil anterior a todos los caminos de violencia que había transitado. Pero el propio Bors, sin siquiera proponérselo, volvió a desterrarlo.

–Estoy firme como una roca –aseguró.

–Tíralo al pozo y vámonos.

Bors se secó la boca y levantó al desdichado carcelero como un saco de harina. Lo arrojó de cabeza al pozo y le dio una patada para apartarlo de la vista. Después, agarró la trampilla para cerrarla.

–Esta bruja era la carcelera de Amparo –dijo Tannhäuser–. Amparo está muerta.

Bors parpadeó, sintiendo que el dolor atemperaba su crueldad, porque había considerado a Amparo su amiga y él también le había fallado y no la había protegido. Tannhäuser empujó por el suelo de la celda a la vieja, que se echó a temblar cuando Bors la agarró del cuello. Tannhäuser señaló el pozo bajo la trampilla y al carcelero que aullaba en su interior.

–Echa dentro a la vieja para que le haga compañía.

Sábado 8 de septiembre de 1565
Fiesta de la natividad de la Virgen
Gran Explanada. Montes Naxxar. Bahía de San Pablo

Habiéndose salvado de una muerte segura, la gente de la ciudad se había entregado a un frenesí de festejos. Las iglesias estaban tan llenas que el tedeum se entonaba en la calle y los capellanes oficiaban misa en la plaza del mercado. Se blandían iconos de la Virgen y las campanas repicaban para festejar la salvación. La gente se abrazaba entre los escombros y lloraba. La mano de san Juan Bautista se sacó de la sacristía conventual y fue llevada en procesión por la ciudad para que todos la adoraran. Sus oraciones habían sido escuchadas y su estoico heroísmo, recompensado. La voluntad de Dios se había manifestado. Los caballeros de la Santa Religión habían prevalecido ante la eternidad y el mundo.

Pero entre todo ese júbilo cabalgaban tres jinetes cuyos corazones estaban cerrados a toda exaltación. Sus corceles pisoteaban las balas que tapizaban el empedrado, mientras rodeaban las barricadas abandonadas, en dirección a la puerta Provenzal. Tannhäuser levantó la vista. En el bastión que se erguía sobre sus cabezas vio la ejecución en el cadalso del último desdichado, el musulmán que hacía el número ciento once desde el comienzo del asedio. Como si las propias piedras protestaran ante tamaña atrocidad, una sección de la muralla semiderruida gimió y se desmoronó con un suspiro de polvo en el foso. Pero si alguien lo oyó, a nadie le importó. Los ecos de la llamada del almuédano ya no volverían a resonar en las colinas.

Las puertas estaban abiertas y por ellas salieron a la Gran Explanada. Miles de cadáveres abandonados yacían hinchados, desintegrándose al sol. Los turcos habían sido derrotados, pero no así los ejércitos de moscardones, que danzaban en frenéticos torbellinos azules sobre el páramo negro y pestilente.

Los buitres iban y venían a saltos entre la podredumbre, mientras los cuervos y las gaviotas volaban en círculos, chillando y graznando su propia ovación a la victoria.

Tannhäuser, Bors y Gullu Cakie cabalgaban alineados en abanico, atravesando la aciaga llanura como si sólo faltara el Hambre para completar el cuadro de los jinetes del Apocalipsis. Ninguno hablaba, porque no había nada que decir, y aunque no hubiera sido así, ninguna palabra habría podido expresarlo. Hasta donde alcanzaba la vista, en todas direcciones, había una tierra asolada por la guerra. Las galerías de los zapadores, desmoronadas y abiertas, algunas humeando todavía, desgarraban la superficie del llano como el testimonio de una vasta ruptura geológica. Las trincheras excavadas en las entrañas de las laderas estaban desiertas, como si su único propósito hubiese sido violar la esencia de los montes. Los torrentes bajaban de las colinas contaminados de pólvora y heces humanas. A la derecha de los jinetes, la fachada del fuerte de San Miguel aparecía recubierta de una mezcla irregular de sangre, hollín y grasa de cerdo, y su foso palpitaba y apestaba, rebosante de un chamuscado mantillo humano, infestado de gusanos. Mientras cruzaban las ruinas de Bormula, a través de las cuales se habían lanzado tantos asaltos infructuosos, tuvieron que sortear montones de armas, huesos y fragmentos de material putrefacto, cráneos descarnados de caballos y hombres, y pilas de carroña amarillenta a medio consumir. Los caballos se acobardaban ante el descaro de los buitres, que batían las alas y les hacían frente. *Buraq*, más que los demás, temblaba de terror equino, como si el alma generosa de la bestia no fuera capaz de asimilar tanta fealdad.

Atravesaron los altos de Corradino y llegaron al valle del Marsa.

La llanura antes feraz estaba sembrada de miles de hogueras muertas donde había ardido el fuego de mil campamentos y plagada de pozos envenenados y letrinas humeantes. El siroco había empezado a soplar desde África y, bajo su aliento desértico, innumerables zarcillos de humo brotaban en espiral sobre los montones de provisiones que los turcos habían quemado antes de marcharse. El viento se arrastraba formando bancos de polvo entre las tiendas hechas jirones, que aleteaban vacías y desamparadas, y entretejía discordantes notas amargas en el hedor dulzón y amarillo de la descomposición. A lo lejos, en un extremo de la llanura, las bóvedas de ladrillos de centenares de hornos de pan se alineaban en disposiciones geométricas, como aldeas construidas por enanos temerosos de la luz del sol. Allí donde el maltrecho hospital de campaña se había extendido como la plaga por la llanura, sólo quedaban pirámides de cadáveres que atraían colonias de aves encorvadas, mientras los sórdidos entoldados hechos de lonas y mástiles se agitaban al viento como espantapájaros sin huesos. Y entre toda la sombría marea de desechos no se movía nada humano, excepto ellos tres.

Más allá de la castigada cima del monte Sciberras, al norte, el estandarte blanco y escarlata de los caballeros ondeaba sobre el cascarón del fuerte de San Telmo. En el puerto de Marsamxett, la cola de la flota turca se hacía a la mar y ponía rumbo al norte, hacia la bahía de San Pablo. Dejaba atrás docenas de galeras en llamas, por falta de marineros para maniobrarlas y de pasajeros que transportar. El puerto era una extensión de negras ascuas, como si el mar estuviera hecho de azufre. A medida que la flota fantasma ardía y se hundía en el piélago, enormes penachos blancos de vapor se alzaban hacia el cielo y vastos jirones de vela veteaban la playa. Y aunque ningún hombre vivo había visto nunca nada parecido, ninguno de los tres dijo nada ni sintió el menor asombro, porque el infierno ya no encerraba para ellos ningún secreto que pudiera maravillarlos.

Siguieron cabalgando, dejando atrás esa tierra condenada, y Gullu Cakie los guió hacia el norte, hasta el borde de la serranía de Naxxar, donde llegaron a sus oídos los sonidos del combate: la última batalla, más inútil aún que las anteriores, que teñiría de sangre las aguas de la bahía de San Pablo.

En lo alto de la serranía encontraron al caballero comandante de las tropas de refuerzo, Ascanio de la Corna. Por un exaltado ayuda de campo, Tannhäuser se enteró de las noticias.

El ejército turco, que aun disponiendo de treinta mil hombres (incluidas las fuerzas de apoyo) temía enfrentarse a veinte mil soldados cristianos de refresco, había pasado la mayor parte de la víspera embarcando en las galeras de la flota de Piyale. A primera hora de la mañana, los exploradores *sipahis* de los sari bayrak habían revelado que en realidad el número de refuerzos apenas llegaba a la mitad de la cifra supuesta y Mustafá había sufrido uno de sus famosos accesos de ira. Decidido a obtener al menos algo de honor del desastre inminente, había hecho desembarcar de inmediato en Marsamxett a nueve mil de los mejores hombres que aún le quedaban y los había enviado a los montes Naxxar, poniéndose él mismo a la cabeza de la marcha, para presentar batalla. Al margen de su ataque de ira, una victoria resonante habría podido levantar la moral de los turcos hasta el punto de hacer posible aún la conquista de Malta. Mientras tanto, la flota de Piyale había partido navegando por la costa, para fondear en la bahía de San Pablo, donde el ejército podría embarcar desde la playa en la eventualidad de que se produjera una catástrofe.

Y fue a la catástrofe adonde Mustafá llevó a sus hombres.

Entre Naxxar y los montes Wardija, poco más de una milla al norte, el valle del Bingemma se abría en abanico desde un desfiladero y descendía suavemente hasta la bahía. Al alba, la infantería española de Corna junto con los caballeros de la Orden recién llegados de Sicilia habían cargado desde lo alto de la ladera para chocar frontalmente con las fuerzas turcas. Al mismo tiempo, la caballería de De Lugny había acudido desde Mdina por el camino alto de Mgarr y había avanzado desde el oeste, para abatirse por el flanco sobre la columna de Mustafá. Al cabo de una hora de combate feroz, el agotado ejército musulmán no había podido seguir resistiendo y se había dado a la fuga en dirección a la bahía.

Tannhäuser contempló los resultados. El valle del Bingemma, descuidado todo el verano, era una ancha extensión de malas hierbas abrasadas por el sol. Lo que antaño había sido el granero de la isla se había convertido en un circo sangriento sembrado de medio millar de muertos, recorrido por el andar vacilante de los heridos y poblado por las formas convulsas de docenas de caballos agonizantes. Reverberaba al calor agobiante como la fantasía que un lunático pudiera tener del infierno, y Tannhäuser se preguntó si Orlandu habría podido atravesarlo.

Si lo había hecho, entonces habría llegado a la bahía de San Pablo, que tampoco era un lugar muy agradable. Oscurecían sus aguas centenares de galeras, entre nubes de espuma levantadas por los remos de las falúas, que devolvían a los soldados con desesperada premura a los barcos. Miles de hombres pululaban desordenadamente por las playas. En la estrecha extensión de terreno llano que guardaba el acceso a la costa y a lo largo de las colinas bajas que dominaban el litoral meridional, una valiente retaguardia turca recibía de lleno la furia cristiana con el fin de ganar tiempo para el embarque de sus camaradas. Sobre esa línea, entre densos penachos de humo de mosquete, arreciaba el combate cuerpo a cuerpo. Entre los pendones turcos plantados en el campo de batalla, Tannhäuser reconoció en el centro el *sanjak i-sherif* y el estandarte de Mustafá. El viejo y empecinado general y sus *garibs* (los portaestandartes del Profeta) serían los últimos en embarcar. A su derecha estaban los jenízaros de Zirhli Nefer, que combatían con cota de malla. Los mosqueteros argelinos de Hassem se habían apostado en las colinas. Y en el extremo opuesto de la línea, a la izquierda de Mustafá, ya casi en la bahía Salina, ondeaban los estandartes amarillos de los sari bayrak, el regimiento de caballería de Abbás.

–Míralos –dijo Bors.

El gigante de Cumbria contemplaba el panorama desde su montura, con el mosquete de Damasco apoyado en los muslos.

–Parece casi obsceno que se haya derrochado tanto valor en esta roca –añadió, refiriéndose quizá al ejército de Mustafá.

–Hoy no hemos venido por los turcos –dijo Tannhäuser.

–Sé bien qué sangre hemos venido a buscar. –Parpadeó y desvió la vista, como si se sintiera inferior al hombre que él mismo había sido. Después se volvió una vez más hacia Tannhäuser–. Le conté todo.

–Yo también le habría contado todo –dijo Tannhäuser, que había oído la historia de Sábato Svi–. Pero no has hecho ningún daño; al contrario, le has dado la soga con la que él mismo se va a ahorcar.

Bors no encontró consuelo en esas palabras. Bajó la vista por el valle sangriento, hasta la hormigueante franja de violencia que truncaba su curso.

–¿Dónde lo encontraremos?

Tannhäuser se volvió hacia Gullu Cakie, que observaba el avasallamiento del orgullo turco con más deleite que sus dos compañeros, y le señaló:

–Los estandartes amarillos –dijo. Gullu hizo un gesto afirmativo–. ¿Podemos llegar rápidamente hasta allí, sin atravesar el frente? Si Orlandu está ahí abajo, allí lo encontraremos.

Gullu espoleó a su caballo y partió ladera abajo. Tannhäuser se volvió hacia Bors.

–También encontraremos allí a Ludovico.

Bors inició la marcha para seguir a Gullu Cakie.

–Bors –le llamó Tannhäuser.

El inglés se detuvo y Tannhäuser se le acercó un poco más con *Buraq*.

–*Usque ad finem* –le dijo.

Le tendió la mano y Bors se la estrechó.

Siguieron a Gullu al norte, bordeando la dorsal de la serranía en su descenso hacia la bahía Salina. A su derecha, el mar era un blanco reverbero de luz reflejada. Los escuadrones de Piyale patrullaban a escasa distancia de la costa. A medida que la serranía se iba estrechando para caer en un valle bajo y desplegarse a continuación en un tranquilo descenso de onduladas colinas, el clamor de la batalla se volvió más estentóreo y empezaron a sentir en los ojos el escozor de la pólvora quemada. Pasaron junto a hombres con heridas terribles, miembros amputados y flechas clavadas en el vientre, en barrancos a los que ellos mismos se habían arrastrado para morir. Llegaron con sus caballos hasta poco más de doscientos pies de la refriega y, desde allí, Tannhäuser se puso a estudiar el caos desencadenado.

Un escuadrón completo de tercios, compuesto quizá por mil quinientos hombres, hostigaba las líneas turcas con picas y alabardas, al tiempo que los arcabuceros de negros labios –cinco mangas de doscientos hombres cada una y bien protegidas todas por la densa fortaleza de lanzas– desgarraban los cartuchos con los dientes y buscaban munición en los bolsillos, rotando la fila delantera y manteniendo de ese modo una descarga de fuego permanente, que hacía estragos entre los desdichados turcos. Aterrorizados caballos sin jinete retrocedían y se desplomaban intentando huir del campo de batalla, aplastando bajo sus cascos a los heridos que lanzaban aullidos de dolor. Por lo que podía ver Tannhäuser, la acción de los piqueros impedía luchar a la mayor parte de la caballería turca, cuyos hombres tenían que combatir a pie.

En la suave pendiente del valle, a unas doscientas yardas de distancia de la línea de batalla, varios cientos de caballeros montados habían vuelto a formarse en cuña y ya bajaban las lanzas para arremeter contra el ala izquierda de las fuerzas turcas. La infantería española sintió el retumbo de sus cascos en el suelo y el sargento mayor rugió una orden, que los abanderados transmitieron de inmediato. La gran eficacia del escuadrón de los tercios residía en la estrecha cooperación entre piqueros y artilleros, en una misma formación. Al ver las señales verdes y azules de los abanderados, los soldados maniobraron hacia los lados del campo de batalla, como los batientes de una puerta enorme abriéndose a la vez, sin dejar de cubrir el hueco con descargas de artillería, mientras los caballeros irrumpían rugiendo por la creciente abertura y se abrían paso con el frío acero entre las filas turcas, hasta alcanzar la retaguardia. A medida que los caballeros despejaban de todo ser viviente una franja de la llanura, un bloque de piqueros de seis hombres de fondo por un centenar de ancho se coló por la brecha y empezó a empujar a los sari bayrak hacia el mar.

Tannhäuser se volvió hacia Gullu Cakie y le tendió la mano para pedirle la pistola.

–Espera aquí si quieres conocer a tu bisnieto.

A Gullu pareció agradarle la idea de quedarse a disfrutar del espectáculo del sufrimiento turco. Tannhäuser se guardó la pistola en el cinturón y desenvainó la espada, mientras Bors soplaba la mecha de su mosquete damasceno. Bajaron juntos la escarpa, en dirección al creciente hueco abierto en la línea de batalla. El suelo estaba plagado de restos de la carnicería turca y los caballos los evitaban con la delicadeza de unas bailarinas. Mientras Tannhäuser y Bors rodeaban la retaguardia de los piqueros, los musulmanes acorralados por las fuerzas cristianas abandonaron el cuello de botella del valle. Con el férreo coraje de Mustafá manteniendo personalmente el orden de la formación, la retaguardia se replegó hacia la orilla de la bahía de San Pablo.

En un intento desesperado de volver a conectar con la retaguardia, el resto de los sari bayrak, que habían quedado aislados, volvieron a avanzar y se abrieron paso luchando, a través del hueco cada vez más angosto entre la cuenca y la bahía Salina. Mientras los piqueros estrechaban paulatinamente su vía de escape, las mangas de arcabuceros los hostigaban con sus descargas y los caballeros los atacaban desde sus corceles con el afán vengativo de los que se creen en posesión de la verdad. El suelo estaba enfangado de sangre y el aire era una bruma de polvo y humo de pólvora que desgarraba la garganta. Los cuernos, los gritos de guerra, el fuego de los arcabuces y los quejidos de los caballos destripados y con los tendones de las patas cortados hacían estremecer a *Buraq*. Tannhäuser tuvo que susurrarle un *gazel* al oído para calmarlo, mientras recorría con la vista la caótica escena sumida en la niebla, sin reconocer a nadie. Espoleó a *Buraq* para que se acercara un poco más y se irguió sobre los estribos, mientras recorría el fondo de la línea de batalla. ¿Dónde, en todo ese infierno, estaba Orlandu?

Después de conocer la espeluznante locura de los últimos días en San Telmo, Orlandu había mantenido la serenidad durante toda la retirada. Aun así, la lucha por San Telmo había estado circunscrita a una franja de piedras, mientras que los caprichosos espasmos de la batalla en campo abierto exigían que estuviera en estado de alerta permanente. Le habían encargado el cuidado de tres corceles de refresco para el combate y desde antes del alba los llevaba por las bridas. Aunque los animales estaban adiestrados para la lucha, con tanto ruido y violencia se espantaban a menudo, de manera que el chico concentraba casi todos sus esfuerzos en tranquilizarlos. Murmuraba una y otra vez la *Shahada*, convencido de que las palabras árabes les resultarían familiares. Su método funcionaba la mayor parte del tiempo, pero estaba cubierto de morados a causa de las coces y había perdido la cuenta de las veces que había escapado por un pelo de que le aplastaran el cráneo.

Otros mozos no habían tenido tanta suerte. Él mismo había visto a dos quedar inconscientes por sendas coces y a un tercero lo había visto alcanzado en plena cara por una bala de mosquete. Con las riendas que ellos habían abandonado había reabastecido sus propias reservas, porque de vez en cuando llegaba un caballero a pie, con paso vacilante, y le arrebataba de las manos un juego nuevo de bridas. Algunos se alejaban cabalgando a pelo, mientras otros venían arrastrando consigo sus sillas. El sufrimiento de los caballos caídos en la batalla era atroz y lo conmovía más que los gritos de los hombres. Los animales se retorcían sobre charcos de sangre, mutilados y aturdidos, o cargaban ciegamente con furiosa locura, o arrastraban tras de sí grandes sacos de intestinos amarillos entre las patas traseras, mientras bajaban lentamente hacia la llanura.

Orlandu había pensado muchas veces en huir al Borgo, pero el momento no había llegado nunca y él había sido arrastrado como un madero atrapado en una marea de algas. La mayor parte del tiempo no sabía dónde estaba el frente ni dónde la retaguardia, y la deserción comportaba un riesgo elevado de muerte. Los sari bayrak luchaban como demonios desencadenados, pero el fuego de los mosquetes hacía estragos en sus filas. Intentaba no perder de vista a Abbás, pero su estandarte no dejaba de desaparecer durante lo que parecían horas cada vez que el valeroso general conducía un ataque contra el corazón de las fuerzas cristianas.

En ese momento, el regimiento parecía acorralado contra la costa de la bahía Salina. Un amplio arco de humo y combatientes a caballo formaba el límite del horizonte de Orlandu, que intentaba no prestar atención a la confusión, controlar el miedo y mantener la mente despejada, tal como habría hecho Tannhäuser. Al chico sólo le quedaba un caballo a su cuidado y le tapaba los ojos con un estandarte abandonado, mientras le susurraba la *Shahada* al oído:

–No hay más dios que Alá y Mahoma es su profeta.

Los caballeros no estaban dando cuartel, como bien podía ver. Si conseguían abrirse paso, probablemente acabarían con él como con cualquier otro turco. Echó un vistazo al mar, a unos cien pies de distancia, y concibió un plan. Se paró donde estaba y se quitó las botas, sintiendo la hierba fría y limpia bajo los pies. No pensaba abandonar al caballo, aún no. Pero si venían a pedírselo o la batalla terminaba, correría al mar y se alejaría nadando. Nadie lo seguiría en el agua y, si era preciso, era capaz de nadar durante horas.

No había terminado de forjar esa estrategia cuando un grupo de feroces caballeros se abrió paso a través de las líneas turcas, cabalgando directamente hacia él. Los dirigía un hombre con una extraordinaria armadura negra que relucía como obsidiana líquida a la luz del sol. Aunque no escaseaban las posibles víctimas, toda la banda fue directamente hacia Orlandu, como si él hubiese sido el único turco cuya sangre merecía la pena derramar. El chico se deshizo del casco, arrojó las riendas del caballo, se agachó para pasar por debajo del cuello del animal y corrió hacia la bahía como alma que lleva el diablo. Se arrancó la camisa mientras corría y la arrojó a un lado. Oía el retumbar de los cascos y el resuello de los animales. En cuanto sus pies tocaron la arena, cobró impulso con las rodillas y echó todo su peso hacia delante, con los brazos girando como molinillos para no perder el equilibrio. Cuando ya veía cerca las olas, oyó un profundo rugido a sus espaldas:

–¡Orlandu!

El nombre despertó un sinfín de ecos en su mente, mientras sus pies alcanzaban el agua. No se detuvo. Redujo la velocidad de la carrera, con el agua por las rodillas, y siguió avanzando.

–¡Orlandu!

Se arriesgó a mirar por encima del hombro, sin detenerse.

El caballero negro se había parado en la orilla. Tenía la espada sujeta del revés, por la hoja, y enarbolaba la empuñadura como si fuera un crucifijo. Con la mano libre, le hizo un gesto para que se acercara. El rostro que asomaba por el visor era enjuto y valeroso, con ojos tan negros como el metal de la armadura e igual de relucientes. Orlandu no lo conocía, pero era un caballero de la Religión. El chico se dio la vuelta, sin dejar de retroceder. Los otros tres caballeros se abrieron en abanico detrás del primero, formando un arco defensivo. El caballero negro volvió a llamarlo e hizo que su caballo se adentrara un poco en el agua de la orilla.

–¡Orlandu! ¡Soy fray Ludovico, de la Lengua Italiana! ¡Hemos venido a buscarte! ¡A buscarte a ti, muchacho! ¡Para llevarte con tu madre!

Orlandu se detuvo, con el agua a la cintura y la espuma salpicándole el pecho. El caballero negro desmontó. Parecía enorme. Avanzó por el agua hasta él y se detuvo. El chico vio que tenía los ojos llenos de lágrimas. El caballero levantó al cielo la espada invertida.

–¡Alabado sea Jesucristo, mi Señor!

Ludovico bajó la espada y miró a Orlandu. Una vez más, la emoción lo abrumó y las lágrimas rodaron sin freno por sus mejillas. Le tendió un brazo.

–Ven, muchacho, déjame que te abrace.

Orlandu estaba demasiado desconcertado como para desobedecer. Anduvo por el agua hacia la orilla, hasta situarse delante de su salvador. Era enorme, en efecto. Tan alto y fornido como Tannhäuser. Un brazo de acero rodeó los hombros de Orlandu y el caballero lo estrechó contra su pecho. La armadura estaba caliente al tacto y sucia de sangre. El muchacho levantó la vista hacia los ojos acuosos y una vez más vio algo que sólo había visto en los ojos de Tannhäuser. Era amor.

–Ven –dijo Ludovico, soltándolo–. Debemos alejarnos de esta refriega. Nuestra parte aquí ya está cumplida, pero aún nos aguardan empresas mucho más gloriosas.

Ludovico sujetó las riendas de su caballo y volvieron juntos por la playa. Un joven caballero que sólo tenía un ojo le entregó las bridas del caballo árabe que había estado cuidando y Ludovico mantuvo firme al animal mientras Orlandu montaba a pelo de un salto. Cuando también Ludovico hubo montado, los cuatro jinetes se dispusieron en torno a Orlandu. El muchacho sintió un estremecimiento. Estaba tan desconcertado como antes, pero la nueva situación era maravillosa. Para completar la maravilla, Ludovico sacó una espada de una vaina que llevaba abrochada a su silla y se la dio a Orlandu.

–¡A Mdina! –exclamó Ludovico.

Orlandu apretó las rodillas contra los flancos de su caballo árabe y partió hacia la línea de batalla, con los cuatro nobles caballeros en formación cerrada a su alrededor.

Tannhäuser escrutó sin éxito el horror. Como siempre, el campo de batalla era una cambiante y variopinta marea de extenuación y repentino estancamiento. Por muy en forma que estuvieran los combatientes (y no había nadie en el mundo que lo estuviera más que ellos), ninguno podía blandir las armas más allá de un momento sin pararse para recuperar el aliento. Al igual que los hombres, los caballos se quedaban inmóviles, con las patas separadas y los ollares abiertos, jadeando. Aquí y allá, caballeros muertos por el calor permanecían postrados en el interior de sus armaduras, calientes como hornos. Un pequeño cabo triangular separaba las aguas de la Salina de las de la bahía de San Pablo, y a medida que la desordenada marea cristiana avanzaba inexorablemente hacia la playa, se abrían brechas en las filas musulmanas. A través de una de esas brechas, Tannhäuser vio a Abbás ibn Murad, en el momento en que era derribado de su montura.

El caballo de Abbás cayó con él, pero luchó por levantarse y pisoteó con sus cascos a su amo antes de huir. A ambos lados de Abbás, el portaestandartes del regimiento y otros dos oficiales habían caído víctimas de la misma descarga. Tannhäuser tiró de las riendas de *Buraq*.

–¡Mattias!

Tannhäuser se giró. Bors le estaba señalando la línea de combate con la punta del mosquete. A través de otra brecha, unos doscientos pies más adelante en aquel frente en permanente transformación, un grupo de cinco jinetes se desplegaba hacia la llanura abierta, en dirección a la retaguardia de la lucha. Sus caballos, casi reventados, iban cubiertos de espuma. El grupo emprendió la travesía del llano, hacia el desfiladero. El caballero que abría la marcha lucía una armadura negra de Negroli de brillo incomparable, y los tres jinetes que iban tras él completaban la figura de un rombo, en cuyo centro cabalgaba Orlandu.

El chico iba con el pecho descubierto y parecía orgulloso como un gallo de pelea.

Tannhäuser volvió la cabeza hacia Abbás. Estaba de pie, tambaleante entre una maraña de muertos, apoyado en el asta del estandarte amarillo que aún empuñaba. Se le acercó un jinete enemigo y entonces, apoyando el extremo del asta inclinada entre el suelo y su propio pie, Abbás alanceó al caballo en pleno pecho con la aguzada punta del estandarte. Apartándose para eludir el colapso del hombre y la bestia, cayó sobre una rodilla, desenvainó su espada escarlata y se abatió sobre el caballero derribado con sus últimas fuerzas. Treinta yardas más atrás, otro caballero lo vio y cargó contra él.

Tannhäuser envainó la espada y se volvió hacia Bors.

–Síguelos pero no te enfrentes con ellos. Ya me reuniré contigo.

Bors asintió y se puso en marcha. Tannhäuser preparó la pistola, sujetó más cortas las riendas de *Buraq* y puso al caballo al galope desde la más completa inmovilidad. Se echó hacia delante sobre los estribos, cubriendo como una centella la distancia que lo separaba de Abbás, mientras el caballero enemigo hacía lo propio por el otro lado, con la lanza baja para embestir. Abbás se incorporó junto a su víctima y, con un leve movimiento de la cabeza, vio aproximarse a sus dos aparentes verdugos. Levantó la espada para hacer frente a la carga de Tannhäuser, pero éste se aflojó con el pulgar la correa que le pasaba por debajo de la barbilla y arrojó a un lado el yelmo. A treinta pies de distancia, la expresión de Abbás cambió, denotando que lo había reconocido, y Tannhäuser le señaló con la pistola a sus espaldas. Con el movimiento vacilante de un herido grave, Abbás se volvió para recibir el inminente lanzazo. Tannhäuser le soltó las riendas a *Buraq* y se echó adelante para el salto. El animal superó limpiamente el montículo de muertos a la izquierda de Abbás y tomó tierra sin alterar el paso. Sorprendido, el caballero enemigo volvió la vista hacia Tannhäuser, que a sólo diez pies de distancia le apuntó al pecho y le disparó.

La bala de acero atravesó el peto metálico y el caballero cayó sobre el borrén trasero de la silla, mientras su lanza salía despedida y caía al suelo, y el caballo seguía galopando. Tannhäuser hizo que *Buraq* se detuviera casi resbalando y dio la vuelta. El caballero se había desplomado hacia delante sobre la montura. Abbás hizo centellear la hoja de su espada delante de la cerviz del caballo, que hizo un quiebro. Con el movimiento, el jinete cayó lentamente al suelo y, al tener una mano enredada en las riendas, hizo que el animal se detuviera. Abbás cayó de rodillas, encorvado sobre su espada.

Tannhäuser desmontó a su lado. Era tanta la sangre que lo cubría que resultaba inútil buscar las heridas. Abbás levantó la vista.

–Ibrahim.

–Padre –dijo Tannhäuser–. Tened fe.

Ayudó a Abbás a levantarse e hizo que apoyara su peso sobre la grupa de *Buraq;* después, se agachó y unió las manos formando un peldaño para uno de sus pies.

–Ahora vendréis conmigo.

Empujó y Abbás hizo un esfuerzo para llegar a la silla de montar, donde se desplomó sobre el cuello de *Buraq*. Tannhäuser agarró las riendas.

–Rezad –dijo–. La *Adh-Dhariyat.*

Mientras Tannhäuser conducía a Abbás hacia el caballo abandonado, entonaron juntos los versículos.

–Por los aires aventadores, por los que llevan la carga de la lluvia, por los que corren libres por el mar, por los ángeles que distribuyen bendiciones en nombre de Dios, se os ha hecho una promesa que veréis cumplida: vendrá el Juicio y se hará Justicia.

Tannhäuser se agachó sobre el caballero caído. Rojos espumarajos le brotaban de la nariz y tenía la barba reluciente de sangre. Como se agarraba con fuerza a las bridas de su montura, Tannhäuser le aplastó el brazo con la bota para que las soltara. Tannhäuser montó el caballo de guerra, que amenazó con encabritarse, pero le clavó las rodillas y consiguió dominarlo. *Buraq* se le acercó y su presencia pareció serenarlo. Abbás se agarró a las cortas crines doradas, moviendo los labios sin emitir ningún sonido. Tannhäuser agarró las riendas de

Buraq y lo condujo una vez más a través de la brecha hasta la llanura abierta.

Miró al sur y divisó al grupo de Ludovico, que para entonces se encontraba a mitad del valle, en dirección al desfiladero. Orlandu estaba a salvo. Un poco más atrás, a su izquierda, los seguía una pareja de jinetes: Gullu Cakie y Bors. Puesto que por el valle iban y venían sin cesar los mensajeros de Corna, junto con un goteo incesante de caballeros recién llegados del Borgo y pequeñas partidas de heridos, tanto montados como a pie, ninguno de los dos grupos llamó la atención. Al norte, la batalla se había desplazado hacia las laderas cubiertas de hierba y las pendientes de roca arenisca que rodeaban la bahía de San Pablo. Más allá se extendía la confusión de los barcos y el largo viaje de regreso al Cuerno de Oro.

Tannhäuser puso al trote a los caballos y rodeó la retaguardia cristiana, donde los sari bayrak continuaban luchando, aunque sólo para replegarse. Entre esos combates y el grueso de la batalla había una sección donde los enfrentamientos eran menos feroces, y hacia allí se encaminó Tannhäuser. Los dos cabalgaron dentro del vasto arco de la matanza, como seres transportados por obra de algún sortilegio a un sueño ajeno, porque nadie pareció reparar en ellos ni intentó cerrarles el paso. Los caballos sorteaban los cadáveres sembrados a su paso, donde no quedaba ningún herido musulmán, porque las sucesivas oleadas de cristianos los habían masacrado a todos. Aprovechando un hueco en la línea de batalla, llegaron a la orilla, donde quince mil hombres combatían cuerpo a cuerpo a través de una milla de arena.

La playa bullía de soldados turcos luchando por embarcar. En algunos puntos, la refriega se había extendido al mar y la espuma roja de las olas batía las rodillas de los combatientes. Desde las falúas que se dirigían a las galeras, los jenízaros intercambiaban fuego con los artilleros de las colinas, al tiempo que los cañones de las galeras enviaban una lluvia de proyectiles sobre los piqueros cristianos. Aún le quedaban horas a la batalla, pero el único interrogante era el número de muertos que los turcos dejarían atrás. A Tannhäuser ya no le importaba. Hizo pasar a través de la refriega a su robusto caballo de guerra, que se abrió paso con sus poderosas espaldillas, pisoteando con imperioso desdén a los que caían.

–*Agasi sari bayrak* –gritó Tannhäuser, y las filas de soldados se apartaron, al ver al general ensangrentado que traía tras de sí.

En la orilla se estaban cargando tres falúas. Tannhäuser desmontó y fue hacia Abbás, cuyos ojos estaban nublados por el dolor. El viejo militar se dejó caer de la silla a los brazos de Tannhäuser, que lo llevó hasta la orilla, convertido ahora en padre de quien había sido su mentor. En la popa de la segunda falúa, Tannhäuser vio a Salí Alí, que parecía a cargo de la operación de embarque, porque empuñaba una pistola y controlaba con ella a los refugiados que pululaban por el agua, desesperados por embarcar.

–¡Salí! –lo llamó Tannhäuser.

El corsario lo reconoció de inmediato y sus ojos se ensancharon de asombro al ver al general magníficamente ataviado que llevaba en brazos. Tannhäuser anduvo por el agua hasta la borda de la falúa.

–Restaña las heridas del agá –dijo Tannhäuser–. Si vive, valdrá una fortuna para ti.

Pese a la anarquía reinante, Salí supo reconocer una fuente potencial de grandes beneficios e incluso de gloria cuando le cayó en el regazo. Se golpeó la frente a modo de saludo y ayudó a Tannhäuser a acomodar a Abbás en la embarcación. Salí ordenó a los remeros que empujaran el barco para partir de inmediato y todos saltaron de sus bancos al agua.

Tannhäuser se quitó su preciado brazalete de oro y ciñó con las cabezas de león el brazo de Abbás. El viejo general abrió los ojos y Tannhäuser le agarró la mano y se la apretó.

–No vine a Malta buscando fortuna y honor, sino para salvar mi alma.

Abbás le apretó a su vez la mano, con dedos débiles. Levantó la cabeza y miró a los ojos a Tannhäuser, que pudo ver su inexpresada agonía. Pero detrás de la agonía había preocupación e inquietud. Por él.

–Hijo mío –dijo Abbás–, ¿has encontrado la salvación entre los infieles?

–Os he encontrado a vos –replicó Tannhäuser– y he encontrado el amor. Es suficiente salvación.

–¿Entonces no vienes conmigo? –preguntó Abbás.

Tannhäuser sintió que el dolor le alanceaba el corazón. Sonrió y meneó la cabeza.

–No, padre. Esta vez no.

Abbás le devolvió la sonrisa:

–Esta vez viajaré al Cuerno de Oro sin ti.

–Sólo físicamente. En espíritu estaré a vuestro lado, como vos habéis estado siempre al mío.

Abbás le apretó la mano por última vez.

–*Astowda Okomallah* –dijo.

–*Assalamu alaikum* –replicó Tannhäuser–. *Fee iman Allah.*

Tannhäuser le soltó la mano y Abbás cayó sobre el regazo de Salí. Tannhäuser se apartó y vio cómo los remeros empujaban la falúa a través de la espuma ensangrentada, con Abbás ibn Murad en la proa. Después se giró, volvió a montar a *Buraq* y cabalgó entre la muchedumbre, alejándose de la playa y dejando a los combatientes el desenlace de la matanza, porque a él aún le quedaba por resolver una última batalla personal.

Sábado 8 de septiembre de 1565
Fiesta de la natividad de la Virgen

Montes Naxxar. Altos de Corradino

En su punto más estrecho, el camino entre los montes estaba casi bloqueado por los cadáveres. Los heridos turcos que se habían arrastrado en esa dirección habían sido rematados en el mismo punto donde habían caído y alrededor de una docena de soldados de infantería españoles los estaban despojando del oro y de otras piezas de valor. Al ver que Tannhäuser se acercaba cabalgando, los soldados levantaron la cabeza, con expresiones semejantes a las de niños traviesos sorprendidos en pleno juego. Cuando salió del desfiladero a la llanura, Tannhäuser vio tres caballos de guerra sin jinete, paciendo la hierba amarillenta en la extensión brumosa, y una sensación de desolación le inundó el pecho. El siroco levantaba remolinos de polvo en el sendero y, en la distorsión causada por el calor que irradiaba la tierra calcinada, los corceles parecían colosales y deformes, como imaginarios monstruos compuestos por partes incongruentes. Había un cuarto caballo atado junto al camino, a la sombra de un árbol marchito, y parecía haber dos figuras humanas recostadas en el tronco. Tannhäuser hizo que *Buraq* avivara el paso y, al acercarse, sintió una congoja aún más profunda.

Un par de hombres robustos metidos en sus armaduras yacían despatarrados, cociéndose al sol del mediodía. El primero era Bruno Marra. Le manaba sangre de los oídos y de los bordes de los ojos, y tenía el casco tan hundido e incrustado en el cráneo que habrían hecho falta herramientas para extraerlo. El peto del segundo caballero aún subía y bajaba. Entre otras heridas, el astil de una lanza rota le sobresalía de la ingle. Era Escobar de Corro. Tannhäuser desmontó de un salto, desenvainó la espada y Corro levantó la vista. Las facciones del castellano temblaban con el esfuerzo de contener los gritos de dolor, porque no estaba dispuesto a darle esa satisfacción al enemigo. Aparte de eso, su rostro no expresaba nada que pudiera interpretarse. Tannhäuser le cortó el cuello y siguió andando hacia el árbol.

Gullu Cakie le estaba dando de beber a Bors de una cantimplora turca. Bors bebió con tremenda avidez y después se escupió un chorro de agua en la mano y se humedeció la cara. Gullu parecía ileso y Tannhäuser dio gracias por ello. Bors tenía la cabeza descubierta, con el pelo enmarañado y apelmazado por el sudor, y una enorme cantidad de cortes en la cara y el cuero cabelludo. Tenía el brazo izquierdo medio desprendido del hombro y en el hueco que quedaba se adivinaba el brillo del hueso y los tendones. La sangre que le brotaba por debajo del peto se le había acumulado sobre los muslos, formando un charco grumoso. Tenía firmemente agarrado el mosquete de plata y ébano, apoyado en el suelo y erguido junto a la oreja, como si pensara llevárselo al otro mundo para que le sirviera de bastón.

Tannhäuser se agachó a su lado y Bors le sonrió.

–¿Sólo un muerto de cuatro? –preguntó Tannhäuser–. Los días que pasaste en el pozo debieron de debilitarte el brazo, además de la cabeza.

–Con el tiempo habrían sido tres, si tú no hubieras aparecido –gruñó Bors.

–¿Tres?

–La Mano Negra no debe preocuparte. Finalmente pude atravesar esa maldita coraza de Negroli. Munición de acero y doble carga, a ciento cincuenta pies.

–Con eso debería ser suficiente –dijo Tannhäuser.

–A ti te dejo a Anacleto.

Tannhäuser miró a Gullu Cakie.

–Fui tras ellos hasta el camino de Mdina –dijo Gullu–, pero Ludovico no estaba en condiciones de subir los montes, y en lugar de seguir, se volvieron al Borgo.

–¿Y el chico?

–Está bien –dijo Bors–. Creo que lo sorprendí. –Sonrió–. Sorprendí a todos esos bastardos. Date prisa o puede que Ludovico llegue a la ciudad para ensuciar tu nombre.

–¿Volveré a verte? –preguntó Tannhäuser.

–De este lado de la perdición, no creo. –Señaló la copa del árbol que apenas daba sombra. Tres gordos cuervos posados en la misma rama desnuda lo contemplaban con curiosos movimientos de la cabeza–. Han venido a acompañar a mi espíritu del otro lado. Pero no te apenes, porque he dado satisfacción a mi orgullo y muero en paz con Dios. El camino ha sido largo, y el final, más glorioso de lo que yo merecía.

Tannhäuser le apoyó la mano en la nuca a Bors y apretó. Había imaginado muchas veces ese momento, la muerte de su amigo más querido. Ahora que había llegado, su tristeza era insoportable y le impedía hablar. Intentó tragar la emoción y sonrió.

–Cuando vuelvas a Venecia –dijo Bors– y vendas nuestra mercancía y cuentes nuestro oro, dale mi parte a la familia de Sábato Svi. Era un condenado judío, desde luego, y si voy al infierno, él y yo brindaremos a tu salud por toda la eternidad, pero su familia necesitará más que tú mi parte del botín.

Bors reprimió un espasmo que venía de abajo. Se secó la boca, levantó la mano y agarró del brazo a Tannhäuser. Pese a su estado agónico, su mano conservaba la fuerza de unas tenazas.

–Gullu llevará mi cadáver de vuelta al Borgo –dijo–. ¿Te ocuparás tú de darme un entierro decente?

Tannhäuser asintió. Volvió a apretar el cuello de buey de Bors, porque seguía incapaz de hablar.

–Ahora dame un beso, amigo mío, y vete –dijo Bors–. No me gustan las despedidas largas.

Tannhäuser sujetó con las dos manos la enorme cabeza de su amigo y le dio un beso en los labios.

–Hasta el final –dijo.

–Hasta el final –replicó Bors.

Tannhäuser tragó saliva, se incorporó y se dirigió hacia *Buraq*.

–¡Mattias! –lo llamó Bors.

Tannhäuser se giró y clavó la vista en los grises y feroces ojos nórdicos.

–Quédate con doña Carla y no seas imbécil –dijo Bors, sonriendo–. Seréis la pareja de nobles más animada desde Salomón y la reina de Saba.

Hizo una profunda inspiración, como solía hacer cuando se reía de una de sus bromas, pero algo cedió en su interior y no volvió a soltar el aire. Su cabeza cayó hacia atrás, contra el árbol. Así murió Bors de Carlisle.

Tannhäuser montó a *Buraq* y se alejó cabalgando a través del polvo que levantaba el viento en el desfiladero.

Dos caballeros y un niño semidesnudo abandonaron la contaminada llanura y emprendieron el ascenso de Corradino con tal lentitud que lo mismo hubiesen podido andar a gatas sobre las manos y las rodillas. Se detuvieron en la cumbre. A su alrededor, aquí y allá, se veían las trincheras abandonadas de los turcos y, en su interior, huesos, cobertizos improvisados, material abandonado y cañones partidos, así como cadáveres animales y humanos con el pellejo endurecido y la piel moteada. A sus pies se extendía el paisaje que Orlandu había creído no volver a ver jamás.

El Gran Puerto centelleaba en azul zafiro. Las penínsulas gemelas de la Ísola y el Borgo le resultaban tan familiares como la palma de su mano y, sin embargo, parecían haber cambiado para siempre. La gran muralla estaba destrozada desde San Miguel hasta la puerta de Kalkara y estaba rodeada de un número incalculable de muertos. Secciones enteras del Borgo y la Ísola parecían pisoteadas por un titán encolerizado. Las aspas de los molinos de la Ísola, desgarradas por los cañonazos, ya no giraban, pese al siroco cada vez más intenso. Sin embargo, en la aparente necrópolis, las campanas de las iglesias repicaban sin cesar y en algún lugar entre las ruinas la gente celebraba la vida, la esperanza y los días por venir.

Orlandu sintió que la emoción le cerraba la garganta. Los musulmanes habían sido expulsados de las costas de Malta y ya nunca regresarían a sus orillas, pero él había presenciado su masacre en la bahía de San Pablo con una angustia casi tan desgarradora como la que había experimentado por los hombres de San Telmo. Se preguntó qué diría Tannhäuser, y Tannhäuser le habría dicho que nada de eso importaba, porque era cosa del pasado y lo que ahora importaba era lo que harían a continuación. Orlandu se volvió para estudiar a Ludovico.

El caballero negro con su herida mortal era un misterio. Ludovico de Nápoles. Nunca había oído hablar de él, aunque creía conocer a la mayoría de los caballeros más gallardos de la Orden. Los acompañaba aún un joven de un solo ojo, de aspecto atormentado, a quien Escobar de Corro había llamado Anacleto. Desde el principio, Orlandu había dado por sentado que esos hombres eran aliados de Tannhäuser, pero Bors los había atacado en el desfiladero y había estado a punto de matarlos a todos. Ahora Ludovico iba encorvado en su silla y respiraba jadeando. Su agonía era tremenda. Vio que Orlandu lo miraba y levantó la cabeza.

–¿Te alegras de volver a casa, muchacho?

Su voz era amable y sus ojos de obsidiana aún irradiaban algo parecido al amor.

–Sí, señor –replicó Orlandu–. Siempre os estaré en deuda.

Ludovico consiguió esbozar una sonrisa.

–Tienes las maneras y el porte de un hombre. ¿De quién ha aprendido todo eso un niño como tú?

–Del gran capitán Mattias Tannhäuser –dijo Orlandu.

Ludovico asintió, como si ya lo supusiera.

–No podías haber tenido mejor mentor.

La confusión del chico se multiplicó.

–¿Entonces lo conocéis?

–Él y yo estamos atados por la voluntad de Dios. En cuanto a la deuda que dices tener conmigo, considérala pagada y más que generosamente saldada.

La sonrisa de Ludovico se transformó en mueca cuando el dolor le acuchilló las entrañas y lo hizo doblarse sobre sí mismo. No dejó escapar ni un solo sonido. El espasmo pasó y volvió a levantar la cabeza.

–Mi intención era llevarte con tu madre, doña Carla, que está en Mdina, pero la montaña habría acabado conmigo.

Volvió a doblarse.

Las preguntas inundaban la cabeza de Orlandu. Anacleto hizo adelantarse a su caballo, le quitó las riendas de las manos a Ludovico y se las dio a Orlandu.

–Llévalo a la enfermería –dijo Anacleto–. Busca al padre Lázaro.

Cuando Orlandu asintió, Anacleto dio la vuelta y, espoleando a su caballo, se alejó cuesta abajo. Orlandu miró en su dirección. Desde la castigada llanura del Marsa, allá abajo, un jinete galopaba hacia ellos levantando una nube de polvo. El caballo era del color de las monedas de oro recién acuñadas y tenía la cola pálida como el trigo. El pelo del jinete flotaba al viento e irradiaba un feroz brillo broncíneo a la luz del sol poniente.

–Tannhäuser –dijo Orlandu.

Ludovico también lo vio y llamó a su camarada, como para detenerlo.

–¡Anacleto!

El esfuerzo volvió a doblegarlo. Anacleto no le obedeció. Orlandu percibió la oscuridad de la ira lanzada a la carrera por el páramo y no deseó otra cosa más que volver a ver a Tannhäuser sano y salvo. Pero fueran cuales fuesen los enigmas que allí quedaban por resolver, el valiente caballero que tenía a su lado necesitaba un cirujano y él quería ayudarlo. Se puso en marcha, con las riendas de Ludovico en la mano.

–Detente –le ordenó Ludovico.

–El padre Lázaro... –contestó Orlandu.

–No –dijo Ludovico–. Ya estoy más allá del arte de cualquier cirujano, pero quizá no del honor.

Ludovico volvió a agarrar las riendas. Hizo que su caballo diera la vuelta, de frente a la llanura, y con un movimiento de la barbilla le indicó a Orlandu que hiciera lo mismo. Contemplaron a Tannhäuser, que se acercaba a gran velocidad a lomos de su caballo dorado, y a Anacleto, que iba a su encuentro con la espada desenvainada.

–Dios lo sabe todo –dijo Ludovico–. Todo lo que es, todo lo que ha sido y todo lo que será. Aun así, los designios divinos son incognoscibles y cada hombre traza en libertad, con su propia mano, la carta de su vida.

Ludovico miró a Orlandu y el chico miró a su vez los ojos insondables, y el dolor contenido en ellos era tan inmenso que abarcaba, o al menos así lo parecía, toda la desoladora aflicción acumulada en la castigada isla que los rodeaba.

El hombre hizo una profunda inspiración y continuó:

–A esa paradoja los sabios la llaman «el misterio oculto» y a esa clase de interrogantes san Agustín responde: *Inscrutabilia sunt judicia Dei.*

–¿Perdón, señor?

–Los juicios de Dios son inescrutables.

Ludovico volvió a mirar la llanura y Orlandu le imitó.

Vieron a Tannhäuser frenando a su caballo y a Anacleto que cargaba hacia él. Vieron a Tannhäuser girar sus armas en torno a la cabeza y el reflejo azul del sol en el cañón de su fusil. Vieron el penacho de humo y el fuego que escupió el arma y a Anacleto derribado de su silla y cayendo hacia atrás. Después oyeron el disparo y los ecos que despertó en la ladera sembrada de huesos. Vieron a Tannhäuser que sostenía enhiesto el cañón del arma y le acercaba una petaca a la boca. Vieron a Anacleto rodando sobre el vientre e incorporándose sobre las rodillas.

Vieron a Tannhäuser que introducía una bala, apoyaba el fusil cargado sobre los muslos y desenvainaba la espada, mientras seguía avanzando al paso con el caballo dorado. Vieron el destello de la espada que se alzaba y caía, y a Anacleto cayendo hacia delante, y algo que rodó de sus hombros y fue a parar un poco más lejos, en el polvo.

Con un extraño tono de satisfacción que a Orlandu le produjo escalofríos, Ludovico dijo:

–Aquí es donde concluye la carta de mi vida. Pero aun escribiendo su final, o quizá entonces más que en ninguna otra ocasión, un hombre puede convertirse en una cosa y no en otra.

Cuando Tannhäuser vio que Anacleto bajaba por la cuesta, comprendió que se le habían agotado el odio y la rabia. Había pensado en desmembrar al joven trozo a trozo, en prolongar su sufrimiento, en humillarlo y dejarlo al borde de la muerte, pero no muerto aún. Pero ahora sólo quería acabar cuanto antes. Empuñó el fusil de llave de rueda, le disparó y la bala produjo un sonido agudo cuando le atravesó el peto metálico. Volvió a cargar el arma y la cerró. Desenvainó la espada y, a su paso junto al canalla arrodillado, le cortó el cuello sin siquiera dignarse mirarlo a la cara. Guardó la espada, después miró a lo alto de la cuesta y allí vio las dos siluetas recortadas contra el cielo azul. El hombre y el chico. Padre e hijo. Tannhäuser se apoyó el fusil en la cadera y empezó a subir la pendiente, dispuesto a matar a uno de ellos delante del otro.

Cuando llegó, vio que no habría combate.

No fue por el orificio de bala en el vientre de la armadura del monje, ni por el reluciente manto de sangre que cubría los muslos y la silla de Ludovico y se adhería por pegajosas franjas a los flancos del caballo. Fue por la expresión en la cara pálida del caballero y el brillo en las órbitas de sus ojos, un brillo semejante al de algunas estrellas, que al mirarlas directamente se desvanece.

–Le he pedido a Orlandu que nos espere en el Borgo –dijo Ludovico–, pero el chico no quería marcharse sin saludaros.

Tannhäuser miró al muchacho. Por primera vez en lo que parecía una eternidad, sintió algo parecido a la felicidad temblando en el pecho.

–Parece que has engordado un poco durante tu exilio entre los infieles –le dijo.

–Después de trabajar en la ensenada de las Galeras –replicó Orlandu–, trabajar para Abbás fue como una fiesta.

Tannhäuser sonrió y Orlandu resplandeció de dicha, pero su expresión se desdibujó al mirar a Ludovico. Tannhäuser pensó de pronto que el chico no tenía ningún indicio de su enemistad con el monje, o al menos no lo había tenido hasta que Bors le había disparado a éste en el vientre.

–El hermano Ludovico tiene razón –dijo Tannhäuser–. Es mejor que esperes en el Borgo.

Le arrojó el fusil a Orlandu y el chico lo atrapó con las dos manos, balanceándose sobre el caballo que montaba a pelo. Tannhäuser desmontó, se colgó la cantimplora del cuello y le entregó las riendas de *Buraq* al muchacho.

–Lleva a *Buraq* a las cuadras del gran maestre. Ponle la manta, hazlo andar y mira que le den de beber cuando se haya refrescado. Que no coma hasta que yo haya llegado. –Señaló las abultadas alforjas que sobresalían bajo la silla–. Y no pierdas de vista las bolsas.

–Después del día que ha tenido, *Buraq* necesita que le quiten las piedrecillas de los cascos –dijo Orlandu– y que le laven los ojos y los ollares, porque el polvo y el humo han sido terribles.

–Excelente –dijo Tannhäuser. Después miró a Ludovico–: Este niño es un as para aprender y para el trabajo duro. Cuando nos conocimos, prácticamente no había tocado un caballo en su vida.

Ludovico reprimió un espasmo y expresó su admiración con un gesto afirmativo.

–El muchacho es todo cuanto habéis dicho y más: valiente, altivo, bien plantado...

Orlandu resplandeció de orgullo, pero Tannhäuser notó que seguía advirtiendo claramente que la Muerte era el cuarto miembro de la reunión. Dirigiéndose al chico, dijo:

–Ahora saluda a tu salvador y dale las gracias.

–Ya me lo ha agradecido –dijo Ludovico.

–Entonces bastará una despedida –replicó Tannhäuser.

Ludovico se quitó un guantelete ensangrentado y levantó la mano.

–Acércate –le dijo a Orlandu, que así lo hizo, inclinando la cabeza para recibir la bendición.

Ludovico apoyó la mano sobre la cabeza del muchacho y el contacto pareció llenar al monje negro de trascendente alegría.

–*Ego te absolvo a peccatis tuis* –Ludovico levantó la mano e hizo la señal de la cruz– *in nomine Patris et Filii et Spiritu Sancti, Amen.*

Orlandu se santiguó. Ludovico le tendió la mano. El chico se sorprendió, porque los caballeros jamás permitían ese tipo de familiaridades a los de su clase. Se la estrechó.

–Honra siempre a tu madre –dijo Ludovico–. No hay mandamiento más sabio que ése.

–Sí, señor. Gracias, señor –contestó Orlandu.

Miró a Tannhäuser, que hizo un gesto afirmativo.

–Adiós –dijo Orlandu.

–Ve con Dios –respondió Ludovico, soltándole la mano.

Tannhäuser y Ludovico contemplaron el descenso del chico por la senda. Lo vieron pasar por las ruinas de Bormula y atravesar la Gran Explanada, hasta llegar a la puerta Provenzal. Después, permanecieron un rato sumidos en su propio silencio, abarcando con la vista el puerto, las fortalezas arrasadas, la ciudad semiderruida y la confusión de sangre y cenizas por la que tanta gente de tantos rincones de la Tierra había combatido y muerto. Repicaban las campanas de la victoria. Tannhäuser recordó que desde un lugar muy cercano a ése había oído a Carla tocar la viola da gamba en la noche, y pensó en las dos mujeres interpretando juntas su música y en los momentos de belleza y exaltación que habían creado, e imaginó a Amparo nadando en la bahía iluminada por la luna. El viento que en ese momento le agitaba el pelo le hizo sentir que el espíritu vagabundo de la joven pasaba junto a él. Gullu Cakie tenía razón: ella siempre estaría a su lado. Una vez más, intentó recordar las últimas palabras que Amparo le había dicho, pero tampoco esa vez lo consiguió.

Por la puerta Provenzal aparecieron dos nuevos jinetes y los cascos de sus monturas levantaron polvo de sangre de la Gran Explanada. Tannhäuser se volvió hacia Ludovico. El hombre se estaba tambaleando en la silla, pálido, demacrado y frágil como el espectro de la noche.

–Dejadme que os ayude –dijo Tannhäuser.

Ludovico hizo un gesto afirmativo y se apoyó en el cuello del caballo. Pasó una pierna por encima del lomo y, mientras desplazaba su peso, las fuerzas le fallaron por completo y Tannhäuser tuvo que recogerlo por la cintura. La armadura le hizo a Tannhäuser un rasguño en el cuello, mientras depositaba a Ludovico sobre las piedras al borde del camino.

–Sois el segundo hombre al que ayudo hoy a bajar de su caballo.

–Espero que el otro no estuviera tan débil como yo.

–Yo también lo hubiera deseado. ¡Qué agujero tan malo os ha abierto Bors en el vientre!

Tannhäuser sacó la daga del demonio, que él mismo había forjado tres décadas antes, y Ludovico se preparó sin decir una palabra. Bajo su atenta mirada, Tannhäuser cortó las correas de la armadura de Negroli. En lo alto del monte, la brisa soplaba en ráfagas tórridas.

–El viento sopla caliente –dijo Tannhäuser–. Es el siroco, de los desiertos de Libia y más allá. Pero después de sudar dentro de ese caparacho, os parecerá la primavera.

Abrió los avambrazos como si fueran conchas de almejas y separó las hombreras. Levantó el gran peto negro y lo apartó; desprendió el ensangrentado almohadillado que tenía debajo, y aunque el vientre horadado de Ludovico estaba tenso como un tambor y los intestinos en su interior se estaban desintegrando en su propia inmundicia, el monje no dejó escapar ni un solo gemido. Bajo la armadura llevaba puesto el sencillo hábito negro de san Juan, con la cruz de ocho puntas cosida al pecho.

–¿Mejor? –preguntó Tannhäuser.

–Gracias.

Tannhäuser destapó la cantimplora y la acercó a los labios de Ludovico, que bebió dos sorbos e hizo un gesto afirmativo. Tannhäuser también bebió.

–¿Está vivo el gran maestre? –preguntó Ludovico.

–Está vivo.

–Bien –dijo Ludovico–. Al menos no tengo esa culpa sobre mi alma.

Tannhäuser lo estudió.

–No sois el mismo hombre que vi por última vez en la Guva.

Ludovico le devolvió la mirada.

–Quizá he tenido a un hombre sabio por enemigo.

–Diría que ha hecho falta algo más.

–Cuando vi a Orlandu en el campo de batalla –dijo Ludovico–, cuando lo llamé por su nombre y él se volvió con el agua a la cintura, y por primera vez le vi la cara... Tan valiente, tan...

Se esforzó por encontrar las palabras y sus hombros cayeron una vez más sobre la roca, mientras volvía la gran cabeza y dirigía la mirada al cielo. Tenía los ojos negros velados por la emoción.

–Oh, Dios –dijo–. Dios mío...

En sus palabras había una pena demasiado monumental para que pudiera ser abarcada. Tannhäuser se preguntó cómo no lo habría matado ya ese dolor. Habló y dijo:

–Con eso habéis respondido. ¿Sabe Orlandu quién sois?

–No.

–¿Por qué no se lo habéis dicho?

–Le he dejado la decisión a Carla.

–¿Creéis que mentirá?

Ludovico tenía la boca entreabierta y su respiración era breve y superficial. Sus labios no se movieron, pero cierto reflejo en el brillo de sus ojos sugirió una sonrisa.

–Quizá tiene a un hombre sabio por amigo –dijo.

–Yo había pensado decirle al chico que erais un cobarde y un traidor –contestó Tannhäuser–, pero lo primero sería una falsedad y en cuanto a lo segundo, ¿qué hombre no es un traidor al mejor concepto de sí mismo en un mundo corrupto como éste?

–Decidle a Carla que lo siento.

–Lo sé –dijo Tannhäuser–. Lo haré.

Ludovico parpadeó.

–No era mi intención que Amparo muriera.

Tannhäuser lo estudió.

–También lo sé.

–Me pregunto si Dios me perdonará.

–Cristo os perdona.

–¿Por fin habláis de Cristo?

Tannhäuser sonrió.

–Una religión que reserva un lugar para el buen ladrón tiene mucho a su favor para los que son como yo.

Ludovico lo escrutó con atención y por un momento volvió a ser el inquisidor de antes, el hombre dispuesto a desentrañar las verdades ocultas de los demás.

–Entonces las cosas han cambiado mucho desde la Guva –dijo.

–En Mesina me dijisteis que el dolor abre las puertas a la gracia de Dios y os preguntasteis qué hombre justo lo eludiría, si tal fuera el caso.

La mirada de Ludovico cambió, como recordando una conversación muy lejana.

–No eran más que palabras –dijo–. Palabras de teólogo.

–La vida suele dar cuerpo a ese tipo de palabras –replicó Tannhäuser.

Ludovico asintió. Se apoyó las palmas de las manos sobre el pecho e hizo una profunda inspiración de aire rancio y polvoriento, que expulsó por la boca. Esbozó una sonrisa y levantó la vista. Sus ojos salvaron el ancho abismo que los separaba. Ludovico estaba en paz.

–Teníais razón –dijo–. Parece que sea primavera.

Tannhäuser le hundió la daga en el corazón y Ludovico murió al instante.

La hoja fraguada en la sangre de un demonio había encontrado su destino. Y allí se quedó.

Tannhäuser soltó la valiosa empuñadura de granate. Una masa de emociones que no podía nombrar le cerraba la garganta. Se las tragó y levantó a Ludovico en brazos. Pese a estar consumido hasta los huesos por las penurias del asedio, como lo estaban todos, seguía siendo corpulento. Lo llevó hasta una zanja turca, donde se metió hasta el pecho y lo depositó en el fondo. Lo envolvió en un trozo de lona hallado en un almacén abandonado y lo cubrió con piedras y maderas. No dejó ninguna señal, excepto la daga alojada en su corazón. Subió otra vez al sendero, hizo un fardo con la armadura de Negroli y lo ató a la silla del caballo de Ludovico. Cuando se disponía a montar, el gran maestre, Jean Parisot de la Valette, y su distinguido secretario, Oliver Starkey, emergieron por detrás del borde de la colina. Los dos repararon en la armadura negra del monje.

–Capitán Tannhäuser –dijo La Valette–, ¿cómo va el día?

–El día es vuestro.

Con un gesto afirmativo, La Valette desmontó. Se veía que aún le molestaba la pierna herida, pero su vigor seguía siendo prodigioso. Desenvainó la espada. Tannhäuser lo miró.

–¿Pensáis deshaceros también de mí? –preguntó Tannhäuser.

La Valette se echó a reír. Era la primera vez que Tannhäuser lo oía reír y la suya era una risa de pirata. También era algo más. Era la risa de alguien capaz de enviar a la muerte a todos sus seres queridos en aras de un ideal monstruoso. La Valette negó con la cabeza.

–No hay mejor lugar que el campo de batalla –dijo– para ser armado caballero.

Tannhäuser lo miró.

–Sé que os arrodillaríais ante muy pocos hombres –prosiguió La Valette–. ¿Lo harías ante el príncipe de la Religión?

Tannhäuser permaneció inmóvil, sin dejar de mirarlo.

–¿Dudáis de que esté en mi poder concederos esa merced? –preguntó La Valette.

–No –dijo Tannhäuser, saliendo por fin de su estupor–, sólo me pregunto qué obligaciones entrañará. No estoy dispuesto a hacer promesas que no sea capaz de mantener. Ya he cometido antes ese error.

La Valette pareció impresionado por su integridad.

–Cuando a la Orden le parece oportuno honrar a un hombre por sus servicios singulares, tiene la potestad de nombrarlo caballero de gracia magistral. Prescinde entonces de los habituales requisitos de nobleza (un aspecto indispensable en vuestro caso), anula el período de prueba y no le exige al caballero que haga los votos ni que tome los hábitos. Aun así, el agraciado pertenece a la Religión y allí donde estén nuestros hermanos siempre tendrá alojamiento y comida.

Tannhäuser consideró la idea.

–¿Podré dedicarme al comercio?

–Sólo el Vaticano es más rico que la Religión –dijo Starkey–. Con esta victoria, es muy probable que recibamos aún más donativos que ellos, aunque el Santo Padre nunca conocerá la cifra exacta.

–¿Y podré hacerme llamar *chevalier* o cualquier otro título de prestigio?

–Desde luego –dijo La Valette, con la mirada iluminada por la sonrisa de pirata–. Además, gozaréis de inmunidad ante la justicia civil.

Tannhäuser tuvo que sujetarse la mandíbula para no quedar boquiabierto. ¿Qué fraternidad de delincuentes hubiese podido concebirse con más astucia?

–¿Los hermanos de la Orden no responden ante la ley?

–Sólo responderéis ante nuestras leyes –dijo La Valette–. Como sois el único hombre vivo que ha pasado por la Guva, confío en que sabréis respetarlas.

A riesgo de parecer despreciativo, Tannhäuser añadió:

–¿Es obligatorio el celibato?

–No, no lo es. Pero os lo recomiendo si aspiráis a vivir una larga vida.

Tannhäuser cayó sobre una rodilla y preparó los hombros.

–En ese caso, excelencia, podéis blandir con fuerza vuestra espada.

Sábado 8 de septiembre de 1565
Fiesta de la natividad de la Virgen
Mdina

Sin murallas, ni trincheras, ni fuego de cañones (ni las patrullas homicidas de ambos bandos), Tannhäuser se dio cuenta de lo pequeña que era Malta. El trayecto del Borgo a Mdina, que en determinados momentos le había parecido un viaje digno de Ulises, era de apenas ocho millas. Con los caballos que habían conseguido, Orlandu y él cabalgaban cuesta arriba, en medio del tañir de incontables campanas. Se cruzaron por el camino con muchos viajeros jubilosos, porque era como si se hubiesen abierto las puertas de una cárcel enorme y todos los prisioneros hubiesen salido para celebrarlo a placer. Pero Tannhäuser iba apesadumbrado y no prestaba atención al regocijo a su alrededor, y Orlandu, cabalgando a su lado, captó su estado de ánimo.

–¿Estás enfadado conmigo? –preguntó.

Tannhäuser lo miró. El chico parecía animado y feliz como el perro de un matadero. Si de alguien podía decirse que había salido ileso de toda esa locura, era de él. Estaba sano y robusto, era agudo de ingenio y no tenía sobre su conciencia (hasta donde Tannhäuser sabía) asesinatos ni crueldades que mancillaran su alma inmortal. Tannhäuser pensó de pronto que él era en gran parte responsable de ese triunfo y con ese pensamiento mejoró su disposición.

–Te lo diré de este modo –respondió–: si hubiese sabido lo que iba a costarme tu existencia (más sangre, sudor y lágrimas de lo que me creía capaz de derramar), habría venido a Malta hace doce años y te habría estrangulado en la cuna.

Orlandu se sobresaltó como si hubiera recibido una bofetada y Tannhäuser sonrió.

–Si vamos a andar juntos el camino –dijo–, tendrás que habituarte a mis bromas, que suelen ser un poco macabras.

–¿Entonces no estás enfadado?

–¿Me has dado algún motivo para estarlo?

–¿Por qué desearías entonces haberme estrangulado en la cuna?

–Cuando nos conocimos en esa condenada muralla de San Telmo, te dije que me habías hecho trajinar enormemente. En ese momento no sabía que el trajín aún no había hecho más que comenzar. Pero ahora que ya casi ha terminado, he de decirte que me basta verte para pensar que cada maldito paso ha merecido la pena.

Pensó en Amparo. Y en Bors. No, no era cierto que cada paso hubiera merecido la pena. Pero el chico no tenía culpa de nada de eso. Si Orlandu no conseguía comprenderlo, no sería por falta de juicio. Pero el muchacho fue justo al quid de la cuestión.

–Entonces aún somos amigos.

–Sí, muchacho –dijo Tannhäuser–. Quizá seas el único amigo de verdad que me queda.

–Siento mucho la muerte del inglés, Bors de Carlisle. Él también me dijo que era mi amigo.

–Desde luego que lo era. Su último ataque debió de ser todo un espectáculo.

–¡Dios, sí que lo fue! –proclamó Orlandu con los ojos grandes como platos–. ¡Cuatro contra uno! ¡Cuatro caballeros! Fue tremendo. Fantástico. Pero ¿por qué?

–Porque eran falsos caballeros, ramas torcidas y podridas, ni más ni menos. Enemigos de La Valette, y nuestros también.

–¿Por qué dices que eran falsos y torcidos?

–Esta historia la dejaremos para otro momento. –Tannhäuser lo miró con expresión solemne–. Debes guardar en riguroso secreto todo lo que has visto. Pocos hombres son capaces de hacerlo, aunque parezca sencillo, pero es una habilidad que te será útil.

–Lo mismo que fingir –dijo Orlandu.

–Exactamente.

–Pero entre amigos no debe haber fingimientos –prosiguió Orlandu.

–No, no debe haberlos –dijo Tannhäuser.

–Dices que fray Ludovico era un falso caballero.

Tannhäuser suspiró.

–En el panorama general, sus fidelidades estaban divididas. Las rivalidades suelen medrar en todos los grandes escenarios, porque los hombres casi nunca se conforman con las cosas tal como están y cuando intentan mejorarlas, son intolerantes con las ideas opuestas o simplemente diferentes de las suyas. La vida suele ser complicada y no seré yo quien tire la primera piedra en ese sentido. Ludovico era sin duda un hombre valiente, de convicciones profundas. Pero en mi experiencia, toda convicción firme y profunda es una espada de doble filo, con los dos lados muy cortantes.

–Me dijo que honrara a mi madre.

Tannhäuser sintió que empezaba a andar por la cuerda floja.

–Un concepto encomiable.

–Quería llevarme a Mdina para que me reuniera con ella.

–Ese feliz deber me lo ha legado a mí.

Orlandu dijo:

–¿Fray Ludovico era mi padre?

Ya estaba. Tannhäuser hizo que *Buraq* se parara, detuvo la marcha y fingió un problema con las riendas. Era extraño, pero hasta no haber cometido la acción, no se había parado a pensar cómo iba a decirle a Orlandu que había matado con sus manos al padre que tanto necesitaba. Quizá tampoco había advertido lo mucho que valoraba el afecto del muchacho. Se volvió para mirarlo y los ojos pardos de Orlandu se clavaron en los suyos, y en ellos el cariño era tan manifiesto que por un momento sintió que le flaqueaba el ánimo. Después de todo, el propio Ludovico había decidido dejarle esa tarea a Carla, dándole su bendición incluso si le mentía. Pero él no compartía la vergüenza de Ludovico. El alma de Tannhäuser era sólo suya.

–Sí –asintió–. El hermano Ludovico era tu padre.

Orlandu se mordió los labios.

–Y yo lo maté –dijo Tannhäuser.

El muchacho parpadeó dos veces.

–¿Lo hiciste porque era falso? –preguntó.

–En su hora final fue tan honesto como pueda serlo un hombre.

–¿Por qué entonces?

Tannhäuser no creía que fuera el momento de enumerar los crímenes de Ludovico. El chico los conocería a su debido tiempo, pero no entonces.

–Lo maté porque así lo quiso el destino –concluyó.

Orlandu se quedó un momento pensativo, y quizá Tannhäuser lo había subestimado, porque la respuesta le pareció adecuada, al menos por el momento. En cualquier caso, le había dicho la verdad.

Orlandu dijo:

–Si mi padre era una rama torcida y podrida, y yo soy de su sangre, ¿entonces yo también lo seré?

–Te lo he dicho antes. La sangre no importa, sino la forma en que caminamos por la vida. Tú y yo hemos recorrido juntos una legua o dos, y has de creerme si te digo que en tu alma no hay nada torcido ni podrido.

Una vez más, Orlandu meditó lo que había oído, y después dijo:

–¿Caminaremos juntos algunas leguas más?

Tannhäuser sintió que se le encogía el corazón, porque hubiese querido decir «¡Hasta el final!», pero no podía hacer una promesa que no estuviera seguro de poder cumplir.

–Ya lo veremos –respondió.

Después sonrió y el chico le devolvió la sonrisa. Y todo volvió a la normalidad.

Por encima de la colina estallaban cohetes en el cielo y repicaban las campanas de las iglesias. Con un movimiento de cabeza, Tannhäuser señaló el camino.

–Vamos a Mdina, que Carla nos espera. –De pronto le vino una idea a la mente–. A propósito, ¿todavía tienes mi anillo? ¿Mi anillo de oro?

Orlandu asintió:

–Claro que sí.

Tannhäuser le tendió la mano.

–Entonces dámelo. Sin oro me siento medio desnudo.

Carla estaba sentada en el umbrío interior de Casa Manduca. Pese a las celebraciones en las calles, se sentía sola. Don Ignacio había muerto. Lo habían enterrado en la cripta de los Manduca, en la catedral de San Pablo. Sólo una persona había asistido al funeral, el viejo mayordomo Ruggiero, que ahora la atendía a ella. Ruggiero le había suplicado su perdón por actos y pecados cometidos mucho tiempo atrás, y ella se lo había concedido sin reservas, porque ya eran demasiados los horrores del presente nacidos del horror del pasado, y él había caído de rodillas y le había besado las manos, y ella le había dicho que se retirara. También había perdonado a su padre, que le inspiraba una gran pena, porque había muerto solo y sin amigos, cuando todo hubiese podido ser muy distinto. Ruggiero le había dicho que ahora la casa, la finca de su padre en el valle de Pawles, sus intereses en el comercio marítimo y su oro le pertenecían a ella. La noticia la había asombrado, pero no la había conmovido.

La casa le resultaba oprimente. Los espectros que habían consumido sus tristes vidas sin conocer el amor acechaban en sus salas. Al final del día, salió al jardín amurallado y se quedó de pie bajo la sombra cada vez más larga de los naranjos. Era la fiesta de la natividad de la Virgen y era sábado, y durante la primera decena del rosario iba a meditar sobre el misterio de la Anunciación, cuando el arcángel Gabriel se apareció a María y le dijo que iba a llevar en su seno al Hijo de Dios. Era uno de los misterios gozosos y probablemente la ayudaría. Se arrodilló en la hierba y besó el crucifijo del rosario. Se santiguó y empezó el credo.

–Creo en un solo Dios, Padre Todopoderoso, creador del cielo y de la tierra, de todo lo visible y lo invisible. Creo en Jesucristo, su único Hijo, Nuestro Señor, Hijo único de Dios, concebido por obra y gracia del Espíritu Santo. Nació de Santa María Virgen, padeció bajo el poder de Poncio Pilato, fue crucificado, muerto y sepultado, descendió a los infiernos, al tercer día resucitó de entre los muertos, subió a los cielos y está sentado a la derecha de Dios, Padre Todopoderoso. Desde allí ha de venir a juzgar a vivos y muertos.

Oyó la puerta de la casa que crujía al abrirse. Pasos. Y una tos en el jardín, detrás de ella. Se santiguó y miró por encima del hombro, esperando ver a Ruggiero.

Allí estaba Mattias, enmarcado por el emparrado.

A Carla casi se le detiene el corazón. Se puso de pie. Mattias tenía las mejillas marcadas por el cansancio. Algo sin nombre, una especie de angustia, nublaba su mirada. Mattias echó a andar por el sendero, y lo mismo que cuando lo vio por primera vez en otro jardín, mucho tiempo atrás y muy lejos de allí, Carla pensó en un lobo. Corrió hacia él. Mattias le abrió los brazos y ella se estrechó contra su pecho. Permanecieron así mientras ella recuperaba el aliento, con la mente tan llena de preguntas que su lengua se negaba a moverse.

–Ludovico y sus secuaces están muertos –dijo él.

Ella sólo sintió una oleada de alivio. Después vio los ojos de Mattias, que continuó:

–También Bors. Y Nicodemo. –Vaciló un momento–. Y Amparo.

El dolor se clavó como un puñal en el corazón de Carla y sus ojos se llenaron de lágrimas. Mattias le apoyó un dedo sobre los labios.

–Por favor –le dijo–. Ya tendremos tiempo para el duelo y en eso no estaremos solos. Ahora, por mi parte, querría ver un momento de alegría. Pese a lo mucho que hemos perdido, aún nos queda mucho y tenemos razones para sonreír.

Por puro instinto, Carla miró por encima del hombro de él. Más allá del umbral de la puerta del jardín, sintió una presencia. Mattias se volvió en esa dirección y las lágrimas de Carla empezaron a manar. En ellas había una mezcla de alegría, esperanza y dolor. Se enjugó la cara.

–¡Orlandu! –llamó Mattias.

El chico apareció por la puerta y anduvo hacia ella con porte altivo, con la cabeza en alto y los hombros echados atrás, como si tuviera instrucciones de causarle la mejor impresión posible. Su piel era luminosa y sus ojos, profundos y sinceros, y Carla supo que nunca había visto un ser más hermoso en toda su vida. El muchacho se detuvo ante ella e inclinó la cabeza, serio como un juez. Las lágrimas de Carla volvieron a brotar, con sentimientos demasiado complejos y numerosos para nombrarlos, y esa vez no pudo contenerlas.

–Sonríe, muchacho –dijo Mattias–, y vigila tus modales.

Él también sonrió.

–Porque aquí está tu madre.

Carla abrazó a Orlandu y lo estrechó con fuerza contra su pecho.

Domingo 9 de septiembre de 1565

Hal Saflieni

Las tumbas de Hal Saflieni se habían labrado en la roca viva antes de que se conociera el hierro, antes incluso del bronce, antes quizá –aunque nadie podía saberlo– de que Prometeo robara el fuego de los dioses. Habían sido labradas con hueso y pedernal cuando el mundo de los hombres era joven, cuando la fuerza creadora del universo era una mujer y aquellos antiguos constructores sólo adoraban a una diosa, una divinidad de vientre hinchado por la fecundidad perpetua. Habían sido excavadas en una era en que la guerra sólo era un sueño que aguardaba el despertar de los durmientes. Allí, en Hal Saflieni, en las cámaras principales y las secundarias, en los apretados nichos y las bóvedas cubiertas de espirales y entramados de ocre rojo, yacían miles de esqueletos en su eterno descanso.

Para Carla, Hal Saflieni había sido un refugio capaz de ofrecer un consuelo misterioso y profundo. Aunque estaba prohibida la entrada, su corazón de niña la había llevado hasta allí. Cuando la inquietud turbaba su alma, se arrodillaba ante la Gran Madre de Piedra y percibía su sabiduría a través del tiempo. Los sacerdotes decían que era un lugar pagano y que era preciso evitarlo, pero la joven Carla no había tenido ninguna sensación de pecado. Allí le rezaba a la Virgen, en la ciudad de los muertos, y las dos, la Virgen y la Madre de Piedra, la hacían sentirse en paz. Hacía muchos años que no visitaba ese lugar. Ahora, necesitada de consuelo y de paz, había decidido llevar allí a su amiga y entregarla a la eternidad.

En el Borgo, en la oscuridad anterior al alba, se rezaron vísperas y maitines por los muertos, en la iglesia de la Anunciación. Aunque los combates habían terminado, muchos habían caído el día anterior y muchos de los heridos graves iban a morir. Se entonaron salmos y se recitaron nocturnos del Libro de Job. «Dales el descanso eterno, Señor, y que la luz eterna los ilumine.» Entre los difuntos estaban Amparo, Nicodemo y Bors. «Líbrame, Señor, de la muerte eterna en ese día tremendo en que los cielos y la tierra se estremecerán, cuando vengas a juzgar al mundo por el fuego.» Siguieron los laudes y se entonó el miserere, el cántico de Ezequías y la antífona de san Juan. «Yo soy la resurrección y la vida. El que crea en mí, aunque muera, vivirá. Y todo aquel que viva y crea en mí no morirá para siempre.» Después fueron perdonados los pecados de todas esas almas muertas para este mundo, pero no para el otro, y los dolientes salieron a la luz del alba.

Tal como Carla les había pedido, Tannhäuser y Orlandu cargaron los cuerpos de Bors y Amparo en un carro de dos ruedas. No fue posible hallar el cadáver de Nicodemo. Mientras un pálido y blanco sol ascendía por detrás del monte San Salvatore, llevaron los cadáveres a la necrópolis de Hal Saflieni y allí los dejaron, para que reposaran entre sus antiguos compañeros. También a instancias de Carla había acudido el padre Lázaro, que a ella no podía negarle nada, aunque le disgustara el escenario pagano, y había consagrado los nichos que eligieron, porque según la ley canónica cada hombre podía elegir para sí el lugar de su sepultura. Roció los cuerpos con agua bendita, entonó el *Kyrie* y el cántico de Benedicto, y cumplió fielmente todos los ritos de la fe católica. Después se marchó, recitando el *De profundis* mientras Carla, Tannhäuser y Orlandu lo miraban alejarse. Los tres se quedaron solos en las catacumbas, con los amigos que ya no estaban, en un silencio doloroso de soportar.

Del carro, Tannhäuser sacó la viola da gamba, y Carla tocó.

Tocó hasta sentir que se le iba a romper el corazón, y mirando a Tannhäuser, creyó ver que el suyo ya se había roto y comprendió que lo había perdido, por el dolor. Cuando Carla sintió que ya no podía tocar más, miró a Orlandu y el muchacho le devolvió la mirada; en sus ojos había fuerza, calor y firmeza. El chico le sonrió con cierta timidez, y entonces ella siguió tocando, movida por la llama de felicidad que acababa de encenderse en su pecho.

Cuando regresaba al Borgo a caballo, Mattias le dijo que pensaba partir a Venecia en el primer barco. El amor que Carla sentía por él no había menguado; al contrario, su intensidad y el anhelo que le producía se habían redoblado. Pero la muerte de Amparo pesaba tanto en el alma de Mattias como en la suya, quizá incluso más, y una pena compartida no era buen terreno para que arraigara la pasión. Él no mencionó su pacto, ni tampoco lo hizo ella. Le preguntó si iba a quedarse en Malta, a lo que ella respondió que no. Pensaba poner en orden los asuntos de su padre y volver a Aquitania con Orlandu. Mattias lo comprendió, porque para los caballeros, la isla era ya su propiedad por derecho de sangre, y no meramente su residencia, y la convertirían en un templo consagrado a la guerra. Cuando llegaron a la puerta de Kalkara, desmontaron y Tannhäuser se volvió hacia Carla.

–Aquella noche, cuando nos sorprendieron en la puerta fortificada... –dijo–. ¿Recordáis las últimas palabras que me dirigió Amparo?

–Sí, por supuesto –respondió Carla–. ¿Qué significaban?

Carla vio el dolor en el rostro de Mattias.

–No puedo recordarlas –dijo él–. Ha sido un tormento para mí.

–El ruiseñor está feliz –contestó Carla.

Tannhäuser asintió.

–Desde luego.

Sonrió, aunque la tristeza le nublaba los ojos.

–¿Qué quiso decir? –preguntó Carla.

–Quiso decir que yo era su rosa ensangrentada –respondió Tannhäuser.

Carla lo miró, intrigada, esperando una explicación.

–Es una historia que cuentan los árabes –dijo–. A Amparo le gustaba.

–¿Me la contaréis?

Tannhäuser la estrechó entre sus brazos y la apretó con fuerza, hasta hacerle pensar que iba a sofocarla, pero entonces Carla sintió que él tomaba una decisión que le desgarraba el alma y sus brazos se aflojaron. La miró y, en las fieras brasas de sus ojos azules, ella vio un dolor demasiado profundo e insondable, y de pronto sintió miedo.

–¿Me contaréis la historia? –volvió a preguntar con voz temblorosa.

–Sí –dijo Tannhäuser–. Algún día.

EPÍLOGO

LA GRACIA DE DIOS

1566

El virrey español de Sicilia, García de Toledo, llegó a Malta una semana después del levantamiento del sitio y quedó tan impresionado por el sufrimiento extremo que allí presenció que, según algunos, derramó lágrimas de compasión y, según otros, de vergüenza. Recorrió los campos empapados de sangre, oyó la historia de las valerosas hazañas realizadas y recuperó de la cripta el cuerpo de su hijo, Federico, caído en el combate por la primera de las torres de asalto turcas. Tres días después se marchó. Nunca más regresó a Malta y se sumió en la oscuridad de la historia.

La oscuridad, en cambio, no fue el destino de La Valette, de la Santa Religión. El gran maestre fue proclamado el hombre más valiente de la cristiandad, su soldado y estadista más brillante y el principal bastión de la Iglesia combatiente. La Valette, por su parte, recibió con indiferencia los honores que se acumularon sobre su persona. No fue a Roma, pese a la promesa de un desfile triunfal. De hecho, no volvió a abandonar la isla, rechazó invitaciones a todos los palacios de Europa y sólo se alegró de su glorificación porque supuso un colosal torrente de oro y de nuevos y entusiastas reclutas para rehacer la Orden. Con el vigor que lo caracterizaba, inició de inmediato el proyecto y la construcción de una fortificación nueva y enorme en las laderas del monte Sciberras, una ciudadela que sería la más inexpugnable jamás construida y que recibiría el nombre de La Valeta, en su honor. Su distinguido secretario, Oliver Starkey, trabajó a su lado día y noche, porque la tarea y sus complejidades eran casi sobrehumanas, y absortos en esa labor para su Santa Religión, los dos hombres hallaron contento y satisfacción por el resto de sus días.

Mustafá Pachá y sus comandantes dejaron cuarenta mil gazíes en el polvo de Malta y, junto a esos muertos insepultos, dejaron también su prestigio. Al cabo de sesenta lóbregos días en el mar, volvieron al Cuerno de Oro para hacer frente al desprecio de su sultán. Para su propia sorpresa, no fueron castigados con la cuerda del eunuco, y

Suleimán aceptó la voluntad de Alá. Después, el sultán comenzó los preparativos para emprender al año siguiente un segundo asalto a la isla, que él mismo se proponía conducir a una resonante victoria. Pero no pudo ser. Al final del verano de 1566, a la edad de setenta y dos años, el poderoso sultán murió en Hungría, cuando dirigía el asedio de Szigetvár. Murió como había vivido, guerreando, y tan terrible fue el golpe de su fallecimiento que sus médicos fueron estrangulados dentro de su tienda y su muerte se mantuvo en secreto durante cuarenta y tres días, incluso para los agás de su propio ejército, hasta que su cuerpo embalsamado recibió sepultura en el mausoleo que Sinán había construido para él, junto a la mezquita Suleimaniya, en la vieja Stambouli.

Suleimán *el Magnífico* fue sucedido por su único hijo vivo, Selim, conocido más que justificadamente como el Bebedor. Así comenzó el lento crepúsculo del sol otomano, porque al paso de la sombra de Dios por este mundo, también quedaron atrás su cenit y su meridiano.

En Roma hubo un atentado contra el papa Pío IV, Juan de Médicis. El criminal fue uno de esos dementes asesinos solitarios que los historiadores de todas las épocas conocen muy bien. Murió en prisión, antes de poder traicionar a sus espectrales socios en la conspiración. Pero la voluntad de Dios no es fácil de torcer. Médicis sucumbió a un asesino más cruel, la fiebre romana, en diciembre de 1565. Michele Ghisleri se calzó las sandalias del pescador, como llevaba tanto tiempo planeando, y suscitó maliciosa hilaridad entre los miembros de su círculo más próximo cuando adoptó el nombre de Pío V. Durante su papado, la Inquisición volvió a florecer. Ghisleri promovió nuevas guerras contra los mahometanos y contra los protestantes de toda Europa. La oscuridad intelectual cayó sobre el mundo católico, que emprendió ciegamente un innecesario declive. Por esos crímenes abominables, el papa inquisidor llegaría algún día a ser canonizado.

En los heroicos malteses recayó la tarea de reconstruir la isla después del infierno. De una población total de más de veinte mil habitantes, siete mil hombres perecieron durante el sitio. Sus campos quedaron abrasados y yermos; sus casas no eran más que escombros, y muchos de los supervivientes quedaron tullidos. Sobrellevaron su suerte a la sombra de la radiante Religión y sus sentimientos acerca de lo sucedido nunca quedaron registrados, porque mientras que los caballeros eran «los nuestros», los malteses eran «la baja plebe», y de ellos sólo hacía falta saber que habían cumplido con lo ordenado por quienes eran mejores que ellos.

En agosto de 1566, la nieta de Gullu Cakie dio a luz un hijo. Siguiendo el consejo del patriarca, lo bautizó con el nombre de Matheu.

Mattias Tannhäuser, caballero de gracia magistral de la Orden de San Juan de Jerusalén, nunca llegó a saber que habían bautizado a un niño en su honor. Pese a toda una vida de familiaridad con los males y los infortunios de la guerra, la Ilíada maltesa dejó en él una profunda melancolía, para la que no conocía remedio. Abandonó la isla en la primera galera que zarpó para Sicilia.

Antes de marcharse, se sometió a los rituales de la Orden y recibió el hábito de la gracia magistral. En un arranque de generosidad que más adelante tendría ocasión de lamentar, donó la mayor parte de su opio a la Sagrada Enfermería, que sufría aún grandes estrecheces. Le hizo prometer a Starkey que cuando Carla partiera para Francia, la haría acompañar por un par de caballeros guardianes de carácter tan equilibrado como fuera posible. Después, estando casi a punto de partir, tuvo un afortunado encuentro que puso algo de luz en la noche sombría de su tristeza.

Entre los pocos hombres capturados con vida tras la matanza de la bahía de San Pablo estaba el silencioso etíope, el hombre que le había devuelto la vida en el pabellón rosa de Abbás ibn Murad. Tannhäuser lo encontró encadenado y hundido hasta las rodillas en desechos humanos, retirando los cadáveres en descomposición del foso que rodeaba la ciudad. Tannhäuser compró su libertad. Lo lavó y le compró ropa. Y durante todo ese tiempo, el etíope permaneció mudo. Se sentaron a la mesa del refectorio del albergue de Inglaterra y, mientras comían, Tannhäuser lo estudió detenidamente.

–¡Que me condenen si sé qué hacer contigo! –dijo por fin.

El etíope pareció comprender la esencia de la exclamación, porque se levantó de la mesa y salió a la calle. Tannhäuser lo siguió. El etíope señaló la azul lejanía, al sur, y dijo en árabe:

–A casa.

Hablando con unos y con otros, Tannhäuser logró que le concedieran una hora en la biblioteca secreta de mapas de La Valette, y allí, con los dedos rotos, copió lo mejor que pudo todo cuanto se sabía de Egipto y el Cuerno de África. Se lo enseñó al etíope, que reconoció el mar Rojo. Si podía cruzar Egipto y llegar a las costas septentrionales de ese mar, el etíope se creía capaz de navegar hasta su extremo meridional y, desde allí, atravesar lo que según dijo se llamaba Danakil, para llegar a las montañas remotas de donde procedía. Tannhäuser pensó que sería un viaje extremadamente emocionante y singular. Por un momento, su épica visión saltó de la mente de un hombre a la del otro, y el impulso de acompañar al etíope ardió en el pecho de Tannhäuser. Pero sólo por un momento. Ése sería otro viaje, para otro tiempo y otra vida, no para la suya.

Tannhäuser cargó una mula con provisiones y partió con el etíope por el monte San Salvatore, hacia las ruinas de Zonra, donde su anhelado barco aún seguía escondido. Lo prepararon, lo botaron al mar y Tannhäuser instruyó al etíope lo mejor que pudo acerca de la ruta a Alejandría y las constelaciones que debían servirle de guía. Le dio una libra de opio, varios anzuelos y un sedal, una espada turca y monedas turcas de plata para el viaje, y le dijo que cuando llegara a Alejandría buscara a Moshe Mosseri y le pidiera consejo, invocando el nombre de Sábato Svi.

Y todo eso lo aceptó el etíope como alguien seguro de que Dios guiaría su barco. Por último, Tannhäuser lo hizo custodio del mosquete de ébano y marfil que tanto había apreciado Bors.

–Si fracasas –le dijo Tannhäuser–, no será por falta de buenos aparejos.

El etíope sonrió, y su sonrisa era una joya para atesorar por siempre.

Tannhäuser nunca supo su nombre y hasta el final ni siquiera lo preguntó, porque sabía que nunca volvería a verlo. El etíope lo abrazó, montó en la embarcación y desplegó la vela latina.

Tannhäuser lo contempló, hasta que la vela roja se perdió en la bruma.

Cuando le llegó a su vez el turno de zarpar, Tannhäuser se quedó mirando a Orlandu y Carla, que lo saludaban desde el muelle. Fue una despedida que le desgarró el corazón, porque no sabía si volvería a verlos alguna vez. O si querría verlos. Nada de eso tenía sentido, desde luego, porque su amor por Carla era tremendo y sentía por el muchacho un afecto tan fuera de lo común que la palabra «amor» habría parecido vulgar para describirlo. Pero así era, y tenía que marcharse. Orlandu no lo comprendía y había sacado a relucir las «empresas mucho más gloriosas» que Tannhäuser había sugerido para ambos.

–Si honras a tu madre y aprendes cosas útiles, quizá llegue ese día –le dijo Tannhäuser–. Mientras tanto, nuestros caminos han de separarse, porque tengo asuntos que atender en el norte.

Carla no le hizo más difícil la partida tratando de disuadirlo. Contuvo las muchas emociones que batallaban en su interior e intentó comprender su necesidad de viajar solo. En cuanto a sus necesidades, le quedaba la esperanza, y cuando lo abrazó para despedirlo, permitió que la esperanza hablara:

–En el camino principal de Burdeos a Perpiñán hay una iglesia con un campanario de estilo normando, el único de su clase en aquellos parajes. Un poco más allá, el camino se bifurca. La rama del sur conduce a una casa sobre una colina, con una torrecilla solitaria en el techo de tejas rojas.

Tannhäuser prestó atención, pero no dijo nada.

–Si algún día hay que hacer valer cierto pacto, allí encontraréis a la persona dispuesta a cumplirlo.

En respuesta a eso, Tannhäuser la besó.

Y dejando su beso a modo de promesa, se marchó.

En Mesina, Tannhäuser le hizo una visita a Dimitrianos.

En Venecia puso en orden los asuntos de Sábato Svi.

Después, obedeciendo a un instinto demasiado primigenio para ser rechazado, siguió camino hacia el norte, mucho más al norte y al este, y en ese viaje aprendió a valorar la soledad por encima de todas las cosas. Durmió en los monasterios, donde imperaba el silencio, y evitó la compañía de mujeres. Por fin, cuando el invierno y él se encontraron, llegó a su aldea natal y se puso en manos de la compasión de su padre.

Tannhäuser pasó el invierno y la primavera trabajando en la fragua de Kristofer y allí rehízo el vínculo que la guerra había roto. En las gélidas mañanas, luchaba con el fuego y el acero. Se hizo querer por sus hermanas y su hermano recién reencontrados. Acompañaba a su padre en sus recorridos, hablando con él de cosas simples. Compartían recuerdos de la familia que habían amado y perdido, con dolor al principio y con agridulce alegría después. Rezaban juntos delante de las tumbas que Kristofer había cavado en la tierra con sus propias manos, las tumbas de la madre de Tannhäuser, de Gerta y de Britta. Y Tannhäuser se preguntó más de una vez si Kristofer recordaría al misterioso otomano desconocido que había visitado su fragua. A veces le parecía que sí, que el desconocido no era ningún extraño, pero otras veces no. Ninguno de los dos lo mencionó nunca y estuvo bien que así fuera, porque aquel hombre era un fantasma y sobre todo lo era para el propio Tannhäuser.

De ese modo recuperó la fuerza en cuerpo y alma, y durante toda la lenta retirada del invierno y la incipiente primavera, pensó que ya no volvería a marcharse. Quizá fue ese convencimiento lo que hizo posible su curación, porque a la gente con quien vivía le importaban muy poco su pasado, sus hazañas o su gloria. Sólo se preocupaban por él. Y eso lo llevó a acordarse de Amparo, y en ella pensaba por las noches, cuando contemplaba las estrellas recorriendo el cielo. También en Carla y en Orlandu. Y en Ludovico Ludovici, el monje trágico que había perdido la cordura en el abismo entre el poder y el amor y le había dicho que el dolor era el camino hacia la gracia de Dios, y estaba en lo cierto.

En esas montañas alejadas de todo, Tannhäuser comprendió que la tristeza era el hilo conductor de toda su vida y que no había razón para lamentarlo, ni menos aún para darse por vencido. Y su padre le enseñó que pese a la tristeza, pese a las pérdidas infinitas, la vida aún lo llamaba, como un tocho de hierro en bruto esperando a ser transformado. Desde que había encendido por última vez un fuego en el pálido templo de piedra donde su padre hacía nacer objetos que antes no existían, habían caído papas y emperadores, y las líneas de los mapas se habían alterado. Se habían enarbolado banderas, habían marchado los ejércitos y multitud de hombres habían matado y muerto por sus tribus y sus dioses. Pero la Tierra aún giraba, las esferas seguían danzando al son de una música propia y el cosmos proseguía su marcha, indiferente a la vanidad y el genio del hombre. El espíritu humano eterno, si es que existía tal cosa, estaba allí, en un viejo con su martillo y su corazón, y en una mujer y el amor a sus hijos.

Tannhäuser comprendió por fin que en el abismo entre la desolación y el amor, entre el dolor y la fe, era posible hallar a Cristo y la gracia de Dios.

Cuando el verano besó los Alpes y fundió toda la nieve, excepto la de las cumbres más altas, Tannhäuser recogió sus cosas, ensilló a *Buraq* y se despidió. Y aunque se derramaron muchas lágrimas, esa despedida no desgarró su corazón como otras, porque esta vez la separación sería únicamente física y no espiritual. Se marchó través de un continente, recorriendo los dominios de muchos reyes diferentes, y en los días cada vez más breves del verano, Tannhäuser llegó una vez más al reino de los francos.

De ese modo, en un cobrizo día de otoño, el caballero Mattias Tannhäuser salió de la ciudad de Burdeos, por el camino de Perpiñán, en dirección a Aquitania. Caballo y jinete habían recorrido juntos más de mil millas en el año transcurrido. Todo ese tiempo había sido preciso para que sanaran las heridas de su espíritu. *Buraq* estaba en excelente forma y devoraba las distancias con equina alegría. Tannhäuser había encontrado la ciudad muy a su gusto. Era un puerto espléndido, en una situación inmejorable, y estaba dedicado al comercio, más que a la guerra. Tendría que mejorar su francés, una perspectiva que no lo entusiasmaba, pero lo lograría. En su calidad de *chevalier de Malte* y veterano de uno de los grandes sitios de la historia, tenía todas las puertas abiertas, lo mismo que en otras ciudades. Más importante aún había sido la visión del océano Atlántico, una gris y turbulenta inmensidad que encendió su imaginación y lo llevó a preguntarse lo que habría en sus costas más lejanas.

Divisó a lo lejos la torre de la iglesia normanda, la señal del camino que buscaba. Siguió la bifurcación hacia el sur; media legua más adelante, vio una pequeña casa señorial sobre una colina, y de pronto sintió que se le aceleraba el corazón, porque del techo surgía una torrecilla con tejas rojas.

En un patio empedrado, junto al granero, encontró a dos muchachos peleando entre la paja y el estiércol de caballo, o mejor dicho, uno de ellos yacía en el suelo hecho un ovillo, mientras el otro le propinaba una lluvia de puntapiés en la espalda y la cabeza, sin la menor apariencia de piedad. Como el que estaba acurrucado y chillaba pidiendo clemencia era el mayor y más corpulento de los dos, Tannhäuser sintió un nítido relámpago de orgullo.

–¡Orlandu –dijo–, suelta ya a ese patán y deja que se marche!

El chico se giró a mitad de una patada y vio el caballo dorado. Levantó la vista, como ante una aparición, y se quedó mirando al jinete. Después de encajar la sorpresa, consiguió articular:

–¿Tannhäuser?

¡Qué buen aspecto tenía el muchacho! ¡Y qué bien le hacía verlo! Tannhäuser reprimió las ganas de sonreír, lo que le exigió un esfuerzo considerable, y asumió una expresión grave.

–Esperaba encontrarte estudiando latín o geometría, o dedicado a cualquier otra actividad noble, y en cambio te encuentro riñendo entre el estiércol como un vulgar sirviente.

Orlandu seguía atónito, pero dividido ahora entre el júbilo y la vergüenza. Su boca se abría y se cerraba. El patán se incorporó y en cuanto pudo se dio a la fuga. Tannhäuser desmontó y ya no pudo contener más la sonrisa.

–¡Ven aquí, muchacho! –Abrió los brazos–. ¡Cuéntame cómo te ha ido!

Cuando finalmente Orlandu pudo controlar su exaltación hasta el punto de poder cumplir una orden, Tannhäuser le dijo:

–Creo que ya va siendo hora de que anuncies mi presencia a la señora de la casa. –Y añadió–: Después ocúpate de *Buraq* y déjanos solos hasta que te llamemos.

Tannhäuser decidió sentarse en el jardín de la casa, donde disfrutó del atardecer, apreciando el aroma de los árboles frutales y las flores, y reflexionando sobre la exuberancia de la vegetación. Sentía la presencia de Carla, esa extraña aura de contención e inminente abandono que proyectaba a su alrededor. Una mujer correcta y elegante. Se miró la ropa, para ver si tenía manchas, y se encontró presentable. El tiempo pasaba y comenzó a sentir cierta inquietud. Había tenido la certeza de que el chico iba a recibirlo con cariño y alegría, pero con Carla no podía estar seguro. Después de todo, ella había tenido tiempo y tranquilidad para reflexionar acerca de la locura de asociarse con alguien como él. El atractivo de Carla lo había impulsado a atravesar todo un continente, pero el poder del suyo era más que dudoso.

La música empezó a flotar desde la casa que tenía a su espalda. Una viola da gamba. Comenzó con gran delicadeza y quizá vacilación, pero en seguida encontró sus alas y empezó a ascender, planear y descender con majestuosa libertad. Y Tannhäuser sintió una gran felicidad, mayor que cualquiera que hubiese conocido, porque la música era la voz más profunda del corazón de Carla, y ella estaba tocando para él.

Cuando la música terminó, él se recompuso, se incorporó y Carla salió al jardín, por el sendero, para recibirlo. Estaba tan elegante como cuando se conocieron, aunque quizá no tan eróticamente ataviada; en compensación, su pelo flotaba libremente sobre sus hombros y había una exuberancia en su porte que él nunca había visto antes. Su belleza no sólo no había menguado, sino que había florecido. Le sonrió, como si hubiese tenido fe en ese momento, pero no se hubiera atrevido a esperarlo.

–No habéis perdido vuestro toque –dijo él–. Sublime. Tanto en el arte como en la apariencia, si me permitís decirlo.

Carla inclinó la cabeza, en señal de que apreciaba el cumplido.

Por un momento, sólo se miraron.

–Como veis –dijo él al fin–, una vez más me veo incapaz de resistirme a vuestra llamada.

–Espero que siempre sea así –respondió ella.

Sus ojos verdes brillaron. Le sonrió a Tannhäuser, mientras se apartaba el pelo de la cara. Él no tenía palabras. ¿Qué había pensado decirle? ¡Tantas cosas! Pero ¿por dónde empezar? Se quedaron de pie, mirándose. El silencio se prolongó. Él tendió la mano y ella le dio la suya. La maravilla del contacto lo hizo estremecerse. Mientras los dedos de ella apretaban los suyos, la vio hacer un esfuerzo para controlar las emociones que le subían a la garganta. Su impulso era atraerla hacia sí, aplastar con sus labios los labios de ella y ceder a los instintos que durante tanto tiempo habían permanecido dormidos y ahora volvían rugiendo a la vida. Pero se resistió. Su último beso había sido robado de un mundo repleto de horror, y aunque el horror, el fuego y la locura siempre estarían presentes en la argamasa que los unía, él deseaba que su primer beso allí, en un mundo más dulce, estuviera libre de sombras. Y había una sombra, la sombra de una pasión inolvidable y de un espíritu que era preciso honrar antes de que los dos pudieran ser libres. El espíritu de alguien que los dos habían amado y que aún los amaba.

–Os hice una promesa que quiero cumplir –dijo él.

En el jardín había un parterre con rosas rojas y blancas, que Tannhäuser había visto mientras Orlandu lo conducía hasta allí. Llevó a Carla por el sendero y se detuvo junto a las flores.

–Esperaba encontrarlas aquí –dijo.

–¿Entonces vais a contarme una historia? –replicó Carla.

Ella sonrió y sus ojos verdes resplandecieron. Tannhäuser supo que lo había comprendido, y supo también por qué la amaba y por qué la amaría siempre. Ellos dos eran rosas ensangrentadas. Todos ellos lo eran. Le señaló una rosa blanca de largo tallo.

–En Arabia –dijo–, cuentan que una vez, hace mucho tiempo, todas las rosas eran blancas.

ÍNDICE

Título de la edición original: *The Religion*
Traducción del inglés: Claudia Conde,
cedida por Editorial Planeta, S. A.
Diseño y fotomontaje de la sobrecubierta a partir de dos fotografías
de Henk Bentlage y Pakhnyushcha: Xavier Sangenís
Mapas: © Jeffrey L. Ward, 2006
Foto de solapa: © Basso Cannarsa/Opale

Círculo de Lectores, S. A. (Sociedad Unipersonal)
Travessera de Gràcia, 47-49, 08021 Barcelona
www.circulo.es
1 3 5 7 9 8 0 0 6 8 6 4 2

Licencia editorial para Círculo de Lectores
por cortesía de Editorial Planeta, S. A.
Está prohibida la venta de este libro a personas que no
pertenezcan a Círculo de Lectores.

Este libro ha sido impreso en papel Supersnowbright
suministrado por Hellefoss AS, de Noruega

Depósito legal: B. 22235-2008
Fotocomposición: Anglofort, S. A., Barcelona
Impresión y encuadernación: Printer industria gráfica
N. II, Cuatro caminos s/n, 08620 Sant Vicenç dels Horts
Barcelona, 2008. Impreso en España
ISBN 978-84-672-3081-9
N.° 26799